U0717898

国家古籍整理出版专项经费资助项目

国家社科基金重大项目『中国近代日记文献叙录、整理与研究』

（项目编号：18ZDA259）阶段性研究成果

晚清珍稀稿本日记

# 黄金台日记

（上）

（清）黄金台——著

武晓峰　高惠　顾一凡　丁思露——整理

徐雁平——审阅

主编——徐雁平　马忠文

凤凰出版社

图书在版编目（CIP）数据

黄金台日记 /（清）黄金台著 ; 武晓峰等整理.
南京 : 凤凰出版社, 2024. 11. --（晚清珍稀稿本日记 /
徐雁平, 马忠文主编）. -- ISBN 978-7-5506-3902-7

Ⅰ. I264.9

中国国家版本馆CIP数据核字第2024AP3617号

| | |
|---|---|
| 书　　名 | 黄金台日记 |
| 著　　者 | (清)黄金台 |
| 整 理 者 | 武晓峰　高　惠　顾一凡　丁思露 |
| 审 阅 者 | 徐雁平 |
| 责任编辑 | 张永堃 |
| 装帧设计 | 姜　嵩 |
| 责任监制 | 程明娇 |
| 出版发行 | 凤凰出版社(原江苏古籍出版社)<br>发行部电话025-83223462 |
| 出版社地址 | 江苏省南京市中央路165号,邮编:210009 |
| 照　　排 | 南京凯建文化发展有限公司 |
| 印　　刷 | 江苏凤凰通达印刷有限公司<br>江苏省南京市六合区冶山镇,邮编:211523 |
| 开　　本 | 880毫米×1230毫米　1/32 |
| 印　　张 | 36.5 |
| 字　　数 | 948千字 |
| 版　　次 | 2024年11月第1版 |
| 印　　次 | 2024年11月第1次印刷 |
| 标准书号 | ISBN 978-7-5506-3902-7 |
| 定　　价 | 368.00元(全三册) |

(本书凡印装错误可向承印厂调换,电话:025-57572508)

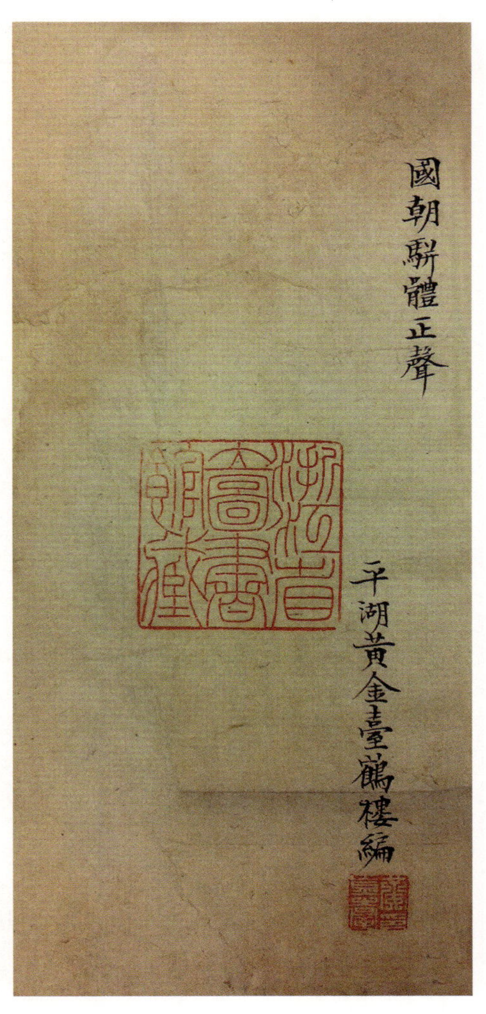


黄金台编《国朝骈体正声》稿本封面
（浙江图书馆藏）

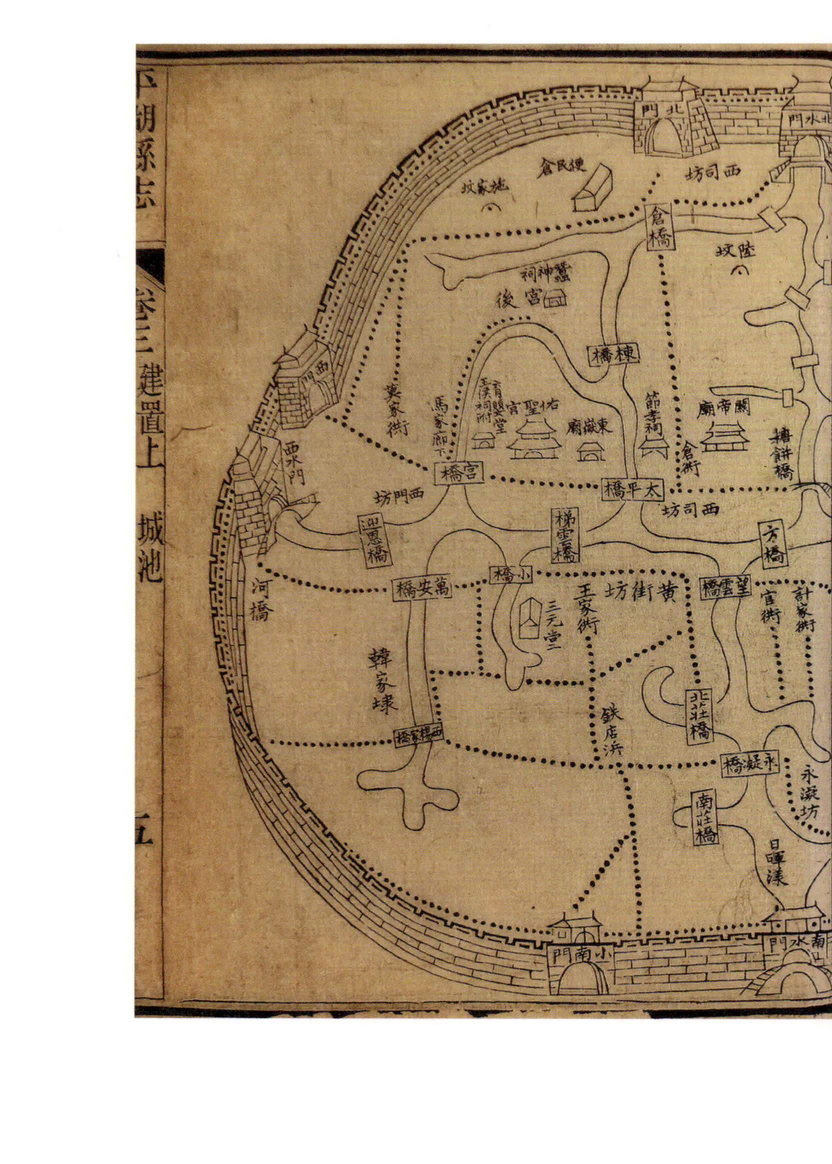
北門
北水門
便民倉
施家墳
西司坊
倉橋
陸墳
蠶神祠
後宮
棟橋
西門
奚家街
馬家廊下
王侯祠附
育嬰堂
佑聖宮
東嶽廟
節孝祠
關帝廟
糖餅橋
倉街
西水門
宮橋
太平橋
西門坊
西司坊
迎恩橋
梯雲橋
方橋
河橋
萬安橋
小橋
黃街坊
王家街
三元堂
望雲橋
官街
計家街
韓家埭
鉄店浜
北莊橋
永凝橋
永凝坊
南莊橋
日暉溇
小南門
南水門

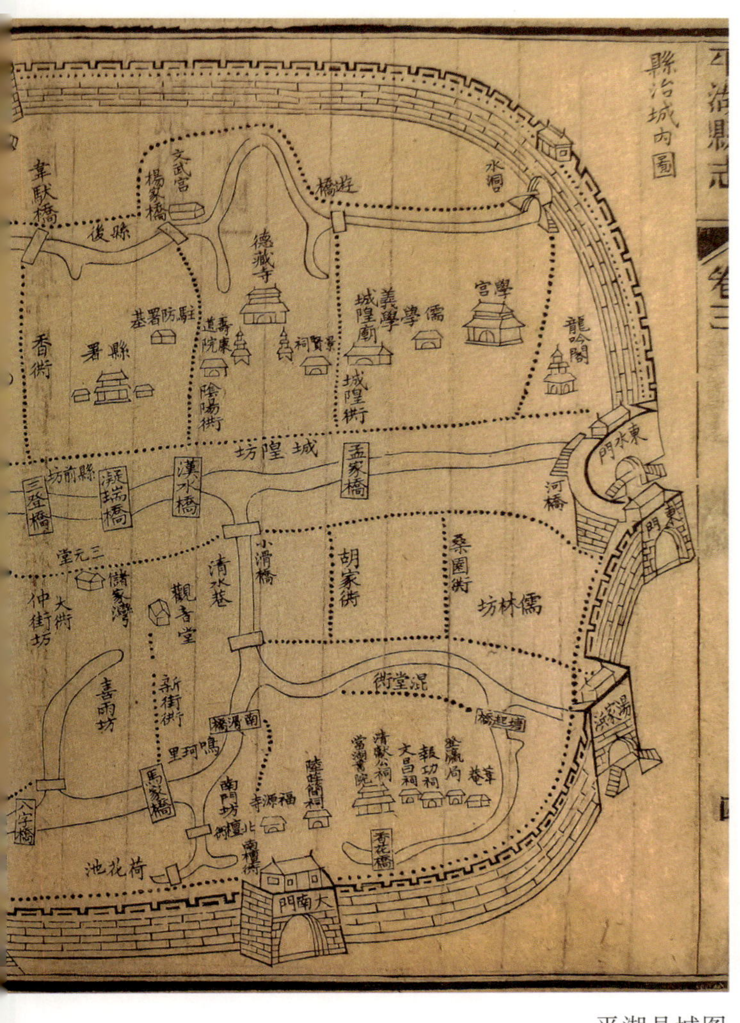


平湖县城图

（光绪十二年刻本《平湖县志》卷三，选自钟翀编著《江南近代城镇地图萃编》，上海书店出版社，2023年）

六日〇辰刻至德生庵晤海鹽蕭雨香申刻作五律一首贈雨香

七日雨夜

八日雨〇午刻入場坐西獮三十九號

九日〇卯刻出題 首 昔者偃也一節 次 載華嶽而不重二句 三 昏暮叩人至使有菽粟如水火 詩 圓靈水鏡 得圓字 〇是日目疾大發

十日熱〇辰刻出場〇是日目疾更甚請頃蕙香開方又以莫三房眼藥敷之

十一午後大雨〇巳刻入場坐東推四十六號與何蕊磯錢西溪昌裕秀水莊鄂五鳴梧加善曹嘯園荃同號〇是日目疾頗瘳

十二夜大冷〇卯刻出經題 易 爲蒼筤竹二句 書 五服五章哉 詩 虎拜稽首二句 春秋 公會齊侯于夾谷 定公十年 禮 則同度量四句

十三〇辰刻出場鍾元甫來會

二十九大熱○卯刻河水稍長由石门一路拔船出大蘇塘是夜泊□魚莊

八月一日忽涼夜雨○巳刻到省申刻同高硐石定寓于馬王廟○是日知庚午舊館人陸在渊卒余最知己也深為痛惜

二日○卯刻訪徐朗斋辰刻訪費春林謝月波俞丹岩巳刻訪碩蕉圃申刻林雪岩來訪言前日有函寄余並未收訖酉刻錢鄰竹邀至其寓曲夜膳

三日○巳刻訪柯小坡錢豐山午刻訪沈萍湘申刻謁蘇文忠公祠○是夜身上大熱繼以清瀉

四日○辰刻訪鍾元甫午刻同曉山俞丹岩費春林来訪不遇未刻高挹琴黄芝山柯春塘碩蕉圃碩秋堂来同寓酉刻請蔗□診脉開方是日痢疾大發

五日○卯刻鍾元甫荅訪以秋湖載月圖属題辰刻沈崔沙柯小坡來會○是日痢疾忽止仍服药一劑

黄金台嘉庆二十四年七月至八月日记局部
（上海图书馆藏）

# 序

明清时期，写日记已是蔚然成风。不少文人、官员和学者，出于各种目的，基本都有记日记的习惯，只是本人刊行的日记比较少。究其原因，可能在时人观念中，日记还算不上“著述”，不值得去刊刻传世；当然，更主要的原因或许在于，日记的私密性太强，不便拿给外人看。所以，大部分日记还是以稿本或钞本的形式被保留在子孙、门生手里，一代代传承下来。自古迄今，经历种种劫难，存世的稿钞本日记已经不多了。据统计，有日记留存于世的近代人物只有1100人左右。因此，今天保存于公、私收藏机构或个人手里的稿本日记，无不享受着善本的待遇，备受世人的关注和珍爱。

如人们所知，日记属于一种比较特殊的文献，具有全面记载生活各个侧面的综合性特点。日记永远都能以第一现场的感觉，将阅读者带入特定场景，沿着作者的心路，去体会当年的生活、境遇与情感，熟悉已经远去的风俗习惯和历史细节；哪怕从其中的任何一天读起，也可以读得下去，因而被视为一种很容易与读者产生共鸣的“有温度”的文献。人们喜爱日记正是源于其自身所具有的独特魅力。当然，注重个性化材料和社会日常生活的研究取向，也推动了学界对日记的重视和利用，以日记为核心材料从事研究的学术成果也越来越多。

目前，日记的出版主要通过原稿影印和整理标点两种形式。原稿影印日记始于20世纪石印、珂罗版技术被大量采用的时代。20世纪20年代，商务印书馆陆续影印出版有李慈铭《越缦堂日记》和翁同龢《翁文恭公日记》。同为晚清著名日记，比起同时代排印的《湘绮楼日记》,李、翁的日记都是根据稿本影印的,因而使人们能够更为真切地感受日记的原始样貌,甚至作者的书法风格、涂改痕迹,都得以原原本本地保留下来。时至今日,先进的数字扫描和印制技术,进一步促动了新一轮稿本日记的大批量出版,使"久藏深闺"的珍稀稿本日记,得以更多地呈现在研究者面前。可是,对学术研究而言,影印本虽然保存了日记原貌,出版周期也相对较短,但卷帙庞大,且日记多为行草书书写,字迹不易辨识,阅读和利用并不及整理标点本方便。所以,根据原稿本或影印本将日记内容加以点校,一直是文献整理者的重要任务。近些年影印出版的近代人物日记,如钱玄同、绍英、皮锡瑞、朱峙三、徐乃昌、江瀚、张枫、王伯祥等人的日记,也陆续经学者整理后出版了点校本,大大方便了学者利用和研究。由凤凰出版社推出的"中国近现代稀见史料丛刊",自 2014 年以来,已经出版 10 辑 100 余种,其中日记占到三分之一以上,诸如孙毓汶、有泰、张佩纶、邓华熙、袁昶、耆龄等人日记都是据稿本或稿钞本影印版整理出来的,上述日记一经刊行就受到学界的广泛欢迎。整理本还有一个优势,便是对日记中的讹误做出校订,加补公元纪年,方便读者查核。不惟如此,整理本日记除学者外,也受到不同兴趣读者的欢迎。这几年,出版界、读书界兴起的"日记热",都与整理本日记的大量印行密切相关。可见,持续推进稿本日记的整理出版工作,对普及中国传统日记知识,增进读者对传统文化的亲切感,具有积极的作用。

在全国古籍整理出版规划领导小组和凤凰出版社的积极支持下,"晚清珍稀稿本日记"得以立项,精选十一种有重要价值的晚清珍稀稿本日记邀请专家进行整理。这批日记分藏于清华大学图书馆、上海图书馆、浙江图书馆、苏州博物馆、常熟市图书馆等机构,一部分尚未影印出版。这次整理,在做好字迹辨识、释文、标点的前提下,更提倡以研究为基础,撰写有学术深度的导言,搜集传记资料作为附录,并尽可能编制人名索引,来为读者和研究者提供更多的学术支持和便利条件。这十一位日记作者，既有状元洪钧，探花潘祖荫、吴荫培，传胪华金寿，翰林秦绶章，也有满洲官员、驻藏大臣斌良，兵部侍郎文治，还有像楼汝同、黄金台、柳兆薰、萧穆这样的地方官员、学者和士绅贤达。这批日记的内容十分丰富，举凡晚清重大历史事件、典章制度、教育考试、金石学术、社会风俗、人物交往、文艺创作、生活琐事等，靡所不包，合而观之，不失为观察晚清社会的一面镜子。另外，此次所选日记多为首次整理。

总之，这批稀见稿本日记具有极高的学术价值，是研究文学史、政治史、经济史、社会史、军事史、教育史、文化史、生活史、气象史、思想史的珍贵史料，参加整理者都是长期从事文史研究和文博事业的专家学者，具有扎实的文献学功底和整理经验。相信这套书的出版，将对传播优秀传统文化、推进中国近现代历史和文化研究发挥重要作用。当然，由于在文字识别等方面实际存在的困难，难免会存在一些问题。在此，我们诚恳希望读者不吝批评指正，以便今后的工作精益求精，不断提高。

# 《晚清珍稀稿本日记》整理凡例

1. 本丛书所收日记，其起止时间主要应在清道光元年与宣统三年之间。

2. 本丛书所收日记，其主体部分应为稿本。

3. 本丛书所收日记，其主体部分应为首次整理。

4. 本丛书所收日记，在版本上应具有珍稀性。

5. 本丛书所收日记，在内容上应具有较高的史料和学术价值。

6. 本丛书所收日记，采用简体横排标校方式：

（1）除涉及辨义和苏州码子计数等特殊情况外，所有文字均改用通行简化字，避讳字酌改回本字；

（2）原稿中之双行夹注皆排作一行，用较正文小一号宋体区别；

（3）原稿中姓名偏书、尊称空格或抬头等礼仪格式，今不再偏书或空格、抬头；

（4）校记和注释均采用页下注方式。

7. 本丛书所收日记，须有前言，介绍其人其书的价值和意义，兼及版本，文字可长可短。

8. 本丛书所收日记，鼓励附录著者年谱、研究资料、人名索引等。

9. 本丛书所收日记，每日阴历日期后须括注公历日期，以便读者使用。

10. 本丛书所收日记，天头地脚文字和其他信息，可移入正文相应位置；亦可用页下注形式予以说明。

11. 本丛书所收日记，原稿空缺处，若能计其字数，可用符号

“◇”表示；若难计字数，可用符号“……”表示；原稿漫漶不清或不能辨认之字，用“□”表示；凡对原稿空缺处或脱字处予以补充之文字，用“[ ]”括出，以示区别；原稿误字，以“( )”括出，亦以“[ ]”括出改字。原稿衍字，用“【 】”括出。

12. 本丛书所收日记，若涉及问题复杂，可灵活处理，自设“体例”逐项说明之。

# 目录

# 前　言

## 一、日记简况以及考察路径的设定

黄金台，原名森，字鹤楼，号木鸡书屋老人，浙江平湖县新仓镇人，生于乾隆五十四年(1789)，卒于咸丰十一年(1861)，享年七十三岁。相较于稍晚出生的管庭芬(1797—1880，浙江海宁人)、黄燮清(1805—1864，浙江海盐人)，黄金台虽长期困于场屋，十应乡试不中，但基本没有经历战乱，度过了俭朴、充实的“为书籍的一生”。当然，外界的重大事件，在他的诗文日记中也留下记录：如道光二十二年(1842)四月，英军攻陷乍浦，他有新乐府十二首记“乍浦之难”；咸丰三年(1853)二月廿一日日记有“是日闻十一日金陵失守”；咸丰五年(1855)二月十九日日记有“闻徽州全府俱陷”。但整体看来，这些都是耳闻的窗外之事。咸丰十年(1860)，太平天国李秀成军自皖南攻入浙江。二月，攻克杭州城。咸丰十一年(1861)二月，太平军先克海盐，继取平湖。黄金台卒于是年。

关于黄金台的性格和擅长，《嘉兴府志》“文苑”中的黄氏小传中有推扬之语，这一小传也被过录在现存日记第二册卷首：

> 黄金台，字鹤楼，岁贡生。绮岁才名噪甚，尝从武康徐熊飞

---

※　“前言”主要依据徐雁平《用书籍编织世界：黄金台日记研究》(见《学术研究》，2015 年第 12 期)，略有增补。黄氏日记内容颇为丰富，“前言”所述，只涉及其中部分内容。

游，与之上下其议论，故所作诗文皆有法度，文体宗徐、庾而兼通百家，江南北士夫之有著撰者，弁首文金台手笔居多。好交游，绘《扁舟访友图》，名流题咏。咸丰丁巳，临川李联琇廷尉督学江苏，延入幕，爰遍历江淮诸郡，登焦山，与诸名士宴集，振衣千仞，俯临大江，作文以纪壮游。生平廉洁自守，刚肠嫉恶，虽面刺人过失不讳，遇流俗不妄交一言，而后进有片长，辄乐为延誉。辛酉，平湖再陷，忧愤成疾，卒。刊有《木鸡书屋骈文集》三十卷、《诗集》六卷、《左国闲吟》一卷，又有《今文惬》《盛藻集》，未刊。

小传中未提及黄金台的另一重要著述，那就是十分用心记录的日记。首次发现黄金台日记并将其作为研究资料的是中国人民大学文学院教授郑志良①。据郑氏考证，黄金台的日记上海图书馆共藏稿本35册，起于嘉庆十九年(黄金台26岁)，止于咸丰八年(黄金台70岁)。其中缺道光十八年至道光二十年，及道光二十四年至道光二十六年，共计6年。

上海图书馆藏黄金台日记稿本共35册，《鹂声馆日志》第一册与黄金台日记稿本主体部分分开，第一册列为普通古籍，主体部分列为善本，藏于善本书库。郑志良教授首次利用，并指出两部分的关系。第一册日记从每年起始记录来看，是嘉庆二十年、嘉庆二十一年记录；然笔者在整理过程中，发现稿本情况较为复杂，可以推测目前第一册稿本不是稿本原貌，很有可能在清末或民国时期经过重新装订，

---

① 黄金台日记的发现与文献价值的揭示，郑志良是先行者。郑志良对清代戏曲、小说文献十分熟悉，他曾于2013年、2014年向笔者提示黄金台日记的价值，并告知其中多有书籍史史料。关于这一日记的研究，他撰有《黄金台〈听鹂馆日识〉中小说、戏曲资料探释》，载于南京大学中国文学与东亚文明研究协同创新中心、《文学遗产》编辑部合编的《越界与融合：清代文学国际学术研讨会论文集》(南京，2015年，第44—62页)。本文在此引用日记时，亦按照郑志良所采用的办法，在日期数字后加上“日”字，以便于阅读。

其中有错位部分，有缺失部分，还有“多余”的一部分，此即嘉庆十九年黄金台26岁日记残稿。将两部分稿本合并统计，黄氏现存39年日记，其中嘉庆十九年残缺。

黄金台日记稿本的题名不同时段有变化，日记缺失年份无法考证，现将存稿题名梳理如下：

嘉庆十九年日记因为残缺，题名不详，很有可能题为《鹂声馆日志》。

嘉庆二十年至道光七年日记，题名《鹂声馆日志》。

道光八年至道光二十三年日记，题名《木鸡书屋日志》，其中道光十二年题名《木鸡书屋日记》，道光十五年、道光二十一年日记卷首残，题名不详。

道光二十七年至道光二十九年日记，题名《九孙居日志》。

道光三十年至咸丰二年日记，题名《半衰老人日志》。

咸丰三年日记卷首残，题名似为《听鹂居日志》。

咸丰四年日记，题名《美迟书室日志》。

咸丰五年日记，题名《便佳室日志》。

咸丰六年日记卷首残，题名仅存“志”字。

咸丰七年日记，题名《待燕庐日志》。

咸丰八年日记，题名《算亥居日志》。

总体看来，现存的黄金台日记、诗文及其他著述，就是清代晚期江南地区一位中下层文人日常生活的反映与记录；作为研究个案，黄氏日记有难得的平实性与自足性，这种文献特质更有助于反映他生活的基本风貌。稍早关于这一日记价值的评说，是现存于黄氏稿本日记第二册卷首的孙振麟1938年题识，其中有语云：

> 吾邑在嘉道时，人才之盛，不让于雍乾，即科第而论，以鼎甲起家而掌文衡称宗匠者，每岁每科必联镳并起，观识中所述，非与先生相过从，即与先生相唱和，其学殖之淹贯，文辞之彪炳，有

自来也。其他风俗之厚薄，人情之冷暖，物价之低昂，综计三十余年，罔不殚述。其有关一代之文献或一家之搜藏，而为前人未及称述者，则据所闻所见一一笔之于书，使后之人有所考核，则当与钱警石之《曝书日志》、李莼客之《越缦堂日记》并传。

黄金台日记的重要价值，郑志良在论文中对其中所蕴藏的《红楼梦》《金瓶梅》《聊斋志异》以及戏曲史料有充分揭示，然还有很大的开掘空间。如孙振麟题识中所言，“风俗之厚薄，人情之冷暖，物价之低昂”所指示的社会风俗、物价等，记录颇为细致；此外还有地方民生、鸦片战争、灾荒、吏治、科举与教育、地方文人活动等诸多记录，日记中皆有原始的连续性记载。

仅就文献及文人活动而言，若进一步揭示黄氏日记的独特之处，其中关于书籍的撰著、编辑、刊印、借还、赠送、买卖的记录值得特别关注。这些记录有相当一部分头尾俱在，有一种难得的完整性。为从具体路径展现黄金台日记的价值，在此重点探究：黄氏日记所记录的诗文集的价格为何如此便宜？清人刻印自己的诗文集是否主要是为牟利？在人际交流的网络中书籍作为礼物如何流动？不同的阶层是否有不同的书籍世界？书籍借还大致有定期、阅读有大致趋向与学术群体的形成有多大关联？黄氏近似疯狂的借阅、抄录行为，如何从“类”或“群”的层面上思考其意义？据此典型个案，如何进一步探究清代书籍流动与地方社会文化的关系？

## 二、似乎有些陌生的购书清单和书价

黄金台日记记载在平湖、嘉兴、杭州书肆买书事共65次，每次列出书单，其中63次标明购书价格。其中有两次购书，黄金台“为之狂喜”“喜心翻倒”：

(道光十二年四月)初七……至儒雅堂书肆，购得傅青主《霜红氍诗钞》两本、陈古渔《诗概》六卷、邵子湘《青门剩稿》八卷、孔璧六《聊园文集》一卷、汪蓉洲《题杜草堂骈体》一卷、高大立《固哉叟诗钞》八卷、张铁珊《兰玉堂诗文集》廿一卷、《洛如诗钞》六卷(以上八种,价只四百八十文,不禁为之狂喜)……过旧书摊,又买得徐龙友《凌雪轩诗》六卷、彭南畇诗两卷、《遂园禊饮集》三卷。(价只二十四文。)

(道光二十二年十月)廿八……到禾以来,于旧书肆购得魏兴士诗文集六卷、《汤文正疏稿》一卷、宋牧仲《吴风》二卷、沈天陆《蒹庵集》二卷、陈雨山《玉照亭诗》二十卷、李玉洲《贞一斋诗集》十卷、张浦山《强恕斋文钞》五卷、杜紫纶《云川阁诗集》六卷、徐敬斋文集一卷、程柯坪《爽籁山房集》二卷、戚鹤泉文钞续选九卷、朱载坤《清谷文钞》六卷、邵椾亭诗文钞六卷、汪容川《获经堂诗》八卷、金二雅《播琴堂诗文集》十八卷、鲁絜非《山木居士外集》四卷、顾谔斋《列女乐府》六卷、徐雪轩《南州文钞》一卷(缺)、沈心斋《紫薇山人诗钞》八卷、钱黄与[予]《冲斋诗稿》四卷、程翰千《心香斋诗》四卷、徐价人《闽游诗话》三卷、许衡紫《楚尾诗钞》一卷、朱梓庐《壶山自吟稿》二卷、夏守白《清琅室诗》三卷、朱兰坞《铁庵同怀诗钞》二卷、《五泄纪游诗》一卷、朱酉生《遗砚楼小集》一卷。又时下《律赋金针集》、《律赋聚星集》、《律赋锦粲集》。共三十一种,计钱只一千三百九十。此番书籍甚众,价亦最廉,满载而归,为之喜心翻倒。①

学界对黄丕烈在藏书题识中所记录的书价比较关注,因为黄丕烈是藏书大家,他的藏书题识写法又独树一帜,故论清代书价,会首先想到他的多种记录。此处选择数例与上列书价作比较:

嘉庆十三年七月,宋本《棠阴比事》一卷,"出番饼十四枚";九月,

---

① 黄金台所记书名只是大致记录,与实际书名略有差异。

旧抄本《五代会要》三十卷,"出番饼十四枚"。嘉庆十九年,"白露后一日,旧抄本《纬略》,索直十二番"。道光四年闰七月,"洪武刻《元史节要》,张美和编,二册,十三洋。钱东涧抄陶九成《草莽私乘》一册,十三洋。朱竹垞抄《美合集》一册,六洋四角。此何太虚《知非堂稿》一册,二洋"。[①] 其中"番饼""洋",皆为银元别称。

略作比较,无论是书的品种还是书价,似乎是来自两个不同的世界。黄金台两份书单中所列,皆本朝人著述,多为诗文集。第一份书单所收书为雍正、康熙、乾隆朝刻本。第二份书单所收前 28 种书,有 3 种不能查考,其余 25 种中有 6 种嘉庆刻本,17 种乾隆刻本。浙江作者有 10 人[②]。

第一份书单所列书刊刻时间偏早,但书价整体低廉。第二份书单所列,对于黄金台而言,晚近人物更多,且知名度也偏低。后面所列三种赋总集,当为科举用书。8 种 480 文,平均每种 60 文;31 种 1190 文,则平均每种近 39 文。若不考虑每种书卷册多少以及在西方石印术传入之前律赋总集的价格不菲,则可推知与黄金台同时或稍早如乾嘉朝作者的诗文集的平均书价,或许更低。第一份书单中 3 种诗集仅 24 文,更可作为一则显示近人诗文集价格便宜的内证。

---

① 黄寿成《外国银圆在中国的流通》,见《中国典籍与文化》1994 年第 4 期。利用黄丕烈藏书题跋,研究清代书价的论文有袁逸《清代书籍价格考:中国历代书价考之三(下)》,见《编辑之友》1995 年第 3 期;陈东辉《黄丕烈题跋所反映的清中期古书价格诸问题探微》,见《文献》2013 年第 5 期。清代书价,无论是旧刻旧抄,还是本朝新刻书籍,起伏变化较大。相较而言,嘉庆至咸丰初年书价较稳定便宜,同光两朝书价大涨,同一版本的书,价格较此前稳定时段上涨五六倍甚至近十倍。参照张桂丽整理《越缦堂书目笺证》(中华书局,2013 年)所记书价以及李慈铭的叙说。本文讨论的时间范围,就设定在这一书价相对稳定的时段。

② 据李灵年、杨忠主编《清人别集总目》,安徽教育出版社,2000 年。

24 文或 60 文到底值多少钱,不妨以米价作参照①。黄金台道光十一年(1831)十一月十七日日记有一条十分重要的记录:

斗米至四百二十文。

一斗重 16 斤,则每斤米约 26 文。黄氏如此记录,当是已经上涨的米价。张德昌据李慈铭 1884 年日记,换算出京城米价每斤 26 文②。考虑京城米贵及黄氏所记为已上涨的米价,则嘉兴府正常米价每斤在 20 文上下③。如此回看两份令黄氏狂喜的书单,则两三斤米可换一种有一定厚度的近人诗文集了。

两份购书清单所列应不是书肆清仓处理的"特价书"。在黄氏日记中还有数种价格近似的书籍:

《万柘坡诗文集》十二卷、郁奕武《吟兰书屋诗文集》六卷,120 文。(道光十二年四月初四)

---

① 由于没有统一的物价指数,最有代表性的、最可感知的应是米价。

② 关于一斗米等于多少斤,黄冕堂指出:"南方大米自清代至民国时期一石均为 160 斤。"见《中国历代物价问题考述》,齐鲁书社,2008 年,第 67 页。李慈铭日记中有"买米 618 斤,用银 11.74 两"的记载,见张德昌《清季一个京官的生活》,香港中文大学出版社,1970 年,第 255 页。转引自邵义《过去的钱值多少钱》,上海人民出版社,2010 年,第 39 页。

③ 黄冕堂书中有一条道光十七年六月嘉兴府米价的记录:"赊米一石,作洋银二圆三角。"则一斤米不足 17 文。见《中国历代物价问题考述》,第 325 页。清代米价研究颇为复杂,涉及斗石问题、米谷折算问题、米的等级问题,参见全汉昇《清雍正年间(1723—1735)的米价》,见氏著《中国经济史论丛》,新亚研究所,1972 年,第 517—545 页。就黄金台所处时段全国米价问题而言,道光元年至道光十年,每公石制钱 2524 文,道光十一年至二十年合钱 3548 文,道光二十一年至三十年合钱 3871 文,咸丰元年至咸丰十年合钱 2914 文。据秦佩珩《明清社会经济史论稿》,中州古籍出版社,1984 年,第 194—195 页。相关研究,皆不能十分精准或有很强针对性,只可作为参考。

张药斋《咏花轩诗集》六卷、董苍水《南村渔舍诗草》七卷、熊蔗泉《砚雨斋诗集》一卷、张浦山胡书巢《入蜀纪行合编》二卷，270 文。（同上，四月初九）

何乐天《停云轩古诗抄》二卷，10 文。（同上，四月二十日）

周让谷《十诵斋诗集》四卷、翟晴江《无不宜斋诗集》四卷、桑轩竹《菲泉书屋诗文集》八卷，192 文。（同上，八月初一，购于杭州）

王士禛《谐声别部》七卷、赵天羽《江淮采风集》十二卷，65 文。（同上，八月十六日，购于杭州）

张绿春《趋庭集》二卷、汪西颢《盘西纪游诗》一卷、张惺斋《黄山纪游诗》一卷，50 文。（同上，十一月二十日，购于杭州）

王槐堂、归佩珊诗集二种，26 文。（道光十三年八月十三日，购于嘉兴）

查咸斋文一册，24 文；李海门诗二卷，60 文。（道光十五年五月初二）

类似的便宜书价，黄金台还有 7 次记录，此处不再列举。诗文集如此价格，要远远低于它们的成本价。黄金台日记中记录了他的《木鸡书屋文集》从初集到四集的雕版、刷印、装订费用以及每次初印册数：

道光七年十月二十一日，“以所刊骈体文四卷付冯文焕刷订二百部，定价十洋（连前刻资廿二洋，一并付清）”。

道光十二年二月二十七日，“以骈体文二集六十篇付钱渭山店雕刊，议定刻价三十千（字数约四万二千，而价只如此，皆由介庵一人之力）”。

道光十二年闰九月十六日，“同鲁介庵至钱渭山店，属其刷印文集二百部，定价十洋”。

道光二十三年九月初一，“重校三集文稿一过，共八十三篇，刻费五十千。盛云泉独任其事，感激难名。今将刷印百五十部”。

咸丰元年十一月十六日，“顾榕屏寄来《木鸡书屋四集》文样本，共六卷，计八十一篇，字数约五万九千有余”。

咸丰元年十一月二十日，“……付讫刻资三十三洋，约四十八千有余，即属其刷印二百部，每部八十七文”。

《木鸡书屋四集》“刻资三十三洋，约四十千有余”，包含重要信息，即一块外国银元能折算成多少文钱。据此可推知一洋可换 1200 余文铜钱[①]。三十三洋应为刻资，每部 200 文，加上刷印每部费用 87 文，则每部价格 287 文，总价 57 千文。依此兑换计算初集每部 190 文，总价 38 千文；二集每部 210 文，总价 42 千文。三集因只有刻费，无法确算其价格，但每部应在 400 文以上。

黄金台文集的卷册并不多，但其成本价明显高出前两份书单的平均书价。与黄金台三部文集价格相差不多(从 150 文至 300 文之间)的别集，在其日记中也有一些记录：

《毛西河文选》十一卷、吴汉槎《秋笳集》八卷，420 文。(道光四年三月十四日，购于平湖)

《沈归愚文钞》十二卷，140 文。(道光五年八月十六日)

---

① 关于洋钱如何换银两、中国清代流通洋钱的多种名称以及如何换算，得到南京大学历史学院范金民教授指点。若一块银元换 0.72 两银子，一两银子换 1700 文钱，则一块银元约可换 1200 文铜钱，正与黄金台日记所记接近。又汪辉祖《病榻梦痕录》记嘉庆元年京师“每番银一圆，直制钱一千七八九十文，市肆交易，竟有作钱一千一百三四十至七八十者”。转引自黄寿成《外国银圆在中国的流通》，第 124 页。清代银钱比价应以银一两换钱一千文作为平价。乾隆朝后期是一个转变时期，此前，一两银子换 700—900 文；此后银贵钱贱，一两银子换一千两三百文至一千五六百文，或者接近两千文。据王宏斌综合各种史料编制的“各省区银钱比价市场波动情况表(1804—1853 年)”，浙江省道光十九年银一两合钱 1400—1500 文，道光二十年 1600 文上下，道光二十三年 1500—1600 文。见王宏斌著《清代价值尺度：货币比价研究》，三联书店，2015 年，第 196—198 页。此处结合黄金台日记中的“内部线索”，暂忽略价格波动，以一两银子换 1600 文来计算。参照数据参见黄冕堂《中国历代物价问题考述》中“清代历年银钱比价表”，第 10—13 页。

鲁秋塍文钞十二卷、秦留仙文集六卷、汪松泉文集廿二卷、钱竹汀《潜研堂文集》五十卷、杭堇浦《岭南集》八卷,1200 文。(道光八年八月十七日,购于杭州)

徐尚之《教经堂文集》十卷、邵叔山《玉芝堂诗文集》九卷,425 文。(道光十二年四月初二,购于嘉兴)

李富孙《校经庼诗文稿》十七卷,150 文。(道光二十一年三月十九日)

以上所举别集作者,知名度明显要高于黄金台,也大多要高于前文所列“低价书”作者。但还有价格更高的集部书,已经不限于别集:

《吴诗集览》二十卷、《国朝六家诗钞》八卷,2750 文。(嘉庆二十三年十一月十八日)

《四六法海》十二卷、《国朝二十四家文钞》二十四卷、《通鉴纲目挈要》二十九卷、《张船山诗选》二十卷,2000 文。(道光三年十二月初六)①

《曝书亭诗文集》八十卷,《移晴堂四六句》二卷,930 文。(道光六年三月初六)

《鲒埼亭文集》四十卷、《诂经精舍课艺》十四卷,1100 文。(道光六年三月初九)

《切问斋文钞》三十卷,1150 文。(道光七年十月二十二日)

《两浙校官诗》十六本,1200 文。(咸丰二年五月初十)

至此,可对黄金台日记中收录的集部价格作一分层性的总结:总集因其文献价值高、卷册多,价格都比较高;时代稍早,如清初作者全祖望、朱彝尊等,以及乾嘉时知名作者的集子,价格也比较高;而离黄金台较近、知名度不高的作者的别集,几乎是两三斤米的价钱。

---

① 《通鉴纲目挈要》是史书,有数种书卷数,根据相关书目补出。银、洋换算,依据平均数。

清代私家藏书风气兴盛，或追求旧刻旧抄，或搜集名编名作，在此种氛围中，一般文人刻印自己的诗文集如何决定刷印部数，似要掂量。雕版印刷中每次每种书一般刷印一二百部，而不是四五百部，不单纯是受技术因素制约，也是作者权衡的一种结果①。黄金台每次刷印文集，或150部，或200部，不够用，则再用现成雕版刷印，道光二十二年十一月廿七日日记："并所刷初、二集文稿各五十部，计钱五千五百，介庵助二千五百。"便是试探性印刷的例子。

黄金台往往在每年日记末尾记录家庭收入、支出情况，如道光十五年"进钱"约50千，"出钱"69千；道光十六年"进钱"97千，"出钱"77千；而咸丰六年"进钱"仅25千，"出钱"52千，黄金台不免发出"未有之奇穷"的感叹。

这类记录中，嘉庆二十五年至道光十四年只有14年有出钱记录，年均出钱72千；道光十五年至咸丰七年有14年有进钱、出钱记录，年均进钱127千，出钱147千。印一种文集对于黄金台而言，绝非易事。一种文集的刊刻费用接近年出钱或占年出钱数大部分的年份(即年用钱数在70千以下)有12年。在14个有进钱数的年份中，有4年在70千以下。在14个有进钱、出钱数记录的年份中，有7年入不敷出，有时差额还相当大，如咸丰六年的"奇穷"。在这种经济境况中，刊印自己的诗文集，无疑是件奢侈的消费②。这也是清代很多

---

① 何朝晖在研究古代雕版印刷的印数问题时，搜集清代多类书籍的印数，一般印数是一二百部，多者四百部。其中有两例关于集部的雕印，印数皆为百部。王芑孙致友人信云："仆续刻文集，去岁华亭门人出资成之，然止印百部。俄顷之间，忽已散尽，今亦未能重印。"刘文淇为韦西山刊诗文集《经遗堂集》，刷印百部。见《试论中国传统雕版书籍的印数及相关问题》，《浙江大学学报》2010年第1期。后收入周生春、何朝晖编《印刷与市场国际会议论文集》，浙江大学出版社，2012年，第208页。

② 黄金台日记记录道光二十七年进钱147千，出钱228千，其中买地45.5千。则刊印书对于黄氏而言，近似置买田地的"豪举"。

文人生前无力刊印自己的著述的重要原因，他们一生心力所寄的文字，多以稿抄本形式存在；或在过世多年以后，由其后人、弟子、同乡后学刊刻。

由以上梳理，可作推论：

其一，以黄金台的年收入而言，刊印自己的集子是件很困难的事，在较多年份，几乎不可能。就其著述而言，他苦心经营多年的《国朝骈体正声》五册、《国朝七律诗钞》十卷，或许因为卷帙稍多，仅以稿抄本留存于世；二书无刻本的原因，很可能是缺乏刊印资金。

其二，在清代，至少在黄金台的日记记录的书籍市场中，集部的价格因类别、作者时代、知名度等因素影响，书价差别很大，当下未成名或知名度不高的文人作品集，若进入市场，书价很可能低于成本价，近乎两三斤米价，甚至更低。

其三，比照黄金台的四种文集刊刻、刷印成本，以及对每部书印数的谨慎、书肆中集部出乎意料的低价，可知清人刊印自己的集子，主要不是将其作为商品出售。刊印或许有别的用途。

### 三、诗文集的赠送及书籍世界的脉络

在清代文人的日记、书札及藏书题识中，作为礼物的书籍有不少记录，但较零散；黄金台日记有其特别的记录原则，其中重要一点就是对书籍的记载较详尽，譬如他赠送别人或他接受别人赠送的书籍，皆有记载。日记不是无遗漏的全实录，以目前所能见到的 39 年日记统计，黄金台有 840 次赠送，接受他人赠送 251 次。黄氏的每次赠送，包含书籍种数较少，一般一二种，极少数是三四种；但接受他人赠送，往往是两三种，如道光五年七月二十六日，顾广誉送他《帝范》《茶山集》《岭表录异》《涧泉日记》《岁寒堂诗话》《浩然斋雅谈》，共 6 种；而道光五年十一月十三日何子桑一次赠送黄金台 23 种，同月十五日再送 4 种，四天后又送 2 种。大略推算，黄金台送出的书可能超 1000 种，接受的赠书似不低于 800 种。

中国传统社会最重人际交往中的礼节，十分斟酌交往中人情的分寸。文人之间交往的建立与关系的维持和发展，多依赖唱和、商讨、游玩、赏鉴等方式；此外，礼物往来也是交往中的有效媒介，对于文人日常交往而言，以书籍作为礼物应是得体且在经济上可以承受的选择。

在回溯黄金台的世界中书籍作为礼物如何流动时，有必要先考察礼物流动背后的人生轨迹与人际关系网络。黄金台的840次赠送所覆盖的范围有中心地区和辐射地区。他一生足迹在浙江、江苏两省范围之内，其中嘉兴府的平湖、嘉善、嘉兴、秀水、桐乡、海盐以及湖州府的归安、乌程、德清是其活动的中心地区，杭州府、苏州府、松江府是他数次游览的地区。晚年他入李联琇幕，到过扬州府、淮安府、常州府。

黄金台的活动范围主要由两种力量推拓形成：其一是考试与谋生。他于嘉庆十年获生员资格，十次参加乡试，在这一过程中，在平湖县城、嘉兴府城、杭州省城参加过多类别的考试，这一经历使得他必须拜访各级别的考官和地方官员。在应对考试的同时，黄金台必须谋生，教馆应是他一生中从事时间最长的职业，道光八年日记中他提到"及门诸子"；道光七年至道光十年的诗作中有《馆武林义塾半年失意而返留别董生基亨等》，则在杭州城有教馆经历；道光十二年四月在嘉兴设馆，五月又至乍浦周氏馆中。又因为他无科名，只能在级别较低的书院芦川书院教书。其二是结交同道，游览山水。黄金台的文集中有《鸳湖饯春序》(《木鸡书屋文二集》卷三)、《拙宜园记》、《游狮子林记》(三集卷四)、《南湖访秋记》、《虎阜登高记》(四集卷四)等，就是游踪记录。游山水园林与访友多并行，内河水道交通的便利，为黄金台以书籍为媒介而建立的交流网络提供助力。或许可以说黄金台的书籍世界中有其人生轨迹及江南水道的叠合。

黄金台书籍世界的建立，是由他自己主动发起、师友应和而逐渐形成的。发动的主要力量源自中下层文人试图抬高身价、获得声名的努力，当然，不能忽略他对作为文化象征的书籍的喜好。诸如道光十六年和道光二十二年日记中所记载的类似事情，在黄金台的日常生活中应不时发生：

> （五月）初十……访曹种水词翁（名言纯，嘉兴岁贡生，年七十一），赠以二集文一部，种水答赠词稿两册。
>
> （八月）十五……至北门内访姜小枚（名皋，恩贡生，年六十，岸然道貌，最工骈体，余慕其名二十年矣，今日始得见之），赠以文稿初、二集。小枚答赠《香瓦楼市箫集》七卷，俱系骈体，又龚定庵《己亥杂诗》一册。

两次主动，成就了两次似乎期盼已久的访谈，也促成了书籍的交流。这种主动以及主动性结果可观的累积，以黄金台赠送自己的诗文集表现得最为充分。黄氏所赠送，有《左国闲吟》《木鸡书屋诗选》，此处关注的是其《木鸡书屋文》初、二、三、四集。骈文是黄金台最得意的文体，而四个集子的三十年赠送，呈现了黄氏主动行为的连续性。以下为统计黄氏日记中各集赠送数量：

初集：道光七年刊刻，共印 250 部。统计至咸丰八年，其中缺 6 年记录。共赠送 84 部。

二集：道光十二年刊刻，共印 250 部。统计至咸丰八年，其中缺 6 年记录。共赠送 126 部。

三集：道光二十三年刊刻，共印 150 部。统计至咸丰八年，其中缺 3 年记录。共赠送 97 部。

四集：咸丰元年刊刻，共印 200 部。统计至咸丰八年，共赠送 107 部。

在不考虑道光十八年至二十年、道光二十四年至二十六年信息缺失的情况下，后三集的赠书数量已超过印数的一半，若推测补入，则赠送书比重更大。特别是《木鸡书屋文三集》的数据，增长幅度应该更大，因为黄金台赠送书最频繁的是在书刊刻当年及次年，以四集的赠送状况可推想三集绝大部分应该是作为礼物赠送的。

赠送数量的多少，取决于黄金台交游圈的变化，初集、二集赠送比例稍逊后二集，是因为其交游群体的扩展拓宽，至道光二十三年五十五岁前后，他的声名影响已经形成，交游群体稳定中略有扩增（见下表）。

**咸丰元年至咸丰八年《木鸡书屋文》赠送情况表**

| 《木鸡书屋文》 | 初集 | 二集 | 三集 | 四集 |
|---|---|---|---|---|
| 咸丰元年 | 6 | 4 | 5 | 13 |
| 咸丰二年 | 3 | 2 | 3 | 38 |
| 咸丰三年 | × | × | × | 7 |
| 咸丰四年 | 1 | 1 | 1 | 13 |
| 咸丰五年 | 1 | 1 | 3 | 8 |
| 咸丰六年 | × | × | 1 | 11 |
| 咸丰七年 | × | × | 3 | 12 |
| 咸丰八年 | 1 | 1 | × | 3 |
| 合计 | 12 | 9 | 16 | 107 |

《木鸡书屋文四集》于咸丰元年十一月刊印，故当年送书只有13部，至次年大增，其后下降，但每年仍送出若干种，这种持续性在咸丰元年至咸丰八年前三集的赠送中也有显现。主送第四集时，前三集也在"配搭"或"补充"赠送，四集所赠送的107人可视为基本交游群，前三集可视为"意料之外"的交游群。这100余人是黄金台声名确立后的较为稳定的交游群体，二集、三集刊刻以来没有大起大落、二三十年稳中有增，既表明黄金台在以嘉兴府为中心区域的认可程度，也是和平年代一地文化兴盛的表征。

在多年的书籍赠送中，黄金台与师友关系的亲密程度大致可以辨出；而书籍的选择、组合，似乎在根据“场合”作出调整。譬如，初次见面是送对方诗文全集还是送一种或二种，其中不乏讲究之意。仍梳理摘录黄氏日记中的若干条记录：

道光十二年四月十九日，黄金台子黄晋駼府试列十二名。黄金台“率晋駼叩谢克伯诗太守，并呈文稿一册”。

道光十三年九月初八，到杭州，“以文稿初、二集投赠沈露斯邑侯（名逢恩，福建闽县人，癸未进士）”。

道光十四年九月十九日，“以文稿初、二集呈郑稼轩邑侯（名锦声，福建侯官人，癸酉孝廉）”。

道光十七年九月廿三日，“过柯春塘，以文稿初、二集托其携至郡中，呈新太守王公（名寿昌，高邮人）”。

道光二十三年九月十四日、二十一日，先后赠许乃裕教谕、吉桐生巡检（山西人）初、二、三集。十一月四日，“谒龙见田司马（名光甸，广西临桂人，己卯孝廉，其子名启瑞，字翰臣，辛丑状元），呈文稿初、二、三集”。

道光二十八年十一月二十日，“寄赠邑侯高公诗文全稿”。

道光三十一年四月十一日，“赠嘉兴朱述之明府诗文全集”。

咸丰七年六月初三，“谒见李小湖先生，呈《木鸡书屋诗文全集》”。李答赠其祖《韦庐诗集》八卷。

与黄金台有多年交往的至交，自然会累积性地获赠诗文全集；一般性交往的，黄赠以新近所刻一种或二种诗文集；而凡是“回溯性”地赠送诗文全集或种数较多的集子，有其特别用意，而此时日记所用文字亦较特别，用“拜”“谒”“呈”等字，从上下文来看，多是在县城、府城、省城，多是自己或儿子或学生参加考试之际。此场合所呈赠的是自己的骈文集，意欲显示自己的才情与学问。此种举动几可视为唐代进士行卷的余波。程千帆称唐代进士行卷是“增加自己及第希望的一种手段”，“是一种凭借作品进行自我介绍的手段；而这种手段之所以能够存在和盛行,则是和当时的选举制度分不开的”[①]。黄金台的投赠所产生的效用虽然不如唐代进士行卷那般明显,然在清代的乡试以下各类考试仍然有漏洞,人情世界中仍“有机可乘”。而晚年的投赠,则期待有所用。果然咸丰七年六月投赠李联琇之后,八月随李氏至淮安府、常州府参加各县生员考试,这是他人生中光彩的一笔[②]。

如果说黄金台以上的投赠有功利意味,他与道士、弟子的书籍往还则要本真朴素许多。黄金台与三名道士有交往,海盐至真观赵凌州道士有诗稿,尝请黄氏撰序,赠黄氏“银二饼”及他人诗集 1 种,得到黄氏赠书 4 种。张云槎也是海盐的道士,赠黄氏书 2 种,得黄氏赠书 11 种。黄氏赠书,多用寄送方式。殷梦蔬道士是黄氏晚年结交之友,共得赠书 12 种。钟步崧(穆园)、卢奕春(揖桥)是他日记中留下记录较多的弟子,他们同时出现在道光六年的日记中,应是同时跟从黄金台读书。其时黄金台三十八岁,至其六十多岁的日记中,还有二人身影[③]。日记中记录钟氏得到老师的 15 种赠书,回赠老师 1 种;卢氏也得到老师的 15 种赠书,回赠老师 3 种。黄金台的另一名弟子张蒲卿自道光二十三年起也得到老师的 15 种赠书。道光三十年,黄金台主讲芦川书院,作为书院考课奖励,他先后于三月初三、五月初五、六月廿六日、八月十八日、九月三十日、十二月三十日向考课中成

① 程千帆《唐代进士行卷与文学》,见《程千帆全集》第 3 册,凤凰出版社,2023 年,第 557 页。

② 黄金台《通州试院寄从弟丽春及儿子晋翻书》有识语云:“丁巳六月至戊午五月从小湖学使校文大江南北,共阅一万三千八百二十卷。虽黄茅白苇,一望皆然,而其中理法清真、词华炳蔚者正复不鲜,计得士七百六十人。今录其最惬意者二百余人姓名于左,以验他日之成就。”见《木鸡书屋文五集》,《清代诗文集汇编》本,第 307 页。

③ 在《木鸡书屋文二集》卷五中,收录黄金台《与门人卢揖桥书》,卷末有道光壬辰钟氏跋。

绩出色的生徒赠送书籍 62 种，从此前日记所记录信息来看，可基本断定这是黄金台自己的藏书，其中有《木鸡书屋文》初集与二集、《木鸡书屋诗集》、《左国闲吟》。

黄金台及其友朋还会购买其他人著作多部，然后分赠。道光五年九月黄氏购买《青云集试帖》3 部，稍后将其中 2 部分赠顾柳溪、周晓山。咸丰四年七月，郁荻桥赠黄金台《贯珠赋抄》2 部，又托黄氏销售 15 部；但在黄氏此后的日记中可发现，到黄金台手中的 17 部书，作为礼物送出的有 10 部，则其中至少有 8 部是自己买下，再送他人。由此可检视黄金台日记中某种书购买多部的现象：如道光十二年，鲁介庵帮助刊刻《木鸡书屋文》二集，黄氏当然要赠送一册，但在当年及次年日记中有“介庵取余文集九部”“鲁介庵复购余文稿五部”；道光十五年四至五月，黄金台分别赠顾蓉屏（邦杰）、俞荔卿、张云槎《鸳湖六子诗抄》；道光二十七年三月，黄氏“为柯春塘代购《生斋诗集》十部”。道光二十三年九月，黄氏赠顾蓉屏一部《木鸡书屋文》三集，数天后，顾氏又购三集 10 部。类似这样的购买，已经不限于买书阅读的范围，其中必有赠送，如同黄氏处理《青云集试帖》《贯珠赋抄》手法。推赏、赞助式的购买涵括赠送，书籍的流转中伴随情谊的传递。

书籍的赠送背后还有不少细微的脉络，赠送可能与回报有关，如黄金台帮人编选、评点诗文集，为他人写序题辞，似乎都有回报。一部分直接用酬金（笔资），更多的是赠送相关书籍。道光二十二年徐熊飞《白鹄山房文集》由盛云泉刊刻，文集有黄金台撰骈文序，黄因此得到 5 部赠书；道光二十九年，盛云泉刊刻朱秋田《享帚山房诗》[①]，卷首有黄金台作《享帚山房图记》，黄因此得到 10 部赠书。

前文通过数据多方比照，认为黄金台刊印自己的诗文集是很困难的，在某些年份甚至是不可能的事。他刊刻《木鸡书屋文二集》，得

① 此集查各大图书馆目录以及《清人别集总目》，皆未见。

到顾蓉屏、刘瑞圃、赵凌州、罗杰亭等13人捐助的刊刻费25块银元，其中刊印前得7元，刊印后得18元。刊印前得到捐助，必有答赠；刊印后赠送书籍，友朋有赞助性的回报。刊刻《木鸡书屋文三集》的捐助，因为关键年份信息的缺失，目前只见到顾蓉屏、盛云泉捐助的3元①。黄金台的诗文集有小部分售卖，有些买卖价格基本是成本价，如道光二十九年十一月吉桐生从杭州寄"佛银二枚"，欲购全集三四部，黄金台复信时，附诗文全稿四部。此时"全集"应包括文三集与《木鸡书屋诗选》，"佛银二枚"大约可折换成2400文，买4部"诗文全稿"，应是成本价。道光二十七年十一月"贝润孙赠洋银二枚，求余文稿初、二集"，初、二集大约共需400文，则此"求"实有"赠"的性质。

赠送，很可能有相应的答赠，在以黄金台为中心的书籍赠答记录中，有46次赠送当场就有答赠。实际上属于答赠一类的书籍流动，应不止此数目，只是未确切表明而已。在答赠或赠送中，不少人特意送自家先辈或家中同辈的书籍，这类记录有15例。如道光十四年二月初五，徐辛庵寄赠其父《漱芳园遗稿》。道光二十三年五月十四日，赠王海客（名友光，华亭人）"以文稿二集，彼即答赠尊人澹渊孝廉《洞庭诗文集》四册，共三十卷"。道光二十九年四月十四日，"二田以其伯父寿乔《一隅草堂全稿》十六本……见赠"。暂时将注意点转到黄氏友朋身上，他们的赠送，或为先辈扬名，或示家学流衍。由此可推知家族成员的诗文集有一部分是作为礼物赠送。检缪荃孙的日记，他于光绪二十五年刊其家族诗总集《旧德集》。汇合从光绪二十五年至1918年的日记记录，他向78人赠送了家集，其中光绪二十五年赠

---

① 捐资刻书是一种十分值得称道的文化传统。沈筠（浪仙）有一诗《校阅亡友陈愚泉镜池楼遗稿事竣念昔感今纪诗卷尾时戊戌冬既望》，诗有注云："海昌宋省兰、吴门查瀛山、同里邹芷翁、刘心葭、盛云泉、莫颖波、鳌晋安诸君解囊助梓。"其中刘氏、盛氏是黄金台的朋友。见沈筠《守经堂诗集》卷六，光绪刻本。

送27人，光绪二十六年赠送14人，光绪二十七年赠送28人。几种材料皆可再次证明自刊别集或刊家族人别集、总集，其主要用意不在于销售获利，而是在于保存文献、阐扬先德。

总之，书籍作为礼物有其文化意义；然需要进一步分辨的是，将自己或家人、族人的集子刊印作为礼物，不同于买其他书籍作为礼物赠送。前一种文化行为牵动的是更深厚的人情关联，书籍是“前商品时段”的“有情之物”；后一种文化行为中的书籍，似可简单化解为一种有一定文化涵意的讲究的物品，书籍的作用或许近似一坛酒、一柄折扇。

## 四、趣味、地域特征与“中层书籍世界”

统计黄氏39年日记，黄氏向友朋等借书164次，友朋向他借书172次。这一组数字不如赠书一组数字显眼，然其中亦自有独特的“书籍世界”。彼此借还，前提是彼此有一定数量的藏书。与黄金台有多次赠答借还的文人，家中多有一定数量的藏书。

周边友人的藏书，对于热衷于摘录编选的黄金台而言，就是一个“松散的书库”，这些“书库”为黄氏提供相当的便利，有时黄氏可一次借录某人家藏的五六种诗文集。各“书库”对黄氏开放的时间比较长，黄氏自37岁至69岁向顾广誉借书或得其赠送；自44岁至70岁与顾邦杰有此类交往；自53岁至67岁与沈筠有此类交往；自53岁至69岁与计光炘有此类交往。

沈筠被学者称为“清末中国研究日本的先驱者”①，沈、黄同乡，生卒年相近，都卒于太平军攻陷平湖之后。二人均无科名②，但都酷

---

① 石晓军《清末中国研究日本的先驱者沈筠事迹考》，见《浙江工商大学学报》2014年第2期。

② 黄金台这一文人群体中，多无科名者，可考知顾邦杰（蓉屏）为廪生，费椿（春林）是诸生，卢揖桥（奕春）道光四年补博士弟子员，贾敦艮（芝房）是诸生。

爱读书，著述都比较多[①]。据沈筠同治元年四月避乱南汇时所编《守经堂补亡书目》及《未刻诸稿》[②]，其中收书 204 种。这是沈筠“最低限度的”藏书。以“补亡书目”和黄金台日记所记与沈筠的交往，可进一步“还原”二人之间书籍往还的细节。黄氏赠沈氏的诗文全集，沈目有著录，沈氏借给、赠送黄氏的诸多书，如《龙湫嗣音集》《镜池楼诗》《耐冷续谈》《鸡窗百二稿》《棠荫录》《海盐徐氏诗》亦在目录中，其中后五种沈氏很可能是将复本送给黄氏。其他为沈氏目录所记，又见于黄氏日记、为黄氏摘抄阅读者，有近 30 种。此种重合正可见阅读兴趣在某些方面的重合。沈氏目录所列嘉兴及周边区域地方文献有 34 种。黄金台师友的诗文集，沈氏目录中多有著录。

黄金台日记有丰富的关于书籍的借还记录，包括一次借书遭拒、十余次彼此索还。其中黄氏借还友朋书籍的记录有 164 次，他人向黄氏借还的记录有 172 次。两种借还记录中有完整借还日期的共有 157 次。大多数借阅期在 180 天以内，超过 180 天的只有七八种，看来黄金台及其朋友对于书籍的借阅时段都心中有谱。有共同遵循的规则，才可能结成相投合的群体。与管庭芬日记中所记录的海宁书籍群体一样，以黄金台为中心的这一群体也有书籍共同体性质[③]。

在探讨管庭芬日记中书籍借还记录对于“书籍共同体”的重要意义时，笔者特别揭示这类琐细记录中包含的“潜在规约”以及规约运

① 据沈筠《守经堂自著书》所列“行箧所存者十七种”“辛酉三月遭毁者二十四种”统计，沈氏自著书有 41 种。见《守经堂诗集》卷末附录，光绪刻本。

② 沈筠《守经堂诗集》卷末附录。《未刻诸稿》小字下标注“随身携带者用墨卷标出”，则可据此推测“补亡书目”是据记忆补录的书目。

③ “共同体”概念，有复杂内涵，此处只是表层借用。参考齐格蒙特·鲍曼著、欧阳景根译《共同体》，江苏人民出版社，2003 年。

作中的诚信。书籍有借有还，且按期归还，是书籍进一步流动的重要保障。

若将目光投向前文所提及的、道光十二年和道光二十二年黄金台“为之狂喜”“喜心翻倒”的两份购书清单，或许有异样的感觉：一些书名今天我们略知晓，但对书的内容可能感到很陌生；再看黄金台日记中关于书籍的借还、赠答、买卖、抄录，书籍层出不穷，整体感觉近似。看那两份书清单，陌生的远远多于熟悉的，其中多有亡佚或仅见诸目录著录的集子。清代浩繁的书籍，当与藏用者身处的位置及如何藏用联系时，应有层次之分。洪亮吉在《北江诗话》中将藏书家分为五等，即所谓考订家、校雠家、收藏家、赏鉴家、掠贩家，其中至少前四类所关注的应是“上层书籍”，见于黄丕烈藏书题识及钱大昕日记中的古刻古抄、经史要籍等，大致应入此四类。而黄金台以及管庭芬一类中下层文人所藏所用书籍，大多为常见刻本或晚近人著述，没有珍稀之本；然繁杂丰富中自具品味，自有难得的活力，他们所寓居的或许是“中层书籍世界”。当然还有“底层书籍世界”，包括日用杂书、初级诗文选本、应试书籍之类。

如果要标举黄金台的“中层书籍世界”的重要特征，无疑是丰富的晚近人集部书籍。在日记中，咸丰七年五月初四还有一份书单，“（二十四种）皆不易得之书，余仅以九百十文得之，此一大快事也”。24种书皆属集部。管庭芬于道光九年八月十七日在旧书铺一次买到27种书[①]，仅凭书名判断，至少有25种属于集部。约略可见从道光九年至咸丰五年，杭、嘉、湖一带书肆中有价格便宜、品种丰富的集部书。而在黄金台与友朋的书籍赠答中，集部书也是频频出现，现将日记中单次赠送在4种及以上书籍的事例梳理，可发现23次书籍赠送中，有20次主要是或全是集部。

为何是集部？因为晚近人的集子最初刊印主要并非作为谋利的

① 管庭芬著、张廷银整理《管庭芬日记》，中华书局，2013年，第530—531页。

商品，即使某种集子有一定数量进入书肆，价格也很可能在成本价之下。但它们作为赠礼，既便宜又得体。一次能赠送 4 种及以上，即可表明它们未进入“家珍”行列。而无论黄金台还是管庭芬的日记都有许多这样的记载，接受的赠书稍后被转手送给别人——这类书籍基本卖不出好价，故继续将其作为人情礼物。而它们之所以能作为得体的礼物，或取决于当地的文学风气或文化氛围。当这些集子在被赠送之后流入书肆，或未进入礼品流程而成批进入市场，它们的价格依然便宜。周启荣指出从晚明开始，“书籍市场上从 1 钱到 1 两银的书籍应该是很多的”[①]，这是一个大致的判断；若分层细看，则还有更便宜的书，黄金台日记中的记录，就可进一步明晰书籍的价格及其层级。

黄金台读书著述，不是走经史考据的路径，与当时主流的读书治学风气不同。他的日记记录他多次重读《史记》《汉书》以至关于宋、辽、金、元、明各朝的各类史书；《文选》、唐宋八大家文特别是韩柳文，黄氏也是隔几年就会重读。不过黄氏读这些书，似乎是在觅诗料。乾隆朝开始诗坛上兴盛的写读书组诗的风气依然盛行，黄氏亦受此风气左右。嘉庆二十二年写论《文选》诗 44 首，“论百二十家之著作兼论其人品心术”。读《左传》《战国策》，则于道光二十一年写成《左国闲吟》，收咏杂事诗 128 首，七日内写成；咏《战国策》诗 66 首，四日内写成。

从黄金台借还书间隔以及阅读某种书的起止时间来看，黄金台广收博览，采取的是一种“密集式”的写作、抄录、阅读。道光元年正月、二月间，用 21 天抄写《唐诗类苑》一千首。至四月，从初四至二十七日共阅读笔记、诗话等杂书 102 种，几乎每天 4 种以上。他还用此种阅读或摘抄，“横扫”清人集部。与杂书以及集部书籍的丰充相对

---

① 周启荣《明清印刷书籍成本、价格及其商品价值的研究》，见《浙江大学学报》2010 年第 1 期。又见《印刷与市场国际学术研讨会论文集》，第 90 页。

应的是,在黄氏日记中关于经书以及科举用书基本缺记。黄氏一生追求科名,但日记中几乎看不见紧迫感,只有在对儿子黄晋豀的期待中才不掩其焦虑。他基本不记科举书,或是限于日记的某种体例,或是由于那些是俗书,不能进入他的日记,然经书记录的空白,则是一个事实。丰充与缺失的对照,显示的是黄金台及其友朋享受的是舒适读书生活,科名的追求只是生活的一部分。或许由此可以推论,读书、学问的世界其实也可划分层级,有上层的以要籍为中心的正统读书,也有如管、黄等人的"舒适的兴趣阅读"[1]。所以,尽管清代考据之学是主流,江南是其大本营,但主流没有覆盖一切,大本营内也是形形色色,并不是铁板一块。历史是选择性的建构,有意识的遗忘。这些中下层的小人物所托身的,或许正占了社会文化的大部分。

在此可选二三种笔记、小说来梳理黄金台及其友朋的"舒适的兴趣阅读"记录:

嘉庆二十二年十二月费春林向黄氏借《虞初新志》,至次年四月还。道光元年六月,黄氏向顾望山借阅《虞初续志》;道光十二年正月,黄氏重阅《虞初续志》。道光十七年,费春林赠黄氏《虞初新志》,道光二十三年徐宿生来借阅此书,咸丰元年钱小园借阅[2]。

道光二十三年十一月黄金台阅《两般秋雨庵随笔》,十二月摘录书中佳句,该月底,龚配京再次借阅此书。次年四月,龚氏又借;七月,黄氏重阅。至咸丰三年八月,黄氏花 420 文买此书一部;咸丰八年八月,重阅此书。

上文提及黄氏在三十四岁时用 2000 文购《林蕙堂全集》《水浒

---

① 此处所涉及的"舒适的兴趣阅读",当然不仅仅是以是否阅读小说、笔记等书为判断标准,更确切地说是不以科名为中心的阅读,并且有一定的自娱性质。

② 张潮编《虞初新志》通常作为文言小说,因其类型较独特,或名之曰"虞初体";近年有学者认为此书实为文章总集。感谢台湾大学中文系康韵梅教授在 2015 年 8 月浙江大学人文高等研究院暑期报告会上对此问题的提示。

传》《红楼梦》。大致推算，两部小说价格很可能在700文以上，能用高价买闲书，自是喜爱的流露。在日记中，他先后在46岁、59岁时用数天时间重温《水浒传》。余意未尽，他晚年对《荡寇志》也产生兴趣，67岁那一年读《荡寇志》三遍，68岁时又用数天时间读一遍，并作《荡寇志跋》。

《红楼梦》的流行在清代并非畅通无阻，道光年间江苏、浙江皆有查禁之事[①]。黄金台在二十九岁、三十岁两年对这部"边缘性"闲书十分迷恋，在三十九岁、四十六岁时重阅，其后仍有关于《红楼梦》的信息在日记中出现：

> （嘉庆二十二年三月）二十四……咏《红楼梦》贾宝玉，得七绝十首。
>
> （三月）二十五……咏林黛玉十首、袭人四首。
>
> （三月）二十六……咏薛宝钗八首、秦可卿四首。
>
> （四月）七日……咏柳湘莲、贾雨村各二首，薛蝌、甄宝玉各一首。（共咏《红楼梦》男子十人，女子六十人，合计一百六十首。）

这是嘉庆二十二年年初的"密集式"写作；接续此举的是从六月开始的咏戏曲集《缀白裘》，他从俞芷衫处借得48本的全套，共用25天从《金锁记》写到《邯郸梦》，共成诗103首。此前他还写过咏《聊斋志异》的诗，也有单独一册，估计也是如此写成。能速成咏小说戏曲之作，此前必有闲览的慢功夫。所谓慢，不一定是细读考据，而是从容赏鉴与品味。黄金台是戏迷[②]，似乎也是小说迷，《红楼梦》《聊斋志

---

① 赵维国《教化与惩戒：中国古代小说禁毁问题研究》，上海古籍出版社，2014年，第323—329页。

② 郑志良文揭示他如何跟随乡村戏班看戏情形。

异》在写题咏诗之前应多次寓目。狂热的题咏完毕，黄金台更有推波助澜之举。他请人作《读红楼梦图》，遍约周边文人题辞，统计日记中的记录，题辞者有 60 人，所题主要为诗，其次为词，亦有写骈文者，作者多有嘉兴府之外者，其中有 2 名和尚、2 名闺秀[①]。不选择读《聊斋》、读戏作图而选择《红楼梦》，或许是由于前二者的风雅性稍逊。就文人爱好而言，《聊斋》、戏曲是黄金台等人的“小众爱好”；《红楼梦》则是更广泛的“群体性参与”，故他能在两年之内发动如此多的人来营造更大的风雅。

《读红楼梦图》题辞的 60 人中，还有当湖书院、魏塘书院两书院的生徒。他们是否都是《红楼梦》的读者？有两种可能：其一，他们对于题图诗敷衍应付；其二，他们真的读过《红楼梦》。若《红楼梦》真有如此多读者，甚至包括方外之人，这不仅仅是红学史上有意义的事情，也为再看“中层书籍世界”提供了观察视角。一方面社会上有禁抑《红楼梦》的力量，另一方面实际生活中又有“活泼泼的”阅读。“雪夜闭门读禁书”，据说是读书人的一种乐趣，“读禁书”的存在，也揭示了规训与实际生活的距离[②]。读《红》群体虽不能过度夸大，然也不能小看其规模。在黄氏日记中，道光四年吴墨乡来借《红楼梦》，其后道光五年叶书城、道光十四年钱棣山也向他借阅。其他如道光十五年看到“馥田”所画《红楼梦图》（共 48 人），道光二十八年读《红楼梦论赞》，咸丰元年吴晓湖赠所刻《怡红集》十部，咸丰四年阅《红楼觥史》，咸丰七年赠耿思泉《红楼梦百咏》，诸如此类，既可见黄氏的兴趣，亦可见读《红》群体的存在。

---

① 黄金台《读红楼梦图》题辞似附《红楼梦杂咏》刊行，然查检《红楼梦杂咏》，未见 60 家题辞。此题辞除日记记载，未见他书提及，其稿很可能亡佚。

② 咸丰七年，黄金台六十九岁，读了一本真正的禁书：“（正月十二），始见戴名世《南山集》古文五卷，后附《孑遗录》一卷，纪桐城被寇始末。其文清遒雅洁，绝无干碍，不知当日何以身罹文网，竟致伏法也。”

若以一粟编《红楼梦书录》为范围梳理，清代浙江与《红楼梦》版本、题诗(词)、评论有关的人物不下 20 人①，而现代红学的兴起，浙人王国维、蔡元培以及稍后的俞平伯，皆有相当建树。这类书目记录材料，可使两浙"红学"史的脉络更为清晰。

在沈筠的《守经堂补亡书目》中，有《红楼梦》《水浒传》《缀白裘》《聊斋志异》《桃花扇》《三国志通俗演义》等书的著录，则完全可将沈氏与黄氏视为兴趣投合的一类人。

黄金台与管庭芬有很多相似性：居地接近，经历爱好、著述皆有相似之处。若以二人日记为考察范围，看嘉庆二十二年至咸丰八年两人日记中的书籍流动情况，大致统计，有 32 种书均在两人日记中出现，较特别的是《红楼梦》《水浒传》《聊斋志异》《虞初新志》《觚剩》《寄园寄所寄》《说铃》《情史》《武功纪盛》《浙西六家诗钞》《诂经精舍文集》《疑雨集》《有正味斋全集》《归震川集》以及袁枚著作系列等。此处以卷帙较多的笔记丛书《说铃》为例，在黄氏日记中有徐兰江借、何子桑赠、黄氏赠卢揖桥八本、黄氏三次重阅、钱莲舟借、龚配京借、钱小园借诸记录；在管氏日记中有研州还、仲方叔岳还、钱爱斋借、芑塘借、笠湖还诸记录。

在管庭芬日记中，可见嘉道年间海宁也存在一个包括周春以至管庭芬的《红楼梦》阅读鉴赏群体。近有学者从地域上论说浙西在红学史上的地位，其地出现袁枚、周春、戚蓼生、舒元炜、范锴、陈其泰、黄金台等代表人物；而且乾隆五十八年十月二十日，南京王开泰"寅

---

① 这些浙人是：朱逌然(余姚)、俞明震(山阴)、赵之谦(会稽)、宗稷辰(会稽)、姚燮(镇海)、陈其泰(海宁)、谢鸿申(会稽)、傅钟麟(山阴)、周春(海宁)、徐凤仪(钱塘)、许憩亭(海宁)、孙渠甫(吴兴)、俞思谦(海宁)、沈谦(萧山)、李嫫(秀水，闺秀)、潘孚铭(山阴)、孙荪意(仁和，闺秀)、吴藻(仁和，闺秀)、汪淑娟(钱塘，闺秀)、何镛(山阴)。参见一粟编《红楼梦书录》，上海古籍出版社，1981年。《红楼梦书录》还记录了咸丰十年八月十三日李慈铭阅读《红楼梦》事。

贰号船”承载9部18套《红楼梦》从乍浦启航，东渡扶桑，开启《红楼梦》走向世界之路。进一步而论，《红楼梦》的一个重要版本桐花凤阁批校本中的批者徐元锡、徐申锡是徐士芬之子[①]，徐士芬就是黄金台日记中出现四次的徐辛庵。徐氏兄弟之所以得到海宁陈其泰手评《红楼梦》原稿，与钟步崧、黄燮清有关，而这两人在黄金日记中多次出现，钟氏是黄金台的弟子。《红楼梦》的传播有地域特色，且有源有流，故将《读红楼梦图》60人题辞群体假定为读《红》群体，也有其基础。

黄金台日记中记录所读之书，其地域色彩还有其他呈现形式，如全祖望、朱彝尊、厉鹗、袁枚、吴锡麒等人文集，以及《浙西六家诗钞》《南宋杂事诗》等总集，是他反复阅读的书籍。袁枚在黄氏日记中有突出的记录，自32岁至68岁黄金台先后四次买过袁枚的作品集，12次阅读（包含重阅）、抄录袁枚诗文，而在借还、赠答袁枚作品集行列的还有徐宿生、龚配京、沈镜堂、陈东堂[②]。对一些晚近浙人所著笔记、诗话，他们也多有关注，如梁绍壬的《两般秋雨庵随笔》、宋咸熙的《耐冷谈》《耐冷续谈》。宋咸熙二书的借还赠答群体包括周辛甫、费恺中、沈浪仙、雷蕴峰、柯春塘、袁丙昇、陈东堂等。

## 五、结语与余论

上文从书籍雕印成本、黄金台年收入支出、道咸之际物价（书价与米价）等经济因素，以及黄金台的人生处境、日常交往情况，特别是书肆售卖、礼物赠答两个视角，推断至少在道咸之际晚近文人刊印别

---

① 宋庆中《〈红楼梦〉评批者徐伯蕃、徐勉如考论》，见《红楼梦学刊》2014年第3期。袁枚《随园诗话》卷二第23则中有一段较早“涉红”史料，胡适最早发现和引用，对红学的建立有重要影响。相关文本考证，见郑幸《从〈随园诗话〉早期家刻本看涉红史料真伪问题》，《红楼梦学刊》2013年第3期。

② 据黄氏日记及其他文献所记，袁枚在清代文学史上的实际地位应远超过近代以来文学史所反映的。

集，其主要目的不在销售谋利，而在用作礼物。简言之，要回到传统的声名观念与人情关系情境中来理解晚近人物诗文集的刊印目的。由此可再作推衍，传统社会书籍的流动大致有两种方式，一种是按照市场需求作为商品流动，另一种是依循人情网络作为礼物流动。

以黄金台为中心，结合其友朋及有代表性的人物如管庭芬等的比照分析，大约可见在中下层文人群体中存在另一个书籍世界，结合其中多晚近人集部书，多笔记、小说等杂书的重要特征，以及随性、自娱的阅读兴趣倾向，暂名之曰“中层书籍世界”。之所以如此划定，用意在强调书籍与社会阶层有某种联系，不同的书籍世界指向不同的阅读方式和著述方式，黄金台的书籍世界有明显的地域特征，对《红楼梦》《缀白裘》等小说戏曲的喜爱，对浙人著作的看重，对本土闺秀作家的留意，是此特征的主要表现。黄金台的书籍世界由众多以书相投合的师友与弟子、书籍的流动以及背后潜在的“规约”组成。借还有定期、书籍可共享等“规约”的存在，是书籍共享群体建立的根基。

黄金台日记中关于书籍的繁富记载，包括撰写、汇合、抄录、编辑、刊刻刷印、费用筹集、赠答、借还、买卖等诸多环节。三十余年日记中关于书籍的记录有难得的整体性与连贯性，从稍长的时段，可见一部书稿的形成与流通，如《红楼梦杂咏》《国朝骈体正声》，或者书稿“系列性”的形成，如《木鸡书屋文》初、二、三、四集；从较短的间隔，可见一书的阅读与摘抄经过和借还记录。关于书籍的记录，应是黄金台十分用心的“经营”。文本是文字的编织，而黄金台似在一种结构或网络中主动利用书籍的信息编织一个更大的“社会文本”。他在利用书籍建立一种“叙事”或者促成一种“书写”。黄金台的主动性，一方面表现在利用江南水道的便利出访，另一方面表现在对人际距离及关系的适度调控。两种维度有意识的拓展，对于位处中下层的黄金台而言，自己的集子或许是最恰当的交流媒介。

关于叙事的定义，柯比（A. Kerby）有如此界定：“可以把叙事看成是在讲述当前的一系列事件，以便形成一种有意义的序列——叙事的故事或情节。"[①]叙事不限于文字，它无所不在，赋予世界以意义。书籍在黄金台及其师友群体中的形成与流转，背后其实有一套"参照性约定"的存在，也就是说黄金台的书籍世界的叙事，有自己的讲述方式，有自具的规律性、规范性、恰当性和情境性。当然这种"约定"有可能是彼此默认、心照不宣的，其中最重要的包括有来必有往、共享、赠答、诚信等等，而恰当性和情境性应与"习惯性场合中的言语"相关，即在"特定的场合"作出得体适宜的反应，如黄金台会根据交往对象的不同赠送种数不同的自著诗文集，而他人请黄金台为诗文集评点、编选、撰序时，可能在润笔之外，赠送若干种新印诗文集。以书籍为媒介的叙事具有连续性，连续性需要拥有一定资格、共识及常识的人来维系和强化。

黄金台的书籍世界中的人物，在地方上有或大或小的文名，有一定数量的藏书，又因"参照性约定"的存在，彼此之间交流的延续成为可能，并从中获得认同感。这种认同感在他的日记中时有流露，如道光二十九年十一月初五日记云："得吉桐生杭州书，言寓杭半年，所遇文人，无不求余文集者。"咸丰四年十二月初十日记云："答顾榕屏书，并寄《四集文》一部，应秀水钱伯声之求也。（近时求余稿者，如云而起。）"由黄金台与其师友的"中层书籍世界"、参照性规约，以及书籍叙事的连续性、叙事建立的认同感，似可进一步思考"江南学术/文化共同体"存在的可能性。黄金台书籍世界中包涵人情关系的丰富性与复杂性，似为西方"共同体"概念所未能揭示。此处借用"江南学术/文化共同体"这一概念工具，是为了便于理解清代江南学术为何整体性繁荣，探究其形成脉理与作用机制，更好地考察丰富的书籍作为流动资源如何促进文学与学术多样性的生成，如何培育中下层文

---

① 奈杰尔·拉波特、乔安娜·奥费林著，鲍雯妍、张亚辉译《社会文化人类学的关键概念》，华夏出版社，2005 年，第 245 页。此节论说，参考该书"叙事"（第 244—251 页）、"书写"（第 353—357 页）、"话语"（第 98—105 页）。

人,形成近似专职性的“以书谋生者”。

**附记**

2014 年郑志良教授提供上海图书馆藏黄金台日记线索之后,笔者和武晓峰于 2015 年 3—5 月间先后三次去上海图书馆摘抄该日记中与书籍流通有关的文字,并对所抄录内容进行较系统的梳理与研究,形成以上论说(即“前言”的主体)。2019 年张剑教授因为主持近代日记整理与研究的重大项目,多次与上海图书馆沟通、协商,于 2021 年得到该日记的复印件。当时笔者还有一些行政服务工作,得到黄氏日记复印件之后就组织众人动手录入,完成日记整理的第一道工作。录入的具体情况是:曹天晓 4.1 万字,丁思露、谭玉珍 3.8 万字,顾一凡 4.5 万字,高惠 4.8 万字,刘文龙 7.4 万字,肖瑶、张德懿 4.4 万字,杨珂 3.8 万字,尧育飞 9.5 万字,武晓峰 28.7 万字。第二道工作,由武晓峰和笔者用黄氏日记复印件核对所录文字,并请何振到上海图书馆,将复印件中大约 40 页边缘漏印的日记拍照,最终形成黄氏日记整理本,提交出版社。第三道工作是进一步加工、核对。二校样校改时,我请责编张永堃老师提供两份打印件,笔者与杨珂各看一份,高惠协助校看“前言”。三校样由我与高惠、丁思露校读,查出一些细节问题。这样就基本完成了日记的整理与校对。之所以如此琐碎叙述经过,首先是要强调黄金台日记能整理出版,是学界、图书馆界、出版界合力推动的结果;其次要说明,整理者虽是团队,但作为组织者、审阅人,笔者对全书存在的问题要负全部责任,故请读这部日记的爱书人,若发现问题,多批评指正。凭史料感觉,我以为这部日记有重印的机会,到时可以吸收批评、建议改进。此外,因为黄氏日记不是其正式著述,其中行文、书写格式也有随意或“不规范”处,在核对无误之后,这次整理基本保持原样。

徐雁平

2024 年 6 月 3 日

# 整理凡例

一、整理所用底本为上海图书馆藏黄金台稿本日记。黄氏日记名称有多种，为求题名显豁，今统一命名为《黄金台日记》。

二、正文所有整理文字除人名等特殊情况，均使用通用规范汉字。

三、在正文原年、月、日后增加公元纪年，以圆括号注其后。

四、正文夹注原为双行小字，今改用小字号单行排印。

五、正文原稿数年日记有缺失，凡缺失部分用“[ ]”括注。

六、正文原稿漫漶不清或不能辨认之字，用“□”表示；凡对原稿空缺处或脱字处予以补充之文字，用“[ ]”括出，以示区别；原稿误字，以“( )”括出，亦以“[ ]”括出改字。原稿衍字，用“【 】”括出。

七、正文原稿有明显错误者径改，不规范的地名写法如“加兴”“加善”等，均直接用规范地名“嘉兴”“嘉善”，人名混用如“叶竹溪”“叶竹磎”等，予以统一。

八、正文原稿中姓名偏书、尊称空格或抬头等礼仪格式，今不再保留。

九、校记和注释均采用页下注方式。

# 嘉庆十九年甲戌(1814),二十六岁

## 鹂声馆日志

### [八月][1]

**十八(10月1日)** 卯刻,至乍浦。巳刻,访林雪岩不遇,即访朱蕴圃,甫坐定,林雪岩、陆春林镕、刘卓亭廷桢、刘心葭等来会。未刻,蕴圃设席相待,同席许友巢江、许德水、陆春林、刘心葭、林雪岩、刘卓亭。戌刻,蕴圃复邀至其兄息厂宅饮酒,唤洪庆班伶人翔林、□喜陪饮。是夜,宿于刘氏之乐志庐。卓亭处。

**十九(10月2日)** 辰刻,访刘筠庄,坐卷勺园看桂花。巳刻,访方春台,又访刘心葭、许德水、陆春林,皆不遇。午刻,刘卓亭设席相待,同宴伊葭村杓、陆春林、朱蕴圃、林雪岩等八人。酉刻,遇陈愚泉。名文藻,业剃发匠,而诗笔甚佳。

**二十(10月3日)** 辰刻,刘心葭招同朱蕴圃、林雪岩、刘竹史饮于源和馆。巳刻,登汤山顶望海。午刻,刘筠庄招宴,同席刘心葭、朱

---

① 上海图书馆藏黄金台日记稿本《鹂声馆日志》第一册日记从每年起始记录来看,是嘉庆二十年、嘉庆二十一年记录;然我们在整理过程中,发现稿本情况较为复杂,可以推测目前第一册稿本不是稿本原貌,很有可能在清末或民国时期经过重新装订,其中有错位部分,有缺失部分,还有"多余"的一部分,此即嘉庆十九年黄金台二十六岁日记残稿。

蕴圃、刘卓亭、林雪岩、刘亦渔。申刻，同雪岩等过满洲营。

**二十一(10月4日)**　午后大雨。午刻，诣城隍庙，观洪庆班戏。

**二十二(10月5日)**　雨。

**二十三(10月6日)**　辰刻，偕雪岩、春林访钱澥香椒，见戴仁生《鬟底书文集》，王阮亭、朱竹垞单条。午刻，澥香邀小酌。戌刻，同刘亦渔、林雪岩、汤秋玉、刘卓亭饮于蕴圃处。

**二十四(10月7日)**　辰刻，同刘竹史谒博陆侯庙。巳刻，诣天后宫。午刻，同刘亦渔访钱山香，山香留饮，同席钱秋堂、陆春林、于瘦秋、林雪岩等九人。酉刻，刘亦渔亦邀薄酌。

**二十五(10月8日)**　卯刻，刘卓亭与余换帖。辰刻，刘心葭招同林雪岩、陆春林、朱蕴圃、沈洽泉饮于源和馆。午刻，卓亭、雪岩设席饯行，同宴伊葭村、钱秋堂、刘筠庄、钱澥香、朱蕴圃、陆春林等十三人。戌刻，告别诸知己，同姚香山、林雪岩登舟。时雪岩将到馆。

**二十六(10月9日)**　卯刻，回至新溪。辰刻，问姚半帆疾。午刻，设酌宴，雪岩招陆兰堂同饮。申刻，送雪岩登舟。

**二十七(10月10日)**　巳刻，沈东白书来。未刻，至周晓山处畅谈两时。

**二十八(10月11日)**　申刻，候周霞客。

**二十九(10月12日)**　巳刻，发万雨堂书。未刻，覆沈东白书。酉刻，陆兰堂赠缎领一条。戌刻，同邱双湖叙饮，名雍澜，福建人。见赠京顶一枚。

## 九　月

**一日(10月13日)**　是日起痢疾。为酒所伤。

**二日(10月14日)**　雨。

**三日(10月15日)**　未刻，陆兰堂来诊治。

**四日(10月16日)**　巳刻，沈东白书来。

**五日(10月17日)**　巳刻，陆兰堂来诊治。

**六日(10月18日)**

**七日(10月19日)** 辰刻,陆兰堂来诊治。巳刻,李云帆来问疾。

**八日(10月20日)** 巳刻,费春林来问疾。

**九日(10月21日)** 大东南风。是日病痊。酉刻,陆兰堂赠斑鸠一头。陆兰堂一饮一食必念及余,其关切亦至矣。

**十日(10月22日)** 戌刻雨。

**十一(10月23日)** 午刻,周晓山邀吃蟹。酉刻,林雪岩书来问疾。

**十二(10月24日)** 酉刻,借周晓山《隋炀艳史》一部。

**十三(10月25日)** 是日又有疾,卧床观《艳史》。

**十四(10月26日)** 辰刻,沈东白书来。午刻,沈菽石正楷过访。

**十五(10月27日)** 午刻,周晓山招吃蟹。酉刻,林雪岩书来。

**十六(10月28日)** 辰刻,覆林雪岩书。午、未刻,辞别周霞客、李云帆。

**十七(10月29日)** 辰刻登舟,巳刻至徐应芳宅。午刻,同沈东白至邱里庙观德庆班戏。是夜,宿于徐宅。

**十八(10月30日)** 在徐宅。

**十九(10月31日)** 雨。取还沈东白秘书二十余种。

**二十(11月1日)** 午前雨。巳刻,告辞徐宅,同东白登舟。未刻,至松隐。申刻,曹芝田、沈菽香至东白处相会。酉刻,芝田邀小酌。是夜,宿于菽香馆中。

**二十一(11月2日)** 巳刻,候徐香沙。午刻,候郁竹香。未刻,候鞠春舲。申刻,至沈秋湄宅观菊。酉刻,将至馆中,倪维德父子遣人止住。

**二十二(11月3日)** 夜雨。辰刻,沈穆如来会,同至恒隆庄观菊。巳刻,至李氏花园,适倪葵蓁亦在,为其所詈,李宇上从旁助之。未刻,至沈氏祠堂,观家祭。是夜,宿于沈氏之双蔚堂。

**二十三(11月4日)** 午后雨。辰刻,在东白处题曹芝田《咏花觞月图》。四言四章。申刻，题李子璠《坐观垂钓图》。七绝三首。

**二十四(11月5日)**　大东北风。巳、午、未、申刻，买舟至松江寻顾杏南，告以倪氏无礼状。戌刻，邀杏南同登舟，强而后可。自二月摄馆以来，仅得主人四洋，而余往来舟金已费千余矣，为之一叹。

**二十五(11月6日)**　卯刻，回至松隐，托杏南到倪宅取回书籍、衣服等物。巳刻，在东白处题叶惕庵《采莲图》七律、李远香《退扫闲轩图》七律、陈寄园《斗酒听莺图》七绝二首。申刻，鞠春舲来会。酉刻，遣人招杏南来，杏南不肯，但发还行李。当二月到松隐时，旅舍仓皇，乞怜无□□，非杏南委余摄馆，几乎狼狈，此固□□功也。然自到馆以来，与之讲论诗文义法，所有秘册，倾筐倒箧而出之，则亦既报旧德矣。假使天诱其衷，虚心领受，其裨益良非浅鲜，乃一衿甫得，趾高气傲，阴与倪氏合谋逐客，使余进退无路。噫！倪氏之恶不必言，而杏南之反覆如此，为可惜也。

**二十六(11月7日)**　巳刻，曹芝田、李子璠、沈东白、菽香、穆如邀至沈氏坟园赏菊，即以祖饯，各有赠别诗。东白七律二，子璠七绝二，菽香七绝三，芝田七律一，穆如赠画扇一柄。芝田有句云："逆旅空弹□□[冯谖]铗，生涯只卖文殊切。"午、未刻，诸同人叙饮，各咏菊花诗一首。

**二十七(11月8日)**　午刻，遇冯亦希。名大镛，金山廪生。

**二十八(11月9日)**　夜雨。戌刻，同曹芝田、沈东白、菽香登舟。余将回至新溪，三人附舟至洙泾。

**二十九(11月10日)**　雨，入夜更大。卯刻，舟次洙泾，访曹古泉，留朝膳。巳刻，告别诸相知。未刻，回至新溪，收到刘卓亭九月廿一日书。

**三十(11月11日)**　午刻，同周晓山候谢月波。酉刻，月波留晚膳。

## 十　月

**一日(11月12日)**　巳刻，发林雪岩书。午刻，候费春林，畅谈两时。

**二日(11月13日)** 夜雨。申、酉刻,阅《杨椒山先生全集》。

**三日(11月14日)** 巳刻,费春林遣纪取还《杨椒山先生全集》。午刻,周晓山邀吃蟹。酉刻,陆兰堂来会。

**四日(11月15日)** 辰刻,寄万雨堂书。巳、午刻,抄文三首。

**五日(11月16日)** 抄文七首。

**六日(11月17日)** 夜雨。抄文三首。

**七日(11月18日)** 雨,夜更大。未、申刻,诣城隍庙观集玉班戏。

**八日(11月19日)** 酉刻,费春林来会。

**九日(11月20日)** 辰刻,钱莲舟书来。午刻,至周宅,与晓山对酌。

**十日(11月21日)** 巳刻,李云帆、林倬庵来会。午刻,借费春林《红楼梦》一部。酉刻,沈悦芬借《女史绣箴》一部。戌刻,报钱莲舟书。

**十一(11月22日)** 阅《红楼梦》。

**十二(11月23日)** 阅《红楼梦》。

**十三(11月24日)** 夜微雨。阅《红楼梦》。

**十四(11月25日)** 巳刻,遣人借周晓山《前后汉书》。未刻,徐辛庵来会。

**十五(11月26日)** 巳刻,费春林来会。午刻,周晓山遣人招至谢月波宅。未刻,月波留饮。酉刻,刘卓亭书来。书中言乍浦陈朴园明岁欲延师,许友巢荐余,一说便允。

**十六(11月27日)** 辰刻,问姚半帆疾。巳刻,寄万雨堂书。午刻,寄林雪岩书,适雪岩亦有书来。未刻,至顾望山处,复寄书与雪岩,追回前书。申刻,接到家大人手谕。

**十七(11月28日)** 巳刻,上家大人书。午刻,候周霞客。

**十八(11月29日)**

**十九(11月30日)**

**二十(12月1日)** 午、未刻,在费春林处阅《诸葛丞相集》《五代新说》《大业杂记》《江表志》《江南别录》。

二十一(12月2日) 巳刻,寄沈东白札。午刻,报刘卓亭书。

二十二(12月3日) 读《汉书》。

二十三(12月4日) 读《汉书》。

二十四(12月5日) 未刻,候周霞客,畅谈两时。

二十五(12月6日) 读《汉书》。

二十六(12月7日) 巳刻,候费春林,畅谈两时。

二十七(12月8日) 申刻,林雪岩过访。

二十八(12月9日) 未刻,候陆兰堂。

二十九(12月10日) 巳刻,借俞吟秋《红楼复梦》一部。

三十(12月11日) 阅《红楼复梦》。

## 十一月

一日(12月12日) 阅《红楼复梦》。

二日(12月13日) 阅《红楼复梦》。

三日(12月14日) 午刻,周霞客来会。

四日(12月15日)

五日(12月16日)

六日(12月17日) 雨。

七日(12月18日) 夜雪。

八日(12月19日) 抄文七首。

九日(12月20日) 寒。

十日(12月21日) 大寒。

十一(12月22日) 抄文五首。

十二(12月23日) 巳刻,寄沈东白札。未刻,缴俞吟秋《红楼复梦》一部。申、酉刻,与周霞客畅谈。

十三(12月24日) 巳刻,候费春林,约谈两时。

十四(12月25日) 抄文六首。

**十五(12月26日)**

**十六(12月27日)**

**十七(12月28日)**

**十八(12月29日)** 申刻,助陆兰堂迁寓费二百。

**十九(12月30日)** 午刻,借俞一山《后红楼梦》一部。

**二十(12月31日)** 阅《后红楼梦》。卷末附刻吴下诸子和大观园菊花社诗,甚佳。

**二十一(1815年1月1日)** 巳刻,候徐辛庵,不值。申刻,费春林来会。

**二十二(1月2日)** 巳刻,至陆兰堂新寓,题楹贴一联。申刻,闻署邑侯王竹屿先生名凤生,婺源人廿六日观风。约周霞客廿四日同至平湖。

**二十三(1月3日)** 巳刻,借俞一山《续红楼梦》一部。

**二十四(1月4日)** 辰、巳刻,偕周霞客买舟到城。午刻,候万雨堂,馈以土仪二种。时雨堂正作书寄余,而余适至。是夜,宿于万宅。

**二十五(1月5日)** 酉刻,观王邑侯决狱。

**二十六(1月6日)** 是日王邑侯观风。卯刻点名,生监共一百四十四人,题:"君子之于天下也"一章,"韩蕲王湖上骑驴赋"以题为韵,"鸿渐于逵"得"逵"字,"访顾野王读书堵"不拘体,"东泖棹歌"不拘体。亥刻出场。

**二十七(1月7日)** 辰刻,陆芸轩邀至天顺馆小酌。未、申刻,同吴春圃彬、王又程灏饮于万宅。是日观风,童生共二百四十七人,题:"子曰为命","东坡赤壁后游赋"以题为韵,"果然夺得锦标归"得"归"字,"水仙花"七律,"弄珠楼怀古"不拘体。

**二十八(1月8日)** 巳刻,告谢万斋,偕周霞客回至新溪。

**二十九(1月9日)** 午刻,候费春林。申、酉、戌、亥刻,阅《续红楼梦》。

## 十二月

**一日(1月10日)** 巳刻,候徐辛庵,约谈两时。未刻,还俞一山《续红楼梦》一部。申刻,寄沈东白札。东白长余二岁,幼时失学,历试不售。去岁年□二十七矣,始来受业,渐有进境,□间县府试□列,旋即游庠,则是余有大造于东白也。而东白全不感德,退有谤言,束脩之羊化为画饼,其虚骄诈伪,难以历数。即如近日三次寄书,杳无回覆,尤出情理之外。

**二日(1月11日)** 午刻,至周晓山处,即留饮。

**三日(1月12日)** 午后微雨。巳刻,至顾望山处,见张桐山廷玉单条一幅。午刻,至陆兰堂处,见陆清献公家书真迹。

**四日(1月13日)** 卯刻,刘卓亭过访,留朝膳。酉刻,复邀卓亭夜膳。

**五日(1月14日)** 雪。戌、亥刻,题七律五首贺陆兰堂迁寓。

**六日(1月15日)** 未刻,徐辛庵来会。戌刻,刘卓亭又来,留夜膳。

**七日(1月16日)** 寒。巳刻,至姚半帆处,以林雪岩所寄书札六通付之。午、未刻,两寻陆兰堂不值。

**八日(1月17日)** 大寒。未刻,晤翁小海。名希洛,吴江人,工画。酉、戌刻,同翁小海、董香石饮于兰堂处,微醉。

**九日(1月18日)** 巳刻,翁小海来访,适余在俞一山处,不遇。未刻,至周霞客馆。

**十日(1月19日)** 阅《蜀碧》。

**十一(1月20日)** 戌刻,和陆兰堂《铭茧词》十章。

**十二(1月21日)** 阅《三藩纪事本末》。

**十三(1月22日)** 寒。巳刻,候徐辛庵,约谈两时。

**十四(1月23日)** 午、未刻,同陆讷斋饮于兰堂处,借兰堂《小仓山房尺牍》三本。

**十五(1月24日)** 午刻登舟,申刻回家。自正月十三出门,至是日始归。

**十六(1月25日)** 雨。

**十七(1月26日)** 辰刻,吊尚德堂丧。

**十八(1月27日)** 是日补增广生费银四两。

**十九(1月28日)**

**二十(1月29日)** 雪。

**二十一(1月30日)** 未刻,寄万雨堂书。

**二十二(1月31日)** 大雪,约厚五六寸。

**二十三(2月1日)**

**二十四(2月2日)** 抄文八首、赋一首。

**二十五(2月3日)** 未刻,见观风案,超等二十四名,余在十一。于立、方坰、曹荪、陈棫、高一谔、陆敦伦、徐应熙、程恩溥、周鸿治、徐渭璜、黄森、殳登善、李桢、高模、金孟坚、金世城、徐士芬、范大本、沈锜、刘以灿、王肇熙、赵玉锵、徐洪、范大经。特等四十六名,一等四十九名。末邵棠。

**二十六(2月4日)** 辰刻,王继先来送还观风卷子。评:春容大雅,绰有余妍。赋中评骘南渡诸臣,议论纵横,品题悉当。而于蕲王心事,妙能曲曲写出,唾壶击碎,慨当以慷,允推杰作。并收到王邑侯所赠番银一枚、款扇一柄、徽墨一匣。

**二十七(2月5日)** 雨雪交下。

**二十八(2月6日)** 雪。

**二十九(2月7日)** 抄诗四十九首。

**三十(2月8日)** 微雨。辰刻,竹楼叔赠醉蟹一坛。

# 嘉庆二十年乙亥(1815),二十七岁

## 鹂声馆日志

### 正　月

**一日(2月9日)**　大西北风。

**二日(2月10日)**　微雪。辰、巳刻,镇上拜节。

**三日(2月11日)**　微雪大寒。

**四日(2月12日)**

**五日(2月13日)**　辰刻,至关庙拈香,为科试事卜得三十二签。句云:“劳心汩汩竟何归,疾病兼多是与非。事到头来浑似梦,何如休要用心机。”

**六日(2月14日)**　夜微雪。

**七日(2月15日)**

**八日(2月16日)**　雨夹雪。午刻,金秋圃来拜节。是夜梦过一桥,名子产桥。

**九日(2月17日)**

**十日(2月18日)**　始晴。

**十一(2月19日)**

**十二(2月20日)**　夜雨。

**十三(2月21日)**　雨。申刻,同王耀寰小酌。

**十四(2月22日)**　辰刻,阅邸报十二封。江西胡秉耀买得残书一本,内有阵图及悖逆俚语,即向逆伙邱添泽、杨易、卢联辉等夸称解得书内阵图,

倘有为首之人,便可图取富贵。杨易遂以朱毛里可以假托前明后裔,因共赴积善禅林,同谋悖逆。未及举事,为巡宪阮元所觉,同时伏诛,惟朱毛里逸去。又僧人会觉,自称弥勒佛转世,煽惑人心,伏法。

**十五(2月23日)** 午刻,仁寿堂招饮,同席七人。申、酉刻,同钱心园、周涤烦等聚谈于关庙。

**十六(2月24日)**

**十七(2月25日)** 午后雪。卯刻,次女生。巳刻,王继先、陆芸轩来报增生单,即留饮。

**十八(2月26日)** 雨。辰刻登舟,午刻至新溪外舅宅拜节,收到刘卓亭书。未刻,候陆兰堂赠以鸽卵十枚。申刻,候周晓山。

**十九(2月27日)** 辰、巳刻,新溪镇上拜节。

**二十(2月28日)** 夜雨。辰、巳刻,费春林、俞吟秋答拜,徐莲史来访。未刻,还俞一山《后红楼梦》一部。酉刻,陆兰堂招饮,同席五人。

**二十一(3月1日)** 夜雨。辰、巳刻,在费春林处阅《耳食录》、《梦厂杂著》、内有记王伦谋逆事一条。《天启宫词》一百首。未刻,得古钱八十余枚。戌刻,登舟。

**二十二(3月2日)** 雨。卯刻,至乍浦,拜候刘卓亭。辰刻,朱蕴圃拜会。巳刻,答朱蕴圃,候林雪岩、刘绿岩。午刻,雪岩设筵相待,同席刘绿岩、卓亭等八人。酉刻,候朱息厂,即留饮,同席卓亭、雪岩等六人,如意班伶人双吟、双兰陪饮。是夜,宿于乐志庐。

**二十三(3月3日)** 雨。卯刻,刘心葭拜会。辰、巳刻,拜候刘筠庄、许友巢,德水。午刻,朱蕴圃设筵相待,同席许友巢、刘心葭、钱澥香、林雪岩等八人。申刻,陆春林、方春台来访,复合席畅饮。

**二十四(3月4日)** 巳刻,刘绿岩率门人陈云巢拜见。午刻,至霍将军庙观如意班戏。申刻,姚半帆来访,不遇。

**二十五(3月5日)** 巳、午刻,拜候钱山香、钟小山龢、魏蓉堂。申刻,同刘竹史听陈秀珍女郎唱说《玉蜻蜓》。

**二十六(3月6日)** 雨。巳刻,许友巢来,同至陈朴园宅开馆。午刻,主人设筵相待,同饮许友巢、刘绿岩等六人。

**二十七(3月7日)** 雨。

**二十八(3月8日)** 雨。巳刻,作《子游为武城宰》文。钱山香所嘱。

**二十九(3月9日)** 夜小雨。阅《觚剩》。钮玉樵名琇撰,皆纪国初时事。

**三十(3月10日)** 夜雨。巳、午刻,抄《大戴礼》,约计一千字。抄在桃花小纸。

## 二　月

**一日(3月11日)** 微雨。辰、巳刻,抄《大戴礼》,约计二千字。午刻,许友巢来会。未刻,候许德水。

**二日(3月12日)** 始晴。辰刻,朱蕴圃来会,赠余律赋《凤楼集》。巳、午刻,魏蓉堂、许德水、刘筠庄、钱山香答拜,刘亦渔、许莓碟来会。

**三日(3月13日)** 辰刻,许思恬子来受业。小字雪堂,萧山籍。巳、午、未、申刻,抄《大戴礼》约计一千八百字,抄《越绝书》,约计九百字。

**四日(3月14日)** 辰、巳、午刻,抄《韩非子》,约计二千字。

**五日(3月15日)** 作《梅花赋以"流水空山见一枝"为韵》。

**六日(3月16日)** 辰、巳、午刻,抄赋六首。申刻,朱蕴圃、刘绿岩、陆春林、钟小山、林雪岩、刘竹史等来会。酉刻,刘卓亭来会。

**七日(3月17日)** 辰刻,上家大人书。未刻,候朱蕴圃。申刻,候陆春林。

**八日(3月18日)** 夜大东南风。抄文二首、赋四首。

**九日(3月19日)** 抄《文中子》,约计一千四百字。

**十日(3月20日)** 雨,夜更大。作《赵飞燕游太液池赋以"飞燕宠于体轻”为韵》。

**十一(3 月 21 日)** 微雨。巳刻,陈敬斋拜会。日煊。午、未、申、酉刻,抄《天禄阁外史》,约计二千三百字。

**十二(3 月 22 日)** 阅《昭代典则》明黄光昇撰。酉刻,以赋两首就正许德水。

**十三(3 月 23 日)** 巳、午、未、申刻,抄《天禄阁外史》,约计二千四百字。酉刻,许莓磎来乞取《韩蕲王湖上骑驴赋》。戌、亥刻,阅《昭代典则》。

**十四(3 月 24 日)** 辰刻,抄《天禄阁外史》,约计九百字。午刻,候刘绿岩,憩半郭草亭,看绿萼梅。酉刻,邱香涛、林雪岩来会。

**十五(3 月 25 日)** 作《赤壁烧兵赋以“东南风急烧尽北船”为韵》。

**十六(3 月 26 日)** 抄《荀卿子》,约计三千六百字。申刻,许德水来会,畅谈两时,缴赋两首,略加润色。

**十七(3 月 27 日)** 抄徐幹《中论》约七百五十字、《鹖冠子》约六百五十字。

**十八(3 月 28 日)** 辰、巳刻,抄《拾遗记》,约一千五百字。午刻,许聿修来会。未刻,许莓磎来乞《赵飞燕游太液池赋》。酉刻,访邱双湖,不遇。

**十九(3 月 29 日)** 夜半雨。抄《拾遗记》约八百五十字、《公羊传》约七百字、《穀梁传》约七百三十字。午刻,许友巢来会。

**二十(3 月 30 日)** 作《谢傅东山赋以“斯人不出如苍生何”为韵》。申刻,刘亦渔来会,朱云泉来访。

**二十一(3 月 31 日)** 辰刻,朱蕴圃、刘亦渔来招游陈山。巳刻,答朱云泉,即同云泉、蕴圃、亦渔游陈山寺,憩万松精舍,看绿萼梅。午刻,游汤山。酉刻,候许德水,以赋二首就正。

**二十二(4 月 1 日)** 酉刻,许德水遣人缴赋二首。

**二十三(4 月 2 日)** 抄文一首、诗九首。申刻,钱山香来会,邀余明日至当湖书院代作赋一首,不从。

**二十四(4月3日)** 辰刻,借许莓磉《名媛诗归》一部。

**二十五(4月4日)** 阅《名媛诗归》。申刻,许友巢来会。

**二十六(4月5日)** 巳刻,候刘心葭、筠庄,皆不遇。午刻,同朱蕴圃、陆春林登汤山观城隍赛会。酉刻,在蕴圃处,遇吴榕园。名应和,海宁人,工诗。是夜宿于朱宅。

**二十七(4月6日)** 巳、午刻,偕朱蕴圃、许友巢游雅山,憩狮子庵,观天马峰,回过潮音寺,游杨氏梅园。申刻,同友巢、蕴圃等饮于朱息厂处,伶人双吟陪饮,戌刻散席。是夜大醉。

**二十八(4月7日)** 是日,酒伤卧在朱宅,不能出门。酉刻,息厂复招饮,不赴。

**二十九(4月8日)** 巳刻,至林雪岩家吊唁。时雪岩初悼亡。

**三十(4月9日)** 卯刻,新溪舟子到,因外舅病危,遣舟来载。未刻回至新溪,知外舅于昨日酉刻辞世。是日,目疾大作。

## 三　月

**一日(4月10日)** 未刻,候周晓山。

**二日(4月11日)** 辰刻,候姚香山。巳刻,候费春林。未刻,上家大人书。申刻,李云帆来会。

**三日(4月12日)** 雨。午刻,家大人到新溪。

**四日(4月13日)** 酉刻,候周霞客。

**五日(4月14日)** 巳刻,候徐辛庵。未刻,途遇方子春垌。

**六日(4月15日)** 雨。申刻,请陆兰堂诊脉。酉刻,候姚半帆。

**七日(4月16日)** 雨。未、申刻,在英烈侯庙观洪福班戏。

**八日(4月17日)** 辰刻,费春林来会。未刻,徐辛庵来会。申刻,周晓山来会。

**九日(4月18日)**

**十日(4月19日)** 未刻,招陆秋山来写挽额、挽联。

**十一(4月20日)** 卯刻,林雪岩过会。巳刻,刘竹史过会。申刻,送雪岩、竹史登舟。酉刻,陆兰,招同陆秋山小集。亥刻始散。

**十二(4月21日)** 辰刻登舟,亥刻至乍浦陈宅。

**十三(4月22日)** 雨。

**十四(4月23日)** 夜雨。巳、午、未刻,抄刘向《说苑》,约计一千七百六十字。申、酉刻,挽外舅金听松先生。七律八章。

**十五(4月24日)** 夜小雨。抄刘向《说苑》,约计四千二百字。未刻,朱云泉来会。申刻,林雪岩来会。

**十六(4月25日)** 抄刘向《新序》,约计一千八百字。酉刻,林雪岩借律赋数种。

**十七(4月26日)** 未刻,许德水来会,借《觚剩》一部。

**十八(4月27日)** 作《关盼盼燕子楼赋以“红褪香消二十年”为韵》。午刻,刘绿岩来会。酉刻,林雪岩来会。

**十九(4月28日)**

**二十(4月29日)** 辰、巳、午刻,抄张揖《博雅》一千九百字。未刻,钟小山来会。申刻,候朱蕴圃,遇周樾亭。名如春,武康廪生。酉刻,候林雪岩,借《菊泉山馆赋稿》一卷,复邀雪岩到馆中写挽诗一幅。戌刻,留小饮。

**二十一(4月30日)** 大东南风,夜雨。抄赋四首。

**二十二(5月1日)** 小雨。抄赋五首。申刻,同林雪岩诣天后宫。酉刻,候许德水。

**二十三(5月2日)** 巳刻,还林雪岩《菊泉山馆赋稿》,并赠兰烟墨两块。戌刻,偕陈朴园游兴化会馆、咸宁公所。

**二十四(5月3日)** 酉刻雨,有雷电。抄赋五首。

**二十五(5月4日)** 申刻,借朱午桥《燕山外史》一册。秀水陈蕴斋名球撰。

**二十六(5月5日)** 作《钟馗嫁妹赋以题为韵》。

**二十七(5月6日)** 巳、午刻,作帖体诗二首。长无相忘蜀镜、冯小怜弹琵琶。未刻,至兴化会馆观恒顺班戏。酉刻,借林雪岩《四六联珠》一本。此雪岩所摘诸名家四六警句也。

**二十八(5月7日)** 夜雨。辰刻,许德水借《汉志》八本。巳刻,发李云帆书。酉刻,钱山香、钟小山来会。

**二十九(5月8日)** 雨。作帖体三首。"弥衡击鼓""李谪仙访许宣平""侯夫人看梅"。

## 四月

**一日(5月9日)** 作帖体三首。"洛阳才子""霸陵尉呵止李广""吴绛仙画眉"。酉刻,候许德水以赋一篇、诗八首就正。

**二日(5月10日)** 巳刻,吊林宅丧。午刻,刘心葭、陆春林、朱蕴圃来会,招余观剧,不从。未、申刻,作帖体三首。"桃花夫人不言""赵云北山开营门""于忠肃为梦神"。

**三日(5月11日)** 作帖体三首。"昭明太子文选楼""仆仆先生卖药""明妃出塞"。未刻,许德水遣人缴赋一篇、诗八首。

**四日(5月12日)** 午刻,汤秋玉、朱蕴圃来会,招余观剧,不从。未、申刻,作帖体三首。"步步生莲花""金山留带""文章何处哭秋风"。

**五日(5月13日)** 大东南风。作《太白酒楼赋以"自称臣是酒中仙"为韵》。

**六日(5月14日)** 夜微雨。作帖体三首。"薛涛笺""孙夫人归吴""张果老倒骑驴"。

**七日(5月15日)** 午刻,林雪岩来会。未刻,作帖体二首。"岳家军""方山子西山射鹊"。申刻,候许德水,以赋一篇、诗十四首就正。

**八日(5月16日)** 夜雨。午、未、申刻,陈朴园邀至咸宁公所,观集庆班戏。

**九日(5月17日)** 雨。未刻,许德水遣人缴赋一篇、诗十四首。申、酉刻,作帖体三首。"华亭鹤唳""掷果盈车""张丽华奏曲"。

**十日(5月18日)** 作帖体三首。沛父老留汉高祖、虢国夫人早朝、周孝侯斩蛟台。申刻,钱山香来乞取《太白酒楼赋》《钟馗嫁妹赋》。

**十一(5月19日)** 午、未刻,作帖体三首。“王粲登楼”“江采蘋谢赐珍珠”“梁夫人军中击鼓”。申刻,朱蕴圃来会。酉刻,候刘卓亭。

**十二(5月20日)** 夜大雨。

**十三(5月21日)** 雨。作帖体三首。“穆天子大猎钘山”“赵合德浴兰室”“乐昌公主破镜”。

**十四(5月22日)** 雨,夜更大。作帖体三首。“庄周梦蝴蝶”“霍小玉脱鞋”“昆仑奴盗红绡”。酉刻,两寻林雪岩,不值。

**十五(5月23日)** 作帖体三首。“易水饯荆卿”“哥舒夜带刀”“常开平先登采石矶”。酉刻,还雪岩《四六联珠》一本。

**十六(5月24日)** 作帖体三首。“戏马台”“薛素素湖堤马射”“娶妻当得阴丽华”。

**十七(5月25日)** 作帖体三首。“范蠡入五湖”“单刀赴会”“二乔观兵书”。

**十八(5月26日)** 作帖体二首。“司空图松枝管”“红拂夜奔”。午刻,徐嵩高招宴,同饮敖梦亭等十余人。

**十九(5月27日)** 辰、巳、午、未刻,作《左证》,共得六十条。以春秋时事与廿一史中相类者比而列之,名曰《左证》,是日始得六十条。申刻,林雪岩来告别。将至金山。酉刻,以诗二十六首就正许德水。

**二十(5月28日)** 作《左证》,得八十二条。

**二十一(5月29日)** 作《左证》,得六十三条。午刻,许友巢、朱蕴圃来会。未刻,许德水来会,缴诗二十六首、《觚賸》一部。

**二十二(5月30日)** 辰、巳刻,作《左证》,得二十七条。自隐至哀共计二百三十二条。未、申刻,作帖体三首。“假齐王”“瘦羊博士”“刘越石吹笳散美人”。

**二十三(5月31日)** 未、申刻,观集庆班戏于陆家桥。

**二十四(6月1日)** 夜雨。作帖体三首。“绕朝赠策”“吴宫教美人战”“吴越王警枕”。

**二十五(6月2日)** 午后雨。作帖体三首。“阮籍长啸苏门山”“齐姜醉遣晋公子”“郑侠流民图”。

**二十六(6月3日)** 辰、巳刻,作帖体三首。“王濬楼船下益州”“江州司马青衫湿”“公孙大娘舞剑器”。午刻,刘绿岩招至陆家桥观剧,同舟刘亦渔、朱云泉等六人。

**二十七(6月4日)** 作帖体二首。“丞相祠堂”“声子班荆”。酉刻,候许德水,以诗十四首就正,又借得《清异录》《表异录》两种。

**二十八(6月5日)** 阅《清异录》《表异录》。申刻,刘卓亭来会。

**二十九(6月6日)** 申刻,作帖体一首。“曼倩偷桃”。

## 五　月

**一日(6月7日)** 作帖体四首。“木兰从军”“红线取盒”“罗敷采桑”“桃叶团扇”。

**二日(6月8日)** 作帖体二首。“玉箫留环”“红娘传笺”。巳刻,许德水遣人缴诗十四首。申刻,候朱蕴圃。

**三日(6月9日)** 夜雨。作帖体二首。“杜牧寻春”“周郎顾曲”。未刻,偕陈朴园诣天后宫。

**四日(6月10日)** 午前大雨。作帖体二首。“小青看牡丹亭”“文君白头吟”。

**五日(6月11日)** 申刻,至天后宫观集庆班戏。

**六日(6月12日)**

**七日(6月13日)**

**八日(6月14日)** 清晨雨。作帖体三首。“文姬归汉”“苏小小油壁车”“姚月华芙蓉匹鸟图”。

**九日(6月15日)** 雨。作帖体三首。“花蕊夫人咏宫词”“李后主锦洞天”“刘鋹红云宴”。酉刻,候许德水,以诗十七首就正。

**十日(6月16日)** 雨。作帖体四首。“苏武南归”“李陵步斗树木间”“美人换马”“偎红倚翠太师”。

**十一(6月17日)** 辰、巳、午刻,作帖体四首。“大树将军玉具剑”

"婉儿大秤""蔡少霞书石碑""费宫人刺虎"。未刻,同陈朴园至木场观生华班戏。申刻,许德水来会,缴诗十七首。

**十二(6月18日)** 忽热。

**十三(6月19日)** 大热,夜半大雷雨。辰、巳刻,抄赋三首。未、申刻,作帖体三首。"缓带轻裘""苏若兰织锦""宜春王绿耳梯"。

**十四(6月20日)** 热。作帖体三首。"李邺侯衡山闻梵""吕洞宾题酒家门""叶小鸾参禅"。

**十五(6月21日)** 是夜月食既。辰、巳刻,抄赋四首。未、申刻,作帖体二首。"张曲江文章树""郭汾阳九花虬"。

**十六(6月22日)** 辰、巳、午刻,抄赋五首。未、申刻,作帖体三首。"苏直为花太医""卫济川衔书鹤""琼花公主畜猫"。

**十七(6月23日)** 作帖体三首。"秋声馆""五香窟""无无老"。

**十八(6月24日)** 侵晓大雷雨。辰、巳刻,抄赋四首。未、申刻,作帖体三首。"睢阳守城""少陵秋兴""罗昭谏隐居梅根浦"。酉刻,候许德水,还《清异录》《表异录》两种,又以诗□十五首就正。

**十九(6月25日)** 作帖体三首。"任彦昇桃花米""留侯学仙""渊明读书"。

**二十(6月26日)** 辰、巳、午刻,抄赋五首。未、申刻,陈朴园邀至咸宁公所观集庆班戏。

**二十一(6月27日)** 热。午刻,刘卓亭有札来。未、申刻,作帖体三首。"马融长笛""平子四愁""张茂先辨屈斑狸"。

**二十二(6月28日)** 午后大雷电。辰、巳、午刻,抄赋四首。未、申刻,作帖体二首。"文山勤王""张桓侯刁斗铭"。

**二十三(6月29日)** 侵晨雷声不绝。作帖体二首。"玉皇香案吏""解议围"。酉刻,候许德水。

**二十四(6月30日)** 日晡雨。作帖体二首。"马伏波薏苡一车""王文成庐山纪功碑"。

**二十五(7月1日)** 黄昏雷雨。申刻,至小教场观如意班戏。

**二十六(7月2日)**　未、申刻,在小教场观集庆班戏。

**二十七(7月3日)**　午后雷。辰刻,接到家大人手谕。巳刻,覆家大人书。未刻,至鄞江会馆观声华班戏。[①]

**二十八(7月4日)**　微雨。

**二十九(7月5日)**

**三十(7月6日)**　午后雨,大雷雨。辰刻,许德水来会,缴诗二十五首。巳刻,刘亦渔来会。午、未刻,作帖体二首。"今夕只可谈风月""纨扇家家画放翁"。

## 六　月

**一日(7月7日)**　卯刻,日食。夜雨。巳、午刻,作帖体三首。"殷七七重九开花""宁王护花铃""袁宝儿司花"。

**二日(7月8日)**　昼夜雨,陡寒。作帖体四首。"摩诘奉佛""卢仝烹茶""红杏尚书""沈休文游沈道士馆"。

**三日(7月9日)**　雨。作帖体四首。"张汤劾鼠""陈王斗鸡""初平牧羊""杨宝救雀"。

**四日(7月10日)**　侵晓大雨。作帖体四首。"陈皇后退老长门""李夫人献神帷帐""子夫鬒发""钩弋伸拳"。

**五日(7月11日)**　作帖体三首。"崔颢题黄鹤楼""王勃宴滕王阁""孟襄阳夜归鹿门山"。

**六日(7月12日)**　作帖体四首。"铜雀瓦""花石纲""宋玉悲秋""庾信思家"。巳刻,刘卓亭来会。申刻,问朱文浔初疾,又候陆春林,以诗三十六首请其评点。

**七日(7月13日)**　辰、巳刻,作帖体二首。"西子采莲""虞姬和歌"。午刻,接家大人手谕。言补廪一事今已办出。未、申刻,发万雨堂,蕉园、徐辛庵、李云帆书。

---

① 五月十一日看生华班戏,生华班与此处声华班或为同一戏班。

**八日(7月14日)** 夜大风。作帖体三首。“周亚夫细柳营”“李长吉古锦囊”“王昌龄送客芙蓉楼”。是夜,梦游海上诸名山。

**九日(7月15日)** 作帖体四首。“陈平分肉”“樊哙鼓刀”“周勃吹箫”“灌婴贩缯”。

**十日(7月16日)** 大热。

**十一(7月17日)** 大热。作帖体三首。“宣华夫人受金盒”“武后上嵩山”“太平公主游九龙潭”。午刻,王耀寰来访,约谈两时。

**十二(7月18日)** 作帖体四首。“费长房骑竹杖”“蓟子训摩铜人”“王乔飞凫”“左慈盘中钓鲈鱼”。

**十三(7月19日)** 作帖体三首。“濑水女子饭伍员”“越夫人渡江”“孙策平江东”。

**十四(7月20日)** 作帖体二首。“巫臣娶夏姬”“畀我嫁钟建”。

**十五(7月21日)** 辰刻,接家大人手谕。巳刻,上家大人书,附番银十六枚。午刻,候魏蓉堂、朱蕴圃、刘卓亭。未刻,候陆春林,以诗二十一首,请其评点。候朱息厂,赠以字箑一柄。

**十六(7月22日)** 酉刻,候许德水,赠以字箑一柄。写尺牍一道。

**十七(7月23日)** 作帖体三首。“蔡姬荡舟”“南子登台”“宋弃馈锦”。午刻,万雨堂、蕉园覆书来。

**十八(7月24日)** 巳、午刻,作帖体三首。“燕姞梦兰”“穆嬴抱子”“徐女择婿”。未刻,朱息厂邀至和明馆,同许友巢、顾梅墅小酌。申刻,贻许友巢字箑一柄。酉刻,龚延德来,收到内子所寄金戒指一枚。

**十九(7月25日)** 申刻,钱澥香、姚半帆来访。

**二十(7月26日)** 作帖体四首。“方正学草诏”“椒山胆”“蹇叔送师”“吕锜梦射月”。午刻,李云帆覆书来。

**二十一(7月27日)**

**二十二(7月28日)**

**二十三(7月29日)** 大东南风。作帖体四首。“狄果公荐士”“范文正义田”“魏了翁授徒白鹤山”“邵尧夫洛阳闻杜鹃”。

**二十四(7月30日)**　作帖体三首。“寇公竹”“赵普瓦壶”“陆宣公领新茶一串”。

**二十五(7月31日)**　作帖体三首。“昌黎招大颠师”“高闲上人草书”“衡山道士联句”。

**二十六(8月1日)**　酉刻,候许德水,以诗二十首就正,德水赠余七言断句七章。有句云:“黄门丰韵绝尘寰,那有高峰并玉山。”又云:“惜君生后仓山叟,不共天台采药行。”皆不可移赠他人。

**二十七(8月2日)**　作帖体三首。“柳子厚游钴鉧潭”“长宁公主流杯池”“杨容华晓妆”。

**二十八(8月3日)**　夜微雨。辰、巳刻,作帖体二首。“博陆侯负扆图”“裴晋公督战淮西”。未刻,寄刘筠庄小柬。申刻,许友巢来招,至朱蕴圃处叙谈。

**二十九(8月4日)**

## 七　月

**一日(8月5日)**　大雨竟日。作帖体四首。“施将军刺桧”“赵鼎自题铭旌”“刘令娴摘同心栀子”“西门豹禁河伯娶妇”。

**二日(8月6日)**　作帖体二首。“武帝轮台诏”“秦王破阵曲”。巳刻,刘筠庄来会。申刻,许德水遣人还《汉志》八本、诗二十首。

**三日(8月7日)**　作帖体五首。“李密骑牛读汉书”“阚泽名在月中”“张子野花月亭”“欧阳子秋夜听虫声”“贾阆仙除夕祭诗”。

**四日(8月8日)**　辰、巳刻,作帖体三首。“杨玉环长生殿”“马嵬逼妃”“金地藏送童子下山”。自立夏日至是日立秋,共得帖体诗二百首。凡千古忠臣义士、大儒才子、美人名将、佛子神仙,其卓卓可纪者,约略尽在其中,诗不甚佳,但不敢苟且下笔,此则可自信者也。午刻,遣人以诗十九首就正许德水。酉刻,许莓磲来会。

**五日(8月9日)**　未刻,林雪岩、刘卓亭来会。戌刻,同林雪岩、陆春林饮于卓亭宅。

**六日(8月10日)**　卯刻,许德水遣人缴诗十九首。

**七日(8月11日)** 大热。辰刻,刘瑞圃先生遣价招宴。午刻,赴卷勺园,同席王紫溪海宁人,善写真、徐仙梭海盐人,业医、丁半闲名曙英,工诗、林雪岩、陆春林等七人。申刻,游西关帝庙。

**八日(8月12日)** 辰刻,许思恬拜会。巳刻,刘亦渔来会。戌刻,同沈丽天至海塘听奏。

**九日(8月13日)** 巳刻,许思恬邀请夜宴。酉刻,赴许宅宴,同席沈丽天、陈朴园等六人,美酒佳肴,极其丰腆。亥刻散席,大醉,不知人事。

**十日(8月14日)** 辰刻,许思恬来问安。未刻,刘绿岩招饮,同席刘心葭、林雪岩、陆春林、刘卓亭。

**十一(8月15日)** 清晨大雨。巳刻,题刘丈瑞圃《南涧访僧图》。四言四十韵。酉刻,候许德水。

**十二(8月16日)**

**十三(8月17日)** 午刻,林雪岩来会。申刻,寄刘瑞圃小札。酉刻,陆春林还帖体诗五十七首。

**十四(8月18日)**

**十五(8月19日)** 辰刻,同林雪岩候刘鉴塘遇曹湘帆。嘉兴人。巳刻,至天后宫,遇汪省堂。业测字。午刻,刘心葭招同陈愚泉、刘亦渔小酌。未刻,接家大人手谕。言文宗于六月廿五批准补廪。

**十六(8月20日)** 辰刻,朱蕴圃遣人来招。巳刻,上家大人书,即至朱蕴圃处。蕴圃有事相托。

**十七(8月21日)** 午刻,至朱蕴圃处。所托之事已经办妥。未刻,至刘卓亭处,适有酒筵,留住共酌。

**十八(8月22日)** 午刻,钱澥香来会,托抄陆射山国初人七古一卷。

**十九(8月23日)** 黄昏雷雨。辰、巳刻,抄陆射山诗。午刻,林雪岩、刘卓亭来会。

**二十(8月24日)** 辰刻,朱蕴圃率范鹏九子来受业。年十六,名时中。巳、午、未刻，抄陆射山诗。

**二十一(8月25日)**　夜大雨。辰、巳、午刻，抄陆射山诗。未刻，偕林雪岩诣天后宫拈香，为科试占得四十二签。句云："元武临门主破财，更防盗贼及官灾。就中有个不明事，得自阴人身上来。"访徐楚畹。名善迁，海宁孝廉，寓天风海涛楼算命。酉刻，候许德水。

**二十二(8月26日)**　辰、巳、午刻，抄陆射山诗。

**二十三(8月27日)**　辰、巳、午刻，抄陆射山诗。是日抄完，合计一万三千三十一字。酉刻，至钱山香处，以所抄陆射山诗寄澥香。

**二十四(8月28日)**　午刻，刘亦渔来会，同访刘筠庄，不遇。酉刻，访钟山子先生。晋。

**二十五(8月29日)**　巳刻，刘筠庄来会。未刻，至朱蕴圃处，遣人招刘心葭来，约定同往禾郡应试。酉刻，寄陆兰堂书。

**二十六(8月30日)**　大热，夜有雷电。酉刻，陆春林来会。

**二十七(8月31日)**　午后雨。

**二十八(9月1日)**　夜大雨。辰刻，钟山子答访。

**二十九(9月2日)**　雨。未刻，接家大人手谕。

## 八　月

**一日(9月3日)**　夜大雨。申刻，候许德水，畅谈两时。

**二日(9月4日)**　雨。

**三日(9月5日)**　酉刻，刘心葭来会。

**四日(9月6日)**

**五日(9月7日)**　未刻，许德水来会，畅谈两时。

**六日(9月8日)**　辰刻，刘筠庄来会。申刻，朱蕴圃来会。

**七日(9月9日)**　酉刻，同刘心葭登乍浦舟。

**八日(9月10日)**　卯刻到郡，寓于火德庙桥南项宅，林雪岩亦来同寓。巳刻，候李云帆、徐辛庵。午刻，候万蕉园、周来雨。未刻，候顾蔗香。是日，汪瑟庵宗师到。

**九日(9月11日)**　热。辰刻,入场应古学试,坐东列四号。题:“投醪赋”以“一壶之味与众共尝”为韵、“柴门临水稻花香”得“门”字。五言八韵。申刻缴卷。代高抱琴作诗一首。

**十日(9月12日)**　热。寅刻,送林雪岩入场。卯刻,至月波楼雷祖殿拈香,为古学祈得三十六签。句云:“知道君家宅不宁,修为动作煞相侵。暂时剥蚀无牵虑,忠孝还应显俊名。”为正场祈得第十签。句云:“杨柳依依白絮飘,行人征旆渡江皋。东风一浪乘千里,月上枝头吹凤箫。”辰刻,候万雨堂。巳刻,候高益庵。午刻,候周霞客。又至徐辛庵寓,与方子春、程伊斋、陆一帆、罗莼浦翰大谈。未刻,观古学案,阖属共取九人,余得第五。府学柯万源、桐乡吴陈勋、平湖高一谔、平湖徐士芬、平湖黄森、海盐高亮采、桐乡仲镜、秀水何家骏、嘉兴陶荣昌。申刻,还方子春《诗经注疏》酌本两册。酉刻,许德水来会。

**十一(9月13日)**　热。巳刻,候许德水。是日,林雪岩迁寓。

**十二(9月14日)**　忽寒。寅刻,入场应试,坐东寒二十一号。题:“文王之囿”;策:盐法;诗:“蟋蟀俟秋吟”得“贤”字。未刻出场。酉刻,至万蕉园寓,托以认挨保签押。因明日又欲入场也,认保两人:徐士兰、俞典韶,挨保十六人:罗振邦、何元勋、陶景祎、张景儒、徐应炯、顾桂五、王淳熙、陆兆荣、俞炳、徐光藻、顾俊德、张衷周、倪光照。以上有贽。张桂、郭清煻、俞汝为。以上无贽。

**十三(9月15日)**　辰刻,入场覆古学试:题:“秋风”得“凉”字、“秋月”得“圆”字、“秋雨”得“萧”字、“秋云”得“轻”字、“秋山”得“重”字、“秋水”得“澄”字、“秋花”得“幽”字、“秋蛩”得“昏”字、“秋思”得“人”字,各七律一首,发看“投醪赋”卷子,原评:才思雄壮。酉刻出场,刘山椒来会。潮。戌刻,陆春林来会。

**十四(9月16日)**　寅刻,至宏文馆唱保。卯刻,方子春、高益庵来会。戌刻,观招覆案,一等十六人,余居十五。方垌、高一谔、徐虞琯、邵濬、钱骏曾、毛猷、陆锡谟、李锟、徐士芬、柯汝霖、张太熙、陆儒珍、王肇熙、胡祥祀、黄森、朱志闽。是日,平湖童生院试。题:“吾党有直躬者”二句;

次:“所以为蚳蛙则善矣”;诗:“影高群木外”得“乔”字。

**十五(9月17日)** 忽晴忽雨。辰刻,上家大人书。申刻,游精严寺。戌刻,同方子春、时森岩枢步月。

**十六(9月18日)** 申刻,观新进案。张涵、王以宁、王均、陶兆祥、李淦、周鸿图、刘维桢、丁爔、陆世楷、吴濂、张琛、孙凤翔、陆世模、沈曾铨、戈兰承、郑之侨、张润华、徐金太、周恭先、徐軏、徐庆元、张浛、毛諴、高振镆、林树棠,拨府三名:陈锦、韩潮、屈为弼。

**十七(9月19日)** 雨。辰刻,入场覆试。题:“仲弓为季氏宰”一节,诗:“留得残荷听雨声”得“荷”字。发看正场卷子,原评:古色陆离。未刻缴卷,代王藕汀肇熙作诗一首。是日周兰坡贻孙来同寓。

**十八(9月20日)** 巳刻,同周兰坡、刘心葭小酌。是日,林雪岩复来同寓。

**十九(9月21日)** 辰刻,游郡庙。是日莲花夫人生辰,香火大盛。午刻,同刘心葭、林雪岩、杨竹洲小酌。

**二十(9月22日)** 巳刻,至万蕉园寓,与徐梦春、周来雨、高警庵振镛大谈。午刻,张月波来会。金照。未刻,观古学正案,余降居第六。

**二十一(9月23日)** 卯刻,观正案,一等十六名,余拔居十三,二等四十名,三等一百二十三名。末过昕。巳刻,宏文馆参谒发落。申刻,同刘心葭、林雪岩、刘亦渔登舟。

**二十二(9月24日)** 卯刻,回至乍浦。辰刻,候朱蕴圃。午刻,刘心葭招饮,同席许友巢、丁半闲、林雪岩、陆春林。

**二十三(9月25日)** 是日开馆。

**二十四(9月26日)** 微雨。酉刻,林雪岩来会,还律赋数种。

**二十五(9月27日)** 未刻,刘亦渔、刘绿岩来会。

**二十六(9月28日)** 微雨。

**二十七(9月29日)** 申刻,发陆一帆书,并寄《燕子楼》《钟馗嫁妹》两赋。

**二十八(9月30日)** 雨。巳刻,上家大人书。

**二十九(10月1日)** 微雨。

**三十(10月2日)** 申刻,至钱山香处,与钟山子等畅谈。

## 九 月

**一日(10月3日)** 午刻,王耀环来会,借金戒指一枚。未刻,刘筠庄来会,同候刘心葭。

**二日(10月4日)** 卯刻,刘心葭来会。酉刻,寄赠许思恬楹贴一联。已裱。戌刻,候许德水。

**三日(10月5日)** 辰刻,登乍浦舟。申刻,至新溪金宅。

**四日(10月6日)** 雨。未、申刻,候周晓山、陆兰堂。

**五日(10月7日)** 辰刻,候费春林,赠以楹贴一联。已裱。巳刻,候徐辛庵。午刻,寄林雪岩书。酉刻,候周霞客。

**六日(10月8日)** 巳刻,费春林来会。午刻,设酌请徐辛庵,招陆兰堂、周霞客、李云帆同饮。辛庵游福源寺,日旰不至,不得已与兰堂等先饮。戌刻,辛庵始来,酒筵已散。

**七日(10月9日)** 午前雨。巳刻,还费春林《红楼梦》,复借《金瓶梅》。未刻,周霞客来借诗赋稿。

**八日(10月10日)** 巳刻,林雪岩来会。雪岩因余在镇,特来相访。申刻,同候周霞客,霞客还余诗稿,加题词一阕。酉刻,徐辛庵、李云帆来会。戌刻,同雪岩至周晓山宅,谈至三鼓始寝。

**九日(10月11日)** 卯刻,邀林雪岩朝膳。辰刻,费春林借帖体诗稿。巳刻,同林雪岩、周霞客、周晓山游福源寺。午刻,陆兰堂招宴,同席周霞客、林雪岩、陆讷斋、周晓山、李云帆。酉刻散席。戌刻,赠陆心斋楹贴一联。已裱。

**十日(10月12日)** 午前雨。辰刻,送林雪岩登舟。巳刻,候谢月波。未刻,至费春林处阅《西堂杂俎》。

**十一(10月13日)**

**十二(10月14日)** 巳刻,至周霞客处取还赋稿。午刻,李云帆招饮,同席杨鸣岐等五人。

**十三(10月15日)** 未刻,赴王南屏宴,同饮谢兰舟宗海等十二人,大醉。

**十四(10月16日)** 未刻,问俞一山疾,遭其白眼。

**十五(10月17日)**

**十六(10月18日)** 小雨。卯刻,费春林还帖体诗稿,加题词一首。四言。午刻,登新溪舟,酉刻回家。

**十七(10月19日)** 辰刻,候卢敦仁。

**十八(10月20日)** 夜微雨。午刻,竹楼叔招饮,同席陆敦仁、金振声等六人。

**十九(10月21日)** 酉刻,候钱心园。

**二十(10月22日)** 午、未刻,饮于仁寿堂。

**二十一(10月23日)**

**二十二(10月24日)**

**二十三(10月25日)**

**二十四(10月26日)**

**二十五(10月27日)** 辰刻登舟,申刻至乍浦陈氏馆中。

**二十六(10月28日)** 酉刻,陆一帆书来,并寄重九篇"菊有黄华"四章。

**二十七(10月29日)** 阅《金瓶梅》。

**二十八(10月30日)** 阅《金瓶梅》。

**二十九(10月31日)** 未刻,朱蕴圃、许友巢来,邀至聚兴馆小酌。申刻,至刘绿岩处听黄平山弹琵琶、徐约园弹琴。

## 十 月

**一日(11月1日)** 辰刻,徐约园来会,畅谈两时。午刻,朱云泉来会。

**二日(11月2日)** 微雨。

**三日(11月3日)** 微雨。

**四日(11月4日)** 雨。抄赋四首。

**五日(11月5日)** 抄文五首。酉刻,候许德水。

**六日(11月6日)** 抄文七首。

**七日(11月7日)** 大西北风,始寒。酉刻,许德水来会。

**八日(11月8日)** 申刻,有喜鹊一只飞入书室,鼓翼而鸣。

**九日(11月9日)** 抄《博雅》,约计一千九百字。抄《小尔雅》,约计六百五十字。

**十日(11月10日)** 抄《逸雅》,约计二千九百字。

**十一(11月11日)** 抄《逸雅》,约计二千六百字。

**十二(11月12日)** 抄《仪礼》,约计二千五百六十字。戌刻,评点林雪岩帖体诗十首。“隔溪渔舟”“古镜照神”“月明华屋”“日往烟萝”“脱帽看诗”“筑室松下”“乱山乔木”“萧萧落叶”“花覆茅檐”“过雨采蘋”,诗皆刻画入微。

**十三(11月13日)** 抄《仪礼》,约计二千字。辰刻,林雪岩来会。

**十四(11月14日)** 抄《仪礼》,约计二千七百字。申刻,候刘筠庄。

**十五(11月15日)** 夜大西北风。抄《仪礼》,约计二千二百字。

**十六(11月16日)** 辰刻,任瑞州邀同沈丽天、陈朴园集合和馆。巳刻,林雪岩来会。

**十七(11月17日)** 辰刻,刘绿岩招同林雪岩、刘心葭、陆春林、陈愚泉集合和馆。巳、午刻,同绿岩等观如意班戏于天后宫。

**十八(11月18日)** 抄《李义山集》,约计三千六百字。申、酉刻,许德水、朱云泉、林雪岩来会。

**十九(11月19日)** 抄《李义山集》,约计二千字。戌刻,有盛怒。

**二十(11月20日)** 抄《李义山集》,约计一千字。酉刻,林雪岩来会。

**二十一(11月21日)**　抄《庄子》,约计三千二百字。酉刻,寄陆兰堂书。

**二十二(11月22日)**　抄《孙武子》,约计九百字。抄《子牙子》,约计一千四百五十字。未刻,林雪岩、姚半帆来会,雪岩以兼毫笔两管见赠。

**二十三(11月23日)**　夜雨。抄《列子》,约计二千四百六十字。

**二十四(11月24日)**　夜大雨,有雷。抄《抱朴子》,约计三千四百三十字。

**二十五(11月25日)**　夜大东北风。抄《韩诗外传》,约计三千四百字。

**二十六(11月26日)**

**二十七(11月27日)**　寒。抄贾子《新书》,约计二千字。

**二十八(11月28日)**　微雨。抄刘勰《新论》[①],约计二千七百五十字。

**二十九(11月29日)**　微雨。抄陆贾《新语》,约八百六十字;抄荀悦《申鉴》,约九百四十字。

**三十(11月30日)**　抄王符《潜夫论》,约一千四百四十字;抄任昉《述异记》,约七百四十字。

## 十一月

**一日(12月1日)**　抄蔡邕《独断》,约二千四百字。

**二日(12月2日)**　抄扬子《方言》,约三千六百字。

**三日(12月3日)**　抄桓宽《盐铁论》,约三千七百字。

**四日(12月4日)**　抄崔豹《古今注》,约一千二百字。巳刻,许德水来会。酉刻,陆兰堂书来。

**五日(12月5日)**　抄端木《诗传》,约二千四百字。申刻,发金

---

① 应为桓谭《新论》。

秋圃书,覆陆兰堂书。

**六日(12月6日)** 抄河间《乐记》,约一千七百字;抄刘向《列仙传》,约八百字。

**七日(12月7日)** 抄刘向《列女传》,约一千二百字;抄皇甫谧《高士传》,约一千六百字。是日门人许雪堂开读《左氏传》。雪堂年才十一,自七岁至十岁仅完《四子书》一部。今岁受业于余,每日可读六十行,二月以来已毕《诗》《礼》两种,盖其天分聪强,超出庸众。向时学究特少巨眼,以致埋没英雄,一遇伯乐,始得赏识于牝牡骊黄之外,岂非师徒遇合,本有夙缘耶。

**八日(12月8日)** 抄《晋史乘》,约二千二百字。

**九日(12月9日)** 抄《楚史梼杌》,约一千四百五十字。

**十日(12月10日)** 抄《三坟书》,约二千四百字

**十一(12月11日)** 大寒。抄《书序》,约一千三百字。

**十二(12月12日)** 大寒。抄《文心雕龙》,约二千五百字。

**十三(12月13日)** 抄《说文》,约三千五百字。酉刻,刘心葭来会,赠以《逸周书》《竹书纪年》酌本。

**十四(12月14日)** 未刻,代刘绿岩作南关帝庙募袍疏。

**十五(12月15日)** 抄《说文》,约二千一百字。

**十六(12月16日)** 戌刻月食。抄《山海经》,约二千四百字。

**十七(12月17日)** 抄《山海经》,约二千六百字。

**十八(12月18日)** 雨。抄《山海经》,约二千一百字。

**十九(12月19日)** 抄《山海经》,约二千三百字。

**二十(12月20日)** 大寒。阅《焦氏易林》。

**二十一(12月21日)** 辰刻,朱蕴圃招至松顺馆小酌,同饮王春山徽州人等四人。午、未、申刻,阅《京房易传》《申公诗说》。

**二十二(12月22日)** 抄《困学纪闻》,约二千九百字。

**二十三(12月23日)** 抄《困学纪闻》,约四千五百字。

**二十四(12月24日)** 阅刘劭《人物志》、陶潜《群辅录》、魏伯阳

《参同契》。

**二十五(12月25日)**　辰刻，钱莲舟书来，并寄其弟棣山文四首、赋三首，托余点正。巳刻，代朱蕴圃挽丁某。七律四首。未刻，刘月泉来会，见示苏子瞻《墨竹》一幅，并有黄山谷、赵子昂题辞。申刻，候许德水。

**二十六(12月26日)**　午刻，有大怒。因弟子陈云巢怒目相视，故也。

**二十七(12月27日)**　午、未刻，改钱棣山文四首。"捐阶""舍瑟""三嗅而作""一卷石之多"。申刻，刘亦渔来会。

**二十八(12月28日)**　寒。午、未刻，评改钱棣山赋三首。"兰言赋""羡鱼结网赋""观海难为小赋"。

**二十九(12月29日)**　阅马融《忠经》、陶潜《孝传》。

## 十二月

**一日(12月30日)**　寒。阅《汉武内传》《飞燕外传》。

**二日(12月31日)**　大寒。阅刘歆《西京杂记》、崔鸿《十六国春秋》。

**三日(1816年1月1日)**　阅诸葛丞相《心书》、张良《阴符经》。

**四日(1月2日)**　辰刻，朱蕴圃招同刘心葭集松顺馆。巳刻，候许友巢。午刻，刘心葭招饮。未刻，候许德水。

**五日(1月3日)**　是日，录出旧时所记灯谜酒令，共数百条。

**六日(1月4日)**　阅干宝《搜神记》、王粲《英雄传》、郭宪《洞冥记》。

**七日(1月5日)**

**八日(1月6日)**

**九日(1月7日)**　午刻，陈朴园设酌饯行。申刻，许思恬赠竹纸两束，胡桃、谏果、福橘三包。

**十日(1月8日)**　大寒。辰刻，将登舟，值西北风陡起，不果。

巳刻,至刘卓亭宅,见北宋孙奭、孙复、孙康遗像一幅,有景德、明道二帝御笔题跋,又有李沆、欧阳修、岳飞、洪迈、吕祖太、柳贯、魏了翁题赞。未刻,候许德水,谈至日昃。

**十一(1月9日)**　更寒。未刻,朱蕴圃招同许友巢、刘亦渔,集聚兴馆。

**十二(1月10日)**　申刻,候朱云泉。

**十三(1月11日)**　未刻,登舟。亥刻,至新溪金宅。

**十四(1月12日)**　辰刻,候费春林。巳刻,途遇徐辛庵,立谈数语而别。午刻,候周晓山,即留饮。未刻,候陆兰堂、周霞客。申刻,费春林取还《金瓶梅》一部。

**十五(1月13日)**　巳刻,候李云帆。午刻,候张月泉。未刻,还周晓山《旧窗课》一卷。申刻,问俞一山疾。予与一山有积怨,而屡问其疾,所谓"兵交,使在其间可也"。

**十六(1月14日)**　借费春林《诗经偶句》一卷。春林所自撰。

**十七(1月15日)**　巳刻,李云帆来会。

**十八(1月16日)**　巳刻,至费春林处,见其所撰《诗经》酒筹二百枝。

**十九(1月17日)**　夜有雪珠。酉刻,张月泉招饮,同席陆兰堂等五人。

**二十(1月18日)**　戌刻,同陆兰堂对酌。

**二十一(1月19日)**　辰刻登舟,未刻回家。

**二十二(1月20日)**

**二十三(1月21日)**　卯刻,吊旧馆人顾光宗丧。申刻,叶少翁题主,余与钱莲舟作左右相事。

**二十四(1月22日)**　巳刻,钱莲舟借诗赋稿。

**二十五(1月23日)**　巳、午刻,评阅钱棣山文三首。"伯夷隘"二句,"五六人童子","抽矢扣轮"至"西子"。

**二十六(1月24日)**　巳刻,评阅钱棣山文三首。"谄也见义不为”,“恭近于礼”至“其亲”,“称诸异邦”至“异邦人称之”。

**二十七(1月25日)**　午、未、申刻,抄费春林《诗经偶句》,约计三千字。

**二十八(1月26日)**　雨。

**二十九(1月27日)**　大西北风。

**三十(1月28日)**　巳刻,诣关庙,拈香预问丙子科乡试,占得二十三签。句云:“花开花谢在春风,贵贱穷通百岁中。羡子荣华今已矣,到头万事总成空。”

# 嘉庆二十一年丙子(1816),二十八岁

## 鹂声馆日志

### 正　月

**一日(1月29日)**

**二日(1月30日)**　辰、巳刻,镇上贺节。

**三日(1月31日)**　巳刻,吊龚宅丧。

**四日(2月1日)**　辰刻,吊尚德堂丧。

**五日(2月2日)**　巳刻,吊李宅丧。戌刻,挽东林寺明弢和尚。七律一首。

**六日(2月3日)**　午刻,仁寿堂招饮,同席金振声等七人。

**七日(2月4日)**

**八日(2月5日)**

**九日(2月6日)**

**十日(2月7日)**　辰刻,钱莲舟还诗赋稿。

**十一(2月8日)**

**十二(2月9日)**

**十三(2月10日)**

**十四(2月11日)**　大东南风。辰刻,寄奚兰岩夫子澄祝分。十六日师母郑夫人四十寿辰。巳刻,同周涤烦、金振声等大谈于陆敦仁宅。

**十五(2月12日)**　夜雨。

**十六(2月13日)**

**十七(2月14日)**

**十八(2月15日)** 巳刻,金秋圃来。未刻,同登舟。戌刻,至新溪金宅。是日,始知俞东坪卒。

**十九(2月16日)** 辰、巳刻,新溪镇上贺节,赠陆兰堂白蚬十斤、蒲桃一包,还费春林《诗经偶句》一卷。

**二十(2月17日)** 大西北风。巳刻,候姚半帆不值。午刻,王南屏招宴,同席沈四癸等七人。是日,始知旧馆人邵与权卒。

[以下缺]

## [三月]

**六日(4月3日)** 夜雨。

**七日(4月4日)**

**八日(4月5日)** 卯刻,刘心葭来会,赠以《春秋繁露》酌本。辰刻,同刘竹史访陈逸舟。巳刻,登汤山观城隍赛会。午刻,邱松坪邀同林雪岩、陈愚泉至铜局巷叙饮。申刻,周仁山复邀同雪岩、松坪小酌。

**九日(4月6日)**

**十日(4月7日)** 申刻,偕刘竹史游陈山。

**十一(4月8日)** 抄《格致镜原》,约三千九百字。酉刻,许德水来会。

**十二(4月9日)** 夜半大雷雨。未刻,候刘心葭。酉刻,同朱蕴圃候许友巢,不遇。

**十三(4月10日)** 雨。卯刻,同林雪岩、刘竹史登舟。戌刻,回至新溪。

**十四(4月11日)** 辰刻,候费春林。巳刻,候周晓山,即留饮。未刻,候陆兰堂。酉刻,寄李云帆五古一首,即以代柬。

**十五(4月12日)** 夜雨,有雷电。巳刻,费春林来会。午刻,与李云帆饮于时和馆。

**十六(4月13日)** 午前雨。午刻,陆兰堂招同周晓山小酌。未刻,李云帆赠七古一章。是日,始知金山方耐香卒。

**十七(4月14日)** 雨。辰刻,费春林遣人来招。巳刻,至春林处阅尤西堂《钧天乐》《论语诗》《拟明史乐府》,春林见赠番银一枚,助刻诗费。

**十八(4月15日)** 雨。巳刻,陆兰堂赠银二钱九分。未刻,陆心斋招饮。申刻,候周霞客。

**十九(4月16日)** 雨。辰刻,候俞吟秋。巳刻,候谢月波。未刻,周霞客赠图章一枚、银二钱五分。

**二十(4月17日)** 大雨。辰刻,候王北樵。申刻,陆兰堂乘醉来会,大谈两时。

**二十一(4月18日)** 雨。

**二十二(4月19日)** 辰刻,徐春桥来为长男齐仲、次女越卿种痘。

**二十三(4月20日)** 始晴。巳刻,俞吟秋赠银二钱六分。未刻,李云帆赠钱四百二十。酉刻,周晓山赠银三钱。

**二十四(4月21日)** 辰刻,同金秋圃登舟。巳刻,舟次泖湾,观洪福班戏。黄橘洲七旬寿戏。申刻,登黄氏三层楼。亥刻发棹。

**二十五(4月22日)** 大东南风。卯刻,至乍浦陈氏馆中。

**二十六(4月23日)** 酉刻,候徐辛庵。

**二十七(4月24日)** 夜大雨。抄《格致镜原》,约三千二百字。

**二十八(4月25日)** 雨。抄《格致镜原》,约三千五百字。

**二十九(4月26日)** 抄《格致镜原》,约三千一百字。酉刻,徐辛庵来会。

## 四　月

**一日(4月27日)** 清晨大雨。抄《格致镜原》,约四千七百字。

**二日(4月28日)** 夜大雨。抄《格致镜原》,约三千八百字。午刻,程伊斋来会。未刻,候刘心葭。申刻,候许德水。酉刻,赠沈丽天书画扇一柄。周霞客画,徐辛庵、李云帆书。

**三日(4月29日)** 昼夜大雨。抄《格致镜原》,约二千九百字。未刻,高庆尧来访,索题小像。

**四日(4月30日)** 夜雨。抄《格致镜原》,约三千七百字。

**五日(5月1日)** 夜大雨。抄《格致镜原》,约四千字。酉刻,候徐辛庵。

**六日(5月2日)** 大雨。抄《格致镜原》,约三千八百字。申、酉刻,阅年羹尧所选《陆忠宣文集》。

**七日(5月3日)** 夜小雨。抄《格致镜原》,约三千四百字。酉刻,候徐辛庵。

**八日(5月4日)** 雨。抄《格致镜原》,约四千九百字。是日始抄毕。是夜,梦掘地得古玉器、古铜器数百种。

**九日(5月5日)** 夜大雨。酉刻,题钱秋岩《平步青云图》。集诗品十二句。

**十日(5月6日)** 辰刻,金秋圃书来。言次女痘花已发,长男仍不出。自甲戌以来,长男种痘花已三次而竟无验,亦大恨事。未刻,候刘心葭,即同心葭至三山会馆观长生班戏。酉刻,徐辛庵、丁梦云名庆霄,嘉兴庠生、毛柿庄、张懋修来会。

**十一(5月7日)** 雨。辰、巳刻,作徐心畬《书竹生涯图记》。骈体。申刻,候徐辛庵不遇。候许德水,见孙渊如新刊许氏《说文》四本。

**十二(5月8日)** 雨,夜更大。抄文四首。

**十三(5月9日)** 雨。辰、巳刻,作"夫子之得邦家者"五句题文。

**十四(5月10日)** 午后大雨。辰、巳刻,作"诗可以兴"四句文。

**十五(5月11日)** 辰、巳刻,作"敏而好学"三句文。申刻,候许德水,畅论古籍。

**十六(5月12日)** 辰、巳、午刻,作“天下有道,则庶人不议”文。未、申刻,在鄞江会馆观彩和堂戏。

**十七(5月13日)** 午刻,高庆尧来会。

**十八(5月14日)** 午后小雨。酉刻,徐辛庵来会。

**十九(5月15日)** 雨。辰、巳、午、未刻,作“子不语”一节文。

**二十(5月16日)** 雨。酉刻,候徐辛庵。

**二十一(5月17日)** 辰、巳刻,作“归与归与”一节文。

**二十二(5月18日)** 酉刻,刘心葭来会,即同心葭候许德水。

**二十三(5月19日)** 辰、巳、午刻,作“君子有三畏”一节文。酉刻,候徐辛庵。

**二十四(5月20日)** 未刻,候刘心葭。

**二十五(5月21日)** 小雨。辰、巳刻,作“固天纵之将圣”一句文。申刻,候许德水、徐辛庵。近时窗课皆二君评定,切磋之功,良为不少。

**二十六(5月22日)**

**二十七(5月23日)** 辰、巳、午刻,作“不曰坚乎”四句文。酉刻,徐辛庵来会。

**二十八(5月24日)** 未刻,刘亦渔来会。

**二十九(5月25日)** 辰、巳、午刻,作“无欲速”四句文。酉刻,候徐辛庵。

**三十(5月26日)**

## 五　月

**一日(5月27日)** 雨。酉刻,候徐辛庵不遇,为其恶主人张觐颜所叱。

**二日(5月28日)** 巳刻,徐辛庵来告别。言有憾于主人,此去不来矣。

**三日(5月29日)** 辰、巳、午刻,作“求也,千室之邑”三句文。

申刻，朱云泉来会。

**四日(5月30日)**　辰、巳、午刻，作“邦君之妻”全章文。酉刻，周兰坡、刘心葭、陈愚泉来会。

**五日(5月31日)**　午后雨。

**六日(6月1日)**　巳刻，作“我则异于是”一节文。

**七日(6月2日)**　卯刻登舟。辰、巳刻，在舟中阅柴虎臣《考古类编》。未刻，至新溪金宅。申刻，与李云帆书。

**八日(6月3日)**　辰刻，候陆兰堂，晤翁小海。午刻，候周晓山。

**九日(6月4日)**　大东南风。辰刻，招翁小海来画像，取《读红楼梦图》。戌刻，陆兰堂招饮，同席翁小海、陆秋山，席中小海出视顾耕石元熙所撰《鹤臞道人姓陆名俊墓碣铭》。

**十日(6月5日)**　巳刻，候谢月波，不遇。午刻，候费春林。戌刻，陆秋山招饮，同席翁小海、陆讷斋、董香石、陆兰堂。

**十一(6月6日)**　午刻，大雷雨。申刻，周晓山来会。酉刻，谢月波来会，赠番银一枚。

**十二(6月7日)**　午刻，同陆心斋等八人至张坟观二林班戏。

**十三(6月8日)**　辰、巳刻，阅《西洋算法》。未、申刻，同王南屏等十一人饮于听松书屋。

**十四(6月9日)**　雨。

**十五(6月10日)**　辰刻，赠翁小海笔资一元。巳刻，费春林来会。

**十六(6月11日)**　雨。巳刻，李云帆来会。未刻，候周霞客。

**十七(6月12日)**　雨。

**十八(6月13日)**　雨。

**十九(6月14日)**　卯刻，林雪岩过访。

**二十(6月15日)**　巳刻，至费春林处。未刻，至周霞客处。

**二十一(6月16日)**　午前雨，阅外家金氏世谱。第三世椒麓公讳之锳，娄县廪生，有诗稿一卷，内有《寿王农山六十初度》七古一章，笔力苍劲。

第四世艾亭公讳粟,娄县庠生,亦有遗稿一卷,其《代周某祭聘室孟淑女》文,骈四骊六,最为清新。第六世显斋公讳鼎,金山庠生,即内子胞伯也。

**二十二(6月17日)** 未刻,候翁小海,见叶条生名条枚,吴江布衣《改吟斋诗抄》、尤祖望名维熊,长洲人《二娱小庐诗词抄》。

**二十三(6月18日)** 暴热。未刻,同周晓山至谢月波处,大谈两时,与月波订秋试同寓之约。

**二十四(6月19日)** 昼有雷。卯刻登舟。酉刻,至乍浦陈氏馆中。

**二十五(6月20日)** 黄昏大雷雨。未刻,候刘心葭。心葭言刻字匠丁山桥已支五洋,忽于五日前逃去,并诗稿亦不知下落。申刻,候许德水,见王西庄《尚书后案》。

**二十六(6月21日)** 黄昏雷雨。

**二十七(6月22日)** 大热,黄昏雷雨。酉刻,见倭子十余人。

**二十八(6月23日)** 卯刻,林丈金台来会。言有卢子氏欲来受业。① 辰、巳、午刻,作"唯女子与小人"一节文。

**二十九(6月24日)** 大热。

## 六　月

**一日(6月25日)** 大热,黄昏大雷雨。申刻,毛柿庄来会。

**二日(6月26日)** 日中大雷雨,天地昏黑。辰刻,改周晓山"君子周而不比"二句文。申刻,候许德水。

**三日(6月27日)** 巳刻,自题《读红楼梦图》。四言四章,三十二句。申刻,邱松坪邀同陈愚泉等小饮于合茂馆。

**四日(6月28日)** 申刻,朱云泉来会。

**五日(6月29日)**

**六日(6月30日)** 辰、巳刻,作"季康子问政"一节文。

---

① "卢子氏"似当作"卢氏子"。

**七日(7月1日)**

**八日(7月2日)** 大热。酉刻,刘心葭来会。

**九日(7月3日)** 午刻,候许德水。申刻,候朱蕴圃。

**十日(7月4日)** 热。未刻,候刘筠庄。申刻,候毛柿庄。

**十一(7月5日)** 热,日晡雷雨。

**十二(7月6日)** 黄昏雷雨。

**十三(7月7日)** 午后雷雨。

**十四(7月8日)** 未刻,候程伊斋,不遇。申刻,候许德水。

**十五(7月9日)** 阅钱竹汀《养新录》。

**十六(7月10日)** 夜雨。

**十七(7月11日)**

**十八(7月12日)** 日晡雷雨。

**十九(7月13日)** 日晡雷雨。

**二十(7月14日)** 黄昏雷雨。

**二十一(7月15日)** 辰刻,许莓磔来会,携至许德水所题《读红楼梦图》。填词两阕,一"行香子"调,一"卖花声"调。

**二十二(7月16日)** 大热。

**二十三(7月17日)** 热。巳刻,徐莲史书来。午刻,报莲史书。是夜梦见大蜘蛛,其形如蟹。

**二十四(7月18日)** 卯刻,沈西湄来访。辰刻,许思恬赠小砚一方、京水笔两枝、酒浸杨梅一盒、佛手柑一枚。午刻,答沈西湄托寄曹芝田、沈东白书。

**二十五(7月19日)** 热。

**二十六(7月20日)** 大热。申刻,以酒浸杨梅赠刘心葭。酉刻,许思恬招饮,同席沈丽天等四人。

**二十七(7月21日)** 大热,夜大雷雨。

**二十八(7月22日)** 热,夜大雷雨。

**二十九(7月23日)**

**三十(7月24日)** 巳、午刻,代刘心葭题《读红楼梦图》。集前明女史七言诗,得断句十六章。酉刻,钱山香来会。

## 闰六月

**一日(7月25日)**

**二日(7月26日)**

**三日(7月27日)** 未刻,至毛柿庄馆,见其帖体诗一卷。命题太旧,诗亦平庸。申刻,同候许德水。

[缺页]

## 八　月

**九日(9月29日)** 卯刻,林雪岩过访。

**十日(9月30日)** 夜半大雨。

**十一(10月1日)**

**十二(10月2日)**

**十三(10月3日)** 卯刻,得周霞客书。酉刻,张月泉馈马皋腊一盒。

**十四(10月4日)** 是日,有耳疾。

**十五(10月5日)** 是日,耳疾大甚。酉刻,金振声过访。

**十六(10月6日)** 是日,耳疾更甚,饮食不进。

**十七(10月7日)** 是日,耳疾顿瘳。

**十八(10月8日)** 申刻,至姚半帆处,见其所题《读红楼梦图》。七绝四首。

**十九(10月9日)**

**二十(10月10日)**

**二十一(10月11日)** 申刻,徐春桥来会。

**二十二(10月12日)** 戌刻,胡宝叔从新仓来,知内子于日前小产,次女头患恶疮。

**二十三(10月13日)**　辰刻,至陆兰堂处,请其明日至新仓治内子及次女疾。巳刻,候顾望山。未刻,候周晓山。

**二十四(10月14日)**　卯刻,同陆兰堂登舟。巳刻,至新仓治病。内子言十七日小产实系打胎所致,因家室勃溪忿极而施此毒计,惜乎其男胎也。予闻言大惊失色,惟以两手自挃,连呼负负而已。午刻,至竹楼叔宅请家大人安。酉刻,复至新溪。

**二十五(10月15日)**

**二十六(10月16日)**　巳刻,至周晓山处,即留饮。未刻,林雪岩书来,即发回信。申刻,韩岐仁馈龙眼一斤、蜜枣一斤、豚肩一只。

**二十七(10月17日)**

**二十八(10月18日)**　巳刻,至费春林处,阅王恒叔士性《五岳游草》。未刻,春林留饮,谈至日昃。

**二十九(10月19日)**　未刻,林倬庵来会。

**三十(10月20日)**　巳刻,至顾望山处,阅王述庵昶年谱。

## 九　月

**一日(10月21日)**

**二日(10月22日)**　午刻,招林倬庵、李云帆饮于听松书屋。戌刻始散。

**三日(10月23日)**　卯刻,刘卓亭竹史、陈逸舟、俞静斋过访。戌刻,陆心斋招饮,同席金秋圃、董南平。

**四日(10月24日)**　未刻,问陆兰堂疾。

**五日(10月25日)**　巳刻,候沈悦芬。午刻,李云帆招宴,同席陆梦渔、俞吟秋、林倬庵。酉刻散席。

**六日(10月26日)**　辰、巳刻,同金秋圃等至五龙庙观镇海侯报赛,遇徐铁卿、陈杏楼。

**七日(10月27日)**　辰刻,至俞一山处。午刻,林倬庵招饮,同席周霞客、李云帆、俞省斋。戌刻散席。

**八日(10月28日)**　巳刻,至林松岩树棠宅。午、未刻,同周霞客、俞吟秋、林倬庵、周偶斋、李云帆饮于时和馆。戌刻,偶斋复招饮。

**九日(10月29日)**　卯刻,秋闱报罢。平湖中五人:方垌、张太勋、张廷柱、张汝舟、高一谔。午刻,同霞客、云帆至小叙馆饮酒解闷。

**十日(10月30日)**　辰刻,见乡榜全录。解元张嘉金。未刻,李云帆题《读红楼梦图》七绝四首。

**十一(10月31日)**　巳刻,发唐秋涛书。

**十二(11月1日)**　巳刻,至费春林处阅垣赤道人《吹影编》。

**十三(11月2日)**　午刻,候尹莘畦。申刻,许友巢书来。言陈朴园处馆地,明岁不仍旧。是日,知浙江学政已差李公宗昉。

**十四(11月3日)**　巳刻,至庙街听王南屏等唱曲,适曹书仓、尹莘畦、李六桥今蕃陆续而至,大谈于张恒仁店楼。申刻,竹楼叔过访。戌刻,同谢兰舟、周晓山饮于张月泉处。

**十五(11月4日)**　酉刻,洒涕登舟。

**十六(11月5日)**　卯刻,至乍浦陈氏馆中。辰刻,陈朴园邀饮于松顺馆。巳刻,候刘心葭。午刻,观如意班戏于鄞江会馆。

**十七(11月6日)**　申刻,候朱蕴圃。酉刻,刘卓亭来会。

**十八(11月7日)**　忽寒。卯刻赠刘心葭《诗品诗》一册。申刻,候朱云泉,见其所题《读红楼梦图》。七律。

**十九(11月8日)**　午刻,发万雨堂书。

**二十(11月9日)**　夜大雨。未刻,许德水来会。

**二十一(11月10日)**　夜雨。

**二十二(11月11日)**　夜雨更大。

**二十三(11月12日)**　夜雨。

**二十四(11月13日)**

**二十五(11月14日)**　夜大雨。午刻,陆春林来会。未、申刻,观如意班戏于南司巷。

**二十六(11月15日)**　昼夜雨。

**二十七(11月16日)**　大西北风。

**二十八(11月17日)**　寒。未刻,程伊斋来会。

**二十九(11月18日)**　午刻,候刘筠庄。

## 十　月

**一日(11月19日)**　辰刻,刘心葭来会。言刻字匠丁山桥逃去复来,所镌诗稿尚未告竣,将何处置。予因功名折挫,心灰意懒,遂将此事束之高阁,不复开雕矣。午、未、申刻,观如意班戏于天后宫。

**二日(11月20日)**　午刻,徐约园来会。

**三日(11月21日)**　巳刻,徐绿岩招同徐约园集松顺馆。午、未、申刻,同绿岩、约园观如意班戏于天后宫。

**四日(11月22日)**　申刻,诣南关帝庙,观醮坛。是日南门外张灯,至初十始止。

**五日(11月23日)**　巳刻,至刘卓亭宅,遇翁海琛,名广平,吴江庠生。出其所撰《吾妻镜补》三十卷相示。《吾妻镜》者,日本国史也,海琛复摭拾群书,详加考核,以补成之,因名《吾妻镜补》云。海琛与余同游庠,今五十七矣,尚未留须,亦畸人也。未刻,观如意班戏于满洲营。戌刻,同钱秋堂、陆春林、刘卓亭、伶人双翠、如意等饮酒观灯。

**六日(11月24日)**　未刻,主人家有喜筵,庆新室也。同宴林金台、许德水等三十一人。酉刻,同刘绿岩、徐约园、刘卓亭、陆春林、伶人三多、如意、双兰等集源和馆。

**七日(11月25日)**　午刻,主人家补喜筵,同席沈丽天、尚于春、陈声先等八人。戌刻观灯。

**八日(11月26日)**　酉刻,徐辛庵来会。言平湖荐卷十二人:屈为章、袁翼先、程恩溥、万光霁、徐士芬、郭人柱、屈廷庆、徐锡龄、钱骏曾、许维翰、施锷、徐金粹。屈为章已中第八名,因与袁翼先微有雷同,复遭黜落。戌刻,俞静斋招饮,不赴。

**九日(11月27日)** 雨。未刻,候徐辛庵,细谈两时。

**十日(11月28日)** 雨。

**十一(11月29日)** 夜雨。

**十二(11月30日)**

**十三(12月1日)** 大西北风。未刻,同朱蕴圃候许友巢。申刻,候徐辛庵。

**十四(12月2日)** 寒。未刻,观周犊山司马往邱宅题主。旌旗鼓乐,驺从百余。

**十五(12月3日)** 寒。申刻,与朱息厂小酌。

**十六(12月4日)** 申刻,邱桂岩来会。

**十七(12月5日)**

**十八(12月6日)** 雨。

**十九(12月7日)**

**二十(12月8日)** 巳刻,陈仰山、俞静斋来会。

**二十一(12月9日)** 申刻,钱莲舟书来。戌刻,答莲舟书。

**二十二(12月10日)** 夜雨。未刻,候许德水。

**二十三(12月11日)** 午刻,作下第四首七律寄钱莲舟。未刻,至三山会馆,观采和堂戏。

**二十四(12月12日)**

**二十五(12月13日)**

**二十六(12月14日)** 巳刻,刘绿岩来会。午刻,许莓磋来会,出视《柳枝词》廿二首。每句用曲牌名。未刻,许德水来会。

**二十七(12月15日)**

**二十八(12月16日)** 夜雨。

**二十九(12月17日)** 申刻,徐辛庵来会。

**三十(12月18日)** 雨,夜更大。

## 十一月

**一日(12 月 19 日)**　雨夹雪。

**二日(12 月 20 日)**

**三日(12 月 21 日)**　巳刻,刘绿岩招饮松顺馆。午刻,同刘绿岩、陈愚泉观集庆班戏于海食会馆。

**四日(12 月 22 日)**　未刻,同刘卓亭、汪念珍、刘心葭饮于朱蕴圃宅。

**五日(12 月 23 日)**　抄文六首。

**六日(12 月 24 日)**　午刻,翁小海过访。

**七日(12 月 25 日)**　申刻,徐辛庵来会,出其所题《读红楼梦图》见示。七古。

**八日(12 月 26 日)**　午刻,发陆兰堂、金秋圃书。申刻,刘亦渔来会。

**九日(12 月 27 日)**　未刻,刘卓亭来会。

**十日(12 月 28 日)**　大西北风。巳刻,代刘绿岩作《观音殿化缘疏》。未刻,答翁小海。

**十一(12 月 29 日)**　大寒。未刻,同刘亦渔、朱蕴圃、刘卓亭小饮聚兴馆。

**十二(12 月 30 日)**　抄文六首。申刻,候许德水。

**十三(12 月 31 日)**　巳刻,钱莲舟书来。未刻,覆莲舟书。

**十四(1817 年 1 月 1 日)**　巳刻,姚香山来会。申刻,刘绿岩、刘亦渔来会。

**十五(1 月 2 日)**　巳刻,费春林书来。

**十六(1 月 3 日)**　午刻,刘心葭来会,以费春林、徐辛庵所题徐心畬《书竹生涯图》付之。申刻,至卷勺园,遇徐雪庐先生。名熊飞,武康孝廉。

**十七(1 月 4 日)**　未刻,候毛柿庄。

**十八(1月5日)** 抄文八首。

**十九(1月6日)** 未刻,偕刘绿岩、姚半帆、魏梅溪、陈愚泉,至龙王堂北毕氏饮醇酒。

**二十(1月7日)**

**二十一(1月8日)** 午刻,鲍云波来访。名腾蛟,景宁人,十五岁游庠,今年二十二。

**二十二(1月9日)** 申刻,刘绿岩招饮,适余外出,不值。

**二十三(1月10日)** 雨。

**二十四(1月11日)** 申刻,鲍云波来会,赠以五律一首。

**二十五(1月12日)** 申刻,刘心葭来会,徐辛庵来会。

**二十六(1月13日)** 申刻,候徐辛庵。

**二十七(1月14日)**

**二十八(1月15日)** 巳刻,陈仰山招同刘绿岩、陈愚泉、周仁山饮于铜局巷。午刻,遇桐乡张香垞。名枚,新中副贡。

**二十九(1月16日)** 未刻,候许德水。戌刻,同张香垞、沈丽天饮于主人宅,酩酊烂醉。

## 十二月

**一日(1月17日)** 午刻,刘亦渔来会。酉刻,赠张香垞七律一首。

**二日(1月18日)** 巳、午刻,作《感遇诗》七律五首。未刻,候刘心葭。申刻,候徐辛庵。

**三日(1月19日)** 申刻,程伊斋、徐辛庵来会。

**四日(1月20日)** 申刻,徐辛庵来告别。言与主人又有隙,今日决计辞去。

**五日(1月21日)** 巳刻,刘心葭来会。

**六日(1月22日)** 夜雨。

**七日(1月23日)**

**八日(1月24日)** 夜大风雨。咏十二生肖各七律一首。

**九日(1月25日)** 大西北风。

**十日(1月26日)** 未刻作《寄内诗》七律二首。

**十一(1月27日)** 未、申刻，候刘心葭、朱蕴圃、刘绿岩、朱云泉。

**十二(1月28日)** 酉刻，刘心葭、刘竹史来送别。

**十三(1月29日)** 夜雨。午刻，万雨堂书来。言前托汤西岩荐馆于西门外俞宅，主人已允。未刻，告别朱蕴圃。申刻，告别许德水。两年在乍，予与德水情则友朋，义则□弟，彼此依依，有离别可怜之色。

**十四(1月30日)** 雨，夜更大。巳刻，入场坐东商五十六号，同席秀水浦澹庵颂如等。

**十五(1月31日)** 雨。丑刻，出策题，经学、史学、学校、木棉、积贮。未刻完卷。

**十六(2月1日)** 卯刻出场。酉刻，以堂和尚设席相待，同饮长兴程梧生汝森、归安张蓉圃倬、孙尾林景熙、秀水吴鹤洲颂眉等十三人。

**十七(2月2日)** 辰刻，泛西湖舟。巳刻，游灵隐寺，坐冷泉亭观瀑布。午刻，上弢光径于吕祖前焚香祈签，句云："日升月恒，气象万千。"登观海楼，憩绿云坞。酉刻，至贡院前，计一二三场贴出者共二百余人。平湖居其三：第一场孙谋章不全，第二场邵洙未默头场文字，第三场刘以烜策不满一篇。

**十八(2月3日)** 巳刻，同周霞客等出望江门。未刻，观钱塘江潮。申刻，进凤山门。

**十九(2月4日)** 夜雨。卯刻，诣韩文公祠拈香。未刻，徐莲史来会，知旧馆人王屺怀卒。

**二十(2月5日)** 雨。申刻，徐辛庵来会。

**二十一(2月6日)** 巳刻，同寓五人登舟。

**二十二(2月7日)** 未刻，舟过硖石，上岸一游。

**二十三(2月8日)** 卯刻，舟至平湖，与周霞客等分舟。午刻，偕李云帆回至新溪。未刻,候费春林,赠以钟晋斋宝《诗品诗钞》一本。酉刻,赠陆心斋杭州土仪。

**二十四(2 月 9 日)** 大西北风。巳刻,诣西关帝庙,拈香祈得十五签。句云:"两家门户各相当,不是姻缘莫较量。直待春风好消息,却调琴瑟向兰房。"午刻,周晓山邀吃蟹。

**二十五(2 月 10 日)** 辰刻,费春林来会。

**二十六(2 月 11 日)** 巳刻,至费春林处阅王鸿绪《明史稿》。

[以下缺页]

# 嘉庆二十二年丁丑(1817),二十九岁

## 鹂声馆日志

### 正　月

[以上残缺]

**十八(3月5日)**　西蜀四六文一部,其余名目,皆非人世所习见者。

**十九(3月6日)**　卯刻,接到万雨堂拜帖俞根堂,云涛请帖。定于廿二开馆。

**二十(3月7日)**　小雨。

**二十一(3月8日)**　辰刻登舟。午刻,至新溪,候张月泉、俞吟秋、费春林。未刻,月泉招饮。申刻,岳母遣人来招,遂至金宅。戌刻,□兰堂、陆心斋饮于听松书屋。是日,知周霞客于十六日自尽。书生薄命,一至于此。余与霞客久要深契,闻之不禁大恸。

**二十二(3月9日)**　卯刻登舟。巳刻到城,拜候万雨堂,赠以雄鸡两尾,黄烟一包。午刻,候汤西岩昆季,即至俞宅开馆。受业四人。主人设筵相待,同席汤蕴辉、俞同岑光墀等九人。戌刻散席。

**二十三(3月10日)**

**二十四(3月11日)**　卯刻,林雪岩书来。巳刻,上家大人手禀。寄费春林、王秋桥、金秋圃柬。

**二十五(3月12日)**　雨。

**二十六(3月13日)** 辰刻,寄刘卓亭书。巳刻,汤西岩答拜。未刻,至当湖书院填册。明日甄别。戌刻,同周晓山宿于顾协昌纸铺。

**二十七(3月14日)** 辰刻,至当湖书院甄别。署邑侯李海帆先生名宗传,桐城人出题:“其为父子兄弟足法”,“赋得濯濯如春月柳”,“春帆细雨赋”以“春水船如天上坐”为韵。亥刻缴卷,与周晓山至东门外费元希宅借宿。

**二十八(3月15日)**

**二十九(3月16日)** 午刻,万蕉园、汤蕴辉来会。是日,知胡瘦山金题卒。

**三十(3月17日)**

## 二　月

**二月一日(3月18日)** 微雨。午刻,至明伦堂为县试认保诸童签押。周勋、刘廷楷、俞允、戈芳承、戈蕊承。

**二日(3月19日)** 微雨。是日县试。首:“则不威学”;次:“脍炙与羊枣”;诗:“风信花盛”得“和”字。

**三日(3月20日)** 申刻,刘卓亭竹史来访。

**四日(3月21日)** 夜大雨,始雷。

**五日(3月22日)** 雨。阅《灵兰馆诗集》《采山堂诗集》。

**六日(3月23日)** 夜小雨。阅《荇溪诗集》《涣庄诗集》《花南老屋诗集》。是夜有心疾。

**七日(3月24日)** 午、未、申刻,咏《聊斋志异》中女子,娇娜、青凤、婴宁、聂小倩、侠女、莲香、阿宝、巧娘各七言断句一首。意欲集《聊斋》中女子各咏一首,是日先得八章。

**八日(3月25日)** 巳刻,徐朗斋来会。午、未、申、酉刻,咏红玉、林四娘、陈云栖、织成、竹青、香玉、绛雪、温姬、阿纤、瑞云、珊瑚、葛巾、黄英、颜如玉、晚霞,共十五首。

**九日(3月26日)** 辰刻,观甄别案,余得正课第三。正课三十名:

刘馨、曹荪、黄森、陆敦伦、赵玉锵、陈棫、程恩溥、屈廷庆、陆翰飞、张玱、陆以模、万光霓、顾广勤、王灏、戈茂承。以下十五名不能悉记，附课十名，随课八十一名。计诚居末。至长生房，门人俞铁崖以文二首就正。巳刻，答徐朗斋，即同访高警庵、徐云庄。午、未、申、酉刻，咏白秋、练辛、十四娘、连琐、连城、小二、庚娘、阿霞、青梅、公孙九娘、翩翩、江城、邵女，共十二首。①

**十日(3月27日)** 辰刻，高警庵、徐云庄答访。巳、午、未、申刻，咏梅女、阿英、青娥、鸦头、封三娘、章阿端、花姑子、西湖主、伍秋月、莲花公主、绿衣女、荷花、三娘子、芳云、宦娘、云萝公主，共十五首。

**十一日(3月28日)** 大东南风，夜雨。咏阿绣、小翠、细柳、神女、湘裙、长亭、素秋、乔女、云翠仙、小谢、蕙芳、菱角、凤仙、爱奴，共十四首。

**十二(3月29日)** 雨。咏小梅、绩女、舜华、嫦娥、颠当、吕无病、芸娘、五可、闺秀、纫针、粉蝶、锦瑟、房文淑、胭脂、细侯、商三官，共十六首。合计八十首。

**十三(3月30日)** 大雨，夜有雷。未、申刻，改俞铁崖诗文四首。“少者怀之”，“而致美乎”二句，“画出清明二月天”，“鸟啼山客犹眠”。

**十四(3月31日)** 巳刻，候陈白芬，不遇。即候陆一帆。

**十五(4月1日)** 午前大雷电雨。作四喜诗、四愁诗。各五言律。是日，闻福建布政使李许斋夫子自尽。为制军汪志伊、知府屠以钠、知县朱履中所诬陷。

**十六(4月2日)** 夜细雨。

**十七(4月3日)** 雨，夜更大。巳刻，至王又程宅一谈，即至万宅，托蕉园代画府试认挨保诸童押。戌刻，偕俞云涛登舟。

**十八(4月4日)** 微雨。巳刻，舟次新溪，俞云涛强邀至泖口。

---

① 实咏十三人。

云涛将至泖口收租,强余同往,不得已而从之。未刻,回至新溪,始知次女越卿于初二日亥刻病殁。

**十九(4月5日)** 雨。辰刻,候陆兰堂、张月泉,寄王秋桥书。申刻,候费春林,以所咏《聊斋》诗请其评阅。是日,知县试正案十名前:孙大铨、钱攀龙、吴若彬、陈钺、钱仪一、毛诚、徐金声、钱仑源、郭人和、邹光鉴。

**二十(4月6日)** 辰刻,俞吟秋拜会。巳刻,李云帆来访。午刻,张月泉招饮,同席谢兰洲、俞吟秋、李云帆、许景初,后又益以郁春圃、俞省斋,共八人。申刻散席。

**二十一(4月7日)** 巳刻,俞铁崖来受业。午刻,俞吟秋招同李云帆、许景初饮于兆昌店,后又益以张月泉、姚省三。申刻,访小庆校书。酉刻,陆一帆书来。言廿六日当湖书院开课。

**二十二(4月8日)** 雨,夜更大。巳刻,候顾望山,见绮斋女史《含烟阁诗抄》。午刻,同陆兰堂对酌。

**二十三(4月9日)** 午前雨。巳刻,至陆兰堂处,见蓉鸥漫叟《金阊竹枝词》。午刻,兰堂留饮。申刻,发林雪岩书。

**二十四(4月10日)** 夜雨。辰刻,至周晓山处,得王又程口信,知邑尊改期廿五日书院开课,立即唤小舫而去。未刻到城,访徐辛庵,不遇,即访曹书仓,适辛庵亦在,复邀余至其家,畅谈至三鼓。是夜留宿。

**二十五(4月11日)** 雨。辰刻,至当湖书院领甄别卷子。李海帆先生评:沉浸醲郁,情文相生,得章云李、王兰雪遗意,赋格清华,试帖工丽。巳刻,陆莲滨山长锡麒出题:"动容貌"二句,"人心如面"得"同"字。午、未、申刻,在曹书仓宅作课卷。酉刻,仍至徐宅,与辛庵对酌至夜半。辛庵大醉。

**二十六(4月12日)** 辰刻,程伊斋、陆一帆来会。午刻,同曹书仓拜谒李海帆夫子。申刻,偕徐辛庵散步。酉刻,寄俞云涛柬。

**二十七(4月13日)** 申、酉刻,附朱凤芝舟至新溪,知门人王秋桥于廿四日来拜，徐莲史于廿六日过访。

**二十八(4 月 14 日)** 辰刻，至费春林处。巳刻，至周晓山处。午刻赴韩岐仁宴，同席顾望山等十余人。

**二十九(4 月 15 日)** 夜雨。辰刻，登新溪舟，未刻回家。

## 三 月

**三月一日(4 月 16 日)** 雨。巳刻，赠项大妹柳条笔十管。

**二日(4 月 17 日)** 小雨。申刻，项大妹赠骨牌绣枕一对。戌刻，作《哭女诗》五律二首、《谢项大妹见贻绣枕》七绝二首。

**三日(4 月 18 日)** 雨，巳刻，平湖俞氏使者到。午刻登舟，酉刻到馆。

**四日(4 月 19 日)** 夜雨。

**五日(4 月 20 日)** 夜雨。

**六日(4 月 21 日)** 以上二日，助理俞宅丧事。

**七日(4 月 22 日)** 酉刻，俞云涛招同陆佩兰至天顺馆小酌。回至万宅一谈。

**八日(4 月 23 日)**

**九日(4 月 24 日)**

**十日(4 月 25 日)** 夜小雨。巳刻，万蕉园遣纪来呈府试挨保姓名单。共十四人：徐铿、高琅、何天衢、郭清煻、周尔城、夏汝贤、陆槐、顾广誉、陆承熙、顾以智、许太阶，皆有贽。钱智林、陆廷荣、沈炳，无贽。

**十一(4 月 26 日)** 巳刻，万蕉园来会。言初六日府试题，首："人十能之"；次："不下带而道存焉"；诗："春服既成"得"成"字。午刻，王秋桥书来。未、申刻，评改秋桥文三首。"远者来""父母其顺矣乎""顾鸿雁麋鹿"。酉刻，俞芷衫銈赠《见怀》诗一律。

**十二(4 月 27 日)** 巳刻，高警庵来会。午刻，覆王秋桥书。酉刻，撰七律一章酬俞芷衫。

**十三(4 月 28 日)** 巳刻，徐朗斋来会。未刻，候俞芷衫。申刻，候万蕉园、程伊斋。又候陆一帆,不遇。

**十四(4月29日)** 夜大雨。巳刻,俞芷衫来会,见赠七律一首,即次余韵。

**十五(4月30日)** 午刻,陆一帆来会。

**十六(5月1日)**

**十七(5月2日)** 夜雨。未刻,金秋圃来,即同至县署,观海帆先生决狱。

**十八(5月3日)** 酉刻,高警庵来会。

**十九(5月4日)** 巳刻,访屈畹芬廷庆。酉刻,题谢亚桥琛《梦回闻笛图》。七绝四首。

**二十(5月5日)** 抄文四首。

**二十一(5月6日)** 黄昏大雷电,雨。巳、午刻,同俞氏昆季饮立夏酒。未、申刻,醉卧于万雨堂处。

**二十二(5月7日)** 巳刻,俞芷衫寄赠七律一首。

**二十三(5月8日)** 申刻,撰七律一章,酬俞芷衫即次原韵。又改芷衫《咏古》四律。"楼桑村""铜雀台""筹笔驿""建业城"。

**二十四(5月9日)** 巳、午、未刻,咏《红楼梦》贾宝玉,得七绝十首。

**二十五(5月10日)** 夜雨。咏林黛玉十首、袭人四首。

**二十六(5月11日)** 午后大雨。咏薛宝钗八首、秦可卿四首。申刻,候徐朗斋。知府试正案十名前:张星庆、钱攀龙、马斯仁、孙大铨、钱仪一、徐金诰、吴若彬、陈钺、钱仑源、徐金奇。

**二十七(5月12日)** 咏元春二首、迎春二首、探春四首、惜春二首、王熙凤五首。酉刻,高警庵来会。

**二十八(5月13日)** 咏史湘云五首、邢岫烟二首、薛宝琴四首、妙玉四首。

**二十九(5月14日)** 咏李纨二首,李纹、李绮各一首,香菱三首,晴雯六首,鸳鸯二首。

三十(5月15日)　黎明雨。咏紫鹃四首,小红、平儿各三首,金钏、莺儿各两首,麝月一首。

## 四　月

一日(5月16日)　申刻日食。咏尤二姊二首,尤三姊四首,司棋二首,秋纹、碧痕、春燕、四儿、柳五儿各一首。巳刻,屈畹芬来会,代嘉兴沈星堂索《催妆诗》。

二日(5月17日)　辰刻,作沈星堂庆长《催妆诗》四七绝。申刻,同俞云涛饮于聚仙馆。

三日(5月18日)　夜雨。卯刻,至当湖书院观上课案。超等十六名,曹荪第一,余得第二。特等廿五名,吴棨居末。巳、午、未刻,在万宅作课卷。"虽有天下易生之物也"二句,"二月柳花化萍"得"萍"字。申刻,同程伊斋候陈白芬。回至馆中,适徐云庄来会。

四日(5月19日)　咏龄官二首,巧姊三首,卍儿、翠楼、彩云、玉钏、云儿各一首。

五日(5月20日)　雨。咏夏金桂三首、芳官三首,蕊官、藕官、葵官、佩鸾、佩凤、小鹊、绣橘、雪雁、侍书、喜鸾各一首。

六日(5月21日)　夜雨。咏史太君四首,秦钟四首,刘老老、智能、鹤仙、秋桐、宝蟾、素云、彩屏、贾瑞、贾兰、冯紫英、蒋玉函各一首。

七日(5月22日)　雨。咏柳湘莲、贾雨村各二首,薛蝌、甄宝玉各一首。共咏《红楼梦》男子十人,女子六十人,合计一百六十首。

八日(5月23日)　巳刻,陆一帆来会,借《梅会诗集》十一种。

九日(5月24日)　未刻,候陆一帆,以《红楼梦》诗请其评政,兼访吴晓春。棨。

十日(5月25日)　辰、巳、午、未刻,改俞铁崖窗课诗文六首"放郑声""又尽善也""窃比于我老彭""环滁皆山""悠悠花香""梨花一枝春带雨"。又考作诗文八首。申刻,寄费春林、俞铁崖书。

十一(5月26日)　午后雷雨。

**十二(5月27日)**　申刻,借俞芷衫《缀白裘》四袭。共四十八本。

**十三(5月28日)**　阅《缀白裘》。奇文妙剧,如万斛珍珠,不可不胜赏。意欲择其尤雅者为诗题。

**十四(5月29日)**　阅《缀白裘》。

**十五(5月30日)**　午刻,费春林书来,附还《聊斋》诗一卷。

**十六(5月31日)**　午后雨。辰、巳刻,追挽周霞客。七古。

**十七(6月1日)**　申刻大雷电,雨。辰刻,陆云轩来言李芝龄宗师廿九日取齐嘉郡。未刻,候陆一帆、屈畹芬,皆不遇。至万莲舫处,欲求岁试同寓,不许。申刻,候高警庵,适戈翰轩亦在,畅谈两时许。

**十八(6月2日)**　午后雨。卯刻,至当湖书院观上课案。超等十四名,刘馨第一,余在十一。特等廿七名,鲍锡年居末。午、未刻,在曹书仓宅作课卷。"卫灵公问陈"至"俎豆之事","奉席如桥衡"得"如"字。申刻,陆一帆还《红楼梦》诗一卷,颇有改削,又题词二绝,甚佳。

**十九(6月3日)**　雨。申刻,冯丹山来访。名跃龙,萧山庠生。酉刻,知礼闱揭晓,平湖独中丁泰一人。

**二十(6月4日)**　午刻,阅邸报。知上命吏部侍郎熙昌副都御史王引之至福建,勘李许斋先生冤狱,将汪志伊、王绍兰、屠以钠、朱履中分别定罪,福建士民林光天等请立李公祠,上以为此三代直道之公,特旨许之。

**二十一(6月5日)**　申、巳刻,大雷电,雨。

**二十二(6月6日)**

**二十三(6月7日)**　未刻,候曹书仓。申刻,同书仓候程伊斋、高警庵。

**二十四(6月8日)**　暴热。未、申刻,改俞铁涯诗文十首。"孔子曰才难","鼓瑟希"至"舍瑟","不宿肉祭肉","周有八士:伯达","间于齐楚事齐乎","酒旗","孺子驱鸡","康成读诗婢","红罗先绣踏青鞋","四月南风大麦黄"。酉刻,万蕉园来会。

**二十五(6月9日)**　热,夜雨。巳刻,徐云庄来会。午刻,代万蕉园作挽诗四七绝。

**二十六(6月10日)**　未刻,候徐辛庵,不遇。申刻,途遇姚半帆。

**二十七(6月11日)**　未刻,途遇徐辛庵,约定嘉禾同寓。申刻,至屈畹芬处。

**二十八(6月12日)**　辰、巳、午、未刻,挽李许斋夫子。四言五十六韵。

**二十九(6月13日)**　未刻,大雷雨。巳刻,偕曹申伯正国父子、卜晓岩凤城父子、徐辛庵、陈板桥锦、徐星庐垚登舟。酉刻到郡,寓于秀水县南高氏之爱古书屋。主人字锦标。

**三十(6月14日)**　未刻,大雷雨。卯刻,候万雨堂、费春林。辰刻,至月波楼焚香,为古学卜得四十三签,句云:"欲抱琵琶过别船,难将机械对人言。春光咫尺深如海,细诉衷情谁可怜。"为正场卜得第四签。句云:"欲入天台路转赊,满山空自觅胡麻。仙姬已自归刘阮,只合人间度岁华。"巳刻,周晓山、李云帆、林雪岩来会。雪岩出视《读红楼图》题章。集《西厢》曲文,作四言体。午刻,答林雪岩,即候朱蕴圃、刘心葭、陆春林。

## 五　月

**一日(6月15日)**　未刻,大雷雨。巳刻,刘竹史、俞铁崖来会。午刻,同徐辛庵访嘉善唐秋涛。申刻,屈畹芬、时森岩、罗莼浦来会。

**二日(6月16日)**　雨。辰刻入场,应古学试,坐东日十三号。题:"鸣鼓兴雨赋"以"假善鸣者""兴也勃焉"为韵,"吴王试剑石行","拟梅尧臣《檇李亭》"。五古五篇,限"五月菖蒲草"五韵。未刻出场。

**三日(6月17日)**　雨。辰刻,至宏文馆保古学童生。巳刻,陆南坪丙章、程伊斋、朱云泉、于瘦秋立等陆续来会。未刻,答朱云泉。申刻,观古学案,阖属取十二人,平湖得其三。县学屈家荪、冯廷标,府学林寿椿。

**四日(6月18日)**　雨。巳刻,答周晓山。午刻,同曹书仓、徐辛庵、陆梦涣、李云帆、陆湘帆中柱、俞吟秋等叙饮。申刻,徐香畹士兰、沈香槎震徐远香来同寓。

**五日(6月19日)** 雨。申刻,徐朗斋来会。

**六日(6月20日)** 雨。寅刻,入场应岁试,坐堂西十一号。题:“序事所以辨贤也”“旅酬下为上”;经:“为小石”三句;诗:“秧马”得“榆”字。巳刻出场。酉刻,为认挨保诸童签押。认保五人:周勋,有贽。挨保十二人:邹光鉴、金志鸿、邵廷梁、何寄生、陆楷、何光照、陶敦诗、沈毓嵩、邵维新,有贽。沈汝霖、徐应燮、钟鼎,无贽。

**七日(6月21日)** 辰、巳刻,邹光鉴等陆续拜会。午刻,戈翰轩来会。未刻,唐秋涛答访。申刻,同周晓山至徐莲史寓。

**八日(6月22日)** 寅刻,至宏文馆唱保。巳刻,候程伊斋、钱邻竹濬。午刻,观招覆案,一等十五名。徐士芬、李锟、屈家荪、陈棫、郭人柱、屈师曾、姚邦桀、沈锜、林枋、程恩溥、张涵、姚焜、尹宗衡、朱志元、冯廷标。二等四十五名,余在十四。是日,平湖童生院试题,首:“施于有政”二句;次:“榱题数尺”;诗:“荷叶似云香不断”得“香”字。

**九日(6月23日)** 夜雨。辰刻,至唐秋涛、丁带泉奎藻,嘉善廪生寓。巳刻,诣月波楼焚香,问读书果否成功,占得三十四签。句云:“汝为阴德动天庭,谁道冥冥设鬼神。姓氏已书金册上,何愁福寿禄骈臻。”午刻,访嘉善孙道园友金。未刻,顾蔗香、林雪岩、海盐朱宝青绶来会。

**十日(6月24日)** 巳刻,学师程听溪先生梦麟拜会。午刻,观新进招覆案。徐金诰、顾广渊、何晋梓、徐士兰、张星庆、何寄生、顾梦熊、马斯仁、何庆熙、陆光昭、方濬、姚赓、陆兆荣、赵惟清、孙天锡、陆榛、陈为金、钱仪一、孙大铨、戈槎、刘鸿勋、郭高第、沈震、陈钺、顾星杓,拨府三名:殳绍泗、钱攀龙、徐金声。未刻,俞吟秋招同曹申伯、徐辛庵、林倬庵、李云帆饮于聚和馆。申刻,至尹莘畦、沈萍湘寓。

**十一(6月25日)** 巳刻,候顾蔗香。午刻,学师余慈柏先生锷寄考教诗文题来命代作。酉刻,挨保新进何桑园寄生拜会,赠菜仪三钱。

**十二(6月26日)** 辰刻,至宏文馆,保新进覆试。午、未刻,代余学师作考教诗文。"好学近乎知"三句,"率马以骥"得"贤"字。

**十三(6月27日)**　雨。辰刻,至宏文馆保新进古学覆试。何寄生阖属第一。巳刻,候屈慈湖家荪、时森岩。午刻,顾春樵来会。广勤。申刻,同高警庵、万蕉园、周来雨饮于乾昌酒店。戌刻,观三等案,共二百三名。江中镜居末。

**十四(6月28日)**　卯刻,为武童认挨保签押。认保:陆廷栋;挨保:徐庆陞、陆廷栋。至陈白芬、高警庵寓。辰刻,谒余、程两学师,贺何桑园。巳刻,海盐顾蕉圃名德馨,廪生、朱砚山名美镠,新考古学第一来访。午刻,招林雪岩小酌。未刻,答顾蕉圃。申刻,赠徐香畹字箑一柄。酉刻,候嘉善朱戍亭尧宸。

**十五(6月29日)**　辰刻,至演武厅,保武童外场。申刻,同林雪岩游精严寺。

**十六(6月30日)**　巳刻,至宏文馆,保武童内场。午刻,观武生童案。生钱开第第一,童徐大锟第一。余认挨保,皆不进。申刻,至顾蕉圃寓,以《赵飞燕游太液池赋》《关盼盼燕子楼赋》托其刻入《蕊珠集》,助以刻费两洋。酉刻,罗莼浦、钱邻竹来同寓。

**十七(7月1日)**　辰刻,至宏文馆,保新进大覆试。何寄生拔置第一。巳刻,至唐秋涛寓,晤金山姚古槎前柩。午刻,屈慈湖、时森岩来会。森岩出视《读红楼梦图题词》。七绝四首。未、申刻,偕林雪岩谒徐太仆祠,观舞蛟石。过苏小墓,至天宁寺,访严将军坟。过倾脂河,游楞严寺。酉刻,候朱砚山。

**十八(7月2日)**　巳刻,宏文馆参谒发落,文宗各赐《闻妙香室试卷》一册。申刻,同万蕉园、周来雨小酌。是日,改名金台。

**十九(7月3日)**　巳刻,同徐辛庵、罗莼浦、徐朗斋等十一人登舟。申刻,回至平湖。是夜,宿于辛庵处。

**二十(7月4日)**　辰刻登舟,午刻至新溪金宅。

**二十一(7月5日)**　巳刻,候费春林,留中膳。申刻,俞吟秋、李云帆乘醉来会,大肆傲慢之气。

**二十二(7月6日)**　申刻大雷。

**二十三(7月7日)**　辰刻,候陆兰堂。巳刻,至俞铁涯处,遇杨质甫钧。午刻,与周晓山对酌。

**二十四(7月8日)**　辰刻,寄俞根堂书。

**二十五(7月9日)**　申刻,谢月波同晓山来会。

**二十六(7月10日)**　辰刻,费春林来会,以题余所咏《红楼梦》诗见示。集玉溪生句,作三七绝。巳刻,陆兰堂招饮,不赴,赠甲鱼一盆。午、未、申刻,在桑园观翠美班戏。

**二十七(7月11日)**　午、未、申刻,观翠美班戏。戌刻,有恶怒。

**二十八(7月12日)**　辰刻,候谢月波,不遇。午、未、申刻,观翠美班戏。

**二十九(7月13日)**　未、申刻,观翠美班戏。酉刻,途遇徐应芳。别已三载。

## 六　月

**一日(7月14日)**

**二日(7月15日)**　戌刻,有盛怒。

**三日(7月16日)**　未刻,陆兰堂来会。

**四日(7月17日)**　热。

**五日(7月18日)**　热。卯刻登舟,巳刻至平湖俞氏馆中。

**六日(7月19日)**　酉刻雷。

**七日(7月20日)**　日晡,雷雨。辰刻,寄赠徐辛庵骨牌、绣枕。巳、午、未、申刻,抄赋六首。

**八日(7月21日)**　夜雷雨。辰、巳刻,抄赋三首。

**九日(7月22日)**　申、酉刻雷电,雨。未、申刻,候陆一帆、徐辛庵、万蕉园,始知上次月课案。超等十四名,陈棫第一,余在十三。特等四十二名。又六月初三课题:"当暑"一节。余尚在新溪,屈畹芬代作。酉刻,俞芷衫借《红楼梦诗》一卷。

**十日(7月23日)** 申刻,俞芷衫还《红楼梦诗》一卷,加题辞三绝句,复借《聊斋》诗一卷。

**十一(7月24日)** 辰、巳、午、未刻,咏《金锁记》"送女"、《三国志》"刀会"、《占花魁》"劝装"、《牡丹亭》"叫画",各七律一首。

**十二(7月25日)** 辰、巳、午刻,咏《琵琶记》"辞朝"、《翠屏山》"反诳"、《焚香记》"阳告"、《永团圆》"堂婚"四首。

**十三(7月26日)** 夜雨,有迅雷。辰、巳、午、未刻,咏《一捧雪》"搜杯"、《水浒记》"刘唐"、《金貂记》"诈疯"、《寻亲记》"茶坊"四首。

**十四(7月27日)** 雨。辰、巳、午刻,咏《玉簪记》"秋江"、《望湖亭》"照镜"、《双珠记》"卖子"、《水浒记》"借茶"四首。

**十五(7月28日)** 夜雨。咏《铁冠图》"守门"、《长生殿》"絮阁"、《儿孙福》"别弟"、《烂柯山》"逼休"四首。巳刻,高警庵来会。

**十六(7月29日)** 咏《昊天塔》"五台"、《鸣凤记》"写本"、《长生殿》"弹词"三首。巳刻,俞云涛招同孙一松集鼎顺馆。未刻散席。申刻,俞铁涯书来。

**十七(7月30日)** 咏《绣襦记》"坠鞭"、《西厢记》"惠明"、《十五贯》"访鼠"、《千忠戮》"草诏"、《鸣凤记》"严寿"五首。巳刻,俞芷衫来会,出示《读红楼梦图题辞》。七古。

**十八(7月31日)** 夜雨。卯刻,候陈白芬。辰刻,至当湖书院观上课案。超等十八名,赵玉锵第一,余在第十。特等三十六名,陆以模居末。巳刻,托王又程代作课卷。"中也者"至"致中和","恭人集木"得"恭"字。候屈慈湖,见所题《红楼梦图》。七绝三首。午刻,候时森岩,问曹书仓疾。未刻,候方子春、钱邻竹,皆不值。申、酉刻,在万雨堂处长谈。

**十九(8月1日)** 夜大东南风。辰、巳、午刻,咏《荆钗记》"绣房"、《琵琶记》"赏荷"、《西厢记》"佳期"、《满床笏》"笏圆"四首。未、申刻,改俞铁涯诗文六首。"吾何执"二句,"无莫也"二句,"红紫不以为亵服","孔子百觚","重与细论文""观书鄙章句"。

**二十(8月2日)** 大东南风。辰、巳、午刻,咏《风云会》“送京”、《彩毫记》“脱靴”、《白兔记》“回猎”、《渔家乐》“藏舟”四首。

**二十一(8月3日)** 热。辰、巳刻,咏《红梨记》“亭会”、《虎囊弹》“山门”、《渔家乐》“羞父”、《白罗衫》“看状”四首。午、未刻,改俞铁涯诗文六首。“思无邪”“正颜色”“宁媚于灶”“声子班荆”“嵇琴阮啸”“隔水问樵夫”。

**二十二(8月4日)** 雨。辰、巳刻,咏《彩楼记》“泼粥”、《铁冠图》“别母”、《西厢记》“拷红”、《牡丹亭》“学堂”四首。

**二十三(8月5日)** 辰、巳刻,咏《寻亲记》“跌包”、《琵琶记》“坠马”、《铁冠图》“刺虎”、《义侠记》“戏叔”四首。午刻,徐朗斋来会。

**二十四(8月6日)** 夜半大雷雨。卯刻,寄俞铁涯书。辰、巳刻,咏《玉簪记》“琴挑”、《精忠记》“扫秦”、《双冠诰》“借债”、《儿孙福》“势利”四首。

**二十五(8月7日)** 微雨。辰、巳刻,咏《西楼记》“拆书”、《宵光剑》“救青”、《狮吼记》“跪池”、《艳云亭》“痴诉”四首。未刻,徐云庄来会。酉刻,俞芷衫来会。是日,目疾大作,入夜更甚,因连日伤风所致也。

**二十六(8月8日)** 忽晴忽雨。卯刻,谢月波过访。是日有微恙。

**二十七(8月9日)** 辰、巳刻,咏《钗钏记》“相约”、《风筝误》“惊丑”、《一文钱》“罗梦”、《梆子腔》“买脂”四首。巳、午刻,冯丹山来会,以海宁郭雪帆陈尧《游仙十咏》索和。申刻,高警庵来会,出视《读红楼梦图》题章。七绝二首。

**二十八(8月10日)** 未刻雨。巳刻,观新进儒童入学。午刻,同方小斋至万宅一谈。

**二十九(8月11日)** 夜半雨。辰、巳刻,咏《孽海记》“思凡”、《蝴蝶梦》“煽坟”、《青冢记》“出塞”、《麒麟阁》“激秦”四首。午刻,徐朗斋来会。

**三十(8月12日)**　午刻雨。辰、巳刻，咏《翡翠园》“盗牌”、《吉庆图》“扯本”、《蝴蝶梦》“劈棺”、梆子腔“打店”四首。

## 七　月

**一日(8月13日)**　辰、巳刻，咏《金雀记》“乔醋”、《鲛绡记》“草相”、《雷峰塔》“断桥”、《红梨记》“花婆”四首。午刻，何桑园拜会，赠银四钱。

**二日(8月14日)**　忽凉。辰、巳、午刻，咏《荆钗记》“男祭”、《千金记》“别姬”、《党人碑》“打碑”、《鲛绡记》“写状”四首。

**三日(8月15日)**　雨。辰刻，至当湖书院观上课案。超等十八名，程恩溥第一。特等三十七名，余在第八，刘鸿勋居末。午、未、申刻，在万宅作课卷。“贫而无怨难”一节，“焚香省过”得“香”字。酉刻，钱莲舟书来。言其弟棣山已入泮，托余作试草诗三首。

**四日(8月16日)**　辰、巳、午刻，咏《醉菩提》“醒妓”、《清忠谱》“书闹”、《钗钏记》“观风”、《九莲灯》“求灯”四首。

**五日(8月17日)**　咏《衣珠记》“折梅”、《浣纱记》“采莲”、《清忠谱》“打尉”、《醉菩提》“天打”四首。辰刻，程伊斋、方子春、钱邻竹来访。巳刻，汤西岩来会。

**六日(8月18日)**　咏《幽闺记》“踏伞”、《绣襦记》“教歌”、《琵琶记》“拐儿”、《白兔记》“闹鸡”、梆子腔“戏凤”五首。未刻，候陆一帆，不遇。答方子春，取《小蓬山馆诗》一卷。申刻，候徐朗斋。

**七日(8月19日)**　咏《连环记》“拜月”、《占花魁》“种情”、《琵琶记》“吃糠”、《牡丹亭》“离魂”、《烂柯山》“泼水”五首。午刻，俞芷衫来会。酉刻，主人设七夕酒相酌。

**八日(8月20日)**　咏《四节记》“嫖院”、《疗妒羹》“题曲”、《葛衣记》“走雪”、《牧羊记》“告雁”、《幽闺记》“请医”、《邯郸梦》“云阳”六首。合计一百首。巳刻，戈翰轩、徐云庄、高敏庵根锳来会。

**九日(8月21日)**　日中雨。是夜，吐鲜血数口。

**十日(8月22日)**

**十一日(8月23日)** 巳刻,候方子春,以《缀白裘》诗属其评定,不遇。遇其主人陆虹村文模。回访顾春樵。午刻,覆钱莲舟书,附试帖二首。院试题未知所出,不敢妄拟。

**十二(8月24日)** 热。戌、亥刻,大雷电,雨。午刻,缴俞芷衫《缀白裘》四袭。未刻,俞铁涯寄诗文来。

**十三(8月25日)** 热。酉刻,大雨。辰、巳、午、未刻,改铁涯诗文六首。"齐人归女乐""天下归仁焉""仪封人请见""赋者古诗之流""随意数花须""金地藏送童子下山"。申刻,作《苦热诗》七绝、《怀万蕉园》五绝。

**十四(8月26日)** 上昼雨。辰、巳、午刻,改铁涯诗文六首。"及肩""禹吾无间然矣""四海之内皆兄弟也""绕朝赠策""看我麦黄葚熟""诗成倩鸟吟"。

**十五(8月27日)** 辰刻,寄还俞铁涯诗文。午刻,偕俞云涛至徐林一宅。

**十六(8月28日)** 未刻,候徐辛庵。申刻,至万雨堂处,收到顾蔗香所题《读红楼梦图》诗。七古。

**十七(8月29日)** 辰、巳刻,作《放鸽行》赠俞云涛。七古。云涛好鸽,书斋左右百十为群,良堪破闷。《寄怀徽州曹芝田》五律、《送署邑侯李海帆先生起程》。七古。

**十八(8月30日)** 黄昏,大雷电雨。未刻,偕徐云庄、俞云涛饮于如意馆。值金云望嘉善人来闯席,臭味差池,不欢而罢。

**十九(8月31日)** 阅《李笠翁一家言》。

**廿日(9月1日)** 清晨雨。辰、巳、午刻,撰五排二十八韵,寄林雪岩。

**二十一(9月2日)** 咏《弄玉吹箫》《神女入梦》《宓妃留枕》《江妃解佩》《麻姑搔背》五首。七律。

**二十二(9月3日)** 夜雨。咏《彩鸾下嫁》《王母上寿》《兰香谪降》《玉洞桃花》《蓝桥玉杵》五首。连上五首，共成《游仙十咏》和郭雪帷作。

**二十三(9月4日)**　午、未刻，大雷电雨。未、申刻，在俞芷衫处畅谈，取还《聊斋》诗一卷，借得吴门葛玉贞女史秀英《澹香楼诗草》。

**二十四(9月5日)**　未刻，候方子春，见所题《读红楼梦图》诗。七古。申刻，候屈畹芬。

**二十五(9月6日)**　辰、巳刻，作七绝八首，贺俞铁涯新婚。

**二十六(9月7日)**

**二十七(9月8日)**　申、未刻，有雷。

**二十八(9月9日)**　辰刻，候徐辛庵、程伊斋。巳刻，候万蕉园，见周来雨所题《读红楼梦图》诗。七绝三首。候方子春，领《缀白裘》诗一卷，已加评点。候徐朗斋，托其写单条一幅。

**二十九(9月10日)**　午、未、申刻，作《生日篇》。五古长篇。

## 八　月

**一日(9月11日)**　午刻，陆一帆、汤三桥来会。

**二日(9月12日)**　辰、巳刻，撰七律二首，分赠陆一帆、方子春、徐辛庵。未刻，冯丹山来会，领《游仙十咏》诗。

**三日(9月13日)**　辰刻，至当湖书院观上课案。超等二十名，王灏第一，余得第二。特等三十三名，徐庆元居末。午、未刻，在万宅作课卷。"言思忠"二句，"廉泉让水"得"居"字。申刻，候陈白芬。酉刻，候高警庵。

**四日(9月14日)**

**五日(9月15日)**　夜雨。辰、巳刻，撰七律三首寄怀许德水先生。午刻，徐朗斋来会。未刻，寄俞铁涯书附新婚诗。

**六日(9月16日)**　雨，大西北风。辰、巳、午刻，咏《张桓侯庙》五古、《天宁寺访严将军坟》五古、《倾脂河》七绝、《精严寺》五律。

**七日(9月17日)**

**八日(9月18日)**　卯刻，徐香畹来会。言其兄辛庵有信来托余作俞氏札书。辰刻,作俞氏札书约三百字。未刻,俞芷衫来会见,赠七律一章,借《缀白裘诗》一卷。戌刻,俞铁涯寄书招宴。

**九日(9月19日)** 雨,夜更大。辰刻,候万蕉园。又候方子春,不遇。巳刻,访何菘磎庆熙,以古近体诗一卷属其评点。

**十日(9月20日)** 昼夜大雨。巳刻,赋《陆清献公故居》。七律二首。

**十一(9月21日)** 上昼雨,夜更大。

**十二(9月22日)** 辰、巳刻,作《中秋词》七绝六首、《秋蝉》七律。

**十三(9月23日)** 夜半雨。辰刻,候屈畹芬,见《读红楼梦图》题辞七律,又钱唐孙匡叔正祥、孙茶云蒙皆有题赠。匡叔七律两首,茶云七古。得海盐萧雨芗应櫆书。言律赋两首已梓入《蕊珠》二编。午刻,俞铁涯信来,并附金山徐莲塘其衔所题《读红楼梦图》诗。七古。

**十四(9月24日)** 辰、巳刻,题《村女骑牛图》六言断句四首、《福源寺》七律两首。午刻,何菘磎来访,缴诗草一卷,评点处甚为细腻,更有题词二首七律。又出视《读红楼梦图》题词二首五律。未刻,寄还俞芷衫《澹香楼吟草》。申刻,同俞云涛候冯丹山,不遇。

**十五(9月25日)** 辰刻,至万宅,晤郑亦桥。巳刻,问曹书仓疾,借《婴山小园诗集》。张熙河先生撰。午、未、申刻,在徐辛庵处,与程伊斋罗莼浦等大谈。酉刻,俞芷衫赠挥云阁小笺一匣。

**十六(9月26日)** 午刻,主人设小酌相待,同席汤三桥。戌刻,偕俞云涛等步月。

**十七(9月27日)** 午、未刻,代万蕉园题《读红楼梦图》。集唐女子诗得八绝句。

**十八(9月28日)** 雨。辰刻,至当湖书院观上课案。超等二十名,屈家荪第一,余在第七。特等三十一名,邵之楷居末。午、未刻,在万宅作课卷,"大畏民志"二句,"广寒宫修月"得"修"字。又代雨堂、蕉园作诗二首。

**十九(9月29日)** 上昼雨。卯刻,取还俞芷衫《缀白裘诗》一卷。辰刻，登平湖舟。未刻回家。

**二十(9 月 30 日)** 午刻，发金秋圃、林雪岩书。

**二十一(10 月 1 日)** 夜半雨。

**二十二(10 月 2 日)** 雨。

**二十三(10 月 3 日)** 巳刻，赠项表妹添箱四种。以冬间将于归钱氏也。

**二十四(10 月 4 日)**

**二十五(10 月 5 日)** 申刻，钱莲舟借《缀白裘诗》《红楼梦诗》两卷。是日，始知周芸斋希濂卒。

**二十六(10 月 6 日)** 辰刻，周晓山过访。午刻，留晓山饮酒。酉刻，送晓山登舟。

**二十七(10 月 7 日)** 未刻，取还钱莲舟处诗草二卷。申刻，赏侍女蒋四儿银镯一付。

**二十八(10 月 8 日)** 午刻，家有喜筵，同席江秀东等十余人。

**二十九(10 月 9 日)** 巳刻，游元真观，晤汪省堂。未刻登舟。戌刻，至新溪金宅，接到万蕉园书。言刘邑尊九月初五、初六观风。

**三十(10 月 10 日)** 卯刻，馈王南屏雄鸡两尾、雌鸭两头。南屏令嗣春水初五日大婚。辰刻，至俞铁崖宅贺喜，赠其新娶胡氏系臂银二钱。巳刻，候陆兰堂，接到林雪岩所寄松江杜子山元照、杜西山元勋、周梅卿本煌《读红楼梦图》题章皆七绝数首。午刻，候徐辛庵。未刻，俞铁涯招饮，同席沈渔溪等五人。

## 九　月

**一日(10 月 11 日)** 辰刻，候张月泉，赠俞铁涯《锦标初集》一部。午刻，周晓山招饮，同席谢月波、陆兰堂。

**二日(10 月 12 日)** 卯刻，谢月波折柬招宴。未、申刻，同陆兰堂、陈□萱、陆西岩、周晓山、陈秋岩等大饮于敬业轩。戌刻，接到刘竹史所赠名号图章一副，昌化石。又引手一枚。

**三日(10月13日)** 辰刻,作七截四首送本学余慈柏先生起程。巳刻,候陆讷斋、顾望山。戌刻,同谢月波、周晓山登新溪舟。

**四日(10月14日)** 卯刻,舟至平湖,泊于杨家桥西,见沈氏艳婢春桃。辰刻,至当湖书院填册,见上次月课案。超等二十名,余得第一。特等三十二名,徐应熙居末。午刻,候徐辛庵,不遇。未、申刻,观刘邑侯决狱。流血满堂,殆郅鹰、宁虎之流亚欤。是夜,宿于陆蕙珍宅。

**五日(10月15日)** 是日观风。卯刻点名,生监共一百五十余人。题:"孝者所以事君也"至"如保赤子","三泖秋涛赋"以"扁舟不为鲈鱼去"为韵,"藏珠于渊"得"藏"字。亥刻出场。是夜,仍宿于陆宅。

**六日(10月16日)** 黄昏雨。卯刻,观童生点名,约三百余人。辰刻,程伊斋、钱邻竹到寓相访,不值。巳刻,答钱邻竹。午刻,候陈白芬,会沈赤石。未刻,寄俞云涛小札。酉刻,方子春来访,不遇。亥刻登舟。是日,童生观风。题:"不吾知也"二句,"秋山平远赋"以"平远山如蕴藉人"为韵,"鸳鸿得路争先翥"得"先"字。

**七日(10月17日)** 晴雨间作。卯刻,回至新溪。辰刻,至王南屏宅贺喜。巳刻,费春林寄示《感秋诗》十首。午刻,陆兰堂招宴,同席龚延值等十人。是日兰堂新媳妇董氏过门。

**八日(10月18日)** 巳刻,发嘉善唐秋涛书。午刻,晤徐三渊。未、申刻,与姚半帆谈诗。

**九日(10月19日)** 午后雨。巳刻,至费春林处,阅李心水清《苎萝韵语》。午刻,春林留饮,同席谢月波、费廷秀。申刻,借春林、石远梅、贾啸轩、胡云仡、胡东井诗稿四种。戌刻,咏《九日雨》一首。五绝。

**十日(10月20日)** 午刻,周晓山邀吃蟹。申刻,遇戈韫石。温如。酉刻,俞铁涯寄赠瓶袋一对。

**十一(10月21日)** 申刻,姚半帆、吕耘芝来会,观《缀白裘》诗。

**十二(10月22日)** 巳刻,候尹莘畦。申刻,姚半帆来会。

**十三(10月23日)**　午刻，林倬庵来会。申刻，俞云涛昆季来。戌刻登舟。

**十四(10月24日)**　卯刻，至平湖见观风案。超等四十五名：徐士芬、柯汝霖、沈锜、李桢、钱苓、胡德焕、钱濬、陆儒珍、张瑮、袁翼先、毛猷、刘馨、张锦、陆桂馥、屈家荪、程恩溥、张玱、钱攀龙、金孟坚、何庆熙，余不及记。特等一百六名，余在第六。殳敦善居末。观风卷系张扔庵所阅，故其子张瑮、张玱俱登前列，殳敦善其雠也，故抑置末名，大为平湖人所笑骂，而扔庵恬然不耻也。辰刻，收到陆笛村炯、陆一帆、陈白芬、陆霁村廷琮《读红楼梦图》题词。笛村七绝二，一帆词四阕，白芬七绝二，霁村七绝十。

**十五(10月25日)**　夜雨。酉刻，代徐朗斋题《读红楼梦图》。集《诗经》句八章，章四句。

**十六(10月26日)**　雨。阅《婴山小园诗集》。

**十七(10月27日)**　下昼雨。辰刻，候方子春，不遇。巳刻，候徐朗斋。酉、戌刻，阅《啸轩诗集》。

**十八(10月28日)**　下昼雨。辰刻，赴当湖书院月课。午、未刻，在万宅作课卷。"文王亲民如伤"一节，"卖剑买牛"得"农"字。代蕉园作诗一首。申刻，候陈白芬。

**十九(10月29日)**　未刻大雨。辰刻，改旧作"回也其心"一节，文系徐朗斋等遥课卷。午、未刻，阅石远梅诗集。是夜有疾。

**二十(10月30日)**　巳刻，冯丹山来会。未刻，徐朗斋来会。

**二十一(10月31日)**　未刻，候方子春、高警庵。申刻，寄赠陆莲滨山长祝分。

**二十二(11月1日)**　辰刻，题鲍雪林祖隽《秋山高士图》。七绝二首，钱邻竹所托。

**二十三(11月2日)**　辰、巳刻，《怀陆沅香嗣渊客长安》作五律四首。

**二十四(11月3日)**　夜大雨。辰、巳、午刻，咏《范少伯祠》七律、《朱翁子墓》七绝、《三将军庙》七绝、《梅花和尚墓》五古。

**二十五(11月4日)**　夜雨。巳刻,候方子春。

**二十六(11月5日)**　辰、巳刻,题《郑板桥集》五古、《赠陆芷江先生》七律。

**二十七(11月6日)**　辰、巳、午刻,作《老僧读金瓶梅歌》。申刻,俞芷衫寄赠七律一首。

**二十八(11月7日)**　辰刻,咏《赵子固放居》。四言四章,章四句。巳刻,同万蕉园候周来雨,即邀蕉园、来雨饮于聚仙馆。

**二十九(11月8日)**　辰、巳刻,咏《月波楼》七绝、《徐太仆祠》七律、《苏小墓》柏梁体、《冷协律祠》五绝。申刻,冯丹山来会。

## 十　月

**一日(11月9日)**　夜雨。巳刻,候徐辛庵,纵谈两时。

**二日(11月10日)**　辰、巳、午刻,作《村学究叹》七古。

**三日(11月11日)**　辰刻,至当湖书院观上课案。超等十八名,赵玉锵第一。特等三十四名,余在第四,徐应熙居末。午刻,在万宅作课卷。"不逆诈"三句,"玉树临风"得"风"字。代蕉园作诗一首。未刻,候何菘碶。

**四日(11月12日)**　巳、午刻,咏《韩侂胄废园》七古、《贾似道废园》七古。

**五日(11月13日)**　夜大雾,地湿如雨。辰、巳刻,作嘉兴庄氏寿诗七律四首,徐云庄所属。

**六日(11月14日)**　《述祖德》,作五古八首。

**七日(11月15日)**　巳刻,许莓碶寄恶札来。未刻,俞同岑来会。

**八日(11月16日)**　昼夜雨。午刻,作《遣兴》一首五律、《自嘲》一首五律。

**九日(11月17日)**　微雨。巳刻,至万宅,收到戈翰轩《读红楼梦图》题词。调《念奴娇》。候陆一帆,见简文帝集两本。

十日(11月18日) 雨。巳、午刻,书《小仓山房集》后。七律四首。

十一(11月19日) 巳、午刻,题《杨忠愍公集》。七绝十首。未刻,俞芷衫来会。

十二(11月20日) 雨。巳、午、未、申刻,题《柳如是像》。长七古一首,仿吴梅村体。

十三(11月21日) 雨。

十四(11月22日) 微雨。巳刻,候方子春,以近诗请其点定。午刻,招徐朗斋、万蕉园小酌于聚仙馆。

十五(11月23日) 夜雨。

十六(11月24日) 昼夜雨。

十七(11月25日) 昼雨。

十八(11月26日) 大雨。巳刻,至当湖书院,陆云槎桂馥、刘椒畦馨各赠《读红楼梦图》题章。云槎七古,椒畦五古。观上课案。超等十七名,顾广勤第一。特等三十七名,余在第五,钱芩居末。午、未刻,在万宅作课卷。"或学而知之"至"或安而行之","曲高和寡"得"歌"字。申刻,候方子春。

十九(11月27日) 夜小雨。巳、午刻,咏《陆忠宣祠》七律、《鲁简肃园》七律。未刻,费春林书来,内有《读红楼梦图》题辞,四言六十韵。又谢兰洲亦寄题四首。七绝。

二十(11月28日) 始晴。

二十一(11月29日) 巳、午刻,作《老女吟》。七古。未刻,候方子春、徐朗斋。

二十二(11月30日)

二十三(12月1日) 巳、午刻,咏唐解元墓七律、吴大帝庙七律。

二十四(12月2日) 巳刻,俞云涛招同孙一松、吕西园集松茂馆。黄昏始散。

二十五(12月3日) 巳、午刻,《咏粪》一首。乐府。

**二十六(12月4日)** 巳、午、未、申刻,读《蜀碧》,作长歌一首。顾春樵来访,约谈两时许。

**二十七(12月5日)** 夜大雨。巳刻,候方子春,领诗稿一本,已加评点。午刻,谢月波来,邀余至县署,代费春林覆呈社仓事。

**二十八(12月6日)** 雨。巳刻,作《食蟹辞》。六言。

**二十九(12月7日)** 巳、午刻,作《斗鹌鹑行》。五古。

## 十一月

**一日(12月8日)** 午刻,赋《天后宫》。五绝四首。

**二日(12月9日)** 夜,大东南风。巳、午刻,题《唐六如画郑元和像》。七古。未刻,徐朗斋来会,携至陆饮江先生锡智题《读红楼梦图》诗。七绝四首。戌刻,代朗斋作庄氏寿诗。七绝四首。

**三日(12月10日)** 雨。巳刻,将至书院,途遇礼房章某,知今日停课,遂候陈白芬。巳刻,候程伊斋。

**四日(12月11日)** 大雨。巳刻,咏《水烟筒》。七律。

**五日(12月12日)** 寒。午刻,作《感遇》一首。骚体。

**六日(12月13日)** 巳、午、未、申刻,论《昭明文选》二十二首。每首五言六句。

**七日(12月14日)** 巳、午、未、申刻,论《昭明文选》二十二首。论百二十家之著作,兼论其人品心术。

**八日(12月15日)** 夜雨。

**九日(12月16日)** 雨。

**十日(12月17日)** 午、未刻,挽张节母凌孺人西塘人四言三十六韵。申刻,寄谢月波笺。

**十一(12月18日)** 夜大雨。巳、午刻,《寄怀鸿道和尚》。七古。

**十二(12月19日)** 夜雨。午、未刻,作强忠烈公殉节诗。七古。

**十三(12月20日)** 大西北风。未刻,徐云庄来会,携至许莓磲信。语更桀惊。

**十四(12月21日)**　寒。巳刻,金秋圃过会。言婢子蒋四儿于初九日逸去。午刻,候方子春,以近诗请其评定。未刻,招周来雨、万莲舫、蕉园集聚仙馆。适余腹疾大作,不能尽兴。

**十五(12月22日)**　午刻,戈翰轩招饮。未刻,问陈白芬疾。

**十六(12月23日)**　夜半雨。

**十七(12月24日)**　大暖。夜雨。

**十八(12月25日)**　大雨。巳刻,至当湖书院观上课案。超等十五名,陆敦伦第一,余得第三。特等三十六名,鲍锡年居末。午刻,在万宅作课卷。"祭如在"二句,"程门立雪"得"门"字。未刻,候方子春,诗稿已阅出。是日,疾风暴雨,行至西门外木桥,几坠水中。

**十九(12月26日)**　未刻,《戏柬周晓山》。七律。

**二十(12月27日)**

**二十一(12月28日)**　夜微雨。

**二十二(12月29日)**

**二十三(12月30日)**　未、申刻,在县署观玉林班戏。

**二十四(12月31日)**

**二十五(1818年1月1日)**

**二十六(1月2日)**　巳、午、未刻,咏岳忠武王墓。七古。

**二十七(1月3日)**　申刻,同徐朗斋、万蕉园小酌于聚仙馆。

**二十八(1月4日)**　巳、午、未刻,咏于忠肃公墓。七古。

**二十九(1月5日)**　寒。午刻,赴徐云庄宴。云庄为其尊人霞蒸先生治丧,是日先设席宴客。同宴刘椒畦、陆莲滨、王啸夫、陆饮江、何菘溪等三十余人。戌刻散席。微醉。

**三十(1月6日)**　巳刻,金秋圃札来。言花园浜戈姓明岁欲延余课其子弟,余以俞宅已请仍旧,不可改图,作札辞之。

## 十二月

**一日(1月7日)**　寒。申刻,取还陆一帆《梅会诗集》十一种。

**二日(1月8日)** 申刻,何菘碤遣纪来借近诗两卷,余以一卷借之。

**三日(1月9日)** 夜大西北风。

**四日(1月10日)** 大西北风。戌刻,挽徐丈霞蒸。七古一,五古二。

**五日(1月11日)** 寒。午刻,至礼房,见上课案。超等十八名,钱骏曾第一,余在第六。特等三十四名,徐应熙居末。未刻,万蕉园招同徐朗斋饮于信茂馆。申刻,游径阁访山月池。

**六日(1月12日)** 巳刻,俞根堂送其第五子上学。年甫五龄。

**七日(1月13日)** 辰刻,吊徐宅丧。何菘碤还诗稿一卷,又为刘椒畦所借。巳刻,见钱梦庐天树《读红楼梦图》题词。七绝三首。

**八日(1月14日)** 辰刻,复至徐宅助丧事。刘椒畦还诗稿一卷。巳刻,晤陆芷江先生。是日始识面。未刻,学师章春林先生钧沐题主,余与徐朗斋作左右相事。酉刻,主人设席谢客,同宴刘椒畦、莫若衡、沈菊椒、鲁春园等三十余人。

**九日(1月15日)**

**十日(1月16日)** 巳刻,至万宅告别,吊高宅丧。复斋先生德配。

**十一(1月17日)** 巳刻登舟。未刻回至新溪,候费春林、谢月波。申刻,候徐辛庵,问陆兰堂疾。

**十二(1月18日)** 夜雪。午刻,候周晓山,即留饮。未刻,候顾望山。

**十三(1月19日)** 雪。

**十四(1月20日)** 巳刻,费春林借诗稿二本。未刻,借春林《虞初新志》八本。

**十五(1月21日)** 寒。戌刻,林雪岩、刘竹史过访,言伊丈葭村已卒。

**十六(1月22日)** 寒。巳刻,费春林来会。

**十七(1月23日)** 寒。巳刻,缴费春林《石远梅诗集》。午刻,陆兰堂赠腊鱼四包。每包二尾。戌刻,腹疾大作,竟夜不能熟寐。是夜，梦见一女子歌曰：大难大难，游鱼结队上河滩。女子作四水白，其歌甚长，不能悉记。

十八(1月24日) 未刻，李云帆来会，言曹书仓卒。

十九(1月25日) 巳刻，登新溪舟，未刻回家。

二十(1月26日) 阅《虞初新志》。

二十一(1月27日) 昼大雪。午、未刻，作《还家辞》四首。七律。

二十二(1月28日)

二十三(1月29日) 是日，在魏宅助丧事。晤署白沙巡检李香樵。名传煃，江西人。

二十四(1月30日)

二十五(1月31日)

二十六(2月1日)

二十七(2月2日) 大雪。

二十八(2月3日) 微雪。

二十九(2月4日) 未刻，钱棣山以十台诗托余改政。

# 嘉庆二十三年戊寅(1818),三十岁

## 鹂声馆日志

### 正　月

**一日(2月5日)**　雨夹雪。

**二日(2月6日)**　下昼大雪。午、未刻,评改钱棣山十台诗。

**三日(2月7日)**

**四日(2月8日)**　夜细雨。未、申刻,与龚配京畅谈。

**五日(2月9日)**　巳、午刻,镇上贺节。戌刻,有暴怒。

**六日(2月10日)**　辰刻,赠丁舍人贶仪一洋。午刻,竹楼叔招同叶少翁先生叙饮。

**七日(2月11日)**　下昼小雨。午刻,陆敦仁招饮。

**八日(2月12日)**　巳刻,作七律二首,贺钱棣山新婚。午刻,丁宅招宴,不赴。

**九日(2月13日)**

**十日(2月14日)**　巳刻,与章耀庭对酌。

**十一(2月15日)**　雨。午刻,全公亭项姑母放舟请宴。因其新婿钱棓岩明日反马也。申刻,至项宅。

**十二(2月16日)**　午刻,项宅设席宴新婿,同席张授乙等七人。

**十三(2月17日)**　黎明雨。巳刻,项表妹赠花椒香珠一串。午刻,张授乙招宴,同席陈庆田、钱棓岩、黄起凤、钱英三等十四人。戌

刻，赴项馨山宴，同席五人。

**十四(2月18日)**　小雨。辰刻，告辞项宅，陪钱棓岩至新仓拜客。午刻，设小酌待棓岩，招徐廷燕、钱棣山同饮。

**十五(2月19日)**　午后雪。

**十六(2月20日)**　戌刻，寄俞根堂书。

**十七(2月21日)**　巳刻，游东林寺，访鸿道和尚。

**十八(2月22日)**　始晴。是日，钱棣山新婚。未刻，同刘竹桥鸿勋、张西白涵、钱小园仑源、陈饮香钺等七十五人陪娶至萧宅。戌刻，同刘竹桥执花烛。

**十九(2月23日)**　辰刻登舟，巳刻至新溪金宅。赠秋圃白蚬十斤，赠王南屏二十四斤。

**二十(2月24日)**　雨。辰、巳刻，新溪镇上拜节。午刻，俞铁涯留饮，同席徐香畹、郁兰征。

**二十一(2月25日)**　雨。辰刻，顾望山、叶竹溪拜会。巳刻，候陆兰堂。

**二十二(2月26日)**　午刻，赴韩岐仁宴，同饮沈竹村、顾望山等十六人。戌刻散席。

**二十三(2月27日)**　辰刻，万蕉园书来。巳刻，费春林答拜。

**二十四(2月28日)**　雨。巳刻，李云帆来访，同候张月泉。戌刻，陆心斋招饮，同席褚羽逵等六人。亥刻登舟，四鼓至平湖。

**二十五(3月1日)**　雨，夜更大。卯刻，拜候万雨堂昆季。巳刻，拜候高益庵、徐辛庵、方子春、陈白芬，皆不遇。是夜，宿于万宅。

**二十六(3月2日)**　辰刻，赴当湖书院甄别。题："达之于其所忍"至"有所不为"，"拟宋广平山中梅花赋"，"五凤楼"得"楼"字。戌刻缴卷。代万雨堂作诗一首。

**二十七(3月3日)**　辰刻，拜候陆莲滨先生。知甄别文请章、程两学师评阅。午刻，周来雨招饮松茂馆。

**二十八(3月4日)**　辰、巳刻，拜候高复斋先生、刘椒畦、何菘磦、徐云庄。未、申刻,候徐朗斋、程伊斋。是夜到馆。

**二十九(3月5日)** 下午大雨。是日开馆。

**三十(3月6日)**

## 二 月

**一日(3月7日)** 酉刻,徐朗斋来会,始见去秋兰言集会卷。即"回也其心"一节是陆笛村先生阅,独取余文。

**二日(3月8日)** 辰、巳、午刻,挽曹书仓。五排三十韵。申刻,俞芷衫拜会,借诗稿二本。酉刻,观甄别案。超等三十名,柯汝霖、钟邦庆、陆敦伦、叶应尧、沈寅相、沈增、程恩溥、陆兆荣、王肇熙、屈家兰,余在二十五,余不及记。特等八十四名,钱寿曾居末。

**三日(3月9日)** 辰刻,候屈畹芬,接到海盐顾蕉圃书。巳刻,吊曹书仓丧,拜候沈赤石、赵一鹤。

**四日(3月10日)** 夜雨。卯刻,王秋桥来。辰刻,徐云庄答拜,赠番银一枚。

**五日(3月11日)** 巳刻,作《懊恼词》七绝三首。为逃婢事。未刻,候顾春樵,不遇。

**六日(3月12日)** 辰、巳、午刻,《寄怀金山徐莲塘》。七律四首。

**七日(3月13日)** 微雨。

**八日(3月14日)** 微雨。辰、巳刻,赠高益庵。五律四首。

**九日(3月15日)** 夜雨。辰刻,访赵朵山,即至当湖书院。是日开课,题:"冉伯牛"至"子游","三年不窥园"得"园"字。余与柯春塘、程伊斋同在书院作文。申刻缴卷。

**十日(3月16日)** 寒。

**十一(3月17日)** 始晴。辰、巳、午刻,作兰言集遥课题。"子贡问曰赐也"一节。

**十二(3月18日)** 午刻,赵一鹤答拜。未刻,访张舒园,见其试帖一册,题与诗俱妙。

**十三(3 月 19 日)** 辰、巳刻，撰七古一章，寄嘉善唐秋涛兼呈钟元甫进士。汪杰。

**十四(3 月 20 日)** 辰、巳刻，为张舒园题泥皂隶园。乐府。午刻，冯丹山来会。未刻，寄赠俞芷衫婚仪。

**十五(3 月 21 日)** 大西北风。

**十六(3 月 22 日)**

**十七(3 月 23 日)** 辰、巳刻，抄文五首。申刻，候方子春、高警庵。

**十八(3 月 24 日)** 夜半雨。辰刻，至当湖书院观上课案。超等十六名，马斯仁第一，余在十一。特等三十一名，胡在镕居末。午、未、申、酉刻，在赵一鹤宅作文，兼作柯春塘卷。又代赵一鹤、钱小园作诗。"故说诗者"至"是为得之"，"雅歌投壶"得"歌"字。

**十九(3 月 25 日)** 巳刻，拜候时森岩、沈萍湘，皆不遇。申刻，招徐朗斋来，畅谈。

**二十(3 月 26 日)** 巳刻，接到上期兰言集会卷。高复斋先生阅，共取三人，余定第一，高继文第二，刘竹桥第三。午刻，候沈赤石，遇林梅隐。酉刻，赴俞芷衫婚宴，同席屈湘杜家衡等二十余人。是夜，宿于屈麈庵先生宗谈宅。

**二十一(3 月 27 日)** 巳、午、未刻，同陆泰交、屈白孙等二十四人陪俞芷衫亲迎于金锣浜金氏。亥刻，与时仲宣执花烛。

**二十二(3 月 28 日)** 暴热，夜雨。

**二十三(3 月 29 日)** 雨。辰、巳刻，题《韩昌黎集》。七绝四首。

**二十四(3 月 30 日)** 未刻，方子春答拜。

**二十五(3 月 31 日)** 雨。

**二十六(4 月 1 日)** 辰、巳刻，咏《博陆侯庙》。五古。

**二十七(4 月 2 日)** 辰刻，候高益庵，不值。巳刻，候方子春、钱邻竹。未刻，候万蕉园，留小饮。酉刻，同蕉园出东门观灯。戌刻，回至馆中，知徐朗斋于午前来，并携至斗山和尚《读红楼梦图》题词。七绝二首。

**二十八(4月3日)**

**二十九(4月4日)**　夜雨。辰、巳、午刻,作兰言集遥课题。“不患莫己知”二句。是夜被鼠姑啮唇,亦大异事。

## 三　月

**一日(4月5日)**　雨。巳刻,至高益庵处畅谭。午刻,至礼房观上课案。超等十七名,柯春塘卷得第一,特等三十一名,余在第四,张郁文居末。余两卷名次大相悬绝,其实文字相伯仲也。未刻,候陈白芬。

**二日(4月6日)**　午刻,发唐秋涛书。

**三日(4月7日)**　辰刻,至当湖书院。巳、午、未刻,在万宅作课卷,兼作柯春塘卷。“割不正不食”一节,“绿满窗前草不除”得“窗”字。申刻,候徐辛庵。是夜,上次月课文两卷为鼠子衔去,杳无形迹。

**四日(4月8日)**　未刻,顾春樵来会。

**五日(4月9日)**　日晡雷电交作,夜雨。

**六日(4月10日)**

**七日(4月11日)**　夜雨。巳刻,作《清明曲》。七古。未刻,《寄怀顾蕉圃》。七律。

**八日(4月12日)**　大西北风。辰刻,作《插秧词》《育蚕词》《卖菜词》《采茶词》。皆七绝。未刻,以近诗四十六首寄与高益庵评阅。

**九日(4月13日)**

**十日(4月14日)**　巳刻,高益庵来会,以《周犊山类稿》见借。申刻,至高复斋先生处,领上次兰言集会卷。取三人,徐朗斋第一,余在第二,高锦裁第三。

**十一(4月15日)**　夜雨。卯刻,刘竹桥来会。巳刻,俞芷衫招宴,不赴。午刻,沈咫庭寅相遣其门人范春山来会。名时中,即余旧门人也。未刻,取到屈弢园为章所题《读红楼梦图》词。“木兰花慢”一阕。

**十二(4月16日)**　雨。辰、巳、午、未刻,作《李壮烈歌》。并序。

**十三(4月17日)**　夜雨。辰、巳、午刻，作兰言集遥课题。“我不欲人之加诸我也”二句。是日，受俞根堂夫妇气。

**十四(4月18日)**　巳刻，至明伦堂，为认保诸童画押。明日县试，余所保者十二人：陆廷菉、孙继登、吴廷庆、吴廷选、周勋、范时中、刘廷楷、俞文彪、叶烜、姚炳、叶梦元、俞允。午刻，刘竹史邀饮于天顺馆。

**十五(4月19日)**　申刻，候徐辛庵。酉刻，购得赵瓯北《皇朝武功纪盛》一部。

**十六(4月20日)**　夜大雨。申刻，高警庵来会。言县试题，首：“君子信而后劳其民未信”；次：“谨庠序之教”；诗：“杨柳楼台”得“春”字。酉刻，俞芷衫强还诗稿两本、异信一纸。集四书句，可发一笑。

**十七(4月21日)**　午刻，补《贺林雪岩新婚》。七律。

**十八(4月22日)**　夜半雨。辰、巳、午刻，作《龙潭巡检丁君死事歌》。事在乾隆六十年。未刻，有大怒。以冯云岩有恶言也。亥刻，观招覆案。朱云泉邀宿于周咸和宅。

**十九(4月23日)**　午刻，上家大人手禀。

**二十(4月24日)**　昼夜大雨。辰、巳刻，赋《绿牡丹》七律、《挽伊葭村先生》七绝四首。

**二十一(4月25日)**　昼夜大雨。巳刻，寻刘竹史，不遇。午刻，寻刘竹桥，不遇。

**二十二(4月26日)**　雨。辰、巳刻，作《苦雨诗》。五律四首。酉刻，陆霁村、俞铁涯来访，赠铁涯窗诗文十首。

**二十三(4月27日)**　夜大雨。未刻，朱云泉来借乙丑赋稿一卷。

**二十四(4月28日)**　雨。辰、巳、午刻，作《林烈妇哀辞》。烈妇平湖人，嫁乍铺营卒顾大。大母，土娼也，逼妇媚其金夫，不允，从而挫辱之，鞭挞无完肤，加以炮烙，折肋而死。事在嘉庆甲子岁。申刻，两寻徐朗斋，不遇。

**二十五(4月29日)**　雨。辰刻，见上期兰言集会卷。取三人：刘竹桥第一,余在第二,刘白庵第三。午、未、申、酉刻,阅《犊山类稿》三本,有读书杂记一卷,说得明白通畅。诗稿一本。有《悯忠寺刘夫人绣幡歌》,题甚新颖。

**二十六(4月30日)** 雨。辰刻,至朱云泉寓。

**二十七(5月1日)** 始晴。辰、巳刻,作《王翠翘曲》。七绝八首。未刻,缴高益庵《犊山稿》四本。申刻,候方子春不值。

**二十八(5月2日)** 申刻,高益庵寄还诗稿一卷,改正处大胜原本,有题词一首。七律。

**二十九(5月3日)** 辰刻,观县试正案。十名前:谢琛、钱仑源、邵大木、屈家蘅、顾广誉、陶景祎、马斯臧、张云灿、钱智林、马亨衢。午刻,徐星庐来访。

**三十(5月4日)** 巳刻,沈萍湘来访。

## 四　月

**一日(5月5日)** 暴热。辰刻,钱邻竹书来。巳、午、未、申刻,作《绉云石歌》。柏梁体。

**二日(5月6日)** 未刻,陆畹亭名攀桂,武生招同钟勉斋、俞云涛集松茂馆。

**三日(5月7日)** 午刻,陆畹亭来会。

**四日(5月8日)** 夜雷雨。卯刻,王秋桥过会。是夜平湖溺死六人,溺在六处,大奇。

**五日(5月9日)** 辰刻,作《酷吏叹》。乐府。巳刻,高警庵、徐朗斋、陆畹亭不期来会。申刻,畹亭邀饮,不赴。是日,知十三日取齐府试。

**六日(5月10日)** 辰刻,至礼房观上课案。超等十六名,马斯仁第一,余两卷一在第十,一在十四。特等廿六名,张郁文居末。巳刻,候方子春,取其《小蓬山馆诗》四本。

**七日(5月11日)** 午刻,沈尗石拜会,尽观近作诗文。

**八日(5月12日)** 巳刻,邀徐朗斋小饮。午刻,同朗斋候张舒园。申刻,至高警庵处畅谈。

**九日(5月13日)** 夜半雨。巳刻,登平湖舟。未刻,至新溪金宅。申刻,候徐辛庵、周晓山。

**十日(5月14日)** 小雨。辰刻,候费春林还《虞初新志》一部,赠以《小蓬山馆诗》一本。午刻,候陆兰堂,不遇。未刻,候顾望山。

**十一(5月15日)** 夜半雨。辰刻,李云帆来会。申刻,陆兰堂答访。

**十二(5月16日)** 小雨。未刻,徐辛庵来会。申刻,收到知幻上人《读红楼梦图》题辞。七古。亥刻,同徐辛庵、俞铁涯、程梅史芳灿登舟。

**十三(5月17日)** 巳刻到郡,仍寓于高锦标宅。申、酉刻,与赵梅溪名世荣,秀水庠生畅谈。

**十四(5月18日)** 辰刻,柯春塘来会。巳刻,偕徐辛庵游白漪庵。是日吕祖生辰,香烟大盛。未刻,访孙半农、名方金,嘉善廪生。金翠岩、名兆钟,嘉善廪生。顾蕉圃。申刻,候高益庵。姚半帆来访,不值。

**十五(5月19日)** 夜雨。辰刻,刘竹史、范春山拜会。巳刻,孙半农、丁带泉、金翠岩、吕鸿轩、名荣华,嘉善孝廉。顾蕉圃来访,携至唐秋涛覆书并魏塘诸同人《读红楼梦图题辞》。秋涛骈体序一篇,金部三兆铨七律二首,吕鸿轩七绝二首,沈鹤沙嘉槐七绝四首,钟元甫七绝六首,周花农樽元七绝二首,丁带泉七绝四首,曹小秋锡祜七绝二首,章迅斋雷金缕曲一阕,顾蕉圃七律二首。午刻,王藕汀来会。酉刻,徐星庐来会。

**十六(5月20日)** 辰、巳刻,挨保童生金建勋等拜会。午刻,高益庵来会,出视《读红楼梦图》题词。五律。申刻,知万蕉园于昨日丁母忧。

**十七(5月21日)** 卯刻,戈翰轩来会。辰刻,拜候章、程两学师。巳刻,为认挨保诸童画押,又代周来雨画。挨保十五人:金建勋、屈三鉴、陆楷、陈日灿、屈家棻、高楚生、顾琮、沈养颐、赵登源、陆振浩、胡日琏,有贽。姚太增、许汝乔、张世伦,无贽。陆清风,不考。又万蕉园认保九人挨保十六人,皆改填余名。午刻,寄万蕉园书。酉刻,偕朱云泉闲步,见何氏艳婢春兰。

**十八(5月22日)**　卯刻,至宏文馆,保诸童入场。辰刻,候屈慈湖。巳、午、未刻,在府学观荣森班戏。申刻,同顾蕉圃、金翠岩小酌于大盛馆。是日,平湖童生题,首:"如不胜";次:"圣之任者也";诗:"池沼发荷英"得"荷"字。

**十九(5月23日)**　巳、午、未刻,偕吴少杉之俊在秀水县署观五福堂戏。

**二十(5月24日)**　午刻,遇吕秋塘,名炳华,嘉善廪生。遂至其寓。申刻,同顾蔗香小饮。

**二十一(5月25日)**　大西南风,夜雨。午、未刻,在府学观鸿雅堂戏。申刻,发初覆案。酉刻,至林倬庵寓,约定明日附舟。

**二十二(5月26日)**　雨。巳刻,同林倬庵等五人登舟。酉刻,回至新溪。

**二十三(5月27日)**　巳刻,候费春林。午刻,与周晓山对酌。

**二十四(5月28日)**

**二十五(5月29日)**　辰刻,尹莘畦来会。午、未刻,同许景初、张月泉、李云帆饮于恒仁酒店。

**二十六(5月30日)**

**二十七(5月31日)**

**二十八(6月1日)**

**二十九(6月2日)**　午、未刻,在费春林处长谈。酉刻,谢月波来会。知五月初八日取齐科试。

**三十(6月3日)**　辰、巳、午刻,抄赋六首。

## 五　月

**一日(6月4日)**　大东南风。申刻,俞吟秋来骂,不解何故。

**二日(6月5日)** 辰刻,费春林来会。

**三日(6月6日)** 巳刻,闻陆春林在顾望山处,即往相访,不遇。

**四日(6月7日)** 辰、巳、午刻,评改俞铁涯诗文八首。"唯天为大""季氏富于周公""夫子之得邦家者""赐也闻一以知二子曰弗如也""独立苍茫自咏诗""自称臣是酒中仙""绿槐高处一蝉吟""七月七日长生殿"。

**五日(6月8日)** 夜大热。辰刻,陆兰堂招陪翁噩生名敦甫,吴江人,能诗小饮,见其《湖楼鸥梦图》并《三十六鸥吟榭诗稿》。巳刻,叶竹溪拜会。午刻,偕何琢堂晋梓至程浣花铭勋宅。知府试正案十名前:顾棨、唐肇垚、顾广誉、吴之俊、冯嘉穀、陶景祎、屈家蘅、沈芳春、谢琛、丁桂。

**六日(6月9日)** 夜雨。戌刻,同谢兰洲附嘉兴夜航。

**七日(6月10日)** 上昼雨。午刻到郡,仍寓于高锦标宅。申刻,收到张舒园《读红楼梦图》题词。《蝶恋花》一阕。酉刻,主人邀小酌,同席赵伟川、名梧,秀水庠生。何秋浦名兆丰等七人。

**八日(6月11日)** 辰刻,访唐秋涛、盛瘦金。名镎,嘉善廪生。巳刻,候顾蕉圃、金翠岩。午刻,柯春塘来会。未刻,收到孙道园、半农《读红楼梦图题辞》。道园七律一首,半农七绝四首。申刻,候吕秋塘、许秋沙。名王勋,嘉善廪生。酉刻,徐辛庵、香畹、沈香槎来同寓。罗莼浦寄□图章一枚。

**九日(6月12日)** 夜小雨。辰刻,候朱砚山,见其太夫人画兰卷。太夫人潘氏名佩芳号西泠,钱箨石女弟子。巳刻,候周来雨,缴府试挨保童生小费。午刻,钟元甫、吕秋塘、许秋沙来会,出视《读红楼梦题词》。秋塘七古一首,秋沙"沁园春"一阕。未刻,屈慈湖来会。申刻,陆晚渔、程伊斋来会。酉刻,刘竹桥来会。

**十日(6月13日)** 辰刻入场,考古学,坐堂东九号。题:"梁昭明卧听官属诵书赋"以"深宵听读悉识其讹"为韵,"带雨客帷轻"得"钱"字,"急雨江帆重"得"崔"字。申刻出场。

**十一(6月14日)** 辰刻,刘心葭、陆春林、刘竹史、姚步瀛来会。巳刻,答心葭、春林。午刻,答钟元甫。未刻,观古学案,阖属取十二人。平湖独取徐士芬。申刻,屈畹芬来访。酉刻,有大怒。

**十二(6月15日)** 卯刻,至宏文馆保古学童生。辰刻,至月波楼拈香,为科试新得八十一签。句云:"休将成败论英雄,天道循环竟不同。若有阴功通上帝,定然天禄永无穷。"巳刻,候柯小坡,名万源,嘉善增生。不遇。遇钱丰山。名龙文,嘉善廪生。午刻,朱戍亭来会。未刻,候丁带泉。酉刻,程梅史、俞铁涯来同寓。

**十三(6月16日)** 寅刻,入场应科试,坐东署十号。题:"故太王事獯鬻"二句;策:蚕桑;诗:"九华春殿语从容"得"源"字。未刻出场。酉刻,胡啸云德焕来会。

**十四(6月17日)** 辰刻,为认挨保诸童画押。认保十四人:周勋、范时中、俞文彪、叶烜、姚炳、陆廷芬、方葆、孙继登、孙大镕,有贽。刘廷楷、王太勋、计瑢、叶梦元、俞允,无贽。挨保十五人:高三祝、陆廷棻、赵澄源、屈家施、王春溥、曹如琮、贾汉、俞淳、张瀫、陈传诗、高坤、张光灿、何安杨、陈惟仪,皆有贽。冯廷柱不考。高益庵、徐莲史来访,不遇。巳刻,周花农来访。名樽元,嘉善廪生。午刻,刘心葭邀同陆春秋、刘竹史、叶竹蹊集顺和馆。

**十五(6月18日)** 雨。寅刻,至宏文馆唱保。辰刻,答高益庵、屈畹芬。午刻,候吕鸿轩,遇沈鹤沙。未刻,观招覆案一等十七名,余得第九。徐士芬、刘东藩、刘梦熊、沈锜、柯汝霖、李锟、钱步曾、冯廷标、黄金台、顾梦熊、俞光墀、屈家荪、林谔昌、屈师曾、陆宗渭、程恩溥、张涵。是日平湖童生院试题:首:"善射奡";次:"不盈科";诗:"黍雪桃"得"先"字。是夜东门外起蛟,大风拔木,屋瓦皆飞。

**十六(6月19日)** 雨。辰刻,入场覆试。题:"夏礼吾能言之"四句,"新种竹多活"得"新"字,"旧栽花更妍"得"花"字。发□,正□卷子原评:才思濬发,正不嫌多,买胭脂画牡丹也。申刻出场。

**十七(6月20日)** 辰刻,柯春塘、黄芝山文照来会,春塘出视《读红楼梦图题章》。七律。周来雨答访。午刻,观新进案。李罴、胡锦华、曹恒、顾广誉、庄敬、顾棨、马亨衢、屈家蕖、高振铤、方增、朱汝梅、马树勋、李澄、刘以焜、钱裕昌、张锡爵、邵乐寿、冯敦棣、杨兰墀、高三祝、杨源印、丁桂、沈煌、金志鸿、邹升奎。拔府四名：钱仑源、屈家蘅、杨肇莲、谢琛。

**十八(6月21日)**　巳刻，同刘心葭、陆春林出东门。春林邀小酌。申刻，高益庵率弟藏庵三祝拜会，赠菜仪一洋。

**十九(6月22日)**　辰刻，于瘦秋、刘筠庄来会。申刻，观正案，一等十七名，二等四十四名，三等一百二十二名。邵地山居末。

**二十(6月23日)**　辰刻，至高益庵寓贺喜。巳刻，柯小坡、唐秋涛、盛瘦金、孙半农、顾蕉圃来会。午刻，赠高锦标字扇一柄。未刻，同刘心葭游楞严寺。申刻，邀心葭小酌。

**二十一(6月24日)**　暴热。巳刻，至张西白寓。申刻，偕孙半农闲步。酉刻，朱砚山答访，视《题读红楼梦图》七绝四首，又桐乡沈晓沧潮题七古一章。戌刻，高锦标答赠镫影一座。

**二十二(6月25日)**　大热。辰刻，宏文馆参谒发落，文宗各赠闻妙香室试卷。发看复试卷子，评：文情绵邈，诗新隽。酉刻，招谢兰洲小酌。

**二十三(6月26日)**　酉刻雷雨。辰刻，偕谢兰洲、林松岩登舟。午刻，舟至三店，遇暴风，几遭覆溺。戌刻，回至新溪。

**二十四(6月27日)**　雨。辰刻，检点行装失，去番银一枚。未刻，周晓山来会。

**二十五(6月28日)**　微雨。辰、巳刻，候费春林、陆兰堂。午刻，周晓山招饮时和馆。未刻，候顾望山，适林雪岩、刘竹史从乍浦至。酉刻，邀雪岩、竹史、晓山大饮于听松书屋。

**二十六(6月29日)**　未刻，大雷雨。申刻，上家大人手禀。

**二十七(6月30日)**　大东南风。辰刻，倩陆蓉舫画扇头美人。巳刻，姚香山来会。

**二十八(7月1日)**　辰刻登舟，午刻到城，至万宅插香。缴蕉园府试挨保童生小贽，即到俞氏馆中。

**二十九(7月2日)**

## 六　月

**一日(7月3日)**　热。阅《寄园寄所寄》。

**二日(7月4日)**　热。酉刻,俞芷衫寄赠七古一章

**三日(7月5日)**　卯刻,竹楼叔来会。巳刻,陆畹亭来会。申刻,题张月泉小像。七绝。

**四日(7月6日)**　辰、巳刻,作古艳词七绝四首,寄赠陆蓉舫。《挽万母徐太孺人》。七律。申刻,两候方子春,不遇。

**五日(7月7日)**　巳刻,《咏白芍药》五律、《茉莉》七绝。

**六日(7月8日)**　雨。辰、巳刻,题海盐潘西泠夫人画兰卷。朱砚山属。

**七日(7月9日)**　热,午后雷雨。卯刻,高益庵拜会,赠银一锭。辰、巳刻,撰七律四首,寄刘心葭。

**八日(7月10日)**　己刻,候方子春、张舒园、沈萍湘。见萍湘所题《读红楼梦图》五律二首,鲍介堂锡年题七绝三首。是夜,张义和家两女子皆服卤死,因与兄宠妾口角故也。长者年二十一,少者年十九。

**九日(7月11日)**　昼有雷。辰、巳、午、未刻,作《田家二十四节气诗》。皆五绝。

**十日(7月12日)**　热。

**十一(7月13日)**　热。巳刻,赠高藏庵字扇一柄。

**十二(7月14日)**　夜半大雨。巳刻,徐朗斋来会。

**十三(7月15日)**　雨。辰刻,候钱邻竹。知沈香槎背后屡有谤言。巳刻,观新进儒童入学。

**十四(7月16日)**　申、酉刻,与俞芷衫长谈。

**十五(7月17日)**　辰、巳刻,作《秦良玉锦袍歌》。

**十六(7月18日)**　午后微雨,有雷。辰、巳刻,作《谢叠山琴歌》。

**十七(7月19日)**　微雨。辰刻,候高复斋先生。

**十八(7月20日)**　卯刻,至当湖书院。辰、巳、午、未刻,在赵一鹤宅作课卷两篇,又代一鹤作诗。“颜渊曰顾无伐善”一节,“朱衣暗点”得“文”字。

**十九(7月21日)**

**二十(7月22日)**　未刻,冯丹山来会。是日左足酸痛。

**二十一(7月23日)**　午刻大雨有雷,夜雨更大。辰、巳刻,作《桑维翰铁砚歌》。

**二十二(7月24日)**　午刻大雨如注,庭中水溢。辰、巳刻,咏《张江陵墓》七律一首、《姚广孝坟》七律一首。

**二十三(7月25日)**　午后大雨,有疾雷。午刻,冯丹山寄至海昌诸君所题《读红楼梦图》诗。郭雪帆七古一首,张听五文七古一首,郭西郭一清七绝四首。

**二十四(7月26日)**　作《惜红词》五排一百韵。志旧怨也。

**二十五(7月27日)**　未刻,寻高警庵,不值。

**二十六(7月28日)**

**二十七(7月29日)**

**二十八(7月30日)**　巳刻,《咏姑嫂饼》。七绝四首。

**二十九(7月31日)**　辰、巳刻,作《正德宫词》《嘉靖宫词》《隆庆宫词》《万历宫词》《天启宫词》《崇祯宫词》。皆□。

**三十(8月1日)**　辰、巳刻,作《夏闺四咏》:“晓妆”“午睡”“晚浴”“夜坐”,各七绝一首。

## 七　月

**一日(8月2日)**　热。巳刻,候万雨堂。午刻,独酌于松茂馆。未刻,至礼房观上课案超等十六名,张步元第一,余两卷,一在十一,一在十三。特等三十四名,李罴居末。是日,知浙江正考官王公引之,副考官李公裕堂。

**二日(8月3日)**　热。辰刻,发刘心葭书。

**三日(8月4日)** 辰刻,至当湖书院,是日停课。即候陈白芬、屈慈湖、张绶斋。见绶斋所题《读红楼梦图》诗。七绝二首。

**四日(8月5日)** 未刻,候方子春,以诗稿八十一首请其评骘。

**五日(8月6日)** 晓雨。卯刻,刘竹桥来会,携至何剑斋世枈所题《读红楼梦图诗》。五古。

**六日(8月7日)**

**七日(8月8日)** 巳刻,至县署,观刘筠庄等饮起送酒,余不赴。酉刻,俞云涛设七夕酒。

**八日(8月9日)**

**九日(8月10日)** 热。未刻,候方子春,领诗稿一卷,适钟勉斋、陆一帆亦在,畅所欲言。申刻,徐朗斋招饮如意馆。

**十日(8月11日)** 热。

**十一(8月12日)** 大热。申刻雷雨。昼晦。

**十二(8月13日)**

**十三(8月14日)** 下午雨。卯刻登舟。未刻回至新溪,知内子昨日还新仓。申刻,候费春林。酉刻,候周晓山,留小酌。戌刻,知姚香山卒。

**十四(8月15日)** 下午雨。巳刻,寄王秋桥札。未刻,周晓山来会。

**十五(8月16日)** 下午雨。巳刻,至俞铁涯宅。

**十六(8月17日)** 辰、巳刻,候谢月波、尹莘畦。酉刻,姚半帆借诗稿一本。

**十七(8月18日)** 午刻大雨。

**十八(8月19日)** 未刻,至顾望山宅,姚半帆还诗稿一本。

**十九(8月20日)** 辰刻,候陆兰堂。

**二十(8月21日)** 阅续《志林》王祎撰、《庭闻述略》王文禄撰。《近峰记略》皇甫庸撰、《蒴胜野闻》徐祯卿撰。

**二十一(8月22日)** 阅《觚不觚录》王世贞撰、《溪山余话》陆深撰、《吴中故语》杨循吉撰、《甲乙剩言》胡应麟撰。

**二十二(8月23日)** 大东南风,夜雨。辰刻,吊姚香山丧。午刻,张月泉招同谢兰洲、汪仁甫大饮于恒仁酒楼。酉刻,接到刘心葭书。言八月一日起身赴省,约余至平湖接官亭相会。费春林、谢月波、周晓山来会。

**二十三(8月24日)** 大东南风。巳刻,王秋桥寄赠赆仪一洋。

**二十四(8月25日)** 大东南风。辰刻,至费春林处,见李芝龄宗师古今体诗数首。有《陆宣公祠》七古一首,独出议论。

**二十五(8月26日)** 大东南风。巳刻,顾望山遣人来招。以陆春林在。申刻,吕巷金宅请宴。内侄女素珍于八月初三日出嫁。

**二十六(8月27日)** 热。卯刻,收到海盐董春泉澍《读红楼梦图题辞》。七绝八首。

**二十七(8月28日)** 申刻,陆心斋赠圆枣两种。

**二十八(8月29日)**

**二十九(8月30日)**

**三十(8月31日)** 亥刻雨。午刻,金秋圃赠番银一枚,韩岐仁赠大钱四百。

## 八 月

**一日(9月1日)** 热。寅刻,登新溪舟。辰刻,至平湖泊舟接官亭。未刻,刘心葭、陆春林、陈鹤轩维任至,遂同行。是日,小腹痈大发。七月杪腹下偶起一疖,自以为不日即愈,漠不介意,是日竟大痛矣。

**二日(9月2日)** 大热。是日在舟中,痛楚大甚,饮食渐不能进。

**三日(9月3日)** 大热。是日更剧,下体通红,不能语言展动。申刻,到省,乘轿至十五间园,与林雪岩、陆春林同寓夏宅。刘心葭、朱蕴圃、顾篆香棨。陈鹤轩昆季别寓郭宅。

**四日(9月4日)** 大热。辰刻,雪岩、春林、心葭、蕴圃遣人飞书至新仓,通知家大人。四人公出信金二两。巳刻,顾蔗香来劝食狗宝丸,复以至宝丹敷患处。申、酉刻,陆一帆、罗莼浦、朱云泉等来问疾。是日,平湖人寓西湖上者误闻余死。

**五日(9月5日)**　大热。黄昏大雷雨。辰刻,钱莲舟、棣山来问疾。未刻,林雪岩、陆春林、陈辅之从朱云泉言,请许医来诊治。

**六日(9月6日)**　黄昏雷雨。未刻,杏庄叔来问疾。申刻,许医又至。俞锦霞、周晓山、谢兰洲来问疾。锦霞赠药三丸。

**七日(9月7日)**　热。

**八日(9月8日)**　热。是日不能进场,心如刀割。酉刻,家大人至。

**九日(9月9日)**　大热。是日大放脓血。

**十日(9月10日)**　大热。夜雷。巳刻,随家大人登舟。乡试题,首:"曰既富矣"一节;次:"忠信重禄"四句;三:"民事不可"至"亟其乘屋";诗:"芦花风起夜潮来"得"来"字。

**十一(9月11日)**　大热。昼雷。病势略减。

**十二(9月12日)**　大热。黄昏大雨,疾雷震屋。巳刻回家,扶掖上岸。

**十三(9月13日)**　下午雷雨。辰刻,请陈文扬诊治。

**十四(9月14日)**　未刻,陈板桥来问疾。

**十五(9月15日)**　是日始能起身。戌刻,闻李雪塘罴卒。此余友李小隐子也,年只十七,以第一人入庠,而遽夭天年,伤哉。

**十六(9月16日)**

**十七(9月17日)**

**十八(9月18日)**　是日始下楼。未刻,阅高澹人《蓬山密记》。申刻,收到归安杨拙园知新所题《读红楼梦图诗》。七绝二首。

**十九(9月19日)**　热。

**二十(9月20日)**　巳刻,张澹人来问疾。

**二十一(9月21日)**　辰刻,钱棣山、钱棓岩来问疾。

**二十二(9月22日)** 是日复痛。

**二十三(9月23日)** 辰刻,寄刘卓亭、林雪岩书。巳刻,代叶少翁先生题《冯医荷净纳凉图》。七绝二首。

**二十四(9月24日)** 辰刻,钱棣山借诗稿一本。戌刻,闻高春荪先生廷瑮卒。

**二十五(9月25日)** 雨。巳刻,金秋圃来问疾。酉刻,请陆砥斋诊治。是日,平湖人哗传余死。

**二十六(9月26日)** 雨。酉刻,寄万雨堂书,寄赠门人俞雨村婚仪。

**二十七(9月27日)** 午、未刻,作《后园小山》诗。五古四首。

**二十八(9月28日)** 午刻,《吊后园皂荚树》。七古一首。

**二十九(9月29日)** 午刻,竹楼叔招宴,同席八人。戌刻散席。

## 九　月

**一日(9月30日)** 微雨。午刻,取还钱棣山诗稿一本。是日,知陶静山思敬于六月初四与妻口角,遂出奔,八月廿六回家。已历河南直隶两省。

**二日(10月1日)**

**三日(10月2日)**

**四日(10月3日)**

**五日(10月4日)** 日中大雨。巳刻,候张西白,不遇。未、申、酉刻,挈韩氏婢阿三同至新溪,知新溪人于八月□□哗传余死。

**六日(10月5日)** 卯刻,赠俞吟秋宅婚仪。辰刻,林倬庵来会。酉刻,赠韩氏婢翠花两枝。

**七日(10月6日)** 夜雨。辰、巳刻,候周晓山、陆兰堂、谢月波、费春林。午刻,候徐辛庵,不遇,即至俞铁涯宅。西半镇人见余者无不惊讶失色,余亦自觉有令威化鹤归来之意。申刻,访陆秋山,见青浦高兰翘、蒋稻香、吴县杨莲塘消寒诗集一卷,题皆游戏。

**八日(10月7日)** 巳刻,候顾望山、张月泉。午刻,费春林来会。是日,闻张月波卒。

**九日(10月8日)** 午刻,陆兰堂招同董绎如饮于时和馆。申刻,徐辛庵来会。酉刻,林倬庵来会。

**十日(10月9日)** 午刻,俞宅招宴,不赴。未刻,候尹莘畦。申刻,问姚半帆疾。酉刻,张澹人昆季过访。

**十一(10月10日)** 午刻,陆秋山招往。

**十二(10月11日)** 卯刻,知秋榜揭晓,徐辛庵竟得解元。平湖独中一人。巳刻,作五律四首,寿吴江女史程幼安庭昭四十初度。戌刻,同陆心斋、金秋圃、褚羽逵、董南平等六人聚饮,颓然大醉。

**十三(10月12日)** 午刻,王东帆招宴,同饮顾望山、费春林等十八人。

**十四(10月13日)**

**十五(10月14日)** 未刻,游药师庵。有女如云。

**十六(10月15日)** 巳刻,同顾望山询姚半帆疾。

**十七(10月16日)** 辰、巳刻,同金秋圃至吕巷,候金维垣昆季。未、申刻,在武圣宫观翠秀班戏。酉刻,途遇庄憩棠。戌刻,至南城隍庙观三庆班夜戏。

**十八(10月17日)** 辰刻,候褚羽逵,欲同访庄憩棠,不果。午、未、申、酉刻,观翠秀班戏。戌刻,观烟火。

**十九(10月18日)** 巳刻,观镇海侯赛会。午、未、申刻,观翠秀班戏。酉刻,金钟培招饮,同席梅在衡等八人。戌刻,观烟火。

**二十(10月19日)** 巳、午、未刻,观翠秀班戏。申刻,金兰春邀中膳。酉刻,告辞金宅。戌刻,回至新溪,知翁噩生、林雪岩、陆春林于十八日过访。

**二十一(10月20日)** 晓雨。辰刻,寄林雪岩书。

**二十二(10月21日)** 午、未刻,作《吕巷观烟火》诗。七古。

**二十三(10月22日)** 辰刻登舟,午刻至平湖俞氏馆中,会门人俞雨村新娶陆氏，赠以系臂银二钱。未刻，候徐朗斋、万雨堂。申刻，候程伊斋。平湖人见余者，犹大半惊骇。

**二十四(10月23日)** 黄昏，大雷电，雨。巳刻，俞芷衫赠七律一首。有句：天岂肯将才子夺，我原不信众人言。午刻，饮俞宅会亲酒，同宴冯丹山、徐林一等十七人。

**二十五(10月24日)** 雨，夜更大。是日开馆。

**二十六(10月25日)** 雨。辰、巳刻，撰七律四首，贺徐辛庵。

**二十七(10月26日)** 夜雨。辰、巳、午刻，作《解嘲》诗七律六首。解八月杪误传死信之说。

**二十八(10月27日)** 巳刻，吊高春荪先生丧，赠徐辛庵赆仪。银三钱四分。午刻，程伊斋来会。言平湖荐卷十一人：陆敦伦、林谔昌、张锦、罗翰、于立、钱法曾、张琛、毛諴、韩潮、徐金声、黄恩溥。

**二十九(10月28日)** 午、未刻，《挽春荪先生》。五古。

**三十(10月29日)** 巳刻，发刘心葭书。未刻，钱邻竹来会。

## 十 月

**一日(10月30日)** 夜雨。巳刻，至文蔚堂买《赵瓯北诗集》一部。一洋。

**二日(10月31日)** 昼夜雨。

**三日(11月1日)** 有空。

**四日(11月2日)** 夜雨。午、未、申、酉刻，《挽钱若莲表妹》。七古。

**五日(11月3日)** 雨。辰刻，寄钱莲舟书。

**六日(11月4日)** 雨。巳刻，寄《贺陆兰堂新溪再移寓》。七律。

**七日(11月5日)** 巳刻，候周来雨、高警庵。

**八日(11月6日)** 夜大雨。巳、午刻，作七绝六首，赠沈赤石。

**九日(11月7日)** 巳、午、未刻，作《鸦片行》。七古。申刻，金秋圃书来，始知九月二十六日余家又举一男。

**十日(11月8日)** 午刻,高警庵来,出视复斋先生所题《红楼梦图》诗。七绝二首。是夜,梦先大父作华亭城隍。

**十一(11月9日)** 午、未刻,感家事,作诗四首。七律。申刻,徐朗斋来会。

**十二(11月10日)**

**十三(11月11日)** 未刻,候陆一帆,不遇,即候方子春。

**十四(11月12日)**

**十五(11月13日)**

**十六(11月14日)** 巳刻,候陆一帆,不遇,即候高益庵。

**十七(11月15日)**

**十八(11月16日)** 巳刻,至当湖书院。午、未、申刻,在赵一鹤宅作课文两卷。"见利思义"三句,"大法小廉"得"臣"字。是日,知钱英三开第捷武闱。

**十九(11月17日)**

**二十(11月18日)** 夜雨。

**二十一(11月19日)** 午、未刻,题陆拙轩棋斗《当湖竹枝词》。柏梁体。

**二十二(11月20日)**

**二十三(11月21日)** 雨。

**二十四(11月22日)**

**二十五(11月23日)** 巳、午刻,作七古一首赠方子春。戏用叠字体。未刻,俞芷衫以诗稿一卷就正。申刻,金秋圃来,言余家星海伯卒于是月二十日。

**二十六(11月24日)** 雨。巳、午刻,评阅俞芷衫诗卷,加题词二首。七律。

**二十七(11月25日)** 小雨。未刻,赠方子春赆仪。银二钱六分。

**二十八(11月26日)**

**二十九(11月27日)**

## 十一月

**一日(11月28日)**　寒。午、未刻，作《赠花词》。五排三十六韵。

**二日(11月29日)**　巳刻，徐朗斋赠图章一枚。收到谢亚桥、王媚香女史癯仙所题《读红楼梦图》诗。亚桥四五六七言各一首，媚香七绝三首。

**三日(11月30日)**　巳刻，至当湖书院观上课案。超等十六名，钱攀龙第一。特等三十名，刘以灿居末。余两卷，一在超等第三，一在特等第七。午、未刻，在赵一鹤宅作月课两卷。"斧斤以时入山林"二句，"囊琴欲奏知音少"得"音"字。申刻，沈赤石至一鹤处相会，出视《读红楼梦图》题辞。七律。

**四日(12月1日)**　申刻，陆桂湘润章来访，赠《韵兰集赋钞》一部。

**五日(12月2日)**　未刻，候陆一帆，以诗稿四十二首托其评政。

**六日(12月3日)**　黄昏雨。申刻，高警庵来会，大谈史事。

**七日(12月4日)**　申刻，俞芷衫赠七律两首，即步余前日题词原韵。

**八日(12月5日)**　巳刻，陆一帆来会，缴诗稿一卷加题词二首。七绝。

**九日(12月6日)**　雨。抄赋七首。

**十日(12月7日)**　午、未、申、酉刻，咏《闺情》八首，妬、颦、怯、吁、笑、嗔、憨、慧。每首四言十二句。

**十一(12月8日)**

**十二(12月9日)**　雨。

**十三(12月10日)**

**十四(12月11日)**　午、未、申、酉刻，咏史得五古九首。

**十五(12月12日)**　申刻，刘心葭覆书来。

**十六(12月13日)**　未刻，至万宅，阒其无人。

**十七(12月14日)** 未刻,方子春来会。

**十八(12月15日)** 巳刻,至当湖书院见上课案。超等十六名,陆敦伦第一,特等三十二名,徐应熙居末。余两卷,一在超等第六,一在特等第九。午、未刻,在赵一鹤宅作月课两卷,又代一鹤作诗。"有事弟子"至"先生馔","轻裘缓带"得"裘"字。申刻,至宝芸堂买《吴诗集览》及《国朝六家诗钞》。出价两洋,又加钱三百五十。

**十九(12月16日)** 阅《吴诗集览》。

**二十(12月17日)** 阅《吴诗集览》。是夜有警。自九月以来,无夜不有贼寇,俞宅东西两房每夜戒严,而扰芷衫家特甚。

**二十一(12月18日)**

**二十二(12月19日)** 午刻,寄费春林柬。

**二十三(12月20日)** 午后腹疾大作。

**二十四(12月21日)** 微雨。

**二十五(12月22日)**

**二十六(12月23日)**

**二十七(12月24日)**

**二十八(12月25日)** 改旧诗十余首。

**二十九(12月26日)** 午、未刻,编存诗稿,计六百八十八首,离为七卷。

## 十二月

**一日(12月27日)** 巳刻,费春林覆柬来。申刻,候高警庵。

**二日(12月28日)**

**三日(12月29日)** 巳刻,至礼房观上课案。超等十七名,张步元第一。特等三十一名,徐应熙居末。余两卷,一在超等十七,一在特等十二。至宝云堂,买蒋心余《忠雅堂诗集》一部。价八钱。戌刻,俞宅火,延烧三间,幸风势不猛,乃得扑灭。

**四日(12月30日)**　大暖。巳刻,冯丹山来压惊。未刻,高警庵来会。

**五日(12月31日)**

**六日(1819年1月1日)**　巳刻,至钱邻竹处。

**七日(1月2日)**

**八日(1月3日)**

**九日(1月4日)**

**十日(1月5日)**　巳刻,赠章春林学师祝敬。

**十一(1月6日)**　夜雨。午刻登舟,申刻回至新溪。知王东帆卒。

**十二(1月7日)**　巳刻,还费春林《东井诗钞》一册。

**十三(1月8日)**　辰刻,林雪岩过访,出视近作骈体文数首,并携至陆春林《读红楼梦图记》。巳刻,偕雪岩候陆兰堂。酉刻,兰堂招同董绎如、陆讷斋小集。

**十四(1月9日)**　午后细雨。巳刻,赠顾望山、韩岐仁两宅婚仪。申刻,与俞铁崖书。

**十五(1月10日)**　午刻,代徐辛庵《贺陆兰堂移寓》。七律一首。

**十六(1月11日)**　夜雨。巳刻,李云帆来会。

**十七(1月12日)**　雨。申刻,费春林来会。

**十八(1月13日)**

**十九(1月14日)**　雨,夜有雪。未刻登舟。戌刻回家,始见九月廿六日所生次男,取名晋芬。

**二十(1月15日)**　巳刻,赠钱小园字箑一柄、文格两束。

**二十一(1月16日)**

**二十二(1月17日)**　申刻,偕竹楼叔、詹树基等登舟,二鼓到城。

**二十三(1月18日)**　夜大雨。巳、午刻,在仓场观收漕。申刻,同竹楼叔等饮于松茂馆。是夜,偕盛品三宿于俞益诚店。

**二十四(1月19日)** 雨,夜尤大。申刻登舟,二鼓回家。

**二十五(1月20日)** 雨。未刻,闻徐辛庵在钱心园宅,即往相访,不遇。

**二十六(1月21日)**

**二十七(1月22日)**

**二十八(1月23日)**

**二十九(1月24日)**

**三十(1月25日)**

# 嘉庆二十四年己卯(1819),三十一岁

## 鹂声馆日志

### 正　月

**一日(1月26日)**

**二日(1月27日)**

**三日(1月28日)**

**四日(1月29日)**　是日为先祖母治丧举殡,来吊都一百三十九号,叶少翁先生题主。

**五日(1月30日)**　夜雨。午刻,设酌谢诸亲友。

**六日(1月31日)**　雨。巳刻,问杏庄叔疾。

**七日(2月1日)**　未刻,与龚配京畅论世事。是夜,杏庄叔卒。

**八日(2月2日)**　未刻,与金振声父子大谭于陆敦仁宅。

**九日(2月3日)**　午刻,周松篆邦新招饮。

**十日(2月4日)**

**十一(2月5日)**

**十二(2月6日)**　巳刻,刘竹桥拜会。

**十三(2月7日)**

**十四(2月8日)**

**十五(2月9日)**　午刻,至新溪金宅。

**十六(2月10日)**　辰、巳刻,新溪镇上拜节。戌刻,代董南平留

别主人陆心斋口占七律一首。

**十七(2 月 11 日)**　大东南风。巳、午刻,顾望山、周晓山答拜。申、酉刻,与姚半帆谈诗于望山宅。

**十八(2 月 12 日)**　巳刻,费春林答拜。未刻,偕董南平、金秋圃游曹侍御旧宅,口占七绝一首。

**十九(2 月 13 日)**　巳刻,赠姚半帆《小蓬山馆诗》一本。

**二十(2 月 14 日)**　夜半雨。

**二十一(2 月 15 日)**　午刻回家,陆敦仁招宴,同席叶少翁、金振声等八人。

**二十二(2 月 16 日)**　雨。

**二十三(2 月 17 日)**　夜雪。

**二十四(2 月 18 日)**　寒。

**二十五(2 月 19 日)**　大寒。是日,长男齐仲初识字。余今岁无馆,在家课子。

**二十六(2 月 20 日)**　大寒。

**二十七(2 月 21 日)**　寒。未刻,陈饮香来会。

**二十八(2 月 22 日)**　夜微雪。是日背痛。

**二十九(2 月 23 日)**　微雨。

## 二　月

**一日(2 月 24 日)**

**二日(2 月 25 日)**　雨。

**三日(2 月 26 日)**　微雨。

**四日(2 月 27 日)**　雨。

**五日(2 月 28 日)**　雨夹雪。

**六日(3 月 1 日)**

**七日(3 月 2 日)**

**八日(3 月 3 日)**

**九日(3月4日)**　是日，齐仲开读《大学》。自正月廿五至二月初八读十三日，已识一千零五字。

**十日(3月5日)**

**十一(3月6日)**

**十二(3月7日)**

**十三(3月8日)**

**十四(3月9日)**　申刻，钱棣山以谢太初遗诗托余点定。

**十五(3月10日)**　午刻，代棣山作试帖一首。"锥处囊"得"囊"字。

**十六(3月11日)**　午、未刻，评阅谢太初遗稿。是日，知张懋修卒。

**十七(3月12日)**　抄试帖四十首。

**十八(3月13日)**　抄杂体诗七十八首。

**十九(3月14日)**　抄杂体诗六十七首。

**二十(3月15日)**　是日内子牵长女楚宝、次男晋芬至新溪。

**二十一(3月16日)**　朝雷。

**二十二(3月17日)**　朝雨。抄文九首。

**二十三(3月18日)**

**二十四(3月19日)**　下午雨。

**二十五(3月20日)**　大东南风。

**二十六(3月21日)**　抄赋十首。

**二十七(3月22日)**　代钱莲舟作帖体二首。"春风扇微和"得"风"字，"柳绿更带朝烟"得"烟"字。抄赋六首。

**二十八(3月23日)**　雨。抄杂体诗二十八首。

**二十九(3月24日)**　抄近体诗四十一首。

**三十(3月25日)**　雨。抄试帖四十六首。

## 三　月

**一日(3月26日)**　小雨。抄试帖四十三首。

二日(3 月 27 日)　黄昏雨。抄试帖四十五首。

三日(3 月 28 日)　夜半雨。抄试帖五十三首。

四日(3 月 29 日)　雨。抄赋五首试帖十七首。

五日(3 月 30 日)　雨。抄文六首。是夜张西白卒。

六日(3 月 31 日)

七日(4 月 1 日)

八日(4 月 2 日)

九日(4 月 3 日)　上昼雨。

十日(4 月 4 日)　辰刻,吊张西白丧。巳刻扫墓。

十一(4 月 5 日)　巳刻,吊张懋赏丧。

十二(4 月 6 日)　巳刻,至郭宅插香。

十三(4 月 7 日)　午后雨,有雷电。抄文七首。

十四(4 月 8 日)　夜雨。抄文六首。

十五(4 月 9 日)　夜雨。抄赋八首。

十六(4 月 10 日)　是夜月食。

十七(4 月 11 日)

十八(4 月 12 日)　抄文七首。

十九(4 月 13 日)　抄文七首。巳刻,高挹琴书来。

二十(4 月 14 日)　小雨。辰刻,发林雪岩书。

二十一(4 月 15 日)　抄文五首。

二十二(4 月 16 日)　抄文四首。

二十三(4 月 17 日)　辰、巳刻,改旧作"割不正不食"一节文。

二十四(4 月 18 日)

二十五(4 月 19 日)

二十六(4 月 20 日)　辰刻,钱棣山赠红杏词人笔四管。巳、午刻,改旧作"愿无伐善"一节文。

二十七(4 月 21 日)　辰、巳刻,《挽秋圃伯》五律、《挽杏庄叔》五律、《挽张西白》七律。

**二十八(4月22日)**　酉刻，接林雪岩书。余于二十日寄雪岩书，而雪岩书亦发于二十日，且书中所言若合符节。

**二十九(4月23日)**　细雨。辰、巳、午刻，作“有事弟子”四句文。未刻，以近作三篇就正叶少翁先生。

## 四　月

**一日(4月24日)**　小雨。辰、巳刻，题林丈金台《识丁字斋诗卷》。七古。题林雪岩《秋林觅句图》。七律二首。酉刻，少翁先生缴文三篇，外附小札。

**二日(4月25日)**　大雨。辰、巳刻，《寄怀许德水先生》。七律四首。午刻，发林雪岩书，附诗七首。

**三日(4月26日)**　辰刻，寄费春林书。

**四日(4月27日)**　辰刻，作《当窗曲》十首赠瑞香。七绝。酉刻，携齐仲至东林寺听小奏，兼访鸿道和尚。

**五日(4月28日)**　辰、巳、午刻，作“见利思义”三句题文。赵一鹤拜会。

**六日(4月29日)**　抄吴梅村诗十五首。

**七日(4月30日)**　抄吴梅村诗三十五首。

**八日(5月1日)**　辰、巳刻，作《课儿诗》。五排二十韵。

**九日(5月2日)**　抄吴梅村、宋荔裳诗七十九首。

**十日(5月3日)**　黄昏，大雷电，雨。是日在钱宅文会，同社柯春塘等十六人。“居是邦也”三句。戌刻，借莲舟《白鹄山房诗集》二本。

**十一(5月4日)**　抄施愚山、王阮亭诗六十九首。

**十二(5月5日)**　抄王阮亭、赵秋谷诗四十九首。

**十三(5月6日)**　抄朱竹垞、查初白诗三十六首。

**十四(5月7日)**　抄杂诗四十六首。

**十五(5月8日)**　抄杂诗四十首。巳刻，瑞春携杂花数种来。

**十六(5月9日)**　夜雨。酉刻，闻礼闱揭晓，平湖徐士芬联捷。

**十七(5月10日)**　雨,夜更大。抄杂诗五十二首。

**十八(5月11日)**　雨。抄袁简斋诗四十一首。戌刻,见上次步青集会卷。高益庵所阅共取七卷,徐问亭第一,余在第七。

**十九(5月12日)**　抄袁简斋诗五十九首。巳刻,吊周宅丧。

**二十(5月13日)**　抄袁简斋诗四十一首。

**二十一(5月14日)**　抄蒋苕生诗四十八首。申刻,邀章耀庭小饮。

**二十二(5月15日)**

**二十三(5月16日)**　抄赵云松诗四十首。

**二十四(5月17日)**　抄赵云松诗七十七首。

**二十五(5月18日)**　抄赵云松诗五十三首。

**二十六(5月19日)**　微雨。抄赵云松诗七十三首。

**二十七(5月20日)**　巳刻,至全公亭吊项宅丧。未刻,与钱棓岩游海上。

**二十八(5月21日)**　抄杂诗六十四首。酉刻,至元真观吊陶道士丧。

**二十九(5月22日)**　抄杂诗六十八首。

**三十(5月23日)**　夜雨。抄杂诗六十二首。

## 闰四月

**一日(5月24日)**　抄杂诗四十二首。

**二日(5月25日)**　微雨,夜渐大。抄杂诗六十首。

**三日(5月26日)**　上昼雨。申刻,还钱莲舟《白鹄山房诗集》,又借沈归愚《国朝别裁集》纪序、张石臣《汜南诗抄》、吴稷堂《十国宫词》。

**四日(5月27日)**

**五日(5月28日)**　未刻,代钱莲舟作试帖二首。"读书松桂林"得"林"字,"五经鼓吹"得"经"字。

**六日(5月29日)**　抄《别裁诗》四十二首。

**七日(5月30日)**　雨。抄《别裁诗》五十三首。

**八日(5月31日)**　抄《别裁诗》六十首。

**九日(6月1日)**　抄《别裁诗》六十六首。

**十日(6月2日)**　抄《别裁诗》四十三首。午刻,内子自新溪归。

**十一(6月3日)**　抄《别裁诗》五十二首。

**十二(6月4日)**　夜大雨。抄《别裁诗》廿五首。午、未、申刻,在月桥观锦新班戏。

**十三(6月5日)**　雨。抄《别裁诗》二十九首。午、未、申刻,在月桥观戏。

**十四(6月6日)**　夜雨。抄《别裁诗》六十六首。

**十五(6月7日)**　巳刻大雨。抄《别裁诗》六十八首。

**十六(6月8日)**　抄《别裁诗》三十五首。午、未刻,在元真观观富林班戏。

**十七(6月9日)**　昼大雨。抄《汜南诗》三十首。戌刻,知徐辛庵殿试第二甲十八名,钦点翰林院庶吉士。

**十八(6月10日)**　热。抄《汜南诗》廿七首。

**十九(6月11日)**　热。申刻,还钱莲舟《国朝别裁》《汜南诗抄》两种。

**二十(6月12日)**　热。是日,在徐问亭宅文会,同社俞松坪嗣勋、徐吟槐金泰等十八人。"君子学道"二句。

**二十一(6月13日)**　大热。抄《十国宫词》五十首。并注。

**二十二(6月14日)**　更热。午后有雷。抄《十国宫词》五十首。并注。

**二十三(6月15日)**　大热。抄试帖三十六首。申刻,还钱莲舟《十国宫词》一本。

**二十四(6月16日)**　大热。夜大雷电,雨。辰、巳刻,改旧作"不逆诈"三句文。

**二十五(6月17日)** 忽凉。巳刻,与徐宿生小柬。申刻,寄高益庵便札。

**二十六(6月18日)**

**二十七(6月19日)** 申刻购得《明诗别裁》一部。

**二十八(6月20日)** 下午雨。巳刻,见上次步青集会卷。高益庵所阅,共取八人,钱小园第一,余在第五。午刻,途遇朱三妹。未、申刻,在关庙观锦新班戏。

**二十九(6月21日)** 雨,夜更大。未、申、酉刻,观锦新班戏。

## 五　月

**一日(6月22日)** 上昼雨。午、未、申刻,观锦新班戏。

**二日(6月23日)** 未、申刻,雨,大雷电。抄《明诗》四十首。

**三日(6月24日)** 抄《明诗》六十一首。

**四日(6月25日)** 雨,夜更大。是日在钱宅文会,同社钱小园等十四人。"如有所立"三句。戌刻,借莲舟《曝书亭集》《重订唐诗别裁》两部。

**五日(6月26日)** 阅《扬州画舫录》。李斗著。

**六日(6月27日)** 夜雨。抄《明诗》六十七首。申刻,陈板桥以王述庵《湖海诗传》见借。

**七日(6月28日)** 大东南风。抄《唐诗》三十九首。

**八日(6月29日)** 热,日晡微雨,有雷。抄《唐诗》四十三首。

**九日(6月30日)** 日晡雷雨。

**十日(7月1日)** 热。

**十一(7月2日)** 大热。午后有雷。辰、巳、午刻,附航船至平湖,领廪粮,访万雨堂昆仲。酉刻回家。

**十二(7月3日)** 大热。夜半大雷雨。抄《唐诗》廿八首。午刻,见上次步青集会卷。高复斋所阅,独取棣山昆仲。

**十三(7月4日)** 热。日晡大雷电,雨。抄《唐诗》四十六首。

巳刻，费春林覆书来，并示所撰《诗经》试帖。

**十四(7月5日)** 抄《唐诗》五十首。未刻，钱棣山赠笔六管。

**十五(7月6日)** 黄昏大雨。抄《唐诗》七十五首。

**十六(7月7日)** 夜大雨。

**十七(7月8日)** 黄昏小雨，有雷。抄《湖海诗》五十八首。

**十八(7月9日)** 巳刻，至陈板桥宅文会，同社高涧石模等十五人。“主忠信徙义崇德也”。戌刻，借板桥《宋诗百一钞》《金》《元诗选》三种。

**十九(7月10日)** 抄《湖海诗》三十六首。

**二十(7月11日)** 抄《湖海诗》廿五首。

**二十一(7月12日)** 大热。辰刻，林雪岩书来，附寄怀诗一绝。观书中言，始知日前所寄两书并诗七首，皆未收览，不知遗在何处。巳刻，即草一书覆雪岩，重录诗七首奉寄。

**二十二(7月13日)** 日晡大雷雨。抄《湖海诗》四十八首。

**二十三(7月14日)** 日晡大雷雨。抄《湖海诗》四十三首。申刻，还钱莲舟《重订唐诗别裁》一部。

**二十四(7月15日)** 雨。抄《湖海诗》四十六首。

**二十五(7月16日)** 抄《湖海诗》四十首。

**二十六(7月17日)** 日晡雷电，雨。抄杂诗三十五首。

**二十七(7月18日)** 日晡雷电，雨。抄杂诗四十三首。

**二十八(7月19日)** 雨。抄杂诗廿四首。

**二十九(7月20日)** 午前雨。

**三十(7月21日)** 抄《元诗》四十四首。巳刻，到钱小园处。

## 六　月

**一日(7月22日)** 热。夜半雨。抄《元诗》五十二首。

**二日(7月23日)** 大热。未刻大雷雨。抄《元诗》廿六首，《金诗》廿七首。

**三日(7月24日)** 抄《金诗》七十二首。

**四日(7月25日)** 抄《宋诗》四十六首。

**五日(7月26日)** 午刻大雷电,雨。抄《宋诗》七十三首。

**六日(7月27日)** 阅钱越江《保素堂稿》,摘抄四六佳句。

**七日(7月28日)** 抄朱竹垞诗四十二首。

**八日(7月29日)** 热。下午雷电不止。

**九日(7月30日)** 抄朱竹垞、钱越江诗三十首。

**十日(7月31日)** 热。未刻,见上次步青集会卷。钱讷庵所阅共取九人,高涧石第一,余竟不取。

**十一(8月1日)** 热。作"默而识之"三句文。

**十二(8月2日)** 热。作"不怨天"四句文。

**十三(8月3日)** 热。作"兴于诗"三句文。

**十四(8月4日)** 作"视其所以"三句文。是夜闻项虞俎廷梡卒。

**十五(8月5日)**

**十六(8月6日)**

**十七(8月7日)** 作"樊迟问仁"一节文。

**十八(8月8日)** 夜大热。辰刻,赴钱小园处文会,同社俞兰坪嗣烈、顾蔗香等十七人。"回也其心三月"一节。是日,与高挹琴约定秋试同寓。

**十九(8月9日)** 热。卯刻,还陈板桥《湖海诗传》《宋诗百一钞》《金》《元诗选》四种。巳刻,以近作五篇就正叶少翁先生

**二十(8月10日)** 热。作"无适也"三句文。酉刻,少翁先生缴文五首。

**二十一(8月11日)** 作"知者不惑"三句文。

**二十二(8月12日)** 作"夫子之文章"一节文。

**二十三(8月13日)** 作"行夏之时"三句文。未刻,以近作四篇托钱莲舟评议。

**二十四(8月14日)**

**二十五(8月15日)** 午后,肌肤微热,渐觉头痛足酸,入夜更剧。

**二十六(8月16日)**

**二十七(8月17日)** 作"君子义以为质"四句文。午后,身上大热。

**二十八(8月18日)**

**二十九(8月19日)** 热。辰刻,钱莲舟缴文四首。巳、午、未、申、酉刻,身上大寒,热较上两次殆加十倍。

**三十(8月20日)** 热。卯刻,见上次步青集会卷。高益庵所阅,共取六人,张梦樵第一余在第六。巳、午刻,作"君赐食"一节文。作文时身子疲软,手足几无所倚。

## 七　月

**一日(8月21日)** 热。是日不寒而大热,恶气上升,懵然不省人事。

**二日(8月22日)** 热。

**三日(8月23日)** 热。

**四日(8月24日)** 热。未刻,徐问亭来,知浙江正考官王公鼎,副考官伍公长华。是日始祷雨。

**五日(8月25日)** 大热。作"曾子曰唯"合下一节文。

**六日(8月26日)** 大热。

**七日(8月27日)** 大热。作"知之为知之"三句文。

**八日(8月28日)** 大热。辰刻,以近作四篇就正叶少翁先生。

**九日(8月29日)** 大热。作"多闻择其善者"三句文。酉刻,少翁先生缴文四首。

**十日(8月30日)** 大热。午刻闻雷一声。作"知者动"四句文。

**十一(8月31日)** 作"夏后氏以松"三句文。

**十二(9月1日)** 作"民何使由之"一节文。

**十三(9月2日)** 大热。作"质胜文则野"一节文。原本先大父作,略为充足之。巳刻,仁寿堂馈火肉一蹄。

**十四(9月3日)** 热。作"惟仁者能好人"一节文。

**十五(9月4日)** 热。作"南人有言曰"一节文。午刻,金秋圃寄赠番银一枚。

**十六(9月5日)** 大热。作"人之过也"一节文。是日关壮缪、霍博陆诸神皆请出祷雨。

**十七(9月6日)** 夜大东南风。作"父为子隐"三句文。是日,齐仲有疾。

**十八(9月7日)** 大热。作"仁者安仁"二句文。午刻,以近作十篇就正少翁先生。

**十九(9月8日)** 大热。

**二十(9月9日)** 更热。

**二十一(9月10日)** 大热。午刻,少翁先生缴文十首。昔人言大热不过三,即有甚者或五日或七日,今岁自芒种以来,日日炎歊,仿佛陆浑山火。大旱已及五旬,农夫涕泣,商贾忧劳,安得上叩天阍,决银河而泻也。

**二十二(9月11日)** 大热。

**二十三(9月12日)** 恶热。申刻,寄高挹琴书。

**二十四(9月13日)** 恶热。

**二十五(9月14日)** 略阴。

**二十六(9月15日)** 热。

**二十七(9月16日)** 辰刻,同钱棣山登舟。是夜,拔船过嘉兴。

**二十八(9月17日)** 夜大热,有雷无雨。酉刻,舟次石门,河水已涸,咫尺不能进。

**二十九(9月18日)** 大热。卯刻,河水稍长,由石门一路拔船出大麻塘。是夜,泊于黄庄。

## 八　月

**一日(9月19日)**　忽凉。夜得雨。巳刻到省。申刻,同高涧石定寓于马王庙。是日,知庚午旧馆人陆在渊卒。余最知己也,深为痛惜。

**二日(9月20日)**　卯刻,访徐朗斋。辰刻,访费春林、谢月波、俞丹岩。巳刻,访顾蕉圃。申刻,林雪岩来访。言前日有两书寄余,并未收讫。酉刻,钱邻竹邀至其寓,留夜膳。

**三日(9月21日)**　巳刻,访柯小坡、钱丰山。午刻,访沈萍湘。申刻,谒苏文忠公祠。是夜,身上大热,继以清泻。

**四日(9月22日)**　辰该,访钟元甫。午刻,周晓山、俞丹岩、费春林来访,不遇。未刻,高挹琴、黄芝山、柯春塘、顾蔗香、顾秋堂来同寓。酉刻,请蔗香诊脉开方。是日痢疾大发。

**五日(9月23日)**　卯刻,钟元甫答访,以《秋湖载月图》属题。辰刻,沈鹤沙、柯小坡来会。是日痢疾忽止,仍服药一剂。

**六日(9月24日)**　辰刻,至德生庵,始晤海盐萧雨香。申刻,作五律一首赠雨香。

**七日(9月25日)**　夜雨。

**八日(9月26日)**　雨。午刻入场,坐西称三十九号。

**九日(9月27日)**　卯刻出题。首:“昔者偃也”一节;次:“载华岳而不重”二句;三:“昏暮叩人”至“使有菽粟如水火”;诗:“圆台水镜”得“圆”字。

**十日(9月28日)**　热。辰刻出场。是日目疾更甚。请顾蔗香开方,又以莫三房眼药敷之。

**十一(9月29日)**　午后大雨。巳刻,入场坐东推四十六号,与何菘溪、钱西溪裕昌、秀水庄鄂五梧鸣、嘉善曹啸园荃同号。是日,目疾顿瘳。

**十二(9月30日)**　夜大冷。卯刻,出经题。《易》:“为苍筤竹”二句;《书》:“五服五章哉”;《诗》:“虎拜稽首”二句,《春秋》:“公会齐侯于夹谷”定公十年;《礼》:“则同度量”四句。

**十三(10月1日)**　辰刻出场,钟元甫来会。

**十四(10月2日)**　巳刻入场,坐西效十七号,与刘竹桥、沈香槎、钱塘孙茶云、□□□南岫同号。

**十五(10月3日)**　亥刻月食。辰刻,出策题。经学、史学、历代御制、性理、蠲复。

**十六(10月4日)**　卯刻出场。巳刻,题钟元甫《秋湖载月图》。五古。午、未刻,偕黄芝山、柯春塘游大佛寺,谒岳王墓,过花神庙,访六一泉,诣圣因寺,入照胆台。余与柯春塘祈关圣签,余得八十七,春塘得九十八。唐秋溥来访,不遇。

**十七(10月5日)**　是日,偕周晓山、谢月波游灵隐寺,坐冷泉亭,观飞来峰,上彂光径。于吕祖前祈签句云:"退则有益,进则有损。"过鱼篮寺,游金沙港,沿苏堤而归。顾蕉圃答访,不遇。

**十八(10月6日)**　辰刻,钱丰山、沈鹤沙来会。巳刻,同寓六人先回去。酉刻,迁行李于钱氏寓,遇武康陈蕉雪。正身。

**十九(10月7日)**　午后小雨。辰刻,游宝极观。巳刻,至贡院前购诗文十余种。申刻,登保俶山,过何旭卿书室。名越晴,仁和县何公太青子。

**二十(10月8日)**　小雨。巳、午刻,同钱莲舟、棣山诣金华将军庙,游城隍山,回至涌金门,谒柳州二贤祠。祠先贤仲子端木子。

**二十一(10月9日)**　昼夜大雨。未刻,湖上观洗马。

**二十二(10月10日)**　夜雨。

**二十三(10月11日)**　昼夜大雨。

**二十四(10月12日)**　雨。辰刻,遇归安吴半峰汝雯。

**二十五(10月13日)**　午刻,何旭卿题《读红楼梦图》。七绝。

**二十六(10月14日)**　辰刻,遇归安沈笑山蓉镜。

**二十七(10月15日)**

**二十八(10月16日)**　夜大雨。同方丈桂岩、屈梅隐、钱莲舟、棣山登舟。

二十九(10 月 17 日)　昼夜大雨。

三十(10 月 18 日)　昼夜雨。酉刻回家。是日,家君至嘉兴请吴浩然先生治病。近起嗝症。

## 九　月

一日(10 月 19 日)　雨夜。亥刻,家君自嘉兴归。吴浩然言此然轻症,殊难奏效。

二日(10 月 20 日)

三日(10 月 21 日)　巳刻,内弟金秋圃来。言其姊八月十六归宁,即抱微疴,二十后渐渐见重,饮食少进。

四日(10 月 22 日)　作《洗马行》。七古。

五日(10 月 23 日)　戌刻,四弟自新溪归。传岳母口信,语之狂悖,全无情理。

六日(10 月 24 日)

七日(10 月 25 日)

八日(10 月 26 日)　午后雨。

九日(10 月 27 日)　抄试帖三十四首。

十日(10 月 28 日)　午刻,徐梅村宅婚宴。

十一(10 月 29 日)　巳、午刻,为徐宅陪娶,至秀平桥杜宅。

十二(10 月 30 日)　卯刻,秋闱报罢。平湖独中张湘任。

十三(10 月 31 日)　卯刻,寄钱邻竹、万蕉园书。辰刻,见乡榜全录。解元会稽王文澜、嘉善唐潮、秀水庄梧鸣俱获隽。

十四(11 月 1 日)　午刻,寄刘心葭、朱云泉书。

十五(11 月 2 日)

十六(11 月 3 日)

十七(11 月 4 日)　卯刻,万蕉园覆书来。

十八(11 月 5 日)

十九(11 月 6 日)

**二十(11月7日)** 抄试帖三十七首。

**二十一(11月8日)** 抄试帖三十六首。

**二十二(11月9日)** 抄试帖三十一首,赋二首。

**二十三(11月10日)** 是日为家君摄馆于竹楼叔宅。辰刻,寄费春林、顾望山书。

**二十四(11月11日)** 午刻,赴徐宅会亲酒,同宴钱心园等二十余人。

**二十五(11月12日)** 午刻,阅邸报。知七月间古北口一带大遭水厄,南方苦旱,北方苦水,天道不均如此。

**二十六(11月13日)** 巳刻,寄高益庵书。午刻,作《下第》诗二首。七律。

**二十七(11月14日)**

**二十八(11月15日)**

**二十九(11月16日)**

**三十(11月17日)** 酉刻,知平湖荐卷九人。柯汝霖、钟龢、孙天锡、徐士兰、廖虁梅、钱攀龙、徐乃琯、陆榕、钱伦源。

## 十 月

**一日(11月18日)** 巳刻,吊家长民宅丧。是日,知汪公守和为浙江学政。

**二日(11月19日)** 申刻,作万寿对一联。

**三日(11月20日)** 是日,镇上始张万寿灯。

**四日(11月21日)**

**五日(11月22日)**

**六日(11月23日)**

**七日(11月24日)**

**八日(11月25日)**

**九日(11月26日)** 是日始收灯。共张七日,余心事忧劳,一不寓目。

**十日(11月27日)** 大西北风,始寒。

**十一(11月28日)**

**十二(11月29日)** 巳刻,嘉兴左维恭至徐梅村宅家君亦请其治病。言□□□□热□致。

**十三(11月30日)** 巳刻,领到乡试落卷,第十二房评:笔颇娟秀,尚少精实。

**十四(12月1日)** 微雨。巳、午刻,为家君祷祭关圣庙、杨公庙、威灵伯庙。

**十五(12月2日)** 酉刻,觅俞古水,托以要事。亥刻,家遭回禄,焚柴室一间。

**十六(12月3日)** 酉刻,寄金秋圃书。

**十七(12月4日)** 是日家君始卧床不起。

**十八(12月5日)** 酉刻,家君下气始通。不解已二十三日,今日始通,亦为一快,然精力益疲矣。

**十九(12月6日)** 卯刻,诣关庙,焚香,为家君祈得六十三签。后二句云:"欲识生前君大数,前三三与后三三。"辰刻,招叶芦滨来,嘱以密事。巳刻,请陆疏明来诊脉。

**二十(12月7日)** 大西北风。是日,家君言语甚烦。

**二十一(12月8日)** 有雪。是日家君语更烦琐,号令百出,莫测端倪。

**二十二(12月9日)** 小雨。

**二十三(12月10日)** 小雨。是日家君神气益衰。亥刻,唤舟子至新溪载四弟及内子。

**二十四(12月11日)** 是日家君语言渐无伦次。酉刻,四弟归,内子亦有疾不能动身。是夜合家不眠。

**二十五(12月12日)** 夜雨。巳刻,诣元真观拜谢火神。是夜合家仍不眠。

**二十六(12月13日)** 夜雨。是日家君渐不能言。夜仍不寐。

**二十七(12 月 14 日)** 戌刻,家君去世。

**二十八(12 月 15 日)** 辰刻,遣人各处报丧。请竹楼叔、钱心园、吴墨乡、叶芦滨助理丧务。酉刻,内子归。

**二十九(12 月 16 日)** 戌刻,柩到。是日镇上写分,约计钱五十千。

## 十一月

**一日(12 月 17 日)** 申刻入木。

**二日(12 月 18 日)** 小雨。是日受吊。来吊者一百余号。

**三日(12 月 19 日)** 大西北风。卯刻,发陆芸轩书,托其赴学报丁忧。

**四日(12 月 20 日)** 申刻,寄费春林书。

**五日(12 月 21 日)** 寒。

**六日(12 月 22 日)** 巳刻,赠许宅婚仪。午刻,寄万蕉园书。

**七日(12 月 23 日)** 巳刻,赠张、马两宅婚仪。午刻,门人周笑山来吊。代香一洋。

**八日(12 月 24 日)** 巳刻,赠方泗亭巡检箴祝敬。

**九日(12 月 25 日)** 是日漆柩。戌刻迎煞。

**十日(12 月 26 日)** 下昼雨。巳刻,寄刘心葭书。

**十一(12 月 27 日)** 雨。午刻,寄陆兰堂书。

**十二(12 月 28 日)**

**十三(12 月 29 日)**

**十四(12 月 30 日)**

**十五(12 月 31 日)** 是日复摄馆于竹楼叔宅。酉刻雨,寻俞古水不遇。

**十六(1820 年 1 月 1 日)** 午刻,送魏宅冥资。

**十七(1 月 2 日)**

**十八(1 月 3 日)** 雨,夜大西北风。

**十九(1 月 4 日)** 寒。申刻,刘心葭覆书来。

**二十(1月5日)** 大寒。

**二十一(1月6日)** 大寒。巳、午刻,附馓船至平湖,访钱邻竹,遭其白眼。未刻,候高益庵,兼吊春荪先生丧。申刻,候万蕉园。酉刻,益庵留夜膳。是夜宿于清吟堂。

**二十二(1月7日)** 寒。巳刻,候方子春,留朝膳。午刻,万蕉园邀饮松茂馆。申、酉、戌刻,附馓船回家。

**二十三(1月8日)** 寒。午刻,寄陆沅香书。闻沅香前日归自都中。

**二十四(1月9日)** 是日徐梅村卒。

**二十五(1月10日)** 巳刻,至徐宅慰唁。

**二十六(1月11日)**

**二十七(1月12日)** 大寒。巳刻,吊埭圩徐宅丧。

**二十八(1月13日)** 午刻,阅邸抄。上于十月二十日御太和殿,为武殿试传胪,乃胪唱时状元徐开业、探花梅万青均未到班,事关典礼,不同寻常失误,徐开业革去状元,梅万青革去探花,即以榜眼秦钟英补一甲一名。

**二十九(1月14日)** 巳刻,见张文石廷柱京信一函。内言十月中皇上六旬万寿,外国贡使充溢殿廷,阿盐台进玉假山一座,上刻罗汉五百尊,□皇像一,其费均五百余万。

**三十(1月15日)**

## 十二月

**一日(1月16日)** 巳刻,有大恚。是日,欲以先君卧房易应飞柴室,此先君临终时所面议者,而应飞竟负约不从。人情险于太行,于此益信。

**二日(1月17日)** 巳刻,龚配京借《皇朝武功纪盛》一部。

**三日(1月18日)**

**四日(1月19日)**

**五日(1月20日)** 午后微雪。

**六日(1月21日)** 寒。未刻,收杨氏租米六石二斗。

**七日(1月22日)**　大寒。

**八日(1月23日)**　巳刻,吊周宅丧,送陈宅冥资。

**九日(1月24日)**　巳刻,吊马宅丧。

**十日(1月25日)**

**十一(1月26日)**　寒。巳刻,高益庵来吊。戌刻,仁寿堂招陪益庵小饮,益庵醉甚,大放厥辞。

**十二(1月27日)**　寒。

**十三(1月28日)**　寒。

**十四(1月29日)**　巳刻,吊张宅丧。

**十五(1月30日)**　巳刻,吊李、张两宅丧。

**十六(1月31日)**

**十七(2月1日)**

**十八(2月2日)**　雨。巳刻,拜谢方泗亭巡宰。是日分谢丧帖共一百十家。

**十九(2月3日)**

**二十(2月4日)**

**二十一(2月5日)**

**二十二(2月6日)**　大西北风。是日解馆。

**二十三(2月7日)**　还各家店账。

**二十四(2月8日)**

**二十五(2月9日)**　未、申刻,与徐兰江珠畅谈。

**二十六(2月10日)**　雨。申刻,竹楼叔赠春酒两坛、盐鱼两尾。

**二十七(2月11日)**　雨。是日腹痛。

**二十八(2月12日)**　大暖。

**二十九(2月13日)**　巳刻,马道士馈鲜肉四斤。

# 平湖黄鹤楼先生手稿[①]

## 听鹂馆日志

**传见《嘉兴府》许志“文苑”。**

黄金台，字鹤楼，岁贡生。绮岁才名噪甚，尝从武康徐熊飞游，与之上下其议论，故所作诗文皆有法度，文体宗徐、庾，而兼通百家，江南北士夫之有著撰者，弁首文金台手笔居多。好交游，绘《扁舟访友图》，名流题咏。咸丰丁巳，临川李联琇廷尉督学江苏，延入幕，爰遍历江淮诸郡，登焦山，与诸名士宴集，振衣千仞，俯临大江，作文以纪壮游。生平廉洁自守，刚肠嫉恶，虽面刺人过失不讳，遇流俗不妄交一言，而后进有片长，辄乐为延誉。辛酉，平湖再陷，忧愤成疾，卒刊有《木鸡书屋骈文集》三十卷、《诗集》六卷、《左国闲吟》一卷，又有《今文惬》《盛藻集》未刊。

此《听鹂馆日志》，为吾湖黄鹤楼金台先生手稿，前后原装十二册，与府志经籍著录同。起嘉庆庚辰先生年三十二，迄咸丰戊午年七十，中缺道光戊戌、己亥、庚子年五十至五十二及甲辰、乙巳、丙午年五十六至五十八，凡六年，当是许志修纂时已不存在，否则册数应不止此。考先生所著《木鸡书屋诗文集》，《清史稿》已著录，此《听鹂馆日志》彭志时时引及，而经籍门独遗漏。府志所载特详，十二册中有题《木鸡书屋志》者十二年，有题《九孙居志》《半袁老人志》各三年，后有《□胜居志》《美迟书室志》《便佳室志》《待燕庐志》，各一年一改题，而殿以

---

① 黄金台日记稿本第一册与第二册在上海图书馆分开收藏，第二册卷首录有黄金台小传，以及 1938 年孙振麟题识，今作为附录，仍置此处。

《算亥居志》,时先生年政七十矣。溯首册始于嘉庆庚辰,初名《鹂声馆日志》。厥后馆额更署听鹂,先生之子棠衫孝廉总编遗稿,即以馆名名此书。许雪门太守创修府志,稿呈志局,名称始定。吾邑在嘉道时,人才之盛,不让于雍乾,即科第而论,以鼎甲起家而掌文衡称宗匠者,每岁每科必联镳并起,观识中所述,非与先生相过从,即与先生相唱和,其学殖之淹贯,文辞之彪炳,有自来也。其他风俗之厚薄,人情之冷暖,物价之低昂,综计三十余年,罔不殚述。其有关一代之文献或一家之搜藏,而为前人未及称述者,则据所闻所见一一笔之于书,使后之人有所考核,则当与钱警石之《曝书日志》、李莼客之《越缦堂日记》并传。余得此稿,幸在去年浩劫之前,新仓未遭兵燹,然经咸丰庚申、辛酉之难,若非先生之后嗣什袭藏之,或早与绛云楼同烬,今将蠹蚀处悉心补缀,又复买线衬之,装成三十三册,爰喜而书此。

二十七年戊寅秋分,孙振麟识于雪映庐。

# 嘉庆二十五年庚辰(1820),三十二岁

## 鹂声馆日志

### 正　月

**一日(2月14日)**　夜大东北风。

**二日(2月15日)**　雨,夜愈大。

**三日(2月16日)**　夜大雪。

**四日(2月17日)**　寒。

**五日(2月18日)**　寒。未、申、酉刻,与龚配京谈史。

**六日(2月19日)**

**七日(2月20日)**　昼夜大雨。

**八日(2月21日)**　夜大风雨。

**九日(2月22日)**　未、申刻,与周丈涤烦谈于陆敦仁宅。

**十日(2月23日)**　大西北风。未、申、酉刻,与龚配京畅论世务。

**十一(2月24日)**　大西北风。辰刻,率长男齐仲登舟。午刻,至新溪金宅拜节。

**十二(2月25日)**　始晴。辰、巳刻,新溪镇上拜节。午刻,周晓山留饮。晓山次子佇元,年十三,熟于盲《左》,兼通《汉书》,议论风生,洵属后生可畏。酉刻,陆兰堂招饮,同席张月泉、李云帆等七人。亥刻散席。

**十三(2月26日)**　辰刻,顾望山、张月泉、周晓山答拜。巳刻,韩岐仁、李云帆皆招宴。午刻,赴云帆宴,同席陆兰堂、张月泉等七

人。戌刻,陆心斋招饮,同席曹澄鉴等十余人。是日,兰堂言去冬荐余于金山阮宅,成有日矣。嗣因方子春强荐陶静山,事遂中止。

**十四(2月27日)** 巳刻,拜候陆沅香,兼赠赙仪,不遇。午刻,周偶斋答拜。未、申刻,与姚半帆谈诗。

**十五(2月28日)** 辰刻,与费春林札。语带愤怒。巳刻,俞吟秋答拜。未、申刻,同周晓山闲步。

**十六(2月29日)** 巳刻,遇门人王秋江。午刻,金秋圃招同李云帆、陆湘涛等十余人陪新客彭映山,韩岐仁婿。宴于听松书屋。

**十七(3月1日)** 午刻,顾望山招宴,同饮吕耘芝、王心田等十余人。戌刻散席。是日陆沅香答拜,即辞行,予适赴饮,不遇。睽别十年,竟悭一晤,谅亦有数存其间耶。

**十八(3月2日)** 巳刻,辞别周晓山。午刻,谈珩甫饯行于时和馆。申刻,辞别张月泉。

**十九(3月3日)** 午、未刻,有暴雨。未刻,率齐仲回家。

**二十(3月4日)** 巳刻,至陆敦仁处。敦仁为余言,叶芦滨为其子书城卜师于关庙。卜余及徐芗泉、姚藜阁、张屋山四人,惟芗泉独吉,今已受业矣。

**二十一(3月5日)** 阅《留青全集》。

**二十二(3月6日)** 巳刻,阅邸报。知去冬文颖馆不戒于火,大学士曹振镛等俱交部议处。

**二十三(3月7日)** 未、申刻,与龚配京戏讲笑话。

**二十四(3月8日)**

**二十五(3月9日)**

**二十六(3月10日)** 辰刻,至竹楼叔宅开馆。本宅子侄二人外,附张、马、周三姓及余子齐仲,共六徒。午刻,竹楼叔设宴,同席陆敦仁、金振声等七人。戌刻始散。是夜,梦见云中万树,五色陆离,真奇观也。

**二十七(3月11日)**

**二十八(3月12日)**

**二十九(3月13日)**

## 二 月

**一日(3月14日)**

**二日(3月15日)** 夜大雨。

**三日(3月16日)** 雨。

**四日(3月17日)** 午刻,赴王古愚宅文昌社酒,同宴叶少翁等十余人。戌刻散席。

**五日(3月18日)** 抄试帖二十首,赋四首。

**六日(3月19日)** 抄杂诗廿三首。

**七日(3月20日)** 午刻急雨。

**八日(3月21日)** 辰刻大雨。

**九日(3月22日)**

**十日(3月23日)**

**十一(3月24日)** 是日齐仲完四子书。

**十二(3月25日)** 齐仲开读《书经》。

**十三(3月26日)** 夜小雨。

**十四(3月27日)** 午刻,家秋渔兄招宴,同饮陆愚轩、叶少翁等十余人。酉刻散席。

**十五(3月28日)** 巳刻,阅邸抄。见御史张圣榆奏请修武备、除盗贼、理狱讼一疏。午刻,改家蚁亭课本。"学则不固"。

**十六(3月29日)** 酉刻,龚配京还《武功纪盛》一部。

**十七(3月30日)** 雨。丑刻月食。辰刻,借龚配京《两晋南北史纂》一部。十二本。

**十八(3月31日)** 阅晋史。

**十九(4月1日)** 阅宋、齐史。午刻,改蚁亭文。"不图为乐"一句。

**二十(4月2日)** 大东南风,草木俱拔。是日,大怒齐仲。

**二十一(4月3日)** 辰刻,拜秋渔兄寿。酉刻,秋渔招宴,不赴。

是日,头晕目眩,胸大郁闷。

**二十二(4 月 4 日)** 大暖。阅梁、陈、隋史。

**二十三(4 月 5 日)** 夜雨。午、未刻,扫墓。

**二十四(4 月 6 日)** 雨。阅北魏史。

**二十五(4 月 7 日)** 阅北周、北齐史。

**二十六(4 月 8 日)**

**二十七(4 月 9 日)**

**二十八(4 月 10 日)**

**二十九(4 月 11 日)** 巳刻,改蚁亭文。“称其德也”。

**三十(4 月 12 日)** 申刻,金振声来会。是日,有足疾,步履艰难。

## 三 月

**一日(4 月 13 日)** 是日,内子率长女楚宝、次男晋芬至新溪。

**二日(4 月 14 日)** 雨。辰刻,至仁寿堂拜阴寿。是日,足疾稍减。

**三日(4 月 15 日)** 未刻,钱棣山来。言昨日县试题,首:“故君子以人治人”;次:“尊贤育才”二句;诗:“出答迁乔”得“莺”字。是日,有人传言刘心葭作无耻事,余不肯信。

**四日(4 月 16 日)** 巳刻,改蚁亭文。“女与回也孰愈”。

**五日(4 月 17 日)**

**六日(4 月 18 日)**

**七日(4 月 19 日)** 大雨。

**八日(4 月 20 日)**

**九日(4 月 21 日)** 未刻,改蚁亭文。“直哉史鱼”。

**十日(4 月 22 日)** 晚大雷雨。

**十一(4 月 23 日)** 夜雨。午刻,赵一鹤来吊。

**十二(4 月 24 日)**

**十三(4月25日)**

**十四(4月26日)** 夜大雷电,雨。

**十五(4月27日)**

**十六(4月28日)** 雨。辰刻,送张宅冥资。

**十七(4月29日)**

**十八(4月30日)**

**十九(5月1日)** 午后雨。未刻,改蚁亭文两首。"久而敬之","有父兄在"二句。

**二十(5月2日)** 夜雨。

**二十一(5月3日)** 是日,唇干舌燥,足疾又发。

**二十二(5月4日)** 巳刻,见县试正案。十名前:朱彬、郑树业、王春溥、周尔城、马应魁、程铭勋、高振锜、邵大木、沈镛、冯嘉穀。午刻,陈蕴和来会。

**二十三(5月5日)** 是日,足疮甚痛。

**二十四(5月6日)**

**二十五(5月7日)**

**二十六(5月8日)** 上昼大雨。

**二十七(5月9日)** 夜雨。

**二十八(5月10日)** 巳刻,阅邸报。知仲春上丁天子亲祭先师临雍讲学。酉刻,还龚配京《两晋南北史纂》一部。

**二十九(5月11日)** 小雨。午刻,改蚁亭文两篇。"君子之德风""女为君子儒"。

## 四　月

**一日(5月12日)** 夜雨。巳刻,金振声来会。

**二日(5月13日)** 午刻大雨。

**三日(5月14日)** 雨。

**四日(5月15日)** 雨,夜更大。

**五日(5月16日)** 日夜大雨。

**六日(5月17日)** 小雨。是日,张文石次子寄余馆中读书。未刻,闻马小渔宫音死。

**七日(5月18日)** 雨。申刻,钱棣山来。言府试题,首:"止于敬为人子";次:"讨论之";诗:"茶歌终了又田歌"得"歌"字。

**八日(5月19日)** 雨。巳刻,徐兰江借《缀白裘诗》一卷。午刻,招钱心园等十人会酌。

**九日(5月20日)** 始晴。巳刻,徐兰江又借诗稿一卷。

**十日(5月21日)**

**十一(5月22日)** 天气始正。巳、午、未刻,咏《牛辅文侯墓》七古、《褚仆射祠》七律。

**十二(5月23日)** 夜微雨。巳、午刻,咏《小青别墅》七律四首、《张伯雨墓》五律一首。

**十三(5月24日)** 下午雨。巳、午刻,咏《照胆台汉寿亭侯玉印》七古。

**十四(5月25日)** 夜大雨。巳刻,咏《望湖楼》七绝,《花神庙》,七绝。《伍大夫祠》。五律。午刻,改蚁亭文二篇。"温故而知新""自孔氏"。

**十五(5月26日)** 雨。辰、巳、午、未刻,咏《文丞相祠》。五排二十八韵。

**十六(5月27日)** 小雨。巳、午刻,咏《净慈寺道济僧像》。七古。

**十七(5月28日)** 午刻大雨。巳、午、未刻,咏《洪忠宣公祠》。柏梁体。

**十八(5月29日)** 未刻,赠徐兰江《小蓬山馆吟草》。酉刻,知平湖陆沅同捷礼闱。

**十九(5月30日)** 未、申刻,观集玉班戏于博陆庙,晤姚梅江。名柟,金山廪生。

**二十(5月31日)**　午、未、申刻,观三庆班戏于东石桥。

**二十一(6月1日)**　夜雨,未、申、酉刻,观集玉班戏。

**二十二(6月2日)**　辰、巳、午刻,咏《苏文忠公祠》。五排三十韵。

**二十三(6月3日)**　辰、巳、午刻,咏《范忠贞公祠》。七古。未刻见府试正案。十名前:程铭勋、陶景袆、施汝弼、陆邦杰、朱彬、卜葆酚、谢廷枢、邵大木、贾汉、冯嘉穀。

**二十四(6月4日)**　辰、巳刻,咏《灵隐》至《弢光》。未刻,改蚁亭文。“畏圣人之言”。

**二十五(6月5日)**　酉刻,徐兰江还诗稿两卷。

**二十六(6月6日)**　热。酉刻,借徐兰江《说铃》一部。戌刻,阅王敬哉《冬夜笺记》、王阮亭《陇蜀余闻》《分甘余话》。

**二十七(6月7日)**　辰、巳、午、未刻,作《桃花曲》。七古,志松江旧事也。申、酉、戌、亥刻,阅李子静《安南杂记》、周蓉湖《游雁荡山记》、宋牧仲《筠廊偶笔》、方渭仁《封长白山记》、张立庵《使琉球纪略》。

**二十八(6月8日)**　热。阅高澹人金鳌《退食笔记》《天禄识余》《扈从西巡录》《塞北小抄》《松亭行记》,周栎园《闽小记》,许鹤沙《滇行纪程》,闵鹤瞿《粤述》,陆武园《粤西游记》,陈子重《滇黔纪游》。戌刻,竹楼叔招饮,同席叶少翁、俞广桢。

**二十九(6月9日)**　雨。阅顾宁人《京东考古录》《山东考古录》、李熙甫《守汴日志》记李自成三攻汴城事、林芝岷《台湾纪略》、李蓉洲《台湾杂记》、潘子登《安南纪游》、陆云士《峝溪纤志》。

**三十(6月10日)**　阅孔璧六《太山纪胜》、吴道贤《匡庐纪游》、黄远公《读史吟评》、吴园次《扬州鼓吹词序》、陆云士《湖壖杂志》《花村看行》《诗者谈往》。所谈皆崇祯年事,可为痛哭。

## 五　月

**一日(6月11日)**　辰、巳刻,题徐兰江《绿浦听歌图》。七古。

午,未、申、酉刻,阅余澹心《板桥杂记》、陈云瞻《簪云楼杂说》、虞虹升《天香楼偶得》、王肱枕《蚓庵琐语》。

**二日(6月12日)** 阅徐季方《见闻录》、徐滨溪《信征录》、吴宝崖《旷园杂志》、劳宜斋《瓯江逸志》、吴青坛《岭南杂记》。

**三日(6月13日)** 昼雷夜电。阅吕蓝衍《言鲭》,王敬哉《谈助》,熊青岳《迩语》,魏环溪《庸言》。

**四日(6月14日)** 阅东轩主人《述异记》、范螺山《画壁诗》,范忠贞公被难时所作诗、宋牧仲《筠廊二笔》、王阮亭《池北偶谈》、关青坛《读书质疑》。是日知平湖生员岁试题:“可使与宾客言也”;诗:“梅逐雨中黄”得“梅”字。童生院试题:“不如好之者”;次:“巡狩者巡所守也”;诗:“细葛含风软”得“含”字。

**五日(6月15日)** 辰刻,见岁试一等案及新进案。一等三十名:陈棫、陆锡诰、柯汝霖、徐金太、陆宗渭、高模、陆镕、吴濂、周鸿图、沈中、冯廷标、刘梦熊、顾夔臣、屈家荪、何寄生、高振铤、张儒润、刘东藩、陆荫槐、刘以焜、邵韩椿、高三祝、陆焕、钱士濂、屈为章、徐金诰、张太熙、杨源印、殳敦善、陈曰烈。新进二十五名:程铭勋、周尚经、朱彬、施汝弼、陆邦杰、朱虎、邵一飞、胡咸庆、刘宗祯、陶景祎、陆灏、殷锦、贾汉、屈家施、朱之隽、冯嘉縠、吴之俊、谢廷枢、夏梦熊、马应魁、邵韩檀、陆奎光、朱善旂、郑树业、卜葆翂。拨府三名:沈鼎新、汤铭、冯厢梧。

**六日(6月16日)** 午刻,阅邸报。上恭谒东陵后,亲临前明永乐陵酬奠,再宏治正德二陵一同奠醊,以示恩礼前朝至意。

**七日(6月17日)** 热。辰、巳刻,咏《云栖寺》七律二首,《林处士墓》七律一首。

**八日(6月18日)** 热。辰、巳刻,咏《武松墓》七古,题出《湖壖杂记》。申刻,邵虚斋来会。

**九日(6月19日)** 热。辰、巳刻,咏《东明寺》七律二首,《刘武穆坟》。七律一首。未、申刻,改蚁亭文三篇。“狂者进取”“不可以作巫医”“齐宣王见孟子于雪宫”。

**十日(6月20日)** 大雨。巳刻,咏《柳翠墓》。七律。

**十一(6月21日)** 雨。辰刻,借徐兰江《疑雨集》一部。

**十二(6月22日)** 大雨。午刻,竹楼叔招同叶少翁、俞古水、朱春华等六人叙饮。酉刻散席。

**十三(6月23日)** 雨。辰刻,俞古水借六家诗钞。午、未、申、酉刻,观紫云班戏于关庙。

**十四(6月24日)** 热。午、未、申、酉刻,观紫云班戏。

**十五(6月25日)** 热。观紫云班戏。

**十六(6月26日)** 热。是日齐仲开读《礼记》。午刻,作书寄许德水先生,并诗稿一卷请政。

**十七(6月27日)** 雨。抄《疑雨集》诗四十一首。

**十八(6月28日)** 抄《疑雨集》诗六十首。未刻,寄俞吟秋书。

**十九(6月29日)** 申刻,借徐宿生《樊榭山房诗集》一部。

**二十(6月30日)** 巳、午刻,抄厉太鸿诗廿一首。是日,闻徐辛庵补授翰林院编修。

**二十一(7月1日)** 戌刻,有急雨。酉刻,还徐宿生《樊榭山房诗集》。

**二十二(7月2日)** 午后有雷。酉刻,还徐兰江《疑雨集》。

**二十三(7月3日)** 热。辰刻,阅邸报。知黄河南岸又坏一百三十丈,吴璥革去太子少保衔。

**二十四(7月4日)** 热。咏《九老诗》。老儒、老农、老将、老僧、老渔、老医、老吏、老奴、老妾,皆七律。

**二十五(7月5日)** 热。未刻,改蚁亭文两篇。"于我如浮云""取瑟而歌"。酉刻,徐兰江题《读红楼梦图》。七绝六首。

**二十六(7月6日)** 热。巳刻,陆敦仁来会。

**二十七(7月7日)** 辰、巳、午刻,咏《蝶》五首。白蝶、红蝶、黄蝶、绿蝶、黑蝶,皆五律。酉刻,与俞古水札。戌刻,徐宿生来,以《南宋杂事诗》见借。

**二十八(7月8日)** 热。巳刻,阅邸报。知庆亲王薨。是日,闻陆笛村、陆芷江同点翰林院庶吉士。

**二十九(7月9日)** 大热。阅《南宋杂事诗》。

## 六 月

**一日(7月10日)** 大热。辰、巳、午刻,寄赠周童子一首。柏梁体。

**二日(7月11日)** 大热。

**三日(7月12日)** 辰、巳、午、未刻,作《杂感》七律十首。

**四日(7月13日)** 大热。

**五日(7月14日)** 大热。

**六日(7月15日)** 辰刻,徐兰江以荐馆事来说。荐余于徐洽宾处,已成议矣,二十左右即欲开馆。巳刻,即以馆事商诸竹楼叔。调停旧馆新馆之间,甚费苦心。

**七日(7月16日)** 辰、巳、午、未、申刻,题《吴梅村听女道士下玉京弹琴图》。四言长篇。

**八日(7月17日)** 未、申刻,在月桥观剧。酉刻,还徐宿生《南宋杂事诗》一部。

**九日(7月18日)** 是日祈雨即得雨。

**十日(7月19日)** 巳刻急雨。抄试帖三十首。是日,知浙江学政汪公守和丁内艰。

**十一(7月20日)** 热。抄试帖四十八首。

**十二(7月21日)** 大热。抄赋七首。

**十三(7月22日)** 大热。抄赋四首。

**十四(7月23日)** 大热。申刻,《寄怀陈白芬》。七律。

**十五(7月24日)** 大热。巳刻,改蚁亭文两篇。“齐人伐燕胜之”,“不如学也”。

**十六(7月25日)** 大热。辰刻,金振声贻蚕豆一斗。足抵漂母饭韩之德。巳刻,作《梁夫人歌》。

**十七(7月26日)**　大热。

**十八(7月27日)**　黄昏小雨,大雷霆。

**十九(7月28日)**　黄昏小雨。辰刻,咏《陆伯言故宅》。七律。

**二十(7月29日)**　大热。辰、巳刻,作《屠坟秋鸟行》。午刻,发许德水书。

**二十一(7月30日)**　大热。酉刻,有数万蜻蜓飞集屋后。是夜,齐仲身上发热。

**二十二(7月31日)**　大热。辰、巳、午刻,咏《白莲寺刘诚意读书处》。七古。

**二十三(8月1日)**　热。午刻,金振声招同陆敦仁、家秋渔小饮。

**二十四(8月2日)**　热。

**二十五(8月3日)**　热。辰刻,予与徐兰江皆有盛怒。徐洽宾处馆地早有成议,而芦川群不逞之徒旋生忌克,构造蜚言。洽宾庸人也,信为实然。兰江固争不可得,其事遂解。巳、午刻,作《竹亭篇》。竹亭系吴昌时废园。

**二十六(8月4日)**　热。

**二十七(8月5日)**　大热。辰、巳刻,咏《皂林驿徐中山王驻兵处》。七古。

**二十八(8月6日)**　黄昏电光闪烁,竟无雨点。申刻,阅邸报。兵部失去行印绵课等已审出实情,上命补铸其所用银两及铸造工费,松筠赔十分之七,裕恩赔十分之三。

**二十九(8月7日)**　热。辰、巳、午刻,咏《魏忠节公祠》。七古。未刻,改蚁亭文两篇。"事君数"二句,"臧文仲其窃位者与"。

**三十(8月8日)**　大热。是日背痛。

## 七　月

**一日(8月9日)**　大热。辰、巳刻,咏《沈侍郎绣野园》七律,《徐尚书可经堂》七律,《周履靖梅墟》七律。

**二日(8月10日)** 热。辰、巳刻,咏《齐景公庙》五律,《刘伶墓》小七古,《始皇美人庙》小七古。

**三日(8月11日)** 大热。辰、巳、午刻,附𦨭船至平湖,访万蕉园,遭其冷眼。访高益庵,留中膳。未刻,至宝芸堂,购《左绣》一部、《小謩觞馆全集》六本、《小仓山房外集》四本。价一千一百二十。申刻,候程伊斋、方子春。子春赠《小蓬山馆吟》二刻一卷,又以《岭南三大家选本》见借。是夜,宿于高氏之竹西楼。

**四日(8月12日)** 大热。辰刻,访俞芷衫,为其群婢所辱,大愤而出。巳刻,访陈白芬、徐朗斋,将访高警庵,适遇诸途。午、未、申、酉刻,在益庵处阅《烈皇小识》两册。专记思陵十七年中事。

**五日(8月13日)** 大热。辰刻,俞芷衫、徐朗斋答访。芷衫约余下次到城留寓其家。巳刻,告别益庵,见赠《新墨雅正》一部。午刻,复至万蕉园处,仍遭冷眼。未、申刻,附𦨭船回家。

**六日(8月14日)** 阅《小谟觞馆诗文集》。

**七日(8月15日)** 是日复祷雨。

**八日(8月16日)** 辰刻,至仁寿堂插香。巳、午刻,咏《赵忠定公故居》。五古。

**九日(8月17日)**

**十日(8月18日)** 辰、巳刻,咏《昭明读书馆》四言,《张循王祠》七古。是日知戴公联奎为浙江学政。

**十一(8月19日)** 辰、巳刻,咏《寄奴城》五律,《杏花楼》五古,《郑端简百可园》七律。

**十二(8月20日)** 巳刻,作《苦旱吟》。七古。

**十三(8月21日)** 辰、巳刻,咏《岳珂宅》七律一,《项襄毅墓》七律二。

**十四(8月22日)** 辰、巳刻,咏《杨宣慰妆楼》。七排二十韵。

**十五(8月23日)** 卯刻,小雨。申刻,大雷电,雨。

**十六(8月24日)**　申刻,大雨。

**十七(8月25日)**　辰、巳刻,《寄怀素珍女史》。七律四首。

**十八(8月26日)**　夜雨。辰、巳刻,咏《张魏公祠》。五古。

**十九(8月27日)**　辰刻,咏《胡总制祠》。七律二。午、未刻,改蚁亭文三篇。"能与人规矩""学也禄在其中矣""是故恶夫佞者"。酉刻,赠家广勤即蚁亭兄婚仪。

**二十(8月28日)**　辰、巳、午刻,附叶义盛舟至乍浦,候旧馆人陈朴园。朴园一见,即约定明年仍馆其家。申刻,访林雪岩,兼候许。友巢、德水。是日始知许思恬、沈丽天皆卒。

**二十一(8月29日)**　大东北风,夜更厉。辰刻,候朱云泉、刘绿岩。巳刻,候刘心葭、朱蕴圃。申刻,陈云巢赠《吴会英才集》及钱雨香《蒨霞轩诗稿》。戌、亥刻,阅《靖逆记》。记癸酉冬平林清李文成事,共六卷,兰簃外史著。

**二十二(8月30日)**　大东北风。午、未、申、酉刻,翻阅《知不足斋丛书》。

**二十三(8月31日)**　夜大雨。辰刻,朱蕴圃答访。巳刻,游天后宫,午刻,刘绿岩招同陈愚泉饮于铜局巷。未刻,观如意班戏于小教场,遇雨而返。

**二十四(9月1日)**　雨。辰刻,赴刘心葭招。午、未、申刻,同顾篆香饮于心葭宅。

**二十五(9月2日)**　辰刻,访刘竹史。午刻,竹史邀同陈愚泉小酌。未、申刻,偕陈逸舟等观四美班戏于木场。是日,有痢疾,服药即愈。

**二十六(9月3日)**　巳刻,刘竹史答访。申刻,竹史复邀小酌。酉刻,林雪岩还诗稿一卷,细加评点。五月中曾以诗稿寄请许德水评骘,德水谦让不遑,今托雪岩点定之。

**二十七(9月4日)**　巳、午、未刻,偕朱云泉在潮圣庙观如意玉戏。是日皆演采戏。申刻,云泉邀至德顺馆小酌。戌刻,观盂兰盆会。

**二十八(9月5日)** 卯刻,告辞陈宅,出北门,附舟至平湖。辰刻,至宝芸堂买《靖逆记》及《琅嬛仙馆诗集》。钱二百。巳刻。候程伊斋。未、申、酉刻,附儎船回家。

**二十九(9月6日)** 午刻,尚德堂招婚宴,不赴。

## 八 月

**一日(9月7日)** 午后雨。阅《吴会英才集》。

**二日(9月8日)**

**三日(9月9日)** 未刻,金振声招饮

**四日(9月10日)** 夜雨。巳刻,吴少杉来访。酉刻,赠叶宅婚仪。是夜,叶少翁先生卒。

**五日(9月11日)** 晓雨。巳刻,至叶宅吊唁。午刻,赴尚德堂会亲酒。

**六日(9月12日)**

**七日(9月13日)** 午刻,与徐兰江小饮。

**八日(9月14日)** 晓雨。

**九日(9月15日)** 雨。辰、巳刻,咏《曝书亭》。五律四首。午刻,寄金秋圃书。

**十日(9月16日)** 辰、巳刻,《挽叶少翁先生》。七律四首。

**十一(9月17日)**

**十二(9月18日)** 辰、巳、午、未、申刻,《题闺秀陈云贞寄外书后》。七古长篇。戌刻,□七月二十五日帝崩于滦阳。

**十三(9月19日)** 是日大怒齐仲,挞之不止。以其向所读书十忘八九也。

**十四(9月20日)** 戌刻,俞吟秋答书来。

**十五(9月21日)** 辰刻,还徐兰江《说铃》一部。巳刻,张文石来会。申刻,方泗亭巡宰分素帖来邀,哭临于元真观。

**十六(9月22日)** 辰刻,请陈东坪治齐仲疾。齐仲自初十后每夜

身热，昼则依然无恙。

**十七(9月23日)** 辰、巳、午刻，作《緪额词》。七绝十首，谚所谓开面也。

**十八(9月24日)** 夜大雨。是日，复怒齐仲。

**十九(9月25日)** 雨。

**二十(9月26日)**

**二十一(9月27日)** 酉刻，请陆疏明治齐仲疾。戌刻，乍浦刘月泉来，留宿于陈东坪寓楼。东坪代供夜膳。

**二十二(9月28日)** 辰刻，留月泉朝膳。

**二十三(9月29日)** 是日，赋五排一百韵寄赠徐辛庵。

**二十四(9月30日)** 小雨。卯刻，将唤舟至新溪，篙师皆不应。巳、午刻，改蚁亭文三篇。“孝哉闵子骞”“小子何莫学夫诗”“非谓有乔木之谓也”。

**二十五(10月1日)** 卯刻，唤得一舟。辰、巳刻，率齐仲至新溪外家养病。未刻，候费春林。申刻，候周晓山。酉刻，候张月泉。是夜齐仲病忽沉重，口内背书不辍，于是岳母、内子纷然交谪矣。

**二十六(10月2日)** 辰刻，候顾望山。巳刻，候陆兰堂。午刻，兰堂招同董绎如、周晓山集时和馆。申刻，邀兰堂来诊齐仲，即饮其方，稍觉平安。

**二十七(10月3日)** 辰刻，戈宝扬来治齐仲疾。巳刻，诣西关庙，卜戈医方，得□十三签。末句云：“到头万事总成空。”似不可用。午刻，兰堂来覆诊。未刻，从内子言邀董练如来诊，练如言暑热深伏，须用犀角，竟饮其方。余与兰堂为知己，而与练如有夙仇，此日舍兰堂而反用练如方，所谓方寸乱矣。是日，齐仲身上微见红斑。

**二十八(10月4日)** 辰刻，练如来改方。酉刻，徐三渊过访，亦为齐仲开一方。是夜，齐仲疾更重。

**二十九(10月5日)** 未刻，练如来改方，又食以紫雪丹。戌刻，招林彩周来祷神。是夜，余腹疾大作。连日忧急所致。

**三十(10月6日)** 微雨。酉刻,练如来改方,仍用犀角、羚羊角。是夜,齐仲唇干舌燥,神识朦胧。余之率儿至新溪也,本欲托兰堂一人治之,而岳母、内子深信董医,余不能沮,遂致轻症变成重症。

## 九 月

**一日(10月7日)** 卯刻,诣南庵祈观音签。首二句云:"鲜花逢雨又遭霜,月被云遮雪见阳。"又求董练如方。中有"病者亡"三字。辰刻,请顾望山诊脉,以其方卜诸东关庙,得三十四签。又不可用。未刻,陆兰堂来视,言神气已变无可挽回。是夜,齐仲头多冷汗。

**二日(10月8日)** 辰刻,请鲍秀甫来诊治,饮其方。是日,齐仲两颊俱板滞。

**三日(10月9日)** 辰刻,鲍秀甫覆诊,改用桂枝。巳刻,以鲍医方卜诸东关庙,得十七签。有"事到公庭彼此伤"句。申刻,饮鲍医药未终而齐仲殁。

**四日(10月10日)** 丑刻,遣使至新仓,禀知家母,又寄徐兰江书。辰、巳、午刻,送冥资者陆兰堂等十六家。酉刻,徐兰江覆书来。附奠分四百,陈东坪亦助二百。戌刻,将齐仲入木,浑身赤斑如块,前日误食犀角,不能发出,殁后乃见,睹之肝肠寸断。寄柩于听松书屋。

**五日(10月11日)** 巳刻,寄陈朴园书。朴园前许明年带课,齐仲故,特作书通知。是日,知新天子年号道光。

**六日(10月12日)** 巳刻,闻俞秋园权死。

**七日(10月13日)** 巳刻,周晓山招饮文昌社酒,不赴,因其固请,申刻始赴席。戌刻,俞铁涯强邀夜膳。

**八日(10月14日)** 巳刻,叶竹溪来会。未刻,至陆兰堂处会翁噩生。是夜,与噩生同寝。

**九日(10月15日)** 午刻,俞铁涯招饮,同席陈浣花、费春林。

**十日(10月16日)** 午刻,叶竹溪招同董香石、陆讷斋集时和馆。

**十一(10月17日)** 巳刻,俞铁涯来吊。代香银二钱七分。戌刻,张月泉招饮，同席许景初、陆兰堂。

**十二（10月18日）**

**十三（10月19日）**　午刻，赴王北樵处社酒。

**十四（10月20日）**　申刻，迎煞。

**十五（10月21日）**

**十六（10月22日）**　小雨。未刻，同内子及长女、次男登舟。戌刻回家。独齐仲同去不同归，为之泣下沾襟者数四。接陈朴园覆书。

**十七（10月23日）**　雨。巳刻，为齐仲设灵位。

**十八（10月24日）**

**十九（10月25日）**

**二十（10月26日）**

**二十一（10月27日）**　阅《智囊补》。

**二十二（10月28日）**　阅《松陵文献》。以上两书皆取之于新溪金宅。

**二十三（10月29日）**　巳刻，家蚁亭来吊。是夜，梦从嘉兴至萧山门桥徒步往返三次。

**二十四（10月30日）**　夜雨。是日，不得已到馆。自齐仲殁后，万事皆灰。是日，勉强到馆，不胜风景不殊之叹。

**二十五（10月31日）**　申刻，阅邸报。知六月廿六日许州地震，压倒民间瓦屋九千一百余间，草屋一万六千九百四十余间，压毙男女四百三十余名，压伤五百九十余名。

**二十六（11月1日）**　午、未刻，阅尤西堂《看鉴偶评》。

**二十七（11月2日）**　作《哭儿诗》。五古长篇。

**二十八（11月3日）**　雨。

**二十九（11月4日）**　雨。

**三十（11月5日）**　夜雨。

## 十　月

**一日（11月6日）**　大雨。午刻，阅《陆清献公年谱》。

**二日(11月7日)**　雨。巳刻,寄方子春书并诗稿一卷呈政。是夜,偷儿拨后门而入,一无可携,徒手而去。

**三日(11月8日)**　雨。抄梁药亭、屈翁山、陈元孝诗五十三首。

**四日(11月9日)**　湿热。

**五日(11月10日)**

**六日(11月11日)**　抄杂诗五十首。

**七日(11月12日)**　巳刻,为齐仲五七招魂设祭。内子复焚衣帽等物。作孽大甚。巳刻,请徐兰江书先君神主。

**八日(11月13日)**　抄杂诗三十四首。是夜次男晋芬身上发热。

**九日(11月14日)**　巳刻,改蚁亭文两篇。"子与人歌而善""仰之弥高"。

**十日(11月15日)**　抄杂诗四十一首。

**十一(11月16日)**　夜大西北风。巳刻,请陈东坪治晋芬疾。

**十二(11月17日)**　始寒。是日,晋芬复发寒热。此胎疟也。

**十三(11月18日)**　抄杂诗五十三首。

**十四(11月19日)**

**十五(11月20日)**　夜雨。

**十六(11月21日)**　雨。巳刻,阅邸报。知大行皇帝庙号曰仁宗,谥曰睿皇帝。高宗纯皇帝嫔御存者尚有晋贵人,尊封为晋妃。大行皇帝妃嫔諴贵妃侍奉最久,年齿亦尊,尊封为諴禧皇贵妃。如妃诞育惠郡王,尊封为如贵妃。信嫔进封为信妃。恩贵人进封为恩嫔。荣贵人进封为荣嫔。惇亲王、瑞亲王、惠郡王于释服后仍带褐答帽,朝服蟒袍俱用金黄色。

**十七(11月22日)**

**十八(11月23日)**　夜雨。

**十九(11月24日)**　雨。

**二十(11月25日)**　雨。

**二十一(11月26日)**　大雨。

**二十二(11月27日)**　雨。巳刻,张澹人遣其子来吊齐仲。

**二十三(11月28日)**　未刻,诣关庙拈香。默祈晋芬病愈。

**二十四(11月29日)**　午刻,附徐兰江舟。戌刻,至平湖,敲俞芷衫门,为恶奴所拒,不得已,退至荷花池陆守斋宅,兰江内弟。与钟勉斋、鲍介堂小饮。是夜,宿于舟中。

**二十五(11月30日)**　巳刻,拜贺徐辛庵,馈贶仪一洋附五排一百韵。辛庵在杭州未返,其弟香畹留朝餐。午刻,候方子春,还《岭南三大家诗选》,子春留中膳。未刻,候赵一鹤。是夜,宿于子春之南田书屋。

**二十六(12月1日)**　巳刻,告谢子春,借《江左三大家》二本。午刻至宝芸堂,买《精华录笺注》《南宋杂事诗》《香奁集》《本事诗》《秋江集》《吴门画舫续录》《明史弹词》,又试帖数种。计钱二千七百余。未刻,移书痛责俞芷衫。责其不能约束下人之罪。申刻,候沈赤石,留中膳。候高益庵,益庵即招同张镜峰名颂清,嘉兴庠生、陆一帆、顾春樵等叙饮。是夜,留宿于竹西楼。

**二十七(12月2日)**　雨。巳刻,告谢益庵。未、申、酉刻,附航船回家。是日先君子周年。张丈雨塘来插香,兼吊亡儿齐仲。

**二十八(12月3日)**　巳刻,陆兰堂书来。午刻,作书覆兰堂。兰堂书中言张月泉子明岁欲余带课,脩金二十,余以道路间隔,往来不便,辞之。

**二十九(12月4日)**　寒。申刻,取还俞古水《六家诗抄》。

**三十(12月5日)**　寒。午刻,钱莲舟寄恶札一通来。去夏借渠《曝书亭诗》一部,尚未缴还,因渠屡次索取,余亦向其索十六年前所借之诗文,渠又忿恚而寄此札。未刻,顾子叔来会。是日,晋芬胎疟始痊。

## 十一月

**一日(12月6日)**　寒。巳刻,寄还钱莲舟《曝书亭诗集》,亦以丑语诋之。是日伤风。

**二日(12月7日)**　抄杂诗四十一首。

**三日(12月8日)**　抄杂诗四十二首。

**四日(12月9日)**　抄杂诗四十三首。

**五日(12月10日)**

**六日(12月11日)** 申刻,始剃发。自八月十五至是日,共八十二日。

**七日(12月12日)** 巳刻,阅邸报。大学士托津等恭拟仁宗睿皇帝陵名曰昌陵,恭拟孝淑皇后尊谥曰孝淑端和仁慈庄懿光天祐圣睿皇后。午、未刻,抄杂诗廿三首。

**八日(12月13日)** 抄杂诗四十四首。

**九日(12月14日)** 亥刻,金秋圃书来。言张月泉子明岁必欲附学。

**十日(12月15日)** 巳刻,寄方子春书。申刻,寄陈朴园书。问张氏子可否带课。

**十一(12月16日)** 雨。抄杂诗四十一首。

**十二(12月17日)** 抄试帖三十六首。是日,失去大鸡一尾。

**十三(12月18日)** 寒。抄试帖廿八首。巳刻,方子春书来,并缴诗稿一卷,已加评点。

**十四(12月19日)** 寒。巳、午刻,抄赋四首。申刻,寄方子春书,赠以信笺三十叶,附还《江左三大家》两本。

**十五(12月20日)** 吊郭、龚两宅丧。

**十六(12月21日)** 抄赋七首。是夜,梦亡儿齐仲在竹林寺读书,急往觅之,瞿然而醒。

**十七(12月22日)** 抄赋七首。戌刻,阅黄莘田《秋江集》。

**十八(12月23日)** 午刻,钱棣山赠湖颖三枝。

**十九(12月24日)** 午刻,购得《岭南三大家》一部。价一百四十。

**二十(12月25日)** 巳刻,阅邸报。知道光元年举行乡试恩科。午刻,寄方丈桂岩寿分。纹银二钱三分。

**二十一(12月26日)** 夜雨。巳刻,赠张、马两宅婚仪。午、未刻,作《愚泉子歌》。赠乍浦镊工陈文藻。

**二十二(12月27日)** 雨。

**二十三(12月28日)** 巳、午、未刻,作《佞佛行》。为内子作。

**二十四(12月29日)** 未刻,改蚁亭文两篇。"则罔思而不学""小人喻于利子曰见贤思齐焉"。

**二十五(12月30日)** 巳刻,吊王宅丧。是日,晋芬又有小寒热。

**二十六(12月31日)** 夜大西北风。巳、午、未刻,作七古一首,将寄呈萨芝庭秉阿将军。

**二十七(1821年1月1日)** 大西北风,甚寒。张、马两宅招婚宴,皆不赴。

**二十八(1月2日)** 是日晋芬愈。

**二十九(1月3日)** 寒。巳、午、未刻,作五古四首寄赠陆兰堂。

## 十二月

**一日(1月4日)** 大寒。午、未刻,作《杨将军歌》。柏梁体,咏杨公遇春平滑县李文成事。

**二日(1月5日)** 巳刻,吊徐宅丧。午刻,龚配京邀小饮。

**三日(1月6日)** 更寒。是日心中愦懑,竟日绝餐。以困顿无聊故也。

**四日(1月7日)**

**五日(1月8日)**

**六日(1月9日)**

**七日(1月10日)** 午、未刻,检亡儿齐仲所读书籍,怆然成咏,得七律六首。

**八日(1月11日)** 巳刻,阅邸报。见御史王家相奏革清漕弊一疏。

**九日(1月12日)** 阅本事诗。

**十日(1月13日)** 午后雪。巳、未刻,咏《包孝肃庙》。七古。未刻,邵虚斋来会。初一日虚斋与我家独眼龙格斗,虚斋血流被面,今已涉讼。

**十一(1月14日)** 未刻,以独眼龙前在福建所寄家信送与邵虚斋。

**十二(1月15日)** 巳、午刻,咏《海忠介祠》。五古。未刻,邵虚斋来商事。

**十三(1月16日)** 寒。

**十四(1月17日)**

**十五(1月18日)** 巳、午刻,重编诗稿,自辛未至庚辰分为八卷。是日,一猫为恶奴所毙。

**十六(1月19日)**

**十七(1月20日)**

**十八(1月21日)**

**十九(1月22日)** 申刻,至钱心园宅插香。

**二十(1月23日)** 巳刻,寄吊张宅丧。澹人之母。午刻散馆。申刻,陈朴园覆书来。许张氏子带课。

**二十一(1月24日)**

**二十二(1月25日)**

**二十三(1月26日)** 下午雨。

**二十四(1月27日)**

**二十五(1月28日)**

**二十六(1月29日)**

**二十七(1月30日)** 下午雨。巳刻,张、黄两宅馈节仪。

**二十八(1月31日)**

**二十九(2月1日)** 雨。

**三十(2月2日)**

庚辰岁约用钱四十九千。

# 道光元年辛巳(1821),三十三岁

## 鹂声馆日志

### 正　月

**一日(2月3日)**　巳刻,作书寄陈朴园。

**二日(2月4日)**　午、未刻,阅《吴门画舫续录》。

**三日(2月5日)**　辰、巳刻,镇上拜节。

**四日(2月6日)**　夜雨。是日修墙。

**五日(2月7日)**　雨。阅《菁华录笺注》。

**六日(2月8日)**　申刻,闻钱颂斋开甲卒。

**七日(2月9日)**　巳刻,至新溪金宅拜节。

**八日(2月10日)**　辰、巳、午刻,新溪镇上拜节。戌刻,闯入金娘子家。

**九日(2月11日)**　巳刻,叶竹溪、顾鹤洲答拜。戌刻,陆兰堂招同李云帆叙饮,出视陆氏历祖画像两册。是夜留宿。

**十日(2月12日)**　巳刻,与谢兰洲、李云帆闲步。

**十一(2月13日)**　午、未、申刻,饮俞铁涯宅,微有醉意。

**十二(2月14日)**　巳刻,俞吟秋答拜。午刻,周晓山招饮。戌刻,陆心斋招饮。

**十三(2月15日)**　午刻,遇松隐沈某,始知徐香沙先生已卒。寿八十一。

**十四(2月16日)**　午刻,叶竹溪邀同陆讷斋饮于时和馆。

**十五(2月17日)**　巳刻,张月泉答拜。

**十六(2月18日)**　午刻回家。申刻,赠竹楼叔楹帖一联。李云帆书。

**十七(2月19日)**　午刻,方子春拜会兼吊丧。

**十八(2月20日)**

**十九(2月21日)**　辰刻,送埭圩徐宅冥资。

**二十(2月22日)**　午刻,偕龚配京、金振声小饮蔡店。

**二十一(2月23日)**　辰刻,陈朴园书来。戌刻登舟,四鼓至乍浦。是日,付家中日用钱二千。

**二十二(2月24日)**　卯刻至陈宅,知朴园于十七日中风,势甚危险。门人云巢用许莓磢计讽余回家,馆事再行定夺,余不从,适林雪岩至,以大义责之,乃止。巳刻,拜候林雪岩、刘心葭、许德水、朱蕴圃。未刻,访陈愚泉,赠以七古一章。

**二十三(2月25日)**　午刻,朱云泉拜会。未刻,答云泉兼候刘绿岩。绿岩已得痴疾。申、酉刻,偕雪岩、云泉闲步夕阳。戌刻,陪海盐医生朱鸣谦夜席。

**二十四(2月26日)**　未刻,候刘心葭。酉刻,偕雪岩闲步。

**二十五(2月27日)**　雨。巳刻,刘心葭答拜。午刻,阅邸报。侍讲学士顾莼奏言:松筠擢任左都御史,官吏贺于朝,士民庆于野,今忽调热河都统,似反疏远,臣以为宜仍置左右。上怒其怪诞荒谬,降为编修。

**二十六(2月28日)**　夜雨。是日开馆。巳刻,林雪岩送卢廷秀子奕楷来受业。午刻,陈溶亭送张月泉子来受业。未刻,雪岩借《缀白裘诗》一卷。申刻,游汤山。戌刻,作《忆儿诗》。七古。

**二十七(3月1日)**　阅《唐诗类苑》。

**二十八(3月2日)**　抄唐诗三十八首。

**二十九(3月3日)**　抄唐诗四十四首。戌刻,问朴园疾。精神疲倦,语言恍惚,疾不可为也。

## 二　月

**一日(3月4日)**　未刻日食。辰、巳刻，抄唐诗十九首。午刻，陆春林拜会。申刻，改门人卢奕春即奕楷，余为改名课卷。“入则孝”二句，“杏花春雨”。原本颇清顺。[①]

**二日(3月5日)**　辰、巳、午刻，抄唐诗三十四首。申、酉刻，阅《词林逸响》。

**三日(3月6日)**　辰、巳刻，抄唐诗十五首。午刻，陪古梅宗兄中膳。名晋蕃，溧阳人，寓乍浦，行医。戌刻，周子莲勋招宴，同席朱云泉、刘心葭、林雪岩等七人。

**四日(3月7日)**　辰、巳刻，抄唐诗廿四首。午、未刻，阅储同人《春秋指掌》。申刻，闻大异事。门人云巢向余言，伊妻郭氏病势危迫，每夜有一鬼自称姓王附其身，与人对答，纤悉必知，亦不祥之一端也。

**五日(3月8日)**　辰、巳、午刻，抄唐诗三十二首。未、申、酉刻，阅李濂《汴京鸠异记》、王兆云《挥麈诗话》。

**六日(3月9日)**　辰刻，题丁春《白花烛词》册子。七律。巳刻，俞吟秋过访。午刻，刘亦渔拜会。申刻，候许德水先生。

**七日(3月10日)**　辰、巳、午刻，抄唐诗廿三首。沈萍湘拜会。未刻，改奕春课卷。“不图为乐之至于斯也”，“一群娇鸟共啼花”。申刻，刘卓亭来访。别已五载。戌、申刻，阅魏濬《峤南琐记》、沈德符《敝帚斋余谈》。

**八日(3月11日)**　辰刻，许德水答拜，以尤西堂《明史乐府》《外国竹枝词》见借。巳、午、未、申刻，抄唐诗四十首。戌刻，阅陈衎《槎上老舌》。

**九日(3月12日)**　辰、巳、午、未刻，抄唐诗四十八首。戌刻，阅郑仲夔《冷赏》。

---

① “原本颇清顺”五字加点，似为评语。

**十日(3月13日)**　辰刻,林雪岩、刘心葭来会。巳、午刻,抄唐诗十七首。未刻,答候刘卓亭。戌刻,阅王冈龄《小停云诗集》。

**十一日(3月14日)**　辰、巳、午刻,抄唐诗三十一首。申、酉刻,阅《檀几丛书》。

**十二(3月15日)**　夜雨。辰、巳、午、未刻,抄唐诗五十七首。申、酉刻,阅《檀几丛书》。戌刻,改奕春课卷。"执射乎"二句,"子龙一身都是胆"。

**十三(3月16日)**　辰刻,答拜沈萍湘。巳刻,赴观海书院甄别,周犊山司马出题。"樊迟未达"二节,"玉烛赋"以"四时和谓之玉烛"为韵,"九峰春晓"得"峰"字。午、未刻,作甄别卷。申刻,林雪岩来会。

**十四(3月17日)**　巳刻,率卢奕春往拜刘心葭,托其认保。酉刻,卢廷秀招宴,同席林氏父子。

**十五(3月18日)**　午后雨。抄唐诗六十一首。

**十六(3月19日)**　抄唐诗六十六首。

**十七(3月20日)**　抄唐诗六十七首。巳刻,刘心葭来会。申刻,姚半帆来访。

**十八(3月21日)**　午刻,刘竹史来会。戌刻,率卢奕春、刘竹史登舟,将赴平湖县试。

**十九(3月22日)**　夜雨。卯刻到城,舣舟杨家桥。辰刻,候陈白芬,不遇。至钟勉斋书坊,买《续广事类赋》《广广事类赋》《寄岳云斋初稿》。价一千五十。未刻,代刘心葭为认保诸童画押。申刻,访程伊斋。是日,知冯丹山卒。

**二十(3月23日)**　寅刻,送刘、卢二子入场。卯刻,候万雨堂昆仲,皆不遇。辰刻,至宝芸堂买《情史》《小仓山房古文》《石笥山房诗文集》。九百五十。巳刻,访旧馆人俞云涛。午刻,云涛招同蒋墨山等集松茂馆。酉刻始散席。戌刻,候放牌,迟至四鼓始回舟。是日县试题,首:"敬事而信"二句;次:"以不忍人之心";诗:"桃花先透三层浪"得"先"字。是日,县西火起两次。

**二十一(3月24日)**　申刻，回至乍浦。酉刻，陈宅补设开馆酒，同席林雪岩、费昼亭等七人。是日两目尽赤，入夜更甚。

**二十二(3月25日)**　昼夜大雨。抄唐诗五十九首。申刻，刘心葭来会。

**二十三(3月26日)**　雨。抄唐诗六十二首。

**二十四(3月27日)**　抄唐诗五十首。辰刻，林雪岩来会。酉刻，陈宅强余陪徐升泰小宴。升泰以门人云巢所娶篷室冒认侄女，特来索诈。

**二十五(3月28日)**　抄唐诗五十四首。

**二十六(3月29日)**　下午雨。抄唐诗六十一首。戌刻，代朱云泉作徐氏寿诗。七律。

**二十七(3月30日)**　抄唐诗五十五首。戌刻，改奕春课卷。"是心足以王矣""止子路宿杀鸡""九峰春晓""黄蜂小尾扑花归"。

**二十八(3月31日)**　是日心有忧患。云巢又欲逼余回家。戌刻，林雪岩来。

**二十九(4月1日)**　辰、巳、午刻，抄唐诗三十三首。已上选《唐诗类苑》计一千首。未刻，候许德水。

## 三　月

**一日(4月2日)**　辰刻，率张氏子登舟。卢奕春赠洋布一幅，洋伞一顶。未刻，回至新溪。申刻，候陆兰堂。

**二日(4月3日)**　辰刻，吊俞宅丧。巳刻，候张月泉。戌刻，叶竹溪招同陆讷斋叙饮。

**三日(4月4日)**　卯、辰刻，附野航回家。巳刻，吊龚宅丧。午刻，赠陆敦仁单条四幅。陆兰堂、刘心葭、林雪岩、李云帆四人书。

**四日(4月5日)**　未刻扫墓。

**五日(4月6日)**　大东南风，夜雨。辰刻，送沈宅婚仪。午刻，过金振声处小饮。

**六日(4月7日)**

**七日(4月8日)**

**八日(4月9日)** 未刻,率妻子登舟。酉刻,至新溪。是日,付家中日用钱四千。

**九日(4月10日)** 午刻,饮俞铁涯宅。

**十日(4月11日)** 夜雨。辰刻,吊王东帆丧。申刻,至陆兰堂处,陪冰人翁噩生饮。是日姚半帆卒。二月中半帆过访,与余犹剧谈不倦。曾几何时,人琴俱杳,可痛哉。

**十一(4月12日)** 巳刻,徐春桥过访,约定十四日为次男晋芬种痘。

**十二(4月13日)** 巳刻,候周晓山。

**十三(4月14日)** 辰刻,吊姚半帆丧。巳刻,赴陆兰堂处吉席,俞一山、李云帆等凌虐翁噩生,如群犬乱吠,不可禁止,余亦同受其累。

**十四(4月15日)** 巳刻,徐春桥来为晋芬种痘。申刻,王秋桥过访。

**十五(4月16日)** 未、申刻,候叶竹溪、陆讷斋。是日知县试正案十名前:邵大本、钱智林、程芳灿、钱熙咸、王春溥、何兆瑾、张敦瞿、戈蕊承、张煦、沈镛。

**十六(4月17日)**

**十七(4月18日)** 戌刻,张月泉招饮,同席沈蓉村等四人。

**十八(4月19日)** 申刻,卢慕唐同弟奕春特唤舟至新溪,邀余陪至嘉兴应府试。奕春言朴园主人大病忽瘳,初十后有书寄至新仓,止余到馆,与其子云巢如出一辙。呜呼,何向者相慕用之诚,今相倍之戾也,吾知天夺其魄矣。

**十九(4月20日)** 卯刻到郡,至张旭初宅。即慕唐姊壻。辰刻,寻刘山椒。山椒言,朱红泉欲攻卢奕春冒籍,非钱不足以灭其口,实则山椒意也。巳刻,同刘竹史、王锄梅定寓于项氏祠堂东装潢店张宅。午刻,张阳初邀饮。申刻，游精严寺，登瓶山。

**二十(4月21日)**　卯刻，候屈弢园、程伊斋。辰刻，同卢氏昆季游烟雨楼。巳刻，游白漪庵。午、未刻，游陈氏花园，主人号倦石。约二里许，共二十景。从筠径、积翠池、浮岚、范湖草堂、静春庵、圆谷、芳树亭、溪山真意轩、容与桥、漱砚泉、潜山、锦淙洞、采山楼、狷溪、金陀别馆、听香斋、菊圃、留真馆、澄怀阁、春水宅。申刻，过金明寺，谒范少伯祠。戌刻，莲花桥火，被焚者十余家，余急至张旭初宅压惊。

**二十一(4月22日)**　辰刻，访孙半农。巳刻，游天宁寺。申刻，以旧窗课数十艺、《路史摘要》、《小蓬山馆诗》与卢奕春。

**二十二(4月23日)**　寅刻送考。辰刻，候陈白芬。巳刻，候顾蕉圃，赠余重刊《律赋蕊珠新编》一部。余《燕子楼赋》《赵飞燕游太液池赋》二篇皆在内。午刻，候周来雨。是日府试题，首："以季孟之间待之"；次："谨庠序之教"；诗："轻燕受风斜"得"风"字。

**二十三(4月24日)**　辰刻，候顾蔗香。申刻，候赵朵山。

**二十四(4月25日)**　午、未刻，同陈白芬、刘亦渔叙饮。

**二十五(4月26日)**　夜雨。午、未刻，同刘心葭、戈翰轩叙饮。申刻，观初覆案。同寓二人并招覆。

**二十六(4月27日)**　午、未刻，同赵朵山、陈白芬叙饮。申刻，饮茶于绿漪园，为茶博士所难。是夜，东门大火延烧数十家，博古堂书籍尽遭焚燬。

**二十七(4月28日)**　寅刻送考。辰刻，以试帖八首托杨杏桥名逢春，海盐廪生选入《青云集》。巳刻，同高警庵、戈翰轩、陆南坪叙饮。

**二十八(4月29日)**　巳刻，过朱云泉寓。

**二十九(4月30日)**　巳刻，游天真阁。未刻，过陈浣花寓。酉刻，观二覆案。同寓二人俱不覆。戌刻，卢友兰奕春次兄招同刘竹史、王锄梅饮于西月桥。

**三十(5月1日)**　辰刻，登嘉兴舟。戌刻，至乍浦陈宅，见朴园主人，病果愈。

## 四 月

**一日(5月2日)** 辰刻,候刘心葭,领出二月中观海书院甄别卷子。钱攀龙第一,余在十二,周司马评“清顺”二字。巳刻,候林雪岩。始知许莓磢构造蜚言,谓二月中徐升太索诈陈宅番银一百四十枚,与余平分其利。乍浦人皆翕然信之,而朱雅山、徐雪庐两先生与余素未往来,独抱不平,力辩其诬,然群疑终不可解。是日,日月合璧,五星联珠。

**二日(5月3日)** 清晨,大雷电雨。巳刻,林雪岩来谈至申末,适卢廷秀招饮,遂与同往。

**三日(5月4日)** 是日,陈云巢始读书。可谓天诱其衷。辰、巳、午、未刻,阅高彦休《唐史阙》、日本太宰纯注《古文孝经孔氏传》。申刻,张月泉子到馆。酉刻,改奕春《桃花赋》。

**四日(5月5日)** 辰、巳、午、未、申刻,阅沈作喆《寓简》、吴仁杰《两汉刊误补遗》、葛洪《涉史随笔》、郭畀《客杭日记》。酉刻,邱桂岩来访。戌刻,寄金秋圃书。

**五日(5月6日)** 巳刻,借刘卓亭《沈归愚诗集》一部。午刻,冯敬一来会。未刻,还许德水《尤西堂诗》一册。申、酉刻,改奕春课本。“放郑声”,“君子之于天下也”二句;“子行三军”至“冯河”,“金地藏送童子下山”,“看我麦黄甚熟”,“游雅山”七绝四首。戌、亥刻,阅姜绍书《韵石斋笔谈》、刘体仁《识小录》。

**六日(5月7日)** 阅胡铨《玉音问答》、黄徹《砻溪诗话》、曾敏行《独醒杂志》、费衮《梁溪漫志》。所载苏长公事甚多。

**七日(5月8日)** 黄昏,大雷电雨。阅陆游《入蜀记》、朱翌《猗觉寮杂记》、范晞文《对床夜语》、瞿佑《归田诗话》、邝露《赤雅》、杭世骏《诸史然疑》《榕城诗话》。

**八日(5月9日)** 阅都穆《南濠诗话》、李东阳《麓堂诗话》《钓矶立谈》、记南唐兴废。张齐贤《洛阳搢绅旧闻记》。记五代轶事。酉刻,刘亦渔来会。

**九日(5月10日)** 阅叶绍翁《四朝闻见录》、所记大半皆韩平原事，内有沈继祖弹朱文公一疏，最为可骇。王巩《清虚杂著》三种、大半记宋仁宗事。钱文子《补汉兵志》、魏泰临《汉隐居诗话》、王若虚《滹南诗话》。丑诋黄山谷似太酷。

**十日(5月11日)** 阅刘祁《归潜志》、记载金源一代人物，而国家兴废之道亦具。黄向坚《寻亲纪程》、边大绶《虎口余生记》、密士祁《澹生堂藏书约》①、《苦瓜和尚画语录》。酉刻，偕林雪岩闲眺。

**十一(5月12日)** 阅文莹《玉壶清话》、详记宋初人物。岳珂《愧郯录》、王灼《碧鸡漫志》、张世南《游宦纪闻》、王铚《默记》。记北宋杂事。

**十二(5月13日)** 雨，夜更大。阅梁元帝《金楼子》、蔡絛《铁围山丛谈》、絛即蔡京之子，故书中力盖其父之恶。楼钥《耕织图诗》。申刻，林雪岩来会。酉刻，改奕春会课卷。"一箪食""重帘不卷留香久"。

**十三(5月14日)** 午后雷雨。阅白珽《湛渊静语》、方鹏《责备余谈》、讥古今矫枉过正者。林慎思《续孟子》《伸蒙子》、王棨《麟角集》。律赋四十五首。申刻，曹慎庵邀同枫溪陶、程二君登汤山顶，游瑞祥寺，逢大雷雨。

**十四(5月15日)** 阅张太来《江西诗社宗派图录》、尤玘《万柳溪边旧话》、颜之推《家训》、《江南余载》、《五国故事》、萧洵《故宫遗录》、记元末宫殿之壮丽。吴淑《江淮异人录》。记南唐术士。申刻，刘心葭来会。言府试，十名前：屈庚舆、邵大本、钱熙咸、张敦瞿、冯沄、程芳灿、何兆瑾、陆润章、张城、徐应莹。酉刻，朱云泉来会。

**十五(5月16日)** 阅樵川樵叟《庆元党禁》、杨瑀《山居新话》、记元代事迹。关汉卿《鬼董》、内有王氏妾寄夫五古一首，约二千言，真绝妙好辞也。汪辉祖《佐治药言》。皆切戒幕宾之语。巳刻，林雪岩来会。

**十六(5月17日)** 微雨。阅黄煜《碧血录》、载许显纯拷掠杨、左、

---

① 《澹生堂藏书约》作者"密士祁"，原文如此标示。

魏、顾、周、袁六君子,读之令人掩卷欲泣。潘阆《逍遥集》、张伯雨《贞居词》。申刻,见刘心葭所阅会卷。卢奕春第二。

**十七(5月18日)** 夜雨。阅陈叔齐《籁记》《天水冰山录》、记严分宜家籍没金银珠宝、书画法帖等物。吴缜《新唐书纠谬》、黄晞《聱隅子》、袁袠《世纬》。切指前明弊政。

**十八(5月19日)** 微雨。阅徐兢《宣和奉使高丽图经》、周密《武林旧事》、吴缜《五代史纂误》、宋濂《浦阳人物记》、黄庭坚《宜州乙酉家乘》、范成大《吴船录》。

**十九(5月20日)** 辰刻,林雪岩、刘亦渔来会。巳刻,作观海书院四月课卷。"舜有臣五人而天下治","眠琴绿阴"得"眠"字。午、未、申、酉、戌、亥刻,阅周煇《清波杂志》《清波别志》、记南北宋杂事。沈荀蔚《蜀难叙略》、彭叔夏《文苑英华辨证》。

**二十(5月21日)** 阅陈鹄《耆旧续闻》、蒋正子《山房随笔》、汪洪度《黄山领要录》、刘昌诗《芦浦笔记》、吴垌《五总志》。申刻,改奕春课本。"善居室""眠琴绿阴"。

**二十一(5月22日)** 阅黄震《纪要逸编》、记理宗朝事。朱祖文《北行日谱》、周忠介被逮时,朱文学与之同行,竭力周旋,归成斯谱,读之不觉酸鼻。瞿昌文《粤行纪事》、瞿公式耜之孙。陈鼎滇《黔土司婚礼记》。未刻,许德水来会,畅谈两时。

**二十二(5月23日)** 阅《郑所南文集》、何光远《鉴诫录》志五代事而蜀事尤多、赵德麟《侯鲭录》、吴师道《诗话》、李季可《松窗百说》。巳刻,翁噩生拜会。言屈庚舆考府第一,未及三日即病殁。

**二十三(5月24日)** 阅张舜民《画墁集》、诗赋古文皆有。姚首源《古今伪书考》、王辟之《渑水燕谈录》、皆北宋事。盛如梓《庶斋老学丛谈》。巳刻,卢友兰来会。

**二十四(5月25日)** 阅杨允孚《滦京杂咏》七绝一百八首、崔文豹《吹剑录外集》、程敏政《宋遗民录》、谢翱《天地间集》、李衎《竹谱详录》。未刻,改奕春课本。"可以语上也"二句,"大富贵亦寿考"。是日陈云巢复娶一妾。前妾为徐升太，故送还母家，空费六百余金，今日复以百金买一妾，荒淫极矣。

**二十五(5月26日)**　阅孙奕《示儿编》、林景熙《霁山集》、陈槱《负暄野录》、宋伯仁《梅花喜神谱》、苏过《斜川集》。诗赋古文皆有。

**二十六(5月27日)**　辰刻，林雪岩、刘亦渔来会。巳、午、未、申、酉刻，阅李心传《道命录》、备载两宋奸臣劾伊川、晦庵两先生疏。朱弁《曲洧旧闻》。是日，观海书院山长徐雪庐先生寄信相招。

**二十七(5月28日)**　辰、巳、午刻，阅吴自牧《梦粱录》备载杭城胜迹、陈世隆《北轩笔记》。未刻，张月泉札来，即答回书。申刻，谒徐雪庐先生畅谈两时。是日听雪庐先生言，始知余乙丑岁受知于潘芝轩先生，其时阅平湖卷者为戚公蓉台。在书院遇周孝子铁岩名芳容，华亭人。

**二十八(5月29日)**　抄杂诗三十八首。午刻，同于瘦秋等宴于陈宅。

**二十九(5月30日)**　巳刻，改奕春课本。"禹吾无间"一句，"虢国夫人早朝"。午刻，阅邸报。见御史郭太成请禁鸦片一疏。

## 五　月

**一日(5月31日)**　辰、巳刻，作《朱母张太孺人云泉祖母节孝征诗启》。骈体。未刻，林雪岩来会。

**二日(6月1日)**　辰、巳刻，题顾蔗香《求己图》七古、家罕夫《溪山渔隐图》七古。午刻，张月泉书来。始知晋芬出痘后康健如常，为之一慰。

**三日(6月2日)**

**四日(6月3日)**　午后微雨。辰刻，林雪岩来，携至周铁岩《负骨归葬记》并索题辞。未刻，途遇王锄梅，邀至其家，与刘竹史小饮。竹史坐旁有一丽人，顷刻不离左右。申刻，覆张月泉书。

**五日(6月4日)**　朝雨。未刻，偕林雪岩登城远眺。

**六日(6 月 5 日)** 午刻,阅李清远《寻壑外言》。

**七日(6 月 6 日)** 夜雨。巳刻,徐芸岘拜会。申刻,刘心葭、卓亭来会。

**八日(6 月 7 日)** 巳刻,阅《燕子笺》。

**九日(6 月 8 日)** 辰、巳、午刻,作五排五十韵呈徐雪庐先生。

**十日(6 月 9 日)** 未、申刻,阅劳之辨《静观堂诗集》。

**十一(6 月 10 日)** 夜雨。申刻,候刘心葭。

**十二(6 月 11 日)** 午前雨。

**十三(6 月 12 日)** 雨。

**十四(6 月 13 日)** 午、未刻,改奕春课本。“使骄且吝其余”“予未得为孔子徒也”“孔铸颜”“贫女如花镜不知”。

**十五(6 月 14 日)** 夜大雨。辰、巳刻,《挽姚半帆》七律二首,《赠家古梅》七律二首。午刻,候许德水。

**十六(6 月 15 日)**

**十七(6 月 16 日)**

**十八(6 月 17 日)** 始热。巳刻,金秋圃自新溪来,赠以字扇一柄又寄一扇与陆兰堂。刘心葭、程伊斋、陈白芬、顾蔗香合书。酉刻,林雪岩来会。

**十九(6 月 18 日)** 夜雨。午刻,改奕春课本。“夫子之得邦家者”“自称臣是酒中仙”。

**二十(6 月 19 日)** 雨。辰、巳、午、未刻,作《寻骸篇》赠周孝子铁岩。柏梁体六十七韵。酉刻,闻刘竹史于昨日午后溺死。终为酒色所误,孺子不足惜也。

**二十一(6 月 20 日)** 未刻,谒徐雪庐先生,所赠五排诗及《寻骸篇》,大蒙激赏。四月观海书院课案,余得第一。酉刻,先生留夜膳。见赠《白鹄山房骈体文续钞》两卷。

**二十二(6 月 21 日)**

**二十三(6 月 22 日)** 大雨。

**二十四(6月23日)**　雨。午刻,改奕春课本。“民之父母”二句,“绿朝云”。

**二十五(6月24日)**　巳刻,陈宅又逼解馆,遣臧获辈止卢、张子读书。是时云巢大病,不知人事,此则朴园意也。[①] 午刻,诉林雪岩。未刻,诉许德水、徐雪庐两先生。雪庐先生即命陆春林至陈宅责问许莓磎,莓磎无辞以答。酉刻,同徐芸岘、陆春林游城隍庙,会鹤怀道士。

**二十六(6月25日)**　未刻大雨。卯刻,卢宅邀早膳。辰刻,□尚元春。巳刻,候刘心葭、朱云泉。申刻,再至卢宅,适雪岩亦来。

**二十七(6月26日)**　午刻大雨。辰刻,至玉观海书院见雪庐先生《白鹄山房诗初集》。其佳章未刻者甚多。戌刻,与雪岩饮于卢宅。是日,尚元春至陈宅责问朴园。雪庐先生又托邵愚庵问陈明德,陈氏始有愧色。

**二十八(6月27日)**　辰刻,过朱息厂处,即留饮。巳刻,访古梅兄,不遇。午刻,赴林雪岩招,始收到主人馆金及膳金共三十四洋。未刻,至观海书院。雪庐先生出视《锦囊集》郁心哉等八人,未刻、《五群咏》宋茗香等五人,已刻。又出姜白石像索题。

**二十九(6月28日)**　在书院听讲一日。

## 六　月

**一日(6月29日)**　未、申刻,在许德水先生处谈文。酉刻,遇姚诚哉。名振家,湖州人,工书法。

**二日(6月30日)**　卯刻,受家罕夫聘福建人约定,十五日开馆。辰、巳、午、未刻,在书院观雪庐先生《耆旧录》《雪舫斋读书书后》《杨州诗集》《白鹄山房古文》,皆宏章巨制,无愧名家。是日古梅答访,不值,留书一函。

**三日(7月1日)**　卯刻,尚元春招同林雪岩饯行于合和馆。辰

---

① 此处似有笔误,据上文,应是朴园大病。

刻,告辞陈朴园,率张氏子登舟。午刻,回至新溪。戌刻,陆兰堂招饮,同席李云帆、何琢堂。琢堂新娶兰堂女。酒半,云帆与余口角,犹为翁壐生故。琢堂力解乃免。是夜留宿。

**四日(7月2日)**　辰刻,候张月泉。未刻,赠叶竹溪合锦扇一柄。酉刻,竹溪招同陆讷斋集小叙馆。

**五日(7月3日)**　辰刻,赴费春林招,畅谈竟日,以诗稿两册示之。春林三月中又抱丧明之痛,言之泪下,余因得以忠告之言进。

**六日(7月4日)**　辰刻,赠金秋圃小对一副、单条四幅。巳刻,候顾望山。午、未刻,同陈浣花饮于俞铁涯宅,大醉而回。

**七日(7月5日)**　大东南风。巳刻,借费春林《荒鹿偶谈》一部。内有曹学诗《完镜歌》《□堂合卺歌》二首,不在吴梅村下。

**八日(7月6日)**　午刻回家,请老母安。付家中日用二洋。戌刻,复至新溪。

**九日(7月7日)**　热。未刻,费春林缴诗稿两册,于《哭齐仲》诗后加跋语一篇。酉刻,张月泉招饮,同席陆兰堂等五人。

**十日(7月8日)**　热。申刻,借顾望山《虞初续志》一部。

**十一(7月9日)**　午刻,还顾春林《荒鹿偶谈》,复借《种竹轩诗》一本。

**十二(7月10日)**　巳刻,代丁半闲向俞铁涯索还画幅一卷。午刻,柴吟蔷烹鱼招饮。

**十三(7月11日)**　巳刻,寄谢徐春桥种痘一洋。午刻,陈溶亭招饮。

**十四(7月12日)**　大热。午后有雷。午刻,冒暑登新溪舟。时因久旱,无人操舟,柴吟蔷代任其役。酉刻,到乍浦,暂憩卢宅。戌刻,同林雪岩、周铁岩、戈秋河槎游汤山。是夜,宿于钟广盛靛行。主人号敬亭。是日,知许莓碳因妇翁赠余束脩,勃然大怒,归咎于陈明德、尚元春二人,与之大斗。

**十五(7月13日)**　大热。辰刻,谒雪庐夫子,借《两浙𬨎轩录补遗》四本，见秦小岘所撰李许斋夫子墓志铭。未刻，周铁岩赠庄师洛《十国宫词》一册。有青浦陈琮骈体序一篇，才气恢张，声情慷慨。

**十六(7月14日)** 小雨。辰刻，将就馆于家罕夫处，忽改受陈大云聘。余将至罕夫处，罕夫亦来相邀，途中问雪岩，言家计困乏，深恐见罪先生，且书室借诸姓贾者，贾氏主人外出未归，进退两难，不知计之所出。适处州丽水人陈大云有一子年十五，今春到乍，废学半载，其父望伊成就，特来延请，遂受其聘，此系罕夫愿让，非余负约也。申刻，同刘心葭、林雪岩饮于卢宅。戌刻，在钟敬亭处喷鸦片数筒。索然寡味。

**十七(7月15日)** 卯刻，率卢、张二子就馆于陈大云寓。主人子小名铭璋。

**十八(7月16日)** 热。午刻，改奕春课本。"父为子隐"二句。未刻，刘卓亭来会。

**十九(7月17日)** 酷热。辰刻，朱云泉、林雪岩来会。巳刻，曹慎庵来会。未刻，寄张月泉书。

**二十(7月18日)** 热。午、未刻，改奕春《孺子驱鸡赋以"急惊缓滞惟驯则安"为韵》。

**二十一(7月19日)**

**二十二(7月20日)**

**二十三(7月21日)** 午后大雨。午刻，陈建英借《靖逆记》。

**二十四(7月22日)** 夜大凉。辰刻，林雪岩、卢廷秀来会。巳刻，吊刘竹史。午刻，至观海书院。

**二十五(7月23日)** 未刻，刘卓亭、王锄梅、林雪岩来会。

**二十六(7月24日)**

**二十七(7月25日)**

**二十八(7月26日)**

**二十九(7月27日)** 申刻，候许德水先生。

**三十(7月28日)** 巳刻，《寄怀翁噩生》。五古。

## 七 月

**一日(7月29日)** 戌刻,听海涛声,作诗一首。小七古。

**二日(7月30日)** 辰、巳刻,《挽刘竹史》。七律四首。

**三日(7月31日)** 阅吴太初《宸垣识略》。

**四日(8月1日)** 辰、巳刻,《登汤山感怀前明汤东瓯王作歌》。七古。午刻,《咏绿水牛桥》。七绝。申刻,笔工沈载仁来。

**五日(8月2日)** 未刻,候刘心葭。是日,陈朴园子妇郭氏卒。

**六日(8月3日)** 辰、巳、午刻,作《赵飞燕玉印歌》。五七言,学初唐体,印存海昌蒋氏。是日,陈朴园娶继室沈氏,未及合卺而卒。两日中连丧两人,良堪骇愕,予于六月初三辞去,可谓见几而作矣。

**七日(8月4日)** 热。辰刻,送陈宅冥资。巳刻,改奕春课本。"其在宗庙朝廷天下归仁焉""以瓜镇心""水晶灯笼"。

**八日(8月5日)** 黄昏小雨。辰、巳刻,题郑所南画兰。七古。

**九日(8月6日)** 夜热。未刻,借雪庐夫子钱牧斋《列朝诗集》廿四本。

**十日(8月7日)** 日晡急雨,即止。巳刻,《题杨硕甫像》。七绝四首。

**十一(8月8日)** 未刻,许德水来会,剧谈经史。是日,知浙江主试王公引之、吴公孝铭。

**十二(8月9日)** 午、未刻,咏《槜李陈氏园林》五律四首、《白漪庵》五律一首。

**十三(8月10日)** 夜雨。辰刻,林雪岩来会。巳、午、未刻,作《述怀诗》六首。七律。

**十四(8月11日)** 午后小雨。

**十五(8月12日)**

**十六(8月13日)** 辰刻,邱桂岩来会。

**十七(8月14日)** 巳刻,《题姜白石像》。七古。

**十八(8月15日)** 抄明诗六十首。巳刻,门人俞雨村过访。

**十九(8月16日)** 未刻,作观海书院七月课卷。"诵诗三百"一章,"射中正鹄"得"宾"字。酉刻,睹一老人溺死万安桥下。

**二十(8月17日)** 抄明诗四十二首。未刻,至观海书院。酉刻,改奕春月课卷。"请益曰与之庾"。

**二十一(8月18日)** 大热。抄明诗四十六首。酉刻,金秋圃、林半樵来会。知前寄张月泉书,半途遗失。戌刻,复寄张月泉书。

**二十二(8月19日)** 热。抄明诗五十八首。

**二十三(8月20日)** 热。辰、巳、午刻,《题唐明皇按乐图》。四言。

**二十四(8月21日)** 申刻,至观海书院,雪庐夫子赠《五君咏》一本。酉刻,观灯于南河滩。

**二十五(8月22日)** 抄明诗四十八首。巳刻,卢廷秀来会。酉刻,刘心葭来会。

**二十六(8月23日)** 卯刻,至林雪岩处商事。巳刻,徐芸岘来会。申、酉刻,校对雪庐夫子《雪舫斋读书书后》。

**二十七(8月24日)** 抄明诗六十首。辰刻,曹慎庵来会。

**二十八(8月25日)** 辰、巳刻,作《戚武毅公佩刀歌》。刀存褚泾邵氏。午、未刻,改奕春课本。"中道而废""贱货而贵德""白苹花老雁来多""韩信庙前枫叶秋"。申刻,陆春林来会。戌刻,同陈大云至龙王堂观烟火。

**二十九(8月26日)** 抄明诗四十八首。未刻,至观海书院。申刻,偕雪岩过顾梅墅家小酌。

## 八 月

**一日(8月27日)** 抄明诗三十首。午刻,新溪张氏有急书来,言月泉于昨夜猝起危症,召其子回去。未刻,为钱秋堂作《温将军募袍疏》。骈体。

**二日(8 月 28 日)** 抄明诗四十四首。戌刻,观灯于北河滩。

**三日(8 月 29 日)** 抄明诗七十首。

**四日(8 月 30 日)** 辰、巳刻,题徐文长《纸鸢图》。七古。未、申刻,在观海书院阅《复社纪事本末》。抄本。戌刻,观灯于长木桥。

**五日(8 月 31 日)** 抄明诗四十六首。午刻,新溪张氏书来。闻月泉之讣。六月中一别,遂成永诀。知己又弱一个矣,为之泣下数行。

**六日(9 月 1 日)** 抄明诗三十七首。辰刻,寄还刘卓亭《沈归愚诗集》一部。其佳篇已委卢奕春代抄。

**七日(9 月 2 日)** 抄明诗六十一首。

**八日(9 月 3 日)** 巳刻,卢廷秀来会。未刻,候许德水先生。申刻,至观海书院见七月课案。余得第一,卢奕春童卷第二。

**九日(9 月 4 日)** 抄明诗五十二首。未、申刻,改奕春课本。"季文子三思","无为小人儒"至"人焉耳乎","桂花如霰落秋山","文章何处哭秋风"。

**十日(9 月 5 日)** 抄明诗七十首。以上选《列朝诗集》,计七百七十二首。

**十一(9 月 6 日)** 热。巳刻,陈建英缴《靖逆记》一部。酉刻,卢廷秀招饮,同席陈建英等四人。

**十二(9 月 7 日)** 热。卯刻,作对联三副。乍浦南门外报赛包孝肃,卢氏乞余作也。未刻,缴雪庐夫子《列朝诗集》一部。

**十三(9 月 8 日)** 寅刻登舟。申刻回至新溪。候陆兰堂,馈以月饼两匣。

**十四(9 月 9 日)** 辰刻,哭吊张月泉。午刻,叶竹溪招饮时和馆。

**十五(9 月 10 日)** 巳刻,偕叶竹溪游南庵药师庵。

**十六(9 月 11 日)** 午刻,周晓山邀饮时和馆。未刻,改周仔元《芦花诗》。年止十四,而诗笔已大雅不群,此子真龙驹也。戌刻,往东桥观灯。

**十七(9月12日)** 辰刻,周晓山来会。未刻,候顾望山。

**十八(9月13日)** 酉刻雷雨。巳刻,过俞铁涯处,不得见。戌刻,偕潘成章等大饮于听松书屋。是日知乡试题,首:“节用而爱人”二句;次:“修身则道立”二句;三:“大舜有大焉”二节;诗:“月照海门秋”得“秋”字。

**十九(9月14日)** 巳刻回家。知七月以来所行庆吊礼者六家。

**二十(9月15日)** 巳刻,会徐兰江。

**二十一(9月16日)** 大雨。午刻,金振声招饮,同席竹楼叔、吴墨乡、叶芦滨。

**二十二(9月17日)** 午刻,邀章耀庭小酌。

**二十三(9月18日)** 巳刻,章耀庭招饮。午刻,过金振声处,适徐芗泉、钱心园等群聚轰饮,招余入席。

**二十四(9月19日)**

**二十五(9月20日)** 申刻,抱晋芬至关庙观剧。绍兴小班。

**二十六(9月21日)** 午刻,预赠钱宅婚仪。

**二十七(9月22日)** 戌刻,偕陈东坪、章耀庭登舟。是日付家中日用钱二千。

**二十八(9月23日)** 卯刻,至乍浦陈氏馆中。巳刻,赠雪庐夫子新茶两包。未、申刻,在海塘观如意班戏。戌刻,观灯于靛青街。

**二十九(9月24日)** 巳刻大雨。巳刻,访古梅兄于博陆侯庙。午、未、申、酉刻,观如意班戏于天后宫。戌刻观灯。

**三十(9月25日)** 巳刻,雪庐夫子以《东华录》见借。午刻,观包孝肃赛会。有珠龙一条,长三丈余,鳌山四座,童男女八人,内一女绝丽。酉刻,邱松坪招同刘卓亭、陆春林小酌。戌、亥刻,观灯。许莓磎又欲与余寻衅,高仰山等力解乃免。是夜,留卓亭同宿。

## 九 月

**一日(9月26日)** 辰刻,廖淼泉来会。巳刻,候刘心葭。申刻,曹慎庵招同刘绿岩小酌。

**二日(9月27日)** 辰、巳、午、未刻,阅蒋良骐《东华录》。共十六卷,记我朝肇祖原皇帝、兴祖直皇帝、景祖翼皇帝、显祖宣皇帝、太祖高皇帝、太宗文皇帝、世祖章皇帝、圣祖仁皇帝、世宗宪皇帝列朝事迹,真书生未易见之书也。申刻,朱云泉来会,同至万安桥观鳌山四座。戌刻,观珠龙灯,又有纱凉伞四顶,亦甚雅致。

**三日(9月28日)** 阅《东华录》。见顺治元年摄政王与史可法问答书,十一年彭氏庚为摄政王辨诬疏,康熙廿七年郭琇参大学士明珠疏,廿八年郭琇参少詹事高士奇疏,两疏俱蒙俞允。许三礼参刑部尚书徐乾学疏,不允。雍正三年大学士九卿等参大将军年羹尧大逆之罪五、欺罔之罪九、僭越之罪十六、狂悖之罪十三、专擅之罪六、贪黩之罪八、侵蚀之罪十五、忌刻之罪六、残忍之罪四,共八十二款。上念青海功令自裁。四年,颁谕皇长子允禔、皇八子允禩、皇九子允禟、皇十子允䄉、皇十四子允禵罪状,又皇八子改名为阿其那,皇九子改名为塞思黑。江西主考查嗣庭以所出试题有怨望意,伏诛。谢济世参河南巡抚田文镜十罪,上怒,革谢济世职。七年,将吕留良戮尸。陆生楠作《通鉴论》十七篇,讥刺时事,弃市。

**四日(9月29日)** 午后中雨。辰、巳刻,作观海书院八月课卷。“子在川上”一节,“秋水伊人”得“秋”字。未刻,缴雪庐夫子《东华录》八本。申刻,高仰山邀小酌。

**五日(9月30日)** 巳刻,赠陈大云楹贴一副。主人将迁寓故也。午刻,观包公赛会。鳌山四座更觉鲜明,又有高脚无常以木为足,彳亍而行,亦奇技也。未刻,陆春林邀同刘卓亭、陈卓峰、刘绿岩小酌,许莓䃣来闯席,余即避之。申、酉刻,观如意班戏于小教场。

**六日(10月1日)** 卯刻,随主人迁寓。辰刻,晤邱双湖。别已六载。午刻,候朱蕴圃,不遇。

**七日(10月2日)** 夜大雨。抄试帖十九首。午刻,观鳌山三座。未刻,改奕春月课卷。“周有八士伯达”“古镜”“古钱”,皆七律。

**八日(10月3日)** 雨。抄《輶轩录》诗六十首。巳刻,邱松坪来会。

**九日(10月4日)**　巳刻，邱桂岩来招，至博陆庙观如意班戏。酉刻返。

**十日(10月5日)**　巳刻，傅翰佐子来受业。年十二。张彩如子来受业。年十四。午刻，代邱桂岩挽傅某七律二首。戌刻，听黎里奏于鄞江会馆。

**十一(10月6日)**　热。午刻，闻秋榜揭晓。平湖中柯汝霖、程恩溥。未、申刻，观如意班戏于天后宫。戌刻，赖飞涛招同邱松坪叙源和馆，唤伶人喜庆陪饮。

**十二(10月7日)**　大热。抄《辅轩录》诗四十九首。戌刻，阅乡榜全录。解元钱塘徐廷策。

**十三(10月8日)**　午后小雨。午刻，至观海书院，还《辅轩录补遗》四本。未刻，朱雅山先生钟寄赠诗稿一卷。申刻，观灯于南门内。

**十四(10月9日)**　夜微雨。

**十五(10月10日)**　夜微雨。午刻，《挽张月泉》。五古。申刻，候刘心葭。酉刻，问卢廷秀疾。

**十六(10月11日)**　巳刻，《题虢国夫人早朝图》。七绝二首。未刻，候许德水先生。

**十七(10月12日)**　午刻，候刘筠庄，不值，即往观海书院观吉金款识、皆历代金石模本。方欧余书画真迹、名大猷，国初人。秦小岘书札十一通。已加装池。戌刻，至小教场观烟火三架。

**十八(10月13日)**　巳、午刻，作《赛神谣》。乐府。未刻，陈卓峰来会。

**十九(10月14日)**　巳刻，陈云巢招同林雪岩叙合和馆。午刻，雪庐夫子遣纪来招。因陆一帆在院故。

**二十(10月15日)**　夜雨。巳刻，邱润斋弟来受业。年十六。申刻，至钟宅寻金秋圃，兼访戈秋河。

**二十一(10月16日)**　夜大雨。

**二十二(10月17日)**　日夜雨。巳、午刻，《次韵和海盐汪少海明府》仲洋、《海塘诗》四首七律,代雪庐夫子作。未刻,至观海书院,以古今体诗一卷就正。又借《曝书亭全集》十六本。

**二十三(10月18日)** 读竹垞先生古文。

**二十四(10月19日)** 巳刻,《挽陈朴园》。七律二首。午、未刻,改奕春课本。"斯仁至矣""子语鲁太师乐""中必叠双""长鬣呼余皇"。申刻,候卜晓岩。

**二十五(10月20日)** 午后雨。午刻,至观海书院,陪徐辛庵小宴。

**二十六(10月21日)** 午、未刻,同赖飞涛、陈永良等十余人宴于陈宅。因迁寓谢客也。申刻,徐辛庵拜辞行。

**二十七(10月22日)** 巳刻,林雪岩来会。午、未刻,同沈沛然、邱鹤溪等十余人宴于陈宅。

**二十八(10月23日)** 夜大雨。巳刻,作观海书院九月课卷。"君子之德风"二句,""玉水记方流"得"方"字。

**二十九(10月24日)** 巳刻,改奕春月课卷。"草上之风","冒雨寻菊"七排。未刻,至观海书院,见八月课案。屈家荪第一,余在第四,卢奕春童卷第六。是日,知平湖荐卷人数。陆镕、张琛、钱裕昌、林家俊、徐鉴、于立、谢鉴、陆廷琮、马应魁、高振镛、钱攀龙。

**三十(10月25日)** 巳刻,林雪岩来会。申刻,赖飞涛招饮,不赴。是日,知胡竹琴明府名述文,湖北江夏人示期初四日观风。

## 十 月

**一日(10月26日)** 巳刻,至周汉槎处,见西汉元延二年铜尺。午、未、申刻,同朱云泉在木场观如意班剧,又观都城隍赛会。亦有鳌山四座。戌刻,至汤山观烟火六架。

**二日(10月27日)** 雨。酉刻,与朱云泉约同至平湖。

**三日(10月28日)** 夜大雨。巳、午刻,附周汉槎舟至平湖。申刻,观胡明府断狱。酉刻,偕朱云泉等至周延和宅。是夜遂借宿。

**四日(10月29日)**　夜大雨。是日观风。辰刻点名，生童约四百八十余人。巳刻出题，生："善政不如善教之得民也"；童："学诗乎"至"不学诗"；诗："一片冰心在玉壶"得"心"字，"小瀛洲曲"。不拘体。亥刻出场，逢大雨，随汉槎、云泉往徐秋谷宅，谈至五鼓始就寝。

**五日(10月30日)**　昼夜大雨。午刻，附航船还乍浦。

**六日(10月31日)**　下午雨。申刻，林雪岩来，同至卢廷秀处商事。

**七日(11月1日)**　始寒。未刻，刘心葭来会。

**八日(11月2日)**　小雨。申、酉刻，阅《绣像列女传》。

**九日(11月3日)**　夜雨。未刻，至观海书院。

**十日(11月4日)**　雨。巳、午刻，改奕春课本。"子谓子产"二句，"谁毁谁誉"二句，"公归不复"，"八日平杨幺"。未刻，大云主人送明年关书，林雪岩为证。束脩四十洋。

**十一(11月5日)**　阅《青溪三子诗抄》。陈琮、诸联、蔡文洽。是日伤风。

**十二(11月6日)**　未刻，往观海书院，雪庐夫子出周太孺人传铭手卷、陆兰坨夫人抄书图命题。又见无锡尼姑王韵香岳莲《咏兰诗稿》。题跋皆系当朝巨公。

**十三(11月7日)**

**十四(11月8日)**

**十五(11月9日)**　夜大雨。巳刻，改奕春课本。"霜露所队"三句，"声子班荆"。未刻，候许德水先生。申刻，卜晓岩来会。

**十六(11月10日)**

**十七(11月11日)**　巳刻，林雪岩来会。未刻，往观海书院。朱云泉来寻两次，不值。酉刻，刘亦渔来会。

**十八(11月12日)**　巳刻，柯春塘书来。

**十九(11月13日)**　午刻，观王提督得禄治兵。未刻，至刘心葭处，见观风案超等三十七名，余在廿四。鲍锡年、顾梦熊、刘东藩、赵维清、王肇熙、钱裕昌、何寄生、罗翰、吴涛、赵玉锵、陆光昭、顾广渊、陆榕、毛猷、孙兰枝、刘以焜、徐金太、袁翼先、陆儒珍、陆敦伦、郑树业、庄敬、高模、黄金台、郑之侨、方觐、鲍锡璜、冯嘉毂、钱攀龙、曹如瑄、王锡勇、陆锡韩、钟邦庆、沈锜、林枋、孙涛、陆锡谟。特等四十三名,余皆不取。童生上卷廿二名,陆熙庚第一。次卷四十名,余亦不取。

**二十(11 月 14 日)** 未刻,往观海书院,缴《曝书亭全集》。雪庐夫子赠前后两陆夫人合刻诗集。兰垞夫人《碧云轩稿》、孟贞夫人《唐韵楼稿》。申刻,途遇龚舜和,始知余家前夜被窃。

**二十一(11 月 15 日)** 辰刻,林雪岩、朱云泉来会。巳刻,《题朱雅山诗卷》。五律。申刻,赖飞涛招饮,欲呼小伶陪酌,辞之。

**二十二(11 月 16 日)** 巳、午刻,《题陆兰垞夫人抄书图》。七古。未刻,代陈氏作挽额挽对二副。申刻,收到观风卷子,评:意到笔随,文成法立。诗:含毫邈然。又胡邑侯见赠纹银六钱。

**二十三(11 月 17 日)** 午后雨,夜尤大。巳刻,《题尼子王韵香咏兰诗后》。七绝。未刻,往观海书院。

**二十四(11 月 18 日)** 抄杂诗四十三首。

**二十五(11 月 19 日)**

**二十六(11 月 20 日)**

**二十七(11 月 21 日)** 夜雨。未刻,往观海书院。知秦承业因出言不慎,革职回籍。

**二十八(11 月 22 日)** 午后雨。巳刻,刘心葭来会。

**二十九(11 月 23 日)** 巳刻,同刘心葭附航船至平湖。拜谢胡琴垞大令,适大令有事出外,不得见。未刻,附航船还乍浦。北风大作,舟捷如飞。

**三十(11 月 24 日)**

## 十一月

**一日(11 月 25 日)** 未刻,往观海书院。

**二日(11月26日)**　巳刻，林雪岩来，携至雪庐夫子所阅古今体诗六十四首。评云：才力纵横，取材富有，长篇短什，皆宽然有余，不为边幅所窘。卷中合作或真挚缠绵，或雄奇磊落，俱堪平视古人，陵轹凡近。从此沿波讨源，造而益上，必扶大雅之轮、树风骚之帜无疑也。未刻，卜晓岩来会。

**三日(11月27日)**

**四日(11月28日)**　午刻，戈秋河、金秋圃来会。

**五日(11月29日)**

**六日(11月30日)**

**七日(12月1日)**

**八日(12月2日)**

**九日(12月3日)**　夜雨。申刻，林雪岩来会。

**十日(12月4日)**　小雨。

**十一(12月5日)**　未刻，往观海书院，始晤李啸山。名际春，蔚州廪生，乍浦巡检李公子。借雪庐夫子《渔洋诗钞》三本。

**十二(12月6日)**　雨。巳刻，招林雪岩来。

**十三(12月7日)**　雨。抄王阮亭诗五十一首。申刻，邱桂岩以诗十四首属余代呈雪庐师。

**十四(12月8日)**　抄王阮亭诗廿五首。未刻，寄赠程伊斋赆仪。银二钱。至观海书院，见九月课案。刘东藩第一，余在第九，卢奕春童卷第三。

**十五(12月9日)**　抄王阮亭诗五十三首。申刻，视卢奕春疾。

**十六(12月10日)**　抄王阮亭诗三十九首。午刻，雪庐夫子遣纪来招，以方子春、翁噩生在院故。见子春近作古今体一百廿八首，皆雄奇倜傥，力追韩苏。申刻，在书院借得吴鉴湖鹏诗钞一本。

**十七(12月11日)**　抄吴鉴湖诗三十首。午刻，方子春、翁噩生、徐芸岘、钱山香、澥香同过访。

**十八(12月12日)**　抄吴鉴湖诗五十二首。未刻，至观海书院，缴《渔洋诗钞》《鉴湖诗集》，又借陈迦陵《箧衍集》四本。

**十九(12月13日)** 抄《篋衍集》诗三十二首。未刻,龚巽和来会。

**二十(12月14日)** 抄《篋衍集》诗三十四首。未刻,卜晓岩以辅仁集会卷属余评定。申刻,林雪岩来会。夜半腹痛。

**二十一(12月15日)** 大暖。巳、午刻,评阅辅仁集会卷。"与屈产之乘文阵雄师"得"雄"字,共八卷,取四名,李钧第一。申刻,朱云泉来会。

**二十二(12月16日)** 抄《篋衍集》诗四十四首。

**二十三(12月17日)** 抄《篋衍集》诗四十四首。

**二十四(12月18日)** 未刻,往观海书院,缴《篋衍集》四本。又借沈归愚原刻《国朝别裁诗》一部。是日,闻董练如以人命事大被朴责,系诸狱。事虽冤抑,然其平日为人骄盈诈伪,此亦天道报施,非余幸灾而作此言也。

**二十五(12月19日)** 抄《别裁诗》四十三首。

**二十六(12月20日)** 抄《别裁诗》五十首。

**二十七(12月21日)** 夜雨。《抄别裁诗》四十三首。

**二十八(12月22日)** 夜雨。抄《别裁诗》四十九首。申刻,刘亦渔来索观诗稿。是日南河滩火。

**二十九(12月23日)** 抄《别裁诗》五十首。酉刻,陈云巢招陪皇甫廉泉夜膳。名璟,桐乡人,戊寅孝廉。

## 十二月

**一日(12月24日)** 抄《别裁诗》四十六首。未刻,代朱云泉挽周某。七律。申刻,邱桂岩来会。

**二日(12月25日)** 巳刻,林雪岩来会。午、未刻,观如意班戏于鄞江会馆。

**三日(12月26日)** 抄《别裁诗》四十八首。

**四日(12月27日)** 抄《别裁诗》五十二首。

**五日(12月28日)** 抄《别裁诗》四十一首。申刻,候卜晓岩。

**六日(12月29日)**　抄《别裁诗》五十四首。是日天明,福基栈火,焚死者五人。

**七日(12月30日)**　雨。未刻,至观海书院缴《国朝别裁诗》。

**八日(12月31日)**　雨。申刻,刘亦渔来会。

**九日(1822年1月1日)**

**十日(1月2日)**

**十一(1月3日)**　午刻,大云主人设筵饯行,同席沈沛然、林雪岩。戌刻散席。

**十二(1月4日)**　巳、午刻,告别徐雪庐夫子、卜晓岩、林雪岩、刘心葭。心葭惠赗仪五钱。戌刻登舟。

**十三(1月5日)**　卯刻回至新溪。巳刻,候陆兰堂,寄李云帆札。午刻,至俞铁涯处,不得见。候费春林,借《王百朋诗集》一本。

**十四(1月6日)**　巳刻,候顾望山、叶竹溪。春林、铁涯答访,不遇。铁涯寄吊仪一洋,春林二百。戌刻,费春林招饮。

**十五(1月7日)**　寒。巳刻,张恒仁馈腌肉四斤、新茶一包。张氏脩金,予让还一季,以月泉知己,不忍负死交也。

**十六(1月8日)**　大寒。午刻,陆兰堂来会。

**十七(1月9日)**　寒。巳刻登舟,申刻回家,见晋芬颜色憔悴,知十月十九起三疟,至今未痊。八月以来,予家所行庆吊礼者十余家。

**十八(1月10日)**　巳刻,至钱小园处贺喜。午刻,至竹楼叔宅。未刻,寄赠柯春塘赙仪。银二钱八分。

**十九(1月11日)**　巳刻,吊徐宅丧。午刻,还金振声两洋。

**二十(1月12日)**　午刻,收杨氏租。

**二十一(1月13日)**

**二十二(1月14日)**

**二十三(1月15日)**

**二十四(1月16日)**

**二十五(1月17日)**

**二十六(1月18日)**

**二十七(1月19日)**　雨。申刻,秋渔兄招饮。

**二十八(1月20日)**　巳刻,竹楼叔赠春酒一坛、雄鸡一尾。

**二十九(1月21日)**　小雨。

**三十(1月22日)**　午后雪。

辛巳岁约用钱三十六千。

# 道光二年壬午(1822),三十四岁

## 鹂声馆日志

### 正　月

**一日(1月23日)**

**二日(1月24日)**　大雪。

**三日(1月25日)**

**四日(1月26日)**　辰、巳刻,镇上拜节。午刻,拜贺方泗亭巡宰,畅谈数刻。是日托竹楼叔完漕。洋三元,又钱二百三十八。

**五日(1月27日)**　午刻,竹楼叔招同鸿道和尚等集尚德堂,至一鼓始散席。

**六日(1月28日)**　大雪。

**七日(1月29日)**　午刻,率妻子至新溪吊外舅丧。代香一洋。未、申、酉刻,偕王均和、郑瑞椿等大饮于听松书屋。

**八日(1月30日)**　大雪。是日,为金宅管理丧账。酉刻,单静山昆季到。与余别九载矣。

**九日(1月31日)**　寒。申刻,送外舅殡,以亡男齐仲附其旁。砖瓦费三洋。是夜,谈珩甫卒。

**十日(2月1日)**　是日,为金宅结丧账。

**十一(2月2日)**　始晴。酉、戌刻,同单莲洲、金维垣、陆心斋、金鼎臣等叙饮。

**十二(2月3日)**　申刻,候陆兰堂。酉刻,陈大云书来。

**十三(2月4日)**　巳刻,候叶竹溪。

**十四(2月5日)**　午刻回家。申、酉刻,同章耀庭相度地基。意欲于清明节为先君出柩。

**十五(2月6日)**　午刻,邀章耀庭小酌。

**十六(2月7日)**　巳刻,邀风鉴俞某定地基于徐氏田中。申刻,告徐宿生,宿生不可。是日为先君重漆柩。漆资一千。

**十七(2月8日)**　辰刻,力求徐宿生,再邀俞某看地,定于徐氏田侧。午刻,招章耀庭饮。是日修墙,约费三百。

**十八(2月9日)**　雨。辰刻,寄门斗陆芸轩书。以廿七日满服故也。未刻,寻俞古水不遇。

**十九(2月10日)**　雨。未、申、酉刻,偕盛怀珍、家秋渔等八人集尚德堂。

**二十(2月11日)**　雪。午刻,鸿道和尚招同俞古水、竹楼叔等集东林寺之兰室,至二鼓散席。口占五律一首谢鸿道。

**二十一(2月12日)**　日中雪止。巳刻,阅邸报。山西学政陈官俊于考试时娶妾,为抚军成格所劾,陈官俊降翰林,成格以立言失体,亦降主事。

**二十二(2月13日)**　大雪。辰刻登舟。酉刻,至乍浦陈氏馆中。是日,付家中日用钱三千。

**二十三(2月14日)**　辰、巳刻,拜贺徐雪庐夫子、许德水先生、刘丈瑞圃、林丈金台、刘心葭、卢廷秀。是日,知浙江学政戴公联奎升兵部尚书。杜公堮来接任。

**二十四(2月15日)**　雨。辰刻,赠刘春雨婚仪。瑞圃幼子。巳刻,卢廷秀、刘筠庄答拜。午刻,偕林雪岩至书院,见杨子坚铸《自春堂诗集》。

**二十五(2月16日)**　大雨。未刻,至卢一桥奕春别字处讲书。一桥今岁在家训蒙。

**二十六(2月17日)**　夜雨。午刻,陈大云设筵相待,同席沈沛然、林雪岩。申刻，访张耐山。名长安，汀州庠生。酉刻，复偕雪岩猎酒于陈云巢处，不觉深入醉乡。

**二十七(2月18日)**　夜大雨。是日开馆。

**二十八(2月19日)**　夜大雨。抄文四首。

**二十九(2月20日)**　大寒。午刻，卢廷秀招宴，同席刘心葭、林雪岩、张旭初等七人。酉刻散席。

**三十(2月21日)**　大寒。巳刻，邱松坪来会。酉刻，有友为余言，张耐山欲遣其子来受业。更有邓姓曹姓诸子咸愿附学，悉为主人所拒。

## 二　月

**一日(2月22日)**　始晴，大寒。巳刻，朱蕴圃拜会。刘心葭、徐芸岘答拜。

**二日(2月23日)**　辰刻，朱芸泉来会。巳刻，刘亦渔来会。午刻，卷勺园招宴，不赴。未刻，至卢宅，以往时所录时艺七十余篇赠一桥。申刻，赖飞涛来会。酉刻，陈云巢招宴，同席林雪岩、曹慎庵、廖黄巷、徐星杉等七人。亥刻散席。

**三日(2月24日)**　辰刻，赖鼎庸来受业。申刻，改一桥课本。“举尔所知”“吏部文章日月光”。

**四日(2月25日)**　午刻，候刘心葭。未刻，偕李啸山饮于观海书院。

**五日(2月26日)**　寒。辰刻，抄赋三首。巳刻，曹慎庵拜会。午刻，许德水答拜。

**六日(2月27日)**　辰刻，金山门人沈东白书来。不执讯者九载矣，忽念旧恩，殊出望外。申刻，廖黄巷来会。

**七日(2月28日)**　酉刻，林雪岩来，携至丁贞女征诗启。贞女名宝慧，金山人。

**八日(3月1日)**　未刻，候卜晓岩。酉刻，偕雪岩闲步。

**九日(3月2日)**

**十日(3月3日)**　小雨。

**十一(3月4日)**

**十二(3月5日)**　辰、巳、午刻,作《丁贞女歌》。柏梁体。申刻,至刘心葭处、不值。戌刻,林雪岩来会。

**十三(3月6日)**　未刻,至观海书院,雪庐夫子赠《茗香诗论》一册。

**十四(3月7日)**　夜雨。辰刻,改一桥课本。"畏大人""新绿阴中燕子飞"。

**十五(3月8日)**　大暖。未刻,至刘心葭处。酉刻,至朱云泉处。

**十六(3月9日)**　小雨,夜有雷。卯刻,赴观海书院,甄别生童约百余人。生:"道之以德"二句;童:"必正立执绥车中","春水船如天上坐赋"以题为韵,"梦笔生花"得"江"字。午刻,偕林雪岩、姚杏士。名燕縠,金山庠生,古槎子。过怀橘庵,至王氏园观绿萼梅。未刻,许金壶邀同雪岩、杏士等小酌。戌、亥刻,作"道之以德"二句文,"梦笔生花"诗。

**十七(3月10日)**　雨。辰、巳、午、未刻,作"春水船如天上坐"赋。

**十八(3月11日)**　午后雨。巳刻,改一桥甄别卷。

**十九(3月12日)**　申刻,邱桂岩来会。

**二十(3月13日)**　辰、巳、午刻,作"巍巍乎其有成功也"二句文。

**二十一(3月14日)**

**二十二(3月15日)**　雨夜。

**二十三(3月16日)**　小雨。辰、巳刻,"作后生可畏"全章文。申刻,候刘心葭以文二首属其评点。

**二十四(3月17日)**　夜大雨。巳刻,卜晓岩拜会。戌刻,林雪岩来畅谈。

**二十五(3月18日)** 酉刻,廖森泉招同廖竹友叙源和馆。

**二十六(3月19日)** 辰、巳刻,作“多识于鸟兽”一句文。

**二十七(3月20日)** 寅刻,闻武帝庙后火灾,披衣往观。辰刻,拜候盛东海、伊秋樵、黄芝生、古梅令嗣。陆春林,答朱蕴圃。

**二十八(3月21日)** 辰、巳、午刻,作“事君敬其事”一节文。酉刻,卢廷秀招饮。

**二十九(3月22日)** 辰刻,改一桥课本。“千室之邑”“云藏李白读书山”。

## 三　月

**一日(3月23日)** 午后大雨。辰、巳刻,作“仰之弥高”四句文。未刻,至观海书院,以文三首就正。

**二日(3月24日)**

**三日(3月25日)** 辰、巳、午刻,作“且尔言过矣”一节文。

**四日(3月26日)** 雨。

**五日(3月27日)** 辰、巳、午刻,作“书云孝乎”三句文。未刻,廖森泉招同林雪岩小酌。申刻,至观海书院。窗课三首已阅出。酉刻,偕雪岩访陈鹤亭。名廷璐,嘉善庠生。

**六日(3月28日)** 未刻,刘心葭来会。复以近作二篇托其评定,家芝生答拜。

**七日(3月29日)** 辰刻,题《伊秋樵看云图》。小七古。酉刻,至卢宅讲书。

**八日(3月30日)** 午刻,见观海书院甄别案。顾梦熊第一,余在十四。胡邑侯评:《清言见骨赋》,六朝绮丽,四杰才华。未刻,至刘心葭、姚杏士两处,皆不遇。申刻,卢廷秀以余将回家为先君出柩,助洋两元。酉刻,陈大云助两元,陈云巢助一元,赖兆芹助六钱。

**九日(3月31日)** 卯刻登舟,申刻到家。

**十日(4月1日)** 辰刻,候徐宿生。巳刻,至竹楼叔宅。未刻,以单条四幅赠鸿道和尚。张绣史、刘心葭、林雪岩、卢慕唐四人书。

**十一(4月2日)**　午刻,招章耀庭小酌。申刻,乘醉往仁寿堂,狂谈片刻。

**十二(4月3日)**　辰刻,唤二工人作地基。未、申刻,与龚配京畅谈。

**十三(4月4日)**　申刻,张丈雨塘邀余商事。

**十四(4月5日)**　辰、巳刻,张羽英为余镇上写分。约钱八两。酉刻,妻子等始回自新溪。

**十五(4月6日)**　未、申刻,两至竹楼叔处商事。

**十六(4月7日)**　午前雨。午刻,为先君出柩。酉刻入祠。是日,助丧者竹楼叔、秋渔兄、吴墨乡、张羽英、叶芦滨、章耀庭等十余人。

**十七(4月8日)**　午、未、申、酉刻,还各店账目,连上日开销杂项,约用钱十三千。

**十八(4月9日)**　午、未刻,三寻俞古水始得见,托以要事。

**十九(4月10日)**　辰、巳刻,附航船至平湖。午刻,候俞云涛,即留饮。

**二十(4月11日)**　巳刻,至古香阁、宝芸堂购诗文十八种。洋两元,又钱三百。未刻,偕俞云涛游东湖第一观,还过弄珠楼。

**二十一(4月12日)**　辰刻,寻万雨堂不遇。午刻,陆畹亭邀同俞云涛小酌。未、申刻,附航船回家。

**二十二(4月13日)**　巳刻,赠吴、龚两宅婚仪。酉刻,鸿道和尚招饮。

**二十三(4月14日)**　辰、巳刻,与龚配京细谈。

**二十四(4月15日)**　朝雨。辰刻,寄香烛于仁寿堂。

**二十五(4月16日)**　午刻,招章耀庭小酌。申刻,与陈蕴和谈于元真观。

**二十六(4月17日)**　晓大雨。午刻,阅瞿菊亭颉《秋水阁古文》。

**二十七(4月18日)** 酉刻登舟。付家中日用钱二千。

**二十八(4月19日)** 卯刻,至乍浦陈氏馆。辰刻,候刘心葭,赠以《少翁制艺》《同馆试律瓣香》两种。巳刻,至雪庐夫子处,亦赠《少翁制艺》。酉刻,至卢宅讲书。是日,知何藜阁司马名太青,广东顺德人示期初三日观风。

**二十九(4月20日)** 申刻,以幼时所摘《管子》《淮南子》与卢一桥。

**三十(4月21日)** 巳刻,周铁岩拜会。申刻,朱云泉来会。

## 闰三月

**一日(4月22日)** 辰、巳、午刻,改一桥课本。"及肩今夫颛臾""宰予昼寝子曰朽木""衔书鹤""畀我嫁钟建""关公封所赐辞操"。为沈沛然作寿对一联。

**二日(4月23日)** 午刻,至观海书院。戌刻,林雪岩来会。

**三日(4月24日)** 夜雨。是日,何司马在观海书院观风,生童约二百余人。辰刻,点名出题,生:"乐道人之善"三句,"桐叶知闰"得"知"字;童:"斯焉取斯","左右修竹"得"竹"字,"续兰亭修禊赋"以"天朗气清惠风和畅"为韵。《海塘行》五古、《楼船行》七古、《蜃园怀古》五律、《汤山怀古》七律、《九山竹枝词》。

**四日(4月25日)** 巳刻,林雪岩来会。

**五日(4月26日)** 辰、巳刻,作观海书院前三月课卷。"雅颂各得其所","桃花源里人家"得"仙"字。酉刻,至卢宅讲书。

**六日(4月27日)** 雨。辰、巳刻,作"千里镜赋"以"望远登高目极千里"为韵,亦书院课题。

**七日(4月28日)** 未刻,改一桥月课卷。"使毕战问井地"。

**八日(4月29日)** 辰、巳刻,作"知者动"四句文。午刻,朱蕴圃招同刘心葭饮于富隆馆。申刻,候林雪岩。

**九日(4月30日)** 辰、巳、午刻,抄赋八首。张文石、钱棣山过访。申刻,陈鹤亭来会。

**十日(5月1日)** 雨。巳刻,朱蕴圃招宴,同席徐芗泉、刘心葭、林雪岩、姚杏士。戌刻散席。

**十一(5月2日)** 抄赋四首。

**十二(5月3日)** 辰、巳、午刻,作"多闻阙疑"两段文。未刻,见观风案超等二十六名,余在十六。顾梦熊、徐金泰、顾广勤、高三祝、高振铤、刘东藩、钱攀龙、鲍锡年、刘梦熊、陆敦伦、张儒润、赵玉锵、于立、殳绍泗、刘维桢、黄金台、屈廷庆、卜葆酚、彭芝衔、刘茂榕、陈维任、徐应熙、徐观潮、李金蕃、何寄生、王均。特等五十三名,毛凤翔居末。童生上卷十六名,陈日灿第一。次卷一百八名。刘之地居末。

**十三(5月4日)** 巳刻,偕刘心葭、陈鹤轩、刘筠庄拜见何藜阁司马,见赠字扇一柄。观风文,评:有笔有书,风流自赏。午、未刻,在观海书院长谈。

**十四(5月5日)** 午刻,许德水来会。未刻,何司马答拜。酉刻,至卢宅讲书。

**十五(5月6日)** 夜雷雨。午刻,卜晓岩来会。酉刻,刘亦渔来会。

**十六(5月7日)** 午后小雨。辰、巳刻,作"君子不以言举人"二句文。申刻,林雪岩来会。

**十七(5月8日)** 午刻,吴少山、陈鹤亭来会。未刻,至观海书院。申刻,候卜晓岩、刘心葭。

**十八(5月9日)** 午、未刻,作七律四首呈藜阁司马,即次其初至乍浦原韵。

**十九(5月10日)** 未刻,至观海书院会藜阁司马。余癸酉科乡试卷在十四房,即藜阁司马也。评云:意珠在胸,神斤运手,挟此奇技,鼓瑟齐门,时耶?命耶?故备而未荐。此日言及,司马不胜扼腕。

**二十(5月11日)**

**二十一(5月12日)** 辰、巳、午刻,作"博学而笃志"一节文。酉刻，闻奚兰岩夫子澄捷礼闱。

**二十二(5月13日)** 午后雨，夜更大。巳刻，陈板桥来会。午刻，同板桥至观海书院。戌刻，至鄞江会馆观夜剧，四鼓返。

**二十三(5月14日)** 戌刻，观灯于兴隆庙。

**二十四(5月15日)** 酉刻，朱云泉来会。

**二十五(5月16日)** 夜雨。辰、巳、午刻，作“由也千乘”二句文。

**二十六(5月17日)** 雨。申刻，林雪岩来，赠以叶少翁稿。

**二十七(5月18日)** 辰、巳、午刻，作“朝与下大夫言”一节文。未刻，邱桂岩招至天后宫观三元班戏。

**二十八(5月19日)** 夜雨。辰刻，朱云泉以《印须集》会卷托余评阅。未刻，至观海书院，会方子春、贾蘅石洪。

**二十九(5月20日)** 辰、巳刻，评改《印须集》会卷。如会同“开径望三益”得“居”字，共四卷取二名，周勋第一，周钺第二。申、酉刻，观三元班戏于鄞江会馆。

## 四　月

**一日(5月21日)** 辰、巳刻，改奕春课本。“颜渊喟然叹曰可得而闻也”二句，“陆羽为茶神”，“其旧如之何”。申刻，陈云巢为万吉士所窘，以家婢怀孕故。托余排解，不从。酉刻，至观海书院见前三月课案。朱为栋第一，余在十五名，古学第二。

**二日(5月22日)** 辰、巳刻，作观海书院闰三月课卷。“学而时习之”，“碧海掣鲸鱼”得“才”字。午刻，刘心葭来会，以文四首属其评削。酉刻，往卢宅讲书。

**三日(5月23日)** 辰、巳、午刻，作《水草同色赋以“南浦新愁细雨中”为韵》，书院课题。

**四日(5月24日)** 申刻，候刘心葭。酉刻，寻邱桂岩，不见。

**五日(5月25日)** 未刻，改一桥月课卷。“不知言”。酉刻，姚杏士来访。

**六日(5月26日)** 辰刻,徐芸岘来,以藜阁司马《余不草》一册委予誊真。巳、午、未、申刻,录何司马诗廿九首。诗稍有佳者。

**七日(5月27日)** 辰、巳、午、未、申刻,录何司马诗三十首。酉刻,至书院交还《余不草》一册。见翁海村《听莺居古文》、婺源齐梅麓彦槐移居诗四首。绝佳。

**八日(5月28日)** 申刻,偕刘心葭过姚杏士处。

**九日(5月29日)** 小雨。辰、巳、午、未刻,作"能行五者"十字题文。

**十日(5月30日)** 雨。酉刻,刘亦渔来会。

**十一(5月31日)** 辰、巳、午刻,作"邦君树塞门"四句文。未刻,往卷勺园,不见主人,即至观海书院,何司马又以《钱江草》委余誊真。是日,知陆笛村散馆后改作明府。

**十二(6月1日)** 辰、巳、午、未、申刻,为何司马录诗三十首。酉刻,至卢宅讲书。

**十三(6月2日)** 辰、巳、午、未、申刻,为何司马录诗三十七首。内《精忠柏歌》一首,颇雄浑。

**十四(6月3日)** 未刻,至书院缴何司马《钱江草》。酉刻,代范若石赠某医,作七律一首。

**十五(6月4日)** 辰、巳、午、未刻,作"克伐怨欲"至"可以为难矣"题文。

**十六(6月5日)** 热。午、未刻,改一桥课本。"然其鬼而祭之""夫我则不暇""哥舒翰半段枪""珊瑚碧树交枝柯"。

**十七(6月6日)** 大雨。辰、巳、午、未刻,作"听讼吾犹人也"一节文。

**十八(6月7日)** 夜雨。辰、巳、午、未刻,作"敏则有功"二句文。

**十九(6月8日)** 雨。申刻,至观海书院,以文四篇呈政。

**二十(6月9日)** 辰、巳、午刻,作观海书院四月课卷。"季文子三思"一节,"蚕马同气"得"同"字。

**二十一(6月10日)** 辰、巳、午、未、申、酉刻,作《瑮蛣腹蟹赋以“外螺内蟹名寄居虫”为韵》,书院课题。

**二十二(6月11日)** 未刻,候刘心葭。申刻,家中寄衣来。酉刻,至卢宅讲书。

**二十三(6月12日)** 辰、巳刻,作“孟庄子之孝也”四句文。戌刻,邱桂岩来会。

**二十四(6月13日)** 夜雨。午刻,朱云泉来会。

**二十五(6月14日)** 雨。午刻,作《洋钱行》。洋钱流入中土已久,今岁春交以来市价日减,人情汹汹有感而作。酉刻,改一稿月课卷。“岂不尔思”至“未之思也”。

**二十六(6月15日)** 未刻,至观海书院见《表忠录》。纪毛文龙事。

**二十七(6月16日)** 辰、巳、午、未、申、酉刻,作《朱翁子负薪赋以“我年五十当富贵”为韵》。

**二十八(6月17日)** 巳刻,刘筠庄拜会。申刻,候刘心葭。

**二十九(6月18日)** 未刻,至书院以《朱翁子负薪赋》呈政。申刻,改一桥课本。“播蝬”“绿满窗前草不除”。戌刻,林雪岩来会。

## 五　月

**一日(6月19日)** 雨。辰、巳、午、未、申刻,作《女及第赋以“分得蚕花如登虎榜”为韵》。

**二日(6月20日)** 酉刻,至卢宅讲书。

**三日(6月21日)** 雨。辰、巳、午、未、申、酉刻,作《盂兰盆会赋以“老僧作法群鬼齐来”为韵》。

**四日(6月22日)** 大热。辰刻,至观海书院,见闰三月课案。刘东藩第一,余在第七,古学第四。未刻,观庆制军保练兵。申刻,阅邸报。御史马步蟾奏请明臣刘忠介公宗周从祀文庙,已蒙俞允。是日,知杜文宗初十日取齐嘉郡。

**五日(6月23日)**　大热。巳刻,候朱云堂为栋。午刻,饮刘心葭处。未刻,至陆春林宅,会翁噩生。

**六日(6月24日)**　大热。日晡有雷。辰刻,林雪岩来会。

**七日(6月25日)**　热。辰、巳、午、未刻,作《椒山胆赋以"椒山自有胆"为韵》。申刻,赴雪庐夫子招。酉刻,阅《董案》。纪董思白父子不法事。

**八日(6月26日)**　热。辰刻,禀见藜阁司马。巳刻,晤何公子子桑。向号旭卿,雪庐师为改之。午刻,雪庐夫子招同朱雅山先生陪何司马宴于观海书院。时司马特入都陛见。

**九日(6月27日)**　热。卯刻,偕林雪岩、卢氏父子登舟。申刻到郡,寓南门张旭初处。

**十日(6月28日)**　大热。辰刻,诣月波楼焚香,为科试正场祈得廿二签。句云:"一片坚贞石不移,望夫山上愧淫邪。从他寂寞朱门里,不许流莺声乱啼。"为古学祈得四十七签。句云:"鸾皇同跨彩云间,种玉还须夙世缘。更喜麟儿自天降,母劳苦苦叩绅前。"巳刻,候刘心葭、陈白芬。未刻,游金明寺。

**十一(6月29日)**　辰刻,候顾蕉圃。巳刻,谒章、方两学师。午刻,候万雨堂昆仲。未刻,候赵朵山、顾蔗香。

**十二(6月30日)**　午刻,候萧雨香。未刻,候杨杏桥,遇朱一山。名馨元,嘉兴增生。申刻,候吕秋塘,不遇。

**十三(7月1日)**　申刻,游陈园。

**十四(7月2日)**　大热。午刻入场,考古学。题:"钓鳌矶赋"以"层台取义以勗诸生"为韵,"僧敲月下门"得"敲"字,"东坡三过亭"七言古。酉刻出场。是日头昏目眩,屡次呕吐。

**十五(7月3日)**　朝雨。巳刻,赴宏文馆保古学童生。

**十六(7月4日)**　大雨。申刻,观古学案,阖属取二十人,平湖得其七。县学陆镕、屈家荪、殳敦善、顾棨。府学鲍锡年、林寿椿、屈家蘅。是日痧气大发。

**十七(7月5日)** 未刻,为认挨保诸童画押。认保六人:俞文彪、卢奕春、潘镛振、王大勲、陆槐卿、倪锳。挨保十四人:钱焕、周鸿庆、黄辂、施夔、孙洙、魏应元、冯莲、朱鸿谟、林熙春、袁廷灿、顾其淳、黄河清、方荣祖、李鋆。申刻,暂迁寓于赵伟川宅。即白芬寓。是日背痛。

**十八(7月6日)** 寅刻入场,坐西收十八号。题:"不及贡"三句;策:加禾诗文;诗:"烟雨织湖光"得"湖"字。未刻出场。是日腹痛。

**十九(7月7日)** 未刻,候高继庵。振铤。是日痧气更甚。

**二十(7月8日)** 卯刻,赴宏文馆唱保。未刻,观招覆案,一等二十名,余不得与。何庆熙、王均、卜葆韶、徐金太、钱裕昌、屈家荪、顾广勤、刘东藩、殷锦、鲍锡璜、屈为章、吴濂、毛猷、陆荫槐、陆湡、徐金粹、徐锡龄、高模、李金蕃、陆宗渭。申刻,候俞丹岩。是日,平湖童生院试题,首:"舍己后人";次:"或曰有性善"二句;诗:"山云不动万松寒"得"松"字。

**二十一(7月9日)** 巳刻,卢氏父子回去。是日耳痛。

**二十二(7月10日)** 大热。辰刻,诣月波楼,拈香问二等可否录取,掣得五十七签。句云:"歌声吹散八千兵,项羽何尝非伟人。争奈天心终厌楚,乌江渡口气犹生。"未刻,观新进案。县学三十二名:冯沄、张城、张敦瞿、钱熙咸、周勋、周鼎钟、程芳灿、陆其楷、李宝辉、邵大本、殷锷、何鸣鹤、戈蕊承、钱熙、顾广伦、姚亭、周鸿绪、吴榕、蒋槐、高振锜、刘鸿熙、沈淳、吴桂生、马俗、冯志熙、姚善均、魏桥、金嗣祥、俞鸿基、贾洪、陈朝琛、吴士林,拨府六名:何绍瑾、王春溥、徐应莹、刘乙照、周钺、方淦,余认挨保皆不进。

**二十三(7月11日)** 大热。是日目痛。

**二十四(7月12日)** 大热。是日齿痛。

**二十五(7月13日)** 大热。辰刻,候张镜峰。午刻,观正案,二等四十七名,三等一百三十四名,余竟不取。未刻,同刘心葭、林雪岩、陆春林、顾篆香饮于沈可园宅。

**二十六(7月14日)** 大热。辰刻,至陆春林寓,遇仲子湘。名湘,吴江庠生。是日喉痛,几致失音。

**二十七(7月15日)**　大热。辰刻,至陆春林寓,遇郁醉石名谈经,秀水廪生、陈心恬名万林,秀水庠生、毛菡塘。是日头痛。

**二十八(7月16日)**　辰刻,偕林雪岩登舟。戌刻,至乍浦陈氏馆中。

**二十九(7月17日)**　热。辰刻,见雪庐夫子,馈金华火肉一蹄。

## 六　月

**一日(7月18日)**　是日头痛,加以脑漏。

**二日(7月19日)**　是日脑漏如故。

**三日(7月20日)**　卯刻,候许德水先生,兼请友巢先生诊脉。巳刻,服药一剂。

**四日(7月21日)**　热。巳刻,服药一剂。

**五日(7月22日)**　热。卯刻,贺周子莲芹喜并赠字箑。辰刻,卢廷秀来问疾。未刻,至观海书院吊唁。时芸岘悼亡。申刻,请朱雅山先生诊脉。

**六日(7月23日)**　热。巳刻,服药一剂。

**七日(7月24日)**　大热。午、未刻,改一桥课本。“曰人也”“卫灵公问阵于孔子”“女及第”“小鬟催酒不停筝”。

**[八日,缺](7月25日)**

**九日(7月26日)**　大热。巳刻,《咏十八里桥李许斋夫子墓》。七律。未刻,诣观海书院,见四月课案。余得第一,古学亦第一。

**十日(7月27日)**　大热。辰刻,林雪岩来会。

**十一(7月28日)**　大热。午刻,空中有红云一片,税关前忽起大火,专焚木场,不及民舍。戌刻,登汤山顶观火,火势约长三里,光同白昼。

**十二(7月29日)**　大热。卯刻,至北河滩观火,火势渐西。戌刻,至海塘观火,长木桥以东、税关以西焚毁板木数千万条,而民居依然无恙。

**十三(7月30日)**　大热。卯刻,火势稍缓,天上红云亦渐散,午后火始熄。二十四家木字号,被焚者十七号。闻五月内木商私议长价,不逾时而便为六丁所取,天网恢恢,疏而不漏,可畏哉。又焚死溺死者数十人。

**十四(7月31日)**　热。巳刻,《咏城南火》。乐府。

**十五(8月1日)**　热。申刻,诣观海书院。酉刻,林雪岩来会。

**十六(8月2日)**　热。卯刻,偕刘亦渔诣霍将军庙焚香,为秋试祈得六十签。句云:"妻财子禄是前由,今世因缘夙世修。人口相安无虑患,泥中得石也珍留。"

**十七(8月3日)**

**十八(8月4日)**

**十九(8月5日)**　辰、巳、午刻,作观海书院六月课卷。"子之燕居"一节,"汉案户"得"秋"字。酉刻,寄门斗陆芸轩书。约杭州同寓。

**二十(8月6日)**　辰、巳、午、未刻,作《碧筒杯赋以"绿荷□酒清芬袭人"为韵》,亦书院课题。

**二十一(8月7日)**　大热,日晡有霞。未刻,候刘心葭、顾篆香。

**二十二(8月8日)**　大热。

**二十三(8月9日)**　热。

**二十四(8月10日)**　大东北风。未刻,偕陈廷荣游三山会馆。时新加雕饰,金碧辉煌。

**二十五(8月11日)**　清晨小雨。抄赋九首。

**二十六(8月12日)**　抄赋七首。戌刻,至卢宅见一桥院试文,竟得备卷。

**二十七(8月13日)**　申刻,朱云泉来会。

**二十八(8月14日)**　未刻,诣观海书院。

**二十九(8月15日)**

**三十(8月16日)**

## 七 月

**一日(8月17日)**

**二日(8月18日)** 夜雷电大作,雨仅数十点。未刻,改一桥课本。"比其反也""鸡林贾人市白香山诗"。

**三日(8月19日)** 大热。卯刻,送林宅冥资。雪岩太夫人昨夜病殁。巳刻,刘心葭来会。

**四日(8月20日)** 大热,日晡大雷电,小雨。午刻,徐芸岘来会。

**五日(8月21日)** 未刻,笔工沈载仁来。酉刻,卢廷秀招饮。

**六日(8月22日)** 大热。辰刻,赖飞涛招饮合和馆。巳刻,候刘心葭。午刻,至观海书院辞行,并吊姚夫人丧。雪庐夫子赠银四钱,湖颖六管。酉刻,卢庭秀贻高丽布一幅。

**七日(8月23日)** 卯刻,登乍浦舟。大云主人助考费一洋。巳刻,至平湖,寄行李于朱永椿宅,途遇俞云涛,招余小饮。未、申刻,附航船回家,知考妹五儿又得三疟疾。是日,新仓独大雨。

**八日(8月24日)** 辰刻,赠金柳衣嗣祥字扇一柄。巳刻,赠竹楼叔合锦扇。陈白芬等五人书。

**九日(8月25日)** 辰刻,诣东林寺,赠鸿道和尚合锦扇。满洲盈安等八人书。

**十日(8月26日)** 巳刻,鸿道和尚馈龙眼一斤。午刻,金振声招饮,同席竹楼叔、陆敦仁、马敬一等七人。酉刻,竹楼叔赠马皋腊一包。

**十一(8月27日)** 卯、辰刻,附航船到城。未刻,候万蕉园、陈白芬。申刻,候高益庵,适徐芸岘来,即同叙饮。是夜,宿于陆芸轩宅。是日知浙江主试顾公皋、陈公銮。

**十二(8月28日)** 夜雨。午刻,登平湖舟,同舟者应试五人,刘竹桥、陆午亭、沈香槎、林倬庵及余也。办考九人。顺风扬帆,舟行若驶。

酉刻，舟过石门，口占七律一首。

**十三(8月29日)**　酉刻到省，寓西湖上陈宅。

**十四(8月30日)**　申刻，谒苏文忠公祠。

**十五(8月31日)**　酉刻，偕刘竹桥小酌。

**十六(9月1日)**　申刻，候陈白芬、陆云槎、罗莼浦。是日，知徐辛庵差江南副主试，朱小云差云南副主试。

**十七(9月2日)**　巳刻，谒岳忠武王庙，游圣因寺。

**十八(9月3日)**　午刻，至万氏昆仲寓。

**十九(9月4日)**　申刻，暂迁小寓。

**二十(9月5日)**　夜大雨。寅刻入场，赴遗才试，坐西服十一号。题："能以礼让"二句；策："尔雅条辨"；诗："秋发小山枝"得"秋"字。午刻出场。

**二十一(9月6日)**　午前大雨。午刻，过时森岩、陆西卿以模寓。申刻，同刘霞江以灿、陆云槎小酌。

**二十二(9月7日)**　申刻，偕罗莼浦、陈白芬游孤山放鹤亭，谒林逋翁墓。

**二十三(9月8日)**　辰刻，谢月波来会。未刻，偕万雨堂、戈翰轩小酌。

**二十四(9月9日)**　巳刻，候陆一帆。

**二十五(9月10日)**

**二十六(9月11日)**　巳刻，谢月波邀同吴少杉、徐莲史、董玉山游净慈寺，访运木井，观五百罗汉像。申刻，叙饮于闲乐居。酉刻，谒纯皇帝行宫，观文澜阁，香妃妆台，美人峰一座，铜鹿一双。

**二十七(9月12日)**　辰刻，同高继庵诣清涟寺，观玉泉鱼。巳、午刻，游灵隐寺，入弢光径，登炼丹台。

**二十八(9月13日)**　辰、巳刻，偕万雨堂、戈翰轩登栖霞岭，游紫云、金鼓、白衣三洞，访白沙泉。戌刻，钟勉斋邦庆招饮。

**二十九(9月14日)**　辰刻，刘筠庄来会。递到雪庐夫子书并火肉一蹄。申刻,见遗才案。正取四十五名,高继庵第一,余在三十一。备取三十九名,次备取九名。戌刻,沈赤石来会。

## 八 月

**一日(9月15日)** 卯刻,答沈赤石,兼访胡苓年,名来金,德清廪生。托其买誊录。洋五元。申刻,偕赤石过徐香畹寓,见大卯女史。

**二日(9月16日)** 热。

**三日(9月17日)**

**四日(9月18日)** 申刻大雨。戌刻,林倬庵大醉,回寓向余伸气,几致攘臂。

**五日(9月19日)**

**六日(9月20日)**

**七日(9月21日)** 大热。

**八日(9月22日)** 大热。巳刻入场,坐西阳六号。

**九日(9月23日)** 大热。寅刻出题。首:"巍巍乎舜禹一章";次:"忠恕违道不远";三:"书曰丕显"至"无缺";诗:"湖清霜镜晓"得"寻"字。酉刻完卷。

**十日(9月24日)** 大热。辰刻出场。

**十一(9月25日)** 更热。巳刻入场,坐西字二十一号,与嘉兴武耘圃同号。

**十二(9月26日)** 忽凉。子刻,出经题。《易》:"是以立天之道"六句;《书》:"烝民乃粒"二句;《诗》:"自堂徂基"三句;《春秋》:"同盟于戏"襄公九年,《礼》:"水无当于五色"二句。酉刻完卷。

**十三(9月27日)** 卯刻出场。

**十四(9月28日)** 巳刻入场,坐东贤三十号。

**十五(9月29日)** 夜雨。丑刻,出策题。经学、太学、课吏、蚕桑、浙江。申刻完卷。

**十六(9月30日)** 雨,寅刻出场。辰刻,同寓四人皆回去,惟余独留。戌刻，万雨堂招宴。是夜，结考费约用钱九千。誊录在外。

**十七(10月1日)**　午刻，过赵朵山、陆梦渔寓，留小饮。申刻，候钱心园，乞附舟。

**十八(10月2日)**　巳刻，同钱心园父子、俞松坪昆仲、徐吟槐叔侄、陆芗泉锡荣、张莲汀燾登舟。

**十九(10月3日)**　在舟中与俞松坪谈诗。

**二十(10月4日)**　亥刻，至俞松坪宅，即留宿。是日耳痛。

**二十一(10月5日)**　午刻回家。是夜，家廷杰死。年七十七。

**二十二(10月6日)**　辰刻，寄张宅婚仪。午刻，饮于竹楼叔宅。是日，耳疾大甚。

**二十三(10月7日)**　酉刻，秋渔兄招同钱棣山等宴于尚德堂。

**二十四(10月8日)**　午刻，鸿道和尚招宴，同席四人。酉刻散席。

**二十五(10月9日)**　辰、巳刻，附航船至平湖，赴俞云涛招。是夜留宿。

**二十六(10月10日)**　辰刻，候万雨堂。巳、午刻，候沈赤石、陈白芬、程伊斋、高益庵皆不遇。未刻，陆芸轩招小酌。

**二十七(10月11日)**　雨。申、酉刻，附航船回家。

**二十八(10月12日)**　午、未刻，作《矮屋吟》。五古。是夜，耳疾更甚。

**二十九(10月13日)**　巳刻，赠徐养三宅婚仪。

**三十(10月14日)**　午刻，秋渔招宴，惜同席半无赖子。戌刻登舟。是日，付家中日用钱八千。

## 九　月

**一日(10月15日)**　卯刻，至乍浦陈氏馆中。辰刻，谒徐雪庐夫子。未刻，何子桑赠《宝印斋文格》两本。申刻，候刘心葭。酉刻，林雪岩来会。言陈宅已辞馆。

**二日(10 月 16 日)** 巳刻,卢廷秀来会。未刻,刘心葭来会。戌刻,代林雪岩撰张道陵对一联。

**三日(10 月 17 日)** 夜雨。辰刻,赖飞涛来会。巳、午、申刻,改卢一桥文六篇。"瞻彼淇澳""可离非道也""小不忍""善与人交""赐也尔爱其羊""臧文仲其窃位者与"。

**四日(10 月 18 日)** 夜雨。辰刻,刘亦渔来会。巳、午刻,改一桥诗六首。"月饼""秋声馆""马当助风""洞庭始波""今夕只可谈风月""造八万四千宝塔"。申刻,至观海书院,始见六月课案。金受滋第一,余在第四,古学第一。

**五日(10 月 19 日)** 雨。

**六日(10 月 20 日)** 巳、午、未刻,改一桥《张桓侯据水断桥赋以"身是翼德可来决死"为韵》。申刻,为卢廷秀作天后宫对一联。酉刻,金山单良弼来会,携其尊人静山《书声泉籁图》索题。

**七日(10 月 21 日)** 未刻,候许德水、刘瑞圃。

**八日(10 月 22 日)**

**九日(10 月 23 日)** 巳、午、未刻,改一桥《胭脂赋》不限韵。申刻,家菊庄来会。

**十日(10 月 24 日)** 巳刻,卜晓岩来会。未刻,至观海书院。申、酉、戌、亥刻,为雪庐夫子校对汪龙庄《善俗书》《学治说赘》《学治续说》。皆言兴令治民之道,剀切详明。

**十一(10 月 25 日)**

**十二(10 月 26 日)** 巳刻,秋闱报罢。平湖中式六人,正榜:钱步曾、贾汉、鲍锡年、俞嗣烈。副榜:陈棫、王锡勇。解元奉化竺陈简,又武康徐金镜、海盐赵玉锵、顾德馨、嘉善盛镈俱捷。

**十三(10 月 27 日)** 巳刻,发俞云涛、陆兰堂、周晓山书。

**十四(10 月 28 日)** 午刻,题单静山《书声泉籁图》,即以寄怀。小七古。未刻,咏龙湫山。五律。申刻,至观海书院。

**十五(10 月 29 日)** 巳、午刻,作观海书院九月课卷。"恶郑声之乱雅乐也”，“黄鹤警露”得“寒”字。

**十六(10月30日)**　辰刻，赖飞涛招饮。申刻，至卢宅讲书。是日，耳疾复作。

**十七(10月31日)**　午、未、申、酉刻，作《天风海涛楼赋以“楼前指顾雪成堆”为韵》。书院课题。戌刻，改一桥月课卷。“王笑而不言”。

**十八(11月1日)**　午刻，候许德水，以赋二首就正。未刻，赴卷勺园宴，同席徐香畹、马軨桥、刘心葭、吴淳斋。

**十九(11月2日)**　抄王柳村《群雅二集》诗六十九首。

**二十(11月3日)**

**二十一(11月4日)**

**二十二(11月5日)**

**二十三(11月6日)**

**二十四(11月7日)**

**二十五(11月8日)**　以上六日，在观海书院为雪庐夫子草书札，开报纸，对宾客，校书籍，不胜劳苦。又代阅九月生童课卷四十四本。余自居第一，古学亦第一，童王文海第一，古学亦第一。酉刻事毕，到馆。

**二十六(11月9日)**　巳、午刻，抄《群雅集》诗廿五首。申刻，陆春林、朱云泉来会。

**二十七(11月10日)**　夜雨。巳、午、未刻，抄吴翌凤《怀旧集》诗三十六首。申刻，至卢宅讲书。

**二十八(11月11日)**　巳、午、未刻，抄吴翌凤《印须集》诗三十八首。申刻，林雪岩来商事。刘亦渔自杭州回来，言平湖荐卷十五人，余亦在内。顾广勤、何庆熙、陆敦伦、黄金台、高三祝、钱裕昌、王均、冯申垚、陆儒珍、徐锡龄、周鸿治、于立、王灏、鲍锡瓒、钱仪一。酉刻，弟子陈明璋将逃回处州，已在舟中矣，诸人再四挽留不可得，既而为有力者挟以归。

**二十九(11月12日)**　小雨。巳、午、未刻，抄《印须集》诗三十六首。

**三十(11月13日)**　未刻,至观海书院,得徐芸岘书,知余为第十房武康令庆湘帆先生名辰,满洲正黄人所荐。

## 十　月

**一日(11月14日)**　午刻,同刘亦渔至北河滩观如意班剧。申刻,亦渔邀薄酌。

**二日(11月15日)**

**三日(11月16日)**

**四日(11月17日)**　巳刻,俞云涛来,言陆畹亭欲聘余妹,约余初七日到城定计。午刻,邀云涛小饮富隆馆。申刻,诣观海书院。

**五日(11月18日)**　午刻,徐芸岘拜会。未、申刻,改一桥课本。“诚哉是言也”“仕而优则学”“橘绿橙黄”“阮籍长啸苏门山”。

**六日(11月19日)**　午刻,至观海书院,赠芸岘赆仪一洋。申刻,至卢宅讲书。

**七日(11月20日)**　雨。巳、午刻,附舰船至平湖,贺陈白芬,赠以银三钱五分。未刻,候高警庵。是夜,宿俞云涛宅。

**八日(11月21日)**　雨。巳刻,陆畹亭遣纪持贴来,定于十一月八日行纳采礼。午刻,候高益庵。未、申、酉刻,附航船回家。

**九日(11月22日)**　小雨。巳刻,至仁寿堂。

**十日(11月23日)**　午刻,竹楼叔招同鸿道和尚、金振声、家秋渔等宴于尚德堂。二鼓散席,即留宿。

**十一(11月24日)**　巳刻,吊叶、陈两宅丧。

**十二(11月25日)**　巳、午刻,附航船至平湖。申刻,俞云涛邀同顾伊卢星杓饮于通益亭。

**十三(11月26日)**　午、未刻,附航船至乍浦。戌刻,林雪岩来会。

**十四(11月27日)**　申刻,至观海书院,适徐芸岘自平湖回来,携至沈赤石书并乡试落卷。房师评:词华焕发。主试评:剿袭浮词,嫌脂粉气。

**十五(11月28日)**

**十六(11月29日)** 巳刻,改一桥观海书院十月课卷。"子路共之","正值万株红叶满"得"红"字,生盐题:"子所雅言"二句,余以事烦,故不作。

**十七(11月30日)** 午、未刻,改一桥《秋鸟赋以"来从日本腹有青椒"为韵》。书院课题。

**十八(12月1日)**

**十九(12月2日)**

**二十(12月3日)**

**二十一(12月4日)**

**二十二(12月5日)**

**二十三(12月6日)** 以上六日,又在观海书院为徐芸岘分配、送朱卷等事。

**二十四(12月7日)** 是日复到馆,知前日鲍介堂过访。

**二十五(12月8日)** 午刻,寄还单静山《书声泉籁图》。内雪庐夫子及林雪岩题词皆余所代索者。

**二十六(12月9日)** 申刻,刘亦渔来会。

**二十七(12月10日)** 小雨。戌刻,林雪岩来会。

**二十八(12月11日)** 夜小雨。巳刻,改一桥课本。"邦君之妻"二句,"受孔子戒"。

**二十九(12月12日)** 雨。巳刻,刘心葭来会。

## 十一月

**一日(12月13日)** 巳刻,朱云泉来会。申刻,黄信夫来会。酉刻,卢宅招饮。

**二日(12月14日)**

**三日(12月15日)** 巳刻,金秋圃来会。申刻,至卢宅讲书。

**四日(12月16日)** 骤寒。

**五日(12月17日)** 寒。

**六日(12月18日)** 巳刻,朱蕴圃招同陈白芬、刘亦渔饮于合和馆。午刻,寄还沈赤石领卷费一洋。未刻,至观海书院,雪庐夫子出视《茅屋授经图》《白鹄山房图》。

**七日(12月19日)** 巳刻,附航船至平湖,候高益庵,即留饮。午刻,至宝芸堂,购《林蕙堂全集》《水浒传》《红楼梦》。钱二千。未刻,候高警庵。是夜。宿俞云涛宅。

**八日(12月20日)** 夜雨。巳刻,受陆宅纳采礼,请庚二元,金玉簪各一枝,银镯一副。花红总犒及杂费约用钱一千七百。

**九日(12月21日)** 大西北风。

**十日(12月22日)** 大西北风。午刻,附航船至乍浦。

**十一(12月23日)** 大寒。

**十二(12月24日)** 大寒。

**十三(12月25日)** 寒。

**十四(12月26日)** 巳刻,诣观海书院,再吊姚夫人丧。是夜,偕林雪岩、路春山、邵松楼杞等在书院,达旦不眠,五更时送姚夫人柩还山。

**十五(12月27日)** 巳刻,禀见何藜阁司马,时司马初自都中归。承赐京水笔二十管。申刻,林雪岩来会,即以京水笔十管赠之。

**十六(12月28日)** 申刻,至卢宅讲书。

**十七(12月29日)** 巳刻,陈鹤亭来会。午刻,邱桂岩来会。

**十八(12月30日)**

**十九(12月31日)**

**二十(1823年1月1日)** 巳刻,禀见何藜阁司马。

**二十一(1月2日)** 以上二日,在书院代阅十月生童课卷六十八本。生:陈廷璐第一,童:王文海第一,卢奕春第二。

**二十二(1月3日)** 午刻,何子桑赠貂领一根。

**二十三(1月4日)** 夜雨。午刻,陈鹤亭来会。申刻,刘亦渔来会。酉刻，林雪岩来会。

**二十四(1月5日)**　巳刻，挽伊秋樵。七律。

**二十五(1月6日)**　雨。

**二十六(1月7日)**

**二十七(1月8日)**　雨。

**二十八(1月9日)**

**二十九(1月10日)**

**三十(1月11日)**　夜大雨。

## 十二月

**一日(1月12日)**　巳刻，辞别许德水先生。午刻，诣观海书院，告别。申刻，候陈鹤亭。

**二日(1月13日)**　夜雨。巳刻，告别林雪岩。午刻，丁半闲邀同刘心葭小酌。戌刻登舟。

**三日(1月14日)**　大雨。辰刻到家。巳刻，至竹楼叔处。

**四日(1月15日)**　雨。

**五日(1月16日)**

**六日(1月17日)**

**七日(1月18日)**　大寒。巳、午、未、申刻，代钱棣山作《解议围赋以“青丝曾解小郎围”为韵》。

**八日(1月19日)**　大寒。巳刻，评钱棣山《雁字赋》。午刻，仁寿堂招饮。

**九日(1月20日)**　午刻，[后面被涂]。

**十日(1月21日)**　大寒。巳刻，吊李宅丧。午刻，秋渔兄招饮，同席五人。戌刻散席。

**十一(1月22日)**　寒。酉刻，闻新溪顾望山宅昨夜被火，焚死三人，又毁三柩，延烧邻舍十余家。

**十二(1月23日)**　以上二日，为龚配京助理丧事。

**十三(1 月 24 日)** 午刻,龚宅招饮。

**十四(1 月 25 日)**

**十五(1 月 26 日)**

**十六(1 月 27 日)**

**十七(1 月 28 日)** 辰刻,陆野桥坊、徐芸岘来会。巳刻,同芸岘至仁寿堂。

**十八(1 月 29 日)** 夜雨。巳刻,吊李宅丧。申刻,秋渔兄招饮。是夜,宿于尚德堂。

**十九(1 月 30 日)** 寒。

**二十(1 月 31 日)**

**二十一(2 月 1 日)**

**二十二(2 月 2 日)** 午刻,家广勤招饮。

**二十三(2 月 3 日)** 巳刻,代方巡宰作徐宅挽额挽对。

**二十四(2 月 4 日)** 夜雪。午刻,收杨氏租。

**二十五(2 月 5 日)** 午刻,有盛怒。以家应飞到城完漕,与陆畹亭素未谋面,而自认新亲,流连数日,费畹亭二十余洋,殊属荒唐之极。

**二十六(2 月 6 日)** 申刻,寄俞云涛书。

**二十七(2 月 7 日)**

**二十八(2 月 8 日)** 申刻,竹楼叔赠新酒一坛、酱鸡一尾、白蚬十斤、海蛰九张。

**二十九(2 月 9 日)** 巳刻,秋渔兄赠火酒五斤、腌肉一块。三斤十两。

**[三十,缺](2 月 10 日)**

# 道光三年癸未(1823),三十五岁

## 鹂声馆日志

### 正　月

**一日(2月11日)**

**二日(2月12日)**

**三日(2月13日)**　辰、巳刻,镇上拜节。

**四日(2月14日)**　巳刻,拜贺方泗亭巡宰。酉刻,竹楼叔招饮,同席鸿道和尚、家秋渔等八人。二鼓散席。

**五日(2月15日)**

**六日(2月16日)**　小雨。午刻,徐养三先生招宴,同席柯春塘、钱小园等。

**七日(2月17日)**　微雪。午刻,徐念曾招宴,同席九人。戌刻,鸿道和尚□□□□竹楼叔等八人。三鼓散席。

**八日(2月18日)**　午刻,钱朗斋姑丈招饮,同席八人。

**九日(2月19日)**

**十日(2月20日)**

**十一(2月21日)**

**十二(2月22日)**　夜雨。辰刻,附林瑞亭舟。酉刻,至乍浦观海书院,拜贺徐雪庐夫子。是夜留宿。

**十三(2月23日)**　雨。辰、巳刻,拜候许德水、刘心葭、朱蕴圃、卢廷秀、陈□□、赖兆芹、张耐山。至林雪岩宅插香。酉刻,陈云巢招宴,同席林雪岩、徐星杉、曹慎庵、卢一桥。至鸡鸣方散。是席酒馔极丰。

**十四(2月24日)**　辰刻,张耐山、许德水答拜。巳刻,候陈鹤亭。酉刻,刘心葭招饮,同席顾汉云。

**十五(2月25日)**　巳刻,拜候刘丈瑞圃。午刻,偕何子桑、李啸山、陆春林、陈鹤亭、高继庵等饮于观海书院。

**十六(2月26日)**　巳刻,送徐芸岘北上。□刻,同心葭、春林猎酒于朱蕴圃宅。酉刻,候刘卓亭不遇。戌刻,春林招至其家对酌,大醉留宿。

**十七(2月27日)**　大雪。午刻,朱蕴圃招宴。同席陆春林、许友巢、林雪岩、胡月槎涟等八人。戌刻散席。是夜留宿。

**十八(2月28日)**　大雪。午、未刻同胡月槎、刘希云在蕴圃家赏雪。是夜,留宿朱宅。

**十九(3月1日)**　巳刻,谒何藜阁司马。是夜,复寓观海书院。

**二十(3月2日)**　又雪。辰刻,藜阁司马答拜。欲招余作记室,余以书法不善辞之。午刻,在心葭处赏雪。是夜,暂寓卢宅。

**二十一(3月3日)**　辰刻,同卢一桥登舟。未刻,至平湖,候俞云涛。是夜留宿。

**二十二(3月4日)**　辰、巳刻,拜候万雨堂、陈白芬、徐香畹、万蕉园,又为陈白芬至陈溶亭处,托其新溪分送朱卷。申刻,俞雨村招宴,同席徐秋谷、陆畹亭等六人。亥刻散席。

**二十三(3月5日)**　小雨。

**二十四(3月6日)**　雨。申、酉刻,偕冯鄂楼敦棣等饮于聚仙馆。

**二十五(3月7日)**　大西北风。辰刻,告辞俞云涛。午刻,欲附航船回家,因风大不果。申刻,途遇竹楼叔。酉刻,复往云涛处,适陆畹亭、章耀堂等正在轰饮,招余入席。是夜,偕畹亭宿俞宅。

**二十六(3月8日)**　辰刻,陆畹亭饯行于天顺馆。巳刻,偕竹楼叔至东湖第一观看梅花。酉刻回家,接到金秋圃书。

**二十七(3月9日)**　申刻,以阮秋山画梅一幅赠竹楼叔。秋山名松,杭州人业剃发匠,能诗善画。戌刻,竹楼叔留饮。

**二十八(3月10日)**　午刻,金振声招宴,同席陆六峰等六人。酉刻散席。

**二十九(3月11日)**　雨。巳刻,至新溪金宅拜节。

**三十(3月12日)**　雨。辰、巳刻,新溪镇上拜节。过顾望山宅,见其高楼大厦悉化煨烬。呜呼,祝融祝融,为祸烈矣。

## 二　月

**一日(3月13日)**　小雨。巳刻,陆兰堂、周笑山答拜。未刻至南栅,听裘氏婢唱书。申刻,叶竹溪招饮时和馆。

**二日(3月14日)**　戌、亥刻,同潘成章、叶竹溪等六人大饮于听松书屋。

**三日(3月15日)**　午刻,陆兰堂招饮。

**四日(3月16日)**　巳刻,陆讷斋拜会。午刻,叶竹溪招宴,同席金秋圃、张廷圃等六人。亥刻始散。

**五日(3月17日)**　巳刻,偕叶竹溪至费春林宅,即留饮。申刻,登秋梦楼远眺。即春林读书处。

**六日(3月18日)**　未刻,费春林借赋稿一册。

**七日(3月19日)**　辰刻,周晓山答拜。巳刻,至俞铁涯宅,即留饮。知县试期定于十五日。

**八日(3月20日)**　申刻,取还春林处赋稿一册。

**九日(3月21日)**　夜雪。午刻陆兰堂来会,即留对酌。戌刻,偕潘成章、金秋圃等轰饮,颇有醉意。

**十日(3月22日)**　午刻,回家,接到雪庐夫子初二日书。

**十一(3月23日)**　巳刻,覆雪庐夫子书。来书言近得一馆,束脩之羊三十维物,惟供膳稍薄,青龙白虎而已。余揣其意,仍是何司马莲幕中生活也,因作书辞之。

**十二(3月24日)**　巳刻,作诗慰顾望山失火。五律。

**十三(3月25日)**　夜雨。午刻至平湖,陆畹亭招同郑芳洲、龚静庵集义和馆□。是夜,偕卢一桥寓王绍昌布店。

**十四(3月26日)**　夜大雨。巳刻,候陈白芬。未刻,为认保诸童画押。吴祖德、杨文灿、沈国安、俞文彪、周伫元、卢奕春、叶梦元、黄如罴。

**十五(3月27日)**　大雨。寅刻送考。午刻,陆畹亭邀同吴云亭、龚静庵等集天顺馆。酉刻,赴陈白芬招。戌刻,复偕陆畹亭、高继庵、戈樵月等酣饮于其祥馆。亥刻接考。是日县试题:"无违樊迟御"。

**十六(3月28日)**　巳刻,赠俞雨村新婚对一联。陈白芬书并代撰句。申、酉刻,同陆畹亭、吴云亭叙元兴馆。

**十七(3月29日)**　巳刻,游报本寺。午刻,观初覆案。卢奕春在四十五名。申刻,陆畹亭招同俞云涛、金芸舫叙义和馆。

**十八(3月30日)**　寅刻送考。巳刻,至吴云亭宅。未刻,云亭邀同俞云涛、陆畹亭集元兴馆,不觉烂醉。亥刻接考。

**十九(3月31日)**　辰刻,寄金秋圃书,申刻回家。是日,知廿八日取齐府试。

**二十(4月1日)**

**二十一(4月2日)**

**二十二(4月3日)**　巳、午、未刻,扫墓。

**二十三(4月4日)**　申刻,至尚德堂。

**二十四(4月5日)**　夜雨。未刻,徐宿生来会,赠以《碧云轩》《唐韵楼诗抄》。

**二十五(4月6日)**　夜大雨。辰刻,送李宅冥资。未刻,作诗赠陆畹亭。七律。

**二十六(4月7日)**　雨。

**二十七(4月8日)**　午刻至新溪,赴周晓山招。欲余率其子应试嘉禾也。

**二十八(4月9日)**　夜雨。未刻,率周伫元、汪廷模、廷楷登舟。

**二十九(4月10日)**　黎明,大雷雨。辰刻至郡,寓于酱园巷魏懋昭宅。未刻,卢一桥来,同寓。

## 三　月

**一日(4月11日)**　雨。未刻,游精严寺、楞严寺。

**二日(4月12日)**　辰刻,丁带泉、邬方桥名溱,嘉善廪生。来访。巳刻,陈鹤亭来会。未刻,候刘心葭,不遇。

**三日(4月13日)**　夜大雨。巳、午、未刻,认挨、保诸童拜会。认保杨文灿,有贽。挨保:陆润章、马佶、朱杏林、张毓、屈慎旃、徐金镛、顾光玙、毛云鹤、蒋上鉁、曹如琮、张国彦、徐金芾,有贽。俞文彪、高彦彬、殳淇、程铨,无贽。郭金兰不考。

**四日(4月14日)**　巳刻画押。午刻,万蕉园来会。戌刻,评改同寓四人烟雨楼诗。

**五日(4月15日)**　寅刻送考。午刻,曹云帆招宴,同席施苏巢锷、尚雄初熊、刘心葭、朱云堂、陈鹤亭、刘亦渔。亦渔大醉,与云帆相斗。申刻,候何菘磎。是日,府试题"正颜色"二句。

**六日(4月16日)**　巳刻,过刘霞江寓。午刻,寄周晓山书。申刻,徐宿生来访,不遇。

**七日(4月17日)**　巳刻游白漪庵。何菘溪答访,不遇。

**八日(4月18日)**　巳刻,顾春樵、戈翰轩来会。未刻,观初覆案。同寓招覆汪廷楷、卢奕春二人。

**九日(4月19日)**　寅刻送考。辰刻,陈鹤亭来会。巳刻,偕卜晓岩、顾春樵等八人游烟雨楼。未刻,春樵邀饮。

**十日(4月20日)**　巳刻,同卢友兰等游卢山寺。在北门外十里。未刻,友兰贻碗帽一顶。申刻,登瓶山。

**十一(4月21日)**　巳刻,游金明寺。申刻,改周伫元"齐一变"二句文。

**十二(4月22日)**　巳刻,观二覆案。卢、汪二子仍招覆。

**十三(4月23日)**　卯刻送考。午刻,寄周晓山书。

**十四(4月24日)**　申刻,观三覆案。卢奕春拔置十一,汪廷楷不覆。

**十五(4月25日)**　黎明,大雷电,雨。卯刻送考。午刻,与谢兰洲闲步。

**十六(4月26日)**　夜雨。未刻,观四覆案。卢奕春在二十七。申刻,俞铁涯招饮。酉刻,竹楼叔来会。

**十七(4月27日)**　卯刻送考。午刻,竹楼叔邀饮。戌刻,邵春泉桂森来会。

**十八(4月28日)**　巳刻,诣月波楼拈香,为岁试祈得七十一签。句云:"风为宾兮树为友,山花撩乱酌春酒。世事销魂谁解组,不若清闲终黄耇。"午刻,认保武童顾廷栋拜会。申刻,卢一桥回去。寓中惟余一人。酉刻,谢兰洲来会。是日,知廿五日杜文宗取齐岁试。

**十九(4月29日)**　辰刻,高警庵、万蕉园来会。巳刻,钱三庚来会。名峻,秀水庠生。午刻,与赵伟川小酌。未刻,朱一山来会。申刻,挨保武童拜会。曹应昌、何云标、吕墉,皆有贽。

**二十(4月30日)**　卯刻,诣演武厅,送武生童外场。巳刻,观府试正案。十名前:张毓、姚谦尊、陆清凤、邵桂森、李衔、黄鸣飞、施焕、时敏麟、陆汉、陆加树。卢奕春在二十三。申刻,与高警庵、马驾凡小酌。

**二十一(5月1日)**　卯刻,诣府署,送武童内场。辰刻,万蕉园邀吃面。

**二十二(5月2日)**　雨。辰刻,答朱一山。午刻,陈春鸥招饮,同席高警庵、万蕉园、陈春江。

**二十三(5月3日)**　昼夜大雨。巳刻,答钱三庚。午、未刻,抄赋五首。

**二十四(5月4日)**　午、未刻,在郡庙观如意班戏。

**二十五(5月5日)**　巳刻,钟勉斋来会。午刻,万蕉园、高警庵、刘亦渔、李云帆来会。申刻,候朱蕴圃、陆春林。

**二十六(5月6日)** 辰刻,高继庵来会。巳刻,周晓山、谢月波、卢一桥等六人皆到寓。

**二十七(5月7日)** 巳刻,徐莲史、费春林来会。

**二十八(5月8日)** 巳刻,入场考古学,坐东寒七号。题:"东坡搴云赋"以"用汝作霖雨"为韵,"梅子初青春已暮"得"青"字,"八咏楼"。不拘体。申刻出场。

**二十九(5月9日)** 午后雨。巳刻,陈鹤亭、刘心葭来会。

**三十(5月10日)** 辰刻,送古学童生入场。巳刻,候丁带泉。午刻,陆畹亭来会。未刻,答徐莲史、费春林。申刻,为认挨保诸童画押。认保:俞文彪、周佇元、吴祖德、杨文灿,有贽。余四人无贽。挨保:马斯臧、戈廷柱、陶思咏、张鸣谦、马佶、高安松、沈在垣、顾邦瑾、魏广元、顾元瑞、郑丙铨、方虞,皆有贽。

## 四 月

**一日(5月11日)** 寅刻,入场应岁试,坐东成十七号。题:"夫子喟然叹曰"至"三子者之言何如";经:"陟则在巘"二句;诗:"竹拥溪桥麦盖坡"得"村"字。未刻,出观古学案,阖属取二十二人,平湖居其六。县学张敦瞿、卜葆谷、顾棨、陆镕、冯沄,府学钱攀龙。是日,海盐生场中遇祟,扶出即死。

**二日(5月12日)** 巳刻,答高继庵。午刻,翁噩生、贾蘅石来访,不值。

**三日(5月13日)** 寅刻,诣宏文馆唱保。巳刻,过王南屏寓。是日,平湖童生院试题,首:"使其子";次:"鱼,我所欲也"二句;诗:"侧帽风前花满路"得"前"字。

**四日(5月14日)** 大雨。申刻,观招覆案一等十九名。徐金泰、刘梦熊、张琛、张敦瞿、顾星杓、刘茂榕、林枋、程铭勋、朱汝梅、顾棨、钱可大、孙涛、吴濂、卜葆谷、冯志熙、孙大铨、屈为彝、陆儒珍、孙天锡。酉刻,与陆讱庵名浚,嘉善增生。饮酒解闷。

**五日(5月15日)**　大雨。辰刻,周晓山等四人回去。申刻,观新进案。县学三十二名:顾邦杰、张煦、孙原、李衔、孙洙、姚谦尊、罗振邦、张毓、陆照环、陆清凤、鲍锡璋、金灿、徐锽、陆瀚业、黄鹏飞、黄輅、马斯臧、沈步青、施焕、陆熙庚、王文海、陆汉、陈朱煌、邵懋功、高清、陆润章、徐保鉴、沈镛、马佶、邵诰、富惠、许太增。拨府五名:殷镳、时毓麟、钟大容、顾汝源、曹森。

**六日(5月16日)**　雨。未刻,卢一桥痛哭回去。

**七日(5月17日)**　夜大雨。巳刻,为认挨保武童画押。认保:顾廷栋。挨保:符国庆、吕墉,皆有贽。未刻,马斯臧、马佶拜会。菜仪各四百。

**八日(5月18日)**　大雨。辰刻,至刘心葭寓。未刻,观二三等案,余又不取。

**九日(5月19日)**　雨。巳刻,诣府署,观武生步射。午刻,过姚达泉邦桀寓。未刻,闻吴祖德因院试不售,雉经而亡。

**十日(5月20日)**　夜大雨。辰、巳、午、未刻,在宏文馆,观七县武童步射。

**十一(5月21日)**　午后雨。巳刻,诣宏文馆,观武童技勇,至海盐而止。午刻,诣演武厅,观武童骑射,因天大雨,又至海盐而止。申刻,过王九山文海寓。酉刻,偕高警庵、徐梦春、万蕉园小酌。

**十二(5月22日)**　大雨。巳刻,赠魏懋昭字扇一柄。

**十三(5月23日)**　巳刻,送武童内场。午刻,王梦阁均来会。申刻,观武童案。徐应镳第一,余挨保进符国庆。

**十四(5月24日)**　巳刻,观武生案。陆攀桂一等第一。午刻,符国庆拜会。菜仪八钱,谢意二洋。未刻,徐云石瑞芝招同陆畹亭、尹莘畦、鲍遇溪锡璜等饮于西月桥。

**十五(5月25日)**　雨。辰刻,迁寓于陆畹亭处。未刻,畹亭赠小纱灯笼一盏。

**十六(5月26日)**　雨。午刻,偕徐筠溪应镳、陆畹亭等六人登舟。夜半至平湖,宿于畹亭处。

**十七(5月27日)**　雨。

**十八(5月28日)**　辰刻,候万蕉园。酉刻,候陈白芬。是日,知礼闱揭晓,平湖陆嗣渊、徐应照报捷。

**十九(5月29日)**　戌刻,诣霍将军庙观灯。

**二十(5月30日)**　大雨。午刻,陆畹亭邀饮义和馆。未刻,候王又程,畅谈两时。

**二十一(5月31日)**　雨。午刻,观杨公赛会。

**二十二(6月1日)**　小雨。未刻,观荣陞班戏于霍将军庙。

**二十三(6月2日)**　始晴。巳刻,偕陆畹亭至油车桥观三庆班戏。酉刻返。

**二十四(6月3日)**　午、未刻,在仓场观福盛班戏。酉刻,偕陆畹亭、周春泉、陈春渊、胡远帆集其祥馆。陈、胡二人醉酒,不欢而散。

**二十五(6月4日)**　午、未刻,仍观福盛戏于仓场。

**二十六(6月5日)**　午、未、申刻,观德庆班戏于邑庙

**二十七(6月6日)**　午、未、申刻,观德庆戏于儒学。

**二十八(6月7日)**　巳刻,至吴云亭宅。

**二十九(6月8日)**　大雨。辰刻,至宝芸堂,购《熙朝新语》《庭闻录》《金铃集》。钱五百七十。

## 五　月

**一日(6月9日)**　大雨。是日腹痛,泄泻不止。

**二日(6月10日)**

**三日(6月11日)**　午刻,至陈白芬处。酉刻,俞云涛邀同刘竹桥、陆畹亭、章耀堂叙通益亭。

**四日(6月12日)**　午刻,观锦凤班戏于邑庙。

**五日(6月13日)**　未刻,同陆畹亭登宝塔顶。

**六日(6月14日)**　午、未刻,观三秀堂戏于宫后。

**七日(6月15日)**　午、未、申刻,观三秀堂戏于宫后。戌刻,陆

寿松邀小酌。

**八日(6月16日)**　午、未、申、酉刻,仍在宫后观三秀堂戏。戌刻,寄卢一桥书。

**九日(6月17日)**　大雨。巳刻,告谢陆步云、寿松、畹亭昆仲,登平湖舟。未刻回家,适内子亦于是刻率子女自新溪归。

**十日(6月18日)**　辰刻,赠竹楼叔楹贴一联何司马书兼端阳节仪三种。

**十一(6月19日)**　阅刘健《庭闻录》。共六卷,记吴三桂事。

**十二(6月20日)**　大雨。阅《熙朝新语》。

**十三(6月21日)**　雨。抄试帖廿一首。

**十四(6月22日)**　雨。抄试帖十七首。

**十五(6月23日)**　抄赋八首。

**十六(6月24日)**　夜雨。抄赋六首。

**十七(6月25日)**　雨。抄赋六首。

**十八(6月26日)**　雨。

**十九(6月27日)**　大雨。

**二十(6月28日)**　昼夜大雨。

**二十一(6月29日)**　雨更大。

**二十二(6月30日)**　申刻,阅邸报。知成亲王薨。是日,水与岸平,河桥半没,庐舍亦有倾毁者。

**二十三(7月1日)**　戌刻,有大恚。

**二十四(7月2日)**　雨。卯刻,送徐宅冥资。

**二十五(7月3日)**　午前雨。巳刻,陆畹亭寄书相招。因县西设醮悬灯,招余往观。未刻,覆书辞之。

**二十六(7月4日)**　始晴。

**二十七(7月5日)**

**二十八(7月6日)**

**二十九(7月7日)**

## 六 月

**一日(7月8日)** 酉刻,卢一桥书来并呈窗课诗文。

**二日(7月9日)** 改一桥文五篇。"子曰弟子","居其所","今也纯必闻其政","不耻下问"。

**三日(7月10日)** 改一桥文四篇。"窃比于我老彭","惟女子与小人为难养也","吾与点也"二句,"子路闻之喜"。此题系观海书院六月会课。

**四日(7月11日)** 酉刻,龚配京借《庭闻录》一部。

**五日(7月12日)** 改一桥诗八首。"鸟为争花啰唣","悠悠花香","村落人家桃李枝","水村山郭酒旗风","诗在御屏风","沉香亭题词","从来佳茗似佳人","紫李黄瓜村路香"。

**六日(7月13日)** 申刻,寄还卢一桥诗文。

**七日(7月14日)**

**八日(7月15日)**

**九日(7月16日)** 大热。

**十日(7月17日)**

**十一(7月18日)**

**十二(7月19日)**

**十三(7月20日)**

**十四(7月21日)** 晴雨相间。

**十五(7月22日)** 晴雨相间。

**十六(7月23日)** 小雨。

**十七(7月24日)** 小雨。辰刻,作"上好礼"六句文。系金兰集遥课。巳刻,寄姚达泉书。

**十八(7月25日)** 晴雨相间。申刻,咏《陈忠裕公祠》七律、《袁海叟祠》五律。

**十九(7月26日)** 晴雨相间。抄杂诗三十一首。

**二十(7月27日)** 雨。卯刻,徐芸岘书来。言何藜阁司马将辑其家集,欲招余任校雠之役。辰、巳、午刻,改卢一桥《杨柳楼台赋以“三十六宫都是春”为韵》。

**二十一(7月28日)** 午、未刻,咏《梨花月》《杨柳风》《芭蕉雨》《梅花雪》皆五绝,《绢美人》《泥美人》《画美人》《绣美人》皆七绝。

**二十二(7月29日)** 巳、午、未、申刻,作《刘念台先生从祀文庙诗》五古、《周忠介公蜜蜡名印歌》七古、《愁霖叹》七古。

**二十三(7月30日)** 夜大雨。巳、午、未刻,咏《秦桧斋僧锅》七古、《杨和王水月园》《孙花翁墓菊香塚》皆七绝。

**二十四(7月31日)** 晴雨相间。辰、巳刻,咏《玉泉观鱼》七古、《紫云金鼓二洞》五古。申刻,钱棣山来会。

**二十五(8月1日)** 雨夜。巳刻,作《淘米行》。乐府。申刻,咏《陆武惠坟》。七绝。

**二十六(8月2日)** 午刻,同张融圃洽等饮于仁寿堂。

**二十七(8月3日)** 夜大雨。巳刻,寄题费春林《秋梦楼》五律、《寿林丈金台八十》七律。

**二十八(8月4日)** 辰、巳刻,作五排二十八韵寄呈荐卷房师庆湘帆先生。午刻,马斯臧、马佶拜会。马斯臧谢两洋,马佶谢一洋。

**二十九(8月5日)** 申刻,为考妹预备嫁器三种。钱一千五百十。

## 七　月

**一日(8月6日)** 夜大雨。辰刻登舟。付家中日用钱五千。申刻至乍浦。酉刻,饮于卢宅。是夜留宿。

**二日(8月7日)** 大风雨。辰刻,至观海书院谒雪庐夫子,命暂寓书院,再定行止。巳刻,会马镕斋名光燮,海盐庠生、黄静园名以德,武康庠生、何子桑、邹水村。四人皆在书院读书。是日,南风陡作,大木尽拔,暴雨如注,家家水入堂屋,迨夜更甚,海潮几溢,死生在呼吸之间。至三更后,风力渐微,雨亦随止,人心始安。

**三日(8月8日)** 巳刻,谒何藜阁先生。午、未、申、酉刻,阅陈云伯《明诗三十家选》。

**四日(8月9日)**　辰、巳刻,候许德水、刘心葭、陆春林、林雪岩。午刻,刘心葭招同陈鹤亭集富隆馆。

**五日(8月10日)**　巳刻,藜阁先生答拜。未刻,见仇十洲所临顾闳中《韩熙载夜宴图》共六幅。何公所藏。申刻,见马泽山山水画册。

**六日(8月11日)**　午刻,晤徐爱庐。墀。戌、亥刻,陪藜阁先生夜话。

**七日(8月12日)**　午后雨。巳刻,陆春林答候。午、未、申刻,助徐芸岘评阅观海书院六月课卷。卢奕春童卷第二。

**八日(8月13日)**　昼夜大雨。辰、巳、午、未、申刻,为藜阁司马录《遵路吟》三十首。《遵路吟》乃司马去岁都中往返所作诗也。

**九日(8月14日)**　大风雨。辰、巳刻,《题韩熙载夜宴图》。七古。午、未、申、酉刻,录《遵路吟》三十首。

**十日(8月15日)**　辰、巳刻,作《海滨壮士歌》。记四月内乍浦营卒严世豪捕贼身死事。午、未、申刻,录《遵路吟》二十首。酉刻,以近诗一卷属徐芸岘评点。

**十一(8月16日)**　小雨。阅《续槜李诗系》。共三十九卷,胡云佇先生所编,将付剞劂。

**十二(8月17日)**　始晴。午刻,许德水来会。申、酉刻,阅《东林同难录》。

**十三(8月18日)**　巳刻,林雪岩来会。申刻,阅乾隆年间奏毁违碍书目。

**十四(8月19日)**　抄《同音集》诗廿九首。

**十五(8月20日)**　小雨。巳刻,刘心葭来会。午、未刻,阅赵秋谷《声调谱》《谈龙录》。

**十六(8月21日)**　夜雨。午、未、申、酉刻,阅《宋诗十五家选》。戌刻,以古今体诗二十首赠何子桑。皆生平惬心贵当之作。

**十七(8月22日)** 巳刻,拜藜阁司马寿。午、未、申、酉刻,抄《续槜李诗系》三十八首。

**十八(8月23日)** 午刻,高警庵来。言初十前当湖水势滔天,人家多在水中,居民为之罢市。

**十九(8月24日)** 夜雨。抄《续槜李诗系》五十一首。

**二十(8月25日)** 雨。申刻,作《感怀》一首,悯水灾也。五律。

**二十一(8月26日)** 辰刻,咏《并头兰》七律,次何司马韵。午、未、申刻,阅邵青门文集。

**二十二(8月27日)** 巳刻,问卢一桥疾,即留饮。未刻,访旧馆人陈大云。戌、亥刻,与陆一帆长谈。

**二十三(8月28日)** 日中雨。巳刻,寄陈白芬书。午、未、申刻,抄《江左十子诗》三十一首。

**二十四(8月29日)** 午刻,陈云巢招宴。

**二十五(8月30日)** 巳刻,拜何司马夫人寿。午刻,司马留宴,同席刘瑞圃、陈鹤亭、高继庵、陆一帆、马镕斋、黄静园、陈列岩。曰灿。散席后,出示书画二十余幅,有元人《职贡图》共十国、《桃源图》、刘松年《九老图》、燕文贵《秋山行旅图》、文徵明《荆溪图》、沈石田《菊花诗画》。又有竹庄《中秋赏月图》、仇十洲临李晞古山水。又,《东岩访友图》、戴嵩《百牛图》、杨晋《百鸟图》、王鉴《万松图》、宋徽宗政和七年赐高荷勅、宋高宗临兰亭帖、赵松雪《五柳先生像》。又,东坡先生懿迹、盛子昭山水、董香光字画。申刻,司马以余所题《韩熙载夜宴图诗》,命高继庵录入图中。

**二十六(8月31日)** 下午雨。辰、巳刻,抄顾响泉诗十六首、秦小岘诗二十首。午刻,朱蕴圃招同陆春林、胡月槎集富隆馆。

**二十七(9月1日)** 小雨。巳刻,代何子桑题鲁简肃祠。五古。午、未、申、酉刻,阅严海珊诗集、王柳村《惜阴笔记》。

**二十八(9月2日)** 下午大雨。辰、巳刻,题桐乡严庾楼《梦芦图》五古、何子桑《空山独往图》五律。未刻,子桑赠《黔中校士录》一部、隶书一幅、青石图章一枚。

**二十九(9月3日)** 大雨。辰刻,挽李盛庵巡宰。七律三首。午刻,阅邸报。知汤文正公斌从祀文庙。是夜,闻海啸。

**三十(9月4日)** 大雨。阅《大金国志》。宇文懋昭撰。是日,河水又长三尺。

## 八 月

**一日(9月5日)** 午后稍晴。阅《带经堂诗话》。张宗柟辑。是夜,梦见高益庵峨冠博带,特来告别,不解何故。

**二日(9月6日)** 又雨。辰刻,林雪岩同钟敬亭来聘,预送明年关书。束脩三十千。巳刻,寄陆畹亭书。申刻,至卷勺园。

**三日(9月7日)** 雨。阅《带经堂诗话》。

**四日(9月8日)** 大雨。辰、巳刻,作公祭李盛庵巡检文。骈体。午刻,闻高益庵卒。益庵与余同游庠,同补廪,故交契特深,豪情胜概,辟易千人,年只三十六,遽闻奄化,可胜感恸。

**五日(9月9日)** 昼夜大雨。阅《日下旧闻》。

**六日(9月10日)** 昼夜大风雨。阅《国朝二十四家文钞》。徐斐然评辑。

**七日(9月11日)** 雨。抄杂诗三十一首。申刻,顾篆香来索观诗赋。

**八日(9月12日)** 雨。阅陈迦陵四六。是日有客来言今年水潦,延及九省,浙江最荒者计二十六县。

**九日(9月13日)** 辰、巳、午刻,作何公子《水仙吟诗序》。骈体。

**十日(9月14日)** 巳刻,至卢一桥处。

**十一(9月15日)** 辰刻,挽高益庵。七古。巳刻,苏州陈某自新仓来,递至金韵芬集。

**十二(9月16日)** 巳刻,何子桑贻歙墨一锭、海石禅师像一幅。午刻,送何藜阁先生起程到省。先生以办台米事略有错误,为帅仙舟中丞所申饬,已遣毕公绍棠来署任矣。

**十三(9月17日)** 略晴。辰、巳、午、未刻,论国朝人诗得十八首七绝。申刻,何子桑赠乞巧图手卷。约值四五洋。戌刻,偕叶亘峰恒、贾蘅石、兰皋汉、马镕斋等九人宴于观海书院。

**十四(9月18日)** 巳刻,作《苦潦》诗寄沈赤石、陈白芬。七律。午刻,许德水、顾篆香来会。

**十五(9月19日)** 雨。阅《小仓山房古文》。

**十六(9月20日)** 雨。巳刻,候许德水。午刻,偕刘心葭猎酒于陆春林处。

**十七(9月21日)** 申刻,为陈愚泉所辱。

**十八(9月22日)** 大晴。巳刻,至卢宅。

**十九(9月23日)** 又雨。

**二十(9月24日)** 未、申刻,附李啸山舟至平湖。酉刻,候陆畹亭昆仲。是夜留宿。

**二十一(9月25日)** 辰刻,候陈白芬。巳刻,至宝芸堂购陈寿《三国史》、陈迦陵四六、王次回《疑雨集》、阮葵生《茶余客话》。钱一千七百。午刻,陆畹亭招饮义和馆。

**二十二(9月26日)** 大晴。是日,同陆畹亭、徐蕙圃等十三人往大云寺,至天明始归。

**二十三(9月27日)** 巳刻,偕高继庵至北寺观喻西清宫妆画册。午刻,高继庵招同警庵集松茂馆。

**二十四(9月28日)** 午刻,俞蓉裳招同陆畹亭、陈春鸥等八人叙义和馆。

**二十五(9月29日)** 辰刻,陈溶亭招同沈蓉村小酌。巳刻,陆一帆来会。

**二十六(9月30日)** 午刻,寄金秋圃札。申刻,陆寿松邀饮。

**二十七(10月1日)** 申刻,顾春樵、高继庵来会。

**二十八(10月2日)** 午刻,陆步云赠秋领二条、女冠四顶。畹亭赠画美人一轴。未、申刻，附航船回家，始知七月初二夜大风破屋，修筑又费四千。

二十九(10月3日)　雨。午刻，饮于尚德堂。

## 九　月

一日(10月4日)　午刻，饮于仁寿堂，不觉沉醉。

二日(10月5日)　阅《三国史》。

三日(10月6日)　阅《三国史》。

四日(10月7日)　夜雨。

五日(10月8日)　夜雨。

六日(10月9日)　辰刻，候徐宿生，赠以《白雪吟草》《数峰草堂》诗稿。巳刻，金秋圃覆书来。招余到新溪一叙。

七日(10月10日)　巳刻，竹楼叔贻蟹八枚。

八日(10月11日)　辰刻，金杏园志鸿寄至金兰集会卷。即"上好礼"六句题，方南园学师所阅。共十二卷，朱笠山第一，余在第四。

九日(10月12日)　辰、巳刻，作《徐母郭太孺人祭文》。骈体。

十日(10月13日)　巳、午、未刻，阅《茶余客话》。记国朝事居多。

十一(10月14日)　巳、午刻，作书寄陆兰堂。骈体。

十二(10月15日)

十三(10月16日)　午刻，金振声招饮文昌社酒，同宴三十余人。

十四(10月17日)　巳、午、未刻，作序赠林雪岩。骈体。

十五(10月18日)　午刻，以阮秋山画梅一幅赠陆敦仁。

十六(10月19日)　巳、午、未、申刻，作《福建布政使李许斋先生传》。骈体。

十七(10月20日)　雨。

十八(10月21日)

十九(10月22日)　巳、午、未、申刻，作《杨忠烈公论》。骈体。

**二十(10月23日)**

**二十一(10月24日)** 雨。

**二十二(10月25日)** 巳、午、未刻,作《燕王靖难论》。骈体。

**二十三(10月26日)** 巳、午刻,作《张桓侯八濛山题字跋》。骈体。

**二十四(10月27日)** 巳、午刻,抄赋五首。

**二十五(10月28日)** 巳、午刻,抄赋五首。

**二十六(10月29日)** 未刻,为徐宅作挽对四联、挽额二轴、挽诗二章。戌、亥刻,作《读红楼梦图自序》。是夜,奇园火。

**二十七(10月30日)**

**二十八(10月31日)**

**二十九(11月1日)**

**三十(11月2日)**

## 十　月

**一日(11月3日)** 小雨。

**二日(11月4日)** 雨。以上七日,在霭吉堂徐宅,与邵虚斋、叶芦滨、吴墨乡助理丧事。徐宅适有萧墙之祸,同姓芗泉、兑孚等恃族大众多,逼虐寡妇纪氏毁夫谢贴,夺去丧簿,行道之人俱为陨涕,而芗泉等忍心害理弗顾也。午刻,章春林学师题主,余与金柳衣作左右相事。题主时,徐氏奴婢数十相争,木主并余被伤。是日起疟疾。

**三日(11月5日)** 大雨。

**四日(11月6日)** 是日疟疾大重,不知人事。

**五日(11月7日)**

**六日(11月8日)** 小雨。是日疟疾更剧。

**七日(11月9日)**

**八日(11月10日)** 是日疟疾虽止,精神尚倦。

**九日(11月11日)** 辰刻,送尚德堂冥资。遇青伯祖母卒,寿八十五。

**十日(11月12日)** 申刻,寄徐雪庐夫子书。

**十一(11月13日)**

**十二(11月14日)**

**十三(11月15日)** 辰刻,率妻子登舟。付家中日用钱三千七百。午刻,至新溪金宅。未刻,候陆兰堂,不遇。

**十四(11月16日)** 巳刻,至周晓山处,即留饮。晓山微醉,大肆恶言,余以十六年知交,不忍计校,含愤而出。

**十五(11月17日)** 巳刻,候顾望山。午刻,叶竹溪招同陆讷斋饮于时和馆。戌刻,张恒仁招饮。

**十六(11月18日)** 巳刻,拜候陆沅香。自辛未一别,迄今十三载矣。沅香容貌如故,而酒量则大逊往时。

**十七(11月19日)** 巳刻,候费春林,畅谈竟日,以骈体三首嘱其评点。戌刻,陈溶亭招同沈蓉村小酌。是日,闻钱山香卒。

**十八(11月20日)** 巳刻,至俞铁涯处,即留饮,同席沈渔溪等四人。

**十九(11月21日)** 午刻,陆兰堂招饮,同席陈溶亭、李古塘。衔。申刻散席。

**二十(11月22日)**

**二十一(11月23日)** 巳刻,费春林来会,缴骈体三首,畅谈半日。

**二十二(11月24日)** 巳刻,复候陆沅香。午刻,叶竹溪招宴,同席金秋圃、陆讷斋。酉刻散席。

**二十三(11月25日)**

**二十四(11月26日)** 巳、午刻,附航船至平湖。戌刻,郑芳洲、陆畹亭等强邀至顾伊庐宅听杨蔼珠弹词。

**二十五(11月27日)** 巳刻,候沈赤石,以骈体二首属其评阅。午刻,候陈白芬。未刻,候程伊斋、李啸山时啸山暂寓高宅、顾春樵,皆不遇。

**二十六(11月28日)**　巳刻,候沈蓉村,不遇。

**二十七(11月29日)**　巳刻,沈蓉村答候。午刻,顾春樵邀同张镜峰、方竹溪叙信茂馆。

**二十八(11月30日)**　巳刻,陈白芬答候,缴赤石所阅骈体二首。午刻,高警庵来会。未刻,途遇李啸山,知徐芸岘在城,急往觅之,不值。

**二十九(12月1日)**　午刻,买舟至乍浦,仍居观海书院。

## 十一月

**一日(12月2日)**　巳、午刻,候刘心葭、林雪岩、陆春林。未刻,至卢一桥处。

**二日(12月3日)**

**三日(12月4日)**　阅《明史纪事本末》。

**四日(12月5日)**　巳刻,候许德水不遇。午刻,刘心葭招至富隆馆小叙。未刻,雪庐夫子命将《杨忠烈公论》《燕王靖难论》录入《骈体文偶钞》。《骈体文偶钞》者,雪庐夫子所选,师友及门下士四六佳篇也。

**五日(12月6日)**　巳刻,代邹水村作文。"孟子见梁惠王"。午刻,陆春林答候。

**六日(12月7日)**　阅《明史纪事本末》。是日,闻海盐顾蕉圃卒。

**七日(12月8日)**　阅《樵史》。内有左良玉讨马士英四六檄文,甚佳,正史、野史所不载。

**八日(12月9日)**　巳刻,改卢一桥观海书院十月课卷。"侃侃如也"二句,"必种数竿竹"得"清"字。申刻,候林雪岩。

**九日(12月10日)**　午刻,饮于卢一桥处。申刻,候陈鹤亭。

**十日(12月11日)**

**十一(12月12日)**

**十二(12月13日)**　抄明史论八篇。是夜,灯光山下火。

**十三(12月14日)**　抄明史论九篇。是夜理事厅署前火。

**十四(12月15日)**　抄明史论六篇，代邹水村作文。“有为神农”一句。

**十五(12月16日)**　午刻，偕陆春林、许友巢饮于朱蕴圃宅。戌、亥刻，与李啸山论骈体法。

**十六(12月17日)**　抄明史论十篇。

**十七(12月18日)**　抄明史论七篇。

**十八(12月19日)**　未刻，代邹水村作文“仪封人请见”。戌刻，水村赠文格一本。

**十九(12月20日)**　阅王、杨、卢、骆、王、李六家骈体合选。

**二十(12月21日)**　夜小雨。巳、午、未、申刻，补作送行序寄赵琳圃球明府。骈体。李啸山所属。

**二十一(12月22日)**　夜小雨。

**二十二(12月23日)**

**二十三(12月24日)**　巳刻，至卢一桥处，赠以《尊道堂诗集》。未刻，候顾篆香，不遇。

**二十四(12月25日)**　巳刻，改一桥文。“左右皆曰贤”二句。戌刻，代何子桑作书，寄其师杨幹村。

**二十五(12月26日)**　巳刻，陆沅香来。未刻，代邹水村作文。“季氏将伐颛臾”。

**二十六(12月27日)**　未刻，陆沅香告别，定于十二月初三起程之官福建。临行密赠予番银四枚。申刻，候刘心葭。

**二十七(12月28日)**　午刻，至卢一桥处。

**二十八(12月29日)**　申刻，何子桑赠文格两束。戌刻，黄静园与予换帖。

**二十九(12月30日)**　小雨。

**三十(12月31日)**

## 十二月

**一日(1824年1月1日)** 巳刻,告别林雪岩。午刻,陆春林、刘心葭公饯于大有馆。戌、亥刻,与武稼雨名家治,嘉兴庠生夜话。

**二日(1月2日)** 巳刻,拜谢雪庐夫子,与武稼雨附航船至平湖。午刻,候陆畹亭昆季,赠以楹贴二联。一何藜阁司马书,一陆沅香大令书。未刻,候李啸山,不遇。申刻,畹亭赠眼镜一方。

**三日(1月3日)** 小雨。午刻,李啸山招饮义和馆,托撰送行序。

**四日(1月4日)** 申刻,候陈白芬。

**五日(1月5日)** 大雪。巳刻,寄周晓山札,附缴旧文十余首。

**六日(1月6日)** 巳刻,至宝芸堂购《四六法海》《国朝二十四家文钞》《通鉴挈要》《张船山诗选》。共钱二千。未刻,候顾春樵。

**七日(1月7日)** 巳刻,陆氏昆仲怜余忍冻,以冬衣二袭见借。

**八日(1月8日)** 大寒。

**九日(1月9日)** 大寒。申刻,陆畹亭邀同徐筠溪叙义和馆。

**十日(1月10日)** 大寒。巳刻,陆步云赠女冠四顶,畹亭赠水烟壶一具。未、申、酉刻,附航船回家。知两月以来所行庆吊礼者十余家。

**十一日(1月11日)** 更寒。午刻,金振声招小酌。

**十二(1月12日)** 极寒。巳刻,发费春林书,还以《种竹轩》《啸竹堂》二集,又以《抱璞居》《尊道堂》二册赠之。酉刻,盛品三招同鸿道和尚、马道士集尚德堂。至三鼓散席。

**十三(1月13日)** 寒。巳刻,赠盛、王、李三宅婚仪。

**十四(1月14日)** 申刻,招章耀庭小酌。

**十五(1月15日)** 巳、午、未、申刻,为李啸山作送行序。骈体。

**十六(1月16日)** 午、未刻,阅《敝帚编》。

**十七(1月17日)** 大西北风。申刻,取还龚配京《庭闻录》二本。

**十八(1月18日)** 寒。巳、午、未刻,为陆沅香作《送行序》。骈体。

**十九(1月19日)**

**二十(1月20日)** 申、酉、戌、亥刻,作《壮烈伯李忠毅公传》。骈体。

**二十一(1月21日)** 巳刻,霭吉堂赠番银六枚。午刻,李宅请宴,不赴。

**二十二(1月22日)** 巳、午、未刻,作《姜维论》。骈体。

**二十三(1月23日)** 午刻,赠金宅婚仪。申刻,收杨氏租五石。

**二十四(1月24日)** 未刻,内子率子女自新溪归。

**二十五(1月25日)** 巳、午、未刻,改卢一桥文四篇。"天何言哉""知我者其天乎""仪封人请见""不以人废言"。

**二十六(1月26日)** 午、未刻,改一桥文三篇。"斐然成章"二句,"未有学养子而后嫁者也","彼以爱兄之道来"。

**二十七(1月27日)** 未刻,改一桥诗十一首。"茉莉香中酣晓梦","长日如年双燕睡","鸳鸯湖边月如水","死诸葛走生仲达","圮桥""断岸""破屋""颓墙""湿柴""败屐""霉衣"各五律。

**二十八 (1月28日)**

**二十九(1月29日)**

**三十(1月30日)**

癸未岁约用钱四十五千。

# 道光四年甲申(1824),三十六岁

## 鹂声馆日志

### 正　月

**一日(1月31日)**　辰、巳、午刻,作林雪岩《菊泉山馆诗序》。未刻,赴金宅宴。

**二日(2月1日)**　午刻,赴金宅宴。

**三日(2月2日)**　巳刻,镇上拜节。

**四日(2月3日)**　未刻,吴墨乡借《红楼梦》一部。

**五日(2月4日)**

**六日(2月5日)**　辰、巳、午刻,作刘心葭《秋山放鹤图记》。骈体。未、申刻,将近年所得书籍编录总目一本。

**七日(2月6日)**　未刻,游元真观。

**八日(2月7日)**　酉刻,鸿道和尚招同马道士集如如精舍。二鼓散席。

**九日(2月8日)**　小雨。

**十日(2月9日)**

**十一(2月10日)**　夜雨。作《强忠烈公传》。骈体。午刻,潘成章来,递至金秋圃书,即留饮。未刻,竹楼叔来。言昨至叶书城处说定今年晋芬附学事。

**十二(2月11日)**　申刻,钟敬亭、卢廷秀书来,招余二十前后到乍浦，择期开馆。

**十三(2月12日)** 夜雨。巳刻，发李啸山书附送行序。

**十四(2月13日)** 夜大风雨。午刻，招章耀庭小酌。

**十五(2月14日)** 雨。巳刻，寄陆步云书。

**十六(2月15日)** 夜大雨。巳刻，托竹楼叔还漕。先付三洋。

**十七(2月16日)** 夜大雨。午刻，竹楼叔招饮，同席张文石、盛品三、鸿道和尚等八人。戌刻散席。夜即留宿。

**十八(2月17日)** 大雨。

**十九(2月18日)**

**二十(2月19日)**

**二十一(2月20日)** 申刻，至竹楼叔处告别，即留饮。戌刻登舟。付家中日用钱二千。

**二十二(2月21日)** 卯刻，到乍浦拜候林雪岩。辰刻，至钟宅开馆。本宅受业者五人，又附黄姓一人。是日，晋芬受业于叶书城。

**二十三(2月22日)** 辰、巳刻，拜贺徐雪庐夫子、许德水先生、何子桑、柯春塘、刘心葭、朱蕴圃、陆春林、张耐山。午刻，主人设筵以待，同席林半樵、卢一桥。申刻，朱蕴圃招饮。

**二十四(2月23日)** 申刻，始见观海书院去冬月课案。卢奕春得上卷第一。

**二十五(2月24日)** 巳刻，张耐山答拜。酉刻，何子桑寄赠《古诗笺》一部共十六本。价值二两。

**二十六(2月25日)** 雨。阅《抱月轩》《适我庐》诸诗集。

**二十七(2月26日)** 雨。辰刻，朱云泉拜会。申刻，以《石濑山房诗钞》赠卢一桥。

**二十八(2月27日)** 巳刻，刘心葭答拜。午、未刻，阅朱青湖《抱山堂诗集》。

**二十九(2月28日)** 未刻，改一桥课本。"则庶人不议"。

**三十(2月29日)** 辰、巳刻，抄杂诗三十六首。午刻，金秋圃来。酉刻,郑东里志侨、林雪岩来会,即同饮。

## 二 月

**一日(3月1日)** 辰刻,答郑东里、朱云泉,兼候张芸舫汝舟。巳刻,许金壶昆季答拜。

**二日(3月2日)** 辰、巳、午刻,抄杂诗四十八首。申刻,翁噩生拜会,托撰《三十六鸥水榭图题词》。

**三日(3月3日)** 辰、巳、午刻,抄杂诗三十八首。未刻,改一桥五律二首。"鸟枪""藤牌"。申刻,何子桑、卜达庵葆鈖来会。

**四日(3月4日)** 小雨。辰、巳刻,作《勖子诗》一首,寄示叶书城。五古。

**五日(3月5日)** 辰、巳刻,作《陆左丞相秀夫冠带旧簏歌》七古,《赠柯春塘》七律。

**六日(3月6日)** 巳刻,张芸舫答候。酉、戌刻,林雪岩来谈两次。

**七日(3月7日)** 巳刻,柯春塘答拜。申刻,往观海书院,见徐芸岘武林游览诗十余首。

**八日(3月8日)** 辰、巳、午、未刻,作书与陆畹亭。骈体。申刻,卢宅招宴,同席陆春林、张旭初、林雪岩等七人。二鼓散席。

**九日(3月9日)** 午刻,朱蕴圃、陆春林答拜。酉刻,偕林雪岩晚步。

**十日(3月10日)** 阅西河《经义存醇》。

**十一(3月11日)** 午刻,李啸山、何子桑来会。啸山言廿五日起身回上谷,特来告别。

**十二(3月12日)** 午、未、申刻,阅前明罗一峰先生伦诗文集。

**十三(3月13日)** 辰、巳刻,作《虢国夫人早朝图跋》。骈体。

**十四(3月14日)** 阅《康济录》。

**十五(3月15日)** 夜雨。阅《洗冤录》。是日,知陈鹤亭于初三日新婚十四日即悼亡。

**十六(3月16日)** 卯刻,赴观海书院甄别。生:"言寡尤"三句;童:"为巨室天风海涛楼赋"以"风云百变气象万千"为韵,"笙磬同音"得"和"字,"春入烧痕青"得"芳"字七排。辰刻,答候卜达庵。

**十七(3月17日)** 辰、巳刻,改旧作"言寡尤"三句文,作《笙磬同音》诗。

**十八(3月18日)** 夜雨。辰、巳、午、未刻,改卢一桥《为巨室文天风海涛楼赋》,又代作《春入烧痕青》七排一首。

**十九(3月19日)** 大雨,夜大雷电。读侯朝宗、魏叔子文。

**二十(3月20日)** 大雨。读施愚山、王于一、计甫草文。

**二十一(3月21日)** 大雨。读邵青门、储在陆、方望溪文。午、未刻,改一桥课本。"是以谓之文也子谓子产""仲尼祖述尧舜"。

**二十二(3月22日)** 雨。读姜西溟、冯山公、毛鹤舫、潘稼堂文。

**二十三(3月23日)** 读李穆堂、袁随园文。

**二十四(3月24日)** 辰、巳、午刻,作书与许德水先生。骈体。

**二十五(3月25日)** 夜大雨。

**二十六(3月26日)** 昼夜大雨,雷电交作。

**二十七(3月27日)** 未刻,何子桑、吴石农来会。

**二十八(3月28日)** 午后,大雷雨。巳刻,沈载仁来。

**二十九(3月29日)** 昼夜大雨。辰、巳、午刻,为翁鼍生作《三十六鸥水榭图题词》。骈体。

## 三　月

**一日(3月30日)** 阅《南北史纂》。

**二日(3月31日)** 阅《南北史纂》。

**三日(4月1日)** 巳刻,候陆春林,不值,即至观海书院。

**四日(4月2日)** 巳刻,改一桥课本。"吾何修"三字。

**五日(4月3日)** 戌刻,登乍浦舟。

**六日(4月4日)** 卯刻到家,知晋芬自正月廿二以来约识五百六十余字。巳刻,赠叶书城《黔中校士录》一部、京水笔八管。

**七日(4月5日)** 小雨。

**八日(4月6日)** 未刻扫墓。

**九日(4月7日)** 午刻扫墓。以上二日,自课晋芬,每日午前可识四十字。

**十日(4月8日)** 是日,晋芬到塾,便识五十余字。

**十一(4月9日)**

**十二(4月10日)** 夜大雨。

**十三(4月11日)** 黄昏雨。付家中日用钱四千。

**十四(4月12日)** 辰、巳刻,附航船到平湖,即至陆宅,始知畹亭有讼事。不听良言,势必至此。午刻,至礼房,见观海书院甄别案。刘东藩第一,余在十五,卢奕春童卷第一。未刻,至宝芸堂,购《毛西河文选》、吴汉槎《秋笳集》。钱四百二十。申刻,候陈白芬。

**十五(4月13日)** 辰刻,候程伊斋,又候沈蓉村,不值。巳刻,候顾春樵。午刻,候高警庵,畅谈两时。戌刻,高继庵招饮松茂馆。

**十六(4月14日)** 雨,夜更大。辰刻,候万蕉园。酉刻,陆步云邀饮义和馆。

**十七(4月15日)** 辰刻,陆步云赠春领一条。巳刻,登平湖舟。午刻,至乍浦钟氏馆中,林半樵代主人有责言。酉刻,晤嘉兴汪一江。名澍,善诗。

**十八(4月16日)** 申刻,丁半闲过访。

**十九(4月17日)** 巳刻,作"有德者必有言"文、"桐华萍台"诗。观海书院三月课题。

**二十(4月18日)** 阅《毛西河文选》。

**二十一(4月19日)** 雨。卯、辰、巳刻,改一桥"觚不觚"文,《射雉赋以"雉惊弓满劲箭加"为韵》,《柳枝词》二首七绝。书院课题。午刻,姚芗园招赏牡丹，同席褚星桥等十余人。散席后，听星桥弹琵琶。

**二十二(4月20日)** 雨。午、未、申刻，在鄞江会馆观剧。

**二十三(4月21日)** 辰刻，林雪岩来会。酉刻，刘亦渔乘醉来会。

**二十四(4月22日)** 辰刻，魏葆纯过访。

**二十五(4月23日)** 夜雨。巳刻，为姚芗园题紫牡丹诗画册后。四六小品。午、未、申刻，阅《秋笳集》。

**二十六(4月24日)** 辰刻，卜晓岩拜会。

**二十七(4月25日)** 巳刻，卜达庵来会。酉刻，戈秋河便道过访。

**二十八(4月26日)** 作《崔浩论》。骈体。巳刻，家菊庄来言廿六日巳刻余家中又举一男。

**二十九(4月27日)** 阅《古文雅正》。漳浦蔡世远选。

**三十(4月28日)** 未刻，诣观海书院，还过刘心葭处。

## 四 月

**一日(4月29日)** 辰、巳、午、未刻，为雪庐夫子评点周学使系英《江苏试牍》。

**二日(4月30日)** 卯刻，谒何藜阁司马。辰刻，发陆沅香书，附送行序。

**三日(5月1日)** 抄赋六首。

**四日(5月2日)** 抄杂诗四十四首。

**五日(5月3日)** 抄试帖三十二首。

**六日(5月4日)**

**七日(5月5日)** 未刻，往观海书院，以《崔浩论》就正雪庐夫子，大加奖赏，许为独出冠时之诣。申刻，候张芸舫。酉刻，饮于卢宅。

**八日(5月6日)**

**九日(5月7日)**

**十日(5月8日)**

**十一(5月9日)** 辰、巳、午、未、申、酉刻,作《庭闻录跋后》一篇。骈体。

**十二(5月10日)** 巳、午刻,改一桥课本。"宗庙之事"二句,"先行其言"。

**十三(5月11日)**

**十四(5月12日)**

**十五(5月13日)**

**十六(5月14日)** 大雨。辰、巳、午刻,作书与徐芸岘。骈体。

**十七(5月15日)** 酉刻,林雪岩来会。

**十八(5月16日)** 午刻,何子桑来会。未刻,候陆春林,以骈体二首属其评点,即诣观海书院。申刻,候卜达庵,畅谈两时。

**十九(5月17日)** 巳刻,卜达庵来会,借帖体诗选二本。即余近年所抄试律也,约五百余首,编韵排次。未刻,陈大云来访。申刻,刘亦渔来会。

**二十(5月18日)** 未刻,曹慎庵来访。酉刻,见观海书院三月课案。顾梦熊第一,余在第八,卢奕春童卷第五,古学第一。

**二十一(5月19日)** 申、酉刻,改一桥"冯妇攘臂下车"文,"鱼丽于罶"诗,得"多"字。《翠微石掌歌》七古,《红豆》七律。观海书院四月课题。

**二十二(5月20日)** 夜雨。辰、巳、午、未刻,代一桥作《鸿门剑舞赋以"玉玦三提王不语"为韵》。亦书院课题。

**二十三(5月21日)** 雨。巳刻,姚芗园赠画箑一柄。

**二十四(5月22日)** 午刻,收到上次月课卷,刘锡亭名荣玠,广东阳春人、何藜阁两司马皆有评语。刘评:理明词达。何评:切响坚光,陈言务去。士别三日,刮目相看。信哉。

**二十五(5月23日)** 巳刻,卜达庵来会。午、未、申刻,阅《大云山房古文稿》。阳湖恽敬撰。

**二十六(5 月 24 日)** 未刻,诣观海书院,还候刘心葭,不值。

**二十七(5 月 25 日)** 夜雨。巳刻,刘心葭来会。申刻,刘亦渔来会。

**二十八(5 月 26 日)** 夜雨。

**二十九(5 月 27 日)** 雨。

## 五 月

**一日(5 月 28 日)** 未刻,陆春林、刘心葭来会。春林缴骈体二首。

**二日(5 月 29 日)** 辰刻登舟,未刻到家,知妻子于四月廿五日至新溪。晋芬自三月以来,仅读《大学》四页。

**三日(5 月 30 日)** 辰刻,候叶庐滨,赠以楹贴一联。何司马所书,已裱就。赠书城赀敬一洋。午刻,马敬一招饮。

**四日(5 月 31 日)** 辰刻,赠吴墨乡楹贴一联。亦何司马书。酉刻,鸿道和尚招饮,同席竹楼叔、周念敦。

**五日(6 月 1 日)** 夜雨。午刻,竹楼叔招饮,同席张文石、金振声、鸿道和尚。是夜,家中无赖三人互相厮打,终夜不休。

**六日(6 月 2 日)**

**七日(6 月 3 日)** 午前雨。辰、巳刻,附航船至平湖,即候陆步云。未、申刻,附航船至新溪。戌刻,金秋圃招同叶竹溪、潘成章叙饮。

**八日(6 月 4 日)** 晴雨相间。巳刻,候陆兰堂,不遇。午刻,叶竹溪招同金秋圃等五人宴集。戌、亥刻,观武林陈耕芝幻戏。

**九日(6 月 5 日)** 晴雨相间。辰刻,有盛怒。因外母阻遏晋芬读书故也。巳刻,候费春林,畅谈两时。申刻,候顾望山。

**十日(6 月 6 日)** 骤热。卯刻,复有盛怒。辰、巳、午刻,附航船至平湖。未刻,候顾春樵,不值,即候卜达庵。是夜,宿于陆宅。

**十一(6 月 7 日)** 热。巳刻,候高继庵,不遇,途遇徐朗斋。朗斋新自河南回来。午、未、申刻,附航船回家。

**十二(6月8日)** 热。

**十三(6月9日)** 热。卯、辰、巳、午、未、申刻,评阅梯云集会课卷,大加改削。题:"我未见力不足者",共八卷,取四名,邵桂森第一。酉刻,秋渔兄招饮。

**十四(6月10日)** 大热,夜大雨。午刻,竹楼叔招饮,同席金振声、家秋渔等六人。申刻散席。酉刻,知刘锡亭司马示期十八日观风。

**十五(6月11日)** 酉刻,秋渔兄招饮。是日,付家中日用钱六千五百。

**十六(6月12日)** 日晡大雷雨。卯刻,卢一桥书来。辰刻登舟,未刻到乍浦钟氏馆中。

**十七(6月13日)** 巳刻,往观海书院。申刻,钱棣山、竹楼叔、蚁亭弟来。是夜,留宿馆中。

**十八(6月14日)** 卯刻,赴海防署观风,同试者约二百人。生:"赤也束带"二句;童:"其在宗庙朝廷","登瀛洲赋"以"十八学士同登"为韵,"云生结海楼"得"楼"字。余自作全卷,又代门人钟维崧作诗文,又改卢奕春赋,又代人作诗三首,大费心力。戌刻出署,宿于观海书院。

**十九(6月15日)** 黄昏雷雨。

**二十(6月16日)** 未刻,改一桥课本。"嫂溺则援"一句。是夜,身上发热。

**二十一(6月17日)** 巳刻,刘心葭来会。未刻,何子桑来会。

**二十二(6月18日)** 午刻,主人设宴,同席许某等皆滴酒不饮,无兴而罢。

**二十三(6月19日)** 午后小雨。未刻,朱云泉来会。

**二十四(6月20日)** 午刻,见观风案,超等十八名,余在十四。韩潮、卜葆鈖、刘东藩、顾广勤、陆锡诰、钱仑源、徐保鉴、殷锦、高振铤、屈家荪、顾邦杰、王均、陆锡谟、黄金台、顾棨、徐金泰、顾梦熊、陆谟。特等二十名，一等二十九名。沈锡辰居末。童生上卷十八名。李文钰第一，卢奕春第三，钟维崧第五。次卷二十名，又次卷六十三名。沈蕊照居末。

**二十五（6月21日）** 辰刻，寄竹楼叔书。未刻，刘心葭来会。申刻，卜达庵来会。酉刻，领观风试卷。评：才思开展，诗赋特佳。见赠字箑一柄。卢奕春评：步伐安详，兴会飚举。钟维崧评：运化肓史，挥洒自如。各得纹银四钱，字扇一柄。

**二十六（6月22日）** 巳刻，同刘心葭、顾篆香及卢、钟二门人拜谒刘司马锡亭先生。午刻，诣何司马公馆，不遇，子桑留中膳。晤陈梅鼎。藜阁先生婿。未刻，偕子桑至军功[工]厂观造船。申刻，接到竹楼叔、钱棣山书并梯云集会课卷。

**二十七（6月23日）** 评阅梯云集会课卷，细加改正。题："少者怀之"，"长日如年双燕睡"得"年"字，共九卷，取五名，叶梦元第一。未刻，家菊庄来会。

**二十八（6月24日）** 辰刻，见观海书院四月课案。卢奕春童卷第二，古学又第一。未刻，刘亦渔来会。是日，钟维崧始完八比。

**二十九（6月25日）** 卯刻，寄竹楼叔书，缴会卷一册。巳刻，作"所谓大臣者"二句文，"鸣蜩"诗。观海书院五月课题。

**三十（6月26日）** 夜雨。辰、巳刻，改一桥月课卷。"饭疏食饮水"，"白燕"七律。申刻，卜达庵来会。

## 六　月

**一日（6月27日）** 上昼雨。辰、巳、午刻，抄赋七首杂诗十四首。是日卯刻日食，为阴雨所蔽不见。

**二日（6月28日）** 辰、巳、午、未刻，作《日本刀赋以"中国之宝不在刀"为韵》。书院课题。酉刻，刘亦渔来会。

**三日（6月29日）** 侵晨大雨。辰、巳刻，改一桥《日本刀赋》。酉刻，周铁岩过访。

**四日(6月30日)** 未刻,往观海书院,又候卜达庵、刘心葭。

**五日(7月1日)** 夜雷电,雨。巳刻,改维崧课本。“少者怀之”“以道事君”。

**六日(7月2日)**

**七日(7月3日)** 卯刻,金振声过访。辰刻,张耐山来会。未刻,郑东里来,余恶其奸佞,绝不为礼。

**八日(7月4日)** 辰刻,卜达庵来会,缴试帖试选二本。

**九日(7月5日)** 辰刻,题宁德张积珍德儒诗卷。五律。

**十日(7月6日)** 热。

**十一(7月7日)** 夜雨。辰、巳、午刻,作《花月亭赋以“一亭花月四时游”为韵》。未刻,卜达庵来会。戌刻,卢廷秀来会。

**十二(7月8日)** 辰、巳刻,改一桥课本。“将之楚”“少者怀之”。午刻,刘心葭来会。

**十三(7月9日)** 夜小雨。

**十四(7月10日)** 辰、巳、午、未刻,作《聚萤囊赋以“于今腐草无萤火”为韵》。

**十五(7月11日)** 辰、巳、午、未刻,改一桥《陆宣公从狩奉天赋以“谏草数百垂清芬”为韵》。

**十六(7月12日)** 午后大雨。巳刻,移书责卢一桥。以其踪迹阔疏也。酉刻,一桥答书自辨。

**十七(7月13日)** 未刻,至观海书院,即候许德水。申刻,候刘心葭。

**十八(7月14日)** 晴雨相间。未刻,何子桑来会。酉刻,刘亦渔来会。

**十九(7月15日)** 卯、辰、巳、午、未刻,作《书生乞尉迟公帖取库钱赋以“但赐一帖他日自知”为韵》。

**二十(7月16日)** 辰、巳刻,改维崧课本。“苟有用我者”“可使足民”“孟子见梁惠王”。

**二十一(7月17日)** 上昼大雨。未刻,竹楼叔寄梯云集会卷来,并得叶书城小札。言余子晋芬于五月廿八自新溪回家,三十日到塾。近又患疾,未能读书,殊属可恨。

**二十二(7月18日)** 夜雨。未、申刻,评改梯云集会课文十卷。题:“有成德者”。取六名,叶梦元第一。

**二十三(7月19日)** 夜大雨。卯刻,寄还梯云集会卷。巳刻,题叶竹溪《教子图》五古。

**二十四(7月20日)** 午前雨。卯、辰、巳、午刻,作《渊明醉石赋以“石有坳处陶公枕痕”为韵》。

**二十五(7月21日)** 辰刻,卜达庵来会。午、未、申刻,抄试帖三十首。

**二十六(7月22日)** 巳、午、未刻,抄试帖廿四首。

**二十七(7月23日)** 未刻,候卜达庵。

**二十八(7月24日)** 日晡大雨。

**二十九(7月25日)** 日晡大雨。

## 七 月

**一日(7月26日)** 大热。辰刻,改一桥课本。“楚之梼杌”“好驰马”。酉刻,钱朗斋姑丈过访。戌刻,林雪岩来会。是日,知高复斋先生卒。

**二日(7月27日)** 终夜大雨。辰、巳、午刻,改一桥《受孔子戒赋以“子孝臣忠是也”为韵》。是夜,河水暴涨,将与岸平。

**三日(7月28日)** 夜大雨。申刻,往观海书院。

**四日(7月29日)** 申刻,改刘心葭《受孔子戒赋》。酉刻,心葭来会。

**五日(7月30日)** 大晴。午刻,评刘心葭试帖一卷。诗多工妙。申刻,见观海书院五月课案。顾广伦第一,余在第二,古学第一。卢奕春童卷第十二,古学第五。

**六日(7月31日)**　巳、午刻,改维崧课本。“小人怀惠”至“利而行”,“霸诸侯”,“吾未尝无诲焉”。

**七日(8月1日)**　申刻,沈载仁来。

**八日(8月2日)**　辰刻,谒何藜阁司马,借《三藩纪事》二本。巳刻,至观海书院。

**九日(8月3日)**　辰刻,卜达庵来会。申刻,刘心葭来会。

**十日(8月4日)**

**十一(8月5日)**

**十二(8月6日)**　辰刻,改一桥观海书院七月课卷。“由汤至于文王”,“汉案户”得“流”字。戌刻,林雪岩来会。

**十三(8月7日)**　辰、巳、午刻,改一桥《五色露赋以“九天青泽五色成文”为韵》。亦书院课题。未刻,代一桥作《牵牛花》诗。七律。

**十四(8月8日)**

**十五(8月9日)**　热。辰刻,候刘心葭、顾篆香,皆不遇。巳刻,至观海书院。酉刻,偕雪岩、一桥步海塘。

**十六(8月10日)**　午、未刻,阅《静虚楼题辞》二本。即前岁金山所征丁贞女诗,约四百余人。

**十七(8月11日)**　申、酉刻,大雨。

**十八(8月12日)**

**十九(8月13日)**　午、未、申刻,偕刘心葭、陆春林饮于朱蕴圃宅。

**二十(8月14日)**

**二十一(8月15日)**　申刻,卜达庵来会。

**二十二(8月16日)**　酉刻,林雪岩来会。

**二十三(8月17日)**　午、未刻,改一桥课本。“迨天之未阴雨”“取士必得”。

**二十四(8月18日)**　午、未、申刻,改维崧课本。“谲而不正”“女为君子儒”“君子周而不比”“以虫鸣秋”“停琴伫凉月”“一盏秋灯夜读书”。

**二十五(8 月 19 日)**　午后小雨。申刻,刘亦渔来会。

**二十六(8 月 20 日)**　未刻,至观海书院,又候卜达庵、刘心葭。

**二十七(8 月 21 日)**　辰刻,候张芸舫、朱云泉。巳刻,候陈大云,不值。

**二十八(8 月 22 日)**　热。巳、午刻,率卢、钟二门人至平湖应试,寓城隍巷黄星阶宅。酉刻,候陆步云昆季。

**二十九(8 月 23 日)**　大热。巳刻,谢兰洲、吴少杉来会。兰洲已出贡,将认保陆金桀等四人让余。午刻,徐宿生来会。未刻,候顾春樵、卜晓岩。申刻,卜晓岩父子答候。酉刻,叶书城等来访,不遇。是日,知金振声卒。

## 闰七月

**一日(8 月 24 日)**　大热。卯刻,候陈白芬。辰刻,陆一帆来会。巳刻,张融圃来会。堂弟太修、鼎如为讼事亦来与试,融圃同来,真非非想也。午刻,陈白芬答候竹楼叔来会。未刻,为认保诸童画押。共十五人:杨文灿、吴国琛、俞文彪、陆金桀、周元(即佇元改名)、袁其琛、许汀、陆朝锡、卢奕春、钟维崧、叶梦元、马步瀛、黄如罴、吴乙然、黄文楷。申刻,卜达庵来会。酉刻,沈蓉村来会。戌刻,黄星阶招饮。

**二日(8 月 25 日)**　大热。午后大雨。丑刻,送诸童入场。辰刻,吊高复斋先生丧。巳刻,候何菘溪,不遇。程伊斋到寓相访,不值。午刻,答张融圃。申刻,黄星阶招饮,颇有醉意。亥刻,卢、钟二子出场,知维崧于场内发痧,不能誊卷,立即发书通知敬亭主人。是日,首题:“何谓惠而”至“利之”;次:“尊贤使能”二句;诗:“孺子驱鸡”得“驱”字。

**三日(8 月 26 日)**　热。辰刻,竹楼叔、张文石来会,邀至松茂馆吃面。巳刻,刘心葭来会。午刻,马丽村亨衢来会。未刻,寄赠鸿道和尚楹贴。何司马书。申刻,刘筠庄来会。酉刻,答程伊斋,不值。

**四日(8 月 27 日)**　夜小雨。卯刻,与陆芸轩说定钟维崧补考事。巳刻,高继庵、邵虚斋来会。未刻,观初覆案。卢奕春在十七。

**五日(8月28日)** 午后雨。寅刻,送诸童入场覆试。辰刻,吊赵宅丧。巳刻,至顾春樵、万蕉园两处。

**六日(8月29日)** 午后大雨。巳刻,万蕉园答候,赵一鹤拜谢。未刻,至西门外观灯。申刻,邵美亭穆等来会。酉刻,观二覆案。卢奕春在二十。

**七日(8月30日)** 辰刻,陆芗泉、程伊斋来会。午、未刻,率钟维崧回至乍浦。申刻,诣观海书院,又至陆春林处。

**八日(8月31日)** 雨。

**九日(9月1日)** 雨。

**十日(9月2日)** 雨。未刻,刘心葭来会。申刻,刘亦渔来会。酉刻,卢廷秀来会。知三覆案卢奕春在廿三。戌刻,主人招林雪岩来同饮。

**十一(9月3日)**

**十二(9月4日)** 巳刻,林丈金台来会。未刻,周铁岩来会。

**十三(9月5日)** 巳刻,卢一桥试毕回来。言四覆案,名在四十。午刻主人始言维崧有疾不能应府试,赠余四洋作旅费。

**十四(9月6日)** 巳刻,诣观海书院。午刻,候许德水,不值。申刻,过林雪岩、陆春林两处。酉刻,偕卢友兰、一桥登舟。周铁岩附舟。亥刻,过平湖,上岸观灯。至县前观正案。十名前:顾广心、徐曰锴、陈以清、张星焊、张俞邻、王大墉、陆嘉禾、陈葆清、沈国安、马吟龙,卢奕春在三十四。

**十五(9月7日)** 巳刻,到郡访赵伟川,定寓于酱园魏宅。即去岁旧寓之别房也。午、未刻,观三庆堂戏于郡庙。是日,知秀水庄鄂五、海盐杨杏桥皆卒。

**十六(9月8日)** 午、未刻,观鸿秀堂戏于郡庙。

**十七(9月9日)** 辰刻,赵朵山来会。巳刻,许德水、陈鹤亭来会。午刻,朱云泉来会。申刻,朱一山来会。

**十八(9月10日)** 卯刻,评阅秀水童生会课卷一册。题:“是心足以王矣”。取二名，蒋肇梅第一，魏朱琳第二。申刻，观凤鸣堂戏于郡庙。

**十九(9月11日)**　卯刻，陆薇卿锡诰、高诚庵复初来会。辰刻，邵美亭、苓史光宇等来会。巳刻，候何崧溪，以骈体文属其题辞。午刻，孙半农来访。未刻，谒章方雨学师。申刻，候刘心葭，知刘山椒、朱红泉、戈翰轩、顾蔗香、姚达泉、姚晖吉、王藕汀七人欲攻冒籍诸童，卢一桥亦在其内，群情匈匈，道路以目。

**二十(9月12日)**　卯刻，刘亦渔来，逼卢一桥拜谒“七星廪保”。时山椒、红泉、翰轩、蔗香、达泉、晖吉、藕汀专意图诈，人皆畏而恶之，谓之“七星”，更有李云帆、鲍悦泉、钱镜心等七人亦入其党，人称为“副七星”，惟余与刘心葭、徐梦春、屈慈湖、赵吟樵、何菘溪等七八人皭然不污，得免群议，然余与心葭大为群邪所忌。未刻，刘山椒突然而来。以王永书系余挨保，意欲索诈，沮余画押也，余逊辞以却之。申刻，顾芝坪梦熊来会。

**二十一(9月13日)**　卯刻，候顾春樵、柳溪广心。午、未、申刻，饮于俞铁涯寓。酉刻，候徐梦春。

**二十二(9月14日)**　辰刻，赵吟樵其铭来会。巳刻，认挨保诸童，陆续拜会。认保：袁其琛、马步瀛、陆金棨、杨文灿四人有贽。挨保：王永书、高楚生、汤鼎、王润容、张琪、屈钦邻、徐铿、何晋枏、徐肇基、顾鸿、朱怀淳、胡汝兰、胡瑍，有贽。陆成勋、屈勤垣，无贽。张戴垚不考。午刻，嘉善吕秋塘招饮，同席谢益庵名沂，嘉善廪生、钟春农名庆桂，嘉善廪生。戌刻散席。谢、钟二人皆醉，大使酒性，竟殴秋塘，余大惊，窜走。是日，王藕汀到寓寻衅，幸余不在。

**二十三(9月15日)**　雨。卯刻，为认挨保二十七人画押。认保较县试少三人。辰刻，徐宿生、赵一鹤来会。巳刻，至钟春农寓，问昨夜争竞之故，春农但微笑不言。是日，罗子信太守随差官至平湖，籍没蒋秋舫沄家。

**二十四(9月16日)**　寅刻，送诸童入场。卯刻，何菘溪邀吃面。辰刻，候陆小岩。巳刻，同顾春樵、方竹溪游白漪庵。午、未刻，饮于春樵寓。是日府试题，首：“昔者先王以为东蒙主”；次：“犹湍水也”；

诗:"海国稻花秋"得"秋"字。

**二十五(9月17日)**　午刻,招顾春樵、刘霞江饮于西月桥,三人俱醉。

**二十六(9月18日)**　巳刻,偕刘心葭答朱云泉。午、未、申刻,观鸿秀堂戏于郡庙。

**二十七(9月19日)**　晴雨相间。卯刻,观初覆案。卢奕春在八十。午刻,刘心葭招同陈鹤亭小酌。

**二十八(9月20日)**　寅刻送考。巳刻,偕刘霞江等十三人复游陈氏倦圃。未刻,游天宁寺。亥刻,竹楼叔、叶芦滨来会。

**二十九(9月21日)**　辰刻,至新仓诸友寓中。巳刻,至顾春樵寓,与访溪广誉细谈古文源流。

**三十(9月22日)**　辰刻,同刘心葭、赵吟樵等至烟雨楼,适帅中丞弟在内,不得入。午刻,邀心葭小饮。未、申刻,观嘉乐堂戏于江西会馆。戌刻,至秀水署前观灯。

## 八　月

**一日(9月23日)**　卯刻,观二覆案。卢奕春在一百四十一。辰刻,竹楼叔邀吃面。午、未、申刻,观鸿秀堂戏于府署。

**二日(9月24日)**　寅刻送考。午、未刻,观凤鸣堂戏于柳岸。酉刻,赠叶书城中秋贽敬一洋。

**三日(9月25日)**　巳刻,过陆兰舫金枀寓。午、未刻,观三庆堂戏于柳岸。申刻,观三覆案。卢奕春在五十七。

**四日(9月26日)**　雨。寅刻送考。

**五日(9月27日)**　午、未刻,观鸿秀堂戏于捕厅署。酉刻,观四覆案。卢奕春不覆。

**六日(9月28日)**　卯刻,同卢氏昆仲登舟。酉刻,回至乍浦,即到馆中。

**七日(9月29日)**　巳刻,刘亦渔来。其言语皆自相矛盾,真不可解。

未刻，诣观海书院，见七月课案。卢奕春童卷第二，古学又第一。申刻，候卜达庵、刘心葭。

**八日(9月30日)** 午前雨。巳刻，发何菘溪书。

**九日(10月1日)** 申刻，卜达庵来会。

**十日(10月2日)** 午刻，见府试正案。十名前：顾广心、周兆汉、毛鹤、徐曰锴、陈以清、王大镛、张星煇、胡濂、屈钦邻、陆嘉禾。卢奕春在八十九。

**十一(10月3日)** 辰刻，改维崧课本。"孝慈则忠"。巳刻，刘心葭来会。

**十二(10月4日)** 巳刻，戈秋河过访。未刻，至观海书院。申刻，候陆春林。酉刻，闻刘亦渔暴卒。戌刻登舟。

**十三(10月5日)** 卯刻回家。知端阳以后所行贺吊礼者十余家。午刻，至竹楼叔宅。晋芬现读《中庸》。

**十四(10月6日)** 巳刻，发陈白芬书。午刻，秋渔兄招饮，同席张虚舟泰照等五人。是日醉甚。

**十五(10月7日)** 巳、午、未刻，同张文石等长谈于叶芦滨宅。申刻，请陆索芬治考妹疾。

**十六(10月8日)** 未刻，家文楷馈月饼两匣，细圆一斤。

**十七(10月9日)** 午后雨。申刻，竹楼叔招饮，同席张文石等六人。戌刻散席。

**十八(10月10日)** 辰、巳、午、未刻，作文一首告家祠。骈体。诉东西两屋之种种不肖也。

**十九(10月11日)** 雨。申刻，为考妹疾诣关庙拈香，祈得八十七签。中有"藩篱剖破浑无事"一语，可保无害。

**二十(10月12日)** 辰刻，复请陆素芬治考妹疾。午刻，鸿道和尚招饮，同席竹楼叔、张秋莼。泰勋。是日大醉。

**二十一(10月13日)** 午刻，付家中日用十四洋。

**二十二(10月14日)** 申刻，徐宿生来会。酉刻，趁胡大澥舟。

**二十三(10月15日)** 辰刻，到乍浦钟氏馆中，知刘锡亭司马十九日招陪吴主事一枝公宴,惜余不在。巳刻,卜达庵来会。未刻,诣观海书院。申刻,得何菘溪覆书,附还骈体文一册,有题词二首。五律。又见借《烟霞万古楼文集》一本。王昙所著,四大文七篇。

**二十四(10月16日)**　夜雨。抄王仲瞿骈体文三首。仲瞿文才气浩瀚,一泻千里,但嫌其议论不当耳。

**二十五(10月17日)**　昼夜大雨。

**二十六(10月18日)**　夜雨。

**二十七(10月19日)**

**二十八(10月20日)**

**二十九(10月21日)**　巳刻,至观海书院。午刻,周铁岩来会。申刻,卜达庵来会。言九月十二日取齐科试。

## 九　月

**一日(10月22日)**

**二日(10月23日)**

**三日(10月24日)**

**四日(10月25日)**　辰刻,林雪岩来会。巳刻,挽刘亦渔。七律。戌刻,主人补设中秋宴。

**五日(10月26日)**　辰刻,朱云泉来会。午刻,雪庐夫子招宴,同席卜达庵、赵兕生。名莲,吴江廪贡,工隶书。

**六日(10月27日)**　巳刻,偕卜达庵至军功[工]厂问何司马疾。

**七日(10月28日)**　午刻,方子春拜会,子春新自都中回家。借余骈体文及壬午、癸未古近体诗一卷。未刻,发翁噩生书。申刻,陆春林来,为刘心葭尊人病危迫不能赴试,将认保周大径等十九人托余代领。酉刻,以旧诗九卷寄与子春,属其分别弃取。

**八日(10月29日)**　巳、午、未刻,改一桥课本。"一人陶""阳虎曰""杀其麋鹿者"。

**九日(10月30日)**　申刻,至观海书院,遇熊云客名昂碧,金山庠生，善诗、张书泉名振翮，华亭人、张啸峰名鸿卓，华亭人。

**十日（10月31日）** 辰刻，代雪庐夫子评阅书院八月课卷数篇。"不知礼"一节。午、未、巳刻，改维崧课本。"女与回也孰愈"，"偃偃言是也"，"必使玉人雕琢之"，"持螯饮酒"，"菊影"，"金鋄映秋山"。申刻，朱云泉、周子莲来会，约定同舟到郡。

**十一（11月1日）** 巳刻，问刘丈宗鲁疾。酉刻，同云泉、子莲、一桥登舟。

**十二（11月2日）** 热。辰刻，到郡仍寓魏宅。午刻，叶书城来同寓。

**十三（11月3日）** 大热，夜甚。雨。巳刻，顾春樵来会，言明日有人托余代作古学，余以日晷甚短辞之。午刻，买《青云集试帖》三部。亡友杨杏桥所辑，余《蜀镜》一首亦在□选□中。

**十四（11月4日）** 雨，暴寒。巳刻入场，考古学，坐东冬五号。题："李长吉古锦囊赋"以题为韵，"夜雨鸣廊到晓悬"得"鸣"字，"三江入海源流考"。申刻出场。是日，有结烛三条尚不能完卷者。

**十五（11月5日）** 大寒。巳刻，送古学童生入场。余认保考古学者十人：卢奕春、叶梦元、刘然藜、朱太勋、张楚材、周森、潘镛振、陆槐卿、胡汝兰、胡茂春。午刻，候何菘溪，还《烟霞万古楼文集》一册。未刻，周秋崧鸿图来会，陈鹤亭、曹淡秋镇定拜会。申刻，万蕉园来会。以七星廪生欲攻余认保周大经，而挨保则蕉园也，故来商酌。戌刻，竹楼叔、张虚舟来会。

**十六（11月6日）** 巳刻，徐逸帆金诰来会，卜达庵拜会，许德水来会。午刻，何菘溪答候，嘉善钟元甫拜会。未刻，于瘦秋、周楠亭尚经来会。贾蘅、石兰皋来会。申刻，朱云堂来会，沈赤石、赵一鹤来会。是日，出古学案，阖属取三十人，平湖居其七，县学卜葆鈖、张敦瞿、冯沄、何庆熙、王均、顾邦杰，府学钱福昌。余《古锦囊赋》，雕今润古，甚费心思，不作第二人想，而竟不见录，奈何乎文宗。

**十七（11月7日）** 辰刻，邀万蕉园至沈赤石寓，招于瘦秋来调停周大经事。巳刻,袁乔年太椿、邵虚斋来会。午刻,程伊斋拜会,吴墨乡父子来会。未刻,徐滁山应熙来会。申刻,为认挨保四十六人画押。认保三十二人:周大经、曹镇定、俞文彪、周森、张楚材、袁其琛、周元、方虞、刘然藜、朱太□、张耀垣、沈汝莹、沈在垣、陆金桀、杨文灿、吴廷瑞、方墀、潘镛振、陆槐卿、胡茂春、胡汝兰、许汀,皆有贽;施翊光、卜葆锳、陈燿、许柏、叶梦元、卢奕春、李光熊、陆朝锡、黄如罴、吴乙然,皆到。挨保十五人:陆为烺、顾邦瑾、彭諴、郭承烈、马鸣冈、邵绍高、陆廷梁、陆滢、朱太勋、徐金铭、顾坃、李棻、吴瑾、许太阶,皆有贽。张成勋,不考。

**十八(11月8日)** 卯刻入场,应科试,坐西月十五号。题:"掩之诚是也"三句;策:《文选》;诗:"西风门掩芦花溆"得"门字"。未刻出场。

**十九(11月9日)** 巳刻,至高藏庵寓,观吴梅村手书《绥寇纪略》真迹。午刻,答贾蘅石、兰皋。观《酌中志余》抄本一册。所记皆东林党人事。答程伊斋,不遇。未刻,顾春樵来会。

**二十(11月10日)** 卯刻,送诸童入场。辰刻,候陈白芬,答于瘦秋,又至沈赤石寓。午刻,偕顾春樵、卜达庵、高继庵、钱松隐法曾叙饮。未刻,观招覆案,一等廿二名。卜葆鈖、张敦瞿、王均、冯申垚、徐锡龄、罗翰、屈师曾、吴溓、姚焜、顾广勤、庄敬、陆儒珍、毛猷、朱志闻、孙天锡、沈寅相、孙大铨、刘茂榕、戈茂承、冯志熙、徐金太、顾邦杰。是日,平湖童生题,首:"其如示诸掌乎";次:"任人有问屋庐子"二节;诗:"月下潮生红蓼汀"得"潮"字。

**二十一(11月11日)** 辰刻,卢一桥、叶书城皆回去。巳刻,至何菘溪寓,与冯竹生沄等长谈。未刻,观凤鸣堂戏于郡庙。

**二十二(11月12日)** 巳刻,陆芸轩邀吃面。午刻,招刘霞江小饮。未刻,观新进案,余认保获隽者:卢奕春、周元、陆金桀、马鸣冈四人。县学二十五名:陈以清、周之烈、金仁寿、马鸣冈、屈钦邻、邵起峰、顾广心、郭镜蓉、胡溓、周元、俞建标、张光照、卢奕春、胡孝水、周兆汉、王自求、曹莼、陆成勋、王宗沂、何兆熙、王大镛、何承杰、王大经、徐铿、姚恭銮。拨府六名:邵桂森、徐志陞、陆金桀、周鸿汉、何炯、郭人和。

**二十三(11 月 13 日)**　巳刻，过陆薇卿寓。午刻，过罗莼浦寓。酉刻，观二三等案，余仍不取。自乙丑游庠后，岁科不出一二等，独今学使三次见遗，罪不至此。

**二十四(11 月 14 日)**　巳刻，陆春林同卢一桥到寓。午、未刻，屈芷香率马鸣冈拜会。菜仪四百。周晓山率子元拜会，谢兰洲率陆金棨拜会。是日，托万蕉园为一桥讲贽仪。两学师索一桥六十洋，蕉园力诤，始讲定十六洋，戈翰轩、姚达泉、王藕汀、顾蔗香又诈一桥四洋。

**二十五(11 月 15 日)**　巳刻，送诸童入场覆试。未刻，遇邻人陈某，知廿三夜余家被窃。申刻，内侄金鼎臣来访。知内侄女素珍于八月中缢死。是日，闻俞蓉裳为风化事系狱。

**二十六(11 月 16 日)**　巳刻，郁醉石招同陆春林吃面。午刻，至马鸣冈寓贺喜。未刻，邀万蕉园、陆春林、卢一桥大饮于西月馆。戌刻，观拔贡榜。府学金应桓、庄炳，嘉兴杜槐，秀水汪燾，嘉善谢沂，海盐徐葆甫，平湖张敦瞿，石门劳宗焕，桐乡沈淮。是日，闻平湖县堂灾。

**二十七(11 月 17 日)**　巳刻，送诸童入场大覆试，赠顾柳溪《青云集诗》一部。午刻，观新进正案。卢奕春拔置十一。未刻，任虹舟来会。名克齐，海盐庠生。申刻，陆讱庵来会。马鸣冈赠贽仪一洋。

**二十八(11 月 18 日)**　午刻，登嘉兴舟。

**二十九(11 月 19 日)**　辰刻至乍浦。未刻，诣观海书院。申刻，途遇柯春塘，立谈片刻。

**三十(11 月 20 日)**　是日开馆。

## 十　月

**一日(11 月 21 日)**　小雨。巳刻，为顾柳溪作《孺子驱鸡》诗。将梓入试草者。午刻，陈云巢招饮，同席林雪岩等四人。

**二日(11 月 22 日)**　巳刻，陈鹤亭来会。

**三日(11 月 23 日)**　午刻，赵咒生过访。未刻，寄顾春樵书。

**四日(11 月 24 日)**　巳、午、未、申刻，作《杨母倪孺人节孝序》，许德水先生所属骈体。酉刻,赠卢一桥《国朝名文续编》《新科墨卷典丽》两种。

**五日(11月25日)**　未刻,候许德水先生。申刻,至观海书院,晤翁海琛。

**六日(11月26日)**　巳刻,改步崧即维崧,改名文一篇、诗四首。"季路问学""项王戏马台""秋雁橹声来""临渊羡鱼""九日登陈山"七律。

**七日(11月27日)**　巳刻,偕钟敬亭、刘建峰等至梁庄许香椒宅观菊花。未刻,许翁设宴相待。

**八日(11月28日)**　夜雨,抄试帖三十二首。

**九日(11月29日)**　雨,大西北风。巳、午刻,作观海书院十月课卷。"先进于礼乐"一节,"山高月小"得"寒"字。未刻,挽刘丈宗鲁。七律。

**十日(11月30日)**　寒。巳刻,卜达庵来会。

**十一(12月1日)**　巳刻,改步崧书院课卷。"惟女子与小人"。

**十二(12月2日)**　巳刻,高继庵、卜达庵来会。未刻,作《古意》一首赠继庵。

**十三(12月3日)**　巳、午、未、申、酉刻,作《恭送汤文正公从祀孔庙文》。骈体。

**十四(12月4日)**　巳刻,至观海书院会陆野桥、张啸峰。

**十五(12月5日)**　午、未刻,阅陆野桥《草心亭诗钞》。

**十六(12月6日)**　巳刻,吊刘丈宗鲁丧。代香五钱。午刻,谒何藜阁先生,时先生已罢官。还过观海书院,见熊云客诗稿一册。集中多游览之作,内有《石勒墓》七律一首,淋漓浑脱,卓然名家。

**十七(12月7日)**　抄杂诗四十五首。

**十八(12月8日)**

**十九(12月9日)**

**二十(12月10日)**　寒。

**二十一(12月11日)**　雨。

**二十二(12月12日)**　雨。巳、午刻,作《齐武王论》。骈体。

**二十三(12月13日)** 大西北风。巳、午、未刻，改步崧课本。“譬之宫墙”，“吾闻出于幽谷”一句，“无友不如己者”，“为他人作嫁衣裳”，“三分割据纡筹策”。

**二十四(12月14日)** 寒。巳刻，至观海书院，还候刘心葭。

**二十五(12月15日)**

**二十六(12月16日)** 巳、午刻，同林雪岩、卢慕唐、一桥至平湖。因明日入学故。未刻，候方子春，以近作骈文三首属其评定，适张子祥吴江人，善画、陆虹村、顾春樵、访溪、贾蘅石、兰皋宴集于白华田舍，余至，即邀合席。申刻，率一桥拜谢万蕉园。是夜，宿于陆畹亭宅。

**二十七(12月17日)** 巳刻，至卢醉峰处。一桥同族。周晓山率子元拜会，见赠三洋，余答以《青云集诗》一部，俄而三洋遗失途中。因候顾春樵昆季故也。午刻，观入学。酉刻，回至乍浦。

**二十八(12月18日)**

**二十九(12月19日)** 巳刻，卢一桥拜谢。

## 十一月

**一日(12月20日)** 夜雨。巳刻，寄张虹巢名维城，海盐庠生。书，并赋三首、诗六首，嘱其选入《律赋古藻集》及《青云集试帖续编》。

**二日(12月21日)**

**三日(12月22日)**

**四日(12月23日)** 巳刻，至观海书院。申刻，候陆春林。

**五日(12月24日)** 巳、午刻，改步崧课本。“子曰臧文仲”，“吾何执”二句，“吕錡梦”，“射月”，“四山风雨一僧寒”。

**六日(12月25日)**

**七日(12月26日)**

**八日(12月27日)**

**九日(12月28日)**

**十日(12月29日)** 午刻，徐芸岘拜会。

**十一(12月30日)** 夜大西北风。巳刻,改一桥观海书院十一月课卷。“缁衣羔裘”二句,“独钓寒江雪”。

**十二(12月31日)** 大西北风。午刻,方子春寄还骈体文一册及壬午、癸未诗一卷。

**十三(1825年1月1日)** 巳刻,候刘心葭,即至观海书院,赠徐芸岘婚仪一洋,见十月课案。顾梦熊第一,余在第三,钟步崧童卷第六。

**十四(1月2日)** 未刻,复至观海书院。

**十五(1月3日)** 巳、午刻,改步崧课本。“五谷不分”“温故而知新”“纸窗竹屋”“穆嬴抱子”。

**十六(1月4日)** 巳、午、未刻,作《陆忠愍公冠带旧篚记》。骈体。

**十七(1月5日)** 申刻,刘乙斋然藜来会。

**十八(1月6日)**

**十九(1月7日)** 巳、午、未、申刻,作《徐雪庐夫子听诗图记》。骈体。

**二十(1月8日)** 未刻,至观海书院,以《听诗图记》呈政雪庐师,深加激赏,即命录入图中。是夜,陆家桥火,延烧五家。

**二十一(1月9日)**

**二十二(1月10日)**

**二十三(1月11日)** 巳、午、未、申刻,作徐峨峰明府名云笈,云南嶍峨人慈溪送行诗序,雪庐师所命。骈体。

**二十四(1月12日)** 未刻,至观海书院。申刻,候卜达庵。是日,闻董练如死。

**二十五(1月13日)**

**二十六(1月14日)** 午刻,卜达庵来会。是日,闻陆云槎卒于公安署中。

**二十七(1月15日)** 夜雨。

**二十八(1月16日)** 雨。

**二十九(1月17日)** 巳刻,作《白华田舍宴集诗》七绝四首、分得

“阴”字。《刘鉴塘七十寿诗》小七古。

**三十(1月18日)**　未刻,至观海书院,会方子春、陆一帆、贾兰皋、何琢堂等。

## 十二月

**一日(1月19日)**　巳、午刻,改步崧课本。“无莫也”二句,“以承祭祀”,“文章当自出机杼”,“雪压芦花出酒旗”。

**二日(1月20日)**　巳刻,赴观海书院婚宴。二鼓后,同许德水、方子春、何子燊等二十六人送徐芸岘至丁宅结亲。夜半,丁宅设席待客。

**三日(1月21日)**　午后小雨。巳刻,回至书院。申刻,候刘心葭。

**四日(1月22日)**

**五日(1月23日)**　未刻,高继庵、卜达庵来会。

**六日(1月24日)**　未刻,收到方子春书,并所阅骈体三首。申刻,偕朱楂园名系福,杭州人、陆芷江、朱雅山、刘心葭等十余人宴于观海书院。

**七日(1月25日)**

**八日(1月26日)**　巳刻,改步崧课本。“齐人妇女乐”,“齐人有一妻一妾”诗。

**九日(1月27日)**　巳刻,卢一桥馈洋八枚。谢师谢认保俱在内。未刻,至观海书院告辞。

**十日(1月28日)**　巳刻,刘心葭来会。戌刻登舟。

**十一(1月29日)**　辰刻到家,知中秋后所行庆吊者二十余家。即至尚德堂。巳刻,候叶书城,见晋芬现读上《论》。申刻,秋渔兄招饮,同席鸿道和尚等八人,余大醉。是日,知章耀庭卒。耀庭与余近邻,自幼投契,迄今二十余年,犹如一日,八月中见其形容消瘦,窃为隐忧,而不谓其竟至于斯也。

**十二(1月30日)** 午刻,赠邵春泉字扇一柄、《鄂韡联吟集》二本。申刻,家广勤招饮。

**十三(1月31日)** 午刻,赠叶书城贽仪一洋。

**十四(2月1日)** 雨。

**十五(2月2日)**

**十六(2月3日)**

**十七(2月4日)** 雨。

**十八(2月5日)** 巳刻,收杨氏租六石四斗。

**十九(2月6日)** 夜雨。

**二十(2月7日)** 雨。

**二十一(2月8日)** 雨。

**二十二(2月9日)** 雨,夜微雪。

**二十三(2月10日)**

**二十四(2月11日)**

**二十五(2月12日)**

**二十六(2月13日)** 雨。

**二十七(2月14日)** 午前雪。以上十余日自课晋芬,每日可读十二行。

**二十八(2月15日)** 巳刻,竹楼叔赠春酒一坛、糕饼两匣。午刻,林雪岩书来。余欲明岁带课晋芬,曾托雪岩向敬亭主人言之,此亦世间常事,非余独创其例,今雪岩书来,言敬亭毅然不许,无可如何。噫,敬亭之刻薄固不待言,而雪岩不能善为调停,何也?

**二十九(2月16日)** 雨。

**三十(2月17日)** 小雨。

甲申岁约用钱六十六千。

# 道光五年乙酉(1825),三十七岁

## 鹂声馆日志

### 正　月

一日(2 月 18 日)

二日(2 月 19 日)　雨。

三日(2 月 20 日)　雨。

四日(2 月 21 日)　巳刻,镇上拜节。未刻,寄金秋圃书。申刻,赠尚德堂年礼二种。是日,闻何藜阁司马丁外艰。

五日(2 月 22 日)

六日(2 月 23 日)

七日(2 月 24 日)　雨。

八日(2 月 25 日)　夜雨。午、未、申刻,同邵震声、张虚舟等叙于尚德堂。

九日(2 月 26 日)　雨。

十日(2 月 27 日)　雨。

十一(2 月 28 日)　午刻,鸿道和尚招宴,同席竹楼叔、秋渔兄、周念敦等八人。戌刻散席。

十二(3 月 1 日)

十三(3 月 2 日)　巳刻,附航船到城,拜候陆畹亭昆仲。午刻,拜候顾春樵。未刻,至德藏寺,请张胜祖相面。言余左手柔软如绵,最为吉相,功名不过一榜,寿可六十六。

**十四(3月3日)** 夜大雷电,雨。巳、午刻,拜候程伊斋、何菘溪、陈白芬、卜达庵、万雨堂、蕉园、高警庵、继庵、俞云涛。是日留须。

**十五(3月4日)** 夜雨。辰刻,至顾春樵处,即留饮,预订武林同寓之约。午、未刻,同达庵、春樵闲步。

**十六(3月5日)** 雨。午、未、申刻,同高继庵、徐秋山大饮于陆畹亭处。

**十七(3月6日)** 微雪。巳刻阅邸报。知去冬十一月高家堰水决,漂没户口无数。

**十八(3月7日)** 雪。酉刻回家。

**十九(3月8日)** 夜雪。辰刻,送晋芬入塾。仍受业于书城。午刻,书城还《红楼梦》一部,复借陈寿《三国史》全部。

**二十(3月9日)** 雨夹雪。午刻,作梯云集会文启。戌、亥刻,偕张文石、秋莼、虚舟、竹楼叔、秋渔兄叙饮。

**二十一(3月10日)** 午刻,预赠马、周两宅婚礼。

**二十二(3月11日)** 申刻,徐宿生来会。是日,唤工人作楼窗上栏杆。以防贼也。

**二十三(3月12日)** 酉刻,鸿道和尚来会。戌刻登舟,付家中日用钱三千二百。

**二十四(3月13日)** 始晴。卯刻,至乍浦钟氏馆中。辰刻,朱云泉拜会。巳、午刻,拜贺徐雪庐夫子、刘丈瑞圃、许丈德水、张耐山、刘心葭、朱蕴圃、张芸舫、卢廷秀、林雪岩。

**二十五(3月14日)** 辰、巳刻,卢廷秀、许德水、张耐山、刘心葭等答拜,柯春塘拜会。戌刻,主人设筵相酌,同席林雪岩、卢一桥。绝无兴趣。

**二十六(3月15日)**

**二十七(3月16日)** 申刻,卜达庵答拜。

**二十八(3月17日)** 小雨。

**二十九(3月18日)** 午刻,刘丈瑞圃招同柯春塘陪朱小云先生宴于卷勺园。席品极盛。

**三十(3月19日)** 小雨。申刻,购《善卷堂四六》《檐曝杂记》二种。价三百三十二。

## 二 月

**一日(3月20日)** 日夕大雨。

**二日(3月21日)** 小雨。

**三日(3月23日)** 小雨。

**四日(3月23日)** 小雨。

**五日(3月24日)**

**六日(3月25日)** 日夕大雨。

**七日(3月26日)** 雨。巳刻,魏葆纯过会。酉刻,卢宅招饮,同席刘心葭、张旭初、林雪岩。

**八日(3月27日)** 申刻,家菊庄来会。是日,闻粮船潘安帮于嘉兴西门外杀水手数十人,大吏督兵自卫,城门为之昼闭。

**九日(3月28日)** 始晴。辰刻,金秋圃来。巳刻,张芸舫答拜。未刻,至观海书院,闻书院有改易山长之说。申刻,候陆春林、陈鹤亭。

**十日(3月29日)** 巳刻,刘筠庄答拜,卜达庵来会。未、申刻,改步菘课本。"巽与之言"二句,"民免而无耻"至"有耻","鹧鸪"七律,"红杏在林"。

**十一(3月30日)** 巳刻,刘心葭来会。未刻,沈载仁来。

**十二(3月31日)** 辰、巳、午刻,作《乞留徐雪庐夫子仍主观海书院状》。骈体。公呈二十人:刘东藩、朱为栋、陆镕、林寿椿、陈维任、韩潮、顾棨、王文海、黄金台、徐锡龄、钟铭、费椿、顾广勤、卜葆芬、高振铤、贾洪、嘉兴武家治、嘉善陈廷璐、海盐马光燮、石门陈组。未刻,往观海书院,又候卜达庵、刘心葭。

**十三(4月1日)** 巳刻,戏咏《留须》七律、《见燕有感》七绝。

**十四(4月2日)** 未刻,陈鹤亭来会。申刻,同鹤亭、一桥登汤山,谒陆孝子祠,访小剑池。

**十五(4月3日)** 辰刻,偕雪岩、一桥等游陈山寺,谒李介节先生祠。巳刻,过蒲山,游小普陀。午刻,渡海游中普陀,望大洋。

**十六(4月4日)** 夜雨。巳、午刻,改一桥课本。"仲叔围治宾客"三句,"周公谓鲁公曰"一章。未刻,改步崧课本。"非之无举也"二句,"暴客"五律,纪近事也。戌刻,观鳌山灯。

**十七(4月5日)** 午前雨。辰、巳刻,作《明熹宗御用戗金双龙小铁斧歌》。七古。周坎云来会。大经。

**十八(4月6日)** 午后大雨。巳刻,赖紫山子来受业。年十六。午、未刻,抄赋四首。

**十九(4月7日)** 辰刻,赖紫山拜会。巳、午刻,抄诗三十四首。

**二十(4月8日)** 辰刻,答赖紫山,即赴观海书院甄别,胡邑候出题。生:"故观于海者"二句;童:"是亦为政","九峰三泖赋"以"山川毓秀人文蔚起"为韵,"玉壶买春"得"诗"字,"二月春风似剪刀"不拘体。

**二十一(4月9日)** 辰、巳、午、未刻,作"故观于海"二句文,"玉壶买春"试帖,"二月春风似剪刀"七排十二韵。申刻,刘筠庄来会。

**二十二(4月10日)** 作《九峰三泖赋》。巳刻,刘心葭来会。申刻,陈载扬来会。

**二十三(4月11日)** 辰、巳刻,改一桥、步崧甄别卷。

**二十四(4月12日)** 午夜大雨。改家蚁亭文六首。"鼓方叔"二节,"子张书诸绅","西子蒙不洁","有余师","拔乎其萃","无所取材"。

**二十五(4月13日)** 改蚁亭文五首。"举伊尹","宋不足征也","用之则行","其妻妾不羞也","我不贯与小人乘"。

**二十六(4月14日)**

**二十七(4月15日)** 雨。

**二十八(4月16日)** 未刻,至观海书院,又候刘心葭,借《峰泖闺秀诗钞》一部。

**二十九(4月17日)** 辰刻,黄星阶过会。

## 三 月

**一日(4月18日)** 巳刻,改步崧课本。“举伊尹”,“樵夫”“更夫”“舆夫”“缆夫”,皆七绝。未刻,改一桥课本。“富与贵”一节。

**二日(4月19日)** 酉刻,邱桂岩、罗友兰振邦来会。桂岩有事相托。

**三日(4月20日)** 辰刻,率桂岩至观海书院。

**四日(4月21日)** 夜大雨。申刻,改一桥游中普陀诗。五古。

**五日(4月22日)** 午刻,赖紫山招宴,同席张耐山等五人。申刻,卜达庵来会。

**六日(4月23日)** 巳刻,林雪岩来会。午刻,见书院甄别案。陈廷璐第一,余在第十,钟步崧童卷第七。未刻,借卜达庵《槜李诗系》四本。申刻,候陈鹤亭。

**七日(4月24日)** 申刻,改步崧课本。“犁牛之子骍”,“牧牛词”七绝二首。

**八日(4月25日)** 雨。

**九日(4月26日)**

**十日(4月27日)** 未、申刻,作观海书院三月课卷。“敬事而信”,“弓矢既调”得“和”字。陈鹤亭来会。

**十一(4月28日)** 闷热,夜大雷雨。

**十二(4月29日)** 未刻,改叔崧课本。“实能容之”,“柳眉”“柳眼”,皆五律。戌刻,金秋圃来,言余子大仕已出痘花。

**十三(4月30日)** 巳刻,刘心葭来会。申、酉、戌刻,改一桥《新柳赋以“含风鸭绿映日鹅黄”为韵》。书院课题。

**十四(5月1日)** 夜雨。申刻,改一桥“敬事而信”文。

**十五(5月2日)** 小雨。申刻,候刘心葭,还《峰泖闺秀诗钞》一部。

**十六(5月3日)** 未刻,卜达庵来会,递至何菘溪书。

**十七(5月4日)** 辰刻,改步崧书院课卷。"奚自"至"自孔氏"。未刻,往观海书院,又候卜达庵、顾篆香。

**十八(5月5日)** 辰刻,陆兰舫寄赠番银二枚。认保谢意。

**十九(5月6日)** 未刻,同心葭候柯春塘。酉刻,陆薇卿、卜达庵来会。

**二十(5月7日)** 夜大雨。

**二十一(5月8日)**

**二十二(5月9日)**

**二十三(5月10日)** 巳刻,至观海书院,会朱楂园、丁溉余。名繁培,金山人。未、申刻,观三元班戏于霍庙。

**二十四(5月11日)**

**二十五(5月12日)** 夜大雨。

**二十六(5月13日)**

**二十七(5月14日)** 未刻,还卜达庵《槜李诗系》四本。申刻,候刘筠庄、陆薇卯,借筠庄《江南七子诗选》二本。候许德水,借李金澜诗二本。

**二十八(5月15日)** 申刻,评点刘心葭试帖二十首。内《一寸楼》《贾岛佛》二首最佳。

**二十九(5月16日)** 未、申刻,改步崧课本。"三军可夺帅也","皆是也","割麦插禾禽言"[帖体],"仙""佛""鬼""神"皆五绝。

**三十(5月17日)** 夜雨。

## 四 月

**一日(5月18日)** 夜雨。

**二日(5月19日)** 晴雨相间。

**三日(5月20日)** 夜大雷雨。申刻,改一桥课本。"关雎"一节。

**四日(5月21日)** 申刻,陆薇卿来会。酉刻,陈鹤亭来会。

**五日(5月22日)** 未刻,往观海书院会熊云客、张啸峰。申刻,候陈鹤亭、刘心葭。

**六日(5月23日)** 辰刻,邓静溪来会。申刻,卜达庵来会。

**七日(5月24日)** 巳刻,同刘心葭、卜达庵、卢一桥谒刘锡亭司马。司马于去冬摄任玉环,今复任海防。回候顾篆香。

**八日(5月25日)** 夜雨。巳刻,熊云客、张啸峰拜会,读余骈体文皆为顺服。

**九日(5月26日)** 国朝七古诗钞成。自二月廿九至是日,每日选录国朝七古诗,得二百二十四首,离为八卷,皆取其有关系而又谋篇完善、无懈可击者,一切淫词艳什、腐语陈言以及冗长苟短,俱不入选。先加圈点,评赞尚俟异日。

**十日(5月27日)** 抄杂诗五十四首。

**十一(5月28日)** 巳、午、未刻,改步崧课本。"远色贱货","因不失其亲","读《左传》","万花筒"七律。改一桥课本。"其行己也恭"四句。

**十二(5月29日)** 未刻,至观海书院,见三月课案。顾梦熊第一,余在十六。申刻,候陆薇卿、陈鹤亭、陆春林、刘心葭,还刘筠庄《七子诗选》一部。

**十三(5月30日)** 未刻,陈鹤亭来会。

**十四(5月31日)** 巳刻,作观海书院四月课卷。"先进于礼乐"一节,"戴胜降于桑"得"蚕"字。又改一桥作。

**十五(6月1日)** 大热。夜雨。巳刻,改步崧月课卷。"文学子游"。

**十六(6月2日)**

**十七(6月3日)**

**十八(6月4日)** 巳刻,刘筠庄来会。未刻,至观海书院,又候心葭、达庵。

**十九(6月5日)** 夜大雨。

**二十(6月6日)** 雨。

**二十一(6月7日)** 未、申刻,改步崧课本。"不知老之将至云尔","龙湫山人遗像"七律。改一桥课本。"礼云礼云"一章。

**二十二(6月8日)** 未刻,候刘筠庄、陆薇卿。

**二十三(6月9日)** 巳刻,刘心葭来会,即同候朱云泉。申刻,卜达庵来会。酉刻,熊云客寄赠诗稿一册。

**二十四(6月10日)**

**二十五(6月11日)** 雨。

**二十六(6月12日)** 雨。

**二十七(6月13日)** 终夜大雨如注。

**二十八(6月14日)** 大雨如注。辰刻,改步崧课本。"惠人也","斗鸡"五律。申刻,至观海书院,又候卜达庵,借《贡举考略》一部。

**二十九(6月15日)** 辰刻,登乍浦舟,敬亭主人赠龙眼二斤。申刻到家,赠叶书城贽敬一洋、合锦扇一柄、食物两种。

## 五 月

**一日(6月16日)** 巳刻,候张文石。午刻,内子率子女自新溪归。是日,知王慕衡希阿死。

**二日(6月17日)** 巳刻,候徐宿生。未刻,候鸿道和尚。

**三日(6月18日)** 午刻,鸿道和尚招饮,同席张文石、周念敦等八人。酉刻散席。

**四日(6月19日)**

**五日(6月20日)** 午刻,竹楼叔招宴,同席张文石、秋莼等八人。戌刻散席。

**六日(6月21日)**

**七日(6月22日)** 巳刻,叶书城还《三国史》一部。午刻,张文石招饮,同席竹楼叔等八人。酉刻散席。

**八日(6月23日)** 雨。

**九日(6月24日)** 巳刻,张文石以幼子四箴寄名于余。午刻,招张文石、吴墨乡、叶书城、鸿道和尚等九人宴于尚德堂。酉刻散席。是日所费约三洋外。

**十日(6月25日)** 辰、巳刻,附陈姓舟至平湖,候陆畹亭昆仲。午刻,候顾春樵。申刻,候卜晓岩。酉刻,至宝芸堂书坊购《七修类稿》《香祖笔记》《吉云堂诗集》。价八百六十二。是夜,宿于陆宅。

**十一(6月26日)** 巳刻,候陈白芬。午刻,陆步云招饮义和馆。未刻,候高继庵。申、酉刻,附张氏舟回家。

**十二(6月27日)** 巳刻,借徐宿生《绥寇纪略》一部。未、申刻,与龚配京畅谈。

**十三(6月28日)** 阅《绥寇纪略》。

**十四(6月29日)**

**十五(6月30日)** 午刻,叶书城、吴杏衫等公设酒席,招同徐吟塘、戈梅圃、徐贯卿等宴于尚德堂。戌刻散席,余大醉。

**十六(7月1日)** 辰刻登舟。竹楼叔、鸿道和尚附舟。申刻,至乍浦钟氏馆中。是日,付家中日用钱二千。

**十七(7月2日)** 巳刻,李絅尚过访。申刻,至观海书院,见四月课案。卜葆紛第一,余在十九,钟步崧童卷第九。还候刘心葭。

**十八(7月3日)** 雨。阅《七修类稿》。

**十九(7月4日)** 巳刻,卜达庵来会。午、未刻,作观海书院五月课卷。"对曰有政"至"事也","灯缘起草挑"。酉刻,陈鹤亭来会。

**二十(7月5日)** 辰、巳、午刻,改一桥课本。"我不欲人"二句,"季康子问仲由"一章,又书院课卷。

**二十一(7月6日)** 巳、午刻,抄杂诗十六首。

**二十二(7月7日)** 未刻,往观海书院。申刻,候卜达庵、刘筠庄、陈鹤亭。

**二十三(7月8日)** 阅《贡举考略》,抄出历科浙江主试姓名,又浙江人典试各省者。明初乡试止取廪生,后渐及增广,至宏治甲子始诏附生一体乡试。又,万历以前,惟两京主式出自朝命,各省则方面访请有学行者,儒士亦在所聘。至万历乙酉,各省始命京官同考。

**二十四(7月9日)** 巳刻,改步崧课本。“我不意子学古之道而以哺啜也”,“松高白鹤眠”,“遇诸途”,书院课题。午刻主人补设端阳酒。“三爵而退”。申刻,卜达庵来会。

**二十五(7月10日)** 夜半雨。

**二十六(7月11日)** 午、未刻,阅《香祖笔记》。是夜,巡检署后火。

**二十七(7月12日)** 辰、巳、午刻,改家蚁亭文四首。“晋人以垂棘”二句,“得一善”至“勿失之矣”,“不义而富”一句,“使民以时”。是日,知陆少庐尧松作贵州副考官。

**二十八(7月13日)**

**二十九(7月14日)** 巳刻,林雪岩来会。未刻,刘心葭来会。

**三十(7月15日)** 未刻,至观海书院,又过刘心葭、卜达庵两处,还达庵《贡举考略》一部。

## 六　月

**一日(7月16日)** 申刻大雷雨。

**二日(7月17日)** 热。

**三日(7月18日)** 大热。

**四日(7月19日)** 大热。

**五日(7月20日)** 大热。

**六日(7月21日)** 大热。巳刻,卜达庵来会。

**七日(7月22日)** 热。午后有雷。

**八日(7月23日)** 热。午后有雷。

**九日(7月24日)** 热。辰、巳、午、未刻,改一桥课本。“居是邦也”三句。改步崧课本。“乐则韶舞”二句,“臧武仲以防”,“吾其为东周乎”,“牛目中有牧童”,“雨过不知龙去处”,“文臣不爱钱”。

**十日(7月25日)** 热。

**十一(7月26日)** 热。

**十二(7月27日)** 热。辰刻,林雪岩来会。

**十三(7月28日)** 热。未刻,至观海书院。酉刻,刘心葭来会。

**十四(7月29日)** 热。卯刻,候陆薇卿。巳刻,同薇卿、连庵禀见刘锡亭司马,即以送行。时嘉兴府罗子信先生已革职,司马将去摄任。

**十五(7月30日)** 热。夜大东南风。巳刻,卜达庵来会。

**十六(7月31日)** 夜雨。午刻,刘心葭来会。

**十七(8月1日)**

**十八(8月2日)** 巳刻,作观海书院六月课卷。"菲饮食"六句,"风入四蹄轻"。午刻,改一桥书院课卷。

**十九(8月3日)**

**二十(8月4日)**

**二十一(8月5日)** 大热。酉刻有雷。

**二十二(8月6日)** 未刻,至观海书院,见仁和龚瑟人自珍古文两卷。文学秦汉,藐视八家,此亦当今之巨擘也。申刻,候卜达庵、刘心葭。

**二十三(8月7日)** 酉、戌刻小雨。辰、巳刻,改一桥课本,"令尹子文"七句。改步崧课本。"不可以作巫医","求也艺"至"费宰","十里藕花红步幛","萤避溪风堕又飞"。

**二十四(8月8日)** 卯刻,问卢庭[廷]秀疾。

**二十五(8月9日)** 申刻,送冥资于刘宅。心葭又丁内艰。酉刻,卢一桥来,言郑东里在姚香园馆中为唱书人俞某所辱,弃馆而逃。

**二十六(8月10日)** 热。巳刻,阅邸报。见英和奏请漕航暂行海运一疏。

**二十七(8月11日)** 热。巳刻,改步崧月课卷。"齐景公有马千驷"。

**二十八(8月12日)** 大热。巳刻,陈云巢招同赵春榆名锡瓒,海盐庠生、徐渔江名观潮,海盐庠生、吴二棣、林雪岩、沈钧衡、许莓磲等十一人集兰石书屋。酉刻散席。是日只用干馔,颇为精妙。

**二十九(8 月 13 日)** 午刻雨。

## 七 月

**一日(8 月 14 日)** 午后小雨。未刻,至观海书院,又过卜达庵处。

**二日(8 月 15 日)** 申刻,陈鹤亭、卜达庵来会。

**三日(8 月 16 日)** 未刻,为陈云巢作四书酒筹三十二枚。

**四日(8 月 17 日)** 昼夜雨。

**五日(8 月 18 日)** 雨。午刻,敬亭主人馈贶两洋。

**六日(8 月 19 日)** 雨。巳刻,至观海书院辞行,始见五月课案。高振铤第一,余在第七。酉刻,陈云巢赠海味两种。海燕、木鱼。

**七日(8 月 20 日)** 卯刻登舟。巳刻至平湖,候顾春樵昆仲,约定十四日起身赴省。午刻,春樵招同徐橘山光镐饮于信茂馆。申、酉刻,复饮于义和馆,余大醉,不知人事。是夜,宿于陆顺盛店。

**八日(8 月 21 日)** 巳刻,与陆南坪畅谈于宝芸堂。午刻,买《全蜀艺文志》六十四卷,一洋。未、申、酉刻,附傤船回家。

**九日(8 月 22 日)** 辰刻,以海味两种分半与竹楼叔。巳刻,候张文石。午刻,竹楼叔招同张文石、钱棣山饮于尚德堂。申刻散席。

**十日(8 月 23 日)** 雨。巳、午刻,大谈于叶芦滨宅。

**十一(8 月 24 日)** 大东北风。未刻,张文石馈龙眼一斤,湖颖三枝。鸿道和尚馈莲肉、龙眼各一斤。竹楼叔馈马皋腊一包。

**十二(8 月 25 日)** 辰、巳刻,附傤船到城。午刻,陆步云邀同钱芳树、徐云溪等饮于松茂馆。酉刻,途遇刘霞江,邀余小饮。是日,知正考官王公鼎,副考官赵公柄。

**十三(8 月 26 日)** 雨。卯刻,访方子春,读其近作诗古文数十首,又借得杨蓉裳骈体、龚瑟人古文两种。申刻,陆步云馈火肉三斤。

**十四(8 月 27 日)** 辰刻,同顾访溪、顾柳溪、谢亚桥登舟。

**十五(8 月 28 日)** 热。酉刻到省,寓城中二圣庙。二圣者,即唐南公霁云、雷公万春。

**十六(8月29日)**　雨。申刻,至西湖上。

**十七(8月30日)**　巳刻,至积书堂,购《后五代史》七十四卷,《明史纪事本末》八十卷。两洋五百。

**十八(8月31日)**　大热。巳刻,卢一桥来会。

**十九(9月1日)**　大热。寅刻,赴遗才试,坐西结九号。题:“日月也”二句,策:训诂,诗:“夜凉银汉截天流”得“流”字。未刻出场。

**二十(9月2日)**　午后雨。辰刻,候张虹巢,买《十六国春秋》一百卷。一千二百四十。巳刻,为乡试事祈南、雷二将军签。得六十签,句云:“万里云霄天眼开,两轮日月照荒涯。乾坤一统江山秀,世外洪恩自北来。”

**二十一(9月3日)**　午后雨。巳刻,林雪岩来会。午刻,至积书堂买《吕东莱博议》四卷、一百四十。《金源纪事诗》八卷。三百五十。

**二十二(9月4日)**

**二十三(9月5日)**　热。

**二十四(9月6日)**　大热。夜雷雨。巳刻,至积书堂购《张燕公集》二十五卷。五百六十。未刻,顾芝坪过会。

**二十五(9月7日)**　热。辰刻,吴访岩过会。名廷枚,嘉兴庠生。

**二十六(9月8日)**　大热。辰刻,至积书堂买《心斋十种》,《夏小正注》《石鼓文集释》《尸子》《四民月令》《襄阳耆旧记》《文章始》《寿者传》《孟子时事略》《心斋诗乐谱》《纲目通论》。价二百文。巳刻,顾访溪赠《帝范》四卷、《茶山集》四卷、《岭表录异》三卷、《涧泉日记》三卷、《岁寒堂诗话》二卷、《浩然斋雅谈》三卷。皆聚珍小板。

**二十七(9月9日)**　大热。未刻,候林雪岩、陈鹤亭。

**二十八(9月10日)**　小雨。未刻,至西湖上,候高继庵。

**二十九(9月11日)**　戌刻,顾春樵、顾菊隐、顾春岩、冯少英志熙到寓。

## 八　月

**一日(9月12日)**　卯刻,知遗才案已发,正取十八人,高振铤第一,余在第八。备取六十八人,不取者十三人。通省不取者有二千余。未刻,至西湖上,邀同刘霞荘、顾春樵小饮。

**二日(9月13日)** 热。巳刻,陈鹤亭来会。午刻,高继庵来会。付洋六元,嘱其办誊录。顾春樵邀同继庵小饮。申刻,同春樵过徐橘山寓。

**三日(9月14日)** 午后忽凉。未刻,武康黄静园来访。

**四日(9月15日)** 辰刻至湖上,过施苏巢寓。午刻,至显功庙,观义庆班戏。申刻,陈白芬招同刘霞荘、顾春樵小饮。

**五日(9月16日)** 未、申刻,观义庆班戏于洞真观。

**六日(9月17日)** 雨。午刻,观迎试官。申刻,闻遗才不取者已分作三次补出。因不取中有缢死者,故陆续补出。

**七日(9月18日)**

**八日(9月19日)** 巳刻入闱,坐东周四十三号,与丁梅坨坤、归安闵仍山名思勉,大中丞讳鹗元子同号。

**九日(9月20日)** 辰刻出题。首:"子曰知者不惑"一章;次:"明乎郊社之礼"三句;三:"文王之囿"四句;诗:"景星如半月"得"光"字。

**十日(9月21日)** 雨。辰刻出闱。

**十一(9月22日)** 午后雨止。巳刻入闱,坐东河五十九号,与冯竹生连号。

**十二(9月23日)** 卯刻,出经题。《易》:"黄帝尧舜垂衣裳而天下治";《书》:"导淮自桐柏";《诗》:"众维鱼矣实维丰年";《春秋》:"秋郯子来朝(昭公十有七年)";《礼》:"恭俭而好礼者宜歌《小雅》"。

**十三(9月24日)** 卯刻出闱,同寓谢亚桥先已回去。因首题脱写子曰,自知不免于贴[帖],故也。

**十四(9月25日)** 巳刻入闱,坐西裳十二号,与王梦花文江、姚柳隐辔均、王又堂侃同号。闵仍山又同号。

**十五(9月26日)** 卯刻,出策题。一、《易》□,二、经筵,三、漕运,四、《近思录》,五、考课。

**十六(9月27日)** 寅刻出闱。未刻,购《沈归愚文钞》十二卷。一百四十。是科帖例甚严,一二场所帖已六七百人,平湖钱法曾亦在内。三场尚未帖出。

**十七(9月28日)** 辰、巳、午刻,偕顾访溪等游孤山放鹤亭,谒苏文忠公祠,登望湖楼,拜岳王墓。

**十八(9月29日)** 午刻,结考费,约用十九洋。申刻,与顾春樵小饮。亥刻,同寓台州人不戒于火,幸即扑灭。

**十九(9月30日)** 巳刻,同寓七人登舟。

**二十(10月1日)** 亥刻,回至平湖。是夜,宿于顾宅。

**二十一(10月2日)** 巳刻,赠陆步云杭州土仪二种。午刻,至宝芸堂购《东华录》三卷。二百二十。是夜,宿于陆顺盛店。

**二十二(10月3日)** 辰刻,候方子春,畅论半日。申刻,与刘霞江、陆畹亭等叙饮。

**二十三(10月4日)** 巳刻登舟,申刻回家。赠张文石杭仪二种。

**二十四(10月5日)** 雨。辰刻,赠竹楼叔、叶芦滨杭仪两种,又书城处贽敬一洋。

**二十五(10月6日)** 雨。午刻,张文石招饮,同席竹楼叔、徐贯卿四人。

**二十六(10月7日)** 阅《东莱博议》。

**二十七(10月8日)** 雨。阅《归愚文钞》。

**二十八(10月9日)** 午刻,赠张文石《云客诗钞》一本,又代文石题邱静斋巡检《求己图》遗照。戌刻,题费某小像。

**二十九(10月10日)** 辰刻,赠尚德堂嫁资四百。午、未、申、酉刻,阅《三鱼堂文集》。从尚德堂借来。是夜,偷儿入室,失去衣服三件、镜子一方。

**三十(10月11日)** 午、未刻,与鸿道和尚等八人叙饮。

## 九　月

**一日(10月12日)**　辰刻登舟。未刻,至乍浦钟氏馆中。是日,付家中日用八洋。

**二日(10月13日)**　未刻,至观海书院。酉刻,刘心葭、刘卓亭来会。

**三日(10月14日)**　热。阅杨蓉裳《芙蓉山馆文钞》。

**四日(10月15日)**　阅《全蜀艺文志》。

**五日(10月16日)**　巳刻,陆薇卿来会。午、未、申、酉刻,改步崧课艺。"爵禄可辞也"二句,"苟志于仁矣","虽执鞭之士","趋进有余师","亿则屡中","蟋蟀声中处处花","月明船笛参差起","师不必贤于弟子","猿臂笛""鹤骨笛"二题皆五律。

**六日(10月17日)**　辰刻,朱云泉来会。未刻,陈载飏来会。酉刻,见各直省学政单。浙江朱公士彦,号咏斋,宝应人。

**七日(10月18日)**　辰刻,林雪岩来会。未刻,候陆薇卿。申刻,候陈鹤亭。

**八日(10月19日)**　午刻,陈鹤亭来会。

**九日(10月20日)**　巳刻,至观海书院,晤周竹泉明经。名勋懋,海宁人。申刻,偕方子春、周竹泉登汤山,还过天后宫。

**十日(10月21日)**　阅《十六国春秋》。

**十一(10月22日)**　辰刻,至卷勺园,借《明斋小识》十一卷。青浦诸联撰,皆记松江事,而青浦为尤多。

**十二(10月23日)**　未刻,至观海书院,又候刘心葭、顾篆香,皆不值。申刻,陆薇卿、卜达庵来会。

**十三(10月24日)**　辰刻,始见观海书院六月课案。吴廷枚第一,余在第二。午刻,陈鹤亭来会。

**十四(10月25日)**　午刻,题《张易庵濯足图遗像》。四言。

**十五(10月26日)**　巳刻,候柯春塘。午刻,陈鹤亭邀同马莲波名子骏，海盐附监生饮于三层楼。申刻，候林雪岩。

**十六(10月27日)** 辰刻，秋闱报罢。嘉府仅中五人，平湖徐锡龄一人，解元萧山徐光简。巳刻，陆薇卿、卜达庵、陈鹤亭、王星桥来会。是夜有微恙。

**十七(10月28日)** 辰刻，金秋圃过会。巳刻，寄陆兰堂书，林雪岩来会。午、未、申、酉、戌刻，阅汤运泰《金源乐府》。

**十八(10月29日)** 阅《五代史》。是夜疟疾大发。

**十九(10月30日)** 巳刻，卜达庵来问疾。是夜疟疾复作。

**二十(10月31日)** 雨。是夜疟疾大剧，昏迷不醒。

**二十一(11月1日)** 辰刻，林雪岩、卢庭秀来问疾。是日疟止。

**二十二(11月2日)** 辰刻，刘文瑞圃寄札来。

**二十三(11月3日)** 辰、巳、午刻，抄《采梓集》赋五首。申刻，刘心葭来会。

**二十四(11月4日)** 未刻，候卜达庵。申刻，会顾芝坪于观海书院。

**二十五(11月5日)** 抄《采梓》赋六首。是夜腹疾大作。

**二十六(11月6日)** 雨。巳、午刻，改步崧课本。"谁毁谁誉"，"非谓有乔木"一句，"四十贤人"，"忠孝状元"。

**二十七(11月7日)** 夜雨。阅《五代史》。

**二十八(11月8日)** 辰、巳、午刻，作《仙说》。骈体。

**二十九(11月9日)** 未刻，至观海书院，还候刘心葭。

## 十 月

**一日(11月10日)** 小雨。辰刻，倩林雪岩代作《十八罗汉赞》。刘丈瑞圃所属。巳刻，至卷勺园，见平湖荐卷单。顾梦熊、卜葆鈖、高振铤、于立、顾邦杰、徐金太、张儒润、王肇熙、顾广伦、徐保鉴、刘茂榕、姚亭、钱熙、魏绅、林家俊、王大墉、周兆汉、府学韩潮、柯汝渊、殷镳。午刻，往观海书院，见仁和县峨峰徐公《舆诵汇刻》四本。余去冬所作《慈溪送行诗序》，已梓在内。

**二日(11月11日)**　巳刻,林雪岩来会。

**三日(11月12日)**　夜雨。辰、巳、午刻,作方子春《白华田舍诗序》。骈体。未刻,丁半闲来会。

**四日(11月13日)**　申刻,寄方子春诗序,并贻纹银三钱二分。以子春又将入都也。

**五日(11月14日)**　申刻,瑞圃先生赠《卷勺园集》一部。

**六日(11月15日)**　阅《十六国春秋》。

**七日(11月16日)**　辰、巳、午、未、申刻,作《周世宗论》。骈体。

**八日(11月17日)**　夜小雨。戌刻,城内外观万寿灯。

**九日(11月18日)**　午刻,敬亭主人设酌,定明年馆地,仍旧之说。同席林雪岩、卢一桥。

**十日(11月19日)**　辰刻,叶书城寄《青云集》赋会卷两册来。巳刻,收到乡试落卷。第九房镇海县郭名淳章评云:未精细。仅点数语。未刻,诣观海书院。

**十一(11月20日)**　校对徐峨峰《舆诵汇刻》。承雪庐夫子命。

**十二(11月21日)**　评阅《青云集》会卷第一册,颇加改削。题:"蝴蝶局赋"以"至今梅里遗种犹存"为韵,"红豆"七排。共四卷取二名,徐钦第一。

**十三(11月22日)**　申刻,卜达庵来会,言戈樵月已死。

**十四(11月23日)**　夜小雨。评点青云集会卷第二册,删改更细。题:"花月亭赋"以"云破月来花弄影"为韵,"秋草"七绝。共五卷,取三名,徐钦第一。

**十五(11月24日)**　巳、午刻,改步崧课本。"仁者静"二句,"直哉史鱼","吾必谓之学矣"。未刻,寄竹楼叔、叶书城书。

**十六(11月25日)**　未刻,至观海书院,会徐约园。

**十七(11月26日)**　阅《全蜀艺文志》。

**十八(11月27日)**　巳、午、未、申刻,作《即墨李公传》。骈体。公讳毓昌,候补江南知县,嘉庆戊辰岁为查冒账事被山阳令王伸汉毒死。

**十九(11月28日)** 巳刻,阅邸报。知黄石斋先生从祀文庙。

**二十(11月29日)** 巳刻,陆兰堂寄至《陆宣公集》一部。年羹尧刊本。未刻,至卜达庵处,遇方少园。名登贤,昌化拔贡。申刻,至观海书院,接到方子春书并附还诗稿九卷,甄选甚细,十存其三。

**二十一(11月30日)** 巳、午、未、申刻,以子春选定诗稿再加酌改。

**二十二(12月1日)** 巳刻,徐约园拜会。

**二十三(12月2日)** 作《王导谢安论》。骈体。

**二十四(12月3日)**

**二十五(12月4日)** 巳刻,与卢一桥札。申刻,卜达庵来会,借余骈体文一册。戌刻,作书与陆畹亭。

**二十六(12月5日)** 巳刻,候许德水先生,以骈体四首就正。午刻,至观海书院,以骈体二首就正,甚蒙欣赏,以为当今无与敌者。

**二十七(12月6日)** 巳刻,林雪岩来会。言钟敬亭明年仍不许余带课儿子。午刻,叶书城寄赋会卷来,并附金杏园书。杏园书中称余老夫子。

**二十八(12月7日)** 作《蜀碧跋后》一篇。骈体。

**二十九(12月8日)** 申刻,刘心葭来会。

**三十(12月9日)** 评改青云集会卷第三册。"花影赋"以"几度呼童扫不开"为韵,"万寿菊"七言。共五卷,取三名,徐曰锴第一。

## 十一月

**一日(12月10日)** 巳刻,陈鹤亭来会。未刻,至卷勺园、观海书院两处。

**二日(12月11日)** 申刻,卜达庵来会。

**三日(12月12日)** 改步崧课本。"禹恶旨酒""与朋友共""赤也惑""至则行矣子路曰"。

**四日(12月13日)**

**五日(12月14日)** 阅《冯恭定公集》。是夜,梦过三层桥。

**六日(12月15日)** 夜小雨。未刻,至观海书院,又候德水先生领骈文四首,先生已为作序。

**七日(12月16日)** 巳、午、未刻,阅丁见堂诗钞。见堂,名子复,抱才不遇而殁。予曾遇于西湖舟中,其诗清超雄伟,必传无疑。

**八日(12月17日)** 雨。巳、午、未刻,作书与顾访溪。骈体。

**九日(12月18日)** 午刻,卜达庵还骈体文一册。

**十日(12月19日)** 始寒。巳刻,拟《史孝山出师颂》,代刘心葭。新学使观风题。午刻,至观海书院,遇钱苏海。名荫墀,海盐新孝廉。

**十一(12月20日)** 是日,在观海书院代阅十月课卷三十五本。生题:"君召使摈";童:"失诸正鹄";诗:"枫落吴江冷"得"红"字,"九峰秋色赋"以"山红涧碧如展图画"为韵,"咏马"七律二首。生陆敦伦第一,童屈轂弦第一,童古学朱太勋第一。

**十二(12月21日)** 巳刻,改一桥课本。"周有大赉"一节。申刻,陈云巢来会。

**十三(12月22日)** 巳刻,刘心葭招同陆春林小酌。申刻,候何子桑,子桑赠余《甕牖闲评》八卷、《道德经》二卷、《农桑辑要》七卷、《魏郑公谏续录》二卷、《仪礼识误》三卷、《易象意言》一卷、《邺中记》一卷、《云谷杂记》四卷、以上皆聚珍版。《五砚斋文钞》十一卷、《桐华馆诗词钞》四卷、《自春堂诗》一卷、《朱梓庐旧稿》一卷、《结夏倡酬集》一卷、《遂初堂集》一卷、《胡东轩诗》一卷、《高蓉波吟草》一卷、陈寿祺《东观存稿》一卷、《琴韵楼诗钞》二卷、《研斋倡和诗》二卷、《蔡蜕石文钞》一卷、《经笥堂文钞》缺、《吾南园诗钞》缺、《香石诗钞》缺。

**十四(12月23日)** 阅蔡尔眉《蜕石文钞》、尔眉名寿昌,德清人,骈体文阳开阴阖,锋发韵流,真天下奇男子也。刻稿时年未三十,可畏哉。沈韫山《五砚斋文钞》。

**十五(12月24日)** 巳刻,吊刘心葭母夫人丧。三钱八折。午刻,至何子桑处,又见赠《王拙轩集》六卷聚珍版、《马秋芬诗集》八卷、朱诗南《绕竹山房诗集》十卷、郑笏君《红叶山房诗文集》十四卷，又楹贴一联。

**十六(12月25日)**　夜小雨。阅朱诗南、郑笏君集。

**十七(12月26日)**　巳刻，作丁爱亭《读书秋树图记》。应酬而已，不存稿。午刻，叶书城、金杏园书来。未刻，候黄芝山。

**十八(12月27日)**　巳、午刻，改金杏园《堂花赋以"橐驼之技名天下"为韵》，拟《史孝山出师颂》。未刻，陈鹤亭来会。申刻，覆杏园书。

**十九(12月28日)**　巳刻，何子桑寄赠《国朝三家文钞》三十二卷、《说铃》五十四种。午刻，作五古一首赠子桑，即以送别。子桑将回岭南。

**二十(12月29日)**　评改青云集会卷第四册。"顾野王读书堆赋"以"风雨家贫昼掩门"为韵，"才不及卿三十里"得"卿"字，"咏嘉禾十景"或七律或七绝。共五卷，取三名，叶梦元第一。

**二十一(12月30日)**　巳刻，何子桑来话别。言明日即起程，良友相离，殊深悽恻。

**二十二(12月31日)**　雨。巳刻，题赖紫山《小山丛桂图》。七古。午、未刻，改一桥十一月书院课卷。"瞻彼淇澳"二句，"刺绣五纹添弱线"得"长"字，"小雪赋"以"寂寥小雪闲中过"为韵，"水仙花"七排。

**二十三(1826年1月1日)**　夜雨。巳刻，至观海书院，又候刘心葭、卜达庵。

**二十四(1月2日)**　申刻，卜达庵来会。

**二十五(1月3日)**　抄骈体四篇。巳刻，林雪岩来会。

**二十六(1月4日)**　夜雨。抄骈体五篇。

**二十七(1月5日)**　雨。抄骈体三篇。戌刻，改步崧十一月课卷。"岁寒"，"水仙花"七排。

**二十八(1月6日)**　雨。抄骈体四篇。

**二十九(1月7日)**　阅《农桑辑要》《甕牖闲评》《云谷杂记》。

## 十二月

**一日(1月8日)**　巳刻,至观海书院,又过卷勺园。

**二日(1月9日)**　巳刻,候林雪岩。午刻,朱息厂邀同刘心葭等小酌。未刻,候陈鹤亭。

**三日(1月10日)**　夜雪。午刻,候张芸舫、朱云泉。

**四日(1月11日)**　夜大西北风。午刻,主人设酌饯行。酉刻登舟。

**五日(1月12日)**　大寒。巳刻到家。知九月来所行庆吊者约三十家。午刻,至尚德堂。

**六日(1月13日)**　大寒。巳刻,叶书城见赠吴澹川《南野堂诗集》七卷、《南野堂笔记》十二卷。吴文溥著。

**七日(1月14日)**　寒。午刻,竹楼叔招饮,同席张文石、张秋莼。酉刻始散。

**八日(1月15日)**　寒。申刻,徐子亭钦、徐申甫日锴、徐乙溪人鉴拜会。

**九日(1月16日)**

**十日(1月17日)**　午刻,行钱、魏二宅庆吊礼。

**十一(1月18日)**　巳、午刻,附檝船至平湖,候陆畹亭昆季。

**十二(1月19日)**　巳刻,候顾春樵、陈白芬。午刻,途遇方子春,邀至其家,留中膳,出视为余所作骈体文序。

**十三(1月20日)**　大寒。巳刻,候冯少英、何菘溪。午刻,候高警庵,警庵即邀同菘溪昆仲饮于通益亭。酉刻始散。

**十四(1月21日)**　极寒。巳刻,至宝芸堂书坊,购《皇明诗选》十三卷、《张匠门文集》三十卷、《思绮堂四六》十卷、《大云山房文集》八卷。共钱一千七百。申刻,途遇顾访溪。

**十五(1月22日)**　大寒。

**十六(1月23日)**　寒。申刻,同高敏庵、陆畹亭小酌。戌刻,黄爱庐招饮天顺馆。

**十七(1月24日)** 夜雨。申刻，附姚薇桥道士舟。亥刻回至新仓。是夜，宿于元真观。

**十八(1月25日)** 巳刻，赠叶书城贽仪一洋。

**十九(1月26日)** 巳刻，收徐子亭等改会卷钱二两。午刻，收杨氏租六石四斗。

**二十(1月27日)**

**二十一(1月28日)** 巳刻，吊徐、钱两宅丧。

**二十二(1月29日)** 雪。戌刻，张文石招同吴墨乡等叙饮于尚德堂。

**二十三(1月30日)** 未刻，竹楼叔招饮。

**二十四(1月31日)** 是日，以京相字圩地七亩二分三厘卖与陈蕴和，定价壹百九十二千，凭中张巨源、竹楼叔两人。扣去本年租米十八洋。戌刻，鸿道和尚招同张文石、周念敦等饮于尚德堂。

**二十五(2月1日)**

**二十六(2月2日)**

**二十七(2月3日)**

**二十八(2月4日)** 巳刻，吊沈宅丧。

**二十九(2月5日)**

**三十(2月6日)**

乙酉岁约用钱五十三千。

# 道光六年丙戌(1826),三十八岁

## 鹂声馆日志

### [正月]

**一日(2月7日)** [残缺]

**二日(2月8日)** [残缺]

**三日(2月9日)** 辰刻[残缺]。

**四日(2月10日)** 小雨。午刻[残缺]。

**五日(2月11日)**

**六日(2月12日)** 酉刻,秋渔兄[残缺]。

**七日(2月13日)** 酉刻,秋渔兄复招[残缺]。

**八日(2月14日)** 雪。

**九日(2月15日)**

**十日(2月16日)** 雪。巳刻,金杏园志鸿来受业,见赠湖颖十枝。

**十一(2月17日)** 辰刻,钟敬亭覆书来。儿子带课,始蒙见许。巳刻,答金杏园。午刻,张枕石来受业。名廷模。

**十二(2月18日)** 夜雨。午刻,尚德堂招陪新婿钱纳川。戌刻散席。是夜大醉,呕吐。不吐者已三年矣。

**十三(2月19日)** 昼夜雨。辰刻,取还陈姓旧借钱十千。嘉庆三年所借,因其人甚贫,故历年不忍索取,近稍充裕,故嘱龚巽和取还之。

**十四(2 月 20 日)** 昼夜雨。午刻,尚德堂招同吴墨乡、张虚舟等十人欢宴。戌刻散席。

**十五(2 月 21 日)**

**十六(2 月 22 日)**

**十七(2 月 23 日)** □刻,寄陆畹亭书。

**十八(2 月 24 日)**

**十九(2 月 25 日)** 夜雪。巳刻,吴杏衫来受业。名丙曜。午刻,吴墨乡借诗稿□册。

**二十(2 月 26 日)** 小雨。辰刻,率儿子晋翖登舟。酉刻,至乍浦钟氏馆中。是日,付家中日用钱八千。

**二十一(2 月 27 日)** 酉刻雨,有雪珠。辰刻,拜候卢廷秀、林雪岩。巳刻,以《说铃》八本与卢揖桥,《律赋蕊珠》两部与钟穆园。即步崧。

**二十二(2 月 28 日)** 辰、巳刻,拜贺刘锡亭司马、徐雪庐夫子、许德水、刘瑞圃两先生、刘心葭、陈鹤亭、高继庵。午刻,主人设酌相待。未刻,刘司马答拜,朱云泉拜会。

**二十三(3 月 1 日)** 巳刻,林丈金台来会。午刻,徐爱庐拜会。

**二十四(3 月 2 日)** 抄骈体文五首。巳刻,刘心葭答拜。午刻,刘丈瑞圃、许丈德水答拜。

**二十五(3 月 3 日)** 巳刻,陈鹤亭、高继庵答拜。申刻,卜达庵拜会。酉刻,林雪岩来会,即同对酌。

**二十六(3 月 4 日)** 辰刻,答朱云泉。巳刻,林丈金台招吃寿面。午刻,抄骈文二首。

**二十七(3 月 5 日)** 评改青云集会卷第五册。"柳花赋"以"闲看儿童捉柳花"为韵,"杏花篇"七古。共四卷,取二名,徐曰锴第一。未刻,叶书人信来。

**二十八(3 月 6 日)** 辰刻,赴观海书院甄别。生:"君子之德风";童:"迩之事父","雷乃发声"得"惊"字。约百四十人。午刻,陪顾访溪,候许德水先生,借得李笠翁《四六初征》一部。

**二十九(3月7日)** 夜雨。辰刻,作书院甄别卷。申刻,从卜达庵处借得杭堇浦《词科掌录》一部。

**三十(3月8日)** 小雨。辰、巳、午、未刻,改揖桥、穆园甄别卷。申刻,同金秋圃、□儿子晋翂游天后宫。

## 二月

**一日(3月9日)** 夜雨。辰刻,发费春林书。

**二日(3月10日)** 申刻,高继庵来会。

**三日(3月11日)** 辰刻,刘心葭来会。巳刻,赴雪庐□□,从雪庐师□□《菽原堂集》二本。查梅史著。申刻,候高继庵。

**四日(3月12日)** 雨,夜更大。评改青云集会卷第六册。"三过□赋"以敲门问竹倚槛看花为韵,"□□伯祠"五律,共三卷,叶梦元第一。

**五日(3月13日)** 评改青云集会卷第七册。"鸳湖春晓赋"以"南塘北溆四岸花□"为韵,"白莲寺访刘诚意读书处"五七古,共四卷,取二名,徐钦若第一,即徐钦改名。

**六日(3月14日)** 夜半大雷雨。辰、巳、午刻,改叶书人《秋海棠赋》。未、申刻,改穆园文二首。"虽覆一篑","有澹台灭明者"二句,"谁家风鸽斗鸣铃","绿杨风送小莺声"。

**七日(3月15日)** 大雨,竟日夜。阅三家文钞。

**八日(3月16日)** 抄骈体文六篇。酉刻,卢揖桥招宴,同席林雪岩、刘乙斋等七人。

**九日(3月17日)** 辰、巳、午刻,抄骈体五篇。刘心葭率顾宝臣拜会。未刻,代雪庐师评阅书院续到甄别卷十本。酉刻,作钱母八十寿诗四绝句。朋园母□。戌刻,观鳌山灯。

**十日(3月18日)** 夜大雷雨。辰、巳刻,改揖桥课本。"事父母","能竭其力"二句。改穆园课本。令尹子文。林雪岩来会。未刻,至观海书院,又过达庵、继庵两处。

**十一(3月19日)**　夜大雨。午刻,陈云巢招宴,同席王澹村涛、徐渔江、路春山等八人。晋馚亦同往。

**十二(3月20日)**　大雨。巳、午、未刻,率步崧、晋馚至平湖,寓于酱园巷胡宅。申刻,见观甄别案。顾棨第一,余在第八。

**十三(3月21日)**　始晴。辰刻,买《宋四六选》一部。四百九十。巳刻,候顾春樵昆季。未刻,候陈白芬。酉刻,叶书人、吴杏衫来会。

**十四(3月22日)**　辰刻,朱云堂来会,徐壬堂拜会。巳刻,徐中甫、子亭来会。午刻,答申甫、子亭。未刻,为认保诸童画押。共廿二人:方金彪、张耀垣、潘镛铭、杨文灿、沈在垣、沈汝莹、刘然藜、黄如罴、叶梦元、徐崇勋、马佩霖、胡溶、陈燿、吴丙耀、顾宝臣、方墀、黄文楷、徐昀、张楚材、钟步崧、姚炳、吴国琛。申刻,卜达庵来会。酉刻,顾访溪来会,陈白芬答会。

**十五(3月23日)**　夜雨。寅刻送考。卯刻,春樵、柳溪、继庵、达庵同过会。继庵□至义和馆吃面。午刻,高敏庵邀同殷雨亭、陈鹤亭等宴于松茂馆。酉刻散席。是日县试题。"执礼皆雅言也"。

**十六(3月24日)**　巳刻,候顾芝坪。未刻,吴立山招同杨□圃、叶穆斋、陆□□、徐云溪等十四人大宴于茂修园。徐菊舟宅。戌刻散席。

**十七(3月25日)**　辰刻,过吴墨乡寓。未刻,复至陈白芬处,代□作钱氏寿诗一首。七律。申刻,顾芝坪答会。是日,出初覆案,步崧不覆。

**十八(3月26日)**　辰刻,陈白芬来会。午刻,回至乍浦。申刻,诣观海书院。

**十九(3月27日)**　抄骈体四首。巳刻,张耐山来会。午刻,林金台丈来会。

**二十(3月28日)**　抄骈体四首。

**二十一(3月29日)**　抄骈体四首。

**二十二(3月30日)**　巳、午、未刻,改张枕石文三首。"齐之以礼","人必知之","民之父母"二句。

**二十三(3月31日)**　雨。巳、午刻,改枕石文二首。"有友五人焉”“一匡天下”。

**二十四(4月1日)** 改吴杏衫文四首。“为巨室”,“斯仁至矣”,“有马千驷”,“谁毁谁誉”二句。

**二十五(4月2日)** 巳刻,诣观海书院。酉刻,林雪岩来会。

**二十六(4月3日)** 改家蚁亭文七首。“言必有中”,“式负版者”,“伯一位”,“言而民莫不信”,“则吾从先进”,“因不失其”二句,“间于齐楚”二句。

**二十七(4月4日)** 辰、巳刻,改穆园书院二月课卷。“吾犹及史”一句。后定第三。未刻,率晋酚登汤山佛阁。

**二十八(4月5日)** 巳刻,率晋酚至观海书院。午刻,观城隍出巡。申刻,徐爱庐、曹淡秋来会,畅谈两时。戌刻,与林雪岩对酌。是日,见县试正案。十名前:徐曰锴、汪浩、陆加树、陶斯咏,徐钦若、何光杰、倪炳纶、方金彪、陈葆清、周大经。

**二十九(4月6日)** 辰、巳、午刻,改揖桥文二首。“以道事君德不孤”一节。改穆园文一首。“好驰马试剑”。□刻,率穆园晋酚登舟。以初一日郡尊徐公镛取齐府试也。

## 三 月

**一日(4月7日)** 卯刻到郡,寓混堂巷酱园□□□□。知旧主人懋昭已卒。辰、[巳]刻,[游精]严、楞严诸寺。① 午、未刻,观彩华班戏于郡庙。申刻,候赵伟川。见其病容大甚。酉刻,朱笠山汝梅来会,余为觅寓。

**二日(4月8日)** 大雨。辰刻,谒方南园学师。申刻,方丈桂岩率其孙冬郎金彪来□,余为觅寓。酉刻,高继庵来会,卜达庵亦至。

**三日(4月9日)** 辰刻,陈鹤亭来会。潘镛铭、顾宝臣拜会。巳刻,吴墨乡、叶书人、徐壬堂、张虚舟等陆续来会,刘山椒、朱红泉、姚达泉、万蕉园同来会。四人将攻钟步崧冒籍故也。未刻,徐宿生来会。

---

① 此处三字残缺,据此后日记大意补。

申刻，刘山椒复来两次。步崧事，余即为调妥。山椒又招余同攻邓鸾翔，余力辞之。是日，遇魏塘友人，始知钟春农于去年秋试后病殁。

**四日(4月10日)**　巳刻，张镜峰来会，屈弢园、屈慈湖同过会。午刻，刘霞江来会，朱云堂来会。未刻，陆晚渔来会。申刻，为认挨保三十七人画押。认保：方金彪、刘然藜、潘镛铭、杨文灿、张楚材、陈耀、马佩霖、沈在垣、沈汝莹，有贽。余十人到，徐昀、姚炳、吴国琛不考。挨保：陈葆清、屈慎旃、何天衢、戈永治、邵大章、金峻、陆渭、吴焘、马炯、陆藜然、李文钦、俞臣邻、张国琛、陆豫章、朱尚纲、吴之瑾、汪邵澜、徐金吾，皆有贽。陈朱焜、冯源不考。

**五日(4月11日)**　夜雨。丑刻，送诸童入场。卯刻，至刘霞江寓。辰、巳、午刻，同竹楼叔及晋翁游茶禅寺、白漪庵。未刻，顾芝坪来会。申刻，候张虹巢。是日府试题。"三十"。

**六日(4月12日)**　雨，大东北风。辰刻，答顾芝坪。巳刻，候柯小坡，畅谈两时。未刻，卜达庵来会。申刻，买得《曝书亭诗文集》八十卷、《移晴堂四六句》二卷。九百三十。

**七日(4月13日)**　辰刻，至徐宿生寓。巳刻，游金明寺，范大夫庙。午刻，游烟雨楼，观安乐王水会，约有五十余舫。当看会时南湖覆一渡船，溺死三人。酉刻，钱三庚来会。

**八日(4月14日)**　巳刻，张巳卿、邓静溪等来会。未刻，答朱云堂。申刻，答卜达庵。是日，始闻谢兰洲于去年病卒。

**九日(4月15日)**　巳刻，答陈鹤亭。午刻，招高继庵小酌。申刻，买得《鲒埼亭文集》四十八卷、《诂经精舍课艺》十四卷。共钱一千一百。

**十日(4月16日)**　寅刻，送诸童初覆。午刻，偕达庵、继庵、□亭闲步，复同□。申刻，陆畹亭、吴立山来访，不遇。酉刻，书人、虚舟来，即留小饮。

**十一(4月17日)**　夜雨。申刻，徐申甫、子亭来访，不值。

**十二(4月18日)**　雨。辰刻，答申甫、子亭。午刻，书人、虚舟□招小酌。

**十三(4月19日)**　巳刻,柯小坡、魏小石仙槎来会,观余骈体□册。

**十四(4月20日)**　午刻,魏小石招饮。未刻,买《续同人集》一部。二百四十。

**十五(4月21日)**　辰刻,高继庵招至莲花桥吃面。

**十六(4月22日)**　未刻,同魏西美朱琳等五人游唐园。

**十七(4月23日)**　大西北风。巳刻,偕魏西美、钱圃台及晋翁等九人游陈氏倦圃。园中景色,较前更胜。

**十八(4月24日)**　辰刻,登嘉禾舟。戌刻,回至乍浦。

**十九(4月25日)**　申刻,卜达庵来会。酉刻,罗友兰来会。

**二十(4月26日)**　未刻,诣观海书院,雪庐师已为余作骈体文序。

**二十一(4月27日)**　抄骈体三篇。巳刻,龚巽和过会,赠以斗锦字扇一柄。

**二十二(4月28日)**　抄骈体三篇。

**二十三(4月29日)**　抄骈体四篇。申刻,林雪岩来会。

**二十四(4月30日)**　抄骈体五篇。

**二十五(5月1日)**　雨,夜尤大。抄骈体四篇。酉刻,见府试正案。十名前:方宝善、徐曰锴、王梦雷、徐钦若、何光杰、陆加树,陆树勋、曹镇定、陈葆清、方金彪、□□。

**二十六(5月2日)**　雨。改枕石文四首。"思无邪","子曰弟子","有君子之道四焉","执射乎"二句。

**二十七(5月3日)**　抄骈体三首。午刻,陈鹤亭来,□□□还卜达庵《词科掌录》一部,还雪庐师《菽原堂集》一部。

**二十八(5月4日)**　抄骈体四首。是夜,三山会馆□后火[此后残缺]。

**二十九(5月5日)**　抄骈体三首。是夜,戚家池前火[此后残缺]。

**三十(5月6日)**　辰、巳刻,改穆园诗文四首。“鲁人”“楚狂”“山蜂识酒香”“夜半真如塔火明”。未刻,□王锄梅至海塘观剧。

## 四　月

**一日(5月7日)**　抄骈体三篇。午刻,寄竹楼叔书。申刻,高继庵来会,畅谈两时。

**二日(5月8日)**　抄骈体四首。

**三日(5月9日)**　雨。抄骈体五首。

**四日(5月10日)**　雨。抄骈体五首。

**五日(5月11日)**　抄骈体三首。午、未、申刻,在天后宫观小如意戏。

**六日(5月12日)**　未、申刻,改揖桥文三首。“朝聘以时”,“晋之乘”二句,“原思为之宰”二句。

**七日(5月13日)**　抄骈体四首。

**八日(5月14日)**　夜小雨。辰、巳、午刻,改杏衫文二首。“可以为文矣”“祖述尧舜”。未刻,至观海书院,又过鹤亭、继庵两处。是日,知朱咏斋士彦学使于二十日取齐嘉郡岁试。

**九日(5月15日)**　抄骈体文四首。申刻,卜达庵来会。

**十日(5月16日)**　辰刻,林雪岩来会。未刻,候刘筠庄。

**十一(5月17日)**　抄骈体五首。是日《国朝骈体正声》成。自去冬以□取本朝四六数十家,严加甄综,共得百数十首,无体不备,每首□□数字,或删节数处,是日始抄毕,名《骈体正声》。

**十二(5月18日)**　辰、巳、午刻,改杏衫文三首。“仪封人”“子曰弟子”“有君子之道四焉”。

**十三(5月19日)**　改枕石文四首。“季文子三思”“今有人日攘其邻之鸡者”“放郑声”“吾必谓之学矣”。

**十四(5月20日)**　改枕石文二首,“可以语上也”二句,“君子固穷”。改穆园文二首。“人有鸡犬放”,“未能事人”二句。申刻,达庵、继庵来会。

**十五(5月21日)** 抄试律廿八首。

**十六(5月22日)** 辰、巳刻,抄试律十首。未刻,候许德水先生,还《四六初征》一部。申、酉刻,在木场观同庆班戏。

**[十七,缺](5月23日)**

**十八(5月24日)** 夜雨。未刻,同雪岩、揖桥、穆园、晋翂登舟。

**十九(5月25日)** 卯刻到郡,仍寓魏宅。申刻,邵虚斋来会。是日,文宗已至。

**二十(5月26日)** 辰刻,刘乙斋、张少农等拜会,不值。巳刻,叶书人、徐壬堂等来会。是日,明伦堂讲书,海盐马华鼎、平湖朱志闳未到,文宗大发雷霆之怒,着明日补讲,并将众廪生痛詈一番。

**二十一(5月27日)** 辰刻入场,考古学,坐堂东一号。"秧马赋"以"分畴翠浪走云阵"为韵,"不废江河万古流"得"时"字。七排。"陆宣公奏议后序","拟竹垞鸳湖棹歌"不拘首数。申刻出场,徐午桥铿、申甫、子亭、乙溪同来访。

**二十二(5月28日)** 夜雨。辰刻,高继庵来会。巳刻,答徐午桥昆季。未刻,候何菘溪。申刻,观古学案。阖属取十二人,平湖居其七,顾廷熊、何庆熙、何晋梓、卜葆紛、王文海。又府学林寿椿、屈家蘅,后正案屈家蘅竟得第一。酉刻,徐香畹、卜达庵过会。

**二十三(5月29日)** 辰刻,送古学童生入场。余认保有刘然藜、潘镛铭、叶梦元三人。巳刻,陆春林、陈鹤轩、贾蘅石过会,吴墨乡、张虚舟来访。午刻,戈廷柱拜会。以王藕汀向系认保,今忽推出,将改托余保也。未刻,钱镜心来会。因钟步崧为其挨保,特来图诈,大费调停。申刻,徐莲峰金声来会。

**二十四(5月30日)** 卯刻入场,搜检甚严。坐堂西六十三号。"不待父母之命"二句;次:"后妃献茧","四月熟黄梅"得"梅"字。申刻出场。是日,嘉善一生因文宗过严,忽发痴疾,箕踞叫骂,文宗亦无如之何。戌刻,为认挨保三十二人画押。认保:徐崇勋、顾宝臣、黄文楷、陈燿、张楚材、刘然藜、马佩霖、戈廷柱、沈在垣、沈汝莹、潘镛铭、方金彪、杨文灿、胡溶,有赀。余六人到。挨保：屈衍长、陆加禾、徐人鉴、朱尚絅、陆湝、林敷春、[张加]锦、徐金如、王士锷、□□□、倪光鉴、周春，皆有贽。王坚、张景周、汪邵澜不考。

**二十五(5月31日)**　巳刻，候顾访溪。酉刻发案，平湖□取四十三人，一等十一名，李锟、林树棠、顾棨、王大墉、顾广勤、卜葆鈖、高三祝、王文海、徐光济、全福勋、顾廷熊。二等二十二名，三等前列十名。余在第三。

**二十六(6月1日)**　雨。寅刻送诸童入场。是日，搜检□严，众□鞋袜俱脱，海盐徐焘搜出□□，立即枷示。未刻，顾访溪答候，不值。酉刻，候费春林。是日院试题。"奚自子路曰""自孔氏曰是"。

**二十七(6月2日)**　申刻，朱云泉来会。酉刻，发新进案，余认保刘然藜、潘镛铭获隽。县学廿五名：施汝懋、陆树勋、彭文龙、陈林、徐钟麟、蒋锡田、徐曰锴、周大经、彭林、徐钦若、陶斯咏、俞维墉、陈梦松、陈朱燿、屈三鉴、刘然藜、龚秉镜、李枢、邓鸾翔、陆照、崔槐、潘镛铭、钱焕、高荣、何天衢。拨府四名：徐金铦、陆潢、屈慎旃、方宝善。

**二十八(6月3日)**　巳、午刻，武童朱梵庵等拜会。认保朱善钟、陈万林，挨保沈埙、黄之侨、侯如熊，皆有贽。戌刻，齐乙斋、潘东溆各赠菜仪。乙斋一洋，东溆六钱。

**二十九(6月4日)**　巳刻，至宏文馆发落并看正场卷子。午刻，送新进覆试。打手心者数十人，平湖彭、蒋、邓三人皆打十下。申刻，移寓于陆畹亭处。

**三十(6月5日)**　辰刻，见三等全案。共二百三十九人，末名邵懋功，阖属又三等六人，平湖幸免。申刻，高继庵来会。是日，桐乡新进沈淳因文理不符，扣去。

## 五　月

**一日(6月6日)**　辰刻，送武童马射。未刻，送武童步射。

**二日(6月7日)**　日中雨。辰、巳刻，送武童考技勇连内场。午刻，发武新进案，余认挨保朱、沈、黄、侯四人获隽。申刻，朱梵庵赠菜仪一洋，侯、黄二人皆赠六钱。

**三日(6月8日)** 辰刻,送文武童大覆。戌刻,徐申甫、子亭来会,托撰府试诗赋题,梓入试艺。

**四日(6月9日)** 巳刻,顾春樵同潘东溆来会,赠贽仪六洋。余以三洋分与刘心葭,因东溆旧系心葭所保也。黄之侨来会,赠一洋。午刻,同朱鉴堂为均、陆畹亭等十余人登舟。

**五日(6月10日)** 热。卯刻至平湖。辰刻,至潘朱二宅贺喜。巳刻,候顾春樵、访溪,即留饮端阳酒。借访溪、洪更生骈体二本。

**六日(6月11日)** 热。辰刻,登平湖舟。畹亭赠皮蛋三十枚。午刻回家,适内子亦于是刻自新溪归。

**七日(6月12日)** 热。夜雨。午刻,至尚德堂,即留饮。

**八日(6月13日)** 热。午后大雨。午刻,候徐宿生。申刻,候张文石。

**九日(6月14日)** 巳刻,叶书人借试帖钞本二册。

**十日(6月15日)** 热。辰刻,赠叶书人红格纸一本。

**十一(6月16日)** 大热。午刻,家丽春招同秋渔兄畅饮,三人俱醉。

**十二(6月17日)** 大热。未刻大雨。

**十三(6月18日)** 酷热。

**十四(6月19日)** 酷热。

**十五(6月20日)** 酷热。申刻,大雷雨。

**十六(6月21日)** 午刻,徐壬堂招同张文石等六人聚饮。

**十七(6月22日)** 热。

**十八(6月23日)** 大热。夜雨。辰、巳刻,抄骈体三篇。

**十九(6月24日)** 午刻,尚德堂招饮。

**二十(6月25日)** 辰刻,徐子亭书来。

**二十一(6月26日)** 付家中日用钱十一千。

**二十二(6月27日)** 辰刻,率晋酚登舟。申刻,至乍浦钟氏馆中。酉刻,赠卢揖桥《史记》一部。缺一本。

**二十三(6月28日)** 辰刻,拜贺刘乙斋、周坎云,赠乙斋《篆江楼试帖》及《百廿虫吟》两种。巳刻,至观海书院。申刻,卜达庵来会。

**二十四(6月29日)** 热。为徐申甫作《食笋赋以"一番风味殿春蔬"为韵》。

**二十五(6月30日)** 热。为徐子亭作《食笋赋》。

**二十六(7月1日)** 热。黄昏大雨。辰、巳刻,为徐申甫作□□□首。七律。刘心葭来会。

**二十七(7月2日)** 辰、巳刻,为徐申甫作《菜花诗》。□非二□□限十三元□,以上诗□皆府试古学题。林雪岩来会。午刻,以诗赋七首寄申甫、子亭,并赠字箑两柄。未刻,候卜达庵、陈鹤亭。

**二十八(7月3日)** 抄杂诗三十九首。巳刻,陈鹤亭来会。

**二十九(7月4日)** 夜雨。抄杂诗四十四首。是日,阅邸抄,知唐陆公贽、明吕公坤皆从祀文庙。

## 六 月

**一日(7月5日)** 酉、戌刻,大雨如注,至天明始歇。抄杂诗四十六首。

**二日(7月6日)** 抄杂诗三十六首。未刻,候许德水先生及朱云堂。

**三日(7月7日)** 抄杂诗十三首。巳刻,高继庵来会。午刻,寄还顾访溪《卷葹阁骈体》二本。

**四日(7月8日)**

**五日(7月9日)** 改穆园文二首。"德不孤","富之曰既富矣"。改枕石文二首。"不图为乐"一句,"颜渊喟然叹曰"。

**六日(7月10日)** 改枕石文二首。"善居室始有","以服事殷"。午刻,刘乙斋拜谢,赠洋两枚。

**七日(7月11日)** 午刻,叶书人书来,并寄采飞集会卷属为点定。

**八日(7月12日)**　巳刻,邓静溪拜会。未刻,龚巽和来会。

**九日(7月13日)**　申刻,朱云堂来会。

**十日(7月14日)**　改蚁亭文四首。"古之道也""天下归仁焉""畏大人""实能容之"。

**十一(7月15日)**　作费春林《十六国春秋杂事诗序》。骈体,此篇经营五日,然后下笔,□□□尽美尽善。

**十二(7月16日)**

**十三(7月17日)**　评改采飞集会卷第一册。题:"□□□来",共六卷,取四名,徐光澜第一。

**十四(7月18日)**　午刻,寄叶书人、陆畹亭书。申刻,至高继庵处。是日张耐山卒。

**十五(7月19日)**　酉刻,家菊庄来会。

**十六(7月20日)**　改揖桥书院课卷。"惠人也"。改穆园文二首。"好学近乎知""君赐食"。

**十七(7月21日)**

**十八(7月22日)**　摘录宋四六数百联。

**十九(7月23日)**　摘录宋四六数百联

**二十(7月24日)**　午后雨。辰、巳刻,改穆园《莲叶赋以"满池风露月明中"为韵》。

**二十一(7月25日)**　午后雨。巳刻,至观海书院,雪庐师赠《前溪风土词》一卷。此师少年时笔,今始付梓。午刻,顾访溪寄来《仪郑堂骈体》一卷。酉刻,翁噩生来访。

**二十二(7月26日)**　巳刻,叶书人寄采飞集会卷来。申刻,雪庐师借余骈体文一册。酉刻,噩生复来畅谈。

**二十三(7月27日)**　作《熊襄愍周忠武轶事辨》。驳全谢山、胡稚威之邪说也。骈体。

**二十四(7月28日)**　辰、巳刻,改穆园文二首。"不能""曰予小子履"。是日,晋畬开读《诗经》。

**二十五(7月29日)**　评改采飞集会卷第二册。题:“齐景公曰”。共六卷,取三名,叶梦元第一。巳刻,高继庵来,借余杂作草稿一本,又廿四家文钞一部。酉刻,翁鄂生来会。

**二十六(7月30日)**　午刻,覆叶书人书。

**二十七(7月31日)**　巳刻,寄顾访溪小札,附缴仪□稿。未刻,至卜达庵处,又至观海书院畅论古文,至日入而返。

**二十八(8月1日)**　热。辰、巳刻,改书人、枕石、杏衫文各一首。“盍各言尔志”至“愿车马”。是日,见台湾同知邓某禀帖,知四月间嘉、彰二县贼匪造逆,焚掠甚惨,迄今未平。

**二十九(8月2日)**　大热。辰、巳刻,改穆园《桃源洞赋以“鸡犬桑麻别有天地”为韵》。

**三十(8月3日)**　酷热。

## 七　月

**一日(8月4日)**　酷热。夜雨。改枕石文三首。“若圣与仁”三句,“其言也訒”,“禹吾无间”一句。酉刻,翁噩生来告别。

**二日(8月5日)**　黎明,大雷雨。改枕石文四首。“子夏云何”,“贼夫人之子”,“居蔡”,“霜露所坠”二句。申刻,陈鹤亭来会,即同往高继庵处。

**三日(8月6日)**　黎明大雷雨,有怪风,午后又大雨。巳刻,至观海书院,知骈体文又为顾篆香所借,即至篆香处索还。申刻,作书两缄,一寄竹楼叔,一寄陆步云。

**四日(8月7日)**　午后,大雨半日。改书人文一首。“以服事殷”。改穆园文二首。“子使漆雕”至“能信”,“楚人胜”。

**五日(8月8日)**　改杏衫文三首。“远者来”“放郑声”“实能容之”。

**六日(8月9日)**　改杏衫文二首。“以服事殷”,“可以语上”二句。申刻,卜达庵来会,借壬午、癸未诗稿一册。徐芸岘拜会。

**七日(8月10日)**　热。抄骈体文四首。巳刻,刘心葭来会。

**八日(8月11日)** 热。巳刻,至观海书院,又过达庵、继庵二处。未刻,冯□江寄寸膠集会卷。未、申刻,至陈鹤亭处。

**九日(8月12日)** 热。辰、巳刻,改蚁亭文三首。

**十日(8月13日)** 热。辰刻,卜达庵来会,见赠□古□章。题余骈体文。

**十一日(8月14日)** 评改寸膠集会卷。题:"楚狂□□",卷取五名,冯寅第一。午刻,高继庵来会。

**十二(8月15日)** 热。

**十三(8月16日)** 热。

**十四(8月17日)** 大热。以上三日重读《昭明文选》一过。

**十五(8月18日)** 大热。午刻,寄叶书人札。申、酉刻,阅碛砂唐诗一册。

**十六(8月19日)** 热。作《小仓山房诗文集跋》。骈体。巳刻,刘乙斋来会。

**十七(8月20日)**

**十八(8月21日)**

**十九(8月22日)** 辰、巳、午刻,改穆园《野花赋以"不假繁华自成馨逸"为韵》。

**二十(8月23日)** 未刻,候许德水先生及刘筠庄。申刻,至观海书院,见黄石斋先生《待漏图》。顺治乙酉春日,秣陵曹彦子美所写,今雪庐师请人临之。

**二十一(8月24日)** 作书与方子春。骈体。

**二十二(8月25日)**

**二十三(8月26日)** 巳刻雨。以上二日读《鲒埼亭集》。

**二十四(8月27日)** 巳刻,卜达庵见赠《沈南疑诗集》六卷。

**二十五(8月28日)** 黄昏大雷雨。辰、巳、午刻,改穆园文三首。"战""则哀矜""有一言而可以终身行之者乎"。未刻,发费春林书。

**二十六(8月29日)** 午后雨。夜更大,雷雨。作《黄忠端公待漏图记》。骈体。

**二十七(8月30日)** 午后大雷。

**二十八(8月31日)** 申刻,高继庵来会,还余杂作草稿一本,即同至陈鹤亭处。

**二十九(9月1日)** 未刻,至观海书院,见郡[邸]报数纸。□台湾尚未□□,上命□东巡抚武隆何督兵来□。

## 八 月

**一日(9月2日)** 评改采飞集会卷第三册。"且尔言过矣"二句,□□卷,取□名,张太蒸第一。

**二日(9月3日)** 热。申刻,寄还方子春《寻壑外言》《定盦文稿》《芙蓉山馆文钞》三种。又寄叶书人、陆畹亭札。

**三日(9月4日)** 热。申、酉刻大雷雨。

**四日(9月5日)** 夜雨。辰、巳刻,改穆园文二首。"康子馈药""舅犯曰"。

**五日(9月6日)** 申刻雨。

**六日(9月7日)** 昼夜大雨。巳刻,陆畹亭复书来。始接到朱善钟、侯如熊、沈埙认挨保谢意。朱两洋,侯一洋,沈银四钱八分。

**七日(9月8日)** 雨。巳刻,改穆园《马鞭赋以"秋草征途夕阳古道"为韵》。

**八日(9月9日)**

**九日(9月10日)** 辰刻,林雪岩来会。巳刻,与雪岩书。定计辞钟宅馆地也。午刻,卜达庵来会。言初三日其书室西偏疾雷破柱,小儿有惊倒者。未刻,往观海书院。

**十日(9月11日)** 热。申刻,刘筠庄来,余适外出,不值。酉刻,率晋翻登舟。

**十一(9月12日)** 热。卯刻到家。知五月后本镇所行吊者又六七家。午刻,家广勤招同张文石小饮。

**十二(9月13日)** 大热。辰刻,候张文石,赠以月饼两匣。

**十三(9月14日)** 大热。

**十四(9月15日)** 大热。辰、巳刻,评阅寸膠集会卷。题:"□□"。共十卷,取四名,缪龢第一。

**十五(9月16日)** 申刻雷雨。戌刻,张枕石、吴杏衫等设席[相待,]饮至三鼓始罢。

**十六(9月17日)**

**十七(9月18日)** 小雨。辰刻,率晋龢登舟。午刻,至新溪□宅。未刻,候费春林,即留饮。

**十八(9月19日)** 小雨。巳刻,费春林答候,见赠丛书两册。午刻,叶竹溪招饮。申刻,候陆兰堂。

**十九(9月20日)** 小雨。辰、巳刻,买舟往洙溪,访丁溉余,其家有宛在园,颇觉幽胜。酉刻,回至新溪。

**二十(9月21日)** 午刻,复至兰堂处,不值,其子湘涛留饮。

**二十一(9月22日)** 巳刻,过周晓山处。晓山见余即反身入内,久之不出,亦不解其何故。午刻,竹溪复招饮。

**二十二(9月23日)** 雨。在费春林处畅谈竟日,见赠《晋书纂》十六卷、《宫闱小名录》四卷。

**二十三(9月24日)** 小雨。巳、午刻,率晋龢回家,知堂妹五姑于十九日卒。

**二十四(9月25日)** 小雨。

**二十五(9月26日)** 午刻,朱肇源招宴,同席张文石、秋莼、竹楼叔等九人。戌刻始散。

**二十六(9月27日)** 始晴。午刻,同张文石、朱肇源等八人公宴于尚德堂。

**二十七(9月28日)** 午刻,家广勤招饮。

**二十八(9月29日)**

**二十九(9月30日)**

## 九　月

一日(10月1日)　巳刻，以熊云客诗钞赠叶书人。

二日(10月2日)　午刻，赴家广勤会酌。付首会钱八千五十文，足七十千数。酉刻散席。

三日(10月3日)　午刻，广勤招食鳗鱼。是日，为陈东堂所詈。乞余作骈体文序其《芦雪村居图》，余恶其为人，不从故也。

四日(10月4日)　辰刻，率晋馚登舟。未刻，至乍浦钟氏馆中。是日，付家中日用钱四千。

五日(10月5日)　午后小雨。巳刻，卜达庵、张巳卿来会。未刻，至观海书院，又候刘筠庄、高继庵。

六日(10月6日)　申刻，高继庵还廿四家文钞一部。

七日(10月7日)　巳刻，候卜达庵。

八日(10月8日)　阅《大云山房文稿》。

九日(10月9日)　巳刻，卜达庵、高继庵、陈鹤亭、张北垞璨、周坎云等来会，即同游灯光山，还过陆老姑祠。午刻，游陈山寺。

十日(10月10日)　巳刻，赠陈鹤亭婚仪。未刻，至观海书院会方子春。

十一(10月11日)　评改采飞集会卷第四册。题："天何言哉"。共四卷，取二名，张廷[模]第一。申刻，张殿川过会。

十二(10月12日)　巳刻，刘心葭来会。

十三(10月13日)　以上二日，评改采飞集会卷第五册。题："武丁朝诸侯"。共十二卷，取八名，叶梦元第一。未刻，寄叶书人、竹楼叔书。

十四(10月14日)

十五(10月15日)　抄七律廿二首。将往时所录国朝七律诗重加选择，釐为十卷，是日始誊起。是日，闻朱学使为钱公仪吉所劾，上不听。

十六(10月16日)　抄七律廿四首。是日，闻回子作乱，其势甚盛，陕□大震。

**十七(10月17日)**　抄七律廿六首。是日,闻淮扬水发,流民盈路。

**十八(10月18日)**　抄七律廿七首。申刻,卜达庵来会。

**十九(10月19日)**　抄七律廿七首。

**二十(10月20日)**　抄七律十九首,改穆园文三首。“乐其可知也”“人必知之”“寡人愿安承教”。

**二十一(10月21日)**　抄七律廿一首。申刻,至观海书院。

**二十二(10月22日)**　抄七律廿九首。申刻,沈东白书来。言数年来在外游幕。

**二十三(10月23日)**　抄七律三十二首。

**二十四(10月24日)**　抄七律廿首,改揖桥月课卷。“见义不为”二句,“翠微石掌赋”以“山翠满林一峰如掌”为韵。未刻,费春林过访。

**二十五(10月25日)**　抄七律廿九首。巳刻,卜达庵来会。

**二十六(10月26日)**　巳刻,过陈鹤亭、卜达庵两处。

**二十七(10月27日)**　抄七律廿八首。

**二十八(10月28日)**　夜小雨。抄七律三十首。

**二十九(10月29日)**　抄七律三十首。

**三十(10月30日)**　抄七律三十二首。

## 十　月

**一日(10月31日)**　抄七律十二首。巳刻,朱云泉来会。午、未、申刻,观宝和班戏于天后宫。

**二日(11月1日)**　抄七律廿八首。

**三日(11月2日)**　评改采飞集会卷第六册。题:“不议”。共六卷,取三名,叶梦元第一。发陆畹亭、张文石、家竹楼书。

**四日(11月3日)**　抄七律廿七首。

**五日(11月4日)**　雨。抄七律廿六首。

**六日(11月5日)**　抄七律廿七首。

**七日(11月6日)**　抄七律十六首。未刻，候许德水先生，又至观海书院。申刻，卜达庵来会。

**八日(11月7日)**　抄七律三十首。

**九日(11月8日)**　小雨。巳刻，改穆园文二首。“孰谓微生高直”“季康子患盗”。午刻，刘丈瑞圃招同李月岩硖石人，善画、丁半闲、卜达庵等九人集卷勺园，席间出珊瑚树一株见示，高一尺许，是青浦王述庵先生故物。

**十日(11月9日)**　改揖桥诗五首。“凌烟阁绘功臣像”，“菊花村晚雁来天”试帖，“舞蛟石歌”七古，“咏鹰”五律，“管夫人墨竹”七绝三首。午刻，陈云巢招赏菊，同席林雪岩、朱质人、许莓蹊等八人，赠以七律一首。

**十一(11月10日)**　夜小雨。抄七律三十五首。戌刻，为海昌柏笠渔作《四癖斋》诗一首。七律。

**十二(11月11日)**　抄七律三十首。

**十三(11月12日)**　抄七律廿二首。未刻，至卷勺园，复留饮。

**十四(11月13日)**　夜雨。抄七律三十首。

**十五(11月14日)**　抄七律廿九首。是夜月蚀。

**十六(11月15日)**　抄七律廿二首。是日，《国朝七律诗》抄成。约八百余首。

**十七(11月16日)**　夜雨。抄七古五首，巳刻，陈鹤亭来会。未刻，至卜达庵处，又过观海书院。

**十八(11月17日)**　雨。改枕石文三首。“韫椟而藏”二句，“俎豆之事”，“衣轻裘吾闻之也”。改蚁亭文三首。题同。

**十九(11月18日)**　改枕石文三首。“子路无宿诺”“焕乎其有文章”“今有受人之牛羊”。申刻，至卷勺园，借高文良公《味知堂诗集》六卷、张文和公《澄怀园诗集》十二卷。

**二十(11月19日)**　夜雨。改枕石文三首。“其为父子兄弟足法”，“吾闻出于幽谷”，“木讷”二字。改蚁亭文三首。题同。

**二十一(11月20日)**　改杏衫文四首。“赐也何敢望回”二句，“夫子之得邦家者","思无邪","有为神农之言者许行"。

**二十二(11月21日)**　改杏衫文三首。"是社稷之臣也","天下归仁焉","齐桓晋文之事"二句。改穆园文二首。"虽日挞而求其楚"二句,"子张书诸绅"。寄叶输[书]人、家竹楼书。

**二十三(11月22日)**　雨。抄《澄怀园诗》二十一首,又委卢揖桥抄《味和堂诗》二十五首。

**二十四(11月23日)**　抄唐诗十七首。从徐右虎《全唐诗录》选出。

**二十五(11月24日)**　始寒。抄唐诗廿一首。巳刻,长汀钟翼文来会。名鸿儒,拔贡生。

**二十六(11月25日)**　抄唐诗三十首。

**二十七(11月26日)**　抄唐诗四十首。

**二十八(11月27日)**　抄唐诗三十六首。

**二十九(11月28日)**　抄唐诗四十三首。

## 十一月

**一日(11月29日)**　抄唐诗四十六首。午刻,高继庵来会。

**二日(11月30日)**　夜雨。抄唐诗三十一首。午刻,敬亭主人宴客,同席李月岩等十余人。是日王九山文海卒。择日于初四日大婚,是日竟死。

**三日(12月1日)**　雪。抄唐诗四十八首。是日见邸报,知八月二十一日官军大破回子于阿克苏,斩级一千余。

**四日(12月2日)**　抄唐诗三十首。午刻,叶书人复书来,吴墨乡寄还诗稿两册。未刻,至卷勺园,还高文良、张文和两集,又过观海书院。

**五日(12月3日)**　抄唐诗三十六首。

**六日(12月4日)**　夜大西北风。抄唐诗四十四首。午刻,陆畹亭过会。

**七日(12月5日)**　大寒。抄唐诗三十四首。

**八日(12月6日)**　抄唐诗五十五首。未刻,卜达庵来会。

**九日(12月7日)**　抄唐诗二十九首。改揖桥诗五首。“击筑送荆卿”,“泥金帖”,“雪压芦花出酒旗”试帖,“诸葛铜鼓歌”七古,“菊影”七律。

**十日(12月8日)**　抄唐诗四十四首。巳刻,贾蘅石、高继庵来会。

**十一(12月9日)**　抄唐诗五十七首。未刻,朱息厂来会。

**十二(12月10日)**　抄唐诗六十八首。申刻,陆秋山从珠街阁寄书来。前月初九日卷勺园中文宴有珠街阁人陈载孚与焉,散席后园中失一端砚,疑为载孚所窃。载孚不胜其冤,故秋山寄书来问云。

**十三(12月11日)**　抄唐诗五十二首,覆陆秋山书。是日,复起耳疾。

**十四(12月12日)**　抄唐诗六十四首。是日,卢揖桥赠《唐诗别裁》一部。三百五十三文。

**十五(12月13日)**　抄唐诗八十一首。

**十六(12月14日)**　抄唐诗七十七首。午刻,张文石覆书来。申刻,翁噩生来访。

**十七(12月15日)**　抄唐诗八十六首。申刻,至观海书院,还过高继庵处。

**十八(12月16日)**　抄唐诗八十三首。未刻,陈鹤亭来会。

**十九(12月17日)**　巳刻,改穆园文三首。“冉求之艺”“工欲善其事”“然后知松柏之后凋也”。

**二十(12月18日)**　抄杂诗三十二首。是日,晋翁开读《礼记》。

**二十一(12月19日)**　巳刻,答翁噩生,不遇,即过林雪岩、陈鹤亭两处。是日,闻钟山子晋、沈鉴莽衡皆卒。

**二十二(12月20日)**　申刻,复寻翁噩生,不遇。知已回苏。戌刻,寄费春林书。

**二十三(12月21日)**　巳刻,寄刘心葭书。心葭时从刘司马在严州。

**二十四(12月22日)**　改枕石文四首。“为能爱人”,“鲁卫之政”二句,“实能容之”,“不知老之”一句。

**二十五(12月23日)**　改枕石文三首。“齐桓公正”至“子纠”,“子庶民则”一句,“有为神农”一句。

**二十六(12月24日)**　巳刻,至观海书院,晤海宁陆腴庄。名以铧,廪生。午刻,候许德水先生,即至卷勺园晤太仓徐蔼亭,名珩,诗人。如旧相识,畅谈数刻。

**二十七(12月25日)**　未刻,访徐蔼亭,不遇,留书一通,即过朱云堂处。申刻,寄翁噩生书。

**二十八(12月26日)**　巳刻,徐蔼亭拜会,观余骈体文,倾倒之至。

**二十九(12月27日)**　寒。改枕石文三首,“乐其可知也”,“为臣不易”,“无为小人儒”至“得人焉耳乎”。改杏衫文三首。题同。巳刻,蔼亭复来。

**三十(12月28日)**　改杏衫文四首。“门人不敬子路”,“子夏云何”,“工欲善其事”,“其为父子”一句。巳刻,卜达庵、陈鹤亭来会,达庵还壬午、癸未诗稿一册。

## 十二月

**一日(12月29日)**　改杏衫文三首。“迩之事父”,“其言也讱”,“人有鸡犬放”二句。酉刻,翁噩生寄赠《骈体正宗》十二卷。曾宾谷选,共四十二家计一百七十篇,皆国朝人。

**二日(12月30日)**　改穆园文二首。“子亦来见我乎”,“予然后浩然有归志”。

**三日(12月31日)**

**四日(1827年1月1日)**　巳刻,至卜达庵处,还过观海书院。是日,知朱雅山卒。

**五日(1月2日)**　夜微雨。酉刻,敬亭主人设酌饯行。

**六日(1月3日)**　酉刻,登乍浦舟,卢揖桥、钟敬亭各赠食物数种。

**七日(1月4日)**　巳刻到家。知九月以来所行庆吊二十余家。未刻,至叶书人处,书人还试帖钞本二册。

**八日(1月5日)**　夜雪。巳刻,至周卜年处,即候张文石。午刻,家广勤招饮。

**九日(1月6日)**　巳刻,以大义责竹楼。去夏盛氏借余洋钱四十,实则竹楼所借,托名盛氏,以欺余耳。冬间复自借四十洋,许于今岁五月初十日归清,无如阴谋诡计,久假不归,每催促一次,反以恶语相侵,是日向其索取,以情理再三晓谕之,彼无词以对,但面赤而已。

**十日(1月7日)**　巳刻,吊沈氏丧。

**十一(1月8日)**　寒。

**十二(1月9日)**

**十三(1月10日)**

**十四(1月11日)**　巳刻,吊金李二氏丧。

**十五(1月12日)**　戌刻,同朱肇茂等十余人聚饮。

**十六(1月13日)**　是日,为张文石助理丧事。

**十七(1月14日)**　吊张马二氏丧。

**十八(1月15日)**　午刻,同叶书人等饮于张文石处。

**十九(1月16日)**

**二十(1月17日)**

**二十一(1月18日)**

**二十二(1月19日)**　巳刻,徐子亭来会,赠笔敬一洋,徐申甫寄赠两洋。

**二十三(1月20日)**　夜雨。巳刻,家广勤赠春酒一坛、腌鸡一尾。

**二十四(1月21日)**　雨。

**二十五(1月22日)**　雨。

**二十六(1月23日)**　雨。

**二十七(1月24日)**　雨兼雪。巳刻,赴周卜年招。午刻,始收竹楼抵借票。先还二十洋,尚余积欠八十一洋,另写借票,结钱六十八千,以留单二纸为抵中张文石。

**二十八(1月25日)**　申刻,收会卷笔资一千六百五十。共阅六十二卷,其有笔敬者三十三卷而已。

**二十九(1月26日)**

是岁约用钱四十五千。

# 道光七年丁亥(1827),三十九岁

## 鹂声馆日志

### 正　月

**一日(1月27日)**

**二日(1月28日)**

**三日(1月29日)**　酉刻,张枕石招饮。

**四日(1月30日)**　午刻,家蚁亭招饮。戌刻,有大恨事。

**五日(1月31日)**　雨。午刻,家广勤招饮,同席张文石等八人。

**六日(2月1日)**　巳刻,张文石子四箴来,以碗帽一顶与之,是日赠龚金王三家婚仪。

**七日(2月2日)**　辰、巳、午刻,附航船到平湖,即拜候顾访溪,不遇。遇春樵、春岩。是夜,宿于陆氏。

**八日(2月3日)**　巳刻,拜候陈白芬、方子春、何菘溪、高警庵。陈、方、何三君,皆不值。午刻,至宫前观灯。

**九日(2月4日)**　未刻,复候陈白芬。戌刻,与黄爱庐等酣饮,竟至呕吐。

**十日(2月5日)**　巳刻,过俞云涛处。申刻,复候顾访溪,畅论诗文两刻。

**十一(2月6日)**　辰刻,复候方子春,留早膳。午刻,高继庵拜会。未刻,候卜达庵,晤卢揖桥、刘乙斋,知朱蔼人泰勋卒。

**十二(2月7日)** 辰刻,卢揖桥拜见。巳刻,卜达庵答拜。

**十三(2月8日)** 未、申、酉刻,附航船回家。陆畹亭赠福橘五斤、野鸡一尾。

**十四(2月9日)**

**十五(2月10日)** 午刻,家广勤招饮,同席盛胜禾等八人。

**十六(2月11日)** 巳刻,王颂鲁拜会。劝余今岁在家设教,将遣其子受业也。

**十七(2月12日)** 辰刻,过徐宿生处。巳刻,往东林寺晤金霞梯。名大登,嘉兴庠生。戌刻,观灯。

**十八(2月13日)** 夜大西北风。

**十九(2月14日)**

**二十(2月15日)**

**二十一(2月16日)**

**二十二(2月17日)** 巳刻,徐宿生来会。亥刻,家鼎如卒。是夜,梦至□所名问答轩,境颇幽邃。

**二十三(2月18日)** 午刻,王颂鲁招宴,同席邵虚斋、钱小园等二十余人。戌刻散席。是夜大醉。

**二十四(2月19日)** 未刻,徐宿生索还《绥寇纪略》一部。

**二十五(2月20日)**

**二十六(2月21日)** 是日,在家设馆,王颂鲁子、张凤池子、龚配京子侄皆来受业。巳刻,徐宿生以《钦吉堂诗文集》借视。未刻,内子忽起急痧,殊为惶骇。

**二十七(2月22日)**

**二十八(2月23日)**

**二十九(2月24日)**

**三十(2月25日)**

## 二　月

**一日(2月26日)**　小雨。阅《钦吉堂文稿》。游记最佳。

**二日(2月27日)**　抄七律十五首。是夜，偷儿入室，幸老母惊觉逐走。

**三日(2月28日)**　午刻，张文石招饮社酒，同席朱问渠、吴听涛、纪汀兰等十七人。亥刻散席。

**四日(3月1日)**　申刻，叶书人来会。

**五日(3月2日)**　抄七律十七首。

**六日(3月3日)**　抄七律廿三首。

**七日(3月4日)**　抄七律廿一首。申刻，借徐宿生《潜研堂诗》二十卷。

**八日(3月5日)**　抄七律二十首。巳刻，徐兰江过会。酉刻，王颂鲁招饮，同席龚配京等七人。三鼓始散。

**九日(3月6日)**　大东北风。抄七律十二首。

**十日(3月7日)**　抄七古五首。

**十一(3月8日)**　抄骈体文四首。

**十二(3月9日)**　雨。

**十三(3月10日)**　夜雨。

**十四(3月11日)**　雨。抄骈体文三首。巳刻，吊陈宅丧。

**十五(3月12日)**　抄骈体文三首。

**十六(3月13日)**　午刻，吴万甫招食团鱼，同席五人。

**十七(3月14日)**　抄骈体文四首。

**十八(3月15日)**　抄骈体文三首。申刻，赠马氏婚仪。

**十九(3月16日)**　抄骈体文五首。申刻，龚配京来会，告借《十六国春秋》。

**二十(3月17日)**　抄骈体文三首。未刻，评点徐宿生《茂荆山庄诗稿》。中有《魏塘竹枝词》十首，可云善写风土，余未称。

**二十一(3月18日)**　午刻,龚配京招宴,同席沈慎斋等七人。二鼓始散。

**二十二(3月19日)**　抄骈体文三首。

**二十三(3月20日)**　抄骈体文三首。

**二十四(3月21日)**　巳刻,钱棣山来会。申刻,徐莲史拜会。

**二十五(3月22日)**　抄骈体文五首。

**二十六(3月23日)**　抄骈体文四首。

**二十七(3月24日)**　抄骈体文四首。

**二十八(3月25日)**

**二十九(3月26日)**　以上数日,重读《三国史》一过。

## 三　月

**一日(3月27日)**　小雨。申刻,龚配京来会。

**二日(3月28日)**　雨。辰、巳刻,附航船至平湖。以初四日县试故。未刻,候顾氏昆仲,遇春樵。申刻,为叶书人、马巳山等觅寓。是夜,寓于陆顺盛线店。

**三日(3月29日)**　雨。辰刻,候卜达庵。巳刻,陈鹤亭来会。言卢揖桥前月有书寄余并以诗文见质,却未收到。刘心葭来会,顾访溪来会。午刻,为认保诸童画押,共二十一人。方金彪、张楚材、叶梦元、顾宝臣、张耀垣、徐耀奎、钟步崧、沈在恒、徐铭勋、张廷模、方均、胡汝兰、杨文灿、马佩霖、黄文楷、胡茂春、马嘉栋、方庆间、吴丙曜、吴焕垣、袁熊徵。未刻,答刘心葭,即留饮,同席沈月波步青。申刻,顾石舟来会。酉刻,访溪复来,同至行远斋刻字店,议开雕骈体文四十首,定价二十二洋。是日,知胡啸云卒。

**四日(3月30日)**　寅刻,送诸童入场。巳刻,候方子春,出视诗稿四卷。午刻,至顾方溪馆中快谈。申刻,候陈白芬。酉刻,卜达庵来会。戌刻,陆步云邀至松茂馆小叙。是日,县试题:“举贤才”至“举尔所知”。

**五日(3月31日)**　小雨。巳刻，候顾芝坪。戌刻，黄爱庐招小酌。

**六日(4月1日)**　辰刻，候朱云堂。巳刻，观初覆案，顾芝坪答候。午刻，冯少英招饮天顺馆，同席顾春樵。申刻，为张枕石办求复事。酉刻，方子春、贾蘅石过会。

**七日(4月2日)**　辰刻，朱云堂答候。巳刻，徐申甫、徐午桥来会。午刻，刘霞莊来会，即招饮。陈白芬答候，不值。

**八日(4月3日)**　暴热。巳刻，陆畹亭助刻稿费三洋。午刻，畹亭邀同纪汀兰等欢饮。酉刻散席。

**九日(4月4日)**　更热。巳刻，顾访溪来会。午刻，刘乙斋来会。未刻，观二覆案。酉刻，寄卢揖桥书。

**十日(4月5日)**　卯刻，送诸童入场。巳、午刻，附吴墨乡舟回家。

**十一(4月6日)**　小雨。辰刻，至张文石、周卜年两处。

**十二(4月7日)**　午前大雨。抄骈体文四首。

**十三(4月8日)**　雨。午刻，还徐宿生《吉堂诗文集》四册。

**十四(4月9日)**　戌刻，重阅《陆清献公年谱》。

**十五(4月10日)**　巳、午刻，扫墓。申刻，徐宿生来会。

**十六(4月11日)**　晚雨。

**十七(4月12日)**

**十八(4月13日)**　申刻，徐礼修畇来受业。

**十九(4月14日)**　以上数日，重阅《说铃》一过。

**二十(4月15日)**　晚雷雨。

**二十一(4月16日)**

**二十二(4月17日)**　雷雨竟日。以上三日，重阅《七修类稿》一过。

**二十三(4月18日)**　湿热。辰、巳刻，评阅钱棣山课艺七首。"革车三百两"二句，"吾于武成"二句，"有孺子歌曰"一节，"清斯濯缨"二句，"鱼我所欲”二句,“生亦我所欲”二句,“故为渊驱鱼者”四句。

**二十四(4月19日)** 夜雷雨。辰、巳刻,评棣山课艺五首。“交闻文王十尺”二句,“晋人以垂棘”二句,“今曰性善”二句,“击磬襄”二篇。戌刻,始见县试全案。十名前:方金彪、邵保、陆嘉树、徐金来、汪浩、郑丙铨、郭人杰、张昂青、林树春、朱善张。

**二十五(4月20日)** 雨。重阅《隋炀艳史》一过。

**二十六(4月21日)** 重阅《智囊补》一过。是夜有贼奴四十余人,各执棍棒劫掠镇上,有陆姓者为群贼殴伤,后三日竟死。

**二十七(4月22日)** 巳刻,钱棣山来会。午刻,赠吴氏婚仪。

**二十八(4月23日)**

**二十九(4月24日)**

**三十(4月25日)** 夜大雨。辰刻,将至嘉兴,同徐宿生登舟。以初二日署郡尊方公秉取齐府试也。

## 四 月

**一日(4月26日)** 雨。巳刻到郡,寓宏文馆西首陆宅。申刻,游楞严寺。

**二日(4月27日)** 辰刻,谒张纪水慧、方南园两学师。巳刻,张屋山来会。未刻,游天真阁,观东岳神前古玩贡物。申刻,钟穆园来会,助刻稿费四洋。赖紫山寄助二洋。皆卢揖桥吹嘘之力。酉刻,万蕉园、王藕汀来会。

**三日(4月28日)** 辰刻,朱云堂来会,徐梦春来会。巳刻,方子春率子冬郎来会。午刻,屈彂园、屈慈湖来会。未刻,徐约园来会。申刻,候卜达庵,为认挨保三十六人画押。认保:钟步崧、张楚材、沈在垣、马佩霖、方金彪、杨文灿、胡汝兰、胡茂春,有赀。余十二人到,吴烺垣不考。挨保:朱善张、黄元吉、朱万卷、胡珣、张俊、何孝思、孙锦、屈衍禄、李师膺、邵岱松、张敦睦、陈元陛、吴体仁、陆熊、陆炳孝,有赀,陆桐到,吴诒孙不考。酉刻,候孙半农,知伊兄道园已卒。

**四日(4月29日)** 雨,夜更大。寅刻,送诸童入场。辰刻,答张屋山。巳刻,候刘心葭,即留饮。午、未、申刻,观翠芳班戏于郡庙。酉刻,答朱云堂。是日,府试题:“视其所以”。

**五日(4月30日)** 大雨。辰刻,至张虹巢书肆购得《东都事略》一百三十卷、《袁文笺正》十六卷。大钱一千六百。巳刻,候顾芝坪。午刻,答方子春。

**六日(5月1日)** 雨。辰刻,发卢揖桥书。巳刻,候陈鹤亭。申刻,顾芝坪、卜达庵答会。

**七日(5月2日)** 巳刻,游白漪庵,即至安乐王庙,观全福班戏。未刻,过金明寺,谒少伯祠。陈鹤亭答访,不值。

**八日(5月3日)** 午刻,邀徐宿生、张虚舟小酌。未刻,游元妙观新塑三十六天将像。申刻,至北门观灯。戌刻,观初覆案。

**九日(5月4日)** 巳刻,候马镕斋,不遇。午刻,诣月波楼,雷祖前焚香。未刻,候程伊斋。是日,闻新仓贼案已擒七人。

**十日(5月5日)** 卯刻,送诸童入场初覆。辰刻,候吕秋塘。午刻,至杉青闸吊古战场。未、申、酉刻,与方子春罄谈肺腑。

**十一(5月6日)** 午刻,至方子春寓,其主人孙含中留饮立夏酒,同席陆虹村、贾芝房等五人。

**十二(5月7日)** 上午雨。巳刻,偕张巳卿访李瀓云,名华清,嘉定许斋夫子继子。见赠《稻香吟馆诗文集》七卷。即许斋师稿。未刻,程伊斋答会。申刻,陈鹤亭来会。戌刻,观二覆案。亥刻登舟。

**十三(5月8日)** 夜大风雨。午刻到家。

**十四(5月9日)** 申刻,龚配京还《十六国春秋》,复借《五代史》。

**十五(5月10日)** 大东南风。申刻,寄费春林书。

**十六(5月11日)** 是日,内子归宁。

**十七(5月12日)** 午、未刻,改徐礼修文二首。

**十八(5月13日)** 申刻,徐宿生来会。

**十九(5月14日)**　以上三日,阅《东都事略》。

**二十(5月15日)**　申刻,问四姑母疾。

**二十一(5月16日)**

**二十二(5月17日)**

**二十三(5月18日)**　雨。未、申、酉刻,观四喜班戏于元真观。

**二十四(5月19日)**　雨。午、未、申刻,仍在元真观观剧。酉刻,见府试全案。前列十名:方金彪、钱祚昌、徐金来、张楚材、林树春、盛际康、陆嘉树、吴飞熊、郭人杰、郑丙铨。

**二十五(5月20日)**　午、未、申刻,观《稻香吟馆集》。许斋先生诗虽非专门名家,然性情肫挚,殊有白、陆遗风。

**二十六(5月21日)**　午刻,以丁见堂诗集赠徐宿生。戌刻,费春林寄赠《西夏书事》四十二卷,青浦吴西斋名广成撰。西夏事最简略,故自宋至今五百余年,无能撰述者。吴君博闻强识,勒成此书,厥功伟矣。是日,知文宗于五月八日取齐禾郡科试。

**二十七(5月22日)**

**二十八(5月23日)**　以上二日,阅《西夏书事》。

**二十九(5月24日)**　改礼修文五首、诗四首。

**三十(5月25日)**　暴热。午刻,张纪水学博飞帖来。

## 五　月

**一日(5月26日)**　大热。午后有雷。

**二日(5月27日)**

**三日(5月28日)**

**四日(5月29日)**　午刻,至张文石处。未刻,徐宿生来会。

**五日(5月30日)**

**六日(5月31日)**　小雨。午刻,家广勤招会酌,不赴。申刻,附嘉兴夜航。

**七日(6月1日)**　巳刻到郡,仍寓道西陆世良宅。午刻,诣月波楼雷祖前拈香。为科试祈得六十八签，句云："两岸芦花夹道飞，满空秋色最惊疑。宾鸿亦识南来暖，可恋家中学画眉。"为古学祈得六十四签，句云："月上庭除风露清，花阴槐影喜相亲。姮娥为爱题桥客，移向阶前醉贵人。"申刻，陆世良招饮。戌刻，西门南门同时火发，各毁数间，俄而东门又火。是日，知赵伟川去秋卒于苏州。

**八日(6月2日)** 卯刻，卢揖桥来会，助刻稿费三洋。辰刻，候林雪岩，即同雪岩、揖桥等游楞严寺。巳刻，刘筠庄、张少农来会。午刻，候卜达庵。未刻，候费春林。又寻顾访溪，不见。朱一山来访，不遇。申刻，魏竹卿、朱笠山、张融圃过会。酉刻，与陆世良对酌。

**九日(6月3日)** 卯刻，徐芸岘来会。辰刻，候顾访溪、方子春。巳刻，徐申甫来会。冯少英、顾春樵来会。午、未、申刻，评阅兰言集会课卷。题："小人怀惠"至"放于利而行"。共十七卷，取五名，鲍湝第一。陈鹤轩来会，朱砚山过访。酉刻，招顾春樵、陆世良小酌。戌刻，徐宿生到寓。

**十日(6月4日)** 卯刻，答徐申甫。辰刻，答徐芸岘。刘霞江来会。巳刻，候何菘溪。午刻，李六桥来会。未刻，候魏小石、柯小坡。申刻，候张海门。酉刻，张文石来会。是日，朱文宗下马。

**十一(6月5日)** 巳刻，陈白芬来会。午刻，贾蘅石来会，顾访溪答会。未刻，卜达庵答会。申刻，候顾芝坪，答陈鹤轩。酉刻，陆晼亭过会，即同候查春江。名麟，海盐人，丙子武举人，现作武巡捕。

**十二(6月6日)** 辰刻，入场考古学，坐堂西陆号。"运方穿赋"以"狶膏棘轴不运方穿"为韵，"王导论"，"竹插清沙渔沪短"得"沙"字七言八韵，"铁崖吹笛歌"七古。酉刻出场。方子春、徐芸岘、顾访溪、贾蘅石、陈鹤亭在寓相候，即邀至鹤亭寓，调停陈东堂作难事。余以东堂荡检无度，略不假以辞色，东堂恨余切齿，将欲挥拳，故诸人劝余稍为降心，止其作难云。

**十三(6月7日)** 热。卯刻，答陈白芬。辰刻，张海门答访，借骈体文四卷。巳刻，钱西溪来会，何琢堂来会。午刻，查春江答访。未刻，观古学案。阖属取十五人，平湖得其五：卜葆鈖、顾廷熊及余，又府学屈家衢、陈锦。申刻,答朱砚山。酉刻,候屈弢园。

**十四(6月8日)** 大热。辰刻,送古学童生入场。余认保有方金彪、钟步崧、胡茂春、沈在垣、叶梦元、胡汝兰六人。巳刻,屈弢园答会,即同候张、方二学师,补送张学师寿仪。徐吟槐来会。午刻,张汀香来会。未刻,答汀香。申刻,柯小坡答访。

**十五(6月9日)** 热。卯刻,入场科试,坐堂东三号。题:"或曰以德报怨"一章;策:"问史文谬误之处";诗:"不废江河万古流"得"时"字。未刻出场。方子春、张海门、徐芸岘、朱砚山、陈白芬等陆续来会。申刻,为认保三十四人画押。认保:顾宝臣、徐铭勋、马家栋、钟步崧、张楚材、方金彪、马佩霖、沈在垣、杨文灿、胡茂春、胡汝兰,有贽。余八人到,黄文楷不考。挨保:张昂青、黄镕、邵旬宣、钱养源、俞心洛、沈丙禧、陈维位、陈金墉、陈青燃、马炯、郭文熊、冯琛、徐汝霞、毕光衡,有贽。殳芳不到,张熙纯不考。酉刻,何菘溪答会。

**十六(6月10日)** 辰刻,入场覆古学。"杜鹃花赋"以"望帝春心托杜鹃"为韵,"程表朱里"得"长"字,五言八韵,"赓字音义","东坡马券歌"七古。发看前场古学卷,评:赋平,论有见地,有敷佐。午刻出场。

**十七(6月11日)** 热。寅刻,保新进入场。搜检大严,海盐孙坪于帽圈内搜出细字数页,枷号示众。午刻,魏小石、柯小坡来会。申刻观案,一等十一人,余居十一。何庆熙、卜葆鈖、顾廷熊、顾邦杰、施汝懋、徐輒、王均、吴之俊、王肇熙、屈为彝、黄金台。二等三十五名,三等前列十名,共取五十六人。是日院试题:"焉用稼"至"使于四方"。

**十八(6月12日)** 热。巳刻,入场复试。首:"悔吝者"四句;次:"三公在朝"二句;诗:"松凉夏健人"得"人"字,"蜻蜓立钓丝"得"丝"字,皆八韵。发看正场卷,评:文笔意老到,策泛诗稳。草全字宜急学。酉刻出场。观新进案,余认保方金彪竟得三元,挨保进张昂青、黄镕二人。县学廿五名:方金彪、汪浩、陆嘉禾、王梦雷、杨邦楷、盛际康、屈衍长、殷其润、王壬太、汤钧、邵保、张儒廉、朱沄、张琪、徐佩□、朱鹏程、吴飞熊、鲍增荣、陆溎、吴蕴炜、夏庆霓、沈恭寿、黄镕、邵大章。拨府六名:曹镇定、李蓉镜、钱祚昌、沈嗣俊、张昂青、陆嘉树。

**十九(6月13日)** 夜小雨。辰刻,至方子春寓,晤万杏江。名潮,秀水廪生。巳刻,方冬郎拜会,赠菜仪八钱。午刻,顾春樵招饮。未刻,观古学正案,始定名次。平湖卜葆鈖,府学屈家蘅,府学沈亨惠,桐乡郑镛,府学李金纯,桐乡郑镈,嘉兴沈步青,嘉兴朱珊元,海盐支清彦,秀水吴桐,平湖顾廷熊,府学梅抡魁,秀水朱锦,府学陈锦,平湖黄金台。申刻,谢月波来会,畅谈两时。钱辰田来会,为张昂青赠菜仪二洋。黄镕拜会,赠菜仪一洋。是日,考嘉、秀、善三县童生,搜检更严,嘉善钱世均于口内搜出怀挟,亦即枷号。

**二十(6月14日)** 热。巳刻,送新进复试。午刻,至何菘溪寓,与沈慕琴亨惠、冯竹生等大谈,菘溪出视《三红吟馆试帖》百余首。申刻,方子春、顾访溪来会。观新进古学案,阖郡共取十人。平湖得其五:曹镇定一,方金彪二,张昂青四,陆加树六,陆加禾八。海盐四名,嘉兴一名。

**二十一(6月15日)** 热。巳刻,费春林来会。午刻,见三等全案,共一百三十名。末名钱骏曾。未刻,张昂青赠贽仪八洋。申刻,陈白芬、顾芝坪来会。酉刻,白芬招饮。

**二十二(6月16日)** 热。巳刻,黄镕赠贽仪二洋。午刻,宏文馆发落并看覆卷。申刻,陆世良饯行。

**二十三(6月17日)** 恶热。夜大雷雨。巳刻,附方子春舟,过烟雨楼,登岸一游。酉刻至平湖,过贾蘅石竹溪书屋,即至子春宅。是夜留宿。

**二十四(6月18日)** 小雨。巳刻,候何菘碟,借谢蕴山《咏史》七律八本。午刻,候顾访溪。未刻,至陆畹亭处,即留饮。申刻,赠方冬郎蔽膝一副,冬郎见赠贽仪二洋。

**二十五(6月19日)** 辰刻,在方宅晤钱梦庐天树。巳刻登舟。未刻回家。

**二十六(6月20日)** 未刻,至徐宿生处,借《圣雨堂诗文集》《随俟书屋诗集》两种。酉刻,宿生遣人来借《稻香吟馆诗文集》。是日,王葵园欲遣其子来受业,余力辞之。

**二十七(6月21日)** 阅谢蕴山《树经堂咏史诗》。计五百余首。

**二十八(6月22日)** 阅《随俟书屋诗集》十一卷。刘锡五著。

**二十九(6月23日)** 改方冬郎"千里一曲一直赋"以"所渠并千七百一川"为韵。院试古学题。"吏部文章日月光"诗得"文"字。府试题。未刻,徐宿生以《吴越备史》见借。酉刻,还宿生《潜研堂诗集》六本。

## 闰五月

**一日(6月24日)** 午刻,发方子春书。未刻,徐宿生还《稻香吟馆诗文集》二本。

**二日(6月25日)** 夜有雷。辰、巳、午刻,观周孟侯《圣学堂诗文集》。文多小说家类,诗学长吉,亦不可解。未刻,缴徐宿生《圣雨堂集》四册、《随俟书屋集》六册。

**三日(6月26日)** 食时大雨。辰、巳、午刻,抄杂诗十一首。未、申、酉刻,阅《吴越备史》。是夜,梦游大花园,千回万折,莫可端倪。

**四日(6月27日)** 热。抄骈体文五首。午刻,方子春书来。申刻,寄还何菘溪《树经堂咏史诗》八册。

**五日(6月28日)** 大热。改徐礼修文五首。

**六日(6月29日)** 大热。下午大雷雨,夜更甚。改礼修文三首,试帖六首。是日,新溪雷殛二人于田中。

**七日(6月30日)** 辰刻,方子春寄书道谢。

**八日(7月1日)** 巳刻,见邸报。知二月中官军大破回贼,所杀几十万,张格尔仅以数骑脱走。

**九日(7月2日)** 夜半雨。未刻,马镕斋、俞松坪、钱小园来会。

**十日(7月3日)** 湿热。作《乡饮宾张易县庵先生传》。骈体,文石所嘱,已一年矣。

**十一(7月4日)** 湿热。下午大雷电雨。巳刻,与张文石书。

**十二(7月5日)** 雨。阅《东莱博议》。

**十三(7月6日)**　雨。申刻,以高蓉波《吟草研斋倡和诗》二种赠徐宿生。

**十四(7月7日)**　雨。巳刻,送龚氏冥资。

**十五(7月8日)**　作张海门诗序。骈体。

**十六(7月9日)**　作贾蘅石《京口游草序》。骈体。申刻,叶书人来。

**十七(7月10日)**　巳刻,发方子春书附寄张海门、贾蘅石诗叙。申刻,龚配京还《后五代史》,又借陈氏《三国志》。

**十八(7月11日)**　午刻,王颂鲁招同龚配京聚酌,至二鼓始散。

**十九(7月12日)**　雨。

**二十(7月13日)**　作书与卢揖桥。骈体。

**二十一(7月14日)**　日中雨。评阅徐宿生诗三十七首,改正十二首。《新柳》《古剑》《范大夫祠》《贺方冬郎游庠》各一首,《题李许斋方伯稻香吟馆遗集》八首。

**二十二(7月15日)**　始晴。未刻,徐丈三渊过访。别已五六年矣。申刻,张文石来会。

**二十三(7月16日)**　午刻,钱棣山来会。

**二十四(7月17日)**　作《金日磾论》。骈体。

**二十五(7月18日)**　热。午刻,寄卢揖桥、陈云巢书。

**二十六(7月19日)**　午后雨。《书金圣叹才子书后》。骈体。

**二十七(7月20日)**

**二十八(7月21日)**　以上二日,重阅《后汉书》。

**二十九(7月22日)**　热。下午雨。作《马忠壮公传》。骈体。申刻,徐问亭来会,携至张海门书并寄还骈体文四卷,骈体文即为问亭所借。

**三十(7月23日)**　大热。夜更甚。辰刻,有大怒。《西夏书事》四十二卷,余购求年余然后得之,前徐宿生为余带至文蔚斋书坊装订,迄今月余,杳无消息,宿生连次催促店主王某,言早交航船寄来,问诸航船则又茫然不知,可恨可恨。巳刻,移书责王某。

## 六　月

**一日(7月24日)**　大热。夜更甚。

**二日(7月25日)**　大热。辰刻,徐宿生来会。言《西夏书事》一书近日力为查究,略有头绪,五日后或可明白。巳刻,金石声来会。

**三日(7月26日)**　上午大热。下午雨。作书与友人劝其止食倭烟。骈体。是日晋韶开读《书经》。

**四日(7月27日)**　下午雷雨。未刻,内子自新溪归。

**五日(7月28日)**　黄昏雨,夜热。

**六日(7月29日)**　作《明代内宫论》。骈体。

**七日(7月30日)**　申刻,徐问亭还骈体文四卷。

**八日(7月31日)**　热。

**九日(8月1日)**

**十日(8月2日)**　大东南风,晡时大雨。以上三日,阅《子史菁华》。

**十一(8月3日)**　大东南风。阅魏叔子文。

**十二(8月4日)**　作《蜃园访友图跋》。此魏叔子访李潜夫先生故事也。骈体。

**十三(8月5日)**　巳刻,至徐宿生处,始复得《西夏书事》一书。此书前在航船中,实系陈东堂攘取,船主沈大明知之而不肯言,今为众人所逼迫,将欲锁船,大始惧,不得已,至陈处夺回,然书已败矣。

**十四(8月6日)**　略改考作《运方穿赋》。申刻,徐宿生借《国朝七律诗钞》二册。

**十五(8月7日)**　略改考作《杜鹃花赋》。

**十六(8月8日)**　巳刻,改考作《铁崖吹笛歌》《东坡马券歌》。皆七古。

**十七(8月9日)**　热。阅汪尧峰文。

**十八(8月10日)**　大热。

**十九(8月11日)**　大热。

**二十(8月12日)**　大热。夜更甚。以上二日，重阅《三鱼堂文集》一过。

**二十一(8月13日)**　热。改徐礼修文四首，试帖四首。

**二十二(8月14日)**　热。辰刻，徐宿生以《有正味斋全集》见赠。七十三卷，共十八册。

**二十三(8月15日)**　毒热。巳刻，送吴氏冥资。

**二十四(8月16日)**　毒热。作《西夏书事后序》。骈体。

**二十五(8月17日)**　热。巳刻，鸿道和尚来会。是夜，偷儿入室，幸即逐走，不失一物。

**二十六(8月18日)**　大热。午刻，作书寄青浦吴西斋附《西夏书事序》，又寄费春林札。

**二十七(8月19日)**　大热。巳刻，至徐宿生处，缴《吴越备史》二册。宿生言胡小椴中孚已死。

**二十八(8月20日)**　热。辰、巳刻，改礼修文三首、试帖二首。申刻，龚配京还《三国史》，又借《西夏书事》。

**二十九(8月21日)**　热。辰、巳、午刻，附航船到城，即候顾访溪，留中膳。未刻，候顾春樵。酉刻，访溪答候。是夜，宿于陆宅。

## 七　月

**一日(8月22日)**　热。辰刻，候顾芝坪。巳刻，候冯少英、何菘溪，又寻高警庵，不遇。午刻，候张海门，出视近作《十六国词》一百首，《南唐乐府》三十余首。清新超拔，不愧天才。未刻，同袁润堂饮于陆宅。申刻，候陈白芬。

**二日(8月23日)**　热。辰刻，顾芝坪答候，不值。巳刻，复至海门处借陈孟楷裴之《澄怀堂诗外》四卷。未刻，候高藏庵，不遇。酉刻，顾访溪、卜达庵、张海门陆续来会。此次到城，以近作骈体数首分托访溪、菘溪、海门三君子评定,皆已缴还。

**三日(8月24日)** 热。辰刻,冯少英、顾春樵答候,陈白芬答会。白芬言廿八夜有星陨韩家带李氏庭内,红光闪烁,人人皆见,不知何兆。巳刻,候卜达庵。午刻,高警庵招同何菘溪饮于通益亭。酉刻始散。是日,城中始禁屠。

**四日(8月25日)** 大热。未、申、酉、戌刻,附航船回家。舟中人众,热不可当。

**五日(8月26日)** 大热。未刻小雨。重阅《南宋杂事诗》一过。

**六日(8月27日)** 申刻,徐宿生还《国朝七律诗钞》二册。

**七日(8月28日)** 热。重阅《金源纪事诗》一过。

**八日(8月29日)** 夜雨。

**九日(8月30日)**

**十日(8月31日)** 午刻雨。以上二日,评改有云集赋会卷第一册。"老马赋"以"老马之智可用也"为韵,"白莲赋"以"此花端合在瑶池"为韵,《姜维铜印歌》七古,"吟诗声""磨剑声""打钟声""织布声"皆七律。共七卷,取四名,叶梦元第一。

**十一(9月1日)** 夜热。辰、巳刻,作徐宿生《蔬香馆三种》诗序。散体。午刻,借宿生《随园女弟子诗》五卷。

**十二(9月2日)** 午后有急雨。辰刻,卢揖桥书来,并赠福建糕二十包。书中言林金台丈于初三日寿终。又陈鹤亭书来乞撰《红叶载诗图》骈体文。巳刻,题金石声《鹿门归隐图》。七古。

**十三(9月3日)** 始凉。巳刻,张文石来会。是夜,梦游大海,憩一古寺中,有戏台正在演剧,不知是何祥也。

**十四(9月4日)** 作《王伦论》。骈体。

**十五(9月5日)** 巳刻雨。申刻,徐宿生借《南野堂集》一部。

**十六(9月6日)** 辰刻,至张文石、周卜年两处。巳刻,借徐宿生《文选楼丛书》四种。

**十七(9月7日)** 阅《定香亭笔谈》《小沧浪笔谈》。

**十八(9月8日)**　阅《广陵诗事》《八砖吟馆刻烛集》。午刻,徐宿生还《南野堂集》。

**十九(9月9日)**　黄昏雨。

**二十(9月10日)**　夜热。作陈鹤亭《红叶载诗图记》。骈体。

**二十一(9月11日)**　辰刻,徐宿生来畅谈。

**二十二(9月12日)**　抄骈体文二首,杂诗二十五首。

**二十三(9月13日)**　大西北风,昼夜雨。抄杂诗二十一首。

**二十四(9月14日)**　雨。重阅《东华录》一遍。

**二十五(9月15日)**　重阅《熙朝新语》一遍。

**二十六(9月16日)**

**二十七(9月17日)**

**二十八(9月18日)**　重阅《香祖笔记》一过。是夜,梦明岁有大惬意事。

**二十九(9月19日)**　改礼修文五首,诗二首。午刻,家丽春招食面。

**三十(9月20日)**　饭后雨。申刻,徐宿生贻红格纸一束。宿生言廿三夜平湖邑庙前石牌楼为大风吹倒。

## 八　月

**一日(9月21日)**　以上二日,重读韩文一遍。

**二日(9月22日)**　夜大东北风。

**三日(9月23日)**　上午大雨。以上二日,重阅《曝书亭文集》一过。是日金柳衣卒。

**四日(9月24日)**　热。辰刻,贻金宅冥资。巳刻,缴徐宿生《文选楼丛书》四种、《随园女弟子诗》二册。申刻,龚配京还《西夏书事》,复借《东都事略》。是日,闻名医吴浩然卒。

**五日(9月25日)**　小雨。午刻,与张文石书。未刻,赠东房婚仪。是日,闻人言廿三夜大风损伤田禾甚多,秋成又无望矣。

**六日(9月26日)**　雨。巳刻,吊金氏丧。是日,欲至乍浦,因雨不果。

**七日(9月27日)**　申刻大雨。辰、巳、午刻,附航船至平湖,候顾访溪,寄方子春书。未、申刻,附航船至乍浦,冒雨过卢揖桥宅,即候旧馆人钟敬亭。是夜留宿。

**八日(9月28日)**　热。辰刻,吊林丈金台丧。巳刻,谒徐雪庐先生,留中膳。未、申刻,候刘心葭、卜达庵、陈鹤亭。是日,知邵子雨澍卒。

**九日(9月29日)**　热。辰刻,陈鹤亭、刘心葭答候。巳刻,候赖紫山,午刻,钟五峰招同刘心葭、张巳卿等七人集源和馆。申刻,卜达庵答会。是日闻金山[此处涂去数字]。

**十日(9月30日)**　热。辰刻,赖紫山答候。巳、午、未刻,候刘丈瑞圃、许丈德水、陆春林、高继庵。酉刻,卢揖桥招宴,同席陈嵩甫等六人。

**十一(10月1日)**　热。申刻,过陈云巢宅。戌刻,偕揖桥等海塘步月。

**十二(10月2日)**　热。夜大雨。巳刻,复诣观海书院。午刻,刘筠庄来会。未、申刻,在霍将军庙观剧。

**十三(10月3日)**　雨。申刻,复过陆春林处。

**十四(10月4日)**　巳、午刻,偕陈鹤亭、卢揖桥、钟穆园、赖春圃游灯光山。时灯光寺重修初毕,布置颇工。酉刻,陈云巢助刻稿费二洋。

**十五(10月5日)**　巳刻,曹淡秋、邓静溪来会。未、申刻,在霍庙观剧。酉刻,陈云巢招饮,同席刘福泉等五人。戌刻,偕林雪岩等踏月。

**十六(10月6日)**　巳刻,访沈穆如。松江人,近寓乍浦卖画,别已十四年矣。午刻,敬亭设酌相待,同席刘心葭、卢揖桥等七人。

**十七(10月7日)**　午刻,赖紫山招宴,同席沈穆如、林雪岩、刘心葭、卢揖桥等七人。酉刻,偕穆如等登汤山绝顶。

**十八(10月8日)**　卯刻,告辞钟、卢二宅,揖桥见赠《古白山房诗》四卷,赵咒生对联一副、帐包一只,又助刻稿费一洋。辰、巳刻,附航船至平湖候方子春。午刻,子春留饮,同席顾访溪、郑春谷。名兰,吴江人。申、酉、戌、亥刻,同子春深谈,夜即留宿。是日,微有腹疾。

**十九(10月9日)**　辰刻,方子春借余骈体文二集一卷。巳刻,候顾访溪、顾柳溪。午、未刻,在顾宅见《切问斋文钞》,皆国朝人古文,分类编次,陆朗夫选本。戌、亥刻,与访溪、柳溪长谈。夜即留宿。

**二十(10月10日)**　雨。巳刻,寻张海门、高藏庵,皆不遇。午刻,候顾芝坪,留中膳。申刻,候卜达庵。是夜,仍宿顾宅。

**二十一(10月11日)**　巳刻,至竹远斋,观所刻骈体文,仅毕二卷。午、未、申、酉刻,附航船回家,知钱心园、陈岷初皆卒,余家俱已吊唁。

**二十二(10月12日)**　夜雨。巳刻,赠徐宿生《朱布衣诗钞》一册。申刻,家培坡馈火肉一蹄。

**二十三(10月13日)**　午刻,培坡招饮会亲酒,不赴。申刻,赠西房嫁资。

**二十四(10月14日)**　巳刻,寻周卜年,不遇,即往徐宿生处。是日闻王北樵卒。

**二十五(10月15日)**　辰、巳、午刻,改徐礼修文五首。申刻,宿生来,畅谈两时,托撰《蘋花溪记》。蘋花溪者,宿生祖墓所在也。

**二十六(10月16日)**

**二十七(10月17日)**　巳刻,赠周宅嫁资。午刻,候张文石,赠张枕石婚仪。未刻,与周卜年札。

**二十八(10月18日)**　重阅《骈体正宗》一过。

**二十九(10月19日)**　未刻,徐宿生来会。申刻,陈板桥即东堂来会,复求作《芦雪村居图记》,余见其稍循规矩,始许之。

## 九 月

**一日(10月20日)**

**二日(10月21日)** 为徐宿生作《蘋花溪记》。骈体。

**三日(10月22日)** 阅《袁文笺正》。

**四日(10月23日)** 为陈板桥作《芦雪村居图题词》。骈体。

**五日(10月24日)**

**六日(10月25日)** 午刻,张宅邀婚宴,不赴。

**七日(10月26日)** 以上三日,重阅《有正味斋全集》一过。

**八日(10月27日)** 巳刻,陈板桥来,见贻七律一章,又以《四六新书》四册借观。

**九日(10月28日)** 申刻,贻周氏冥资。滌烦先生卒。是夜,陈步瀛家火。

**十日(10月29日)** 阅《四六新书》。国初黄始评本,类皆酬应之文。

**十一(10月30日)** 作《洪更生先生传》。骈体。

**十二(10月31日)** 巳刻,吊周氏丧。申刻,张文石来会。

**十三(11月1日)** 午刻,赴张氏会亲酒,同宴周讷溪、叶鸿逵等二十四人。戌刻散席。

**十四(11月2日)** 微雨。阅《解大绅诗文集》。

**十五(11月3日)** 夜半月蚀。申刻,徐宿生借《袁文笺正》一部。

**十六(11月4日)** 午刻,赠钱棣山婚仪。

**十七(11月5日)** 作《曝书亭吊朱竹垞先生文》。骈体。

**十八(11月6日)** 午刻,取还龚配京《东都事略》一部。申刻,徐宿生还《袁文笺正》一部。

**十九(11月7日)**

**二十(11月8日)**

**二十一(11月9日)** 以上三日,重读沈选《唐宋八家文》一过。

**二十二(11月10日)**　作王荆公《原过篇书后》。骈体。巳刻,吊周卜年丧。卜年于二十日病没。

**二十三(11月11日)**

**二十四(11月12日)**

**二十五(11月13日)**　午刻,闻徐絅斋先生光灿卒。年九十五。

**二十六(11月14日)**　辰、巳、午刻,改徐礼修文五首。未、申刻,阅《魏郑公谏录》。

**二十七(11月15日)**　夜半小雨。重阅《陆宣公集》。

**二十八(11月16日)**　申刻,与陈蕴和小札。

**二十九(11月17日)**

**三十(11月18日)**　作《重修陆宣公祠堂碑》。骈体。

## 十　月

**一日(11月19日)**　巳刻,候邵虚斋。午刻,遣晋畲至李氏插香。

**二日(11月20日)**　巳刻,寄徐莲史、王秋桥书。午刻,为海昌马思淞题《思萱图》。七绝二首。

**三日(11月21日)**

**四日(11月22日)**

**五日(11月23日)**　夜小雨。重阅《张匠门诗文集》。是日,闻回逆张格尔复叛,官军失利,伤大将五人。

**六日(11月24日)**　辰刻,家弟自新溪抱病归,金秋圃同来。未刻,张文石来会。申刻,延徐兰江来治疾。

**七日(11月25日)**　辰刻,至张屋山处商事。

**八日(11月26日)**　申刻,复邀徐兰江来诊治家弟。

**九日(11月27日)**　以上三日,重阅《红楼梦》一过,以解烦闷。

**十日(11月28日)**　申刻,仍请兰江来治疾。

**十一(11月29日)**　午刻,赠叶氏婚仪。

**十二(11月30日)** 寒。摘录《四六新书》数百联。申刻,兰江复来诊疾。

**十三(12月1日)** 寒。改徐礼修文四首。

**十四(12月2日)** 巳刻,徐兰江来改方。

**十五(12月3日)** 夜细雨。巳刻,与张屋山札。午刻见邸报。知协办大学士江瑟莽先生薨,赐谥文端。

**十六(12月4日)** 雨。以上二日,重阅《吴诗集览》一过。

**十七(12月5日)** 巳刻,徐兰江来改方。

**十八(12月6日)**

**十九(12月7日)** 巳刻,顾访溪书来,并寄至所刊骈体文样本。午、未、申刻,校对骈体文误字。访溪已检校数次,尚有错字百余,甚矣,刻书之难也。

**二十(12月8日)** 巳刻,阅《扬州十日记》。江都王秀楚撰,记顺治乙酉夏天兵屠扬城事。午刻,徐兰江来改方。未刻,作书寄张海门。

**二十一(12月9日)** 巳、午刻,附航船到城,候顾访溪昆季,适其家有婚事,略谈数语而出。未刻,以所刊骈体文四卷付冯文焕刷订二百部,定价十洋。连前刻资廿二洋,一并付清。申刻,候陈白芬。是夜,宿于陆宅。

**二十二(12月10日)** 巳刻,候刘霞荘,寻何菘溪、高警庵、张海门,皆不遇。午刻,候冯少英,见其浑身素服,始知其尊人倚云于前月去世。未刻,问方子春疾,不得见,与冬郎谈片刻,顺便取还骈体续稿一本。申刻,至宝芸堂,买得《切问斋文钞》三十卷。价一千一百五十。宝芸堂主人言青浦吴西斋寄声道谢,将余所撰《西夏书事后序》已付剞劂。

**二十三(12月11日)** 巳刻,陆畹亭赠家乡肉二斤。午刻,复候顾访溪、张海门。未、申、酉刻,附张厚斋船还家。

**二十四(12月12日)** 巳刻,至张屋山、张文石两处议事。午后腹疾大作。

二十五(12月13日) 申刻,徐兰江来改方。

二十六(12月14日) 午刻,张屋山来会。

二十七(12月15日) 以上三日,阅《切问斋文钞》。

二十八(12月16日) 侵晨大雾。午刻,徐宿生来畅谈。

二十九(12月17日) 未刻,以书痛责陈蕴和。以其不肯还五年分条银,诡云扣在余处也。此人素有铁洞宫之号,于今观之,真名不虚传矣。

## 十一月

一日(12月18日) 作《请复鲁简肃公春秋二祭状》。其裔孙介庵所托也。

二日(12月19日) 侵晓大雾。阅《三家宫词》。

三日(12月20日) 夜细雨。申刻,招龚配京来一谈。

四日(12月21日) 午刻,寄费春林书。

五日(12月22日) 小雨。午刻,寄嘉善魏小石书。

六日(12月23日) 寒。未刻,至张文石处。

七日(12月24日) 寒。午刻,发顾访溪、方子春两书。

八日(12月25日)

九日(12月26日) 是日,晋翁开读《尔雅》。

十日(12月27日) 雨,夜渐大。以上二日,重阅《鲒埼亭集》。

十一(12月28日) 夜雨。巳刻,方子春覆书来。午刻,赠朱氏婚仪。未刻,两至张屋山处。

十二(12月29日)

十三(12月30日)

十四(12月31日) 巳刻,顾访溪覆书来。

十五(1828年1月1日) 巳、午、未刻,附航船到城,取新刻《木鸡书屋文钞》二百部,候顾访溪,赠以文稿四部,又以《大云山房集》借之。申刻,候顾芝坪,赠文稿一部。候冯少英,赠文稿一部。又寄赠方南园学师一部,方子春两部,张海门一部,朱鉴堂一部。酉刻,发刘筠庄、卢揖桥书,寄赠徐雪庐先生文稿两部,卢揖桥两部,许德水、刘瑞圃、林雪岩、陆春林、刘心葭、钟穆园、赖春圃、陈鹤亭、曹淡秋、陈云樵、邓晴溪各一部。是夜,宿于陆氏。

**十六(1月2日)** 昼夜大雨。巳刻,候高警庵赠文稿一部,寄赠何菘溪、卜达庵各一部。午刻,候沈蓉村,赠文稿一部,不遇。未、申刻,候陈白芬、程伊斋,各赠文稿一部。

**十七(1月3日)** 雨。巳刻,复候顾访溪。午刻,候鲁介庵,不遇,见其子邦焕。邦焕年甫十二,书法绝佳,且应对周旋,俱合礼度,此人异日之大器也。未刻,鲁介庵拜谢,赠以文稿一部。介庵言前日张晴厓学博,见余所作《请复鲁简肃公春秋二祭状》,叹为奇才,急欲一见,惜余到城已晚,晴厓先生于十四日起程之官山东矣。

**十八(1月4日)** 夜雨。巳、午、未刻,买舟回家。申刻,陈板桥来,乞余文稿一部,又取还《四六新书》四册。

**十九(1月5日)** 夜雨。巳刻,赠龚配京文稿一本。是夜,腹疾又作。

**二十(1月6日)** 昼夜大雨。巳刻,赠张屋山文稿一部。

**二十一(1月7日)** 巳刻,赠张文石文稿一部。

**二十二(1月8日)** 巳刻,代张秋莼题胡某《杏花春燕图》。七绝四首。午刻,赠龚氏婚仪。

**二十三(1月9日)** 申刻,徐宿生来会,赠以文稿一部。

**二十四(1月10日)** 是日,始将竹楼所抵田契卖于朱某,额租三石六斗五升,得价七十四洋,中张屋山。此事费心年余,又有张文石协助,始得了局,然已折去本钱七洋矣,知人不明,自悔何及。①

**二十五(1月11日)**

**二十六(1月12日)** 雨。

**二十七(1月13日)**

---

① “中张屋山”,原文如此。

**二十八(1月14日)**

**二十九(1月15日)**　以上三日,重读《唐诗别裁》一过。

**三十(1月16日)**　下午雨。午刻,借徐宿生《骆宾王集》十卷、《李元宾集》六卷。

## 十二月

**一日(1月17日)**　夜大雨。巳刻,代陈蕴和陪还五年分条银。九百三十。午刻,改徐宿生诗四首。"姜白石像""兕觥归赵""铁如意""东方未明之砚"。

**二日(1月18日)**　午刻,寄卢揖桥书。

**三日(1月19日)**　寒。巳刻,接到卢揖桥初一日书,并见赠蒲桃糕两匣,又附陈鹤亭简。

**四日(1月20日)**　雨。以上二日,将往时友人投赠之诗,遴其佳者,编录一册。

**五日(1月21日)**　巳刻,寄魏小石书,赠以文集一部,又寄赠柯小坡一部。午刻,寄陆兰堂、费春林书,各赠文集一部。未刻,徐宿生来会,以骆、李二集还之。

**六日(1月22日)**　巳刻,收到卢揖桥初三日复书。未刻,徐宿生赠书柜一张。

**七日(1月23日)**　大暖。

**八日(1月24日)**　更暖。

**九日(1月25日)**　忽寒。巳刻,吊徐氏丧,即为助理丧事,赠柯春塘文集一部。

**十日(1月26日)**　雨,有雪珠。午刻,徐宅招饮,余已吃中膳,不赴。

**十一(1月27日)**　大雪。戌刻,有大恚。

**十二(1月28日)**　午后复大雪。午刻,作书寄陆畹亭,痛责之。因其定亲六年,至今不肯完姻,我家母妹二人朝夕诟谇,致余无地自容故也。

**十三(1月29日)**　雪。辰刻,有大忿。

**十四(1月30日)**　午后雪止。巳刻,吊王氏丧。

**十五(1月31日)**

**十六(2月1日)**

**十七(2月2日)**　雨,夜更大。

**十八(2月3日)**　雨。申刻,陈板桥来会,投《下里集诗钞》一册。板桥言吴江郭频伽见余文集,大为惊骇,恨未识面。

**十九(2月4日)**　巳刻,接到顾访溪十四日书。午刻,作札复访溪。

**二十(2月5日)**　午后复雨,夜更大。巳刻,作岁暮感怀诗一首,将寄方子春,七律。近日河水涨溢,与黄梅水无异。

**二十一(2月6日)**　巳刻,发卢揖桥书,又寄文集两部。

**二十二(2月7日)**　大西北风。

**二十三(2月8日)**　未刻,龚配京赠绍酒一壶、熟脏一蹄。

**二十四(2月9日)**　巳刻,与徐礼修札。午刻,张文石赠笔资一洋。

**二十五(2月10日)**

**二十六(2月11日)**　昼夜雨,兼雪珠。

**二十七(2月12日)**　大雨竟日。

**二十八(2月13日)**

**二十九(2月14日)**　大西北风。

是岁约用钱九十四千。

# 道光八年戊子(1828),四十岁

## 鹂声馆日志

### 正　月

**一日(2 月 15 日)**　夜小雪。巳刻,作书寄方子春。是夜,梦家中一切细物皆变成巨物,且有一物化五物者。

**二日(2 月 16 日)**

**三日(2 月 17 日)**　以上两日重阅《切问斋文钞》一过。是夜,梦过一家有书楼三楹,大半余所未睹。

**四日(2 月 18 日)**　重阅《瓯北诗集》。

**五日(2 月 19 日)**　辰刻,有大忿。午刻,徐宿生来会。是夜,梦在一处考试,获隽者二十名,余在十九,又别取幼者五人,其首末俱戈姓。

**六日(2 月 20 日)**　午刻,家丽春招饮会亲酒,不赴。

**七日(2 月 21 日)**　大西北风,始晴。巳刻,晋畬开读《易经》。自十二月初八后雨雪连绵,阳乌闭匿,至是日始大晴。

**八日(2 月 22 日)**　未刻,柯春塘寄赠小洋钱一枚。

**九日(2 月 23 日)**

**十日(2 月 24 日)**　酉刻,卢揖桥书来。

**十一(2 月 25 日)**　辰、巳、午刻,率晋畬至新溪金氏拜节。未刻,候费春林,长谈数刻。是日,知叶竹溪卒。

**十二(2月26日)** 辰刻,复揖桥书。巳刻,候陆兰堂、陆秋山,赠秋山文稿一部。又过顾望山处,不值。午刻,费春林招饮保福酒,同宴王春水、陆讷斋、俞松门、陆湘涛等三十余人。酉刻散席。回至金宅,大醉呕吐。是日,知屈湘杜家衢卒。

**十三(2月27日)** 辰刻,寄嘉善唐秋涛书,附赠文稿一部。巳刻,陆小秋秋山长子、顾望山答拜。午刻,陆兰堂招饮,同席严少陵名权,金山庠生、陆秋山、林子梅、董时华等共八人。酉刻散席。

**十四(2月28日)** 巳刻,王春水来候,不值。午刻,韩岐仁招宴,同饮王南屏、顾望山等十余人。酉刻,陆秋山招饮,同席董香石、姚步瀛等八人。以上二日为酒所伤,不能豪饮。

**十五(2月29日)** 夜,大东南风。巳刻,候陆讷斋。午刻,复过秋山处,见其所撰《瘟疫新编》《闽游纪略》二种。

**十六(3月1日)** 雨。辰、巳、午刻,买舟至枫泾,访吴西斋,赠以文稿一部。西斋出视所著《明史纪事本末补》六十卷、《明史纪事本末续》二十卷,将付剞劂,乞余作序。许松南来会名进,娄县庠生,赠以文稿一部。酉刻登舟,西斋见赠《南唐书注》十八卷青浦汤运泰著、《西夏书事》四十二卷,余后序亦已刊就。又茶食四匣。亥刻,回至新溪。

**十七(3月2日)** 辰刻,寄青浦周泉南柬,附赠文稿一部。泉南名郁滨,与余神交十年矣。巳刻,陆秋山赋七律一章见赠。午刻,陆讷斋招饮,同席严少陵等四人。申刻,复过秋山处,见青浦陈兴宗、王肇和等所刊咏戏诗百余首。粗浅俚率,较余丁丑年所作,奚啻上下床之别。

**十八(3月3日)** 午刻,陈溶亭招小酌。戌刻,陆秋山招食蒸鳊鱼、白果燉鸡。味极鲜美。

**十九(3月4日)** 巳刻,过费春林处,见吕叔简先生《呻吟语》节抄。酉刻,秋山、讷斋置酒饯行。亥刻,接到卜达庵、陆畹亭急信。达庵书中言有人荐余杭州义学一席,已经说定,招余到城一决。

**二十(3月5日)** 雨,夜更大。辰刻,遣晋馚先回家。巳、午刻,附新溪航船到城,即候卜达庵。知武林义学司事者为新坊周补年,学中有文斋、经斋、蒙斋三等，为师者有十余人，周君聘余为文斋西席。未刻，同达庵候王心梅，名泰来，嘉兴增生，即为余荐馆者。赠以文稿一部。酉刻，候顾芝坪、冯少英，少英留夜膳。是夜，宿于卜宅，见新刻《浙西六家诗钞》。吴榕园所选。

**二十一(3月6日)** 辰刻，陆步云来会，王心梅答拜。巳刻，候柯菘溪，不遇。鲁介庵来访，适遇诸途，即邀至馆中小酌。介庵言余所赠伊文稿已转赠丁卯桥先生。未、申刻，附航船回家，接到方子春复书。酉刻，至龚配京处，辞其令嗣附读，并王颂鲁子亦辞去之。

**二十二(3月7日)** 辰、巳、午、未刻，整顿书籍衣服等物。申刻，赠龚氏添箱两色。巽和次女将出嫁也。戌刻，发卢揖桥书。是日，又赠周、王、张三家婚仪。

**二十三(3月8日)** 雨，夜更大。辰刻，候张文石，赠以茶食二种。巳刻，徐宿生以诗四首乞改。午刻，龚配京饯行，同席沈慎斋等六人。亥刻始散。

**二十四(3月9日)** 夜微雪。戌刻，率晋畬登舟。是日，付家中日用钱十七千。

**二十五(3月10日)** 辰刻，到平湖换舟，同王心梅及晋畬起程。

**二十六(3月11日)** 在舟中与心梅谈论世务。

**二十七(3月12日)** 下午雨。午刻至杭州，赴宗文义塾拜会司事周补年名士琏赠以文稿一部。未、申、酉刻，与陈尹村名嗣尧，平湖庠生、李次来名崇泰，钱唐庠生、周岐封名鼎泰，仁和庠生、周珊山名均，与岐封从昆弟，皆补年之孙聚谈。

**二十八(3月13日)** 夜雨。巳、午刻，同王心梅及晋畬游吴山。未刻，晤张海六，名巨鳌，嘉兴庠生赠以文稿一部。戌刻，题女史张贻昭所画桃花虞美人小幅名珍，即珊山之室。七绝二首。

**二十九(3月14日)** 巳刻，改珊山、岐封诗各二绝句。亦系题画诗。未刻，作《吴山登眺》一首五律。

**三十(3月15日)** 雨，夜更大。申刻，塾中配定文、经、蒙三斋师席,余与张海六俱坐文斋,拈阄分徒,余得吴安泰等六人,海六得周均等六人。

## 二　月

**一日(3月16日)** 雨,有雪珠。巳刻开馆,先受业者吴安泰、宣宗太、严振庸、董佳基四人,吴、宣俱已完篇,严、董仅作破承。将晋翫送入王心梅经斋。午刻,以文稿一部与吴安泰。

**二日(3月17日)** 傍晚下雪。午刻,寄卜达庵书,并赠朱学使新考卷一部。是日,浑身骨节俱痛。

**三日(3月18日)** 辰刻,题周补年梨花白燕便面七律,题陈尹村《寿意图》五律。

**四日(3月19日)** 雨。辰、巳刻,改吴、宣二子课本。"我未见力不足者""隔帘微雨杏花香"。午、未、申、酉刻,阅近科馆阁诗钞。是夜,梦亡友周霞客寄余书札一通。

**五日(3月20日)** 巳刻,晤高越垞,名凤台,山阴举人,现捐员外郎。赠以文稿一部。午刻,汪靖庵名保熊,钱唐庠生、张也堂名堂,钱唐庠生来会。申刻,塾中设筵待诸西席,同席张半岩名鉴,钱唐庠生等十余人。戌、亥刻,代张海六、王心梅、李次来、周岐封、珊山作会课试帖五首。题:"文章有首尾"得"樵"字。是日,宗文义塾拟省试课三文一诗。

**六日(3月21日)** 夜雨。阅《南唐书注》。

**七日(3月22日)** 雨。抄馆阁诗二十首。戌刻,晤沈小琴。名华国,钱唐庠生。

**八日(3月23日)** 夜大雨。辰、巳刻,抄馆阁试帖十四首。午刻,作宗文义塾会课启。骈体。未刻,题周纯如《看桂图》。七古。

**九日(3月24日)** 大雨。抄馆阁试帖十九首。

**十日(3月25日)** 雨。辰、巳刻,改吴、宣二生课卷。"执射乎"二句,"速藻"。午、未、申刻,抄馆阁试帖十六首。戌刻,戴佩书来会。名道绅。

**十一(3月26日)** 始晴。阅《南唐书注》。

**十二(3月27日)** 辰、巳刻,题周补年《求贤安塾图》。七古。申刻,高淦泉来会。

**十三(3月28日)** 辰刻,赴敷文书院甄别,余填卜葆鈖名。达庵所托。与考生童约有千余人。巳、午、未刻,作卜达庵卷。"既庶矣"二句,"共登青云梯"得"云"字。代门人吴安泰作童卷。"子谓韶","五经无双"得"勤"字。又代王心梅作试帖。申刻,率晋鈖复游吴山。亥刻,周氏招饮试儿酒,不赴。因塾中为师者张海六等莫非胁肩谄笑之人,余素性刚方,实不能效此丑态,故凡塾中有事,往往不与焉。

**十四(3月29日)** 辰、巳刻,抄骈体文四首。未刻,题周补年《买牡丹记》。七绝二首。

**十五(3月30日)** 夜雨。辰、巳刻,抄骈体文四首。午刻,寄单西山大令书,并赠文稿一部。西山名朝诏,湖北人,丙戌进士,候补知县,其公馆即在义塾对门。

**十六(3月31日)** 午刻,题周补年《寿意图》。七律。

**十七(4月1日)** 辰、巳、午、未刻,作《灯谜录序》。骈体。申刻,高越垞寄赠慈溪方传山孝廉名积年制艺遗稿一部。

**十八(4月2日)** 未、申刻,在温帅庙观恒盛班剧。

**十九(4月3日)** 辰刻,作七律一章,赠高越垞。巳、午、未刻,改吴、宣二生课本。"好驰马试剑","一寸楼台"。

**二十(4月4日)** 暴热。巳刻,偕戴根堂嘉兴人、陆松岩名祖棆,钱唐庠生及晋鈖下湖船。午刻,游圣因寺、花神庙、金沙港。金沙港向已毁废,近复修饰,遂竟光彩炫目。未刻,谒岳鄂王墓。申刻,登孤山。戌刻,作《西湖春游》二首。七律。

**二十一(4月5日)** 巳刻,偕王心梅及晋鈖游净慈寺小有天园。申刻,至寓赏楼书坊,购得《唐才子传》十卷、《渔洋山人文略》十四卷、《樊榭山房文集》八卷、《牧牛村舍外集》四卷、《倚杖吟》二卷。共九百文。是夜,琵琶巷火。

**二十二(4月6日)** 辰刻,偕吴安泰及晋翂游紫阳山。午刻,谒伏虎庙。在抚宁巷,庙中有扁,颜曰“南朝一人”,盖即宋时李忠愍公讳若水之神也。相传公从钦宗至青城,大骂金人,为金人击死,死之日有虎守之不去,故庙称伏虎云。申刻,至二酉堂书肆,买得《小仓山房文集》三十五卷。九百文。酉刻,见邸报。知去冬十二月官军大破回虏于喀尔铁盖山,生擒首逆张格尔,上大悦,封长龄为威勇公,杨芳为果勇侯,贝子伊萨克晋封郡王,余官升赏有差。

**二十三(4月7日)** 午后雨。读《小仓山房文集》。

**二十四(4月8日)** 雨。午刻,改吴安泰会课文,大为塾中诸生所不悦。恐得第一将夺取重彩也。题:“不曰坚乎”四句。

**二十五(4月9日)** 阅《茹古集赋钞》《扫红仙馆汇刻赋钞》,择其佳者二十余首,委及门诸子分抄。

**二十六(4月10日)** 午后雨。选录续刻试帖诗课二十二首。

**二十七(4月11日)** 阅《樊榭山房文集》。是日,始自课晋翂,缘王心梅处功课缺少也。

**二十八(4月12日)** 阅《渔洋山人文略》。

**二十九(4月13日)** 作《孙夫人论》。骈体。巳刻,见敷文书院甄别案。余所作童卷得上卷,十五名生卷不取。是夜,江口火。

## 三　月

**一日(4月14日)** 日食。辰、巳刻,改吴、宣二生课本。“远者来”,“天教看尽浙西山”。午、未、申、酉刻,阅辛文房《唐才子传》。是夜,梦应试题出“欸乃”二字,甚奇。

**二日(4月15日)** 辰、巳刻,代吴生作敷文书院课卷。“能竭其力事君”,“杨柳依依”得“依”字。是日,心大不悦。自就馆义塾以来,司事周补年傲慢无礼,强作解事,每倩余作诗古文,必再三改乃已,又或面加讥诮。加以供膳甚薄,一月中持斋者六日,其余一日给肉一日给鱼,每食必八人同席,匕箸交争,全无体制。他若烟酒诸物,费皆自出,并茶水亦不易求。甚矣,惫也,呜呼，苍天使我如此！

**三日(4月16日)**　午后雨。巳、午刻，又代吴生作敷文书院课卷。“草上之风”，“铸剑戟为农器”得“农”字。

**四日(4月17日)**　抄七古四首、七律十五首。

**五日(4月18日)**　午刻，改宣生课本。“则谁与”至“冯河”，“童子开门放燕飞”。

**六日(4月19日)**　是日，张海六脱去。海六，妄人也，到馆以来，未曾安分教书，又文理欠通，大为旁人讪笑，而彼且扬扬自得也，每日出外饮酒观剧，忽然篡取塾中数十洋，撒手去矣。

**七日(4月20日)**　小雨。以上二日，复细阅《小仓山房文集》。

**八日(4月21日)**　午刻，陪高越垞饮于宗文义塾，畅论诗古文词，所见与余颇合。

**九日(4月22日)**　小雨。作吴西斋《明史纪事本末续编序》。骈体。

**十日(4月23日)**　辰刻，寄高越垞书，附旧作古今体诗二十余首。越垞选刻《国朝诗约》，有八十卷，故托其甄录数首，厕名其间耳。

**十一(4月24日)**　辰、巳、午刻，改吴、宣二子课本。“晏子以其君显”“湖堤美人马射”。是日，塾中诸师始分席而食。

**十二(4月25日)**

**十三(4月26日)**　雨。

**十四(4月27日)**　以上三日，重阅《切问斋文钞》。

**十五(4月28日)**　作《韩熙载论》。骈体。

**十六(4月29日)**　辰、巳、午刻，改吴、宣二子课本。“不知老之将至”一句，“越酿”。

**十七(4月30日)**

**十八(5月1日)**

**十九(5月2日)**　小雨。以上三日，重阅《三国史》。

**二十(5月3日)**　雨，夜更大。阅《唐才子传》。

**二十一(5月4日)**　大雨。作《白沃使君庙碑》。骈体,鲁介庵所托。

**二十二(5月5日)**　夜雨。辰、巳、午刻,改吴、宣二子课本。"吾学周礼今用之","一榼寻花又送春"。未、申、酉刻,观恒盛班戏于吴山东岳庙。戌刻,与李次来等饮立夏酒。

**二十三(5月6日)**　雨。辰、巳、午、未刻,作书与高越垞。骈体。申刻,见敷文书院朔望课两案。余所作《能竭其力事君》文得上卷第二,《草上之风》文在上卷十三。

**二十四(5月7日)**　夜大雨,始雷。未刻,塾中门楼火发,幸连日霖雨,屋瓦未干,即时扑灭。

**二十五(5月8日)**　午刻,为周小补作《两妻出殡讣启》,散体。其父补年大以为不然,命其孙均改作。酉刻,门楼复起火,旋又救熄。补年貌为君子,其实阴贼险狠,积怨于人不少,连日之火盖有人纵之也,坐此馆者得毋如燕巢幕上乎。

**二十六(5月9日)**　始晴。作《借书图记》。骈体。

**二十七(5月10日)**　午后又雨。辰、巳刻,改吴、宣二子课本。"次也困而学之""囊琴欲奏知音少"。

**二十八(5月11日)**　巳刻,高越垞寄赠续刻试帖诗课四卷。

**二十九(5月12日)**　雨。作刘瑞圃《南涧访僧图记》。骈体。

**三十(5月13日)**　作书与白牛和尚。骈体。白牛名觉因,金山人,住持吕巷某寺,能诗能书而尤长于画,余慕之而未识也。

## 四　月

**一日(5月14日)**

**二日(5月15日)**　辰、巳、午刻,代吴生作敷文书院课卷。"友多闻益矣","拍水沙鸥湿翅低"得"沙"字。

**三日(5月16日)**　巳刻,吊周氏丧。柩在定安巷,距义学四里。午刻,至涌金门外望湖上山色。戌、亥刻,饮于周氏丧所。是夜,周氏叔侄昆季互相厮打,余已回塾,幸不目睹。

**四日(5 月 17 日)**　巳、午刻，改吴、宣二子课本。“迨天之未阴雨”“端坐如塑”。是日，晋龄有疾。

**五日(5 月 18 日)**　日中雷雨。

**六日(5 月 19 日)**　以上二日读韩柳文。

**七日(5 月 20 日)**　作《花将军传》。骈体，将军名花连布，乙卯岁征铜仁红苗，力战阵亡。

**八日(5 月 21 日)**　夜大雨。巳、午刻，作《柳子厚放鹧鸪词书后》。骈体。是夜臂痛。

**九日(5 月 22 日)**　午前雨。作书四通，将寄吴西斋、陈溶亭、刘瑞圃、卢揖桥。

**十日(5 月 23 日)**　巳刻，为顾石泉题《学画图》。七绝三首。申刻，张海门、卢揖桥书来。海门于二月上旬入都，此书大约发于临行时，今始收到。

**十一(5 月 24 日)**　巳刻，改吴生课本。“文武之道”“读画”。酉刻，以所受周补年苦趣诉王心梅，拟端阳节辞馆。

**十二(5 月 25 日)**　评阅卢揖桥古今体诗七十五首。内可取者，《白莲寺》《杨柳湾》《乳溪晚步》《酬俞瘦山》《赠刘乙斋》《送别陈心泉》诸作，俱有缠绵不尽之思，余仅平妥耳。

**十三(5 月 26 日)**　暴热。辰、巳刻，有盛怒。补年无礼更甚，欲留则朝不待夕，欲去则行李甚多，无力雇舟，势如万箭攒心矣。未刻，周岐封以余郁闷，邀同王心梅登紫阳山，游宝成寺，访飞来石。申、酉刻，游城隍山，过东岳庙，观三元班剧。岐封即补年之孙，亦大不满于乃祖而以余之受辱为可怜，可见人情天理之公，犹有一线存焉。

**十四(5 月 27 日)**　更热。日晡，微雨有雷。

**十五(5 月 28 日)**　是日，晋龄开读《左传》。

**十六(5 月 29 日)**

**十七(5 月 30 日)**

**十八(5 月 31 日)**　巳刻，改吴、宣二子课本。“岂惟口腹有饥渴之害”。

**十九(6月1日)**　申刻,改周岐封会课文。"固天纵之"一节。

**二十(6月2日)**

**二十一(6月3日)**

**二十二(6月4日)**　上昼雨。

**二十三(6月5日)**　下午雨。

**二十四(6月6日)**　申刻大雨。

**二十五(6月7日)**　以上三日,复细阅《三国史》一过。

**二十六(6月8日)**　夜雨。辰、巳、午刻,改吴、宣二生课本。"吾其为东周乎","乐则韶舞"二句,"水浊谁能辨真龙","家在梦中何日到"。

**二十七(6月9日)**　大雨。

**二十八(6月10日)**　雨。以上二日重阅《南宋杂事诗》一过。是夜,梦有人赠予阮大铖画数幅。

**二十九(6月11日)**　未刻,改周岐封会课文。"书云孝乎"三句。

## 五　月

**一日(6月12日)**　热,夜大雨。是日,将辞馆回家,周补年不肯雇舟,并不与端阳束脩。余不胜痛愤,竟日不食。

**二日(6月13日)**　大雨竟日。

**三日(6月14日)**　大雨竟日夜。酉刻,王心梅沽酒,为余解闷。

**四日(6月15日)**　大雨竟日。巳刻,闻新城、桐庐两县皆被大水淹没。

**五日(6月16日)**　雨。申刻,与王心梅等四人公市酒脯作端阳会。

**六日(6月17日)**　始晴。未刻,偕周岐封、王心梅至敷文书院,登魁星阁,览左江右湖之胜,便访黄岩林西园名藩,附生、玉环张海甸名英风,廪生、仙居张蕊宫名丽生,廪生。申刻,游净慈寺,还过漪园。在白云禅院内。

**七日(6月18日)**　申刻,张海甸答访。是日,愁闷无聊,忍饿终日，而补年置若罔闻也。

**八日(6月19日)** 未刻，陈听松过会。名涛，钱唐庠生。

**九日(6月20日)** 日中雨。巳刻，周补年始认还熟食烟酒费十洋。申刻，始附嘉兴李氏航船，王心梅送至舟边。

**十日(6月21日)** 小雨。巳刻，过长安坝。一路大水弥漫，睹之悽恻。

**十一(6月22日)** 卯刻，次嘉兴，换小舟，戌刻还家。始知家中二凶因余不在，肆行无忌，初四夜乘醉闯入余卧房抢取木鸡书屋文稿三十余本，以内子哭喊，惧而缴还，然此事实非二凶本意，盖钱莲舟、陈东堂等挑唆故也，其后余细为检阅，仍失去文稿四本。

**十二(6月23日)** 午后小雨。是日有疾，盖积怒所致也。

**十三(6月24日)** 辰刻，候龚配京昆仲。午刻，龚氏留饮。

**十四(6月25日)** 卧床竟日。

**十五(6月26日)** 午刻，寄卢揖桥书。

**十六(6月27日)**

**十七(6月28日)** 辰刻，卢揖桥买舟来问疾，赠洋一枚，又茶食二匣，钟穆园、钟五峰各寄馈一洋。午刻，留揖桥中膳，食毕即去。揖桥言外间忌余者蜚言如雨，有檄文一篇，传示远近，曾在观海书院闻之。

**十八(6月29日)** 酉刻，徐宿生寄信见招。

**十九(6月30日)** 午刻，寄徐宿生、张文石札。未刻，张文石来会，谈二时许。

**二十(7月1日)** 热。午、未刻，阅徐春田《红亭日记》。是夜，梦游名园，奇花异树，万绿参差，殆非人间所有。游至第三间，忽然梦觉，同游者一姓陆一姓李。

**二十一(7月2日)** 热。

**二十二(7月3日)** 大热。

**二十三(7月4日)** 大热。

**二十四(7月5日)** 更热，日入雷雨。巳刻，至徐宿生处，借《明诗综》一百卷,宿生亦借余《南唐书》一部。是日,闻陆西解树兰卒。

**二十五(7月6日)** 大雨。午刻,家丽春招饮。

**二十六(7月7日)**

**二十七(7月8日)** 巳刻,答候张文石。

**二十八(7月9日)** 大热。卯刻,寄陆秋山书。巳刻,徐宿生还《南唐书》。是夜,梦获银一包。

**二十九(7月10日)** 大热,午后雨。午刻,评点徐宿生诗四十二首,略加删润。

**三十(7月11日)** 午前雨。

## 六 月

**一日(7月12日)** 是日,抄明诗四十三首。酉刻,卢揖桥书来,立即答寄。

**二日(7月13日)** 抄明诗廿四首。辰刻,寄新溪金氏书。

**三日(7月14日)** 黄昏雷,小雨。抄明诗四十首。

**四日(7月15日)** 抄明诗四十九首。

**五日(7月16日)** 热。抄明诗六十一首。

**六日(7月17日)** 大热。抄明诗六十二首。

**七日(7月18日)** 大热。抄明诗七十二首。

**八日(7月19日)** 大热。抄明诗五十四首。

**九日(7月20日)** 大热。黄昏雨,有迅雷。抄明诗五十首。

**十日(7月21日)** 午后雨,有疾雷。抄明诗八十四首。

**十一(7月22日)** 夜半大风雨。抄明诗七十五首。

**十二(7月23日)** 抄明诗五十一首。

**十三(7月24日)** 热。抄明诗七十首。

**十四(7月25日)** 大热。抄明诗五十三首。

**十五(7月26日)** 大热。抄明诗六十二首。

**十六(7月27日)** 清晨雷,日晡复雷。抄明诗七十二首。

**十七(7月28日)** 日入,大雷雨。

**十八(7月29日)** 黄昏雷,小雨。巳刻,以《南唐书注》借与龚配京。

**十九(7月30日)** 重阅《仓山诗集》。

**二十(7月31日)** 热。辰刻,徐宿生来会。

**二十一(8月1日)** 毒热,夜更甚。重阅《清素堂文集》。

**二十二(8月2日)** 毒热,夜更甚,枕席无异炉炭。重阅《续同人集》。

**二十三(8月3日)** 恶热更甚,余四十年来所未遇者。巳刻,吊张氏丧。

**二十四(8月4日)** 恶热尤甚,昼夜如受炮烙之刑。

**二十五(8月5日)** 夜热气稍减。

**二十六(8月6日)** 午刻,吊王氏丧。

**二十七(8月7日)**

**二十八(8月8日)** 辰、巳刻,附徐宿生舟至平湖。午刻,候陆畹亭,即留饮。未刻,候鲁介庵,以所作《白沃使君庙碑》付之。接到顾访溪五月廿四日书。申刻,候顾春樵。酉刻,介庵邀同春樵宴于元兴馆。是夜,宿于陆宅。

**二十九(8月9日)** 午后,骤雨三次。辰刻,候卜晓岩、顾芝坪。巳刻,寄卢揖桥书。午刻,候陈白芬、何菘溪,皆不遇。申刻,复至介庵处,介庵赠文格一束。王梦阁见访,赠以文稿一部。是夜,介庵留宿。夜间,阅《袁香亭诗集》,周肖联《黔陬草》,卞雅堂、顾耕石倡和诗集。

**三十(8月10日)** 巳、午、未刻,附航船至新溪。申刻,过讷斋处。酉刻,候陆兰堂。戌刻,金秋圃招同林石庵叙饮。

## 七　月

**一日(8月11日)** 巳刻,候费春林,畅谈两时。春林言吴西斋春夏以来大病垂危,近渐痊愈。午刻,陆讷斋招饮时和馆。申刻,候陆小秋。

**二日(8月12日)**　辰刻,寄赠曹雪庄名相骏,金山庠生文稿一部。巳刻,至春林处,遇蒋峄南。名桐,金山庠生。午刻,陆湘涛招同戈牧亭、钟欧江叙饮。申刻,候贾蘅石,见其所著《表微录》。皆记国朝轶事。酉刻,陈溶亭、李香岩来会,即招小酌。

**三日(8月13日)**　卯刻,途遇李云帆。辰、巳刻,附新溪航船至平湖。午刻,候王梦阁,未刻,候陈白芬、冯少英。酉刻,鲁介庵招饮,复留宿,谈至三鼓而寝。

**四日(8月14日)**　午后微雨。辰刻,陆梅溪来访。名焕。巳刻,王梦阁招同鲁介庵小饮。午、未、申刻,附航船回家,收到卢揖桥初一日复书。

**五日(8月15日)**　巳刻,至徐宿生处,与陆薇卿一谈。

**六日(8月16日)**　小雨。巳刻,金秋圃来,留中膳。申刻,赠龚配京鸡子十二枚。

**七日(8月17日)**　阅苏诗。

**八日(8月18日)**　巳刻,寄鲁介庵、顾春樵书。与春樵订秋试同寓之约。

**九日(8月19日)**　热。

**十日(8月20日)**　热。申刻大雨。

**十一(8月21日)**　夜雨。申刻,徐宿生来会,言浙江正考官李公宗瀚、副考官但公明伦。李公字北溟,江西临川人。但公字敦五,贵州广顺州人。

**十二(8月22日)**　酉刻,鲁介庵复书来。

**十三(8月23日)**　大热,夜更甚。

**十四(8月24日)**　恶热。夜不能寐。

**十五(8月25日)**　毒热。辰刻,家无赖子奇六诈取大钱二百。酉刻,复为奇六所詈,余不与校。

**十六(8月26日)**　毒热。辰、巳刻，改徐宿生诗数首。是夜，梦有屠姓者馈予玉器十余种。

**十七(8月27日)**　毒热。申刻，代徐宿生挽钱集园。七古。

**十八(8月28日)**　毒热。午后有雷无雨。

**十九(8月29日)**　仍热。

**二十(8月30日)**　夜毒热更甚。是日心有忧郁。

**二十一(8月31日)**　稍凉。辰刻，寄顾春樵书。是日，镇上祷雨。

**二十二(9月1日)**　巳刻，张文石来会。

**二十三(9月2日)**　午刻，顾春樵复书来。

**二十四(9月3日)**　巳刻，龚配京还《南唐书注》，又借《觚剩》《熙朝新语》二种。未刻，张文石赠月饼、雪片二种，西瓜二枚。

**二十五(9月4日)**　戌刻有电，夜热。巳刻，徐宿生来会。是日，有人言杭州自端阳以来未曾降雨，绍兴亦然，已满目荒景矣。

**二十六(9月5日)**　午后微有雷声。是日，有人言金山卫以东田禾大半干死。

**二十七(9月6日)**　大热。

**二十八(9月7日)**　申刻雨。

**二十九(9月8日)**　辰、巳刻，附航船至平湖，候顾氏昆仲。午刻，鲁介庵招饮永和馆。是夜，宿于顾宅。

## 八　月

**一日(9月9日)**　夜小雨。辰刻，沈蓉村邀同陆虹村小集义和馆。酉刻，过卜晓岩处。

**二日(9月10日)**　子刻，同顾春樵、访溪、柳溪、黄荦春辂、潘东序镛铭登舟。

**三日(9月11日)**

**四日(9月12日)**　大雨。巳刻到省，冒雨行十里至张御史巷，寓郭蓉塘宅。名曾亮,丙午副榜,年八十四矣。寓中先有金半峰孟坚、郑小宋蟠二人,共八人同寓。

**五日(9月13日)** 上午雨。巳刻,卢揖桥来会。言代余买誊录费六洋半。午刻,方子春、顾蓉坪来会。是日,知遗才不取者通省一百余人。平湖二人,生徐步濂,监廖羹梅。

**六日(9月14日)** 巳刻,至高继庵寓。午刻,观迎试官。申刻,施蔬巢过会。

**七日(9月15日)** 是日,整顿考具。

**八日(9月16日)** 寅刻入场,今科先点嘉兴,故入场独早。坐东巨三十三号,与秀水董枯匏燿、归安闵仍山思勉同号。余与仍山已同号三次矣。是夜,梦见先君子。

**九日(9月17日)** 热。丑刻出题。首:"以服事殷周之德";次:"诚者非自成己"至"知也";三:"盈科而后进"三句;诗:"湖光尽处天容阔"得"天"字。戌刻完卷。

**十日(9月18日)** 热。巳刻出场。知昨日寓中被窃,郑小宋、黄辇春、金半峰三人失去衣服十六七件,约五十余洋,余获幸免。

**十一(9月19日)** 大热,黄昏雷雨。卯刻入场,坐东成十九号,与同邑施笙六汝懋、陈辅之维佐、长兴丁绎旃炳巽同号。辰、巳、午、未刻,黄静园、柯小坡、魏小石、王心梅等陆续来会。是夜,号中水漏,身卧雨中竟夜。

**十二(9月20日)** 上午大雨,天气陡寒。丑刻出经题。《易》:"君子以申命行事";《书》:"若虞机张"三句;《诗》:"不闻亦式"二句;《春秋》:"夏齐侯卫侯胥命于蒲'桓公三年'";《礼》:"是月也易关市"五句。午刻完卷,戌刻誊毕。是夜,失冻,有腹疾。

**十三(9月21日)** 卯刻出场。

**十四(9月22日)** 夜雨。辰刻入场,坐西师贰号。是号嘉兴府惟余一人。

**十五(9月23日)** 上午雨。卯刻出策题。一《左传》,二氏族,三恺旋，四史例，五蚕桑。戌刻出场，接考无人，自携考具回寓，污泥满体。

**十六（9月24日）**　夜大雨。申刻，候柯小坡。

**十七（9月25日）**　大雨。午刻，至书肆购得鲁秋塍文钞十二卷、秦留仙文集六卷、汪松泉文集廿二卷、钱竹汀《潜研堂文集》五十卷、杭堇浦《岭南集》八卷，共钱一千二百。未刻，过贡院前观一二场，贴出者约二百余人，三场尚未贴出。是日，魏小石招宴西湖，因雨不克赴。

**十八（9月26日）**　巳刻，同寓七人登舟。金半峰因丁祖母忧，于十六日先去。

**十九（9月27日）**

**二十（9月28日）**　寅刻，回至平湖。巳刻，候鲁介庵，赠以杭仪二种。未、申刻，同介庵访沈敝堂恭寿，又访王蕉园大墉，遇陆松坪潢。酉刻，与顾访溪、陆跃渊洏等饮于介庵处，见张芦江文集。

**二十一（9月29日）**　热。卯刻，鲁介庵借《秋塍文抄》一种。巳刻，候方子春。午刻，子春留饮，谈至日昃而回。是日，结考费，除誊录外，尚费十二洋。

**二十二（9月30日）**　热，黄昏大雷雨。巳刻，与王梦阁茗话。未、申、酉、戌刻，趁航船回家。是日，见直省学政单，浙江即正考官李公宗瀚，余友徐辛庵作广东学政。

**二十三（10月1日）**　辰刻，赠龚巽和杭仪二种。午刻，赠张文石杭仪二种。申刻，邵虚斋来会。是夜，梦与唐秋涛观剧。

**二十四（10月2日）**　巳刻，吊章氏丧。未刻，徐宿生来会。

**二十五（10月3日）**　阅《阴骘文图注》。

**二十六（10月4日）**　小雨。阅《苍岘山人文集》。

**二十七（10月5日）**　午后小雨。辰刻，寄卢揖桥书。巳刻，候张文石。午刻，文石留饮，谈至黄昏而返。

**二十八（10月6日）**　夜雨。阅《潜研堂文集》。

**二十九（10月7日）**　雨。辰刻，王心梅书来，附至宗文义塾补送端节脩金十洋。申刻,过叶书人处,书人告借《律赋蕊珠二编》。

**三十(10月8日)**　午刻,张文石来会。

## 九　月

**一日(10月9日)**　卯刻日食。午、未刻,阅周忠介公《烬余录》。是夜,梦顾芝坪在戏场中评阅文字。

**二日(10月10日)**　阅汪松泉文集。

**三日(10月11日)**

**四日(10月12日)**

**五日(10月13日)**　辰、巳刻,抄骈体文三篇。未刻,见邸抄。上谕生监许用银顶不得用金,以半年为限。

**六日(10月14日)**　申刻,闻乡试三场,后补贴者甚众,平湖有十余人。其姓名可知者:朱善旂、陆加树、屈慎旃、王大墉、潘镛铭、张儒廉、施焕、崔槐、陆照、王梦雷、吴飞熊。

**七日(10月15日)**　辰刻,卢揖桥复书来,并赠蛋毬、太史饼两物。

**八日(10月16日)**　申刻,徐宿生、钱棣山来会。

**九日(10月17日)**　辰刻,以乡榜事卜诸关庙,得二十七签。又卜诸雷神,得四十一签,语皆不吉。

**十日(10月18日)**　辰刻,秋闱报罢。平湖县学无一中式者,独中府学钱福昌,名在第四。午刻,至龚配京处,即留饮。

**十一(10月19日)**　巳刻,寄鲁介庵、郑小宋书。申刻,高维岳来,乞文稿一部。

**十二(10月20日)**　雨。午刻,至龚配京处,赠以《小仓山房文集》六本小板,配京即留饮,谈至人定而返。

**十三(10月21日)**　辰刻,始见乡榜全录。解元永嘉马昱中,嘉府共中正榜十二人,副榜一人,平湖独脱。巳刻,寄吴西斋、魏小石、陆兰堂书。

**十四(10月22日)**　辰刻，王心梅书来。申刻，龚配京还《觚剩》《熙朝新语》二部。

**十五(10月23日)**　辰、巳、午刻，附航船到城，即候王心梅，赠以《昔柳摭谈》八卷。心梅言，中秋后杭州宗文义学司事周补年为魏彭年孝廉所逐，其余师徒六七十人一切斥退，余于端节先辞，尚不失为智者。未刻，候卜达庵、何菘溪。菘溪即留对酌。酉刻，复至王心梅处小饮，夜即留宿。是日，寄赠冯竹生文稿一部。

**十六(10月24日)**　辰、巳刻，附航船往乍浦，至卢揖桥处，赠以《西夏书事》四十二卷、《有正味斋初刻》二十二卷。午刻，至钟穆园处，赠以《茹古集律赋》《方传山制艺》二种。酉刻，候陈鹤亭、曹淡秋。淡秋留饮，二鼓散席，回至钟宅就宿。是日，借曹淡秋《香雪文钞》十二卷。乾隆间天都曹学诗撰，其骈体文才气浩大，远出善卷、思绮之上，而甫及百年，已无人知之者，可慨也夫。

**十七(10月25日)**　辰刻，晤金山贾瞻白。庠生。巳刻，过观海书院，山长颇有恶言，余亦不屈。候刘筠庄，见赠《浙西六家诗钞》一部，又借得王柳村《国朝今体诗选》一本。午刻，候刘心葭，不遇。即候林雪岩。申刻，陈鹤亭、曹淡秋答访，鄞县陆二江来会。名绍栻，庠生。酉刻，饮于揖桥处。

**十八(10月26日)**　辰刻，候高继庵。巳刻，刘筠庄答候。未、申刻，观剧于靛青会馆。

**十九(10月27日)**　夜雨。巳刻，高继庵答候，不值。午刻，林雪岩答会，为余评点骈体三篇。未刻，候柯春塘。申刻，过徐翰香、刘乙斋两处。

**二十(10月28日)**　雨。在卢揖桥处谈心竟日。

**二十一(10月29日)**　雨夜更大。午刻，刘心葭答会。未、申刻，观剧于靛青会馆。

**二十二(10月30日)**　大雨。辰刻，寄赠翁噩生文集一部。巳刻，邓晴溪来会。言平湖荐卷六人：何庆熙、罗翰、吴之俊、万光霓、刘然藜、陈维任,又府学何炯。未刻,访许德水先生,不遇。申刻,候陆春林,见朱云堂为其子太勋所刊遗稿一册。余所作《鸿门剑舞赋》《绿朝云八日平杨幺》《虢国夫人早朝》等帖体,皆被窃取,不觉大骇,既而问诸旁人,皆曰此刘乙斋所为也。

**二十三(10月31日)**　辰、巳刻,在钟宅见葛芦坪、杨宝夫等诗稿。午、未、申刻,观宝和班戏于霍庙。卜达庵来访,不值。是夜,梦一醉五十余日。

**二十四(11月1日)**　巳刻,答卜达庵。午、未、申刻,仍观宝和戏于霍庙。

**二十五(11月2日)**　辰刻,谒刘南屏司马,呈文稿一部。司马署严州太守三年,今始回任。巳刻,卢揖桥、曹淡秋、邓晴溪、钟穆园公置酒筵,招余及陈鹤亭至灯光山顶畅饮。酉刻下山。

**二十六(11月3日)**　卯刻,告辞卢、钟二宅,揖桥见赠文奁一具。辰、巳刻,附航船到城,候鲁介庵、顾芝坪,皆不遇。未刻,屈小泉钟英招同鲁介庵饮于福顺馆,夜宿鲁宅。是日,知张敦瞿中北闱五十一名,蔚州李际春亦获隽。

**二十七(11月4日)**　辰刻,与陆梅溪、赵梅圃惟清茗话,刘子芳招吃面,不赴。巳刻,沈黻堂来会,畅谈三刻许。申刻,过高访湖处。酉刻,鲁介庵邀同陆梅溪、徐秋葭饮于元兴馆。

**二十八(11月5日)**　辰刻,吊鲁氏丧。巳刻,候陈白芬、顾芝坪,皆不遇,即过顾春樵、王梦阁两处。午刻,途遇家丽春,小饮戴永和馆。未、申、酉刻,附航船回家。

**二十九(11月6日)**　是日身子不快,筋酸骨痛。

## 十　月

**一日(11月7日)**　巳刻,寄鲁介庵书,附赠屈小泉文稿一部。酉刻,身子复软。始知为疟疾也。

**二日(11月8日)**　辰刻,金秋圃书来。言八九月中连丧两子。巳刻，寒热大作，较前两日加重十倍，黄昏后始醒。

**三日(11 月 9 日)**　午刻，寒热复作，较上一日稍轻。

**四日(11 月 10 日)**　夜半雨。巳刻，寒热复作，其困苦与初二日相类。

**五日(11 月 11 日)**　大西北风。巳刻，以杨忠愍公像置枕上，疟鬼即逃。

**六日(11 月 12 日)**　是日满口涨痛。

**七日(11 月 13 日)**　是日嘴痛如故。

**八日(11 月 14 日)**　午刻，赠金、张两宅婚仪。

**九日(11 月 15 日)**　午刻，邵春泉来会。未刻，寄卢揖桥书。

**十日(11 月 16 日)**

**十一(11 月 17 日)**

**十二(11 月 18 日)**

**十三(11 月 19 日)**　巳刻，吊马氏丧。以上三日阅曹香雪文钞。

**十四(11 月 20 日)**

**十五(11 月 21 日)**　是日，身子不快，大放鼻血。

**十六(11 月 22 日)**　辰刻，郑小宋复书来。巳刻，过龚配京处。午刻，配京留饮。是日，内子至新溪。

**十七(11 月 23 日)**　巳刻，助丽春婚费四钱。申刻，徐宿生来会，言屈弢园于十二日病殁。

**十八(11 月 24 日)**　作冯漱泉女史哀辞。骈体，漱泉名润，余友何菘溪室也。菘溪自作悼文，张海门为作诔，复请余作哀辞。申刻，赠龚配京原刻《唐诗别裁》十卷。

**十九(11 月 25 日)**　巳刻，寄何菘溪书，附漱泉女史哀词。午刻，吊全氏丧。

**二十(11 月 26 日)**　巳刻，挽张镜湖。七古。

**二十一(11 月 27 日)**　未刻，寄鲁介庵书。

**二十二(11 月 28 日)**　作《高青邱集跋》。骈体。

**二十三(11月29日)**　申刻,金秋圃来。

**二十四(11月30日)**　作《灯光山宴集序》。骈体。

**二十五(12月1日)**　巳刻,代金秋圃作《哭子文》。散体。午刻,寄卢揖桥札,附《灯光山文宴序》。

**二十六(11月2日)**　巳刻,秋圃回去。午刻,赠洪氏婚仪。

**二十七(12月3日)**　巳刻,过张文石处略谈。

**二十八(12月4日)**　以上三日,重阅《全蜀艺文志》。

**二十九(12月5日)**　作《张魏公杀曲端论》。骈体。独抒己见,力破前人陈辞。是夜,梦乘船从桥顶过。

**三十(12月6日)**　午刻,张文石来会。

## 十一月

**一日(12月7日)**　午刻,寄刘霞江书。

**二日(12月8日)**　重阅《归愚文钞》。

**三日(12月9日)**　申刻,俞云涛书来。

**四日(12月10日)**　午刻,见邸抄。知万年吉地为水所浸,上大怨,籍大学士英和家父子俱遣戍黑龙江,余官分别定罪。

**五日(12月11日)**

**六日(12月12日)**

**七日(12月13日)**　巳、午刻,附航船到城,候鲁介庵,赠以古文约选。至俞云涛处商事,留中膳。未刻,候何松溪。申刻,途遇高继庵,邀至其家,招同何菘溪聚饮,畅谈至三鼓,留宿。是日,收到卢揖桥复书。

**八日(12月14日)**　夜小雨。巳刻,何菘溪邀同高继庵饮于松茂馆。午刻,候顾芝坪、卜晓岩。未刻,至王心梅处,不遇。申刻,寄程伊斋书,夜宿介庵宅。是日,始接到乡试落卷。第十三房评云:肉胜于骨,由其专事涂泽也。

**九日(12月15日)**　巳刻,顾芝坪答访,陆畹亭来会。午刻,访胡云佇先生。名昌基，副贡生，年七十九矣。未刻，候冯少英。申刻，候陈白芬。夜与鲁介庵谈艺至三鼓。

**十日(12月16日)**　巳刻，至陆畹亭处。午刻，沈蓉村招同徐云溪小饮。未刻，将附航船，鲁介庵追至船边，苦留再宿，余力辞而返。亥刻到家。

**十一(12月17日)**　申刻，为本镇诸童征会文台桌启。骈体。

**十二(12月18日)**　巳刻，叶书城来会。未刻，题何月卿《就菊图》。七律。

**十三(12月19日)**　微雨。阅彭禹峰《读史外篇》。

**十四(12月20日)**　午刻，阅沈归愚《说诗晬语》。申刻，作《可畏行》一首。七古。

**十五(12月21日)**　小雨。阅郑黛参诗集。

**十六(12月22日)**　阅《可仪堂文集》。巳刻，卢揖桥书来。

**十七(12月23日)**　巳刻，寄鲁介庵书，并以《随园文集》二本借之。午、未、申刻，阅雷翠庭《经笥堂文钞》。

**十八(12月24日)**　抄骈体文三首。巳刻，吊家长民宅丧。

**十九(12月25日)**　抄骈体文四首。

**二十(12月26日)**　抄骈体文三首。

**二十一(12月27日)**　抄骈体文三首。

**二十二(12月28日)**

**二十三(12月29日)**　以上二日，评改青云集会课卷。题："今用之"。共十八卷，取九名，曹煜第一。

**二十四(12月30日)**　巳刻，借徐宿生《燕子笺》二册。午刻，候张文石。

**二十五(12月31日)**　摘录曹香雪骈文数百联。

**二十六(1829年1月1日)**　摘录香雪文数百联。

**二十七(1月2日)**　未刻，内子自新溪归。申刻，发魏小石书。

**二十八(1月3日)**　细雨。是日伤风。

**二十九(1月4日)**　摘录章思绮骈体文数百联。巳刻,遣晋翁往仁寿堂插香。

## 十二月

**一日(1月5日)**　摘录吴榖人骈体文数百联。

**二日(1月6日)**　雨。摘录榖人骈体文数百联。巳刻,吊张氏丧。

**三日(1月7日)**　始寒。摘录胡稚威、蔡蜕石骈体文数百联。自九月以来,天气晴和,宛然三四月间风景,至是日始有寒气。

**四日(1月8日)**　摘录陆拒石骈体文数百联。

**五日(1月9日)**　巳刻,至徐宿生处,不遇,留札一通。未刻,作三书寄方子春、顾访溪、鲁介庵。

**六日(1月10日)**　摘录《燕山外史》四六句数十联。是夜,梦见一巨蛇,身如车轮。

**七日(1月11日)**　摘录吴听翁骈体文数百联。巳刻,吊张氏丧。

**八日(1月12日)**　摘录陈迦陵骈体文数百联。申刻,代叶书城题《就菊图》。七绝二首。

**九日(1月13日)**　摘录张匠门骈体文百余联。未刻,过龚配京处,即留对酌。

**十日(1月14日)**　寒。阅李义山文集。是夜,梦遇一人,自言王姓,名孳臯,豪气勃勃,与余倾盖如故。

**十一(1月15日)**　寒,夜微雪。

**十二(1月16日)**

**十三(1月17日)**

**十四(1月18日)**　阅张燕公诗文集。

**十五(1月19日)**　午刻,发俞云涛书。

**十六(1月20日)**　大寒。阅《本事诗》。

**十七(1月21日)**　寒。

**十八(1月22日)**

**十九(1月23日)**　巳刻,寄徐宿生柬。申刻,钱棣山来会,言候补知县单酉山卒。年仅二十许,才貌双全,甫得进士而遽夭,痛哉。

**二十(1月24日)**　是日腰痛。

**二十一(1月25日)**　巳刻,为屠某撰募童习乐启。骈体。张济和所托。午刻,王秋桥遣人持书来,即作札答之。秋桥书中言乃兄宝楚明岁欲延余课其儿辈,余心踌躇,尚未能决,盖宝楚系余十六年前旧弟子,深悉其为人龌龊鄙吝故耳。未刻,徐玉阶来会。

**二十二(1月26日)**　巳刻,馈张文石入都赆仪。纹银三钱。

**二十三(1月27日)**　申刻,钱棣山来乞取文稿一部。

**二十四(1月28日)**

**二十五(1月29日)**　夜雨。午刻,王秋桥复遣人持书来。言其兄宝楚束脩之数只十六千,余心惶惑,愈不能决矣。

**二十六(1月30日)**　夜大西北风兼雨。

**二十七(1月31日)**　巳刻,俞云涛复书来。言陆畹亭穷困已极,婚期尚未能定。

**二十八(2月1日)**　午刻,徐宿生索还《明诗综》全部。

**二十九(2月2日)**　寒。未刻,方子春复书来。

**三十(2月3日)**

是岁约用钱八十五千。

晚清珍稀稿本日记

# 黄金台日记

（中）

（清）黄金台——著

武晓峰　高惠　顾一凡　丁思露——整理

徐雁平——审阅

主编——徐雁平　马忠文

凤凰出版社

# 道光九年己丑(1829),四十一岁

## 木鸡书屋日志

### 正　月

**元旦(2月4日)**　寒。巳刻,发卢揖桥书。是日立春。

**二日(2月5日)**　大寒。巳、午刻,诸亲友陆续拜会。

**三日(2月6日)**　寒。巳、午刻,拜贺方四亭巡厅,兼镇上拜年。

**四日(2月7日)**　寒。巳刻,鸿道和尚拜会。午刻,张文石拜会。

**五日(2月8日)**　寒。

**六日(2月9日)**　大西北风,寒甚。

**七日(2月10日)**　□。辰刻,卢揖桥书来。

[缺页]

**十二(2月15日)**　夜雨。巳刻,过陆松坪处。午刻,告辞鲁介庵,将登航船,家继安招至永和馆小饮。戌刻回家,收到王秋桥书并其兄宝楚定馆关约。束脩廿二两,八折。余虽不愿往,然当今之世,青毡一席,难若登天,不得不权宜小就矣。

**十三(2月16日)**　细雨。未、申刻,在叶芦滨处长谈。戌刻,作书寄卢揖桥、鲁介庵。

**十四(2月17日)**　寒。昼微雪。辰刻,遣人至渔泾王氏,定期于二十日启馆。午刻,至龚配京处,即留饮,同席高维岳,纵谈至二鼓而回。维岳年老目盲,酷嗜余骈体文,背诵琅琅如倾瓶水,亦畸人也。

**十五(2月18日)** 寒。

**十六(2月19日)** 夜雨。

**十七(2月20日)** 巳刻,吊洪氏丧。午刻,龚配京招饮,同席沈慎斋等六人。亥刻始散。是夜,梦至一处观剧,台宇宏敞,一剧可容二三百人,真壮观也。

**十八(2月21日)** 雨。未刻,内侄金鼎臣从分水墩徐氏来,以徐氏欲延余教读,特来报知。徐氏一席,因方子春推荐,已经应许,议定束脩二十四千,节仪在外,特遣金鼎臣来择期开馆,余以约定王氏为辞,鼎臣怂恿再三力劝,辞王氏而就徐氏。申刻,留鼎臣晚膳。酉刻,鲁介庵复书来。亦言徐氏一席觳稍丰,宜斟酌而定之。

**十九(2月22日)** 大雪寒。辰刻,遣人冒雪至王氏送还关书。余生平最重信义,此番举动未免失之翻覆,然寒士为贫之计,移寡就多,亦有不得不然之势也。午刻,招金鼎臣小饮。

**二十(2月23日)** 大寒。午刻,至龚配京处,即留饮。酉刻,钱棣山来会。

**二十一(2月24日)** 大寒。午刻,发鲁介庵书。酉刻,发卢揖桥书。

**二十二(2月25日)** 大寒。申刻,邵春泉来会。

**二十三(2月26日)** 大寒。辰刻,分水墩徐氏放舟来载。午刻,至徐氏馆中,拜会凤桂、东畴、壬堂三代主人,受业者四童子。年皆十岁左右。未刻,主人设酌相待,同席孙澄斋、兰枝。金鼎臣等八人。

**二十四(2月27日)** 阅鲁《秋塍文钞》。是日,赠徐壬堂文稿一部。

**二十五(2月28日)** 寒。巳、午刻,阅唐改堂文集。

**二十六(3月1日)** 辰、巳刻,阅《庠序蜚声录》。记平湖历年岁科试取案。午刻,王蔼如、王东卢来会。

**二十七(3月2日)** 午刻,代王蔼如题金月卿《就菊图》。七绝二首。

**二十八(3月3日)** 夜大西北风。阅《八家诗钞》。王梦楼、褚筠心等。

**二十九(3月4日)** 寒。抄七律廿三首。

## 二 月

**一日(3月5日)** 辰、巳、午刻,抄七律十七首。

**二日(3月6日)** 夜大东南风。恭读《钦定明鉴》。

**三日(3月7日)** 辰、巳刻,抄七古五首。午刻,代金鼎臣挽徐某。七绝四首。申刻,毛吟池来会。

**四日(3月8日)** 雨。巳刻,题听泉居。四言一章,金杏园所托。午、未刻,补作《平西域诗》。七律四首。

**五日(3月9日)** 辰刻,题陈憇亭《琴鹤图》。五古一首。

**六日(3月10日)** 巳刻回家。以平湖陆宅初十日来订婚期故也。午刻,至龚配京处,即留饮。亥刻始散。

**七日(3月11日)** 午刻,龚配京借周忠介公《烬余录》一册。

**八日(3月12日)**

**九日(3月13日)**

**十日(3月14日)** 午刻,俞云涛来,即留宴,招钱棣山、家继安、菊庄、丽春同席。吉期准于三月八日。戌刻,家继安招饮,同席费大田等六人。是夜大醉。

**十一(3月15日)** 辰刻,寄卢揖桥书。

**十二(3月16日)** 申刻到馆。

**十三(3月17日)** 评改嘉乐集会课第四册。"无莫也"二句。共五卷,毛仪凤第一。

**十四(3月18日)** 巳刻,补作山阳汪文端公挽诗一首。七律。

**十五(3月19日)** 巳刻,徐壬堂赠笔两管。申刻,时云峰过会。

**十六(3月20日)**

**十七(3月21日)**

**十八(3月22日)**　辰刻，挽徐一洲，作七律一章。又代壬堂作五律一首。巳刻，代金琴堂挽张厚斋，作七绝四首。自去秋九月二十后，久旱不雨，现在粮艭不能出境，官吏捉船如狼虎，商贩不通，民间几于罢市。

**十九(3月23日)**

**二十(3月24日)**　雨沙。

**二十一(3月25日)**　竟日雨。以上十日，重阅《通鉴纲目后编》一过。

**二十二(3月26日)**　寒。

**二十三(3月27日)**　寒。

**二十四(3月28日)**　大寒。

**二十五(3月29日)**　寒。巳刻，改壬堂文一首。"能无从乎"。

**二十六(3月30日)**　以上五日，阅吴孟举《宋诗钞》。

**二十七(3月31日)**　午刻回家。未刻张虚舟、叶书城来会。是日，有人言方四亭巡检今春欲请余课其儿辈，因余已赴徐宅不果。

**二十八(4月1日)**　小雨。是日，欲至平湖，因雨不果。

**二十九(4月2日)**　辰、巳刻，附航船到城。因三月初一县试，兼为三月初八吉期买办杂物也。午刻，候鲁介庵，将至卜达庵处，适遇诸途。达庵言乍浦北河滩陈氏今岁亦欲延余课读，因余有馆而止。未刻，遇卢揖桥。揖桥以去冬所作《寄怀诗》七律八首、七绝三首见赠。又携至陈鹤亭《寄怀诗》五律二首。诗皆芬芳悱恻，阅之不觉神伤。申刻，过钟穆园寓。穆园近染弱症。酉刻，同揖桥饮于卢灿新处。夜即留宿。

**三十(4月3日)**　夜小雨。辰刻，过徐壬堂寓。巳刻，为认保十七人画押。沈朝琛、杨成章、吴廷庆、王坚、张春煦、陈葆琛、戈廷柱、林熙、伊佐圻、钟步崧、徐铭勋、王蔼吉、马家陈、张廷模、叶梦元、叶馨士、黄如罴。午刻，同卢揖桥、邓晴溪游鹦鹉洲，又至东湖第一观。未刻，过林半樵寓。申刻，陈憩亭招同家继安等集永和馆，□□□□□字店就宿。是日，招饮招饭者有四五处，皆不暇赴。

## 三 月

**一日(4月4日)** 巳刻,鲁介庵赠《乍浦竹枝词》一册。邹芷珊、王九山各一百首。申、酉、戌刻,附航船回家。

**二日(4月5日)** 巳刻,寄鲁介庵书,附赠沈觙堂文稿一册。申刻,评阅秦秋葵古今体诗六首。秋葵,洞庭山布衣,熟于史事,诗亦极有法度,与余尚未识面。戌刻,观鳌山灯。是日,知县试题:"赐之墙也"至"夫子之墙"。

**三日(4月6日)** 午刻,龚配京招饮,同席秦秋葵。申刻,赠秋葵文稿一部。戌刻,观鳌山灯。是夜头痛。

**四日(4月7日)**

**五日(4月8日)**

**六日(4月9日)** 整顿嫁具。

**七日(4月10日)** 雨。午刻,招诸亲友喜酌。此次送礼者共七十一家。未刻,陆宅遣人来载妆。

**八日(4月11日)** 巳刻,遣家古溪、家蚁亭二人送考妹至平湖陆宅成亲。以上数日费财劳力,不胜其瘁,加以头风大作,困不可支。助余料理者,叶芦滨、家丽春等三四人。

**九日(4月12日)**

**十日(4月13日)** 夜雨。

**十一(4月14日)** 上午雨。巳刻,至陆宅行望亲礼。午刻,主人设宴,同席俞云涛、蔡菊庄、徐云溪等十三人。亥刻回家。自去冬至是日,共费钱四十千,一切衣服头面,不在是数。

**十二(4月15日)** 辰刻,寄徐壬堂书。

**十三(4月16日)** 上午雨。是日,头风略减。

**十四(4月17日)** 未刻到馆,接到方子春书。

**十五(4月18日)**

**十六(4月19日)** 夜小雨。

**十七(4月20日)**　夜小雨。

**十八(4月21日)**　夜小雨。以上数日，阅陈简侯《留青采珍集》。

**十九(4月22日)**　午刻，复方子春书。

**二十(4月23日)**　昼夜雨。辰刻，见县试全案。前列十名：张定闰、郑丙铨、俞錡、郭人本、徐光清、王达源、王之义、胡承筐、钟步崧、李师膺。巳、午、未、申刻，评阅卢揖桥古今体诗三十六首，略加改易。中有《捕博徒》《典冬衣》《城南老人叹》诸乐府，皆能雕刻俗情，发微摘隐。是日齿痛。

**二十一(4月24日)**　昼夜大雨。阅宋绵津诗集。

**二十二(4月25日)**　阅陈其年诗集。是日，闻旧主人周偶斋卒。

**二十三(4月26日)**　夜大雨。申刻，作《嫁女谣》一首。乐府。

**二十四(4月27日)**　申刻，毛晓园来会。

**二十五(4月28日)**　午后雨。巳刻，孙澄斋来会。

**二十六(4月29日)**　未刻，将至嘉兴，同徐壬堂、金鼎臣及晋madness登舟。酉刻，过平湖，至白华田舍方宅，留夜膳。

**二十七(4月30日)**　巳刻到郡，寓粪局巷内王宅。郡尊胡公国英于是日取齐府试，学宪李公宗瀚□于四月十一日取齐岁试。

**二十八(5月1日)**　辰刻，刘乙斋来会，林雪岩率侄笛仙来会。巳刻，途遇徐乙溪，知叶书城于昨日病殁。午刻，王梦阁来会，张屋山来会，认保童生杨竹斋、吴一岩、伊铁耕、钟穆园等陆续拜会。未刻，候顾芝坪，答林雪岩。申刻，顾芝坪答会。酉刻，王蔼如来同寓。

**二十九(5月2日)**　午前大雨，雹。巳刻，柯春塘过会，俞兰坪来会。午刻，林雪岩来，即留小酌，适李云帆□□而至，欲同顾蔗香、戈翰轩索诈钟穆园钱，余大为惊骇，即至穆园寓商量，往返数次乃妥。初以三洋分赠三人，不遂其欲，增至七洋乃止，穆园自出六数，余助其一。未刻，卜达庵来访，不遇。申刻，为认挨保二十八人画押。认保：沈朝琛、杨成章、吴廷庆、王坚、戈廷柱，有贽。余七人到□□□□□□□陈葆琛、叶馨士不考。挨保:□□植、姚域、张加锦、陶岁椿、金峻、蒋栻、董元勋、邵维新、徐士璠、俞臣邻、张耀廷、张树滋、顾以智、戈如罴,有贽。张星垣、郭亨,无贽。

## 四　月

**一日(5月3日)**　寅刻,送诸童入场。辰刻,同张屋山出东门。巳刻,游天真阁。申刻,游元妙观、楞严寺。是日府试题:“侍于君子”。

**二日(5月4日)**　卯刻,答卜达庵。辰刻,过林雪岩寓,晤石砚农。名之英,海盐庠生。巳刻,同张屋山等游白漪庵。未刻回寓,知柯小超来访。申刻,答柯小坡。酉刻,卜达庵来会。戌刻,钟穆园招饮。

**三日(5月5日)**　晴雨相间。辰刻,偕张巳卿访李皺云,不遇,留赠文稿一部。巳刻,赠张虹巢文稿一部。午刻,陆畹亭来会。申刻,卜达庵、何亥卿绍瑾、孙秋溪镜、张巳卿、伊铁耕等来会。酉刻,林雪岩来,即留饮。

**四日(5月6日)**　骤热。午刻同刘心葭、施蔬巢、林雪岩、卜达庵、何亥卿、刘乙斋等十一人饯春于宏文馆东关壮缪庙。申刻,观初覆案。是日立夏。

**五日(5月7日)**　恶热,夜雨。辰刻,过李小隐寓。午刻,候沈慕琴、万杏江,不遇,留赠文稿各一部。未刻,赠何亥卿、张巳卿文稿一部。申刻,刘筠庄过会。酉刻,陆畹亭招饮同椿馆。

**六日(5月8日)**　午前雨。寅刻,送诸童初覆。午刻,周学海新坊人邀同曹菉堤名治国,桐乡武孝廉、曹三斋名近尊,嘉善武生、陆畹亭等八人大宴于赵氏之读书斋。是席酒馔极丰。戌刻散席。

**七日(5月9日)**　午刻,徐约园过会。未刻,偕孙恢□□□□候王毅庵司狱。名重远。申刻□陈园,不得入,即游范蠡湖,取五色螺数枚。

**八日(5月10日)**　午刻,顾芝坪以近作《晋公子受飧反璧赋》《画竹壁赋》二篇,属余评点。申、酉刻,在柯小坡寓长谈。

**九日(5月11日)** 寒,夜大雨。未、申、酉刻,同戈竹庵等在郡庙观翠芳班戏。

**十日(5月12日)** 大寒。辰刻,卢揖桥来会。巳刻,观二覆案。

**十一(5月13日)** 巳刻,过顾芝坪寓。午刻,张屋山来会。申刻,以徐东畴幼女喜庚传与孙秋溪。

**十二(5月14日)** 巳刻,武童认挨保来会。认保:陈联奎。挨保:李树德、金恩照、王凤奎,皆有贽。午刻,陆畹亭招同吕笏山海盐武生小酌。未刻,观阳春班戏于郡庙。

**十三(5月15日)** 辰刻,送武童外场。午刻,顾芝坪来会。申刻,过张屋山寓,朱一山来访,不值。

**十四(5月16日)** 卯刻,送武童内场,兼文童补考。辰刻,萧雨香来会,赠以文稿一部。雨香又以沈松盟《传经堂制艺》五部易余文稿五册。午刻,观三覆案,答萧雨香,不值。未刻,候费春林,兼访吴琛堂。名鸣锵,一号铸生,吴江岁贡,工书法。申刻,柯小坡来会。

**十五(5月17日)** 辰刻,谢月波过会,罗友兰来会,高警庵来会。巳刻,候柯菘溪。午刻,林雪岩来会,何菘溪答会。申刻,过刘心葭寓。

**十六(5月18日)** 巳刻,题赵淩洲海盐道士《秦溪春泛图》七绝二首。午刻,赠石砚农文稿一部。申刻,观李北溟宗师进院。屈小泉、徐莲史等来访,不值。是夜,出府试正案。前列十名:俞錡、许乃柏、郑丙铨、徐光清、张定闰、朱若金、曹鸿渐、王达源、李师膺、黄心培。

**十七(5月19日)** 雨,夜尤大。巳刻,入场考古学,坐东露八号。"鹰窠顶观日出赋"以题为韵,"蛙鸣蒲叶下"得"蛙"字五言八韵,"顾家犹有读书台"七律二首限"王"字"堆"字。是日,兼考童生古学,余认保与试者有钟步崧、林熙、伊佐圻、沈朝琛、戈廷柱五人。酉刻出场。戌刻,至林雪岩寓,即留饮。

**十八(5月20日)** 雨。辰刻,至月波楼拈香,祈雷祖签。祈古学得四十七签,语不吉。祈正场得十六签,语稍可。巳刻,顾访溪过会。午刻,候武巡捕朱愚斋。大忠。未刻,候魏小石。申刻,赠徐壬堂《传经堂制艺》一部。酉刻,寻高继庵,不遇。是日,知平湖钱福昌连捷礼闱。

**十九(5月21日)** 夜雨。辰刻,顾篆香、曹淡秋来会,巳刻,□□泉来会。午刻,招林雪岩、张屋山食□菜。酉刻,为认保十一人、挨保十四人画押。□□□□□□□□□、伊佐圻、钟步崧、沈朝琛、杨成章、戈廷柱、吴廷庆,有贽。林熙、张廷模、叶馨士到。挨保:徐人鉴、方庆间、陆豫章、全文炳、吴[鸿]勋、郭□枢、徐士瑺、俞臣邻、高琳、冯棣、毛振采、林培厚、陆锡圭,有贽,张元勋不到。

**二十(5月22日)** 卯刻,入场岁试,坐西宙十四号。"乡人皆好之何如子曰未可也";经:"琴瑟在御"二句;诗:"浓绿暗官柳"得"浓"字。是日搜检大严。未刻出场,观古学□阖属招覆十二人。平湖县学二人,顾廷熊、顾桀;府学一人曹镇定。申刻,题萧雨香《钞香阁词》后。七绝二首。酉刻,雨香来,出视诗集十余卷,托余撰序。

**二十一(5月23日)** 辰刻,答屈小泉,候吕秋塘。巳刻,陈鹤亭来访,方子春来访皆不值。午刻,答陈鹤亭,赠吴琛堂文稿一部,托其书横幅一纸。未刻,答方子春。申刻,徐莲史来会。酉刻,过魏小石寓,晤陆又云,名锡九,秀水庠生。过萧雨香寓,晤吾春农。名德沛,海盐拔贡。是日,知家竹楼于十七日病殁。

**二十二(5月24日)** 夜雨。寅刻,赴宏文馆唱保。卯刻,候石砚农,即同访陈琴斋,不遇,留赠文稿一部。巳刻,魏小石来会。午刻,林雪岩来会。未刻,方子春来会,卢揖桥来会。酉刻,萧雨香、吾春农来会。是日院试题:"己欲达"三字。

**二十三(5月25日)** 雨。辰刻,吕秋塘答会。巳刻,同寓诸人皆回去。午刻,观招覆案一等二十二名。于立、陆锡谟、顾广誉、沈昌祚、顾廷熊、张儒廉、王大墉、高三祝、徐光济、徐金泰、张琛、郑之侨、杨源印、孙洙、顾桀、沈錡、卜葆鈖、杨邦楷、徐钦若、陈钺、张煦、王梦雷。申刻,卢揖桥告辞,赠以《传经堂制艺》一部。

**二十四(5 月 26 日)** 辰刻,陈琴斋答会。巳刻,沈慕琴、万杏江答会,徐莲史来,乞取文稿一部。午刻,武稼雨过会。未刻,观新案,余认保进钟步崧、吴鸿勋、徐士瑹三人,同寓王之义亦获隽。县学廿五名:方均、胡成孚、朱善张、张定闰、顾宝臣、张如金、俞錡、钟步崧、刘桂、陆正皞、陆嘉植、黄心培、冯嘉乐、张拱辰、何晋槐、屈仪吉、陈朱煁、朱若金、吴鸿勋、张瑄、王廷柱、胡潢、周万思、蒋桢、徐士瑹。府学四名:邹树基、程廷楷、王之义、杨尧杰。

**二十五(5 月 27 日)** 巳刻,陆世良招饮,不赴。午刻,赠吕秋塘文稿□部。酉刻,吴鸿勋、徐士瑹拜会。莱仪各六钱。

**二十六(5 月 28 日)** 辰刻,赵朵山过会。巳刻,送新进覆试。午刻,曹淡秋招小酌。未刻,观岁试全案,二等四十六名,三等前列十名,余在第九,不取者二百二十二人。姚祖荫居末。申刻,观童生古学案,阖属共取八人。平湖取何晋槐。酉刻,为武童认挨保画押。认:陈联奎。挨:张滮、周恕,皆有贽。

**二十七(5 月 29 日)** 热。申刻,观三元班戏于嘉兴县署。

**二十八(5 月 30 日)** 清晨雨。辰刻,送武童外场。巳刻,邵虚斋来会。午刻,赠王蔼如西斋名文一部。申刻,高继庵来会。酉、戌、亥刻,在乍浦寓中与曹淡秋、顾篆香畅谈。

**二十九(5 月 31 日)** 午刻,送武童内场。未刻,寄赠卢揖桥新婚对联一副。申刻,观武童新进案,余挨保张滮、周恕二人俱获选。酉刻,徐士瑹来会,谢意一洋。张滮、周恕拜会。莱仪各六钱。

**三十(6 月 1 日)** 辰刻,石砚农来会,见赠画兰一幅。巳刻,送文武童大覆。午刻,赴宏文馆发落。未刻,顾芝坪来会。申刻,过魏小石寓。

## 五　月

**一日(6 月 2 日)** 雨。辰刻,过高继庵寓。巳刻,偕王蔼如、王蕉园及晋鈖登舟。亥刻,回至徐氏馆中。

**二日(6月3日)** 未刻,偕戈梅圃等至天保庵听戏。

**三日(6月4日)** 夜雨。阅《三异笔谈》。许元仲著,所记多仁宗朝事。是日,闻钱福昌以一甲第二入及第。

**四日(6月5日)** 昼夜雨。午刻,寄鲁介庵书。

**五日(6月6日)** 昼夜雨。

**六日(6月7日)** 昼夜大雨。

**七日(6月8日)** 雨。

**八日(6月9日)** 午后雨止。

**九日(6月10日)** 夜大雨。以上数日,阅顾侠君《元诗选》。

**十日(6月11日)** 阅高青邱《凫藻集》。

**十一(6月12日)** 清晨雨。抄帖体诗廿一首。

**十二(6月13日)**

**十三(6月14日)**

**十四(6月15日)**

**十五(6月16日)**

**十六(6月17日)** 大雨。是日有目疾。

**十七(6月18日)**

**十八(6月19日)**

**十九(6月20日)** 夜雨。以上数日阅王鸿绪《明史稿》。是日,目疾大甚。

**二十(6月21日)** 巳刻回家。未、申刻,与龚配京长谈。是日,兼有足疾。

**二十一(6月22日)** 夜雨。巳刻,候张文石留中膳。申刻,赠家丽春字扇一方。

**二十二(6月23日)** 午刻,寄周彦敦札。是日,目疾稍愈。

**二十三(6月24日)** 雨。午刻,龚配京招饮。是夜,贼入后门窃去杂物数种,约二千余文,幸而惊觉不至上楼。

**二十四(6月25日)** 巳刻,寄卢揖桥书。

**二十五(6月26日)**　巳刻,取还龚配京《周忠介公集》一本。

**二十六(6月27日)**　日晡雨,有雷。午刻,取还叶书山《律赋蕊珠二集》一部。

**二十七(6月28日)**　以上数日阅《金史》。

**二十八(6月29日)**　雨,饭后尤大。午、未、申刻,饮龚配京处,同席邵虚斋与余口角,不欢而罢。

**二十九(6月30日)**　雨,午后尤大。申刻,寄徐壬堂书。

## 六　月

**一日(7月1日)**　巳刻,张文石来会,见赠京扇一柄。

**二日(7月2日)**　暴热。辰、巳、午刻,附航船到城,候鲁介庵,不值。未刻,至陆畹亭处,即留饮。武挨保张滤来会。贽仪二洋。申刻,候卜达庵,不遇。酉刻,复过介庵处,方与对酌纵谈,适畹亭遣人来招,辞之不得,遂往就宿。

**三日(7月3日)**　大热。巳刻,候顾芝坪。午刻,吴鸿勋来会。贽仪乙洋。未刻,买《吴越备史》一部。百九十六。申刻,卜达庵来会,卢揖桥、钟穆园来会。是日,见丐者六人,四男二女,皆以长木为足,头出檐外,并能于木上演剧,真绝技也。

**四日(7月4日)**　大热。辰刻,何亥卿寄赠《盍簪集会课》一部。巳刻,陆畹亭赠蒲扇一柄。午刻,观新进入学。未刻,同殷雨亭饮于鲁介庵处。申刻,沈笏堂来会。酉刻,钟玉峰邀同戈秋河等饮于远和馆。是夜,宿介庵宅,见世宗皇帝上谕数册。

**五日(7月5日)**　热。辰刻,邹雪蕉树基托余加试草评语。巳刻,以小女八字传与马班香薰。午、未、申刻,附航船回家。是日,同船有三十余人,拥挤喧闹,船又轻活,过半□庙,适遇风雨,舟几覆者数矣,余自分必死,仅而得免。是日,目疾复发。

**六日(7月6日)**　巳刻,武挨保周恕来会。贽仪两洋。酉刻到馆,作五古一章,记昨日舟中险状。

**七日(7月7日)**

**八日(7月8日)**

**九日(7月9日)**

**十日(7月10日)**

**十一(7月11日)**　热。

**十二(7月12日)**　热。

**十三(7月13日)**　热。

**十四(7月14日)**　大热,夜更甚。

**十五(7月15日)**　大热。

**十六(7月16日)**　大热。以上十日,阅《新唐书》。

**十七(7月17日)**

**十八(7月18日)**

**十九(7月19日)**

**二十(7月20日)**　热。日晚有雷。

**二十一(7月21日)**　大热。日晚有雷。

**二十二(7月22日)**　大热。午后大雨。辰、巳、午刻,作《鸳湖饯春诗序》。何亥卿所托。是日,目疾始愈。

**二十三(7月23日)**　夜半大雷雨。

**二十四(7月24日)**　是夜,梦与方子春泛舟大江,中流容与,一波不惊,两岸青山,如掌上罗纹,列列可数,不觉身在画图中。

**二十五(7月25日)**

**二十六(7月26日)**

**二十七(7月27日)**

**二十八(7月28日)**　午后恶热。

**二十九(7月29日)**　大热。日晚有雷。以上十余日阅《宋史》。

**三十(7月30日)**　大热。作萧雨香诗序。

## 七　月

**一日(7月31日)**　午刻，乍浦钟氏遣其客姚振鸣来呈贽仪十八洋，谢师、谢认保俱在内。余以《七经精义》《贞白斋诗集》《传经堂制艺》三种答赠。

**二日(8月1日)**　热。阅《三水小牍》、唐皇甫枚著。《龙城札记》《钟山札记》。卢文弨著。

**三日(8月2日)**　热。阅《卢抱经文集》。说经者十居八九，文笔非其所长。

**四日(8月3日)**　恶热。

**五日(8月4日)**　恶热。日晡有雷。

**六日(8月5日)**　恶热。黄昏大雷电，雨。

**七日(8月6日)**

**八日(8月7日)**

**九日(8月8日)**　以上六日，阅顾侠君《元诗选》。

**十日(8月9日)**　夜大东南风，有雷。作《海忠介公庙碑》。鲁介庵所托。

**十一(8月10日)**　午后大雷雨。

**十二(8月11日)**

**十三(8月12日)**

**十四(8月13日)**　热。以上四日，阅魏收《魏书》。

**十五(8月14日)**　清晨雷。作《李勣论》。

**十六(8月15日)**

**十七(8月16日)**　以上二日阅《辽史》。

**十八(8月17日)**　巳刻，代高少霞题美人图四首。七绝。

**十九(8月18日)**

**二十(8月19日)**　热。

**二十一(8月20日)**　热。黄昏微雨，有雷电。

**二十二(8月21日)** 热。以上四日,阅《北齐书》《北周书》。

**二十三(8月22日)** 热。午后有雷,夜半小雨。

**二十四(8月23日)** 夜半雷。酉刻,卢揖桥书来,兼收到孙恢能所赠其尊人静夫先生熊《越中吟》一册。

**二十五(8月24日)** 巳刻,张虚舟过会,言其从兄秋莼于二十日病死。

**二十六(8月25日)** 夜小雨。

**二十七(8月26日)**

**二十八(8月27日)**

**二十九(8月28日)**

## 八 月

**一日(8月29日)** 午后大雨。以上八日,摘录前后《汉书》九百余条。余阅史久矣,然不能□记,每行文时,尚□翻寻,今将二十一史中取其事之有关系者□□□□□□□诗古文之用,或出外亦便于携带也。

**二日(8月30日)** 日中雨。是夜梦与厉鬼争,鬼虽败走,余小股亦为所伤。

**三日(8月31日)**

**四日(9月1日)**

**五日(9月2日)** 以上四日,摘录《三国志》五百余条。

**六日(9月3日)** 辰刻,为毛雨江作新婚诗一首。七律。巳刻,作书两通,一寄萧雨香,一寄方子春。

**七日(9月4日)** 未刻,作《分水墩寓感》一首。七律。

**八日(9月5日)** 大西北风。酉刻,主人设中秋酒。

**九日(9月6日)** 是夜,腹疾大作。

**十日(9月7日)** 仍有腹疾。

**十一(9月8日)** 巳刻还家,知徐宿生迁居城北未及一月,□邻俞五忽于清晨闯入其室,杀死一婢,身被七八刀,宿生妻杜氏亦被十余刀，幸不死。

**十二(9月9日)**

**十三(9月10日)**　热。辰、巳、午刻，附航船到城，赠鲁介庵《菊隐居诗集》《传经堂制艺》二种。未刻，候卜达庵。申刻，候顾访溪、柳溪。酉刻，访溪留夜膳，是夜，宿于介庵处，见彭端棱《白鹤堂文集》。

**十四(9月11日)**　大热。巳刻，候顾芝坪不遇，即候何亥卿。午刻，与考妹订归宁之约。定廿二日。申刻，候陈白芬，不值。

**十五(9月12日)**　巳刻，候高继庵、何菘溪。午刻，寄卢揖桥书。未刻，候沈瓛堂，不遇。戌、亥刻，同介庵等步月。

**十六(9月13日)**　辰刻，高继庵、沈瓛堂等陆续答会。巳刻，陈憩亭招饮，辞之。未、申、酉刻，附航船回家。

**十七(9月14日)**

**十八(9月15日)**　辰刻，吊舅祖徐养三丧，并助理丧事一日。是日，闻谢月波病疽而殁。其病也有因果焉。

**十九(9月16日)**　午后小雨。午刻，徐宅招饮，同席柯春塘等十余人。

**二十(9月17日)**　辰刻，作徐养三舅祖挽诗。七绝四首。巳刻，过金杏园处。

**二十一(9月18日)**　是日，豫办酒席。

**二十二(9月19日)**　热。午刻，陆畹亭及考妹到。招叶芦滨、张羽英、家菊庄、丽村陪畹亭宴席。戌刻始散。

**二十三(9月20日)**　大热。巳刻，同畹亭拜亲。

**二十四(9月21日)**　昼夜大雨。是日，与畹亭作叶子戏。

**二十五(9月22日)**　小雨。

**二十六(9月23日)**　申刻，徐兰江来治老母疾。老母微有寒热，饮食罕进。

**二十七(9月24日)**　昼夜淫雨。

**二十八(9月25日)**　雨。辰刻，与徐壬堂书。巳刻，以次男寄名于陆畹亭。

**二十九(9月26日)** 昼夜霖雨。

**三十(9月27日)**

## 九 月

**一日(9月28日)** 卯刻日食。巳刻,延徐念曾来治老母疾。

**二日(9月29日)** 辰刻,陆畹亭及考妹回去。以上十日,共费钱九千有余。巳刻,候张文石。

**三日(9月30日)** 申刻到馆。

**四日(10月1日)** 是日,晋紒有疾,每食即吐。以上日舟中被风故也。

**五日(10月2日)** 酉刻,方子春书来。言日上将署武义训导。

**六日(10月3日)** 热。申刻,便招柴天禄治晋紒疾。

**七日(10月4日)** 清晨雨。

**八日(10月5日)**

**九日(10月6日)** 黄昏雨。

**十日(10月7日)** 以上十日,摘录《晋书》八百余条。是日晋紒开读《古文析义》。

**十一(10月8日)**

**十二(10月9日)** 申刻,金兰春过会。

**十三(10月10日)**

**十四(10月11日)** 酉刻,主人徐凤桂卒。

**十五(10月12日)**

**十六(10月13日)**

**十七(10月14日)** 夜小雨。

**十八(10月15日)**

**十九(10月16日)**

**二十(10月17日)**

**二十一(10月18日)**

**二十二(10月19日)**

**二十三(10月20日)** 巳刻,卢揖桥书来。

**二十四(10月21日)**

**二十五(10月22日)** 以上十二日,摘录《南史》一千一百余条。

**二十六(10月23日)**

**二十七(10月24日)**

**二十八(10月25日)**

**二十九(10月26日)** 未刻,代金鼎臣挽徐凤桂。七绝四首。

**三十(10月27日)** 巳刻回家,见老母疾已全愈,深为欣慰。

## 十 月

**一日(10月28日)** 巳刻,徐宿生来会。

**二日(10月29日)** 巳、午刻,附航船到平湖。申、酉刻,同家继安等饮于陆畹亭处。是夜留宿。

**三日(10月30日)** 辰、巳刻,附航船到乍浦,即至钟敬亭宅。未、申刻,偕林雪岩、卢揖桥、刘乙斋、钟穆园游水山□,又登□舟眺望。戌刻,诸同人饮于揖桥处。夜宿钟宅。是日,还曹淡秋《香雪文钞》一部。

**四日(10月31日)** 巳刻,谒徐雪庐先生,晤贾蘅石、兰皋昆仲,见蘅石、兰皋《楚游草》二卷。午刻,书院留饮。未刻,候刘丈瑞圃,见其新刻《卷勺园续集》一卷。余所作《南磵访僧图记》亦在其内。申刻,候许德水先生。戌刻,见揖桥《乍浦杂事诗》百余首。是日,闻赵咒生、丁半闲俱已物故。

**五日(11月1日)** 巳刻,候曹淡秋、林雪岩,见雪岩近诗二卷。午刻,淡秋留中膳,又出视旧作寄怀诗一首。七律。未刻,候陈鹤亭。申刻,候顾篆香。是日,德水先生答访,不值。

**六日(11月2日)** 巳刻,陈鹤亭答会。未刻,刘筠庄来访,不遇。是日,钟穆园以《十杉亭帖体诗》一部见赠。

**七日(11月3日)**　午刻,钟敬亭设宴相待,同席林雪岩、曹淡秋、伊铁耕、刘乙斋等七人。

**八日(11月4日)**　巳刻,过赖春圃处。未、申刻,与雪岩剧谈。戌刻,淡秋招同雪岩夜集。

**九日(11月5日)**　巳刻,高继庵来会。申刻,偕揖桥、淡秋、穆园海塘闲步。

**十日(11月6日)**　巳刻,偕林雪岩、卢揖桥、曹淡秋、刘乙斋、钟穆园、林笛仙、钟五峰游雅山,寻天马峰、一脉泉、梁石峡、万岁岩诸迹。午、未刻,憩狮子庵,畅饮至点灯而返。是日,刘心葭来访,不值。

**十一(11月7日)**　巳刻,赖紫山来会。午刻,与许德水先生书。

**十二(11月8日)**　巳、午刻,附便舟至平湖。夜宿畹亭处。

**十三(11月9日)**　辰刻,候卜达庵,兼问其尊人疾。巳刻,候程尹斋、沈笏堂。申、酉刻,附航船回家。

**十四(11月10日)**

**十五(11月11日)**　午刻,张文石来会。未刻,赠魏王二宅婚仪。

**十六(11月12日)**　午刻,作《拾黄叶》诗一首。七绝。

**十七(11月13日)**　夜大西北风。午刻,与张文石同至徐氏馆中。

**十八(11月14日)**　骤寒。是日,徐氏开吊,文石点主,余与王蔼如相事。

**十九(11月15日)**　寒。午、未刻,偕龚菊坪、毛吟池、吴雨村等酣饮,是日颇有醉意。

**二十(11月16日)**　大寒。

**二十一(11月17日)**　大寒。午刻,主人招同叶芦滨、朱竹街等七人赏菊。

**二十二(11月18日)**

二十三(11 月 19 日)

二十四(11 月 20 日)

二十五(11 月 21 日) 以上八日皆大西北风。午刻,孙方雨学师及陈守营来吊徐氏,余为陪客。赠孙学师文稿一部。

二十六(11 月 22 日)

二十七(11 月 23 日)

二十八(11 月 24 日)

二十九(11 月 25 日)

## 十一月

一日(11 月 26 日)

二日(11 月 27 日) 以上十三日,摘录《北史》一千二百余条。

三日(11 月 28 日)

四日(11 月 29 日)

五日(11 月 30 日)

六日(12 月 1 日)

七日(12 月 2 日)

八日(12 月 3 日)

九日(12 月 4 日)

十日(12 月 5 日)

十一(12 月 6 日)

十二(12 月 7 日)

十三(12 月 8 日)

十四(12 月 9 日)

十五(12 月 10 日)

十六(12 月 11 日) 清晨雨。

十七(12 月 12 日) 以上十五日,摘录《新唐书》一千四百余条。

十八(12 月 13 日)

**十九(12 月 14 日)**

**二十(12 月 15 日)** 以上三日,摘录《五代史》约三百条。

**二十一(12 月 16 日)** 申刻,徐约园寄赠其祖絅斋先生《山影楼诗存》一册。

**二十二(12 月 17 日)**

**二十三(12 月 18 日)**

**二十四(12 月 19 日)**

**二十五(12 月 20 日)** 小雨。戌刻,主人为设冬至酒。

**二十六(12 月 21 日)** 小雨。

**二十七(12 月 22 日)**

**二十八(12 月 23 日)**

**二十九(12 月 24 日)**

**三十(12 月 25 日)**

## 十二月

**一日(12 月 26 日)**

**二日(12 月 27 日)** 雨始大。

**三日(12 月 28 日)**

**四日(12 月 29 日)**

**五日(12 月 30 日)** 以上十五日,摘录《宋史》一千三百余条。

**六日(12 月 31 日)** 是日,摘录《辽史》八十余条。

**七日(1830 年 1 月 1 日)** 戌刻,主人预设散馆酒。

**八日(1 月 2 日)** 寒。以上二日,摘录《金史》二百余条。

**九日(1 月 3 日)** 寒。是日,摘录《元史》七十余条。《元史》无甚可□,故所录特少。

**十日(1 月 4 日)** 午、未刻,作陈憩亭《琴鹤图序》。

**十一(1 月 5 日)** 巳刻,补作十月内游雅山诗。七古。午刻,寄钟穆园书,附文稿两册,其一寄赠顾篆香。

**十二(1月6日)**　巳刻，赠金鼎臣婚费。午刻，作《冬暖》诗□首。七□。

**十三(1月7日)**　巳刻回家。

**十五(1月8日)**

**十六(1月9日)**

**十七(1月10日)**

**十八(1月12日)**　巳刻，吊张氏丧。未刻，赠马氏婚仪。

**十九(1月13日)**

**二十(1月14日)**

**二十一(1月15日)**

**二十二(1月16日)**　是夜，贼从后墙穴洞而入，幸老母惊觉喊走。

**二十三(1月17日)**

**二十四(1月18日)**

**二十五(1月19日)**

**二十六(1月20日)**　夜雨。

**二十七(1月21日)**　酉刻，费春林书来。

**二十八(1月22日)**

**二十九(1月23日)**

**三十(1月24日)**　雨。

是岁用钱九十八千。

# 道光十年庚寅(1830),四十二岁

## 木鸡书屋日志

### 正　月

**元旦(1月25日)**　雨。巳刻,复费春林书。

**二日(1月26日)**　巳、午刻,同里诸君陆续拜会。

**三日(1月27日)**　雨。申刻,张文石拜会,留与对酌。

**四日(1月28日)**　巳刻,镇上拜年。午、未刻,同张文石饮于钱仁寿堂。

**五日(1月29日)**　巳刻,陆畹亭拜年。未刻,吊方氏丧。

**六日(1月30日)**　巳刻,陪家母并率儿子晋翁同陆畹亭登舟。未刻到城,至陆宅。申刻,途遇卢揖桥、钟穆园等。

**七日(1月31日)**　夜半雨。辰刻,至卢醒峰处寻卢揖桥,即留膳。揖桥见赠端砚一方。巳刻,拜候鲁介庵、陈白芬、顾访溪、卜达庵、何菘溪、高继庵。惟继庵得遇。午刻,候俞云涛即留饮。未刻,候顾芝坪、程伊斋。伊斋不值。是日,□贾蘅石新刻《知□斋诗钞》二卷,中有《与黄鹤楼同饮白华田舍》诗。

**八日(2月1日)**　巳刻,游北寺,观常州人所卖花灯,极为精致。午刻,鲁介庵邀饮。是日,程伊斋、卜少岩等答拜。邓晴溪、张巳卿等来候,皆不值。

**九日(2月2日)**　午刻,同鲁介庵父子及晋翁游东湖第一观,拜李许斋先生祠，回谒李辰山高士墓。未刻，游小瀛洲。空照和尚乞□题楹。是日，知奚兰岩夫子捐复知县，现任广东平远县。

**十日(2月3日)** 大暖。辰刻，至三环洞桥，观昨夜火焚处。巳刻，观迎春。

**十一(2月4日)** 巳刻，费大田出视其祖损庐先生藏书，余乞取方朴山《集虚斋古文》十二卷。午刻，陈憩亭招同沈莼庵、费大田等六人饮于永和馆。酉刻散席。屈小瑔拜会，乞余作《听雪轩诗稿序》。其诗二卷，皆无可观，中有《秋夜即景》《怀黄鹤楼诗》。戌刻，鲁介庵来会，携至贾蘅石□□□□□□□，谈至夜半而去。

**十二(2月5日)** 辰刻，答屈小瑔。巳刻，候卜达庵。午刻，候沈黻堂不遇。

**十三(2月6日)** 午、未刻，与卜达庵畅谈于鲁介庵处，达庵见赠《盍簪集》一部。

**十四(2月7日)** 未、申、酉刻，附航船回家。是日，陆畹亭、鲁介庵、陈憩亭赠食物二种。

**十五(2月8日)** 雨。午刻，龚配京邀饮，至二鼓始散，大有醉意。

**十六(2月9日)** 申刻，寄卜达庵书，并附试帖十二首。达庵将选刻近试帖故也。酉刻，作《第一观探梅》诗。七绝。

**十七(2月10日)** 辰刻，遣幼男秦梦受业叶书山。巳刻，寄卢醒峰书并赠文稿一册。未刻，寄卢揖桥书。戌刻，菊庄携樽叙饮。

**十八(2月11日)** 巳刻，作小瀛洲诗一首。五律。又撰楹帖一联，□□空照和尚。

**十九(2月12日)** 夜大西北风。午刻，寄鲁介庵书。

**二十(2月13日)** 午刻，张文石招饮，同席徐忍庵。戌刻始散。

**二十一(2月14日)** 巳刻，同张文石至分水墩吊徐氏丧。□□□畴又丁内艰。

**二十二(2月15日)** 午刻回家。

**二十三(2月16日)**

**二十四(2月17日)**

**二十五(2月18日)**　览《集虚斋古文》。

**二十六(2月19日)**　午刻,至龚配京处,即留饮。秦梦自入塾以来,每日识十许字,是日余自课便可三十余字。

**二十七(2月20日)**　夜雨稍大。

**二十八(2月21日)**　夜小雨。午刻,至徐氏馆中,主人设席相待,同宴孙澄斋、□小海等十五人。戌刻散席。是夜,□□长身玉立,扶余而趋,旁有一人复助之,瞬息数百步。又梦过一境,人家俱在幽谷之下,仿佛桃源胜地。

**二十九(2月22日)**　夜大雨。重阅彭禹峰《读史外篇》一过。

## 二　月

**一日(2月23日)**

**二日(2月24日)**

**三日(2月25日)**　以上三日,摘录《名媛诗归》内杂事二百余条。

**四日(2月26日)**　摘录《南宋杂事诗注》百余条。

**五日(2月27日)**　抄试帖二十一首。

**六日(2月28日)**　巳刻,寄赠白牛和尚文稿一册,又金鼎□□□□本。是夜,梦过一家,室宇幽邃,牙签罗列左右,余任意披览。得吴森诗稿一册,雄丽可喜,不知森果有其人否也。

**七日(3月1日)**　□刻,作七律一章赠鲁介庵。

**八日(3月2日)**　辰、巳刻,作屈小琭《听雪轩诗稿》题词。骈体。申、酉刻,作七绝四首。荆棘、百舌、捉风、卖盐娘。

**九日(3月3日)**　夜小雨。巳刻,作《芦中小隐图记》。骈体,李耘谷所托。未、申刻,作七绝五首。明妃、马融、高贵乡公、虞世南、魏元忠。

**十日(3月4日)**　小雨。午刻,作《东海酒徒歌》赠林雪岩。小七古。申刻，作《对酒吟》一首。乐府。

**十一(3月5日)**　辰、巳刻，作卢揖桥赠端砚启。骈体。午、未、申刻，作七绝十一首。魏延、高欢、张良、桓荣、于定国、□□、蔡京、东昏侯、唐庄宗、狄青、解缙。

**十二(3月6日)**　夜半大雨。午、未、申刻，作七绝八首。史浩、韩休、向雄、潘岳、周颉、贺若弼、杨士奇、王著。

**十三(3月7日)**　午、未刻，作七绝七首。汉文帝、张昭、樊哙、唐坰、郝经、曾铣、杨慎。

**十四(3月8日)**　作七绝八首。苏绰、李顺、王景文、窦建德、来歙、房琯、刘栖楚、吕夷简。戌刻，卢揖桥复书来。

**十五(3月9日)**　作七绝七首。斛律光、李晟、胡广、崔湜、谯周、裴矩、张孝杰。酉刻，卢揖桥又有书来，并寄至张海门□赠楹帖。

**十六(3月10日)**　作七绝十首。王伟、费穆、魏收、谢晦、傅喜、节愍太子、东丹王、宣仁太后、上官婉儿、愍怀太子妃王氏。

**十七(3月11日)**　小雨。作七绝八首。王戎、桓冲、褚贲、张稷、江夏王锋、周武帝、金兀术、王陶。

**十八(3月12日)**　作七绝六首。宋高宗、卫青、张俭、颜含、王元谟、元稹。以上三日评点卢揖桥古今体诗一百二首，稍加删润。内有《灶□□》《□□痴》《小鸟叹》诸乐府，皆能主文谲谏，可解人颐。

**十九(3月13日)**　作七绝七首。刘幽求、长孙无忌、金海陵、吕强、赵普、贾易、徐阶。

**二十(3月14日)**　作七绝十三首。慕容垂、刘聪、□□、刘蕡、罗隐、□东、李善长、傅友德、黄子澄、徐有贞、李东阳、熊廷弼、贾继春。

**二十一(3月15日)**　作七绝十首。左贵嫔、冯小怜、吴绛仙、江采蘋、花蕊夫人、辽太后萧氏、嵇绍、高允、彭城王勰、梁武帝。以上咏史七绝共一百首。

**二十二(3月16日)**　酉刻，作五律一首寄怀卢揖桥。是日，闻各路粮艘阻隔，官吏捉船甚急，较去春势更凶猛。

**二十三(3月17日)**

**二十四(3月18日)**

**二十五(3月19日)**

**二十六(3月20日)**

**二十七(3月21日)**　雨。巳刻回家。以三月一日县试故也。

**二十八(3月22日)**　辰、巳刻,附航船到城,赠陈憩亭文稿一部,憩亭即留饮。申刻,过钟穆园寓,是夜即留宿。同寓林笛仙、方一松、顾西林、沈榜花。

**二十九(3月23日)**　雨,清晨有雷电。辰刻,候卢醒峰,即留朝膳。巳刻,候卜达庵,以咏史百首属其评阅,达庵留午膳。未刻,为认保十二人画押。沈朝琛、吴廷钦、□□□、□□、王增、伊佐圻、林熙、马家栋、徐铭勋、张廷模、叶馨士、吴乙莲。申刻,过伊铁耕寓。

## 三　月

**一日(3月24日)**　午后雨,夜更大,有雷电。午刻,候顾芝坪、蓉坪。未刻,候何亥卿。申刻,在鲁介庵处,晤费春林,大谈两时许。是日县试题:"可以无大过"至"言诗"。

**二日(3月25日)**　大雨,黄昏雷电大作。辰刻,屈小璪来会,即招同鲁介庵吃面。未刻,访沈□琴。赠以文稿一册,名敦韶,仁和人,工诗古文,曾为□中之游,今迁居当湖北门外。申刻,候徐宿生,不值。是夜,宿介庵处,三更时小街上魏店起火,延烧五六家,雨益大,火益炽。鲁氏几被池鱼之,唯幸而获免。

**三日(3月26日)**　大雨,雷声不绝。巳刻,候费春林。申刻,过张巳卿处。

**四日(3月27日)**　大雨。巳刻,借屈小璪《双佩斋诗文集》一套。王葑亭撰。午刻,过张文石寓。

**五日(3月28日)**　大雨。未刻,过顾芝坪处,适顾访溪自盛泽回来,畅谈数刻。酉刻,达庵还诗稿一册,已加评点。

**六日(3月29日)**　雨。辰刻,同卜达庵、高继庵等小饮义和馆。

巳刻，空照和尚来访。午刻，接到沈舜琴书。申刻，候顾访溪，留中膳。

**七日(3月30日)**　大雨。

**八日(3月31日)**　大雨。□刻，高警庵招饮，不赴。

**九日(4月1日)**　雨。巳刻，候冯少英。申刻，程伊斋来会。

**十日(4月2日)**　巳刻，同陆畹亭游小瀛洲。未、申刻，附航船回家。是日，□小瀛洲文昌庙祈科试，得十七签。后二句云："已过天桥经绝险，登高云路更何难。"

**十一(4月3日)**　巳刻，赠龚配京字扇一方，午刻即留饮。

**十二(4月4日)**　又雨。午刻，作《捉船谣》。乐府。

**十三(4月5日)**　夜雨。巳刻，代陈憩亭自题《琴鹤图》七绝三首，并加跋语。

**十四(4月6日)**

**十五(4月7日)**　巳刻扫墓。

**十六(4月8日)**　大雨。酉刻到馆。

**十七(4月9日)**　大雨。是日齿痛。

**十八(4月10日)**　午后腹痛。

**十九(4月11日)**　是夜，梦访一异僧于五重台。

**二十(4月12日)**

**二十一(4月13日)**

**二十二(4月14日)**

**二十三(4月15日)**　巳刻，始见县试正案。前列十名：郭徵芝、许乃柏、郑丙铨、郭人本、陆沄、张兆璜、吴均、王达源、李师膺、孙镜。

**二十四(4月16日)**

**二十五(4月17日)**　夜雨。

**二十六(4月18日)**　亥刻，同徐壬堂、周讷溪暨晋翁登舟。郡尊胡公于廿七日取齐府试。

**二十七(4月19日)**　午刻到郡。酉刻，定寓于东道巷□□□□□堂。

**二十八(4月20日)**　夜雨。巳刻,候卜达庵,不遇。午刻,游楞严寺,观紫牡丹。未刻,高莲塘来会,以王补亭《齐年堂文集》见借。申刻,候顾芝坪、榕坪。

**二十九(4月21日)**　辰刻,林笛仙来会。顾芝坪、榕坪、冯若兰锡光来会。刘乙斋、伊铁耕来会。巳刻,卜达庵、方一松来会,吴立山来会。午刻,候刘心葭。未刻,过张屋山寓。申刻,过徐梦春寓。徐约园来候,不值。□□,收到钟穆园书,又附林雪岩同余游雅山诗。七古。

**三十(4月22日)**　巳刻,施苏巢来会,沈攀香、杨竹斋来会。□刻,顾榕坪见赠七古一章,冯若兰亦赠七绝二首,乞余文稿一部。未刻,张文石昆仲等四人来同寓。钱海芗来会,沈慕琴来会。申刻,候许秋沙、吕秋塘,赠秋沙文稿一本。为认保二十七人画押。认保十一人:吴廷钦、杨成章、沈朝琛,有赀。挨保十八人:王浏、徐诇源、胡瑞馨、许惟清、纪金声、袁光耀、孙恩锡、张绀珠、徐垚钦、陆世勋、严霖、高浚、陆焕昌,有赀。张正源到,徐士璋、朱霆、俞壎、何维罴不到。酉刻,候柯小坡。小坡言去岁有一人冒余名字,至安吉教谕魏半石处打秋风者。候顾篆香,□□。徐壬堂赠余帽带、帽结二种。

## 四　月

**一日(4月23日)**　大雨,黄昏雷电交作。寅刻,送诸童入场。辰刻,买得《江左十五子诗钞》十五卷、《吴中女士诗钞》四卷。共钱四百。巳刻,答沈慕琴。午刻,顾篆香答候。未刻,评阅顾榕坪近诗数首。五古五律尤为超妙。是日,府试题:“回也闻。”

**二日(4月24日)**　雨寒。巳刻,同冯若兰至天真阁观东岳前贡物。有竹根一只,甚□。许秋沙、吕秋塘答访,不遇。

**三日(4月25日)**　寒。辰刻,过林笛仙寓。巳刻,偕顾榕坪、冯若兰游白漪庵,换渡至烟雨楼。午刻,复游天真阁,回谒徐太仆祠。申刻,过柯小坡,见其律赋数篇。

**四日(4月26日)**　辰刻,卜达庵、顾芝坪来会。巳、午刻,观鸿福班戏于郡庙。申刻,买得《大金国志》四十卷、《储在陆文集》六卷、《吴敬斋文集》十二卷。共钱五百五十。酉刻,同顾榕坪晚步。是日,闻徐芗泉死。

**五日(4月27日)**　午刻,同张文石、徐壬堂等登舟。

**六日(4月28日)**　夜雨。□□,至徐氏馆中。

**七日(4月29日)**　小雨。阅《王补亭集》《吴敬斋集》。

**八日(4月30日)**　阅《储同人集》《江左十五子诗钞》。

**九日(5月1日)**　阅《王葑亭诗文集》。迩日来胸鬲[间隐隐]作痛,兼之齿牙□血,噤龂难堪,盖心思过用之病也。

**十日(5月2日)**　是日天气稍正。巳、午刻,抄骈体文六首。未、申刻,观剧于麻鸟坟。恶不可耐。

**十一(5月3日)**　辰、巳刻,抄七律诗十二首。

**十二(5月4日)**　清晨雨。辰、巳刻,抄七古诗六首。

**十三(5月5日)**　重读《古诗源》一过。

**十四(5月6日)**　午、未、申、酉刻,与徐一桥畅谈半日。

**十五(5月7日)**　是日,徐壬堂请张文石到馆,并其子藜卿亦来。□□间□也。

**十六(5月8日)**

**十七(5月9日)**

**十八(5月10日)**　骤热。夜雨。

**十九(5月11日)**　寒。雨。未刻,寄单条四幅与家丽村。

**二十(5月12日)**　寒。午后雨。

**二十一(5月13日)**　大寒。雨。

**二十二(5月14日)**　寒。

**二十三(5月15日)**

**二十四(5月16日)**　酉刻,鲁介庵书来,言顾芝坪起病三日,遽作故人。余与芝坪向仅识面耳,自丙戌以来,情□甚殷,□谓□□□□,一旦分途,痛如之何。

**二十五(5月17日)**　巳刻,答鲁介庵书。是日,阅《艺海珠尘》数种。程大昌《诗论》、许之獬《春秋或辨》、程延祚《春秋识小录》、杭世骏《续方言》、陈士元《江汉丛谈》、叶抱崧《说叩》、陆荣柜《五经赞》、章学诚《妇学》,李心衡《金川琐记》。

**二十六(5月18日)**　阅《艺海珠尘》数种。陈士元《梦占逸旨》、吴坰《五总志》、孔平仲《谈苑》、吴骐《读书偶见》、曹仁虎《刻烛集》、《岳忠武王集》、孙甫《唐史论断》、许誉卿《三垣疏稿》、郑伯熊《书说》。

**二十七(5月19日)**　阅《艺海珠尘》数种。姜南《风月堂杂识》《学圃余力》《抱璞简记》、陈伦炯《海国闻见录》、毛奇龄《武宗外纪》、福庆《异域竹枝词》、冯柷《一楼居诗集》、陈金浩《松江衢歌》。

**二十八(5月20日)**　戌刻,始见府试全案。前十名:徐百龄、张莱柱、李[熙]、张鹤书、郭徵芝、高赐忠、郑丙铨、方炤、王达源、张瀛[皋]。

**二十九(5月21日)**　夜雨。阅《艺海珠尘》数种。毛奇龄《彤史拾遗记》、张唐英《蜀梼杌》、吕祉《东南防守利便》、杜诏《读史论略》、谈修《呵冻漫笔》、姜南《洗砚新录》《瓠里子笔谈》《叩舷凭轼录》。

## 闰四月

**一日(5月22日)**　□热,夜半大雷雨。阅《艺海珠尘》数种。张九成《论语绝句》、刘攽《孟子外书注》、杨慎《异鱼图赞》、张泓《滇南忆旧录》、冯贽《云仙散录》、吕颐浩《燕魏杂记》、《夏内史集》、黄淳耀《吾师录》、唐庚《文录》。

**二日(5月23日)**　忽寒。上午雨。阅《艺海珠尘》数种。陈景云《纪元要略》、龚鼎臣《东原录》、王柏《诗疑》、吴化龙《左氏蒙求[注]》、杜登春《社事始末》、杨枢《淞故述》、张英《聪训斋语》、吴骞《拜经楼诗话》、徐振《四绘轩诗钞》。

**三日(5月24日)**　阅《艺海珠尘》数种。董潮《东皋杂抄》、焦袁熹《小国春秋》、吕得胜《小儿语》、杨慎《古今谚》《古今风谣》、叶凤毛《说学斋经说》、毛奇龄《辨定[嘉靖]大礼议》、陈莀《修慝余编》、张泓《滇南新语》。

**四日(5月25日)**

**五日(5月26日)**

**六日(5月27日)**　作卜达庵《西窗夜话图记》。骈体。

**七日(5月28日)**　作卢揖桥《海滨纪事诗序》。骈体。

**八日(5月29日)**　午后雨。

**九日(5月30日)**　雨。

**十日(5月31日)**　雨。戌刻,卢揖桥书来,内附卢醒峰所赠山水横幅。

**十一(6月1日)**　作《韦应物论》。骈体。

**十二(6月2日)**　戌刻,《咏燕》一首。七古,中有寓意。

**十三(6月3日)**　作《长汀黄橘园暨配阙孺人六十双寿序》。骈体。黄友岩所托,出名连城黄位斗,现任四□知县□□。

**十四(6月4日)**　辰刻,覆卢揖桥书。巳刻,挽顾芝坪。短七古,四章。

**十五(6月5日)**　黄昏大雨。改旧诗十余首。

**十六(6月6日)**　□《屠牛说》。骈体。

**十七(6月7日)**　改旧诗十余首。

**十八(6月8日)**　改旧诗十余首。

**十九(6月9日)**　改旧诗十余首。

**二十(6月10日)**　戌刻,收到卢揖桥书。

**二十一(6月11日)**　改旧诗十余首。

**二十二(6月12日)**　戌刻,收到鲁介庵书。

**二十三(6月13日)**　巳刻回家,收到陈憩亭三月廿五日书。午刻,寄还高莲塘《齐年堂文集》。申刻,龚配京借《大金国志》。是日,知前月家中又有贼来,幸不失物。

**二十四(6月14日)**　巳刻,观富华班戏于关庙南。晤姚古槎、姚龙□。皆别十余年矣。

**二十五(6月15日)**　巳刻,寄萧雨香书,并附旧诗一卷。以雨香欲□入诗话故也。是日,闻旧门人俞四官种种不法,其父根堂沉之于渊。

**二十六(6月16日)**　辰、巳刻,附舟至平湖,吊顾芝坪丧。午刻,过何亥卿处。申刻,候卢醒峰,留晚膳,□即寄宿。

**二十七(6月17日)**　辰、巳、午、未刻,偕陆畹亭、周云青名逢祥,武生附舟至嘉善,候陈大鹏。名云彪,武孝廉。申刻,访唐秋涛,别已十二年矣。畅叙阔衷,夜即留宿。

**二十八(6月18日)**　大雨。巳、午刻,买舟至西塘,访魏小石。未刻,柯小坡来会。是夜,宿于小石处。阅陈云伯、舒铁云、郭频伽诸诗集。

**二十九(6月19日)**　雨。午刻,柯小坡来,同访魏半石名行淏,丙子举人、余南庐、凌春江、汪秋田。是日,以文集廿八本分赠陆鲁香、倪牧云、凌春江、李秋衫、汪秋田、李静川、魏半石、梅遥选、梅少彭、郁小□、王静坡、韩庆方、姚瘦秋、徐朗亭、梅半云、汪凝周、汪庆音、王晴江、王辛楣、王晓梅、张淡渊、孙筠□、朱湘帆、梅丽崑、余南庐、孙可斋、倪文泉、陆菖溪。而所访者只此四处。申刻,去柯小坡宅。酉刻,余南庐招饮,同席魏小石、胡文卿名其彬,庠生、余石琴即南庐子,庠生等八人。亥刻始散。

## 五　月

**一日(6月20日)**　巳刻,徐香泉名之鼎,庠生来会,以其亡弟春畦名□爵,曾为四川县丞。□稿二卷托余选定。午刻,魏小石招同陆菖溪名康勋,丙子科举人小集,适凌春江、汪瘦泉答访,即同叙饮。

**二日(6月21日)**　午后,大雨如注。辰刻,移寓魏半石处。巳刻,偕柯小坡、魏小石游雁塔寺,取天寥和尚遗诗三卷。午刻,游环碧庵,遇雨而回,候陆菖溪,即同至余南庐处避雨。是日,在南庐处食月饼,其味甚美。

**三日(6月22日)**　大雨。辰刻,阅《仿村别墨》明钱旃著、《萧林初集》钱芳著。巳刻,拜观魏□节公暨孝烈先生遗像册子。题跋者皆系名人笔墨。酉刻,晤李秋衫名应焜,戊寅副车、董古愚。是日,先收十一人谢意。魏半石、李秋衫、余南庐各一洋,汪秋田、汪凝周、汪庆音、凌春江、陆鲁香、梅丰云、梅少彭、梅瑶选各三钱。

**四日(6月23日)** 夜大雨。辰刻,柯砚北名之英,庠生,即小坡子、柯秋水庠生来会。巳刻,同魏小石游永寿禅院。未、申刻,附舟至枫泾方吴西斋,出视所著《六甲赘编》三十二卷,纪台湾郑寇事。又新刻《历朝名年史略》廿二卷、《明史纪事补》二十卷。余所□序□□□首。酉刻,曹雪庄来会。名□骏,一字锇仙,金山庠生。是日,知许松南已卒。

**五日(6月24日)** 雨,午后尤大。是日,与吴西斋、曹雪庄畅谈竟日,始知单静山去年已卒。

**六日(6月25日)** 巳刻,偕曹雪庄游永镇庵,登三层楼遥望云间□□,又过梵香林小憩。未刻,雪庄出视所著《国朝名媛诗话》十六卷,乞余撰序。又有《枫溪志》《枫溪诗钞》各若干卷。申刻,晤黄飞青名□□,嘉善廪生、何[榖]生。

**七日(6月26日)** 夜雨。巳刻,访陆蓉舫,善绘事,与余神交一纪矣。即同游四香亭。午刻,西斋设席[款]待,同宴翁叔钧海琛幼子,长于铁笔、吴书舟名熊,青浦庠生、曹雪庄等六人。

**八日(6月27日)** 夜半大雷雨。丑刻,附枫溪航船。申刻到乍浦,即至钟穆园处,赠以月饼两匣。穆园出视《灯光山秋集图》。即余与诸同人戊子秋事,绘□翁小海、林半樵也。是夜,宿于钟宅。

**九日(6月28日)** 午后雨。巳刻,候林雪岩、卜达庵。以柯小坡□子试帖五十首托其选入《盍簪集》。午刻,过伊铁耕处,即留饮。申刻,过曹淡秋处,不遇,淡秋即来会。

**十日(6月29日)** □□大雨。辰刻,至观海书院。巳刻,访□□□,见赠□资四洋。以前□寿序故。未、申刻,观四喜班戏于天后宫。

**十一(6月30日)** 雨。巳刻,候顾篆香,出视为余所作借书图序。[骈]体。申刻,刘乙斋招同刘心葭、曹淡秋、卢揖桥、邓晴溪、钟穆园食水饺子。申刻,候许德水先生。戌刻,曹淡秋招饮,同席卜达庵等六人。

**十二(7月1日)** 辰刻,黄友岩答会。巳刻,游大悲阁,访祥□

椅□。□所为□人,擅名于时。午刻,访凌春江。名□栻,鄞县庠生。未、申刻,观剧于天后宫。酉刻,郑晴溪招同林雪岩、刘乙斋、曹淡秋等七人叙饮。是日,卜达庵答候,钟小□、罗友兰来访,不遇。

**十三(7月2日)**　始热。卯刻,告辞钟宅,穆园见赠洋纸二束、洋扇四柄。巳刻,至□□,候鲁介庵,即至陆畹亭处,赠以洋扇二柄。午刻,过沈蓉村处,未、申刻,附航船回家。

**十四(7月3日)**　热。巳刻,过龚配京处,即留对酌。

**十五(7月4日)**　重阅《吴门画舫录》初、二集。

**十六(7月5日)**　热。日晡雷雨。是夜,家无赖子应飞死。

**十七(7月6日)**　夜雨。辰刻,陆畹亭书来,言考妹于十五日酉刻生一女。申刻,将至馆中,途遇大风雷雨,幸□□港,得免危险。

**十八(7月7日)**

**十九(7月8日)**　热。

**二十(7月9日)**　热。未刻,为陈松涛题《独听图》五律。申刻,作七律一首赠吴西斋。

**二十一(7月10日)**　热。申刻,题沈竹岑《拟陆放翁八书诗后》。七绝二首。竹岑名铭彝,□□人,曾为广文。

**二十二(7月11日)**　大热。

**二十三(7月12日)**　大热。

**二十四(7月13日)**　大热。

**二十五(7月14日)**　热。

**二十六(7月15日)**　热。

**二十七(7月16日)**　热。

**二十八(7月17日)**　大热。

**二十九(7月18日)**　大热。

**三十(7月19日)**　大热。未刻,为王蔼如作关圣、文昌、施王、韦陀四庙扁额。

## 六　月

**一日(7月20日)**　热。是日编成《木鸡书屋诗钞》六卷。自四月以来,将诗草千余首删存四百八首,起甲戌至丁亥,编成六卷,重为誊真,是日始毕。戊子以后尚未酌定。

**二日(7月21日)**　申刻,作七律一首,赠龚配京。

**三日(7月22日)**　申刻,作七律一章,寄刘南屏司马。

**四日(7月23日)**　□刻,卢揖桥书来。

**五日(7月24日)**　作曹锇仙《国朝名媛诗话序》。骈体。是日,闻丁卯桥卒于五月初六日。

**六日(7月25日)**　申刻,作七律一首,寄赠魏小石。

**七日(7月26日)**　申刻,题吕叔简先生《呻吟语》后。七律。题郭华野先生劾要人两疏后七律。

**八日(7月27日)**　热。作柯小坡《南湍秋泛图记》。骈体。

**九日(7月28日)**　酷热。为刘乙斋作《雅山秋集图记》。骈体。

**十日(7月29日)**　大热。未刻,题黄友岩《采菊图》。七古。

**十一(7月30日)**　大热。未刻,题钟穆园书室。五律。

**十二(7月31日)**　大热。作《感慨诗》八首。七律。

**十三(8月1日)**　午后雨。申刻,咏新月。五律。是夜,梦过高桥数处。

**十四(8月2日)**　日晡小雨。午刻,寄谢卢醒峰赠画。五律。

**十五(8月3日)**　热。作资州陈烈妇传。骈体。事见王葑亭文集中。

**十六(8月4日)**　夜半有急雨一阵。辰刻,寄卢揖桥书。

**十七(8月5日)**

**十八(8月6日)**　午后有雷。

**十九(8月7日)**　□陈春溆宪副传。骈体。

**二十(8月8日)**　午后热。

**二十一(8月9日)**　大热。

**二十二(8月10日)**　酷热。酉刻,卢揖桥复柬来。

**二十三(8月11日)**　更热。

**二十四(8月12日)**

**二十五(8月13日)**　酉刻,题杜登《春社事始末》后。七律。

**二十六(8月14日)**　午刻,补作《游雁塔寺》诗。五古。

**二十七(8月15日)**

**二十八(8月16日)**

**二十九(8月17日)**　热。是日徐壬堂欲逼余到城方子春处,不解何意。

## 七　月

**一日(8月18日)**　大热。日□大雨。

**二日(8月19日)**　热。

**三日(8月20日)**　热。

**四日(8月21日)**　酷热。酉刻,收到屈小瑑五月廿二日书,语极荒诞。

**五日(8月22日)**　酷热。

**六日(8月23日)**　□□,日晡大雷电,小雨。

**七日(8月24日)**　黄昏小雨,大雷。

**八日(8月25日)**　忽泻。

**九日(8月26日)**

**十日(8月27日)**

**十一(8月28日)**

**十二(8月29日)**　巳刻回家,收到姚古槎所赠单条一幅。

**十三(8月30日)**　巳刻,龚配京还《大金国志》一部。午刻,闻人言河南奇灾事。闰四月廿一日河南彰德府地震,五月十二日始止。共伤六县,死者无数。彰城镇地裂为二,涌出红白二水,民居汩没,化为大河,震后又有猛虎噬人，虎首马身，据称神虎，人不敢捕，但以刀戟自卫而已。

**十四(8月31日)**　以上数日，重阅《切问斋文钞》《廿四家文钞》一过。

**十五(9月1日)**　午刻，寄吴西斋、曹锇仙书。

**十六(9月2日)**　辰、巳刻，附航船到城，候鲁介庵，即留饮。未刻，寻卢醒峰，不遇，即□陆畹亭家，是夜留宿。

**十七(9月3日)**　子刻月蚀。□刻，候卜达庵。巳刻，候沈舜琴，见其《听花诗草》二卷。□有黔游诗十余首，才思尤□雄壮。又过徐宿生处。午刻，候顾蓉坪，不遇。申刻，同鲁介庵游小瀛洲。是日，小琭寻余六次，不值。余以其性情乖戾及覆□不□，亦不之答。

**十八(9月4日)**　热。午后小雨。辰刻，候沈蓉村、陈白芬。巳刻，冯芍阑来访。午刻，沈蓉村招饮远和馆。沈舜琴答候，不值。

**十九(9月5日)**　热。辰刻，空照和尚来访。巳刻，候何亥卿、施笙六。戌刻，鲁介庵□，谈至□□。

**二十(9月6日)**　大热。巳刻，候沈豑堂。未刻，寻俞云涛，不遇。戌刻，鲁介庵复□，谈至二鼓。

**二十一(9月7日)**　大东北风，有雨。入夜风转东南，声如海涌，田禾半坏。是日，欲回家，因风大不果。

**二十二(9月8日)**　巳、午刻，附航船回家，知叶书山于昨日病殁。

**二十三(9月9日)**　辰刻，吊叶□丧。

**二十四(9月10日)**　小雨，骤寒。重阅《东华录》一过。

**二十五(9月11日)**　雨。

**二十六(9月12日)**　午后雨。

**二十七(9月13日)**　午后大雨。以上二日，重阅秦小岘、朱青湖、李许斋诸诗集一过。

**二十八(9月14日)**　申刻，周讷溪来会，言徐壬堂次子于廿五日以痫疾死。壬堂次子，年甫□岁，已完四子书，余二十年来弟子中所罕覯，

□闻殇□,□痛余怀。

**二十九(9月15日)**　辰、巳刻,评改周讷溪赋四首古今体诗十余首。赋笔尚妥。

**三十(9月16日)**

## 八　月

**一日(9月17日)**　以上二日重阅吴澹川、石远梅、□□□、马□乐诸诗集一过。

**二日(9月18日)**　申刻,龚配京借《熙朝新语》《武功纪盛》二种。

**三日(9月19日)**　申刻,附嘉兴夜航。以李文宗初六日取齐禾郡故也。

**四日(9月20日)**　亥刻到郡,暂寓陆世良宅。午、未刻,观鸿福戏于郡庙。申刻,晤张虹巢,始知七月廿一日海盐塘岸因大风塌倒九百余丈,水几没城。

**五日(9月21日)**　辰刻,过书肆买得宋小茗《耐冷谭》十六卷一百六十、王述庵诗钞十二卷、胡会恩《清芬堂诗集》八卷。共二百八十。酉刻,林雪岩、笛仙来会。知周铁岩已卒。

**六日(9月22日)**　辰刻,答林雪岩。巳刻,定寓于车来桥褚宅,同寓卢揖桥、曹淡秋、刘乙斋、种穆园、徐翰香、伊铁耕六人。申刻,赠陆世良字扇一柄。

**七日(9月23日)**　热。巳刻,林雪岩作长歌见赠。中间叙三十年离合悲欢之处,屈曲善达。未、申刻,观胜华班戏于郡庙。酉刻,冯芍阑来会。

**八日(9月24日)**　雨。巳刻,俞芷衫来会,以诗稿见示,托余撰序。朱一山来会。申刻,寻费春林,不值。酉刻,候柯小坡,赠以《蒨霞轩诗钞》二卷。

**九日(9月25日)**　巳刻,至杉青闸,观都司演武。费春林答访,不遇。申刻，卜达庵来会。酉刻，柯小坡答候。

**十日(9月26日)**　辰刻，冯石阑招吃面。巳刻，萧雨香来访。言所撰萧□诗话已成□□，卷中采余《林处士墓》一首、《东明寺》二首。又言去岁余所赠文稿五本多为□□取去，竟至人人传抄，不能遍给。午刻，寻刘霞庄，不遇。未刻，施笙六、孙少山过会。申刻，观鸿福戏于嘉兴县署。刘心葭来访，不值。是日，李文宗到，尚俟十三日开考。

**十一(9月27日)**　巳刻，复至杉青闸观副总练兵。午刻，游落帆园。未刻，萧雨香以近诗二卷见示。笔力绝似吴澹川。申刻，过何亥卿寓。

**十二(9月28日)**　巳刻，偕周晓峰、林笛仙、卢揖桥、曹淡秋等游陈园。午刻，题胡□琴《贯月虹舫图》。五律。刘霞茳答候，不值。

**十三(9月29日)**　辰刻，入场考古学，坐东巨十八号。"吴仲圭墨竹赋"以题为韵，"秋晴枕席温"得"□"字，□□□谣。□刻出场。

**十四(9月30日)**　热。午后雨。辰刻，冯少英过会。巳刻，陈荔园过会。午刻，答卜达庵，兼候刘筠庄。

**十五(10月1日)**　雨。辰刻，送认保古学童生林熙、伊佐圻入场。巳刻，严粟□来会，赠以文钞一册。名坤，归安人，工铁笔，诗亦入格。陆桂湘来会。午刻，评点冯石阑律赋二首。未刻，偕柯小坡至林雪岩寓，顾春樵来访，不值。

**十六(10月2日)**　雨。辰刻，张文石来候，不值。巳刻，魏小石来会。续收西塘倪文泉等七人谢意，约两洋许。□小石《山影楼诗存》《镂冰词钞》二种。午刻，顾访溪来会，罗莼浦来会。申刻，吴江仲子湘来访不值。酉刻，观古学案。阖属只取九名，海盐得□，当湖得四，又县学卜葆鈖、刘然藜、□□□，府学曹镇定。

**十七(10月3日)**　午后雨。卯刻，入场科试，坐东珠十六号。"使自得之"二句；策：□□；诗题："字学晋碑终日写"得"临"字。是日搜检极严。未刻出场，刘霞茳来会。是日，委冯石阑为认挨保画押。认保十人：徐铭勋、伊佐圻、马家栋、张廷模、沈朝琛、吴廷钦、杨成章、戈廷柱，有赞。林舆到，吴乙莲不到。挨保十六人:张兆璜、俞志青、张振棫、汪邵澜、王文淦、马鼎勋、高秉礼、沈嘉钦、于廷楷、孙承源、罗引孙,有赀。□□□到。金维垣不到。马炯、钱式曾、张星垣不考。

**十八(10月4日)** 雨。辰刻,答魏小石,兼候李秋衫。午刻,仲子湘来会,赠以文稿□□,亦留中膳。未刻,徐翰香乞取文稿一册。申刻,林雪岩、刘心葭、陈鹤亭来会。酉刻,柯小坡来会。

**十九(10月5日)** 卯刻,赴宏文馆唱保。巳刻,谒嘉善教谕汪雨人先生。先生是日值场,不遇,留□文稿一册乞其撰序。先生名能肃,系戊辰广西解元,十上春官不第,今归籍山阴。兼赠训导沈公桐川一册。名金淮,钱塘举人。申刻,晤沈舜琴,属余撰其诗□□。是日,平湖童生题:"入太庙每事问"。

**二十(10月6日)** 雨。巳刻,复谒汪雨人先生,适逢其抱恙,又不值。申刻,观□□案。招覆二十二名:施汝懋、卜葆鈖、冯志熙、施锷、刘然藜、徐光济、屈钦邻、张润□、[马]承昭、徐钟麟、俞錡、沈国□、王廷柱、陆锡诰、朱汝梅、顾广誉、于立、王大墉、陈以清、朱善张、张瑮、汪浩。

**二十一(10月7日)** 小雨。巳刻,陈白芬来访,不遇。午刻,许友巢招饮,名翊唐,嘉善庠生。乞余为其室人程玉映作《伴花诗稿序》。未刻,买得诸虎男诗文集十六卷、陶孚尹诗文集十卷。共钱三百。申刻,观新进案,余认挨保林熙、张兆璜二人获选。徐百龄、屈宝英、郭徵芝、张兆璜、邵穆、陆渭、方炤、王庚晋、高赐忠、王浏、陆沄、袁熊徵、周錡、郑秋溶、王士谔、俞钦载、袁大谟、孙时保、徐绍基、冯棣、孙镜、江麟瑞、邹□龙、林熙、李师邕。拨府五名:张瀛[皋]、陆焕旂、柯维熊、张莱柱、王光燮。

**二十二(10月8日)** 雨。辰刻,答陈白芬。巳刻,汪雨人先生答访,适余外出,不值。余闻信即往谢步。先生游陈园,仍不遇。未刻,过梅春江寓。申刻,以旧诗二卷付张虹巢选入《苔岑集》。

**二十三(10月9日)** 辰刻,送新进覆试。巳刻,迁寓于林雪岩处。在火[德庙]桥□□宅。午刻,复候汪雨人先生,又以外出不遇。先生随即答寻,亦不值。申刻,朱云泉来会,张秋渔赠菜仪二洋。

**二十四(10月10日)** 雨,夜更大。巳刻,观科试全案二等五十二名，三等前列十名，余在第九，仍□□试名次□□事。不取者一百八名。富惠居末。

**二十五(10月11日)** 雨，午后始止。巳刻，观童古学案。共取十二名，平湖得五人：林熙、张瀛皋、邵穆、张莱柱、何维□。午刻，始见汪雨人先生，读其《壶山集》《魏塘集》二种，命余作序。诗古文俱有奇局，独开生面，诗中如《古琴》《古剑》，文中如《王祥论》《祢衡论》《拟司马懿报蜀遗巾帼书》，皆非俗手所能。

**二十六(10月12日)** 夜雨。巳刻，观新进大覆。见嘉善幼童钟文蒸，年仅十□□，□□过人，县第一府第九，院试又得第□。午刻，游楞严寺。申刻，周兰坡率张秋渔拜谢，见赠四洋。戌刻，柯小坡来，谈至二鼓。

**二十七(10月13日)** 雨。辰刻，郁醉石过会。未刻，观三元戏于郡庙。申刻，林笛仙见谢两洋。余答以文稿一册、《传经堂制艺》一部。

**二十八(10月14日)** 侵晓雨。卯刻，偕林雪岩、陈鹤亭、林笛仙登舟。巳刻，至平湖，至陆畹亭处。始知考妹于八月初大病垂危，近稍痊可。申刻，候顾蓉坪。

**二十九(10月15日)** 始晴。辰刻，过冯芍阑处，见其所藏《吕晚村家训》、陈□□手札真迹、□养正《新年百咏》。午刻，过吴访岩处，出视许光祚《小妇词》百首真迹。许君前明万历时人，《小妇词》者，自伤其遇也。未刻，寻沈舜琴不值，复至顾蓉坪处大谈。酉刻，陈憩亭招食蟹。

**三十(10月16日)** 辰刻，侯卢醒峰。申、酉刻，附航船回家。

## 九　月

**一日(10月17日)** 阅《耐冷谭》。辰刻，寄徐壬堂札。约初四日到馆。

**二日(10月18日)** 阅诸虎男《说诗堂全集》。

**三日(10月19日)** 午刻,徐壬堂复书来。言须俟十七日放舟来载。未刻,寄冯石阑□□咏剧诗一百首。

**四日(10月20日)** 阅《清芬堂》《欣然堂》两集。

**五日(10月21日)** 午前雨。阅朱少文《史论》初、二集。

**六日(10月22日)** 阅王述庵诗集。

**七日(10月23日)** 重阅吴芸父、杨羲承、任鲁堂、胡东轩诸诗集。

**八日(10月24日)** 重阅姜笠门、蔡芷衫、王味兰、赵小坡、屠琴坞诸诗集。

**九日(10月25日)** 重阅朱二垞、薛鲁哉、姚友砚、陆西解、郑笏君、丁见堂诸诗集。

**十日(10月26日)** 雨。重阅阮芸台、朱少仙、李金澜、董香石、吾南园诸诗集。

**十一(10月27日)** 雨。抄骈体四篇。

**十二(10月28日)** 重阅王葑亭、张船山、聂蓉峰诸诗集。巳刻,吊金氏丧。

**十三(10月29日)** 夜雨。重阅《浙西六家诗钞》。申刻,金鼎臣书来。骂徐□□□余馆□□。是夜,梦见一大汉身长七尺,腰带十围,厥状可畏。

**十四(10月30日)** 重阅秦小岘、彭甘亭、徐春田诸诗集。午刻,寄卢揖桥书。

**十五(10月31日)** 午刻,咏月华。七律。未刻,作《秋郊闲眺》一首七律。

**十六(11月1日)** 戌刻,冯芍阑书来,附寄怀诗一首。五律。并知卢揖桥尊人于□□日下世。

**十七(11月2日)** 辰刻,寄书慰卢揖桥并附奠分。银四钱。未刻到馆。

**十八(11月3日)** 阅[胡书]巢、袁香亭、何南园、陆湄君诸诗集。

**十九(11月4日)**　阅《随园诗话补编》及《八十寿言》。

**二十(11月5日)**　抄□律诗二十三首。

**二十一(11月6日)**　抄七律诗二十二首。

**二十二(11月7日)**　阅随园随笔。

**二十三(11月8日)**　抄骈体四篇。申刻,卢揖桥书来。

**二十四(11月9日)**　抄七古十二首。是夜,梦拾得辫发一根,其辫□甚佳。

**二十五(11月10日)**　午、未刻,阅颜鉴堂《百美新咏》。

**二十六(11月11日)**　抄七律十□首。是夜,梦过一家,有美妇数□□□窥余,内有一妇人认余为徐秋汀者,不知秋汀何许人也。

**二十七(11月12日)**

**二十八(11月13日)**

**二十九(11月14日)**　重阅《小仓山房诗集》。

## 十　月

**一日(11月15日)**　作钱梦庐《番钱谱序》。骈体。午刻,卢揖桥书□。□□□陈云巢明岁欲延余课其子,□□□□三人,脩金三十洋,节仪在外。未刻,答揖桥柬。

**二日(11月16日)**　作冯芍阑《绿杉野屋图记》。骈体。是夜,梦随先君子游□□,景致幽渺。偶憩古庙,余遗失一冠,行□里始觉,回至庙中寻觅,则此冠依然在几也。

**三日(11月17日)**　戌刻,冯芍阑书来,见赠秘阁一方,上刻铭辞甚佳,乃卢揖桥所撰。并还咏剧诗一册。

**四日(11月18日)**　是日,晋畇始读制艺。

**五日(11月19日)**　午刻,复冯芍阑书,并呈钱丈梦庐。

**六日(11月20日)**　作汪雨人学博诗文集序。骈体。

**七日(11月21日)**　雨。作程玉映女史《伴花小草序》。骈体。

**八日(11月22日)**　午刻,寄魏小石书。

**九日(11月23日)**

**十日(11月24日)** 夜雨。

**十一(11月25日)**

**十二(11月26日)** 以上四日,抄元诗二百廿九首。是夜,梦行大雨中,雨势如百万剑戟,□□无行人,予独以一破伞当之。

**十三(11月27日)** 是日,晋翖始作文。颇能成句。

**十四(11月28日)** 雨。

**十五(11月29日)** 始寒。

**十六(11月30日)** 以上四日,抄□诗二百十三首。

**十七(12月1日)** 夜雨。

**十八(12月2日)**

**十九(12月3日)** 作《地裂叹》。七古柏梁体,纪四月[间]地震事也。

**二十(12月4日)** 巳、午刻,补作杉青闸观演武歌。七古。

**二十一(12月5日)** 大西北风。巳刻,咏弹花。五律。

**二十二(12月6日)** 寒。巳刻,题卢揖桥诗集一首七律,赠仲子湘一首七律。

**二十三(12月7日)** 寒。午刻,咏《不寐》一首五律,赠张海门一首七律。

**二十四(12月8日)** 寒。申刻,咏《鸟声》一首。五古。

**二十五(12月9日)** 寒。巳刻,补作《游永镇庵》一首。五古。

**二十六(12月10日)** 夜雨。□刻,作《买书行》。七古。

**二十七(12月11日)** 雨。酉刻,题所选《国朝七律诗》十卷后。七绝四首。□刻,题所选《国朝骈体文》十六卷后。七律。

**二十八(12月12日)** 酉刻,题所摘二十一史杂事后。七律。

**二十九(12月13日)** 午前雨。是日,续编《木鸡书屋诗钞》第七卷。自戊子至庚寅,计□□□。

**三十(12月14日)** 夜大西北风。

## 十一月

**一日(12月15日)**　寒。重阅《湖海诗传》。

**二日(12月16日)**　作明宫词十六首。每一帝一首,其事实都取裁于毛西河《彤史拾遗记》。

**三日(12月17日)**

**四日(12月18日)**

**五日(12月19日)**

**六日(12月20日)**　巳刻,寄吴西斋书。

**七日(12月21日)**　巳刻,寄陈憩亭书。

**八日(12月22日)**　午刻,王梦莲、方冬郎过会。申刻,主人为设冬至□□。

**九日(12月23日)**

**十日(12月24日)**

**十一(12月25日)**

**十二(12月26日)**　夜大西北风。戌刻,主人饯行。

**十三(12月27日)**　寒。午刻回家。

**十四(12月28日)**　寒。巳刻,赠龚配京楹帖一联。林雪岩书。

**十五(12月29日)**　午刻,寄卢揖桥书。

**十六(12月30日)**　巳、午刻,附航船到城候鲁介庵。知方丈桂岩已卒。□至陆畹亭处。申刻,候陈憩亭,夜宿陆宅。是日,始闻西域安集延国举兵反叛已经三日,上命大学士长龄等讨之。

**十七(12月31日)**　巳刻,冯芍阑招饮通益亭。午刻,访钱梦庐,不遇,留□□稿一部,即候张海门,兼游婴山。山高四丈余,有二十四景,海门祖熙河先生所造。未刻,寻卢醒峰,不值,留赠《春雪亭诗话》《绣余吟草》二种。申刻,同顾蓉屏、冯芍阑游鹦鹉洲。是日,卜晓岩卒。达庵丁艰,余将补实廪膳。

**十八(1831年1月1日)**　午刻,候顾蓉坪即同访沈舜琴,见示所作古文数篇,又赠余《双昙花□草》五本。双昙花者,舜琴姊名嫿、妹名俊遗稿也。申刻,刘霞荘招小酌,即以《双昙花诗》一册赠之。

**十九(1月2日)**　巳刻,冯芍阑招同鲁介庵、钟穆园集通益亭。午刻,复候钱梦庐,兼晤林梅隐。酉刻,陈憩亭招饮,夜即留宿。

**二十(1月3日)**　巳刻,晤卢揖桥。午、未刻,观宝和班戏于邑庙。戌刻,陈□□设盛席相待,同宴徐秋如、沈愚溪、卢莘亭等十人。

**二十一(1月4日)**　巳刻,新门斗陈裕山来见。讲定补廪费三千。午刻,赠憩亭《双昙花诗》一册,憩亭答赠水烟一斤。申、酉刻,附航船回家。

**二十二(1月5日)**　夜大西北风。

**二十三(1月6日)**　申刻,寄陈憩亭书并赠戊寅诗稿一册。

**二十四(1月7日)**

**二十五(1月8日)**

**二十六(1月9日)**

**二十七(1月10日)**

**二十八(1月11日)**　寒。

**二十九(1月12日)**　寒。

**三十(1月13日)**

## 十二月

**一日(1月14日)**　以上五日细读《文选》一过。

**二日(1月15日)**　重阅鲁秋塍文钞一过。

**三日(1月16日)**　未刻,鲁介庵书来,并附钱梦庐所赠成亲王敲碑字对□联□。

**四日(1月17日)**

**五日(1月18日)**　以上二日,重阅徐电发《本事诗》一过。

**六日(1月19日)**

**七日(1月20日)**

**八日(1月21日)**

**九日(1月22日)**

**十日(1月23日)**

**十一(1月24日)**

**十二(1月25日)**

**十三(1月26日)**　午刻,龚宅招婚宴,不赴。是夜,梦与李海帆□生长谈。

**十四(1月27日)**

**十五(1月28日)**

**十六(1月29日)**　巳刻,吊吴氏丧。以上数日天气大暖,竟似三四月光景。

**十七(1月30日)**　夜小雨。

**十八(1月31日)**

**十九(2月1日)**　夜雨。

**二十(2月2日)**　夜雨。

**二十一(2月3日)**　小雨。

**二十二(2月4日)**　下午雪。是日,晋韶完制艺。

**二十三(2月5日)**　夜复雪。

**二十四(2月6日)**　雪更大。

**二十五(2月7日)**　忽雨忽雪。

**二十六(2月8日)**　雨夹雪。

**二十七(2月9日)**　寒。

**二十八(2月10日)**　寒。

**二十九(2月11日)**　寒。

**三十(2月12日)**　寒。

是年用钱六十七千。

# 道光十一年辛卯(1831),四十三岁

## 木鸡书屋日志

### 正　月

**一日(2月13日)**　午后小雨。抄骈体文五首。

**二日(2月14日)**　雨。

**三日(2月15日)**

**四日(2月16日)**　夜雪。

**五日(2月17日)**

**六日(2月18日)**

**七日(2月19日)**　辰、巳刻,附航船到城,拜候陈憩亭、鲁介庵、陆畹亭。是夜,宿陆氏。

**八日(2月20日)**　辰、巳刻,拜候程伊斋、何亥卿、顾蓉屏、钱梦庐、顾访溪、方子春、卜达庵、冯芍阑、卢醒峰,所遇惟钱、方、卢三君。兼吊方丈桂岩丧。午刻,同屈纯甫、鲁介庵等洲北寺。申刻,以家藏王拱辰所书《滕王阁序》册页赠陈憩亭。是夜,即宿其处。

**九日(2月21日)**　夜雨。巳刻,偕方在卿名登俊,昌化秀才等至官前,观道□上天□□□鲁介庵游徐氏茂修园。是日,闻胡东井卒。

**十日(2月22日)**　大雨。申刻,过卢醒峰处,即留饮。

**十一(2月23日)**　夜大雨。巳刻,过卜达庵处略谈。申刻,同吴云亭、陆畹亭饮西门外。是日,钱梦庐等答拜,皆不遇。

**十二(2月24日)** 雨,夜更大。巳刻,过顾蓉屏处,见张海门诗一册。中有《出居庸关》《过吕梁洪》诸作,雄深雅健,所向无前。未刻,鲁介庵招同陈憩亭叙饮。

**十三(2月25日)** 雨。辰刻,赴冯芍阑招。午刻,同卜达庵饮于芍阑处。酉刻,借芍阑《同岑□□》十二卷。

**十四(2月26日)** 雨,夜半月蚀。午刻,同赵朵山等茶话。

**十五(2月27日)** 始晴。未、申刻,附航船回家。

**十六(2月28日)** 午刻,龚配京招饮。

**十七(3月1日)** 午刻,赠钱、叶两家婚仪。

**十八(3月2日)** 辰刻,送次男秦梦受业陈某。

**十九(3月3日)** 辰刻,率晋甋登舟。申刻到乍浦,至卢揖桥宅插香。□□钟穆园处,夜即留宿。

**二十(3月4日)** 辰、巳刻,拜候林雪岩、赖紫山、黄友岩、曹淡秋,又至邓晴溪宅插香。午刻,淡秋留饮。申刻,同卜达庵、曹淡秋等登汤山,复游海塘。是日,闻嘉善有三十六诸生横行闾里,图诈钱财,人□为天罡党,郁醉石、朱共命等皆在此数,为孙制军所访知,饬府县拏究。

**二十一(3月5日)** 辰、巳刻,拜候许德水、刘瑞圃、徐雪庐三先生,暨□陈鹤亭、刘心葭。午、未刻,赖紫山、黄友岩等答拜。申、酉、戌刻,阅俞蛟《梦厂杂著》。

**二十二(3月6日)** 雨。午刻,钟敬亭设酌见待,同席卜达庵、何亥卿、孙秋溪、卢揖桥。申、酉、戌刻,阅吴嵰山《红雪山房诗集》。

**二十三(3月7日)** 午后仍雨。巳刻,至陈云巢处开馆,受业二人。一云巢子,年十岁;一云巢族侄,年十五,嘉定人。午刻,云巢设酌相待,同席卢揖桥、钟穆园。

**二十四(3月8日)** 大雨。未刻,刘心葭答拜。酉刻,陈云巢重□文稿□□□□。

**二十五(3月9日)** 大寒,午前大雪。阅《水经注》。

**二十六(3 月 10 日)**　大寒。午刻,以《双昙花诗集》两册分赠许德水、卢揖桥。申、酉刻,阅何汝宾《兵录》。

**二十七(3 月 11 日)**　寒。巳刻,许德水先生答拜。申、酉刻,阅《唐世说》。

**二十八(3 月 12 日)**　抄骈体文五篇。

**二十九(3 月 13 日)**　寒。巳刻,徐芸岘答拜。言今岁乡试以正科作恩科,明年补行正科。戌刻,卢揖桥招饮,同席林雪岩、刘乙斋、曹淡秋、邓晴溪、钟穆园。

## 二　月

**一日(3 月 14 日)**　午刻,邓晴溪招饮,同席卜达庵等六人。酉刻,寻高继庵不遇。

**二日(3 月 15 日)**　夜雨。阅《山东通志》。

**三日(3 月 16 日)**　雨,夜更大。申刻,阅韵文。

**四日(3 月 17 日)**　雨,夜更大。酉刻,卜达庵、伊铁耕、钟穆园来会。

**五日(3 月 18 日)**　雨。阅余心孺《詅痴梦草》。诗文、尺牍、杂著共十余卷,无一语可解者。

**六日(3 月 19 日)**　雨,夜更大。午刻,林半樵招宴,同席陈鹤亭、刘心葭、卢揖桥、钟穆园等八人。申刻散席,酉刻复留饮。

**七日(3 月 20 日)**　阅汤绍祖《续文选》。

**八日(3 月 21 日)**　午后又雨,夜更大。阅《金华文统》。皆金华人之工古文者,自宋迄明共二十六人。

**九日(3 月 22 日)**　雨。辰、巳、午、未刻,阅金圣叹《杜诗解》。申刻,至观海书院,乞取汪一江《古梅溪馆二集》诗一部。诗有作意,颇近青邱。

**十日(3 月 23 日)**　夜大雨,有雷。阅金圣叹《唐诗分解》。酉刻,作《示儿诗》一首。七律。

**十一(3月24日)**　大雨。作《义伶杨花传》。骈体,此事载许小欧《三异笔谈》。□刻,高□□来会。是日,闻学使李公丁艰。旋即病殁于途。

**十二(3月25日)**　辰刻,评阅冯芍阑骈体文四首。刘筠庄来会。午刻,寄陈憩亭书。酉刻,卜达庵、曹淡秋来会。

**十三(3月26日)**　辰刻,梅童子仁喜来受业。巳刻,林雪岩来会。午、未、申、酉刻,阅魏裔介《约言录》《论性书》《圣学知统翼录》。

**十四(3月27日)**　夜雷雨。巳刻,陆桂湘来访,取余律赋二篇,刻入《韵兰二集》。午刻,作骚体一章,寄怀陈憩亭、冯芍阑。未刻,周坎云来会。酉刻,冯芍阑来会。是日,以文稿一册赠陆桂湘。以上四日湿热异常,竟似黄梅天气。

**十五(3月28日)**　夜雨。重阅《寻壑外言》。是日,闻新疆平。

**十六(3月29日)**　夜雷雨。辰刻,赴观海书院甄别。生:"居处恭"二句;童:"桃之夭夭"二句试帖,"西戎即叙"得"来"字七排,"杏花春燕"得"春"字。午刻,过陆春林馆。申刻,至卷勺园借得丁小鹤文钞五卷。

**十七(3月30日)**　大雨。巳刻,曹介庵来会。酉刻,过高继庵馆。是夜,梦见□□,□黄而有风趣,能知医理,余甚悦之。

**十八(3月31日)**　巳刻,陈憩亭覆书来,并赠茶食一匣。午刻,刘乙斋、卢揖桥、钟穆园来会。酉刻,林雪岩来会。是日,代晋畚作"桃之夭夭"二句、"西戎即叙"试帖诗、"杏花春燕"七排诗。

**十九(4月1日)**　申刻,过钟穆处。

**二十(4月2日)**　夜雨。作《华亭周孝女传》。骈体。事见诸晦香《明斋小识》。

**二十一(4月3日)**　寒。辰刻,为陈自轩题《稚子候门图》。七律。巳刻,冯芍阑寄赠钱梦庐画竹一幅,又顾蓉坪寄《鹦鹉洲同游诗》二首。五古。

**二十二(4月4日)**　始晴。午刻,刘乙斋来会。申刻,陈鹤亭来会。

**二十三(4月5日)**　辰刻,寄吴西斋书。巳刻,同林雪岩、陈鹤亭、周晓峰等游景公庙。午刻,至汤山下观城隍赛会。

**二十四(4月6日)**　巳刻,偕曹淡秋、钟穆园等游陈山寺,观士女烧香,至未刻而回。是日,寄吊卜晓岩丧。

**二十五(4月7日)**　巳刻,家友岩来会,托撰范济川七十寿序。酉刻,卢揖桥赠火肉一包。以馆中食肉甚难也。

**二十六(4月8日)**　是夜,有大怒。

**二十七(4月9日)**　午后小雨。作《范济川七十寿序》。骈体。托名翰林院侍讲朱琣□。济川,汀州上杭人。

**二十八(4月10日)**　雨。辰刻,寄魏小石、柯小坡书。酉刻,借得高继庵《雨村诗话》十六卷。是日,馆中供膳始可。

**二十九(4月11日)**　雨。阅《雨村诗话》。是日,闻工部左侍郎吴公椿补授浙江学使。吴公,徽州歙县人,壬戌进士。

## 三　月

**一日(4月12日)**　申刻,家菊庄来会,徐翰香来会。

**二日(4月13日)**　雨。抄七律廿七首、七古三首。自去冬十二月望后,淫雨连绵,至今未歇。闻粮艘因水大不能出境,各路又欲捉船。噫,前两年苦旱,今年苦雨,不识天心竟何如也。

**三日(4月14日)**　酉刻,周晓峰来会。是夜,梦投水不死。

**四日(4月15日)**　午、未刻,作《乍浦游山词》十首。七绝。

**五日(4月16日)**　夜雨。申刻,卢醒峰来会。酉刻,以《雨村诗话》寄还高继庵。□□范永德来会,谢余为其尊人作寿序,见赠笔资八洋。是夜,梦见近人诗数册,中有周孝楼、吴华南二人,所作尤佳。

**六日(4月17日)**　未、申刻,过许德水、曹淡秋两处。是夜,有腹疾。

**七日(4月18日)**　夜大雷雨。辰刻,抄七律十二首。是日,骨节俱痛。

**八日(4月19日)**　夜半雨。

**九日(4月20日)**　□午大雨。

**十日(4月21日)**　酉刻，曹淡秋来会，赠余蜜浸樱珠一瓶。是日日中，身大不适，如负重创。

**十一(4月22日)**　是夜，身上发热。

**十二(4月23日)**　是日，疾如故。

**十三(4月24日)**　夜雨。阅李雨村《新搜神记》《唾余新拾》《榜样录》三种。《榜样录》中有记王亶望奢淫一段，可为鉴戒。是夜，疾更甚。以上三日，日间俱平稳，至夜则筋骨俱痛，殊不可解。

**十四(4月25日)**　是日，精神稍健。申刻，卢揖桥、钟穆园来会。

**十五(4月26日)**　巳刻，陆二江来会。午刻，题卢仝《月蚀》诗后。五律。题王子安集后。七绝。

**十六(4月27日)**　是日，带病作《鲁简肃公海塘显神颂并序》。记去岁七月二十一日事也。

**十七(4月28日)**　巳刻，林雪岩来会。午后，疾势大作。自三月以来，每一日寒一日热，热则似端阳节气，寒则似冬至节气，余虽善于保身，至此亦力不能支矣。是夜，有大恨。

**十八(4月29日)**　是日，身痛尤剧。

**十九(4月30日)**　午后小雨。

**二十(5月1日)**　午后小雨。

**二十一(5月2日)**　大西北风，颇寒。

**二十二(5月3日)**　夜雨。未刻，过观海书院晤张海门。是日，宿疾渐瘳。

**二十三(5月4日)**　甚寒。未刻，偕钟穆园至霍庙观宝和班戏。

**二十四(5月5日)**　酉刻，同卢揖桥、邓晴溪步海塘，还过钟穆园处，即留夜膳。戌刻，至兴隆庙听九成奏。

**二十五(5月6日)**　午后，仍至霍庙观宝和班戏。

**二十六(5月7日)**　骤热。夜半雨。酉刻,卢揖桥馈橘饼十枚。

**二十七(5月8日)**　午前大雷电,雨,□忽寒。午后,在鄞江会馆观凤台班戏。

**二十八(5月9日)**　寒。是日,因误碎一碗,大为主家仆媪辈所詈辱。

**二十九(5月10日)**　□刻,陈载扬、卜达庵、卢揖桥陆续来会。酉刻,高继庵来会。

**三十(5月11日)**　夜雨。午后,邓晴溪招观宝和戏于鄞江会馆。

## 四　月

**一日(5月12日)**　午后,卢揖桥招观宝和戏于天后宫,余为点戏。

**二日(5月13日)**

**三日(5月14日)**

**四日(5月15日)**　酉刻,邓晴溪、钟穆来会。是日,晋畇始作试帖。

**五日(5月16日)**　作《上虞袁孝子传》。骈体。事见宋小茗《耐冷谈》。

**六日(5月17日)**　午前雨。阅《唐诗鼓吹》。是日以后,馆中供膳依然恶劣不堪,无下箸处。

**七日(5月18日)**　阅《郝文忠公集》。是日午后,再三乞茶,主家仆□□一应者。

**八日(5月19日)**　为刘心葭作《桐江载雪图记》。骈体。

**九日(5月20日)**　午后雨。午后,卢揖桥招观宝和戏于天后宫,余为点戏。

**十日(5月21日)**　大雨。巳刻,与刘心葭书。午后,观宝和戏于鄞江会馆。酉刻,卢揖桥邀夜膳。

**十一(5月22日)**　午后晴。

**十二(5月23日)**　午刻,寄陈憩亭书。戌刻,家丽村过会。

**十三(5月24日)**　酉刻,钱棣山过会。

**十四(5月25日)**　申刻,刘乙斋来会。酉刻,卢揖桥以百果糕见赠。

**十五(5月26日)**　午后,观凤台戏于鄞江会馆。酉刻,林雪岩来会。

**十六(5月27日)**

**十七(5月28日)**

**十八(5月29日)**　未刻,诣观海书院,还问曹淡秋疾。

**十九(5月30日)**　是日,欲剃发,主家无人肯唤待诏者。

**二十(5月31日)**　申刻,候许德水先生。

**二十一(6月1日)**　午刻,有大恚。未、申刻,观凤台戏于鄞江会馆。

**二十二(6月2日)**　以上六日,重览《太平广记》一过。

**二十三(6月3日)**　未刻,许德水先生来会,畅谈两时。申刻,钟穆园来会。

**二十四(6月4日)**　热。酉刻,刘心葭寄赠铁兰花一枝。此系洋货,殊可赏玩。

**二十五(6月5日)**　大热。未刻,候卜达庵,复寻刘乙斋、林雪岩,皆不值,回过□庙,观春台班戏。

**二十六(6月6日)**　夜雨。

**二十七(6月7日)**　日昳雨。未、申刻,观阳春班戏于鄞江会馆。高继庵来寻,不值。

**二十八(6月8日)**　酉刻,刘乙斋来会。

**二十九(6月9日)**　午后,钟穆园招观春台戏于鄞江会馆。

## 五　月

**一日(6月10日)**　巳刻登舟。酉刻回家。

**二日(6月11日)**　巳刻,候龚配京,即留饮。

**三日(6月12日)**

**四日(6月13日)**　小雨。辰刻,候张文石。

**五日(6月14日)**

**六日(6月15日)**

**七日(6月16日)**　雨,夜尤大。

**八日(6月17日)**　上午大雨。

**九日(6月18日)**　雨。

**十日(6月19日)**

**十一日(6月20日)**　午刻,张文石答候。

**十二(6月21日)**　午后雨,夜尤大。辰、巳、午刻,附航船到城,候陈憩亭。未刻,至冯芍阑处,借得陈云伯《碧城仙馆文钞》一册。酉刻,候卢醒峰,适揖桥亦在,即留饮。夜宿憩亭店内。

**十三(6月22日)**　昼夜雨。巳刻,同鲁介庵、卢揖桥复过芍阑处。申刻,陈憩亭邀同揖桥、介庵、芍阑饮于永和馆。

**十四(6月23日)**　大雨竟日。巳刻,复过卢醒峰处,见桐乡徐畿古今体诗四卷。题无一不新,诗亦相称,《明史乐府》数十首尤胜。未刻,寻陆桂湘,不值。申刻,卜达庵招同鲁介庵饮于义和馆。

**十五(6月24日)**　始晴,夜复雨。巳刻,寻刘霞茳。午刻,过陆畹亭处,有大恚。未刻,复□陆桂湘,出视《韵兰二集》新刻赋八十四首,余所作《女及第》《盂兰会》两赋获选在内。申刻,陈憩亭招同卜达庵、鲁介庵、曹逸文聚义和馆。戌刻始散。

**十六(6月25日)**　未刻,至乍浦陈氏馆中。申刻,过鄞江会馆,见邸报。知甘肃人何聪入都奏长龄、蔡□衡、那彦成□年封疆失机之罪。未刻,过钟穆园处。

**十七(6月26日)** 夜小雨。巳、午刻,阅《碧城仙馆文钞》。

**十八(6月27日)** 辰、巳刻,为陈憩亭作《得子诗序》。骈体。午刻,有邱姓弟子来,言有两侄欲来受业,余辞之。

**十九(6月28日)** 暴热。巳刻,寄陈憩亭书。酉刻,钟穆园来会。是夜,梦游一山至半岭而返,然已去地四百里矣。

**二十(6月29日)** 热。抄骈体文六篇。酉刻,卜达庵、高继庵、杨友樵、邓晴溪来会。

**二十一(6月30日)** 更热。夜雨。

**二十二(7月1日)** 上午大雨。是夜,梦至一处,见凌烟阁二十四功臣塑像。

**二十三(7月2日)** 热。夜雨。巳刻,冯芍阑来会。未刻,过观海书院。申刻,问曹淡秋疾。

**二十四(7月3日)** 夜雨。辰刻,卢揖桥招吃面。午刻,阅周肖濂诗稿。

**二十五(7月4日)** 夜雨。巳刻,还冯芍阑《碧城仙馆文钞》一册。

**二十六(7月5日)** 小雨。辰刻,林雪岩来会。

**二十七(7月6日)** 酉刻,至钟穆园处。

**二十八(7月7日)** 黄昏有雷电。

**二十九(7月8日)** 午后雨,夜更大。

## 六 月

**一日(7月9日)** 下午雨。作骈体文一篇,答友人劝赴秋试者。

**二日(7月10日)** 竟日在天后宫观目连戏。是日,邬竹岩为余言沈赤石卒于广西刺史任。

**三日(7月11日)** 热。酉刻,陆桂湘书来,并赠《韵兰赋二集》一部。

**四日(7月12日)** 热。酉刻,钱□□,亦赠《韵兰赋》一部。

**五日(7月13日)**　大热。辰、巳刻,作陈愚溪祭文。骈体。愚溪,丹阳人,憩亭从弟。未刻,复陆桂湘书。酉刻,费春林书来,并赠蒋仲和《书法正宗》一册。

**六日(7月14日)**　上午大雨。是夜,梦有人绘一小像寄余,旁无水石点缀,惟尺牍一首,略书近事而已。

**七日(7月15日)**　申刻,过陈鹤亭、刘筠庄两处。

**八日(7月16日)**　大热,夜更甚。巳刻,作七律一章赠黄友岩。

**九日(7月17日)**　昼夜酷热。

**十日(7月18日)**　酉刻,候许德水先生。

**十一(7月19日)**　辰刻,咏目连戏。七古,玉川体。

**十二(7月20日)**　毒热。巳刻,卜达庵来会。酉刻,陈憩亭书来。

**十三(7月21日)**　毒热。夜有雷电。

**十四(7月22日)**　毒热。黄昏小雨。巳刻,钟穆园赠鲜荔枝二十枚。申刻,有恨事。

**十五(7月23日)**　作费节母赞并序。春林所托。

**十六(7月24日)**　雨,忽凉。酉刻,有大恚。

**十七(7月25日)**　雨,极寒。午刻,卢揖桥邀同卢醒峰、钟穆园小饮。

**十八(7月26日)**　仍寒。申刻,徐翰香、钟穆园来会。酉刻,复费春林书。以上二日天气似重阳时节,大奇。

**十九(7月27日)**　巳刻,作诗谢穆园赠荔支。七绝二。

**二十(7月28日)**　夜雨。巳刻,《挽沈赤石》。七绝四。午刻,赖飞涛来会。

**二十一(7月29日)**　夜雨。大东北风。

**二十二(7月30日)**　大东南风。

**二十三(7月31日)**　大东南风。抄杂诗五十首。

**二十四(8月1日)**　大东南风。未刻,候陆春林,又寻刘心葭不遇,即候林雪岩,复过徐翰香、伊铁耕两处。申刻,候卜达庵,出视日本人广濑建所寄《远思楼诗钞》一册及其子广濑谦《旭庄诗钞》嘱余为序。是日，闻宁波遭水患。

**二十五(8月2日)**　大东南风。抄杂诗三十五首。是日，闻南京水发，浪没屋脊，浮尸蔽江而下。

**二十六(8月3日)**　大东南风。巳刻，陆畹亭、朱梵庵过会。

**二十七(8月4日)**　风绝，即热。

**二十八(8月5日)**

**二十九(8月6日)**　热。作日本广濑子基诗集序。骈体。午刻，陈鹤亭来会。

**三十(8月7日)**　热。午刻，费春林书来。中言陆兰堂近得肝疾，势非轻浅。酉刻，过曹淡秋处。

## 七　月

**一日(8月8日)**　热。阅甬上陈氏所刻《拜梅山所几上书》十余种。所刻者如蒋埴《宦海慈航》、钱朝鼎《水坑石记》、万斯同《簪缨盛事录》、陈钟原《国朝鼎甲录》、尤展成《论语诗》、董东纯《百花吟》、赵敬襄《四书集注引用姓名考》、丁佩《绣谱》、陈之纲《想当然诗》、李忠鲠《八砖吟馆诗》，皆无甚可观。是日，闻六月中所开□航，皆□大风吹回，一则船破而人存，一则人船俱失，百余人仅免三十人耳。

**二日(8月9日)**　大热。酉刻，过钟穆园处。

**三日(8月10日)**　大热。阅朱□香、高小琴、葛厚卿、邵子雨诸诗集。酉刻，以文稿一册赠邓介槎太史。名瀛，福建上杭人。

**四日(8月11日)**　夜大东南风。辰、巳刻，为枫溪沈节母作《卖画竹》七古一章。节母姓金氏，孀居后卖画为生，今年七十矣，故为作此。酉刻，晤邓介槎。

**五日(8月12日)**　午后热。辰、巳刻，抄杂诗二十八首。午刻，陈憩亭书来，并赠水蜜桃十枚。

**六日(8月13日)**　热。阅尤西堂《杂俎》一集、二集、三集。

**七日(8月14日)**　大热。辰刻,作《陈憩亭饷水蜜桃谢启》。骈体。午后,观如意戏于鄞江会馆。

**八日(8月15日)**　大热。巳刻,邓晴溪招同卜达庵等三十余人陪邓介槎宴于鄞江馆,并观如意班戏。酉刻散席。

**九日(8月16日)**　大热。酉刻,作七律一章送邓介槎入都。

**十日(8月17日)**　毒热。午刻,复陈憩亭书。

**十一(8月18日)**　热。巳刻,作《洋船叹》一首。七古。是日,知浙江正考官何公凌汉、副考官王公炳瀛,我邑钱福昌作江西副考官。

**十二(8月19日)**　夜毒热。

**十三(8月20日)**　申刻,大雷电,雨。

**十四(8月21日)**

**十五(8月22日)**　在□园处竟日。是夜,梦救友人难,大费心力,醒后犹觉筋疲骨倦。

**十六(8月23日)**　阅吴志伊《山海经图》。是夜,梦遇一江南人,姓吴名鲁,学问淹博,与余谈笑甚欢。

**十七(8月24日)**

**十八(8月25日)**　以上二日,摘取唐宋金元明诗佳句试帖诗题。约六百余。

**十九(8月26日)**

**二十(8月27日)**

**二十一(8月28日)**　热。申刻,钟穆园来会。上三夜,陈氏赌博大哗,累余通宵目不交睫。

**二十二(8月29日)**　热。申刻,过卢揖桥、钟穆园两处。作《撑蒱行》。七古。

**二十三(8月30日)**　大热,黄昏大雨。是夜,又因陈氏大赌不能成寐。

**二十四(8月31日)**　晚雨。卯刻,作书与陈云巢,即辞馆地。申刻,过曹淡秋处,晤周樾亭、黄古梅。酉刻,与陆二江、刘心葭等小饮于淡秋处。

**二十五(9月1日)**　通宵大雨如注,余生平所未见。是夜,书室为雨所漏,余所携书籍尽被□湿。俄尔卧房又大漏,枕席间水如潮涌,余惊悸不敢熟寐,而主家臧获辈所居反得安然无恙。

**二十六(9月2日)**　是日,卢揖桥招观目连戏于天后宫。

**二十七(9月3日)**　以上数日,重阅《随园文集》一过。

**二十八(9月4日)**　昼夜大雨兼大东北风。是夜风声怒吼,势将拔屋,余心惶惶,和衣略睡而已。

**二十九(9月5日)**　午前雨。□刻,以乞茶故,又为陈氏仆媪所辱,而茶竟不可得。

## 八　月

**一日(9月6日)**　寅刻,作札与云巢,决计辞馆。辰刻,过鄞江会馆,晤武康沈莊泉。名家珩,岁贡生,书法冠时。巳刻,招云巢面谈,云巢自认有罪,劝余稍留,余反释然。

**二日(9月7日)**

**三日(9月8日)**

**四日(9月9日)**

**五日(9月10日)**　申刻,候许丈德水。酉刻,至曹淡秋处,适周樾亭亦在,即留小酌。

**六日(9月11日)**　以上数日,又阅旧时所抄杂诗。

**七日(9月12日)**　午后雨。是日午后又不□茶。酉刻辞馆。

**八日(9月13日)**　雨。午刻,至曹淡秋处辞行。戌刻登舟。

**九日(9月14日)**　雨。巳刻回家。

**十日(9月15日)**　雨。巳刻,寄陈憩亭、冯芍阑书。午刻,署巡检汪公毓堃拜会。安徽黟县人。

**十一(9月16日)**　重阅朱少文《史论》初、二集。

**十二(9月17日)**　午刻,张生壬桥来会。

**十三(9月18日)**　辰、巳刻,抄杂诗廿五首。

**十四(9月19日)**　辰、巳刻,抄杂诗廿三首。

**十五(9月20日)**　夜雨。酉刻,始闻浙江乡试题。首:"可与适道"四句;次:"诗云鸢飞"二句;三:"鲁之春秋"至□□□□□□□□颗珠。

**十六(9月21日)**　重阅恽子居《大云山房文稿》。午刻,招家丽村小酌。

**十七(9月22日)**　申刻,□钱莲舟札。是夜,梦两女子来访,皆水族之怪也。一则自言乌贼鱼,精美而淫,罪孽甚多,临别涕泣而去。一则自言小鲤鱼精,性颇柔婉,貌亦可观,临行复订后约。

**十八(9月23日)**　夜雨。辰刻,寄刘霞江书。未刻,高维岳购余文稿三部。每部百钱。□刻,在楼上失足跌倒,几至半死。

**十九(9月24日)**　雨。

**二十(9月25日)**　夜雨。以上两日,重阅《曝书亭文集》一过。是夜,梦冒雨过高桥,余力能陟其巅,而遽自退,殆亦不赴秋试之义。

**二十一(9月26日)**　雨。是日,闻正考官何公凌汉补授浙江学政,号仙槎,湖南道州人,乙丑进士。我邑钱福昌督学广西。

**二十二(9月27日)**　雨。以上二日,重览钱辛楣《潜研堂文集》一过。

**二十三(9月28日)**　午后雨始止。申刻,题李光壂《守□□志》。七律一首。

**二十四(9月29日)**

**二十五(9月30日)**

**二十六(10月1日)**

**二十七(10月2日)**　始见日色。以上数日,重阅吴青坛《说铃》数十种。

**二十八(10月3日)**　辰刻,陈憩亭复书来。

**二十九(10月4日)**

**三十(10月5日)**　雨,夜更大。

## 九　月

**一日(10月6日)**　昼夜淫雨。以上二日,重览赵天羽《寄园寄所寄》。

**二日(10月7日)**　午后晴。是日,[以下文字被涂]。

**三日(10月8日)**　以上二日,重阅郎仁宝《七修类稿》。是夜,梦见杭州有人来访,自称慕天颜,余往答之,值其昼眠未起,但见花石连畦,书史盈架,居然仙境也。

**四日(10月9日)**　酉刻,闻陆松坪乡试后病卒。

**五日(10月10日)**　申刻,阅邸报,始知江南、安徽、江西、湖广、贵州□年俱被水灾。

**六日(10月11日)**

**七日(10月12日)**

**八日(10月13日)**　辰、巳刻,附行船到城至陆畹亭处,赠以茶食三种。畹亭新得一子。午刻,寻冯芍阑,不遇,即候卢醒峰,见留中膳。酉刻,候陈憩亭,是夜留宿。

**九日(10月14日)**　巳刻,候刘霞茳。午刻,过冯少英处,遇陆南屏、屈纯甫等,大谈两时许。酉刻,鲁介庵招饮永和馆。是夜,宿于徐鼎字店。

**十日(10月15日)**　巳刻,寻沈瀫堂,不值。午刻,寻何亥卿,不遇。与施笙六一谈。

**十一(10月16日)**　雨。巳刻,候何菘溪,不遇。午刻,同鲁介庵访顾蓉屏,又候屈纯甫,不值。酉刻,陈憩亭招饮永和馆。是夜以后,仍寓憩亭处。

**十二(10月17日)**　大雨。巳刻,寄卢揖桥札。午刻,同卢莘亭至卢灿新处,即留饮。

**十三(10月18日)**　大雨。午、未、申刻,观署邑侯杨公遇陞决狱。

**十四(10月19日)**　雨。午刻,卢莘亭饯其族人应照归汀州,招余陪饮,同席六人,酉刻始散。是日秋榜揭晓。解元仁和潘恭寿,平湖正榜三人:杨尧杰、韩潮、徐志陞,皆府学生员,副榜二人:王肇熙、施汝懋。

**十五(10月20日)**　始晴。巳刻,□冯芍阑《同岑诗选》三□。未、申刻,观杨邑尊审事。

**十六(10月21日)**　巳刻,偕鲁介庵访龚松岩。嘉兴人,能画。午刻,复寻何菘溪,仍不见。酉刻,徐秋如招饮永和馆。

**十七(10月22日)**　辰刻,陈憩亭赠水烟一斤。巳刻,沈蓉村招小酌。午、未、申刻,附行船回家,闻陆兰堂病殁。此二十年最知己也,为之大恸。

**十八(10月23日)**　是夜,梦锦鸡一只,傍日而飞,万目翘瞻,忽为云所掩蔽。

**十九(10月24日)**　以上二日,重阅全谢山《鲒埼亭文集》。

**二十(10月25日)**　辰、巳刻,抄骈体文□□。

**二十一(10月26日)**　以上二日,重览《方朴山文集》。

**二十二(10月27日)**　午刻,内子至新溪,附赠金氏婚仪,又寄书与费春林。

**二十三(10月28日)**　午刻,卢揖桥书来。言周星河明岁欲延西席,曹淡秋力为荐余,讲定束脩三十千。

**二十四(10月29日)**　是日,闻姚古槎卒。

**二十五(10月30日)**　辰、巳刻,附航船到平湖。午、未刻,由平湖附航船至乍浦,即过卢揖桥处。酉刻,至钟穆园处,夜即就宿。是日,闻平湖朱善旂中式北闱。

**二十六(10月31日)**　巳刻,访曹淡秋,议定周星河处馆事,即留中膳。申刻,候刘丈瑞圃,见赠新刻《卷勺园续集》一册,还过高继庵馆中一谈。

**二十七(11月1日)**　巳刻,曹淡秋来会。午刻,周星河拜见,并送关书。□刻,过林笛仙处。

**二十八(11月2日)**　辰刻,刘乙斋来会。巳刻,过伊铁耕处。未刻,候林雪岩。酉刻,曹淡秋招夜膳。

**二十九(11月3日)**　辰刻,寄柯小坡书。巳刻,复吊卢氏丧。午刻,揖桥招食葛粉包。

## 十　月

**一日(11月4日)**　夜雨。辰刻,林雪岩答会。未刻,偕卢揖桥、许平江等游海塘,至水仙宫,回经灯光山下,[观]一路红叶。酉刻,曹淡秋招食蟹。

**二日(11月5日)**　辰、巳刻,偕钟穆园附航船至平湖。午刻,高继庵邀同卜达庵、冯芍阑、钟穆园集义和馆。申刻,至陈憩亭处,夜即留宿。是日,知平湖荐卷十二人。万光霓、施锷、高振铤、屈钦邻、顾广誉、朱汝梅、张儒润、黄镕、王廷柱、陆程鹏、吴之俊、陆湝。

**三日(11月6日)**　夜大雨。巳刻,鲁介庵招饮,同席顾柳溪。未、申、酉刻,附航船回家,收到费春林复柬。内子于上月廿六日已回家。

**四日(11月7日)**　昼夜大雨。巳刻,家菊庄来言金杏园欲聘余女为继室,余踌躇未决,而内子竟许之,余不能沮。

**五日(11月8日)**　昼夜大雨。以上二日,将平时所录□谜细加选择,共得一百一十条,寄与邓晴溪刊行。

**六日(11月9日)**　夜雨。午刻,寄钟穆园书。

**七日(11月10日)**　雨。抄□□四首,乐府五首。

**八日(11月11日)**　骤寒。

**九日(11月12日)**　午后□雨,夜更□。酉刻,龚配京还《熙朝新语》《武功纪盛》二部。

**十日(11月13日)**　雨。是日,受金宅请庚礼。

**十一(11月14日)**　大西北风,□□□。巳刻,龚配京借《明斋小识》一部。

**十二(11月15日)**　寒。始晴。以上□□,□阅三家文钞。

**十三(11月16日)**　寒。午刻,阅方芷斋女史《在璞堂诗集》。

**十四(11月17日)**　巳、午刻,挽陆兰堂,作五排二十四韵。限"九""佳"。

**十五(11月18日)**　申刻,作《流民谣》。乐府。

**十六(11月19日)**　午后小雨。

**十七(11月20日)**　题钟穆园□卷。长五古。

**十八(11月21日)**　午刻,作七律一章赠沈蓉村。

**十九(11月22日)**　未刻,作七律一章寄怀沈舜琴。申刻,费春林书来。

**二十(11月23日)**　以上数日,重阅吴榖人《有正味斋全集》。

**二十一(11月24日)**　作序一篇赠曹淡秋。骈体。

**二十二(11月25日)**　午刻,寄曹淡秋、钟穆园书,并附所赠诗文。

**二十三(11月26日)**　作□□□。骈体。是夜,梦柯春塘赠余玉器一枚。

**二十四(11月27日)**

**二十五(11月28日)**　巳刻,作《友人赠姑嫂饼谢启》。骈体。

**二十六(11月29日)**　巳、午刻,作七古一章,答顾蓉屏去岁见赠之作。未刻,家菊庄为张秋渔乞取文稿一册。申刻,作杂感四首。五律。

**二十七(11月30日)**

**二十八(12月1日)**　戌刻,题蔡尔眉《蜕石文钞》。七律。

**二十九(12月2日)**　书吴梅村《长平公主挽诗》后。骈体。是夜腹痛。

**三十(12月3日)**　巳刻,得钟穆园复书。午刻,题沈子大《猞猔小女篇》后。七律。

## 十一月

**一日(12月4日)**　书侯朝宗《壮悔堂文集》后。骈体。午刻，再寄钟穆园书并以赋稿一册借之。

**二日(12月5日)**

**三日(12月6日)**　未刻，龚配京赠脏酒。申刻，寄吊丁卯桥丧。

**四日(12月7日)**　作青浦汤虞樽《金源新乐府》后序。骈体。此篇经营三日，是夜梦入京师，瞻城阙宫室之巨丽，为之口呿目眩，夜而后就。

**五日(12月8日)**　选录《金源乐府》十七首。

**六日(12月9日)**　雨，夜更大。

**七日(12月10日)**

**八日(12月11日)**　以上二日，评点钟穆园古今体诗一百五十九首，略加斧削。内五、七律最佳，如《岁暮杂感》《题朱雅山集》《赠伊铁耕》《游灯光山》诸作，俱能追魂摄魄，独运心兵。

**九日(12月12日)**　酉刻，寄穆园书。

**十日(12月13日)**

**十一(12月14日)**　夜雨。未刻，书胡稚威《烈女李三行》后。七律。

**十二(12月15日)**　雨。巳刻，书毛西河《女将军沈云英墓志铭》后。七律。

**十三(12月16日)**

**十四(12月17日)**

**十五(12月18日)**　午后□。以上三日，重阅向时所抄骈体数百篇。

**十六(12月19日)**　雨，夜更大。作《林烈妇墓表》。骈体。

**十七(12月20日)**　大雨。是日，斗米至四百二□文。

**十八(12月21日)**　是夜，梦集衣冠者数百□随一贵官后，不知何兆。

**十九(12月22日)** 午刻,钟穆园复书来。

**二十(12月23日)** 寒。作丹阳陈汝良传。名淇,即憩亭父。

**二十一(12月24日)** 寒。重摘《四六法海》数百联。

**二十二(12月25日)** 寒。

**二十三(12月26日)**

**二十四(12月27日)** 微雨。

**二十五(12月28日)** 申刻,作《愤怨语》一篇贴壁上,以示群不逞者。

**二十六(12月29日)**

**二十七(12月30日)**

**二十八(12月31日)** 夜雨。

**二十九(1832年1月1日)**

**三十(1月2日)** 雨,夜尤大。

## 十二月

**一日(1月3日)** 雨,大西北风。是日欲至平湖,因大风雨不果。

**二日(1月4日)** 大西北风,极寒。

**三日(1月5日)** 大寒。

**四日(1月6日)** 寒。巳、午、未刻,附行船至平湖,即过冯芍阑处。申刻,候刘霞荘,赠以文稿一册。夜宿陈憩亭处。是日,一路见两岸水条堆积如山,亦历年所罕见者。

**五日(1月7日)** 寒。巳刻,寄卢揖桥书。鲁介庵招饭。午刻,过方冬郎处,畅谈三时,回候顾蓉屏。是日,见一异僧自东而西、自南而北,足不停趾,口不绝声,人与之钱亦不受,皆不测其何意。

**六日(1月8日)** 巳刻,过陆畹亭处,顾蓉屏答候。午刻,寄卜达庵书。未刻,寻何嵇溪,不值。

**七日(1月9日)** 巳刻,陈憩亭赠腌肉二斤、水烟一斤。申、酉、戌刻，附行船回家。

**八日(1月10日)** 午、未刻，览张龙威《兰玉堂文集》。

**九日(1月11日)**

**十日(1月12日)**

**十一(1月13日)** 夜小雨。

**十二(1月14日)** 是夜，梦途遇凶人，将肆无礼，余以诡计脱之。

**十三(1月15日)**

**十四(1月16日)**

**十五(1月17日)** 巳刻，过张文石处。酉刻，张藜卿招小酌。

**十六(1月18日)** 以上二日晴，月余以来所仅见者。

**十七(1月19日)** 上午大雪，夜大西北风。巳刻，吊李氏丧。

**十八(1月20日)** 大西北风，微雪，甚寒。

**十九(1月21日)** 大西北风，滴水成冰。

**二十(1月22日)** 大寒，以上三日，河冰胶断，舟楫不通。

**二十一(1月23日)** 寒。

**二十二(1月24日)** 巳刻，吊沈氏丧。午刻，赠全氏□仪。

**二十三(1月25日)** 午刻，统计今岁□晋艅文七十六首，诗三十四首。“天下归仁焉”，“乐其可知也”，“为巨室”，“赐也何如”，“禹吾无间然矣”，“畏圣人之言”，“人也”，“称其德也”，“肉虽多”，“仪封人诸见”，“百姓足”一句，“义之与比”，“好驰马试剑”，“冉求之艺”，“亦可以胜残去杀矣”，“止于敬”，“故旧不遗”二句，“回也其心”一句，“远者来”，“有父兄在”一句，“不识可使寡人得见乎”，“天何言哉”，“鲤退而学诗”，“齐人归女乐”，“因不失其亲”二句，“五谷不分”，“今天下车同轨”，“温故而知新”，“勾践事吴”，“臧武仲以防”，“执射乎”二句，“不可使知之”，“如会同”，“子使漆雕”至“能信”，“齐一变”，“其言也讱”，“乐则韶舞”二句，“唯女子与小人为难养也”，“若有一介臣”，“颜渊喟然”二句，“狂者进取”，“可使治其赋也”，“是以谓之文”至“子产”，“则不如无书”，“善居室”，“民之父母”二句，“俎豆之事”，“则庶人不议”，“赐也闻一”至“如也”，“四海之内”二句，“言而民莫不信”，“不亦说乎”至“乐乎”，“子张书诸绅”，“左右皆曰贤”二句,“无为小人儒”至“尔乎”,“乐节礼乐”,“百工则财用足”,“求为可知也”,“善人是富”,“又日新”至“新民”,“行义以达其道”,“夫子欲之”,“保佑命之”二句,“求善贾而沽诸”,“谄也见义不为”,“可谓远也已矣”,“焕乎其有文章”,“式负版者”,“如水益深”二句,“质犹文也”二句,“而众星共之”,“子路无宿诺”,“趋进翼如也”,“百官之富”,“对曰有政”至“事也”,“君子之德风”二句,以上文。“巢燕得泥忙”,“其书满家”,“欲风松先鸣”,“鹰巢顶观日出”,“五月渡泸”,“太白酒楼”,“藕花香里人吹笛”,“我年五十当宝贵”,“一亭花月四时游”,“啜少许双弓米”,“韩昌黎谏迎佛骨”,“野鹤高飞避俗人”,“张桓候据水断桥”,“吴下新来茉莉船”,“鹳鹆舞”,“东坡攓云”,“误笔为乌驳牸牛”,“竹能医俗”,“相公新破蔡州回”,“虫声晚渐多”,□□□□□,“非复吴下阿蒙”,“红叶无言秋又归”,“小金城”,“叶公好龙”,“月饼”,“君乘车我戴笠”,“雄鸡一声天下白”,“家为买书贫”,“催科政拙”,“夕阳明灭乱流中”,“海大鱼”,“如香著□”,“以礼为罗”,以上诗。

**二十四(1月26日)**　夜雨。

**二十五(1月27日)**

**二十六(1月28日)**　夜微雪。

**二十七(1月29日)**　午前微雪。

**二十八(1月30日)**　是夜,梦遇一安徽秀才,少年美秀,玉立亭亭,见余极相推重,余未暇问其姓名,但闻他人言此系新翰林某之子,而梦遽醒矣。

**二十九(1月31日)**　是夜,梦结勇士十四人,御寇于途中。

**三十(2月1日)**　微雪。

是年用钱五十八千。

# 道光十二年壬辰(1832),四十四岁

## 木鸡书屋日记

### 正　月

**元旦(2月2日)**　午前雪。重阅《香祖笔记》。

**初二(2月3日)**　重阅《虞初续志》。是夜,梦过一池,水清见底,中有红鱼数十尾,游泳可玩。

**初三(2月4日)**

**初四(2月5日)**　巳刻,张文石招宴,同饮共十二人。

**初五(2月6日)**　大寒。巳刻,拜会方四亭巡检,兼赠其少君婚仪。

**初六(2月7日)**　极寒。重阅《百美新咏》。是日,寒不可忍,抖擞终日。

**初七(2月8日)**　仍寒。重阅《陆宣公集》。

**初八(2月9日)**　午刻,龚配京招饮。

**初九(2月10日)**　大东南风,小雨。重览《沈归愚文集》。

**初十(2月11日)**　大西北风,寒。午刻,方巡厅招宴,不赴。

**十一(2月12日)**　大寒。巳刻,赠张藜卿婚仪。

**十二(2月13日)**　大寒。辰刻,寄鲁介庵书。巳刻,过龚配京处,即留饮,同席戴湘帆等五人。戌刻始散,大有醉意。

**十三(2月14日)**　申刻,龚配京还《明斋小识》一部。

**十四(2月15日)**　寒。辰刻,率晋翂登舟。未刻,至乍浦,暂移行李于钟穆园处。申刻,拜候黄友岩、邓晴溪。戌刻,听九成奏于兴隆庙。夜宿钟宅。

**十五(2月16日)**　夜雨。巳刻,拜候曹淡秋,留中膳。未、申刻,观春台戏于博陆侯庙。酉刻,伊铁耕招夜膳。是日,闻刘山椒死。

**十六(2月17日)**　夜雨。辰刻,黄友岩答拜。巳刻,曹淡秋答候,言周星湖择于二十三日开馆。

**十七(2月18日)**　午后大雨。巳刻,拜候林雪岩、赖紫山。未、申、酉刻,观宝和戏于三山会馆。回,至邓晴溪处,即留夜膳。

**十八(2月19日)**　寒。巳、午刻,拜候徐雪庐、许德水、刘瑞圃三先生,暨刘心葭、陈鹤亭、刘乙斋。申刻,过曹淡秋处,即留饮。

**十九(2月20日)**　巳刻,陈鹤亭答拜。午、未、申刻,观宝和戏于鄞[江]会馆,余为点戏。

**二十(2月21日)**　巳刻,刘筠庄答拜,不值。午、未、申刻,复观宝和戏于鄞江会馆,戏仍余点。

**二十一(2月22日)**　夜雨。巳刻,拜谒刘南屏司马,兼候顾篆香。午刻,黄友岩招宴,同席卢醒峰等六人。肴馔皆别有隽味,迥不犹人。

**二十二(2月23日)**　夜雨。巳刻,许德水、刘乙斋答拜。午刻,闻刘心葭将嫁女,为赠婚费。戌刻,沈莲卿来,言周星湖意欲改期开馆。

**二十三(2月24日)**　雨,夜尤大。巳刻,冯芍阑书来。午刻,至周星湖宅,尚未定开馆期。申刻,刘司马遣人持柬答候。是日,赠星湖文稿一册。

**二十四(2月25日)**　寒。酉刻,卢揖桥招宴,同席林雪岩等八人。是日,冯鄂香乞取文稿一册。

**二十五(2月26日)**　大雨,寒。阅《二申野录》。孙之騄撰。

**二十六(2月27日)**　大寒。阅《剑南诗钞》。

**二十七(2月28日)** 更寒。巳刻,卢揖桥、邓晴溪过会。是夜,梦一蛇一鸭大斗水滨,势不可解。

**二十八(2月29日)** 寒。午刻,周星湖招同曹淡秋、卢揖桥、钟穆园等宴于香莲书屋。星湖荒耽于色,不肯读书,故开馆期依然未定。

**二十九(3月1日)** 雪,大寒。巳刻,陈憩亭有书来,立即裁答。

## 二 月

**初一(3月2日)** 寒。午刻,曹淡秋赠茶食四种。酉刻,过林笛仙处。是夜,梦见天上数十牌坊从云中[1]推过,其行甚速,字迹不及细窥,惟记"一朝典邦"四字而已。

**初二(3月3日)** 巳刻,赴刘心葭处婚宴,同饮刘梁卿等四十余人。是夜,梦过一小山,其下有石刻,志高璋姓名。正在疑惑,忽有曳杖声从山下者,则高璋也。自言明人,三十岁时隐居于此,至今四百年,已成地仙矣。

**初三(3月4日)** 申刻,钟穆园来,携至冯芍阑书,即行札覆。酉刻,过邓晴溪处。

**初四(3月5日)** 大东南风。巳刻,林笛仙来会。未刻,刘乙斋、钟穆园来,即偕至伊铁耕处。申刻,候卜达庵,借得申笏山诗集十卷。酉刻,曹淡秋来会,为余商酌开雕骈体二集事。

**初五(3月6日)** 昼夜雨。抄帖体诗二十七首。

**初六(3月7日)** 大雨竟日。

**初七(3月8日)** 夜雨。巳刻,曹淡秋、沈莲卿来会。申刻,过高继庵处。酉刻,候许德水先生。

**初八(3月9日)** 昼夜大雨。酉刻,改星湖文。"次也困而学之"。

**初九(3月10日)** 夜雨。巳刻,过曹淡秋处,赠以家藏何香石草书一册。是日,闻各路春花大半腐烂。

---

① 此字笔迹不清,疑为"中"或"上"。

**初十(3月11日)** 昼夜大雨。巳刻,以《双昙花诗集》一册畀星湖。未刻,曹淡秋、沈莲卿来,大谈史事。酉刻,卢揖桥助刻稿费三洋。

**十一(3月12日)** 昼夜大雨。巳刻,徐芸岘来会。申刻,改星湖诗文。教之"春草六朝余"。

**十二(3月13日)** 午后雨。午刻,邓晴溪招宴,同席杨友樵等九人,戌刻始散。是日席菜俱用小品。

**十三(3月14日)** 大寒。午刻,高继庵来会。申刻,过陆春林处,即至观海书院。是日,有大恚。以馆中一切□情,与去岁陈氏如出一辙也。

**十四(3月15日)** 寒。巳刻,以周氏馆地之苦诉于卢揖桥、曹淡秋。午刻,过沈莲卿处,留中膳。是日,卜达庵来访,不值。

**十五(3月16日)** 寒。始晴。巳刻,揖桥、淡秋来劝周星湖稍尽东道之礼,星湖似有感动。酉刻,林雪岩来会。

**十六(3月17日)** 辰刻,率晋畇赴观海书院甄别。生:"知及之,仁能守之,庄以莅之";童:"必察焉,众好之","业精于勤赋"以"国子先生晨入太学"为韵,"春山如笑"得"如"字。未刻,晤鲁介庵,即同访友数处。

**十七(3月18日)** 是日,闻各路多土贼,行船来往,日间犹可,入夜每遭劫掠,至有伤人者。

**十八(3月19日)** 辰、巳刻,改晋畇观海甄别题诗文。未刻,高继庵、曹淡秋来会。是日以后,馆中礼待渐佳。

**十九(3月20日)** 为晋畇作《业精于勤赋》。

**二十(3月21日)** 午刻,过观海书院,即至钟穆园处,不值。未、申刻,在邓晴溪处长谈。回至馆中,见穆园与林笛仙早已坐待。

**二十一(3月22日)** 辰刻,刘乙斋来会。午刻,周星湖邀同陈鹤亭、曹淡秋、卢揖桥、钟穆园集饮马池酒楼。申刻,卜达庵来会。是夜,梦芦川忽飞至一山,约高四十里许。

**二十二(3月23日)** 大东南风。辰刻,改星湖甄别题诗文。巳刻，林雪岩来会。午刻，家菊庄来会。申刻，作书寄费春林。近日斗米四百文。

**二十三(3月24日)**　夜大雨。巳刻，曹淡秋助刻稿费两洋，并携至沈莲卿一洋。

**二十四(3月25日)**　巳刻，过卜达庵处，还笏山诗一部。申刻，邓晴溪来会，助刻稿费两洋，并携至钟穆园两洋、邹灿亭一洋。

**二十五(3月26日)**　小雨。巳刻，周星湖、卢揖桥各赠晋畇考食。以将赴邑试故也。未刻，刘南屏司马招明日赴宴，余以将至平湖，不得已辞之。申、酉刻，附卜达庵舟到城，寓陆畹亭处。

**二十六(3月27日)**　辰刻，候鲁介庵。巳刻，过冯芍阑处，借《七家词》一部。午刻，候顾蓉屏。未刻，过卜者汪广平处，观丛书数十种，惜多残缺不全者。是日，始知去岁廪粮为学胥门斗蚕食已尽。

**二十七(3月28日)**　夜雨。午刻，过刘霞荘处，又寻何菘蹊，不值。未刻，以文稿一册呈杨晓东邑侯。戌刻，鲁介庵招饮。是日，以骈体文二集六十篇付钱渭山店雕刊，议定刻价三十千。字数约四万二千，而价只如此，皆由介庵一人之力。

**二十八(3月29日)**　辰刻，候徐香畹，不遇。午刻，鲁介庵招食面饺。申刻，偕丁日扶等游小瀛洲。酉刻，卜达庵来会。

**二十九(3月30日)**　巳刻，过费春林寓。酉刻，晤刘心葭，知观海甄别卷为南屏司马所定，余子晋畇名列第五。

**三十(3月31日)**　午刻，顾蓉屏来会。未刻，诣明伦堂，为认保童生画押，共十五人。杨文灿、潘镛金、沈嘉钦、刘庆墀、吴廷庆、戈廷柱、沈寿祺、伊佐圻、沈厚福、张廷模、许树栗、吴乙莲、马廷栋、徐畇、冯锡光，余子晋畇填认保刘然藜。申刻，过陈憩亭处，知张汀香于午初欲邀余至徐氏茂修园赏梅，因觅余不得而止。

## 三　月

**初一(4月1日)**　卯刻，送晋畇入场，即至顾蓉屏处，以诗稿七卷借之。辰刻,候钱丈梦庐,赠余仇山村遗集一部。巳刻,蓉屏复邀至其家,出视沈虹屏女史墨迹两册,索余作跋。虹屏名彩,一号青要山人,陆梅谷先生妾也。午刻,同费春林、鲁介庵饮蓉屏处。申刻,陈白芬来访,不值。戌刻,候考。知首题:"子夏之门人"至"子夏云何";次:"举欣欣然有喜色而相告曰"下一句;诗:"鹅湖春色"得"春"字。亥刻,晋翾始出场,自言誊至次艺起比后忽然呕吐,不能握管,将卷交冯芍阑,托其代誊。余闻之,不觉大惊失色。是夜,回寓后即大怒陆畹亭。因其连夕酗酒,上夜喧扰更甚,累晋翾不能安眠,以致得疾也。

**初二(4月2日)**　辰刻,陈憩亭助刻稿费三洋。巳刻,答陈白芬,即至乍浦寓中,知晋翾卷子冯芍阑不肯代誊,竟不完卷。余闻之不禁怒发冲冠,嚼齿欲裂。午刻以后,痛责晋翾数次。戌刻,鲁介庵招同徐秋如、陈憩亭饮永和馆,为余解恼。夜,迁寓于憩亭处。是日,友人招游东湖者,皆愧谢之。

**初三(4月3日)**　辰刻,钟穆园来会,携至冯鄂香所助刻费一洋。巳刻,过孙恢能处。申刻,鲁介庵、高继庵为余作禀呈县,求晋翾补誊原卷事。

**初四(4月4日)**　巳刻,遇沈蓉村,即邀同叶穆斋饮于春林馆。未刻,与周秋菘闲步。是日,方南园学师卒。

**初五(4月5日)**　辰刻,过曹淡秋寓。巳刻,顾蓉屏招食面饺。午、未刻,同蓉屏闲步。

**初六(4月6日)**　夜大雨。巳刻,徐香畹答候,不值。午刻,得杨公呈批。"头场原卷未完,本难录送。尔子黄晋翾既因患病所致,姑准于末覆日来县补誊原卷,一并送试。"未刻,伊铁耕助刻费二洋。申刻,至卜达庵处,乞徐辛庵《粤东试牍》一部。酉刻,至钱渭山刻字店,抽去冯芍阑《绿杉野屋图记》《费节母赞》二篇,将另作他题以□之。[①]

**初七(4月7日)**　午刻,卜达庵招食面饺。戌刻,鲁介庵属余撰

① 此字漫漶,似为"补"字。

方南园学博墓志铭。

**初八(4月8日)**　辰、巳、午刻,附航船至乍浦。申刻,过卢揖桥、邓晴溪两处。酉刻,揖桥邀夜膳。

**初九(4月9日)**　在曹淡秋处竟日。

**初十(4月10日)**　在钟穆园处竟日。刘铁林寄助刻费一洋。

**十一(4月11日)**　辰、巳刻,同周星湖、沈莲卿到平湖。是夜,仍寓陈憩亭处。

**十二(4月12日)**　未、申刻,附航船回家。幼男秦梦今岁受业姚达泉子,功课依然全缺。

**十三(4月13日)**　在龚配京处竟日。

**十四(4月14日)**

**十五(4月15日)**　辰、巳、午刻,附航船到平湖。未、申刻,在顾蓉屏处长谈,见《陆义山文集》,又借得钮玉樵四六《浙江诗刻》二种。夜,仍宿憩亭处。

**十六(4月16日)**　夜大雨。辰刻,过何亥卿处,不遇。巳刻,问方子春疾,知其已至盛泽馆中,其子冬郎即留饮。申刻,同潘东序、方冬郎散步。

**十七(4月17日)**　午后雨止。巳刻,吊方南园学师丧。酉刻,陈憩亭招饮永和馆。

**十八(4月18日)**　巳刻,过陆坦人处。午刻,至汪广平处,翻阅丛书数种。申、酉刻,偕顾蓉屏散步。

**十九(4月19日)**　巳刻,至教场观校武。戌刻,听奏于猪行桥。

**二十(4月20日)**　暴热。巳刻,候王心梅。又至何菘蹊处,观其骈体文数篇。文颇圆湛。申刻,过万蕉园处。

**二十一(4月21日)**　热。巳、午刻,在顾蓉屏处,与钱鉴泉等长谈。是日,晋纷始得补誊原卷。

**二十二(4月22日)**　午刻,鲁介庵招食面饺。

**二十三(4月23日)**　辰、巳刻,附航船至乍浦周氏馆中。午刻,曹淡秋来会,沈莲卿来会。未刻,钟穆园来会,邀至霍庙观翠芳戏。

**二十四(4月24日)**　辰刻,林雪岩来会。巳刻,以《韵兰赋二集》一部界周星湖。是日,闻湖南大乱。

**二十五(4月25日)**　辰刻,改星湖诗文。"于斯为盛""移花兼蝶至"。巳刻,候高继庵。申刻,沈莲卿、徐翰香、顾松岩来会,约廿七日同至嘉禾。府尊于廿七日取齐府试。

**二十六(4月26日)**　戌刻,见县试全案。前列十名:郑丙铨、李熙、高云松、张显周、戈永洽、沈寿祺、陆金栋、马承福、陈士麟、李师膺。

**二十七(4月27日)**　热。丑刻,同徐翰香、沈莲卿、刘轶林及晋酚登舟。申刻到郡,寓小驿桥南首何宅,知新郡守克公伯诗于廿六日接印。名兴额,满洲人。

**二十八(4月28日)**　酉刻,沈新之来访。

**二十九(4月29日)**　夜大风雨。巳刻,屈麈庵、丁月楼等陆续过会。午刻,顾蓉屏来会,为钱鉴泉乞取文稿一册。未刻,徐香畹来会。申刻,为认挨保三十三人画押。认保:沈厚福,已归嘉善籍,刘庆墀不考,余十三人如故。挨保:陆金栋、方城、徐人鉴、陆逢辰、徐词源、徐汝嘉、俞智达、屈钦明、何士元、冯赐庄、朱濂、徐应麒、陈协陞、沈锡光、钱兆熊、沈赐璋、徐元锡,皆有贽,陆常卿、陆承烈不到,杨朗清、周鸿绪不考。

## 四　月

**初一(4月30日)**　大寒。午后晴。寅刻,送诸童生入场。辰刻,访宋小茗先生,名咸熙,原任桐乡教谕,今在禾城设馆。赠以文稿一册。巳刻,买得赵璞函《娵隅集》十卷。价二百文。午刻,招顾蓉屏食面饺。未刻,许德水来会。亥刻,晋酚出场。府试首题:"我无能焉仁者";次:"不违农时穀";诗:"桑下春蔬绿满畦"得"畦"字。

**初二(5月1日)**　辰刻,候孙、王二学师,不值。王学师名树棠,山阴廪贡。巳刻,偕童友尚江西人、吴冬荛、许德水、刘心葭等至陈园,不得入,即游白漪庵。午刻,至三塔,访旧太守晴山何公墓。回,过岳王庙，又不得入。宋小茗先生答访，不值。未刻，卜达庵来会。申刻，至鉴古堂书肆，购得徐尚之《教经堂文集》十卷、邵叔山《玉芝堂诗文集》九卷。四百二十五文。

**初三(5月2日)** 辰刻，候汪雨人学博，乞其书对联两副，不遇。巳刻，答徐香畹、卜达庵。午刻，同顾蓉屏及寓中诸人复至陈园，以朱朵山名帖诈之，始得一游。申刻，游楞严寺及市心关帝庙。

**初四(5月3日)** 辰刻，汪雨人先生答访。巳刻，买得《万柘坡诗集》十二卷、郁奕武《吟兰书屋诗文集》六卷。一百廿文。午、未刻，观全福班戏于郡庙。申刻，顾印蟾招食馒头。酉刻，观初覆案，共招三百二十人，晋豁名在一百五十六。

**初五(5月4日)** 午刻，过顾访溪寓。未刻，偕徐翰香出东门。

**初六(5月5日)** 午刻，候石砚农。申刻，顾月泉招小饮。

**初七(5月6日)** 寅刻，送诸童入场。巳刻，至儒雅堂书肆，购得傅青主《霜红龛诗钞》两本、陈古渔《诗概》六卷、邵子湘《青门剩稿》八卷、孔璧六《聊园文集》一卷、汪蓉洲《题柱草堂骈体》一卷、高大立《固哉叟诗钞》八卷、张铁珊《兰玉堂诗文集》廿一卷、《洛如诗钞》六卷。以上八种，价只四百八十文，不禁为之狂喜。石砚农答访，不值。未、申刻，过许德水、卜达庵两寓。酉刻，过旧书摊，又买得徐龙友《凌雪轩诗》六卷、彭南畇诗两卷、《遂园禊饮集》三卷。价只二十四文。戌刻，晋豁出场。首题："好刚"；经："丰年多黍多稌"；诗："木之受规矩"得"韩"字。

**初八(5月7日)** 辰刻，汪雨人先生来，始出其庚寅秋所作余骈体文序见视。巳刻，与同寓诸人游烟雨楼。午刻，登真如塔极顶。未、申刻，观全福班戏于西水驿。

**初九(5月8日)** 热。辰刻，卜达庵来会。巳刻，至选桂堂书坊，买得张药斋《咏花轩诗集》六卷，董苍水《南村渔舍诗草》七卷，熊蔗泉《砚雨斋诗集》一卷，张浦山、胡书巢《入蜀纪行合编》二卷。二百七十文。张红巢见赠新刻《春云集试帖》一部。内选余《金地藏送童子下山》一首。

**初十(5月9日)**　寒。夜雨。辰刻,顾印蟾邀食鸡面。戌刻,观二覆案,共招一百六十人,晋翰拔置二十。喜出望外。

**十一(5月10日)**　雨。午刻,过陆桂湘寓。申刻,沈攀香来会。酉刻,过方一松寓。

**十二(5月11日)**　上午雨。寅刻,送考。巳刻,过卜达庵处。申刻,至汪雨人先生寓,出示新著《可休集》诗古文一本。内有查丙□□最佳。酉刻,晋翰出场,言缴卷后与克太守问答甚多。题:"礼以行之"二句;"蚕豆赋"不限韵;"焙茶""刈麦""放鹤""种鱼"各七律;"鸳湖新霁"得"晴"字,五言八韵。

**十三(5月12日)**　巳刻,方一松、施磻溪来会。

**十四(5月13日)**　午后雨。辰刻,陆桂湘来会。未刻,过吴一岩寓。申刻,观三覆案,共招八十人,晋翰拔居十一。

**十五(5月14日)**　夜雷雨。卯刻,送考。辰刻,卜达庵招食鸡面。未刻,晋翰出场,言克公以《严江送别图》命其题诗,送至署中。是日题:"期月而已可也"二句;"青云在目前"得"云"字,五言八韵。申刻,观四喜班戏于郡庙。酉刻,陈云亭来会。

**十六(5月15日)**　雨。午刻,寄鲁介庵书。酉刻,陆畹亭招晚膳。是日,闻提督海凌阿、副将马韬攻湖南逆贼赵金龙,俱战殁。

**十七(5月16日)**　巳刻,卜达庵来会。是日,以家培坡窗课诗文六首属刘心葭代阅。

**十八(5月17日)**　热。巳刻,观府试正案,晋翰名在十二。前列十名:马承福、郑丙铨、王达源、贾敦良、高秉礼、陈士麟、徐词源、章镛、张显周、李熙。午刻,过林雪岩寓,属其代晋翰题《严江送别图》,雪岩立成七绝五首。未刻,宋小茗先生来见,赠《思茗斋诗集》十二卷。申刻,顾蓉屏来会。酉刻,王蔼如、徐壬堂来访,不值。戌刻,高继庵来会。是日,学宪何公仙槎取齐嘉郡。

**十九(5月18日)**　夜大雨,有雷。辰刻,徐壬堂赠洋一枚。巳刻,顾篆香过会。午刻,率晋翰叩谢克伯诗太守,并呈文稿一册。未刻，顾蓉屏缴还诗稿一本。申刻，张梦樵、钟秋尹过会。

**二十(5月19日)**　雨。辰刻，为武童认、挨保五人画押。认保刘熊、陈丙熙，挨保陆永清、张攀龙、陈经邦，俱有贽。巳刻，贾蘅石过访。未刻，连接鲁介庵两书。酉刻，买得何乐天《停云轩古诗抄》二卷。十文。

**二十一(5月20日)**　辰刻，罗莼浦来会。巳刻，刘霞荘招小酌。午、未刻，观四喜班戏于郡庙。申刻，过徐壬堂寓。

**二十二(5月21日)**　午刻，过顾蓉屏寓。

**二十三(5月22日)**　雨。辰刻，何文宗到院。巳刻，诣明伦堂，伺候讲书。午刻，候魏小石，接到柯小坡所赠叶改吟诗四卷。未刻，徐壬堂招饮。申刻，钟穆园缴还赋稿一册。

**二十四(5月23日)**　午刻，陈鹤亭来会。申刻，过张枕石寓。

**二十五(5月24日)**　辰刻，沈瓛堂来会。巳刻，彭驯鱼来会。申刻，刘霞荘来，不值。

**二十六(5月25日)**　辰刻，送认保古学童生入场。伊、许、冯三人。巳刻，许德水来会。午刻，刘乙斋来会。申刻，周讷溪来会。

**二十七(5月26日)**　巳刻，高藏庵过会。午刻，刘霞荘来会。未刻，为认、挨保二十八人画押。认保：伊佐圻、潘镛金、吴廷庆、沈寿祺、杨文灿、沈嘉钦、张廷模、许树栗、马廷栋、冯锡光，皆有贽，吴乙莲、徐昫不到，戈廷柱不考。挨保：徐词源、戈永治、周鸿基、沈赐璋、徐汝霞、张廷彪、周绍濂、沈湘、王庆陞、吴环枢、汪曰达、纪金镛、王德培、沈嗣杰、陆乘龙，俱有贽，张元勋不到，李壬禄不考。戌刻，闻生古学已发案，阖属取九人，平湖得其六。顾邦杰第一，以下顾棨、钟步崧、屈钦邻、钱裕昌，又府学张昂青。

**二十八(5月27日)**　寅刻，入场岁试，坐堂西十五号。是日，搜检大严，场规极整，寸步不可移动。题：“侯一位”二句；经：“其军三单”；诗：“泉声带玉琴”得“泉”字。未刻，出场。酉刻，鲁介庵来会。

**二十九(5月28日)**　日中雷雨，夜更大。辰刻，鲁介庵招食肉丝面。巳刻，刘杏芬过会。申刻，顾蓉屏、方寅甫来会。

**三十(5月29日)** 大热。卯刻,赴宏文馆唱保。是日搜检更严。申刻,晋翂出场。题:"君子亦党乎"至"同姓";次:"此五人者"二句;诗:"心清闻妙香"得"心"字。

## 五 月

**初一(5月30日)** 大热。辰刻,寓中诸人皆回去,惟余父子独留。午刻,过高继庵寓。申刻,观岁试招覆案,一等十五人,余得第二。姚謦均、黄金台、周恭先、徐金泰、沈锜、高三祝、郑之侨、陈铿、顾粲、徐光济、周大经、张洽、顾邦杰、施汝弼、万光霞。二等三十三名并三等前列十名共取五十八人。酉刻,顾蓉屏来会。是日,失去玉器一枚、扇袋一只。

**初二(5月31日)** 辰刻,招顾蓉屏食鸡面。午刻,过林雪岩寓。未刻,为武童认、挨保四人画押。认保刘熊、陈丙熙,挨保李国治、顾熿,各有贽。亥刻,观院试文童招覆案,余认、挨保进伊佐圻、沈寿祺、徐词源三人,晋翂不得与。县□二十五名:郑丙铨、张鹤书、伊佐圻、张显周、□□、周涵、沈寿祺、陈士麟、郭人本、徐鉴清、徐词源、李师膺、戈其相、黄锦、胡□升、高秉九、胡□海、张如圭、李熙、许汝谐、邵世琛、张德懋、陆豫樟、王达源、徐士璋,拨府六名:叶联萼、倪承杰、马承福、张国琛、鲍应焕、于廷杰。

**初三(6月1日)** 大热。辰刻,入场覆试,仍归原号。题:"依于仁"二句;诗:"菖蒲拜竹"得"高"字,五言八韵。发看正场卷子,评:"驱遣盲左,不乏精采,虽于位字意稍略而殊见笔妙,次诗可。"申刻出场,认、挨保新进陆续拜见。伊佐圻菜仪两洋、沈寿祺一两、徐词源四百。

**初四(6月2日)** 巳刻,送新进覆试。午刻,过于瘦秋寓。

**初五(6月3日)** 辰刻,观童生古学案,阖属取十二人,平湖居其三。叶联萼、伊佐圻、胡文海。巳刻,候萧雨香,见赠《方壶合编》两卷。午刻,雨香寓中赵达孚留饮端阳酒,同席吾春农、周云坡名以焜等十余人。未刻,徐问亭来,不值。戌刻,饮于伊铁耕寓。亥刻,门斗追各廪保赴宏文馆补画武童外场册子押。此向来未有之例,学使之严甚矣哉。

**初六(6月4日)** 大热。卯刻,观岁试正案,一等名次大有移动，姚辔均、黄金台、徐金泰、沈锜、郑之侨、周恭先、张洽、高三祝、顾棨、周大经、陈铿、徐光济、顾邦杰、施汝弼、万光霞。不取者二百八十余名。吴士林居末。巳、午刻，送武童骑射。

**初七(6月5日)** 大热。巳刻，送武童步射。申刻，送武童技勇及内场。酉刻，高继庵来会。是夜，发武童案，余认、挨保进刘熊、陈丙熙、李国治三人。

**初八(6月6日)** 辰刻，送文武童大覆。未刻，赴宏文馆发落，并看覆试卷子。评："于清刻中时见典丽，非同枵腹。"每学一等前列十名，学宪留在场中，命重誊正场卷子，真草须全。酉刻出场。此番寓中有美妇人百计引诱，余不为动。

**初九(6月7日)** 午后雨，夜更大。午刻，迁寓于伊铁耕处。是日，何文宗起马。

**初十(6月8日)** 卯刻，偕伊铁耕、刘乙斋、钟穆园及晋畬登舟。酉刻，至乍浦周氏馆中。是日，结府院试费，共用十四千。

**十一(6月9日)** 巳刻，赠周星湖款对一副。汪雨人先生书。申刻，过卢揖桥、邓晴溪两处。

**十二(6月10日)** 申刻，过曹淡秋、沈莲卿两处。酉刻，寄鲁介庵书。

**十三(6月11日)** 辰刻，顾印蟾来会。午刻，过观海书院及卷勺园。未刻，周星湖赠扇袋一只。申刻，曹淡秋、钟穆园来会。戌刻，刘乙斋来会。是夜，梦在南京送考，将游秦淮河，未果。

**十四(6月12日)** 日中大雨。辰刻，至伊铁耕处贺喜。巳刻，谒刘南屏司马，呈岁试文一首。未刻，卢揖桥来会，徐翰香来会。申、酉、戌、亥刻，阅董苍水、彭南畇、熊蔗泉、何乐天诸诗集。

**十五(6月13日)** 辰、巳刻，改星湖诗文各二首。"求善贾而"至"沽之哉"，"恭己正南面"一句，"汉王真龙项王虎"，"花落莺啼满城绿"。午刻，得家丽村书，言金杏园选期于九月初五日完姻。未刻，过钟穆园处，赠余扇袋一只。申刻，观联陞班戏于鄞江会馆。酉刻，过顾印蟾处。

是夜,有腹疾。

**十六(6月14日)** 雨。辰刻,寄徐壬堂书。巳、午、未、申刻,阅宋小茗、叶改吟、朱立斋诸诗集。

**十七(6月15日)** 午刻,附陆畹亭舟至平湖。申刻,辜蓉城邀小饮。酉刻,候鲁介庵,赠以《聊园文集》一部,又寄赠沈攀香《书法正宗》及《木鸡书屋文》二种。戌刻,陈憩亭招饮,即留宿。

**十八(6月16日)** 辰刻,鲁介庵招食鳝面。巳刻,陈憩亭赠枇杷一篓。未、申、酉刻,附航船回家。

**十九(6月17日)** 巳刻,过龚配京处,长谈至夜。

**二十(6月18日)** 夜小雨。午刻,访姚兰舟。名前棠,金山廪生。

**二十一(6月19日)** 为王秋泉作《蚕豆赋》。此府试题也,将梓入试草中。

**二十二(6月20日)** 为王秋泉作《焙茶》《刈麦》《放鹤》《种鱼》各七律一首。亦府试题。

**二十三(6月21日)** 午后雨。辰刻,过张文石处。午刻,代晋翖挽方南园广文。五律。

**二十四(6月22日)** 夜雨。

**二十五(6月23日)** 雨。申刻,寄书责朱肇源。

**二十六(6月24日)** 抄骈体文四首。

**二十七(6月25日)** 雨。

**二十八(6月26日)** 辰、巳、午刻,附航船至平湖,赠王春霆学博文稿一册。未刻,候顾蓉屏,订秋试同寓之约。申刻,过钱鉴泉处,借得《国朝丽体金膏》五册。又访钱梦庐,不遇。夜,仍宿陈憩亭处。

**二十九(6月27日)** 巳刻,方在卿拜会,见赠昌化图书石十二副、水烟两斤,乞撰其先人南园先生传。申刻,分水烟一斤与陆畹亭,图书石一副与陈憩亭。酉刻,憩亭邀同介庵饮于永和馆。

## 六 月

**初一(6月28日)** 小雨。卯、辰刻,附航船至乍浦周氏馆中。巳刻,赠伊铁耕《四书摭余说》《松月阁诗集》《吟兰书屋诗文稿》《木鸡书屋文钞》共四种。

**初二(6月29日)** 日中大雨。抄骈体四首。申刻,过高继庵处。

**初三(6月30日)** 辰、巳、午刻,抄骈体文四首。申、酉刻,阅《青门剩稿》。

**初四(7月1日)** 辰、巳刻,抄骈体三首。午刻,改星湖诗文。"千室之邑","御者且羞"一句,"何必功名在少年","好竹连山觉笋香"。未刻,寻卜达庵,不遇,即过徐翰香、钟穆园两处。

**初五(7月2日)** 大雨,极寒。辰、巳、午刻,抄骈体四首。未刻,刘心葭、曹淡秋、沈莲卿来会。申、酉、戌刻,阅邵叔勉、徐尚之文集。是日,寒气刺骨,余被服五重,犹觉体战。

**初六(7月3日)** 雨,仍寒。辰、巳、午刻,抄骈体文六首。未、申、酉刻,阅张药斋、高大立、张铁珊诸诗集。

**初七(7月4日)** 雨,清晨更大。辰、巳刻,抄骈体文四首。近日斗米至五百三十文。

**初八(7月5日)** 抄骈体文六首。申刻,卜达庵来会。酉刻,寄赠刘乙斋《仇山村诗集》一部。

**初九(7月6日)** 夜,大雷电。辰刻,林雪岩来会。巳、午、未、申刻,抄杂诗三十六首。

**初十(7月7日)** 辰刻,刘乙斋过会。巳刻,高继庵来,即同至曹淡秋处,留中膳。

**十一(7月8日)** 始热。巳刻,过卷勺园及观海书院。午刻,伊湘涛招宴,同席林雪岩、卜达庵、黄芝生、刘乙斋、杨友樵等九人。酉刻散席,大有醉态。

**十二(7月9日)**　热。抄杂诗廿四首。辰刻,林雪岩过会。巳刻,伊铁耕拜谢,见赠十洋。午前,徐约园率子词源拜谢,见赠两洋。

**十三(7月10日)**　大热。抄杂诗廿四首。

**十四(7月11日)**　大热。黄昏雷雨。抄杂诗四十八首。

**十五(7月12日)**　热。日晡大雷雨。午刻,至林笛仙处,留中膳。未刻,过许德水馆长谈。

**十六(7月13日)**　热。巳刻,林雪岩来会。酉刻,顾印蟾来会。

**十七(7月14日)**　大热,夜更甚。巳刻,卢揖桥来,携至顾蓉屏书。

**十八(7月15日)**　大热。

**十九(7月16日)**　大热。作《方南园先生传》。骈体。

**二十(7月17日)**　热。辰刻,林雪岩过会。巳刻,赠钟穆园《兰玉堂诗续集》一部。午刻,寄鲁介庵书。未、申刻,在曹淡秋处长谈。酉刻,回至馆中,知陆畹亭、程伊斋过访,并带至武认保刘熊贽仪两洋。

**二十一(7月18日)**　热。巳刻,寄陆畹亭及家四官书。皆痛哭流涕之言。申刻,过沈莲卿处。

**二十二(7月19日)**　大东南风。

**二十三(7月20日)**　大东南风。

**二十四(7月21日)**　申刻,过卜达庵处。以上数日,将历年岁科试所取一等文重为誊稿,稍加删润。

**二十五(7月22日)**　巳刻,过卢揖桥处,见邸报敕封。知将军罗思举等大破逆贼赵金龙,生擒其弟赵金旺、其子赵福全、赵满仔,□斩贼六千余人。午刻,揖桥邀集饮马池楼。未刻,至邵愚庵宅候吴琛堂,出示古文数篇。笔极灵动。又见陈忠简公子壮□书绝句横幅、徐俟斋《高士山水》立幅、年大将军羹尧楹帖一副。适满洲志云亭凌、伍菊蹊拉畚亦来,畅谈两时许。

**二十六(7月23日)**　热。申刻,卢揖桥来,言周星湖已下逐客之令。自六月以来，星湖荒淫日甚，不能见其一面，而馆中供膳较去年□氏更劣，在余自以为命数宜然，方欲勉强停留，终一年之局，而彼反先下逐客之令，斯真鸟兽不可与同群矣。

**二十七(7月24日)**　热。在曹淡秋处竟日。

**二十八(7月25日)**　热。

**二十九(7月26日)**　热。辰刻，刘乙斋过会。巳刻，寄鲁介庵书。午、未刻，在钟穆园处长谈。申刻，过高继庵处。是日，卢揖桥痛责周星湖，星湖稍有惧色。

## 七　月

**初一(7月27日)**　热。

**初二(7月28日)**　热。夜有雷，不能作雨。是日，闻湖南平。

**初三(7月29日)**　在观海书院竟日。

**初四(7月30日)**　申、酉刻，过邓晴溪、钟穆园两处。迩来日抱枵腹之虑，不得已出外乞食，每不足又顾而之他，文运之厄极矣。

**初五(7月31日)**　是日，闻米价稍减。

**初六(8月1日)**　是日，书室为僧人所占，竟无坐地。上午在曹淡秋处，下午在沈莲卿处。

**初七(8月2日)**

**初八(8月3日)**　在钟穆园处竟日。

**初九(8月4日)**　午刻，沈莲卿招饮。

**初十(8月5日)**　辰刻登舟。申刻回家。

**十一(8月6日)**

**十二(8月7日)**　大热。辰、巳、午、未刻，附航船到城，即候鲁介庵，留中膳。申刻，候顾蓉屏，缴还书籍数种，并寄还钱鉴泉《丽体金膏》五册。夜宿介庵处。是日，知浙江正考官李公宗昉，副考官韩公大信。

**十三(8月8日)**　大热。卯刻，过卜达庵处。辰刻，寻顾访溪，不遇,即候陈白芬。巳刻,收到方在卿书,又沈攀香谢认保两洋。午、未、申、酉刻,附航船回家。

**十四(8月9日)** 热。在龚配京处竟日。

**十五(8月10日)** 热。戌刻,覆方在卿书。

**十六(8月11日)** 巳刻,受金氏准吉日礼。昏期定于九月十四。

**十七(8月12日)** 是日,在仁寿堂钱氏助理丧事。

**十八(8月13日)** 以上数日皆大东南风。

**十九(8月14日)** 午刻,仁寿堂招饮。是日,始祷雨。

**二十(8月15日)** 酉刻,陆畹亭书来,言其子已殇。并收到武认保陈丙熙贽仪二洋。

**二十一(8月16日)** 酉刻,顾蓉屏书来。约余廿八夜起程赴省。

**二十二(8月17日)** 辰刻,赴仁寿堂招。午刻,陪钱氏新亲姚兰舟父子宴席。是日,闻各处□旱已极。

**二十三(8月18日)**

**二十四(8月19日)** 辰刻,过张文石处。巳刻,仁寿堂招饮。

**二十五(8月20日)** 大热。辰刻,张文石来,赠余龙眼一斤。巳刻,钱莲舟借《说铃》□部。

**二十六(8月21日)** 是日整顿行李。

**二十七(8月22日)** 夜半有急雨两阵。辰、巳、午刻,附航船到城,至顾蓉屏处,夜即留宿。

**二十八(8月23日)** 热。辰刻,赠顾氏寿仪。巳刻,至鲁介庵处,方在卿来会,见赠笔资两洋。未刻,赴顾月泉处寿筵,同席林小谷等十余人。酉刻,偕顾蓉屏登舟。

**二十九(8月24日)** 热。卯刻,泊舟嘉兴五龙桥,至黄云门宅,载方子春同往。

**三十(8月25日)** 午后小雨。申刻到省,寓艮山门内姚宅。同寓先有潘东序、方寅甫二人。

## 八 月

**初一(8 月 26 日)** 辰刻,顾蓉屏赠姑嫂饼二十包。午刻,至青云街书肆,买得周让谷《十诵斋诗集》四卷、翟晴江《无不宜斋诗集》四卷、桑轩竹《菲泉书屋诗文集》八卷。共钱乙百九十二。申刻,过定香寺。

**初二(8 月 27 日)** 午刻,过林笛仙寓。

**初三(8 月 28 日)** 午后有急雨。巳刻,偕顾蓉屏、林笛仙至湖上,买舟游金沙港,观荷花。回,过望湖楼。申刻,观剧于范文正公庙。

**初四(8 月 29 日)** 日晡大雨。申刻,顾蓉屏设酌于姚氏之琴台,宴同寓诸子。适甘霖□[①]沛,拟作《琴台赏雨图》以纪其胜。戌刻,晤嘉兴钱警石,名泰吉,廪贡生,现任海宁司训。赠以文稿一册。

**初五(8 月 30 日)** 晚间又雨,天气大凉。

**初六(8 月 31 日)** 雨。巳刻,观试官入帘。

**初七(9 月 1 日)** 热。巳刻,秀水金岱峰来访,名衍宗,庚申孝廉,现作临安教谕。赠以文稿一册。

**初八(9 月 2 日)** 大热。寅刻入场,东垂十四号,与本学王春霆司训同号。此□监临富海帆中丞爱惜士子,备极宽容,然法□□□,场中乱号者竟有十分之三。

**初九(9 月 3 日)** 大热。寅刻出题。首:"举贤才"至"举尔所知";次:"后世有述焉"二句;三:"以遏徂莒"至"勇也";诗:"因云□润"得"流"字。酉刻完卷。

**初十(9 月 4 日)** 大热。辰刻出场。

**十一(9 月 5 日)** 大热。寅刻入场,坐东河廿一号,同号刘筠庄、叶琴舟。

---

① 字迹不清,疑作"大"。

**十二(9月6日)**　毒热。丑刻,出经题。《易》:“则是天地交而万物通也”二句;《书》:“四曰星辰”;《诗》:“或来瞻女”二句;《春秋》:“春,晋侯使韩起来聘”二节;《礼》:“故君子之于学也”三句。申刻,完卷。

**十三(9月7日)**　大热。卯刻出场。午刻,见钱警石、金岱峰古今体诗数卷。两人皆有妙处,而岱峰尤胜。

**十四(9月8日)**　稍凉。卯刻入场,坐西号十一号。午刻,晤余杭门人董筑垞。名基亨,即宗文义塾中旧弟子,今年六月以第七名入余杭学。未刻,周岐封到号见访。

**十五(9月9日)**　二鼓大雨。丑刻出策题。一经学;二选举;三吏治;四弭盗;五仓储。午刻完卷。

**十六(9月10日)**　夜大雷雨,水长数尺。寅刻出场。午刻,至书肆购得《松江诗钞》六十四卷,九百三十。胡茨村《咏史新乐府》二卷、八百二十。王阮亭《谐声别部》七卷、赵天羽《江淮采风集》十二卷。共钱六十五文。又张红巢出示新刻《春云集》五七体诗二卷,内选余五律二首《张伯雨墓》《伍大夫庙》、七律五首徐尚书□□□□□□□□□□。申刻,方子春父子先去。

**十七(9月11日)**　午刻,主人姚次韩乞余文稿一册,即以先人古芬所著律赋二卷答赠。古芬名伊宪,仁和廪生。

**十八(9月12日)**　雨。巳刻,偕顾蓉屏、钱松隐、顾春樵、潘东序登舟。

**十九(9月13日)**　夜大东北风。是日结考费,共用十三洋。

**二十(9月14日)**　小雨,大东北风。卯刻,回至平湖。巳刻,候鲁介庵,赠以姚古芬律赋一卷。申刻,过卜达庵处。夜宿顾蓉屏宅。

**二十一(9月15日)**　大东北风。巳刻,候方在卿。午刻,复收陈憩亭所助刻稿费一洋。申刻,鲁介庵招饮永和馆。夜宿徐鼎字店。近日,□□□石几至六千五六十,老翁所未经阅历者。

**二十二(9月16日)**　巳刻,晤鲍介堂。别已十年。午、未、申刻,附航船回家。

**二十三(9月17日)**　阅吴药园、姚鲁思、梁午楼、汪康古诸诗集。

**二十四(9月18日)**　辰刻,赠张文石杭仪一种。巳、午、未、申刻,阅杨宝研、翟晴江、桑轩竹诸诗集。

**二十五(9月19日)**　辰刻,顾蓉屏书来,并代购沈西雍《十经斋文集》一册。价一百文。巳、午、未、申、酉刻,阅李铁君、周穆门、施竹田、周让谷诸诗集。

**二十六(9月20日)**　阅《韩江雅集》《江淮采风集》。是夜,梦偕徐辛庵、林雪岩过一名园,观黄山谷墨迹,顷之,主人出鲜桃一盘,诸人仅食一两枚,余啖之几尽。

**二十七(9月21日)**　午刻,张文石来会。

**二十八(9月22日)**

**二十九(9月23日)**　夜半大雷雨。

## 九　月

**初一(9月24日)**　以上三日,阅《松江诗钞》。

**初二(9月25日)**　抄杂诗二十五首。申刻,赠马、王二氏婚仪。

**初三(9月26日)**　抄骈体文四首。

**初四(9月27日)**　骤寒。

**初五(9月28日)**　是夜,有寒疾。

**初六(9月29日)**　辰、巳刻,附航船至平湖,预办嫁女杂物。夜宿鲁介庵处。是日,闻郡守□公以□棣旧案有累,降为通判。

**初七(9月30日)**　未、申、酉刻,附航船回家。是日,米价稍减。

**初八(10月1日)**　夜半雨。

**初九(10月2日)**

**初十(10月3日)**

**十一(10月4日)**　巳刻,金逸陶来。酉刻,收到何亥卿所助刻稿费银三钱五分。

**十二(10月5日)**　午刻,徐壬堂寄助刻稿费一洋。

**十三(10月6日)**　午刻,为女送妆于金宅。是日,微闻金杏园有不法事。

**十四(10月7日)**　辰刻,知秋榜已发。解元秀水朱濂,平湖俞维墉中五十五名。嘉府共八正三副。午刻,招诸亲友喜酌。此番送礼者七十二家,连日助余者张文石、家丽春、培坡等三四人。申刻,遣女于归金氏。是日,始知金杏园于初八夜先娶高□子女,似妻非妻,似妾非妾,不法甚矣,欺余亦甚矣。

**十五(10月8日)**　辰刻,遣人持柬邀亲家金石声昆仲及其姻亲程敬斋、王月槎来议驱逐高氏母女事,诸人皆以为然。巳刻,又托家钦昊速办此事。酉刻,王月槎复来。言高氏母女狠戾异常,必不肯去。杏园亦竟日涕泣,恋恋不舍,幸诸人合力驱逐,或吓或骗,始有欲去之意。

**十六(10月9日)**　辰刻,遣人至金宅探听消息,知高氏母女已失势而去。巳刻,卢揖桥书来。午刻,项表妹乞取文稿一册。未刻,结嫁女费,共用三十二千。头面、衣服、器具诸项,向所积蓄,俱不在此。酉刻,鸿道和尚来会。

**十七(10月10日)**　辰刻,陆畹亭来,终日酗酒无状,至夜半始去。是夜,辗转反侧,泣不成声。自思三十年来功名蹭蹬,□□□售,所坐馆席主人皆傲忽无礼,不能久留。亲戚之间,非特无一可倚,并且百计作难,至于家庭之际,交遍谪我,尤为附骨之疽。呜呼!天既畀我以殊绝之才,而偏使之进退维谷,朝夕不安,其何以□□耶。

**十八(10月11日)**　巳刻,寄顾蓉屏、鲁介庵书。

**十九(10月12日)**

**二十(10月13日)**

**二十一(10月14日)**

**二十二(10月15日)**　以上四日,选录《松江诗钞》二百十一首。

**二十三(10月16日)**　巳刻,遣晋犞至金宅望亲。戌刻,陆畹亭又来,喧扰终夜。

**二十四(10月17日)**　巳刻,金杏园寄文房四种与晋翻。午、未刻,抄七律二十四首。

**二十五(10月18日)**　辰刻,寄卢揖桥书。巳刻,寄汪雨人教授书。午刻,家继安招饮。

**二十六(10月19日)**　辰刻,徐宿生来会。午、未刻,阅胡茨村《咏史新乐府》。所咏皆崇祯一朝事,平衍拖沓,一无可观。

**二十七(10月20日)**　巳、午、未刻,阅袁简斋初刻《双柳轩诗文集》。是日,畹亭始去。

**二十八(10月21日)**　未刻,问钱莲舟疾。

**二十九(10月22日)**　小雨。午、未刻,阅陈次杜《天启宫词》、王露湑《崇祯宫词》。

**三十(10月23日)**　辰刻,寄书痛责朱肇源。

## 闰九月

**初一(10月24日)**　午刻,寄方子春书。

**初二(10月25日)**　始寒。未刻,为金石声题其亡室程蕙心《纳凉图》遗照。七绝二首。

**初三(10月26日)**　寒。作《常开平王铁衫记》。骈体。

**初四(10月27日)**　午刻,吊全氏丧。

**初五(10月28日)**　跋张蘧若侍御请毁魏忠贤墓奏疏后。骈体。

**初六(10月29日)**　日中微雨。申刻,顾蓉屏书来。

**初七(10月30日)**　作《明宣宗恭让皇后赐印记》。骈体。

**初八(10月31日)**　巳刻,阅沈西雍《十经斋文集》。

**初九(11月1日)**　午、未刻,重阅曹敦山《敝帚编》。

**初十(11月2日)**　作《琴台赏雨诗序》。骈体。是日,始知平湖杨庆□中式北榜。

**十一(11月3日)**　重阅秦留仙、沈韫山文集。午刻,赠钱、王二宅婚仪。

**十二(11月4日)**　跋姚广孝所译贝叶经后。骈体。

**十三(11月5日)**　雨。重阅《沈归愚文钞》。

**十四(11月6日)**　重阅王新城《文略》。

**十五(11月7日)**　巳、午、未刻,附航船到城,即候鲁介庵,知文稿六卷已刻竣。申刻,候顾蓉屏。酉刻,寄萧雨香书。夜宿徐鼎字店。是日,始知平湖荐卷十一人。县学徐金泰、冯志熙、徐光济、周大经、吴大观、陆程鹏,府学张昂青、屈慎旃、刘以烜、陆潢、沈嗣俊。

**十六(11月8日)**　巳刻,同鲁介庵至钱渭山店,属其刷印文集二百部,定价十洋。午刻,候方子春,见,留中膳。

**十七(11月9日)**　巳刻,发卢揖桥书。未、申、酉刻,附航船回家。

**十八(11月10日)**　重阅汪松泉、张匠门文集。是夜,梦在嘉兴坐馆。

**十九(11月11日)**　夜小雨。重阅厉樊榭、唐改堂文集。

**二十(11月12日)**　午刻,吊丁氏丧。

**二十一(11月13日)**　辰刻,门斗寄乡试落卷来。第十四房朱煌评云:笔□□□滞机,再求精炼。□□□。

**二十二(11月14日)**　以上二日,重览《三国史》。是夜,梦衣冠而奔走大雨中,竟无□。

**二十三(11月15日)**　夜雨。作《周瑜论》。骈体。

**二十四(11月16日)**

**二十五(11月17日)**　巳刻,至龚配京处,即留饮,长谈至日昃。

**二十六(11月18日)**　小雨。未刻,观吟秀班戏于东林寺。

**二十七(11月19日)**　夜雨。作《吴澹川诗集后序》。骈体。巳刻,遣晋翁至仁寿堂插香。

**二十八(11月20日)**

**二十九(11月21日)**

## 十　月

**初一(11月22日)**　重阅《柳崖外编》。

**初二(11月2日)**　巳刻，鲁文甫来，留中膳。

**初三(11月2日)**　夜雨。巳刻，顾蓉屏书来，助刷稿费一洋。又方子春亦助一洋。

**初四(11月2日)**　雨，夜更大。戌刻，作七律一章，补送克伯诗太守去任。

**初五(11月2日)**　为李恪亭作《高山流水图序》。骈体，不存稿。

**初六(11月2日)**　夜雨。重阅《历朝赋楷》。是日，闻金山旧友时右君、郁□香俱已下世。

**初七(11月2日)**

**初八(11月2日)**　夜雨。作《芦川竹枝词》十四首。

**初九(11月30日)**　雨。酉刻，卢揖桥覆书来。

**初十(12月1日)**　小雨。巳、午刻，作七古一章，寄宋小茗先生。

**十一(12月2日)**

**十二(12月3日)**

**十三(12月4日)**　夜雨。巳、午刻，附航船到城，即至鲁介庵处，赠以新刻稿二部。未刻，至顾蓉屏处，赠新刻稿一部。又寄赠方子春、钱梦庐、潘东叙、钱鉴泉各一部。戌刻，介庵邀同蓉屏饮于永和馆。是夜，宿介庵处。

**十四(12月5日)**　雨，夜更大。巳刻，过刘霞江处。又寻何菘蹊，不值，留赠新刻稿一部。酉刻，赠陈憩亭新刻稿一部。

**十五(12月6日)**　大雨竟日。巳刻，附航船到乍浦，不得已，仍至周氏馆中。午刻，寻卢揖桥，赠以新刻稿一部。未刻，至邓晴溪宅拜阴寿，即留饮至二鼓。

**十六(12月7日)**　巳刻，过曹淡秋处。申刻，过高继庵处。是日,畀星湖文稿一部。

**十七(12月8日)** 夜雨。巳刻,曹淡秋、卢揖桥来向周星湖说情,以余此来星湖待余更薄也。赠淡秋文稿一部。午刻,至观海书院,陪徐香畹中膳。申刻,同高继庵至淡秋处,即留夜膳。是夜,梦见天上奇云有赤如火者,有碧如草者,奇形怪状,不可胜数。

**十八(12月9日)** 雨,寒。巳刻,沈莲卿来,赠以文稿一部。未刻,至钟穆园处,赠以文稿一部。酉刻,穆园留夜膳。是日,闻诗人吴榕园卒。

**十九(12月10日)** 午后雨止,夜半复雨。巳刻,至伊铁耕处,赠以文稿一部。又赠刘乙斋一部。午刻,铁耕留中膳。申刻,寄赠邓晴溪文稿一部。是日,陈鹤亭、卜达庵皆过访,不值。

**二十(12月11日)** 雨,夜更大。巳刻,答卜达庵,赠以文稿一部。午刻,饭达庵馆中。申刻,过顾印蟾处。

**二十一(12月12日)** 雨,夜更大。未刻,卢揖桥、曹淡秋来,淡秋复购余文稿一部。

**二十二(12月13日)** 雨。巳刻,至曹淡秋处,即留中膳,谈至点灯而返。

**二十三(12月14日)** 大雨兼雪。巳刻,寄宋小茗先生书。以上四夜,晋黺大发寒□□□□□□□□。

**二十四(12月15日)** 巳刻,至钟穆园处,即留中膳。申刻,赠高继庵文集一部。□□梦□学使宋公、今学使□公同过余家。

**二十五(12月16日)** 巳刻,寄鲁介庵书。午、未刻,曹淡秋、沈莲卿、卢揖桥等陆续来会。揖桥馈茶食一种。是日,晋黺大发红疹。

**二十六(12月17日)** 巳刻,陈鹤亭、曹怡斋来会。怡斋与其兄淡秋各赠茶食一种。午刻,招刘乙斋来治晋黺疾。钟穆园□□馈茶食一种。申刻,曹怡斋复来,见赠小皮袄一件。怜晋黺身上单寒故也。是日,赠陈鹤亭文集一部。

**二十七(12月18日)** 巳刻,高继庵、曹淡秋等来问晋黺疾。申刻，刘乙斋来改方。酉刻，接到顾蓉屏书。

**二十八（12月19日）**　雨。是日，晋骱疾稍瘳。

**二十九（12月20日）**　雨，夜更大。巳刻，过沈莲卿处，莲卿即邀同曹淡秋小集饮马池酒楼。申刻，回至馆中，知邓晴溪于午前过访，见贻火肉一块。

**三十（12月21日）**　大雨竟日。申刻，刘乙斋来会。是日，晋骱疾愈。

## 十一月

**初一（12月22日）**　巳刻，至钟穆园处，即留中膳。未刻，答邓晴溪，不遇。是日，闻台湾乱。

**初二（12月23日）**　巳刻，偕陈鹤亭至曹淡秋处，即留中饭。未刻，至卷勺园，赠刘瑞圃丈文集一部，瑞圃丈出示桐乡陆彡石《青芙蓉阁诗集》六卷。申刻，回至馆中，接到徐云岘书，并徐辛庵侍讲所赠番银两枚。侍讲于前日乞假归里，闻余苦况，即加赒恤，可谓不忘贫贱之交矣。

**初三（12月24日）**　大雨。巳刻，赠徐云岘文集一部。寻刘心葭，不值。午刻，卢揖桥招食羊肉面。未刻，候许德水，赠以文稿一部，畅谈两时许。

**初四（12月25日）**　大雪。巳刻，呈张司马名恒坚，祁门人文集一部。午刻，候林雪岩，赠以文稿一部，即留小饮。申刻，寄徐辛庵侍讲书。酉刻，□□□中知张司马已遣人持柬答谢。

**初五（12月26日）**　大寒。未刻，陈鹤亭、卢揖桥等来会。

**初六（12月27日）**　复雪，更寒。午刻，至邓晴溪处，留中膳。

**初七（12月28日）**　大寒。午刻，饭伊铁耕处。

**初八（12月29日）**　大寒。午刻，率晋骱饭曹淡秋处。是月以来，馆中更无一刻□□，并儿子亦不能受此苦矣。

**初九（12月30日）**　大寒。午刻，率晋骱饭钟穆园处。是夜，梦高越垞欲与余□□，余不可。

**初十(12月31日)**　夜复雪。未刻,钟穆园来,携至顾蓉屏寄怀诗四首。皆□律,颇有名句。闻方寅甫于初八日午刻下世。寅甫十五岁便得□□□□□□□期之,今年仅弱冠,遽赴玉楼之召,可不痛哉。是日,余已整顿行李,将作归计。揖桥、淡秋来寻周星湖,为余索取脩金,竟不能见。

**十一(1833年1月1日)**　巳刻,赴曹淡秋招。言周星湖遣仆顾六观传语不逊,并脩金亦不肯归。申刻,将迁行李于钟穆园处,其父敬亭不可,乃暂移揖桥处。

**十二(1月2日)**　巳刻,率晋馚游卷勺园。刘丈瑞圃助刷稿费两洋,兼留中膳。申刻,过林雪岩、刘乙斋两处。是日,与诸同人商拟处置星湖之法,或言宜诉学师,或言宜诉海防,或言诉巡检亦可,议论纷纷不决。

**十三(1月3日)**　午刻,饭邓晴溪处。申、酉刻,复与诸同人商酌,决计明日到城诉于学师。戌刻,晴溪止余涉讼。言星湖于十二月初十倘再不奉脩金,晴溪必当代应,余不得已从之。

**十四(1月4日)**　巳刻,卢揖桥购余文集五部。未、申刻,观春台戏于南关帝庙。酉刻,钟穆园招夜膳。戌刻登舟。

**十五(1月5日)**　辰刻到家,知钱莲舟于十月廿六日病殁。未刻,索还钱氏所借《说铃》一部。

**十六(1月6日)**

**十七(1月7日)**

**十八(1月8日)**　巳、午、未刻,附航船到城,拜候徐辛庵侍讲,赠以初、二刻文集两部。酉刻,辛庵留饮,同席周艺□。无锡人,犊山观察□子。亥刻,[同]辛庵出外步月,夜即留宿。

**十九(1月9日)**　午刻,寄赠方在卿文集一部。未刻,过顾蓉屏处。夜宿陆畹亭宅。是日,鲁介庵复取余文集九部。

**二十(1月10日)**　巳刻,谒赵沁莲训导,名泰,钱塘人,癸酉孝廉。呈文稿初、二刻两部。又赠孙六桥教谕□□□部。午刻,□□□月帆少府，名树锦，大兴人。兼候其子小谷，赠以二刻一部。又寄呈杨晓东邑侯一部。申刻，至汪广平处，买得张绿春《趋庭集》二卷、汪西颢《盘西纪游诗》一卷、张惺斋《黄山纪游诗》一卷。共五十文。是日，闻乍浦来一天竺国船，官吏惶骇，城门至于昼闭。

**二十一(1月11日)**　巳刻，候钱梦庐，见赠《印须集》二十卷、欧阳碑帖一本。午、未、申刻，在顾蓉屏馆中长谈。

**二十二(1月12日)**　巳刻，何菘蹊招饮通益亭。午刻，候方子春，兼吊其子寅甫丧。子春属撰寅甫哀词。未刻，叶均荃招饮元和馆，同席[陈憩]亭等五人。是席俱用小品，精妙非常。是日，徐宿生乞取文集一部。

**二十三(1月13日)**　大寒。午刻，陈憩亭招中膳。申刻，至徐辛庵处，不遇。闻是月三十日为辛庵葬亲之期，先寄香烛一副。

**二十四(1月14日)**　寒。辰刻，陆畹亭邀食锅面。巳刻，鲁介庵赠姑嫂饼六包。未、申、酉、戌刻，附航船回家。

**二十五(1月15日)**　夜雪。巳刻，至龚配京处，赠以文集一部。午刻，配京留饮。

**二十六(1月16日)**　午后雪止。午、未刻，阅吴竹香、张绿春、孙鞴斋诸诗集。

**二十七(1月17日)**　午后复雪，夜厚半尺。阅《印须集》。

**二十八(1月18日)**　寒。午刻，寄鲁介庵书。申刻，寄卢揖桥书。

**二十九(1月19日)**　寒。巳刻，至仁寿堂插香，晤陆饮江先生。

**三十(1月20日)**　巳、午刻，抄骈体文三首。是夜，梦过一桥，名“强干桥”，虽不长阔而甚坚固。

## 十二月

**初一(1月21日)**

**初二(1月22日)**　巳刻，赠张文石文集一部。

**初三(1月23日)**　以上二日,将两年中所作古今体诗选存六十九首,编为《木鸡书屋诗钞》第八卷。

**初四(1月24日)**　大寒。是夜,梦偕晋舲过一寺名莲叶寺,内有尼姑一人。

**初五(1月25日)**　午前雨。午刻,候柯春塘,赠以文集一部。春塘新迁镇上。

**初六(1月26日)**

**初七(1月27日)**　雨,夜尤大。巳刻,得顾蓉屏书。

**初八(1月28日)**　大雨。申刻,以周孝子隶书单条四幅赠龚配京。

**初九(1月29日)**　辰刻,庄婆子自金宅来,言余女今日为五圣妖神所凭,举动不能自主。酉刻,金宅又来报信,言妖焰更甚,势属危殆。余先遣内子往观形状。戌刻,余已就寝,金宅复遣急足来追,急往视之,觉眉目间果有邪气。余竟夕坐其床头,目不交睫,而怪竟寂然。

**初十(1月30日)**　大东南风。酉刻,得秦秋夔书。近日米价又渐长。

**十一(1月31日)**　夜雨。辰刻,覆书与秦秋夔,并赠文集一部。是夜,梦有人借余《三国史》,恐余不肯,先馈礼仪。

**十二(2月1日)**

**十三(2月2日)**　夜微雪。

**十四(2月3日)**　巳刻,陈憩亭书来。

**十五(2月4日)**　始晴。

**十六(2月5日)**　辰、巳、午刻,附航船到城。申刻,陈憩亭招饮永和馆。

**十七(2月6日)**　午后雨,夜更大。辰、巳刻,附航船到乍浦,至卢揖桥处责问周氏之修,即至邓晴溪处商酌。午刻以后,晴溪及钟穆园三寻周星湖,不得一见。是夜,宿钟宅。

**十八(2月7日)** 大雨竟日。是日,晴溪、穆园复寻周星湖数次,仅获一见,仍不得要领。戌刻,晴溪代应十二洋,始得了局。

**十九(2月8日)** 大东北风兼雪,夜复大雨。辰、巳、午刻,附便舟到平湖。舟泊南水门,冒大风雪走三里许,至陆畹亭处,浑身沾湿,如雨打羊毛一般。

**二十(2月9日)** 大雨,夜雪。申刻,陆畹亭招饮韦陀桥,适沈菊椒、鲁介庵亦在,即招合席,竟至沉醉。

**二十一(2月10日)** 夜大雪。未、申、酉刻,附航船回家。

**二十二(2月11日)** 酉刻,内子始回自婿家。

**二十三(2月12日)** 巳刻,金杏园馈鲜脏一蹄、鲥鱼一尾、霜酥一斤、福橘四斤,又贻晋昐镶鞋一双。

**二十四(2月13日)** 辰刻,赠周氏婚仪。巳刻,总计今岁改晋昐文五十九首、诗三十三首。"日月所照""能勿劳乎""思无邪""次也困而学之""教之""必察焉众好之""恭己正南面而已矣""于斯为盛""终夜不寝以思""是以论其世也""'若圣与仁'三句""战疾""则学学而优""布在方策""'百乘之家'二句""'威而不猛'二句""周因于殷礼""'今之学者'至'使人于孔子'""'其不改父之臣'二句""居敬""'而致美乎黻冕'二句""'宗庙飨之'二句""'信而好古'二句""自东""'使于四方'三句""'日知其所亡'二句""而不同小人同""'公孙衍张仪'二句""'割不正不食'二句""成于乐子曰民""识其小者""言必有中子曰由之瑟""行中虑""仲弓言语宰我""取士必得""'愿无伐善'至'子之志'""古者民有三疾""'出辞气'至'则有司存'""'是故君子不赏而民劝'二句""'又闻君子之远'至'之妻'""红紫""'不为酒困'至'川上曰'""小人不可大受""木讷近仁""'可以观'二句""臣事君以忠子曰关雎""切问""享礼有容色私觌""'有天爵者'二句""贱货而贵德""多闻阙疑""'见不贤'至'几谏'""相在尔室""且角虽欲勿用""顾鸿雁麋鹿""'闻弦歌之声'至'笑曰'""美目盼兮""'周公思兼三王'三句""'雍虽不敏'二句",以上文;"春草六朝余""汉王真龙项王虎""移花兼蝶至""清风朗月不用一钱买""肃肃五经堂""珠排字字圆""花落莺啼满城绿""捧海浇萤""移船买酒弄珠楼""早晚荐雄文似者""咏采菱以扣舷""古来名将尽为神""士先器识而后文艺""篙泥船""吕洞宾送钟离先生""作字甚敬""紫薇花对紫微郎”“亦曾亲近英雄人”“麟角”“鹧鸪先让美人歌”“欲起温公问书法”“诗家三昧忽见前”“白云满盌花徘徊”“寒来溪鸟不成群”“世路羊肠乃尔难”,以上试帖;“枇杷”“憎蚊”“陆宣公祠”“游陈氏园”“稻花”“玉簪花”“食蟹”“菊洞篇”,以上古今体。

**二十五(2月14日)**　寒。巳刻,家培坡赠洋两枚。未刻,徐雪亭馈糯米一斗。

**二十六(2月15日)**

**二十七(2月16日)**　是日始大晴。

**二十八(2月17日)**

**二十九(2月18日)**

**三十(2月19日)**

是年用钱一百五十三千。

# 道光十三年癸巳(1833),四十五岁

## 木鸡书屋日记

### 正　月

**初一(2月20日)**　细雨。巳刻,与徐辛庵侍讲书。

**初二(2月21日)**　申刻,作灯谜数条。是夜,梦倩画师作《松窗课子图》。

**初三(2月22日)**

**初四(2月23日)**　午后雨,夜更大。巳刻,镇上拜节。午刻,张文石来会。是夜,梦赵朵山削发为僧。

**初五(2月24日)**　雨,夜更大。是日,闻陆莲滨先生卒。

**初六(2月25日)**　以上二日重览《有正味斋骈体文》。

**初七(2月26日)**　午刻,钱姑丈招宴,同席姚谱苹等六人。

**初八(2月27日)**　午后雪,夜更大。辰、巳、午刻,附航船到城,拜候徐辛庵,不遇。即候顾蓉屏、鲁介庵、陈憩亭。酉刻,鲁介庵招饮,同席徐秋如、陈憩亭。是夜,宿卢氏烟栈。

**初九(2月28日)**　辰、巳刻,拜候钱梦庐、刘霞茳、卜达庵。申刻,卜达庵答拜,言钱讷庵先生卒。是夜,宿陆宅。

**初十(3月1日)**　始晴。午刻,卜达庵招饮,同席赵雪斋名汝楷,嘉善庠生等七人。

**十一(3月2日)**　午刻,陈憩亭招同席费大田小饮永和馆。未、

申、酉、戌刻,附航船回家。

**十二(3月3日)**　夜小雨。巳刻,至龚配京处谈饮,至一鼓始还。

**十三(3月4日)**　午刻,赠许氏婚仪。

**十四(3月5日)**　巳刻,金婿偕小女归宁。午刻,邀钱朗斋、龚配京、家培坡陪金婿宴席。是日,费钱三千。

**十五(3月6日)**　申刻,畀金杏园新刻稿一册、《韵兰赋二集》一部。是夜,梦偕卜达庵观灯戏,穷工极巧,殆非人间所有。

**十六(3月7日)**　雨。午、未刻,阅戴雪渠、于汤谷诗集。是夜,梦见林雪岩颔下髭顿长数尺。

**十七(3月8日)**　雨。

**十八(3月9日)**　午后晴。

**十九(3月10日)**　改培坡文五首。

**二十(3月11日)**　又雨。辰刻,张文石来会,欲遣其子四箴来受业,余以无坐地辞之。

**二十一(3月12日)**　夜大雪,厚五、六寸。重览往年所作制艺。是夜,梦啖朱李数百枚。

**二十二(3月13日)**　夜复大雪。未刻,抄骈体文三首。

**二十三(3月14日)**　巳刻,陆西溪拜会。名沂英,饮江先生子。

**二十四(3月15日)**　巳刻,张文石仍送其子四箴来受业。

**二十五(3月16日)**　上午雪。辰、巳刻,作《春感》四首。七律。申刻,金杏园贻印泥一匣。

**二十六(3月17日)**　大东南风。未、申刻,作《东林寺募钟疏》。骈体。酉刻,畀金杏园《白鹄山房新刻诗集》《乍浦竹枝词合编》两种。

**二十七(3月18日)**　大东南风。巳刻,改培坡文一首、诗三首。戌刻,金杏园贻晋翁考篮一只。

**二十八(3月19日)**　大东南风,夜雨。

**二十九(3月20日)**　辰刻,乍浦杨梦香过访。自言曾识余于观海书院,余忘却之矣。

## 二　月

**初一(3月21日)**　雨,夜更大。是日,闻浙江学使何公内召陈公用光来接任。号硕士,江西新城人,辛酉进士。

**初二(3月22日)**　作《高益庵遗诗序》。骈体。

**初三(3月23日)**　大雨。未刻,梅根和尚来会,赠笔资一洋。

**初四(3月24日)**　雨。巳刻,寄赠张蓉圃文集一部。午刻,改培坡诗文各二首。

**初五(3月25日)**　夜雨。

**初六(3月26日)**　昼夜大雨,室中无处不漏。

**初七(3月27日)**　黄昏大雷雨。

**初八(3月28日)**　夜雨。作《刘裕论》。骈体。是日,有大恨事。

**初九(3月29日)**　未刻,得孙六桥学师小札。酉刻,寄鲁介庵书。是日,为家中虎而冠者所围困,不能下楼。

**初十(3月30日)**　小雨。是日,高卧不起,粒米不得下咽。

**十一(3月31日)**　黄昏雨。

**十二(4月1日)**　夜半雨。未刻扫墓。申刻,家菊庄招饮。是日,闻贾兰皋卒。

**十三(4月2日)**　大雨竟日。辰刻,得鲁介庵书,言杨邑侯属余撰其太夫人王氏七十寿序。午刻,饭龚配京处。是日,闻邵春泉[大]有恶言。

**十四(4月3日)**　作《杨太夫人七十寿序》。骈体。

**十五(4月4日)**　夜大雨。辰刻,得卢揖桥书,立即裁覆。揖桥书中言海防张公阅余文集,深为佩服,每于友人处称道不置。申刻,作书寄鲁介庵,附寿序一篇,并赠其子文甫《春云集试帖》一部。自去冬十月初至今清明矣,晴天不过十数日,余皆愁云惨雾,苦雨凄风。米价日增,人情日窘。噫!天实为之,谓之何哉!

**十六(4月5日)**　昼夜大雨。

**十七(4月6日)** 昼夜雨。

**十八(4月7日)** 改培坡诗文各二首。

**十九(4月8日)** 小雨。寄徐辛庵侍讲书。骈体。

**二十(4月9日)** 重阅《山海经图注》。

**二十一(4月10日)** 是日竟大晴。辰刻,寄鲁介庵书。午刻,家丽村书来。

**二十二(4月11日)** 大东南风。

**二十三(4月12日)** 下午雨。重阅邵青门文集。是夜,梦亡儿齐仲于前日复转世为人。

**二十四(4月13日)** 夜半雨。辰刻,卢揖桥书来,始知余前所覆书尚未收到,不胜愤郁。申刻,覆书与揖桥。

**二十五(4月14日)** 下午大雨。是夜,梦游一山,山上有亭翼然,景色极妙。

**二十六(4月15日)** 是日晴。作《关壮缪画像赞并序》。骈体。

**二十七(4月16日)** 巳刻,改培坡诗、文各一首。

**二十八(4月17日)** 未刻,顾蓉屏、钟穆园皆有书来。

**二十九(4月18日)** 午刻,钱姑丈招饮,同席姚谱苹、高磵石。酉刻,金石声以端砚一枚赠晋紛。

**三十(4月19日)** 晴。夜半复大雨。戌刻,金杏园来,赠晋紛凉帽一顶。

## 三　月

**初一(4月20日)** 昼夜大雨如注,水长数尺。

**初二(4月21日)** 雨,夜更大。辰、巳刻,率晋紛到城,寓陆畹亭宅。以杨晓东邑侯初七日县试故也。午刻,过顾蓉屏处,其侄月泉乞取文稿一部。酉刻,杭州沈德华购余文稿四部。

**初三(4月22日)** 雨。巳刻,拜会孙六桥、赵沁莲两学师。午刻,过卜达庵处。未刻,候屈纯甫。申刻,陈憩亭招饮永和馆。酉刻,与顾春岩茗话。

**初四(4月23日)** 上午稍晴，下午复雨。辰刻，问方子春疾，借得邵子湘《篋稿》《旅稿》二种。巳刻，候陈白芬。未刻，过刘霞荘处。申刻，过高继庵处。酉刻，陈憩亭招饮，夜即留宿栈中。

**初五(4月24日)** 夜大雨。申刻，过汪广平处，购得钟伯敬诗集十卷。三十文。

**初六(4月25日)** 巳刻，过徐翰香、沈莲卿寓。午刻，为认保十人画押。杨中立、吴廷庆、潘镛金、刘庆墀、沈嘉钦、鲁邦焕、戈廷柱、张廷模、吴乙莲、徐昀。

**初七(4月26日)** 丑刻，送晋酚入场。巳刻，过万蕉园处。午刻，至顾蓉屏处，即留小酌。亥刻，晋酚出场。首题："若是其大乎"；次："人病舍其田"二句；诗："致中和"得"功"字。

**初八(4月27日)** 下午大雨。

**初九(4月28日)** 晚雨。午刻，钟穆园、伊铁耕过会。申刻，观初覆案，共招三百五十人，晋酚名在二百四十九。

**初十(4月29日)** 下午雨。寅刻，送晋酚入场。巳刻，过卜达庵处。午刻，钟穆园招食面饺。戌刻，晋酚出场。首题："居则曰"三句；经："播时百谷"；诗："三月春阴正养花"得"阴"字。

**十一(4月30日)** 午刻大雷雨。巳刻，鲁介庵招食面饺。午刻，候徐辛庵。未刻，张文石来会。酉刻，家培坡招饮。

**十二(5月1日)** 骤热。午刻，顾蓉屏来会。酉刻，观二覆案，共招二百六十人，晋酚名在一百八十二。

**十三(5月2日)** 热，夜忽寒。寅刻，送晋酚入场。酉刻，晋酚出场。文题："得一善"至"勿失之矣"；诗："春草似青袍"得"青"字。

**十四(5月3日)** 大雨竟日，极寒。

**十五(5月4日)** 昼夜大雨。申刻，观三覆案，共招一百五十人，晋酚名在一百四十四。

**十六(5月5日)** 雨。卯刻，送晋酚入场。巳刻，寻何菘蹊，不遇。未刻,鲁介庵招饮。申刻,晋翂出场。文题:“是以声名”至“凡有血气者”;诗:“夜雨连明春涨[1]生”得“连”字。

**十七(5月6日)**　大晴。巳刻,陈憩亭招食面饺。午刻,徐辛庵答候,不值。申刻,观四覆案,共招百人,晋翂拔置三十九。

**十八(5月7日)**　夜雨。卯刻,送晋翂入场。未刻,晋翂出场。文题:“子闻之谓门弟子曰吾何执”;诗:“对门藤盖瓦”得“藤”字。即同至邑庙观□□□戏。

**十九(5月8日)**　未刻,观正案,晋翂名在五十五。前列十名:罗承本、徐元锡、吴均、钱祖荫、张光福、纪金鉴、张珂、张廷模、郭省兰、徐人鉴。申刻,同鲁介庵父子、陆嘘[虚]斋及晋翂登弄珠楼,拜王公羲民、范公承谟像,复唤渡至小瀛洲。酉刻,至化城庵谒罗公祠,并观借山和尚遗照。还,过第一观,谒李许斋先生祠。

**二十(5月9日)**　热,黄昏大雷雨。巳刻,家丽春招食面饺。未、申、酉刻,附航船回家。

**二十一(5月10日)**　甚热。午刻,作《听莺曲》。七古。

**二十二(5月11日)**　午刻,顾蓉屏书来。是夜,梦与汪雨人、程听溪两学博谈论移时。

**二十三(5月12日)**

**二十四(5月13日)**

**二十五(5月14日)**　午刻,徐辛庵拜会。未刻,作《送春词》。五绝。

**二十六(5月15日)**　改培坡诗、文各二首。

**二十七(5月16日)**

**二十八(5月17日)**　大东南风。

**二十九(5月18日)**　日晡大雨。未刻,龚配京借《七修类稿》一部。

---

① 此处“涨”疑似讹字,当作“水”。

## 四 月

**初一(5月19日)** 戌刻,同张枕石、张藜卿、姚厚卿、姚青阁、李耘谷、家培坡及晋翂登舟。以初二日敬太守文取齐府试故也。

**初二(5月20日)** 巳刻到郡,定寓于宏文馆西首桑园内何宅。酉刻,鲁介庵、陆嘘斋、沈蓉卿来会。

**初三(5月21日)** 巳、午刻,认、挨保诸童陆续拜会。认保:杨中立、吴廷庆、鲁邦焕、沈嘉钦、潘镛金五人,有贽。挨保:郭省兰、周敦源、陆有壬、马开泰、郁载熯、盛鸣鹿、徐法坤、陆善祥、王心陛、沈文照、戈永治、陆兆庠、于廷桢、王庭槐、冯应杓,皆有贽。殳培基、高福花、袁孚先不到。

**初四(5月22日)** 卯刻,送诸童入场。拥挤特甚,几有性命之虞。辰刻,钱邻竹、钱白华过会。巳刻,过卜达庵寓。午刻,过丁梅垞寓,即同刘心葭、刘乙斋小酌。申刻,观鸿福戏于秀水县署。戌刻,晋翂出场。首题:"以事父未能也所求乎臣";次:"孔子有见行可之仕";诗:"梯倚绿桑斜"得"斜"字。是日,枫溪人购余文稿四部。

**初五(5月23日)** 暴热。夜半大雨。辰刻,姚芋香过会。名思柔,金山庠生。巳刻,拜候汪雨人学博,投文稿一册。又候宋小茗先生,赠以文集一册。先生答赠《思茗斋制艺》一部。午刻,汪学博答访。酉刻,柯小坡来会,赠以文集一部。

**初六(5月24日)** 巳刻,偕柯小坡过陆桂湘寓。申刻,许友巢来访,赠以文集一部,友巢补赠刻费一洋。戌刻,观初覆案,共招二百七十人,晋翂不与。事出意外。

**初七(5月25日)** 午后有急雨一阵。午刻,宋小茗先生答访,属余撰其《思茗斋古文》序。是日,心如刀割。

**初八(5月26日)** 午刻,同姚氏昆仲及晋翂登舟。戌刻回家。

**初九(5月27日)** 未刻,赠金石声单条一幅。汪雨人先生书。

**初十(5月28日)** 巳刻,发钟穆园书。午刻,龚配京招饮,同席秦秋夔。申刻,观剧于城隍桥南。

**十一(5月29日)**

**十二(5月30日)**

**十三(5月31日)**

**十四(6月1日)**

**十五(6月2日)**

**十六(6月3日)**

**十七(6月4日)**　辰刻,发鲁介庵书。

**十八(6月5日)**　夜半雨。巳刻,以少时所摘《史记》《埤雅》《荀卿子》《格致镜原》等书畀培坡。

**十九(6月6日)**　黄昏雨。重阅《谐声别部》。是日,闻嘉善友人唐秋涛潮捷南宫。

**二十(6月7日)**　巳刻,见府试正案。前列十名:徐元锡、吴桂馨、罗承本、纪金鉴、张光福、郭省兰、方荣、汪逢泰、徐金来、陈安邦。

**二十一(6月8日)**　未刻,阅《守经堂集》。嘉应吴兰修石华著,内有《铁汉楼赋》,最佳。

**二十二(6月9日)**　辰刻,改培坡文一首。巳刻,为李耘谷题《乞食图》。七绝。是夜,梦与晋龄游山。余憩息山麓,晋龄独登山顶,见宋臣史浩遗像。

**二十三(6月10日)**　午、未刻,重阅《唐才子传》。近日又因干旱,米价愈增,不胜忧惧之□。

**二十四(6月11日)**　小雨。

**二十五(6月12日)**

**二十六(6月13日)**

**二十七(6月14日)**

**二十八(6月15日)**

**二十九(6月16日)**　辰、巳刻,附航船至平湖。未刻,候顾蓉屏。申刻,候鲁介庵,介庵复购余文稿五部。酉刻,陈憩亭招饮永和馆。夜宿陆宅。是日,卜达庵为余言海盐黄韵珊名宪清,廪生新撰《帝女花乐府》，记长平公主事也。陈琴斋将为付梓，乞余作序。

**三十(6月17日)**　辰、巳刻，附航船至乍浦，过曹淡秋处。淡秋全无情面，一饭不留。午刻，过卢揖桥处。未、申刻，观瑞珠戏于天后宫。酉刻，至钟穆园处，夜即留宿，见杭州淞雪和尚所画梅花，殊佳。

## 五　月

**初一(6月18日)**　巳刻，偕曹淡秋谒张筠庄司马，不得见。司马颇爱余文，近因有憾于淡秋，嘱司阍者不许通报，以致并余受累，可恨可恨！未刻，候林雪岩。回，过徐翰香处。申刻，过邓晴溪处。

**初二(6月19日)**　大东南风。午、未、申刻，观联陞戏于鄞江会馆。

**初三(6月20日)**　大东南风。申刻，偕卢揖桥、钟穆园、林笛仙将游灯光山，因风大不果。过清福庵小憩。是日，穆园复乞取初集文一部。

**初四(6月21日)**　上午小雨。巳刻，沈篔溪过会。名雷，嘉兴人，工隶篆。是日，将以文集三十部分售乍浦诸君。曹淡秋不可。幸邓晴溪、钟穆园、卢揖桥各分十部。得钱四千五百。余向以淡秋为通博人，而不知其浅薄殊甚；并误以为忼慨人，而不知其悭吝殊甚，始悔向者所赠序文语语欠切。余则衡鉴失真，而淡秋之忘情背义，实豺虎不食者矣。

**初五(6月22日)**　雨，夜渐大。未、申、酉刻，观联陞戏于天后宫。

**初六(6月23日)**　午后大雨。午、未刻，附航船到平湖，冒大雨至陆宅。申刻，观翠芳戏于邑庙。

**初七(6月24日)**　夜大雨。辰刻，过顾蓉屏处。巳刻，过鲁介庵处，介庵已往维扬，不遇。未、申刻，附航船回家，知金石声所赠晋酚端砚无端索还。

**初八(6月25日)**　大雨如注。是日，闻金维垣卒。

**初九(6月26日)**　午后晴。午、未刻，抄杂诗十六首。

**初十(6月27日)**　阅《七家词》。

**十一(6月28日)**　昼夜雨。午刻,费恺中来会。

**十二(6月29日)**　上午雨。

**十三(6月30日)**　大东南风。

**十四(7月1日)**　辰刻,作七律一章,贺陈憩亭新开烟铺。戌刻,得憩亭书,即行札覆。

**十五(7月2日)**　雨,夜更大。午刻,览钟伯敬诗集。

**十六(7月3日)**　雨,大东北风。重阅《耐冷谭》。

**十七(7月4日)**　大雨竟日。作宋小茗先生文集序。骈体。酉刻,家丽郇赠黄鳝一碗。

**十八(7月5日)**　细雨。重阅彭禹峰《读史外编》。

**十九(7月6日)**　昼夜大雨。辰、巳刻,作《节愍太子论》。骈体。

**二十(7月7日)**　昼夜雨。重览《东莱博议》。是日,闻大行皇后宾天。

**二十一(7月8日)**　仍有雨花。重览《文心雕龙》。自端阳以来,又复淫雨不止,洪水汤汤,百物翔贵,闻西方田皆不能种。噫!天之虐民亦甚矣!

**二十二(7月9日)**　午后始晴。午刻,重阅《农桑辑要》。是夜,梦有人贻余田契数十纸,约一百余亩,此亦穷极妄想所致也。

**二十三(7月10日)**　作《杭州南雷二将军庙碑》。骈体。庙在贡院西首,俗名"二圣庙",乙酉秋余曾寓此。是夜,梦见一条纸,大书曰"一等一名王咸熙"。

**二十四(7月11日)**　巳、午、未刻,重阅《皇明诗选》。

**二十五(7月12日)**　热。作《红拂图赞并序》。骈体。

**二十六(7月13日)**　下午小雨。

**二十七(7月14日)**　小雨。辰、巳、午、未刻,作书寄海盐张云槎道士。骈体。云槎名谦,一号补海,工诗,兼擅书画,曾托萧雨香索序于余,余未有以报,故[先]作书寄之。是夜伤风。

**二十八(7月15日)**　是日，骨节俱酸。

**二十九(7月16日)**　始大晴。是日，精神疲倦。

## 六　月

**初一(7月17日)**　申刻日食。作《钟穆园诗序》。骈体。是日，家培坡代晋翁求今岁功名于关庙，得九十九签。

**初二(7月18日)**　午后热。午刻，至龚配京处，留中膳，并收到秦秋夔所赠徐春郊诗集四卷。

**初三(7月19日)**　热。申刻，发钟穆园书，并附还冯某《七家词》二册。是日，颇患头风，兼有目疾。

**初四(7月20日)**　热。阅徐春郊诗稿。

**初五(7月21日)**　热，夜更甚。

**初六(7月22日)**　热。午后有雷。

**初七(7月23日)**

**初八(7月24日)**　大东南风。

**初九(7月25日)**　改培坡诗、文各二首。

**初十(7月26日)**　大东北风。辰刻，钟穆园覆书来。

**十一(7月27日)**　大东北风，清晨雨。

**十二(7月28日)**　大东南风。

**十三(7月29日)**　大东风。作《袁简斋先生传》。骈体。

**十四(7月30日)**　巳刻，寄宋小茗先生书，并附文序一首。

**十五(7月31日)**　改培坡诗文各二首。是日，闻各路棉花皆被青虫啮尽，真怪事也。

**十六(8月1日)**　巳刻，为钱姑丈作小序一篇，贺铜山寺海月上人七十寿。散体。午刻，钱姑丈□湖颖两管。

**十七(8月2日)**　午后雨，夜更大。是日极凉，竟与深秋无异。

**十八(8月3日)**　雨，极凉。以上三日，复阅历年所抄骈体文。大暑中有长雨，亦生平所未见也。

**十九(8月4日)**　雨,仍凉。午刻,招丽村食鳗鱼。

**二十(8月5日)**　昼夜大雨。

**二十一(8月6日)**　始晴,夜大东南风。以上三日,重阅《东都事略》。

**二十二(8月7日)**　大东南风。

**二十三(8月8日)**　大东北风,入夜转东南,其势更甚,雷雨交作。

**二十四(8月9日)**　大东北风,夜雨极凉。作《寇准论》。骈体。是夜,梦见女子数千人,状貌丑恶,各带器械,塞巷填街,行道之人皆避之。

**二十五(8月10日)**　雨。改培坡诗、文各二首。

**二十六(8月11日)**　稍晴,日晡雷雨,黄昏复大雨。重阅《切问斋文钞》。

**二十七(8月12日)**　稍热,入夜雷雨三阵。

**二十八(8月13日)**　热。

**二十九(8月14日)**　晚大雷电,小雨。钞骈体文六篇。是夜黄昏,有怪风一阵。

## 七　月

**初一(8月15日)**　大东南风。钞骈体文四首。

**初二(8月16日)**　是夜,梦迁居。

**初三(8月17日)**　热。

**初四(8月18日)**　大热,夜更甚。

**初五(8月19日)**　大热,夜更甚。巳刻,为钱姑丈题《碧湖泛月图》七古。

**初六(8月20日)**　改培坡诗文各二首。

**初七(8月21日)**　以上二日,重阅《曝书亭文集》。

**初八(8月22日)**　大热,夜更甚。巳刻,钟穆园书来,并寄至乍浦诸人所题金石声《鹿门归隐图》诗。

**初九(8月23日)** 大热。是夜,梦为儿子联姻马氏。

**初十(8月24日)** 热。重阅《唐世说》。

**十一(8月25日)** 热。辰刻,为张文石题《授经图》。七古,柏梁体。是夜,梦过蟂矶,见一台甚雄壮。

**十二(8月26日)** 热,夜半大雷电,不能作雨。巳刻,作《闻蝉》一首。七律。

**十三(8月27日)** 申刻,观龙挂。

**十四(8月28日)** 大热,黄昏雷电,略有雨点。辰刻,题借山和尚伏虎图遗像。七律。

**十五(8月29日)** 申刻小雨。巳刻,作《秋兰篇》,七古。又《咏风仙花》。七绝。

**十六(8月30日)** 日中大雨,有雷。巳刻,作《龙挂行》。七古。

**十七(8月31日)** 午刻,《咏多钱翁》。小乐府。

**十八(9月1日)** 夜小雨。申刻,题《财神图》。七律。

**十九(9月2日)** 昼夜大雨。辰、巳刻,作《罗租行》。七古。

**二十(9月3日)** 大雨竟日,夜半复大雨,有疾雷。午刻,作《女优行》。七古。

**二十一(9月4日)** 雨。辰刻,发陶云岩书。申刻,题《太白像》。七古。

**二十二(9月5日)** 午后始晴。是夜,梦先君子率余及晋翻出游名山,命裹粽子一盘,不解何故。

**二十三(9月6日)** 辰、巳刻,作《秋思》四首。皆七律。

**二十四(9月7日)** 午后小雨。

**二十五(9月8日)** 热。

**二十六(9月9日)** 夜小雨。辰刻,题徐春郊诗集。七律。申刻,寄怀方在卿。五律。

**二十七(9月10日)** 辰、巳刻,作《书院叹》。七古。未刻,咏戒石。七绝。

**二十八(9月11日)**　申刻,咏夜来香。五律。

**二十九(9月12日)**　以上数日,重阅历年所抄杂诗。是夜,梦游某处关庙,见赛会极盛。

**三十(9月13日)**　辰刻,寄卢揖桥、钟穆园书。

## 八　月

**初一(9月14日)**　重阅《浙西六家诗钞》。是夜,梦钱讷庵卧余榻上,鼾睡不醒。

**初二(9月15日)**　夜雨。午刻,咏朝珠、翎毛各一首。七律。未刻,改培坡诗、文各二篇。

**初三(9月16日)**　昼夜大雨。辰刻,咏水烟壶。五古。

**初四(9月17日)**　昼夜雨。重阅《古诗源》。

**初五(9月18日)**　申刻,咏方镜。七律。

**初六(9月19日)**　巳刻,题宋太祖《洛阳宫殿图》。七律。申刻,咏卖虾妇。乐府。

**初七(9月20日)**　巳刻,为王椒轩题《持竿图》。七绝二首。未刻,题明苏州太守况伯律先生像。七律。酉刻,咏磷火。七古。

**初八(9月21日)**　夜半雨。未刻,咏红叶。七律二首。酉刻,得门斗信,知文宗于十三日取齐科试。

**初九(9月22日)**　昼夜雨。是夜,梦与李繖云畅谈。

**初十(9月23日)**　午后雨止。

**十一(9月24日)**

**十二(9月25日)**　戌刻,同张枕石、金杏园、李耘谷及培坡、晋翂登舟。

**十三(9月26日)**　辰刻,到郡,仍寓道西桑园内何宅。申刻,买得王槐堂、归佩珊诗集二种。仅廿六文。是日,闻李石渠卒于山西。

**十四(9月27日)**　辰刻,王蔼如来会。巳刻,何亥卿来会,赠以二集文稿一部。午刻，过卜达庵寓。未刻，林笛仙、卢揖桥、钟穆园来会，即同过顾蓉屏寓。戌刻，林雪岩、曹淡秋来会。

**十五(9月28日)** 辰刻，答林雪岩。回，过卢揖桥寓。巳刻，购得王百朋诗文集十六卷、周见薪诗集十二卷。三百三十。午刻，陈雨村过会。未刻，顾蓉屏来会。戌刻，偕林雪岩步月，有人招余至烟雨楼观灯船，余以惧受寒气辞之。是日，闻吴访岩卒。

**十六(9月29日)** 辰刻，林雪岩招食羊面。徐翰香来会。巳刻，候汪雨人、宋小茗两先生。午刻，过刘心葭寓。申刻，邓晴溪来会。酉刻，汪雨人广文答访，不值。是夜，身子不适，盖虐疾也。

**十七(9月30日)** 辰刻，卜达庵来会。巳刻，刘心葭、林半樵、卢揖桥、钟穆园来会。午刻，候方子春。未刻，严文宗到。

**十八(10月1日)** 卯刻，至明伦堂，伺候讲书。巳刻，陆桂湘来会，以《韵兰赋二集》易余文稿一部。午刻，柯小坡来会。未刻以后，寒热大作，卢揖桥邀刘乙斋来开方。

**十九(10月2日)** 辰刻，保古学童生入场。认保只鲁邦焕一人。申刻，宋小茗先生答访。

**二十(10月3日)** 夜大雨。巳刻以后，寒热大作，加以呕吐。鲁介庵、刘霞莊、卜少岩、陆煦斋等陆续过访，不能应酬。

**二十一(10月4日)** 日夜大雨。巳刻，决计明日不赴科试，邀刘乙斋来，将认保八人托其代领，挨保十六人，意欲分与刘心葭、林雪岩，不料先为五瘟七煞诸廪生所夺去。如戈翰轩、钱镜心等。

**二十二(10月5日)** 夜雨。巳刻，徐壬堂过会，林雪岩、朱云堂来会。酉刻，柯小坡来，为余销文集五部。是日封门以后，病逝霍然若失，奇哉。

**二十三(10月6日)** 大雨。巳刻，鲁介庵来会。午刻，魏小石、柯小坡、余石琴来会，赠小石文集一部。申刻，高藏庵来访，投《鼓盆集》一册，托余作《望庐图记》。

**二十四(10月7日)** 丑刻，晋谿入场。辰刻，答柯小坡、魏小石。巳刻,遇沈莲卿,即同过钟穆园寓。午刻,陈白芬来访,招余小酌,辞之。顾蓉屏、高继庵来会。申刻,晋翂出场。首题:"周因于殷礼";次:"汤事葛";诗:"天虚风物清"得"虚"字,五言六韵。晋翂此题本系夙构,且经余大加润色,以为必得第一无疑矣。酉刻,梅少彭来访。嘉善庠生。

**二十五(10月8日)**　雨。未刻,柯小坡来,即同过梅少彭处,赠以文稿一部,不值。申刻,寓中诸童俱回去,惟余父子及金杏园独留。是日,发等第招覆案。一等二十名:周元、伊佐圻、周鸿图、陈以清、郭征芝、冯志熙、毛猷、屈仪吉、沈錡、陆渭、姚谦尊、周大经、朱志闽、郑丙铨、沈国安、邓鸞翔、陆照、徐金泰、顾燮臣、王大墉。

**二十六(10月9日)**　午刻,宋小茗先生来会。未刻,观新进案。晋翂竟不获与。县学廿五名:张光福、谢申禄、顾星匡、吴桂馨、钱树荣、徐尧钦、徐金来、蒋煜、徐光清、吴承禧、汪逢泰、俞镳、周敦源、纪金鉴、郁载瑛、冯青、邵柞荣、卜葆钧、林思永、胡珣、方庆间、刘丙吉、徐达钧、钱祖荫、罗承本。府学五名:贾敦艮、潘锡昌、马开泰、周秉经、顾仁杰。余认保无一人进者,挨保进汪逢泰、贾敦艮二人。又为他人所攘,名利俱空已,堪骇叹,而儿子以沉博绝丽千人皆见之作竟不获售,尤为意想所不到,安得仰叩苍穹而一问之。

**二十七(10月10日)**　巳刻,徐壬堂来会,赠洋一枚。

**二十八(10月11日)**　辰刻,贾玉成招食羊面。巳刻,卢揖桥、钟穆园来会。申刻,金杏园赠茶壶一把。

**二十九(10月12日)**　辰刻,登舟。未刻,至平湖,趁新仓航船。酉刻到家。

## 九　月

**初一(10月13日)**　巳刻,赠龚氏婚仪。

**初二(10月14日)**　巳刻,寄陈憩亭、鲁介庵书。

**初三(10月15日)**　辰刻,发张云槎道士书。是夜,梦遇两诗僧,皆忘其名。

**初四(10月16日)**　戌刻，领出晋酚落卷，以首艺有错字、次诗多语病，故备而不入选。□卷共八人，晋酚居第二。

**初五(10月17日)**

**初六(10月18日)**　巳刻，鲁介庵覆书来，并赠虾米一篓。

**初七(10月19日)**　为晋酚选律赋读本。

**初八(10月20日)**　辰、巳刻，附航船到城。未刻，以文稿初、二集投赠沈露斯邑侯。名逢恩，福建闽县人，癸未进士。酉刻，陈憩亭招食蟹，夜即留宿。

**初九(10月21日)**　辰刻，过顾蓉屏处。巳刻，同卜达庵、鲁介庵步东湖上，将游十杉亭，不得入。未刻，沈邑侯遣人持柬答谢。

**初十(10月22日)**　辰刻，寄卢、钟二生书。巳刻，复赠陈憩亭文集一部，憩亭亦贻余水烟一斤。午刻，鲁介庵招食蟹肉馒头。未、申刻，附航船回家。是日有目疾。

**十一(10月23日)**　未刻，张文石来会。是日，闻各处田稻俱坏，以八月中有三朝大雾故也。

**十二(10月24日)**　雨。是夜伤风。

**十三(10月25日)**　午刻，张文石招饮社酒，同宴王椒轩、李幼白等十余人。是夜微醉。

**十四(10月26日)**　夜雨。辰、巳刻，附航船进城，至卜达庵处，约定明日同至风溪，赠卜少岩、宋小茗制艺一部。是夜，不得已宿畹亭处。

**十五(10月27日)**　小雨。未刻，附卜达庵，舟中得见《小安乐窝文集》。江南辛巳解元张海珊著。戌刻，至风溪，因夜已深，即借宿达庵主人顾望云宅。

**十六(10月28日)**　巳刻，访吴西斋，赠以二集文一部。申刻，曹雪庄来会，赠以二集文一部。戌刻，顾望云招宴，同席卜达庵、杨槑亭等六人。是夜大醉，仍宿顾宅，黎明时竟大吐大泻。

**十七(10月29日)**　巳、午、未刻，阅吴西斋所撰《六甲赘编》。

申刻,候曹雪庄。酉刻,何亥卿来会。是夜,宿□斋处,腹中大痛。

**十八(10月30日)** 夜半雨。申刻,偕吴西斋、何亥卿、卜达庵游张氏园,有水阁一间,景色极佳。回,过妙常寺。酉刻,游玉虚观,晤许守虚道士。道士工书法。是日,午前大泻。

**十九(10月31日)** 未刻,曹雪庄赠茶食两篓。申刻,偕吴西斋游海慧寺,谒二沈先生像。长名泓,次名龙,皆胜国逸民。复诣文昌宫,登三层楼。戌刻,西斋托撰《六甲赘编书后》《陈白牛先生塑像记》。白牛先生即北宋陈公舜俞也,西斋方为塑像于文昌宫。

**二十(11月1日)** 上午雨。辰刻,吴西斋赠洋两枚。曹雪庄来送行,属撰其诗文集序。巳、午、未刻,附何亥卿船回平湖。戌刻,鲁介庵招饮。夜宿徐鼎字店。

**二十一(11月2日)** 巳刻,鲁介庵讬撰鲁简肃公祠义田记。午、未、申刻,趁航船回家。

**二十二(11月3日)** 巳、午刻,阅《修竹庐诗稿》。未刻,何亥卿过会。

**二十三(11月4日)**

**二十四(11月5日)** 大热,夜半有急雨。

**二十五(11月6日)**

**二十六(11月7日)** 忽寒。作《鲁简肃公祠义田记》。骈体。

**二十七(11月8日)** 上午雨。申刻,寄鲁介庵书,并附《义田记》。

**二十八(11月9日)** 巳刻,代张文石题俞某《山水移情图》。五律。是夜,梦见云中有三异鸟,口吐火光,余方骇诧,旁人止余曰:"此大荒之征也,慎勿多言。"

**二十九(11月10日)** 作《黄谱桐女史花卉卷题词》。骈体。谱桐女史,华亭廪生汝雪岩之室也,善写花鸟。雪岩曾托王蔼如索文于予。

**三十(11月11日)** 上午大雨。戌刻,重览瞿仓山文集。

## 十　月

**初一(11月12日)**

**初二(11月13日)**　昼夜雨。作《高藏庵望庐图记》。骈体。

**初三(11月14日)**　重阅谷霖苍《明史纪事绪论》。

**初四(11月15日)**　清晨大雾。作《斡离不为艺祖后身辨》。骈体。午刻,家钦昊招饮。

**初五(11月16日)**　夜大西北风,小雨。申刻,寄赠费恺中初集文一册。

**初六(11月17日)**　寒。巳刻,发高藏庵书,并附《望庐图记》。是夜,梦与郭频伽论诗文之法,频伽于前年去世,此殆其幽魂耶?

**初七(11月18日)**　夜雨。

**初八(11月19日)**　昼夜雨。作《陈白牛先生塑像记》。骈体。午刻,卢揖桥书来。

**初九(11月20日)**　昼夜雨。

**初十(11月21日)**　雨。摘录《律赋锦标初集》一百四十余联。为晋魵揣摩之具。是夜,梦观赛神,或在岸上或在舟中,台阁玲珑,千态万状,洵属奇观。

**十一(11月22日)**　雨。摘录《锦标二集》一百二十余联。

**十二(11月23日)**　稍晴。摘录《律赋萃新》一百五十余联。

**十三(11月24日)**　午前又雨。摘录《粲花赋》一百十余联。

**十四(11月25日)**　夜大雨。摘录《律赋凤芝》一百八十余联。是夜,梦过一村,恶犬甚多,不胜慄慄危惧。

**十五(11月26日)**　夜雨。摘录《扫红仙馆赋钞》一百四十余联。

**十六(11月27日)**　夜雨。摘录《蕊珠初集》一百六十余联。

**十七(11月28日)**　巳、午刻,附航船到城,即过会鲁介庵处。未、申刻,过高藏庵、顾蓉屏两处。夜宿徐鼎字店。是日,闻徐辛庵入都,攸然而逝,绝无一人知者。

**十八(11月29日)**　雨。巳、午刻,附航船到乍浦,即至卢揖桥处,揖桥复购余初集文二部。未、申刻,观庆元戏于天后宫。夜宿卢宅。是日,知张芸舫卒。

**十九(11月30日)**　昼夜大雨。巳刻,赠钟穆园、周见新、张绿春诗集两种。午刻,过沈莲卿处,寄吴西斋、张云槎书。酉刻,钟敬亭招宴。入冬以来,淫霖不息,晚禾尽烂,棉花一无收成,荒歉之象更甚往年十倍,不知明年作何生活也。

**二十(12月1日)**　巳刻,过林笛仙处。午、未刻,在钟穆园处,阅王荪轩所刻《记事珠》。集史事作对句。

**二十一(12月2日)**　下午始晴。巳刻,过刘心葭处,赠以二集文一部。回,过卷勺园,访刘丈瑞圃,出示蔡闻之《澄怀园八友图碑帖》,海盐吴思亭所刻佳句录。集汉魏六朝至近时人诗,其有一联合格者辄登焉。未刻,过林雪岩、徐翰香两处。申刻,晤邱沅云,沅云名荪,上杭庠生,工制艺。即题其《秋风归櫂图》。七绝二首。

**二十二(12月3日)**　巳刻,邱沅云赠洋两枚,托撰其祖母邓氏节孝传。未、申刻,过许德水、邓晴溪两处。酉、戌刻,在钟穆园处观廿二史策案。

**二十三(12月4日)**　夜复雨。巳刻,附航船至平湖。未、申刻,附航船回家。

**二十四(12月5日)**　湿热。

**二十五(12月6日)**　夜大雨。摘录《蕊珠二集》一百七十余联。

**二十六(12月7日)**　上午细雨。摘录《瀛奎玉律赋钞》一百十余联。

**二十七(12月8日)**　黄昏大雨。摘录《茹古集》九十余联。巳刻,吊培坡室人丧。是夜,梦见名画数幅,皆古人遗像。

**二十八(12月9日)**　饭后有雪珠。摘录《采梓赋》二百余联。

**二十九(12月10日)**　夜半大雨。摘录《鸣盛集》八十余联,《养真集》九十余联。

## 十一月

**初一(12月11日)**　雨,夜更大。摘录《韵兰初集》一百十余联。是日,竟无处粜米。

**初二(12月12日)**　雨。摘录《韵兰二集》一百三十余联,《馆赋正宗》一百余联。是夜,梦与贾蘅石泊舟一处。

**初三(12月13日)**　略晴。摘录《同馆赋钞》一百余联,《勾东律赋》一百余联。

**初四(12月14日)**　摘录《乍川赋稿合编》一百二十余联,《云间课艺》六十余联。是夜,梦有人赠予肴馔一席,珍错满盘,莫名其妙。

**初五(12月15日)**　大晴。摘录《新机初集》二十余联,《新机二集》八十余联,《新机续集》七十余联。

**初六(12月16日)**　摘录《新机心斋赋》一百十余联,汪芸巢赋稿六十余联。

**初七(12月17日)**　夜雨。摘录汪晋渚赋稿八十余联,姚古芬赋稿四十余联,林茧斋续刻赋六十余联。

**初八(12月18日)**　昼雨夜雪。摘录《沆瀣集》七十余联、《凤楼集》八十余联。是日,又无处糴米。

**初九(12月19日)**　昼夜大雨。摘录《雅丽集》一百五十余联。是夜有警。

**初十(12月20日)**　日夜大雨如注。摘录《拣金》初、二集一百十余联。

**十一(12月21日)**　日夜大雨不绝。摘录各省考卷中赋一百十余联。

**十二(12月22日)**　日夜大雨不止。摘录考卷赋一百余联。

**十三(12月23日)**　夜雨。摘录历科试草中赋一百余联。

**十四(12月24日)**　摘录试草中赋一百余联。以上廿七日,共摘赋三千八百余联。近时律赋菁华尽于此矣。

**十五(12月25日)**

**十六(12月26日)**　稍晴。

**十七(12月27日)**　夜大雨。作《上杭邱节妇传》。骈体。

**十八(12月28日)**　雨,上午尤大。巳刻,发卢揖桥书。是夜,梦买得枇杷两枚,大如鹅卵。

**十九(12月29日)**　夜细雨。是日,晋翂始作赋。

**二十(12月30日)**　始晴。巳刻,钟穆园书来,并赠蓝格纸四册。近日新米一斗至四百文。

**二十一(12月31日)**　巳、午刻,改晋翂《杨花赋以"垂杨深处有人家"为韵》。

**二十二(1834年1月1日)**　是日太阳始有光。选录新乐府廿八首。将向时所抄国朝新乐府,择其尤者编成四卷,是日始誊起。

**二十三(1月2日)**　夜大雨。选录新乐府十八首。

**二十四(1月3日)**　上午大雨。选录新乐府十七首。

**二十五(1月4日)**　选录新乐府十八首。是夜梦与方子春易笔三枝。

**二十六(1月5日)**　选录新乐府廿八首。是夜,梦遇故友刘亦渔,言余家有大蛇,宜时时防之。

**二十七(1月6日)**　下午雨。选录新乐府三十三首。

**二十八(1月7日)**　夜小雨。选录新乐府三十一首。

**二十九(1月8日)**　雨,夜更大。选录新乐府三十首。

**三十(1月9日)**　夜大雪。选录新乐府廿四首。以上九日共选新乐府二百廿七首,皆取其有关系者,一切冗长苟短概不入选,虽未极天下之大观,然亦可以无憾矣。

## 十二月

**初一(1月10日)**

**初二(1月11日)**　夜大雪。巳刻,寄钟穆园书,并以《本事诗》

借之。

**初三(1月12日)**　午后复雪，夜更大。午、未刻，饮龚配京处。近日百物腾贵，盐一斤至五十六文，百岁老翁所未睹者。

**初四(1月13日)**　仍有雪花。是日，闻盐溪左右盗贼公行，白昼犹可，点灯时候路上不敢有行人矣。

**初五(1月14日)**　巳、午刻，附航船到城，过鲁介庵处。是夜，卢友兰留余宿永隆烟店。

**初六(1月15日)**　午后雪，夜雨。巳刻，陈裕山招食面。午刻，过顾蓉屏、刘霞茳两处。申刻，陈憩亭招饮永和馆。是日，闻西路行船多被劫掠。

**初七(1月16日)**　午后雨，夜更大。巳刻，过陈白芬处。午刻，费恺中招食面。未、申、酉刻，附航船回家。

**初八(1月17日)**　大雨，夜兼雪，又兼雪珠。午刻，补选新乐府三首。

**初九(1月18日)**

**初十(1月19日)**　上午稍晴，夜复雪。申刻，取还龚配京《七修类稿》一部。

**十一(1月20日)**　大雪竟日。重阅《唐诗别裁》。

**十二(1月21日)**　重阅《明诗别裁》。是日，闻海上一带已有白昼劫掠者。

**十三(1月22日)**　夜雨。申刻，家蚁亭取还《三鱼堂集》一部。

**十四(1月23日)**　日夜大雨。

**十五(1月24日)**

**十六(1月25日)**　稍晴。未刻，张文石来会。

**十七(1月26日)**　晴，晚间天色又变。巳刻，吴西斋覆书来。言所托居停无处寻觅，劝余不必妄想。

**十八(1月27日)**　昼夜大雨。改晋嵇《少将赋以"英姿飒爽来酣战"为韵》。

**十九(1月28日)**　清晨雪。巳刻,总计今岁改晋翂文六十六首,诗五十首。“子贡问师与商也孰贤”“‘舜有臣五人’至‘才难’”“厚往而薄来”“虑以下人在邦必达”“先王之道斯为美”“‘可以人而不如鸟乎’至‘文王’”“则为狼疾人也”“‘则吾从先进’至‘陈蔡者’”“‘且在邦域之中矣’二句”“‘君子去仁’至‘违仁’”“蒲卢也”“‘斯不亦惠’至‘劳之’”“‘知者不失人’二句”“‘不仁者远矣’至‘伊尹’”“为命”“‘夏后殷周继’二句”“‘关雎之乱’三句”“‘于戏前王’至‘其亲’”“臣臣”“季氏富于周公而求也”“其不善者恶之”“‘久而敬之’至‘文仲’”“禽兽居之”“车中”“月试”“微矣”“陈其宗器”“不可以为滕薛大夫”“千手所指”“皆雅言也叶公”“则史”“曰小童”“官事不摄”“不援上”“策其马曰”“书同文”“不能专对虽多”“行之以忠”“伐”“令尹子文”“如见大宾”“胶鬲举于鱼盐之中”“百里奚不谏”“百物生焉”“奡荡舟”“则爱人”“适楚”“子为恭也”“失诸正鹄”“医来”“‘三年有成’至‘百年’”“求水火无弗与者”“‘祭如在’二句”“越人关弓”“‘入于海’至‘鲁公曰’”“‘晋之乘’二句”“此谓惟仁人为能爱人”“宁武子邦有道”“‘孝弟也者’至‘巧言’”“行人子羽修饰之”“‘事其大夫之贤者’二句”“‘不以其道得之’下一句”“‘而齐右善歌’至‘之妻’”“虽柔”“小人乐其乐而利其利”“而亦何常师之有”,以上文;“三十六天”“多少楼台烟雨中”“垂杨深处有人家”“千门走马将看榜”“好竹连山觉笋香”“风流宰相”“好花都愿嫁东风”“纸鸢”“满窗晴日看蚕生”“文章有首尾”“记得春深欲种田”“王会图”“割麦插禾禽言”“碎玛瑙为安石榴子”“西子妆台”“投签阶石”“博士驴券”“人过桥心倒影来”“得意唐诗晋帖间”“无数蜻蜓齐上下”“虎穴得子人皆惊”“陆士龙与荀鸣鹤会座”“春秋调人”“学人拜新月”“我能拔尔抑塞磊落之奇才”“撼岳家军难”“好女儿花”“速藻”“鹭立芦花秋水明”“每看儿戏忆青春”“秋光多在木樨中”“不看真山看假山”“拾得棉花如雪肥”“笑向鲦鱼问乐无”“性禾善米”“海之波澜”“课虚无以责有”“诗调合猿声”“一蟹不如一蟹”“身健却缘餐饭少”“花拥湖中泛月身”“着一个屠沽不得”“岁熟人家嫁娶多”“读画”“先生将移我情”“秀州城外鸭馄饨”“木鸡”“黄华二陵”“木兰从军”“士执雉”,以上诗。

**二十(1月29日)**

**二十一(1月30日)**

**二十二(1月31日)**　改晋翂《绿耳梯赋以“我之绿耳梯何如”为韵》。

**二十三(2月1日)**　始大晴。

**二十四(2月2日)**

**二十五(2月3日)** 巳刻,梅根和尚来会。

**二十六(2月4日)** 改晋韵《风光太子楼赋以"风光仍在水西头"为韵》。

**二十七(2月5日)**

**二十八(2月6日)**

**二十九(2月7日)**

**三十(2月8日)** 夜雪。辰刻,知昨夜黄昏时候余女得一外孙男。

是年用钱八十五千。

# 道光十四年甲午(1834),四十六岁

## 木鸡书屋日记

### 一　月

**元旦(2 月 9 日)**　夜大西北风。

**二日(2 月 10 日)**　昼夜大雪,平地有二尺许。巳刻,复为东林寺作募钟疏。

**三日(2 月 11 日)**　雪不止。

**四日(2 月 12 日)**　上午白雾漫天,下午稍晴。

**五日(2 月 13 日)**　下午雨。以上二日,将所刻文稿初、二集圈点一部以示晋翂。

**六日(2 月 14 日)**　清晨雪。辰刻,答候柯春塘,畅谈约三时许。

**七日(2 月 15 日)**　寒,夜复雪。辰刻,至东林寺寻鸿道、梅羹二僧,谈饮竟日,夜即留宿如如精舍。

**八日(2 月 16 日)**　午刻,吊家钦昊丧。

**九日(2 月 17 日)**

**十日(2 月 18 日)**　稍晴。

**十一(2 月 19 日)**

**十二(2 月 20 日)**　是日雪始消尽。巳刻,至龚配京处,谈饮竟日。是日,闻金杏园脱身逃走。

**十三(2 月 21 日)**　上午雨。

**十四(2月22日)**　雪花。辰、巳刻，改晋畬《“诗家三昧赋”以“诗家三昧忽见前”为韵》。午刻，张文石招饮，同席周讷溪、徐壬堂。

**十五(2月23日)**　始大晴。申刻，王蔼如来会。

**十六(2月24日)**　以上两日，重阅《史记》。

**十七(2月25日)**　寒。作《司马迁当从祀议》。骈体。

**十八(2月26日)**　申刻，钱二姑娘过谈。

**十九(2月27日)**　是日，为家五房助丧一日。

**二十(2月28日)**　巳刻，项表妹过会。

**二十一(3月1日)**　夜半大雨。

**二十二(3月2日)**　雨，始雷。

**二十三(3月3日)**　巳刻，收到卢揖桥十八日书。

**二十四(3月4日)**　改晋畬《凤尾诺赋以“五岁能为凤尾诺”为韵》。

**二十五(3月5日)**　巳刻，鲁介庵、钟穆园书来。是日，喉咙忽哑。

**二十六(3月6日)**

**二十七(3月7日)**

**二十八(3月8日)**　改晋畬《击蛇笏赋以“其智勇有过人者”为韵》。是夜，梦与晋畬出游，晋畬迷失道，误入一妄人家，为其所窘，余觅之一昼夜不得，已绝望矣，翼日有刘皋者，挟之而还余，深为感谢。

**二十九(3月9日)**　巳刻，答介庵、揖桥、穆园书三通。

## 二　月

**一日(3月10日)**　以上数日，重阅《前汉书》一过。

**二日(3月11日)**

**三日(3月12日)**　夜半雨。

**四日(3月13日)**　小雨。作《萧望之论》。骈体。

**五日(3月14日)**　小雨。未刻，徐辛庵寄赠其父《漱芳阁遗稿》一册。

**六日(3月15日)** 二鼓雨。

**七日(3月16日)** 下午雨。改晋畇《红鹦鹉赋以"熠若夭桃被玉园"为韵》。

**八日(3月17日)** 雨,夜更大。

**九日(3月18日)** 竟日大雨,晨有疾雷。

**十日(3月19日)** 夜雨。

**十一(3月20日)** 雨,夜更大。以上数日,重阅《后汉书》一过。近日食鳊鱼者往往致死,余食之,独无恙。

**十二(3月21日)** 午后大西北风。作《阳球称酷吏辨》。骈体。

**十三(3月22日)** 始大晴。

**十四(3月23日)** 大东南风,夜半复有怪风一阵,势如奔马。

**十五(3月24日)**

**十六(3月25日)** 大东南风。辰、巳刻,改晋畇《倒绷孩儿赋以题为韵》。午刻,菊庄招宴,同席六人。

**十七(3月26日)** 骤热。辰刻,菊庄乞撰其母挽诗,立成二首。一五律,一七律。

**十八(3月27日)** 夜雨。以上数日,重阅《八家文选》一过。

**十九(3月28日)** 夜雨。

**二十(3月29日)** 雨,夜更大。

**二十一(3月30日)** 下午晴。

**二十二(3月31日)**

**二十三(4月1日)** 日夜大雨。改晋畇《昆仑奴取红绡赋以"去来如飞寂无形迹"为韵》。

**二十四(4月2日)** 雨。以上数日,重阅《四六法海》一过。

**二十五(4月3日)** 下午大雨。

**二十六(4月4日)** 下午大雨,有雷。

**二十七(4月5日)** 夜半雨。

**二十八(4月6日)** 雨沙。作《天寥和尚遗诗序》。骈体。

**二十九(4月7日)** 是夜,梦有人以蓝宝一粒贻晋玢。

**三十(4月8日)** 傍晚雨。申刻,王蔼如过会。是夜,梦见妇女四人,皆贵人妻,内一人姓邵氏,年仅十四五,面圆,左有赤痣,倚势自骄,观者皆悚然惕息。

## 三 月

**一日(4月9日)** 小雨。改晋玢《白牡丹赋以"富贵场中本色难"为韵》。

**二日(4月10日)** 夜小雨。辰刻,有大怒。酉刻,陈憩亭信来,兼赠水烟一斤。

**三日(4月11日)** 辰刻,覆憩亭书。

**四日(4月12日)** 下午雨。未刻,为王蔼如题其父怡然翁《乘风破浪图》遗像五律一首,又代蔼如作七绝四首。是日,寄吊张氏丧。

**五日(4月13日)** 夜雨。

**六日(4月14日)**

**七日(4月15日)** 始晴。以上数日,重阅《廿四家文钞》一遍。

**八日(4月16日)** 申刻,王蔼如来。

**九日(4月17日)** 复雨。改晋玢《光武临淄劳耿弇赋以"将军独拔勍敌"为韵》。

**十日(4月18日)** 大西风。辰刻,得卢揖桥初八日书。酉刻,又得揖桥初九日书。

**十一(4月19日)** 下午晴。为黄友岩作六十寿序。骈体。

**十二(4月20日)** 夜雨。

**十三(4月21日)** 雨,寒甚。辰、巳、午刻,附航船进城,即过陈憩亭处。未刻,过顾蓉屏处。申刻,过鲁介庵处。夜宿卢永隆烟店。

**十四(4月22日)** 午后晴。辰、巳刻,附航船到乍浦,即至卢揖桥处。未刻,偕钟穆园、林笛仙游城隍庙,有新室三间,雅洁可喜,登楼则九峰皆在目前。申刻出东门,观一路菜花。夜宿钟宅。

**十五(4月23日)** 大晴。巳刻,候林雪岩,出视所作《当湖采芹录骈体文序》。文极典雅,非他人所能为。申刻,偕沈莲卿、林笛仙游陈山寺。

**十六(4月24日)** 黄昏大雷电,雨。巳刻,谒刘南屏司马,呈二集文稿一部。回,过刘乙斋处。午刻,刘心葭招饮,晤海昌贺小颠。名畹,善绘事。未刻,寻顾篆香、陈鹤亭,皆不遇。申刻,过邓晴溪处。

**十七(4月25日)** 巳刻,海盐徐莲峰见访,不值。名履中,庠生。未刻,偕林雪岩游山,过天真庙。申刻,卢揖桥邀同林雪岩、刘心葭饮聚仙馆。

**十八(4月26日)** 日晚有急雨一阵。辰刻,贺黄友岩寿。申刻,偕林雪岩、廖森泉游山,过清福庵。酉刻,赴友岩处寿宴,同饮林雪岩、廖赋溪等三十余人。是日,友岩见赠笔资三洋。

**十九(4月27日)** 巳刻,答徐莲峰。午刻,廖森泉招饮。申刻,游天后宫,观灯。酉刻,观演武于汤山下。

**二十(4月28日)** 辰、巳刻,附航船到平湖。鲁介庵招饮永和馆。申刻,过顾蓉屏处。夜宿陆宅。

**二十一(4月29日)** 巳刻,过何亥卿处。午刻,候方子春,值其旧疾复发,不得见,与顾访溪一谈。未刻,过高藏庵处。

**二十二(4月30日)** 大热。辰刻,考妹赠钱四百。未刻,至邑庙观富华班戏。酉刻,鲁文甫邀同顾蓉屏饮永和馆。夜宿鲁宅。是日,始知沈蓉村卒。

**二十三(5月1日)** 日晚雨。午、未刻,观富华戏于邑庙。申刻,陈憩亭招同鲁介庵饮永和馆。酉刻,在儒学东桥上无端为人所辱。

**二十四(5月2日)** 巳刻,过刘霞江处。午刻,过陈白芬处。

**二十五(5月3日)** 未刻,鲁介庵招同何菘蹊饮合顺馆。酉刻始散,颇有醉意。是日,闻新溪有奇狱。

**二十六(5月4日)** 夜雨。未、申、酉刻,附航船回家。

**二十七(5月5日)**

**二十八(5月6日)**

**二十九(5月7日)** 改晋骱《笔捶琴赋以"赋诗未就以笔捶琴"为韵》。

**三十(5月8日)** 未、申、酉刻,在元真观观翠芳班戏。

## 四月

**一日(5月9日)** 午后雨,夜更大。午、未、申刻,在关庙观翠芳戏。是夜,梦游南高峰。

**二日(5月10日)** 是日,齿痛大甚。

**三日(5月11日)** 是夜,梦复至胥塘。

**四日(5月12日)** 侵晨雨。改晋骱《诸葛菜赋以"武侯所止必种蔓菁"为韵》。

**五日(5月13日)** 未、申、酉刻,过柯春塘处长谈,并见其所作《春水船古今体诗》一册。诗多平实,惟《岳忠武玉印歌》一首颇雄杰。

**六日(5月14日)** 热。夜半雨。以上二日,重览《邵子湘全集》一过。

**七日(5月15日)** 上午雨。改晋骱《不倒翁赋以"此老倔强犹昔"为韵》。午后,身上大发寒热。

**八日(5月16日)** 身上大热。是夜,晋骱亦发热。皆时症也。

**九日(5月17日)** 两人病势渐重。

**十日(5月18日)** 巳刻,招徐念曾来治疾。

**十一(5月19日)** 两人病如故。

**十二(5月20日)** 午刻,邀徐兰将来治疾。

**十三(5月21日)** 两人病势弥剧。以上数日夜,或梦入嫏嬛之府,或梦登白玉之楼,凡记叙碑板文字,大半皆余著撰。

**十四(5月22日)** 日中雨。辰刻,寄祝尚德堂寿。巳刻,新溪舟子来报岳母病殁,即寄去吊仪二两。午刻,徐兰江来改方。

**十五(5月23日)**　巳刻,张文石来问疾。酉刻,呼金杏园来,作札报知鲁介庵、陆畹亭。

**十六(5月24日)**　两人病势渐退。未刻,兰江来改方。

**十七(5月25日)**　巳刻,龚配京来问疾。午刻,家母回自平湖,陆畹亭寄赠火肉一块,绿豆糕、太史饼共四匣,考妹赠笋尖一斤。

**十八(5月26日)**　未刻,兰江来改方。酉刻,鲁文甫书来,言萧雨香病殁。

**十九(5月27日)**　巳刻,始下床,作书与卢、钟二生。

**二十(5月28日)**　是日,内子复招巫者作祷禳之事,费用千余,余不能阻。

**二十一(5月29日)**

**二十二(5月30日)**

**二十三(5月31日)**　夜小雨。

**二十四(6月1日)**　昼夜雨。戌刻,卢揖桥、钟穆园覆书来,各赠一洋以代果品。

**二十五(6月2日)**　即晴。辰刻,发陈憩亭书,又寄书谢卢、钟二子。

**二十六(6月3日)**　辰刻,题吴蓉村《停琴伫月图》。小七古。是日,晋龄疾已全愈,余犹精力疲弱,不能自振。

**二十七(6月4日)**　辰刻,题徐古渔《东湖踏青图》。七绝四首。巳刻,龚配京馈火肉一块。是夜,梦唐家巷东一段忽化为河。

**二十八(6月5日)**

**二十九(6月6日)**

## 五　月

**一日(6月7日)**　细雨。未、申刻,重阅《鸳湖棹歌》一遍。

**二日(6月8日)**　重览《古今类传》一遍。午刻,吊盛氏丧。戌刻,陆畹亭书来,言四月廿八日得举一子。以上数日齿痛大甚。

**三日(6月9日)** 辰刻,复陆畹亭书。是夜腹痛。

**四日(6月10日)** 是日,心事甚恶。

**五日(6月11日)** 微雨。是日,胸鬲间时时作痛。

**六日(6月12日)** 热。午刻,家母复至平湖,寄赠考妹蒲桃二斤。是夜,内子又发病。

**七日(6月13日)** 恶热。夜半有雷电,不能兴雨。重阅毛西河文选一过。近日心中忧患、恐惧、忿懥,循环不休。忧患者,天时久旱,百物踊贵也;恐惧者,家中递染恶疾,医药不赀,从此债负益多也;忿懥者,从弟某屡肆凌逼,而同胞者尤侵扰无已也。

**八日(6月14日)** 下午大雨。重阅方朴山文集一遍。是夜,梦坐万斛大舟,与居室中无异。

**九日(6月15日)** 巳刻,延徐念曾来治内子疾。

**十日(6月16日)** 以上两日,内子呼謈声不绝。

**十一(6月17日)** 辰刻,寄徐兰江谢仪四百,并二集文稿一部,即招其来治内子疾。申刻,陈憩亭寄赠洋一枚,费恺中寄赠羊毫笔十管。

**十二(6月18日)** 以上两日,内子呓语不绝,入夜更甚,其势大危。

**十三(6月19日)** 未刻,复邀兰江来治疾。酉刻,金杏园寄赠笋尖三包、湖茶一包。是日,内子身热稍凉,神气亦渐清。

**十四(6月20日)** 辰刻,寄徐壬堂书。

**十五(6月21日)** 酉刻,家丽春赠火肉一块。以上三日,重览《明史纪事本末》一遍。是日,次男溺于马氏河中,既而有人援之,得出。

**十六(6月22日)** 午、未刻,饮龚配京处,长谈至日昃。

**十七(6月23日)** 夜细雨。是日大泻。

**十八(6月24日)** 下午雨。午刻,与鲁介庵书。

**十九(6月25日)** 细雨。午刻,张文石赠马皋一盆,葡萄、面饼各一斤。

**二十(6月26日)**　细雨。改晋翖《采茶赋以"筐中摘得谁最多"为韵》。是日,内子始下床。

**二十一(6月27日)**　热。

**二十二(6月28日)**　大热。

**二十三(6月29日)**　大热。日晚有雷。以上数日,重阅《格致镜原》一过。

**二十四(6月30日)**　日晚雷雨。改晋翖《欧阳永叔梦为鸲鹆赋以"飞鸣绿阴中甚乐"为韵》。

**二十五(7月1日)**　日晚小雨。辰、巳刻,改培坡诗文各二首。午刻,丽春赠黄鳝一碗。

**二十六(7月2日)**　以上三日,重阅《西夏书事》一过。

**二十七(7月3日)**　大热,夜更甚。午刻,招丽春对酌。

**二十八(7月4日)**　昼夜大热。午刻,钱棣山借《石头记》一部。是日,内子复病。

**二十九(7月5日)**　昼夜大热。雷声轰轰,不能作雨。是日耳痛。

**三十(7月6日)**　大热。

## 六　月

**一日(7月7日)**　大热,夜更甚。黄昏大雷电,小雨。未刻,招李恪亭来治内子疾。以上数日,重阅《水浒传》一过。

**二日(7月8日)**　大热。日晚有雷,小雨。午、未刻,阅《驱暑闲抄》。是夜,梦故人萧雨香衣冠来访。

**三日(7月9日)**　巳刻,吊张氏丧。是夜,梦远眺海中诸名山,欲游未果。

**四日(7月10日)**

**五日(7月11日)**

**六日(7月12日)**　下半夜雨。辰刻,发卢揖桥书。巳刻,寄吴西斋书。

**七日(7 月 13 日)**　甚凉。改晋翂《贾岛佛赋以“仰慕何如此之切也”为韵》。

**八日(7 月 14 日)**　雨。以上数日,重览《说铃》一遍。

**九日(7 月 15 日)**　夜大雨。改晋翂《读画赋以“是谓无声之诗”为韵》。

**十日(7 月 16 日)**　日晚有急雨两阵。酉刻,得卢揖桥初七日书。

**十一(7 月 17 日)**　夜小雨。改培坡文四首。

**十二(7 月 18 日)**　热。巳刻,吊某氏丧。是夜,梦随某公子出征,身忽勇猛,可敌数人,一持刀戟,便可敌数十人,公子赏之,纪功数次。

**十三(7 月 19 日)**　大热。

**十四(7 月 20 日)**　大热。

**十五(7 月 21 日)**　午后有雷,略雨。

**十六(7 月 22 日)**　夜小雨。改晋翂《花蕊夫人咏宫词赋以题为韵》。是日,闻方子春已赴补钱唐学任。

**十七(7 月 23 日)**　大东南风,夜更甚。以上数日,重览《寄园寄所寄》一遍。

**十八(7 月 24 日)**　大东南风,午后雨。辰刻,覆卢揖桥书,并以旧窗稿四十一篇借之。

**十九(7 月 25 日)**　大东南风,昼夜雨。酉刻,鲁介庵书来,内有方少园、顾蓉屏两书,并收到蓉屏所赠纹银三钱许。

**二十(7 月 26 日)**　大东南风。重阅《东华录》。

**二十一(7 月 27 日)**　大东南风。重阅《熙朝新语》。

**二十二(7 月 28 日)**　大东南风。

**二十三(7 月 29 日)**　为林雪岩作《东海酒徒图记》。骈体。戌刻,卢揖桥书来,并赠将乐纸一刀、艺文斋蓝格纸一本。

**二十四(7月30日)** 热。以上二日,重阅《后五代史》一过。

**二十五(7月31日)** 改晋翖《麴秀才赋以“麴生风味不可忘也”为韵》。

**二十六(8月1日)** 雨,夜大西北风。是夜,梦顾蓉屏与高继庵相扑,继庵先胜而后败,伤重不能起。

**二十七(8月2日)** 大东南风。是夜,梦寓一古寺,寺有大佛五六尊,各高数丈,状貌如生。

**二十八(8月3日)** 大东南风,夜更甚。

**二十九(8月4日)** 大东南风。

## 七 月

**一日(8月5日)** 大东南风。驳汤来贺《王彦章论》。骈体。

**二日(8月6日)** 午刻,阅《月泉吟社诗》。

**三日(8月7日)** 大热。改晋翖《传婿砚赋以“诸女相授号传婿砚”为韵》。

**四日(8月8日)** 热。辰刻,改培坡文二首。巳刻,阅龙辅《女红余志》。

**五日(8月9日)** 大热。申刻,阅《谷音集》。

**六日(8月10日)** 大热。

**七日(8月11日)** 热。作《范大夫庙祭文》。骈体。

**八日(8月12日)**

**九日(8月13日)** 夜大热。以上两日,重览王阮亭《古诗选》。

**十日(8月14日)** 大热,夜更甚。作《驱妖记》。骈体。

**十一(8月15日)** 大热,夜更甚。辰刻,鲁介庵书来,并赠洋银一枚。巳、午、未刻,改晋翖《一蟹不如一蟹赋以“陶毅对吴越王语”为韵》。申刻,覆介庵书。

**十二(8月16日)** 大热。申刻,钱棣山还《石头记》,并以近体诗十余首、四六文一篇就正。诗笔粗俗,文尤剌谬。

**十三(8月17日)**　热。午刻,钱棣山招饮,同席徐问亭、孙石村。是日,知浙江正考官吴公椿,副考官徐公宝善。

**十四(8月18日)**　毒热异常。

**十五(8月19日)**　更毒热。午后有雷。是日,内子又病。

**十六(8月20日)**　日中小雨。改培坡文二首。

**十七(8月21日)**　日中大雨两阵。未刻,鲁介庵书来,言方子春于初八日殁于杭州。此余三十年知己也,且其人品学术当今罕偶,年又少余三岁,而先作古人,可为恸根。

**十八(8月22日)**　以上数日,重阅《石头记》一过。

**十九(8月23日)**　改晋鹷《八咏楼赋以"明月双溪清风八咏"为韵》。

**二十(8月24日)**　是夜,梦明年府试第一、第二皆周姓。

**二十一(8月25日)**　热。

**二十二(8月26日)**　热。

**二十三(8月27日)**　夜大东北风,兼雨。

**二十四(8月28日)**　大西南风,昼夜大雨如注。是日为风雨所侵,楼上楼下皆水,几无立足之地。

**二十五(8月29日)**　午后雨,夜更甚,有雷电。是日水长一丈。今年田禾甚茂,棉花尤佳,今为恶风吹倒,一败涂地,恐又成歉岁矣。

**二十六(8月30日)**　仍有雨花。以上五日,重阅钟穆园古今体诗二百八十首,选存二百七十二首。内最佳者如《飞来峰歌》《三竺道中》《吴山遇雨》《登雅山》《冷仙祠》《乞梦曲》《刘伶墓》《项里怀古》《晒稻行》《题〈桃花扇传奇〉》诸作,皆能出人意表,他如《常开平铁衫歌》《读杨忠愍疏稿》诸首,题佳而诗不称,俱为酌改云。

**二十七(8月31日)**　午后晴。改晋鹷《王维送秘书晁监还日本赋以"岛间有国波外无天"为韵》。

**二十八(9月1日)**　酉刻,鲁介庵书来。言廿五日王秋泉、胡春洲将赴省试,至会龙山,舟覆,二人俱溺死。

**二十九(9月2日)**

## 八 月

**一日(9月3日)**

**二日(9月4日)** 是日,内子复病,晋馚亦于上夜身上发热。

**三日(9月5日)**

**四日(9月6日)** 大东南风。

**五日(9月7日)** 黄昏大雷雨。辰刻,刘竹桥以所著《解闷集》索题,为赋七律一首。集中诗、词、骈体、小赋、尺牍、对联俱备,皆无可取而诗为最下。是日,晋馚疾稍愈。

**六日(9月8日)** 夜雨。午刻,招李恪亭来治内子疾,赠恪亭文稿二集一部。

**七日(9月9日)** 上午雨,雷声不绝,夜复大雨。午后,重阅《檐曝杂记》。

**八日(9月10日)** 忽晴忽雨。以上三日,晋馚日间无恙,夜则依然身热。

**九日(9月11日)** 内子病益沉重,饮食已不进者数日。

**十日(9月12日)** 辰刻,寄鲁介庵书。申刻,复邀李恪亭来治内子疾。

**十一(9月13日)** 是夜,梦与顾春樵同饮方子春处,欢呼谐谑,竟忘其已死者,临行子春复赠余袜一双。

**十二(9月14日)** 申刻,作七律一章寄愤。以上四夜,晋馚身上仍热。

**十三(9月15日)** 以上数日,内子神思昏迷,昼夜不醒,饮食愈不能进。

**十四(9月16日)** 申刻,延陆素芬来治内子疾。

**十五(9月17日)** 未刻,作书寄卢、钟二生。

**十六(9月18日)** 黄昏小雨。午刻,家母回自平湖。戌刻,陆素芬复来治内子疾。

**十七(9月19日)**　是日,始闻乡试题。首:“绘事”至“礼后乎”;次:“发强刚毅”二句;三:“胶鬲举于”二句;诗:“云开雁路长”得“长”字。

**十八(9月20日)**　酉刻,陆畹亭寄赠月饼两包、满洲点心两匣。是日,余头眩两次。

**十九(9月21日)**　申刻,寄陆畹亭柬。酉刻,复招陆素芬来治内子疾。是日,晋紒疾始全愈。

**二十(9月22日)**　以上数日,内子神气益息,服药十余剂,如沉大海。

**二十一(9月23日)**　是日,内子病势益增,兼有谵语。酉刻,陆素芬复来改方。

**二十二(9月24日)**　巳刻,命晋紒祈签于关庙,得七十二签,语大不祥。午刻,寄金逸陶书。申刻,请徐兰江为内子诊脉。言病势已深,殊属棘手。

**二十三(9月25日)**　午刻,得费春林书,并赠《王学质疑》一部。书中言曹雪庄于六月内病故。未刻,请兰江来改方。言必须大便通后,方可挽救。

**二十四(9月26日)**　辰刻,内子大便始通。已二十余日矣。巳刻,寄徐兰江谢仪四百。申刻,兰江来改方。言今始有一线生机。

**二十五(9月27日)**　未刻,金逸陶来。言是月廿二日,嘉兴瑞郡尊率平湖王明府共十七舟至新溪籍陆沅香家,而沅香家中一无所有,墙坍壁倒,各官叹息而去。又言沅香已收在福建闽县监,比其罪不测,闻之不禁酸鼻。是日,内子粥饮稍增,而神气仍复昏谵。

**二十六(9月28日)**　午刻,追挽岳母,得七律一首。

**二十七(9月29日)**　辰刻,覆费春林书,并贻文稿二集一部。酉刻,招徐兰江来改方。

**二十八(9月30日)**　巳刻,金逸陶回去。

**二十九(10月1日)**　辰刻,寄卢揖桥书。

**三十(10月2日)**

## 九　月

**一日(10月3日)**　是日,内子谵语更多。

**二日(10月4日)**　夜半雨。以上数日,重阅《松江诗钞》一遍。

**三日(10月5日)**　小雨。改晋酚《呼石为兄赋以"此足以当吾拜"为韵》。

**四日(10月6日)**　戌刻,始得卢揖桥覆书,并缴还制艺一册,又见赠茶食四种。

**五日(10月7日)**　夜半雨。辰刻,赠陈氏婚仪。

**六日(10月8日)**　小雨。

**七日(10月9日)**　夜雨。

**八日(10月10日)**　雨,夜更大。

**九日(10月11日)**　忽寒,午后晴。是日,闻史公评授浙江学政。字松轩,山东乐陵人,戊辰进士。

**十日(10月12日)**　寒。改晋酚《梁夫人击鼓黄天荡赋以"邀敌金山鸣鼓助战"为韵》。巳刻,得顾蓉屏书。午刻,张文石来会。

**十一(10月13日)**

**十二(10月14日)**　夜雨。

**十三(10月15日)**　辰刻,作《徐问亭芦溪渔隐图记》。骈体。近日内子神气稍清,而乖张暴戾更甚于无病之时。

**十四(10月16日)**　夜大雨。辰刻,闻秋榜揭晓,平湖得正榜二人,副车一人。正:王庚晋、黄鹏飞;副:刘桂。

**十五(10月17日)**　雨。午刻,以《香祖笔记》《东林同难录》两种售与龚配京。得钱三百六十。

**十六(10月18日)**　巳刻,作书与何亥卿。

**十七(10月19日)**　改晋酚《方镜赋以"正色寒芒百炼精"为韵》。

**十八(10月20日)**　辰、巳、午刻,附航船到城,候鲁介庵,留中膳。申刻,候顾蓉屏。夜宿陆宅。是日始知,平湖李公桥初八夜火焚死五人。

**十九(10月21日)**　辰刻,晤俞松门,招余永和馆食面。午刻,以文稿初、二集呈郑稼轩邑侯。名锦声,福建侯官人,癸酉孝廉。未刻,候何亥卿、施笙六,长谈至日昃而返。是日,闻钱澥香卒。

**二十(10月22日)**　巳刻,候何菘蹊。午刻,得钟穆园书。

**二十一(10月23日)**　辰刻,过顾蓉屏处,留朝膳。巳刻,候钱梦庐、高继庵。未刻,陈憩亭招饮永和馆。是日,始闻曹怡斋卒。

**二十二(10月24日)**　未、申、酉刻,附航船回家,见内子病势已减大半,知晋翂于十九日步行至新溪,至今未回,不胜大怒。

**二十三(10月25日)**　巳刻,寄陆秋山书。是夜腹痛。

**二十四(10月26日)**　辰刻,欲附盐船至新溪,追至秀龙桥,不及而返。酉刻,晋翂自平湖归。

**二十五(10月27日)**　辰刻,寄俞松门书,并赠文稿初、二集。

**二十六(10月28日)**

**二十七(10月29日)**　酉刻,招丽春食蟹。近日米价顿减。

**二十八(10月30日)**　申刻,赠龚氏婚仪。

**二十九(10月31日)**

## 十　月

**一日(11月1日)**　重阅《松陵文献》。

**二日(11月2日)**　改晋翂《铁崖吹笛赋以"往来九峰三泖间"为韵》。是夜,梦过一桥,人山人海,奔腾拥挤,余失去一鞋,觅之不可得。

**三日(11月3日)**

**四日(11月4日)**

**五日(11月5日)**

**六日(11月6日)**　改晋翂《周以龙兴赋以"其兴也勃焉"为韵》。

**七日(11月7日)**　巳刻,发何菘蹊书。

**八日(11月8日)**　午刻,寄钟穆园书。

**九日(11月9日)**

**十日(11月10日)**　巳刻,过仁寿堂,借《日知录》一部。

**十一(11月11日)**

**十二(11月12日)**　午后,过柯春塘处,谭两时许。是夜,梦在一处考试,得十三名。

**十三(11月13日)**　巳刻,陆秋山、俞松门覆书来。

**十四(11月14日)**　改晋酚《可人如玉赋以"君子比德于玉焉"为韵》。

**十五(11月15日)**　以上三日,阅顾亭林《日知录》。

**十六(11月16日)**

**十七(11月17日)**

**十八(11月18日)**　改晋酚《吴越王警枕赋以"圆木作枕睡熟则欹"为韵》。

**十九(11月19日)**

**二十(11月20日)**　微雨。

**二十一(11月21日)**

**二十二(11月22日)**

**二十三(11月23日)**　重阅《立诚编诗》。

**二十四(11月24日)**　改晋酚《剑花赋以"剑花寒不落"为韵》。

**二十五(11月25日)**　巳刻,得学宪史公观风题。"义之与比"至"放于利而行","春华秋实赋","为善最乐"试帖。未刻,寄鲁介庵书。

**二十六(11月26日)**　夜小雨。巳、午刻,作"义之与比"至"放于利而行"文、"为善最乐"试帖。得"为"字。

**二十七(11月27日)**　黄昏雨。

**二十八(11月28日)**

**二十九(11月29日)**　改晋酚《春华秋实赋以"修辞立诚所以居业"为韵》。

**三十(11月30日)**

## 十一月

**一日(12月1日)**　申刻，寄观风卷于学师处。

**二日(12月2日)**

**三日(12月3日)**

**四日(12月4日)**　酉刻，鲁文甫书来。

**五日(12月5日)**　改晋砎《说项赋以“到处逢人说项斯”为韵》。

**六日(12月6日)**　巳、午刻，改鲁文甫《米海岳砚山歌用渔洋韵》。未刻，寄介庵书。

**七日(12月7日)**

**八日(12月8日)**

**九日(12月9日)**　寒。

**十日(12月10日)**　寒。午、未刻，饮龚配京处。是日，闻外间米价大贱，竟有一斗只百钱者，惟我乡则略胜往年耳。

**十一(12月11日)**　是日，右肩酸痛。

**十二(12月12日)**　夜雨。改晋砎《桃李垂街赋以“垂于街者莫之援也”为韵》。

**十三(12月13日)**

**十四(12月14日)**

**十五(12月15日)**　是夜，梦晋砎入学，名在第四。

**十六(12月16日)**　雨。申刻，寄赠陆素芬小元宝一锭。重三钱许。

**十七(12月17日)**　改晋砎《李密骑牛读汉书赋以“跨牛读书英雄自命”为韵》，此篇原作甚佳。

**十八(12月18日)**　巳刻，以《驱暑闲抄》二册赠龚配京。

**十九(12月19日)**　未刻，观郑大令至周松篆家验尸。是夜，梦迁居旧衙坊。

**二十(12月20日)**

**二十一(12月21日)**

**二十二(12月22日)** 雨。是日,为晋俞选古今体诗数百首,皆近于试场所用者。

**二十三(12月23日)** 改晋俞《海月赋以"赋著景纯诗裁灵运"为韵》。

**二十四(12月24日)**

**二十五(12月25日)**

**二十六(12月26日)**

**二十七(12月27日)** 夜雨。

**二十八(12月28日)** 夜雨。

**二十九(12月29日)** 雨。改晋俞《鱼头参政赋以"鲁公得名以其骨鲠"为韵》。

## 十二月

**一日(12月30日)** 夜雨。午刻,为徽州汪兆丰题《饯春图》。七律。

**二日(12月31日)** 雨,夜更大。巳刻,过龚配京处,即留饮,谈至点灯时候。

**三日(1835年1月1日)**

**四日(1月2日)** 雨,夜更大。

**五日(1月3日)** 昼夜大雨,水长数尺。

**六日(1月4日)** 夜大雨。改晋俞《薛涛笺赋以"万里桥边女校书"为韵》。

**七日(1月5日)** 午刻,寄卢揖桥书。申刻,赠马氏婚仪。

**八日(1月6日)** 稍晴,夜微雪。巳、午刻,趁航船到城,过陆畹亭处,畹亭夫妇皆不礼余,余亦回头便走。未刻,过顾蓉屏处。申刻,以王阮亭《谐声别部》赠鲁文甫。是夜,卢友兰招余宿万隆烟店。是日,闻张抝庵卒。

**九日(1 月 7 日)**　大寒。巳刻,寻高继庵、何菘蹊,皆不遇。午刻,偕顾蓉屏过何亥卿、高藏庵两处,借藏庵《律赋新编》一部。未刻,寻刘霞茳,不值。申刻,卢友兰赠风兜一顶。酉刻,万隆店主人罗少穆邀夜膳,夜仍寄宿。是日,闻李小隐诉其不孝子李熙于学内,并及吴鸿勋、张琪、李师膺等十七人。

**十日(1 月 8 日)**　大寒。巳刻,趁徐鼎字店王瑞山舟,申刻回家,收到刘竹桥书。洋洋数百言,气息甚古。

**十一(1 月 9 日)**　大寒。

**十二(1 月 10 日)**　摘录《律赋新编》一百五十余联。

**十三(1 月 11 日)**　摘录杂赋一百余联。

**十四(1 月 12 日)**　改晋畇《红云宴赋以"无人知是荔枝来"为韵》。

**十五(1 月 13 日)**　夜雨。是夜,梦见一亲王年二十余,眉目如画图中人。

**十六(1 月 14 日)**　昼夜雨。

**十七(1 月 15 日)**

**十八(1 月 16 日)**　改晋畇《修竹弹甘蕉赋以"淇园臣顿首上闻"为韵》。

**十九(1 月 17 日)**　申刻,赠张文石纹银二钱五分。以将入都也。

**二十(1 月 18 日)**　雪,夜大西北风。

**二十一(1 月 19 日)**　大西北风,极寒。

**二十二(1 月 20 日)**　寒。是夜,梦作教官,而服色则五品顶戴。

**二十三(1 月 21 日)**　寒。摘录自己赋稿一百余联。是夜,梦与何亥卿同寝,其家有喜事,余因作长歌赠之。

**二十四(1 月 22 日)**　寒。改晋畇《洪佛子赋以"秀人建三瑞堂祝之"为韵》。是夜,梦考古学所作律赋矞皇典丽,颇觉惬心。

**二十五(1 月 23 日)**　大寒。申刻,张文石来会。

**二十六(1 月 24 日)**　寒。

**二十七(1 月 25 日)**　寒。巳刻,家丽春有信来。

**二十八(1月26日)**　改晋酚《见橐驼言马肿背赋以"少见而多怪"为韵》。未刻,钟穆园书来。

**二十九(1月27日)**　巳刻,总计今岁改晋酚文四十首、赋四十首、试帖十首。"'巍巍乎舜禹'至'君也'""文王以百里""未有学养子而后嫁者也""'君子居之'至'案正'""公则说""大夫馔""'樊迟从游'至'敢问崇德'""'处于平陆'四句""参也鲁""必有勇勇者""与命""楚人胜""同其好恶""汤之盘铭""星辰系焉""则能尽物之性""先生馔""'昔者吾友'二句""'听其言也'二句""菜羹瓜祭""舜亦以命禹""媒妁之言""群而不党""天子穆穆""'其犹正墙'至'礼云礼云'""君召使摈""子曰以约""'见小利则大事不成'至'其父攘羊'""无所祷也""'亿则屡中'至'善人之道'""附之以韩魏之家""吾从周子入太庙每事问""此有土""进退则可矣""鱼跃""'君赐食'至'侍食于君'""武王周公继之""而行简""草木之名""为木铎子谓韶",以上文;"郑昭宋聋""江南一路酒旗多""乃不知有秦汉""夫子瓮""参之庄老以肆其端""华林园三月三日马射""大丈夫当雄飞""深树云来鸟不知""戒石""墙上秋山入酒杯",以上诗。赋题已见前。

**三十(1月28日)**

是年用钱七十五千。所入不及四十千,而所出几倍之。

# 道光十五年乙未(1835),四十七岁

## 正　月

［以上缺页］

□□病。

□□日……改晋翂《拔十得五赋以“庞士元性好人伦”为韵》。酉刻,丽春自平湖归,携至海盐张云槎道士所赠番银四枚。余与道人尚未识面,仅通两书耳。忽蒙馈赠,斯真意想不到也。

**十日(2月7日)**　微有雨花。

**十一(2月8日)**　寒。巳刻,寄张云槎书,并赠文稿初、二集。是夜,梦高警庵与余寻衅,余初以为戏谑也,漠不介意,既而口角不已,几欲抉余两目,余大惊而醒。

**十二(2月9日)**　辰刻,改晋翂文。“虽车马”。午、未刻,饮龚配京处。是日,内子病瘳。

**十三(2月10日)**　辰、巳刻,改晋翂《美人风筝赋以“天路无梯一线通”为韵》。

**十四(2月11日)**　日中小雨。辰、巳、午刻,附杭船至平湖,知县试定期于二十五日。未、申、酉刻,附杭船至乍浦,过鄞江会馆,黄友岩留饮。是夜,宿卢揖桥处。

**十五(2月12日)**　夜大雨。巳刻,至钟穆园处,赠以婚仪。穆园择期于十九日纳妇。未刻,候林雪岩。回过邓晴溪处,不值。

**十六(2月13日)**　申刻,赴钟宅待媒筵席,同宴林半樵、刘抑斋

等等十余人。戌刻,至兴隆庙听九成奏。

**十七(2月14日)**　清晨雨。是日,在钟宅观《廿二史策案》全部。

**十八(2月15日)**　午刻,赴钟宅婚宴。同饮林雪岩、张绣史、许雨亭等四十余人。是日,体中不快。

**十九(2月16日)**　巳刻,赴钟宅婚宴,同饮刘心葭、林笛仙等五十余人。未刻,陪亲至牛桥刘宅,同行者章湘友等二十余人。

**[二十]**[①]**(2月17日)**　辰刻,卢揖桥赠洋一枚。巳、午刻,趁孙秋溪船至平湖。是夜,腹疾大作。

**[二十一](2月18日)**　巳刻,饭鲁介庵处。未、申、酉刻,附航船回家。

**二十二(2月19日)**　夜雨兼雪。未刻,龚配京复借《三国史》一部。是日,赠李、周、洪三家婚仪。

**二十三(2月20日)**　寒。辰、巳刻,率晋翖趁航船至平湖,寓于陆宅。是夜,晋翖身上发热。

**二十四(2月21日)**　寒。巳刻,为认保童生十二人画押。张廷模、刘庆墀、潘镛全、杨中立、鲁邦焕、沈嘉钦、吴鸿熙、王文海、吴廷庆、马家栋、戈廷桂、赵元亮。未刻,卢友兰赠考食四种。

**二十五(2月22日)**　卯刻,送晋翖进场。辰刻,刘霞莊招同姚柳隐吃面。亥刻,晋翖出场。首题:"吾必谓之学矣"至"则不威学";次:"天下可运于掌"至"以御于家邦";诗:"君仁如春"得"春"字。

**二十六(2月23日)**　夜雨。辰刻,过顾篆香寓。巳刻,寻卜达庵,不遇。午刻,卢友兰招余及晋翖饮合顺馆。未刻,过顾蓉屏处。申刻,卢友兰赠晋翖红帽一顶。

**二十七(2月24日)**　夜大雨。申刻,何亥卿来访。

**二十八(2月25日)**　大雨。巳刻,过高藏庵处。亥刻,观初、覆案,共招三百九十七人,晋翖名在十二。

---

① 按:原稿此处为空白,疑扫描件有缺损。今据上下文补全日期。下同。

**二十九(2月26日)**　雨。申刻,答何亥卿。是夜大伤风。

## 二　月

**一日(2月27日)**　雨,大寒。巳刻,钟穆园书来,并见赠绣囊一枚。

**二日(2月28日)**　大寒。辰刻,送晋酚入场初覆。亥刻出场。首题:"夫如是",《颛臾》章;经题:"坤厚载物"二句;诗题:"二月春风似剪刀"得"刀"字。

**三日(3月1日)**　辰刻,访何菘蹊,回过钱梦庐处,不遇。午刻,刘霞荘招食面饺。未、申、酉刻,观翠芳班戏于游抚城隍庙外。

**四日(3月2日)**　午后雨,夜更大。辰刻,鲁介庵招饭。申刻,过屈纯甫处。戌刻,观二覆案,共招二百八十五人,晋酚名在七十一。

**五日(3月3日)**　昼夜雨。是日有腹疾。

**六日(3月4日)**　辰刻,送晋酚入场二覆。午刻,过张巳卿处。酉刻,赠屈纯甫文稿初集一部。夜四鼓,晋酚始出场。题:"尊为天子"四句,《无忧》章,"乞取春阴护海棠赋"以"绿章夜奏通明殿"为韵,"三十六雨"得"三"字。

**七日(3月5日)**　辰刻,以晋酚二覆文不佳,扑之数下。巳刻,过顾访溪处。午刻,托顾蓉屏收广西试牍一部。亥刻,观三覆案,共招一百六十六人,晋酚名在一百三十二。是日,知瑞郡侯名元,满洲人于廿二日取齐府试。

**八日(3月6日)**　雨。辰刻,鲁介庵招同钟穆园食面。午刻,赠徐秋晓明府文稿二集一部。未刻,卢友兰赠考食三种。是夜,复大伤风。

**九日(3月7日)**　始晴。辰刻,送晋酚入场三覆。巳刻,过高继庵、徐爱庐两处。亥刻,观鳌山灯。三鼓后,晋酚始出场。题:"何以是嘐嘐也",一名至二十名。"斯可以器器矣",廿一名至七十名。"其志嘐嘐然",七十一名至末。诗:"当湖十景竹枝词"。

**十日(3月8日)**　戌刻,观鳌山灯。三鼓后,发四覆案,共招八十四人,晋畇不得与。

**十一(3月9日)**　辰刻,鲁介庵招饭。巳刻,陆畹亭赠晋畇缫鞋一双。午、未、申、酉刻,率晋畇趁航船回家。

**十二(3月10日)**　是日,家母至平湖陆宅。

**十三(3月11日)**　辰刻,以旧抄试帖一本畀培坡。

**十四(3月12日)**　大东南风,寒。是日,修厨室,约费二千。

**十五(3月13日)**　是日,在仁寿堂钱氏助丧一日。吊礼五钱。

**十六(3月14日)**　大东南风,夜雨。午刻,仁寿堂招饮。

**十七(3月15日)**　寒。午刻,见县试正案,晋畇名在一百四十。前列十名:俞连城、陆金栋、张廷模、高云松、俞长垣、沈兰墀、陆仁培、戈以清、倪承烈、陆有壬。未刻。顾蓉屏书来。酉刻,鲁介庵书来。

**十八(3月16日)**　大雨,寒。改培坡文三首。

**十九(3月17日)**　雨,夜更大,寒甚。是日腹疾更甚,加以腰痛。自正月望后,屡有腹疾。迨县试时冒犯风雨者十余昼夜,而病根益深矣。

**二十(3月18日)**　大雨,寒。午刻,龚配京招宴,同席戴湘帆等七人。亥刻始散。

**二十一(3月19日)**　酉刻,鲁介庵复有书来。

**二十二(3月20日)**　大东南风,夜雨。辰刻,率晋畇及本镇六人登舟。酉刻到郡。

**二十三(3月21日)**　昼夜大雨如注。辰刻,率晋畇独寓于局子巷钱宅。申刻,殷雨亭过会。酉刻,沈莲卿来会。

**二十四(3月22日)**　寒夜,大雨。巳刻,过刘心葭、林雪岩寓。申刻,为认、挨保二十六人画押。认保中赵元亮不考,挨保:戈以清、周景福、姚秉钧、沈芝寿、吴志圻、姚元清、张星垣、吴际良、李玉勋、干城、王希曾到;俞福基、孙光烈、姚祥兆、孙超然不到。

**二十五(3月23日)**　大西北风,奇寒。卯刻,送诸童入场。巳刻,鲁介庵招同林雪岩、刘心葭、伊铁耕畅饮于乾华馆。未刻,过许德水寓。申刻，候宋小茗先生以咏史七绝一卷，托其选入《耐冷谭续编》。酉刻，何亥卿过会。亥刻，晋畚出场。题："先之"至"先有司脍炙与羊枣孰美"，"处处春山叫画眉"得"春"字。

**二十六（3月24日）**　大寒。辰刻，沈筤溪来会。巳刻，候汪雨人先生，观其诗古文近稿数百首。午刻，宋小茗先生答访。

**二十七（3月25日）**　辰刻，游市心关庙。巳刻，候孙匡叔郡博，赠以文稿初、二集。午、未刻，观连陞戏于郡庙。申刻，游精严寺。

**二十八（3月26日）**　辰刻，观初覆案，共招三百人，晋畚名在六十五。巳刻，寄卢友兰书。午刻，张枕石招食面饺。未刻，过陈雨村寓。酉刻，至小西门外观粮艘。

**二十九（3月27日）**　辰刻，题顾峄生道士《桐阴独坐图》。七绝。巳刻，偕鲁介庵文甫、陆虚斋及晋畚游白漪庵。午刻，谒范大夫庙，为晋畚祈院试功名签。有句云"蓝田种玉自生芽，积善门庭庆必佳"。未刻，过莲花桥食鸡面。申刻，游元妙观，谒冷仙祠。

**三十日（3月28日）**　巳刻，买得查春园诗集十卷。五十六文。

## 三　月

**一日（3月29日）**　卯刻，送晋畚入场，初覆。辰刻，至月波楼雷神前，为晋畚祈府试功名签。语仅平平。巳刻，偕沈莲卿、胡镕斋等至烟雨楼。亥刻，晋畚出场。题："曰何哉"，栾正子节，"言私其豵"二句，"鸭绿平堤湖水明"得"平"字。

**二日（3月30日）**　巳刻，答沈筤溪，赠以文稿二集一部。午刻，以折扇四柄，乞书于汪雨人学博。

**三日（3月31日）**　巳刻，游杉青闸、施王庙。午刻，过郭同舟寓。未刻，赠鲁介庵字扇一方。亥刻，观二覆案，共招百八十二人，晋畚在四十二。

**四日（4月1日）**　巳刻，过金开山处。

**五日（4月2日）**　寅刻，送晋畚入场二覆。巳刻，过辜可亭寓。

亥刻,晋畇出场。题“不以辞害志”二句,“花狮赋”以“翦百花装狮相送”为韵,“一双百舌花梢语”得“梢”字。

**六日(4月3日)**　巳刻,过许德水、朱次云寓。长谈半日。

**七日(4月4日)**　午刻,家培坡招饮韭溪桥酒馆。酉刻,观三覆案,共招百四人,晋畇不与。

**八日(4月5日)**　酉刻,毛晓园招夜膳。是日,始闻沈香槎死。

**九日(4月6日)**　骤热。辰刻,偕张雪堂、毛晓园等六人登舟。戌刻回家。

**十日(4月7日)**　热。午刻,张藜卿招饮元兴馆。申刻,赠龚巽和字扇一柄。

**十一(4月8日)**　恶热。

**十二(4月9日)**　更热。巳刻,发卢揖桥书。午刻,张藜卿复招饮元兴馆。以上三日毒热非常,清明节与暑天无异,亦生平所未遇也。

**十三(4月10日)**

**十四(4月11日)**

**十五(4月12日)**　大热。夜小雨。

**十六(4月13日)**　夜雨。申刻,张藜卿招饮。

**十七(4月14日)**　午、未刻,阅《查春园稿》。

**十八(4月15日)**　寒。辰、巳刻,改晋畇文。“叶公问政”至“近者”。戌刻,见府试正案,晋畇名在一百十。前列十名:郭省兰、陈恩锡、钱阶兰、张廷模、朱春江、陆熊、徐辛益、俞连城、高云松、孟坚。

**十九(4月16日)**　大东南风。

**二十(4月17日)**　清晨急雨。巳刻,张氏姊过会。

**二十一(4月18日)**　大东南风。辰刻,改晋畇文。“仁亲以为宝”“秦誓曰”。

**二十二(4月19日)**　酉刻,张藜卿招饮,余赠以昌化图书石一副。

**二十三(4月20日)**　巳刻,改培坡文二首。

**二十四(4月21日)** 辰刻,改晋畇文。"子路宿于石门晨门"。

**二十五(4月22日)** 夜雨。

**二十六(4月23日)**

**二十七(4月24日)** 辰刻,改晋畇文。"其蔽也愚""好知"。未、申、酉刻,观鸿福班戏于三里桥。

**二十八(4月25日)** 大东南风。午、未、申刻,观鸿福戏于三里桥。

**二十九(4月26日)** 大东南风。是夜,梦魏小石视余名画数十幅。

**三十(4月27日)** 晓雨。辰、巳刻,改晋畇文。"修废官四方之政行焉"。

## 四 月

**一日(4月28日)** 晚大雷雨。巳刻,改培坡文二首。

**二日(4月29日)** 午刻,知学宪史公于十三日取齐岁试。申刻,张藜卿招饮。

**三日(4月30日)** 辰刻,改晋畇文。"事之以皮币"至"事之以犬马"。酉刻,藜卿复招饮元兴馆。

**四日(5月1日)** 以上数日,翻阅近人制艺数百篇。

**五日(5月2日)** 巳刻,改培坡文一首。申刻,改晋畇文。"白鸟鹤鹤""王在灵沼"。

**六日(5月3日)**

**七日(5月4日)**

**八日(5月5日)** 未刻,改晋畇文二首。"驷不及舌""孟献子曰"。

**九日(5月6日)** 酉刻,张藜卿招饮元兴馆,复见赠湖颖两管。

**十日(5月7日)**

**十一(5月8日)** 雨,大西北风。卯刻,率晋畇登舟。戌刻,至会龙山停宿。是日,晋畇在舟中大吐。

**十二(5月9日)** 辰刻到郡,仍寓局子巷钱氏。

**十三(5月10日)** 辰刻,过林雪岩寓。巳刻,钟穆园来见。申刻,偕雪岩闲步。是日,闻时森岩卒。

**十四(5月11日)** 辰刻,卢揖桥来见。巳刻,邓晴溪过会。午刻,过顾蓉屏寓。未刻,过何亥卿寓,不值。申刻,得急症,俄而稍愈。酉刻,许芸斋招同林雪岩、刘抑斋、方一松、林笛仙聚饮大成馆。

**十五(5月12日)** 辰刻,学宪史松轩先生进馆。巳刻,赴明伦堂,伺候讲书。午刻,柯小坡来访。未刻,过钟秋尹、张雪堂寓。徐莲史、王蔼如、毛晓园等来访,不值。申刻,金杏园、毛晓园等来会。酉刻,何亥卿过会。

**十六(5月13日)** 雨。辰刻,赴古学试,坐东珠十号。"一节见百节知赋"以题为韵,"三过堂怀古"七古,"紫樱桃熟麦风凉"得"凉"字五言八韵。酉刻出场。

**十七(5月14日)** 寒。辰刻,沈莲卿来会。巳刻,沈筤溪来会,卢揖桥、钟穆园来会。午刻,徐莲史来会。未刻,刘抑斋过会。酉刻,晋谒考古学出场。"一树百获赋"以"一树百获者人也"为韵,"拟周文襄四香亭诗"即用原韵,"分秧及初夏"得"初"字八韵。顾蓉屏、柯小坡来会。

**十八(5月15日)** 辰刻,过冯少英寓,赠以二集文稿一部。巳刻,周西江来会,赠以二集文一部。午刻,过卢揖桥、邓晴溪寓。未刻,过许德水寓。申刻,见古学招覆案,合府取二十三人,平湖得其七。县学:何庆熙、周大经、孙镜、顾棨、张光福、罗承本。府学:叶联萼。

**十九(5月16日)** 辰刻,费春林来会。巳刻,许德水来会。午刻,为认、挨保画押。认保十一人:张廷模、杨中立、潘镛金、吴廷庆、马家栋、沈嘉钦到。挨保十三人:俞连城、陆锡蕃、纪金声、俞国珍、江运标、朱金照、顾枚、徐星钤、冯应杓、谢嘉熙、干城、陆彬到。李涛不到。酉刻,柯小坡来会。是日,闻林倬庵死。

**二十(5月17日)** 寅刻,入场岁试,坐堂东三十九号。场规整肃,寸步不移。题"诗云相在"至"不动而敬","众维鱼矣,旐维旟矣","夏扈趣耘”得“耘”字五言六韵。酉刻出场。

**二十一(5月18日)** 夜雨。巳刻,钟秋尹来会,何亥卿来会。午刻,谒见黄太守霁青先生,呈文稿初、二集,先生答赠《诗娱室诗集》二十四卷。申刻,顾蓉屏来会。是日,见石门幼童谭逢仕,年十三,长仅扶床,县府试已四登前列。

**二十二(5月19日)** 夜雨。丑刻,赴宏文馆唱保,适逢大雨。辰刻,访海盐黄韵珊。名宪清,廪生,文名藉甚,而尤工于乐府。巳刻,黄韵珊答访,见赠《帝女花乐府》四卷。记长平公主事。申刻,观岁试案,一等十九名。陶景祎、沈钦文、黄镕、何庆熙、周鸿图、王大经、周大经、钱裕昌、徐金太、陆树勋、蒋槐、罗承本、陆加禾、王大墉、孙镜、陈士麟、纪金鉴、李衔、蒋锡田。酉刻,晋翁出场。题“习相远也”至“下愚家之本”,“阶前树拂云”得“前”字。是日,案已统发,二等四十一名,三等前列十名,余在第五。

**二十三(5月20日)** 大雨,寒。巳刻,过林雪岩寓。午刻,赠黄韵珊二集文一部。申刻,过卜达庵寓。

**二十四(5月21日)** 辰刻,偕沈筤溪、林雪岩访于秋泾。名源,秀水庠生,腰大十围,身躯约重二百斤外,而诗笔极秀雅可观。赠以二集文一部,秋泾答赠《鸳湖六子诗钞》。巳刻,晤岳余三。名鸿庆,嘉兴庠生。午刻,陈鹤亭招饮,不赴。未刻,观新进案,晋翁又不得与。县学二十五名:周培基、陆仁培、孟坚、屈钦弼、陆金栋、陆润仪、徐金信、朱春江、毛乾学、邵成勋、钱阶兰、钱大升、高云松、戈如罴、周耕经、陆焕昌、胡文沼、陆世熿、戈葆清、俞连城、陆光照、沈兰墀、钱致中、纪金声、徐步墀。府学五名:戈以清、汤其镇、邵植华、陆尧章、郭省兰。又佾生七名:郭以成、唐廷恺、徐汝嘉、汪巨源、陆熊、陈恩锡、张廷模。申刻,汪雨人先生过访相慰。酉刻,过顾篆香寓。是夜,万箭攒心,恨不立时即死。

**二十五(5月22日)** 辰刻,纪汀兰来会,为其子金声赠菜仪六钱八折。巳刻,过蒋竹隐寓,赠以二集文一部。午刻,候宋小茗先生。未刻,题桐乡沈厚甫《桐荫书屋遗诗稿》。七绝二首。申刻,于秋泾、杨小铁、王诗石来访,不值。小铁,名均,嘉兴人。诗石,名勋,秀水庠生。

**二十六(5月23日)**　卯刻,顾蓉屏招食鸡面。辰刻,俞连城来见,赠菜仪一洋。巳刻,访杨小铁、刘霞城,名建标,秀水庠生。各赠以二集文一部。小铁亦赠予《鸳湖六子诗钞》三部。又晤金丽生、名树本,钱唐人。汪少伦。名元愫,秀水人,皆少年能诗者。申刻,宋小茗先生答访。

**二十七(5月24日)**　辰刻,偕沈筤溪访诗翁马澹于,名汾,嘉兴岁贡生,年七十而神明不衰。赠以文稿初、二集。巳刻,以旧诗二卷投霁青太守,乞其选入诗话。午刻,晤朱梦泉,名熊,嘉兴人,工绘事。鲁介庵、林雪岩来会。未刻,赠顾蓉屏《六子诗钞》一部。申刻,观童生古学案,合府取十二人,平湖得其三。俞连城、周耕经、沈兰墀。酉刻,晤何声喤。嘉善武生。

**二十八(5月25日)**　辰刻,赠俞荔卿连城昌化石一副、《六子诗钞》一部,赠纪图山金声昌化石一副。午刻,蒋竹隐答候,不值。申刻,马澹于答访。

**二十九(5月26日)**　巳刻,答王诗石,不遇,访汪少伦,亦不遇。午刻,黄霁青太守答访,不值。未刻,候张石匏。名开福,海盐庠生,精金石之学。酉刻,石匏答候,即同往汪雨人先生处。是日,闻魏塘魏半石、李秋山皆于去岁下世。

## 五　月

**一日(5月27日)**　辰刻,移行李于乍浦寓中,同寓卢楫桥等五人。未刻,买得邱礼南诗十卷、六千文。王秋塍诗八卷。十二文。申刻,柯小坡来会。酉刻,刘霞城答访。是夜,梦游翠微峰,访魏冰叔后人。

**二日(5月28日)**　巳刻,赴宏文馆发落,观正场卷子。午刻,过宋小茗先生处。未刻,杨小铁、汪少伦来会,少伦赠予《朱灿石诗》二本,予即以文稿二集答之。申刻,买得《查咸斋文》一册、二十四文。《李海门诗》上下二卷。六十文。

**三日(5月29日)** 夜雨。辰刻,偕刘心葭、刘筠庄、卢揖桥、邓晴溪、杨友樵登舟。申刻至平湖。是夜,宿陆宅。

**四日(5月30日)** 午、未、申刻,趁汪兆丰舟回家。是日,结县府院试三次,费共用钱十五千。

**五日(5月31日)** 夜雨。午、未刻,饮龚配京处。

**六日(6月1日)** 未刻,赠张藜卿陈皮一瓶。

**七日(6月2日)**

**八日(6月3日)** 未刻,阅叶改吟《烬余什一》诗。是夜,梦捷南宫,入木天,洋洋得意。真幻想也。

**九日(6月4日)** 阅《诗娱室诗集》。

**十日(6月5日)** 辰刻,领出晋畛县府院试卷子。县试卷颇有圈点,评"中权警策"四字,惜屡覆不称,不得拔取前列,为可恨也。

**十一(6月6日)** 阅李海门、邱礼南诗集。

**十二(6月7日)** 补摘《扫红仙馆赋二集》一百余联、夏少岩赋四十余联。

**十三(6月8日)** 辰、巳刻,抄骈体文四首。午刻,纪图山拜见,赠贽仪二两八折。

**十四(6月9日)** 辰、巳、午刻,抄杂诗五十二首。未、申、酉刻,观隆庆班戏于关帝巷后。

**十五(6月10日)** 巳刻,张蓉圃过会。未、申、酉刻,观隆庆戏。

**十六(6月11日)** 大东南风。辰、巳、午刻,抄杂诗四十二首。

**十七(6月12日)** 大东南风,夜雨。辰、巳刻,改晋畛文二篇。"先难""鲁无君子者斯"。未刻,赠家丽春字箑一柄。

**十八(6月13日)** 大东南风。辰、巳刻,改晋畛《老儒赋以"老见异书犹眼明"为韵》。戌刻,卢揖桥书来,立即覆札。

**十九(6月14日)** 清晨小雨。辰、巳、午刻,附航船到城。未刻,过陈憩亭处,即留中膳。申刻,过顾蓉屏处。是夜,宿徐鼎字店,决计明日到海盐访张云槎道士。

**二十(6月15日)** 雨。巳刻,附海盐航船。申刻,舟次海盐北门,适逢甚雨。有同舟李姓者,持伞送余至城隍庙,访张云槎,一见如旧相识,兼晤其弟子朱文江沂、郑素庵濂、李少白。三人皆风雅,而文江、素庵尤工诗画。夜即留宿石公居。是日,赠张云槎《鸳湖六子诗》、朱灿石诗二种。

**二十一(6月16日)** 辰刻,张云槎出视诗稿四卷。诗皆细腻风光。巳刻,候黄韵珊,晤其尊人晚香先生,其家有拙宜园,颇擅小石之胜。韵珊属余撰记。向为国初人李晚研先生别业,今黄氏得之四十年矣。午刻,游福业寺,回过韵珊处中膳。未刻,偕云槎、韵珊、石研农游张氏涉园。树石苍古,山水幽阴,有喜雨亭、朴巢、莲花坞、篔谷、揽潮峰诸景。申刻,回至城隍庙,观宝和班戏。酉刻,见吴静轩《蘋香榭诗钞》。名志恭,吴县茂才。

**二十二(6月17日)** 暴热。辰刻,至栖真观访赵凌洲道士,名莲,己丑年曾乞予题《秦溪春泛图》。赠以文稿二集。凌洲出视诗稿一册,托余撰序。其诗工于造句。又见前明玉芝和尚墨迹诗草,徐秋沙道士题赠诗草手卷。又杨忠愍公所书米海岳诗长幅。午刻,饮凌洲处,同席石研农、冯静山名毓钟,盐邑庠生、张云槎。未刻,谒三清殿。

**二十三(6月18日)** 大热。卯刻,游永祚寺,登镇海塔。辰刻,至鹊庵访沈评花,名史,归安人,诸生,善画花鸟。兼晤施梅舫。平湖人,少年美貌。申刻,见朱文江《醉滏楼诗稿》。诗虽不多,亦有隽句。酉刻,访查竹洲,名仲诰,监生,能诗词,而尤好客。赠以文稿初、二集。

**二十四(6月19日)** 大热。卯刻,至海塘观潮,过[敕]海庙,见大鱼骨脊。回过石研农处,不值。辰刻,沈评花答访,赠以文稿二集。石研农亦来答候。午刻,张云槎出视所撰《道家诗纪》五十卷。上自汉魏,下至近时,凡道家诗,搜罗殆遍,系以诗话,可谓勤矣。

**二十五(6月20日)** 大热,黄昏大雨。巳刻,晤沈蕉雨。申刻,查竹洲答访。酉刻,晤徐曲江。

**二十六(6月21日)** 大热。辰刻,遇张秀野。巳刻,赵凌洲赠画梅一副。是夜,梦坐馆汤氏。

**二十七(6月22日)** 大热。卯刻,过俞丹岩处,别已十七年矣。见其六岁孙,聪慧绝人,背诵古文琅琅,并能通解意义。巳刻,黄莲舫来会。名际清,甲午副贡,韵珊之兄。午刻,张云槎出视师祖严退谷《青山买药图》,题跋皆大名士。酉刻,黄韵珊过,畅谭诗文家数。

**二十八(6月23日)** 毒热。辰刻,俞丹岩答候。午刻,赴查竹洲招,见《康熙万寿盛典图》册页四本。未刻,竹洲设席相待,同饮沈评花、萧贯斋名曾,海宁诸生,善隶篆、吴月梅归安人,能写真、周馥田海盐人,善画人物、张云槎、查北山,共七人。酉刻,馥田出视所画《红楼梦图》四十八叶。是日,于竹洲处借得王竹航《琴籁阁诗》四册。广东人,诗多奇句。

**二十九(6月24日)** 毒热。辰刻,查竹洲赠番银两枚。巳刻,告辞云槎道友,附海盐船。酉刻,回至平湖。

**三十(6月25日)** 毒热。午刻大雷,无雨。巳刻,过顾蓉屏处。午刻,过何亥卿处。酉刻,鲁介庵招夜膳。近日,河水尽干,旱魃为虐,田稻大半未种,甚可忧也。

## 六　月

**一日(6月26日)** 大热。巳刻,陈憩亭赠水烟一斤。午刻,费恺中招食鳝面。未、申、酉、戌刻,趁航船回家,见卢揖桥书,大为叱恨。是日,柯春塘见访,余尚未归,不遇。春塘新选学博,自京回来。

**二日(6月27日)** 大热,夜更甚。辰刻,张文石赠折扇一方。

**三日(6月28日)** 毒热,夜更甚。辰刻,覆卢揖桥书。巳刻,赠钱继园文稿二集一部。午刻,以沈评花画梅四叶赠龚配京。

**四日(6月29日)** 稍凉。辰刻,答柯春塘、张文石。文石赠予张秋樵诗文稿两册。

**五日(6月30日)** 大热。辰、巳刻,抄杂诗四十三首。午刻,钱姑丈招饮。申刻,过李恪亭处。

**六日(7月1日)** 毒热。下午大雨。辰、巳刻,抄杂诗四十首。

**七日(7月2日)** 辰刻,俞丽卿来,见赠贽仪六洋。

**八日(7月3日)** 毒热。辰、巳刻,改晋酚文二篇。"隐恶""子子公曰善哉"。

**九日(7月4日)** 毒热。

**十日(7月5日)** 毒热。

**十一(7月6日)** 晚大雷雨。以上三日,酌选《事类赋》《广事类赋》《广广事类赋》《续广事类赋》数千条,将命晋酚录出,以为场中赋料。

**十二(7月7日)** 小雨。辰、巳刻,改晋酚《杜少陵重过何氏山林赋以"石栏点笔桐叶题诗"为韵》。是夜,梦见一婢名齐舫,面有痘瘢,而天然韶秀,别有丰神。

**十三(7月8日)** 辰、巳刻,改晋酚文二首。"晋平公之于亥唐也","而能喻诸"至"桃之夭夭"。

**十四(7月9日)** 大东北风。辰刻,改培坡文一首。午刻,为钱棣山题《石头记》画六幅各七绝一章。《醉眠》《扑蝶》《补衣》《换裙》《弹琴》《葬花》。

**十五(7月10日)** 午后热。酉刻,闻昨夜海水过塘,溺死人口无算。独山至白沙湾塘皆毁坏。

**十六(7月11日)** 大东南风。作赵凌洲道人诗序。骈体。

**十七(7月12日)** 辰、巳刻,改晋酚文《必己出赋以"降而不能乃剽贼"为韵》。

**十八(7月13日)** 卯刻,寄赵凌洲书。午刻,张藜卿招饮,同饮三人,余竟酣醉。酉刻,顾蓉屏寄来古今体诗二卷,乞余点正,并见赠蓝格纸两本。

**十九(7月14日)** 大热。作《拙宜园记》。骈体。

**二十(7月15日)** 大热。晚得雨两阵。是日,体中不快。

**二十一(7月16日)** 晚大雷雨,水长一尺。巳刻,阅查冬荣《韩江十二钗》诗。是晚雷击两妪，一在三里桥，一在东马桥。

**二十二(7月17日)** 午后热。作黄霁青太守《诗娱室集后序》。骈体。

**二十三(7月18日)** 夜半大雨。

**二十四(7月19日)** 未刻，培坡赠笔五枝。

**二十五(7月20日)** 大东南风。作《方子春祭文》。骈体。酉刻，赵凌洲覆书来。

**二十六(7月21日)** 未刻，寄黄霁青太守书。

**二十七(7月22日)** 夜热。辰、巳刻，改晋翕文二篇。“子曰君子怀德，弗如也”“宰予昼寝”。

**二十八(7月23日)** 申刻，钱姑丈托作《兰花诗》四首，余命晋翕代作。

**二十九(7月24日)** 为黄韵珊作《鸳鸯镜传奇序》。骈体，事载渔洋山人《池北偶谈》。

**三十(7月25日)** 夜热。辰、巳刻，改晋翕《取谢灵运须作斗百草戏赋以“取须寺内，斗草宫中”为韵》。

## 闰六月

**一日(7月26日)** 夜大热。阅《渔隐丛话》。

**二日(7月27日)** 大热。作《于庙当铸徐有贞石亨铁像议》。骈体。是夜，梦畜两雏鸡，数日之间忽已肥硕。

**三日(7月28日)** 大热。夜半大风。申刻，重阅王柳村《国朝今体诗选》。

**四日(7月29日)** 热。作顾蓉屏《横山草堂诗稿》题词。骈体。

**五日(7月30日)** 热。

**六日(7月31日)** 大热。

**七日(8月1日)** 大热。辰、巳刻，作长七古一首赠张云槎，用“三江”韵。

**八日(8月2日)** 大热。辰刻,作七律一首赠查竹洲。

**九日(8月3日)** 热。辰、巳刻,改晋翁文二首。“与其有聚敛之臣”“君子以文会友以友”。

**十日(8月4日)** 大东南风。

**十一(8月5日)** 大东南风。

**十二(8月6日)** 大东南风。申刻,寄张云槎、黄韵珊、查竹洲三书。近时甘霖欠缺,田皆龟坼,仰视青天,竟无浮云一片,薄命书生,惟有掩卷长叹而已。

**十三(8月7日)** 二更小雨。辰刻,张藜卿招食羊面。巳、午刻,改晋翁《松鼠赋以“松间捷走鸟鼠难分”为韵》。

**十四(8月8日)** 抄杂诗七十首。

**十五(8月9日)** 大东南风。抄杂诗五十八首。

**十六(8月10日)** 夜大热。辰、巳刻,补作游涉园诗。五律四首。

**十七(8月11日)** 夜热。

**十八(8月12日)** 大东南风。辰刻,作七律一章赠马丈澹于。是夜,梦须发顿白。

**十九(8月13日)** 大东南风。以上二日评阅顾蓉屏古近体诗一百首,略加改正。集中五律最佳,次则七律、七绝,若七古则未能变化,五古亦嫌散漫。

**二十(8月14日)** 热。是夜梦谒一显者,谆谆劝余作时文。

**二十一(8月15日)** 午后微雨。辰、巳刻,改晋翁文二首。“师旷之聪”“周任有言曰陈力”。是日,诸神齐出,祷雨。

**二十二(8月16日)** 忽凉。辰、巳刻,改晋翁《王右军扈斑赋以题为韵》。是夜,梦至一家,室宇朗敞,有晚宜轩一间,上下通明,最为精洁。

**二十三(8月17日)** 辰刻,题杨小铁《扫红村馆图》。七律。巳刻,补作《登镇海塔诗》。七律。未刻,张氏姊来,诉其子种种不法事。

**二十四(8月18日)** 辰刻,张云槎覆书来。

**二十五(8月19日)** 饭后小雨。午刻,偕培坡至张氏姊家。余不到彼处已三十年矣。

**二十六(8月20日)** 热。是日,调停张氏母子,甚费口舌。

**二十七(8月21日)** 热。

**二十八(8月22日)** 热,日晚大雨。夜半又大雷雨。

**二十九(8月23日)** 热。以上三日偕李古乔、沈秋霞、李幼白、郑柳塘、香轮等为张氏分家,日不足,继之以夜,劳苦特甚。张氏母子如深仇,而张甥暴戾刚狠,事事出情理之外,今虽勉强分派,日后必有争讼。酉刻回家。

## 七　月

**一日(8月24日)** 日晚雨。午刻,寄陈憩亭书。

**二日(8月25日)** 夜雨,兼大东北风,声振屋瓦。辰、巳、午刻,改晋酚文二首。"毅","吾其与闻"至"兴邦"。

**三日(8月26日)** 大西南风兼雨。午刻,抄杂诗十首。是日,闻陈白芬家出一妖物,一切衣服食物皆藏粪秽,真异事也。

**四日(8月27日)** 辰、巳、午刻,改晋酚《两个阿孩儿赋以"一双进士两个孩儿"为韵》。未刻,赠吴杏衫婚仪。

**五日(8月28日)** 补选七律诗三十首。

**六日(8月29日)** 热。辰、巳刻,改晋酚文两首。"见志","思而不学"至"异端"。

**七日(8月30日)** 大热。辰、巳刻,改培坡文两首、诗一首。

**八日(8月31日)** 热。辰、巳、午刻,改晋酚《三不惑赋以"三不惑酒色财也"为韵》。

**九日(9月1日)** 未刻,至法华庵观藜卿、培坡读书处,借得藜卿《海上诗逸》六卷。

**十日(9月2日)** 大热。辰刻,寄杨小铁、汪少伦两书。巳刻,遣晋馚往钱宅插香。戌刻,灯火如花四散,未知何兆。是夜,梦同七八友人作松江之游,半途留滞一家,其家多卷籍书画,尽为余所披阅。

**十一(9月3日)**　日中略雨。申刻,黄霁青太守覆书来,娓娓数百言,备极优奖。是夜,梦同家韵珊在一处作诗,互相斟酌。

**十二(9月4日)**

**十三(9月5日)**

**十四(9月6日)**　热。辰、巳刻,改培坡文两篇、诗两首。

**十五(9月7日)**　大热。辰、巳刻,改晋馚文两篇。"问于曾子","夫子之得邦家者"至"道之斯行"。

**十六(9月8日)**　大东南风。辰、巳刻,改晋馚《使樵青苏兰薪桂赋以"芦中鼓枻竹里烹茶"为韵》。

**十七(9月9日)**　大东南风。辰、巳刻,选抄《海上诗逸》二十首。未刻,过柯春塘处,始知浙江正考官翁公心存、副考官张公琴。

**十八(9月10日)**　大东南风。重阅《可仪堂》《清素堂》文集。

**十九(9月11日)**

**二十(9月12日)**　巳刻,李古桥过会。言张甥月亭三至龙湾庙神前,诉李幼白等七人,余亦与焉,怪哉。

**二十一(9月13日)**　辰、巳刻,作《责须檄》。骈体,余留须十余年,而髯奴负余,竟不登面,故戏责之。

**二十二(9月14日)**　辰、巳刻,改晋馚文二篇。"雉兔者","而耻恶衣恶食者"至"天下也"。

**二十三(9月15日)**　热。是日,张氏姊复招家培坡、李幼白、古桥等至其家,诸人皆痛责张甥,余独无言。余生平安贫乐道,正直无私,彼小人者,为鬼为蜮,其何伤于日月乎。

**二十四(9月16日)**　下午小雨。巳刻,游西张廊下关公庙,晤叶兰亭。

**二十五(9月17日)**　饭后雨。申、酉刻,偕李氏昆季、张氏叔侄等七人,诣廊下关公庙、杨公庙、龙湾城隍庙三处焚香。此诸人畏死而为之也，余亦不得不从众云。亥刻回家。是日，吊吴墨乡丧。

**二十六(9月18日)** 大热。日晡有雷。巳刻，收到鲁介庵所寄晋畇札，言徐雪庐山长于十六日弃世。是日，金杏园将到杭应试，招晋畇权摄馆事。是夜，梦在试场中为七八无赖秀才所窘，如群犬争吠，捉搦不休，以致不能完卷，大惊而醒，犹汗流浃背也。

**二十七(9月19日)** 辰刻，代晋畇覆介庵书。

**二十八(9月20日)** 辰、巳刻，摘录浦柳愚《唐宋律赋选》一百余联。

**二十九(9月21日)** 毒热。辰刻，过张文石处。

## 八 月

**一日(9月22日)** 大热。午后小雨。辰刻，过李幼白处。午刻，杨小铁覆书来。并寄到汪少伦所赠《锦囊集》四部。

**二日(9月23日)** 辰刻，鲁介庵又有书来，亦招晋畇至城中为人摄馆。巳、午刻，改晋畇《画虎类狗赋以"马援诫兄子书"为韵》。

**三日(9月24日)** 忽凉。巳刻，赠张藜卿《红兰赋选》一部。

**四日(9月25日)** 辰、巳刻，抄杂诗三十首。是夜，梦为刺客所伤，同被伤者约有四五人。

**五日(9月26日)** 巳刻，至龚配京处慰唁。配京长子病殁，余旧弟子也。是夜，梦晋畇入庠。

**六日(9月27日)** 是日，命晋畇赴郭同舟宅文会。"天将以夫子"至"谓韶"。

**七日(9月28日)** 极凉。是夜，身上微热。

**八日(9月29日)** 夜雨。

**九日(9月30日)** 雨。辰、巳、午刻，改晋畇文二首。"虽赏之"，"焉得仁"至"三思"。未刻，张藜卿招饮法华庵，同席张融圃、东白和尚。

**十日(10月1日)** 日中大雨。巳刻，复至张氏姊家。以张氏拜斗酬神故也。

**十一(10月2日)**　小雨。辰刻,张氏姊赠洋两枚。酉刻回家。

**十二(10月3日)**　小雨。午刻,过张融圃处,以张甥女喜庚,托其传与郭□六。

**十三(10月4日)**　夜半大雨。

**十四(10月5日)**　夜雨。

**十五(10月6日)**　昼夜雨。

**十六(10月7日)**　竟日大雨。

**十七(10月8日)**　雨。戌刻,始知乡试题。“不知命”四句,“博厚则高明”三句,“作之君”三句,“满山寒叶雨声来”。

**十八(10月9日)**　昼夜大雨。是日,中心郁伊,愁叹欲绝。今年田禾大好,棉花亦有收成,奈淫霖十日,水潦横流,又将变丰年为歉岁,可悲可恨!

**十九(10月10日)**　昼夜雨。辰、巳刻,改晋翁文二篇。“而往拜之”,“使骄且吝”至“三年学”。

**二十(10月11日)**　午后始晴。辰刻,寄钱梦庐书。巳刻,与张海门书,并赠二集文稿一部。

**二十一(10月12日)**　未刻,龚配京还《三国史》一部。

**二十二(10月13日)**　辰、巳、午刻,附航船到城,即过顾蓉屏处,留中膳。未刻,赠费恺中《明史弹词》一册。申刻,过陈憩亭处,赠以《锦囊集》一部。酉刻,费恺中招同家丽村饮戴永和馆,三人俱醉。夜宿徐鼎字店。是日,闻屈慈湖卒。

**二十三(10月14日)**　巳刻,过卜达庵、何亥卿两处,皆不值,即过顾访溪馆中。未刻,至鲁介庵处,留中膳。戌刻,复偕费恺中、家丽村饮永和馆。是日,始见《盍簪文二集》新刻本,内选余“子不语”一节题文。

**二十四(10月15日)**　午刻,鲁介庵赠太史饼一匣。未、申、酉刻,附航船回家。

**二十五(10月16日)**

**二十六(10月17日)**

**二十七(10月18日)** 辰、巳刻,改晋酚《温太真然犀照水族赋以"幽明道别何相逼耶"为韵》。

**二十八(10月19日)** 寒。辰、巳、午刻,改晋酚文两首。"缗蛮","用之则行"至"冯河"。

**二十九(10月20日)** 夜半雨。

**三十(10月21日)** 以上两日,评点《盍簪》初、二集文一过。是夜,梦逢一牛于狭巷中,几为所触。

## 九 月

**一日(10月22日)** 戌刻,作书与赵凌洲道人。

**二日(10月23日)** 辰刻,寄费恺中书,并以《帝女花乐府》借之。巳刻,鲁介庵书来,复招晋酚到城商事。

**三日(10月24日)** 辰刻,遣晋酚到城。巳、午刻,改晋酚《闻鸡赋以"雄鸡一声天下白"为韵》。

**四日(10月25日)** 夜半雨。

**五日(10月26日)** 雨。作《顾莲姑传》。骈体。事在嘉庆初年。午刻,婺源查柘溪来访,自撰樱帖一联见赠,即乞予骈体文初、二集全部。柘溪名汝元,向在湖南北游幕者,其赠句云"眼光已足空千古,笔力应推第一人"。

**六日(10月27日)** 是夜,贼自后门入,窃去剪刀、木梳等物。

**七日(10月28日)** 申刻,得鲁介庵书,知晋酚近日为陆嘘斋暂权都氏馆席。

**八日(10月29日)** 下午雨。辰、巳、午、未刻,附查羽仪舟至华亭之南塘村,访张筱峰,筱峰,华亭庠生,甚有名望,自乙酉别后,至今始获把晤。赠以文稿初、二集。筱峰亦答赠新刻《绿雪馆诗词稿》八卷。是夜,谈至四鼓,筱峰出示《藕花香里填词图》,及其尊人虚谷先生《临流赋诗图》,题者已数百人,乞余作记。

**九日(10月30日)**　雨。辰刻,赠张晓湖二集文一部。名镜清,华亭庠生,馆于筱峰处。巳刻,访张须樵,别亦十余年矣。赠以文稿初、二集,须樵答赠《黄梅花馆诗稿》一册,又以《泖湖秋泛图》索序。二鼓后,仍回至筱峰处,遇南汇王砚溪,名惟一,廪生,工书法。赠以二集文一部。是夜,筱峰出视所藏古钱约有千枚,几于无品不备。

**十日(10月31日)**　下午大雨。巳刻,乞取筱峰《海上诗逸》六卷,又借得山西张儁三《明史乐府》一册。乐府共百首,其妙不减西堂。午、未、申刻,阅王惕甫文集。酉刻,赴须樵处吉筵,同席陆仪亭、名鸿渐,金山庠生。张澹庵等二十人。是日,闻刘小春卒。小春,奇才盖世,甫得优贡而遽殁,年仅四十余。

**十一(11月1日)**　小雨。辰刻,题盛角轩《石上题诗图》。七绝。巳、午刻,翻阅王西庄《苔岑集略钞》数首。申、酉、戌、亥刻,复附查羽仪舟回至新仓。是夜,借宿于王椒轩处。

**十二(11月2日)**　巳刻,闻金杏园出言无礼,余自往责问之,竟不得见。申刻,阅唐秋渚《西陲纪游诗文》。

**十三(11月3日)**　午刻,家丽春招饮。申刻,过朗斋姑丈处,赠余图章一副。是日,闻姚卓峰卒。卓峰为余友兰舟次子,年十三,举茂才,以后历试优等,名震大江南北,今年未弱冠,以瘵疾亡。

**十四(11月4日)**　辰刻,赠查羽仪《锦囊集》一部。巳刻,柯春塘来畅谭两时许。亥刻,见题名录。解元杭府沈祖懋,平湖县学钱熙咸中八十九名,又府学何绍瑾中十五名,曹镇定中副榜十三名。嘉郡共中正榜十九人、副榜二人,内黄宪清、支元琛、陈二璋、庄心鉴,皆余友也。

**十五(11月5日)**　大西北风,极寒。是日,补选乐府十二首,又抄杂诗六十五首。

**十六(11月6日)**　未刻,过柯春塘处,春塘以所撰《太上感应篇卮言》索余作序。

**十七(11月7日)**　巳刻,阅女史顾文琴《漱香居诗存》。

**十八(11月8日)**　为张筱峰作《藕花香里填词图记》。骈体。戌刻，晋酚自城中归。

**十九(11月9日)**　摘录《杨蝶庵赋钞》一百余联。

**二十(11月10日)**　作《岳忠武王玉印赞并序》。骈体。印为震泽王砚农所藏，砚农名之佐，系辛巳孝廉方正，张筱峰代为索文。是日，晋酚至郭宅会课。题“子曰贤哉”。是夜，梦见一诗人姓黄名诗，年已百二十岁。

**二十一(11月11日)**　辰刻，为张须樵题《泖湖秋泛图》。七古。巳刻，过张蓉圃处，即代为题钱月航福基遗照。七律一首。

**二十二(11月12日)**　辰刻，作《青浦王孝子歌》。七古。孝子名佐，字泰卿，国初人，其五世孙嘉穟，现为征诗。申刻，查羽仪来，以庄莘田诗两卷，乞余评骘，并索序言。莘田与余同里，素不接谈，今忽寄诗索序，其亦读余文而不觉低首欤？

**二十三(11月13日)**　巳刻，查羽仪赠火酒一瓶。

**二十四(11月14日)**　为庄莘田作诗序，即评点其古今体七十首，删存四十九首。诗笔奇险，而完璧者殊少。内如《宝剑篇》《画钟馗歌》《鄜湛若砚歌》《鸿山八景图歌》《送邱雪帆归轮台》诸作，皆铁中之铮铮者。又评查羽仪诗十二首。诗虽浅薄，然得之于风尘中，亦奇人也。

**二十五(11月15日)**　申刻，庄莘田过，后以诗稿相质。

**二十六(11月16日)**　辰、巳刻，改晋酚《衔书鹤赋以“济川检书使鹤衔取”为韵》。申刻，张藜卿招饮合顺馆，竟至醉呕。

**二十七(11月17日)**　辰、巳刻，改查羽仪诗六首，又代作《钱王射潮歌》。长七古。午刻，得赵凌洲覆函，并见赠《朱春山诗集》四卷。未刻，答庄莘田。申刻，从查羽仪处借得婺源江修甫《白圭堂诗钞》十四卷。是夜，梦□徐尚絅者，为长兴县知县，未知世间果有其人否。

**二十八(11月18日)**　未、申刻，评阅庄莘田古近体四十八首，删存三十四首。酉刻，寄张筱峰、鲁介庵两处书。

**二十九(11月19日)**　辰、巳刻，改晋酚文二首。“迩之事父”二句，“富而无骄易”至“则优”。遣晋酚送龚氏殡。

## 十 月

**一日(11月20日)** 午、未刻,览江修甫诗集。诗极卓炼。

**二日(11月21日)** 作柯春塘《太上感应篇卮言序》。骈体。

**三日(11月22日)** 辰、巳刻,改晋畚《太白梦游天姥赋以"一夜飞渡镜湖月"为韵》。申刻,金逸陶来。是夜,梦与韩姓者辩论书中疑难。

**四日(11月23日)** 寒。午刻,览《诸晦香诗钞》。

**五日(11月24日)** 寒。辰、巳、午刻,书桃花事。骈体。桃花系松江某游击家婢,事在嘉庆中年。余曾作七古一首,今复改作骈文。

**六日(11月25日)** 抄杂诗三十二首。申刻,陈东堂过。是夜,有大恨事。

**七日(11月26日)** 黎明雨。是日,怒气冲天,竟日绝粒。①

**八日(11月27日)** 午刻,张藜卿招饮。

**九日(11月28日)** 巳刻,过庄辛田处。未刻,寻柯春塘,不值。戌、亥刻,观万寿灯,猜得灯谜数条。

**十日(11月29日)** 巳刻,张氏两甥女来见。未刻,过柯春塘处。戌刻,与庄辛田同作灯谜数十条,悬于王东昌店口。

**十一(11月30日)** 巳刻,过李恪亭处。未刻,吕横溪招饮,同席梅香海、张蓉圃。戌刻,钱小园、庄辛田等邀余同作灯谜,悬于道院巷口。是日,闻白牛和尚卒。

**十二(12月1日)** 酉刻,过张蓉圃处,适有五六人酣饮,即招余入席。陈饮香大醉,詈予,不解其由。

**十三(12月2日)** 戌刻,往心街观灯。

**十四(12月3日)** 午刻,张藜卿招同陆蓉卿、家培坡饮于耿楼。未刻,枫泾程兰川来访,名文荣,年二十余。以《瓶麓读书图》索予作记,

---

① 按:以下有被涂抹的八个字。

先赠银一锭，余亦答以文稿初、二集。戌刻，与陆蓉卿等同撰灯谜，悬于汪家桥张氏米店。

**十五(12月4日)** 夜半雨。巳刻，吊徐氏丧。未刻，藜卿邀同陆蓉卿饮于合顺馆。

**十六(12月5日)** 午刻，藜卿复邀同蓉卿等饮于耿楼。

**十七(12月6日)** 巳刻，以朱文江山水小幅、赵凌洲画梅长幅，及关中冯翊所书楹帖，赠张藜卿。

**十八(12月7日)** 辰、巳刻，改晋酚文二篇。"上祀先公"，"亦可以即戎矣"至"不教民战"。

**十九(12月8日)**

**二十(12月9日)** 午后大西北风。辰、巳、午刻，作程兰川《瓶麓读书图记》。骈体。

**二十一(12月10日)** 寒。巳刻，寄吴西斋、程兰川两书。午刻，藜卿招小酌。

**二十二(12月11日)** 大西北风，寒。巳、午、未、申刻，附航船到城。酉刻，观鸿福班戏于邑庙。戌刻，鲁介庵招饮，夜宿徐鼎字店楼。

**二十三(12月12日)** 巳、午刻，趁航船到乍浦，过卢揖桥处。申、酉刻，观翠芳班戏于三山会馆。夜宿钟宅。是日，鼻内忽生热疮。

**二十四(12月13日)** 午、未刻，在朱红桥处观翠芳戏，即同陆春林等小酌。

**二十五(12月14日)** 巳刻，至龙王堂，观戴提督阅兵。戌刻，偕卢揖桥、钟穆园往北河滩猜灯谜。

**二十六(12月15日)** 小雨。巳刻，吊徐雪庐先生丧。午刻，过林笛仙处，即留饮。

**二十七(12月16日)** 上午雨。巳刻，候刘文瑞圃。未刻，过伊铁耕处。酉刻，卢揖桥赠鲯鱼、海鳗两种。

**二十八(12月17日)** 巳刻，过林雪岩馆，雪岩赠余《高东井诗集》四卷,又出张粲言所作《清溪竹枝词》百首,索余撰序。清溪即平湖之林家埭也。题甚枯窘,诗能搜罗尽致,无穷出奇。未、申刻,附航船到平湖。戌刻,鲁介庵招同费恺中,饮于永和馆。

**二十九(12 月 18 日)** 巳刻,偕顾蓉屏访谢益庵,为恶奴力拒,不得入,即候钱丈梦庐,出视程孟阳、娄子坚诗文真迹。午刻,寻陆蓉卿,不遇。酉刻,费大田将往宁波,索余文稿两部,携至彼处,为余扬名。戌刻,费恺中邀同鲁介庵饮永和馆。是夜沉醉。

**三十(12 月 19 日)** 巳刻,陈憩亭赠水烟一包。午刻,费恺中还《帝女花乐府》一部。申、酉、戌刻,趁航船回家。

## 十一月

**一日(12 月 20 日)** 雨。申、酉刻,览高东井诗。是夜,梦居一小桥上读书,寝食皆在于斯。

**二日(12 月 21 日)** 未刻,赠张藜卿鳇鱼两枚。

**三日(12 月 22 日)** 寒。

**四日(12 月 23 日)** 寒。巳、午、未刻,改晋紒《姑妇弈棋赋以"与子手谈可乎"为韵》。酉刻,张文石过。

**五日(12 月 24 日)** 寒。巳刻,为张文石作《保举芦川书院掌教呈子》。骈体。

**六日(12 月 25 日)** 巳、午刻,改晋紒文二篇。"淡","斯民也"至"阙文也"。申刻,过王茉轩处。

**七日(12 月 26 日)** 是日,鼻疮大发。

**八日(12 月 27 日)** 巳、午刻,改晋紒《古木赋以"山有木工则度之"为韵》。戌刻,程兰川覆函来。是夜,梦在一处□谈,□众喧挤,声动天地。

**九日(12 月 28 日)** 寒。巳刻,寄汪广文雨人先生书。午刻,寄黄太守霁青先生书。是日,身上微热。

**十日(12 月 29 日)** 申刻,陈东堂邀同庄辛田,小酌于耿楼。

**十一(12月30日)**　巳刻，过柯春塘处。申刻，张藜卿招同家丽春饮于耿楼。

**十二(12月31日)**　巳刻，过庄辛田处，适高礀石亦至。是日，鼻疮稍愈。

**十三(1836年1月1日)**　雨。巳、午刻，改晋畚文二首。"泄柳闭门""克明峻德，皆自明也"。

**十四(1月2日)**　以上三日，重阅《日知录》一过。

**十五(1月3日)**

**十六(1月4日)**　寒。巳刻，徐芸岘过。午、未、申刻，改晋畚《吕蒙读书赋以"士别三日刮目相待"为韵》。□刻，藜卿招小酌。

**十七(1月5日)**　下午雪。是日，张文石邀同柯春塘、陈东堂、庄辛田、钱省川等到城保举芦川书院□□。闻此席已为赵学博所得，恐难夺取。

**十八(1月6日)**　大西北风，极寒。未刻，吴西斋托庄敬亭来见，赠新刻《明史纪事本末续》二十卷。

**十九(1月7日)**　极寒。是日，鼻疮复发。

**二十(1月8日)**　下午雪。巳刻，张藜卿赠糟蛋两个。

**二十一(1月9日)**　寒。巳刻，过李恪亭处。是日，服药一剂。

**二十二(1月10日)**　寒。未刻，过龚配京处。

**二十三(1月11日)**　寒。

**二十四(1月12日)**　巳刻，顾蓉屏书来。申刻，金开山过访。嘉兴人，新中武孝廉。

**二十五(1月13日)**　下午雨。巳、午刻，改晋畚文二篇。"子曰鄙夫"，"其争也君子"至"巧笑"。是夜，梦考试得第四名，上一名是何庆熙，下一名是钱裕昌。

**二十六(1月14日)**

**二十七(1月15日)**　午后，偕吕横溪、张蓉波、藜卿、家培坡等，两饮耿楼。

**二十八(1月16日)** 申刻,张藜卿招同汪俟辰、张蓉波,饮于耿楼。

**二十九(1月17日)** 巳刻,鲁介庵书来。是夜,有腹疾。

## 十二月

**一日(1月18日)** 申刻,徐雪亭邀同张藜卿,饮于顺兴馆。

**二日(1月19日)** 巳刻,游西林寺。

**三日(1月20日)** 寒。巳刻,改晋酚《闲听争巢燕子声赋以题为韵》。

**四日(1月21日)** 寒。午刻,顾蓉屏书来,兼赠湖颖十枝。申刻,钱丈朗斋过。

**五日(1月22日)** 巳刻,改顾蓉屏《读十六国杂事诗书后》一首。五古。午刻,张藜卿招宴,同席盛午桥等五人。

**六日(1月23日)** 巳刻,代钱丈朗斋作七绝四首,赠小普陀一苇上人。是夜,梦过永安湖,适逢阴雨,未能畅观胜景。

**七日(1月24日)** 寒。

**八日(1月25日)** 寒。巳、午、未刻,附航船至平湖,问鲁介庵疾,赠以《锦囊集》一部,过顾蓉屏处,留中膳。申、酉刻,两寻陆蓉卿,不晤。戌刻,费恺中招饮茂顺馆。是夜,宿鼎字店。

**九日(1月26日)** 巳刻,陈憩亭招食锅面。午刻,过高藏庵处,出视《西笑斋诗集》,索余作序。申、酉、戌刻,附航船回家。

**十日(1月27日)** 酉刻,徐雪亭招饮。

**十一(1月28日)** 巳、午、未刻,偕张藜卿趁航船复至平湖,寻陆蓉卿。酉刻,蓉卿邀同藜卿及郁绥庭饮茂林馆。是夜,即宿陆宅。

**十二(1月29日)** 巳刻,偕藜卿过吴可亭均处。未刻,访汪左泉。名宝善,钱唐庠生,年二十余,貌极雅□。酉刻,蓉卿同藜卿及张柳塘,饮茂林馆。

**十三(1月30日)** 午刻,蓉卿招同王梦阁、陆雅园等,饮茂林馆。戌刻，藜卿邀同顾□□、陆蓉卿、陆小洲，复饮茂林馆。

**十四(1月31日)**　巳刻，陆小洲招饮德和馆。未刻，游十杉亭。蔓草荒烟，大非昔时景致。申刻，访香波上人。

**十五(2月1日)**　巳刻，过鲁介庵处。午刻，陆蓉卿饯行于茂顺馆，余赠以文稿二集一部。未、申、酉刻，偕藜卿附航船回家，知十二日吊王、魏二宅丧。

**十六(2月2日)**　申刻，陈东堂赠新刻《兰芳堂诗钞》一卷。

**十七(2月3日)**　雪，夜半大雨。评阅《眠云贮月山房诗课》一册，内与会者郁绥庭、陆蓉卿等十余人，古今体诗共一百十七首，录取三十余首。是夜，梦路遇一兽，非虎非狼，厥状狞恶。

**十八(2月4日)**　雨夹雪。巳刻，寄陆蓉卿书。午刻，朗斋姑丈招饮。

**十九(2月5日)**　未刻，赠张藜卿文稿初、二集全部。

**二十(2月6日)**　寒。午刻，庄辛田寄赠新刻《南华堂诗钞》一卷。

**二十一(2月7日)**　寒。巳刻，改晋酚文二首。“我将见秦王可均也”“爵禄”。

**二十二(2月8日)**　巳刻，张藜卿赠糯粉一斗，陆蓉卿来访。午刻，周丙卿邀同蓉卿、藜卿饮元兴馆。未刻，何亥卿过访，不值。酉刻，藜卿复招同蓉卿、丙卿饮顺兴馆。

**二十三(2月9日)**

**二十四(2月10日)**　大西北风，寒。未刻，过李恪亭处，以晋酚所作《蕉窗闲读图记》付之。系恪亭旧图，叶亘峰所画。申刻，陆蓉卿、张枕石等过。

**二十五(2月11日)**　大寒。巳刻，改晋酚《种鱼赋以“鱼苗初上小如铁”为韵》。查柘溪书来，赠墨两锭，又以所作《师经堂诗》及其侄《铁花山房诗》请余点正。

**二十六(2月12日)**　大寒。巳刻，题查柘溪诗卷。七律。午刻，闻奚兰岩夫子家昨被查抄。十年以来,一抄蒋秋舫,再抄陆沅香,今兰岩即又被抄籍,不知三人者败壁颓垣,一无长物,皆穷官之中最穷者也。事之颠倒,一至于此。是夜,梦过高越垞处。

**二十七(2月13日)**　巳、午、未、申刻,阅查柘溪《师经堂诗》,约二百余首,删存其半。柘溪诗笔超隽,而多杜撰之病,此由学力浅薄故也。阅查芥弥《铁花山房诗》,约八十余首,删存四十二首。内有《红叶》八首绝佳。即覆柘溪书。

**二十八(2月14日)**

**二十九(2月15日)**　大东北风,小雨。

**三十(2月16日)**　雨夹雪。午刻,总计今岁改晋畇文四十九首,赋二十一首。题已见前。

是年共用钱六十九千。进钱约五十千。

# 道光十六年丙申(1836),四十八岁

## 木鸡书屋日志

### 正　月

**元旦(2 月 17 日)**　夜微雨。巳刻,寄徐辛庵侍讲书。是夜,梦在一处考试,名列第十。

**初二(2 月 18 日)**　微雨,夜渐大。午刻,代钱丈朗斋贺惺庵上人七十寿,作七律一章。

**初三(2 月 19 日)**　微雨。巳刻,与张筱峰书。

**初四(2 月 20 日)**　上午大雨。巳刻,东半镇拜年。午刻,饮于钱宅。

**五日(2 月 21 日)**　大雨,平旦有疾雷数十声。巳刻,西半镇拜年。午、未刻,饮于张藜卿宅。

**初六(2 月 22 日)**　始晴。申刻,代钱丈朗斋作书与一苇上人。

**初七(2 月 23 日)**　巳刻,周丙卿拜见,请余今年阅诗赋。余即畀以《韵兰二集赋》一部。

**初八(2 月 24 日)**　辰、巳刻,改晋翖诗文各两首。"章甫","振河海而不泄"至"一勺之多","诸生个个王恭柳","蜂带余香过酒船"。午刻,家培坡招饮,迨暮大醉。

**初九(2 月 25 日)**

**初十(2 月 26 日)**　清晨大雾。未、申、酉刻,与龚配京畅谭。

**十一(2月27日)** 辰、巳刻,改晋翂《郑鹧鸪赋以"当为一代风骚主"为韵》。午刻,朗斋丈招饮,同席洪耕山。

**十二(2月28日)**

**十三(2月29日)**

**十四(3月1日)** 寒。午刻,张枕石招饮,同席家古溪等七人。

**十五(3月2日)** 寒。巳刻,张筱峰覆书来,并寄至《钦苴木诗文全集》二十卷。午、未刻,饮于龚配京处,陈东堂、庄辛田同过,不值。

**十六(3月3日)** 寒。

**十七(3月4日)**

**十八(3月5日)**

**十九(3月6日)** 辰、巳刻,改晋翂诗文各两首。"奚其正""马踏春泥半是花""出于柙龟""翰林风月三千首"。

**二十(3月7日)** 大东南风。巳刻,王氏一子、洪氏三子来,受业晋翂。

**二十一(3月8日)** 大东北风。辰、巳刻,改周丙卿《一群娇乌共啼花赋以题为韵》。酉刻,与卢揖桥书。

**二十二(3月9日)** 微雪。辰刻,顾蓉屏书来,并赠新刻诗钞一册,大半皆余所斟酌者。午刻,周丙卿招饮顺兴馆。

**二十三(3月10日)** 辰、巳刻,改晋翂《桃花源隐者送武陵渔人出洞赋以"不足为外人道也"为韵》。是日,内人得病。

**二十四(3月11日)** 巳刻,陈东堂、梅香海来会。午刻,张生壬桥来见。是夜,后邻马氏被贼大劫,有受重伤者。

**二十五(3月12日)** 侵晓大雾。巳刻,答梅香海。新溪舟人来报,内弟金逸陶于昨夜病殁。午刻,家丽春招饮,同席张枕石等八人。未刻登舟。酉刻,至新溪金宅,不到已九年矣。助以丧费乙两。

**二十六(3月13日)** 夜雨。辰、巳、午刻,与陆谨堂、胡砚田、徐宝珍等助理金宅丧事。

**二十七(3月14日)** 雨。午刻,胡砚田、陆梅邻合置酒肴,邀余一叙。

**二十八(3月15日)** 辰刻,题胡砚田《蕉窗独坐图》。五绝。朱笑夫《踏雪寻梅图》。七古。巳刻,过陆小秋处,始知去冬岁杪风泾大火,吴西斋家荡然一空。午刻,过陆湘涛处。酉刻,陆谨堂邀小酌。

**二十九(3月16日)** 辰刻,胡砚田赠酱油一坛。约十五六斤。午刻,登新溪舟。酉刻回家,见内子已病愈。

## 二 月

**初一(3月17日)** 辰刻,陆蓉卿书来,招余到城。未刻,问金石声疾。

**初二(3月18日)** 辰、巳、午刻,附航船到城,陆蓉卿邀中膳。申刻,游弄珠楼。是夜,宿蓉卿处,定计明日作梅会之游。

**初三(3月19日)** 巳刻,趁王店便舟。戌刻,至王店北乡沈家浜,暂寓车辐行沈[氏]。

**初四(3月20日)** 巳刻,至王店镇访汪一江,赠以二集文稿。别已十三年矣。即访马小眉观察,不遇,投以文稿初、二集。小眉名洵,海昌人,富而能诗。午刻,汪一江邀饮,同席叶改吟名树枚,吴江诗人、许文渔名田,海昌诸生、张犀谷。申刻,游曝书亭,适绿萼梅盛开,如□风人遗致。是夜,仍往沈氏借宿。

**初五(3月21日)** 大西北风。申刻,费大田赠五香薄脆两包。

**初六(3月22日)** 巳刻,趁魏耀庭舟。

**初七(3月23日)** 骤暖。辰刻,回至平湖,过陈憩亭。巳刻,过鲁介庵。午刻,过陆蓉卿。未、申、酉刻,附航船回家,知金石声于初二日下世。

**初八(3月24日)** 暖。申刻,始见晋酚二月初三日所求文昌签。句云:"头角峥嵘世共珍,书囊万卷识麒麟。髫年不辍萤火力,坐看鳌头属小巾。"

**初九(3月25日)** 辰、巳刻,改晋翖诗文各两首。“虑胜”,“富有”至“富之”,“猩红带露海棠湿”,“万家烟火夕阳多”。未刻,钱丈朗斋招饮。

**初十(3月26日)** 暖。辰、巳刻,改晋翖《古台赋以“落日楼台一笛风”为韵》。

**十一(3月27日)** 大暖。辰刻,高藏庵书来,并寄诗集索政,兼乞弁言。巳、午刻,改周丙卿《诗圣赋以“杜少陵为诗圣”为韵》。

**十二(3月28日)** 傍晚雷雨。辰、巳刻,阅高藏庵诗一百三十六首,删存九十一首。内有《坠星叹》《纪葬篇》《读江苏林中丞续奏勘灾折》诸作绝佳,余皆有才无法。午刻,张藜卿招宴,同席盛午桥等六人。是夜,梦作西湖之游。

**十三(3月29日)** 平旦大雷雨。辰、巳刻,改晋翖诗文各二首。“体群臣也”“未可与权唐棣之华”“池面鱼吹柳絮行”“窗树红稀斗雀喧”。是夜,梦见一大汉,衣冠甚伟,路人皆属目焉。

**十四(3月30日)** 上午雨,夜大西北风。

**十五(3月31日)**

**十六(4月1日)** 下午雨。作高藏庵《西笑斋诗序》。骈体。是夜,梦访陆沅芗于福建,遇类□□,欣然投契。

**十七(4月2日)** 夜微雨。

**十八(4月3日)** 夜大西北风。作汪一江《古梅溪馆诗序》。骈体。

**十九(4月4日)** 寒。辰、巳刻,改晋翖《鹧湖春色赋以“湖上花深似镜平”为韵》。是夜,梦作痘医,极有灵验。

**二十(4月5日)** 寒。辰刻,为张鲈汀题《烟波垂钓图》。四言,一章十六句。

**二十一(4月6日)** 大东南风。巳刻,寄书与程兰川。

**二十二(4月7日)** 辰、巳刻,改晋翖文两首。“子在齐”“岂惟民哉麒麟”。

**二十三(4月8日)** 午刻,龚配京招饮,同席秦秋蘡等五人。是夜，家菊庄以咯血亡。

**二十四(4月9日)**　巳刻，张蓉波过。

**二十五(4月10日)**　巳刻，改晋韶《看我麦黄甚熟赋以"亦是趋时之鸟"为韵》。

**二十六(4月11日)**　大东南风。辰、巳刻，改周丙卿《鹉湖春色赋》。未刻，寄汪一江书。

**二十七(4月12日)**　上午雨。辰刻，吊菊庄丧。

**二十八(4月13日)**　辰、巳刻，改周丙卿《酒旗赋以"江南一路酒旗多"为韵》。陈椒园过。午刻，有暴怒。

**二十九(4月14日)**　骤热。有雷。辰、巳、午刻，为县试事，率晋韶到城，赠费恺中字扇[一柄]。过王梦阁处，留中膳。未刻，过叶兰庭处。申刻，定寓于陆蓉卿宅，复赠以文稿初、二集。

**三十(4月15日)**　大热。午后雨，晚凉。辰刻，吊陆步云丧。巳刻，为认保十四人画押。杨中立、徐尔桂、刘庆墀、鲁邦焕、潘镛金、王文海、吴煐、周汝心、计如金、张仁煦、陈朝桑、徐陛元、吴廷庆、戈德音。申刻，顾蓉屏率其徒吴煐、徐尔桂拜见。酉刻，过鲁介庵处。

## 三　月

**初一(4月16日)**　卯刻，送晋韶入场县试。辰刻，过顾蓉屏，约谈三时，留中膳。申刻，过刘霞荘处。酉刻，何菘蹊招饮小南门外。亥刻，晋韶出场。题："其心三月"，"故君子语大"，"烹葵煮笋饷春耕"得"耕"字。

**初二(4月17日)**　平旦大雷雨，夜复雨。午刻，周丙卿招饮茂林馆。酉刻，过汪左泉处，陈白芬来访，不值。

**初三(4月18日)**　下午雨。辰刻，沈莲卿过。巳刻，同鲁介庵等游小瀛洲。午刻，陈憩亭招饮北板桥，见有一犬坠水中，余觅人救之，得活。申刻，寻卢醒峰，不遇。

**初四(4月19日)**　夜半大雨。辰刻，晤刘抑斋。巳刻，过郭同舟寓。午刻,徐翰香招食面饺。刘心葭、林笛仙来访,不值。酉刻,过吴□□处。亥刻,观初覆案,共招四百人,晋翖名在三百七十二。

**初五(4月20日)** 巳刻,赠陆小洲二集文一部。申刻,陆蓉卿招饮叶春林酒肆。

**初六(4月21日)** 卯刻,送晋翖入场初覆。午刻,过高藏庵处。酉刻,费恺中招食黄鱼。三鼓后,晋翖出场。题:"抑亦可以为次矣","儒有衣冠中"二句,"春逢谷雨晴"得"晴"字。

**初七(4月22日)** 始晴。酉刻,王梦阁招小酌。

**初八(4月23日)** 辰刻,答陈白芬,始知其去岁家中怪事,乃一小婢所为。酉刻,高藏庵招饮合顺馆。戌刻,程来川覆书来。三鼓后,发二覆案,共招二百五十人,晋翖名在一百四十五。

**初九(4月24日)**

**初十(4月25日)** 雨。辰刻,送晋翖入场二覆。巳、午、未刻,在顾蓉屏处,与费春林长谈。申刻,钟穆园过。三鼓后,晋翖出场。题:"古公亶父四句","士先器识而后文艺论","檐外蛛丝网落花"得"檐"字。

**十一(4月26日)** 大雨。巳刻,卢揖桥来商事。

**十二(4月27日)** 辰刻,观三覆案,共招一百四十三人,晋翖名在九十二。午刻,过沈莲卿寓,与胡柳堂、沈质人等小酌。未刻,□林月帆少府。申刻,汪左泉过。酉刻,以晋翖寄宿鲁介庵处。

**十三(4月28日)** 辰刻,晋翖入场三覆。巳刻,过王梦阁处,见瑞容堂太守所刻《鸳湖课艺》。申刻,过计苍厓处,得见秦山觉阿上人诗。四鼓后,晋翖出场。题:"顾鸿雁","紫藤花赋"以"花落讼庭闲"为韵,"寻芳屐","卖饧箫","沽酒旗","护花铃",各七律。是日,郑邑侯与诸童互有恶言,上凌下犯,大失体制。

**十四(4月29日)** 巳刻,过徐宿生处。申刻,过顾蓉屏处。

**十五(4月30日)** 晚雨。辰刻,过德藏寺,观讲乡学。巳刻,观四覆案,共招六十人,晋翖不得与。午刻,告□陈鲁两宅,率晋翖附航船回家。

**十六(5月1日)** 晚大雨。未刻,过张枕石处。

**十七(5月2日)** 申刻,张藜卿招食白蚬。

**十八(5月3日)** 未刻,见赵沁莲训导所发芦川书院甄别案,余在第二。题:"多闻阙疑"二段,"百花香里看春耕"。

**十九(5月4日)** 午刻,往张宅插香。未刻,过钱小园处。

**二十(5月5日)** 戌刻,始见县试正案,晋翂名在一百。前列十名:陈恩锡、倪承烈、俞长垣、冯赐庄、陈协陞、徐辛益、王大铨、曹尧勋、高仓霖、俞维均。

**二十一(5月6日)**

**二十二(5月7日)** 上午雨。酉刻,鲁介庵寄赠本色扣布一匹。是日,身大不适。

**二十三(5月8日)** 大雨,夜大西北风。

**二十四(5月9日)**

**二十五(5月10日)** 未刻,鲁介庵来访,赠白米一斗。酉刻,率晋翂趁介庵舟,同舟朱三泉、何晴园。亥刻,至晴园处留□□。是夜,宿鲁宅,晋翂有疾。

**二十六(5月11日)** 夜大雨。午刻,赠陆蓉卿茶叶一斤。是夜,梦晋翂考试,得八名。

**二十七(5月12日)** 平旦大雨,午后晴。辰刻,为郡试事,率晋翂及陆蓉卿登舟。酉刻到郡,寓局子巷钱氏。

**二十八(5月13日)** 巳刻,林雪岩过访。午刻,潘凝斋过会。沈莲卿、胡柳堂来,携至钟穆园书。未刻,沈筤溪来访。申刻,刘抑斋招饮仙禄酒店,同席恒荻洲。名奎,满洲笔帖式。

**二十九(5月14日)** 热。辰、巳、午、未刻,认、挨保童生相继来见。认保:潘镛金、杨中正、吴煐、徐兰桂四人到。挨保:王大铨、□□□、盛宾鹿、黄金题、陆熊祥、倪铭新、孙光烈、严霖、陆元熙、魏寿祺、□□□、凌汝源、陆文俊、陆桢、陆嗣荣、张光谦、陆锡龙十七人皆到,惟袁汝羆不到。酉刻,闻宋小茗先生于廿七日下世。

## 四 月

**初一(5月15日)** 寅刻,送晋畇入场府试。辰刻,郁松桥招食鸡面。巳刻,同林雪岩答沈筤溪,访翁小海,别来已二十一年。赠以文稿二集。小海出视倪高士《清秘阁红丝桃根砚》拓本,即同游天真阁。午刻,谒汪雨人先生。言震泽有陈讱庵者,名来泰,廪贡生,工诗古文,见余骈体,大为折服,几于到处说项。未刻,卜达庵过。申刻,饮刘心葭寓。酉刻,买得卜藕村诗钞一册、《同音集》一本。三十二文。亥刻,晋畇出场。题:"君子者乎","客不悦曰","腹有诗书气自华"得"华"字。

**初二(5月16日)** 辰刻,候嘉兴程听溪司训,不遇,投以文稿初、二集。巳刻,过杨小铁,即同访诗人沈远芗。名爱莲。午刻,游小云台,观芍药花,回访汪少伦,不得见。未刻,小铁招饮北门外,适叶改吟、沈远香亦致。酉刻,翁小海答访,蒙惠洋银一枚。是日,杨小铁乞余作《扫红村馆诗序》。

**初三(5月17日)** 大热。辰刻,陆蓉卿邀食鸡面。巳刻,候于秋泾,出视《一粟庐诗稿》四卷,托余撰序。午刻,访罗静岩,名□清,海盐人,援例经历。晤孙意林,名谋,海盐庠生,工诗。静岩欲邀余至河南作幕,余以道远,辞之。未刻,沈莲卿招饮。申刻,程听溪先生答访,见赠《鸳湖课艺》《阐扬德政录》两种。亥刻,观初覆案,共招三百六十人,晋畇名在二百四十一。

**初四(5月18日)** 毒热。辰刻,严芸圃来访。名廷桢,海盐廪生。巳、午刻,在郡庙观鸿福班戏。未刻,答严芸圃,赠以二集文一部。酉刻,黄莲舫过访,不值。

**初五(5月19日)** 毒热。卯刻,张藜卿招饮鳝丝汤。辰刻,答黄莲舫。巳刻,过魏西美处。酉刻,石砚农过访。是日,知史学宪于廿七日取齐嘉郡科试。

**初六(5月20日)** 更热。卯刻,郁绥庭招饮鳝丝汤。巳刻,过冯若愚寓。申刻,汪雨人先生□访。亥刻,见一大蟢盘旋于书案间,久之不去。

**初七(5月21日)**　热,夜雨。寅刻,送晋谿府试初覆。辰刻,谒桐乡程憺人教谕,名希濂,会稽人,辛酉举人。呈二集文一部。巳刻,卢揖桥来见,赠洋一枚。午刻,至西水驿观鸿福班戏。未刻,卜达庵、邓晴溪过。亥刻,晋谿出场。题:"先生以利"二句,"猗彼女桑","垒石为山"得"山"字。

**初八(5月22日)**　日中,雨。辰刻,何菘蹊来会。申刻,过徐翰香寓。酉刻,翁小海来会。戌刻,至府学前观烟火。

**初九(5月23日)**　稍凉。午刻,饮沈莲卿寓。申刻,游楞严寺。酉刻,黄莲舫过。亥刻,观二覆案,共招二百三十五人,晋谿名在十七。

**初十(5月24日)**　申刻,于秋淦、刘霞城、李玉田来访,玉田,名万秋,嘉善童生,诗笔奇横。即同过玉田寓,晤丁啸谷。名达,嘉善童生,书法甚佳。是日,秋淦托余选古近体诗,仿《金铃集》例,将付梓人。

**十一(5月25日)**　夜大雨。寅刻,送晋谿府试二覆。辰刻,过于秋淦。午刻,答刘霞城。未刻,樊雨田来访。名徐□,□□人,工书法、尺牍。申刻,阅李玉田诗稿,即加题词。七律。亥刻,晋谿出场。题:"存其心","砚池风过起微澜赋"以题为韵,"麦天晨气润"得"晨"字。

**十二(5月26日)**　辰刻,答樊雨田,出视《南阳草庐近诗》一卷。巳刻,访陶梅若,名琯王,江泾人,工诗善画。赠以文稿初、二集。午刻,过王氏瓶山小筑。主人名墉,号恒□,秀水庠生。申刻,于秋淦邀同杨小铁、王诗石、刘霞城、樊雨田大饮于天庆馆,日暮而返。

**十三(5月27日)**　大热。辰刻,李玉田以诗帖四十余首,乞余甄选。巳刻,过罗静岩寓。晤李补经。海昌人,能画。孙意林来访,不值。未刻,偕叶改吟、樊雨田游南门外罗浮园。主人周姓,字钟山,园中有荷池,甚广。晤张蕖生、钱小溪。皆嘉兴人。酉刻,于秋淦见赠一洋,柯砚北、王韵楼过访。亥刻,观三覆案,共招一百三十二人,晋谿在八十五。

**十四(5月28日)** 夜大雨。巳刻,游白漪庵,即访张蕖生,不遇,赠以文稿初、二集。

**十五(5月29日)** 申刻,路少海招饮,同席王鼓堂、沈莲卿等七人。

**十六(5月30日)** 丑刻,送晋畬府试三覆。巳刻,偕樊雨田过沈远香处,远香出视朱竹垞寄周大悬手札墨迹,乞余题跋数语。午刻,晤周石香,名文鼎,嘉兴诸生。访倪丹崖,不值。名藩,秀水人,增生。未刻,王诗石招宴,同席倪丹崖、张哺泉、名煊,秀水庠生,善画。于秋泾、刘霞城。是日,谈宴极欢。戌刻,晋畬出场。"皆衣褐"至"许子衣褐",拟古四首皆五律。

**十七(5月31日)** 辰刻,过孙意林寓,见巴郡熊士鸿所撰《讳考》一书。

**十八(6月1日)** 巳刻,李玉田赠画扇一柄。午刻,观四覆案,共招五十人,晋畬名在二十四。未刻,杨小铁馈洋一枚。

**十九(6月2日)** 卯刻,送晋畬府试四覆。巳刻,至于秋泾处,以诗稿八卷借之。未刻,冯桐音过会。申刻,余将暂还家中,附张雪堂、毛晓园舟。亥刻,至平湖东门外,观庙街上灯。是日题:"虞仲夷逸朱张","水面回风聚落花"得"风"字。

**二十(6月3日)** 卯刻,舟至黄润湾,过毛晓园处。辰刻,舟至赵家桥,过张雪堂处。巳刻回家,以汪雨人先生所书扇面两个赠李恪亭、张藜卿。申刻,藜卿招饮顺兴馆。

**二十一(6月4日)** 巳刻,贺郁松桥乔迁。

**二十二(6月5日)** 夜雨。午刻,寄陆蓉卿书。申刻,龚配京借《阐扬德政录》一部。

**二十三(6月6日)** 大雨。申刻,见府试正案,晋畬名在二十三。前列十名:曹元勋、陈恩锡、倪承烈、冯赐庄、张鹏图、高苍霖、潘柏、俞长垣、陶岁椿、俞梦蛟。酉刻,趁嘉兴汪姓航船。是夜,泊舟四里桥。

**二十四(6月7日)** 酉刻,到禾城寓中。

**二十五(6月8日)**　卯刻,寄汪一江书。辰刻,至于秋泾处,赠以《盍簪文二集》,秋泾留朝膳,出示钱梅庵制军诗集、蒋霞竹《墨林今话》。午刻,观小富华戏于郡庙。未刻,赠倪丹崖二集文稿一部。即过孙意林寓。酉刻,过高莲塘寓。

**二十六(6月9日)**　夜雨。巳刻,诣郡庙,观富华戏。午刻,樊雨田过,周西江过。未刻,倪丹崖招同何菘蹊、宋梅坡山阴人饮槐椿馆,大有醉意。申刻,于秋泾、王诗石来,不值。

**二十七(6月10日)**　巳刻,林雪岩过。未刻,卢揖桥、钟穆园来见。申刻,陆小洲过。酉刻,石门吴稚梅过访。戌刻,柯小坡来畅谈。是日,史文宗进馆。

**二十八(6月11日)**　晓雨。卯刻,诣府学,伺候讲书。每学讲两人。辰刻,赠刘抑斋《霜红龛诗集》一部。巳刻,顾蓉屏来。午刻,庄辛田、王汉津同过。未刻,偕柯小坡过林雪岩寓。戌刻,孙意林来。

**二十九(6月12日)**　卯刻入场,考古学,坐东巨十二号。"拟陈世昌南湖赋",《梁斋》《茶屋》《瓜所》《梅墟》不拘五古七律。申刻出场。

**三十(6月13日)**　巳刻,过刘心葭寓。未刻,过何菘蹊寓,见其《三红吟馆诗稿》两册。酉刻,顾榕屏、林雪岩过。

## 五　月

**初一(6月14日)**　辰刻,送晋酚考古学。巳刻,严芸圃赠团扇一方,徐吟槐过。午刻,柯小坡过。未刻,丁月楼过。申刻,为认、挨保三十人画押。挨保十七人:潘柏、朱兆英、陈维佑、俞涝、沈文照、沈彦淳、俞义坚、孙光烈、曹宲、徐应钟、顾枚、陈兆熊、金门、邵应熙、陆嗣荣到;俞维坤、吴照不到。戌刻,晋酚出场。"鸥从沙际冲烟去赋"以"楼前图画若天开"为韵,《祈蚕》《献茧》《缫丝》《织缣》各七律一首。亥刻,出生古案,共取三十人,平湖得其六。县学:王大经、顾邦杰、何庆熙、孙镜、周大经。府学:叶联萼。是夜,借宿刘心葭寓。

**初二(6月15日)**　寅刻,入场科试,坐堂西十四号。"子何尊梓匠轮舆”;策:“董韩之学”;诗:“竹外飞桥转”得“飞”字。申刻出场。过周西江寓。

**初三(6月16日)**　巳刻,石砚农过,王梦阁过。午刻,曹淡秋过。申刻,柯小坡以《杏花春雨馆词稿》索余弁言。

**初四(6月17日)**　丑刻,送晋翖院试。辰刻,偕顾榕屏至于秋浍处,取还诗稿[八]卷,秋浍见赠七律一章。巳刻,寻孙意林,不值。即过李玉田寓。午刻,汪一江来访,赠洋一枚,并携至马小眉观察所,寄两洋。未刻,借得蒋竹音处《云中集》两册。天门刘孝长,名淳著。申刻,晋翖出场。“文献”,“见牛未见羊也”,“陂塘五月秋”得“塘”字。

**初五(6月18日)**　子刻,观科试案,余在二等廿八。一等二十名:黄镕、周兆汉、钱锴、何庆熙、顾棨、马承昭、徐金泰、屈庆麟、周鸿图、周大经、顾广伦、沈钦文、邓岳祥、蒋槐、刘惇福、沈寿祺、毛猷、王大经、俞连城、李锟,二等四十八名。辰刻,刘心葭过。午刻,林雪岩招饮天中酒。申刻,钟穆园赠晋翖画扇一柄。酉刻,邓晴溪招食火菜,同席林雪岩、刘心葭、曹淡秋、刘抑斋等八人。

**初六(6月19日)**　大热。辰刻,顾榕屏招饮鳝丝汤。午刻,陶梅若赠银一缄,并画扇面一个。亥刻,观新进案,晋翖又报罢。县学二十五名:冯赐庄、陆有壬、屈筠、陈观澜、俞长垣、钱埭、曹尧勋、潘柏、钱万选、叶宗泰、沈芝寿、张振基、江绍曾、倪承烈、陈元陞、陆熊、许枚、陆锡蕃、张廷模、王霆、陆廷楷、何维罴、杨中立、刘锡熊、张鹏图。府学五名:戈为地、张全镜、陈恩锡、徐元基、张贻安。

**初七(6月20日)**　大热。午刻,饮刘心葭寓。

**初八(6月21日)**　晚大雷雨。巳刻,同顾榕屏过王诗石、刘霞城处。午刻,赠孙意林二集文一部。未刻,挨保潘柏拜见,赠菜仪八钱。认保张廷模拜见,赠菜仪一洋。申刻,何亥卿自郡中归,携至徐辛庵庶子所赠洋银四枚。酉刻,晤孙又桥。名奎,杭州辛巳举人。

**初九(6月22日)**　卯刻,送新进诸童覆试。辰刻,赠于秋浍《清素堂诗》一册,秋浍答赠文格一束。午刻,赠杨小铁初集文一部。申刻，偕沈远香、于秋泾等大谭于王诗石处，诗石出视竹垞、金冬心款对真迹，又见吴梅村山水画。

**初十(6月23日)**　巳刻，访曹种水词翁，名言纯，嘉兴岁贡生，年七十一。赠以二集文一部，种水答赠词稿两册。午刻，买得《乌衣香牒》四卷。陈邦彦著，所纪皆燕子典故，价四十五文。未刻，评阅顾榕屏古近体诗二十一首。申刻，观阳春戏于西水驿。□过张蕖生处，不遇。

**十一(6月24日)**　热。卯刻，沈萍湘招食鸡面。巳刻，访海盐顾觉庄，名宗伊，前戊辰举人，缘事革去，复中甲午举人。赠以二集文一部。午刻，赠张雪堂二集文一部，并《一粟庐诗稿》一册，即赴雪堂处佳宴，同席张文石、朱笠山、马倜卿等十三人。申刻，曹种水答访。酉刻，谒家霁青太守。沈远香、杨小铁过，不值。

**十二(6月25日)**　日中大雨。卯刻，观拔贡榜。府学沈照、陈景高，嘉兴吴昌寿，秀水朱荣，嘉善李东圩，海盐朱泰修，平湖何庆熙，石门赵秉金，桐乡沈荣光。辰刻，赴宏文馆发落，看正场卷子。巳刻，霁青先生赠洋两枚，挨保潘柏馈贽仪三洋。午刻，顾觉庄见赠五古一章。未刻，观童古案共取八人，平湖得其二。许枚、俞长垣。申刻，至于秋泾处辞行。

**十三(6月26日)**　日中雨。巳刻，趁张枕石舟。亥刻到家。

**十四(6月27日)**　热。戌刻，阅曹种水词。

**十五(6月28日)**　热。巳刻，张仪亭来访。午刻，为罗杰亭作八十寿诗。五排十六韵。未刻，家丽村赠靴一双。丰新旧物。申刻，为汪楚良题扇头《盲人图》。七古一首。

**十六(6月29日)**　热，大东南风。辰刻，为张雪庵题《桐阴夜读图》。七绝二首。巳刻，赠张枕石《心斋十一种》、昌化图章一副。

**十七(6月30日)**　热。巳刻，张藜卿赠凉帽纬一个。午刻，查羽仪招饮洪店。未、申、酉刻，观庆元戏于仓前。

**十八(7月1日)**　黄昏有急雨。辰、巳刻，抄杂诗廿二首。未、申刻，观庆元戏。

**十九(7月2日)** 雨,夜渐大。抄杂诗六十八首。是夜,梦遇一童子姓周,名顾海,字君田,住松江秀野桥,年仅十三,新入泮宫,与余一见如故,即邀宿其家,余亦欣然就之。

**二十(7月3日)** 雨。辰刻,张雪堂招宴,余因仇人在席,辞之。巳、午、未刻,抄杂诗三十四首。

**二十一(7月4日)** 小雨。巳刻,寄程兰川书,附去顾榕屏、于秋泾所题《瓶麓读书图诗》。

**二十二(7月5日)** 辰刻,与何菘蹊书。

**二十三(7月6日)** 下午小雨,夜大东北风。辰、巳刻,趁航船到平湖,寄卢揖桥书,赠杨竹斋昌化图章一副。过顾榕屏处,留中膳。未刻,过高藏庵处。酉刻,鲁介庵招饮。是夜,宿徐鼎字店。

**二十四(7月7日)** 辰刻,偕陆蓉卿过汪左泉处。巳刻,顾榕屏赠《鉴止水斋诗文集》二十卷。德清许宗彦著。午、未、申、酉刻,与陆蓉卿长谈。是夜,即留宿。

**二十五(7月8日)** 黄昏雨,大雷电。辰刻,观署邑尊侯公到任。旧令尹郑公以黄孟衙事离任质讯,海盐县侯公来署理。巳刻,过顾玉亭处。未、申、酉刻,趁周心如舟回家。

**二十六(7月9日)** 晚雷雨。午刻,张枕石招饮,同席梅香海。申、酉、戌刻,阅吴兰陔《八铭堂诗稿》四卷,高菊裳《药房秋风笑语集》。

**二十七(7月10日)** 下午大雨,有迅雷。巳刻,陈椒园过。午刻,张藜卿招食黄鳝。

**二十八(7月11日)** 晚有雷。辰、巳、午、未刻,抄骈体文三篇,杂诗三十二首。酉刻,家丽村招小酌。

**二十九(7月12日)** 日中有急雨。辰、巳、午、未刻,摘录鸳湖书院课艺中赋一百三十余联,贺宗师湖北试牍中赋七十余联。

**三十(7月13日)** 热。辰、巳、午刻,抄杂诗廿五首。

## 六 月

**初一(7 月 14 日)** 热。午刻,阅计寿乔《桑梓吟》。

**初二(7 月 15 日)** 大热。辰刻,赵凌洲书来,并见赠番银二饼。

**初三(7 月 16 日)** 大热。辰刻,吊朱氏丧。申刻,与陆蓉卿书。以上数日,为蓉卿酌选《左氏传》一部,颇极精细。

**初四(7 月 17 日)** 大热。阅《鉴止水斋全集》。

**初五(7 月 18 日)** 大热。午后有雷。巳刻,张枕石请加试草评语,谢师、谢认保,共洋三枚。

**初六(7 月 19 日)** 大热。晚有雷。午刻,钱朗斋丈招饮,同席五人。

**初七(7 月 20 日)** 毒热,夜更甚。辰刻,覆赵凌洲道人书。巳刻,与张槎云道人书。

**初八(7 月 21 日)** 毒热。黄昏有雷,小雨。

**初九(7 月 22 日)** 毒热,夜更甚。

**初十(7 月 23 日)** 夜毒热,汗如雨下。未刻,阅王啸岩诗稿。是夜,梦游沈氏园,园在土窟中,奇花异卉,婀娜蓊茸,加以缥缃千帙,鳞次比列,或曰此丁卯桥藏书处也。

**十一(7 月 24 日)** 热。日晚得大雨。

**十二(7 月 25 日)** 日晚有雷,小雨。作于秋泾《一粟庐始存稿》序。骈体。

**十三(7 月 26 日)** 下午热,黄昏有雷。辰、巳刻,作杨小铁《扫红村馆诗》序。骈体。午刻,寄于秋泾书。申刻,张藜卿招饮洪店。酉刻,杨中立寄来认保贽仪两洋、菜仪一两。是夜,梦秋闱报捷,房师为分水县某公。

**十四(7 月 27 日)** 热。午刻,周丙卿招饮洪店。申刻,过柯春塘。

**十五(7 月 28 日)** 夜大东南风。酉刻,程来川覆书来,赠余佛银两饼。

**十六(7月29日)** 辰、巳刻,作张粲言《清溪竹枝词》序。骈体。午刻,寄林雪岩、钟穆园两书。申刻,龚配京还《阐扬德政录》。

**十七(7月30日)** 大东南风。

**十八(7月31日)** 作柯小坡《杏花春雨馆词》序。骈体。巳刻,于秋淦覆书来。

**十九(8月1日)** 热。

**二十(8月2日)** 热。夜大雨。巳刻,寄汪一江书。

**二十一(8月3日)** 上午雨,黄昏有雷,夜半复雨。辰刻,代钱辰田题朗斋丈《碧湖泛月图》。七古。巳刻,改晋酚所作李恪亭《高山流水图》序。骈体。

**二十二(8月4日)**

**二十三(8月5日)** 凉。作《月上楼记》。骈体。楼在湖州归安县,雍正间故鲍氏宅,厉樊榭征君纳姬人朱月上于此者也,今为奚虚白处士所得。

**二十四(8月6日)** 黄昏雨,大雷电。

**二十五(8月7日)** 酉刻,陆蓉卿来。

**二十六(8月8日)** 午刻,周丙卿招同蓉卿饮于洪楼。申刻,寄顾榕屏书。

**二十七(8月9日)** 午刻,偕蓉卿饮于张枕石处。

**二十八(8月10日)** 夜大雨。午刻,张藜卿招饮。

**二十九(8月11日)** 上午大雨,水长数尺。未刻,寄柯小坡书。以上五夜,蓉卿皆宿余处。

## 七 月

**初一(8月12日)** 补选七律诗二十七首。是夜,贼自后门入,幸即逐走,不失一物。

**初二(8月13日)** 上午大雨。巳刻,遣人至廊下张氏插香。

**初三(8月14日)** 午刻,张雪堂拜会。酉刻,顾榕屏答书来。

是夜，梦与何菘蹊对酌极欢。

**初四(8月15日)**　辰刻，张藜卿招食羊面。

**初五(8月16日)**　摘录律赋《云璈集》二百五十余联。

**初六(8月17日)**　巳刻，卢揖桥书来。

**初七(8月18日)**

**初八(8月19日)**　辰、巳、午刻，作罗杰亭八十寿序。骈体。未刻，答书与卢揖桥。

**初九(8月20日)**　辰、巳刻，改晋紒诗文各两首。"何谓五美""匡人其如予何大宰""次第看花直到秋""高文典册用相如"。午刻，张雪堂招饮元兴馆，同席钟秋尹等五人。顷之，复集顺兴馆。

**初十(8月21日)**　辰刻，为张髻峰题其亡弟莲屿《静观斋遗诗》。七律。巳刻，为张雪堂作《催妆诗》。七绝六首。未刻，钱朗斋丈招饮，同席六人，大半皆余仇敌。酉刻，钟穆园覆书来，附诗三十余首。

**十一(8月22日)**

**十二(8月23日)**　辰、巳刻，改晋紒《关神武风雨竹诗画赋以"莫嫌孤瘦终不飘零"为韵》。

**十三(8月24日)**

**十四(8月25日)**

**十五(8月26日)**　辰刻，发顾榕屏、陆蓉卿两书。申刻，张藜卿招饮。

**十六(8月27日)**　以上数日温《文选》一过。

**十七(8月28日)**

**十八(8月29日)**　申刻，查羽仪招饮洪楼。

**十九(8月30日)**　辰刻，过柯春塘。巳刻，发于秋淦书，并将《月上楼记》寄与苕溪奚虚白。

**二十(8月31日)**　巳刻，郁绥庭来。申刻，寄张筱峰书。是夜，晋紒身上大热。

**二十一(9月1日)** 下午大雨。辰、巳、午刻,附航船到城,过王梦阁处。未刻,赠侯邑尊文稿初、二集。申刻,偕陆蓉卿、小洲过汪左泉处,适逢甚雨,畅谈数刻。夜宿蓉卿处。

**二十二(9月2日)** 夜大雨。辰、巳刻,附航船至乍浦,过卢揖桥处。未刻,过钟穆园处。申刻,候林雪岩,始见张红巢所刻律赋《剪红集》,内选余《不倒翁赋》一首。夜宿钟宅,见彭甘亭所选六朝文两册。

**二十三(9月3日)** 大雨。辰刻,林雪岩答候。巳、午刻,过陆春林、曹淡秋两处。未刻,罗杰亭赠笔资八洋。戌刻,听九成奏于盐廒街。

**二十四(9月4日)** 辰刻,过邓晴溪。巳刻,曹淡秋答候。未刻,访许丈德水。申刻,偕穆园游城隍庙,有新室数间,幽雅可喜,瞿宾道士待客亦极诚敬。回过胡柳塘处。戌、亥刻,听九成奏。是夜,梦一星色赤如火,光烛天庭。

**二十五(9月5日)** 辰、巳刻,附航船至平湖,即过顾榕屏处。未刻,赠陆蓉卿《剪红赋》一部。酉刻,蓉卿招饮,夜即留宿。是日,闻嘉兴曹种水卒。

**二十六(9月6日)** 辰刻,见□鼠溺水缸内,将死未死,余救出之。巳刻,过鲁介庵、陈憩亭两处。申、酉、戌刻,附新仓航船至四里桥,舟搁沙中,不得已上岸,步行黑暗中,过一独木桥,几坠水中,赖同行者援之,获免。

**二十七(9月7日)** 申刻,张藜卿赠紫菜、笋尖两种。

**二十八(9月8日)** 大雨,甚寒。

**二十九(9月9日)** 摘录律赋《剪红集》一百二十余联。

**三十(9月10日)** 以上数日,温沈选八家文一过。是日,晋豁疾始愈。

## 八 月

**初一(9月11日)** 辰、巳刻,改陆蓉卿《拜新月赋以“学人拜新月”为韵》。

**初二(9月12日)** 辰刻,代藜卿贺张雪堂新婚,作七律二章。巳刻,寄蓉卿札。

**初三(9月13日)** 辰、巳刻,改晋翂文二首。“行怪”,“殷有三仁”至“士师”。

**初四(9月14日)** 巳刻,龚配京借《说铃》一部。午刻,周丙卿招饮洪楼。

**初五(9月15日)** 午刻,郁松桥招宴,同席龚巽和等十余人。申刻,海盐黄韵珊特来见访。酉刻,松桥复赠食物两种。戌刻,留韵珊夜膳。

**初六(9月16日)** 辰刻,过张屋山处商事,陈东堂招同黄韵珊食蟹面。巳刻,郁绥庭过。

**初七(9月17日)**

**初八(9月18日)** 申刻,见赵训导所发芦川书院七月课榜,生、监共十九名,余得第一。题:“有一言”至“其恕乎”,“蝉曳残声过别枝”。

**初九(9月19日)** 辰刻,改晋翂《秋获赋以“九谷斯丰充我民食”为韵》。

**初十(9月20日)** 稍热。辰刻,寄俞兰坪书。午刻,张筱峰复函来。

**十一(9月21日)** 辰刻,过柯春塘。巳刻,陆蓉卿来赠洋蓝布一匹。午刻,周丙卿招同蓉卿饮洪店。申刻,徐宿生过。酉刻,郁绥庭书来。

**十二(9月22日)** 巳刻,寄黄韵珊书。午刻,张藜卿招饮。酉刻,招蓉卿夜膳。

**十三(9月23日)**　午刻,洪遇良招饮,同席六人。是日,晋齡至城中。

**十四(9月24日)**　辰、巳、午、未刻,改陆蓉卿《孙策平江东赋以"渡江而东所向无敌"为韵》。

**十五(9月25日)**　巳刻,为汪左泉等作《鹦鹉洲文昌会引》。骈体。

**十六(9月26日)**　巳刻,为王椒轩作王氏家谱跋。骈体。午刻,椒轩邀小酌。

**十七(9月27日)**　是夜,梦有两人刀戟相戏,锋刃才交,一人立毙,目击之下,不禁毛发悚然。

**十八(9月28日)**　辰刻,陈憩亭书来。巳刻,钟秋尹来访,以所作《红椒山馆诗》请余撰序。午刻,秋尹招饮洪楼。未刻,陈东堂过。戌刻,晋齡自城中归。

**十九(9月29日)**

**二十(9月30日)**　下午小雨。辰、巳刻,改王对鸥《苏武南归赋以"海上看羊十九年"为韵》。午刻,陆嘘斋过访。未刻,观刘猛将赛会。

**二十一(10月1日)**　未刻,与陆蓉卿书。

**二十二(10月2日)**　辰、巳、午刻,改晋齡《换羊书赋以"书名换羊鲁直戏语"为韵》。是夜,梦至一处,有五层楼,余居第四层,远望已有目极千里之概。

**二十三(10月3日)**　辰、巳、午刻,改周丙卿《瓦松赋以"种非五粒秀擢千茎"为韵》。

**二十四(10月4日)**　辰、巳、午刻,改周丙卿《障海楼观海赋以"楼前指顾雪成堆"为韵》。

**二十五(10月5日)**　辰刻,过张文石。申刻,寄张雪堂婚仪。

**二十六(10月6日)**　改周丙卿《鹰鹯不若鸾凤赋以"仇览对王涣语"为韵》。午刻,李恪亭、马倜卿、访云昆季同过。

**二十七(10月7日)**　巳刻,为马访云选《文选》读本。

**二十八(10月8日)**　辰、巳刻，改晋蚡文两首。“公西华曰闻斯章”，“则四方之民”至“其子”。

**二十九(10月9日)**　巳刻，过钱小园处。酉刻，张藜卿招同王晴波饮耿楼。晴波名元炽，松江人，能铁笔。

## 九　月

**初一(10月10日)**

**初二(10月11日)**　辰、巳、午、未刻，改晋蚡《第一仙人许状头赋以“早教鸾凤下妆楼”为韵》。戌刻，徐雪亭邀同王晴波等六人饮于关庙。

**初三(10月12日)**

**初四(10月13日)**　日中小雨。

**初五(10月14日)**　巳刻，张雪堂招婚宴，辞之。

**初六(10月15日)**　辰、巳刻，改王对鸥《到处逢人说项斯赋以题为韵》。

**初七(10月16日)**　雨，夜渐大。巳刻，陆蓉卿书来。

**初八(10月17日)**　大雨竟日。辰、巳刻，改晋蚡文两篇。“我之不贤与”，“不使大臣”至“故旧”。

**初九(10月18日)**　午后晴，夜复雨。辰刻，柯春塘来，以新刻《太上感应篇说颖》四卷见赠。余所作序文出名翰林院侍读许公应藻。午刻，春塘招饮，以赏鸡冠花为名，馔极丰腆。

**初十(10月19日)**　午刻，与王梦阁书。

**十一(10月20日)**

**十二(10月21日)**　辰、巳、午刻，改晋蚡《张文献上千秋金鉴录赋以“监于成宪其永无愆”为韵》。

**十三(10月22日)**　下午雨。

**十四(10月23日)**　雨，夜更大。

**十五(10月24日)**

**十六(10月25日)**　巳刻,陆蓉卿书来,即行札覆。申刻,张藜卿招饮毛店。

**十七(10月26日)**

**十八(10月27日)**　午刻,见芦川书院八月课案,生十六人,余在第二;童廿二人,晋稔亦在第二。生:"子路问成人"至"之艺";童:"则四方之"至"其子",诗"蟋蟀俟秋吟"。

**十九(10月28日)**　午刻,张雪堂拜谢。是夜,梦遇高僧数人,相谭元理,惜皆忘其名号。

**二十(10月29日)**　巳刻,趁龚氏船,将作武原之游。

**二十一(10月30日)**　巳刻,舟至海盐,访张云槎道士,赠以《丰村居读书斋诗》两种。未刻,候黄莲舫、韵珊昆仲。莲舫在我邑侯钦之大令幕中,言大令读余骈体文极为倾倒。是夜,宿张云槎石公居,见其近作一册,内有寄余词一首。调倚《菩萨蛮》。

**二十二(10月31日)**　辰刻,至栖真观访赵凌洲道士,又过东岳庙访刘小海道士。小海亦能诗、书、画,不在张云槎、赵凌洲下。巳刻,访褚漱六明经,名润,学极渊博。得见漳浦蓝玉霖全集,共有二十册。名鼎元,康熙间人。又访沈敬亭明府,不值。名清泰,戊寅举人,挑选知县。午刻,偕凌洲、漱六游李氏朴园。主人号酉樵。申刻,访查作舟。是日,马秋浔来访,不值。秋浔年六十余,好学不倦。

**二十三(11月1日)**　辰刻,游天宁寺。巳刻,候顾觉庄。午刻,黄韵珊招食蟹,同席张云槎、吴砚仙。名廷燮,诸生,诗词极工。食罢,韵珊出视近作数百首。诗、赋、词、曲、骈体,无一不美。又见赠新刻《凌波影传奇》一册。申刻,登魁星阁眺望。酉刻,查作舟招宴,同席黄韵珊等六人。夜半后,始回至石公居。

**二十四(11月2日)**　午刻,黄椒升参军来访。名锡蕃,年七十六,能诗,兼工隶篆。褚漱六、沈椒雨答候。未刻,赵凌洲偕顾縠香来访,縠香名廷元,诸生,足迹几半天下。即同凌洲、縠香至章、张两宅观菊花。申刻,縠香邀小酌。是日,顾觉庄答候,不值。

**二十五(11月3日)**　是日,候吴砚仙,见其《小梅花馆诗》三册。申刻,黄韵珊、吴砚仙来,畅谈两时。

**二十六(11月4日)**　巳刻,附平湖航船,船中晤张春樵。名凤墀,诸生。酉刻,回至平湖,过王梦阁处,知陈憩亭于十三日饮生倭烟而卒。是夜,宿陆蓉卿处。

**二十七(11月5日)**　巳刻,过顾蓉屏处,即同候钱梦庐,不遇。午刻,蓉屏留饮。酉、戌刻观灯。以城隍神开光,故张灯三日。

**二十八(11月6日)**　巳刻,过鲁介庵处。申刻,陆蓉卿赠水烟一斤。是日,闻朱鉴堂、赵一鹤、王雪蕉、王藕汀、李艺樵、尹莘畦等皆于八九月间病亡。

**二十九(11月7日)**　午刻,陆蓉卿邀饮合顺馆。未刻,观侯大令断狱。大令和平正直,事事惬人心志。

**三十(11月8日)**　未、申、酉刻,附航船回家。

## 十　月

**初一(11月9日)**　巳、午、未刻,改王对鸥《卧龙赋以"三顾臣于草庐之中"为韵》。

**初二(11月10日)**　小雨。午刻,陆蓉卿来,畀以《廿一史约编》一部。

**初三(11月11日)**　雨。巳刻,吊许氏丧。

**初四(11月12日)**　巳、午刻,改王对鸥《五律如四十贤人赋以"着一个屠沽不得"为韵》。

**初五(11月13日)**　巳、午刻,改晋翂文两首。"赦小过"二句,"父母惟其疾之忧"至"犬马"。是日大伤风。

**初六(11月14日)**　夜雨。巳、午刻,改陆蓉卿《千秋金鉴录赋以"风度得如九龄不"为韵》。

**初七(11月15日)**　巳、午、未刻,改晋翂《慈母手中线赋以"游子身上衣"为韵》。

**初八(11月16日)** 改王对鸥《含英咀华赋以"作为文章其书满家"为韵》。午刻,钟秋尹招饮,辞之。

**初九(11月17日)** 夜雨。午刻,与王梦阁书。

**初十(11月18日)** 雨。巳、午、未刻,改周丙卿《清凉居士赋以"世忠晚年不谈兵事"为韵》。

**十一(11月19日)** 巳、午刻,改晋畬两文。"齐滕之路"二句,"知之次也"至"互乡"。

**十二(11月20日)** 午刻,张雪堂招饮耿楼,并见赠佛银一饼。

**十三(11月21日)** 改晋畬《狄武襄铜面具赋以"用于临敌望之如神"为韵》。巳刻,俞兰坪覆书来,并见借《今文偶见》一部。午刻,赠朱氏婚仪。

**十四(11月22日)** 戌刻,有大怒。

**十五(11月23日)** 巳、午刻,作钟秋尹《红椒山馆诗》序。骈体。陈东堂过。申刻,寄钟秋尹书。

**十六(11月24日)** 巳、午刻,改晋畬两文。"宰我问曰"至"然也","思难见得"。

**十七(11月25日)** 寒。巳刻,寄于秋淦书。午刻,张藜卿招同余饯送查羽仪还婺源。

**十八(11月26日)** 寒。改周丙卿《吴越王铁券赋以题为韵》。巳刻,张枕石过。

**十九(11月27日)** 巳刻,为金山陈愚溪题《夏日我爱图》。七古。

**二十(11月28日)** 巳刻,过张文石处。

**二十一(11月29日)** 细雨。巳刻,改晋畬《门神赋以"依人门户对峙东西"为韵》。

**二十二(11月30日)** 阅《今文偶见》。

**二十三(12月1日)** 大西北风。改陆蓉卿《夹竹桃赋以"自春及秋逐旋继开"为韵》。未刻,庄辛田过。申刻,洪耕山招小酌。

**二十四(12月2日)** 大寒。

**二十五(12 月 3 日)** 大寒。

**二十六(12 月 4 日)** 大寒。

**二十七(12 月 5 日)** 阅《今文偶见》。是日,身子软弱。

**二十八(12 月 6 日)** 巳、午刻,改王对鸥《老农赋以"沾体涂足,身老田间"为韵》。

**二十九(12 月 7 日)** 巳、午、未刻,改陆蓉卿《齐妻醉遣晋公子赋以"怀与安实败名"为韵》。

## 十一月

**初一(12 月 8 日)** 巳、午刻,改晋翁两文。"必得其名"二句,"狐裘亵裘长"。

**初二(12 月 9 日)** 午刻,观《凌波影传奇》。以上一月正课之暇,将所藏《文海》万余篇,择其尤者,或摘两比,或摘一段,命晋翁录出,以为揣摩之助。

**初三(12 月 10 日)** 大雾。巳、午刻,改周丙卿《放鸽赋以"谁家风鸽斗鸣铃"为韵》。申刻,顾蓉屏书来。

**初四(12 月 11 日)** 侵晓大雾。巳、午刻,改晋翁《宋艺祖雪夜访赵普赋以"南征北伐今其时矣"为韵》。未刻,与陆蓉卿札。

**初五(12 月 12 日)** 寒。午、未刻,阅朱锡菜《盈川小草》、小颠和尚《法喜集》。

**初六(12 月 13 日)** 巳刻,王梦阁书来。午刻,题梅臞香《折桂图》。五律。

**初七(12 月 14 日)** 夜,大雨。未刻,过钱小园处,始见芦川书院九月课案,生十九人,余在第三。题:"立则见其"一节,"秋雁橹声来"。

**初八(12 月 15 日)** 雨。巳刻,得柯小坡书。书中言余所作《杏花春雨馆词稿》序尚未精细,特为润色数处,因以寄示,余阅之,深为欣慰。午刻,饮龚配京处。未刻,得于秋浍覆书。

**初九(12 月 16 日)** 大西北风。巳、午、未刻,抄古文五首。予欲将《国朝古文汇》选一编,从是日录起。酉刻,徐雪亭招饮耿元兴馆。

**初十(12 月 17 日)**　巳、午、未刻,抄古文七首。

**十一(12 月 18 日)**　巳、午、未刻,抄古文六首。

**十二(12 月 19 日)**　巳、午、未刻,抄古文六首。陆蓉卿书来。申刻,张藜卿招食锅面。

**十三(12 月 20 日)**　大东南风。巳刻,改晋紒文二首。“不如学也”“彼身织屦妻”。午、未、申刻,抄古文五首。

**十四(12 月 21 日)**　巳、午刻,抄古文四首。陆蓉卿来。未刻,张藜卿招饮顺兴馆。是日,老母自城中归。

**十五(12 月 22 日)**　小雨。巳、午、未刻,抄古文六首。

**十六(12 月 23 日)**　巳、午、未刻,抄古文六首。申刻,赠洪、沈二宅婚仪。

**十七(12 月 24 日)**　巳、午刻,改王对鸥《一团和气赋以“接人纯是一团和气”为韵》。

**十八(12 月 25 日)**　巳、午、未刻,抄古文五首。郁绥庭过。

**十九(12 月 26 日)**　巳、午、未刻,抄古文八首。

**二十(12 月 27 日)**　巳、午刻,改晋紒《报时猿赋以“清心亭下,猿能报时”为韵》。戌刻,金杏园招饮。

**二十一(12 月 28 日)**　是日,洪氏招余助理婚事。

**二十二(12 月 29 日)**　夜雨。午刻赴洪氏婚宴,同席陈伴农、徐乾乙等二十余人。

**二十三(12 月 30 日)**　上午,小雨。巳、午刻,抄古文六首。是日,遣晋紒助金杏园家丧事。吊礼共一千。

**二十四(12 月 31 日)**　巳、午刻,改王对鸥《佳茗似佳人赋以“不嫌茗苦,疑是人佳”为韵》。

**二十五(1837 年 1 月 1 日)**　申刻,张雪堂过。

**二十六(1 月 2 日)**　巳、午、未刻,抄古文八首。

**二十七(1 月 3 日)**　大西北风。巳、午、未刻,改王对鸥《红拂投李卫公赋以"阅人多矣无如公者"为韵》。

**二十八(1月4日)**　巳、午刻，改陆蓉卿《红拂投李靖赋韵如前》。是夜，梦遇一人，张姓，字受先，年已一百九十余岁，犹善谈文。

**二十九(1月5日)**　寒。抄古文六首。午刻，陈东堂过。

**三十(1月6日)**　寒。巳刻，改晋翻文两首。"孝慈则忠"二句，"必有邻"至"辱矣"。

## 十二月

**初一(1月7日)**　大西北风，极寒。改王对鸥《斗鸭赋以"春江水暖鸭先知"为韵》。午刻，钟秋尹来，以方古然女史《自怡草》诗卷与《竹坞填词图》乞余撰序。古然为医士陈松涛室。

**初二(1月8日)**　奇寒。改晋翻《玉带生赋以"带腰玉而身衣紫"为韵》。

**初三(1月9日)**　更寒。

**初四(1月10日)**　大寒。改王对鸥《齐姜醉遣晋公子赋》。午刻，柯春塘来。

**初五(1月11日)**　大寒。巳刻，寄柯小坡、程来川两书。

**初六(1月12日)**　大寒。午刻，周丙卿赠湖颖十管。

**初七(1月13日)**　寒稍减。抄古文九首。

**初八(1月14日)**　寒。巳、午、未刻，附航船到城，即过王梦阁处，以钱小园长女喜庚传与梦阁次子。是夜，宿陆蓉卿处。

**初九(1月15日)**　寒。巳、午、未刻，在顾蓉屏处长谈，借得叶已畦、窦东皋、张霁青、王述庵诸公古文集。

**初十(1月16日)**　寒。午刻，过刘霞荘。未、申、酉刻，在鲁文甫处长谈。是夜，宿徐鼎字店。

**十一(1月17日)**　稍暖。巳刻，过费恺中。未、申、酉刻，趁航船回家。

**十二(1月18日)**

**十三(1 月 19 日)**

**十四(1 月 20 日)** 抄古文九首。巳刻,王汉津过。

**十五(1 月 21 日)** 未刻,张藜卿赠野鸭一尾。周丙卿复赠湖笔十枝。

**十六(1 月 22 日)** 巳、午刻,作丁南轩祭文。骈体。丁日扶所托。未刻,题丁溉余《探梅第二图》。七古。又代藜卿一首。七律。

**十七(1 月 23 日)** 抄古文十首。

**十八(1 月 24 日)** 申刻,以书责陆蓉卿。蓉卿负余恩情,与冯若兰如出一辙。

**十九(1 月 25 日)** 抄古文七首。申刻,于秋泾书来,为孙啸岩乞作悼亡诗序,先赠笔资一洋,并求《木鸡书屋文稿》。

**二十(1 月 26 日)** 抄古文九首。午刻,覆于秋泾书,并以二集文稿寄与孙啸岩。

**二十一(1 月 27 日)** 巳刻,改晋acf文两首。"久假","吾未见好德"至"譬如为山"。

**二十二(1 月 28 日)** 抄古文十首。

**二十三(1 月 29 日)** 巳刻,吊钱氏丧。午刻,改晋acf《醉司命赋以"清酒薄献送神上天"为韵》。

**二十四(1 月 30 日)** 抄古文十首。

**二十五(1 月 31 日)** 巳、午刻,改晋acf两文。"谨而信"三句,"帛云乎哉"至"钟"。总计今岁改晋acf文三十四首、赋十七首。

**二十六(2 月 1 日)** 细雨。命晋acf重作丁南轩祭文,余略加删润。骈体。叶韵亦日芙意也。是日,丁日芙寄赠笔资两洋。

**二十七(2 月 2 日)** 抄古文十二首。

**二十八(2 月 3 日)** 抄古文九首。

**二十九(2 月 4 日)** 抄古文五首。

是年共用钱七十七千。进钱九十七千。

# 道光十八年丁酉(1837),四十九岁

## 木鸡书屋日志

### 正　月

**元旦(2月5日)**　大东南风。抄古文九首。

**初二(2月6日)**　大暖,夜大西北风。是夜有小窃,失去红桶一只。

**初三(2月7日)**　上午微雪。抄古文六首。

**初四(2月8日)**　寒。午刻,饮于钱仁寿堂。是日,始见芦川书院去岁十月、十一月两课案,余皆在第二。十一月童课案,晋翁得第一。十月题:“宰我问曰”至“何为其然也”。十一月题:生:“众恶之”一章;童:“不如学也”。

**初五(2月9日)**　辰刻,寄陆蓉卿书,痛责之,并责王梦阁。午刻,五婶母招中膳。

**初六(2月10日)**　夜雨。抄古文七首。

**初七(2月11日)**　夜半雨。抄古文四首。

**初八(2月12日)**　午刻,柯春塘招饮,同席四人。申刻,晤杨秋子。名百揆,杭州人,副贡生。

**初九(2月13日)**　夜半小雨。午刻,洪遇良招宴,同饮李笑春等十七人,酉刻始散。

**初十(2月14日)**　抄古文五首。

**十一(2月15日)**　夜小雨。抄古文六首。

**十二(2月16日)**　寒。抄古文七首。

**十三(2月17日)**　夜小雨。巳刻,钟秋尹过。午刻,洪七兄招宴,同饮周竹田等九人,酉刻散席。

**十四(2月18日)**　上午小雨。抄古文六首。申刻,偕郁绥庭过东林寺。

**十五(2月19日)**　夜雪。抄古文五首。

**十六(2月20日)**　午刻,马钧和招宴,同饮王访庵、张枕石等十六人,酉刻散席。

**十七(2月21日)**　巳、午刻,改晋酚《新蝶赋以"凤子轻盈腻粉腰"为韵》。

**十八(2月22日)**　始晴。抄古文九首。

**十九(2月23日)**　是日,晋酚开馆。马氏一子新来受业,余四人仍旧。

**二十(2月24日)**　大东南风。未刻,杨小铁过访,始知叶改吟病殁。申刻,罗氏子招饮顺兴馆,同席杨小铁等七人,肴品极佳。

**二十一(2月25日)**　上午雨。抄古文十首。巳刻,有□□。□□□□□□。

**二十二(2月26日)**　大东南风。抄古文五首。未刻,柯春塘来,畅谈两时。是日,闻徐辛庵擢侍读学士。

**二十三(2月27日)**　雨。辰、巳刻,改晋酚文二首。"其叶""二女百官"。未刻,过柯春塘处,见其所著《范忠贞公年谱》。

**二十四(2月28日)**　雨夹雪。巳刻,卢揖桥书来,并以小门人邹生文三首请政。

**二十五(3月1日)**　上午雪。抄古文八首。

**二十六(3月2日)**　大东南风。巳刻,龚配京贻腌肉一块,缴还《说铃》,复借《三异笔谈》。

**二十七(3月3日)**　雨。抄古文八首。是夜,梦斫一毒蛇。

**二十八(3月4日)** 改邹生文三首。"齐战""杀鸡""行不由径"。

**二十九(3月5日)** 大雨。辰刻,覆卢揖桥书。巳刻,何菘蹊来访。午刻,张藜卿招宴,同饮梅香海等十一人。

**三十(3月6日)** 抄古文十五首。

## 二 月

**初一(3月7日)** 夜雨。辰、巳刻,改晋紒《岳祠铜爵赋以"空嗟高庙自藏弓"为韵》。午刻,为钱棣山作书与高仿白。骈体小篇。

**初二(3月8日)** 辰、巳、午刻,附航船至平湖。未刻,寻顾蓉屏,不值。是夜,在徐鼎字店,与费恺中等八人饮开店酒,大有醉意。

**初三(3月9日)** 下午大西北风。巳刻,至当湖书院,将作甄别文,以题不佳而罢。午刻,登乍浦航船,甫解缆,暴风忽起东湖,白浪如山,舟几沉没,过宾塔桥,风益狂恶,舟中人惶遽无策,各上岸步行。点灯时始到乍浦,两足皆腐。是夜,宿于钟[宅]。

**初四(3月10日)** 是日,腰以下处处酸痛。

**初五(3月11日)** 大东北风。阅《灵芬馆》《两当轩》诸集。

**初六(3月12日)** 雨。以上三日,均在穆园处默坐看书,以息足力。

**初七(3月13日)** 巳刻,候徐芸岘,留中膳。申刻,过林笛仙处。酉刻,卢揖桥招食春饼。

**初八(3月14日)** 大东南风。巳刻,至杨友鹿处候林雪岩,兼晤郁彝斋。名鼎钟,嘉善进士。未刻,访张粲言,不值,即游褚氏西畴别墅。褚星桥别业。申刻,问许德水疾。酉刻,林笛仙答访。是日,知魏小石于去岁病殁。

**初九(3月15日)** 大东北风,黄昏大雷雨。巳刻,候刘心葭,知刘南屏司马下世。午刻,过陈逸舟,不遇,即往卷勺园。未刻,在鄞江会馆晤陈望岩。汀州庠生,颇有学问。

**初十(3月16日)** 大东北风。辰刻,刘心葭答候。巳刻,乞卢揖桥将乐纸一束。

**十一(3月17日)** 辰刻,黄友岩招小酌。巳刻,过沈莲卿处。午、未、申、酉刻,阅《池北偶谈》。

**十二(3月18日)** 辰、巳刻,附航船至平湖,过顾蓉屏处。未刻,候顾访溪,借汤荆岘、方望溪、冯山公、姚姬传、张渊甫诸文集。申刻,赠方立甫婚仪。是夜,宿鼎字店。

**十三(3月19日)** 暴热。午刻,施磻溪招小酌。未、申、酉刻,附航船回家。

**十四(3月20日)** 日中雷雨。

**十五(3月21日)** 大西北风兼雨。

**十六(3月22日)** 巳刻,过柯春塘。未刻,过钱小园。

**十七(3月23日)** 辰、巳刻,改晋紒文两首。"其行己也恭"二句,"我叩其两"至"凤鸟"。酉刻,刘心葭、钟穆园、陆畹亭皆有书来。

**十八(3月24日)** 大东南风。未刻,过钱棣山,约谭两时。

**十九(3月25日)** 大东南风。抄古文七首。

**二十(3月26日)** 夜半雨。抄古文八首。酉刻,覆钟穆园书,附所作观海书院甄别卷,并以《新乐府选本》四册借之。

**二十一(3月27日)** 雨。午刻,丽春移樽叙饮。

**二十二(3月28日)** 大东北风,夜雨。抄古文十一首。

**二十三(3月29日)** 雨。辰、巳刻,改晋紒《侧帽风前花满路赋以题为韵》。午刻,龚配京借《邺中记》《魏郑公谏续录》《涧泉日记》《浩然斋雅谈》四种。

**二十四(3月30日)** 雨。抄古文八首。

**二十五(3月31日)** 夜雨。辰、巳刻,作孙啸岩《悼亡诗》序。骈体。午刻,寄于秋淦书。是夜,梦余女至徽州。

**二十六(4月1日)** 雨。抄古文十首。申刻,与顾访溪书,并以《恽子居集》借之。

**二十七(4月2日)** 稍晴。抄古文七首。申刻,寄费春林书。

**二十八(4月3日)** 夜雨。抄古文六首。巳刻,陈东堂投新刻古文十七篇。未刻,过柯春塘。

**二十九(4月4日)** 雨。辰、巳刻,改晋紒文二首。"子之武城","可谓大臣与"至"所谓大臣者"。午刻,代钱棣山作书与庞楚渔。骈体。是夜,梦得精舍数间,莳花种竹,居然庾信小园、王维别墅。

## 三　月

**初一(4月5日)** 抄古文五首。午刻,钱棣山招饮,同席张月樵。酉刻,过张文石。

**初二(4月6日)** 晓雨。申刻,题方古然女史《竹坞填词图》。五律。

**初三(4月7日)** 评点方古然女史《自怡诗集》一百廿三首,删存六十一首,加骈体序一篇。女史诗间有佳句,却无首尾完善者。酉刻,钟穆园寄观海书院题来,并呈诗笺一匣。

**初四(4月8日)** 抄古文十一首。申刻,过张枕石。是日伤风。是夜,晋紒亦身热,盖疟疾也。

**初五(4月9日)** 始晴。抄古文八首。未刻,柯春塘来。

**初六(4月10日)** 申刻,费春林寄来《虞初新志》一部。是日,伤风更甚,喷嚏不止。

**初七(4月11日)** 大东南风,夜半雨。

**初八(4月12日)** 雨。抄古文十首。

**初九(4月13日)** 辰、巳刻,改晋紒《深柳读书堂赋以题为韵》、《龙虾》《虱蟹》诗二首。七律。是夜,梦设馆一家,诸人颇风雅,能作散体古文词。

**初十(4月14日)** 抄古文十首。巳刻,龚配京还杂书五种,复借《觚剩》。

**十一(4月15日)** 暖。辰刻,张枕石过。巳刻,寄许德水、钟穆园书。午刻,钟秋尹来。

**十二(4月16日)**　巳刻,得顾蓉屏简。午、未、申刻,抄古文五首。

**十三(4月17日)**　午后雨,夜尤大。抄古文七首。改晋劬两文。"君哉舜也","冠者"至"童子"。

**十四(4月18日)**　雨。未、申刻,观翠芳戏于霍庙前。是日,晋劬疟止。

**十五(4月19日)**　抄古文五首。午后,观翠芳戏。

**十六(4月20日)**　抄古文六首。午后,观翠芳戏。

**十七(4月21日)**

**十八(4月22日)**

**十九(4月23日)**　日中雷雨。抄古文八首。是夜梦遇一人,自称徐闳其之子,闳其者,予先大父师也。

**二十(4月24日)**　雨。抄古文六首。

**二十一(4月25日)**　始大晴。抄古文七首。未刻,龚配京还《觚剩》,复借《寄园寄所寄》。

**二十二(4月26日)**　改晋劬《印泥赋以"古色陆离容光焕发"为韵》。抄古文六首。

**二十三(4月27日)**　雨。抄古文五首。巳刻,钟生书来,始寄至侯大令所阅观海书院甄别卷,闻生童共有三百数十本,晋劬得童卷第七,予文不在正取。童生题:"子之武城","桃始华"得"华"字。

**二十四(4月28日)**　雨,夜尤大。抄古文七首。

**二十五(4月29日)**　抄古文十首。

**二十六(4月30日)**　大东南风。抄古文十首。

**二十七(5月1日)**　昼夜大雨。抄古文十首。

**二十八(5月2日)**　上午大雨。辰、巳刻,改晋劬两文。"人无远虑","且知方也"至"如其礼乐"。

**二十九(5月3日)**　夜雨。辰、巳刻,改晋劬《桑叶赋以"吴地桑叶长"为韵》。

**三十(5月4日)** 午后稍晴。辰、巳、午刻,[附]航船至平湖,即至顾蓉屏处,缴还文集数种,复借毛西河、张铁甫两集。未刻,过顾访溪处,缴文集四种,又借得刘海峰、陈白云、张鲈江三集。申刻,至潘东序处,借卢抱经、段若膺文集。是夜,求宿陆宅不得,乃宿鼎字西店。

## 四 月

**初一(5月5日)** 夜复雨。辰刻,过何亥卿,不值。巳刻,过陈白芬。午刻,诣邑庙观神前摆供。未刻,赠费恺中《凌波影传奇》一册。申刻,借得高藏庵、韩元少文集。酉刻,藏庵招饮合顺馆。

**初二(5月6日)** 上午雨,夜复大雨。午刻,鲁介庵招饮立夏酒。戌刻,费恺中邀小酌。

**初三(5月7日)** 大雨兼大东北风。巳、午、未刻,趁衙前周竹君船回家。

**初四(5月8日)** 辰、巳刻,两至柯春塘处,为门人王小轩求亲,春塘许之。

**初五(5月9日)** 辰刻,见芦川书院二月课业,生十九人,余得第一;童廿五人,晋畇在第六。生:"无为而治者"三句;童:"子在齐闻韶三月",诗"柳偏东面受风多"。

**初六(5月10日)** 巳刻,顾榕屏书来。申刻,覆榕屏书并寄旧作帖体诗十首与孙秋溪。

**初七(5月11日)** 抄古文六首。

**初八(5月12日)** 抄古文十首。申刻,张藜卿招小酌。

**初九(5月13日)** 大东南风。夜雨。抄古文七首。

**初十(5月14日)** 雨。辰、巳刻,改晋畇两文。"于宋馈七十镒"二句,"有澹台灭明者行"。午刻,钱棣山招饮。未刻,始收到费春林三月廿四日书,言前所寄《虞初新志》不必致还,即以见赠。

**十一(5月15日)** 小雨。抄古文七首。

**十二(5月16日)** 雨。辰、巳、午刻,改邹生两文。"力""其叶蓁蓁"。未、申刻,过关庙观剧。

**十三(5月17日)** 雨。抄古文九首。

**十四(5月18日)** 下午稍晴。改邹生文三首。"而求也""躬自厚""今天下车"。酉刻,钟穆园书至,鲁介庵亦有书与晋翁,览之不禁大怒。

**十五(5月19日)** 大东风。抄古文六首。

**十六(5月20日)** 始大晴,便热。巳刻,寄卢、钟二生书。申刻,费恺中有书来。

**十七(5月21日)**

**十八(5月22日)** 下午复雨。巳刻,寻柯春塘不值。是夜,梦林雪岩赠笔两管。

**十九(5月23日)** 雨。辰刻,张氏姊遣人招饮会亲酒,不往。

**二十(5月24日)** 辰、巳刻,改晋翁《陶元亮辞官赋以"乐琴书以消忧"为韵》。

**二十一(5月25日)** 辰、巳刻,改晋翁两文。"富哉言乎舜有天下""患得之既得之"。

**二十二(5月26日)** 夜半雨。辰、巳刻,作《常开平铁衫歌》。七古。

**二十三(5月27日)** 上午雨。辰、巳刻,改晋翁《四十贤人赋以"五君共席八座分茵"为韵》。

**二十四(5月28日)** 黄昏雨。巳刻,与钟穆园书,附观海书院四月课卷。午、未、申刻,观剧于城隍庙。

**二十五(5月29日)** 日晡大雨。巳刻,王椒轩过。

**二十六(5月30日)** 辰、巳刻,门人王小轩请庚于柯宅。午刻,春塘设席相待,同宴徐念曾等八人。申刻,回至王宅。酉刻,椒轩设宴相待,同饮钱季园、张仪亭、姜秋泉等十九人。是日,得柯金三洋。

**二十七(5月31日)** 巳刻,作费节母挽词。七律二章。

**二十八(6月1日)**　午刻,覆费春林柬。酉刻,钟穆园书来,寄还许德水山长所阅观海书院三月课卷,余得第一,晋畚第二,古学亦第一。生:“大哉尧之为君也”;童:“君哉舜也”,诗“绿杨花扑一溪烟”,“深柳读书堂赋”,“龙虾”“虱蟹”皆七律。

**二十九(6月2日)**

## 五　月

**初一(6月3日)**　夜小雨。辰、巳刻,为顾雪塘作《东湖垂钓图记》。骈体。午刻,与顾榕屏书。

**初二(6月4日)**　巳刻,寄张筱峰书。未、申刻,至月桥观剧。

**初三(6月5日)**　未、申刻,观隆庆戏于道院。

**初四(6月6日)**　抄古文六首。是夜,梦见巨蛇数千,厥状狞恶,蛇能作祟,欲有求于余,余不从,几为所祸。

**初五(6月7日)**　午、未、申刻,观隆庆戏于东石桥。

**初六(6月8日)**　下午小雨。抄古文六首。是夜梦考古学,比醒,犹记诗题是《黄海歌》。

**初七(6月9日)**

**初八(6月10日)**　午后大西南风。抄古文五首。

**初九(6月1日)**　大东南风。抄古文八首。申刻,见芦川书院三月课案,余得生卷第二,晋畚在童卷第五。生:“知之者”一章;童:“冠者五六人童子”,诗“兰亭修禊”。

**初十(6月1日)**　□雨。抄古文四首。未刻,得顾榕屏覆书,知许德水殁于端午日,不禁骇悼欲绝。酉刻,过张文石、柯春塘两处。

**十一(6月1日)**　辰刻,改晋畚两文。“弥子谓子路曰”“子贡曰诺”。巳刻,为沈晃渊题《独立图》。四言十二句。张文石过。

**十二(6月1日)**　雨。抄古文九首。

**十三(6月1日)**　日中雨,夜大雨。抄古文四首。

**十四(6月1日)**　昼夜雨。抄古文六首。是夜,晋畚身热。

**十五(6月1日)** 大雨竟日。抄古文八首。

**十六(6月1日)** 大雨竟日,水长一丈。抄古文十首。

**十七(6月1日)** 酉刻,丽春移樽叙饮。

**十八(6月20日)** 下午大雨,夜半复大雷雨。改晋酚《蚊市赋以“利嘴着人迎不得”为韵》。巳刻,过张枕石。

**十九(6月21日)** 竟日雨水,将及岸。抄古文五首。

**二十(6月22日)** 抄古文五首。午刻,有□□。□□□□□□□□□□□。

**二十一(6月23日)** 申刻,龚配京还《寄园寄所寄》,复借《廿四家文钞》。酉刻,钟穆园书来,乞撰许德水先生祭文,并寄至郁彝斋所赠《心香阁制艺》一部。是夜,梦醉堕泥中。

**二十二(6月24日)** 夜雨。辰、巳刻,作书四通,寄赵凌洲、石研农、程来川、周西江。午刻,过王椒轩,留中膳。

**二十三(6月25日)** 平旦雨。卯刻,覆钟生札。巳、午刻,改晋酚两文。“其后廪人继粟”二句,“己所不欲”至“谁誉”。申刻,柯春塘来。

**二十四(6月26日)** 夜大东风。卯、辰、巳刻,附航船至平湖。是日附舟者五十五人,手足皆无安顿处。午刻,候顾榕屏,还文集两种,留中膳。未刻,过潘东序,还文集两部。申、酉刻,回邑庙观小吉祥戏。夜宿鼎字店。是日,知观海书院一席为徐芸岘所得。

**二十五(6月27日)** 雨□。辰刻,冒雨至顾访溪处,还以文集三种。巳刻,榕屏赠文笺一束。午刻,顾雪塘招同榕屏饮茂林馆。未、申刻,仍观吉祥戏于邑庙。酉刻,鲁介庵邀小酌。

**二十六(6月28日)** 雨,夜尤大。辰刻,从榕屏处借得《通艺阁诗录》八卷。巳刻,过费勤斋处,朝饭,即趁钱朗斋姑丈舟。未刻,回家。申刻,锺生书来。

**二十七(6月29日)** 午刻,朗斋姑丈招饮。

**二十八(6月30日)** 始热。

**二十九(7月1日)** 作《许德水先生祭文》。骈体。未刻,龚配京馈熟鸡一头。是夜,梦朝廷改年号曰“大章”。

**三十(7月2日)**　大热。抄古文六首。申刻,复锺生书,附祭文一篇。

## 六　月

**初一(7月3日)**　大西南风,大热。抄古文五首。午刻,丽春招饮,同席五人。

**初二(7月4日)**　大东南风,大热。辰、巳刻,改晋昐《金山玉海赋以“卿年少,何乃不廉”为韵》。

**初三(7月5日)**　大热,黄昏大雷,雨至四更乃止。卯刻,陈东堂借《集虚斋古文》一部。午刻,朗斋姑丈招饮,同席五人。

**初四(7月6日)**　昼夜大雨,水满室中。午刻,张藜卿招饮江厅,同席四人。

**初五(7月7日)**　申刻,许萍江书来。

**初六(7月8日)**　雨,夜尤大。为晋昐重理制艺读本。是夜,梦至张筱峰家,以一笥寄之。

**初七(7月9日)**　昼夜雨。□□刻,郁容斋有书来。

**初八(7月10日)**　[小]雨。抄古文十一首。自去冬十一月来,选取本朝古文,共得六百余篇,约一百六十家,凡过长、过短、太险、太平者,一概不录。是日,编为六册,名曰《今文惬》。俟后有所见,再当补入。

**初九(7月11日)**　午前雨,午后稍晴。以上六日,积雨凝寒,居然深秋光景,竟有畏寒而服皮裘者。

**初十(7月12日)**　改晋昐两文。“南方之强与”“众食之者”。

**十一(7月13日)**　上午大雨。午后浑身酸痛,盖疟疾也。

**十二(7月14日)**　始大晴。午刻,陈东堂还《集虚斋文集》。是日,晋昐亦起疟疾。

**十三(7月15日)**　是日,身上大发风块,殊觉困顿。

**十四(7月16日)**　辰、巳刻,改晋紒《鸭馄饨赋以"味擅秀州法传伍氏"为韵》。

**十五(7月17日)**　是日,疟疾大重,昏迷不醒。夜有贼穴墙而入,将酒瓶、茶盏、饭碗及锅子、手巾等物攘取一空。

**十六(7月18日)**　大东南风。午刻,王椒轩招饮,缘精神疲乏,不能尽欢。是夜,梦晤一绍兴孝廉,姓史,忘其名字,年未三十,秉性诚朴,而发语殊隽。

**十七(7月19日)**　夜大热。酉刻,费愷中寄赠桑皮信封一百六十个。是日,疟虽止而唇干舌燥,兼有头风之痛。

**十八(7月20日)**　热。卯刻,过柯春塘。

**十九(7月21日)**　热。辰、巳刻,摘录周宗师山西考卷中律赋九十余联。

**二十(7月22日)**　辰、巳刻,抄杂诗廿五首。是日,晋紒疟止。

**二十一(7月23日)**　热。卯刻,见芦川书院四月课案,余得生卷第二,晋紒在童卷第四。生:"人之言曰"至"难也";童:"富哉言乎!舜有天下",诗"鸟窥新卷帘"。

**二十二(7月24日)**　大东南风。申刻,龚配京借《日知录》一部。

**二十三(7月25日)**　大东南风。巳刻,过龚配京,即留饮,谈至日晚而返。

**二十四(7月26日)**　大东南风。巳刻,过钱小园。未刻,寄于秋淦、杨小铁书。

**二十五(7月27日)**　大东南风。辰、巳刻,改王小轩两文。"仲弓言语""为黍"。

**二十六(7月28日)**　大东南风。辰、巳刻,改晋紒两文。"雨集""行忠信"。

**二十七(7月29日)**　未刻,赠龚配京《乍浦竹枝词》一册。

**二十八(7月30日)**　辰、巳刻,改晋紒《参之庄老以肆其端赋以

“旁推交通以为文也”为韵》。

**二十九(7月31日)** 夜热。

## 七 月

**初一(8月1日)** 巳刻,寄卢揖校书。

**初二(8月2日)** 饭后雨。未刻,以旧书十六种售于龚配京。价九百三十。又以二种售于王椒轩。价三百三十。

**初三(8月3日)** 辰、巳、午刻,书《小颠上人事》。骈体。

**初四(8月4日)** 卯刻,□□□。□□□□□□□□□。

**初五(8月5日)** 卯,辰刻,改王生两文。“雨集”“骍”。是夜,梦有人来谒,视其刺,则朱东玉也。余将摄衣冠迎之,而梦遽醒。

**初六(8月6日)**

**初七(8月7日)** 夜半雨。卯、辰刻,改晋翂两文。“事齐乎”二句,“稷躬稼”。

**初八(8月8日)** 下午小雨。作《岳威信公宝刀记》。骈体。巳刻,张氏姊过。

**初九(8月9日)** 下午雨。未刻,过柯春塘。

**初十(8月10日)**

**十一(8月11日)**

**十二(8月12日)** 辰、巳刻,改晋翂《马鞭赋以“秋草征途夕阳古岸”为韵》。

**十三(8月13日)** 午刻,作《查新甫秋山挹爽图记》。骈体。未刻,过徐问亭。是日,知浙江正典试吴公其濬,副典试萧公良城。

**十四(8月14日)** 热。辰、巳刻,改王生两文。“饮水曲肱”“执射乎”。申刻,周丙卿来,以《涮水古学》三册畀之。

**十五(8月15日)** 晚雷雨。辰、巳、午刻,改周生《春山如笑赋》,郁绥庭过。是夜,梦应岁科试。岁试,名列第八;科试,名列第九,又似第一。

**十六(8月16日)** 辰、巳刻,改周生《古寺赋以“黄叶前朝寺”为韵》。

**十七(8月17日)** 热。辰、巳刻,改周生《门虽设而常关赋以“乐夫天命复奚疑”为韵》。午后有微恙。

**十八(8月18日)** 夜雷雨。巳刻,于秋泎复书来。

**十九(8月19日)** 午后大雨,夜复雨。午刻,与顾榕屏书,并缴《通艺阁诗集》。

**二十(8月20日)** 日晚大雨,水溢庭中。

**廿一(8月21日)** 巳刻,至李恪亭处诊脉。以昨日至今泄泻不止也。未、申刻,改晋翂两文。“三嗅”“能竭其力事君”。是日,泄泻六次。

**廿二(8月22日)** 是日,又泄泻五次。

**廿三(8月23日)** 是日,又泄泻三次。精力大衰。

**廿四(8月24日)** 大东北风,兼雨。巳刻,延恪亭来诊脉。

**廿五(8月25日)** 大东南风,上午雨。是日,泄止而犹觉疲软。

**廿六(8月26日)** 日晡大雨。辰、巳刻,改周生《中必叠双赋以“耀威灵而讲武事”为韵》。

**廿七(8月27日)** 始晴。辰、巳刻,改晋翂《每看儿戏忆青春赋以“刘长卿戏赠二小男”为韵》。

**廿八(8月28日)** 辰、巳刻,改王生两文。“翕如也”“从之祭神”。

**廿九(8月29日)** 热。

**三十(8月30日)** 热。

## 八　月

**初一(8月31日)** 辰、巳刻,改周生《笔阵赋以“横扫千军自成一队”为韵》。

**初二(9月1日)** 热。黄昏雷雨。

**初三(9月2日)** 日晚雨。

**初四(9月3日)**

**初五(9月4日)** 辰、巳刻,改晋翂两文。“有所好乐则不得其正”

"君子周急不继富原思"。

**初六(9月5日)**　辰、巳、午刻,改王生两文。"日月所照""霜此有土"。是夜,身大不通。

**初七(9月6日)**　下午雨。

**初八(9月7日)**　黄昏雨。

**初九(9月8日)**　巳刻,柯春塘过。

**初十(9月9日)**　辰、巳刻,改晋翁《熟精文选理赋以"六经以外此传书"为韵》。午刻,查新甫馈洋镜一面,月饼两匣。是夜,梦履登危楼。

**十一(9月10日)**　热。黄昏大雷电,雨。未刻,观关帝出巡。近时,疫气盛行,故好事者从而为之。

**十二(9月11日)**　辰刻,寄还俞兰坪《今文偶见》一部。

**十三(9月12日)**

**十四(9月13日)**　夜雨。

**十五(9月14日)**

**十六(9月15日)**　辰刻,金杏园馈鸭一头。

**十七(9月16日)**　以上半月,将试贴数十部,择其对仗之工妙者摘录之,约得四千余联。是夜,梦一少年人作学政,涂朱傅粉,饮酒高呼,时与诸生角戏。

**十八(9月17日)**　夜雨。辰、巳刻,改晋翁两文。"藻棁""草创之世叔"。未刻,始闻乡试题。首:"行已有耻"至"弟焉";次:"远之则有望"二句;三:"若伊尹、莱朱"两句;诗:"十里沙堤明月中"。

**十九(9月18日)**　昼夜雨。辰、巳、午刻,改邹生两文。"而可大受也""泽梁无禁"。

**二十(9月19日)**　雨,夜更大。巳刻,寄卢、锺两生书。申刻,过钱小园,知卓公秉恬,授浙江学政。字海帆,壬戌进士,四川华阳人。

**廿一(9月20日)**　雨。辰、巳刻,改晋翁《织布赋以"村南巷北比户机声"为韵》。

**廿二(9月21日)**

**廿三(9月22日)**

**廿四(9月23日)**　夜雨。辰、巳刻,改王生两文。"抽屦","畏圣人之言"至"而不畏也"。

**廿五(9月24日)**　辰、巳刻,改晋畇两文。"之其所畏敬而辟焉"二句,"小子鸣鼓"至"柴也愚"。

**廿六(9月25日)**　雨。巳刻,陈椒园来,请余明岁课其儿辈四人,先赠聘金一洋。未刻,寄于秋泾书。

**廿七(9月26日)**　夜雨。酉刻,钟穆园复书来,并寄还徐芸岘所阅观海书院四月课卷。余在第三;晋畇得童卷第一,古学亦第一。生:"不降其志"至"辱身矣";童:"患得之,既得之";诗:"啄花莺坐水杨柳","四十贤人赋","常闻平铁衫歌"。

**廿八(9月27日)**　日中大雷雨。午刻,张枕石来,赠信笺两束,藕粉一匣。

**廿九(9月28日)**　午刻,过王椒轩,即留饮。

**三十(9月29日)**　辰、巳刻,改晋畇《铜似士行赋以"铜之为物介然有常"为韵》。

## 九　月

**初一(9月30日)**

**初二(10月1日)**　夜大雨。

**初三(10月2日)**　雨。以上三日补摘试贴九部,又得六百余联。

**初四(10月3日)**　晴雨相间。辰刻,王椒轩赠毛豆八斤。

**初五(10月4日)**　小雨。辰、巳刻,改王生两文。"管仲之器","事之以皮帛"至"事之以犬马"。

**初六(10月5日)**　辰、巳刻,改晋畇两文。"善继人之志","君子学以致其道"至"必文"。

**初七(10月6日)**

**初八(10月7日)**　辰、巳刻,改晋畇《胥山赋以"伍胥山头花满林"

为韵》。

**初九(10月8日)** 申刻,华亭张少白来,欲延余明岁课其儿辈。余以既受陈氏约,却之。酉刻,寄赵凌洲书。

**初十(10月9日)** 辰刻,始见芦川书院六月课案,余得第一。"仁者安仁"二句,诗"才了蚕桑又插田"。

**十一(10月10日)** 辰刻,题《金品三松菊图》。小七古。巳刻,过柯春塘。

**十二(10月11日)**

**十三(10月12日)**

**十四(10月13日)** 辰、巳刻,改晋翁两文。"出入相友"二句,"帝臣不蔽"二句。午刻,闻秋榜揭晓,平湖得三正一副。县学:高振铤、屈钦邻、卜葆鈖。府学:周鸿汉。柯春塘来,不值。

**十五(10月14日)** 巳刻,柯春塘来。午刻,始见全榜。解元上虞朱旃臣,嘉府共一正一副。

**十六(10月15日)** 辰刻,钟穆园书来,言刘抑斋荐余于乍浦□永盛木行,即欲开馆。余不敢背陈氏约,作札辞之。五年失馆,难若登天,今年忽易如拾芥,人事之不可知也如是。是夜,梦遇陆沅芗,笑谈甚剧。

**十七(10月16日)**

**十八(10月17日)** 辰、巳刻,改晋翁《思误书赋以"思误书亦是一适"为韵》。是日,闻陆饮江先生卒。

**十九(10月18日)**

**二十(10月19日)**

**廿一(10月20日)** 未刻,至钱小园处,欲以旧书数种售之,彼竟不肯。

**廿二(10月21日)** 巳、午刻,改晋翁两文。"危言""畜马乘不察于鸣"。

**廿三(10月22日)** 巳刻,过柯春塘,以文稿初、二集托其携至郡中,呈新太守王公。名寿昌,高邮人,文简公讳引之长子。

**廿四(10月23日)** 辰、巳刻,连有怒事。

**廿五(10月24日)**

**廿六(10月25日)** 夜小雨。

**廿七(10月26日)** 大东南风。辰、巳刻,改晋翁《大树将军赋以"人皆号曰大树将军"为韵》。

**廿八(10月27日)** 巳、午刻,趁行船到城,候顾榕屏,留中膳。酉刻,顾雪堂邀同榕屏小酌,夜宿鼎字店。

**廿九(10月28日)** 巳刻,候顾访溪,取还《恽子居集》,又借得《尧峰文钞》。午刻,趁乍浦行船,收到钟穆园书。言马氏一席,他师皆不称意,必欲延余督课。申刻,至乍浦钟宅。

## 十 月

**初一(10月29日)** 夜雨。巳刻,刘抑斋来,议定初八日就馆。马□明岁再为斟酌。午刻,卢揖桥招刘心葭、刘抑斋饮于臭巷。未刻,至邹水村宅,观菊花。黄昏后,过林雪岩。

**初二(10月30日)** 小雨。巳、午刻,附行船回平湖,过顾雪塘寓。未刻,过鲁文甫。

**初三(10月31日)** 巳刻,顾榕屏过。午刻,费恺中饯于永和馆。鲁介□赠茶食二种。未、申刻,趁□船回家,即至龚配京处商事。

**初四(11月1日)** 下午雨。午刻,王椒轩招饮,不赴。是夜,梦复入秋闱。首题:"割鸡焉用牛刀"合下一节,次题:"则可以赞天地之化育"三句。余皆忘却。

**初五(11月2日)** 巳刻,过张文石处。是日,右颊牙肉忽腐烂,唾出鲜血碗许。

**初六(11月3日)** 夜雨。申刻,乍浦马氏舟来。

**初七(11月4日)** 辰刻,登舟,顺风扬帆。午刻,即至乍浦马宅,拜会主人马立峰、缙云父子。

**初八(11月5日)** 夜雨。巳刻,马生允昭受业。年十八,立峰孙,缙云子。午刻，主人设酌相待，同饮刘抑斋等十余人。申刻，以诸虎男诗文集，桑篪竹、沈次山诗集赠刘抑斋，以《木鸡书屋文》初、二集畀马生。是日，知旧学使史公卒。

**初九(11月6日)**　雨，夜更大。巳刻，借刘抑斋处柴虎臣、姜湛园文集。抑斋亦借余《新选古文》六册。

**初十(11月7日)**　申刻，钟穆园来缴新乐府四册。

**十一(11月8日)**　巳刻，徐冠庭过。

**十二(11月9日)**　申刻，刘抑斋来。

**十三(11月10日)**　申刻，卢揖桥来，即同至杨友鹿处观菊花。

**十四(11月11日)**　申刻，徐翰香过。是夜，梦过沈氏家，其家祠□□□，□金雕玉，四面碧波环之，可供赏玩。

**十五(11月12日)**　巳刻，伊铁畊过。午、未刻，观翠芳戏于霍王庙。是夜，梦邵地山父子戏余骈体文字，所谓蚍蜉撼树也。

**十六(11月13日)**　夜大雨。

**十七(11月14日)**　上午雨。巳刻，刘心葭以《赵亿孙诗文集》十六册见借。申刻，答伊铁畊。

**十八(11月15日)**　始寒。抄古文六首。

**十九(11月16日)**　改马生诗文各二首。“天下归仁焉”“乐则韶舞”二句，“可人如玉”，“风檐寸晷”。未、申刻，观全福戏于文王庙。

**二十(11月17日)**

**廿一(11月18日)**　未刻，寻顾谷乡、林雪岩、刘心葭、许平江，无一遇者。是夜，梦改名金麟，考试得第二。

**廿二(11月19日)**　抄古文六首。午刻，得顾榕屏书。申刻，顾谷乡、伊铁畊过。

**廿三(11月20日)**　抄古文四首。未、申刻，观全福戏。

**廿四(11月21日)**　巳刻，刘西畴来会。午刻，钟穆园贻将乐纸一束。

**廿五(11月22日)**　巳刻，伊铁畊赠求悔居士所撰《太上感应篇帖体诗》。午刻,许平江来会。是日,抄古文六首。

**廿六(11月23日)** 抄古文八首。申刻,得龚配京书。

**廿七(11月24日)** 下午小雨。巳刻,卢揖桥赠西洋布被料一幅。价值一洋两角。□□□全福戏于鄞江会馆。申刻,黄友岩留夜膳,辞之。

**廿八(11月25日)** 抄古文五首。

**廿九(11月26日)** 夜雨。巳、午刻,改马生诗文四首。"好驰马试剑""善居室""始有剪刀寒""自称臣是酒中仙"。

**三十(11月27日)** 夜雨。抄古文五首。申刻,卜达庵、辜菊泉过。近日米价大贱,斗米在一百钱内,此余行年五十所未遇者。

## 十一月

**初一(11月28日)** 抄古文五首。未刻,鲁介庵过。申刻,候顾毂乡。

**初二(11月29日)** 雨,夜更大。巳刻,顾榕屏书来。

**初三(11月30日)** 抄古文三首,骈文五首。

**初四(12月1日)** 巳、午刻,改晋酚文二首。"三饭缭适蔡"二句,"宪宪令德宜民"。林雪岩来会。

**初五(12月2日)** 巳刻,寄龚配京及晋酚书,又复顾榕屏柬。未刻,过许萍江、胡柳塘。申刻,刘心葭来会。

**初六(12月3日)** 黎明,候林雪岩。巳刻,林笛仙、胡柳塘同过。未刻,高继庵拜会。言春间有书寄,余竟未收到。

**初七(12月4日)** 抄杂诗三十一首。

**初八(12月5日)** 夜小雨。巳刻,顾榕屏又有书来,以顾雪塘《东湖垂钓图》乞余征乍浦诸同人诗。未刻,过钟穆园处,以《半村居诗钞》畀之。

**初九(12月6日)** 巳、午、未刻,改马生诗文四首。"天何言哉","事之以皮帛"至"犬马","两个阿孩儿","香山大□"。伊铁畊过。

**初十(12月7日)** 黎明,至刘抑斋处,还柴虎臣、姜西溟稿,即取《新选古文》六册。

**十一(12月8日)** 巳刻,为武原徐荣坡题《楼观沧海图》。七□。

**十二(12月9日)**

**十三(12月10日)**

**十四(12月11日)** 巳刻,金杏园书来。言晋翂于前月廿[七]日得疾,肛□□□,一疮才愈,一疮又起。近始放脓,精神□□。未刻,家丽春过。

**十五(12月12日)** 申刻,钟穆园过。是夜,梦遇张云槎道人,值其抱病,不能畅叙。

**十六(12月13日)** 寒。未刻,过刘抑斋。

**十七(12月14日)** 寒。黎明,林雪岩来,以《新学使卓公初莅浙江》七律二首见视。未、申刻,两寻伊铁畊,皆不得见。留书一函,亦置之不问。

**十八(12月15日)** 申刻,过方立甫,借徐芸岘《更生斋文集》二册。

**十九(12月16日)** 巳、午刻,改马生诗文四首。"以防可□也""爵禄""诗家三昧""鱼头参政"。未刻,作新学使观风题。"居敬而行简"二句,"南中荣橘柚"得"荣"字。

**二十(12月17日)** 未刻,徐芸岘来会。申刻,寄顾榕屏札。是夜,齿痛大甚。

**廿一(12月18日)** 黎明,得儿子晋翂书,知其病已瘳。未刻,过钟、卢二生处。

**廿二(12月19日)** 上午大雾。黎明,过林雪岩,见其近诗一卷。内有论碑帖诗数十首最佳。巳、午、未、申刻,抄古文八首,夜发晋翂书。

**廿三(12月20日)** 上午大雾。抄古文三首,骈文四首。申刻,还徐芸岘《更生斋文集》,复借得秦小岘、杨蓉裳文集二种。

**廿四(12月21日)** 巳刻,寄还顾访溪《尧峰文钞》一部。午刻,改晋翁《粉豆腐赋以"贫家终岁是斋期"为韵》。

**廿五(12月22日)** 黎明,往刘心葭处,缴《亦有生斋集》。巳、午刻,改晋翁文三首。"以柏周人""鱼我所欲也熊掌""嬖人臧仓者请曰"。未、申刻,观翠芳戏于海[缺]①。

**廿六(12月23日)** [缺]骈体文约三[缺]借得夫□□文集

**二十七(12月24日)** [缺]古文□篇。

**廿八(12月25日)** 抄古文六篇,骈□一篇。申刻,还徐芸岘、秦杨文稿。过□□[缺]

**廿九(12月26日)** 巳、午刻,改马生诗文四首。"孟献子曰","是以谓之文也"至"焉","名在月中","樵夫笑士"。申刻,钟穆园来。

## 十二月

**初一(12月27日)** 巳、午刻,摘录卷施阁、更生斋骈体文百余联。申刻,许萍江□,以《褉湖书院律赋》二十篇见借。

**初二(12月28日)** 巳、午刻,摘录《褉湖书院律赋》百余联。未、申刻,观翠芳戏于鄞江会馆。

**初三(12月29日)** 夜小雨。是日,林雪岩为晋翁评阅《佳士如香赋以"佳士如香固可熏"为韵》《辋川别墅赋以"诗酒自娱啸咏终日"为韵》。

**初四(12月30日)** 申刻,寄晋翁书。

**[初五](12月31日)** 巳、午刻,附行船至平湖,以文稿两部投朱勿斋大令。名煌,直隶青县人,甲子举人。候顾榕屏,大谈数刻。戌刻,□招饮永和店□□□宿鼎字西店楼。

**[初六](1838年1月1日)** 介庵。午刻,过顾雪塘。朱大令遣人飞柬报谢。未、申刻,与费凯中畅论史事。酉刻,家丽[缺]大放牙血。

---

① 据道光二十九年闰四月十一日日记所记,此处"海"字后所缺失文字中,似有"海蛰会馆"四字。

**[初七](1月2日)** 昨日过访,并投《清溪竹枝词》新刻本,序文两首,则余与周樾亭也。未刻,[缺]同一册

**[初八,缺](1月3日)**

**[初九,缺](1月4日)**

[缺]两首托其评改,今已点正。“乡人皆恶”两节,“民信之矣”。□刻,翁噩生来访。□十二年矣。

[缺]。以“一心咒笋莫成竹”为韵。翁噩生复□托余撰《嘉兴陈止园祭文》。申刻,寄还邓晴溪卷。

[缺]刻[缺]止园祭文。骈体,约千余字,不存稿。未刻,答张粲言、翁噩生,畅谈诗文,粲言复赠余竹本。

[缺]改马生诗文六首。“子为恭也”“子张书诸绅子曰直哉”“不援上”“几生修到梅花”“方山子西山射鹊”“仲宣登楼”。巳刻,翁噩生来,为汪氏赠笔资两洋。午[缺]

# 道光二十一年辛丑(1841),五十三岁

## [正月]

[以上缺页]

**十一(2月2日)** 寒。摘抄《啸竹堂》《旧雨斋》《思茗斋》诸集百余联。是日,内人又病。

**十二(2月3日)** 寒。摘抄《古渔集》《娵隅集》《云中集》约百余联。申刻,赠徐氏婚仪。是夜,梦杀鬼数十。

**十三(2月4日)** 摘抄《抱山堂》《琴籁阁》《白圭堂》诸集百余联。巳刻,得卢揖桥信,言近日又得飞文,知去冬十二月啖夷分攻沙角、大角两炮台,打破火药局,延烧兵房十四间。副将陈连升、千总张清龄俱阵亡,千总黎志安、守备陈步韩身受重伤,炮台遂为夷目义律所夺。

**十四(2月5日)** 寒。摘抄《秋锦山房》《小谟觞馆》《在山堂》《澄怀堂》诸集约二百联。是日,大伤风。

**十五(2月6日)** 寒。辰刻,费恺中答书来。午刻后,有微恙。

**十六(2月7日)** 摘抄《固哉叟集》《秋药庵集》《见堂集》一百余联。

**十七(2月8日)** 大西北风,寒。摘抄《树经堂集》《伴香阁》《红叶山房》诸集一百余联。巳刻,张生壬桥来。

**十八(2月9日)** 大西北风,更寒。摘《匠门书屋》《咏花轩》及

《江左十五子诗》,共一百四十余联。巳刻,顾榕屏书来,言为晋翃荐馆席于旧埭陆君山处。是夜,梦至一家,见有一床,狭而长,中设小几,杂置器物,殊觉清雅可爱。

**十九(2月10日)** 寒。辰、巳、午刻,附航船到城,候顾榕屏,留中膳。夜即留宿,谈至二鼓,出视近诗一册,托余评骘。是日,晤费[上]莩庄,始知新溪程浣花、陆讷斋皆于去年下世。

**二十(2月11日)** 寒。辰刻,借榕屏处姜西溟、汤西厓、尤沧湄、张朴园、钱竹汀诸诗集。午刻,过陆畹亭处。申刻,至北寺观戏术。一人坦腹仰眠,置长梯。一幼女盘旋上下,绝不□侧。戌、亥刻,饮徐鼎字开店酒。夜即留宿。

**廿一(2月12日)** 辰刻,复过顾榕屏处。巳、午刻,与费恺中畅谈,欲趁航船,不及。戌、亥刻,偕周竹君等饮于鼎字店。

**廿二(2月13日)** 巳刻,寄卢揖桥书。午刻,费恺中邀食面饺。未、申、酉刻,附航船回家,知张筱峰于二十日过访,并以王铁夫诗集见借。是日,赠顾榕屏中奇烟一斤、信封四十枚、诗筒十六枚。

**廿三(2月14日)** 辰刻,以《鸳水联吟》十卷易郁绥庭《澹仙诗话》四卷。巳刻,过龚配京,饮酒畅谈,至点灯而返。

**廿四(2月15日)** 摘抄《听雨斋》《崇雅堂》《白鹄山房》《枫江草堂》诸诗集一百余联。午刻,命晋翃代题《贾芝房南田耕读堂图》,七绝三章。并去岁所征吴门施君珊、蒋眉生题词一齐寄去。未刻,送王宅冥资。

**廿五(2月16日)** 夜半雨。摘《亭皋集》《船山集》一百余联。巳刻,命晋翃代题《张梅生种梅图》。七律二首。

**廿六(2月17日)** 大西北风。摘《无悔斋》《忠雅堂》《南野堂》诸集一百余联。巳刻,遣人至钱氏插烛。未刻,卢揖桥覆书来。是夜,梦一犬能作人言,与余问答甚多。

**廿七(2月18日)** 寒。未刻,寄张筱峰小札。申刻,旧埭陆氏舟到。

**廿八(2月19日)**　寒。辰刻,晋畲赴旧埭陆宅开馆,家中弟子四人,余代诲之。于秋泾书来,并《鸳水联吟》十三集刻本,共四十首,内选余《抱鸡》一首,选晋畲《聘猫》一首。午刻,与顾榕屏书。是夜,梦斩一楚州妖妇。

**廿九(2月20日)**　摘《南野堂笔记》二百八十余联。

## 二　月

**初一(2月21日)**　大东北风,夜雪。午刻,得顾榕屏书,并见赠五律一章。

**初二(2月22日)**　大寒。辰刻,卢揖桥书来,内有正月初五皇上批琦善折奏,以㗂夷骄虔日甚,决计歼除,着诸将军速即进兵。

**初三(2月23日)**　寒。摘《耐冷谭》及《八家诗钞》二百余联。

**初四(2月24日)**　夜小雨。摘《述庵集》《白华集》《春园集》百余联。

**初五(2月25日)**　摘《学古堂》《五砚斋》《寄岳云斋》诸集百余联。

**初六(2月26日)**　摘《绍德堂》《琅嬛仙馆》《草心亭》《芝省斋》诸集百余联。是夜,梦呕血数斗。

**初七(2月27日)**　夜大雨。摘《欣然堂》《南村渔舍》《凌雪轩》诸集八十余联。巳刻,得卢揖桥信,言广东钦差大臣琦善已着交部议处,钦放大将军奕山、参赞大臣隆文、杨芳前赴粤东会筹攻剿。

**初八(2月28日)**

**初九(3月1日)**　咏禾城读书古迹四首,皆五古。《读书堵》《读书馆》《读书台》《读书堂》。又代晋畲作四首。

**初十(3月2日)**　作《粮艭竹枝词》四首。又代晋畲三首。以上五题系《鸳水联吟》十七集,即余所拟。未刻,晋畲书来。

**十一(3月3日)**　大雨。未刻,寄于秋泾书。是日,王古愚死。

**十二(3月4日)**　大西北风。摘《秋笳集》《聪山集》《岭南集》八十余联。

**十三(3月5日)**　摘《清芬堂》《牧牛村舍》《诸华香处》诗集共七十余联。

**十四(3月6日)**　摘《是程堂集》《秋樵集》《生斋集》共九十余联。辰刻，鲁文甫过，兼吊先慈丧。

**十五(3月7日)**　夜雨。摘《陵阳山人集》《春山集》《晦芗集》八十余联。辰刻，卢揖桥书来，内有暎夷逆帅义律等香港伪示一纸，语语狂悖，不胜发指。是日，内人又病。

**十六(3月8日)**　大东北风，夜雨。摘《慎余斋》《岭海楼》《煮花轩》《镜池楼》诸集约百余联。未刻，酬揖桥书。

**十七(3月9日)**　大寒。摘《潜研堂》《八铭堂》《渊雅堂》诸集约百联。

**十八(3月10日)**　摘《苇间集》《沧湄集》《怀清堂集》百余联。

**十九(3月11日)**　下午雨，始雷。摘《闺秀杂诗》百余联。

**二十(3月12日)**　雨。辰刻，于秋泾覆书来。午刻，寄费恺中及晋畇书。是夜，梦得绿色小鸟一只。

**廿一(3月13日)**　摘《澄悦堂集》《陶山集》七十余联。

**廿二(3月14日)**　雨，夜尤大。辰、巳、午、未刻，评点顾榕屏《古今体诗》九十三首，存十之九。内《法云庵晓起》《秋夜闻笛》二作最佳。申刻，寄榕屏书。是日，平湖县试，余向时认保刘庆墀等让与榕屏。

**廿三(3月15日)**　大寒，日夜大雨。摘考卷会课诗佳句一百八十余联。

**廿四(3月16日)**　大寒，晓雪。摘杂诗二百余联。

**廿五(3月17日)**　昼夜大雨。摘杂诗二百余联。辰刻，费恺中覆函来。

**廿六(3月18日)**　昼夜大雨。摘杂诗二百余联。辰刻，卢揖桥书来，言定海夷船却于二月初全赴粤东。又有二月初六上谕一道，琦善着即革职锁拿,并籍其家。伊里布顺从琦善观望迁延,着交部严加议处。

**廿七(3月19日)**　摘杂诗百余联。

**廿八(3月20日)**　稍晴。

**廿九(3月21日)**　又雨。

**三十(3月22日)**　昼夜大雨。为翁悟卿女士作《耐寒庐图记》。骈体。悟卿名惠,吴县人。矢志不嫁,今年四十七矣。苏州太守李公颜其居曰"耐寒庐"。

## 三　月

**初一(3月23日)**　小雨。辰刻,寄翁鄂生书。巳刻,卢揖桥书至,言嘆夷大肆猖獗,虎门炮台业已失守,水师提督关天培殉难。

**初二(3月24日)**　稍晴。是日,将去冬以来所摘历朝佳句,分为三册。

**初三(3月25日)**　作乐府八章。《伍子胥箫》《高渐离筑》《祢正平鼓》《戴安道琴》《桓叔夏笛》《刘越石笳》《陈伯玉胡琴》《王摩诘琵琶》,此《鸳水联吟》十八集题。是夜,为东楼吸鸦片人所扰,彻夜不眠。近来家中文楷狂荡益甚,所交皆盗贼一流,吸鸦以外种种不法,不识将来伊于胡底也。

**初四(3月26日)**　昼夜大雨。

**初五(3月27日)**　午后雨止。代卢揖桥作乐府四首。《正平鼓》《安道琴》《叔夏笛》《越石笳》。申刻,张枕石过。

**初六(3月28日)**　大东南风,夜雨。辰刻,与于秋淦书。

**初七(3月29日)**　夜雨。巳刻,王梦莲过访并吊丧。

**初八(3月30日)**　大东南风,大雨。辰刻,过张枕石处,见县试正案。前十名:陈庆禧、张荩臣、钱抡奎、吴均、孙锦、陈周翰、张甲勋、吴煐、徐曰金、姚廷钦。是夜,梦于逆旅晤一女郎,年方廿二,貌既端丽,性尤温粹,知余为名下士,颇加礼敬。

**初九(3月31日)**　雨,夜更大。巳刻,得顾榕屏初六日覆函。

**初十(4月1日)** 昼夜大雨。午刻,晋畇自旧埭归。

**十一(4月2日)** 微雨。巳刻,买得胡氏地一块,将为父母葬处,交价七千,居间俞小渔谢意一两。马铁卿来访并吊丧。午刻,赠王梦莲赆仪二百。未刻,命晋畇代作岳半农寿诗。七律四章。

**十二(4月3日)** 偶晴。午后,过龚配京处长谈。是日,命晋畇录吴兴《盍簪集》诗廿八首。

**十三(4月4日)** 夜雨。巳刻,张蒲卿来见。午、未、申刻,评晋畇制艺五首,略加改政。"尊为天子"二句,"信近于义"四句,"其君用之"四句,"贫而无怨难","与衣狐狢"至"不求"。

**十四(4月5日)** 夜雨。午刻,与卢揖桥书。未刻,陈晓礓来见。

**十五(4月6日)** 大东北风。辰刻,过张溶波处。

**十六(4月7日)** 湿热,夜大雨。

**十七(4月8日)** 上午雨。午刻,张枕石来商事。是夜,梦见数十大龟,能作人语。

**十八(4月9日)** 始大晴。午刻,张氏招宴,命晋畇赴之。

**十九(4月10日)** 辰刻,购得李香沚《校经庼诗文稿》十七卷。价一百五十。

**二十(4月11日)** 大东北风,夜甚雨。是夜,梦屡读《戴记》中子贡问贵玉贱珉一章。

**廿一(4月12日)** 昼夜大风雨。辰刻,得揖桥回书,言二月廿六唤夷率火轮船与粤东官兵接仗,互相开炮,追驶至省河,见防守甚严,不敢逼近城垣,退至白鹤滩下椗。又钦差大臣裕谦廿八日诱擒白夷一名,即行正法,其人名喂咻哢嘚。

**廿二(4月13日)** 风雨不息。巳刻,晋畇到馆。

**廿三(4月14日)** 大西北风。巳刻,抄古文三首。

**廿四(4月15日)**

**廿五(4月16日)**

**廿六(4月17日)** 雨,夜更大。

**廿七(4月18日)** 大西北风,夜小雨。作《鸳水联吟序》。骈体,于秋淦托,已三年,是日始得为之。午后,过龚配京长谈。是夜,梦一人姓邓,名为来,乞《鸳水联吟集》。

**廿八(4月19日)** 稍晴。巳刻,陈东堂过。

**廿九(4月20日)** 夜雨。午刻,得于秋淦廿四日覆书,言《鸳水联吟》十六集黄子未已阅出,取十六人,余在第六。又寄来十二集刊本,共五十二首,内选余《睢阳妾》《康成婢》二首,选晋畚《介推母》《班固妹》《中郎女》三首。

## 闰三月

**初一(4月21日)** 大西北风。巳刻,寄于秋淦、费恺中书。

**初二(4月22日)** 酉刻,卢揖桥书来,知二月中暎夷直入广东省河,参赞大臣杨芳先期预备,择要埋伏。南赣镇总兵长春被炮子擦伤,右颧皮破血流,仍复奋不顾身,发炮击沉其三板船二只,人船俱没,并将其大兵船击断大桅。事闻,杨公从优议叙,长公赏戴花翎。

**初三(4月23日)** 大东南风。以上数日,重览所抄古文千余篇。

**初四(4月24日)** 上午雨。是日,大伤风。

**初五(4月25日)** 夜大雷雨。巳刻,寄钱塘教谕柯春塘书。

**初六(4月26日)** 大西北风,暴风竟日。辰刻,抄新乐府四首。是夜,梦从军。

**初七(4月27日)** 夜细雨。巳刻,费恺中答书来,赠余柳条笔十枝,乞借《镜池楼诗稿》,立即寄去。未刻,过钱小园昆季。

**初八(4月28日)** 午后大东北风,通宵霪雨。

**初九(4月29日)** 霪雨。

**初十(4月30日)** 大东北风。

**十一(5月1日)** 骤热。巳刻,张溶波、陈东堂过。

**十二(5月2日)** 毒热。夜大雷雨。巳刻,张溶波复来,始议定晋翁纳妇吉期。期在十月初十。是日,地上遍湿,恍如泼油一般,无可下足。

**十三(5月3日)** 夜雨。

**十四(5月4日)** 大西北风,午后大雨,夜更甚。

**十五(5月5日)** 昼夜雨,极寒。戌刻,得顾榕屏初十日书。是夜,梦救获一忠臣,乘危履险,万死一生,与前明朱祖文援周忠介公事无异。

**十六(5月6日)** 雨,仍寒。巳刻,报榕屏书。

**十七(5月7日)** 酉刻,见郡试正案。前十名:吴均、陈庆禧、孙锦、张荩臣、何炳星、刘懋松、屈钦谟、辜兆庚、钱抡奎、徐师垣。

**十八(5月8日)** 巳刻,寄钟穆园书。酉刻,马铁卿、陈东堂同过,铁卿借《嘉树山房文集》一部。

**十九(5月9日)** 夜雨。辰刻,顾榕屏书来,见赠《思补堂集》四卷。费恺中寄示《会试全录》,我邑中何绍瑾、张全镛海门改名二人,又钱唐吴若准、嘉善钱宝青俱捷。申刻,因有怒事,一蹶伤足。

**二十(5月10日)**

**廿一(5月11日)** 昼夜雨。辰、巳刻,摘录《思补堂》骈体七十余联。

**廿二(5月12日)** 昼夜雨。辰刻,收到顾榕屏及晋翁两书。巳刻,即寄两处覆函。申刻,吊门人周某丧。

**廿三(5月13日)** 夜雨。辰、巳刻,重摘《小谟觞馆》骈体一百三十余联。

**廿四(5月14日)** 是日,大伤风,涕泪不止。

**廿五(5月15日)** 始晴。辰刻,钟生覆书来。

**廿六(5月16日)** 夜半又雨。

**廿七(5月17日)** 夜大雨。

**廿八(5月18日)** 大雨。未刻,得晋翁廿五日书。

**廿九(5月19日)**　戌刻,得顾榕屏书。

**三十(5月20日)**　大晴。巳刻,陈东堂来。午刻,马铁卿来,即还《嘉树山房文集》。未刻,致陈生晓疆札,乞取花树数种。

## 四　月

**初一(5月21日)**　巳刻,陈晓疆贻虎刺、玉竹两盆。午刻,龚配京借《续同人集》一部。

**初二(5月22日)**　酉刻,得于秋淦书,并寄王诗石《新安游草》刊本。诗仅四叶,前列题词十余首,余亦与焉。

**初三(5月23日)**

**初四(5月24日)**　巳刻,答马铁卿,回,过李恪亭处。

**初五(5月25日)**　雨。是日又伤风。夜,梦与徐辛庵同榻,中夹少妇一人。

**初六(5月26日)**　夜微雨。

**初七(5月27日)**

**初八(5月28日)**　午后发寒热,盖小疟疾也。

**初九(5月29日)**　是日,闻廿一日取齐禾郡岁试。

**初十(5月30日)**　巳刻,寒热又作,阅两刻,即霍然而起。

**十一(5月31日)**　午刻,招丽春小饮。未刻,乞钱氏花二种,一午时莲,一黄月季。是夜,梦与顾榕屏、顾访溪、林雪岩等十余人同在一处,为大手笔事口角龂龂,各不相下。

**十二(6月1日)**　申刻,卢揖桥书来,内有粤人嘲琦相诗一律。

**十三(6月2日)**　巳刻,作书二函,寄张云槎、赵凌洲两道士。

**十四(6月3日)**

**十五(6月4日)**　以上二日,摘录《昭明文选》俪语约三百联。

**十六(6月5日)**　未刻,吊张氏丧。

**十七(6月6日)**　夜半雨。辰、巳、午刻,趁航船入城,赠费恺中《新安游草》一册。未刻,候顾榕屏,缴还诗集六种。申刻,办金银如意一双。价十八千。酉刻，费恺中招饮永和馆，夜宿西鼎字店楼。

**十八(6月7日)** 上午小雨，夜稍大。辰刻，见抄报，知粤东调兵八千有余。杨芳、怡良不急进剿，迁延观望，而反奏请通商。天子震怒，即将两人革职留任，以观后效。巳刻，候高藏庵。午刻，赠陆畹亭赆仪一洋。未刻，过江仁卿馆。酉刻，丽春招饮永和馆。戌刻，观霍王灯，听鼎云奏。

**十九(6月8日)** 卯刻，复过榕屏处，辰刻，晋畇从旧埭到城，将赴岁试。午、未刻，观永庆班戏于邑庙。酉刻，费恺中邀小酌。

**二十(6月9日)** 午刻，费恺中赠鱼腊一包。未、申、酉刻，附航船回家，得柯春塘十三日杭州覆函。

**廿一(6月10日)** 巳刻，与费恺中书，并以《生斋诗集》及余所作《红豆集》借之。午、未刻，至月桥观剧。

**廿二(6月11日)** 大东南风。

**廿三(6月12日)** 大东南风。

**廿四(6月13日)** 侵晓大雨。

**廿五(6月14日)** 以上三日大伤风，眼鼻皆痛楚不胜。是夜，梦见先君子盛服而来，较生时状更魁梧。问将何之，曰将入某处幕中。

**廿六(6月15日)** 卯刻，费恺中书来。

**廿七(6月16日)** 巳刻，贺郁氏迁居。午刻，趁嘉兴许姓航船。酉刻到东栅。

**廿八(6月17日)** 夜大雨。卯刻，候于秋泾，即定寓彼处，赠以《春农文稿》二册。辰刻，严松圃、孙啸岩、樊雨田、高宜圃名亮米，海盐庠生相继来访，赠松圃《抱月轩诗》一册。巳刻，过晋畇寓，即候计二田、名光炘，秀水人，富而好礼，兼有诗才。柯小坡。午刻，谒汪雨人学博，见其病容憔悴，心甚忧之。申刻，观廿五日所发古学案，阖郡取三十九人，平湖得其四。林福照、马元爔、何晋槐、顾桀，又府学陈锦。酉刻，偕唐菱伯、名寿萼，震泽人，工诗词。杨小铁、于秋泾，拟消夏题三十余个，以为明日公讌之用。戌刻,见李芝龄尚书所撰《鸳水联吟序》。

**廿九(6月18日)**　下午小雨。卯刻,观府学案,严炳第一,晋嵇在二等第八。辰刻,过卢揖桥、林雪岩两寓。巳刻,晤张春水。名澹,吴江诗人。午刻,诗社中五主人招同震泽唐菱伯,秀水计二田、董枯匏、樊雨田、严星岩、钱子振,嘉善柯小坡、黄飞青、黄丹秋,海盐高宜圃、吴彦宣,平湖顾榕屏、贾芝房、陈板桥、蒋竹音、高藏庵、张吉峰、林蝶仙、钟穆园,余子晋嵇,石门徐亚陶等,大宴于潘氏之燕贻堂。酒半,拈阄分题,余得"醉竹",晋嵇得"话雨"。即昨所拟消夏题。辞席不至者,惟嘉兴张叔未、汪一江,嘉善程莲寿,平湖张鹿仙四人。是日,始见前郡守金坛于公所刻《嘉兴府志》四十册,前列来访校对三十六人,平湖得其六,陈板桥、顾访溪、顾榕屏及余在采访分纂之列,费春林、张雨庵在校对之列。

## 五　月

**初一(6月19日)**　卯刻,六儿来见。巳刻,计二田答访。钟穆园即晋嵇来见,穆园以诗稿二册乞余评政,即同过沈筤溪。午刻,汪一江过会,柯小坡答访,以诗集两巨册属余甄选。申刻,偕严松圃、孙啸岩访徐亚陶。名鉴谦,年二十五,已补廪膳。

**初二(6月20日)**　辰刻,于秋淦出视黄石斋致某巡抚手札墨迹。巳刻,见平湖等第案。一等二十七人:张煦、徐金泰、顾广誉、周恭先、冯志熙、郑之侨、孙镜、沈国安、杨邦楷、钱锴、顾启、钱骏曾、马元爔、顾广伦、黄锦、郑丙铨、周培基、何晋槐、高秉礼、罗承本、徐保鉴、林福照、戈茂承、徐曰锴、夏庆霓、吴飞熊、方钊。以后正案大有移动。午刻,赠计二田文稿初、二集,偕顾榕屏访董枯匏。枯匏工诗,尤长楷书,与余戊子秋闱同号,彼至今不忘,盖笃实君子也。申刻,至杨小铁处,为新妇办衣四件,廿二千四百。小铁即招饮。

**初三(6月21日)**　夜后大雨。辰刻,严松圃招饮鳝丝汤。访车少芸不遇。名伯雅,仁和廪生。观平湖新进案。陈庆禧、周鸿藻、刘以烊、戈燕天、吴均、徐锦魁、徐曰金、刘庆墀、沈寅清、刘丕烈、崔文渊、马斯晋、刘懋松、沈步墀、鲍应荃、潘锡圭、朱知极、郭廷勋、张福基、张荩臣、姚廷钦、辜兆庚、郭以炯、袁汝罴、陆爔。拔府七人：陆子侯、张甲勋、王大铨、周之桢、马寿康、张清风、何伯毂。巳刻，过贾芝房寓。未刻，寻陆秋山、刘心葭，俱不遇。申刻，候翁小海，见其近诗一卷。诗笔清超而反为画名所掩。酉刻，杨小铁为余绘《扁舟访友图》。

**初四(6月22日)**　辰刻，偕樊雨田访相阮琴。名清，嘉兴孝廉，诗文并佳。巳刻，于秋泾赠唐菱伯新刻《绿语楼词稿》二卷。午刻，候吴彦宣。又过石砚农、刘心葭两寓。申刻，唐菱伯题余《扁舟访友图》。填词一阕。酉刻，为夏雨香题《检书图》。七绝一首。

**初五(6月23日)**　上午大雨。卯刻，寄蒋眉生书。辰刻，托陈板桥以《鸳水联吟》一部呈罗文宗。午刻，于秋泾邀同柯小坡、顾榕屏、贾芝房、杨小铁、孙啸岩及晋酚食鸭馄饨。申刻，访文后山，欲窥其清秘之室，主人拒不入。酉刻，为周辛甫题《竺桥丙舍图》。七绝三首。戌、亥刻，观《桐叶偶书》二册。国初俞显撰。

**初六(6月24日)**　夜雨。辰刻，过旧寓钱媪处。巳刻，翁小海答候，为余绘扇面一方，并题词二绝句。小海花鸟草虫妙绝侪辈，与余卅载旧交，故欣然命笔，不然非重价不能也。午刻，偕杨小铁过张副梅，即同访殷云楼，赠以二集文一部。名树柏，秀水贡生，工诗书画，年七十四矣。未刻，游岳王祠，精舍十余间，俱极幽雅。归饮副梅处。申刻，过黄丹秋寓。

**初七(6月25日)**　夜大雨。辰刻，为岳余三题《品砚图》。七绝二首。午刻，偕榕屏、芝房至陆秋山寓，适翁小海亦在，即同过张石匏、吴彦宣寓。彦宣赠新刻《小楳华馆词稿》二卷。酉刻，观《红梨社诗钞》。此庚寅年吴江陈梦琴、仲兰修等所举诗课也，□十四集。

**初八(6月26日)**　午刻，卢揖桥设筵招饮，同席林雪岩、刘抑斋、胡柳塘、辜菊泉、林蝶仙。申刻，将候郭止亭，名承勋，工书法。止亭亦来相访，适遇诸途。酉刻，晤钱石舫。萍矼之弟。戌刻，杨小铁、郭止亭复来,纵谈。是日,知四月初一亥刻至初二丑刻,粤东官军击沉嘆夷船七只,擒杀夷匪、汉奸多名。

**初九(6月27日)**　辰刻,过樊雨田。巳刻,陆秋山答访,殷云楼、周辛甫偕来,云楼先赠笔资一洋,属撰《西畴老屋图记》。午刻,赠林雪岩《鸳水联吟》一部。未刻,即在雪岩寓,偕徐易门、刘抑斋等八人同饮。

**初十(6月28日)**　午后雷雨。卯刻,题孙啸岩《秋灯迟梦图》。七绝二首。巳刻,以文稿初、二集命晋嵡于发落时呈罗文宗。午刻,相阮琴答访。未刻,见张副梅与于秋泾札,传殷云楼有怪余之言,殊为可骇。申刻,题王南庐《补梅山房图》、朱询樵《槐荫清署图》。各七绝一章。酉刻,秋泾赠湖颖八枝、印色半匣。

**十一(6月29日)**　昼夜大雨。辰刻,见童生古学案,平湖二人。陈庆禧、徐锦魁。巳刻,趁张氏两新进船。亥刻,回至新仓,得翁鄂生四月廿四日回书,并朱西生遗刻《知止堂诗录》两部。诗十二卷。

**十二(6月30日)**　巳刻,赠龚配京、巽和款扇各一方。樊雨田书、杨小铁函。午刻,配京留饮。

**十三(7月1日)**　雨。巳刻,命晋嵡贺郭、张两宅芹喜。

**十四(7月2日)**　未刻,徐宿生过,以王西庄《西沚集》见借。陈晓礓来见。申刻,陈板桥来借《张鲈江文集》。

**十五(7月3日)**　夜雨。卯刻,赠张生蒲卿红缨一顶、昌化图章一副。辰刻,寄费恺中、顾榕屏两书。即赠榕屏《知止堂诗录》一部。巳刻,吊李氏丧。未刻,代徐宿生题朱某小照。五古。

**十六(7月4日)**　夜大雨。辰、巳、午刻,评阅杨小铁《扫红村馆诗稿》八十一首,内《管夫人画竹壁》《柯小坡填词图》《西水驿坐雨》诸作俱妙极自然。加题跋数语。申刻,发卢揖桥书,并以郭、徐两姓喜庚传与胡柳塘。

**十七(7月5日)**　上午大雨。巳刻,王生小轩来见。

**十八(7月6日)**　未刻,费恺中覆函来。

**十九(7月7日)**　暴热。巳刻,陈板桥来。午后,观《吴中两布衣文集》。一陆铁箫,一顾醉经,篇篇浅陋,无可甄选。

**二十(7月8日)**　热。午刻,张生枕石来。未刻,晋翁到馆,余以柯、郭两姓喜庚,使其传与俞笑山。

**廿一(7月9日)**　晚小雨。辰、巳刻,作殷云楼《西畴老屋记》。骈体。戌刻,顾榕屏报函来,言我邑张金镛点庶常,何绍瑾及嘉善钱宝青俱用部属,卜葆鈖补试亦得,即用知县。榕屏又答赠湖颖八枝。

**廿二(7月10日)**　热。辰、巳刻,作程莲寿《借阴楼印谱序》。骈体,柯小坡所托。午刻,招丽春食黄鳝。

**廿三(7月11日)**　上午大热。卯刻,陈板桥还《鲈江文集》,复借《骈体正宗》一部。辰刻,咏《醉竹》一首。五古。午后,观《黄南雷文集》。

**廿四(7月12日)**　夜雨,大雷。巳刻,发计二田、于秋淦两书,缴秋淦《吴中两布衣文集》,又寄还杨小铁诗稿。未刻,赠张少江《鞠照山房诗集》二册。

**廿五(7月13日)**　夜半,大雷雨。抄古文六首。

**廿六(7月14日)**　抄杂诗五十一首。辰刻,陆畹亭书来,阅之,适增愤怒。午刻,与卢揖桥书。

**廿七(7月15日)**　下午雨。以上二日,评阅钟穆园《梦琴山馆诗》三百四十三首,存十之七,内《南宋画院歌》《槜李神弦曲》《吴越杂事诗》及《武林纪游》诸作,沉博绝丽中,用笔处都觉空灵,尤集中之杰出者。加以一跋。是日,逐出恶徒洪四。洪四年仅十余,不法已极,将来不知作何许人物。

**廿八(7月16日)**　摘《知止堂》《墨磨人斋》《梦琴山馆》诗百余联。酉刻,寄钟穆园书。是夜,梦遇武原张春樵。

**廿九(7月17日)**　摘录《西沚集》三十余联,又抄乐府四首、杂诗三十首。

## 六　月

**初一(7月18日)**　辰刻,题顾榕屏诗集。七律一首。即发榕屏书。申刻,始阅毕柯小坡诗七百六十首,删存十之六七,细加评语,又题五律一章。小坡诗纯驳互见,如《捕蟹行》《瓦女士歌》,俱能神变挥霍,出有入无,而《梧州》《清江》纪游诸作及赠友之诗亦多佳者。

**初二(7月19日)**　辰、巳刻,为于秋泾作《访石图记》。即舞蛟石也,此己亥三月十三日事。

**初三(7月20日)**　大东南风。酉刻,寄柯小坡书,并缴《瓶水斋集》八册。戌刻,钟穆园书来。是日,张巨源死。

**初四(7月21日)**　大东南风。巳刻,闻人言四月上旬暎夷攻广州,将陷广州府,余保纯向彼面议息兵,馈以番银六百万元乃止。

**初五(7月22日)**　夜热。辰刻,于秋泾答书来,言《联吟》十七集为毕子筠大令月旦定十六卷,余在第七,晋翁在十五。巳刻,陈板桥还《骈体正宗》,复借《宋四六》一部。午刻,陈生晓礓邀同板桥饮于耿楼。

**初六(7月23日)**

**初七(7月24日)**　作《博徒说》骈体。

**初八(7月25日)**　是夜,梦晋翁考试题"必先苦其心志"三句。

**初九(7月26日)**　卯刻,得卢揖桥书,言粤东钦差大臣有与暎夷和议之奏。且言此事实系暎国因各夷岛索还烟价,出于不得已。又闻林则徐、邓廷桢二公有充配极边之信。申刻,寄钟穆园书,并以《清啸集》赠之。

**初十(7月27日)**　巳刻,与于秋泾书。未刻,龚配京还《续同人集》《竺国纪游》两种,复借《陔余丛考》十二册,配京言李云帆于十日前死。

**十一(7月28日)**　热。作《通草蝴蝶长歌》加骈体序一篇。此康熙间甪里灵光庵侧吴氏二贞女事,郡志失载,今《联吟》十九集以此为题。卯刻，顾榕屏书来，寄至张蒲卿认保谢仪两洋、刘翼之一洋。玩书中意，知初一日余所寄札未到。午刻，覆榕屏信。

**十二(7月29日)**　咏《野塘》《野园》《野庙》《野航》各五律，《漶湖渔唱》六言绝句六首。此亦十九集题。

**十三(7月30日)**　代费恺中作十九集诗课全卷。巳刻，张蒲卿来，呈谢师贽仪一洋。申刻，张枕石来，以所作两张试艺托余酌改。

**十四(7月31日)**　卯刻，将两张试卷稍易数十字，各加评语，即付与枕石。申刻，陈晓疆来。

**十五(8月1日)**　凉。卯刻，顾榕屏书到，始知初一日所寄之书并不遗失。辰刻，题朱丽川小像。短七古。巳刻，陈板桥还《宋人四六》一部。午刻，发丁溉余书。

**十六(8月2日)**　午后雨。辰、巳刻，作纪事诗七律四首。痛暎逆之强梗也。

**十七(8月3日)**　大东北风，极凉。

**十八(8月4日)**　巳刻，吊徐氏丧。以上二日，重阅甲戌以来日志。

**十九(8月5日)**　晓雨。

**二十(8月6日)**　雨极凉。午刻，得卢揖桥书，并寄至黄西峰所绘《扁舟访友图》。未刻，答揖桥书。

**廿一(8月7日)**　黄昏小雨。以上三日，将《古诗源》加墨一过。

**廿二(8月8日)**　竟日雨，极凉。书罗提督平逆猺赵金陇事。骈体，其事迹采诸周宜亭、司马平□述略。辰刻，得晋翁十八日禀，言六月初一后卧病十余日，近稍痊可。午刻，寄晋翁书，嘱其慎于保养。

**廿三(8月9日)**　黎明大雷电，雨，有暴风。竟日雨，亦不小。

**廿四(8月10日)**　极凉。

**廿五(8月11日)**　凉。巳刻，陈生晓疆、王生小轩同来。午、未刻，为晓疆改《联吟》十九集诗课全卷。

**廿六(8月12日)**　夜半雨。巳刻，过陈生处。

**廿七(8月13日)** 午后雷。以上数日,将《唐诗别裁》加墨一过。

**廿八(8月14日)**

**廿九(8月15日)** 热。

**三十(8月16日)** 大热,夜更甚。

## 七 月

**初一(8月17日)** 晚,大风,有雷。卯刻,于秋涂覆书来,并寄新刊余所作《鸳水联吟序》,字为董枯匏书。又怀人七绝十章,余亦与焉,诗皆切贴不移。是夜,梦从小径访友,道路嵚崎,旁临绝涧,心虽惴惴而勇进不衰。

**初二(8月18日)** 卯刻,途遇金杏园,误认余为晋翎,不知其何以昏迷至此。酉刻,得张云槎书,并所绘《扁舟访友图》七绝诗一首。卢揖桥亦有书来,兼呈陈小岩所绘《扁舟访友图》。陈君名焕,吴江人。

**初三(8月19日)** 大热。

**初四(8月20日)** 大热。巳刻,发翁鄂生书。午刻,复得张云槎书,即行札覆。

**初五(8月21日)** 黄昏小雨。午刻,卢揖桥书来,言靖逆将军奕山连次请和,□□□琦善无异。御批已允,准其仍旧通商。乃暎夷梗化如故,更添兵船声,言欲至浙江复仇,盖因钦差大臣裕公谦曾擒戮夷目一人,且掘焚定海夷尸故也。现在裕公领兵到镇海筹办,有奏疏一本,抉摘夷情,不遗余力。未刻,过钱小园处。

**初六(8月22日)** 申刻,覆卢生书。

**初七(8月23日)** 热。卯刻,晋翎书来,知旧门人俞铁涯死。辰、巳刻,改晋翎《联吟》十九集诗课全卷。原本七古颇可。以上数日,将《明诗别裁》加墨一过。

**初八(8月24日)**

**初九(8月25日)**

**初十(8月26日)**　黄昏大雨。巳刻,得柯小坡覆书,寄至程莲寿所赠名号图章二方,谢石云、许绮亭、顾默庵、黄飞青所题《扁舟访友图》。石云七绝二,绮亭七绝三,默庵、飞青皆填词而默庵词最妙。卢揖桥亦有书来,言象山洋面有夷船三只,在彼试演大炮,殊为可恼。揖桥又赠水蜜桃八枚。

**十一(8月27日)**　大热,夜更甚。以上二日,重览王阮亭《古诗笺》一过。

**十二(8月28日)**　黄昏大雨,有雷。辰、巳、午刻,为顾榕屏作《横山草堂图记》。骈体。

**十三(8月29日)**　午后小雨,有雷。

**十四(8月30日)**

**十五(8月31日)**　午刻,与于秋淦书,附十九集诗四卷。

**十六(9月1日)**　夜热。卯、辰、巳、午刻,趁航船到城,得于秋淦信,并吴彦宣所绘《扁舟访友图》。未刻,候顾榕屏,知钱梦庐已卒。申刻,与晋翁书。酉、戌刻,与费恺中长谈。夜宿东鼎字店。

**十七(9月2日)**　夜大热。卯、辰刻,趁航船到乍浦,赠卢揖桥《鸳水联吟》十二卷。巳刻,偕钟穆园候徐芸岘,以《鸳水联吟》一部赠之,即以十八集托其月旦。午刻,晤张星岩,见其近诗一卷。名锡魁,永嘉人,在乍浦行商,跛一足而能诗。未刻,访沈浪仙,名筠。出视近诗数百首。申刻,过胡柳堂馆。酉刻,徐芸岘答访。夜宿钟宅。是日,知奕山请和唤夷以后,广东义民奋勇击贼,擒戮三百余人,逆酋伯麦嚗哔碎尸万段。又有义民晓谕唤夷一纸,洋洋数千言,语虽鄙俚,而字字理直气壮,阅之大快人心。六月初四寅刻,广东飓风大作,波涛山立,尖沙嘴所泊大小夷船漂流破碎,汉奸及夷人死者无算。

**十八(9月3日)**　日中小雨,有雷。卯刻,候刘心葭,谈至日中,留午饭。回,过马立峰,又寻顾篆香,不值。未刻,徐芸岘招同韩梦云、名印海,捐通判,曾署同知。贾芝房、何雪堂宴集观海书院。酉刻,散席,至鄞江会馆,晤陈小岩。戌刻,见紧急文报,知六月杪唤夷又新到无数船只。义律革领事回国,另差扑鼎喳为伪元帅,投递夷书,言要定章程,照去年七月在天津呈诉各条办理。如广东不能承当,即于七月初二起椗北上,再偕宰相商议。是日,沈浪仙、张星岩、胡柳堂陆续见过,俱不值。夜,揖桥留宿鄞江会馆。

**十九(9月4日)** 凉。卯刻,沈浪仙招食鸡面。巳刻,至贾芝房馆,即同芝房、穆园步海塘,观新筑军垒。马立峰答候,不值。未刻,过杨酉麓,不遇。申刻,过林雪岩、伊铁耕、徐翰香三处。雪岩以徐西涧诗稿四卷惠赠。戌刻,偕刘幼园饮揖桥处。是日,闻邓晴溪倚恃官长,诈财害命,横行无忌,乍浦人痛入骨髓,无路可诉。

**二十(9月5日)** 辰刻,贾芝房过,徐翰香答候。巳刻,游城隍庙,候耀宾道士。又过温元帅庙、晏公庙。未刻,揖桥出视祝枝山所书《千字文》真迹。申刻,偕揖桥、穆园、柳堂等步汤山下。刘心葭、沈浪仙同过,不值,浪仙题余《扁舟访友图》七古一章,又见赠五律一首。酉刻,题张星岩《吴苑寻诗图》五律一首,加以跋语,星岩亦为余题《访友图》七绝二首。

**廿一(9月6日)** 晴雨相间。卯刻,林雪岩、刘心葭过,心葭以诗稿二百首乞余删定。辰刻,揖桥唤舟,招同穆园、柳堂、蝶仙作独山之游。午刻,泊新兴镇,入沙井庵,谒张魏公祠。庵中有守兵数十,登独山顶,观大洋山顶新筑炮台,亦有戍卒。申刻,回至乍浦。酉刻,寄赠辜菊泉《天后圣迹图》二册。是日,杨酉麓答访,不值。

**廿二(9月7日)** 侵晓雨。辰刻,过沈浪仙,留朝膳。浪仙言江南地界大半水灾,而镇江淹没尤甚。巳刻,复过徐芸岘,不遇。即过曹淡秋,淡秋留饮,谈至日昳而返。酉刻,晤汪鹿庄。

**廿三(9月8日)** 热。夜半大雷雨。卯刻,沈浪仙来送行,亦赠徐西涧诗二册。辰、巳刻,趁航船到平湖,过顾榕屏,留中膳,始见何亥卿、孙秋溪所刻《盍簪集试帖》,约一百五十首,内选余《松高白鹤眠》一首。未刻,偕榕屏过高藏庵、张吉峰。申刻,与晋翁书。酉刻,费恺中招饮戴店。

**廿四(9月9日)**　凉。昼夜雨。巳刻,费恺中还《生斋集》一部。酉刻,家丽春招小酌。

**廿五(9月10日)**　昼夜雨,日中尤大。辰、巳、午刻,附便舟回家,知四官妻杨氏于昨日病死。未刻,过龚配京。酉刻,阅杨西麓《闲云潭影词》二卷,系徐芸岘所赠。

**廿六(9月11日)**　雨。卯刻,过张枕石处,接到丁溉余小柬并近诗三帙,索余骈序。辰刻,寄于秋泾书,缴吴思亭《佳句录》四册。午刻,过张溶波。

**廿七(9月12日)**　夜雨。巳刻,卢揖桥书至,并邱琢轩所绘《扁舟访友图》。书中言七月十一日,㖞夷船三十余只抵闽,攻厦门,陷之。未刻,至钱季园处,知郭同舟病殁。

**廿八(9月13日)**　日夜大雨。

**廿九(9月14日)**　始晴。

## 八　月

**初一(9月15日)**　未刻,徐宿生、陈板桥过。申刻,吊徐氏丧。

**初二(9月16日)**　夜雨。巳刻,闻人言河南水发,沉没数县,又黄河岸崩九百余丈。

**初三(9月17日)**　晴雨相间。午刻,寄沈浪仙、卢揖桥两书。

**初四(9月18日)**　卯刻,得揖桥初一日书,言镇海洋面有夷船五只,裕制军命参将周维藩等执持令箭,驻扎镇海县招宝山口,传知闽广商船,只准出口,不准进口,乍浦防堵亦日益加严。未刻,马倜卿、陈板桥同过,倜卿借《三苏文钞》一部。

**初五(9月19日)**

**初六(9月20日)**　日中雨。

**初七(9月21日)**　作丁溉余诗序。骈体。午刻,晋酚自馆中归。未刻,丁悦兰过访。名桂虎,啸桥人,别已三十七年。申刻,岳余三寄信来,逼索纸价七十二文。余为余三效劳多矣,未蒙其丝毫之惠,今夏仅欠纸钱七十二文,百里之遥,寄书逼索,以彼冒居风雅,而所为乃出市井小人之下,不亦深可恶哉?

**初八(9月22日)**

**初九(9月23日)** 辰、巳刻,作《独山纪游》诗。七律二首。陈板桥来,示罗文宗诂经精舍课题十余个,乞余助作。余力能为之,然为他人作嫁衣裳,心所不愿。午刻,沈浪仙报函来,乞撰诗序,见赠《镜池楼诗》六卷。申刻,龚配京过,借《困学纪闻》六册。戌刻,寄卢观成、蔡质轩两书。

**初十(9月24日)** 作《沈浪仙诗序》。骈体。辰刻,顾榕屏书至,内有《扁舟访友图》题辞。七古。巳刻,张生蒲卿来。申刻,费恺中寄赠万年青一盆,其子累累如贯珠。戌刻,观万寿灯。今年灯彩不及辛卯、乙未年远甚。

**十一(9月25日)** 卯刻,寄丁溉余、沈浪仙两书,各附诗序。午刻,钟穆园书来,内有《扁舟访友图》题句。七律。书中言林公少穆改谪东河效力,承办水灾。

**十二(9月26日)** 是日,为晋谿准婚期于徐氏。共费十千。酉刻,设席酌,张溶波招张枕石同饮。

**十三(9月27日)** 雨。午刻,见浙闽总督颜伯焘一疏,备言和议之非,琦善、奕山、隆文、杨芳等开门揖盗之罪,字字痛切。

**十四(9月28日)** 日夜大风雨。评点刘心葭诗二百首,删存其半,为题五律一章。心葭不以诗鸣而诗有真趣,如《渡太湖》《过临平》《读陶靖节传》《谒李介节祠》诸律,皆清峭可喜。

**十五(9月29日)** 日夜大雨。未刻,沈浪仙谢函来。申刻,发刘心葭书。

**十六(9月30日)** 雨。辰刻,吊沈氏丧。是夜,梦自高楼跃下,兀立不动,身无毁伤。

**十七(10月1日)** 午后,雨。午后,重阅《东华录》一过。

**十八(10月2日)** 稍晴。卯刻,得刘心葭书,为余题《扁舟访友图》。七古。又评改晋畇诗艺五首。“子帅以正”二句，“君子反经”二句，“焉知贤才”至“所知”，“如知为君之难也”二篇。卢揖桥亦有书来，言浙洋夷船有二十七只，乍川人心惶惶，又有迁徙者。

**十九(10月3日)** 巳刻，徐宿生来，借近人诗稿两种，又赠以《诗石遗稿》一卷。

**二十(10月4日)** 重阅《四六法海》。是夜，梦随大将军剿寇，水陆有备，寇不能测我虚实。

**廿一(10月5日)** 辰刻，钟穆园书来，言《联吟》十八集徐芸岘近始阅出，共四十八卷，取二十八名，余在第四，又一卷第九。又言四明夷船日益见增，招宝山外停泊四五十号，现在六省海口俱已封禁。徐芸岘亦有书来。巳刻，徐宿生缴诗集两种。钱继园过。晋畇到馆。午刻，覆钟生札。张蒲卿来，携至丁溉余所赠笔资两洋。未刻，寄于秋泩信。申刻，闻城中前日擒获汉奸六人。

**廿二(10月6日)** 阅《四六法海》。

**廿三(10月7日)** 申刻，王小轩过。酉刻，陈板桥过。

**廿四(10月8日)**

**廿五(10月9日)** 午刻，王椒轩招宴，同饮共十三人。亥刻散席，微醉。

**廿六(10月10日)** 热。

**廿七(10月11日)** 热。巳刻，得钟生书，言十三至十六日，㖦夷攻定海，被定海镇葛云飞击毁火轮船一只。该夷于十四日由陆路晓峰岭而上，经寿春镇，王锡彭奋勇扼拒，杀敌无算。至十七日，该夷仍更番迭进，王镇军伤重殉节，晓峰岭失守。由岭攻竹山门处，州镇郑国洪阵亡，葛镇军与定海令舒恭受势孤不支，亦先后殉难。又乍浦忽来闽广人五十三名，手持佛，腰缠银，足裹刀，突然弃舟登岸，幸官兵一一擒获，鞫询一夜，不得其情。

**廿八(10月12日)** 上午雨。卯刻，得顾榕屏信，亦言海警甚急。

**廿九(10月13日)**

**三十(10月14日)**　巳刻,陈板桥过。午刻,徐宿生过,皆言海氛日炽,乍浦日夕添兵,文武大员皆面如土色。申刻,发卢揖桥、顾榕屏两书。

## 九　月

**初一(10月15日)**　辰刻,再寄于秋泾书。中元后已寄三札,一无回音,秋泾素性迟缓,而又疏略,凡事皆然,不得已,再催促之。贾芝房书来,并《扁舟访友图》题词。小七古。又见借彭乐斋《白鹤堂文集》二册。

**初二(10月16日)**　巳刻,徐宿生来,言廿六日镇海失守,钦差大臣裕公殉难,全浙为之夺气。徐州镇谢朝恩亦战死。

**初三(10月17日)**　雨。辰刻,沈浪仙书来,并赠《乍浦文献》八册。

**初四(10月18日)**　上午小雨。午刻,龚配京赠一熟鸡。

**初五(10月19日)**　辰刻,费恺中、卢揖桥皆有书来,言宁波府城被围,甚急。家丽春亦有书来,内有广东新编戏目八十出,从《禁鸦片》起至《攻广州》止。又言初四日清晨,小街徐德顺烛店失火,焚死二人,鲁春园父子柩亦被焚毁。午刻,赴钱季园招。申刻,丁溉余书来,为题《扁舟访友图》七律四首,又姚水北题五律二首。

**初六(10月20日)**　黄昏雨。辰刻,于秋泾、孙啸岩书来,啸岩为余题《扁舟访友图》,五古。又诗局中赠湖颖八管。此十八集所得彩也。晋翁亦有书来,问暎夷消息。是夜,梦一无赖子卧余房门前唱曲。

**初七(10月21日)**　夜大雨。抄古文五首。辰刻,寄沈浪仙及晋翁书。巳刻,与费恺中书,赠以刘砚芬《侍庐集》、陆拙轩《当湖竹枝词》、吴彦宣《小梅花馆词》三种。

**初八(10月22日)**　上午雨。抄古文六首。是夜,梦黑暗中走一大桥,桥名韦陀,适有人提灯而来,乃得随之而过。

**初九(10月23日)**　晚雨。抄古文五首。辰刻,得卢揖桥信,言嘆夷直逼宁波府城,城中已空,所属各县遭劈,开鸭蛋船到处劫掠,半死半逃。提督余步云方与议和,嘆夷将分船往天津、上海矣。

**初十(10月24日)**　寒。

**十一(10月25日)**

**十二(10月26日)**

**十三(10月27日)**　寒。

**十四(10月28日)**　夜半雨。阅《乍浦文献》。是夜,梦晤一人,姓张,号西洲,富而能诗,尤善诙啁,与余一见如平生欢。

**十五(10月29日)**　辰刻,费恺中报函来。巳刻,龚配京过。是夜,梦至一处校艺,余易姓名曰梁份,名列第四。

**十六(10月30日)**　辰刻,报贾芝房书,缴《白鹤堂文集》。未刻,陈板桥来,以海盐马少白诗属余撰序。

**十七(10月31日)**　黎明,得顾榕屏书,并高藏庵所题《扁舟访友图》。词一阕。辰刻,趁航船,适马倜卿昆仲亦在船中,谈论甚洽。未刻到城,费恺中招饮戴店。申刻,至陆氏妹处,取花四盆:一栀子、一桃庄、一西番莲、一金丝梅。戌刻,家丽春招饮,夜宿东鼎字店楼。是日,知吴山客、鲁介庵以修城垣、团乡勇为名,勒索富人,从中取利,城中人愤愤不平,有标贴俚言发其奸险者。

**十八(11月1日)**　夜大雨。巳刻,至高藏庵馆,畅论古文原委。回,过卢少牧处一谈。申刻,偕费恺中小步城南,过斗姥阁,入报本寺,遍观东湖秋景。陆一帆来访,不遇。戌刻,恺中复邀小酌。是日,闻方子春继孙又殇。

**十九(11月2日)**　雨。巳刻,附家继安舟。申刻回家,见浙抚刘韵珂一疏,具言封疆失守由于战具空虚,言言沉恸。

**二十(11月3日)**　午刻,至龚配京处,即留食蟹,谈至傍晚而返。是夜,移卧具于楼下。

**廿一(11月4日)**　申刻,寄卢揖桥书。

**廿二(11月5日)**　夜大雨。辰刻,继安处插香。未刻,招陈晓礓来。

**廿三(11月6日)**　雨。巳刻,得卢生信,知朝命奕经为钦差大臣,特依顺、文蔚为参赞大臣,兼程赴浙,不日可到。前定海失守时,舒恭受竟得不死,有旨属其息心调理。又言白夷颇讲情理,黑夷与禽兽无异,大肆奸淫掳掠。现在安南、日本、琉球船六七十号俱在浙洋,据云特来调和。又暎夷伪示一纸,称其国主为大英皇后[①],称我朝为满洲皇,大骂林公则徐、裕公谦,至称裕公为恶贼,览之不胜怆然!

**廿四(11月7日)**　日夜大雨,亭午竟有疾雷。午刻,继安招饮,同席张枕石等八人,一鼓始散。

**廿五(11月8日)**　日夜大雨。辰刻,得海盐赵凌洲道士书,为余题《扁舟访友图》五古一首。又代征俞秋园畯画、黄椒升锡蕃七律一首、杨樵谷埰七绝二首、朱未梅葵之五律一首、赵竹亭淳履七绝二首、张厂山毓林四、五、六、七言各一首。其册页亦凌洲所代办,并非余所托者,斯真不愧知己,展阅再三,为之距跃三百。

**廿六(11月9日)**　夜雨。

**廿七(11月10日)**　上午大雨。

**廿八(11月11日)**　酉刻,马倜卿还《三家文钞》。以上三日为丽春料理嫁妹事。

**廿九(11月12日)**　夜大雨。午刻,晋翁至自馆中。

## 十　月

**初一(11月13日)**　日夜雨。巳刻,顾榕屏书来,并寄至郭少莲名枏,吴江人所题《扁舟访友图》,调寄《买陂塘》。立即覆书。

**初二(11月14日)**

---

① 黄金台日记中凡称“暎夷”“暎人”“暎船”皆用“暎”;然“大英皇后”“英帅”用“英”。

**初三(11月15日)**

**初四(11月16日)** 申刻,陈板桥赠晋翁新婚诗四首。集唐七绝。酉刻,费恺中寄示俚诗三十七首,皆讥刺永安局司事者,语虽粗鄙,然亦大快人心。以上五日,为继安料理纳妇事。

**初五(11月17日)** 小雨。辰刻,至张溶波处起媒。

**初六(11月18日)**

**初七(11月19日)** 辰刻,钟穆园书来,言四明夷船大半俱往天津,前命来浙之钦差数员及诸路官兵中途复调回天津,惟扬威将军奕经不日到浙。又绍兴一带有天台僧三百余人,皆系奸细,已经拿获数僧,余姚获伪官二名,俱有顶带,一吴姓,一陈姓。又杭州有贩夫王二麻子者,绰号沙和尚,刘抚军闻其名,召至,激以忠义,劝集义勇,两日内招募万人。巳刻,覆穆园书。是夜,梦游福泉寺。

**初八(11月20日)** 巳刻,贾芝房书来,赠晋翁新婚诗四首。七绝。是日,招张枕石书帖,家丽春、古碳办理杂务。

**初九(11月21日)** 巳刻,致礼于徐氏,共十二盘。午刻,丁溉余书来,并赠婚仪。申刻,徐氏送妆来。近日送婚仪者,共六十七家,约钱十五千。

**初十(11月22日)** 始大晴。午刻,宴诸亲友。申刻,为晋翁成亲,王小轩、陈晓礓两门人执花烛。数日来,劳心费力,昼夜不眠,幸精神尚健,不至困顿。

**十一(11月23日)** 巳刻,受新妇谒见礼,诸亲友陆续拜贺。

**十二(11月24日)** 巳刻,命晋翁至马氏贺喜。午刻,得顾榕屏书,为余代题海盐俞秋园《晴窗点笔图》。七绝二。申刻,赠张枕石绣袋两个、杂物三件。

**十三(11月25日)** 巳刻。报丁溉余书。是夜有警。

**十四(11月26日)** 大东北风。午刻,赠小轩、晓礓、丽春、古碳绣袋各一个。

**十五(11月27日)** 昼夜大雨。巳刻,徐亲家来看女。午刻,设席三筵,两待宾客,一待新妇。

**十六(11月28日)**　日夜大雨。巳刻,新妇归省。申刻,新妇回来。

**十七(11月29日)**　下午雨,夜更大。巳刻,至张溶波处谢媒。午刻,结婚费自联姻至回门,共用一百四十千有余。

**十八(11月30日)**　夜雨。午刻,赴马氏会亲酒,同宴魏霞飞等三十五人。戌刻回家,席尚未散。余生平遇酒筵,凡拇战猜花,屡胜大敌,是日尤转战无前,当余锋者,靡不摧败。

**十九(12月1日)**　大西北风,夜雨。巳刻,见俚言一篇,句法摹刘梦得《陋室铭》,内云"有模楷之不肖,有晴雨之情形",盖指鲁介庵、吴山客、何晴园、殷雨亭也。午刻,以柯氏女喜庚传于徐同甫子、张氏女喜庚传于柯春塘子。

**二十(12月2日)**　大西北风,雨仍不止。巳刻,钱季园来,以所作徐笛舫挽诗六首,又钱省川四首,皆乞余改正。季园言昨夜有野鸭数万,自北飞来,远近田禾大半被啖。未刻,龚配京借《从政观法录》八册。

**廿一(12月3日)**　寒。始晴。巳刻,于秋泾书来。申刻,答赵道士书,赠以友人诗二种。

**廿二(12月4日)**　大寒。午刻,覆贾芝房、顾榕屏两书。未刻,命晋翖代题施书舟《芦川夜读图》。五古。

**廿三(12月5日)**　巳刻,报于秋泾书。

**廿四(12月6日)**　作《马少白诗序》,其犹子镕斋所托,骈体。并评点其诗四十四首。诗甚浅俚,只《维扬怀古》四绝句略佳。是日,心有默怒。

**廿五(12月7日)**

**廿六(12月8日)**

**廿七(12月9日)**　巳刻,马倜卿、陈板桥同过。

**廿八(12月10日)**　夜半雨。巳刻,徐亲家遣其子来,留中膳。

**廿九(12月11日)**　大西北风。

**三十(12月12日)** 寒。夜雨。

## 十一月

**初一(12月13日)** 雪。作五古四首:一《兰亭觞咏》、二《松陵唱和》、三《月泉吟社》、四《玉山雅集》。又七律二首,《题小长芦钓鱼师图》。此《鸳水联吟》二十集题。

**初二(12月14日)** 极寒。夜大雪。又作二十集诗课全卷,代张枕石。

**初三(12月15日)** 昼夜大雪。午刻,张蒲卿招饮连姻酒,余已食中膳,不赴。

**初四(12月16日)** 大雪。午刻,阅《谷音集》。以上大雪四日,平地积至五尺,道无行人,比户至于罢市。

**初五(12月17日)** 雨。申刻,作《娶妇诗》一章。七律。

**初六(12月18日)** 未刻,赠龚氏婚仪。是日,新妇亦病。是夜,梦先君子来,余告以已购近地一分,将为双亲葬计,先君子大悦,因名其地曰"鹗阳"。

**初七(12月19日)** 大寒。重阅《宋名臣言行录》。是夜,梦与顾访溪、何琢堂等公宴,其中大半多亡友,水路奇珍,无品不备。

**初八(12月20日)** 复雪。

**初九(12月21日)** 大寒。

**初十(12月22日)** 大寒。

**十一(12月23日)** 大寒。

**十二(12月24日)** 寒。辰刻,赴龚氏婚宴。巳刻,新妇复回母家。

**十三(12月25日)** 大寒。览《从政观法录》。是日,闻杭、湖两郡大雪后压倒房屋甚多,杭州雪至一丈有余。

**十四(12月26日)** 大寒。巳刻,晋翁始到馆。午刻,贻李氏婚仪。

**十五(12月27日)**　极寒。作骈体一篇,示晋酚。备叙二十余年鞠育教授之恩,言言沉痛,一无虚饰。

**十六(12月28日)**　极寒。巳刻,陈板桥来,携至马少白所馈笔资两洋。

**十七(12月29日)**　极寒,夜更甚。是夜,梦复游张氏之婴山。

**十八(12月30日)**　寒。览《关神武圣迹图》。以上半月,寒气彻骨,月初所降大雪冻如铁石,积久不消,嘉庆改元之岁尚不至此。

**十九(12月31日)**　寒。午刻,卜达庵拜会,兼吊老母丧,言将之官西蜀。未刻,赴龚氏会亲酒,同宴四十余人。席间,有人言金山地界因大雪坍房毁壁,伤人实多,嘉兴有一人为冰条打死,尤奇。戌刻回家。

**二十(1842年1月1日)**　寒。复雪。巳刻,作七律一章,送别卜达庵。申刻,与卢揖桥书。是夜,梦见大小船十余号,前呼后唤,橹桨如飞,问其何为云,恐遭劫也。

**廿一(1月2日)**　酷寒。申刻,致于秋泎书。是夜,梦遇一人,姓陈,字明肸,与余情好甚密。又梦偕一女子同舟,年约十六七,貌颇明艳。

**廿二(1月3日)**　酷寒,无物不冻。巳刻,作《愤言》一篇,叙二十余年操家之苦。午刻,陈板桥来,言宁波妇女多为噗夷掳去,其不从者立杀之,天宁寺后积尸如山。是日,闻林西家卒。

**廿三(1月4日)**　寒。辰刻,访黄芝生。一月以来,天气严冷,雪久不消,菽麦萌芽已遭冻绝,西路尚有未刈之禾,来岁春间生计必促,良可寒心。

**廿四(1月5日)**　复大雪。辰刻,费恺中书来,言噗夷于十六日占据余姚,官兵不复相拒,任其所为。钦差奕将军羁留吴郡,日以声色自娱,时事如此,真不可解。

**廿五(1月6日)**　巳刻,作《拆屋叹》,刺奇六也。乐府。

**廿六(1月7日)**　雨。辰、巳、午刻,趁航船到城,答候卜达庵,赠以赆仪。纹银二钱四分。达庵留中膳，谈论两时，知琦善、伊里布、乌尔恭额、邓廷桢俱已遣戍。酉刻，费恺中招饮，夜宿徐鼎字店楼。是日，见平湖人家无屋不漏，器物多被浸坏。

**廿七(1月8日)**　雨。巳刻，候顾榕屏，出示近诗一卷。内《大雪纪事》《凫阵谣》《募乡勇》诸作最佳。访贾芝房，不值。午刻，复至榕屏处，芝房先生已坐待，亦示近诗一册。中多感事之作，而《翁洲叹》《甬东哀》尤为悲壮。申刻，访朱丽川。酉刻，丽春招饮。

**廿八(1月9日)**　巳刻，朱丽川答访。申、酉、戌刻，趁航船回家。是日，闻各路荒歉、春花未种者十之六七，大雪后百物翔贵，各处有抢劫之患。

**廿九(1月10日)**　巳刻，钟生穆园到，言八月中台湾淡水、三沙湾击沉暎夷大兵船一只、杉板船数只，格杀白夷五名、红夷五名、黑夷廿五名，生擒黑夷一百三十三名。总兵达洪阿、台湾道姚莹、参将邱镇功、守备许长明俱交部从优议叙。九月以来，乍营探子至宁波，探得夷事二十余条，知伪元帅扑鼎喳居月湖书院，伪陆路提督郭士立居宁波府署，伪水师提督巴吉居鄞县署，俱坐八人绿呢轿，张红伞。又夷目鸣□在镇海每日操演兵法，教汉奸诸般武艺，纪律极严。鄞县生员陈士俸为夷人重用，文墨俱出其手。凡大户索银一万两，中户五千两，次户三千两，小户猪、牛、鸡、鸭等物，均画一纸付之，帖在门上，可免抢掠。庙宇学宫、钟鼎及一切铜器尽被劫取，以为铸炮之具，所有木行亦皆取去，现在大造兵船，又收民间马匹，勒大姓林、方、郑诸家，备办鞍辔，意欲水陆交进也。又勾结洋盗，以为羽翼。更催渔船，将蛟门木桩拔去。即将木桩赏给渔户，余不及备记。再有浙省人士公致黄南坡太守札，洒洒千言，语极切直，盖以太守奉裕公命守金鸡山，最为要害。定海失后，太守先遁，以致镇海被陷，其祸遂大也。午刻，黄芝生答访。未刻，饮于龚配京处。

## 十二月

**初一(1月11日)**　辰刻,卢生揖桥覆书至。午刻,陈板桥来。是夜,地震,有大星落东南,小星随落无数。

**初二(1月12日)**　巳刻,作《皃阵谣》,和顾榕屏。

**初三(1月13日)**　侵晨大雾。申刻,马倜卿来。是夜,梦失书数种。

**初四(1月14日)**　雨。巳、午刻,作七古二章,一《翁洲哀》,一《蛟门恨》,和贾芝房。是夜梦。

**初五(1月15日)**　辰、巳刻,作五古一首,题曰"灵筵忆母"也。

**初六(1月16日)**　大西北风。巳刻,作《大雪纪事》六首。七绝。是日,雪始消尽。是夜,梦途遇孙六桥广文,广文忽身小如虾,手尚持伞,躠躠不前,予力扶持之不得。

**初七(1月17日)**　寒。辰刻,接于秋浍答函,为余作《乌哺雏》乐府一章。又《大雪》五古四首,亦能独出奇思。是日,咏《左传》杂事,得七绝十七首。

**初八(1月18日)**　夜雨。辰刻,钟穆园又有书至,言余姚失守后,暎人又犯慈溪、上虞等处,现在绍兴府城又告急。未刻,答钟生札。是日,咏《左传》,得十九首。

**初九(1月19日)**　雨。咏《左传》,得廿二首。赠王、徐二家婚仪。是夜,梦痛詈一僧,以其趋势也,施苏巢在旁,不发一语。

**初十(1月20日)**　咏《左传》,得廿三首。

**十一(1月21日)**　咏《左传》,得十六首。午刻,赴王氏婚宴。申刻,赵凌洲书至。

**十二(1月22日)**　夜雨。咏《左传》,得十八首。申刻,陈板桥来,言城中新到崇明乡勇一千,无人弹压,转多滋扰。是夜,梦卜达庵贻文一册。

**十三(1月23日)**　雨。咏《左传》,得十三首。以上七日,共咏

《左传》杂事得一百二十八首，每首各有新义，而又不涉纤巧，出人意外，仍复在人意中，此亦可为他日丛书之一种也。老人好学如此，自谓不负光阴。

**十四(1月24日)** 小雨。辰刻，途遇张翠岩，言前日有汉奸一人，红顶翎毛，冒作钦差，至乍浦，道台设酌待之，其人回至杭州始发觉。夜梦有名士计万春者，见余著作，低首下心，愿结缟纻之好。

**十五(1月25日)** 巳、午刻，评点顾榕屏古今体诗三十四首，诗较往时尤胜。未、申刻，与龚配京长谈。

**十六(1月26日)** 辰刻，吊魏氏丧。申刻，顾榕屏书来，内有卜达庵所题《扁舟访友图》五律二首。

**十七(1月27日)** 下午雨。午刻，报顾榕屏书。

**十八(1月28日)** 大西北风，夜复雨。午刻，新妇始自母家回来，晋畇亦同时到家，携至陆老秋即秋山所绘《扁舟访友图》，又《渔家傲》词一阕。

**十九(1月29日)** 夜大雨。未刻，得费恺中书，言十七日巳刻，夷人火轮船两只，并带吊船数十只，驶入乍口停泊，灯光山外两面俱不开炮，十八日西北风紧，夷船退出，在秦驻山洋面游奕。又言扬威将军已驻扎禾中，随带河南兵一千四百，泊船于杉青闸。

**二十(1月30日)** 大雨。申刻，龚配京来缴还《困学纪闻》《陔余丛考》二部。

**廿一(1月31日)** 夜雨。是日，新仓纷纷捉船，昨日航船到城，亦被捉住。

**廿二(2月1日)** 略晴。辰刻，费恺中书来，言十九日夷船泊蔡岐门外，放空炮四声，乍人仓皇迁避，路上每遭劫夺。城中昨过山东乡勇五百名，个个身躯雄壮，气势剽悍，邑人畏之，钱铺铁炉，一时尽闭。午刻，沈浪仙过访，言夷船已去。未刻，以《东莱博议》借与龚配京。

**廿三(2月2日)** 晚又雪。辰刻[此后文字被涂]。

**廿四(2月3日)**

**廿五(2月4日)** 大寒。咏《战国策》杂事,得七绝十六首。

**廿六(2月5日)** 咏《战国策》,得十九首。

**廿七(2月6日)** 夜大东北风。咏《战国策》,得十四首。巳刻,吊徐氏丧。申刻,龚配京来。戌刻[此后文字被涂]。是夜,梦姚公鹰青复为浙江学使,和平温厚,与往时如出二人。

**廿八(2月7日)** 夜大西北风。咏《战国策》,得十七首。以上四日,共咏《战国策》杂事,得六十六首,穿穴隽妙,口吻生花,较《左传》诗殆又过之。

**廿九(2月8日)** 大西北风,极寒。

**三十(2月9日)** 大西北风,寒。辰刻[此后文字被涂]。巳刻,将《左传》《国策》诗重加酌改。是夜,梦泛海至日本,容与骀荡,往返如履康庄。既而复往暹罗,舟行一日,风雨大作,飘泊海岛,久之得免。

是岁入钱只六十八千,出钱至二百零二千。

# 道光二十二年壬寅(1842),五十四岁

## 正　月

**初一(2 月 10 日)**　大晴。重览《[小]仓山[房]尺牍》。

**初二(2 月 11 日)**　大西南风,忽暖。巳、午刻,友人及门下士拜会者六十余人。

**初三(2 月 12 日)**　大东北风,夜雨。辰刻,贻魏宅婚仪。

**初四(2 月 13 日)**　夜大雨。辰、巳刻,答拜友人,共十余家。戌刻,始接到顾榕屏腊底覆函。

**初五(2 月 14 日)**　大西北风,夜雨。巳刻,发卢揖桥、费恺中两函。申刻,过龚配京处一谈。是夜,梦有大汉横行市中,一拳师身躯纤弱,将大汉胸间一指,立即倒地,头已碎矣。

**初六(2 月 15 日)**　雨。午刻,赴魏宅婚宴。

**初七(2 月 16 日)**　大西北风。巳刻,以柯女喜庚传于郭宅。酉刻,闻陈饮香死。

**初八(2 月 17 日)**　大西北风。午刻,过东林寺小憩。

**初九(2 月 18 日)**　巳刻,晋翁与新妇俱往徐氏。是夜,梦有沈氏女自炫自媒,属余择婿,余仿《温太真玉镜台》故事,竟自取之。

**初十(2 月 19 日)**　下午雨。午刻,家怀新招饮,同席费大田。

**十一(2 月 20 日)**　大寒,夜雪。巳刻,晤姚谱苹一谈。以上数日,重览《[小]仓山[房]文集》一过。

**十二(2 月 21 日)**　大寒。

**十三(2 月 22 日)**

**十四(2月23日)** 辰刻,卢生覆函至。未刻,见扬威将军告示,言能将璞鼎喳、吗哩逊、郭士立、罗卜丹、安突德每擒一名者,赏洋一万元,其余递减;能获大兵船一只者,赏洋一万元,其余亦递减。

**十五(2月24日)** 申刻,龚配京馈海鳊鱼四枚。

**十六(2月25日)** 夜雨。杂摘骈体百联。

**十七(2月26日)** 巳刻,张生壬桥来。

**十八(2月7日)** 杂摘骈体一百五十余联。巳刻,费恺中覆札来。

**十九(2月28日)** 夜雨。杂摘骈体二百余联。巳刻,助继安迁居费。戌刻,心有愤怒。

**二十(3月1日)** 雨。杂摘骈体一百六十余联。

**廿一(3月2日)** 雨,夜更大。巳刻,吊徐氏两丧。午刻,钱棣山招饮,同席四人。是日,继安挈眷迁城中之阴阳巷。是夜,梦王梦阁复来谢罪。

**廿二(3月3日)** 上午大雨。巳刻,旧棣陆氏小门人来,载晋稆同去。未、申刻,与龚配京畅谈世务。

**廿三(3月4日)** 夜雨。辰刻,寄于秋泾书。巳刻,过钱小园处。午刻,龚庆元乞大小信封十六枚,皆最佳者。申刻,骤起腹疾。

**廿四(3月5日)** 昼夜大雨。申刻,张生枕石过。是日,杂摘骈体一百五十余联。

**廿五(3月6日)** 昼夜大雨。杂摘骈体一百二十余联。是夜,梦女子数千,粉白黛绿,聚□□,皆云即日待嫁。余从容谛视,所可爱者,惟一女而已。

**廿六(3月7日)** 午刻,郁松桥招饮迁居酒,同宴陈均泰、沈印山等三十余人。戌刻散席。

**廿七(3月8日)** 申刻,徐宿生过。

**廿八(3月9日)** 寒。辰、巳、午刻,趁航船到城,继安招饮迁居酒,同宴徐福卿、王荫桥等十人。亥刻散席,陆畹亭大逞猖獗。是夜,寓东鼎字店。

**廿九(3月10日)**　辰刻,候顾榕屏,谈论半日,见毛遇顺《明宫杂咏》二百首。午刻,晤朱生白、名由庚,嘉兴庠生。钱子干。名廷翰,亦庠生。是日,闻湖北教匪造逆,聚众数万人。归安、秀水俱有民变。

**三十(3月11日)**　巳、午、未刻,偕费恺中、家丽春游东湖第一观,过沈氏水东别墅,经普济院寻案山,归途小饮村店。

## 二　月

**初一(3月12日)**　始大晴。辰刻,复过榕屏处,见榕屏为余题《左国闲吟》。七绝二首。巳刻,过王荫桥,不遇,遇其弟蕉石。午刻,晤章湘友,知廿六日官军与暎夷战于台山,我军死伤者百余人,钓船被焚者五十余号。未刻,寄赵凌洲道士书,附去于秋泾、顾榕屏、高藏庵《秦溪春泛图》题词。申刻,有人自绍兴来,言扬威将军驻扎东关,劲兵十余万,俱集宁波城外,克期进剿,每日军费须二十万银。

**初二(3月13日)**　辰刻,见东门外擒过白夷一名。巳刻,晤杨雨莼。名玙,全公亭人,身居市井,颇能吟咏。高藏庵招食鸡面。申刻,遇鲁惇甫。惇甫出亡二年,自言在扬州佐理盐务。戌、亥刻,饮徐鼎字店利市酒。是夜,梦有人延余校□□,任其事者共四人。

**初三(3月14日)**　夜雨。未、申、酉刻,趁航船回家。

**初四(3月15日)**　晓雨。巳刻,以沈女喜庚传于魏氏。洪氏子仍欲附读,辞之不得。未刻,以郭女喜庚传于龚氏。

**初五(3月16日)**　是夜,梦毙一蛇,诸蛇俱欲复仇,良久乃解。

**初六(3月17日)**　午刻,费恺中书来,言宁波贩席客至,知正月廿九日官军入宁波府城,为伪将郭士立所败,我军死于炮火者千人,夷匪只死十余个。未刻,致沈浪仙书。

**初七(3月18日)**　申刻,徐宿生借《随园诗话》。酉刻,陈板桥来,出示扬威将军请乩诗。七绝一首,末句云"万里蛮夷一笑中",后又有八字云:"天机不泄,狐出夷灭。"

**初八(3月19日)**　作先大父芝岩公文稿跋。骈体。

**初九(3月20日)**　辰刻,于秋泾覆书来,始见《鸳水联吟》十一集刊本,共六十首,内选余《梅花庄》五古一首、《新年闺中词》七绝一首,选晋龄《梅花庵》五古一章。所刻《新年闺中词》,佳制极多。又收到计二田十二月初六日书,见赠《计改亭文集》廿二卷、《闻湖诗钞》十卷。午刻,以徐女喜帖传于龚氏。

**初十(3月21日)**　阅计改亭诗文集。

**十一(3月22日)**　大暖。阅《闻湖诗钞》。闻湖即王江泾也,其诗为里人孟赋鱼所辑,而赋鱼诗三卷即附其后。是夜,梦设馆乡村,主人室宇甚精,颇多古器。

**十二(3月23日)**　下午雷雨。辰刻,得沈浪仙覆函,言顷见扬威将军札示,正月廿九寅刻大兵攻宁郡,火焚其飞楼一座,杀死夷匪、汉奸二百余家。嗣因街路逼狭,火轮兵船又在城下,防其夹攻,旋即退回,据此亦不甚折挫。午刻,寄顾访溪书,属其代征盛泽诗人为余题图。未刻,致顾榕屏、费恺中两札。申刻,龚配京向余言嘉兴以北饥民白昼劫夺,富户叠被其害,并有去岁田禾至今未刈者。

**十三(3月24日)**　大西北风。重览《生斋诗集》。是夜,梦至一处,众人围住一盗,争以片石投击,不能伤其要害,余戏掷之,一发而破其脑。

**十四(3月25日)**　大西北风。作《风水说》。骈体。申刻,与丽春书。

**十五(3月26日)**　大西北风。辰刻,费恺中覆信来,言初四日嘆人攻慈溪,将官兵所屯处焚烧殆尽。巳、午、未刻,抄古文五首。申刻,徐宿生还《随园诗话》。

**十六(3月27日)**　大西北风。辰、巳、午、未刻,抄古文六首。是日,闻慈溪之难,官兵溃散,惟金华游击朱桂父子力战而死。

**十七(3月28日)**　夜大西北风。辰、巳刻,抄杂诗二十余首。申刻,陈板桥来。

**十八(3月29日)**　夜大西北风。辰刻，徐宿生携一书札来，知宁波至杭州路已隔绝，现奕将军在尖山，文参赞往守余姚，杭城惟持参赞一人，一切从军之人俱遣还家。是夜，梦复入秋闱，平湖中六正一副，六人中周元在内，其副即余也。

**十九(3月30日)**　巳刻，徐宿生借《闻湖诗钞》。是日，内人又病。是夜，梦将两书一画售于故友沈赤石。

**二十(3月31日)**　大暖。重披张隽三《续明史乐府》，为之加墨。

**廿一(4月1日)**　夜雨。辰刻，陈板桥借《芙蓉山馆文钞》。板桥言马子雨有书百种，今其子欲消去，移在马铁卿处。即往检阅，购得《赵饴山文集》十二卷、《严海珊诗集》十七卷、《瓠息斋诗集》廿四卷、《四焉斋文集》十六卷、《十驾斋诗文集》二卷、《树经堂诗集》六卷、《菽原堂诗集》八卷、《灵芬馆总集》初刻廿六卷、《江浙十二家诗选》廿四卷、《燕子笺》二本，共钱一千六百四十。巳刻，晋酚归。

**廿二(4月2日)**　夜大西北风。辰刻，丽春贻草兰数株。未刻，新妇始来。是日，览赵饴山、曹谔廷两文集。

**廿三(4月3日)**　大西北风。辰刻，顾榕屏书至，言三月一日县试。未刻，徐宿生还《闻湖诗钞》。是日，阅《海珊诗集》。夜，梦作武原之游，与张、赵两羽士畅叙十余日，复得新知数人。

**廿四(4月4日)**　阅查梅史、郭频伽两集。是夜，梦卜达庵招饮。

**廿五(4月5日)**　夜小雨。未刻，过张枕石处。申刻，偕丽春往西林寺，晤冠云和尚，由梅家桥而归，观一路桃花。陈板桥还《芙蓉山馆文集》。是日，阅《江浙十二家诗选》。

**廿六(4月6日)**　雨。巳刻，龚配京还《东莱博议》。午刻，丽春招饮，同席五人。是日，阅凌保鳌、谢苏潭两集。

**廿七(4月7日)**　巳刻，陈生晓礓过。午刻，张生枕石过。未、申刻，抄古文四首。

**廿八(4月8日)**　巳刻,偕丽春南乡扫墓。午、未刻,抄古文四首。申刻,偕丽春北乡扫墓。

**廿九(4月9日)**　大西北风。辰、巳、午刻,抄古文四首。是夜,梦一美人立假山石上,将柳花一株摇曳之,簌簌然堕地如雪,余谓之曰:"妙哉!天女散花,惜只一株,若得数十株供汝摇曳,恐玉龙三百万无此奇观也。"美人俯首而笑。

**三十(4月10日)**　摘录《海珊集》《萩原堂集》《灵芬馆集》五、七律一百二十余联。又杂摘百余联。

## 三　月

**初一(4月11日)**　抄杂诗三十九首。是日,闻暎人又新添兵船四十号。

**初二(4月12日)**　抄杂诗三十二首。是日,闻乍浦又来夷船三只,停泊灯光山下,□□□□。

**初三(4月13日)**　午刻,钱小园招饮连姻酒,同宴朱少园等二十余人。亥刻散席。

**初四(4月14日)**　阅潘力田《松陵文献》。是日,新妇又言有病。

**初五(4月15日)**　辰、巳、午刻,同丽春到平湖候顾榕屏,缴《潜研堂诗集》一部,又借得吴子律、顾菉厓、施少峰、王柳村、徐石亭五人诗稿。未刻,晤卜石才,知林雪岩被山东兵刃伤两处。酉刻,得张雪楼书,内有《题顾榕屏横山草堂图》五古一章,甚佳。戌刻,费恺中邀小酌,夜宿徐鼎字店。是夜,梦有人出宰云南,邀余同往,余自伤老矣。临行时,与诸友话别,无限依依。

**初六(4月16日)**　辰刻,顾榕屏招食鸡面。巳刻,访王梦莲,即偕梦莲过贾芝房医寓。午刻,观县试二覆案,门人马骏声得第一。胡连江招食面饺。未刻,过黄松轩处。申刻,寄吊卢揖桥母夫人丧。

**初七(4月17日)**　辰刻,晤计苍厓,言将刷余文集。巳刻,至榕屏处，借纪晓岚《滦阳消夏录》四册。午刻，榕屏留中膳。未、申刻，见崇明乡勇陆续散回，道路不绝。戌、亥刻，与费恺中长谈。是日，闻沈皭堂以海氛叠警，竟至忧死。

**初八（4月18日）** 夜大东南风。辰刻，寻马倜卿，不值。巳刻，吴少山招食馒头。午刻，过张吉峰处。申刻，郑肖香名介龄，工书法。出示其外高祖沈醒士《东湖渔隐图》遗像，乞余题词。醒士名堣，客子先生次子。图中题者数十人，俱系前辈名流，沈綸翁、周石帆、朱稼翁、沈归愚、陆陆堂、张渔村等俱在其中。酉刻，与高继庵茗话。

**初九（4月19日）** 夜半雨。辰刻，复至顾榕屏处，出示广陈普照寺古砖一方，长一尺八寸，面上有朱书"大悲咒一遍"五字。巳刻，观三覆案。未、申刻，观剧于东门外。

**初十（4月20日）** 午刻，趁高仁煊舟。申刻到家，知晋酚于初五日到馆。

**十一（4月21日）** 览《滦阳消夏录》。是日，重伤风。

**十二（4月22日）** 抄杂诗三十五首。是日，新妇便拟回家。以其家四月十六念经故也，区区小事，一月前即思回土，怪哉！

**十三（4月23日）** 午刻，龚配京馈熟脏一蹄。是日，内子又病。

**十四（4月24日）**

**十五（4月25日）** 大东南风。

**十六（4月26日）** 黄昏雷雨。辰刻，贻徐氏婚仪。未刻，过张枕石馆。是日，内子病始痊。

**十七（4月27日）** 大西北风。以上四日，重览旧时所摘五、七律佳句。是日，闻海上失去木船漂流无数。

**十八（4月28日）** 大西北风。卯刻，接沈浪仙书。辰刻，作札两通，寄计二田、于秋泾。午刻，至钱小园处，知上海火药局被汉奸所焚，官吏死者数人，现在唤船四只直逼上海。

**十九（4月29日）** 下午微雨。是日，左腿大发红块，上至腰，下至足，共有数十处，甚觉奇痒，余绝不以告人，而新妇则又言有病。

**二十(4月30日)**　大暖。辰刻,作书两通,寄沈浪仙、钟穆园。

**廿一(5月1日)**　黄昏雷雨。辰刻,始见县试正案。前列十名:钱抡奎、徐金砺、林思任、王士林、吴煐、吴鸿照、马骏声、陈其昌、马丙元、邹壬吉。

**廿二(5月2日)**　大西北风,寒。是日,红疹稍退而精力转疲。是夜,梦得异书,中多周初事迹,文甚古奥。余抄录甫毕,即为方子春所借诵。

**廿三(5月3日)**　酉刻,陈板桥自郡中归,见过。

**廿四(5月4日)**　夜半雨。卯刻,钟穆园覆书到。辰刻,再致于秋淦书。

**廿五(5月5日)**　辰刻,题沈醒士遗像。七古。

**廿六(5月6日)**　午刻,咏《春闺》一首。七绝。是日,闻林公则徐仍遣戍伊犁,伊里布赦还,复至浙江办事。

**廿七(5月7日)**　巳刻,寄郑肖香书。戌刻,钟穆园又有书来。

**廿八(5月8日)**　卯刻,报钟生札。午、未刻,重览石远梅《同音集》。

**廿九(5月9日)**　重览吴汉槎《秋笳集》。是夜,梦偕内子自远道归,先祖护于途,先慈俟于庭。

## 四　月

**初一(5月10日)**　未刻,陈生晓礓、王生小轩同过。是日,患头风,左股亦酸痛异常。

**初二(5月11日)**　未刻,始得于秋淦三月廿二覆函,言《联吟》十九集,仍为黄子未所评览,共定二十八卷,余在十六,晋翁在十七。余卷经营惨淡,苦费精神,所作《通草蝴蝶歌》骈序,工妙绝伦,子未亦非不倾倒,乃名次反在人后,则又何也?书中又言宋小茗所著《耐冷续谈》已刻竣,内有余《咏史》七绝十首。郑肖香亦有书来。

**初三(5月12日)**　夜半雨。重览林西仲《增订古文》。近日,庭中月季花盛开,红白灿然,争妍斗艳,其大者竟如牡丹,此亦平时培植之效也,对之殊堪解闷。

**初四(5月13日)** 雨。

**初五(5月14日)** 雨,夜尤大。

**初六(5月15日)** 大雨竟日。

**初七(5月16日)** 巳刻,马倜卿、陈板桥同过,言唤船又到海上,大小船有二十余只。

**初八(5月17日)** 辰刻,顾榕屏书来,内有何琢堂所绘《扁舟访友图》、海盐高宜圃填词两页。申刻,有钝贼闯入户内,余怜其困瘁,叱去而已,不忍扑之。酉刻,见府试正案。前列十名:钱抡奎、林思任、马丙元、马骏声、朱昌鼎、马增、孙锦、吴煐、潘纯熙、吴鸿照。

**初九(5月18日)** 巳刻,昨日所来之贼,又从后门趦到楼上,被余擒住,顷刻观者数十人,余仍怜而释之。申刻,徐宿生来,言唤人已乍浦上岸,杀入城中。戌刻,得卢揖桥初六日书。

**初十(5月19日)** 雨。卯刻,闻唤人于昨日巳刻三路登岸,夺据乍城,火光终夜不息。未刻,继安挈家从城中搬回新仓,言城中大小街店肆多被山东兵劫掠。

**十一(5月20日)** 巳刻,闻虎啸桥、秀平桥诸富家俱被土人抢劫。未刻[此后文字被涂]。

**十二(5月21日)** 夜雨。巳刻,土棍千余将抢徐氏典,见护守者多,俄即退去,乡间被劫者又数家。是夜,和衣而眠。

**十三(5月22日)** 雨。辰刻,姚谱苹过。巳刻,闻四里桥、赵家桥尽遭劫夺。午刻,晋韶自馆中归。是夜,梦偕顾访溪游徐氏园,第一园惟栀子数十株,第二园景色绝佳,正欲赏玩而梦遽醒。

**十四(5月23日)** 雨。辰刻,闻平湖家家罢市,大令遣兵擒抢劫者,立即杖毙。又闻虎啸桥顾氏昨日以鸟枪毙凶徒六七人。是夜,梦与三名士同寝,其一则林雪岩也。雪岩口撰道情一首,殊足解颐。

**十五(5月24日)** 巳刻,陈晓礓、王小轩同来。晋韶往外家插香。是夜,梦卢揖桥与邓晴溪交讼。

**十六(5月25日)**　夜大雨。巳刻,闻昨日新仓左右擒得劫者四十余人,俱送平湖。又旧衙朱氏亦擒得数人,竟不送官,亲自拷讯。

**十七(5月26日)**　未刻,新妇始来。申刻,闻诸抢劫者俱奔入金山县界,故近日路上绝少行人。

**十八(5月27日)**　申刻,沈浪仙来,言乍浦横尸满道,妇女被掳,无一家得保全者。酉刻,登土山,望西南火势烛天,未知何处。

**十九(5月28日)**　卯刻,闻金山卫城外亦有暎船,城内凶徒即肆劫掠。辰刻,沈浪仙将至丁溉余处,倩余作书,为之先容。巳刻,龚配京来,言乍浦暎夷忽退去,不知何故。午刻,过钱小园处,小园言初九以来,平湖境内被暎夷所取、溃兵所夺、土棍所掠者不下数千万金。未刻,浪仙又来,畅谈两时,出视近诗两册。

**二十(5月29日)**　夜小雨。卯刻,闻十八日杭州大臣将向所擒夷人十二名送至乍浦,故暎兵尽退去。临行时,将天后宫焚却,延烧数里。未刻,徐宿生来,言十日内凡被土棍所劫者最为惨毒,自珠玉金银、衣裳粟米、书籍字画、门窗几案、缸甏瓶盂以及祠中之神牌、床前之溺器,无一不搜括而去,非特不忍见,并不忍闻也。

**廿一(5月30日)**　雨。巳刻,沈浪仙自洙泾来,携至丁溉余所贻毛山子《明宫杂咏》四卷、溉余《吟草》近刻一卷,余所作序并于卷首。午刻,费恺中书来,言暎人临去时将营船、旧洋船俱焚毁,海塘上炮位尽数取去。又清溪俞氏为土豪所劫,私自搜赃,有一家自烧房屋,将事主俞黑三及差役抛入火中焚死。

**廿二(5月31日)**　□刻,寄于秋淦书。申刻,偕丽春闲步。

**廿三(6月1日)**　辰刻,以《洄溪道情》一册借与费恺中。

**廿四(6月2日)**　为盛云泉坰选《龙湫嗣音集》。《龙湫嗣音集》皆数十年来乍浦诗人之什,共有六册,约二千余首。盛云泉将出资付刊,托沈浪仙携来,乞余选政者也。未刻,丁溉余书来。戌刻,继安乘醉,欲来寻衅,余以正理折之,彼亦无可如何。继安性本凶横,无日不醉,每醉必大肆咆哮，余家最受其累，不知祖宗作何罪孽，以至室蜂户虿，败类盈门，欲求一日之安而不可得也，噫！

**廿五(6月3日)**　夜雨。午刻，选毕《龙湫嗣音集》，二千余首中删存五百六十首，共八十余人，录其姓名于左。林中麒、吴诚、徐光灿、伊可封、王映枢、陈谟、伊杓、王景模、邹师益、陈珽、林中獬、吴鹏、许河、朱志云、辜典韶、沈维翰、郭又隗、杨祐、吴焕、朱锺、邹瑚、邹璟、吕凤喈、郑嗣侨、刘法、褚诵莲、廖宗藩、韩维镛、丁坤、钱仁荣、程春、王杰、钱椒、丁曙英、方正、陆鸣球[①]、葛永、陈维侨、汪如埙、施国华、张金照、张汝舟、汪树培、刘梦熊、沈夔台、陈文藻、刘廷楷、王文照、王镛、周璞、王文海、朱泰勋、顾庆云、周世经、刘鸿、张楂、冯棣，寓贤善泰、潘仁锡、方觐、潘若虬、徐熊飞、沈怀忠、常清、常松保、徐士伟、任鉴、丁子复、虞汉章、吴谦益、沈张洲、王策、黄友仁、任克齐、姚前鉴、周芳容、邱承芳、赖鼎牧、徐德源，女史陆素心、朱兰、孟蕙莲，方外观我。是日，心怒继安，不能自已。世间穷奇、梼杌惟余家为最多，二十年来一坏于阿咬昆季，再坏于奇六，三坏于菊庄，四坏于继安，而继安与余同居后带，实逼处此，被累尤深。今春渠迁居平湖，余方自以为幸，谓今而后莫余毒已，岂知未及三月旋即搬回，虎吼狼嗥，声不绝耳，此则心腹之疾，本由天定，非人力所能挽回也。

**廿六(6月4日)**　午后细雨。辰、巳刻，选清溪诸君诗，亦沈浪仙所托，共百余首，选存四十首，今录五人姓名于左。杨时霖、杨时行、姚廷楷、王步先、杨楷。未刻，鲁介庵书来，言初九日乍浦失守，海防同知韦公身被四枪而死，乞余作文记之。公名逢甲，号毓春，山东人，戊子举人，戊戌进士，安吉县知县，署乍防同知。

**廿七(6月5日)**　夜雨。抄杂诗四十首。

**廿八(6月6日)**　上午雨。辰、巳刻，选《陈拙修文集》一册，亦沈浪仙所托。向读《拙修文集》五册，篇篇可诵，卓然成一家言。此册仅三十余首，不过全稿中十之二三耳，今姑就其所录者选存二十五篇。酉刻，马倜

---

① 查检道光二十五年刊本《龙湫嗣音集》，黄金台所选八十余人与刊本所录有出入。此处陆氏不能确定其名。集中卷一中有陆我观，卷六中有陆鸣球。据稿本残存笔迹，当为陆鸣球。

卿、王小轩过。

**廿九(6月7日)** 大热,夜雨。午刻,丽春自广陈来,携至普照寺古砖一块。是日,闻奸民以官吏擒捕甚急,将所抢衣服、器皿投诸水火,亦有朝劫入而暮即被人劫,自相残杀,报应在须臾之间。

**三十(6月8日)** 寒,大雨。卯刻,偕丽春登舟。申刻,至张堰镇,冒雨一游。酉刻,凌锦源店招夜膳。是日,晋骱到馆。

## 五 月

**初一(6月9日)** 巳刻,过秦山下,泊舟一登。甲戌春,曾游此山,风景大不同矣。未刻,过明珠庵。酉刻,至平湖,得李恪亭所绘《扁舟访友图》。

**初二(6月10日)** 上午雨。辰刻,候顾榕屏,谈至未刻而别。申刻,遇钟穆园、许荻庵,穆园言家中虽免于难,只缘家人仓猝奔逃,被山东兵劫去首饰一匣,戚匪朱某窃取衣服三箱,约五六百金。

**初三(6月11日)** 下午雨,夜尤大。未、申、酉刻,偕穆园至乍浦,过卢揖桥处,知其字画、碑帖等物亦多失去,揖桥留同李守戎小饮。名成淦,武孝廉。夜寓钟宅,与穆园兄弟长谈,始知四月初九巳刻,暎夷放四五十炮,分路登岸。各官俱逃,惟汉中镇德某率陕甘兵力拒于唐家湾,杀夷人一二百,敌势稍却。山东兵不战而退,陕兵无援,阵亡四百余人。水师把总韩大荣中火箭死,同知韦逢甲中枪死。满洲兵战死数百,满官亦多殉难,皆未详其名。都统长喜退至嘉兴,伏毒而死。十余日间,乍浦被劫之家,多心腹人为首,或系亲族,或系邻舍,或系伙计,或系仆妪,因而闽广人及土匪乘势劫夺,尺寸不留。夷人不胜其愤,见劫掠过分者,每发鸟枪毙之。其最奇者,北门有石四结众抢一富室,抢毕,石四忽自外至,喝去众贼,佯为护送其家人出北门,以图酬谢,行未半里,有白鬼在城墙枪击飞鸟,适中石四而毙。黄岩人蒋某纠结百人,将肆劫掠,忽遇鬼子,击杀于盐厫街,百人遂散。又闻人所劫之物尽搬入洋船中,冀免夷人搜获,不意夷人临行纵火,两船片板无余，差快人心。夷人中，白鬼最尊，性颇谨饰，极爱字画及玩好等物，见必取去。红鬼气力最大，无不一可当十。黑鬼蓬头跣足，服役奔走，屡受鞭挞。伪提督郭士立善于用兵，未尝妄戮一人，所谓盗亦有道也。然不能严束其下，破坏神像，秽亵字纸，奸淫妇女，斯则罪不可道。妇女大半逃匿，而死节者亦众。刘心葭女投井死，胡菊人幼女投池死。满洲营每家俱有积尸，甚者至七八人，婴孩或掷于河，或弃于道。城中有汪姓母子四人，开花炮店，一夕有黑鬼闯入，将污其母，四子甘言款接，诱脱其满身军器，併力击倒，碎其阴囊，将尸掷井。又一妇，遇鬼子，将行奸，妇裸体以待，鬼子释刀解衣就之，妇乘间即以刀刺鬼喉，鬼扑地死，连夜遁去。次日清晨，有匪徒两人，见其户开，悄悄入室取物，突有数鬼入，见一鬼死，满地血渍，即以手枪击毙匪徒。总计十日之内，乍地人家被劫千万，奸民取十之九，夷人仅得十之一，以故忿恨而去。夷人所食，最嗜牛、鸡二物，共食牛六百余头，鸡三万余只，牛骨鸡毛，堆积如阜。初九日鼓吹入城，十八日鼓吹登舟，队伍森严，刀枪林立，观者莫不咋舌。

**初四(6月12日)** 上午大雨。巳刻，在穆园处见吴江史善长诗集四册。午刻，偕沈浪仙至南门观火场，自吊桥至税关，又万安桥一带，烧房屋二千数百间，火神庙亦毁，惟金总管庙独存。此初九、初十两夜奸民所为，富室、大户悉化乌有。未刻，至海塘观火场、天后宫、关帝庙、潮阳庙、军功[工]厂、葫芦城及灯光山普照禅院，一切尽毁，此则十八日夷人所为。

**初五(6月13日)** 未刻，寻陆春林、胡柳堂，皆不遇。申刻，过三山会馆。又至四明殿见神像，大半斩首。至城隍庙，与瞿宾道士一谈，见一切神像幸无恙。酉刻，拾得唤夷酒瓶一具。近日，唐家湾鬼哭甚厉，入夜敲门，竟能与人问答。

**初六(6月14日)** 巳刻，沈浪仙以其母氏朱纫芳兰《先得月楼遗诗》属余删定，并乞弁言。午刻，偕沈浪仙、潘仲康至东门望湖庵，见大银杏一株，系千年之物。未刻，过东天后宫，见天后及诸神像三十余都被割首抉目,乱置地上,石狮一对亦击碎,抛掷池中。唭夷最忌神明,闻西门、北门两关帝庙亦遭其祸。

**初七(6月15日)**　卯刻,偕卢揖桥、钟穆园、朱筠圃等登舟。巳刻,至平湖。未刻,至顾榕屏处,谈乍浦事。夜宿东鼎字店。

**初八(6月16日)**　卯刻,过高继庵处,知徐芸岘将入都捐职,捐资千余金,亦被匪徒抢去。巳刻,与陆岫云等茗话。午刻,遇徐莲史。未、申、酉刻,趁航船回家,知新妇又回母氏。戌刻,过龚配京处,谈乍浦事。

**初九(6月17日)**　午刻,至钱小园家,谈唭夷事。

**初十(6月18日)**　卯刻,陈板桥过。巳刻,至陈晓疆处,谈唭夷事。申刻,徐宿生来,言日前抢劫之徒,竟有富人自为之者,或田产数百亩,或家资数千金,而亦甘心作逆,拾盗贼之唾余。及至事败,尽倾其家,始得免罪,以故保正、差役多获分外之利。

**十一(6月19日)**　申刻,闻[此后文字被涂]。

**十二(6月20日)**　大热。午刻,马倜卿来,借《恽子居文集》。未刻,与钟穆园札。

**十三(6月21日)**　夜大雷雨。巳刻,寻黄芝生,不值,即访鸿道禅友。

**十四(6月22日)**　上午雨。申刻,至龚配京处,闻乍浦洋局被闽人所劫,乍人又复迁徙纷纷。戌刻,继安又大醉咆哮,语出情理之外。

**十五(6月23日)**　是日伤风,入夜喉间打瞌不止。

**十六(6月24日)**　夜雨。巳刻,与于秋泩书,备述四月中海滨十日之事,约千余言。

**十七(6月25日)**　上午大雨。巳刻,访姚兰舟,知唭人于初八日攻吴淞,提督陈公化成力战死之,唭人遂破上海,旋入松江,苏州大震。戌刻,继安又大醉,如猘犬狂吠,跳跃不止。噫!先叔父仲贤公亦无甚恶孽,何出此蜂目豺声之忍人耶?

**十八(6月26日)** 日夜大雨。巳、午刻,重览《三异笔谈》。是夜,梦设馆倪苍溪家,课徒一人,功甚闲暇。

**十九(6月27日)** 日夜大雨。

**二十(6月28日)** 日夜大雨。是日,大雨如注,室中处处皆水,无可立足。内子又病。

**廿一(6月29日)** 雨略小。午后,继安复酗酒横肆,至夜半方息,种种恶态,较阿咬昆季及奇六,殆又甚焉,余于是有迁居之想。

**廿二(6月30日)** 始晴。重览《白鹄山房诗集》。是夜,梦著屐登山,备形劳瘁。

**廿三(7月1日)** 卯刻,[此后文字被涂]。是日,奇六及文楷又将前厅屋瓦揭去卖钱。是夜,梦泛一小洲,名曰均溪,自南而北,其长不过半里,两旁奇树参天,一望尽琼枝玉叶,所称桃源仙境不过尔尔。

**廿四(7月2日)** 大雨。卯刻[此后文字被涂]。

**廿五(7月3日)** 昼夜大雨。重览《生斋诗集》,加墨一过。

**廿六(7月4日)** 竟日大雨。

**廿七(7月5日)** 日夜雨。

**廿八(7月6日)** 竟日雨,午后有雷。以上三日,作新乐府十二首,纪四月中乍浦事。《唐湾战》《汤山争》《乍城陷》《满营逃》《弃婴孩》《搜妇女》《坏神像》《焚海塘》《土匪乱》《溃军横》《井中尸》《山下鬼》。

**廿九(7月7日)** 始晴。巳刻,过龚配京处。午刻,招丽春对酌。

## 六　月

**初一(7月8日)** 申刻,日食。卯刻,为李恪亭题《寿意图》。四言。辰刻,与费恺中书。巳刻,龚配京来,言近时本地人俱逃至松江、苏州,而松江、苏州人又因寇氛甚紧,各自奔窜,此往彼来,总不出三百里内,不知何者是乐土也。

**初二(7月9日)** 午刻,龚配京贻黄鳝一大碗。

**初三(7月10日)** 是夜,梦至金华,顺风张帆,一炊黍许即到。

**初四(7月11日)** 卯刻,接到于秋泾书,言四月中避兵于嘉善之天凝庄,五月初始回禾城,有避乱五古诗四首。又《联吟》十四集已刻就,共三十五首,内选余《诗筒》五排一首、《团扇词》七绝一首。又言天竺、吕宋、咈南等夷船四十余只俱至定海,与暎兵合势,将图大举。其人皆状貌丑恶,又有夷马数百匹,亦高大绝伦。

**初五(7月12日)** 下午热。辰刻,费恺中书来,立即札覆。

**初六(7月13日)** 热。卯刻,又得费恺中书,言暎夷于初一日进福山口登岸,常熟接壤,路隔三九,离苏州百二十里,苏州人又复逃避不遑。江阴口亦有夷船,风闻欲入长江,觊觎金陵。又镇江有盐枭数千,带刀卖盐,官不能禁,时事真不可为矣。

**初七(7月14日)** 午刻,丽春招饮,同席四人。酉刻始散。两月以来,夜夜为毒蚊所嘬,伤我实多。

**初八(7月15日)**

**初九(7月16日)** 热。为沈浪仙选其母夫人朱纫芳遗诗,存四十五首,并为作骈体序。内有《与散华内史论诗》五古三首,议论正大,似非闺阁中手笔。辰刻,费恺中有书来。

**初十(7月17日)** 大热。巳刻,与沈浪仙书,并缴还《龙湫嗣音集》、清溪诸君诗、《陈拙修文集》、《幽光集》、《先得月楼集》诸种。午刻,录新乐府十二首,寄费恺中。未刻,偕丽春寻鸿道和尚,不遇。是夜,为千百毒蚊攒嘬,终宵不能合眼。

**十一(7月18日)** 抄杂诗三十五首,又摘录《守经堂集》五、七律四十余联。

**十二(7月19日)**

**十三(7月20日)** 大东南风。以上二日。为沈浪仙选定庚子、辛丑诗稿。两年中有千余首,今删存十之七,其间感事伤时之作层见叠出,实能鞭龙笞凤,泣鬼惊神,可称诗史。余则或似山谷,或似铁厓,俱有可观,然不免大陆才多之患,削其繁冗,存其菁华,自是词坛飞将。巳刻,张生枕石来,言张生壬桥馆于沈氏，将主人粜米番银一百八十枚窃之以归，主人亦付之不问。酉刻，刘心葭、潘颂康来访。心葭出示哭女诗十首，乞余作文志其事，言四月中避难禾中，半月方归，家中所有什物尽为土匪掠去。颂康携至沈浪仙初九、十二两书，又近诗一册。是夜，为蚊所扰，又不能眠。

**十四(7月21日)**　热。辰刻，招刘心葭、潘颂康早膳。陈板桥、郁绥庭、马访云陆续来会。巳刻，送心葭、颂康登舟，以沈浪仙诗稿八册托颂康带还。午刻，观浪仙近作，内亦有《乍浦纪事》乐府十四首，其题与余大同小异，余因补作两首。一《亵字纸》，一《斧停棺》，俱补入《搜妇女》下。是夜，二更有警。

**十五(7月22日)**　戌刻，月食。巳刻，寄顾榕屏书。午刻，过柯又塘处。未刻，过龚配京处，知平湖班房内犯人充塞，日死数人，皆系四月中抢劫者。又闻松江、湖州等处俱有土匪掳掠，然终不若我邑之恶。

**十六(7月23日)**　夜大东南风。卯刻，费恺中书来，言昨得苏州来信，知初八日嘆船进圌山门，泊焦山脚。初九日驶至金山，复回焦山。镇江危在旦夕，居民纷纷逃逸。又闻苏州土匪经官拿获者，立即斩首。镇江盐枭肆劫，经湖北提台立斩二人，其风稍息。辰刻，马铁卿来，缴《恽子居文集》。巳刻，龚配京来长谈。未刻，至钱小园宅，晤沈吟斋，畅谈两时许。

**十七(7月24日)**　以上二日，将《白鹄山房集》加墨一遍。

**十八(7月25日)**　热。卯刻，得顾榕屏覆函。

**十九(7月26日)**　下午大热。巳刻，寄赵凌洲书，附贾芝房、沈浪仙所题《秦溪春泛图》诗。是夜，三鼓有警。

**二十(7月27日)**　午后略有雨点。巳刻，与陆一帆书。

**廿一(7月28日)**　日中有雷。作《刘烈女井铭》，加以骈体长序。申刻，与刘心葭书。酉刻，与费恺中书。是夜，梦友人官于京师者，皆言此时欲退不能。

**廿二(7月29日)**　夜甚凉。卯刻,得费恺中书,言镇江于十五日失陷,金山、焦山俱为嘆人所据。辰、巳刻,重览朱立斋《枫江草堂诗稿》,加墨一过。是日,家堂前大石七块,又为奇六及文楷卖出,每块只售百钱。

**廿三(7月30日)**　凉。辰、巳刻,重览陈小云《澄怀堂诗集》,加墨一过。

**廿四(7月31日)**　晚大雨。巳、午刻,重览王柳村《今体诗精选》,加墨一过。是夜,梦为人作祭文,所祭者,汪姓也。

**廿五(8月1日)**　凉。夜雨。

**廿六(8月2日)**　晴雨相间。卯刻,费恺中书来,言昨得苏信,嘆人攻南京,城垣坚厚,尚未攻破,城中兵民死者甚多。现在丹徒口、越河口及镇江内河之丹阳、奔牛,此四处俱用废粮船沉填,上加泥土,钉木桩,断其进苏关之水路。以上二日,将吴榕园《浙西六家诗钞》加墨一过。

**廿七(8月3日)**　凉。午刻,郁绥庭来,携至晋紛廿二日禀,内有《刘烈女歌》并骈体序,文亦舒畅,然较之余作,实有大巫小巫之别。申刻,闻浙江提督余步云以去秋失镇海事锁拿治罪。

**廿八(8月4日)**　夜雨两阵。

**廿九(8月5日)**　稍热。卯刻,刘心葭覆函到。以上三日,将刘复燕《六家诗钞》加墨一过。

## 七　月

**初一(8月6日)**　辰刻,盛云泉遣纪来借《守经堂诗》。

**初二(8月7日)**　大东北风。辰、巳刻,改晋紛《刘烈女诗序》。是夜,梦见白鹤一只,熟眠松间,余适过其下,攫得之。

**初三(8月8日)**　大东北风。辰、巳刻,将近时友人书札复裱一册。

**初四(8月9日)**　大东北风。辰、巳、午刻,将石远梅《同音集》

加墨一过。

**初五(8 月 10 日)**　大东北风。

**初六(8 月 11 日)**　大东北风。辰刻,过龚配京处,见广东士庶《愤言》一篇,用骈俪体,约千余言,痛诋琦相国、奕将军。又上海士庶《愤言》一篇,用六言体,约四百言,痛诋牛督、巫道语,虽鄙俗,然具见斯民直道之公,惜无人上达天听。

**初七(8 月 12 日)**　大东北风。辰、巳、午刻,将周石芳江苏试牍中诗评点一过。

**初八(8 月 13 日)**　大东南风。卯刻,王椒轩硬取还小桌一张。辰刻,闻虎啸桥、韩家庙诸富室又为海上土匪所劫,各带军器,势非小可,较四月中更横十倍。是日,余泄泻五次,身体顿弱。内子亦同时发病,便有谵语、呼謈声,昼夜不绝。

**初九(8 月 14 日)**　晚小雨。卯刻,闻土匪昨劫龚家荡,徐氏新仓小桥俱已拆断。午刻,观白沙巡检游街,轿后执刀枪钢叉者百人。未刻,龚配京为余言,桐乡一带,五月以来未尝有雨。是夜,梦遇一人,林姓,年四十许,白皙而文,将赴制军任,与余邂逅相遇,笑谈移时,尽吐肝胆。

**初十(8 月 15 日)**　夜雷雨。午刻,晋翁自馆中归。申刻,闻土匪三日以来已劫大小户二十余家,郭稻孙家一火而尽,焚死者数人。

**十一(8 月 16 日)**　夜半大雨。

**十二(8 月 17 日)**　巳刻,费恺中书来,内有好事者集四书文,嘲永安局司事,句法不贯,殊无足观。午刻,寄沈浪仙书,附还近诗一册,已加评选。又覆费恺中札。

**十三(8 月 18 日)**　夜雨。巳刻,又得费恺中书。午刻,继安招饮三朝酒。

**十四(8 月 19 日)**　饭后大雨。辰刻,过张枕石、柯又塘两处。巳刻,过敦本堂钱宅,知乍浦又来唤船两只。海滨土匪以官吏不能擒捕,仍肆劫掠新仓。自初八以来,富室募乡勇防护,日费百金,势渐不支。未刻,马访云、郁绥庭同过。申刻,马蔼卿、倜卿、陈板桥、张枕石等同过。

**十五(8月20日)** 热。巳刻,寄丁溉余书,附乐府十四章。是日,新仓乡勇已散,缘无人出钱故也。

**十六(8月21日)** 黄昏,大雷雨。辰刻,与刘心葭书,附刘烈女诗文。与于秋泾书,附乐府十四首。戌刻,费恺中书来,言初六日暎人竖起红旗,将攻南京。伊里布遣张攀龙等往彼议和,吗哩逊、罗卜丹、麻公三人需索洋银二千万枚,并要厦门、香港、宁波、上海诸处马头,又要裁汰广东洋商。伊里布一切许之。是夜,梦一女子,年二十许,认余为族兄。其夫乃一老人,年七十余矣,曾作显官,缘过革职,精神甚健,口如悬河,与余一见投契,极樽酒之欢。

**十七(8月22日)** 大雨数阵。辰刻,寄柯春塘书。巳刻,见华亭雷葆廉所撰《陈公化成死事纪略》,言公三年来力守吴淞,士民倚如长城。今年五月,暎夷大至,公率众奋战,勇气百倍,嗣因援兵不至,公为夷炮伤足,又被洋枪七,乃北面再拜而绝。武进士刘国标负公尸,藏诸芦苇中,越十二日负出,肤体不败,面如生,殓于嘉定城中,哭奠者数万人。午刻,见友人鲁懒仙所上潘芝轩相国书,滚滚数千言,责其尸位素餐,其词甚壮。酉刻,闻广陈奸民亦复击梆聚众,向富家强索饭粮。自初八以来,内子忽起忽卧,一卧即有谵语,不知是何疾。

**十八(8月23日)** 极凉。巳刻,有奸民击梆到镇,俄而散去。

**十九(8月24日)** 卯刻,得卢揖桥书,言夷船已驶往天津。辰刻,覆揖桥札。申刻,徐宿生过。

**二十(8月25日)** 热。黄昏雷电,雨。午刻,闻马沈坊奸民结连,金山县恶棍聚众数千,遍索富户米粮。今年旸雨应时,花稻俱熟,而奸徒不安本分,强争升合之米,抑何好乱乐祸若此?

**廿一(8月26日)**

**廿二(8月27日)** 下午雨。卯刻,闻前夜奸民劫四里桥今氏,昨夜劫紫柏庵林氏,有两凶最勇悍,为林氏所擒。

**廿三(8月28日)**　巳刻，接到刘心葭、陆一帆、费恺中三处信函。一帆有题《扁舟访友图》七绝二首。恺中信内又有林公少穆起复之说，且言胡邑侯同都司及湖营武弁，于廿一日午后，带兵千余，下乡搜捕土匪。未刻，知昨夜新港有劫米船者，擒获二人，年皆未及二十。

**廿四(8月29日)**　是日，将《戡靖教匪述编》加墨一过。

**廿五(8月30日)**　未刻，刘翼之、张少江、应珊洲同过。

**廿六(8月31日)**

**廿七(9月1日)**　书《陈莲峰军门殉难事》。骈体。申、酉刻，与高莲塘等长谈，知邑侯自廿一日率兵下乡，土匪挈其妇孺，尽室以奔，在家者仅百之一二。邑侯逐户搜赃。有顾氏者，于溷圊下搜出番银八百枚。有陶氏者，搜出华服四百余件、铜炉二十余袋。他类此者甚多，俱毁其屋。是夜，梦老名宿数人来访，其一人乃苏州黄荛圃也。

**廿八(9月2日)**　午中急雨。

**廿九(9月3日)**　巳刻，晋翂到馆，附去陆老秋书。

**三十(9月4日)**　热。戌刻，有数百人入奇六楼，夺鸦片烟筒，竟不能取去。

## 八　月

**初一(9月5日)**　热。辰刻，答刘翼之。巳刻，过黄芝生。未、申、酉刻，与龚配京长谈。是夜，梦潘妪为人所啗食。

**初二(9月6日)**　傍晚雨。巳刻，陈板桥过，言前在王某处，见《天悲图》数纸，从天台和尚处得来，语多可解，不可解大约谓壬寅以后五年中，锋镝纵横，生灵涂炭，而江浙被祸尤酷。

**初三(9月7日)**　午中雨。卯刻，得沈浪仙覆书，言七月十三日乍浦来暎船一只，至今未退。辰、巳刻，摘录《吴门画舫录》七律佳句八十余联。申刻，前厅梁柱拉然倾堕，声如山崩，想是祖先有灵，将诛殛奇六及文楷而先示之兆也。

**初四(9月8日)**　巳刻,徐宿生过。

**初五(9月9日)**　酉刻,见一龙取水。其时并无风霆,亦无雨势,天上仅有微云。龙身数丈,摇曳空中,鳞甲俱了了可数。观者数百人,靡不诧为奇绝。

**初六(9月10日)**　午刻,得丁溉余书,言云间人将汇刻陈提帅死事诗文,邀余同作。又赠佛银二枚,索题其子《蕉荫读画图》。酉刻,顾榕屏书来,言晋翁馆席明岁不能仍旧,阅之甚觉伤怀。

**初七(9月11日)**　晚雨。辰刻,报丁溉余书,附所作《陈提帅殉节死记》。巳刻,黄芝生过。午刻,为华亭张星阶作书与柯春塘。

**初八(9月12日)**　大东北风。莲塘寄来《嘆夷说》一篇,不知何人所撰,文极透彻。

**初九(9月13日)**　大东北风,兼雨。申刻,家中无赖子炳寰以圊桶掷其母,粪流满面。又将其祖母床帐扯碎,欲逐去之。

**初十(9月14日)**　辰刻,致沈浪仙书。未刻,闻乍浦又来嘆船两只。夜有微恙。

**十一(9月15日)**　巳、午刻,重览《阐扬德政录》。申刻,黄芝生寄《题扁舟访友图》。五律二首。是日,有腹疾。无赖子炳寰于昨夜黄昏窃其家中首饰一匣,伪作贼偷,今日已为捕快查出,自去岁以来如此者三次矣。

**十二(9月16日)**　辰刻,王生小轩来。午刻,唐西甫、马倜卿过。申刻,丽春自城中回来,知老友徐梦春卒。年八十。

**十三(9月17日)**　卯刻,偕丽春发舟。午刻,泊八字桥。申刻,至张堰上岸,遍游镇东、西。酉刻,凌锦源店招夜膳。

**十四(9月18日)**　夜雨。卯刻发舟。午刻至松江,泊舟秀野桥西,偕丽春游西林寺。时宝塔新修,金碧辉煌,甚觉壮丽。未刻入城,过丁德华店,晤其主人步洲。名瀛,身居市廛,性爱风雅,与余一见如故。申刻,至松江府署,观三台戏。

**十五(9月19日)**　卯刻,过东岳庙。辰刻,至北门内访姜小枚,名皋，恩贡生，年六十，岸然道貌，最工骈体，余慕其名二十年矣，今日始得见之。赠以文稿初、二集。小枚答赠《香瓦楼市箫集》七卷，俱系骈体，又龚定庵《己亥杂诗》一册。巳刻，复过丁步洲，赠以《鸳水联吟》一部。步洲出视近诗数首，并言松郡名流方结延秋诗课，十八日又属课期，劝余少住，余以附舟不便辞之。午刻，步洲留饮。申刻，出城，至小仓桥，访雷蕴峰。名葑，庚子副贡，年三十四，姿容昳丽，如二十许人，近见其所作陈军门骈体祭文，才思颇壮。适逢宾客满座，未及畅谈，蕴峰亦欲留余过十八日，余约以明春再来。是日，知和议已定，牛、伊、耆三大臣亲与璞鼎喳面议，璞鼎喳傲气直冲，三大臣不胜危惧。

**十六(9月20日)** 巳刻发舟。申刻至洙溪，偕丽春游东林寺。即访丁溉余，游宛在园。溉余出视近诗，并姜小枚、孔莲君诸人感时之作，又名人尺牍数册。酉刻，溉余留夜膳，同席汪元白。能画山水。夜即留宿，畅谈至二鼓。是日，闻大学士王公定九自尽，赐谥文定。

**十七(9月21日)** 午后急雨。辰刻，溉余赠诗集全部，共五十四卷，又王条山《兰绮堂诗》十七卷、王侪峤《试畯堂诗》十二卷、程襟兰《益神智室诗》二卷、张丽瀛《覆瓿吟》一卷、陈爰筠《烟草谱》八卷。巳刻，游城隍庙，过柘湖书院。午刻，溉余作五律一首见赠。未刻发舟，酉刻到平湖，知归安、长兴俱遭民变。长兴知县被民啮噬，体无完肤。夜宿东鼎字店。

**十八(9月22日)** 卯刻，候顾榕屏。辰刻，过钟穆园寓。巳刻，候徐芸岘，芸岘于四月中迁居南巷。借《周犊山类稿》四册。晤贾芝房、陈鹤亭。芸岘言昨与十友游东湖，叙饮于水东别墅，因余未到，几有"座无车，公不乐"之意。芝房言前往魏塘，访霁青太守，太守盛称余骈体文，赏不绝口。又言翁海村、唐菱伯俱已去世。海村与余同岁入庠，今年八十三矣，菱伯年止五十八。午刻，穆园邀至涌源馆食面。未刻，问费恺中疾，言余所作乍浦乐府，城中传抄已遍，并有和作。

**十九(9月23日)** 夜半雨。辰刻，至榕屏处，借得刘松岚《玉磬山房诗文集》二册，适顾访溪亦在，大谈数刻。午刻，榕屏留饮。是日,为榕屏四十初度。未刻,芸岘、芝房、鹤亭同来寻余,适遇诸途,即往裕兴馆茗话,俄而榕屏偕柯小坡至,喜出望外。申刻,榕屏邀同小坡叙涌源馆。酉刻,送小坡出东门,始闻汪雨人广文于去年十一月下世。此教官中第一知己也,闻之深为凄惋。

**二十(9月24日)** 热。辰刻,赴徐芸岘招,芸岘即邀同徐竹间至合顺馆食面。余与竹间别已十余年。巳刻,观芸岘《思鹤庄日记》,每日所记多则三四页,少亦半页,琐屑事无不详载。午刻,芸岘置酒相待,同席杨酉麓、何雪堂、贾芝房、徐竹间。酒半,丁蔼亭至,又复添肴,谈谑淋漓,主宾俱极酣畅。酉刻散席,芸岘赠新刻《雪舫斋读书书后》一册。是夜,宿西鼎字店。

**廿一(9月25日)** 巳刻,过江仁卿馆。午刻,费恺中还《洄溪道情》一册,邀至永和馆食面。未、申刻,趁航船回家,知姚谱莘日前过访,并赠《明宫杂咏》二册。又收到晋翁初十日禀。是夜,梦棰晋翁数下。

**廿二(9月26日)** 未刻,候钱小园昆季,有事相托。酉刻,咏《舟夜》一首。七律。

**廿三(9月27日)** 午、未刻,饮龚配京处。申刻回家,见病妻已卧。

**廿四(9月28日)** 辰刻,盛云泉寄示两纸,知七月十九日英帅璞鼎喳至静海寺答拜各大宪,率夷官五十余人,卫兵七十余人,鼓吹一部。各大宪待以茶点酒果。二十四日,各大宪复至彼船,会同用印信,和议大定。璞鼎喳已遣火轮船两只回国报信,余船陆续开行。巳刻,顾篆香书来,乞余代作《机神庙碑》《南宋杂事诗序》《郭李战功为中兴第一论》。皆罗文宗诂经精舍课题。余以题既重大,期又促迫,作札辞之。午刻,寄费恺中书,并以《耐冷谈》借之。未、申、酉刻,阅姜小枚骈体文。才华富丽,笔亦古雅。

**廿五(9月29日)** 辰刻,致顾访溪书,并寄所抄古文目录,托其转付沈南一孝廉,盖以吴江沈氏将开雕《国朝古文》故也。巳刻,与顾榕屏书。午、未、申、酉刻，阅《犊山类稿》。是夜，梦司训某邑教谕，某断断与诸门生争贽仪，余不发一言。

**廿六(9月30日)** 卯刻，闻镇龙庵唐氏、何氏昨夜俱被劫。辰、巳、午、未、申、酉刻，阅《试畯堂》《兰绮堂》两集。

**廿七(10月1日)** 辰、巳刻，作《秋影》《秋魂》《秋梦》《秋思》四首，俱七律。此系云间诗课题。午、未、申刻，阅《刘松岚诗文集》。

**廿八(10月2日)** 辰刻，寄雷蕴峰书，赠以骈体文初、二集。巳刻，寄丁步洲书，赠以近人诗二种。未刻，观龚定庵《已亥杂诗》。七绝三百余首，诗甚怪诞，与其古文相类。是夜，梦得书画一册。

**廿九(10月3日)** 抄古文五首。午刻，姚谱苹过谈。自初十以来，腹疾不止，今日更甚。

## 九　月

**初一(10月4日)** 大西北风。抄古文四首。巳刻，大怒魏耀庭。耀庭昨欲购余袄架，诀钱二千，已遣人搬去，今日复遣人搬回，翻手为云覆手雨，余誓不与之庆吊往来矣。未刻，过龚配京处，知乍浦夷船已退出。

**初二(10月5日)** 卯刻，寻俞小渔，不值。辰刻，俞小渔来，属其择日葬亲。巳刻，晋磬归，言七月间馆中几遭抢劫，新溪诸俞氏大为土匪所窘。午、未、申刻，摘录杂诗一百余联。是日，子妇又言有病。

**初三(10月6日)** 辰、巳、午刻，抄杂诗三十首。未刻，答姚谱苹，不遇。申刻，徐宿生来，贻《琴清阁遗稿》二卷。

**初四(10月7日)** 抄骈体文七首。

**初五(10月8日)** 摘录姜小枚《红木犀馆》骈体文二百余联。午刻，顾榕屏、贾芝房俱有书来，榕屏赠七律一章，芝房赠七律二章，诗中都有感慨，非同泛作。榕屏、芝房及高藏庵、丁蔼亭皆有陈军门挽诗，托余寄至云间汇刻。芝房七律四首最工。是夜，梦在黄霁翁处参订书籍。

**初六(10月9日)**　巳刻,潘颂康过。午刻,晋豁呈陈军门挽诗四律,删存其二。申刻,作七律一章,赠丁溉余。近日,前厅为奇六及文楷拆尽,二百年祖宗基业,竟作瓦砾之场。

**初七(10月10日)**　辰、巳刻,为丁升卿作《蕉阴读画图记》。骈体。午刻,致盛云泉书,赠以文稿初、二集。云泉以风雅为性命,去秋自乍浦迁居新仓,近在咫尺,因有足疾,不离床第之间,与余至今未晤。未刻,徐宿生借去《春雪亭诗话》。是夜,梦有徐姓者,出宰四川,招余同往,所见名山大川,目不给赏。

**初八(10月11日)**　辰刻,咏《吕仙祠》。七律。钟穆园书来,亦呈陈提帅挽诗四律,删去其二,且为酌句。巳刻,盛云泉覆书来,借去骈体文三集一册。午刻,馈张、马二宅婚仪。

**初九(10月12日)**　辰、巳刻。作长五古一篇,寄徐芸岘,叙中秋后文宴之事。徐亲家遣人来,强余雇媪,盖恐其女勤劳故也,不禁勃然大怒。午刻,作书三函,寄徐芸岘、顾榕屏、钟穆园。未刻,作书三通,一寄丁步洲,附陈提帅诸挽诗,一寄沈浪仙,一寄家丽春。

**初十(10月13日)**　辰刻,寄于秋泾书。申刻,盛云泉寄还骈文三集,并有小札,许为剞劂。又借去《国朝古文》选本十巨册。是日,腰甚痛楚。

**十一(10月14日)**　未刻,得金山姚苏卿清华书,备叙倾慕之忱,并赠所撰《弦诗塾诗集》五卷,又和余乍浦乐府六章。苏卿为金山诗人之冠,今年六十九矣,与余神交已久,面晤无期,蒙其先施,不胜雀跃。是日,骨节俱痛。

**十二(10月15日)**　作咏物小乐府十四首。《狼》《鸩》《狐》《枭》《蛇》《鼠》《蛙》《蝗》《蛛》《蝇》《蚊》《虱》《蟫》《蛓》。未刻,晋豁到馆,寄赠陆氏喜烛三灯一百枝。申刻,得顾榕屏书,内有徐芸岘、石研农所作陈提帅哀辞,亦欲托余寄去。酉刻,作书两通,一覆姚苏卿,一寄丁溉余,附诗文两件。是日,闻各路官兵俱已撤回。

**十三(10月16日)**　平旦,陆笑非过,余适外出,不值。辰刻,再寄丁步洲书，附陈军门诗。又作札二通，一覆顾榕屏，一寄家丽春。张、马二宅招婚宴，俱不赴。午、未刻，览纪晓岚《如是我闻》。

**十四(10月17日)** 辰刻，丽春自城中归，携至徐芸岘覆函，见赠五律二首，又乞余撰其亡儿德源《灌花图遗像记》。海盐石研虹即研农改号。亦寄赠七律二章，清丽工整，情见乎词。是日，腰酸骨痛。

**十五(10月18日)** 辰刻，与赵凌洲羽士书。巳刻，得于秋泾书，内有《联吟》十五集刊本，共五十余首，选余《于忠肃公祈梦曲》七古一首、《秋日游仙》七绝一首。又寄示近诗十余篇，内《秋夜不寐》四律及《守更谣》《平粜谣》《告荒谣》《坐饭谣》诸乐府，感怀时事，俱有妙笔以达之，此才诚不可与争锋。午、未刻，补选新乐府九首，又抄杂诗二十余章。申刻，闻吴山客病殁。

**十六(10月19日)** 辰刻，抄骈文两首。巳刻，沈浪仙覆书到，并寄近诗九章，内有《捉土匪》《乡人逃》《逐海商》《烧糖船》诸乐府，形容寇贼情状，如鼎铸物。午刻，作书三通，一寄张筱峰，一寄柯小坡，一寄费恺中。酉刻，钟生书来，刻即札覆。

**十七(10月20日)** 辰、巳刻，作《告荒谣》《坐饭谣》《劫官谣》《捉匪谣》四章，立意与秋泾、浪仙不同。申刻，徐宿生缴还《春雪亭诗话》。

**十八(10月21日)** 辰刻，丁步洲覆书来，为余征《扁舟访友图》题章，共得四人：华亭钱渊亭鸿业七绝二首、元和高兰翘万培小七古一首、北平杨肖英炳七绝二首、华亭雷约轩葆廉《如梦令》一阕。雷约轩亦有一札，并赠《孔宅诗录》四卷。

**十九(10月22日)** 作《柳如是遗镜记》。骈体。酉刻，家古溪来。家中无赖子文楷家资败尽，欲以东楼强售于余，托龚氏昆仲言之，又托丽春、古溪等言之。余连年失馆，日费甚繁，安有余钱作此无益之事？被其迫胁，如坐针毡。

**二十(10月23日)** 夜半雨。巳刻，与丽春论家中诸无赖事，不禁相对泣下。

**廿一(10月24日)**　雨。作《徐童子灌花图遗像记》。骈体。辰刻,费恺中覆书来,言徐香畹于八月中病殁福建官署。

**廿二(10月25日)**　未刻,评点徐芸岘《南宋杂事诗》骈体序。是夜,梦盛云泉寄示乐府数首。

**廿三(10月26日)**　又大晴。辰、巳刻,作七律一首赠姜小枚,又一首答石研虹,又一首谢姚苏卿。午刻,寄徐芸岘、石研虹、顾榕屏三书。未刻,寄费恺中书,赠以《春雪亭诗话》。又与陈裕山札,属其十月中旬报服阙。两月以来,腹痛不止,而笔墨之债无时可了。是日,更觉困顿,不知何术可以治之。

**廿四(10月27日)**　辰刻,赠咬房婚仪。巳刻,与盛云泉书,附七律一章。午刻,龚巽和过。盛云泉回书即来。

**廿五(10月28日)**　辰、巳、午、未刻,作《呻吟词》八章,皆七律。

**廿六(10月29日)**　夜雨。辰刻,赵凌洲报函始到,言中秋节曾寄一书,不知遗失何处。巳刻,作五律二章,题沈浪仙诗稿。又七律一首,酬顾榕屏奉怀之作。午刻,作七古一章,题钱渊亭《挈瓶图》。即嘆咭唎酒器。未刻,闻罗学宪于十月初七日取齐禾郡科试。

**廿七(10月30日)**　大西北风,寒。巳、午刻,题刘复燕所选宋荔裳、施愚山、王阮亭、赵秋谷、朱竹垞、查初白六家诗钞,每首四言十二句。申刻,盛云泉还《今文惬》十册。是夜,梦偕卢揖桥从远道归,波涛汹涌,因至古寺小憩。

**廿八(10月31日)**　寒。巳、午刻,题吴榕园所选厉樊榭、严海珊、钱箨石、王穀原、袁子才、吴穀人《浙西六家诗钞》,每首四言十二句。近时所作诗文俱挥洒自如,有水到渠成之妙,二十年前初不料到此境界也。丁溉余覆函来,有上洋乐府四首,又寄至汪元白所绘《扁舟访友图》。是夜,梦欲访姚水北,不果。

**廿九(11月1日)**　雨。辰刻,费恺中覆书到。

**三十(11月2日)**　湿热。辰、巳、午刻,与于秋淦论时事书。骈体。

## 十　月

**初一(11月3日)**　午刻,龚配京借《东华录》三册。申刻,顾榕屏覆信来,并寄近诗三十二首,乞余酌定。

**初二(11月4日)**　巳刻,评点榕屏诗稿。内赠友诸作俱有情致。申刻,作七律一章,题鲁懒仙所上潘相国书后。

**初三(11月5日)**　辰刻,始访盛云泉。巳刻,作七律一章,将寄钱萍矼。午刻,作《广陈普照寺塔砖歌》七古一首。黄芝生、盛云泉、潘颂康同过,云泉以许德水所著《乍浦续志》六卷属余校阅,将付手民,并乞作序。

**初四(11月6日)**　巳、午刻,将所作骈体文重加酌改。未刻,咏《范文正祠》。七律。申刻,得顾榕屏书,内有沈浪仙信,语意多不可解,殊堪骇诧。余重阳后并无札寄浪仙,乃浪仙言曾接余书,迟迟未覆,奇哉!又有秀水高百平所题《扁舟访友图》。五古。

**初五(11月7日)**　久阴始晴。巳刻,作书两通,一寄丁步洲,一覆雷约轩。午刻,龚配京还《东华录》,又借《全蜀艺文志》十六册。

**初六(11月8日)**　午刻,馈柯、徐二宅婚仪。申刻,偕张生枕石、王生小轩、陈生晓礓等九人登舟,四鼓即到禾中。是夜,舟中人众,无置襆被处,通宵不眠。

**初七(11月9日)**　寒。辰刻,候于秋泾,观其近作诗、古文。巳刻,候孙次公,即啸岩改字。观其近作诗文,俱极工巧。未刻,严松圃邀同孙次公西埏酒楼小饮。是夜,秋泾为设榻于全大店楼,与蒋仲蓠、名茝生,昭文人,工六法。吴友潇名湘联榻。

**初八(11月10日)**　寒。辰刻,严松圃邀同高宜圃、蒋仲蓠等至嘉兴县南街食羊汤,即偕宜圃至东道巷顾榕屏、贾芝房寓,晋翁亦同寓焉。巳刻,候王晓莲,梦莲改字。出视《扁舟访友图》题句五律一首,并有跋语。午刻,赠秋泾《明宫杂咏》二册,又以赵道人所题《南湖柳隐图》付之。赠松圃《徐西涧诗集》二册。未刻,在秋泾处见海昌陈受笙均所选《唐骈体》四册。申刻,为秋泾加墨近时日记。是夜,仍至三鼓后始眠。

**初九(11月11日)** 辰刻,蒋仲蓠招至高家湾食羊汤、蟹羹。访杨小铁,小铁近复迁居,其水阁适对烟雨楼,雨丝风片,烟波画船,在一望间。临行,借陈二赤《小琼海诗》三册。巳刻,访刘霞城,出示怀人诗十首,余在第二。午刻,至榕屏寓。顾访溪携至金升之、名钟秀。陈梦琴名希恕,俱吴江诸生。《扁舟访友图》题章,皆系七绝。未刻,访计二田,畅谈两时。回,过孙意林处。

**初十(11月12日)** 辰刻,过费春林寓。巳刻,谒周萱圃学师,名炜,东阳人,年七十八,极爱风雅。呈骈文初、二集。午刻,访徐亚陶,不遇。复过计二田寓,晤孔雅六。名宪来,桐乡诸生。未刻,赴俞眉生婚宴。即幼男秦梦主人。晤金新斋。名品,秀水庠生。

**十一(11月13日)** 辰刻,为于秋泾代作《北里坊重建文昌阁募疏》。骈体。午刻,高藏庵为余评点骈文数篇。未刻,过石研虹寓,不值。申刻,孙次公招同柯小坡、吴彦宣、杨小铁、蒋仲蓠饮全由酒楼。酉刻,在秋泾处见慈溪叶晏爽《睿吾楼文话》十四卷。晤张小[尹]。名保衡,嘉兴庠生。

**十二(11月14日)** 辰刻,柯小坡招食羊羹。巳刻,访董枯匏,出视山水画册。未刻,过张枕石寓。申刻,在秋泾处,适严星岩来,畅论诗文。酉、戌刻,与俞眉生长谈。眉生貌甚美秀,博古通今,兼能吟咏,亦风尘中所罕觏者也。是日,罗文宗始到。

**十三(11月15日)** 辰刻,过胡连江寓,即至府学观文宗讲书。巳刻,至计二田寓,晤沈梦仙。二田见赠《唐骈体文》十七卷、张秋水《冬青馆诗文集》七卷、孙吕扬《愈愚集》六卷,又番银两饼。索撰《溪阳展墓图》《看茶啜墨图》二记。午刻,过林蝶仙、胡柳堂寓,有美女子,二八芳年,蛾眉顾盼,妖冶非常。申刻,在秋泾处借得梁应来《两般秋雨庵随笔》八卷。酉刻,蒋仲蓠招同施芑堂小饮,即至仲家巷观灯,一里之长,小奏七班同唱《惊变》《埋玉》,亦奇事也。

**十四(11月16日)**　辰刻，严松圃招至砖桥食羊羹。午刻，过吴彦宣、柯小坡两寓，皆不值。未刻，松圃邀同徐爱庐、名桢，嘉兴老诸生。蒋仲蓠等大宴聚源馆。申刻，复过董枯匏寓。酉刻，休宁邓符生亦来同寓。名奎，工隶书，尤精竹刻。是日，考生古学题："闻鸡起舞赋"以"常恐祖生先吾着鞭"为韵，"金莲送归院"得"莲"字五言八韵，"佛手柑"得"柑"字七言八韵，"拟张说斗羊表"，"拟东坡试院煎茶歌"，"钟声""砧声""柝声""角声"皆七律。余于十七日服阕，考单初定于十八日考后四学，今忽改期十五，大为恨事。

**十五(11月17日)**　辰刻，严松圃招同柯小坡、邓符生等往春波桥食鸭羹。午后，观《孙愈愚诗文后集》《续集》《剩稿》三种。张春水亦来同寓。戌刻，蒋仲蓠出视《湘江秋思图册》题者百余人，俱极一时之俊。是日，考后四学，平湖题"能近取譬"一节。

**十六(11月18日)**　辰刻，复过计二田寓。巳刻，柯小坡为余言魏塘故人曹小秋今为嘉善城隍神，其友于梦中遇之，服色遵本朝制度。午刻，偕陈少溪、名其焕，秀水廪生。陈雪渔、名其炯，秀水庠生。孙次公、严松圃等饮于杨小铁处。未刻，仲子湘、沈南一、名曰富，吴江孝廉，工古文。陶锥庵吴江人，工铁笔。过访。申刻，观经古招覆案，晋酚名在四十。古学四十二人：桐乡金鹤清、桐乡严铣、嘉兴朱昌璐、嘉兴钱应溥、秀水汪韩度、府学叶廉锷、府学沈炳垣、平湖顾桀、秀水孙瀜、嘉善袁嵩龄、石门叶蓁、嘉善程光熊、嘉兴钱铭恕、石门谭逢仕、府学严炳、海盐陆世勋、石门徐德谦、海盐陆元模、嘉善郁以瀚、平湖屈宝英、府学陆熙恬、桐乡殳墉、府学陈锦、嘉兴吴仰贤、嘉兴徐宝清、平湖林福照、石门魏尧芝、嘉善谢玉树、秀水骆寿仁、海盐查拱辰、海盐赵衡铨、府学黄华轼、海盐吴懋昭、秀水葛登銮、海盐陆肇曾、秀水姚汝襄、平湖俞腾蛟、嘉兴王庚颐、府学蔡之沅、府学黄晋酚、桐乡周善升、石门沈承烈。经解五人：平湖顾广誉、秀水沈奎乙、石门顾丙荣、府学陈家龙、秀水王忠。天文一人：平湖顾广伦。勾股二人：秀水金猷告、府学金鸿佺。酉刻，赠张春水初集文稿一册，春水答赠《双声合刻》二小册。

**十七(11月19日)**　辰刻，为张春水题上海陈香谷旌闾诗册七律一首,和册中诸人韵。巳刻,钟生穆园来见,即同过曹淡秋寓,遇徐籀庄、名同柏,贡生,精金石之学。王锄园。名福田,工书法,俱新篁人。未刻,谒黄霁青太守于天医道院。太守言近作诗话十余卷,选余论诗诸七绝。此种诗余已删却,而太守反录之。甚矣,去取之难于自主也。申刻,林蝶仙赠余王芑亭《槐花吟馆诗》三卷。周辛甫赠宋小茗《耐冷续谈》六卷,内选余咏史七绝九首,《汉文帝》《高贵乡公》《王戎》《周顗》《彭城王勰》《上官婉儿》《节愍太子》《晋高祖》《徐有贞》。话亦备极推奖。蒋仲蓠为余绘《扁舟访友图》,尽有别趣。酉刻,跋张春水《崇明诗钞》。春水又出视《梦影庵图》三册,图共三十余页,一图一事,题者数百人。是日,发后四学案,平湖一等二十四人。顾广誉、周家溱、张煦、郑之侨、潘锡圭、刘以晖、孙镜、徐曰锴、顾广伦、陈庆禧、徐金忝、屈宝英、邵升熊、顾桀、胡乙照、钱鍇、夏庆霓、戈茂承、朱善风、郑丙铨、高三祝、顾广心、张德懋、黄锦,正案名次大有移动,二等四十七名,不取者仅四十人而已。

**十八(11月20日)**　辰刻,顾榕屏招食羊羹。巳刻,赵硕轩为余题《扁舟访友图》七绝四章,得清华朗润之致。名华恩,嘉兴贡生。候顾访溪。午刻,陈蕙圃招食巨蟹,同席张时斋玱、何牒云福宜。蕙圃言周菱圃学师见余文集,以为当今之世绝无仅有。申刻,过曹淡秋、钟穆园两寓。是日,考前四学府学题:“舜有天下”一节;策:循吏;诗:“云开雁路长”得“长”字。

**十九(11月21日)**　辰刻,邓符生招同樊雨田、蒋芙汀等至春波桥食鸭羹。巳刻,为吴友潇题《潇湘秋思图》七绝二首。仲子湘、张子庆名麟,吴江诸生。同过,子湘即回盛泽。午刻,张生枕石、王生小轩招食肉饭。未刻,张春水题《扁舟访友图》小七古一章,秦次游题五律一章,邓符生隶书册首五字,林蝶仙亦绘一图。申刻,春水出视夷人吗哩逊所贻夷笔等物,又言郭士立被夷帅璞鼎喳所诛,盖亦忌其功也。是日,覆生古学:“二顷田应为鹤谋赋”以题为韵,“孝廉船”得“船”字,“拟鱼乐国记”“松花”。七律二首。

**二十(11月22日)**　大暖。辰刻,偕曹淡秋访张叔未先生,不遇，留赠二集文一册。巳刻，晋翂言昨日覆试发看古学卷子，圈点极浓，原评：笔情大方，不事描头画角，而自饶雅致。午刻，于秋泾诿余至留荫堂张宅饮赛龙酒，观小三台戏。酉刻，发前四学案，府学一等二十八人，晋翂得第六，严炳、叶廉锷、沈炳垣、陈其焕、卜金题、黄晋翂、陆熙恬、方宝善、范道荣、陈恩锡、汪葆煊、郭省兰、陆嘉树、钱祚昌、陈锦、袁俞琇、金鸿佺、周宗藩、马承福、蔡之沅、曹熊吉、徐金生、黄华轼、陈家龙、温尔济、沈玮宝、倪承杰、王大奎。二等六十人。是日，考外四县童生，平湖题“如琢如磨者”。

**廿一(11月23日)**　大暖。辰刻，托樊雨田乞取黄霁翁《贤已编》六卷、《吴谚集》一卷，雨田为余题《扁舟访友图》五律一章。严松圃招食羊羹。巳刻，闻府学廪缺已出二人，而前四名俱系廪生，晋翂刻即待补。偕顾榕屏、贾芝房及晋翂赴杨小铁招，小铁出视韩蕲王赏军瓶、改七芗《仕女图》。又访张博山秋水阁遗址、盛宜山墓。午刻，小铁设宴于南湖水榭，同席八人，食鲢鱼头，味甚鲜美。申刻散席。

**廿二(11月24日)**　大暖。辰刻，始知昨日午后无锡嵇是轩名致亮来访，欲乞余文稿，知其寓在府桥南首，急往答之，已回去矣。巳刻，过孙周雨学师公馆，至顾访溪寓，晤高伯平、名均儒。沈藜阁。名奎乙，俱秀水庠生。午刻，作《狎鸥亭长歌》，赠柯小坡。又题周伯器《桐村书屋图》七绝一首，亦小坡所托。申刻，胡连江招食面饺，途遇周西江。酉刻，观新进招覆案，平湖县学二十五名，拨府七名，门人马骏声获隽。县学钱抡奎、程玉麟、徐濂、方钧、陈汝芳、沈应奎、王士林、俞奏水、陈安涛、王心陛、孙锦、朱昌鼎、陆钧、戈宗榜、江安澜、殷鸿胪、盛朝俊、俞坤、邵昌明、马丙元、马增、戈宗楹、高兰薰、邹壬吉、刘之坤，府学屈仔德、何炳星、顾廷煌、马骏声、钱镇奎、何福宜、徐锦华，又佾生六名：高赐孝、徐开源、潘泰吉、徐金宣、朱兆庚、吴焕。

**廿三(11月25日)**　辰刻，范秋舲来访，名来庚，秀水增生，南浔人，能诗、古文。王新甫继至。巳刻，答范秋舲，言近与洞庭王亮生选《国朝诗持》廿四卷，将付手民。午刻，为晋翂作《佛手柑》七排一首。未刻,黄飞青来,出视红丝砚一方,上有钱箨石铭、张文鱼书。申刻,晤周逸斋。未庵教授之孙。酉刻,杨小铁招同樊雨田、黄仲虬名松孙,嘉善庠生。小酌。

**廿四(11月26日)**　风雨寒甚。辰刻,计二田过。巳刻,率马生琴山往府学拜见周未庵、孙匡叔两学师。午刻,王后帆为余绘《扁舟访友图》,名模曾,秀水童生。张叔未书《扁舟访友图》册首,命王芑亭携来。叔翁字非重资不可得,余竟得之甚易,事出意外。申、酉刻,偕顾榕屏冒大风雨,两至府学,为琴山讲贽仪。戌刻,晋畇覆试,出场题:"能言距杨墨者"一节、"十月先开岭上梅"得"先"字。发看正场卷子圈点,更多原评:藻思绮合,研炼精深,此炉火纯青时也。是日,出内三县新进案,嘉兴府批谢福镛以只字不通见斥。是夜,移寓东道巷。

**廿五(11月27日)**　饭后微雪。辰刻,偕林蝶仙、胡柳堂茗饮,晤三台班伶人巧龄、长龄、绣龄、宝龄,邀至其寓,强留余饭,力辞之。午刻,范秋舲来,赠以文稿初集。未刻,晤谢诵葭。名玉树,嘉善庠生。申刻,高藏庵代晋畇作《孝廉船试帖》一首,杨小铁代作《钟声》《砧声》《柝声》《角声》四七律,皆补入竹卷。酉刻,仲子湘复来。戌刻,寓主人周耕余置酒,适小铁、穆园至,遂共欢饮。

**廿六(11月28日)**　大寒。辰刻,题王秋帆《茅堂读易图》遗像七古一章,石研虹所托。巳刻,于秋淦代晋畇作松花七律一首。未刻,答仲子湘、王新甫。申刻,何雪堂过。

**廿七(11月29日)**　辰刻,将行李寄张枕石,先带回芦川。巳刻,张海门太史过访。午刻,寄卢揖桥书,命晋畇至严啸谷、王巽斋两处,贺芹喜、仲子湘、石研虹、杨小铁以次见过。未刻,观新进古学案,共取三十一人,平湖仅得其三。徐锦华第一、马骏声第四、程玉麟十三。唐西庑、徐香雨过,西庑言前在都中,谒姚鹰青侍郎,侍郎问及晋畇。申刻,高伯平及顾访溪、春岩昆仲见过,伯平为余书《扁舟访友图》册首。是日,为晋畇讲补廪费二十六洋。每洋一枚,时价作一千二百八十。

**廿八(11月30日)**　辰刻,过蔡可阶寓,即至于秋淦处话别。巳刻，过钱子振处，子振为余绘《扁舟访友图》，取故人家在桃花岸意。午刻，为晋翁事复过府学周、孙两广文处。未刻，偕王晓莲、奚肖岩等茗话。黄溪陆蕢芗名镄，秀水庠生。寄赠《耐冷续谈》五部，乞撰《郁林山馆图序》。申刻，孙次公招同榕屏、芝房、松圃饮全由酒楼。杨小铁、张龙门名以庄，嘉兴诸生。继至，遂共畅饮。到禾以来，于旧书肆购得魏兴士诗文集六卷、《汤文正疏稿》一卷、宋牧仲《吴风》二卷、沈天陆《萧庵集》二卷、陈雨山《玉照亭诗》二十卷、李玉洲《贞一斋诗集》十卷、张浦山《强恕斋文钞》五卷、杜紫纶《云川阁诗集》六卷、徐敬斋文集一卷、程柯坪《爽籁山房集》二卷、戚鹤泉文钞续选九卷、朱载坤《清谷文钞》六卷、邵桷亭诗文钞六卷、汪容川《获经堂诗》八卷、金二雅《播琴堂诗文集》十八卷、鲁絜非《山木居士外集》四卷、顾谔斋《列女乐府》六卷、徐雪轩《南州文钞》一卷、缺。沈心斋《紫薇山人诗钞》八卷、钱黄与[予]《冲斋诗稿》四卷、程翰千《心香斋诗》四卷、徐价人《闽游诗话》三卷、许衡紫《楚尾诗钞》一卷、朱梓庐《壶山自吟稿》二卷、夏守白《清琅室诗》三卷、朱兰坞《铁庵同怀诗钞》二卷、《五泄纪游诗》一卷、朱酉生《遗砚楼小集》一卷，又时下《律赋金针集》《律赋聚星集》《律赋锦粲集》，共三十一种，计钱只一千三百九十。此番书籍甚众，价亦最廉，满载而归，为之喜心翻倒。

**廿九(12月1日)**　辰刻，偕榕屏、芝房、晋翁登舟。未刻，到平湖，即过徐芸岘处，知夷人又扰福建。夜宿榕屏之横山草堂。

## 十一月

**初一(12月2日)**　辰刻，接到雷蕴峰书，见赠新刻律赋《浣花集》两册，为余题《扁舟访友图》五律一首、七律一首，各有新意，无一泛语。丁步洲亦有书来，为余代征戴笠人其福五律一首、黄砚北仁《水调歌头》一阕。步洲亦填词一阕，调与砚北同。巳刻，赠费恺中《耐冷续谈》一部。午刻，偕恺中过李恪亭新居，即同往裕来馆食馒头。未刻，复过芸岘处，夜宿东鼎字店楼。是日，闻王椒轩暴卒。

**初二(12月3日)** 寒。巳刻,候陆梦渔。余乙丑岁同庠之友尚存四人,梦渔其一也,相见俱各怃然。午刻,丽春邀饮永和馆。未、申、酉刻,附航船回家,知沈浪仙日中特来商事,惜不面晤,急往觅之,则已回乍浦矣。

**初三(12月4日)** 大寒。巳刻,候盛云洤,剧谈良久,赠以《耐冷续谈》二册。午刻,过龚配京处,即留饮,谈至日旰而返。

**初四(12月5日)** 大寒。巳刻,得姚苏卿书,内有题《扁舟访友图》七古一章。申刻,得张筱峰书,内有题《扁舟访友图》"金缕曲"一阕。

**初五(12月6日)** 观《两般秋雨庵随笔》。或诗,或文,或纪事,或考据,或对联,或谑语,无一不新。午刻,覆丁步洲书。

**初六(12月7日)** 辰刻,沈浪仙书来,立即裁覆,并赠以《耐冷续谈》一部。巳刻,钟生穆园书到。午后,观《耐冷续谭》。黄昏后,观顾谔斋《列女乐府》。

**初七(12月8日)** 巳、午、未刻,趁行船到平湖,以初、二集文板,属鲁介庵付钱文炳刻字店刷印五十部。晤徐莲史,言松隐门人沈东白其子前月入庠,东白近时有田二百亩,居然富人。酉刻,介庵招饮永和馆,夜宿东鼎字店楼。

**初八(12月9日)** 辰刻,费恺中招食靴糕。巳刻,至顾榕屏处,还以诗文集三种,寄赠马生琴山《蜃园诗文集》六册。偕恺中往北门外游松尘道院,访郭去胜墓,即过唐西甫处,其室宇宽敞而精巧,有池有园,古榆村舍一间尤为爽朗。午刻,至榕屏处中膳。未刻,过徐芸岘,还《犊山类稿》一部,复借李榕园、赵宽夫、杨秋室文集三种。又见全谢山《鲒埼亭外编》五十卷,俟异日借之。酉刻,费恺中招饮。是日,闻靖逆将军奕山、扬威将军奕经、参赞文蔚俱以劳师糜饷、坐视旗靡,拿问入都。牛鉴、余步云先已锁拿,未知下落。

**初九(12月10日)** 辰刻,顾榕屏招食靴糕,即过王晓莲处。巳刻,过张吉峰处,畅论诗词。回,过陈白芬,有疾,不得见。午刻,费恺中还《耐冷谈》一部，申、酉、戌刻，趁行船回家，知盛云泉昨日贻酒两坛。

**初十(12月11日)** 晨大雾。巳刻，晋紛到馆。龚配京过谈。午刻，马倜卿招同陈板桥、黄芝生、盛云泉等九人宴于耿楼。酉、戌、亥刻，阅李兰卿《榕园诗文稿》、赵宽夫《保甓斋文录》。是日，旧主人陈椒园卒。

**十一(12月12日)** 晨大雾。巳刻，贻陈、王二宅冥仪。午后至二鼓，阅戚鹤泉、鲁絜非、朱清谷、徐敬斋诸文集。

**十二(12月13日)** 巳刻，张生枕石过。午后，阅沈天鹿、魏兴士、徐雪轩、张浦山诸文集。酉刻，寄张筱峰书，附缴王铁夫诗集。

**十三(12月14日)** 为盛云泉撰其元配邱孺人墓志铭。骈体。午刻，云泉招同马铁卿、陈板桥宴于东林寺之如如精舍。酉刻始散。是夜，梦吴兴城中大遭回禄。

**十四(12月15日)** 巳刻，马倜卿来，以长洲徐孝子事索诗，倜卿言昨日新庙坊有一田家，刈禾方毕，见田中一潭清水盈盈，内有鲤鱼四尾，事亦颇奇。午刻，送陈椒园入木。未、申刻，阅黄雰青《贤己编》。酉、戌、亥刻，阅金二雅诗文集。

**十五(12月16日)** 晓大雾。辰刻，作徐孝子诗七律一首。孝子名金霖，号漱坡，长洲增贡生。巳刻，过盛云泉处，谈轶事。午刻，阅徐价人《闽游诗话》、严问樵《珊影杂识》。未刻，过柯又塘处，知其尊人春塘于九月中曾覆余书，并朱立斋广文所题《扁舟访友图》，岂知此信竟作石头之浮沉矣。回家，即作书与春塘。酉刻，阅许德水《袁文后案》。白漾桥火发，幸即扑灭。

**十六(12月17日)** 巳刻，顾榕屏书至，晋紛亦有书来，言明岁定馆于新溪张氏。午、未、申、酉刻，阅李玉洲、陈雨山诗集。戌刻，阅《汤文正公疏稿》。

**十七(12月18日)** 大东北风。午刻，盛云泉以《明季稗史》十册见借。申刻，嘉兴门斗罗氏昆季及沈姓者来报晋紛补廪喜单，即以酒食待之。

**十八(12月19日)**　寒。辰刻,复邀三门斗朝饭,付以廪费二十六洋。计钱三十四千。巳刻,卢揖桥寄助补廪费两洋。午刻,陈板桥以东林寺宴集诗见赠。七律二章。未、申、酉刻,阅夏允彝《幸存录》、瞿其美《粤游见闻》、华复蠡《两广纪略》、王秀楚《扬州十日记》、无名氏《四王合传》《江南闻见录》《嘉定屠城纪略》。

**十九(12月20日)**　为计二田撰《溪阳展墓图记》。骈体,墓即其族曾祖甫草先生葬处。申刻,答卢生书。酉、戌、亥刻,阅文秉《烈皇小识》、顾炎武《圣安皇帝本纪》。

**二十(12月21日)**　大暖。辰刻,沈浪仙书来,为余征得吴门谭青藜、文炳。查瀛山维熊《扁舟访友图》题词。青藜《柳梢青》一阕,瀛山《桃源忆故人》一阕。巳刻,为马生琴山改院试《渔火赋》一首,榕屏已经改过,乞余再加修饰。午刻,覆榕屏书。未、申、酉、戌刻,览应廷吉《青燐屑》、夏完淳《续幸存录》、无名氏《求野录》《也是录》《行在阳秋》。

**廿一(12月22日)**　大暖。巳刻,题郭少莲《瘦吟清坐图》七律一首。柯小坡书来,言律赋三十首行将付梓,乞余每篇加评,见赠《浣花赋》一部。又有谢调梅所绘《扁舟访友图》。午刻,至盛云泉寓长谈。戌、亥刻,观陈二赤、朱梓庐诗集。

**廿二(12月23日)**　大暖。巳刻,为石研虹题《灯窗课弟图》五古一章。午、未刻,观钱黄与[予]、夏守白诗集。

**廿三(12月24日)**　夜半微雨。巳刻,龚配京过谈。午刻,为姚苏卿题《练心太清图》七古一首。

**廿四(12月25日)**　巳、午刻,补选新乐府十七首。是夜,梦游一山,山在人家屋后,石径崎岖,颇难跋涉。

**廿五(12月26日)**　辰刻,为刘霞城题《寻檐索笑图》□古一章。巳、午、未刻,摘抄《贞一斋集》《玉照亭集》佳句六十余联,又杂摘百余联。

**廿六(12月27日)**　摘录《壶山集》《潘琴堂集》及《闽游诗话》佳句，共一百余联。

**廿七(12月28日)**　雨。巳刻，丽春自城中归，携至鲁介庵书，并所刷初、二集文稿各五十部，计钱五千五百。介庵助二千五百。

**廿八(12月29日)**　阅陈受笙《唐骈体文钞》。申刻，答鲁介庵书。

**廿九(12月30日)**　辰刻，寄丁步洲书，附文稿四部，此步洲出钱所购者。又寄晋翰书。巳刻，新妇始来。龚配京馈熟脏一只。

**三十(12月31日)**　巳刻，得顾榕屏书，内有钱礼园采为余绘《扁舟访友图》、蒋竹音为余题《洞庭春色》一阕。又于秋淦亦有书来，见示游梅里诗数首。

## 十二月

**初一(1843年1月1日)**　大西北风，寒。摘录《耐冷续谈》佳句一百二十余联、《秋雨庵》佳句一百余联。

**初二(1月2日)**　下午雨。抄骈体文六篇、新乐府七首。

**初三(1月3日)**　雨。抄录骈体文六篇。辰刻，吊钱氏丧。

**初四(1月4日)**　雨，大东北风。摘录唐骈体文三百数十联。午后，姑妇二人俱病卧，余又孑然独处。

**初五(1月5日)**　大西北风，寒。辰刻，覆柯小坡书。巳刻，至盛云泉寓，商刊雕三集骈体事。午刻，潘诵康来，携至沈浪仙书，即以三集骈体文八卷属其雕板，共七十五篇，俟明春再作五篇，凑成八十之数。未刻，覆浪仙书，又寄卢揖桥札。盛云泉赠新刻徐雪庐先生《白鹄山房文集》五部，内有为余所作骈体文序。是日，徐氏守生妪即来。

**初六(1月6日)**　辰、巳、午刻，趁行船到城，候顾榕屏，收到马生琴山谢仪两洋，榕屏分余认保三洋。马生琴山报单只称门人，不称受业，谢仪又轻亵，若是负心背德者莫此为甚，余固早知其为无情种子也。未刻，候徐芸岘,缴还文集三种,不遇,即过鲁介庵处。酉刻,介庵招同费恺中小饮永和馆。是夜,宿东鼎字店。楼寒不能眠,与丐者之宿桥头庙角无异。

**初七(1月7日)** 黎明,复往芸岘处,借朱梅厓、蒋蒋村文集,又乞取《白鹄山房古文》一部。过高继庵处,借《李雨村诗话》八册。巳刻,与胡连江茗话,过高藏庵馆长谈。午刻,至榕屏处中膳。酉刻,丽春邀饮永和店,即招宿西鼎字店楼,有被有褥,便得安寝。

**初八(1月8日)** 辰刻,顾榕屏招饮德藏寺茶楼,遇徽州汪志斋。工铁笔。榕屏先助刷稿费一洋。午刻,偕丽村趁龚保年舟,保年设酒食相待。亥刻回家,知新妇连日称病。

**初九(1月9日)** 辰刻,吊王氏丧。巳刻,过盛云泉寓长谈。午、未、申、酉、戌刻,观《雨村诗话》。

**初十(1月10日)** 寒。为丽春助理丧事。是日,杏庄从叔始出殡,停柩已二十四年矣。申刻,还盛云泉《明季稗史》十二册。云泉又借去诗稿八卷。是夜,梦游赣榆,访一名园,园中景色寻常,园外则长溪远渚,烟波一碧,云树苍茫,凭栏四望,目眩久之。

**十一(1月11日)** 夜半雨。抄古文八首。午刻,丽春招中膳。未刻,龚配京馈熟蹄一只。黄昏后,观蒋村《草堂文集》。

**十二(1月12日)** 上午雨。抄古文九首。黄昏后,阅《朱梅厓文钞》。

**十三(1月13日)** 夜半雨。抄古文八首。黄昏后,阅《白鹄山房文集》

**十四(1月14日)** 雨,夜微雪。为陆蕢乡作《郁林山馆图记》。骈体。巳刻,赠徐氏婚仪。午刻,得顾榕屏书。

**十五(1月15日)** 寒。为丁蔼庭作《仿庾园图记》。骈体。巳刻,盛云泉还诗稿八卷。未刻,晋嵛自馆中归,借得费莼庄处沈文起《幼学堂文稿》。是夜,梦乘浮查,遍游远近,兼可乘以入人家,溯洄空中,无不如志。

**十六(1月16日)** 大寒。辰刻,改晋豀所作《计二田看茶啜墨图记》,原本颇古艳有致。巳刻,寄卢揖桥书。午刻,过盛云泉寓。未、申刻,观沈文起文稿,骈散俱有,而骈体极精。酉刻,改晋豀所作《杨小铁南湖水榭诗》。七律。《题徐南樵桐荫弄孙图遗像》。一五古,一七古。

**十七(1月17日)** 大寒。辰刻,为孙次公题《海天长啸图》。七律二章。巳刻,龚配京缴《蜀艺文志》,又借《贤已编》一册。午后,抄杂诗六十二首。

**十八(1月18日)** 抄杂诗八十三首。巳刻,徐亲家始勉助补廪费两洋。是夜,梦见一人牛首人身,两角峥嵘,余几为所伤。

**十九(1月19日)** 摘录《雨村诗话》五七言三百余联。午刻,龚配京招饮,同席秦秋夔、高莲塘。是夜,梦至一处,见女子数十人,皆以山字为名,诸女子素闻余名,内有碧山、颖山、定山三人,愿随余而归。

**二十(1月20日)** 辰刻,改晋豀所作陆蕢乡《锄经图》诗。七古。巳、午、未、申刻,摘录沈文起骈体一百余联,又全抄四篇。

**廿一(1月21日)** 午后大西北风,顿寒。抄古文六首。未刻,丁步洲覆函来,言云间诗人复结消寒吟社,极有兴会,并寄示诸课题,属予同作。

**廿二(1月22日)** 极寒。辰刻,潘诵康来。巳、午、未、申刻,抄古文六首、新乐府五首。是夜,积薪被家贼所窃。

**廿三(1月23日)** 极寒。抄古文六首。午刻,顾榕屏书来,内有柯小坡书,为余征得题图诗,一程莲寿长七古、一仰庐上人名蕴空。七律一章。又有顾访溪书,亦为余征题图诗,一仲博山名孙樊,吴江孝廉。七绝二首。一沈南一七绝二首。又石研虹寄来高晓园亮孙七古一章。

**廿四(1月24日)** 寒。辰、巳刻,作《五君咏》。陈正字、张曲江、李供奉、韦左司、柳柳州。盖以渔洋山人选五古诗,于唐仅取此五人故也,此系云间诗课题。未刻,贻王氏冥仪。申刻,龚配京还《贤已编》,

复借《两般秋雨庵随笔》一部。

**廿五(1月25日)**　申刻,复顾榕屏书。

**廿六(1月26日)**　大西北风。辰刻,吊独眼龙丧,停柩廿一年。是日,始得举殡。申刻,邀张生枕石来为先母写神位,因金婿杏园连招数次,绝不肯书故也。以上二日,将柯小坡律赋三十篇加墨,每篇加旁批、总批,甚费心力。内《银槎赋》《香姜阁瓦砚赋》《章华台赋》《木罂渡军赋》《糖蟹赋》《鸭馄饨赋》诸作,皆典雅工丽,虚实相生,迥非凡手所及,不特为嘉禾一郡之冠也。

**廿七(1月27日)**　寒。摘录院花赋二百余联、小坡赋一百二十余联。

**廿八(1月28日)**　酉刻,作七律二首,一《围炉》,一《烘花》,亦云间诗课题。

**廿九(1月29日)**　摘录金针赋约三百联。是夜,梦一贵公子,贻余洋器五件,俱极精致。

是岁入钱五十千,出钱一百零八千。

# 道光二十三年癸卯(1843),五十五岁

## 正　月

**元旦(1月30日)**　大西北风。摘录《聚星集赋》二百四十余联。是夜,梦偕顾榕屏出外访友,榕屏甚属勉强,余则兴致跃然,有古人命驾千里之意。

**二日(1月31日)**　寒。夜小雨。摘录《锦粲集赋》二百八十余联。辰刻,有大怒。申刻,寄丽春书。是夜,梦与仲子湘、柯小坡等结诗社,俱系面课。

**三日(2月1日)**　寒。辰、巳刻,作书七通寄于秋涇、杨小铁、徐爱庐、孙次公、严松圃、刘霞城、陆蕢乡。申刻,又作两书覆姚苏卿、丁步洲。

**四日(2月2日)**　上半夜雨。辰刻,赠盛、龚两宅婚仪。巳刻,盛云泉借《海上诗逸》一部。午刻,姚谱苹来,畅谈两时。

**五日(2月3日)**　下半夜雨。巳刻,马访云过。申刻,丽春归。

**六日(2月4日)**　清晨雪,既而复雨,午后稍止。午刻,移先君柩,与先慈合葬于胡氏田中。是日,张枕石为余主账,丽春、古溪二人为余奔走效命,跋涉泥涂,最为出力。龚配京为余写分,共四十余家,得钱七千,此出配老之意,非余所托,益见良朋关切之深。

**七日(2月5日)**　寒。巳刻,率妻子谒新坟。午刻,邀丽春、古溪小饮。未刻,吊徐氏丧。申刻,总结丧账,自先慈去世至是日,共用钱六十一千。

**八日(2月6日)**　寒。辰刻,拜谢俞小渔。巳刻,与卢揖桥书。

午刻,赴龚氏婚宴。

**九日(2月7日)**　辰刻,过盛云泉寓,畅谈良久。午刻,云泉留饮,同席高莲塘、俞春生。

**十日(2月8日)**　辰刻,偕丽春趁航船。午刻,到城,候顾榕屏不值,留书一缄,即访徐芸岘,言归安俞补华在湖,甚欲见余,今已回去。夜宿西鼎字店。

**十一(2月9日)**　日中大西北风。辰刻,再寻榕屏,不值。巳刻,过王晓莲、鲁介庵两处。午刻,又往芸岘处,留中膳。申刻,三寻榕屏,始得遇,出视海盐王琴舫名燮陶所题《扁舟访友图》五古一章,系石研虹所征。俄而顾访溪、春岩俱至,访溪以罗文宗所刊《诂经精舍文续集》见借。酉刻,春岩邀同榕屏往裕来馆茗话,陆薇卿亦至。

**十二(2月10日)**　巳刻,趁嘉善钟补泉舟。酉刻,至魏塘赴柯小坡之招,赠以《白鹄山房文集》,小坡即留饮,同席潘赁坡。戌、亥刻,与小坡父子长谈,始知钟元甫去岁殁于山西朔州知州任。

**十三(2月11日)**　辰刻,遇孙午江。名心铸,嘉善廪生。巳刻,候潘赁坡、黄丹秋、郭少莲。少莲系频伽之侄,其家有灵芬馆、磬折廊,前辈风流,至今未坠。午刻,偕小坡、少莲游汪氏复园,有六松山房、小飞来诸景,其地为曹慈山产鹤亭故址。又访梅花庵,拜吴仲主墓。墓旁仅存一梅,壁间有石刻墨竹、草书《心经》、陈眉公《墓记》。未刻,游汪氏二十五峰园,有平远楼、秋蝉阁、春风第一轩、八方亭、花神庙诸胜。其树有玉桂一株最大,其石有自在仙掌、鹦鹉、狮子诸峰最奇,杭世骏有记。申刻,候毛方谷,名璨,曾为安江巡检。其家有园林,可观者华光轩、瑞竹居诸室,而定香水榭尤觉轩豁爽亮。

**十四(2月12日)**　辰刻,偕小坡至北城外,游面城园,一名桑榆小筑,有得月台、老人泉、莲南水榭诸胜。巳刻,候黄霁青先生,出视骈体文数十首,即游其小竹林园。有息耕草堂、竹睡轩、友鹤亭诸景,而枕山榭为尤佳。午刻,谒魏忠节公祠,过东岳宫,赴黄丹秋招见,赠《百药山房诗集》十卷,出视所题《扁舟访友图》七绝二首,又邬淡庵七绝二首。未刻，丹秋设盛筵相待，同席柯小坡、邬澹庵、钟声阁、毛方谷、黄秋縠，共七人。亥刻，始散席，微有醉状。是夜，梦我家产一鹅一猴。

**十五(2月13日)**　辰刻，小坡乞余文稿初、二集。巳刻，郭少莲、盛品石名起元，嘉善诸生同过。申刻，霁青翁招宴于小竹林园，同席邬淡庵、柯小坡、金彷山名淦，嘉善诸生、黄仲虬、黄俯之即霁翁子诸人。戌刻，小坡赠余沈西雝《交翠轩笔记》四卷、杨秋衡《海录》一册，所记皆有唊咭唎事。

**十六(2月14日)**　辰刻，黄俯之过。午刻，潘篔坡招宴，同席柯小坡、夏又城、陈春波名清澜，嘉善诸生诸人。戌刻，散席。是日，在篔坡处见姚莹《东溟文集》。

**十七(2月15日)**　竟日雨，黄昏雪。竟日与柯氏父子清谭。

**十八(2月16日)**　大西北风，寒。巳刻，陈春波、蒋可堂名元垲，嘉善诸生同过。午刻，偕小坡游瓶山，登玉皇阁，有大银杏二株，皆宋时物。访许潇客羽士，不值。名湘，能诗。未刻，游魏塘书院，谒六贤祠，院中有亭，有榭，有竹，有梅，玉兰一株，偃卧如桥，最堪把玩。申刻，杨慎兄招茗饮，晤柯芸泉。名万鸿，嘉善诸生，小坡族弟。戌刻，柯砚北提灯送余出东门，趁平湖航船。河梁拜别，情绪依依。

**十九(2月17日)**　大西北风，寒。寅刻，发舟，顺风扬帆。辰刻，即至平湖。午刻，顾榕屏招饮，言前至乍浦，晤卢揖桥，知去冬十二月曾寄来丁蔼庭笔资一洋，竟不收到。戌刻，王晓莲招宴，同席陈子名、名宗彝，嘉善附监。钱子幹、屈成甫诸人。二鼓后散席。

**二十(2月18日)**　巳刻，趁陆瑞清舟，舟行甚迟。戌刻，回家，知十九日戌刻，得一孙女。始见卢揖桥十一日覆书。

**廿一(2月19日)**　辰刻，知盛云泉已回乍浦，《海上诗逸》一部先期已还。巳刻，徐映泉来，留中膳。未刻，过龚配京处。

**廿二(2月20日)**　辰刻，寄丁溉余书，赠以骈体文二集。巳刻，赠徐氏婚仪，范秋舲书来，并赠所撰《南浔镇志》十卷，《秋舲渔唱》一卷,又言去冬曾寄余书,以《苔枝唱和集》乞余弁言,却不知浮沉何处。午后,览《诂经精舍文续集》,其中骈体甚多。

**廿三(2月21日)**　巳刻,张筱峰书来,内有《绿雪馆诗词》两种,并赠佛银两枚,乞撰诗序,立即裁覆。

**廿四(2月22日)**　夜大西北风。辰刻,得于秋淦覆书,见赠蒋霞竹《琴东诗选》四卷,仲子湘《海疆怀友词》一纸,书中言董枯匏于去冬忽抱颠疾,其家人置押闭之。巳刻,徐氏招婚宴,不赴。未刻,徐宿生过。申刻,为黄俯之题《岁余课诗图》,小七古。命晋畇代题黄丹秋《松子篆刻拓本》。五古。是夜,梦有人遣余至汉口,携银千余,经营什一之利。

**廿五(2月23日)**　抄骈体文六首。巳刻,赠陆氏婚仪。黄昏后,阅黄子未《百药山房诗集》十卷。

**廿六(2月24日)**　大西北风。辰、巳刻,摘录杂诗一百四十余联。午、未刻,阅虞绚文《小北堂诗略》四卷。申、酉刻,阅嘉应杨秋衡《海录》,始知乾嘉以来,暎咭唎蚕食小邦,所向无敌,久已强大自雄,宜乎三年之中,华人畏之如虎也。后附柳谷王碧卿《海岛逸志》,满洲六十番社采风图考亦皆可观。

**廿七(2月25日)**　辰刻,覆范秋舲书,附旧诗十余首,属其选入《诗持》中,又寄阊门旧馆人卢、蔡二君书。巳刻,过柯又塘处,顾榕屏书来,内有黄溪陆蕡乡谢函,欲乞余文稿全部。午、未刻,览陈希冯诗集五卷。近日镇上开河,此事已百余年不行矣,今因水涸成此美事,亦我乡无穷之利也。

**廿八(2月26日)**　辰刻,晋畇至新溪张宅开馆,寄吊旧主人陆氏丧,又还费莼庄处《幼学堂文稿》,余亦即趁平湖航船。午刻到城,与顾榕屏书,寄还顾访溪处《诂经精舍文续集》,徐芸岘处朱烸厓、蒋葆存文集二种,即趁乍浦航船。申刻到乍,过卢揖桥处,晤韩梦云、陈幹斋、刘幼园诸人。夜宿鄞江会馆。知暎人因鸦片事,特遣使者高洪至乍防衙门,有所责问,乍人又复惊惶,而林蝶仙等与之周旋五日,谈谑颇欢。高洪年仅十八，广东香山人。

**廿九(2月27日)**　晓雨。辰刻，过林蝶仙处，留朝膳。巳刻，过沈浪仙、钟穆园、徐翰香三处，赠浪仙文稿初、二集。午刻，途遇林雪岩，邀至其馆，出视近诗一册，内有题余《扁舟访友图》五古一章，用意周匝。未刻，候盛云泉，其家婚事未毕，宾客填门，而云泉旧疾复发，偃卧在床。申刻，候刘心葭，适陆春林、杨雨莼、满洲多余轩等俱在，畅谭良久。夜宿盛宅。

**三十(2月28日)**　辰刻，徐翰香过。翰香言马生琴三谢仪。其祖立峰于旧师陈愧庄、施苏巢及余各封四洋。马生于陈、施两处，赠其三而没其一，于余则竟没其二，非特忘恩背德，其存心之奸险，真不可测矣。巳刻，途遇辜可亭，邀至其家小憩。午刻，盛云泉为余特设盛筵，同席陆春林、林雪岩、沈浪仙。酉刻，散席。戌刻，晤陈云溪。

## 二　月

**一日(3月1日)**　大西北风，晚小雨。巳刻，潘仲康招饮，同席刘心葭、陆春林。午刻，属沈浪仙代题海盐高晓园《庐山种杏图》。小七古一首。未刻，得徐籀庄篆书《扁舟访友图》册首。申刻，卢揖桥为余隶书《扁舟访友图》册首，又附七绝一首。是日，乍人轰传唤船，又至有奔避者，其实则贩鸦片船也。

**二日(3月2日)**　寒。巳刻，过刘竹泉。午刻，至钟穆园处，不值，其父敬亭，留中膳。酉刻，沈浪仙来，以近诗六卷属余评定。

**三日(3月3日)**　辰刻，过刘心葭处，留朝膳，赠余太仓《徐石渠文钞》四卷。巳刻，卢揖桥赠余何韦人《簳山草堂诗集》四卷。午刻，至祝兰坡宅访孙次公，不值。兰坡名圣德，官□总。揖桥邀饮铜局巷酒楼。未刻，沈浪仙赠余海昌宋樗里《鸡窗百二稿》八卷、《鸡窗剩稿》十二卷。酉刻，陈韫斋赠洋一枚，乞撰扁榜。戌刻，偕俞春生饮于盛宅。

**四日(3月4日)**　寒。巳刻，寄黄丹秋书。午刻，再至祝宅，访孙次公。申刻，偕蝶仙、揖桥访张小霭校书，韶颜稚齿，秀色堪餐。酉刻,祝兰坡招宴,同席孙次公、林蝶仙、卢揖桥、钟穆园。是日,闻余宫保步云于去冬十二月弃市。

**五日(3月5日)**　寒。巳刻,沈浪仙邀朝膳,并赠余七古一章。句奇语重,不减昌黎。晤宋南峤。硖石人,有豪侠气。午刻,访陈蕙园,即留中膳,并助晋翁补廪费一洋。未刻,过徐贯庭。申、酉刻,观《竺溪和尚语录》及《黄叶诗稿》。

**六日(3月6日)**　寒。巳刻,过曹淡秋处,出视秦汉瓦当文拓本册子。未刻,偕刘心葭、潘仲康茗话,心葭言朱蕴圃近年不法益甚,日以讹诈为事,曾为许萍江母子所殴。酉刻,盛云泉赠佳制绣袋一枚。

**七日(3月7日)**　大寒。巳刻,潘仲康招同顾仙芝、刘心葭食春饼。申刻,晤伊铁畊,邀至其家一谈。铁畊近移居苏州胥门大石灰桥。是日,闻山东人流落在我地者,以抢掠为事,夜航多有被劫者。

**八日(3月8日)**　大寒。午刻,盛宅有会亲酒,同席陈云亭、子乔、杨秋泉、沈浪仙、陈韫斋等十人。肴馔极精,一席几及七千之数。是夜黄昏时白气亘天。

**九日(3月9日)**　寒。卯刻,告谢云泉,偕潘髯趁航船至平湖。巳刻,至顾榕屏处长谈,兼诉马生无礼之事。未刻,问徐芸岘疾。申刻,见南汇周承祉《上范明府书》一册,无名氏《剿逆说》一册,具言造船御敌之策,确有所见。惜当事者不能用。酉刻,费恺中招饮永和馆。夜宿西鼎字店。

**十日(3月10日)**　辰刻,顾榕屏招至合顺馆食鸡面。巳刻,过高藏庵馆长谈。申刻,费大田赠茶碗一对,碗上绘《扁舟访友图》,精雅可玩。酉刻,丽春招饮戴店。

**十一(3月11日)**　辰刻,丽春招至松筠馆食鸡面。巳刻,至义学访施苏巢。未刻,偕施书舟附航船。戌刻回家,得禾中徐爱庐覆函。

**十二(3月12日)**　巳刻,阅沈浪仙诗,多阐扬忠烈之作,始知去岁四月初九日乍浦满洲驻防将弁,殉难者七人。左营八旗前锋翼领英登布，右营镶白旗防御贵顺，左营镶红旗佐领隆福，右营正蓝旗骁骑校伊勒哈畚，左营正蓝旗骁骑校根顺，右营镶红旗防御额特赫，右营正蓝旗骁骑校该杭阿。陕甘调访将弁被难者七人。固原城守营千总李廷贵，凉属蔡旗堡千总张淮洄，永昌营把总王荣，庄浪营把总孙登霄，甘提前营把总马芝荣，署西安营外委蓝翎马兵朱朝贵，凉属土门堡额外外委马成功。午刻，为姚谱苹题《梅屋祭诗图》。七古。未刻，过敦本堂钱氏。

**十三(3月13日)**　大西北风。辰刻，寄计二田书，附图记二篇。巳刻，与于秋淦书。午刻，为陈韫斋撰扁榜。小骈体。寄盛云泉书。申、酉刻，览《簳山草堂小稿》。

**十四(3月14日)**　大西北风。辰、巳、午刻，阅宋樗里《鸡窗诗稿》。申、酉刻，阅《徐石渠文钞》。

**十五(3月15日)**　巳刻，徐宿生借去《簳山诗集》。

**十六(3月16日)**　巳刻，宿生即以《簳山诗》缴还。戌刻，作七律一首谢盛云泉正月晦日招诸同人宴会之事。

**十七(3月17日)**　戌刻，作七律一章寄杨小铁，即题其《南湖水榭图》。

**十八(3月18日)**　大东南风。作《杨小铁诗序》。骈体。丙申年已为作序，因其时交情尚浅，故文亦寻常，此作则远胜一筹矣。午刻，得晋酚十六日禀，言馆主母于初九日下世，学生读书暂停，故于十五日赴当湖书院甄别。题："棘子成曰"至"质犹文也"，"春中买镜"得"鸣"字。顾榕屏寄来王竹南渭所题《扁舟访友图》。集唐句七绝四章。是夜，梦有海昌人寄来尺牍，洋洋长篇。

**十九(3月19日)**　暴热。辰、巳刻，作五律一首寄张筱峰兼怀熊露猊，又为筱峰作《绿雪馆诗序》。骈体。戌刻，《咏春旱》一首。七律。是夜，梦设馆平湖大南门徐氏，主人翁□，□酒起家。

**二十(3月20日)**　大西北风，午后略雨，即止。重览旧时《摘句图》。是日，唤四工人新墓加泥。工钱五百。

**廿一(3月21日)**　寒。未刻，得丁步洲覆函，内有《茸城诗课》

印本,索余弁言,其《吟秋集》内选余《秋思》《秋梦》两七律,又得刘再庐所题《扁舟访友图》五律一章。再庐名国标,官千总,即去岁负陈军门尸者,能诗,尤工书法。

**廿二(3 月 22 日)**　辰、巳、午刻,作骈体一书寄朱小云观察。

**廿三(3 月 23 日)**　午后小雨。辰、巳、午刻,作《魏塘纪游》诗短七古八章,寄柯小坡。未刻,题《盛东海遗像》四言一章。戌刻,题《萧雨芗剩稿》七律一章。

**廿四(3 月 24 日)**　辰刻,丽春自城中归,言徐莲峰病殁。

**廿五(3 月 25 日)**　午刻,龚巽和招宴,同席二十余人,二鼓始归。

**廿六(3 月 26 日)**　夜雨。卯刻,盛云泉覆札来言,近日谣言危语又复四起,仍欲觅一居停,安顿眷口。辰、巳、午、未刻,作《茸城近课序》。骈体。申刻,偕丽春过施书舟,又至秀龙桥南,访朱雀桥诗人,不值。回过张枕石馆中小坐。

**廿七(3 月 27 日)**　雨,入夜渐大。辰、巳刻,作《东坡先生生日诗和云间诸友》长七古一章。未刻,赋《春日野步》七律一章。是夜,梦与友人倡和诗文数百首。

**廿八(3 月 28 日)**　大东北风。卯刻,家古溪来,邀至张枕石处,备言金山馆主人周氏凌辱之状。巳刻,柯又塘来递春塘馆教谕手书,内有题《扁舟访友图》七绝四首。又杭州府学广文朱立斋名紫贵,长兴人亦题七绝二章。午刻,为古溪事寄张生壬桥书。未刻,作七律一首《寄怀王晓莲客禾中》。戌刻,《咏西楚霸王》七律一首。

**廿九(3 月 29 日)**　辰刻,咏老儒、老将、老渔、老优五律四首,此云间诗课题。巳刻,偕丽春、步行至旧衙,访秦秋夔,即偕秋夔候朱草亭,赠以骈文初、二集。午刻,秋夔邀饮,畅谭文史。申刻,从秋夔处借得乐莲裳《耳食录》二十卷。酉刻归。

**三十(3 月 30 日)**　午刻,陈板桥来,出视《广东义勇檄文》一册。申刻,张生覆函来。酉刻,古溪欲邀余明日往洙泾,将以周氏无礼状诉于金山学师。余明知其事无成，阻之不得。

## 三　月

**一日(3月31日)**　辰刻，古溪邀同张生蒲卿登舟。午刻，至泖溪访丁溉余，即以古溪事商之，溉余亦极言不可。申刻，溉余设席相待，同宴曹书巢、原名云蚪，今改名燧，别已三十一年矣。汪铁梅名大昌，金山庠生等八人。二鼓散席。深入醉乡，夜即留宿。是日，赠溉余《白鹄山房文集》一部。

**二日(4月1日)**　辰刻，溉余赠佛银二饼，托撰《耆友论文图记》。巳刻，重游宛在园，又往西栅观潮。午刻发舟，一路与蒲卿闲谈，并示以诗文妙诀。酉刻回家，晋畇亦自馆中归。

**三日(4月2日)**　大东南风。阅《耳食录》。是夜，梦对门一妇人年二十余，滴粉搓酥，与余钟情独深，一见辄依依不舍。

**四日(4月3日)**　大东南风。辰刻，吊王氏丧。巳刻，新妇回去。马访云过。午刻，与顾榕屏书，附黄砚北、丁步洲所题《横山草堂图》诗词，赠以《浣花赋》一部，又以《木鸡文集》十卷，托榕屏转寄朱小云观察。未刻，寄柯小坡、杨小铁两书，内附诗文。又与盛云泉书。申刻，寄张筱峰书，内附诗文。

**五日(4月4日)**　清晓小雨。辰刻，顾榕屏书来，言甄别案已发，钱祖荫第一，晋畇在十七。又得孙次公书，乞撰其《始有庐诗》序，书中言日前曾有来函，却不收到，立即裁覆。巳刻，寄丁步洲书，内附诗文，又以律赋十篇，属其转付雷约轩选入《苔岑集》。午刻，与鲁介庵书，龚配京馈熟脏一只。未刻，阅周裕《从征缅甸日记》。申刻，马倜卿来借《贤己编》一册。

**六日(4月5日)**　辰刻，吊王氏丧。午刻，扫墓，新妇即来。未、申刻，抄杂诗三十二首。是日，有三里桥人扫墓，纸钱火发，延烧浮厝棺二十六具。

**七日(4月6日)**　热。辰、巳、午刻，抄古文三首，骈文五首。未刻,张生壬桥来,夜半腹疾大作。是夜,梦与钱小园、邓晴溪同至一处干事,舟行二日,尚未到彼。

**八日(4月7日)** 忽寒。辰、巳、午刻,补抄新乐府二十首,又杂摘五七律佳句百余联。未刻,改晋紛所题黄仲虬《梅花庵读书图》七古一章。

**九日(4月8日)** 巳刻,龚配京借《海录》一册。午刻,吊王氏丧,施书舟答访。未刻,闻家中无赖子炳寰将龚保年酒店物件尽行打破。正月中曾打徐氏首饰店,今又打龚店,凶横如此,而邻人皆任其自然,余所不解。

**十日(4月9日)** 申刻,徐宿生过,言嘉善、海盐近日俱有土匪抢劫之事。是夜,梦与姚苏卿、姚水北聚论诗文,颇饶雅兴。

**十一(4月10日)** 巳刻,秦秋夔来访,出示所题《扁舟访友图》,五律二首。借余《十六国春秋》全部。午刻,龚配京招陪秋夔小饮。

**十二(4月11日)** 为丁溉余作《耆友论文图记》。图中凡九人,张叔未解元、黄砚北刺史、黄霁青太守、谢石云明府、姚水北明经,姚苏卿、姚珊滨、柯小坡三茂才,其一即溉余司马也。巳刻,张溶波过。未刻,朱雀桥答访,谈至日晚,以其《红柳山庄诗》一册乞余论定。

**十三(4月12日)** 夜半雨。为孙次公撰《始有庐诗稿序》。巳刻,张虚舟过。

**十四(4月13日)** 上午大雨,始雷,夜复大雨。

**十五(4月14日)** 上午微雨。

**十六(4月15日)** 又晴。辰刻,为古溪事作书与冯晓六、张壬桥。晋紛到馆。巳刻,寄丁溉余、沈菽香两函。是夜,梦与钱萍矼往复论难,相悦以解。

**十七(4月16日)** 申刻,盛云泉书来,复借《海上诗逸》,立即札复。

**十八(4月17日)** 大东南风。辰、巳刻,作七古一首,应日本大友远霞之索。大友双姓,名参,号远霞,能诗能画,其所居名霞蕉风竹书屋。

每年寄书洋船，索中华人之工诗文者。是夜，梦为人校勘秘牍，既劳且瘁，醒时犹觉手胝口沫。

**十九(4月18日)** 以上三日重览所选《国朝古文》一遍。

**二十(4月19日)** 申刻，雷约轩书来，以江晴帆《梦笔楼词钞》索余序文。晴帆名义田，上元人，为蒋苕生高弟，今年八十一岁矣。

**廿一(4月20日)** 二更有怪风。辰、巳刻，作五古廿三韵赠秦秋夔。午刻，与秋夔书。申刻，张生壬桥覆函来，览之，殊觉愦潵。

**廿二(4月21日)** 辰、巳、午刻，评选《朱雀桥诗稿》。原本三百十首，删存九十首，为作一跋，并题五律一章。雀桥诗极有作意，而词每不足以达之，至于《烹龙湫茶》《芦川晚归》《五龙庙赛神歌》《姚少师贝叶经歌》及《感遇》诸作，则皆其超出尘凡者也。张生枕石过。申刻，顾榕屏覆信来，内有王晓莲《答怀》七律一首，即和原韵，语语天然，无凑韵之迹。

**廿三(4月22日)** 巳刻，《咏梅影》一首，《次雷约轩韵》，七律。《诗窠雅集》一首，七律。皆云间诗课题。

**廿四(4月23日)** 小雨。作江晴帆《梦笔楼词钞序》。申刻，覆雷约轩书，内附诗文。

**廿五(4月24日)** 辰、巳刻，咏钟馗绘像、钟馗移家、钟馗嫁妹、钟馗驱妖四首，俱七律。是夜，梦有人责备不休，余初犹顺受，既而其人烦渎益甚，不得已绝之。

**廿六(4月25日)** 夜雨。卯刻，作七律一首赠高藏庵。巳刻，又为古溪作书与冯晓六，盖以前书为张壬桥藏过也。

**廿七(4月26日)** 卯、辰、巳刻，作《海疆行》，通体以五七言，相间成篇。《瓶水斋集》曾有此体。

**廿八(4月27日)** 夜小雨。辰刻，得沈浪仙书，言骈体三集有上元人柏姓者来写样书，法甚工。又言孙次公近复寄余一函，依然浮沉不至。巳刻，覆浪仙书，附次公诗序；寄顾榕屏书，附雷约轩《横山草堂图》题词。又与丽春札，徐宿生来借《虞初新志》十册。宿生言廿一黄昏时，怪风一阵，唐栖之西，覆没数舟，舟中皆徽州人。去岁，在各典当劫取主人财物者,今年始载宝而归,猝遇狂风,人财俱失。天理昭昭,于斯可信。未刻,秦秋夔寄助刷稿费两洋。

**廿九(4月28日)**　小雨。巳刻,作《小蔼曲》七绝四章。

**三十(4月29日)**

## 四　月

**一日(4月30日)**　辰、巳刻,作《玉环怨》七古一章。意共八层,皆有别趣。

**二日(5月1日)**　卯刻,作五古一章,怀李瑶光解元。巳刻,偕鸿道上人至陆瑞清家观兰花。未刻,郁绥庭过。是夜,梦屡读欧阳公《醉翁亭记》。

**三日(5月2日)**　清晨大雾。未刻,过张生蒲卿处。申刻,作《赛神会》七绝二首。

**四日(5月3日)**　申刻,又为古溪作书与张生。

**五日(5月4日)**　大东南风。巳刻,作《松麈道院》诗。五律。午刻,计二田报函来补送笔资四洋,又赠《万历野获编》三十卷,共二十册。秀水沈德符著。张蒲卿来借《明史纪事本末》一部。

**六日(5月5日)**　热。辰刻,寄计二田、于秋洤书。未刻,闻东乡人近时食糖者多暴死,盖糖中有砒也,不知何故。

**七日(5月6日)**　上午小雨,下午大西北风。观《万历野获编》,大半出正史之外,新奇可喜。是夜,梦在一处校试,王晓莲等钩心斗角,不遗余力,余则与试官竟日闲谈而已。

**八日(5月7日)**　寒。观《野获编》。

**九日(5月8日)**　大东南风。辰刻,送香烛于钱宅。酉刻,徐宿生还《虞初新志》。

**十日(5月9日)**　上午雨。卯刻,将往乍浦,因风大不果。巳刻,得雷约轩三月廿八日书,乞撰其《梅石居诗序》,又为其室人张伴莲乞撰《绣诗图记》。孙次公亦有书来,为余作骈体文三集序。

**十一(5月10日)** 晓雨。卯刻,冒大雨趁行船。未刻,到平湖,即趁乍浦行船。酉刻,候盛云泉,即留宿。见中国与英夷和议诸条款,又闻广东将军伊里布病死。

**十二(5月11日)** 忽晴忽雨。卯刻,候刘心葭,知陈白芬于前月病殁。辰刻,过潘诵康店,见柏姓所写三集,书法极整齐有度。巳刻,过沈浪仙、卢揖桥、钟穆园三处。午、未刻,在霍王庙观全福班戏。申刻,过徐秋宇处。酉刻,浪仙来,出视海昌许萸坪名增所题《扁舟访友图》。五律二首。

**十三(5月12日)** 辰刻,孙次公来访。巳刻,得丽春书,言望后即欲至云间,招余同往。未、申刻,观全福班戏。答丽春书,因明日欲陪云泉就医吴门,茸城之游,姑候异日。酉刻,钟穆园来。

**十四(5月13日)** 雨。极寒。辰刻,偕云泉登舟。酉刻,至嘉兴,泊舟东栅。

**十五(5月14日)** 申刻,过平望,游平波台,登快哉楼,观莺脰湖全景。小憩烟波画禅室,见故人周叔斗、唐菱伯题壁诗。戌刻,泊舟八册。

**十六(5月15日)** 申刻,至吴门,泊舟枣市桥下。访伊铁畊,不得见。戌刻,黄汉山招夜膳。是夜,宿陈永盛木行。

**十七(5月16日)** 辰刻,于枣市桥下见一鲤鱼跃出水面,约长三尺。巳刻,呼舟至宋仙洲巷,访旧馆人卢、蔡两君。卢回汀州,仅晤蔡君,赠以《白鹄山房文集》《木鸡书屋骈体初集》。午刻,至外水关桥访范秋舲,知其昨回南浔。又访王亮生,知已下世。申刻,候施君珊,晤其弟子汪慧生。钱唐诸生,名熙,年十八,貌甚姣好。君珊言蒋眉生于去岁署宝山训导,至今未归。酉刻,候黄饮鱼。夜宿主人之同岑仙馆。

**十八(5月17日)** 卯刻,访翁鄂生,始得翁晤卿女史辛丑秋所赠荷花画幅,盖酬余为其作《耐寒庐记》也。巳刻,至南城下宝仁烟栈访卢远春。午刻,偕陆省耕、周铭三、蔡质轩、卢远春等重游桂馨阁,其中亭榭花石较胜往时,而池中金鱼五色陆离,有长尺余者,倚栏下盼,不减濠梁。申刻,卢远春邀同游园,诸人宴于南涌源馆。酉刻,过夏洵泉处。

**十九(5月18日)** 午刻,卢远春答访。未刻,偕卢敏登至花婆街游刘园,地约二十余亩,有绣圃、锦窠、半野草堂、留屐处数十景,壁间石刻诗词甚多。是日,游人纷集,女校书亦有百余人,绣衣花冠,妖态百出,登台唱曲,观者如墙。甚至山石摧裂,花木踏伤。每人游园须钱一百四十,是日约有三千人,几及四百余千。吴苑繁华,于斯益信。酉刻,始出园,归途失去佳扇一方,系故友周叔斗所书,殊为惋惜。施君珊答访,不值。

**二十(5月19日)** 热。巳刻,为蔡质轩题其先人琴山翁《笠屐探梅图》。七绝二首。未刻,偕林□万至南濠街,游霞漳会馆,中构小园,山石缭曲,有晚翠堂、古香斋、西洋楼诸景。又至三山会馆,其园稍旧,□木樨一株,大可十围,有碧烟薮、春水船、玉山佳处诸胜。申刻,过万年桥,寻云泉舟,不见,知其往顾医处就诊。酉刻,进胥门回寓。

**廿一(5月20日)** 雨。卯刻,为蔡凤池挽黄某。五律二首。未刻,偕蔡笃辉游元妙观,瞻六十天将像,登三层楼远眺良久。酉刻,游报恩寺观新修宝塔,共有九层,高矗云表。又至齐门城下,观内教场。戌、亥刻,偕沈松溪、吴兰谷、浦晓斋等饮于万春店。

**廿二(5月21日)** 卯刻,与盛云泉书,约廿四日起身。巳刻,见江日昇所撰《台湾外纪》三十卷。午刻,陆位中招至来源馆,观大章班戏。戌刻,饮戏酒。是夜,蔡质轩约明日作灵岩之游。

**廿三(5月22日)** 热。辰刻,偕蔡质轩、卢远春、周铭三等登快船。午刻,至木渎泊舟灵岩山下,入蒋氏园,向为毕秋帆尚书别墅,后归虞山蒋氏。其园缘山为级,约长一里,两旁松杉夹道,游者如入万山深处,不觉其为园也。登御书楼小憩,画禅云壑,由蒋氏墓道越岭而上,寻西施洞,游崇报寺,登绝顶琴台,览太湖三万六千顷之胜。未刻下山，望韩蕲王墓道，重游木渎端园，杜鹃、芍药争妍斗艳，晤蒋仲蘺于园中。申刻，重游潜园，即偕诸人登舟，开筵畅饮，途中观七公明王水会。戌刻，回寓，知日中施君珊、黄饮鱼、翁鄂生陆续相过。

**廿四(5月23日)** 热。辰刻，告辞质轩，见赠火腿一只，水菸一斤，步行出胥门，至枣市桥，附云泉舟。午刻，过吴江，泊舟南门外，游无量寺，谒张睢阳宫。至县署内，见郭公琇自题青天白日匾。戌刻，泊舟八册。

**廿五(5月24日)** 大热。卯刻，过平望上岸一游，谒金龙四大王庙。申刻，过嘉兴，访于秋淦，知其十七日曾覆余书。又言汪一江于立夏日去世。是夜，泊舟油潭。

**廿六(5月25日)** 上午大热，下午雨。未刻，至平湖告辞云泉，又见赠干银鱼一斤。入城，知昨夜陆一帆家失火，所积书籍碑帖约数千金，尽被六丁取去。申刻，访费恺中，留饮至夜。

**廿七(5月26日)** 热。卯刻，过顾榕屏处，以施君珊所题《横山草堂图》诗付之。午刻，寻徐芸岘不遇。未刻，柯小坡、黄丹秋俱有覆函来。申刻，谒训导周菱圃师。余所作骈体文，师背诵如流，频频拱手赞叹。酉刻，丽春自云间回来，言丁步洲等招余往游。

**廿八(5月27日)** 热。辰刻，周菱圃师为余题《扁舟访友图》。七绝四章。巳刻，偕榕屏、丽春至仙堂桥唐西庑宅，观小三台戏。酉刻，回至东门，即趁新仓夜航。

**廿九(5月28日)** 热。卯刻，回家。知前日又有贼人白昼入余卧室，窃去被单。得丁溉余覆函，内有曹书巢所题《扁舟访友图》五律一首，又得于秋淦、刘霞城二书，内有《扁舟访友图》题章三页，孙意林五古一首，刘霞城七绝二首，章云台五六七言各一首。又马铁卿还《贤己编》一册，张蒲卿还《明史本末》一部。巳刻，龚配京来还《海录》及《秋雨庵随笔》两种，又借去《万历野获编》二十册。

## 五　月

**一日(5月29日)**　辰刻,至龚配京处畅谈三时,留中膳。午刻,晋謁归。

**二日(5月30日)**　大热。卯、辰、巳、午刻,趁行船到城。未刻,丽春招至草厂内观江北人要术,一唱曲,二变物,三口技,俱有可取。酉刻,费恺中招小饮,即趁松江夜航,内有恶妓一人,屡出淫秽之声。夜半,泊舟新溪。

**三日(5月31日)**　大东南风。申刻,始至云间,访丁步洲,赠以《白鹄山房文集》《槐花吟馆诗稿》二种。步洲殷勤款待,劝作十日之游。夜间,见秦坊表《范家集略》三册。

**四日(6月1日)**　夜小雨。巳刻,偕步洲过丁星桥步洲之兄,诸生访钱渊亭、曹书巢,即同候黄砚北先生,名仁,年七十一,曾官山西知州,最工填词。见御史陈庆镛奏琦善、奕经、文蔚不宜起用,侃侃直言。皇上即收回成命,着三人闭门思过。午刻,砚北丈置饮于聪雪书堂,同席朱悦田、名光斑,工画,廪贡生,年七十三,池州府教授。曹书巢、钱渊亭、丁步洲、黄湘筠等八人。未刻,访雷蕴峰,见褚文洲、王史亭诗文集,访陈研芗,名祖绶,富而能诗。适高兰翘亦在,名万培,元和诸生,历游山西、河南幕府。大谈于一峰草堂。申刻,游西林寺,小憩祇洹精舍。戌刻,偕陈某至小街,听朱女郎唱《双珠毬》。

**五日(6月2日)**　上午小雨。卯刻,为钱渊亭题《七夕佳话图》,次其七律原韵,加以四六小跋。去岁七夕,有歌女朱佩卿者,移樽就渊亭,同人艳之,因有是图。巳刻,步洲招夏星五来,即同小饮。名汝锴,廪贡生,善谈故事。未刻,偕星五至善应庵,访诗僧斗山,不遇。申刻,访沈春伯,名文伟,工诗。书室精雅,庭有白鹤一只,古梅蔽之,宛然逋翁风味。春伯有疾不得见,其从弟沈莲初亦外出,家有啸园、黄雪山堂、春雨亭诸处,俱可赏玩。出园晤沈菊泉。名敦礼,诸生,年二十余,才名甚著。酉刻,雷约轩自上海归,即来拜访,赠以文稿初、二集,及黄韵珊、唐蓑伯词集。

**六日(6月3日)** 巳刻,雷约轩答赠《姜白石集》十卷,南汇顾澹园诗词稿三卷。午刻,丁步洲设宴于永安堂,同席黄砚北、曹书巢、夏星五、高兰翘、陈研芗、雷蕴峰、钱渊亭、雷约轩共十人。申刻,偕蕴峰游东岳庙花园,与玉书道人略谈,出门晤叶湘秋名兰,娄县廪生。游塔射园,红桥碧槛,曲折自然,访主人张云舲,不值。名祥沄,甲午孝廉。酉刻,游叶氏园,小憩烂渔舫,访主人叶桐君,亦不遇。名珪,娄县廪贡生。

**七日(6月4日)** 辰刻,候姜小枚。巳刻,为何采江作六十双寿诗小七古一章。上海诸生。杨阑庵廪来访。名秉杷,年六十四,娄县廪生,长于经解。午刻,雷约轩来,出视其父砚农所题《扁舟访友图》七绝四章。名良树,华亭诸生,书法最精。未刻,偕约轩访刘再芦千总于普照寺,名国标,太湖人,年三十八,乙未武进士,忠勇而兼风雅,书法尤工。过张筱峰寓,不值。即游古倪园,访主人沈耕梅少府,不值。园中有听雨榭、紫薇轩诸室,登挹爽阁,其下良畴千顷,远则九山苍翠,俱在眉睫之间,茸城之园,以斯为最。途遇孔莲君。名广琳,娄县廪生,才华甚富。申刻,访王述亭丈,不遇,名念昭,年八十六,工诗。约轩邀至其家小坐。红萱馆访顾卿裳太史,以病不晤,名夔,翰林改知县,今为大观书院山长。约轩邀饮于新丰馆。酉刻,回至丁宅,知姜小枚及其子声仲午后答访。是夜,梦有雨,大蛇入余被中,大叫而醒。

**八日(6月5日)** 辰刻,刘再芦乘马答访,张筱峰来言,前月曾覆余书,竟不收到。午刻,步行六里,至直指庵,拜陈、夏二公及阵军门忠愍公像,云间向祭陈、夏二公,今年兼祭忠愍,以忠愍殉难之期在去岁五月初八,故于是日举行。庵中公置酒筵,同宴陈秋堂、姚子枢名楗,工诗,曾官知县、张云舲、戴笠人名其福,华亭诸生,书法无体不工、雷蕴峰、刘玉苍名清淳,诸生,小春之子。等二十三人。杨闲庵赠石刻诗僧寄亭塔铭。未刻,戴笠人为余篆书《扁舟访友图》册首。申刻,与步洲、渊亭唤梓人刘轶山来商刻《褒忠录》事。陈忠愍《褒忠录》诗文已得四卷,刻久不竣,以其中有人视为利薮也,赖余到松,与诸君子重定章程,斟酌妥当,七月间可望成功。

**九日(6月6日)** 大东南风。辰刻,于书肆见梁茝林《藤花吟馆诗钞》十卷,步洲为余出钱购之。百四十。巳刻,赴雷蕴峰招,赠以《耐冷续谈》一部。午刻,蕴峰设宴于兰桡堂,同席黄砚北、张筱峰、高兰翘、钱渊亭、丁小鼎等十人。是席,肴品甚丰。申刻,筱峰赠金坛于梧冈《桐花轩诗词钞》一卷。酉刻,回寓,知斗山和尚答访,并有《扁舟访友图》题章七律一首。

**十日(6月7日)** 大东南风,热。辰刻,将重访斗山上人,而斗山又来,赠以文稿初集。谈论之余,遍问东湖耆旧,盖二十年前,斗山曾主持德藏寺也。刘玉苍来访,赠以文稿二集。午刻,游岳庙东西厅。未刻,陈研香、钱渊亭遣人持柬,约明日游宴细林山。研香赠茸城近课《吟秋集诗词》二卷,其中又刻余《五君咏》。酉刻,沈春伯书来,并力疾为余题《扁舟访友图》七律一首,极佳。戌刻,作《柳花词》七绝四首。茸城诗课题。

**十一(6月8日)** 大热。辰刻,陈研香题《扁舟访友图》七律一首。巳刻,偕研香、渊亭、兰翘、筱峰、步洲、蕴峰登舟。未刻,泊舟素云桥,入细林山寺,登小茅峰,谒彭真人像,憩神鼍仙馆,聚饮两时。饮毕,登玉皇阁。酉刻,回舟至钱家桥,潮水已涸,步行十里回寓,甚属费力,幸月色如画,不至迷途。

**十二(6月9日)** 热。辰、巳、午刻,将《褒忠录》已刻者五十余叶校对一遍,摘出误字数百。戴笠人、雷约轩过,约轩携至王述亭所题《扁舟访友图》七绝二章。未刻,刘玉苍为余绘《扁舟访友图》,亲自携来,即偕玉苍至其家,谈论两时,见陈云伯《碧城仙馆骈体》一册,又见其乃祖春桥孝廉诗稿。酉刻,徐式如来访。名良钰,华亭增生。出视《扁舟访友图》七绝四首,式如亦以独立图索题,余即立构五律一章。

**十三(6月10日)** 午后有雷,小雨一阵。巳刻,偕丁步洲游韦驮庵,流水小桥,颇有野趣。游莲花庵,登文昌阁,远眺庵前,有放生池,游鱼百数,戏以馒头饲之,观其踊跃争啖,亦妙境也。午刻回寓,陈研香、钱渊亭来，即偕游超果寺，观王灵官巨像，欲登一览楼，楼已倾圮，不可上。余于壬申七月登楼，遇雨，今已三十二年矣。过育婴堂，憩西汀小筑，见方正学石刻“正心诚意”四大字。未刻，游醉白池，池旁柳嫩花柔，鲜翠欲滴。稍折而西，过华仙祠。申刻，游张氏园，主人秋槎已殁，园亦荒秽，凭吊久之。回过黄春圃处。

**十四(6月11日)**　下午始大雨，有疾雷。卯刻，为陈研芗题《绕屋梅花图》七律一首。午刻，候王海客，名友光，华亭诸生，善诗古文。赠以文稿二集，彼即答赠尊人澹渊孝廉《洞庭诗文集》四册，共三十卷。名庆麟。向闻海客高自位置，目空一世，今日相晤，殊不尽然。未刻，访戴笠人，因雨阻，畅谈两时。酉刻，冒大雷雨回寓，俄而，俞实堂来访，名光谦，华亭诸生。携王海客书，乞撰《停琴伫月图序》。是日，甘霖大沛，官民踊跃，田禾始得下种。

**十五(6月12日)**　巳刻，杨闲庵来，赠《孔宅诗录》四卷，乞撰青浦《孔宅塑像记》。雷约轩来，见赠七律一章。午刻，王海客答访，步洲即留三人同饮。酉刻，张筱峰、刘玉苍次第见过，复同饮步洲处，谈至人静后始散。

**十六(6月13日)**　雨。巳刻，欲返棹，因雨不果。是夜，梦于秋泾被恶人倒浸水中，饮水数斗，余力援之，良久始活。

**十七(6月14日)**　夜半雨。巳刻，告谢丁步洲，移寓雷蕴峰处，步洲赠眉公饼六包，每包十枚。未刻，蕴峰赠镇洋盛子履《蕴愫阁文集》十二卷，青浦陈爰筠《墨稼堂诗文集》十二卷，皆近时绝大才人之物。

**十八(6月15日)**　巳、午刻，与蕴峰论云间掌故。申刻，偕蕴峰游卢氏小园，有流翠亭、花潭小筑诸景。过魏超亭处，不值。酉刻，访姚子枢明府，其书满家，有荷花池，亦甚宽广。

**十九(6月16日)**　辰、巳、午刻，遍阅盛子履诗集。未刻，渊亭、研香、兰翘、步洲同过。申刻，姚子枢寄题《扁舟访友图》七律一章。酉刻，蕴峰处视刘小春未刻骈体文一卷。

**二十(6月17日)** 午刻,偕蕴峰访叶湘秋,赠以文稿二集,见孙平叔《泰云堂集》,乐莲裳《青芝堂集》,俱有骈体一册。其家有养真园,树石亦颇不俗。未刻,游朱氏园,访主人瑞山不值,名镕,诸生。过砚北丈家,亦不遇,即访张宾槎。名兆蓉,娄县廪生。申刻,回寓,知姚子枢午后答访。酉刻,偕宾槎饮于蕴峰处。

**廿一(6月18日)** 巳刻,蕴峰邀同张宾槎、钱渊亭登舟,作圆泖之游。申刻,至澄照寺,与志德上人闲话,登潮音阁,开樽聚饮。远眺波光山色,沙鸟风帆,几不知世上红尘之俗也。戌刻回寓。

**廿二(6月19日)** 酉刻,偕陈雅三饮于蕴峰处。名纪,娄县廪生。

**廿三(6月20日)** 雨。巳刻,晤王二如。名纶光,诸生。申刻,张宾槎寄来泛泖诗七律二章。

**廿四(6月21日)** 上午大雨。巳刻,独游古问俗亭。精舍数间,雅净可爱。未刻,告谢蕴峰,趁平湖航船。酉刻发舟。

**廿五(6月22日)** 卯刻,回至平湖,得海昌许辛木会元名楣所题《扁舟访友图》七绝二章,书法尤佳。闻孙六桥教谕去世,周萍江孝廉缢死禾中。辰刻,赠丽春合锦扇一柄,为曹书巢、高兰翘、戴笠人、雷约轩四人所书。候顾榕屏,以雷蕴峰所题《横山草堂图》诗付之。巳刻,寄柯小坡书,榕屏助刷稿费一洋。午刻,偕榕屏过徐芸岘、蒋竹音、顾春樵三处。未刻,过高藏庵,茶话久之。申刻,赠费恺中《桐花轩遗稿》一卷,眉公饼两包。夜宿西鼎字店。

**廿六(6月23日)** 卯、辰刻,在西鼎字店,观《纪载汇编》,共十种,皆纪国初轶事。巳刻,复过芸岘处,见沈东甫《新旧唐书合钞》八十册,芸岘赠《白鹄山房诗续选》二卷。午刻,高继庵邀同芸岘至三桂轩,食蒸馄饨。未、申刻,与高、徐二君过榕屏处长谈。是日,闻北门外陆童子年仅十五,于八日前忽精医理,就诊者日以百数,无不立验,大约为物所凭。又裕兴茶肆十九夜见一白须红鸟人,至四更而殁,亦奇闻也。

**廿七(6月24日)** 辰刻,顾榕屏招茗话。巳刻,鲁芥庵助刷稿费一洋。未、申、酉刻，趁行船回家。得朱雀桥《扁舟访友图》诗七古一章。盛云泉有书来，赠《乍浦备志》八册，共三十四卷。又沈浪仙寄至海昌诸君《扁舟访友图诗》，戴鬴生七绝四首，许光济五律一首，许光治《忆故人词》一阙。许荑坪前已题五律二首，今又作七绝二章。

**廿八(6月25日)**　雨，夜尤大。酉刻，览毛小园文集。戌刻，览《桐花轩》《曙彩楼诗词集》。

**廿九(6月26日)**　雨。辰、巳、午、未刻，览《墨稼堂诗文集》。申、酉刻，览《藤花吟馆诗钞》。

**三十(6月27日)**　雨。辰刻，覆盛云泉书，又寄沈浪仙、刘心葭两书，内附张筱峰、徐式如、钱渊亭所作刘烈女诗词。巳刻，寄秦秋夔、朱草亭两书。午、未、申、酉刻，览王澹渊《洞庭集》，诗文俱奇隽可喜。

## 六　月

**一日(6月28日)**　午、未、申刻，览《蕴愫阁文集》。戌刻，览张诗舲《转漕集》。

**二日(6月29日)**　辰、巳刻，览《胡石梁诗钞》八卷。申刻，作七律一章咏古倪园，又七律一首，赠斗山和尚。

**三日(6月30日)**　雨。辰、巳、午刻，作细林山游记，骈体。又作七古一章。

**四日(7月1日)**　未刻，题刘玉苍《饮酒读骚图》七律一首，又为玉苍题《兰香春影图》七绝四首。酉刻，赠丁步洲七律一首。

**五日(7月2日)**　大热，晚雷雨。未刻，作七绝二章咏莲花庵观鱼。

**六日(7月3日)**　卯刻，计二田、于秋泾、沈浪仙、顾榕屏四人书函同到，二田索撰《永安年计氏砖跋》，秋泾寄至《鸳水联吟十六集》刊本，共四十六首，选余《濡须坞》《河阳渡》《朱仙镇》《采石矶》七律四章。申刻，咏阊外刘氏园，作七古一章。

**七日(7月4日)** 晚雨。辰、巳、午刻,骈体一书与雷蕴峰。未刻,覆沈浪仙函。

**八日(7月5日)** 下午小雨。辰、巳刻,作泖中潮音阁宴集诗七古一章谢雷蕴峰。酉刻,招丽春小饮。

**九日(7月6日)** 大热。辰刻,作七律一章寄周菱圃先生。午刻,古溪招饮。

**十日(7月7日)** 大热。巳刻,咏平波台七律一首。申刻,寄盛云泉七律一首。

**十一(7月8日)** 下午雨。辰、巳刻,作张伴莲《女史绣诗图》序。骈体。未刻,张生蒲卿来。

**十二(7月9日)** 小雨。辰、巳刻,作《凌霄石歌》。七古。杨闲庵所托。石为前明张太守弼庆云山庄旧物,今闲庵赁居其宅。

**十三(7月10日)** 热。卯、辰、巳刻,作七古一章赠刘再芦千总。未刻,朱草亭寄赠番银两饼。申刻,还秦秋夔《耳食录》十册。龚配京过谈。

**十四(7月11日)** 大热。晚雷雨。卯、辰刻,作五律四首,纪灵岩山之游。巳刻,与盛云泉书。申刻,沈浪仙书来。是夜,梦迁居一处,高堂大厦,前后约数十带,每一室遍悬名人书画,几列钟鼎古玩,不自知其何以至此也。

**十五(7月12日)** 热。卯、辰、巳、午、未刻,摘抄《石梁集》《洞庭集》《藤花吟馆集》五七言一百余联。酉刻,咏沈文慤公祠七律一首。

**十六(7月13日)** 大热。卯、辰、巳、午、未刻,摘录《蕴愫堂》《墨稼堂》两集五七言一百六十余联。

**十七(7月14日)** 大热,晚雷雨。卯、辰、巳、午、未刻,抄骈体文八首。申刻,咏二陆草堂五律一章。

**十八(7月15日)** 热。抄杂诗五十二首,又杂摘五七律六十余联。

**十九(7月16日)**　大热。抄古文七首。

**二十(7月17日)**　大热。抄古文六首。

**廿一(7月18日)**　毒热。卯刻,得沈浪仙十七日书。申刻,徐映泉来。是日,抄古文四首,骈文四首。

**廿二(7月19日)**　毒热。摘录《蕴愫堂》《墨稼堂》骈体一百六十余联,又杂摘骈体七十余联。

**廿三(7月20日)**　午后雷雨。卯、辰刻,作书六通,寄丁步洲、雷蕴峰、杨闲庵、刘玉苍、雷约轩、斗山上人。巳、午刻,选录乐府十八首。是夜,晋畚竟不归。

**廿四(7月21日)**　卯、辰刻,摘录《乍浦志》五七言佳句六十余联。

**廿五(7月22日)**　卯刻,趁行船到平湖。午刻,到东门,即趁乍航。申刻,到乍浦西门,候盛云泉,见其旧恙复发,颜色憔悴,为之怅怅。夜即留宿。

**廿六(7月23日)**　卯刻,赠盛云泉《绿雪馆诗词稿》四册。过刘心葭处,以计二田、陈子松所作《烈女诗》付之。辰刻,过潘文秀刻字店,见文集已梓四卷。巳刻,候沈浪仙,赠以《孔宅诗录》二册。申刻,候林雪岩,晤王端斋。善写真。是日,闻海洋多盗,劫掠商船,一见暎夷,则亦急急躲避。

**廿七(7月24日)**　热。卯刻,沈浪仙答访。巳刻,过卢揖桥、钟穆园两处。晤杨酉麓,言前日吴门有水龙、火龙相斗,压倒民房数十间。未刻,访孙次公。是夜,梦遇数人,手皆长爪。

**廿八(7月25日)**　大热。晚雷雨。辰、巳刻,将所梓骈体文前四卷校对一过,误字尚多。刘心葭答访,即同饮。酉刻,卢揖桥招饮,同席祝兰坡、孙次公。

**廿九(7月26日)**　热。卯刻,过沈浪仙处,留朝膳。巳刻,过刘抑斋处。午刻,回至盛宅,知林雪岩于清晨答访。戌刻,与朱砚田论武原掌故。

## 七 月

**一日(7月27日)** 热。午刻,过陈松泉。名文蔚,桐乡人,善竹刻写真。酉刻,廖淼泉过。

**二日(7月28日)** 热。巳刻,过沈浪仙。午刻,至鄞江会馆,因感暑气,唤镊工看痧。申刻,刘抑斋招饮,勉强赴之。

**三日(7月29日)** 热。

**四日(7月30日)** 热。辰刻,沈浪仙来,以题余《左国闲吟》五古三首见视。

**五日(7月31日)** 毒热。晚雷雨。以上三日饮食俱不进。

**六日(8月1日)** 卯刻,遇盐溪医生俞蕙圃,言前日曾至余家,治媳妇病,余不答一语。午刻,钟穆园来。申、酉刻,与云泉谈乍浦奇事。是夜,梦游一山,山中空而外实,石皆平坦,无甚大小。

**七日(8月2日)** 酷热。日中天无片云,雷声大作。

**八日(8月3日)** 毒热。

**九日(8月4日)** 毒热。

**十日(8月5日)** 热。大东南风。

**十一(8月6日)** 以上九日身体疲乏,加以腰痛,不能出户,与云泉清谈,殊足解闷。

**十二(8月7日)** 晓雨。卯刻,孙次公、沈浪仙偕来,谈至午后,孙次公出视近诗一册。申刻,至城隍庙,访沈筤溪,乞其书骈体三集封面。酉刻,过崇真道院陈松泉寓,见其画鱼数幅。回至西门,腰痛不堪。

**十三(8月8日)** 晴雨相间,大东南风。午刻,沈浪仙招饮,带病赴之。

**十四(8月9日)** 大东南风。观浪仙壬辰至丁酉诗集,约二千余首,佳章林立而尚少淘汰之功。是夜,梦唤夷十数人至新仓,人人惊窜,有一黑夷至余家,仅索钱三百,付之立去。

**十五(8月10日)** 大东南风。辰刻,过刘心葭处。巳刻,观城隍赛会。午刻,心葭招同张兰畹、郁容斋小饮。

**十六(8月11日)** 日中小雨。巳刻,遇林蝶仙,言新海防龙公光甸,锐意图功,将尽驱福建人之在乍浦者。

**十七(8月12日)** 辰刻,过浪仙处。午刻,偕孙次公小饮于鄞江会馆。

**十八(8月13日)** 辰刻,为许月斋题《眠琴绿阴图》七绝二首。巳刻,为陈松泉作木笔筒铭,约三十余字。

**十九(8月14日)** 酉刻,沈筤溪答访。

**二十(8月15日)** 午前小雨。辰刻,马访云、胡柳堂偕来。访云今年仍作乡试誊录生,余为说定曹淡秋、陈幹斋、林蝶仙、陈蕙圃、胡柳堂、刘铁林诸卷。巳刻,卢揖桥赠洋一枚。

**廿一(8月16日)** 热。未刻,校对文集第五卷。申刻,沈浪仙来送行。

**廿二(8月17日)** 大热。卯刻,趁平湖行船,盛云泉馈糟鲤鱼一坛,薄脆饼十包。辰刻,到平湖过东鼎字店,知媳妇病愈,又回母家。晋紛于今日才到馆中。得丁溉余书,招余中秋后到彼,同作魏塘新篁之游,又赠七律一章。候顾榕屏,畅谈三时。得朱美堂所助刷稿费一洋。未刻,过顾春岩处,即候徐芸岘,大谭数刻。知日前有一大鼋入南水门。戌刻,往东门外观塔灯,夜宿东鼎字店。是日,在顾、徐二处,见余今岁所作江晴帆词序、张筱峰诗序,俱已刻出,余却不入稿中。

**廿三(8月18日)** 大热。卯刻,过费恺中处,赠以《白鹄山房诗续选》一册。巳刻,丽春招食蒸馄饨。午刻,趁行船,至戌刻始到家,知一月以来曾行吊于郁、马、王、徐诸家。

**廿四(8月19日)** 大热。辰刻,知朱雀桥、鲁介庵、姚谱苹等日前过访。是夜,梦见先大父,精神颜色无异生时。

**廿五(8月20日)** 大热。重览《两般秋雨庵随笔》一过。

**廿六(8月21日)**

**廿七(8月22日)**　辰、巳、午、未刻,代陈某作伊母刘太恭人七秩寿序。

**廿八(8月23日)**　巳刻,致盛云泉书。龚配京过谈两时许,言日前马倜卿昆季与卲春泉在白沙巡检署又大斗一番。

**廿九(8月24日)**　午刻,饮龚配京处。

## 闰七月

**一日(8月25日)**　未刻,顾榕屏书来。申刻,改榕屏所题《邱绛仙女史钞经图诗》二绝句。

**二日(8月26日)**　辰、巳、午、未刻,作骈体文一篇,与盛云泉论金石。申刻,作札二通,一寄云泉,一覆榕屏。是夜,梦于先君墓畔种树数株。

**三日(8月27日)**　卯刻,接到盛云泉初一日覆函,内有郁容斋所绘《扁舟访友图》。午刻,徐宿生来,言陈生晓礓荒淫无忌,日在妓馆、博场之中,今年已费数千金。一月以来,雨泽愆期,新仓以南河水尽涸,舟楫不通,田禾大半干死,毋亦乡人去年抢劫之报与?

**四日(8月28日)**　巳刻,过敦本堂钱宅。未刻,姚谱苹来访。

**五日(8月29日)**　卯、辰刻为俞实堂作《停琴伫月图记》。小骈体。巳刻,畀张生蒲卿《白鹄山房诗续选》一册。

**六日(8月30日)**　晚有雷。卯刻,得盛云泉初四日覆函,卢揖桥亦有书来,乞撰《自怡楼十二图记》。申刻,咏秋旱一首。五律。

**七日(8月31日)**　卯刻,得丁步洲、雷约轩、杨闲庵、刘玉苍覆书。步洲和余七律一首,见赠《吟秋集》二部,陈军门《褒忠录》二部。《录》中文一卷,内有余所作骈体长篇,诗三卷内刻晋餄七律一首。余所征徐芸岘、高藏庵、钟穆园诗俱在内,而顾榕屏、贾芝房、石砚虹三人所作俱不发刻,未知何故。又赠其妹步珊女史《绣谱》一册。约轩赠《苔岑集》律赋一部,共百余篇,内选余《每看儿戏忆青春赋》,选晋餄《第一仙人许状头赋》。闲庵信内有乍浦死事十四武臣记，玉苍赠七律四章，即题《扁舟访友图》，诗极雅丽，又王海客亦赠一律一首。

**八日(9月1日)**　夜雨。辰刻，作七律一首酬王海客。午刻，朱雀桥来，畅论诗文。

**九日(9月2日)**　上午雨，大东北风。览律赋《苔岑集》。是日，大风怒吼，木石俱飞。

**十日(9月3日)**　为卢揖桥作《自怡楼十二图记》。祭诗、鉴画、译经、搨古、调禽、蓄兰、杵药、战茗、试香、擫笛、瘦坐、团话。

**十一(9月4日)**　夜半雨。巳刻，寄沈浪仙书，赠以《茸城吟秋集》一部。又与卢揖桥札。午刻，覆丁溉余书。未刻，至龚配京处长谈。

**十二(9月5日)**　大东北风，夜雨。辰刻，为费恺中取四子名号。

**十三(9月6日)**　大东北风。午刻，得顾榕屏书，知浙江主试侯公桐、杨公能格。侯公，无锡人，庚辰进士，官阁学。杨公，汉军正黄旗人，丙申进士，官编修。

**十四(9月7日)**　大东北风，午后雷。辰刻，与盛云泉书。连日狂风，田禾不无少损，而乡民则竟以为大荒矣。

**十五(9月8日)**

**十六(9月9日)**

**十七(9月10日)**　忽凉。卯、辰、巳刻，将《褒忠录》加墨一过。最佳者王柏心《诔雷尉祭文》，李德熙乐府一首，于尔大柏梁体一首，熊昂碧五律六首，姜皋七律八首。沈浪仙书来，为余代作《永安计氏砖歌》，又杨西麓寄题《扁舟访友图》。《望江南》四阕。是日，妻病卧，即有家贼拨柴间门而入。盖妻三疟发时，必大声呼謈，此贼久已听惯，故闻其声而辄来也，如是者已数次矣。

**十八(9月11日)**　重览《贰臣传》《逆臣传》一遍。近来，文楷楼上益聚盗贼，昼夜喧哗，粪秽直达楼下，而文楷扬扬自得，举趾甚高，无一人过而问其罪者。

**十九(9月12日)**　午刻,晋翻归。

**二十(9月13日)**　卯刻,题《陶靖节全集》七古一章。云间课题。辰刻,盛云泉覆书来,赠佛银两饼并陈氏笔资四洋。申刻,作《茉莉词》五古,仿西洲曲体。云间课题。

**廿一(9月14日)**　辰刻,寄归安俞补华书,赠以文稿二集。

**廿二(9月15日)**　夜雨。巳刻,过龚配京处长谈,留中膳。是日,又有贼子窥窗,亦文楷之党类也。

**廿三(9月16日)**　细雨。卯刻,与顾榕屏书,赠以《茸城吟秋集》一册。与盛云泉书,赠以《褒忠录》一册。

**廿四(9月17日)**　细雨。辰刻,晋翻到城,定于廿六日偕顾榕屏赴省秋试。

**廿五(9月18日)**　雨。重阅向时所抄《金元诗》一过。

**廿六(9月19日)**　下午小雨。巳刻,丁步洲书来,内有戴笠人所绘《扁舟访友图》。

**廿七(9月20日)**　雨。重览《袁文笺正》。

**廿八(9月21日)**　巳刻,寄姜小枚、王海客两书,俱媵以诗。

**廿九(9月22日)**　始晴。卯刻,得沈浪仙书,立即作答。

**三十(9月23日)**　以上二日,重览《日知录》。是夜,梦晋翻得一金脚炉。

## 八　月

**一日(9月24日)**　午、未、申刻,重览《唐才子传》。

**二日(9月25日)**　大西北风。

**三日(9月26日)**

**四日(9月27日)**　卯刻,丽春将往云间,附寄丁步洲书。巳刻,闻家中无赖子咬三前到平湖,以三千钱买鸦片土,启视则番薯两枚也,可发一笑。是夜,梦在松江赴人夜宴,适雨后路滑,月黑无灯,余十步九蹶，赖丁步洲一路扶持，仅免蹉跌。

**五日(9月28日)**　重览《宋诗纪事》。是夜，梦与顾榕屏、王梦阁考试同寓，梦阁逞其狡狯，暗中欺人，榕屏至于涕泣。

**六日(9月29日)**　夜半雨。重读韩文一过。

**七日(9月30日)**　雨。重读柳文一过。午刻，龚配京借《褒忠录》。

**八日(10月1日)**　日夜大雨如注，兼大东北风。重读苏氏父子文一过。是日，烈风暴雨，河水顿长五六尺，频闻颓墙倒壁之声。余在室中尚觉栗栗危惧，不知晋翁身居矮屋，何以处此，念之终夜不眠。

**九日(10月2日)**　风雨不息。重读欧文一过。

**十日(10月3日)**　始晴。重读曾、王文一过。申刻，丁步洲覆函来。

**十一(10月4日)**　是夜，梦在朝廷，偕同志六七人，以直谏得罪，将被杖责，赖救者得免，惟一人独被酷刑。

**十二(10月5日)**　巳刻，过龚配京处所，畅谈三时，留中膳。

**十三(10月6日)**　丑刻，趁洪遇良舟。卯刻，至廊镇访姚苏卿。苏卿久病卧床，不能出见，晤其侄芋香，略谈而别，苏卿赠新刻诗一卷。内有题余《扁舟访友图》长七古一首，格调甚奇。午刻，饮陈手山处。申刻归。

**十四(10月7日)**　辰刻，闻乡试题，首："子曰：加我数年"二章；次："布在方策"至"政举"；三："是其日夜之所息"至"濯濯也"；诗："兵气销为日月光"得"光"字。巳刻，过柯又塘处，知七月中宁波被大风吹倒房屋数千，压死人民甚众。

**十五(10月8日)**　辰刻，送张氏婚仪。

**十六(10月9日)**　寅刻，登舟。巳刻，到洙溪，赴丁溉余之招，赠以《白鹄山房续诗》一册。溉余言本欲偕余往魏塘、新篁访黄霁青、张叔未二公，因二公俱出外未归，故此游不果。是日，闻柯小坡近患咯血。

**十七(10月10日)** 巳刻,偕丁升卿至东林寺观香市,欲访姚水北,因其久病不起,不敢扰之。午、未刻,览顾星桥所选《停云集》。

**十八(10月11日)** 辰、巳刻,览孙古杉《桐溪草堂诗集》。未、申刻,览张远春及其子诗舲诗稿。戌刻,偕王彦舟饮于溉余处,醉至八分。

**十九(10月12日)** 辰、巳刻,览陈春舫《枕善堂诗文集》。申刻,溉余赠洋银两饼。

**二十(10月13日)** 卯刻,登洙溪舟。未刻,到家。申、酉刻,阅李辰山《南湖旧话》六卷,皆纪云间轶事。戌刻,阅郭频伽《爨余丛话》四卷。

**廿一(10月14日)** 夜雨。辰、巳刻,览雪樵居士《青溪风雨录》二卷,皆纪秦淮狭邪之行。午、未刻,阅任钓台《清芬楼文集》四卷。酉刻,马倜卿来言,今科浙闱应试者,有万三千人。头场点名,一昼夜始完,人众喧挤,泥涂满身,被伤者亦复不少。戌、亥刻,阅沈鹤林诗一卷,吴作夫诗一卷,虎丘倡和诗一卷。

**廿二(10月15日)** 小雨。辰、巳、午刻,阅孙渊如诗集十卷。未刻,丽春招饮,同席六人。酉刻,散席。戌、亥刻,阅马佚甫《养真山房诗》二卷,周肖濂《黔陬杂咏》一卷。

**廿三(10月16日)** 辰、巳刻,览杨篑山《窈窕草堂诗》四卷。张生蒲卿以乡试文就质,马调卿亦至。午、未、申刻,览唐味崧《墨华斋诗》五卷。是日,闻王半碳诱人财帛,日事嫖赌,以六十三岁之老孝廉,而所为若此,真罪不胜诛矣。

**廿四(10月17日)** 辰、巳刻,览马寒中《道古堂诗》二卷,吴陶宰《独树园诗词》二卷。午刻,赠洪氏嫁仪,陈板桥过。晋鹆自秋试归,阅其文,颇有作意。晋鹆携至乌程汪谢城曰桢所题《扁舟访友图》,七绝二首。又言范秋舲于夏间病殁。

**廿五(10月18日)** 摘录《芳茂山人集》《桐溪草堂集》《窈窕草堂集》五七言一百三十余联。午后,晋鹆病卧。

**廿六(10月19日)**　摘录《停云集》《爨余丛话》佳句一百二十余联，又杂摘七十余联。巳刻，张生枕石过。

**廿七(10月20日)**　摘录杂诗二十首，古文三首。辰刻，闻土盗又起，夜劫全公亭黄晓岚家，昨夜劫四里桥陈义和家。巳刻，郁绥庭、徐宿生过。宿生言宁波人有信来，知镇海水发，有一巨蛇，与大蜈蚣相斗，雷电随之，淹没田庐无算。又言，医生朱半樵殁后，其家老妪于八月朔进香城隍庙，膜拜未毕，恍惚入梦，见神南面坐，责问半樵医术浅陋，诈人财帛无数，命加锁扭，交与江宁城隍差役带回。盖半樵本籍江宁也，妪越三日无疾病而死。

**廿八(10月21日)**　卯刻，趁新仓行船。午刻，到平湖。过顾榕屏处，赠以《褒忠录》一部，知吴公钟骏授浙江学政。字姓舫，吴县人，壬辰状元，内阁学士兼礼部侍郎。未刻，候徐芸岘，大谈世务。酉刻，费恺中招饮永和馆，夜宿东鼎字店。

**廿九(10月22日)**　卯、辰刻，趁乍浦行船，即候盛云泉，复寓其家，赠以《竺国记游》《松壑间合刻诗钞》二种。巳刻，得宋樗里所题《扁舟访友图》七绝二首。名梿，海昌人，年八十一。申刻，候沈浪仙，赠以《褒忠录》一部。酉刻，从钟穆园处借得朱酉生、黄霁青新刻文集。是夜，梦一女郎，年十七八矣，犹作男装，与余认为兄妹，同卧同起，脱略形骸。

## 九　月

**一日(10月23日)**　卯、辰刻，重校三集文稿一过，共八十三篇，刻费五十千。盛云泉独任其事，感激难名。今将刷印百五十部。巳刻，为盛湘南题《陶径清赏图》七绝二章，云泉赠司马温公《稽古录》二十卷。午刻，过陆春林馆。申刻，沈浪仙答访。

**二日(10月24日)**　寒。卯刻，候刘心葭，以杨闲庵所作《刘烈女赞》付之心葭，缴还《海上诗逸》二册。辰刻，潘颂康招饭。未刻，杨西麓、张采言来访，大谈近人诗文约两时。许西麓言英帅璞鼎喳已死,罗卜丹代领其事。

**三日(10月25日)**　大西北风,寒。辰刻,过林雪岩,略谈。即答杨西麓、张粲言,畅谭三时。未刻,过鄞江会馆,林半樵为余绘《扁舟访友图》。

**四日(10月26日)**　辰、巳、午刻,在云泉处阅钱纯夫《质直谈耳》八卷。申刻,林雪岩答访。

**五日(10月27日)**　巳刻,至沈浪仙处,属其代和丁溉余《耆友论文图》诗七古一章。未刻,寻曹淡秋、伊铁畊,皆不得见。申刻,过徐氏,与梅墅、秋宇昆季长谈。是夜,梦有人以古铜器数具贻晋酚,已而索还,复有人以数枚赠之。

**六日(10月28日)**　寒。午刻,赴刘心葭宴,同席多余轩名庆,蒙古人,官协领,与余同岁入庠,今年六十四、王云桥、沈浪仙、云槎和尚等八人。申刻散席。过顾篆香处,见罗文宗新刻考卷六册。

**七日(10月29日)**　巳刻,卢揖桥助刷稿费二洋,钟穆园助一洋。申刻,过沈浪仙处,出视五古三首,盖为余校勘三集而作也。

**八日(10月30日)**　巳刻,至鄞江会馆听鸿雅奏。未刻,揖桥邀饮天顺馆。

**九日(10月31日)**　巳刻,金霞梯来访。名大登,嘉兴诸生。午刻,盛云泉设宴于拜石山房,为赏菊之会,同席金霞梯、刘心葭、陆春林、黄芝生、林雪岩、沈浪仙。酉刻散席。戌刻,马访云过。

**十日(11月1日)**　大暖,夜雨。巳刻,陈君山招余至其家,观所藏郑板桥、沈南疑等墨迹十余册,及近时名流书画扇五十余柄。午、未、申刻,在霍庙观全福班戏。

**十一(11月2日)**　巳刻,至沈浪仙处,赠以新刻三集一部。午刻,浪仙留食江西面。未刻,过曹淡秋处,取其印资银五钱二分。

**十二(11月3日)**　卯、辰刻,趁曹儎到平湖,即候顾榕屏,赠以三集一部,又寄赠朱美堂一部。未刻,候徐芸岘,赠三集一部,芸岘大加惊赏。芸岘所作骈体,实兼春华秋实之长,而独倾服于余者,盖深知此中甘苦也。《诗》曰“惟其有之，是以似之”，此之谓也。申刻，得钱朋园所题《扁舟访友图》七绝二首，夜宿榕屏处。是日，芸岘为余言，屈塵庵作绍兴府城隍，钱梦庐作嘉兴府城隍，有人入冥间见之。

**十三(11月4日)** 大暖。巳刻，偕榕屏、访溪出西门，候报船，暂憩钱鉴泉处，见所题《扁舟访友图》七绝四首。俄而报船至，即知平湖中式四人，府学陆熙恬、县学高三祝、张光福、王六经[①]。遂至高藏庵宅观题名全录。解元西安方騄，嘉府共得正副榜二十六人。酉刻，榕屏与余取酒解闷。是日，榕屏购余文稿三集十部。

**十四(11月5日)** 大暖。辰刻，顾榕屏偕余过陆少白处，即同至合顺馆食面。巳刻，赠费恺中三集一部，至王晓莲处贺喜，赠以三集一部。午刻，以文稿初二三集呈许谨斋教谕。名乃裕，己卯孝廉。未刻，偕费恺中闲步湖上，入报本寺，观新修浮图，与云祥上人略谈。酉刻，恺中邀食蟹。夜宿东鼎字店。

**十五(11月6日)** 辰刻，至高藏庵宅贺喜，赠以三集一部，藏庵留朝膳。午、未、申刻，趁胡儆回家。

**十六(11月7日)** 巳刻，龚配京来，赠以三集一部。配京缴还《万历野获编》《十六国春秋》及《褒忠录》。

**十七(11月8日)** 辰刻，过敦本堂钱氏。巳刻，寄丁溉余书，附三集一部。申刻，张枕石过。

**十八(11月9日)** 大西北风。辰刻，寄计二田、于秋泾书，各赠三集一部。午后，阅黄霁青《真有益斋文集》十卷。骈散俱有，而骈体尤觉宏丽。

**十九(11月10日)** 辰刻，发张云槎、赵凌洲两道人书，并赠三集一部。午后，阅朱酉生《知止堂文集》九卷。清超绵密，自然合法。是夜，梦先君子在一处训蒙徒数人。

**二十(11月11日)** 大西北风。辰刻，沈浪仙书来，言吴中李听

---

① “王六经”疑为“王大经”。

雨、查瀛山等有胥江联吟之举,乞余同作。巳刻,发盛云泉书。钱继园来,为晋馚荐馆于东邻马氏,即作书与晋馚知之。午、未刻,览朱吉人《春桥诗集》八卷。是夜,梦入一人家,房屋虽不甚大,而结构精巧,文榱碧珰,备极华丽,最后一室,男女数辈,貌俱丑恶,不语不言,不知是何人物。

**廿一(11月12日)** 辰刻,与吉桐生巡检书,名凤,山西人,工书画。赠以文稿初二三集全部。

**廿二(11月13日)** 夜小雨。辰刻,以丽春回家四十余日,沉迷赌博,尚不到店,屡劝不从,怒而詈之。

**廿三(11月14日)** 夜小雨。辰、巳刻,作《寒翠石歌》,顾仲瑛物,七古。《常开平故垒》,俗呼望市墩,七律。《都元敬遗宅》,在南濠,七律。《虎阜山塘卖花词》,七绝六首。皆《胥江联吟集》题。午刻,吉桐生遣役持柬来,言欲造访余,以室宇湫隘辞之。

**廿四(11月15日)** 上午小雨。抄骈体文五篇。[午]刻,龚配京过谈。

**廿五(11月16日)** 摘录真有益斋骈体一百二十余联。辰刻,钟生穆园书来,阅之甚愠,晋馚覆禀亦到。

**廿六(11月17日)** 大雨。巳刻,覆钟生书,缴还霁青文集,赠以新刻三集文一部。午刻,钱棣山招宴,同席朱藕芗、名沄,诸生。袁子瑜、旧为白沙巡检,今将起病候浦原缺。屠已堂、名维,嘉善诸生。王鹤舫、朱声山。酉刻散席。是日,闻雷蕴峰捷江南乡榜。

**廿七(11月18日)** 大东北风。抄古文六首。

**廿八(11月19日)** 抄古文六首。

**廿九(11月20日)** 清晨大雾。辰刻,为张采言题《咏莪图》。四言。顾榕屏书来,所示荐卷单平湖共得三十人。府学九人:叶廉锷、戈以清、屈慎旃、倪承杰、张诒安、黄晋馚、殷鏕、钱庆福、马骏声。县学廿一人:俞连城、张煦、郑丙铨、罗承本、刘惇福、高振锜、张鹤书、屈毓英、袁大谟、周尚经、金峻、陆廷燮、徐锦魁、江麟瑞、沈应奎、林福照、陆绍煃、张德懋、徐尔桂、潘镛金、徐曰金。晋翕自言梦见秋榜与两屈同获隽，今荐卷中果有两屈，梦亦不可谓无凭也。巳刻，过敦本堂钱氏。申刻，过张生蒲卿处。

**三十(11月21日)** 雨。辰刻，为顾榕屏题《横山草堂图》。五律。午刻，张生蒲卿来，畀以姚苏卿新刻诗抄一册。申刻，晋翕归。

## 十 月

**一日(11月22日)** 辰刻，与鲁介庵书，赠以三集一部。巳刻，覆沈浪仙、顾榕屏两书。

**二日(11月23日)** 辰刻，盛云泉覆函来。巳刻，遣晋翕答候吉巡检。钱继园过谈。午、未刻，览马俏浦诗二卷。内有《白生行》一首，事甚诡诞。

**三日(11月24日)** 巳刻，抄杂诗十三首。又摘录《春桥草堂集》五七言三十余联。午刻，云间姜小枚、王海客、雷蕴峰、钱渊亭、丁步洲五人信函同到。小枚题《扁舟访友图》五律一首，海客赠姜云亭所刊《恩庆编》二部，并为乞文。渊亭、步洲以《褒忠录》十部易余文稿初、二集各三部。又言为余荐馆席于陈研芗处。

**四日(11月25日)** 雨。巳刻，览姜氏《恩庆编》，其中诗古文辞俱系大名士所撰，内有五律二首，刻余名字，盖王海客所代拟也，谅亦慕余虚名之故。马鲁山拜候，说定明年晋翕馆事。午刻，寄盛云泉书，附赠《恩庆编》一部。未刻，见芦川人所作俚鄙诗数首，盖讥刺王半溪等在平湖溺妓之事。申刻，马倜卿寄来《生斋时文稿》一卷。

**五日(11月26日)** 下午雨，夜尤大。摘录《苔岑集赋》二百三十余联，宗师考卷中赋七十余联。

**六日(11月27日)** 上午雨。巳刻，选录新乐府十一首。是夜，梦王晓莲、张海门来访，俱有所托。

**七日(11月28日)** 黄昏后大雨。巳刻，寄霁青太守书，附呈三集一部。

**八日(11月29日)** 黄昏后大雨。巳刻,与秦秋夔书,赠以三集一部。午、未刻,饮龚配京处。

**九日(11月30日)** 大西北风。巳刻,盛云泉覆书来,又寄至钉本三集文十部。

**十日(12月1日)** 始晴。午刻,得吉桐生所绘《扁舟访友图》,山水极澹雅有致。申刻,赠钱继园《褒忠录》一部。酉刻,寄云泉书。

**十一(12月2日)** 巳刻,覆雷蕴峰、钱渊亭、丁步洲三君书,又以新刻文集五部,分赠三君及陈研芗、雷约轩。午刻,发柯春塘书附三集一部,又寄赠朱立斋广文一部。

**十二(12月3日)** 大西北风,寒。是日,内人又病。申刻,新溪舟人到,即与晋翁同登舟,一鼓后至新溪,宿张山椒宅。

**十三(12月4日)** 大寒。巳刻,候费春林,赠以文稿三集及《褒忠录》两种,春林出视《慈帏声影录》,盖记其先节母琐事也。未刻,春林留饮,畅谈近年异事。春林又言许敬斋教谕见余文集,击节不置。申刻,过陆襄陶处,不值。是日,闻俞吟秋死。

**十四(12月5日)** 寒。巳刻,从费春林处借得孙子潇、邵子山两诗集。午刻,偕费莼庄游俞氏小园,过李古塘书斋一谈。申刻,访姚勤斋。

**十五(12月6日)** 巳刻,过外家金宅小憩,与舅妇曹氏略谈。回过陆小秋处,不值。午刻,徐莲史过访。未刻,陆笑非招至时和馆小饮。申刻,复至春林处,陆小秋、姚勤斋以次答访。是夜一鼓时,有千百野鸭自北而南。

**十六(12月7日)** 夜雨。巳刻,趁新溪行船。申刻,到平湖,过叶琴舟处,知海宁新孝廉马学濂报捷后即病故。夜宿西鼎字店。

**十七(12月8日)** 雨,夜更大。巳刻,寄还钟生《知止堂文集》三册,谒许敬斋广文。广文言向闻张海门屡道余名,故早知之。即至顾榕屏处,畅谈三时。申刻,家丽春招饮永和酒店。

**十八(12月9日)** 雨,夜更大。巳刻,鲁介庵馈洋银一饼。午刻,家继安招小饮,与费恺中等谈至二鼓。

**十九(12月10日)** 夜雨。未、申、酉刻,趁胡儆回家,始收到赵羽士初十日覆书。是夜,梦一巨黑犬从背后跃抱余颈,竟得无患。

**二十(12月11日)** 日夜大雨。是日,内人又病卧。前月三疟已愈,近日复发。是夜,梦有一婢,年十四五,苦其主翁之虐,奔入余家,匿于床下。余于黑夜中,无心误触其腕,彼不能隐,即涕泣,自陈愿为康成文婢,余亦欣然纳之。

**廿一(12月12日)** 日夜大雨。未刻,陈板桥借去《澄怀堂诗集》。

**廿二(12月13日)** 抄杂诗三十三首,乐府十一首。

**廿三(12月14日)** 始晴。摘录邵子山《大小雅堂骈体文》六十余联,又全抄四篇。

**廿四(12月15日)** 大西北风。摘抄《天真阁集》《大小雅集》五七古二百二十余联。巳刻,钱渊亭、丁步洲书来。

**廿五(12月16日)** 巳刻,发书四函,一覆渊亭、步洲,一寄于秋泾,一寄赵凌洲,一寄家丽春。未刻,许英甫拜会,携其尊人敬斋先生所题《扁舟访友图》长七古一章。英甫为敬斋教谕第三子。

**廿六(12月17日)** 巳刻,至俞小渔家托事。回过张生蒲卿处,兼问枕石疾。

**廿七(12月18日)** 巳刻,嘉兴门斗始寄到晋翻乡试卷,第五房东阳县翟公鸣阳所荐,评云:"化板为活,推陈出新。"诗妥,主试评云:"以无过作主,贯穿全题,惜尚未尽其妙。"次畅诗有累句。计二田、于秋泾书来,二田书中有震泽庄子寿、秀水陶梅石、盛□仙、嘉善沈绂堂父子所作刘烈女诗。二田书发于立冬日,托秋泾转寄,阅四十余日才得交来,殊属可恼。

**廿八(12月19日)** 巳刻,过敦本堂钱氏。未刻,过王生小轩处。是日,唤圬人修墙。

**廿九(12月20日)** 巳刻,与晋翻书,并寄还费春林处诗集两种。未刻,郁绥庭、张蒲卿同来。酉刻,趁新仓夜航,夜半到平湖。

## 十一月

**一日(12月21日)**　午刻日食。辰刻,至顾榕屏处,留早饭,即同过徐芸岘。芸岘谈论之际,呕血满地,余与榕屏惨目伤心,而彼犹自讳其疾,强作健人。未、申刻,趁曹傤到乍浦,复寓盛云泉处,始知许莓磎于十月中旬大醉之后,溺死万安桥下。莓磎秉性凶悍,与余交恶三十年,余每畏而避之,早决其不克善终,今果然矣。

**二日(12月22日)**　巳刻,候顾篆香,赠以三集一部,篆香出视所题《扁舟访友图》七绝四首,情文相生。午后,观全福戏于海蜇会馆。

**三日(12月23日)**　巳刻,候刘心葭,以计二田所寄烈女诗五首付之。午刻,陆春林、刘心葭、沈浪仙以次见过,春林为余绘《扁舟访友图》,又七绝一章。未、申刻,仍观剧于明波公所。

**四日(12月24日)**　巳刻,偕刘心葭谒龙见田司马,名光甸,广西临桂人,己卯孝廉,其子名启瑞,字翰臣,辛丑状元。呈文稿初、二、三集。午刻,属心葭代晋畇作四六禀帖,寄东阳翟明府,附赠三集一部。翟公山西凤台人,戊戌进士。未刻,龙司马答拜。申刻,偕沈浪仙闲步海塘,兵燹之后,繁华较盛于前。

**五日(12月25日)**　巳刻,付潘颂康刷稿费十一洋,又板笼二洋,盛云泉助其一。过卢揖桥处,畀以三集一部。午刻,过钟穆园处,中膳。申刻,候林雪岩,回至盛宅。龙司马答赠《月沛楼诗文钞》《邱园集咏》《蓉楼集咏》《字学举隅》四种。又其子殿撰□所书《阴骘文》《治家格言》石刻。司马莅任以来,锄莠安良,勤于为政,而又风雅过人,诗文书画无一不工,百年来所未见也。

**六日(12月26日)**　巳刻,候杨酉麓、张粲言。见粲言所撰怀人诗二百余首,余亦与焉。午刻,潘颂康招同心葭食南京酱鸭。申刻,赠曹淡秋三集一部。

**七日(12月27日)** 巳刻,至沈浪仙处,知吴门朱凤楼、查瀛山、李听雨等见余文集,争相购求,将欲刷印数十部。午刻,过孙次公馆。是夜,梦遇一龙姓者乞余取名,余畀以柳春二字。

**八日(12月28日)** 大暖。巳刻,代盛云泉跋许德水《乍浦续志》。散体。午刻,至刘霞荘馆,霞荘邀食江西面。申刻,偕霞荘至曹少溪宅,寻金霞梯,少溪即邀至村店小酌。

**九日(12月29日)** 巳刻,赠张粲言、杨西麓三集各一部。午刻林雪岩、陆春林过谈。

**十日(12月30日)** 夜雪。辰刻,刘心葭招食面。午刻,潘颂康邀小饮。未、申刻,在沈浪仙处长谈。

**十一(12月31日)** 巳刻,张巳卿过会。未刻,题刘霞荘《友花居诗稿》七绝一首。是日伤风。

**十二(1844年1月1日)** 巳刻,至钟生处,坐俟两时。钟生高卧不起。申刻,金霞梯招小饮。回至盛宅,知刘心葭午后见过。酉刻,沈浪仙寄赠七律二章,一偕余海塘闲步,一偕余登苦竹山观海。

**十三(1月2日)** 大雨。辰刻,张粲言答访,出视《扁舟访友图》七绝二首。未刻,胡柳堂寄至嘉善黄啸园名昌所绘《扁舟访友图》。是夜,梦有李之紞者,素负盛名,与余角战词坛,为余所败。

**十四(1月3日)** 巳刻,从卢生处借得《天下名山记抄》十六卷,吴秋士选本,此系林雪岩物。午、未刻,在沈浪仙处长谈。申刻,回至盛宅,适雪岩先生在,与余谑笑多时,依然狂奴故态。是夜,梦在乡试场中,主司与余商酌命题,余以浙江久不出《春秋》,时□劝出《春秋》题,俄而梦醒,题不能记。

**十五(1月4日)** 巳刻,赠孙次公三集一部。申刻,偕穆园过徐梅墅昆季处。

**十六(1月5日)** 大暖,夜半大风雨。辰刻,陈雪渔来访,赠以三集一部。巳刻,偕雪渔、次公登汤山,入瑞祥寺。时殿宇新葺,神像庄严,系定慧上人募修之力。午刻,次公邀同雪渔饮天顺馆。申刻,丽春书来,内有丁步洲所征铁岸和尚名妙尘,宝山人《扁舟访友图》七律一章,陈研芗明岁延课阅书。是日,购得《纪载汇编》十种,皆国初事。价钱二百。

**十七(1月6日)** 寒。巳刻,徐翰香、徐秋宇同过。午、未、申刻,在鄞江会馆观徽戏。酉刻,祝兰坡招宴,同席陈雪渔、孙次公、丁海萍、官把总。卢揖桥、汪鹿庄。是日,闻钱莲舟第三女今在汤山作妓,每对客辄自夸其门阀,人皆掩口而笑,谅亦莲舟渔色之报也。

**十八(1月7日)** 夜大雪。巳刻,赴沈浪仙处朝饭。午、未、申刻,观徽戏于城隍庙。

**十九(1月8日)** 昼夜雪。是日,板笼告成,将初二、三集板一百九十块分贮四笼,藏于盛氏惇典堂之后轩。

**二十(1月9日)** 昼夜雪。与云泉清谈竟日。是夜,梦啖樱桃数枚,红鲜欲滴,甘芳袭人。

**廿一(1月10日)** 寒。午后雪止。巳刻,潘颂康携至杨琢亭所绘《扁舟访友图》。

**廿二(1月11日)** 寒。午刻,闻徐芸岘于二十夜呕血而亡,知己又失一人,为之痛悼良久。

**廿三(1月12日)** 辰刻,至沈浪仙处话别。未刻,盛云泉赠酱鸭一双,玫瑰露、桂花露各一瓶。申刻,浪仙来送行,乞撰《壬寅乍浦殉难录序》。

**廿四(1月13日)** 辰刻,潘颂康来送行,即趁乍浦曹傤。巳刻,至平湖。得霁青太守覆书,招余明春往游,见赠《真有益斋文稿》十卷。又题《扁舟访友图》五律一章,清苍有力。过顾榕屏处,知陆少白下世。午刻,送徐氏冥资。酉刻,费恺中招饮永和馆。夜宿西鼎字店楼。是日,知晋酚于初一日回家,又到平湖,昨日始到馆。

**廿五(1月14日)** 辰刻,寄丁步洲书。顾榕屏答访。巳刻,偕榕屏过王晓莲、高藏庵两处,藏庵赠新魁卷一部。酉刻,丽春招饮永和店。

**廿六(1 月 15 日)**　巳刻,丽春赠火腿爪四枚。未、申、酉刻,趁胡儆回家。得柯春塘、丁溉余二君覆函,内有丁升卿所绘《扁舟访友图》。

**廿七(1 月 16 日)**　未刻,赠《龚配京雪舫斋读书书后》《春雪亭诗话》二种。

**廿八(1 月 17 日)**　巳刻,与高藏庵书,赠以文稿初、二集,即当贶仪。

**廿九(1 月 18 日)**　大西北风,寒。重览《纪载汇编》十种。《燕都日记》《董心葵事略》《东塘日札》《江上遗闻》《闽事纪略》《安龙纪事》《戴重事录》《过墟志》《金坛狱案》《辛丑纪闻》。《过墟志》所载寡妇黄刘氏事,《辛丑纪闻》所载金圣叹等哭庙事,俱纤悉不遗,最堪夺目。

**三十(1 月 19 日)**　巳刻,王晓莲过访。午、未、申、酉刻,览《蓉楼集咏》《邱园集咏》。

## 十二月

**一日(1 月 20 日)**　寒。阅《天下名山记抄》。午刻,赠钱氏婚仪。是夜,梦观《苏李话别图》。

**二日(1 月 21 日)**　寒。午刻,阅俞松坪《翠薇小草》。戌刻,闻咬三赴张氏姊家婚宴,窃其烛票三千余文,今已发觉。

**三日(1 月 22 日)**　夜雨。午刻,钱氏招婚宴,不赴。

**四日(1 月 23 日)**　为沈浪仙作《壬寅乍浦殉难录序》。骈体。

**五日(1 月 24 日)**　巳刻,发盛云泉书,附《殉难录序》,又录徐芸岘遗诗四首,属其补入《龙湫嗣音集》。午刻,晋韶书来,言丁溉余于月朔下世,晨星硕果,逐渐凋零,为唤奈何。

**六日(1 月 25 日)**　夜雨。改晋韶《青浦孔宅塑像记》。骈体。杨闲庵所托。申刻,龚配京过谈。

**七日(1 月 26 日)**　雨。大西北风。摘录《罗宗师考卷》中律赋二百余联。申刻,龚配京乘雨过谈。

**八日(1 月 27 日)**　夜大西北风。抄杂诗四十八首。

**九日(1月28日)**　大西北风,寒。巳刻,吊王氏丧。[①]

**十日(1月29日)**　寒。补摘帖体诗二百余联。午刻,晋翂放馆回家。是夜,梦亡师奚兰岩先生盛服而来,似有所嘱。

**十一(1月30日)**　大寒。阅《温公稽古录》。是夜,梦过一寺,晤一人,自言姓陆,字黄冈,原籍湖广,少长浙江,亦翩翩佳公子也。

**十二(1月31日)**　午刻,盛云泉覆函来。未刻,龚配京过谈两时许。

**十三(2月1日)**　寒。戌刻,寄顾榕屏、顾访溪两书,赠《访溪三集》文一部。是日,闻松江府试诸童生以出案稽迟打坏府署。四十年前曾有此事,今复为之,不法极矣。是夜,梦见一小史,能注陶诗,可谓奇人。

**十四(2月2日)**

**十五(2月3日)**

**十六(2月4日)**　大东南风。未刻,唐西甫过。

**十七(2月5日)**　夜小雨。

**十八(2月6日)**

**十九(2月7日)**

**二十(2月8日)**　辰、巳、午刻,题邱绛仙女史《昙花小课》七古一章。盛云泉所托。申刻,张枕石来,言晋翂所觅认保童生,俱为陈板桥所夺去。

**廿一(2月9日)**　大东北风。辰刻,得沈浪仙书,内有龙见田司马、观苇杭明府《扁舟访友图》题章。司马七古,明府五律。又铁厓和尚画一张。铁厓住持乍浦霍王庙,时年七十有八。巳刻,与盛云泉札。

**廿二(2月10日)**　大西北风,夜雪。辰、巳刻,作徐芸岘挽诗七律二章。未刻,咏方忠文公祠七古一首。

**廿三(2月11日)**　大西北风,极寒。辰刻,顾榕屏、顾篆香俱有

---

① 此处原删数字。

书来。巳、午刻，作七律二首，一赠龙见田司马，一赠许敬斋广文。未刻，龚配京贻肉饼子一大盆。申刻，作五律一首，悼同岁入庠诸友。

**廿四(2月12日)**　大西北风，极寒。巳刻，张生浦卿借去《纪载汇编》一部。

**廿五(2月13日)**　寒。巳刻，顾榕屏为罗祖事有急信来，立即札覆，并作书与许广文。午刻，高莲塘借去《后五代史》全部。未、申、酉刻，作《鸦片叹》一首。长五古。是夜，梦访友于武林寺中，其寺香火极盛而室宇甚暗，友人招六七客同饮，时为十月初六日。

**廿六(2月14日)**　寒。酉刻，作七律一首，刺陈板桥。是夜，梦呕血数计，肠肺俱出。

**廿七(2月15日)**　申刻，题诸葛丞相《出师表》七律四首。酉刻，张生缴《纪载汇编》。

**廿八(2月16日)**　巳刻，盛云泉寄赠福橘一桶、姑嫂饼十六包。

# 晚清珍稀稿本日记

# 黄金台日记

（下）

主编——徐雁平 马忠文

（清）黄金台——著

武晓峰 高惠 顾一凡 丁思露——整理

徐雁平——审阅

凤凰出版社

# 道光二十七年丁未(1847),五十九岁

## 九孙居日志

### 正　月

**元旦(1847年2月15日)**　辰刻,率长随顾二登平湖舟。午刻,抵家。得盛云泉、沈浪仙、熊苏林即梳翎。丁步洲、陆秋山五书。云泉赠《乍浦集咏》三部、福橘四斤、茶食两种,浪仙赠《集咏》二部。又有沈筤溪、邵廉水寄来《扁舟访友图》题词。筤溪七绝二,廉水七古。苏林书用四六体,点染风华,情理兼到。步洲书中有廉叔所绘《扁舟访友图》,神致澹远,迥非凡手所及。又有画梅长幅赠晋翁,秋山书中附五古二章。申刻,龚配京过,取去《同门卷》一册。

**初二(2月16日)**　诸亲友拜贺,龚配京、高仁煊各赠食物二种。

**初三(2月17日)**　辰、巳、午刻,命晋翁至诸亲友处辞行,马倜卿乞取《乍浦集咏》一部、《同门卷》一本,徐华坪、张蒲卿等亦各乞一本。

**初四(2月18日)**　辰刻,丽春书来。巳刻,家东山等十二人同过。

**初五(2月19日)**　辰、巳、午刻,覆计二田、丁步洲、盛云泉、沈浪仙书,又与柯隒北、钟穆园、卢揖桥书,附赠二田《乍浦集咏》一部,分赠云泉、步洲、渊亭、隒北、揖桥、穆园《同门卷》各一本,又畀王小轩一本。是日,付晋翁纹银一百三十两,洋饼二十枚,钱二千,作公车之

费。又付诗文稿十余本,命其转呈姚伯昂、罗萝村、周芝台、王清如诸公。

**初六(2月20日)** 夜寒。卯刻,送晋紛登舟,到城偕王晓莲入都。是夜,梦渡海两次。

**初七(2月21日)** 大西北风,寒。辰刻,覆陆秋山书,赠以诗稿一部,《乍浦人物备采》《殉难录》二种。巳刻,答丽春书,又寄顾子音信。午、未刻,阅杨辛甫《潜吉堂诗词杂著》,系仲子湘所赠。

**初八(2月22日)** 夜雨。辰刻,率暖初游东林寺。巳刻,览《路文贞公集》。是夜,梦在一处试《煎茶赋》,同试者七八人,余作独为阅者激赏。

**初九(2月23日)** 小雨。巳刻,钱小园过。得王芑亭、顾榕屏两书,榕屏附赠五古二章,气息渊茂,不减少陵《赠卫八处士》之作。是夜,钱氏典被盗所劫,受伤者至三四人。

**初十(2月24日)** 寒。阅徐俟斋《居易堂集》。

**十一(2月25日)** 午、未刻,阅《西河题赠集》,系陆蕢乡所赠。

**十二(2月26日)** 巳刻,丽春书来。龚配京过,借《郭华野年谱》。午刻,答顾榕屏书,赠以张秋水《冬青馆乙集》八卷。又覆丽春札。申刻,徐宿生乞《同门录》一本。

**十三(2月27日)** 阅《潘卧园诗话》。

**十四(2月28日)** 巳刻,钱棣山乞《同门录》一本。午刻,姚谱苹来乞取诗稿及三集文各一部。未刻,门斗陈裕山、夏昌基来报贡条,陆小洲亦来拜谢。

**十五(3月1日)** 辰刻,沈浪仙书来。巳刻,马倜卿过。申刻,杨邑侯有事到镇,欲来拜候,辞之。是日,闻徐辛庵侍郎甫授顺天学政,即患咯血,乞假调理,今将回籍矣。

**十六(3月2日)** 大东南风,寒。申刻,得顾榕屏书,为余代作《枕葄居文宴诗》。小七古二章。

**十七(3月3日)** 大西北风,极寒。巳刻,寄柯春塘书。是日,开报本镇。

**十八(3月4日)** 大西北风,极寒。辰刻,柯隞北答函来。是日,开报长田岸、全公亭诸路。

**十九(3月5日)** 寒。辰刻,覆顾榕屏书。巳刻,吉桐生分司拜贺。是夜,梦中殿撰,极走马看花之乐,此岂来生事耶?不然胡为而入梦也。

**二十(3月6日)** 辰刻,报子回去,已得报金十一千有余,又谢意一洋,加钱三百。平湖、乍浦现将往报。巳刻,答拜吉分司,赠以《龙湫嗣音集》一部、《同门录》一本。午刻,总结去岁赆仪:家绍炳二十洋,徐映泉十六洋,张诗舲、秦竹陂皆十洋,盛云泉八洋,祝兰坡、朱美堂、佘肇斌皆六洋,孙协台、程伊斋、龚配京、秦秋夔、陆渔村、汪惠山、朱山泉、陈研香皆四洋,卢观成、朱玉峰、陆望斋、家东山皆三洋,洪楷仰、朱草亭、钟穆园、卢揖桥、查玉彭、吉桐生、钱渊亭、高笑山、陆耕三、鲁介庵、马均和、潘焕若、家霁青、朱小云、周乐泉、林泰垣、钱小园、高仁煊、邹水村、王小轩、傅琪泉、家锦奎等皆两洋,计二田元银三锭。此外或一洋半洋,或银数钱,或钱数百,另有账目,共得洋三百三十枚,每洋抵钱一千四百余。银四十七两,每两抵钱二千。钱一百二十九千。又郭少莲《山礬书屋诗集》一部,姚春木《通艺阁诗》一部,仲子湘《路文贞公集》,杨辛甫《诗词录》,龚定庵《己亥杂诗》三部,姚谱苹《居易堂集》一部,雷荻人、张文敏墨梅,杨退谷字迹二幅。

**廿一(3月7日)** 大暖。巳刻,陆瑞清拜贺。

**廿二(3月8日)** 寒。辰刻,顾榕屏书来,并赠高偶樵赋稿一册,言徐辛庵侍郎于十八日回里,又言陈鹤湖病殁后,其妻又以惨死,竟成大狱。巳刻,与徐辛庵侍郎书,赠以文稿三集及诗集各一部。与顾榕屏书,附赠《沈吟斋诗集》一部。又与陆小洲、家丽春书。午刻,徐映泉父子拜贺。

**廿三(3月9日)** 摘录《北江诗话》《匏庐诗话》《卧园诗话》一百七十余联。

**廿四(3月10日)**　大暖。抄骈体五篇。

**廿五(3月11日)**　寒。平旦小雨。巳刻，龚配京还《郭华野年谱》，又借梁茝林《归田琐记》。

**廿六(3月12日)**　抄古文七首。是夜，梦改业岐黄，做期他处，然于医术实茫然也，久之无人试者，废然而返。

**廿七(3月13日)**　抄杂诗五十首。申刻，小厮金大涕泣回去。余于元旦自杭回家，见小厮张二足供驱使，不料未及半月，被王东昌用计勾去，既而金大来，亦与张二相伯仲，且其意肯安我家，不料其父金福禀性凶暴，以酒为事，今日乘醉突来，逼之使去，于此益知用人之难。

**廿八(3月14日)**　抄新乐府七首。

**廿九(3月15日)**　杂摘五七律佳句一百六十余联。

**三十(3月16日)**　大暖。杂摘骈体五十余联。戌刻，丽春自城中归，带来计二田、丁步洲书，两处俱有续送赆仪。二田附赠杨辛甫《诗词录》，又预馈洋饼二枚，乞题《闻川十二景册》。得晋翂书，言十八日抵袁江，二十日可起旱矣。去岁送卷以来，各处所托主人皆系肺腑之交，以故尽心竭力，无一苟且。云间则丁步洲、雷蕴峰、钱渊亭，闻川则计二田，盛湖则顾访溪、沈南一，魏塘则柯隙北，当湖则顾榕屏、朱美堂，乍川则卢、钟二生，新埭则张山椒，盐溪则朱草亭，柴荡则张筱峰，各乡则家丽春，惟嘉禾、武原无人料理，竟致脱空，至于乍川刘研亭、伊薇卿二子，皆轻薄少年，非特苟且，干没甚多，此则乍地人强余諈诿之，本非余所愿也。

## 二　月

**初一(3月17日)**　大暖。辰刻，唤苏人王姓者，为余父母墓前种柏树十八株，价四千五百。又墓上加泥及树根培土，共九工，钱九百。豆饼十八块。四百八十六。

**初二(3月18日)**　大东南风。辰刻，答计二田书，附《乍浦集咏》二部、《先得月楼诗遗诗》二本、《赐墨斋诗集》一本、《翠羽山樵外集》一本。巳刻,寄钟生穆园书,附吉桐生山水一幅。

**初三(3月19日)** 午后小雨,始雷。辰刻,至关帝、文昌二处拈香,为晋紒会试事,祈得关帝十一签,文昌十七签。巳刻,朱秋澄过。雀桥子。午刻,覆丁步洲书,赠以《潜吉堂诗词杂著》二册。未刻,以瞿子冶书画扇面予丽春。

**初四(3月20日)** 是日,内子病卧。是夜,梦蒋竹音忽作太守,莅任未几,即婴危矣。

**初五(3月21日)** 饭后雨,大雷电。辰刻,始得钟生覆函。是日,乡间雷击一树或云击一蛇。

**初六(3月22日)** 以上五日编录近年友人所赠诗词数百首,仍名《珊林集》,合往年所录,已得六卷。

**初七(3月23日)** 热。辰刻,与沈浪仙书,赠以钱越江、钱黄与二集。与盛云泉书,赠以《西河诵芬集》《题赠集》《悼逝集》共四册。巳刻,寄黄韵珊书,赠以文稿第三集。

**初八(3月24日)** 小雨。辰刻,覆仲子湘书,又与沈南一书,各赠以文稿第三集及《茸城嬉春集》。巳刻,答顾访溪书,赠以诗稿一部。又寄赠王巽斋昆仲一部。

**初九(3月25日)** 寒。辰刻,再寄柯春塘书。

**初十(3月26日)** 未刻,偕龚配京、家丽春闲步乡村。

**十一(3月27日)** 是日,齿痛。

**十二(3月28日)** 夜雷声不绝。以上二日将《楹联丛话》加墨一过。

**十三(3月29日)** 午刻,龚配京招同丽春叙饮。申刻始散,微醉。

**十四(3月30日)** 热。辰、巳刻,南乡扫墓,便至绍炳家小憩。午刻,赠洪氏婚仪。

**十五(3月31日)** 寒。饭后雷雨,夜又雨。辰刻,诣小庙前扫墓。是夜,梦至郡城过一广文,姓凌,忘其名,与之盘桓数日,殊觉和易近人。

**十六(4月1日)**　丑刻月食。日中小雨。极寒。辰刻,与顾榕屏书,赠以《丙午进呈录》一册。巳刻,媳妇回母家。

**十七(4月2日)**　夜雨。未刻,偕丽春闲步。近日长田岸同姓者,屡以俗事相浼,余皆婉曲辞之。

**十八(4月3日)**　寒。巳刻,张虚舟来,带至盛云泉覆函。未刻,张生蒲卿来,畀以《乍浦人物备采》及《殉难录》二种。是日,为父母坟上结篱,费钱一千八百,所恨坟西叶氏杂树干碍,欲稍删其枝叶,彼竟桀骜不驯,以故篱笆仅结三面,而西独缺焉。

**十九(4月4日)**　寒。夜雨。巳刻,洪遇良招饮会亲酒,同席张岵怀、王竹村等八人。酉刻始散,大醉,呕吐。

**二十(4月5日)**　申刻,龚配京馈熟蹄一只。是日,平湖县试。题:“必也射乎揖让”。

**廿一(4月6日)**　以上二日,为计二田书《沈孺人传》《溪阳展墓图记》。余书法丑劣,自惭形秽,而世间竟有嗜痂之癖,必欲得余亲书者,如计二田其尤也,勉从其请,甚觉费力。

**廿二(4月7日)**　阅近年友人所贻尺牍,现已裱就六册,仍名《鸿响集》。

**廿三(4月8日)**　未刻,闻徐雪亭死,遣人吊之。

**廿四(4月9日)**　午刻,朱雀桥过。未刻,方港倪氏馈白兔一只。

**廿五(4月10日)**　辰、巳、午刻,趁航船到城,即偕顾榕屏谒徐辛庵侍郎,适彼展墓乡间,不得见。申刻,胡莲江招至混堂巷茶肆,观扬州人戏法,极妙手空空之致。是夜,宿陆畹亭家。

**廿六(4月11日)**　辰刻,与朱博山茗话。巳刻,候高藏庵,见其近诗《京口集》一册。未刻,复偕莲江等观戏法,兼听口技。戌刻,偕陆小洲、家丽春饮于畹亭处。三鼓始散。

**廿七(4月12日)**　巳刻,偕榕屏过张蒲卿馆中,借得姚水北《二十三桂堂诗词稿》八卷。蒲卿邀至汉水桥食面饺。未刻,辛庵侍郎至西鼎字店答访,并贻佛银二枚,不值。申刻,偕陈少筠等观戏法。是日,武童县试,被流矢所中者二人,一女子伤颊,一乡人伤膝。又文童赵萍槎以不得招覆,出游解闷,以鸟枪击飞鸟,不料火药腾发,眉发俱焦,几至烧死。

**廿八(4月13日)** 辰刻,再谒徐侍郎,为阍人力阻,仍不得见。巳、午刻,与榕屏长谈,知顾春樵子无日不酗酒打架,春樵非但不禁,且助之为虐,以故茶坊酒肆,屡遭其难。戌刻,浦春波、家丽春合办酒肴,招余放舟至东宝塔桥观烟火。是夜,宿西鼎字店楼。

**廿九(4月14日)** 热。辰、巳刻,趁曹俄到乍浦,寓盛云泉宅。午刻,候沈浪仙,知龙见田司马在杭州平反,陕西皮商冤狱,深为大吏所忌,以故不能回任乍浦。未刻,访沈筤溪于城隍庙。酉刻,浪仙答访。是日伤风。

## 三　月

**初一(4月15日)** 热。辰刻,候刘心葭,赠以《茸城嬉春集》及本房同门卷,见龙司马所刊《攀辕图题咏》一册。余所作《德政碑》以隶书刻之,极工。又有岁贡生王邻所作《玉环德政碑》,亦附于后,其文远不如余。巳刻,过钟生穆园处,赠以冯少眉《古铁斋词钞》,程鹤杉《烟波渔唱》二种。午刻,过卢生揖桥处。未刻,至天后宫访朱文江、贺镜湖两道士。

**初二(4月16日)** 热。巳刻,赴朱文江招。午刻,文江为余设宴,同席陈逸舟、杨琢亭、钟穆园、殷梦苏等七人。申刻,散席,回至盛宅,知刘心葭日中答候。是日,唇舌俱痛,饮食不便。

**初三(4月17日)** 热。巳刻,沈浪仙赠《一粟庐诗稿》四卷,其中赠余之作,约有四五首。午刻,殷梦苏为余特设盛筵,同席沈筤溪、罗友兰、钟穆园、朱文江等七人。是日,喉间失音,舌碎更甚,勉强终席而已。

**初四(4月18日)**　更热。夜半大雷雨。辰刻,复至浪仙处,长谈半日,留中膳。潘韵山亦招饮,辞之。未刻,至钟生处,见《塔塔拉氏殉节录》刊本,余所作骈体文冠于卷首。申刻,候林雪岩,将游丁氏之仿庾园,以园丁外出,不得入。

**初五(4月19日)**　毒热。卯刻,盛云泉赠糟鲤鱼一坛、薄脆饼六包。辰、巳刻,趁曹餓到平湖,至顾榕屏处中膳,乞得《攀辕图题咏》一册。午刻,候吴彦宣。未刻,钱朋园乞三集文一部。是夜,宿陆宅。

**初六(4月20日)**　毒热。夜大雷雨。辰刻,得晋甹书,知二月初七日入都,一路平安。惟初次登车,殊苦颠簸。巳、午刻,在胡莲江寓长谈,始知族匪文楷去冬曾经诈死,遣人至彼处,求助棺木之费,闻之不胜骇叹。以上二日,竟似大暑节气。

**初七(4月21日)**　上午雨,稍凉。午刻,赠费恺中、张方伯《转漕集诗》一本。申刻,恺中招同春波、丽春聚饮,亥刻始散。宿西鼎字店。

**初八(4月22日)**　卯刻,至县署观文童末覆点名,晤顾榕屏,知徐梅士去世。梅士才锋锐厉,每事不作第二人想,惜年只廿七,遽赴修文之召。未、申、酉刻,趁航船回家,知前月廿五夜,贼子又来,窃去厨间器皿,白兔亦为犬所毙。

**初九(4月23日)**　申刻,龚配京过。

**初十(4月24日)**　辰刻,家万金来,又以俗事求助,辞之。午刻,见县试正案。前十名:陈昌杰、沃庆蕃、冯福培、高人俊、陶珍、吴廷亮、陆裕堃、许钦蔺、张金垣、奚耀宗。

**十一(4月25日)**　热。辰刻,寄徐辛庵侍郎书。巳刻,与吉桐生分司书,赠以黄虎痴《字学举隅》,顾榕屏《横山草堂诗集》,钟穆园《梅花画幅》。午刻,遣人至金宅插香。未、申、酉刻,重选柯小坡《墨磨人斋诗集》。小坡诗有千首,向为予所评选,存十之六七,近又属沈浪仙校阅,存十之五,今予再加严选,存十之三,约得二百四十余首,分作四卷,尽足信今传后矣。

**十二(4月26日)** 辰刻,吉桐生覆函来,言今晨已为余传唤坊捕,勒拿贼犯。巳刻,马倜卿过。午刻,龚配京招中膳。

**十三(4月27日)** 辰、巳刻,抄杂诗廿六首。戌刻,徐辛庵覆书来,滔滔数百言力辩所以谢客之故。

**十四(4月28日)** 巳刻,龚配京还《归田琐记》。未刻,徐宿生赠樱桃一小篓。

**十五(4月29日)** 热。夜雷雨。巳刻,览《三十三桂堂诗集》。酉刻,见两牛斗于土山下。是夜,被鼠啮首。

**十六(4月30日)** 寒。大西北风。巳刻,张翼万来,为女孙晴初治痘花。晴初于初六日钟痘。

**十七(5月1日)** 寒。申刻,赠赵氏婚仪。酉刻,闻十五日府试题。"色难"至"有酒食"。

**十八(5月2日)** 大东南风。辰刻,得晋翻二月廿二日书,言抵京后即进谒周、王两座师,周师甚加奖励,以大器相期。二月望日覆试,题:"人而无恒不可以作巫医","仓庚鸣"得"鸣"字。阅卷大臣钦派特登厄、侯桐、吴钟骏、倭仁、黄琮五人。十九日,发案一等四十一名,第一王广福,江南通州人。浙省惟张曰衔得列一等,二等一百五十三名,浙省十六人,晋翻在内。三等七百三十六人,均着一体。会试四等十一人,罚停会试两科。浙省二人,一上科罗宝琛,一新科胡筠。浙省磨勘罚科者,沈祖谏、张邦本二人。又言此覆试印结投卷,皆何蔼卿之力,嘉善唐秋涛于十六日引见,升授员外郎。巳刻,寄徐辛庵侍郎书。午刻,闻张生壬桥得入金山邑庠。

**十九(5月3日)** 巳刻,过钱小园处。午刻,龚配京招同郁松桥小酌。申刻,徐辛庵书来,为余题《扁舟访友图》七绝四首,殊有情致。

**二十(5月4日)** 午刻,阅《一粟庐诗集》。

**廿一(5月5日)** 上午细雨。

**廿二(5月6日)**

**廿三(5月7日)** 酉刻,得徐辛庵书。戌刻,得沈浪仙书。

**廿四(5月8日)**　夜始大雨。为计二田作《闻川十二景图记》。骈体。午刻,寄浦春波书。又覆沈浪仙书。酉刻,得晋翁二月廿九日书,言廿四日新孝廉补覆。题:"友也者,友其德也","春雨如膏"得"丰"字。二等十六名,三等八十八名,四等罚科者七名,浙省谢一飞与焉,又言座主王公传单来,约三月初一、初二两日带谒潘相国、陈中堂诸太老师,共有九处。

**廿五(5月9日)**　寒。辰刻,寄柯春塘书,为代购《生斋诗集》十部。午后,率暖初至元真观看剧。

**廿六(5月10日)**　午、未刻,在道院观剧。

**廿七(5月11日)**　午、未、申刻,仍在道院观剧。

**廿八(5月12日)**　午刻,次男秦梦寄来鞋袜、緉鞋各一双。

**廿九(5月13日)**　午后,跋柯岸初便面手迹。骈体。近日族匪奇六、泰修及咬大兄弟又以家堂底一间、墙门底一间尽欲卖与龚氏。龚氏以此系出入公路,不敢买绝,且恐异日扰累无穷,劝余买之,以杜后患。又言买定之后,即可租与龚处,年年起利。余初不愿意,既而再三忖度,舍此别无他术。况与配京相交数十年,不忍坐视其暮年失意,因勉从其请。

## 四　月

**初一(5月14日)**　辰刻,徐侍郎书来,言会试总裁潘公世恩、杜公受田、朱公凤标、福公济,同考钮公福保等十八人。首场题:"君子贤其贤而亲其亲""盖有之矣,我未之见也""孟子曰:予岂好辨哉?予不得已也","天心水面"得"知"字。巳刻,寄计二田书。

**初二(5月15日)**　辰刻,寄柯隞北书,缴《墨磨人斋诗》三册。

**初三(5月16日)**　以上三日郁松桥、家丽春为龚氏租房事,议久不决。夫此事余既委屈为之,奇六等虽行同犬彘,各得所欲,亦皆领情,而龚氏忽又反覆,首鼠两端,竟以市井之气施于故交,即此益知世路之难。

**初四(5月17日)**　夜雨。辰刻,顾榕屏书来,内有于秋泾所寄《一粟庐诗》一部,柯隞北所赠《延绿草堂赋稿》三部。余所作传刊于卷端,其所加评语亦间存之。盛云泉书来,赠许葭村《秋水轩尺牍》一部,宋樗里《鸡窗四续稿》一册,前列序文四篇,余所作序亦在其内。巳刻,见府试正案。前十名:陶珍、许钦藺、谢元熙、朱廷锡、张秉坤、陈昌杰、朱□宝、胡庚照、奚耀宗、沃庆蕃。午刻,龚氏始定计典家堂墙门二间,而旧厅基空地一块,连前后天井,每年出租金四千,盖恐全租则利重也。余本非刀墨之民,孳孳图利者,何所不可,亦复委曲从之,因付钱四十五千,立契为凭。是日,大伤风。

**初五(5月18日)**　热。辰刻,报顾榕屏书。午刻,龚氏招中膳,余因伤风大甚,饮食都觉无味。酉刻,得丁步洲书,内有叶素侯杭州孝廉所绘《扁舟访友图》。张诗舲方伯寄来《四铜鼓斋记》石刻二纸,即余所撰,又斋中分咏十景诗石刻二纸,则余与姚春木、黄砚北、王海客、姜小枚、雷获人、叶桐君、顾韦人、颜朗如、姚子枢也。方伯寄声招余过夏,必须到松,快图良晤。

**初六(5月19日)**　辰刻,与吉桐生书,兼附寿仪。巳刻,覆盛云泾书。酉刻,得晋畇三月十七日书,言初一、初二两日进谒潘芝轩相国、陈伟堂协揆、文孔修阁部、恩小山大司徒、许滇生常少、杨简侯观察、邹云阶编修、诸太老师及何太师母、徐太师母。初八日入场,搜检大臣惠亲王性情宽大,无一人被搜者。十六日出场,回至嘉兴会馆,房门上锁已被人窃开,失去零星数件,幸皮箱衣包俱寄在何蔼卿处,不至尽失。又言罗萝村侍郎前因患病,未得进见,兹于廿三日招畇儿听戏饮酒,并手书楹帖赠余。二场题:"吉人之辞寡"四句,"克知三有宅心"二句,"自今以始"四句,"会于萧鱼","周人修而兼用之"。三场题:经学、史学、诗学、农政、盐政。

**初七(5月20日)**　午后,雨。辰、巳刻,览《延绿草堂赋稿》。是夜,梦访熊苏林,从余去者二十余人。岂知苏林有事,阅三日而仅得一面,并无寒暄酬应之语。

**初八(5月21日)** 夜雨。览《秋水轩尺牍》。

**初九(5月22日)** 雨。午刻,览《樗里四续稿》。

**初十(5月23日)** 午刻,张生壬桥有书来。申刻,钱棣山来,余急欲闭门不可得,硬借《同门录》一部而去。

**十一(5月24日)** 巳刻,赠新开药行秦氏贺仪。

**十二(5月25日)** 辰刻,潘妪又肆无礼,不得已怒詈之。巳、午刻,摘录《近科试草》中律赋佳句一百□□余联。申刻,陈板桥来,言昨夜得一奇梦。

**十三(5月26日)** 晚雨。巳刻,吉桐生有小札来。午刻,秦氏招宴,不赴。

**十四(5月27日)** 寒。辰刻,寄浦春波书。

**十五(5月28日)** 小雨,寒。辰刻,丽春为晋翂会榜诣关庙,求得八十二签。申刻,吉桐生遣许纪来,言今日特唤捕快将为余追比失物。余以所失无多,心殊不忍,因致意桐生,劝其释之。

**十六(5月29日)** 未刻,徐宿生过。

**十七(5月30日)** 午、未刻,观剧于痘神庙。申刻,晤张虚舟,言月初本府徐公审卢揖桥与山客讼事,揖桥竟得大胜。酉刻,浦春波书来,言礼闱揭晓,平湖报捷者二人,一徐辛庵子申锡,一张海门弟炳堃。又得沈浪仙书。

**十八(5月31日)** 辰刻,为黄东樵作《百益酒歌》。七古。巳刻,见岁试一等案。岁试题:"服周之冕"。一等二十五名:顾棨、周恭先、周敦源、沈锡祺、赵为杶、陈庆禧、沈文照、张煦、高赐忠、谢棨照、吴均、徐词源、朱知极、邵升熊、郑之侨、高云松、汪逢太、潘泰吉、朱汝梅、徐孚尧、费熊吉、屈传衔、蒋槐、黄镕、沈守箴。古学题:"煮海为盐"赋。县学取五人,顾棨、张煦、沈守箴、谢棨照、屈传衔。府学二人:钱祚昌、俞寿薄。午、未、申刻,仍观剧于痘神庙。

**十九(6月1日)** 大东南风。卯刻,闻柯春塘告假回里,即往候之。辰刻,见新进案。院试题:"植其杖而芸,子路拱而立"。县学二十五名:冯福培、俞元培、周桐孙、沃庆蕃、顾芝宝、张鸣钰、戈大勋、倪廷宝、许钦蔺、潘景炎、郭冈寿、张秉坤、陶珍、彭家芬、周维寅、陈家麟、戈芳承、陈昌杰、谢昌烈、徐锦文、徐升吉、朱兆庚、冯秉钧、徐汝嘉、黄伊濯。拨府七名:俞思源、胡庚照、王铭新、屈寿椿、谢元熙、陶源涌、徐仑源。

**二十(6月2日)** 细雨竟日。巳刻,王生小轩过。午刻,与顾榕屏书。酉刻,得柯隞北十二日书,顾榕屏十七日书。榕屏书中有翁小海花朝前三日信,为余绘《扁舟访友图》,气韵苍古,自是老手。又有计二田所寄陆蕢乡《访友图》题词四首,七绝。亦颇雅洁。

**廿一(6月3日)**

**廿二(6月4日)** 巳刻,龚配京借《生斋诗稿》。是夜,梦有人馈余食物四盒,食之齿颊生香,莫名其妙。

**廿三(6月5日)** 酉刻,见《会试全录》。共二百二十一名,会元许彭寿,钱唐人,华亭雷葑得十七名,青浦熊其光得一百五十九名,此二人者余皆识之于未遇之前,称蕴峰为名士风流,称苏林为奇才盖世,逢人说项,揄扬不置,今果同提南宫,不可谓非巨眼。顾榕屏书来,见赠罗台山《尊闻居士集》八卷。

**廿四(6月6日)** 大东南风。未刻,张生浦卿来,借《薰莸并载》一部,言平湖童生古学,取三人。俞思源、徐锦文、谢昌烈,古学题:"荷钱赋"。是夜,梦遇一武将,臂劲如铁,自诩生平杀人如草,傲气勃勃,不可遏抑。

**廿五(6月7日)** 午后雨。辰刻,索还钱棣山《同门录》全部。

**廿六(6月8日)**

**廿七(6月9日)**

**廿八(6月10日)**

**廿九(6月11日)** 雨,寒。

**三十(6月12日)** 以上数日,重览《摘句图》。

## 五　月

**初一(6月13日)** 辰、巳刻,抄古文三篇。

**初二(6月14日)** 上午,雨。重阅《天下名山记》。

**初三(6月15日)** 午刻,覆丁步洲书,附吉桐生所绘《倚竹填词图》。

**初四(6月16日)** 雨。阅《罗台山集》。其文大半汩于内典。是日,下体痛楚,流液不止,余生平未有斯疾,而暮年反得之,可异也。

**初五(6月17日)** 雨。

**初六(6月18日)** 以上二日重阅《四六法海》。是夜,梦访一贵人,见其美姬列坐,艳婢盈前,粉白黛绿,妒宠争妍,不禁有杜牧紫云之请。

**初七(6月19日)** 重阅《纪载汇编》。

**初八(6月20日)** 重阅钟海六《选诗偶笺》。

**初九(6月21日)** 巳刻,马倜卿过。申刻,张蒲卿还《薰莸并载》一部。

**初十(6月22日)** 雨。申刻,龚配京馈熟蹄一只。

**十一(6月23日)** 夜雨。申刻,晋翻自都中归,带回罗萝村侍郎所赠楹帖,书法端庄严整,自是台阁气度。《扁舟访友图》题词共得五人:侯亦农庭樾五古,陈云山景高七古,支少鹤清彦五律,吴慕周,仰贤。戴鳌峰步瀛各七绝二首。又陆小洲有书来。是日始知鼎甲人名。状元南皮张之万,榜眼宛平袁绩懋,探花常熟庞钟璐,传胪钱唐许彭寿。

**十二(6月24日)** 上午小雨。辰刻,阅晋翻《北行日志》一册。巳刻,阅《丙午科十六省乡试同年录》。午后,阅丹徒赵笠农霖所选《丙午乡墨文的》,共百数十篇,晋翻首艺在内。是日,晴初发痧。

**十三(6月25日)** 巳刻,赠吉桐生新《缙绅录》一部。未刻,陈板桥以所著《识小录》示余,其言皆剿袭前人,无一心得,且杂乱无章,不堪终卷。是夜,梦避雨入一人家,始则仅见一妪,年六十许,既见其二子,一年十六七,一年十二三,皆能读书。又见一婢,年及笄矣,与余似素相识者。初入门时,疑其贫窭,继乃知为温饱之家,虽邂逅相逢而萦维甚切。信宿两夜,临行又置酒□云。

**十四(6月26日)** 黄昏雷雨,夜半大东南风。巳刻,钱小园过。午刻,高仁煊贻甲鱼、鳝丝二食物。申刻,陈少筠过。

**十五(6月27日)** 辰刻,王小轩过。酉刻,沈浪仙书来,并赠新印白棉纸《乍浦集咏》一部。

**十六(6月28日)** 上午雨。辰刻,答沈浪仙书。午后,阅宋北台名镄,溧阳人《洮湖盟鸥馆诗钞》七卷,摘录佳句数十联,系其子惠人名邦僡,癸卯举人所赠。

**十七(6月29日)** 辰刻,与丁步洲书,赠以灵宝如意丹两瓶。巳刻,与钱渊亭书,赠以京顶一枚。是日,晴初痧愈。

**十八(6月30日)** 暴热。辰刻,与柯隒北书,赠以京砚一方。与顾榕屏书,赠以新科会墨一□。

**十九(7月1日)** 大热。未刻,龚配京馈酱炙猪首一器。

**二十(7月2日)** 大热。晚雷雨。辰刻,观演水龙。

**廿一(7月3日)** 午前大雨。午、未、申刻,在道院观鸿秀班戏。是日,暖初起腹疾。

**廿二(7月4日)** 热。辰刻,寄叶勤诹书,赠以《褒忠录》《阐幽录》二种。午后,观鸿秀戏。

**廿三(7月5日)** 以上四日,重读《文选》一过。

**廿四(7月6日)** 热,晚雷雨。巳刻,吉分司欲来拜候,辞之。午刻,闻城中徐、张二进士,俱点翰林。

**廿五(7月7日)** 热。

**廿六(7月8日)**

**廿七(7月9日)** 夜半小雨。午刻,晋翁自城中归,得海昌许辛木农部所赠《钞币论》一册。是日,暖初腹疾稍愈。

**廿八(7月10日)** 下午雨。以上四日重览《水浒》。是夜,梦在绍兴书肆看书,虽缥缃罗列,然大半皆余所见过。

**廿九(7月11日)** 日中大雨。午刻,龚配京还《生斋诗集》。是夜,为毒蚊所苦。

## 六 月

**初一(7月12日)** 巳刻,得盛云泉书,见赠鲜荔四十枚。是夜,镇上擒一金山盗。

**初二(7月13日)** 热。辰刻,张生壬桥拜谒,奉贽二洋,即命晋蚡往答,赠以《乍浦殉难录》《觉世经帖体诗》《槐花吟馆诗稿》及余诗集共四种。是日,右耳大痛。

**初三(7月14日)** 热。晚雨。辰刻,赠新进武生陆凤山字箑一柄。巳刻,柯隟北覆书来,□余题《扁舟访友图》七古一章,又孙稼亭题长五古一首。二诗俱华实兼备,而隟北诗能曲曲写出两世交情,尤推杰构。申刻,[陆瑞清过]。酉刻,张生蒲卿过。

**初四(7月15日)** 重阅《质实谈耳》。

**初五(7月16日)** 重阅《花间笑语》。

**初六(7月17日)** 重阅《柳崖外编》。

**初七(7月18日)** 巳刻,陈板桥以所著《识大录》示余,更不足观。以上数日,耳疾大作,困不可支。

**初八(7月19日)** 辰刻,叶勤诹覆书来,为余作岁贡卷文。其文层出不穷,意义周匝。

**初九(7月20日)** 辰刻,答盛云泉书。巳刻,徐宿生过,言城中有作联句刺许广文者,云:“天之将丧斯文也,□其能与许争乎?”谑亦虐矣。酉刻,钱渊亭、丁步洲俱有覆书,招余中秋往游,言熊苏林以主事用,雷蕴峰以知县用,二君大约中秋节回来。

**初十(7月21日)** 辰、巳刻,附航船到城,以贡卷付俞耀章开雕。午刻,过顾榕屏处,留中膳,知费春林父子与住房人吴姓争竞,又涉讼事。冯少英痴疾大发,甚至赤体带朝珠。是夜,宿西鼎字店楼

**十一(7月22日)** 辰刻,顾榕屏招至裕兴馆茗话,遇陆一帆、钱朋园。巳刻,过高藏庵处,抄得其父春荪先生戊辰乡试与余同号七律一首。戊辰二场,余与春荪及林□庐、许秋沙同坐常字号,春荪有题壁诗,今已四

十年矣,久不能记,此日见之,如失物重得云。知徐芸岘继子入武康邑庠,为之一喜。午刻,饮陆畹亭处。申刻,顾子音来,始付□文宗批准岁贡单一纸。酉刻,至朱丽川处,赠以《龙湫嗣音集》一部,即请其治耳疾。丽川极其恭敬,急为开方赠药,较之新仓庸医,殆胜十倍不止矣。

**十二(7月23日)**　卯刻,高藏庵邀至松茂馆食鸡汤。藏庵言武林赵子香在杨简侯幕中,其人甚爱余骈体文。辰刻,过叶勤诹,不遇。巳刻,费恺中乞《乍浦集咏》一部。未、申、酉刻,趁航船回家。

**十三(7月24日)**　热。重阅《东华录》。

**十四(7月25日)**　大热。巳刻,吉桐生拜候。以上二日服药两剂,耳疾顷愈。

**十五(7月26日)**

**十六(7月27日)**　大热。夜雨。

**十七(7月28日)**　辰、巳刻,为雷荻人重作《红萱馆记》。骈体。

**十八(7月29日)**　辰、巳、午刻,为张筱峰作《随园雅集图记》。丙午八月十八日,筱峰偕秦雪舫、孙月坡、周香初、蒋剑人、殷岘云、郭友松宴集随园,友松作图,诸君各补词一阕。

**十九(7月30日)**　卯刻,家绍炳馈西瓜八枚,余亦赠以山东绸一匹、楹帖一幅。辰刻,计二田书来。是日伤风。

**二十(7月31日)**　日晚大雷电,小雨。巳刻,小门人潘莹堂拜见,名景炎,今年新入庠。留中膳。

**廿一(8月1日)**　日晚大雷电,既而小雨。重阅李辰山《南湖旧话》。是夜,梦为巨室作一俪体文。雷蕴峰代酌六七字,便觉佳妙。

**廿二(8月2日)**　夜热。巳刻,龚配京馈檇李六枚。

**廿三(8月3日)**　晚雷雨。巳刻,马倜卿过。午刻,闻廿一日城中大雨,自日中至暮,平地水高二尺,而我里仅夜间微雨而已。

**廿四(8月4日)**　夜小雨。作夏节愍公画像文。骈体。

**廿五(8月5日)**　重览《愈愚文集》。是日,闻廿一日乡间雷击一棺,又击破一酱[缸]。

**廿六(8月6日)** 重览《贰臣传》。是日,恶棍罗□基死。

**廿七(8月7日)** 重览《逆臣传》。

**廿八(8月8日)** 重览《香瓦楼市箫集》。是夜,梦遇一僧,年约二十余,豪饮□吟,且工制举文。

**廿九(8月9日)** 热。重览《真有益斋文编》

**三十(8月10日)** 大热。

## 七 月

**初一(8月11日)** 大热。作常熟《于公德政录后序》。骈体。

**初二(8月12日)** 忽凉。巳刻,张氏姊过。

**初三(8月13日)** 未刻,徐宿生以其祖姑母挽夫诗索跋,辞之。

**初四(8月14日)** 大东南风。作骈体序一篇贺雷蕴峰、熊苏林两进士。酉刻,苏林伯父畹香遣报子来,并有书札,欲余开报亲友。余无能为力,留报子夜膳,发报金一两,命之去。

**初五(8月15日)** 重览《四焉斋文集》。

**初六(8月16日)** 重览《最乐堂文集》。

**初七(8月17日)** 重览《宸垣识略》。

**初八(8月18日)** 夜大热。抄骈体文三篇。

**初九(8月19日)** 夜大热。

**初十(8月20日)** 热。

**十一(8月21日)** 大热。未刻,姚斗才拜会。名以炘,金山新进庠生。

**十二(8月22日)** 日中大雨,顿凉。申刻,马倜卿过。

**十三(8月23日)** 重览《唐陶山诗集》。是夜,梦见天上大桑树十八株,五彩彪□,万里腾辉,殆即扶桑日出之处耶。

**十四(8月24日)** 未刻,吴松山过。

**十五(8月25日)** 夜寒。辰刻,得顾榕屏书,言其次子于初七日病殁。

**十六(8月26日)**　重览《胡杏轩文集》。

**十七(8月27日)**　热。午刻,闻前日平湖西门外失火焚死二人,又闻城中已祈雨。

**十八(8月28日)**　夜雨。为晋翂作《北行日志序》。骈体。午刻,张蒲卿过。

**十九(8月29日)**

**二十(8月30日)**　午后雨,夜又大雨。以上二日重览《困学纪闻》。

**廿一(8月31日)**　大雨。

**廿二(9月1日)**

**廿三(9月2日)**　昼夜大雨。以上三日重览《日知录》。

**廿四(9月3日)**　雨。是日,欲往平湖,因雨不果。

**廿五(9月4日)**

**廿六(9月5日)**

**廿七(9月6日)**　热。辰、巳刻,趁干僟到城,知廿二夜四更湖边猝起怪风,拔去大树数十株,吹倒洁芳桥亭子、老人堂墙屋,又覆大小船数只,溺死三人,人皆言起蛟所致,实则龙风也。午刻,候顾榕屏,吊其次子丧。申刻,榕屏赠余《归震川文集》二十卷、文远皋《精勤堂诗稿》一卷,又元银二钱五分。戌刻,丽春招同费恺中小酌。夜宿西鼎字店。

**廿八(9月7日)**　大热。辰刻,榕屏邀同高藏庵食江西面。巳刻,过吴彦宣馆。午刻,榕屏复邀同彦宣饮合顺馆。申刻始散。戌、亥刻,与浦春波等长谈。

**廿九(9月8日)**　大热,大东北风,夜半大雨。午、未、申、酉刻,趁航船回家,得俞酉华所赠其父《翠薇小草》。

## 八　月

**初一(9月9日)**　重读《韩文起》。是夜,梦见诗话三四部,各有议论识见，惜醒后俱忘之。

**初二(9月10日)**　热。

**初三(9月11日)**　大热，日晚大雨，夜半又大雨。以上二日读《震川文集》。

**初四(9月12日)**　平旦大雷雨。是日，水满室中，无可立足。

**初五(9月13日)**　夜雨。

**初六(9月14日)**　雨，夜更大。是日，大伤风，喷嚏不止，眼鼻俱肿。

**初七(9月15日)**　雨。申刻，浦春波书来，言家东樵翁于初三日去世。

**初八(9月16日)**　辰刻，代春波作东樵挽额并跋语十余联。

**初九(9月17日)**　申刻，丽春书来，即札覆之。

**初十(9月18日)**　下午大雷雨。以上三日重览《随园文集》。

**十一(9月19日)**　大热。黄昏雷雨。

**十二(9月20日)**　大雨三阵。

**十三(9月21日)**　以上三日，重览沈选八家文。

**十四(9月22日)**　午刻，吊洪氏丧。未刻，顾榕屏来，留中膳。榕屏携至嘉兴人所刻余咏戏七律一百首，用袖珍板，后有秀水吴晓湖如鸿题词二绝句，不审刻者何人，以三十年前游戏之作，久已置之度外，而竟有好事者付诸剞劂，不可谓非佳话。是夜，鼻子大痛。

**十五(9月23日)**　晚雨。巳刻，送顾榕屏登舟。未刻，至心街观灯。

**十六(9月24日)**　始大晴。午刻，朱雀桥过。未刻，贺叶芦滨七十寿。

**十七(9月25日)**　是日，鼻疮稍痊。

**十八(9月26日)**

**十九(9月27日)**　热。

**二十(9月28日)**　晚雨。以上三日，重览《宋诗纪事》。

**廿一(9月29日)** 酉刻,姚柳阴过访。

**廿二(9月30日)** 重览《蒋眉生赋稿》。是夜,梦过洞庭湖,相传湖中有十怪,余却不逢。

**廿三(10月1日)** 重览《列女乐府》。

**廿四(10月2日)** 重览《浙西六家诗钞》。是夜,梦遇一人,姓陈名辟,自言前身为犬,尽忠所事,因得转世为人。

**廿五(10月3日)** 夜半雨。

**廿六(10月4日)** 午刻,晋瀚到城。余以诗文全集寄赠叶青园大令。酉刻,丽春自城中归,始带回余父子新制扁额,一贡元、一亚魁,价一千五百。新印贡卷三百五十本。价七千六百余。

**廿七(10月5日)** 辰刻,将作云间之游,偕丽春登舟。未刻,舟至张堰镇。申刻,偕丽春闲步过湿香庵。三十年前曾与单静山游此。酉刻,林锦源店招夜膳。

**廿八(10月6日)** 卯刻,发舟。午刻,至松江,候丁步洲,赠以《攀辕图题咏》《鞠隐居遗诗》《翠薇小草》《秋舲渔唱》四种,又姑嫂饼十二包。知雷蕴峰于廿一日南归,即将之官湖南。未刻,访好卿校书,留憩久之,又过琴仙校书处。酉刻,候雷蕴峰,留夜宴,同席陈玉书道士等九人。二鼓后回至步洲处。是日,知孔莲君于去冬十二月下世。

**廿九(10月7日)** 辰刻,候张诗舲方伯,赠以《白鹄山房文集》《绿语楼词钞》《龙湫嗣音集》《乍浦殉难录》四种,方伯亦赠余《东崦草堂记》石刻一本、《四铜鼓斋记》石刻五本。午刻,方伯留中膳。未刻,候钱渊亭、张月巢。申刻,候黄砚北司马。回过护粮王庙,小憩。是日,闻河南大旱,饥民相食,淮徐间亦被蝗虫之灾。我乡年谷顺成,米价仍贱,可称天幸。

**三十(10月8日)** 辰刻,晤姚芷堂。名光弼,娄庠生,能诗。巳刻,赴张方伯招。午刻,方伯为余设宴于平台,同席叶桐君、姚子枢、雷蕴峰、倪崧甫、雷获人、程尧阶、丁步洲。酉刻散席。访钱漱六,不值,即候姜小枚，知小枚将续选《松江诗抄》，属余助其搜采。戌时，偕顾韦人、王达夫、雷获人饮于步洲处。至二鼓后始散。

## 九 月

**初一(10月9日)** 酉刻日食。辰刻，钱渊亭答候。巳刻，王海客过。未刻，至娄县学，候吴芝田教谕，赠以三集文一部。名价藩，靖江人，戊子孝廉，是年中秋夕，其父梦江南乡试题为"视其所以"二章，深讶命题之奇。既知试题，则"视其所以"三句也，榜发获隽，其父笑曰："儿将来必为教官，盖以有可以为师句也。"今果为娄兴学官，此系美谈，故录之。申刻，游方塔，塔高九仞，时正修葺，极丹碧陆离之致。又过明目侯庙，看残桂。

**初二(10月10日)** 辰刻，赠雷蕴峰赆仪一洋。巳刻，答王海客，不值，即至钱渊亭处，赠以《延绿草堂赋稿》《槐花吟馆试帖》二种。午刻，渊亭招同张月巢、黄湘筠、张宾槎小酌。申刻，游叶氏花园，访桐君，不遇，即候席灌夫。是日，张诗舲答访，不值。

**初三(10月11日)** 未刻，候顾卿裳，又过雷获人处。酉刻，顾韦人赠其大母叶安人名鱼鱼《鼓瑟楼诗存》。

**初四(10月12日)** 巳刻，叶桐君招宴于怡园，同席雷蕴峰、顾韦人、马佩卿、黄湘筠、丁步洲。园中晚桂正芳，鸡冠尚艳，渔洋所谓"秋色向人犹旖旎"也。申刻散席。过好卿处，不遇，即候周廉叔。

**初五(10月13日)** 辰、巳刻，阅计六奇《北略》。内记郑鄤被磔本末最详。午刻，丁步洲设宴于听秋声馆，同席雷蕴峰、许式如、姚芷堂、顾韦人、钱渊亭、薛少微、黄湘筠、丁星桥。肴品俱精，而黄雀一味尤美。申刻散席。

**初六(10月14日)** 未刻，候薛少微，有精室数间，桂树四株，苍古可爱。回过雷蕴峰处，见伶人吴桐仙凤所画着色兰花一幅。是日，戴笠人来访，不值。

**初七(10月15日)** 辰刻，赠雷蕴峰《燕子笺》一部，赠钱渊亭《龙湫嗣音集》一部。巳刻，吊陈氏丧。研香之母。午刻，陈氏留宴，同席高兰翘、褚意山等七人。申刻,访顾颐堂,回至丁宅,知周廉叔日中答候。酉刻,张筱峰来谈至二鼓始去。

**初八(10月16日)**　热。巳刻,夏星五来,畅谈两时。未、申刻,阅陈剑芝《诗句题解韵编》六卷。酉刻,偕步洲闲步,经灵峰禅院。

**初九(10月17日)**　热。辰、巳刻,偕黄砚北、许式如、张啸山、雷获人、丁步洲、张筱峰乘舟至横云山,赴张方伯之招。午刻,方伯设宴于望云山庄,同席姚春木昆仲、张春水父子、陈梁叔、沈南一、陈子松、郭季虎、周廉叔、程尧階、蔡巘斋、李樾堂、颜朗如、杨洁甫等二十四人。酒半,张听松弹琵琶,天马山三道人唱曲,时值重九佳节,士女四合,衣香人影,姗姗其来,方伯真有富贵神仙之福也。申刻,闲步山下。戌刻,回至丁宅,晤歌女朱珮卿。是日,张月巢答访,不值。

**初十(10月18日)**　午后小雨。辰、巳、午刻,阅蒋云会《艺苑名言》八卷。

**十一(10月19日)**　巳刻,钱渊亭招余移寓其家。午刻,渊亭招同雷获人、薛少微、丁步洲、沈鞠泉饮于适可居。申刻,赠鞠泉《乍浦人物备采》《壬寅殉难录》《横山草堂诗集》。

**十二(10月20日)**　辰刻,将作上洋之游,偕钱渊亭、薛少微、宋小月登舟。未刻,过泗泾镇。酉刻,过七宝镇,行至四更,抵上海西门外。

**十三(10月21日)**　卯刻,进西门,游城隍庙之豫园,十步一楼,五步一阁,惜园中遍开茶肆、杂货店,未免化雅为俗。辰刻,出小东门,望黄浦,千樯云集,密如丛林。巳刻,进大东门,过金继堂帽店,晤徐菱溪,坐谈片刻,继堂陪游水仙宫及荷花池、天后宫。途遇王四篁。午、未刻,在城隍庙观荣升班戏。申刻,偕诸同人茶话于湖心亭。酉刻,访姚次山,出城下船。戌刻,复入城至万氏妓馆,众妓均陪富商饮酒,仅见雅云校书一人,略坐即回。

**十四(10月22日)**　辰刻,至淘沙场,谒陈忠愍公新祠。公像泥塑,花翎顶帽,奕奕如生,东厅塑典史汤公像,亦因夷事殉难者,朝珠蓝顶，貌尤得神。西厅供从难诸弁位。巳刻，偕姚次山及其从弟耕南至洋泾浜，观英夷所造洋屋，其屋如塔幢式，下一层玻璃窗，上一层绿漆板，窗俱有关键，其柱以砖砌成，外用灰光，下有石台，上有栏杆，或如花瓶式，或如直棂式，内则红毡铺地，窗棂俱挂红呢大幛。陈设则有料灯、料杯、异样钟表，别有铜榻一张，极其精致，架上所置夷书，皆外国字，不可辨。上楼之梯，纯用锦包，楼板上亦铺红绒单。陈设洋器尤多，更有一表，据云可验晴雨者。上下每间俱有火炉一具，镶在壁中，亦用铜器关键。据云，严冬炽炭，满室温和，其他不能悉记，总之富丽奢华，不过多买胭脂画牡丹而已。巳、午刻，回至北门内，游丹凤楼，第三层为魁星阁，可以眺远。次山招饮于醉月楼。未刻，游城隍庙内园，甚觉幽敞，而外园尚有豆行会馆，有三穗堂、神尺堂诸景，紫藤一架，夭矫非常，假山高大，不亚于狮子林。又糖行会馆，有点春堂、西爽轩、海上蓬壶诸胜，赖次山一一导游，昨日殊不知也。申刻，仍至前殿观三台班戏。酉刻回船。

**十五(10月23日)**　上午雨。午刻，至天主堂观三台戏。酉刻，坐肩舆回舟。是日，欲游也是园，因雨不果。

**十六(10月24日)**　夜大雨。巳刻，在舟中烹上海大蟹，与同人小酌。午刻，回至松江。申刻，见萧山徐稚兰青照所选《丙午科乡墨衡品》，晋酚首艺在内。

**十七(10月25日)**　巳刻，得顾榕屏书。午刻，在渊亭处食芙蓉蟹。未刻，候姚春木。是夜，梦晋酚捷礼闱，得即用知县，同寓徐姓者竟得传胪。

**十八(10月26日)**　巳刻，薛少微邀余登舟，至南前观女优，先至黄穆如家，主人不在，其家留中膳。未、申刻，观花鼓戏。酉刻，回至松江。

**十九(10月27日)**　晚雨。辰刻，至丁步洲处，知昨日杭州吴岫云特来访余，欲乞文集，未审岫云为何如人。巳刻，至张方伯处，方伯为余书扇。见吴中李可久骈体文六篇，笔力柔靡，且多剿袭陈言。午刻,方伯留饮于小天瓶斋。申刻,过扫叶山房书肆,与沈秋塘长谈。是日,知西疆张格尔之孙又复蠢动,势非小可。

**二十(10月28日)** 寒。巳刻,过姚芝岩处。午刻,渊亭招夏星五来对酌。申刻,代雷蕴峰作陈伴薇七十寿诗。七律。寄熊苏林书,知其将乞假归娶,赠以婚仪一洋,附夏间所作序文并《香鹿集》一本。

**廿一(10月29日)** 夜雨。辰刻,候张宾槎。巳刻,至砚北丈处,畅谈文墨,兼留中膳。未、申刻,偕砚北、渊亭游白龙潭,过东岳宫。酉刻,回至钱宅,知顾卿裳席灌夫俱来答访。

**廿二(10月30日)** 夜雨。辰刻,为张眉雪跋《俞塘七子诗钞》。巳刻,访姜子安,不遇。未刻,至丁步洲处,食羊眼豆汤,甚美。申刻,寻雷蕴峰,彼已醉卧,不值。

**廿三(10月31日)** 雨,夜更大。辰刻,偕渊亭冒雨入城,至钱氏园,访姚芷堂及杭州吴鹭云,赠鹭云三集文一部。岫[鹭]云言杭州龚定庵、曹曹村皆盛称余骈体文不置,芷堂以上海武生颇永刚壬寅殉难事乞余为文,以传其人。未、申刻,在雷蕴峰处长谈。

**廿四(11月1日)** 上午雨。巳刻,姜子安答访,赠以三集文一部。申刻,寻杨闲庵不遇。

**廿五(11月2日)** 辰刻,闻张方伯今日释服,即具衣冠往拜。午刻,方伯留宴于松风草堂,同席陆素庵、李樾堂、姚子枢、周廉叔、张春帆、吴又滨、耿思泉、赵永铭等二十余人。申刻,回至钱宅,雷蕴峰即来。酉、戌刻,与沈鞠泉长谈,始闻丙子科四川解元李芬奇事。

**廿六(11月3日)** 申刻,姜子安来献骈体文二篇,一为余作《扁舟访友图记》,一谢余赠《木鸡书屋三集》文启,余阅之大喜,又赠以诗稿一本。子安名慰祖,年二十三,尚困童子军中,而才思富丽,有驶骎一日千里之概,后生可畏,将来必有以国士赏之者。酉刻,钱春桥招同沈鞠泉、张醉经小酌于如意馆。

**廿七(11月4日)** 辰刻,过薛少微处,见顾荻洲《梅花画册》,祁虚白《九峰三泖图册》。午刻,钱渊亭招同雷蕴峰许式如、张伴芸食巨蟹。申刻,砚北丈答访。是日,闻上海大火,延烧五十余家。

**廿八(11月5日)** 夜大雨。巳刻,张宾槎过。午刻,薛少微招饮洗儿酒,同席周禹三、黄穆如、宋小月、何秋士、张秋岩等十八人。酉刻,张雪池、钱渊亭、丁步洲、薛少微、雷获人、许式如公置酒筵于唐好好家,饯雷蕴峰,招余同饮,好好弹琵琶侑酒。至三鼓,冒雨而回。是日,姚芷堂、吴鹭云答访,不遇。

**廿九(11月6日)** 午后雨止。午刻,雷蕴峰招饮生辰酒,同宴倪日园、张月巢、柏芷香、张伴芸、钱渊亭、夏星五等四十余人。戌刻,与渊亭纵谈奇事。渊亭言江南甲午科乡试前,士子请仙问题,则云唐伯虎,问解元,则云中山王。及试题,则"执圭"一节,盖暗藏"六如"二字,解元则徐元达也。

**三十(11月7日)** 巳刻,雷蕴峰赠洋银三枚。午刻,张诗舲赠洋银二枚、《陈其山文集》五卷、《沈西雍诗集》四卷。丁步洲赠水烟筒一根、菜干饼五包。每包十枚。钱渊亭赠酱蒲桃一瓶、素桃饼四包,属余作《上海游记》。申刻,偕渊亭、鞠泉过朱瑞山家,不值,即至叶氏园观菊花。亥刻登舟。

## 十　月

**初一(11月8日)** 寅刻,开船至泖泾,潮水已落,泊舟半日。酉刻,始抵家,得张啸山书,内有题《扁舟访友图》骈体文,渊懿浑穆,胎息六朝,且能于余之性情学术、声音笑貌一一写出,自是化工之笔。又顾榕屏寄示八月中重游芦川五古二首,亦简朴有味。

**初二(11月9日)** 巳刻,吊方丈山丧。是日,有嗽疾。

**初三(11月10日)** 夜小雨。辰刻,寄计二田书,赠以《内阁小志》《明宫杂咏》二种。午刻,上匾于梁。

**初四(11月11日)** 巳刻,阅车双岚《五柘山房文集》一卷。午后,阅沈西雍《柴辟亭诗》四卷。

**初五(11月12日)** 夜半地震。巳刻,命晋畇偕风鉴、俞小渔至老坟相地府,为祖父母下葬。未刻,寄秦秋夔书。以上三日,身体微热。

**初六(11月13日)**　湿热。午刻,寄卢观成书。未刻,寄柯隆北书。是夜,梦入古寺,寺中方有祭鬼之役,每屋必设酒食数筵,灯烛辉煌之下,阴气森然,灵怪倏忽,余心恐怖,急急□回。

**初七(11月14日)**　更热。巳刻,寄丽春书。以上两夜咳嗽不止。

**初八(11月15日)**　申刻,钟生穆园书来,内有伊铁畊为余作《木鸡书屋四集》文序,骈俪千言,抑扬顿挫,章法、句法纯学迦陵,同邑中继余而起者,独斯人耳。吾道庶几不孤矣。戌刻,族中广勤妻张氏笑入后门,以秽亵事求余排解,余在书屋,毫无闻见,妻子等先为余却之。是夜,梦与吴崧甫侍郎会饮于吴中某氏,始接笑言,不得已,认作师生。

**初九(11月16日)**　辰刻,张生蒲卿馈酒一坛。巳、午、未刻,览陈其山《景士堂文集》。以上两昼夜,咳嗽更苦,骨节俱酸。是夜,王青士孝廉死。青士挑选山东知县,至今不往,竟以醇酒洋烟丧其躯命,而其父半磎年近古稀,日在烟墩,老而不死,何也?

**初十(11月17日)**　夜小雨。巳刻,送冥资于王氏。未刻,寄顾访溪书。

**十一(11月18日)**　雨。巳刻,张虚舟过。

**十二(11月19日)**　申刻,以诗文全集寄赠黄荫亭司马。

**十三(11月20日)**　巳刻,偕张虚舟、俞小渔登舟。申刻,至乍浦,候云诠,赠以《白舫集》《香鹿集》及石刻《四铜鼓斋记》。夜即留宿。

**十四(11月21日)**　寒。辰刻,候沈浪仙,赠以黄砚北《皋兰集》、车双岚《五柘山房集》。午刻,过钟穆园处,畀以石刻《四铜鼓斋记》。欲寻卢揖桥,适彼今日往苏州。未刻,候林雪岩,见翁鄂生近诗数十首,内有题余诗集五律二首,清致生动。又怀人诗十余首,余亦与焉。

**十五(11 月 22 日)** 辰刻,候刘心葭取《阐幽录》二部,又增《续编》一卷,至城隍庙,赠殷梦苏《香鹿集》一册,《四铜鼓斋记》石刻一本。梦苏言,长白广孔愚瑞司马今年摄篆海防,以风雅为性命,曾与乍地诗人结盟鸥诗课,无日不望余到乍,而余未知也。奈为劣生朱蕴圃所憾,捏词上控,竟致离任。巳刻,候徐云楣,始得龙见田司马所赠《攀辕图》一册,知龙公现署台州同知。午刻,至怀橘庵,赠云槎上人诗集一部。未刻,回至盛宅,林雪岩已久待。

**十六(11 月 23 日)** 巳刻,至天后宫,赠朱文江《香鹿集》一册,文江留中膳。未刻,属沈浪仙代撰周太仆移建祠堂诗。七律。酉刻,回至盛宅,知徐云楣答访,有题《扁舟访友图》七绝三首。戌、亥刻,阅闺秀赵仪姞棻《滤月轩诗文集》。

**十七(11 月 24 日)** 辰刻,文江道人答访,即同候朱秋田。巳刻,至林守备署访天台牟月生,名珠,诸生,能诗。赠以诗集一部,长谈久之。未刻,在钟穆园处,观伊铁畊《秋水书屋近稿》,内有论近人诗四十二首,皆短五古。余父子均列名焉。申刻,访张粲言。

**十八(11 月 25 日)** 辰刻,盛云泉赠陈拙修《读左摘论》一册。巳刻,寄丁步洲书,附周太仆祠堂诗。未刻,钟穆园来。申刻,沈浪仙来。

**十九(11 月 26 日)** 巳刻,殷梦苏道人招饮于绿杉池馆,同席沈筤溪、罗友兰、沈浪仙、钟穆园、陈幹斋。席间,梦苏出《洞天修禊图》,索余为记。即今年三月三日,招余宴饮事也。酉刻,回至盛宅,知张粲言答访。是日,闻初十夜盗劫钱辰田家。

**二十(11 月 27 日)** 辰刻,以文稿三集一部,寄赠吴县贝润荪孝廉。名信三,庚子举人。巳刻,得罗友兰所书《扁舟访友图》册首,又七绝四章。牟月生题七古一首。未刻,至刘竹泉处,访乌程凌桐庄。名以封,善画山水人物。申刻,回至盛宅,知云槎和尚答访。

**廿一(11 月 28 日)** 阅戴菔塘《吴兴诗话》十六卷。未刻,盛云洤赠洋银二饼,水梨、红橘五斤,荔支贡干一斤。申刻,朱秋田、沈浪仙、朱文江同来送行。

**廿二(11月29日)** 辰、巳刻,趁曹儎到平湖,得柯隊北答书,约余明年三月杪至魏塘观赛会。访徐辛庵侍郎,彼适外出,坐候两时,仍不得晤。申刻,途遇吴彦宣、高藏庵,藏庵即招饮于万和酒肆。是夜,宿西鼎字店楼。

**廿三(11月30日)** 辰刻,候顾榕屏,赠以张方伯所书楹联及石刻《四铜鼓斋记》,榕屏亦赠余《香鹿集》十本,甦庵道人《出围城记》一本。巳刻,寄钱渊亭书。午刻,赴徐侍郎招,即留中膳,长谈两时。晤吴江迮秋涯广文。名鹤寿,癸未进士,年七十五,系辛庵门生,著作极富。酉刻,费恺中招饮永和酒肆。

**廿四(12月1日)** 夜大西北风,雨雪交作。巳刻,过鲁介庵处,介庵自言昨夜舟过徐家埭,失足坠水,幸得不死。午刻,候高藏庵,即过陆畹亭处食中膳。酉刻,补田侄招食蟹。

**廿五(12月2日)** 寒。辰刻,至顾榕屏,长谈半日。榕屏言,数日前丁蔼亭次子忽为女鬼所缠,旁有白髯翁劝解,女子不从,吟诗云:"一生贞节有谁知。"又有杨柳楼头之句。蔼亭言首句贞节凛然,而杨柳句竟有邪思,何也?女子微笑而缠扰如故,蔼亭乃许其设祭拜忏,女子始去,其子乃安,盖本无夙冤也。酉刻,丽春招食蟹。

**廿六(12月3日)** 夜雨。午刻,趁干儎。戌刻,始抵家,得秦秋夔覆书,见赠洋银二饼,丁步洲亦有书来,内有吴鹭云题《扁舟访友图》七律一章,姚芷堂绘图一幅。知张方伯于初九日起程入都。是日,内人病卧。

**廿七(12月4日)** 大西北风,寒。未刻,览《出围城记》。此记壬寅镇江事也,都统海凌,罪不容诛。

**廿八(12月5日)** 大寒。巳刻,寄方古然女史书。

**廿九(12月6日)** 大寒。午、未刻,览《塔塔喇氏节烈题赠诗文》二卷。

**三十(12月7日)** 午刻,晤徐宿生,知廿二日徐吟槐便道过访。

## 十一月

**初一(12月8日)** 巳刻,偕丽春南韦陀庵访方古然女史。医生陈松涛室,十年前余曾为之作诗序,并题其《倚竹填词图》,俱刻入集中。赠以诗集及三集文,并晤其子陈橘泉,长谈数刻。

**初二(12月9日)** 摘录《吴兴诗话》佳句一百三十余联。

**初三(12月10日)** 巳刻,阅《阐幽录续编》诗。

**初四(12月11日)** 夜小雨。辰、巳刻,阅陈汝师《读左摘论》。未刻,张生蒲卿过。是夜,梦友人赠余一婢,年可十三四,貌虽黄瘦,而神清骨秀,无小家子习气,最工绣谱,随余在舟中,尚未到家,已手把金针绣鸳鸯矣。

**初五(12月12日)** 寒。抄古文三篇,骈体三篇。

**初六(12月13日)** 大西北风,寒。续编友人投赠诗。

**初七(12月14日)** 大寒。未刻,浦春波寄赠醉蟹一坛、信笺两束。是夜,转侧不眠,以近日奇六屡欲索诈也。

**初八(12月15日)** 巳刻,至龚配京处,以奇六索诈事告之,并责以不宜移祸江东,配京无词以答。午刻,柯春塘书来,言牌坊银已代为领出。是日,奇六知泰修有疾,势甚危殆,密遣咬二、咬三挟之以来,将图诬陷人命,强卧于丽春灶脚下。

**初九(12月16日)** 小雨。巳刻,唐西庑过。是日,命晋翻至吉分司处,诉明情节,吉公立遣两役,押太修出门。至日晚,奇六复挟之以来,仍卧丽春处。

**初十(12月17日)** 辰刻,书奇六恶款约七百言,将赴县申明。申刻,奇六逼泰修至余家,泰修自知无状,甚不愿意。晋翻又以情理再三开导,彼深有悔惧之色。余父子转怜之,因饲以饭,夜即留宿。

**十一(12月18日)** 辰刻,泰修趁航船到城。奇六既不能诈陷人命,又不能索取钱财,伎俩已穷,凶焰稍熄。余即作书痛斥龚配京,并以奇六等卖屋契三纸强送之。以上三日,寝食俱废,怒气上拂霄汉矣。

**十二(12 月 19 日)**

**十三(12 月 20 日)**　夜雨。辰、巳、午刻,趁干儀到城。未刻,候顾榕屏。夜宿陆畹亭宅。畹亭年仅五十,近患昏聩,恐其不永年矣。

**十四(12 月 21 日)**　夜,雨。辰刻,至鲁介庵处商议赴县存案之事。叶大令于月初到省,尚未回来。巳刻,赠徐辛庵《锡山文集》二十卷。午刻,晤潘以山,长谈两时。

**十五(12 月 22 日)**　大暖,夜雨。巳刻,至顾榕屏处,长谈至晚。

**十六(12 月 23 日)**　雨。辰刻,得计二田覆书,见赠元银一锭、八钱四分。《滤月轩诗文集》五卷。巳刻,至鲁介庵处,长谈至晚。

**十七(12 月 24 日)**　始晴。巳刻,候徐辛庵,仍拒不见,以过节劳苦为辞。辛庵闭门拒客,惟利是图。前月至乍浦周宅点主,仪从极盛,铺张三日,平湖人作对联刺之云:"正室在,侧室亡,祭主开丧,以小易大;山长左,师长右,孝廉襄事,辞尊居卑。"盖所点者,周氏之妾;而两襄事,一为徐芸楣,现主观海书院,一为高继庵,则周氏旧西席也。辛庵亦可愧矣。午刻,至高藏庵处,即同过吴彦宣馆。申刻,藏庵邀饮合顺馆。是夜,有微恙。

**十八(12 月 25 日)**　巳刻,寄计二田书,又与钟穆园札。申刻,闻泰修于十六夜死咬大家,幸迟五日,不致被累。是日,知昨夜营兵至祥圩,擒获剧盗朱小八。小八年近六十,力敌百夫,屡犯劫案,江浙大吏久欲擒治不得至,昨晚始获之。天上竟陨一星,盖谚所谓贼星也。

**十九(12 月 26 日)**　辰刻,与鲁介庵酌定存案稿子,附粘劣迹六大款。午刻,过顾春岩处。申刻,得钱渊亭、丁步洲书,知雷蕴峰十六日起程,内有新刻《茸城逭暑集》十二部。《鸳水联吟集》竟不刻全,而茸城自壬寅以来,迎秋、涓寒、嬉春、逭暑竟刻成四集八卷,虽余延揽群英之力,然亦诸君子风雅过人,不惜资斧,相与以有成也。此生平一大快事。又得吴芝田、瞿子冶、陈梁叔所题《扁舟访友图》诗。芝田七古,子冶七律,梁叔七绝。

**二十(12 月 27 日)**　夜雨。辰、巳刻,作书五通,寄盛云泉、沈浪仙、殷梦苏、朱文江、钟穆园,各赠《逭暑集》一本,又答丁步洲书。午刻，候叶勤诹。未刻，候徐吟槐。

**廿一(12月28日)**　寒，夜有雪珠。巳刻，叶勤诹答候，不值。午刻，赠顾榕屏《逭暑集》一本。是日，始得县中旗匾银五两。

**廿二(12月29日)**　寒。午刻，赠费恺中《逭暑集》一本。未、申、酉刻，趁干傤回家。始见沈浪仙十一日书，内有高笑山所馈纹银三钱八分。是日，王生小轩赠洋银一饼。

**廿三(12月30日)**　巳刻，寄鲁介庵书，赠以《香鹿集》一本，《延绿草堂赋》一部，钱国英、张秋水诗各一册。未刻，龚配京来，复以卖屋契三纸强投余处，余不礼之。

**廿四(12月31日)**　酉刻，丽春自城中归，言日前余所传甥女喜庚于鲁光甫，已有成议。

**廿五(1848年1月1日)**　辰、巳刻，补选新乐府十首。未刻，朱草亭赠洋银一枚。申刻，覆沈浪仙书。

**廿六(1月2日)**　夜小雨。辰刻，与陈乐泉书，赠以三集文一部。午刻，寄计二田书，赠以《逭暑集》《阐幽录续编》二种。

**廿七(1月3日)**　夜雨。巳刻，钟穆园答书来，内有贝润荪所题《扁舟访友图》。《忆旧游》一阕。凌桐庄绘《访友图》一幅，润荪又赠洋银二枚，求余文稿初、二集。午刻，与钟生书，赠以《香鹿集》一本，并寄初、二集文与润荪。

**廿八(1月4日)**　夜雨。辰刻，吊魏氏丧。是日，内人又病卧。

**廿九(1月5日)**　大雨。巳刻，寄盛云泉书，以《丙午科齿录》借之。

## 十二月

**初一(1月6日)**　辰刻，寄张云槎道士书。

**初二(1月7日)**　寒。辰刻，盛云泉、沈浪仙俱有书来，云泉书中有杨酉麓所赠两洋，浪仙书中有郑素庵道人所绘《扁舟访友图》，立即答浪仙书。戌刻，顾榕屏书来，内有徐秋晓所赠纹银四钱。

**初三(1月8日)** 巳、午刻,览朱蓴楼诗集。咏史乐府一百首,语皆拙滞。

**初四(1月9日)** 夜雨。申刻,闻前夜盗劫香雪庵俞氏,昨夜劫□车户干氏。今年各路劫掠之风更炽,官吏皆束手无策。

**初五(1月10日)** 雨。辰刻,家丽春书来,言存案呈子鲁、介庵,已于前月廿八日送县,尚未批出。又言甥女陆来荷受茶,准于初六日举行。

**初六(1月11日)** 雨。巳刻,王生小轩过。

**初七(1月12日)** 巳刻,钱小园昆仲馈洋一枚。叶大令招饮开仓酒,辞之。未刻,龚配京馈洋银两个。申刻,与卢生揖桥书。

**初八(1月13日)** 寒。始晴。巳刻,骆小山来,带至府中旗匾银七两五钱六分。午刻,赠马氏婚仪。

**初九(1月14日)** 大西北风。辰刻,晋畇往乍浦吊陈氏丧。计二田覆函来,内有《绿语楼词》二部。巳刻,寄顾榕屏书,赠以赵仪姞女史诗文集五卷。

**初十(1月15日)** 戌刻,晋畇自乍浦归,知十月中所托卢揖桥处贡卷二十本,至今不肯分送。又知盛云泉丁本生母艰,即送冥仪。

**十一(1月16日)** 夜大雨。重阅《鸿响集》五册。是夜,梦与吴次平徘徊数日。

**十二(1月17日)** 夜雨。重阅《丙午科同年录》,见各直省所中黄姓者共得三十七人:顺天黄益增平江、黄克家随州、黄文璧都昌,江南黄庆云太仓、黄泰江阴,山东黄培深济宁,浙江黄晋畇嘉府、黄安澜宁海、黄鸿飞余姚、黄几瑀浦江,河南黄崇礼南阳,广西黄湛昌桂林、黄汝昌临桂、黄景昌临桂、黄成书雒容、黄金韶梧州,黄金鉴梧州。福建黄维岳同安、黄福潮泉州、黄光彬连江、黄金山福清、黄慎忠侯官、黄以珪安南、黄延祜台湾,贵州黄金声贵阳,云南黄大章路南、黄椿邱北,江西黄履亨都昌、黄淘分宜、黄中孚赣州、黄元淑九江、黄纯熙鄱阳,湖南黄倬浏阳,广东黄观澜陆丰、黄振成归善,四川黄光达嘉定、黄灼京屏山,丁未联捷惟黄光彬、黄金韶、黄纯熙三人。

**十三(1月18日)** 寒。夜雨。午刻,胡阿珍来,言余家坟上篱笆尽被坟邻叶姓者拆去,闻之愤愤。未刻,陆瑞清过。是日,闻俞眉生去世,斯人斯疾,竟至不起,可为浩叹。

**十四(1月19日)** 夜大雨。辰、巳、午刻,评点《阐幽录》诗文一过,家绍炳馈洋银一枚。

**十五(1月20日)** 日夜雨。辰刻,得钱渊亭书,内有姚铁棋题《扁舟访友图》七律二章,清和朗润,神似晚唐。又知熊苏林于冬至后二日,乞假南归。

**十六(1月21日)** 日夜雨。辰刻,钟穆园书来,立即覆札,并以《出围城记》借之。是夜,梦观剧于某处,开场甚早,已演三四套,而观者尚寥寥数人。

**十七(1月22日)** 夜雨。午刻,高仁煊馈洋银一饼。

**十八(1月23日)** 寒。申刻,送柯氏冥仪。

**十九(1月24日)** 夜雪。戌刻,鲁介庵覆书来。

**二十(1月25日)** 夜大雨。辰刻,得蒋眉生书,叙庚子别后八年之中宦游景况,约二千余言。又顾榕屏书来,内有钱塘蒋蔼卿名坦寄赠《红心草》八卷,夏子仪寄赠其尊人松如名之盛《留余堂诗钞》十六卷,皆欲乞余文稿全部。余生平罕交武林名士,而彼处最爱余文,求者纷纷,惜不得常到六桥三竺间,与之宴饮唱和也。

**廿一(1月26日)** 夜大雨。巳刻,覆顾榕屏书,即以文稿全部答赠夏子仪、蒋蔼卿。午后阅《红心草》八卷。其诗全学西昆,而七八两卷所作六朝南北宫词、五代十国宫词,俱能笔舌互用,独运巧思。

**廿二(1月27日)** 小雨。巳刻,吊施氏丧。午后,阅《留余堂诗钞》。诗多雅音,而五古尤善叙情事。

**廿三(1月28日)** 小雨。辰刻,盛云泉寄赠福橘、荔支、蛋糕三种。巳刻,闻前夜城中西门潘氏遭火。申刻,家古溪过。

**廿四(1月29日)** 晓雨,午后大西北风。是日,为祖父母下葬,相助者家东山、绍炳及其子侄辈十余人,奏功甚速,未终日而事毕,所费约八千余文。祖父已浮厝四十二年,祖母亦二十九年,至今始安窀穸,非敢缓也,盖有待也。

**廿五(1月30日)** 寒。辰刻,顾榕屏书来。巳刻,遣人至小庙前,芟叶氏树枝以其干碍余家坟树也,而叶寡妇依然桀骜,肆口诋諆异日当惩治之。申刻,张生蒲卿过。

**廿六(1月31日)** 寒。申刻,失去一鸡。是夜,梦有人新刻诗集,余与沈浪仙同览之。

**廿七(2月1日)** 夜雪。巳刻,钟生书来,还《出围城记》一本。卢生亦有书来,语多狂悖,竟自忘其为小人。

**廿八(2月2日)** 大寒。夜大西北风。是夜,胸鬲烦闷,筋骨酸楚。

**廿九(2月3日)** 剧寒。大西北风。竟日不食。

**三十(2月4日)** 寒。辰刻,病未能起身,披衣重睡,不料脚后火炉焰发,被褥俱焚,余尚未知。赖侄媳惊觉,即时扑灭,不然竟为伯姬之燔、庄公之烂矣。去年大除日,舟过北门,几覆于水。今年大除日,抱病在家,几熸于火。然两次俱脱奇灾,则元冥回禄之默相庇佑也。是日,食饮仍不能进。

是岁出钱二百廿八千,买地四十五千五百在内。入钱一百四十七千。

# 道光二十八年戊申(1848),六十岁

## 九孙居日志

### 正　月

**元旦(2月5日)**　寒。始大晴。午刻,复钱渊亭书,赠其子翰仙婚仪。元银三钱四分。

**初二(2月6日)**　未刻,寄丁步洲书。是晚,精神稍健。

**初三(2月7日)**　夜,大西北风。申刻,家古溪来商事。以上二日,诸亲友贺节者二百余人。

**初四(2月8日)**　大西北风。巳刻,寄盛云洤、沈浪仙二书。是夜,梦有陈宗起者,自言青浦人,特来见访,与之谈,学术深邃。

**初五(2月9日)**　大西北风,极寒。辰刻,与丽春书。巳刻,候柯春塘。春塘于腊底丁内艰归里。午刻,答蒋眉生书,约千余言。赠以《诗集》及《三集文》《香鹿集》《乍浦殉难录》,共四种。是日伤风。

**初六(2月10日)**　寒。辰刻,赠柯春塘《耐冷续谭》一部。又以诗文全集托其携至省城献学使赵蓉舫先生。巳刻,去冬失去之鸡复来,亦属奇事。

**初七(2月11日)**　稍暖。巳刻,得家荫亭司马书,并赠洋银两个。午刻,朱雀桥过。申刻,丽春书来。是日内子又病。

**初八(2月12日)**　巳刻,挈暖初游东林寺。酉刻,顾榕屏书来。

**初九(2月13日)**　辰刻,题沈醉石《持螯对菊图》。小七古。寄

顾榕屏、鲁介庵两书。又与丽春札。

**初十(2月14日)** 申刻,刘翼之过。

**十一(2月15日)** 小雨。辰刻,晋酚往乍浦吊盛氏丧。巳刻,张生蒲卿过,借《红心草》一部。纪鹿庵率周氏子过。

**十二(2月16日)** 寒。午后,重览《生斋诗集》。

**十三(2月17日)** 寒。重览宋小茗《耐冷谭》。戌刻,晋酚自乍浦归。

**十四(2月18日)** 寒。辰刻,贻张少江婚仪。巳刻,家东海过。是夜,梦日者言,余今秋八月倘无灾厄,则寿可至七十一岁。

**十五(2月19日)** 寒。辰刻,沈浪仙复书来。午刻,张氏招婚宴,不赴。

**十六(2月20日)** 寒。晚大雨。酉刻,吉桐生招宴,同席十二人,亥刻散席,冒大雨而归。是日,腰间酸楚。

**十七(2月21日)** 夜雨。巳刻,得方古然女史书,为余题《扁舟访友图》七绝二首。

**十八(2月22日)** 申刻,张少江招饮明午望亲酒,余以将至城中辞之。

**十九(2月23日)** 辰、巳、午刻,趁航船到城,夜宿陆氏。见外甥陆国清文,思清笔隽,自是有造之材。

**二十(2月24日)** 辰刻,候顾榕屏,闻冯石阑逆亲悖理诸恶迹。巳刻,访蒋竹音。午刻,榕屏邀食面饺。未刻,过鲁介庵处。是日,闻大盗朱小八已经冻死,此邑侯叶公为民除害之妙策也。

**廿一(2月25日)** 未、申、酉刻,趁航船回家,见暖初已穿耳。

**廿二(2月26日)** 午后,大西北风。是日,胸鬲间作痛。夜梦偕友人过一山,见三峰鼎峙,苍翠欲流,大树如虬龙环绕,友人曰此昆山也。余摄衣欲上,为友人所尼,不果。

**廿三(2月27日)** 寒。辰刻,取还张蒲卿《红心草》一部。巳刻,陈药泉来访。为余作《扁舟访友图》骈体文,气清语湛,逸趣横生,绝似縠人祭酒。是夜，梦在一处观剧，生旦尤佳，《偷诗》一出，摹绘入微。

**廿四(2月28日)** 夜雨。巳刻，晋翁至盐溪周春园家开馆。

**廿五(2月29日)** 雨。是日暖初始识字。

**廿六(3月1日)** 辰、巳刻，抄骈体文三篇，又摘录《红心草》《留余堂集》五七言六十余联。是日，暖初便不肯识字，再三开导，不从。余愤恨填膺，宠爱之心顿绝。

**廿七(3月2日)** 巳刻，抄新乐府四首。是夜，梦寓计二田家，渠有族侄屡次与余作难，怒而抶之。

**廿八(3月3日)**

**廿九(3月4日)**

## 二 月

**初一(3月5日)** 为伊铁耕作《秋水书屋诗序》。骈体。是日，暖初复识字。

**初二(3月6日)** 寒。辰刻，媳妇回母家。戌刻，合镇男妇俱至汪家桥观烟火，余独不往。

**初三(3月7日)** 寒。辰刻，诣关圣、文昌前拈香。巳刻，晋翁书来，言馆中弟子四人，文理俱清顺。午后，作骈体书寄王叔彝，叙五年阔衷，兼写去秋上海游兴也。是日，齿痛。

**初四(3月8日)** 寒。是夜，腹痛终宵。

**初五(3月9日)** 寒。辰、巳、午刻，书颜健坛事。骈体。健坛，名永刚，上海武生。好读书，善吟咏。入营为马兵。壬寅五月，英夷入上海，健坛赴水死。今附木主于陈忠愍公祠。

**初六(3月10日)** 辰刻，以晋翁书寄其同年张稚春解元，附赠《三集文》一部。又以一书寄其同年孙秋士。

**初七(3月11日)** 夜雨。辰、巳刻，为殷梦苏作《绿衫池馆修禊图记》。骈体。午刻，奇六忽寄恶书来，欲诈钱五千文。其言皆粪土也,无一语通者。

**初八(3月12日)** 上午小雨。辰刻,与龚配京札,复以契券付之。未刻,奇六一来即去。是夜齿痛。

**初九(3月13日)** 夜大雷雨。作丁卯桥舍人《仙未庐诗集跋》。骈体。舍人,余从舅也。余与舍人始合终离,文中明白言之,而仍合于义理,笔妙故也。巳刻,奇六复来。午刻,得陆畹亭书。是夜,齿痛更甚。盖连日愤气所致也。

**初十(3月14日)** 巳刻,寄伊铁耕书,附《诗序》一篇。又与钟穆园书。申刻,熊苏林复书来,约有千言。是日,齿痛如故。

**十一(3月15日)** 未刻,奇六复来,贴一纸于墙上,尤多妄诞之言。是夜,梦某学使在余家校文,暇则为诸童女绘画花鸟。又梦夏间大旱,农夫争水之声,如雷沸耳。

**十二(3月16日)** 是日,齿痛稍减。夜梦一人年已六十,与余同庚,延余为师。

**十三(3月17日)** 午刻,与晋翁书。戌刻,奇六复至丽春处催讨消息,自夸监生之尊。井底蛙竟不知有天日,真是蠢物。是日,余臀尖上起一疮。

**十四(3月18日)** 酉刻,奇六复寄恶书来。余自初七以来,如坐针毡,而龚配京袖手闲观,洋洋然自以为得计,不意五十年老友至于如此。斯又出于刘孝标《广绝交论》之外者也。

**十五(3月19日)** 晚雨。是日,上则齿痛,下则臀痛。马鲁山及丽春调停奇六事,竟以钱二千与之。是夜,梦走一长街,约有六里。

**十六(3月20日)** 夜雨。辰刻,再寄晋翁书。巳刻,赠马氏婚仪。是日,寄吊卜达庵丧。

**十七(3月21日)** 巳刻,媳妇自母家归。申刻,晋翁自馆中归。酉刻,卢揖桥寄来洋饼一枚,乞撰《林泰垣守戎调署宁波提标游府送行序》。

**十八(3月22日)** 辰刻,郁绥庭来乞余出会课题。酉刻,家东海过，言新得一子，欲寄名于余。

**十九(3月23日)**　辰、巳、午刻，作《林守戎送行序》。骈体。未刻，复卢揖桥书。是夜，梦遇两诗人，一廖姓，一周姓，皆倾盖如故。彼二人言曾见余《蒲桃行》七言最佳，而余诗集中实未有此题也。

**二十(3月24日)**　午刻，张生蒲卿过。未刻，晋翂到馆。是夜，梦捉一大螳蜋[螂]，身长尺半，约重二斤。

**廿一(3月25日)**　辰刻，孙秋士年侄复书来，言其父愈愚于丙午闰夏接到余索序之书，既而七月中旬即得微疾，后竟不起，以故《木鸡书屋四集》序文竟未撰成。午刻，赴马宅婚宴。是日，闻张丈叔未于正月中去世，年八十一。

**廿二(3月26日)**　作《户部尚书何文安公传》。骈体。是日，精力大疲，尚能撰大文一篇。

**廿三(3月27日)**　夜雨。未刻，郁绥庭过，以会卷乞余评定。以上二日饮食不进。

**廿四(3月28日)**　作《顾荻洲征君刲股刀图赞并序》。骈体。是日，腰间酸楚，加以齿痛。

**廿五(3月29日)**　下午大雨。辰刻，钱渊亭、丁步洲复书来。步洲书中有唐氏所刊《棠荫录》四卷。是日，腰痛、齿痛如故。

**廿六(3月30日)**　午刻，马宅招饮望亲酒，勉强赴宴。同席金鹤舫、张少江等三十余人。

**廿七(3月31日)**　黄昏雷雨。辰刻，钟穆园答书自吴门来。穆园于二月初就馆胥门伊铁耕处。巳、午、未刻，评点会课卷九篇。题"乐道人之善"二句取六名。陈安涛第一。酉刻，张虚舟过，携至盛云泉所赠《龙瑞堂集咏》一册。以上二日腰痛如故。

**廿八(4月1日)**　午后，大雷电，雨。昼晦。巳刻，晋翂自馆中归。午、未刻，阅《龙瑞堂集咏》内吴烘七言一首、沈文照五古一首，皆剿袭余诗集中句，幸非一一鹤声得意之语，尚可恕也。

**廿九(4月2日)**　申刻，陈乐泉、陈壬桥同过。

**三十(4月3日)** 巳刻,南乡扫墓,即至绍炳家,座谈两时,留中膳。未刻,答陈乐泉,不值。

## 三 月

**初一(4月4日)** 大东南风。辰刻,寄柯隞北书,赠《香鹿集》一本。寄殷梦苏书,附《修禊图记》一篇。巳刻,与盛云泾书。申刻,寄顾韦人书,附《刲肱刀图文》一篇。又与丁步洲书。

**初二(4月5日)** 辰刻,北乡扫墓。巳刻,张柳坡、杨晴岩来访。晴岩赠楹帖一副,扇面两个。晴岩,名宗濂,海盐庠生,与朌儿同入学。午刻,命晋朌答候晴岩,赠以《三集文》一部。

**初三(4月6日)** 辰刻,寄王叔彝书,赠以《诗集》一部。申刻,俞耀章来。又欲加贡卷刻资,怒而叱之。

**初四(4月7日)** 夜雨。巳刻,张生壬桥过。是日,闻前月廿八日雷击死一老妪,又击一僵尸,又击碎一黄烟筒。筒中并无怪物,不知何故。

**初五(4月8日)** 昼夜雨。巳刻,吊李氏丧。

**初六(4月9日)** 寒。辰、巳、午、未刻,书《棠荫录》后。骈体。《棠荫录》者,云间唐氏辑雍正以来公私文字之为周太守作者也。太守,名中鋐,有美政。因濬吴淞江溺于水,故松人思之不忘云。杨晴岩来,出视其父也鲁所绘《扁舟访友图》。是夜,梦有人贻余一书,启视之,仅日用帐一纸而已。

**初七(4月10日)** 夜雨。作《龙瑞堂集咏》跋。骈体。龙阳洲出状元来[事]载在黔阳邑志久矣。道光丁酉,桂林龙见田来宰是邑,其子翰臣随侍。辛丑,翰臣得大魁。先是,叶二枫题龙堂额于厅事,至此始应之。海内词人,争咏其事,名《龙瑞堂集咏》云。以上数日,齿痛时发时止,而腰痛则未尝少减。赖屡作佳文,中心欢畅。二竖不能为祟,然后知文章一道,真医疾之良方也。若在常人,势必委顿床笫,付性命于庸医之手矣。

**初八(4月11日)** 昼夜雨。午、未、申刻,重阅宋樗里诗集。是日，晋酚率弟子数人至平湖赴县试。

**初九(4月12日)** 雨。书柳贞女事。骈体。贞女，名新眉，吴江人。读书知礼，少受赵卍亭之聘。赵以疾失明，父母密令媒氏索还庚帖。女闻之，吞金而死，年十有七。是年冬，赵目疾忽瘳，人咸谓女之默佑也。其事在嘉庆甲子年。申刻，得蒋眉生正月十七日书，见赠《蕊珠书院课艺二集》一部、《同声集》一本、庞存子《壬寅小草》一卷。

**初十(4月13日)** 未刻，阅《同声集》。此宝山人咏陈忠愍公殉难诗也。作者数十人，诗皆可观，似胜于《云间褒忠录》。申刻，殷梦苏答书来。又得沈浪仙书，内有寄怀五律一首，字字切贴，不可移赠他人。朱秋田亦寄赠五律一首。以上半月，坟上重结竹篱，费钱二千。

**十一(4月14日)** 辰、巳、午刻，阅《蕊珠书院课艺》。以上四日，两女孙皆因伤风，身上发热，是日稍痊。

**十二(4月15日)** 大东北风。辰刻，阅庞存子《壬寅小草》。是夜，梦至一家，见有恶狗数百。主人言，我家狗俱食鸦片，性情和厚，从不噬人。言未毕，而一狗已扑余肩，有磨牙吮血之势，大惊而醒。

**十三(4月16日)** 大东北风。辰刻，丁步洲书来，内有山右王省山所作《江苏学政李柟堂侍郎侧室王氏征诗文启》，乞余立撰一文。又言张诗舲已放甘肃藩司。

**十四(4月17日)** 大西南风。骤热。《书江苏学正李侍郎侧室王氏殉节事》。骈体。王氏，贵州贵筑人也。李公薨于正月二十一日，王氏即于二十二日自经以殉，年只二十有一。辰刻，柯隒北复书来，招余月杪至魏塘观赛会。申刻，答沈浪仙书。是夜，梦观两将校武，东则旗帜尽红，西则旗帜尽蓝。矛戟相磨，金鼓大震，盖观者如堵墙云。

**十五(4月18日)** 湿热。午刻，寄丁步洲书，附王氏殉节文一篇。是日，刘玉坡制军至乍浦阅兵。

**十六(4月19日)** 是日城中县试。题："人洁己以进"二句。

**十七(4月20日)** 辰、巳刻，趁航船至城，即候顾榕屏。未刻，过晋酚寓，知其昨日至新篁吊张叔未丧。夜宿陆宅。是日，裱就《扁舟访友第五图》。又新得钱唐蒋蔼卿题词一首。调贺新郎。

**十八(4月21日)**　夜雷雨。辰刻,赠浦春波《表忠纪实》一本。访高藏庵,不遇。复至榕屏处,长谈竟日。榕屏言新溪□生陆子山被俞云坪、姚勤斋、陆雨梧等殴死。云坪等费至千余金,始得无事。

**十九(4月22日)**　昼夜大雨。巳、午、未刻,与费恺中长谈,知前日澉浦塘失一海船,溺死十八人及牛八十头。戌刻,观初覆案。是日,腰痛复甚。

**二十(4月23日)**　午刻,鲁介庵招饮。是日,知女孙晴初十七日急病,几乎不救。

**廿一(4月24日)**　昼夜大雨。寅刻,送外甥陆国清求覆。

**廿二(4月25日)**　夜大雨。巳刻,趁龚友三舟,未刻回家。

**廿三(4月26日)**　雨。是日,校勘《茸城近课》八卷,摘出讹字三十余。云间诸友所托。

**廿四(4月27日)**　昼夜雨。酉刻,丁步洲复书来,言余所作王氏殉节文,云间人传诵不已。

**廿五(4月28日)**　夜雨。辰刻,与丁步洲书,附《茸城近课》中讹字一纸。

**廿六(4月29日)**　夜雨。巳刻,盛云泉书来,见视《灯窗琐话》二卷。云泉招余往游,欲作饯春之会。余以将至魏塘,复札辞之。

**廿七(4月30日)**　申刻,晋畬自送考归,言海盐支少鹤特放四川学政。是夜,梦遇一广文姓张名雄,闻其能诗,与之谈,知其于斯道茫然也。

**廿八(5月1日)**　始大晴。辰、巳刻,附便舟至城,过顾榕屏处。申刻,观四覆案。是夜,宿西鼎字店。

**廿九(5月2日)**　辰、巳、午、未刻,趁张儀至嘉善,赴柯隃北之招,赠以《白鹄山房诗续选》《冬青馆诗集》二种。申刻,观紫薇侯赛会。戌刻,隃北邀同姜白榆、柯芸泉饮于延绿草堂。

## 四 月

**初一(5月3日)** 巳刻,访郭少莲。午刻,姜白榆邀饮公和酒肆,言善邑前辈吴明府遇坤迂诞之事,甚至金银不能辨识,殊堪捧腹。申刻,候黄霁青太守,出示蒋霞竹所绘《诗意图》十六叶,属余为记。即游小竹林园。戌、亥刻,与隒北长谈,知李玉田竟以不法革去秀才,孝廉顾午花日以诈财为事,现犯大案,祸将不测。

**初二(5月4日)** 辰刻,候唐秋涛员外,赠以《三集文》及《诗集》二种。余与秋涛别已十九年矣。巳刻,访袁淳甫,晤冯朵卿。名颐昌,松江庠生,通经学。又访孙稼亭于查丙唐宅。午、未、申刻,在杨王庙观王富华戏。戌、亥刻,览《黄唐堂文集》。

**初三(5月5日)** 午刻,柯隒北特设盛筵,招同丁紫巢、袁淳甫、姜白榆、孙元匡、陈春波、孙稼亭作饯春之会。适丁步洲、张筱峰自平湖来,知余在善,特来寻访。事出意外,主人大喜,即邀入席。酉刻,送丁、张二人登舟。戌刻,回至柯宅。紫巢、淳甫、春波尚复拇战,余亦酣饮不止,二鼓后始散。是日,主人忽患肝疾,不能陪客,日中即眠矣。

**初四(5月6日)** 小雨,夜大西北风。辰刻,唐秋涛交到所题《扁舟访友图》七绝四首。又赠诗笺一匣,西缨一个。霁青太守遣纪招宴。巳刻,孙稼亭招同袁淳甫、李志云、名福基,拔贡,又中顺天副榜。袁芝洤放舟至东门外,观城隍水会。画船箫鼓,士女如云。据云,一日之费约千金云。午刻,过霁翁舟,适与步洲、筱峰舟相值。余向霁翁言二人风雅,霁翁立即回船,属余邀二人同往小竹林园。未刻,霁翁设宴于息耕草堂,同席丁、张二君,及郭少莲、邹君山、黄丹秋。戌刻散席。是夜,梦为巨蚊所困,蚊形如卵,青绿色。

**初五(5月7日)** 辰刻,晤程蟾客。名步云,文名甚震。隒北带病至郡送考,留余过初十回去。巳刻,至慈云寺观城隍抢轿。午、未刻,偕姜白榆、柯芸泉闲步,过义学,坐谈久之。酉刻,过陈春波,留夜膳。

戌刻,回至柯宅,得孙稼亭书,内有查礼斋所赠画扇一柄,乞余题其《目耕图》。是日,闻平湖县试案已发。前列十名:张金鉴、孙联魁、汤宪祖、叶宗汉、徐逢渊、徐金鉴、屈召棠、陆师郊、高昆源、陆尧蔚。

**初六(5月8日)** 夜小雨。辰刻,题《孙传胪古喤收纶图》,其裔孙元匡所托。小七古。巳刻,访潘筼坡。午刻,至东门外观英烈侯水会。扮执事者俱系童子,旗伞衣服,俱极鲜华。士女看会之船,几及千余。未刻,郭琴材少莲招食新蚕豆。申、酉刻,在下塘观会两次,则见家家妇女,艳妆临门,无一处不然。戌刻,观夜会,千灯百炬,光如白昼。会中人,衣帽俱已更换。亥刻回寓。

**初七(5月9日)** 辰刻,赠春波《香鹿集》一本。未刻,偕丁紫巢、孙稼亭、陈春波重游汪氏复园。回过稼亭馆中,赠以《三集文》一部、《香鹿集》一册。又寄赠查丙唐诗集一部。丙唐,年八十有九,作诗不辍。

**初八(5月10日)** 午刻,偕陈春波出东门,访张子寿、钟声阁,皆不遇。即游黄氏之驯鹿庄,霁青太守丙舍也。未刻,声阁子邀中膳。酉刻,声阁自外始归,略谈即别。戌刻,步月而回。知孙稼亭于日中曾过。是日伤风。

**初九(5月11日)** 热。巳刻,过孙元匡。午刻,偕春波、元匡、稼亭出西门,游安乐王庙。未刻,信步至长春宫,访彭卧云道人。卧云正在匆忙,尚欲留酌,辞之。酉刻,游王氏祠堂,见铁树一盆,甚大。又虎刺一盆,结成四叠。白花红子,参错相间,艳而且多,目中所未见也。是日,得查丙唐、袁淳甫、冯朵卿所题《扁舟访友图》。丙唐五律二,淳甫七律一,朵卿五律一。

**初十(5月12日)** 热。巳刻,途遇许秋沙。别已廿年。午刻,偕春波、稼亭出南门,观安乐王水会。未、申刻,在东门外观岸会。两次游人之盛,一如初四、初六两日。酉刻,浦素生招同郭琴材少莲、柯芸泉、蔡萼楼、浦晴山赏五色鹦粟花,酒兴甚浓。亥刻,散席。是日,闻初七日平湖童生府试题:“子游为武城宰”。平童有携鸦片入场者,有携纸牌、骰子入场赌博者，有终日唱山歌者。至初八日卯刻，尚有六人未曾完卷，府尊徐公乃悬牌申饬士习之恶，至我邑而极矣。

**十一(5月13日)** 更热。卯刻，告辞柯氏，将趁张俄回平。直至巳刻，始知张俄因生意清淡，是日停止。申刻，偕浦素生、柯云泉闲步。酉刻，唐秋涛招饮，同席程蟾客及秋涛子默斋，夜即留宿。

**十二(5月14日)** 热。巳刻，趁冯俄。申刻，至平湖，得钱渊亭三月廿六日书，见赠家制手巾二副。戌刻，偕蒲春波、家丽春、补田小酌。见周乐泉近诗数首，怀余甚切。余与乐泉尚未识面，现在汉口未归。

**十三(5月15日)** 热。辰刻，以西缨一个赠丽春。巳刻，闻十一日黄昏嘉兴东道巷火延烧二十余家。考寓多有被害者。午、未、申刻，趁航船回家。人货充塞，风水俱逆，困顿不堪。是日，赠吉桐生寿仪。

**十四(5月16日)** 辰刻，至柯春塘处，始得省中牌坊银十八两八钱，领费钱二千。

**十五(5月17日)** 小雨。巳刻，以前在魏塘所闻灯谜二十余条补入《讔语录》中。

**十六(5月18日)** 抄司空《诗品》，将为暖初读本也。

**十七(5月19日)** 抄随园《续诗品》。酉刻，朱雀桥过，重乞《诗集》一部。是日，闻屈芷香以久病死。

**十八(5月20日)** 申刻，徐宿生过。言辛庵侍郎沉湎于酒，荒湛于色，现在家中置妾五人。其留京之妾，尚有三人。昏昏度日，言出即忘，不但闭门拒客已也。

**十九(5月21日)** 大东北风。辰刻，复钱渊亭书。是日，又患腰痛。

**二十(5月22日)** 大东北风。阅崔念堂《诗诂》。是夜，梦十月初三日就馆乍川某氏。

**廿一(5月23日)** 大东北风。黄昏雨。

**廿二(5月24日)** 湿热。日中雨。

**廿三(5月25日)**　湿热。平旦大雨。未、申刻,在痘神庙观同庆班戏,丑劣不堪寓目。是夜二鼓,有数贼拨后门而入,尽窃厨间用物,小厮刘大惊呼,贼始逸去。卅年以来,每年必遭一失窃之事,积少成多,不计其数,亦新仓人家所未有也。

**廿四(5月26日)**　巳刻,晋翁自郡中送考归,言两谒周未庵教授,终拒不见,不知未庵意欲何为?岂未庵所愿见者仅多田翁而已耶?戌刻,见府试正案。前列十名:叶宗汉、孙联魁、陆超陞、徐连璋、张金鉴、龚绍洙、沈钦禄、徐鸿逵、韩鸿懋、徐逢渊。

**廿五(5月27日)**　晚大雨。午刻,徐春洲来访。是夜,梦在一处观温将军赛会,仪从煊赫,缤乎其犹模绣也。

**廿六(5月28日)**

**廿七(5月29日)**

**廿八(5月30日)**　申刻,浦春波过访。酉刻,题查礼斋《目耕图》五古二首,即以"目耕"二字为韵。是日,送柯氏冥仪。

**廿九(5月31日)**　巳、午、未刻,趁便舟到城,过顾榕屏处,知嘉兴钱子振、樊雨田俱下世。夜宿西鼎字店。

## 五　月

**初一(6月1日)**　辰、巳刻,趁曹馓至乍浦,即候盛云洤,晤南峤和尚,即海昌故人宋南峤也。出家已四年矣,今始晤之。见赠《普陀山志》二十卷、梅花石二枚。此石产于普陀山龙宫,能治小儿疾。夜宿盛宅。

**初二(6月2日)**　晚雨。辰刻,访沈浪仙,见其近诗百余首。巳刻,过卢生揖桥新居。申刻,过城隍庙,访殷梦苏道人。

**初三(6月3日)**　夜大雷雨。巳刻,沈浪仙答访。未刻,过朱秋田寓,即同访高笑山,赠以《诗集》一部。

**初四(6月4日)**　日中大雨。是日,在盛宅观魏源《圣武记》全部。酉刻,为高笑山题"也足轩"五律一首。

**初五(6月5日)**　辰刻,候刘心葭。巳刻,至城隍庙,晤顾玉田。

名芝，归安之荻港人，善画山水人物。午刻，殷梦苏留饮天中酒。未刻，卢揖桥、钟穆园来见。申刻，梦苏出示张渔村、殷云楼画册各十余帧。

**初六(6月6日)**　热。日晡大雨。辰刻，过钟穆园处，见周黍谷所撰《佛尔雅》，毛叔美所辑《黄仲则年谱》。穆园言，前在吴门，有候补张白也太守，名应云，淮宁人，壬午进士。其子次柳，名凯。年仅廿二，美如冠玉，才学超群。每日以访友为事，曾见余文，深以为倾倒，欲乞余作其《白马涧访僧图记》。又言吴门入春以来，劫案已有四十余件，伊铁耕其一也。又言无锡县有已嫁之女，谋财而弑其父者，立即伏法。巳刻，高笑山预赠余六十寿仪。纹银四钱。午刻，殷梦苏招宴，同席罗友兰、沈浪仙、钟穆园、顾玉田。赠玉田《三集文》一部。申刻散席。

**初七(6月7日)**　热。辰刻，寄柯隟北、孙稼亭两书。午、未、申刻，在鄞江会馆观荣升班戏。是日，林雪岩来访，不遇。

**初八(6月8日)**　辰刻，赠沈浪仙《香鹿集》一本。答林雪岩，见其近诗数十首，笔更老洁。午刻，访贝润荪孝廉。未、申刻，观荣升戏于鄞江会馆。酉刻，回至盛宅，知刘心葭日中答访。

**初九(6月9日)**　午后小雨。卯刻，得顾玉田所绘《扁舟访友图》，布置极佳。辰刻，至沈浪仙处，适贝润荪答访。因同过穆园处长谈。午、未、申刻，仍在会馆观荣升戏。是日，戏为余点，便觉面目一新。戌刻，盛云泉许刊余《左国闲吟》一百八十首，以代寿礼，甚惬余怀。

**初十(6月10日)**　大热。巳刻，闻徐辛庵侍郎昨晚去世，年只五十有八。午、未、申刻，仍在会馆观戏。适贾芝房亦在，长谈久之。

**十一(6月11日)**　大雨。辰刻，欲访朱文江道人，因雨不果。

**十二(6月12日)**　卯刻，朱文江来访，见赠寿仪。纹银三钱二分。盛云淦赠火酒一瓶、枇杷两篓、蒲桃二斤，即趁曹儆至平湖。巳刻，过顾榕屏处，得杭州方子维所赠《戴简恪公诗词集》八卷，欲易余《骈文全集》。未刻，熊苏林、钱渊亭、张筱峰、丁步洲同至平湖，言昨日至新昌,各赠寿仪,及水烟、枇杷、菜饼等物。苏林,一洋。渊亭,元银四钱六分。步洲,纹银四钱八分。筱峰,纹银三钱八分。幸晋畬在家招饮耿楼,稍尽地主之礼。苏林恐余尚在乍浦,已作书一椷,将寄去矣。知己相逢,彼此欣慰。申刻,为四君定寓于杨家桥下之文武宫。渊亭言,沈春伯去世。是夜宿西鼎字店。

**十三(6月13日)** 夜雨。午刻,苏林诸君邀余及榕屏移樽至弄珠楼。是日,不雨不晴,不寒不热。五月中难得如此天气,颇极文讌之欢。申刻散席。放舟至报本寺,兼游十杉亭。十杉亭,近为徐侍郎所购,修理未毕,侍郎溘先朝露矣。酉刻,步行入南门,谒陆清献祠。戌刻,鲁介庵过,言徐侍郎于初六日,恍惚见红袍纱帽人请至冥间,审理安诗及朱昌颐互讦一案。此附会之词,余不敢信。

**十四(6月14日)** 晴雨相间。巳刻,苏林、筱峰、步洲各填《水调歌头》一阕见赠,三作俱佳,而苏林字字熨帖,尤擅胜场。未刻,陪苏林选妾。观四美人,内有顾三姑,年十六,最为明艳。申刻,偕诸君过高藏庵处。藏庵出《软红》《京口》二集,乞余为序。酉刻,自北水门登城至水洞带下城。是夜,移宿陆氏,为蚊所苦。

**十五(6月15日)** 巳刻,偕苏林至鲁介庵处,以朱卷五十本托其分送。未刻,再陪苏林选妾。又观三少女,以柯氏女为最佳,年只十三。申刻,余偕榕屏公设酒肴,邀苏林、渊亭、筱峰、步洲及家丽春宴于横山草堂。亥刻始散。

**十六(6月16日)** 巳刻,渊亭、筱峰、步洲俱回去,苏林独留。酉刻,访医生严雪亭。戌刻,鲁介庵携尊至文武宫小酌。

**十七(6月17日)** 下午大雨。巳刻,陪苏林复看顾三姑。苏林尚迟疑未决,余力赞成之。讲定佛银一百二十枚,一切使用三十二枚,甚费口舌。午刻,严友篁买舟载酒,招同苏林及徐穆卿名荣怀,青浦庠生至施家坟观阳春班戏,甫演两出,逢大雨而停止。

**十八(6月18日)** 日夜大雨。辰、巳刻,苏林自诵其去冬出都之诗数十首,俱极浑成。未刻,偕苏林至榕屏处长谈。寄沈浪仙书。

闻刘丈瑞圃下世，年八十八。酉刻，介庵携樽至文武宫小饮。

**十九(6月19日)** 夜雨。巳刻，晤常州余陶仙。午刻，偕苏林放舟至施家坟观阳春班戏。申刻回舟。

**二十(6月20日)** 夜雨。辰刻，至教场观演水龙。午刻，代沈浪仙求苏林赠诗，苏林立赋五律二首。未刻，陪徐穆卿选妾，历观五女，以张八姑为最佳。申刻，至城隍庙观全福班戏。酉刻，见沈浪仙所作余寿诗七律四章，其警句云："六朝以上高华笔，三代而还直道人。"

**廿一(6月21日)** 竟日大雨。巳刻，苏林见赠七律一章，语语超脱。至收笔云："六十寻春犹未晚，多情应慰杜司勋。"实获我心矣。又代介庵求作鲁公祠七律一首。午、未、申刻，仍观全福戏于邑庙。酉刻，得孙稼亭书。赠余桂林涂铁纶孝廉所作《红楼梦论赞》一册，始知月初先有一函，寄在新仓，余尚未见。

**廿二(6月22日)** 巳刻，代榕屏求苏林赠诗。苏林因作七古一章应之。午后，与苏林纵谈诗古文词，至夜分始罢。苏林言，嘉定南翔镇有王问莱，名家亮丙午举人，学问渊深，诗文尔雅，劝余往交之。

**廿三(6月23日)** 卯刻，郁荻桥过，乞作《雪屋填词图记》。巳刻，丁步洲寄来《绿意》一阕，咏弄珠楼雅集也。申刻，苏林赴张鹿仙宴席。榕屏招余小酌合顺馆，并赠《渤海三家诗选》。亥刻，送苏林登舟。河桥分袂，情意徘徊，而苏林竟载美人以去矣。

**廿四(6月24日)** 午、未、申刻，趁干僟回家。得蒋眉生书，属撰《四书试帖合存总序》。得盛云泩书，见赠雨鞋一双。得柯隒北、孙稼亭月初书。稼亭书以骈文行之，春容隽秀，脱然畦对，真妙材也。又有查礼斋所绘《扁舟访友图》，兼题五绝一首。

**廿五(6月25日)** 辰刻，杨晴岩书来，为余题《扁舟访友图》。七绝二首。又得黄椒升、顾觉庄、张云槎三君寿诗。椒升七绝二首。觉庄、云槎皆七律。巳刻，徐宿生过，始知金婿杏园以开赌不遂所欲，与钱省川、徐谱琴争竞，痛苦流涕，至于剪发，何无耻若是也。午刻，为霁青太守题《炙砚图》。七古。即寄柯隒北书。未刻，答盛云泉书，附

《左国闲吟》一百八十六首。又与沈浪仙书。申刻,与顾榕屏书,附杨也鲁所绘《横山草堂图》。

**廿六(6月26日)** 卯刻,寄丽春书。辰刻,与晋翂书,命代题陈味梅《梅窗觅句图》。

**廿七(6月27日)** 晚雨。卯刻,寄徐逸帆书,赠以《三集文》一部。是夜,梦晤一于姓者,出外卖字,挈其女以自随。而其女书法较胜于父,有挥毫落纸如云烟之妙。然年已及笄,尚未有问字者。

**廿八(6月28日)** 夜大雨。辰刻,寻柯春塘,不遇。巳刻,阅《红楼梦论赞》。《论赞》间有可取,然不免浮光掠影之谈。

**廿九(6月29日)** 上午大雨。阅许瑶洲《普陀山志》。是夜,梦纳一妓为侧室。盖妓本矢志从良者,貌虽中下,而性却和柔,并无章台陋习。

**三十(6月30日)** 雨,夜更大。巳刻,阅《渤海三家诗选》。

## 六 月

**初一(7月1日)** 上午大雨。申刻,寄丽春书。酉刻,送周氏冥仪。

**初二(7月2日)** 雨,夜更大。辰、巳、午刻,阅《戴简恪公集》。七绝稍可。

**初三(7月3日)** 雨。辰刻,顾榕屏复书来,言黄霁青太守于五月廿五猝病去世。前四月中,太守属撰《诗意图记》,至今尚未构成,而《炙砚图》诗甫经寄去,太守未及见也。老成凋谢,殊深感喟。太守,年七十二。又言熊苏林载妾归里,其父母及正夫人靡不欣悦。苏林,真奇福矣。巳刻,晋翂书来,内有《吴听涛遗诗》二卷。其和余《乍浦纪事新乐府》六首,则姚苏卿作也,今其子竹溪欲求序于余。余即寄书晋翂,命其代为之。午刻,招丽春小饮。

**初四(7月4日)** 湿热。作《盛东海传》。骈体。

**初五(7月5日)** 湿热。夜大雷雨。巳刻,阅沈莲卿《江东游草》《浙东游草》《乍浦踏浪词》，笔甚雄壮，然有才无法，尚非雅材。前余在乍时，盛云泉为赠一洋，代求作序。

**初六(7月6日)** 雷雨不绝。酉刻，柯陳北答书来，内有郭琴材所绘《扁舟访友图》，绝佳。

**初七(7月7日)** 湿热。黄昏大雷雨。辰、巳刻，为沈莲卿作《江东游草序》。骈体。徐逸帆来访，出视余所作《扁舟访友图序》，散体古文，气息甚厚。逸帆因乞余《诗集》一部。午刻，寄盛云泉书，附文二篇。又与沈浪仙书，附所采《乍浦诗》数首。是夜，梦遇一人，黄姓，字理瞿，与余认作同宗。招往观剧，颇罄绸缪。

**初八(7月8日)** 湿热。夜雨。卯刻，沈浪仙复书来，内有钱唐诗僧月楂名清晖所题《扁舟访友图》七绝二首，高笑山题七绝三首。

**初九(7月9日)** 日晚雷。巳刻，阅张抱生《荔门诗文集》。午刻，为洞庭朱子鹤题《万竹楼图》五律一首。钱渊亭所托。

**初十(7月10日)** 下午大雨。为张次柳公子作《白马涧访僧图记》。骈体。是夜，梦强丐数百人至新仓，首扰余家，或卧于地，或叫于庭，急以数金予之，始去。

**十一(7月11日)** 上午大雨如注。辰刻，顾榕屏书来，内有歙州许缨泉《积石山房诗集》，其孙信夫乞余题词。于辛伯书来，赠《灯窗琐话》三卷，又为余作寿诗七律一章，字字精工，迥非凡响。巳刻，寄钟生穆园书，附《白马涧访僧图记》。又以《三集文》寄赠张次柳。午刻，答顾榕屏书，附徐逸帆所作《横山草堂图序》。是日，大伤风。

**十二(7月12日)** 稍晴。辰、巳、午、未刻，复孙稼亭书。骈体。盛云泉答书来，内有高笑山新刊《也足轩题赠诗》一本，以余诗为冠。申刻，题《许缨泉遗稿》。五律。酉刻，得沈浪仙初八日书，高笑山寄赠《也足轩集》十本。

**十三(7月13日)** 仍阴。巳刻，寄柯陳北书，赠以《鸿泥集》及《也足轩诗》二种。又与顾榕屏小札，附《积石山房题词》一律。晋馚自馆中归。未刻，与补田侄书。

**十四(7月14日)** 与沈浪仙书。骈体。

**十五(7月15日)** 辰刻,寄熊苏林书,赠以煕仪一洋、《乍浦集咏》一部。巳刻,寄张筱峰书,附缴词稿数种。酉刻,顾榕屏书来,言王芑亭欲乞余作《槐花吟馆图记》,拟赠笔资两洋。

**十六(7月16日)** 始大晴。卯刻,与徐逸帆小札。辰刻,寄钱渊亭、丁步洲书,各赠《也足轩集》一本。是日又伤风。

**十七(7月17日)** 大东南风。卯刻,过柯春塘处。巳刻,答顾榕屏书,附春塘所题《横山草堂图》二绝句。申刻,与补田侄书。是日,晋畚到馆。

**十八(7月18日)** 大东南风。辰、巳刻,阅陈叶宫《响琴斋诗集》。是夜,梦孙稼亭托余选诗。

**十九(7月19日)** 夜雨。卯刻,沈浪仙及补田侄俱有复函来。

**二十(7月20日)** 雨。上午大东北风,下午忽转西南,其狂更甚。午后,暖初身上大热。

**廿一(7月21日)** 大东北风。寅刻,丁步洲书来,内有郭友松所绘《扁舟访友图》,附七绝一首,笔底具有名士之气。又得顾韦人复函。

**廿二(7月22日)** 大东北风。摘录吴、赵两文宗浙江试牍律赋一百五十余联,《蕊珠书院课艺》三十余联。午后,暖初复发寒热,始知其为疟疾也。是日,余亦有微恙。

**廿三(7月23日)** 大东北风。夜雨。卯刻,寄沈浪仙书。又与顾子音小札。辰刻,盛云洤书来,内有赵仪姞夫人《扁舟访友图》七律一首,元气淋漓,绝无脂粉常态。是日,闻二十夜白沙湾一带人家海水冲入半壁,床榻俱浮。

**廿四(7月24日)** 大东北风。午后雨。卯刻,寄盛云洤、顾榕屏两书。适榕屏书亦至,内有朱椒堂侍郎新刻《诗集》十六卷。申刻,余寒热复作,始知亦系疟疾也。今年五月以来,未尝一日稍热。前则淫雨五旬,今则狂风半月。农夫在田不畏热而畏寒,花稻俱全无生色，恐来日大难矣。

**廿五(7月25日)**　大东北风。上午大雨。阅《茅声馆诗集》。茅翁一生学问长于金石，其诗亦然。

**廿六(7月26日)**　大东北风。午后，寒热大作，加以呕吐，至二鼓，胸鬲始清。是夜，陆瑞清病殁。

**廿七(7月27日)**　大东北风。午后，寒热又作。前则间一日，今则竟不间矣。暖初亦然。酉刻，沈浪仙书来，内有《书柳才人降乩自序后》七古一首。又代作余作七律一首。此系高药房学博所征，丁步洲所托。

**廿八(7月28日)**　大东北风。巳刻，答沈浪仙书。午后，寒热又作，十分利[厉]害。

**廿九(7月29日)**　大东南风。辰刻，丽春始到店。余以《也足轩集》二本寄赠费恺中、浦春波。又江西饶瀛洲乞去《诗集》一部。丽春每一回家，必为牧猪奴所诱，无日不以赌博为事，沉迷不悟，竟至视余如雠，一到店中，如梦初觉，如醉初醒，便有三分人气，然而一暴十寒，无惑乎其终身不智也。是日，余虽以术止疟，而精神疲惫，胃气闭塞，更觉委顿不堪。

## 七　月

**初一(7月30日)**　大东南风。是日，委顿如故，加以牙肉破碎，鼻管发痛，胃口益复不开。

**初二(7月31日)**　大东南风。是日，元气稍复。酉刻，沈浪仙书来。

**初三(8月1日)**　大东南风。卯刻，又得一孙女，所谓真是庶人命，雌风吹不清也。然余生平自问无罪，何行年六十而尚无含饴之乐耶？辰刻，寄丁步洲书，附诗二首。又与丽春札。是日，鼻疮大发。

**初四(8月2日)**　大东南风。

**初五(8月3日)**　大东北风。

**初六(8月4日)** 大东南风。摘录杂诗五十余联,为三孙女取名健初,盖以其生时,余病痊愈始健也。

**初七(8月5日)** 大东南风。夜大雨。是日,暖初开读《诗品》。

**初八(8月6日)** 大东南风。日夜雨。未刻,顾榕屏书来,赠寿诗两巨幅,已加装池,共十八人。李壬叔、孙次公、贾芝房俱五古,榕屏七古,仲子湘、蒋竹音俱五律二首,高藏庵、钱渊亭俱七律一首,丁步洲七律二首,张筱峰《壶中天》一阕,郁荻桥《天香》一阕,柯隦北五排三十六韵。其顾觉庄、黄椒升、张云槎、熊苏林、沈浪仙、于秋泾诸作,俱已记过。诸君诗俱著意经营,却切鄙人,绝无祝嘏泛语,览之深为畅慰。又丽春书来,言熊苏林处所有贶仪,今已汇齐寄去。又言陆畹亭现患嗝症,酒亦不能饮矣。

**初九(8月7日)** 晚大雨三阵。申刻,海盐杨也鲁寄赠寿意一幅,名一百有余图。其子晴岩赠寿联一副,撰句极佳。附录于此。养到木鸡深,春盎鹦湖,看星焕长庚,筹添周甲;名垂桐凤起,秋开鹤算,正年逢吉戊,月记重申。张虚舟过,言扬州、高邮一路都已极荒,我地米价亦渐贵。

**初十(8月8日)** 夜半大雨。未刻,家绍炳赠西小四个。是日,狂风始息。

**十一(8月9日)** 稍晴。卯、辰、巳刻,为王芑亭作《槐花吟馆图记》。骈体。午刻,复顾榕屏书。

**十二(8月10日)** 巳刻,张生蒲卿来,言刘霞茳于三日前谢世。

**十三(8月11日)** 忽晴忽雨。辰刻,率蒲卿受业柯春塘。

**十四(8月12日)** 稍热。重览《敬修堂词赋抄》。

**十五(8月13日)** 午刻,晋翁自馆中归。是日,暖初疟疾始止。夜,梦与雷蕴峰同酌,谐谑极欢。

**十六(8月14日)** 卯、辰、巳刻,抄骈文四篇。

**十七(8月15日)** 大东北风。卯刻,盛云泉书来,言《左国闲吟》已写样付梓。辰刻,复云泉书。晋翁趁航船至平湖,吊顾榕屏母夫人丧。元银二钱五分。

**十八(8月16日)**　大东北风,夜大雨。重览《清尊集》。

**十九(8月17日)**　大东北风。《书王庶田太守保守松郡事》。骈体。此壬寅夏五事也。唐梦蝶有纪事一篇,甚详。

**二十(8月18日)**　辰刻,赠徐、龚二家婚仪。未刻,晋鼢自城中归。

**廿一(8月19日)**　巳刻,沈浪仙书来,兼赠寿仪,立即札复。未刻,晋鼢到馆。

**廿二(8月20日)**　午刻,徐、龚二宅招婚宴,不赴。是夜,梦见一贞女,如雪柏霜松,凛然有不可犯之色。

**廿三(8月21日)**　以上四日重读《文选》一过。

**廿四(8月22日)**　作《冷仙祠堂碑》。骈体。是日,暖初疟疾复发。

**廿五(8月23日)**　夜半大雨。是日,唤工人修父母坟山篱笆。

**廿六(8月24日)**　雨。巳刻,恶奴刘大窃钱三百及杂物逃去。

**廿七(8月25日)**　夜雨。重览《湖州诗录》。

**廿八(8月26日)**　雨。巳刻,晋鼢自馆中归。酉刻,高仁煊为余言,六月中飓风大发时,太仓、崇明滨海人民溺死数万。丽春言江西全省俱荒,宁波亦水发。

**廿九(8月27日)**　始晴。是日,为余六十寿辰。亲友庆贺者约六十余号。总计贺仪约二十五千。盛云洤代刻诗稿,不在其内,所费约七千。暖初疟疾顿止。午刻,设小酌两席宴亲友。

**三十(8月28日)**

## 八　月

**初一(8月29日)**　酉刻,柯陳北书来,内有李志云所绘《扁舟访友图》,绝似南湖景色,精妙非常。许秋沙题以七古三首,俱切东湖,句法甚新。

**初二(8月30日)** 卯刻,得盛云泠书,并新印《左国闲吟》四十卷。前刊顾榕屏、沈浪仙题词,后附云泠跋。丽春乞去二卷。辰刻,柯春塘赠岳印寿字一幅,附长七古一首。运意深婉,铸词精缛。岳印寿字者,桐城吴晋斋明府以岳忠武王铜印印成古寿字也。巳刻,龚配京乞《左国闲吟》一卷。

**初三(8月31日)** 大雨。辰刻,顾榕屏书来。

**初四(9月1日)**

**初五(9月2日)** 热。卯、辰、巳刻,趁航船到城,船中遥见六龙取水。午刻,候顾榕屏,赠以《左国闲吟》二卷。得郁荻桥《扁舟访友图》骈体序,语语雕肝琢肾而出,置之《卷葹阁集》中,几乱楮叶。申刻,问陆畹亭疾。酉刻,费恺中邀小酌。夜宿西鼎字店。

**初六(9月3日)** 热。寅刻,至儒学观祭。丁、卯、辰刻,趁航船至乍浦,候盛云泉。未刻,候沈浪仙。夜宿盛宅。是日,闻江北难民七八万人,担簦襁负,已到吴门。

**初七(9月4日)** 热,下午雨。卯刻,候刘心葭。辰刻,候杨也鲁父子于东关庙。巳刻,过卢生揖桥处,见钟生穆园吴门来书,言高邮、召伯、兴化、泰州、通州、海门诸处,因淮坝溃决,百万生灵,遽为鱼鳖。逃出者,百中之一耳。或又言,河抚骤开五坝以泄大水,遂致奇灾,未知孰是。现在难民在苏,抚军派员安顿,尚不致纷扰闾阎。午刻,杨友莲招饮双全馆,言明年刊文稿四集,愿助资斧。

**初八(9月5日)** 辰刻,候朱秋田。巳刻,访朱文江。午刻,殷梦苏招宴,同席安申之名禄,满洲人。蓝翎侍卫,好学能诗、杨晴岩、沈浪仙、鲁文甫。申之乞余《三集文》及《诗集》各一部。酉刻,散席。是日,刘心葭答候,不值。

**初九(9月6日)** 晚雨。辰刻,朱文江答访。巳刻,复过杨晴岩寓。午刻,卢生赠洋布一幅、佛银一枚。

**初十(9月7日)** 卯刻,杨晴岩过。辰刻,过张粲言馆,兼访杨友莲。巳刻,候林雪岩。午刻,小饮沈浪仙处。朱秋田答候,不值。

是日，潘文秀斋为余印毕《诗文全稿》七十部，纸价十千，印费五千。此番盛云泉代余买纸，价值颇廉，而印工手段甚佳，匀净妥帖，殊非易得。

**十一(9月8日)** 辰刻，赠杨晴岩《诗文全集》。巳刻，赠殷梦苏《诗文全集》。未刻，访云槎上人。是日，杨也鲁答访，不遇。

**十二(9月9日)** 辰、巳、午刻，在沈浪仙处长谈。云槎上人答候，不值。申刻，单石年来访。酉刻，浪仙来送行。云泉赠茶食六包、火酒一瓶。

**十三(9月10日)** 卯、辰、巳刻，趁曹儎到平湖。舟行甚迟。未、申、酉刻，即趁干儎回家。晋紛亦自馆中归。知暖初近日身上大热，至今未凉。是夜，暖初泻血数次。

**十四(9月11日)** 午刻，寄丁步洲书，附盛云洤、袁琴客、王恕庵所作柳才人诗，赠以《左国闲吟》一卷。又寄赠钱渊亭一卷。申刻，延戈寿峰来，治暖初疾，而暖初竟不肯服药。

**十五(9月12日)** 未刻，寄顾榕屏书，附《左国闲吟》十部。申刻，龚配京馈熟凫一只。

**十六(9月13日)** 午刻，寄吉桐生书，赠以《左国闲吟》二卷。是日，暖初疾势稍退。

**十七(9月14日)** 申刻，闻学宪赵公廿七日取齐禾郡科试署，邑侯高公十九日观风。

**十八(9月15日)** 辰刻，徐宿生乞《左国闲吟》一卷。

**十九(9月16日)** 以上三日，重览《七修类稿》。是夜，梦遇一僧，少年能诗，脱尽蔬笋之气。

**二十(9月17日)** 夜雨。是日，暖初开读《续诗品》。

**廿一(9月18日)** 是日又伤风。夜，梦遇两诗人，一名陈步洲，一名程步洲，姓名差同，而诗笔亦相伯仲。

**廿二(9月19日)** 以上三日，重览《万历野获编》。

**廿三(9月20日)** 辰刻，与顾榕屏书。寄吊顾访溪母夫人丧。

巳刻,赠盛氏寿仪。送张氏冥资。

**廿四(9月21日)** 申刻,丁步洲复书来。

**廿五(9月22日)** 是日,媳妇及次女孙晴初俱病卧。

**廿六(9月23日)** 巳刻,晋畚自馆中书来,言方钊得观风第一名。又言廿八日率徒赴郡。未刻,项肇周乘醉来吵闹两次,不知所谓。

**廿七(9月24日)** 是夜,泄泻三次。

**廿八(9月25日)** 午刻,偕纪录庵、毕雨亭及晋畚等十人登舟。酉刻到平湖,泊舟于南廊下。是夜,为群蚊所困。

**廿九(9月26日)** 热。卯刻发舟。午刻到郡,寓宏文馆西首赵硕轩宅。申刻,孙次公过。酉刻,候顾榕屏,见赵梅圃新刊《簪花赋》共六十篇,晋畚《炮赋》亦在内。

## 九 月

**初一(9月27日)** 热。卯刻,候计二田,赠以《左国闲吟》二卷及石刻《四铜鼓斋记》。又访石研虹。辰刻,访柯隩北、孙稼亭,各赠以《左国闲吟》。柯春塘来访,不值。巳刻,陈乐泉过,赠以《左国闲吟》。午刻,钟生穆园携至张次柳所赠笔资二洋及《扁舟访友图》题词。《如此江山》一阕。又黄仲虬题七绝二首。李秋纫来访,赠以《左国闲吟》。未刻,严伯年过。即松圃。申刻,答柯春塘,见其远祖柯柯山《九山草堂诗抄》。是日,赵文宗到。

**初二(9月28日)** 热,午后小雨。辰刻,候刘心葭。巳刻,顾榕屏赠《辰田诗赋稿》一部,即偕榕屏答李秋纫。午刻,费莼庄过,取《左国闲吟》一卷。未刻,候顾方溪。申刻,陈壬桥过。酉刻,赠赵硕轩《三集文》及《诗集》各一部。

**初三(9月29日)** 热。卯刻,刘心葭邀至莲花桥食蟹羹。辰刻,计二田答访,又取《左国闲吟》一卷。巳刻,访于辛伯,赠以《左国闲吟》。辛伯亦见赠《通介堂诗集》二册。辛伯言,吴晓湖所刻余咏戏诗,盛行于时,苏湖书肆刷去三千余部。未刻,至计二田寓长谈。晤缪赏谷。嘉兴人，工画。申刻，以《文稿全集》寄赠杭州方子维。名宗城，今年拔贡。石研虹答访，言杭州三书院每至课期，诸名士皆携余骈体文以为杂著取材之具，故杭人欲购者益多。酉刻，赵硕轩答赠《耨云轩》《宝书堂诗集》各一部。是日，考生经古，石门谭逢仕以前日讲书不到，点名时为学宪所逐出。逢仕本拟今年拔贡，偶因怠玩，遂遭折挫。

**初四(9月30日)**　热。巳刻，钟穆园乞《左国闲吟》一卷。年侄王小溪梦祥拜会，赠以《三集文》一部。午刻，过姜白榆寓。年侄孙葆麓善培拜候，蒋竹音来访，俱不值。

**初五(10月1日)**　夜大雨。辰刻，石研虹、于子味名以妢，嘉兴诸生，老友舍薇之子同过。巳刻，访陈味梅，名鸿诰，秀水诸生，玉貌少年，工诗词。赠以《诗集》一部。味梅答赠《传经楼试律》《宝书堂遗诗》二种。午刻，董枯匏过，言吴兴陆攀香念余甚切。未刻，再过计二田寓。申刻，赵硕轩赠七律四首，情词恳恻。又以《读我书斋诗稿》见视。是夜，出生经古案，经解二人，平湖顾广誉第一；古学二十四人，平湖谢桨照、沈锡祺。

**初六(10月2日)**　大雨。辰刻，柯隞北答候。隞北取古学第四。巳刻，王芑亭过。未刻，李香谷大令书来，言丙午秋丁艰以后，潦倒杭城，债务如山，今夏迁居马所巷韩家巷内小室一间，题曰欠轩，欲乞余作记一篇。是日，平湖科试题“人之有德慧”全章，发前四学案。柯隞北得府学一等第一。

**初七(10月3日)**　巳刻，于辛伯重取《诗集》一部。① 沈黻堂见赠《青箱馆杂俎》一本，余即以《诗集》答之。午刻，刘心葭、张粲言同过。未刻，得陈循陔隶书《扁舟访友图》册首。

**初八(10月4日)**　寒。寅刻，送同寓诸童入场。辰刻，孙稼亭答访，不值。巳刻，于辛伯办一巨舟，招同沈黻堂、石研虹、高藏庵、顾

---

① 于辛伯即于秋淦(于源)。

榕屏、王芑亭、岳余三、孙次公、严伯年、陈味梅、陆静香及儿子晋龢从狮子汇发棹,至西门外谒岳王祠。祠中新构园林,有舫轩、贮春庐、有斐亭诸景,地位虽狭,布置却工。未刻,泊舟烟雨楼下,辛伯设美馔二席。酉刻始散。是日,平湖童生院诗题"虽覆一篑进",发后四学案,平湖一等二十五名。张鹏图、周鸿藻、程玉麟、谢棨照、沈锡祺、沈寅清、袁丙昇、鲍湝、刘惇福、沈瑛、高赐孝、徐方增、陈安涛、顾棨、张煦、陈其昌、顾广誉、陈观澜、陆嘉椿、徐桂森、王成瑞、蒋槐、周敦源、冯志熙、高赐忠。

**初九(10月5日)** 辰刻,迁寓顾榕屏处,在酱园巷魏宅。未刻,访王文轩,赠以《左国闲吟》,不值。访刘霞城、陈小邱,名新,酤酒为业,亦能作诗。各赠以《左国闲咏》。申刻,访吴晓湖。又过王芑亭寓。酉刻,从丁蔼亭处买得《埋忧集》六本。二百四十。刘抑斋、钟穆园同过。杨小铁来访,不值。

**初十(10月6日)** 卯刻,邀榕屏父子至莲花桥食鸡面。回过沈黻堂寓。辰刻,黻堂答候。巳刻,顾访溪答候,始知前年所寄张渊甫书并文集竟至浮沉。午刻,访沈远香,不值。未刻,答孙次公。又过严伯年处,不值。从吴晓湖处购得《野语》四本。一百六十。申刻,陈味梅答候,出视所题《扁舟访友图》。七绝四首。戌刻,发新进案。府学七名:费廷槐、沈锡庚、叶宗焕、孙联魁、林思睿、张金垣、黄鸿。县学二十五名:钟鼎勋,徐逢渊、张金鉴、沈春煦、龚绍洙、沈钦禄、徐元陛、王家梓、郭如椿、顾鸿昇、金振声、吴鸿照、戴金栋、陆师郊、钱锡康、高崑源、张骥孙、翁廷夔、徐鸿逵、何保瑞、徐达璋、朱廷锡、周炳、朱常法、朱家模。

**十一(10月7日)** 辰刻,访郁彝斋明府,赠以《三集文》一部。彝斋立即答候。巳刻,计二田过。郭少莲来访。午刻,沈远香答访,赠以《三集文》一部。未刻,赠吴晓湖《左国闲吟》。又以蒋眉生《吟红集》借之。申刻,题《郭渔隐小照》。七绝。高藏庵、李秋纫同过。酉刻,新进郭辛卿、王荫山到寓。

**十二(10月8日)** 卯刻,胡莲江招食蟹羹。巳刻,王文轩、后帆答候。文轩乞题《椿萱并荫图》,立赋小七古一首应之。未刻,柯隒北过。酉刻，至吴彦宣寓，取朱镜香《菰云馆制艺》一本。是日，晋翖回去。

**十三(10月9日)**　辰刻，答蒋竹音，不值。巳刻，代柯隊北题《积石山房遗诗》。五律。未刻，至市心关帝庙观剧。申刻，王文轩为余绘《扁舟访友图》。吴彦宣答访，不值。

**十四(10月10日)**　夜雨。巳刻，林笛仙绘《扁舟访友图》见赠。未刻，赠郭辛卿《三集文》及《左国闲吟》，赠王荫山《诗集》一部及《左国闲吟》。戌刻，寓主人魏蔼春设席待新进王、郭二君，招余同宴。

**十五(10月11日)**　雨。辰刻，孙次公过。以近诗一卷见视。巳刻，赠王虹亭《三集文》一部、《香鹿集》一本。吴晓湖答访，为余题《扁舟访友图》七绝四首，即景生情，语皆隽妙。又赠《香鹿集》十本。未刻，过计二田寓，长谈。申刻，至对门茶肆观一男一女戏法。戌刻，观拔贡榜。府学：江葆煊、徐鸣世，嘉兴钱应溥，秀水钱官埈，嘉善孙福清，海盐朱元庆，平湖谢棨照，石门沈承烈，桐乡沈宝梁。是日，嘉兴新篁镇新进张某以急病不能复试，扣除易一胡姓者，系甪里街人。胡适新婚，故喜跃倍常。

**十六(10月12日)**　夜雨。辰刻，观新进古学案，取二十五名，平湖得其五。沈钦禄、徐元陛、何保瑞、郭如椿、王家梓。午刻，柯隊北招同李秋纫、孙次公、顾榕屏、林笛仙饮于万兴馆，俄而杨小铁亦至，酉刻始散。戌刻，得郁彝斋书，并所题《扁舟访友图》。七律一首。又见赠《倚装吟》一册。

**十七(10月13日)**　雨。辰刻，严伯年招食羊羹，赠以《左国闲吟》。申刻，杨小铁招同顾榕屏、李秋纫饮于韭溪桥南盛氏酒肆。有当垆女，年方三五，虽非绝色，亦自楚楚可人。

**十八(10月14日)**　辰刻，趁郭渔隐舟。未刻，回至平湖。知六姑母去世，年七十四。余家已赴吊。

**十九(10月15日)**　未刻，观三王会。会中，旗伞衣服皆今年新制，城隍有二十四司，东岳有全副銮仪，皆炳蔚可观。此番迎会十日，局中局外，所费约三万余金,真不愧繁华世界,然亦太奢矣。申刻,偕丽春游小南门外地藏庵、福寿庵两处。是夜,梦遇钮福保殿撰畅论诗文。

**二十(10月16日)** 辰、巳、午刻,偕晋翁买舟回家。申刻,拜王竹村家阴寿。

**廿一(10月17日)** 辰刻,寄盛云泉书,赠以《宝书堂》《古琴楼诗抄》二种。巳刻,赠瞿氏婚仪。午刻,赠徐继陶《诗集》一部及《左国闲吟》,又近人杂著四种。

**廿二(10月18日)** 小雨。辰刻,闻杨晴岩弟入泮。寄赠《生斋诗稿》《绿语楼词抄》二种。

**廿三(10月19日)** 巳刻,陈栎庵过。栎庵向为释子,今还俗三年矣。现在镇上卖画,乞余吹嘘。午、未、申刻,阅马澹于《耨云轩诗词集》六卷,内有《八声甘州》一阕,为余及柯小坡、顾榕屏过访而作,惜误以余为魏塘人,以小坡为当湖人。是夜,梦遇文后山,白发苍颜,为余作画,尚带少年气骨。

**廿四(10月20日)** 热。阅徐及锋《通介堂诗》十卷、张晴鹤《宝书堂诗》二卷。巳刻,晋翁到馆。王生小轩过。

**廿五(10月21日)** 昼夜大雨。阅周二南《诗抄》二卷、张梦庐《闽游草》一卷。是夜,梦至一园,花事正繁,朵朵皆成鸟形。是盖以人力为之者,决非花之本相。

**廿六(10月22日)** 猝寒。阅周星甫《野语》九卷,后附《西吴蚕略》二卷《西吴菊略》一卷。申刻,梅羹和尚过,乞余作匾,题其殿后新室。

**廿七(10月23日)** 寒。阅朱梅叔《埋忧集》十卷。此书多记近年事,然大半系传闻之误。

**廿八(10月24日)** 寒。巳、午刻,览沈瀫堂《青箱馆杂俎》。骈散古文俱无可采,律赋稍佳。

**廿九(10月25日)** 巳刻,阅凌禹昌《豫省奇荒述略》。河南自二十三年起,连荒五六年,袤延至九府之广,尤甚者为开封,人民相食。朱仙巨镇也，白骨如山，民之存者仅十之三，其余小集更无论。

**三十(10月26日)**　李香谷明府作《欠轩记》。骈体。

## 十　月

**初一(10月27日)**　巳刻，与晋龄书。

**初二(10月28日)**　巳刻，陈栎庵以画竹为赠，意在易钱。余因却而不受。

**初三(10月29日)**　午刻，览《簪花集律赋》。是夜，梦两毒蛇入两人腹中，久之不出，而人亦无恙。

**初四(10月30日)**　晚雨。巳刻，张生壬桥过。午刻，寄李香谷明府书，附《欠轩记》。未刻，寄石研虹、顾榕屏两书。

**初五(10月31日)**　未、申刻，观《辰田诗赋稿》。

**初六(11月1日)**　巳刻，朱雀桥过，谈诗久之。

**初七(11月2日)**　巳刻，张虚舟过。是夜，暖初又发寒热。

**初八(11月3日)**

**初九(11月4日)**　是日，内子、媳妇俱病卧，三女孙亦皆有疾。余虽精神矍铄，然中馈乏人，殊难度日。

**初十(11月5日)**　热。以上八日，为暖初录唐诗五律三百二十余首以作读本，依沈归愚《别裁集》而复增损之，可称妙选。

**十一(11月6日)**　大雨。巳刻，寄丁步洲书。又与沈浪仙书。赠以顾寄萍《莲幕本草》、郁彝斋《倚装吟》二种。午刻，知马松坡下世，即送冥仪。

**十二(11月7日)**　夜雨。巳刻，摘录《二南集》《耨云轩集》五七言五十余联。

**十三(11月8日)**　大雨，□□。抄乐府十首，杂诗三十首。

**十四(11月9日)**　中午后雨。巳刻，寄贺吴朴斋七十寿。内人自起病以来，昼夜呼謈，是日更甚。

**十五(11月10日)**　摘录《簪花赋》《拚鄂书屋赋》一百余联。午刻,为许六事,作书与吉桐生分司。申刻,桐生复书来,言许六必不可再用。

**十六(11月11日)** 大西北风,极寒。辰刻,盛云淦复书来。

**十七(11月12日)** 寒。午刻,晋翻自馆中归。

**十八(11月13日)** 寒。巳刻,沈浪仙、盛云淦俱有书到。钟穆园寄来寿诗七律四章,志和音雅,一片宫商。内有句云:"老去抄书犹万本,平生读史备三长",尤为切当。午刻,复云淦书。

**十九(11月14日)** 是日,暖初开读唐诗五律。巳刻,题沈槲堂《菊屋寻诗图》。五古。申刻,浦春波过。

**二十(11月15日)** 辰刻,赠丽春女嫁仪。巳刻,柯春塘过,言杭州新抚军吴公文镕清操劲节,正己率物,有古名臣风,一洗从前骫骳之习。是夜,梦乘月独行空山中,白露暖空,树阴满地,翛然自得,不知身在人间世也。

**廿一(11月16日)**

**廿二(11月17日)**

**廿三(11月18日)** 巳刻,与卢揖桥书,附《左国闲吟》一卷。

**廿四(11月19日)** 巳刻,吊方古田书丧,又拜钱心园阴寿。是日,腰脊酸楚,不能起立。

**廿五(11月20日)** 未刻,丁步洲复书来,言姜子安今已入泮,兼取古学,拔贡六人,内府学冯树卿、奉贤袁廉叔,皆余旧识。

**廿六(11月21日)** 午刻,过柯春塘处,出示所著《春水船诗》四百六十余首,属余酌选。

**廿七(11月22日)** 巳刻,寄于辛伯书。是日,内子病始瘳。

**廿八(11月23日)** 选柯春塘诗,存二百九十五首。诗有议论,有见地,间或涉腐,然不掩其菁华,内如《十六国春秋咏史》七律、《南宋宫词》,以及感慨夷事、留别武林僚友,皆集中之上乘也。

**廿九(11月24日)** 巳刻,闻马均和去世,即送冥仪。午刻,寄张云槎道人书,附《左国闲吟》一卷。又与杨晴岩书。八月初,晴岩约余十月中同往永安湖观红叶。余闻之跃然，拟作记一篇，存《四集》中。今十月已终，晴岩竟不见招，盖亦食言而肥者，故作书让之。是夜，梦为人作一大文，文成而筋疲力尽，几几乎扬子云五脏俱流矣。

**三十(11月25日)** 午刻，丽春招饮会亲酒。

## 十一月

**初一(11月26日)** 巳刻，徐继陶过。午刻，高仁煊馈野雉一只。

**初二(11月27日)** 巳刻，过柯春塘处。酉刻，补田招食蟹。

**初三(11月28日)** 午刻，晋畇到馆。是夜，梦至乡村，夕阳在山，迷路难返，因而留宿田家。

**初四(11月29日)** 寒。巳刻，作东林寺殿后新室匾额，加四六跋语。午刻，张云槎答函来，招余作武原之游。

**初五(11月30日)** 午刻，吊沈氏丧。

**初六(12月1日)** 辰、巳、午刻，为郁荻桥作《雪屋填词图记》。骈体。未刻，闻李恪亭下世。是日，始作卧房内风窗三扇，区区小费，阅十年而始克如愿，难矣哉。

**初七(12月2日)** 辰刻，顾榕屏复函来。巳刻，过梅羹上人处。

**初八(12月3日)** 巳刻，寄沈浪仙书，附春塘诗数首。

**初九(12月4日)** 巳刻，寄柯隒北、顾榕屏两书。

**初十(12月5日)** 辰刻，寄吊徐母陆太夫人丧。是夜，梦遇一吴姓者，名身自而忘其号，工写真，为余绘像，栩栩如生。

**十一(12月6日)**

**十二(12月7日)** 未刻，徐宿生过，言陈云溪得罪于吴公子铁琴。铁琴欲诉诸抚军，云溪大惧，馈以洋饼千枚始免。

**十三(12月8日)** 辰刻，沈浪仙复书来。是日，内人又病。

**十四(12月9日)** 大西北风。以上八日，重览往年所选古文千有余篇。

**十五(12月10日)**　是日伤风。

**十六(12月11日)**　申刻,陈东堂、乐泉同过。

**十七(12月12日)**　申刻,有恨事。

**十八(12月13日)**　是日,内子始下楼。戌刻,知陆畹亭于日中去世。

**十九(12月14日)**　巳刻,晋翻自馆中归。未刻,陈乐泉来,畅论文艺,出视为余所作六十寿文,高朗秀丽,有典有则,自是骈俪正宗。临去赠以《诗稿》一部。

**二十(12月15日)**　辰刻,晋翻至城,送畹亭入木。余寄赠邑侯高公诗文全稿。巳刻,从陈乐泉处借得《皇朝经世文编》前半部,彼亦借余《国朝骈体正宗》四册。家东海过。午刻,张虚舟过。未刻,寄吉桐生书。为家东山代购普洱茶。

**廿一(12月16日)**　夜雨。

**廿二(12月17日)**　昼夜雨。巳刻,以暖初寄名于梅家桥沈氏女。年二十九。

**廿三(12月18日)**　雨。巳刻,借柯春塘《皇朝经世文编》后半部。此书共一百二十卷。

**廿四(12月19日)**　戌刻,晋翻自平湖归。

**廿五(12月20日)**　夜雨。

**廿六(12月21日)**　雨。

**廿七(12月22日)**

**廿八(12月23日)**　未刻,晋翻到馆。

**廿九(12月24日)**　未刻,丁步洲书来,内有高药房学博名崇瑞所题《扁舟访友图》五律二首。

**三十(12月25日)**　以上十日,阅遍《经世文编》百二十卷。

## 十二月

**初一(12月26日)**　抄古文六首。

**初二(12 月 27 日)**　抄古文四首。

**初三(12 月 28 日)**　抄古文五首。

**初四(12 月 29 日)**　抄古文五首。

**初五(12 月 30 日)**　抄古文五首。

**初六(12 月 31 日)**　辰刻,得计二田书,内有陶梅石画《扁舟访友图》及《清平乐》词一阕。其画冷艳幽隽,出入于恽寿平、王石谷间,词亦超拔。杨利叔题七绝三首。二田又见赠徐沅舲《抱碧堂诗词抄》十三卷、郑子霞《新塍棹歌》一卷。①

**初七(1849 年 1 月 1 日)**　抄古文六首。未刻,高明府招初十日饮开仓酒。

**初八(1 月 2 日)**　雨。抄古文五首。未刻,送魏氏冥仪。是夜,有盗七八十人,将劫朱氏典。因典中灰瓦乱掷,盗不能入,转劫贫户一二家而去。

**初九(1 月 3 日)**　抄古文六首。申刻,丽春自城归,言鲁介庵被娈童所控。高公已亲审数次,现发捕厅收管。

**初十(1 月 4 日)**　巳刻,金婿乞《左国闲吟》一卷。未刻,徐宿生来,言陆徽卿死。是夜,梦一妪来见,自称识字能诗,试之,果略有三分。

**十一(1 月 5 日)**　夜雨。抄古文五首。酉刻,沈筤溪乘便舟来访,言蔡康伯名庆地,归安双林镇人欲乞余为其尊人雪亭立传,先赠笔资四洋。

**十二(1 月 6 日)**　夜雨。抄古文六首。未刻,李香谷明府复书来,附赠《瘗蛇灵应碑》石刻二纸。明府宰武义时,其地大江岩有蛇,长数丈,盘踞谷中已数百年,往往食民间鸡彘,天旱时尤能为害。丙午夏,明府牒城隍神,请除之。无何,山崩一角,蛇毙崖下。明府爰勒碑以记其事。

**十三(1 月 7 日)**　抄古文六首。酉刻,石研虹、顾榕屏、柯隞北

---

① 郑子霞有《新溪棹歌》。

皆有书来。隞北中言嘉善沈黻堂、顾默庵已物故。

**十四(1月8日)**　抄古文六首。

**十五(1月9日)**　抄古文五首。申刻,晋畇自馆中归。

**十六(1月10日)**　午刻,秦秋夔寄来寿诗七律二首。未刻,送张氏嫁仪。

**十七(1月11日)**　辰、巳、午刻,作《蔡雪亭传》。未刻,寄沈筤溪书,赠以《三集文》两部、《左国闲吟》两卷。寄盛云泾书,附柯隞北所题《僧窗待月图》七绝二首。

**十八(1月12日)**　抄古文七首。

**十九(1月13日)**　抄古文四首。巳刻,吊家东山丧。

**二十(1月14日)**　小雨。抄古文六首。是日,晋畇到城中吊陆氏丧。

**廿一(1月15日)**　大西北风。抄古文四首。

**廿二(1月16日)**　大西北风,寒。抄古文五首。是日,闻鲁介庵以讼事,费番银千余枚,始得释放。

**廿三(1月17日)**　大西北风。未刻,家东海馈鲜肉十斤、雄鸡一只。

**廿四(1月18日)**　抄古文四首。巳刻,吊东西李氏丧。午刻,梅羹和尚赠笔资八百文。酉刻,丁步洲寄赠太史饼一斤。

**廿五(1月19日)**　抄古文七首。申刻,晋畇归自城中。

**廿六(1月20日)**　未刻,陈乐泉缴《骈体正宗》。余亦以《经世文编》前半部还之。

**廿七(1月21日)**　夜雨。抄古文七首。

**廿八(1月22日)**　夜大雨。

**廿九(1月23日)**　雨。

是岁出钱一百四十八千,入钱一百八十千。

# 道光二十九年己酉(1849),六十一岁

## 九孙居日志

### 正　月

**元旦(1 月 24 日)**　抄古文四首。

**初二(1 月 25 日)**　抄古文四首。

**初三(1 月 26 日)**　抄古文四首。以上二日,腰痛。

**初四(1 月 27 日)**　巳刻,寄钟穆园书。午后,阅《抱碧堂诗》。诗有别才,七古尤奇横,与舒铁云相伯仲。

**初五(1 月 28 日)**　辰刻,晋酚呼舟至城中吊徐侍郎丧。巳刻,朱雀桥过。

**初六(1 月 29 日)**　抄古文七首。

**初七(1 月 30 日)**　巳刻,寄杨晴岩书。午刻,阅郑子霞《新塍棹歌》。

**初八(1 月 31 日)**　抄古文六首。

**初九(2 月 1 日)**　辰刻,张生壬桥过。巳刻,纪录庵过。午刻,钟穆园复函来,内有林雪岩书,并为余作寿诗七律四章,有句云:"目空早已无余子,语妙偏能到古人。"又云:"朗抱雅同千里月,微髭未染一毫霜。"俱是写生之笔。

**初十(2 月 2 日)**　辰刻,吊马氏丧。巳刻,徐一斋、徐鹿卿同过。

**十一(2 月 3 日)**　辰、巳刻,摘录《抱碧堂》五七律六十余联。又

抄乐府四首。

**十二(2月4日)** 午刻,钱小园招宴,同席柯春塘、李幼白等十余人。戌初散席。

**十三(2月5日)** 大东北风。辰刻,盛云泩书来,内有《塔塔喇恭人题赠集》二卷,并馈橘子四斤、荔支一斤、太史饼两包。巳刻,还柯春塘《经世文编》后半部。潘鉴堂过。午刻,朱草亭招宴,不赴。

**十四(2月6日)** 夜雨。

**十五(2月7日)** 夜雨。选录近年友人所赠诗词。是日,闻王蔼如暴横乡间。去岁,强娶有夫妇女为妾。其夫控官,坐诬被杖。既而有人代鸣其冤,官乃治蔼如之罪。蔼如十余年来诈人财物约数千金,今已罄矣。

**十六(2月8日)** 午刻,柯春塘过。近日两臂作痛,伸缩艰难,加以两手皲瘃,红肿非常,盖因呵冻抄书,过于劳苦之故,其果何所为而为耶?袁随园诗云:"似乎未死前,我法当如是。"信然。

**十七(2月9日)** 夜大雨。辰刻,始得杨晴岩复函,内有陈高俊所绘《扁舟访友图》题图一首,集葩经十六句,顾觉庄题《踏莎行》一阕,顾翰闱五律一首,顾芸史七律一首。又言去腊曾有一书,并题五页,竟致浮沉,殊为可惜。

**十八(2月10日)** 大西北风。辰刻,董枯匏寄来《扁舟访友图》画幅,又赠寿意一幅,俱合古人法度。巳刻,赠徐华平子婚仪。午刻,柯春塘招宴,同席钱小园、王小轩等六人。酉刻散席。

**十九(2月11日)** 寒。辰刻,复盛云泩书。巳刻,与董枯匏书,赠以《丙午魁墨》《左国闲吟》。申刻,朱雀桥寄来寿言七古一章,气机流畅,雅近眉山。

**二十(2月12日)** 夜大雨。辰、巳刻,趁干儎至平湖,风水俱顺。午刻,费恺中招小酌。申刻,浦春波邀食面饺。戌、亥刻,与丽春等饮于西鼎字店。夜即留宿。

**廿一(2月13日)** 午前雨。辰刻,候顾榕屏,知顾访溪右目已簪。午刻，榕屏留中膳，又赠余陆芷江《莳桂堂诗抄》三卷。申刻，过考妹处。是夜，梦独行山泽间，残雪满岭，清趣可观。

**廿二(2月14日)**　辰、巳、午刻，趁盐溪航船回家，知梅羹和尚二十日招饮。是日，晋紛至盐溪周氏开馆。

**廿三(2月15日)**　辰、巳刻，览《莳桂堂诗集》。芷江诗宕逸自喜，而格局甚小，盖由天分超而功力浅也。

**廿四(2月16日)**　大雨。巳刻，题张竹塘《求己图》。小五古。

**廿五(2月17日)**　夜大雨。补摘《有正味斋骈体》二百五十余联。是夜，梦一贵公子贻余一札，约数十万言，读之竟日不能毕，盖曾见余骈文而佩服者也。既而晤见其人，迨醒忘其姓名，只记其号小倦而已。

**廿六(2月18日)**　昼夜大雨。戌刻，沈浪仙书来。

**廿七(2月19日)**　昼夜大雨。

**廿八(2月20日)**　雨。

**廿九(2月21日)**　雨，湿□。作《先妣丁太孺人事略》。骈体。午刻，晋紛禀来，内有为计二田作《泠音阁校诗图记》骈体一篇，为陶梅石题《新年纪事册》七绝四首，尚觉妥适。是夜，梦天降红雪。

**三十(2月22日)**　雨。卯刻，与晋紛书。

## 二　月

**初一(2月23日)**　上午日食，下午雨。作陶梅石《山馆纪幽册序》。骈体。是夜齿痛，更兼头风。

**初二(2月24日)**

**初三(2月25日)**　昼夜大风雨。是日，河水顿长二尺。

**初四(2月26日)**　昼夜大雨。巳刻，寄严伯年书。是日，午后牙根大痛，不能眠食。

**初五(2月27日)**　夜大雨。巳刻，答计二田书，附诗文三件。午刻，与秦梦书。

**初六(2月28日)** 雨。巳刻,答沈浪仙书。

**初七(3月1日)** 昼夜大雨。辰刻,与晋翁书。以上三日,昼则牙痛稍减,入夜则痛如锥刺。

**初八(3月2日)** 始晴。是日,牙痛更甚。申刻,闻周西园在钱宅,即往诊治。

**初九(3月3日)** 寒。是日,委顿卧床,粒米不进。午刻,服药剂。

**初十(3月4日)** 寒。午刻,服药一剂,仍粒米不能下咽。

**十一(3月5日)** 是日,腹中虽饥,而龈肿妨食,依然粒米不进,服药二剂,一无见效。庸医,其足信乎?

**十二(3月6日)** 午后大西北风,寒。是日,头痛稍减而齿痛更酷。勉强下床,略噉薄粥。申刻,晋翁自馆中归,言周西园今日又在镇上,可以再往诊。余极不愿而又不忍拂儿之意,因属其改方而已。

**十三(3月7日)** 寒。辰刻,陆宗卿赠福橘六枚。巳刻,家东海过。午刻,服药一剂。是夜,梦与雷蕴峰等游上海,极风月烟花之趣。既而诸人尽归,余与蕴峰尚留恋欢场,依依不能舍也。

**十四(3月8日)** 寒。是日,齿痛至不可忍。盖缘西园所改之方,愈加猛烈,犹抱薪而救火也。幸余本原尚厚,勉自支持,不然六十余岁之老翁,其能胜此猛剂耶?危哉殆哉。

**十五(3月9日)** 夜雨。午刻,吉桐生有书来,并普洱茶一包。盖以去冬家东山患病,托余代购也。今东山已逝,无所用之,因即复札缴还。

**十六(3月10日)** 夜雨。

**十七(3月11日)** 巳刻,晋翁到馆中。午后,齿痛稍减。

**十八(3月12日)** 大雨。巳刻,杨晴岩寄来戴连科、孙继康所绘《扁舟访友图》。午刻,寄顾榕屏及丽春书。

**十九(3月13日)** 大西北风。是日,齿疾始痊。

**二十(3月14日)** 是日,始能重吸水烟,盖已停止半月矣。

**廿一(3月15日)** 寒。巳刻,媳妇回母家。

**廿二(3月16日)** 巳刻,重阅《过墟志》。是夜,暖初身发大热。

**廿三(3月17日)** 辰、巳刻,《驳欧阳公纵囚论》。骈体。丽春回书来,言张诗舲已擢陕西巡抚。又言顾榕屏近得痫症,日前曾吞金□事一枚,幸得灵方急救,阅二日而出腹。似此景象,余甚忧之。申刻,谢六官来,又以俗事相浼,力却之。

**廿四(3月18日)** 酉刻,计二田书来,招余四月中往游。严伯年寄来陆静香所绘《扁舟访友图》,淡远有致,儿子秦梦寄奉白缎绣花扇囊一只。是日,为祖父母坟上培泥,工费六百余文。

**廿五(3月19日)**

**廿六(3月20日)** 是夜,齿痛复作。

**廿七(3月21日)** 大雨,夜半大雷电。是日,精力大疲,卧床竟日。

**廿八(3月22日)** 是日,齿痛如故。

**廿九(3月23日)** 午刻,内侄女金四姑忽至,言其母卧疾半年,一无生发意,盖欲乞余钱也。余实力莫能助,而又义不容辞,勉赠佛银一枚。是夜,梦在一处观月,月光精炯,百倍寻常。两目俱眩,不能仰视。

## 三　月

**初一(3月24日)** 以上三日,重览《寄园寄所寄》。是夜,梦见一官决狱,柔而寡断,有两造赴审,一人理直,跪而陈诉,侃侃有词;一人理曲,偏傲不肯跪,而又不善言语。旁有一吏,甚戆,或怒目视之,或大声叱之。俄而,戟手指其人,曰该打。官愕然良久,曰此说甚是,因命曳下杖之二十。

**初二(3月25日)** 小雨。

**初三(3月26日)** 以上数日,龈腐不堪,口中臭气,直达于外。

**初四(3月27日)** 辰刻,盛云泾书来,赠蒋楚亭《求纯集诗稿》二部。前有序文三篇,其一即余所撰也。酉刻,柯隞北书来,内有顾榕屏去世之说。余却未闻,且骇且疑,因作札寄问丽春。

**初五(3月28日)** 未、申刻,阅《求纯集诗》二卷。是夜,梦有客问余曰:平湖自设县以来三百余年,工诗文者为谁?余应之曰:平湖之有诗文者多矣,而皆不工。《沈客子集》,人皆称之,然亦四平八稳而已,未见出奇制胜。以鄙意论之,诗以方子春为第一,而文以陈汝师为第一,至骈体一道,则无出仆之右者。客以为知言。

**初六(3月29日)** 申刻,钟穆园书来,内有叶楚香题余《扁舟访友图》七律一首,又赠《云蕢酬唱集》一册,系叶楚香、伊铁耕两人所作。

**初七(3月30日)** 辰刻,丽春答书来。言顾榕屏病势渐退,稍释余怀。巳刻,复柯賺北书。未刻,媳妇自母家归。

**初八(3月31日)** 大雨。巳刻,阅《云蕢酬唱集》。《吴门乐府》诸作颇得香山风趣,余俱未称。

**初九(4月1日)** 申刻,于辛伯书来,赠余《新塍棹歌》一册。又陈循陔参军寄来新刊《葆泽堂诗草》,乞余序文。其诗甚劣,意不成句。

**初十(4月2日)** 忽寒。巳刻,晋勖自馆中归。酉刻,丽春自城中回来,言顾榕屏并非他病,竟是痴疾,每日欲自寻死地。家人力为防闲,然终非久长之计。噫,斯人也,而有斯疾哉!

**十一(4月3日)** 大寒。未刻,张虚舟、徐宿生过。

**十二(4月4日)** 寒。未刻,龚配京赠熟脏一只。

**十三(4月5日)** 辰、巳刻,作陈循陔《葆泽堂诗序》。骈体。午、未刻,南乡扫墓。

**十四(4月6日)** 午刻,复于辛伯书。

**十五(4月7日)** 大东南风。巳刻,朱雀桥过。午刻,陈乐泉过,以郑炳也、金棕亭两文集见借,乞余撰其亡妻陆氏诔。

**十六(4月8日)** 骤热。辰刻,北乡扫墓。

**十七(4月9日)** 大西南风。□。巳、午刻,览《金棕亭文集》十卷。

**十八(4月10日)**　热,夜半雨。览郑炳也《吞松阁文集》二十卷。未、申刻,项肇周乘醉突来两次,且其人已痴,不可向迩,急闭门拒之。

**十九(4月11日)**　忽寒。辰刻,有大怒。

**二十(4月12日)**　寒。辰刻,复盛云洤书,赠以《新塍棹歌》《葆泽堂诗》二种。巳刻,寄丁步洲书。

**廿一(4月13日)**　抄古文四篇。

**廿二(4月14日)**　夜雨。辰刻,徐宿生过,言去岁徐辛庵北门外造牌坊时,童谣有将来出一百痴子之说,今果然北门内外,痴者已三十余人,顾榕屏其最著者也。而北门溺死者亦甚多,殊为可骇。岂风水之说果有之耶。巳刻,晋翂到馆。以上数日,坟山重修篱笆,费钱千文。

**廿三(4月15日)**　寒。午后大雨。以上三日重阅《陔余丛考》一过。

**廿四(4月16日)**　午刻,张虚舟来,言乍浦两洋船自日本回,一船已将入口,人皆望见之,俄而沉没,人财俱葬龙宫。

**廿五(4月17日)**　午后有怪风。申刻,赠钱氏嫁仪。

**廿六(4月18日)**

**廿七(4月19日)**

**廿八(4月20日)**　夜雨。

**廿九(4月21日)**　巳刻,赴钱宅宴,同饮徐吟槐等四十余人。

**三十(4月22日)**　辰刻,丁步洲复函来,言张诗舲近署陕甘制军,雷蕴峰署郴州桂东县。娄县以条银事,打死七宝乡民十八人,竟成大狱。钱渊亭亦有书来,招余即时往游。

## 四　月

**初一(4月23日)**　夜雨。是日,以《香鹿集》《左国闲吟》寄钱朋园,易其《闻鹨楼合刻四种》。

**初二(4月24日)** 雨。午刻,[有]迅雷一声,响震天地,击断法华庵银杏树一枝。

**初三(4月25日)** 巳刻,阅《闻鹗楼四种》。朋园诗虽有性灵,而句多粗俗,殊非雅材。

**初四(4月26日)** 夜雨。辰刻,贻马氏冥仪。

**初五(4月27日)** 巳刻,赠吉桐生寿分四钱。

**初六(4月28日)** 夜半大雨。巳、午刻,重阅钱朋园《百廿虫吟》。

**初七(4月29日)**

**初八(4月30日)** 雨。

**初九(5月1日)** 将作闻川之游。戌刻,趁陆紫卿舟,四鼓至平湖,泊舟弄珠楼下。

**初十(5月2日)** 下午雨。申刻,舟至嘉兴,访于辛伯。辛伯知余将游闻湖,即约同往。戌刻,见石门吴菊裳《萍踪集》。名兰森,诗多游岭南之作。辛伯言翁小海于三月廿八日谢世。黄丹秋以讼事斥笔,事尚未了,现逃扬州。是夜,辛伯留宿一粟庐。

**十一(5月3日)** 巳刻,偕辛伯访陈循陔及其子味梅、筠石。午刻,循陔设席相待。申刻,访李壬叔,即秋纫。赠余《金陵朱氏家集》四本。酉刻,偕壬叔过孙次公处。次公适有酒筵,即招余入席,同饮沈远香、杨小铁、秦次游、沈洛山、王春渔。戌刻,回至于宅,见毕子筠新刻《衡论》一本。

**十二(5月4日)** 晚有雷,小雨。辰刻,偕辛伯、味梅登舟,阅潘德舆《养一斋诗话》。巳刻,至闻湖访计二田,赠以《求纯集》《鸿泥集》《古琴楼诗抄》《渤海三家诗选》。午刻,二田为余三人设宴,同席李耘庵。名王猷,震泽诸生,工诗。申刻,同访陶梅石,赠以《三集文》及《诗集》二种。梅石方筑莳花小圃,邀余辈登清芬阁,观其生平画册数百番,色色精妙,独成一家。戌刻,梅石设席相待。亥刻散席。辛伯、味梅留宿梅石处,余回二田宅。

**十三(5月5日)**　湿热，夜□□。巳刻，二田邀游冠鳌亭。午刻，二田招同梅石、耘庵、辛伯、味梅宴于莲花墩，即小沧浪。作饯春之举。申刻，辛伯、味梅[回]去。酉刻，耘庵赠余《李听泉遗诗》三卷、《戴氏三俊集》一册，乞撰其《芦雪菰烟图记》。余亦赠以《三集文》一部。

**十四(5月6日)**　大雨。辰刻，二田以诗稿见视，有《论画绝句》六十首，极有识见。巳刻，耘庵以诗稿三巨册来，中多刻意之作，而《春秋乐府》十余首特佳。二君皆索余评语。未刻，二田以其伯父寿乔《一隅草堂全稿》十六本、朱清谷《文集》六卷见赠。是日立夏。计宅作称人之戏，余称得八十九斤。

**十五(5月7日)**　辰刻，李子远名道悠，吴江诸生为余题《扁舟访友图》五绝四首。巳刻，游万寿庵，访石泉和尚。石泉工画梅，善琴，年七十八。未刻，借二田处顾南雅《思无斋文集》、程春庐《密斋文集》两部。是日，左牙复痛。

**十六(5月8日)**　辰、巳刻，偕二田、耘庵、子远至平望访吴铸生，赠以《三集文》一部。适彼往上海，不遇。其两侄出见，一号右岑，名涣。一号蔀香，名霖佐，俱工诗。即同至莺脰湖平波台。时祠宇新修，五色灿烂，小憩莺湖水榭，登快哉楼。晴川和尚出视《莺湖修禊图手卷》，作者约百余人。又有方定和尚，名隆圆。年二十余，善画花草，今日适外出，不获一晤。午刻，二田设宴于平波台。千顷湖光，荡云浴日，风帆来往，鱼鸟狎人，美景良辰，此乐正非易得。酉刻，回至闻川。

**十七(5月9日)**　辰、巳刻，偕二田至嘉兴。二田以洋银一枚购余《全集》两部。午刻，过于辛伯处，出视《闻川纪游》诗五首。皆五古。未刻，访吴晓湖，见其新刊戴西山《禾中婚礼吟》、沈宝树《度岁杂咏》，即以五部见赠。申刻，寻严伯年，不值，复至李壬叔馆长谈。是夜，仍宿一粟庐。

**十八(5月10日)**　卯刻，李壬叔邀至北门外食蒲家鸡，即过陈味梅。辰刻,偕味梅寻孙次公,不值,即访张子祥。别已二十六年。巳刻,寻杨小铁,不遇。午刻,辛伯赠《锦囊集》二部。申刻,小铁答访。酉刻,陈循陔赠笔资一洋。戌、亥刻,略观姚梅伯《大梅山馆诗集》共三十四卷。

**十九(5月11日)** 辰、巳、午、未刻,趁航船至平湖。申刻,出东门,观霍庙前灯。酉刻,程柳春招饮北板。夜宿西鼎字店。得孙稼庭三月廿三日书,内有寄怀五律一首、祝寿七律二首,诗皆亲切有味。

**二十(5月12日)** 卯刻,过高藏庵处,即同问顾榕屏疾,见其颜色黑瘦,声音细琐,与之语言,若有知,若无知,神情惝恍,其势殆成痼疾。辰刻,藏庵招食面。午、未、申刻,趁航船到家。始得王叔彝去冬十一月初七日书,赠余《水利荒政合刻》《古今劝世诗抄》《古文经训》《从善先资》《养和山馆遗诗》《辑庭王公家传石刻》共六种,又七律二首。一奉怀,一题余诗集,俱极工稳。又代征乔鹭洲、徐紫珊题《扁舟访友图》。鹭洲集杜五律四首,紫珊七绝一首。

**廿一(5月13日)** 夜雨。辰刻,吊钱棣山丧。申刻,家东山妻来,言其夫弟东海凌虐之事,乞余为之料理。余慰之而已。戌刻,寄盛云泾书。

**廿二(5月14日)** 午前雨。阅《一隅草堂全集》。是夜,梦作海东之游,为同行者所欺,懊悔无及。

**廿三(5月15日)** 阅《金陵朱氏家集》。今嘉兴县朱述之,名绪曾所刊也。[①] 自明季以来,朱氏之能诗古文者二十九人皆与焉,述之诗最佳。

**廿四(5月16日)** 巳刻,阅李听泉、王薇洲两诗集。午、未、申刻,在徐映泉处观楼船小班戏。

**廿五(5月17日)** 热。巳刻,阅《水利荒政合刻》。午、未、申刻,仍在徐宅观戏。

**廿六(5月18日)** 杂摘五七律佳句一百三十余联。

---

① 此处或误记,朱绪曾是江苏上元人,曾官秀水知县。

**廿七(5月19日)**　夜雨。抄古文四篇。戌刻,览《古今劝世诗抄》。

**廿八(5月20日)**　夜半大雷雨。卯刻,高莲塘遣人来借《十六国春秋》一部。是夜,雷击三里桥一棺,棺之中老妪死已十年,其尸不腐,竟遭劈碎。

**廿九(5月21日)**　雨。午刻,览《禾中婚礼吟》。

## 闰四月

**初一(5月22日)**　□□雨。辰刻,晋紛到馆。未、申刻,观蕊珠戏于痘神庙。

**初二(5月23日)**　上午雨。阅顾南雅文集六册。

**初三(5月24日)**　夜雨。辰刻,与丁步洲书。又复钱渊亭书。酉刻,陈乐泉过。

**初四(5月25日)**　大雨。辰、巳刻,阅金棕亭骈体文八卷。文学迦陵而笔极平弱。

**初五(5月26日)**　夜雨。辰刻,寄钟生穆园书。

**初六(5月27日)**　雨。巳刻,阅程密斋文集。

**初七(5月28日)**　巳刻,贻徐师冥仪。是日,闻海中失两牛船。四十八人,惟一人得生,牛一百六十头俱死。

**初八(5月29日)**　是日,趁干儎至平湖,即趁曹儎至乍浦,访盛云浍,仍寓其家,赠以《水利荒政合刻》《养和堂诗集》二种。

**初九(5月30日)**　卯刻,访沈浪仙,赠以《禾中婚礼吟》《养和堂遗诗》二种。巳刻,访林雪岩,知旧友刘绿岩于昨日去世。未刻,访刘心葭,出视为余所作寿诗七律四首,有句云:“奇文传世名俱寿,困境磨人骨益强。”又云:“对酒偶然销魂垒,逢人惯不叙寒温。”余亦语语细切。酉刻,沈浪仙答访,重取《左国闲吟》一卷。又以一卷寄赠王恕庵。名宽,歙县人,工诗。戌、亥刻,观蒋秋舫、张抝庵、钱毅庵诗抄。皆朱小云所梓。是日,闻伊薇卿嫁女于陈云溪子。柏棹俱嵌东洋螺钿,皮箱四十只,俱用银锁。新娘被褥细绣人物花纹,铺盖束用五色丝打成,中嵌翡翠,共值百洋。一绣花衫值七十洋。其他奇技淫巧,不可枚举,约费二万余金。

**初十(5月31日)**　卯刻,访殷梦苏。辰刻,访金听秋,名濬,临海人,年二十七,能诗,工绘花草。赠以《三集文》一部。午刻,梦苏设酌相待。同席金听秋、朱秋田。申刻,□□月槎绍兴人、顾仙峤金匮人,海防顾公诒绶子。

**十一(6月1日)**　辰刻,访朱秋田。巳刻,过卢生揖桥处。午、未、申刻,在海蛰会馆戏台上观三台班剧,花旦顺龄酬应甚勤。

**十二(6月2日)**　辰刻,访杨友鹿、友莲昆仲及张粲言。巳刻,得王恕庵所题《扁舟访友图》。五古。揖桥赠洋花汗巾一条。午、未、申刻,在大王庙观鸿秀班戏。酉刻,回至盛宅,知金听秋、殷梦苏于午前答候。听秋为余绘《扁舟访友图》,并题七古一首,又见赠花草单条四幅,乞余作《名山访道图记》。

**十三(6月3日)**　巳刻,盛湘南招饮益明楼。午、未、申刻,观鸿秀戏于霍庙。晤谢琴石,又晤小门人陈亚峰,乞余为其祖母沈氏作七十寿序。是日,闻前海防龙公所办书院义学,养老之费向存刘砚亭处,今已为砚亭荡尽,而龙公未知也。

**十四(6月4日)**　卯刻,林雪岩答访。巳刻,至沈浪仙处,晤观苇杭明府子桐山。名凤瑞。午刻,畀揖桥《香鹿集》一本。未、申刻,仍在霍庙观鸿秀戏,晤归安卞小雅,别已十年。酉刻,张粲言答访。

**十五(6月5日)**　辰刻,杨友莲补赠寿仪一洋,余亦赠以《诗集》一部。巳刻,访卞小雅,赠以《三集文》一部。小雅言其尊人雅堂太守年七十二,著撰极多。午、未、申刻,仍观鸿秀戏。酉刻,沈浪仙过谈。

**十六(6月6日)**　午、未、申刻,观三台戏于鄞江会馆。

**十七(6月7日)**　上午大雨。是日,在云诠处清谈。申刻,观陆清献公《莅嘉遗迹》三卷。

**十八(6月8日)**　辰刻,偕张虚舟过许平江处。巳刻,至沈浪仙处话别。未刻，至梦苏处话别。酉刻，云淦赠枇杷一篮、藕粉两匣、白糖一斤。

**十九(6月9日)** 夜小雨。卯、辰、巳刻，趁曹儀到平湖。午刻，过考妹处，即问榕屏疾。未刻，过德藏寺，时云祥和尚募修殿宇，于殿后土堆□开出一井，其水清洌。此又赠一佳境矣。酉刻，费恺中招小酌。

**二十(6月10日)** 大雨。辰、巳、午刻，趁丽春收账船回家。得陆秋山、杨晴岩、陈循陔、于辛伯四书。秋山赠寿鞋一双，乞撰其《鸭船吟草序》。晴岩为余征得金巘庭所书《扁舟访友图》册首，高玉五古一首，朱承鉽七古一首。循陔寄《葆泽堂诗》一本。余所作序已经刻□辛伯书中，有沈远香所寄李冠仙擦齿秘方。数日以来，连吊柯氏、龚氏、钱氏丧。镇上疫气流行，死者甚众，他处则并无之。

**廿一(6月11日)** 雨。摘录金棕亭骈体文七十余联。近日米价日昂，而天犹淫霖不止，殊深忧虑。

**廿二(6月12日)** 上午大雨。辰刻，题孙稼亭《秋声图》。五律。

**廿三(6月13日)** 大雨。辰刻，题陈筠石《秋灯夜读图》。五古。是日，闻吕巷乩坛，每请仙人，必陶静山来。静山生平一颠狂无知之人耳，死后安得尚有灵气？此盖好事者为之云。

**廿四(6月14日)** 下午雨。巳刻，复孙稼亭书。

**廿五(6月15日)** 雨。午刻，与柯隊北书。

**廿六(6月16日)** 湿热，夜半大雨。巳刻，复于辛伯、陈循陔两书。赠循陔《三集文》一部。

**廿七(6月17日)** 始晴。申刻，鲁介庵书来。酉刻，张虚舟过，携至盛云淦所赠宝结一枚、账包一只。是日，闻城隍庙东新开染店，忽有白发老叟入门，突然不见。近日颇著怪异。

**廿八(6月18日)** 辰刻，过吉分司处，不值。巳刻，答鲁介庵书。戌刻，得于辛伯书并《灯窗琐话》第五卷。

**廿九(6月19日)** 上午大雨。巳刻，得丁步洲复书，并赠火酒一瓶,书中言张筱峰现署丹阳广文,熊苏林尚未入都。又得王芑亭书,赠《槐花吟馆诗》二部,现已增至八卷。余所作《槐花吟馆图记》,亦已刊入。是夜三更后,忽胸鬲烦闷,筋骨酸楚。自以为难□□□□□,而俯床一吐,立即平复。

## 五 月

**初一(6月20日)** 昼夜大雨。申刻,晋翁自馆中归。

**初二(6月21日)** 酉刻,开丁步洲火酒一瓶,酒气全无,竟是清水。

**初三(6月22日)** 夜雨。

**初四(6月23日)** 晚雨。卯、辰刻,作金听秋《名山访道图记》。骈体。申刻,龚配京馈熟脏一只。

**初五(6月24日)** 晚雷雨。辰刻,林雪岩书来,内有任晓山《古香阁遗诗》一卷,乞予题词。巳刻,寄殷梦苏道士书。

**初六(6月25日)** 晚雨。

**初七(6月26日)** 上午大雷雨。申刻,题《任晓山遗集》七绝四首。

**初八(6月27日)** 黄昏大雨,有怪风。巳刻,寄盛云泉书。午刻,洪遇良招宴,不赴。

**初九(6月28日)** 昼夜大雨。作陈乐泉妻《陆孺人诔并序》。骈体。

**初十(6月29日)** 夜大雨。卯刻,寄陈乐泉书,缴还郑赞善、金国博两文集。巳刻,复王芑亭书。

**十一(6月30日)** 昼夜大雨。作《平波台游记》。骈体。是日,闻各处船只俱已不通,因水涨桥碍故也。

**十二(7月1日)** 夜半大雨。辰刻,与计二田书,附缴程密斋、顾南雅两文集。

**十三(7月2日)** 雨,夜更大。作陆秋山《鸭船吟草序》。骈体。

是日，暖初身上发热，盖以数日前背上先发红块也。

**十四(7月3日)** 雨，夜更大。卯刻，复陆秋山书。又与鲁介庵、家丽春书。是日，闻平湖水已入城。我里亦将及岸，而浓云惨雾，郁积不开，□有滔天之□，余已数夜不眠矣。

**十五(7月4日)** 午后略晴。书烈女赵二姑事。骈体。此山西榆次县奇狱也，事在道光初年。

**十六(7月5日)** 昼夜大雨如注。午后，重阅《嘉树山房文集》。是夜二更时，余已熟睡，忽闻狂风猛雨，五内惊惶，重复披衣起坐，点灯看书，凄凉景况，殊可怜也。

**十七(7月6日)** 昼夜大雨。是日，起立不安。夜四鼓仍披衣而起，急将书籍之佳者安置楼间，以防河水陡入也。

**十八(7月7日)** 雨略小。申刻，送高氏冥仪。是日，闻平湖南门已可进船。

**十九(7月8日)** 晚大雨。巳刻，高仁煊以事相托，即为调处之。是日，闻嘉兴以西人家皆水浸半壁，嘉善一邑更甚。

**二十(7月9日)** 湿热。夜半大雨。重阅《耐冷谈》。

**廿一(7月10日)** 大雨。

**廿二(7月11日)** 下午雨，夜更大。酉刻，补田自城中归，言江南、江西、安徽、浙江、湖南、湖北六省俱被水灾。安徽又有起蛟之祸。六省中，田禾大半未种，即已种者，亦糜烂殆尽，似此奇荒，余六十余年所未见也。

**廿三(7月12日)** 上午大雨。重阅《南野堂笔记》。

**廿四(7月13日)** 黎明大雨。是日，晋翻不到馆，余痛斥之，乃去。

**廿五(7月14日)** 大雨。

**廿六(7月15日)** 午前小雨。

**廿七(7月16日)** 酉刻，得殷梦蔬、金听秋两书。听秋书以骈体行之，约六七百言，虽未入格，亦一时之秀也。自闰四月十六至五月廿五,大雨四十日,广陈以西,一望汪洋,鬼哭神嗥,不成世界。我乡地形最高,水未上岸,然危墙败屋,拉杂摧崩者什有二三,兼□□珠薪□,洋价及贱,余无日不心惊胆碎,而家中人且泄泄自若也。

**廿八(7月17日)** 夜雨。酉刻,盛云泾寄来朱秋田《享帚山房吟稿》十部,余所作《享帚山房图记》冠于卷端。

**廿九(7月18日)**

**三十(7月19日)** 始晴。是日,唤木工修地板。

## 六　月

**初一(7月20日)** 重览《具区志》。是夜,梦熊苏林迁居新仓,余设席邀之,竟以病辞,及余问讯,则绝无病容也。

**初二(7月21日)** 大东南风。午刻,代龚配京赴沈印山会,酒肴品极丰。是日,闻绍兴水大,奸民肆掠,富家募乡勇为卫,每名须四百文。

**初三(7月22日)** 重阅《松陵文献》。

**初四(7月23日)** 大热。巳刻,插香龚氏。

**初五(7月24日)** 大热。是日,闻秀水之新塍镇、平湖之青莲寺,俱以水荒夺米,致伤人命。

**初六(7月25日)** 大热。辰刻,贻龚氏冥仪。

**初七(7月26日)** 大热。卯刻,顾榕屏书来,内有许缨泉《积石山房诗》二卷及题词三卷。书中言近来心思呆滞,因谢去生徒,闭门枯坐,恐不免为废人。酉刻,闻盛云泾于初三夜去世,震惊悼叹,终宵不能合眼。盖余与云泾交仅八年,情同一体,屡蒙佽助,铭感五中。去岁为其尊人东海公作传,云泾自言区区润笔,未敢酬谢,将来刻《四集》时愿助费一半,言犹在耳,□云泉忽溘然长逝矣。可不痛哉!可不恨哉!

**初八(7月27日)** 热。卯刻,过梅羹和尚处。辰刻,吊李幼白丧。

**初九(7月28日)**　卯刻，寄沈浪仙、张虚舟两书。

**初十(7月29日)**　是日，闻五月十四日湖州某镇关庙演戏，俄而台下起蛟，优伶俱死，余随波逐浪而死者，不下数千人。

**十一(7月30日)**

**十二(7月31日)**

**十三(8月1日)**　巳刻，柯春塘过。

**十四(8月2日)**　酉刻，沈浪仙答函来。是日，闻广东义勇大杀嘆夷，夷人丧气，今已陆续回去。

**十五(8月3日)**　辰刻，署巡检顾公来拜。名云路，吴县人。

**十六(8月4日)**　夜大热。卯刻，得孙稼亭书，言柯隃北于初九日去世。余生平故人之子，惟隃北为最贤，亦待余为最厚，乃年仅四十，才补廪膳，遽夭天年，恐柯氏四世读书之泽从此斩矣。辰刻，答拜顾分司，知浙江秋试改于九月，因贡院房屋为雨所毁，一时修造不及也。

**十七(8月5日)**　热。午后有雷。卯刻，寄丁步洲、顾榕屏两书，各赠以《享帚山房诗》一部。

**十八(8月6日)**　热。

**十九(8月7日)**　大热。酉刻，高莲塘还《十六国春秋》一部。

**二十(8月8日)**　大热。晚雨，有响雷。是夜，梦著书两种，一名《粲花汇纂》，一名《崖蜜寄言》。

**廿一(8月9日)**　下午大热。卯刻，插香高氏。未刻，闻王半磢死，即贻冥仪。近日，难民到镇者成群结队，横气冲宵，店家为之夺气。

**廿二(8月10日)**　下午□。以上数日，选录唐诗七律约二百首，将为暖初读本。

**廿三(8月11日)**　下午大热。午刻，晋翂自馆中归。是日，闻江南水灾更甚，浙江、镇江府城尽没水中，至今才退出屋顶。

**廿四(8月12日)**　大热。卯刻，晋翂趁航船至平湖。辰刻，送沈氏冥仪。近日米价大贵,每斗骤至五百余文。是日,虎啸桥乱民已抢去米店三家。

**廿五(8月13日)** 大热。夜半小雨。

**廿六(8月14日)** 骤凉。卯刻,闻各处米粮俱断,人情汹汹,余益惊惶无措。是夜,梦有徐九峰者,待余甚厚,其母推屋乌之爱,尤觉情意恳到。

**廿七(8月15日)** 卯刻,过东林寺。午刻,晋翂自城中归。未刻,邑候高公飞柬来。酉刻,寄赠新训导谢公名来,绍兴人,壬辰孝廉《三集文》及诗集各一部。

**廿八(8月16日)** 辰刻,赠顾分司《二集文》及《诗集》各一部。

**廿九(8月17日)** 巳、午刻,重览沈西雍《交翠轩笔记》。

## 七 月

**初一(8月18日)** 晚小雨。卯刻,见各省主试单,浙江正考官文瑞,副考官章琼。午刻,晋翂到馆。

**初二(8月19日)** 巳、午刻,重阅许辛木《钞币论》。

**初三(8月20日)** 夜半小雨。巳刻,署巡检丁公来拜。名寿宸,号稼梅,武进人,诸生。

**初四(8月21日)** 雨。卯刻,丁步洲复书来,并赠《云间小课》二册。练笠人太守所刊。辰刻,答拜丁分司,赠以《诗集》一部。是日,梅羹和尚遣人约余明日同往乍浦,吊盛云泩丧。余已置办吊仪,无何梅羹又遣人来言明日不去,余甚憾之。

**初五(8月22日)** 骤寒。辰刻,寄于辛伯书,赠以《享帚山房诗》一部。近日,河水又长一尺。

**初六(8月23日)** 夜半雨。卯、辰、巳刻,趁航船到城。午刻,候顾榕屏,见其疾势稍痊,然神气终未清晰。未刻,偕榕屏过高藏庵处。申刻,过县署前,见抢米者一人,置在木笼内示众。夜宿西鼎字店。是日,闻六月初二日,江宁有两龙空际盘旋,平地水骤长三丈。

金陵十二门，惟三门无水耳。又闻各处劫掠，每日十案百案不等，桐乡一日之间至二百余案。秀水、海盐两邑侯办治极严，擒得乱民即毙之。

**初七（8月24日）**　下午暴雨两阵。卯、辰刻，趁航船到乍浦，吊盛云洤丧。知云洤于六月初二日尚能看书，初三日戌刻暴卒。盖因春夏以来，云洤误食朱砚田药，喉间恍如筑坝，饮食日减。云洤终不觉悟，独怪砚田受云洤豢养之恩，十年于兹，而彼医术庸劣，禀性奸雄，云洤事事为其所制，不敢复请他医，以致陨命。岂非前生宿冤耶？巳刻，至城隍庙。候殷梦蔬，即蒙留饮留宿。是日，闻旧主人祝兰坡于六月杪去世。

**初八（8月25日）**　卯刻，候沈浪仙，畅谈两时，赠以元银二钱七分，以其将迁居也。巳刻，晤沈莲夫，言五月中杭州水势之大，藩司署水入内堂，西湖船竟划进涌金门。未刻，至四明殿听小奏。申刻，回至庙中。沈浪仙、金听秋相候已久。丽春书来，言顷晤藏庵，知芦川书院一席，高邑候将聘余掌教。戌、亥刻，与沈筤溪长谈。

**初九（8月26日）**　黄昏暴雨。卯、辰刻，趁航船至平湖，适顾篆香亦在船中，篆香言五月大水时，篁山有两巨蛇，乘海潮而进，人不敢动。越二日，复来潮而退。巳刻，偕高藏庵至永安局，会徐伯蕃，即至榕屏处。酉、戌刻，与费恺中长谈。是日，米价每斗至六百文。平湖各乡亦有四五处劫夺者。

**初十（8月27日）**　辰、巳、午刻，趁衙前航船回家。戌刻，晋馚自馆中归。

**十一（8月28日）**　午刻，寄沈浪仙、殷梦蔬书，赠梦蔬《锦囊集》一部。申刻，招朱医治晴初头疮。

**十二（8月29日）**　热。辰刻，晋馚趁航船到城。巳刻，闻惺庵和尚圆寂，寿八十有三。即贻冥仪。午刻，丁分司拜会，为高朱门邑候送芦川书院掌教关书。此席脩金六十两，自半磎死后，欲继此职者纷纷保举，实繁有徒，马调卿尤百计营谋，不意竟为余所得。丁分司乞取文稿全部。

**十三(8月30日)** 热。阅《云间小课》。内叶湘秋诗赋最佳。

**十四(8月31日)**

**十五(9月1日)** 未刻,晋翁自城中偕陆小洲来,言前夜乍浦南门外盗劫三家,一人被盗斫臂死,一人被鸟枪死。

**十六(9月2日)** 侵早有迅雷,夜雨。辰刻,招徐宿生来谈事。是夜,健初吐泻不止。

**十七(9月3日)** 辰刻,有难民数百人到镇,桀骜不驯,西镇为之罢市。

**十八(9月4日)** 下午热。以上三日,重阅《四六法海》。

**十九(9月5日)** 下午热。是夜,丽春次子殇。

**二十(9月6日)** 热。辰刻,闻金山县尉以保护钱氏米船出境,竟为顽民打死,荒年之祸若此,时事不可言矣。

**廿一(9月7日)** 大热,晚雷雨。卯刻,吊王半磙丧。午刻,见俚诗十余首,皆刺赈局司事者,云是魏接三所作。

**廿二(9月8日)** 鸡鸣大雨。以上三日,重阅《韩文起》及八家文。

**廿三(9月9日)** 食时大雨,夜半雨更大。是夜,有腹疾。

**廿四(9月10日)** 是日神气大衰。午刻,晋翁到馆。

**廿五(9月11日)** □。是日,□□始发赈钱。大口十文,小口五文。夜梦有一道士来访,年二十余,状貌丰腴,服饰华丽,有一童子随来,问之,则曰此豚犬也。道士公然有儿,□之一笑。

**廿六(9月12日)** 重阅《归震川文集》。是日,大伤风。夜梦遇满洲三书生,皆工诗词。其一人尤翩翩秀雅,惜忘其名。

**廿七(9月13日)** 大西北风。夜雨。午刻,晋翁寄来徐伯蕃信函,言芦川书院下季束脩仍须分润王氏,余勉从之。

**廿八(9月14日)** 饭后大雨。

**廿九(9月15日)**

**三十(9月16日)** 是日,伤风稍愈,而晴初头疮日益溃烂,服药数剂，毫不见效。

## 八　月

**初一(9月17日)**　夜雨。以上三日，重阅《东都事略》。

**初二(9月18日)**　凉。辰刻，送沈氏冥仪。酉刻，丽春自城中归。言浦春波殁于七月三十日，带至于辛伯、陈味梅两书。辛伯书中有《积雨诗》七绝十六首。味梅书中有《久雨感怀》五律四首，赠余七律一首。味梅又乞余作《红豆山窗诗序》《梅窗觅句图记》。戌刻，代徐鼎字合店人作浦春波挽额挽联。

**初三(9月19日)**　卯刻。丽春言，七月廿八午后平湖装儎自乍浦回，中途遭覆，溺死者六人。巳刻，丁稼梅分司有书来。

**初四(9月20日)**

**初五(9月21日)**

**初六(9月22日)**

**初七(9月23日)**　以上三日，重阅《后五代史》。

**初八(9月24日)**　酉刻，陆秋山书来，内有《五福降中天》一阕，补祝余六十寿辰。

**初九(9月25日)**　申刻，吊乡间黄氏丧。

**初十(9月26日)**

**十一(9月27日)**

**十二(9月28日)**　巳刻，答丁分司书。未刻，晋翂自馆中抱病归。

**十三(9月29日)**　酉刻，萧医来治晋翂疾。是夜，梦见一童子，年八九岁，颖慧夙成，余甚爱之。既而童子有湖南之行，余恐不复相见，临别时恋恋久之。

**十四(9月30日)**　辰刻，赠魏氏冥仪。巳刻，寄周西园书，招其来治晋翂疾，至夜半乃来。

**十五(10月1日)**　未刻，龚配京赠熟凫一只。

**十六(10月2日)** 以上四日,重览《三国史》,并校正其讹字。是夜,梦晋翂中会试第三名,又同捷者有嘉兴一人,名次亦高。

**十七(10月3日)** 巳刻,徐爕斋借《丙午同门卷》一部。午刻,复招周西园治晋翂疾,至二鼓后始来。

**十八(10月4日)** 午刻,朱雀桥过。是日,高莲塘病殁。

**十九(10月5日)** 辰刻,闻陆小洲去世。申刻,鲁介庵过。

**二十(10月6日)** 巳刻,张虚舟、张蒲卿同过。虚舟言,金霞梯于七月十七中风卒。

**廿一(10月7日)** 巳刻,闻浙江学政复差吴公钟骏。酉刻,陈味梅书来,代长洲梁阆斋乞撰《五鹤堂印谱序》。又言陶梅石于八月四日仙去。

**廿二(10月8日)** 是日,内子病卧。至夜,暖初亦病。

**廿三(10月9日)** 以上数日,重览《晋书》《南北史》。

**廿四(10月10日)** 巳刻,丽春书来,招余明日到城商事。

**廿五(10月11日)** 辰、巳、午刻,趁干僟到城,过鲁介庵处,即至考妹家,各赠婚仪。申刻,候顾榕屏,见其精神复旧,语言举动俱是本来面目,为之大慰。是日,知郭辛卿以瘵疾亡,年仅十九。今年大水后,平湖秀才身故者已数十人,不能悉记。

**廿六(10月12日)** 是日,为鲁、陆两家婚事,与丽春奔走道路,大费调停。至黄昏后,送甥女入鲁氏门,而其婿光甫不知逃于何处。

**廿七(10月13日)** 辰刻,候高藏庵,即至顾榕屏处,知永嘉县郭秋田年已一百七岁,其孙仰山新得拔贡,现将请旌于朝,先为征诗。午刻,榕屏邀饮合顺馆,又至德藏寺一游。大殿后新造房屋,俱开店肆,气象为之一变,皆云祥和尚一人之力。戌刻,费恺中招小酌。

**廿八(10月14日)** 午后暴雨。辰刻,顾榕屏答访,赠余蒋秋舫诗一册。巳、午、未刻,趁鼎字收账船回家,见内子及晋翂、暖初俱已痊愈,而媳妇又病卧。申刻,与丁步洲书。本欲赴步洲招游之约,因中心怫郁,故作札辞之。又寄吊熊苏林父茂堂丧。

**廿九(10月15日)**　巳刻，与费恺中书，以《楹联丛话》借之。

## 九　月

**初一(10月16日)**　巳刻，贺丁分司母夫人七十寿。是夜，梦右足指脱去，毫不觉痛。

**初二(10月17日)**　酉刻，丁分司招寿宴，不赴。是日，内子复病。

**初三(10月18日)**　是日，晋翂复病。

**初四(10月19日)**　是夜四鼓，周西园来治内子及晋翂、媳妇等疾。自前月以来，医药无尺寸之效，而彼昏不知，仍不悟也，余亦无如之何。

**初五(10月20日)**　以上五日，重览《后汉书》。

**初六(10月21日)**　午刻，顾榕屏书来，言今年平湖赴秋试者只百余人。是日，晋翂病愈。

**初七(10月22日)**　未刻，闻夏振荣自苏州归，中途遇盗，被其捶击伤肋而死。振荣本武生，长身而髯，年约七十余矣。

**初八(10月23日)**　午刻，复顾榕屏书，赠以《禾中婚礼吟》《度岁杂咏》二种。又与丽春书。未刻，晋翂始到馆。

**初九(10月24日)**　是日，内子始下楼。

**初十(10月25日)**

**十一(10月26日)**

**十二(10月27日)**　热，夜半大西北风。是日修灶，费钱约二千八百。

**十三(10月28日)**　大西北风，寒。酉刻，闻乡试题。首："君子惠而不费"五句；次："正己而不求于人"；三："居天下之广居"至"由之"；诗"青菱红叶一川秋"得"秋"字。

**十四(10月29日)**　大西北风，极寒。以上五六日，重览《前汉书》。是日，暖初又发疟疾。

**十五(10月30日)** 寒。酉刻,柯春塘过。是日,闻晋翂在馆中复病。

**十六(10月31日)** 申刻,送陈氏冥仪。

**十七(11月1日)** 辰、巳刻,摘录《云间小课》律赋九十余联。

**十八(11月2日)** 巳刻,问龚配京疾。闻张少江以痢疾亡,年仅三十,即送冥仪。

**十九(11月3日)**

**二十(11月4日)** 巳刻,与晋翂书。午刻,至柯春塘处借《紫阳书院小课》二册。

**廿一(11月5日)** 夜雨。午刻,晋翂以病自馆中归。未刻,吊乡间黄氏丧。陆小秋过访,言柯赚北六月中偶感时疾,并非绝症,竟为医药所误,以致丧身,现闻已作江西某县土地。是日,暖初疟愈。余于晋翂到家时,忽而头晕目昏,身几扑地。

**廿二(11月6日)** 夜半雨。辰刻,丽春书来,言北闱揭晓,平湖中式三人。徐瀛锡、孙镜、倪宝璜。又言黄锦因病不赴秋闱,七月中曾作"君子惠而不费"五句题,其文甚佳,因兹愤恚,竟呕血而死。午刻,家古溪来,乞撰朱媪挽对,立成一联以□之。未刻,闻赈局中大作弊端,伪立票簿,其事发觉,平湖奚肖岩、张巳卿等俱来寻衅。

**廿三(11月7日)** 辰、巳、午刻,评阅芦川书院第一课。生:"子闻之曰:可以为文矣","早晚荐雄文似者"得"雄"字;童:"斯远鄙倍矣","鹭立芦花秋水明"得"明"字。生十六卷,顾鸿昇第一;童十九卷,周成榆第一。未刻,寄高朱门邑候书。

**廿四(11月8日)** 巳刻,答丽春书。是日,晴初头疮始愈。

**廿五(11月9日)** 夜半雨。辰、巳刻,摘录《紫阳书院》律赋七十余联。

**廿六(11月10日)** 下午大雨。

**廿七(11月11日)** 夜半小雨。巳刻,丁分司招宴,辞之。

**廿八(11月12日)** 作《后汉云台诸将论》。骈体。

**廿九(11月13日)** 大西北风。是日,暖初复发疟疾。

**三十(11月14日)** 大寒。辰刻,顾榕屏书来。

## 十 月

**初一(11月15日)** 寒。辰刻,答顾榕屏书。

**初二(11月16日)** 作陈味梅《红豆山窗诗序》。骈体。是夜,梦见柯小坡,言笑晏晏,无异生时。

**初三(11月17日)** 寄李壬叔书。骈体。

**初四(11月18日)** 辰、巳刻,作《梁阆斋五鹤堂印谱序》。骈体。

**初五(11月19日)** 巳刻,寄丁辛伯、陈味梅两书,附文三篇。是日,暖初疟愈。

**初六(11月20日)**

**初七(11月21日)**

**初八(11月22日)** 寒。巳刻,丽春自城归,言鲁光甫逃往扬州,至今不返。其父介庵昏愦日甚,以故甥女婚事竟无日期。

**初九(11月23日)** 重览《袁文笺正》。

**初十(11月24日)** 重览《香瓦楼集》。

**十一(11月25日)** 辰刻,丁步洲书来,言方跃渊、鞠宁秋、刘玉苍诸人俱下世。赠余张理堂《薜石山房诗存》一本。又得钱渊亭、熊苏林两书,皆招余明春作云间之游。

**十二(11月26日)** 戌刻,顾榕屏书来,言秋榜已发,平湖正榜三人,副榜二人。解元朱倬章,兰溪人;平湖江麟瑞,四名;陈汝芳,廿一;沈寅清,廿四;方钊,副十一;钟鼎勋,副十六。嘉府共□人,副四人。嘉兴、海盐两学脱科。

**十三(11月27日)** 巳刻,赠张氏婚仪。

**十四(11月28日)** 巳刻,赠马氏婚仪。

**十五(11月29日)** 作高藏庵《软红》《京口》二集序。骈体。

**十六(11月30日)** 夜大西北风。寄陕西抚军张公诗舲书。骈体。巳刻,赠乡间黄氏两宅婚仪。是夜,梦有人问予曰:“大都秋雁少,只是夜猿多”二语何人所咏?予曰:此唐高适诗也。其人以予为博深加推重。岂知予之博,讵止此耶。是夜,暖初身上发热。

**十七(12月1日)**　大西北风。未刻,见《乡试全录》。钱唐顾成俊,名士也。今始中九十四名。是夜,暖初身热更甚,盖重伤风也。

**十八(12月2日)**　下午雨。午刻,马、张两宅招婚宴,俱辞之。

**十九(12月3日)**　夜半雨。

**二十(12月4日)**　夜半雨。未刻,属金婿代写张中丞一书,畀以《乍浦杂事诗》《也足轩诗集》二种。

**廿一(12月5日)**　暖,夜雨。午刻,唐西庑过。申刻,家锦奎以其子娶钱氏婢为妾,今将涉讼,乞余为援,余恶而拒绝之。是日,暖初疟疾复作。

**廿二(12月6日)**

**廿三(12月7日)**　寒。未刻,得于辛伯、陈味梅两书。味梅赠笔资一洋。辛伯赠《灯窗琐话》第六、七两卷,乞撰《南湖柳隐图记》。又言沈筤溪、郭少莲俱下世。何今年人琴之痛,不绝如此也。是夜,盗劫龚家荡陈氏,伤事主五人,幸邻人俱集,擒得一盗。

**廿四(12月8日)**　夜雨。巳刻,复于辛伯书。午刻,乡间两黄宅招婚宴,辞之。是夜,梦有邵珠渊者,年仅弱冠,乞余作《二十初度序》,以骰子一器为润笔,奇哉。

**廿五(12月9日)**　昼夜雨。辰刻,吕巷金某过。是夜,暖初疟又愈。

**廿六(12月10日)**　巳刻,贻徐氏冥仪。是夜,盗劫王东昌绸缎店,一卷而空,约值三千金。

**廿七(12月11日)**　寒。辰刻,助新溪金氏葬资四百。午刻,高邑候在东乡,闻王氏被劫,即来踏勘。余与钱小园接待之。

**廿八(12月12日)**　夜雨。辰刻,吊徐氏丧。巳刻,家锦凝、绍炳两家各赠手巾、糕果。未刻,闻金氏葬亲,实无此事,特为诈钱之计耳。是日，闻赵家桥观音庙三夜前被劫，庙僧闻斫门声，急呼曰：勿斫，老僧贫，不能修山门。因开门延之入，盗卷其赀，惟钱数千、破衲数件而已。

**廿九(12月13日)**　昼夜大雨。巳刻，复钱渊亭、丁步洲两书。是夜，梦见大鸡两只，高三尺余，重百余斤，其喙甚锐，能啮人至死。此《山海经》所未载者也。

## 十一月

**初一(12月14日)**　大西北风。辰刻，顾榕屏书来，言桐乡陆费春帆中丞丁本生艰归里，卜居禾城。中丞为人风雅，可以诗文稿呈之。又寄示《平湖荐卷单》。张煦、顾桨等十八人。巳刻，答榕屏书，附赠蒋楚亭《求纯集》一本，并以《诗文全稿》五册，托其转呈春帆中丞。午刻，与高藏庵书。

**初二(12月15日)**　寒。

**初三(12月16日)**　巳刻，插香龚氏。

**初四(12月17日)**　寒。辰刻，高明府始寄回上课卷子，而案竟不写。高藏庵复书来，言所作诗序尚须酌改数处。午刻，马半村招饮望亲酒，同宴王竹村、周琴堂等二十余人。酉刻散席，大醉呕吐。是日，晋翻始到馆。

**初五(12月18日)**　寒。辰刻，重改《高藏庵诗序》。巳刻，寄藏庵、榕屏两书。赠上课生卷第一顾鸿昇诗集一部。午刻，得吉桐生杭州书，言寓杭半年，所遇文人，无不求余文集者，因寄佛银二枚，欲购《全集》三四部。未刻，答桐生书，附诗文全稿四部。

**初六(12月19日)**　辰刻，与丽春书。是夜，梦至一寺，寺有一阁，临水结构。余凭栏玩月，寺僧傲睨不为礼。既而知其为余也，遂乃款待殷勤，面目顿易。

**初七(12月20日)**　平旦大雾。午刻，马倜卿、陈东堂同过。倜卿借《埋忧集》一部。

**初八(12月21日)** 夜雨。申刻,高仁煊来商事。是日,泰三来,窃去小厮新裤一条。两月前,已窃厨刀一把。此盖由其祖父余殃未尽也。

**初九(12月22日)** 雨。午刻,买得一婢,姓许氏,年十六岁。白沙分司随役许六官之女。其价九千,居间在内。未刻,为新婢取名梅意。

**初十(12月23日)** 夜半雨。巳刻,寄杨友莲书,赠以《文稿初集》一部。又寄沈浪仙、殷梦疏、张虚舟三书。近日有嗽疾,日间尚可,入夜必嗽至二更余。

**十一(12月24日)** 辰刻,与丽春书。午刻,马倜卿还《埋忧集》,又借《贤己编》。

**十二(12月25日)** 巳刻,问龚配京疾。

**十三(12月26日)** 巳刻,徐继陶过。

**十四(12月27日)** 辰刻,殷梦蔬道人书来,言昨遣人至盛宅,为余取出书板五笼,移置城隍庙绿衫池馆之楼,可免残缺剥蚀之患。余心甚悦。

**十五(12月28日)** 寒。申刻,闻晋酚在馆中又病。

**十六(12月29日)**

**十七(12月30日)** 辰刻,与晋酚书,属其加意保重。巳刻,丁稼梅分司拜会。

**十八(12月31日)** 酉刻,丁步洲书来,言江南秋榜于前日揭晓。松郡仅中二人,南汇祝椿年得榜头,青浦蔡炳得榜脚,可谓巧极。步洲闻余买婢,故书中引袁诗云“红杏太娇春色小”,抑何善谑也。

**十九(1850年1月1日)** 暖。辰刻,始落一齿。巳刻,陈东堂借《俞古水诗》一册。

**二十(1月2日)** 大西北风,寒。巳刻,高仁煊来,言昨至晋酚馆中,见其病势稍退。余心略宽。

**廿一(1月3日)** 寒。辰刻,得沈浪仙复书,言九月后抱病五旬，濒危数次，近日稍瘳。寄示《移居杂感》五古八首，艰难困苦，情见乎词。又丽春书来，言将至上海，往返须二十日。

**廿二(1月4日)** 辰刻，顾榕屏复书来，内有《朱小云观察七十生辰感事述怀》七律诗六首。巳刻，张虚舟过。未刻，晋翂书来，言自初八以来，寒热屡作，头痛欲裂。余复忧不能释。

**廿三(1月5日)** 巳刻，寄钟穆园书。

**廿四(1月6日)** 辰刻，高藏庵答书来。是夜黄昏时，周二官闯入丽春房中，抢去皮箱一只，此箱系王东昌所寄，银洋首饰俱在内，幸王氏遣六七人分路追之，及之于糖坊北首，周二始弃箱而逃。

**廿五(1月7日)** 巳刻，马偶卿还《贤己编》一部。申刻，李壬叔过访，携至蒋杉亭所题《扁舟访友图》五古一首。名仁荣，海昌人。

**廿六(1月8日)** 大西北风，夜雪。巳刻，闻健初在外家，身上大热，呕泻不止。余急往视之，见其骨瘦如柴，昏沉不醒，甚切忧虞。

**廿七(1月9日)** 夜半雨。

**廿八(1月10日)** 大雨，寒。

**廿九(1月11日)** 大寒。

**三十(1月12日)** 大寒。辰刻，晋翂书来，言近日病势稍轻。巳刻，插香徐氏。问龚配京疾。

## 十二月

**初一(1月13日)** 大寒。辰刻，顾榕屏书来，并赠钱毅庵、张搗庵诗稿各二卷。吉桐生自杭归，遣价问候，言即日奉差入都，须明年三月回任。巳刻，陈壬桥有小札来。

**初二(1月14日)** 大寒。

**初三(1月15日)** 大寒。辰刻，刘翼之书来。

**初四(1月16日)** 大寒。巳刻，高朱门大令招余父子饮开仓酒，辞之。申刻，陈壬桥过。

**初五(1月17日)** 大寒。是日，健初病愈。

**初六(1月18日)** 大寒。申刻,龚配京馈火鸽一碗。酉刻,与晋翁书。

**初七(1月19日)** 大寒。午刻,得晋翁初五日书,言近日寒热又作。

**初八(1月20日)** 评阅芦川书院第二课。生:"未有学养子而后嫁者也","身健却缘餐饭少"得"餐"字。童:"今有受人之牛羊","清诗都为饮茶多"得"茶"字。生卷十一名,沈钦禄第一;童卷廿一名,沈庆祥第一。此课佳卷甚多。

**初九(1月21日)** 巳刻,与高邑侯书。申刻,还柯春塘《紫阳书院小课》二册。

**初十(1月22日)** 夜半雨。戌刻,得顾榕屏书,又寄怀七律一首,极工。又赠《观水倡和诗》一卷。此高藏庵、郁荻桥二人因大水而作也,友人和韵者亦附刊之。是日,闻金山卫乡民因赈济事拆去富人房屋,官吏不敢诘。嘉兴县民亦以赈济事哄至公堂,挤去麒麟门。

**十一(1月23日)** 昼夜大雨。辰、巳、午刻,冒雨趁干皴到城。得李壬叔书,内有崔苍雨题《扁舟访友图》七绝二首。名以学,武原老诗翁也。壬叔书中言:大水为灾,于辛伯砚田独丰。近日售去《灯窗琐话》五百部,得佛银一百枚,可谓豪矣。未刻,至顾榕屏处长谈半日。榕屏言谢蓉初司训见余骈体文,瀌然心服。又言老友陆梦渔下世。又言湖南赵金龙余党复叛骚动数县。又言新篁之乡,有佃户以租还田主,其四邻大怒,掘坏其田,堆成土山,官吏无如之何。虽因荒歉所致,然奸民罪不容诛矣。酉刻,榕屏邀至合顺馆食锅面。夜宿横山草堂。

**十二(1月24日)** 辰刻,过高藏庵处,亦赠余《观水倡和诗》二部。藏庵即邀同榕屏至合顺馆食锅面,始知谢公良佐从祀文庙。午刻,候樊宏甫司训,名芝生,仁和廪生,年仅二十六岁。赠以《诗文全集》五册。又访许敬斋教谕,不遇。未刻,购得徐芸岘《山满楼诗文集》八卷。价二百四十。此集有余骈体序文。盛云泉存时,许赠十部。今竟自出钱购之，亦属恨事。申刻，寄赠谢琴石《三集文》一部。酉刻，补田侄招小饮。夜宿西鼎字店。是日，知钱剑泉下世。

**十三(1月25日)**　辰、巳、午刻，附盐溪航船回家。舟中人为余言句容县知县因赈济事为奸民啮死。

**十四(1月26日)**　夜半雨。阅《山满楼诗文集》。芸岘诗清超秀拔，绝似方子春《生斋集》，胜余一筹。其骈体文虽不如余之沉博绝丽，出奇无穷，然亦能自树一帜，出入义山、昭谏之间。

**十五(1月27日)**　昼夜大雨。午刻，晋翁自馆中归。

**十六(1月28日)**　辰刻，沈浪仙书来。林雪岩寄赠《鞠泉山馆诗集》两部。任召棠寄赠其祖《古香阁诗抄》四部。巳刻，寄吊刘霞荘丧。

**十七(1月29日)**　夜大雨。阅《鞠泉山馆诗集》。雪岩诗，细致静密，所谓好语如珠，一一穿也。集中七古最佳，五排七律次之。其功力之深，洵非他人所及。午刻，江仁卿过，言顷在上海见各路载妇女至上海求买主者，不下数十船。其貌之最美者，不过十洋，或作妾婢，或入勾栏，荒年之祸惨矣。

**十八(1月30日)**　巳刻，王小轩过，赠新坊羊肉一斤。午刻，改陈壬桥《哭女兰珠文》。散体。

**十九(1月31日)**　大西北风，寒。巳刻，阅《观水唱和集》。

**二十(2月1日)**　大寒。杂摘五七律一百余联。戌刻，丁分司欲过谈，余因已卧，辞之。是夜，暖初身热。

**廿一(2月2日)**　摘录《山满楼》骈体一百余联。

**廿二(2月3日)**　夜大寒。辰刻，高朱门明府复书来，发回十一月书院课卷，前列数名间加评语，而脩金尚未送到。高藏庵亦有书来。巳刻，发书院案，赠生卷第一沈钦禄《木鸡书屋诗集》一部，第二陈安涛《褒忠录》一部。童卷第一沈庆祥《槐花吟馆诗》一部，第二高文杰《传经堂试律》一本，第三周怀清《左国闲吟》一卷，以示鼓舞之意。是夜，梦遇两名士，皆三十外始得娶妻，各有感婚诗，古香时艳，凄切动人。

**廿三(2月4日)** 夜大寒。巳刻,张生蒲卿过。午刻,乡间刘氏赠腌肉、雄鸡等物。

**廿四(2月5日)** 辰刻,连得顾榕屏两书,内有陆费春帆中丞所题《扁舟访友图》七律一首。张绿云女史所书册首一张。女史名雪贞,时祉卿德配。书中言费春林于十三日去世。午刻,又买一婢,姓张氏,年十四岁,其价亦九千。

**廿五(2月6日)** 夜大雨。巳刻,徐映泉赠火酒一瓶。未刻,陈壬桥过。申刻,补田自松江归,言陈研香以拜斗祈醮事,为知府钟公访查,称为教匪,欲治其罪。余思研香平日为富不仁,必为怨家所讦,然此事非万金莫赎矣。

**廿六(2月7日)** 大西北风,寒。巳刻,复顾榕屏书,赠以《古香阁吟稿》一本。寄江仁卿书,赠以《三集文》一部。申刻,张虚舟过,言龙见田司马自都起程,将至其郎君翰臣殿撰湖北学使署中,行至山东而卒。吁,司马有能吏之名,天特以状元郎报之。惜年未六秩,遽作古人,痛哉。

**廿七(2月8日)** 大西北风,大寒。辰刻,为张虚舟寄钟穆园书。巳刻,郁氏馈火腿、腌肉、皮蛋、魁栗等物。

**廿八(2月9日)** 大寒。

**廿九(2月10日)** 寒。

**三十(2月11日)**

# 道光三十年庚戌(1850),六十二岁

## 半袁老人日志

### 正　月

**初一(2月12日)**　阅《读易楼惠翰钞存》。是日申初,日食,天阴不见。是夜,暖初身热。

**初二(2月13日)**　夜雨。辰、巳、午刻,亲友拜贺者约二百人,酬应甚繁。

**初三(2月14日)**　夜大雨。阅《独学庐尺牍偶存》。

**初四(2月15日)**　昼夜雨。阅《秋锦山房外集》。

**初五(2月16日)**　夜大雪。巳刻,寄丁步洲书,赠以《观水倡和集》。

**初六(2月17日)**　大寒。辰刻,寄钱渊亭书,赠以《享帚山房诗稿》《观水倡和集》二种。是夜,梦在酒筵,与人拇战约数百合,卒无胜负。

**初七(2月18日)**　大寒。夜雨。辰刻,补田书来,言丽春于元旦得疾,连日服药,未见其松。

**初八(2月19日)**　寒。夜大西北风。酉刻,梅意失去银圈一枚。

**初九(2月20日)**　始晴。大西北风,极寒。辰刻,补田又有信来,言丽春病势渐退,为之欣慰。是夜,梦丹阳魏公欲延余为记室,设

宴于大风海涛之楼,余将往赴,而梦已醒矣。

**初十(2月21日)**　大西北风,极寒。巳刻,过龚配京处。是日,知去冬十二月十二日,皇太后宾天,圣寿七十四。

**十一(2月22日)**　大寒。巳刻,家东海过。

**十二(2月23日)**　寒。未刻,顾榕屏来赠钱梦庐《是耶楼诗稿》一册。又携至顾访溪所作《扁舟访友图》文,清真纡淡,出入归、唐之间。申刻,陈东堂招余父子陪榕屏小酌。

**十三(2月24日)**　辰刻,招榕屏、东堂早膳。巳刻,同候柯春塘。未、申、酉刻,趁榕屏舟至平湖,夜宿横山草堂。

**十四(2月25日)**　黄昏小雨。巳刻,游德藏寺。今岁大歉之年,他处仅食糠粞,而我湖士女之盛、冶游之乐依然,锦地花天,繁华世界,甚至酒楼面肆,日费千金,恐遭造物所忌,将来不免劫数耳。是夜黄昏时,白气竟天。

**十五(2月26日)**　巳刻,过顾春岩处。午刻,顾榕屏招食面饺。未刻,过卜祥伯处,言将刻其父达庵遗诗,乞余为序。是夜,宿西鼎字店。

**十六(2月27日)**　夜雨。午刻,马鲁山招食面饺。未、申、酉刻,趁马氏舟回家,始收到高明府去岁书院脩金十二两八钱八分元银。是夜,浑身酸痛。

**十七(2月28日)**　夜雨。午刻,览《钱梦庐诗钞》。是日,右腿上新起一块,便觉步履艰难。入春以来,米价日长,一斗五百余文,各处俱有粮竭之患。

**十八(3月1日)**　大雨。

**十九(3月2日)**　夜雨。巳刻,晋翁至周西园宅开馆。是日,右脚旧创复发,右腿新块渐肿,势非小可。

**二十(3月3日)**　大雨。酉刻,丁稼梅招宴,以足疾不赴。

**廿一(3月4日)**

**廿二(3月5日)**　以上三日,足疮溃烂,寸步难移。申刻,陈东堂来,为余开方,即煎服之。

**廿三(3月6日)**　夜雨。辰刻,顾榕屏书来,立即裁覆。申刻,仍服药一剂。

**廿四(3月7日)**　是日,足疮仍痛,而齿疾又发,上下交攻,力不能御。

**廿五(3月8日)**　巳刻,张虚舟过。

**廿六(3月9日)**　是日,闻白沙坊奸民百十为群,沿途斫伐树木,并挑取田间油菜,无一人敢以一言相抗者。

**廿七(3月10日)**　是日,齿疾顿愈。因去岁从沈远香处得镇江李冠仙擦齿妙方,预备药料故也,而足疮依然溃烂。是夜,梦得才女蔡麟书为配,识见通明,诗文并妙,大约来生之福也。

**廿八(3月11日)**　辰刻,署巡检山西何公显来拜。巳刻,寄丁步洲书,代郁荻桥求张筱峰题《雪屋填词图》。午刻,晋舲率学徒至平湖,赴初一县试。

**廿九(3月12日)**　是日,足疮稍愈。

**三十(3月13日)**　巳刻,梅意逃去。申刻,遣人觅得梅意。

## 二　月

**初一(3月14日)**　辰刻,答拜何分司,年三十二,平阳府灵石县人。赠以诗集一部。巳刻,为时祉卿题《空山鼓琴图》。七绝二首。

**初二(3月15日)**　申刻,闻平湖县试题。“未可与权”,“唐棣之华”。

**初三(3月16日)**　辰刻,晋舲书来,言正月十五日大行皇帝宾天,圣寿六十有九。三旬之间,两遭国丧,可胜哀恸。

**初四(3月17日)**　巳刻,陆紫卿招食面饺。

**初五(3月18日)**　酉刻,费恺中还《楹联丛话》一部。

**初六(3月19日)**　雨沙。辰刻,丁步洲覆书来,见赠《灯窗琐话》八卷。午刻,家东海又以俗事相托,余力却之。

**初七(3月20日)**　午刻,闻前三夜东乡盗劫全公亭盛氏,赖本地人追逐,生擒二人,断一人大指。又获盗船一只,烧毁之。本地人亦伤其二。

**初八(3月21日)** 大暖。巳刻,闻皇四子即新天子位。

**初九(3月22日)** 申刻,赠洪氏迁居礼物。

**初十(3月23日)** 寒,大西北风。辰刻,晋蚡书来,言高藏庵病势危急。

**十一(3月24日)** 寒。酉刻,闻初九夜乍浦四牌楼大火,二更至四更,延烧二三百家。戌刻,六儿自嘉兴归,竟无一物奉余。

**十二(3月25日)** 为于辛伯作《南湖柳隐图引》。骈体。巳刻,闻高藏庵于初九夜去世。午刻,畀金婿《享帚山房诗》一部。

**十三(3月26日)** 夜小雨。辰刻,闻初十日海盐大火。

**十四(3月27日)** 大暖。作《卜达庵明府遗诗序》。骈体。辰刻,沈浪仙书来。

**十五(3月28日)** 寒,大西北风,雨沙。午刻,寄顾榕屏书,附诗文二件。未刻,闻昨日四里桥有上坟船,至广陈外触树而覆,溺死三人。

**十六(3月29日)** 夜小雨。辰刻,寄沈浪仙、殷梦蔬二书。巳刻,南乡扫墓。午刻,晋蚡自平湖送考归,携至贾芝房所赠《山满楼诗文集》一部。

**十七(3月30日)** 寒,大西北风。辰刻,寄于辛伯书,附文一篇,又与计二田书。巳刻,马倜卿、张蒲卿同过。午刻,钱继园过。

**十八(3月31日)** 辰刻,寄吊姚柳荫母丧。申刻,见县试正案。前十名:蒋李源、徐金鉴、赵元祐、张骧孙、叶存秀、方铭、沈福泰、陈其敬、朱逢源、陈登福。戌刻,得顾榕屏书。

**十九(4月1日)** 夜小雨。评阅芦川书院二月课卷。生:“发愤忘食”三句,“名园相倚杏交花”得“园”字。童:“则吾从先”至“陈蔡者”,“草长色与绿杨交”得“长”字。生十三卷,袁丙昇第一。童廿七卷,张家麟第一。此课童生佳卷甚多。巳刻,晋蚡到馆。是日,巡检何公至旧衙散赈,为数千奸民围困,赖何公力大,手挥众人,始得逃回。

**二十(4月2日)**　夜大雨。巳刻,寄高朱门邑侯书,附课卷四十本,又与礼房章竹坡札。

**廿一(4月3日)**　大东北风甚,雨,寒。是日,六儿至嘉兴。六儿近年妄自尊大,衣服华丽,居然纨绔儿郎。今年忽欲自开鞋店,托晋翂集会,晋翂竟成其事,得洋一百元余。心大不然之,而又力不能阻,恐不久化为乌有,贻累无穷也。

**廿二(4月4日)**　是日,知新天子年号"咸丰"。

**廿三(4月5日)**　为丁稼梅作《芦川饯别图记》。骈体。是夜,梦晤刘心葭,自言家毁于火,满面愁容,余再三慰之。

**廿四(4月6日)**　寒。是日,闻海盐顾觉庄去世。

**廿五(4月7日)**　申刻,于辛伯覆书来,言将作袁浦之游。又陈味梅书来,内有张子祥所绘《扁舟访友图》,苍古秀润,不愧名家。

**廿六(4月8日)**　巳刻,过李生朗山处,因家绍炳次子今年习武,受业朗山之子,县试后自知才劣,不愿再习,而李氏父子则以为奇货可居,故托余往说之。

**廿七(4月9日)**　大东南风。巳刻,为绍炳事复偕张以调至李宅调停,甚苦。次日,晋翂从馆中率诸徒至郡,赴初一日府试。

**廿八(4月10日)**　夜大雨。辰刻,殷梦蔬报函来言乍城大火时,刘心葭虽居其间,门面遭毁,内宅幸免,尚可贺无恙也。又得金听秋书,内附汪蓉塘名度,临海人一函,洒洒千言,直有韩苏笔力。盖去冬蓉塘从听秋处见余骈体三集文,因寄书乞初、二集,谓余文以单行之气,运排偶之词,锻炼精纯,叙次明净,丽而有则,巧不伤雅,真可与子才、縠人鼎足而三。昔人谓本朝诗山东有真传,古文江西有真传,仆则谓骈体吾浙有真传矣。又自言生平从事于散体之作、说经之文,盖亦当今豪杰士也,惜不得面晤之。

**廿九(4月11日)**　上午小雨。巳刻,得计二田覆函,丽春亦有书来,言王恕庵今在西鼎字店中,与之同伙。又寄至余所新裱《扁舟访友图》第六册。

## 三　月

**初一(4 月 12 日)**　寒。戌刻,高邑侯寄回书院课卷。是日,府试题“居是邦也”二句。

**初二(4 月 13 日)**　清晨大雾。覆临海汪蓉塘书。骈体。未刻,姚柳荫、马倜卿同过。申刻,寄赠汪蓉塘初、二集文及诗集各一部。

**初三(4 月 14 日)**　巳刻,与刘翼之书。午刻,寄计二田书。未刻,发二月课案,赠生卷袁丙昇《木鸡书屋初集文》一部、沈春林《茸城吟秋集》一册、顾广心《乍浦纪事诗》一本、张培之《灯窗琐话》二卷,童卷张家麟《镜池楼诗集》一部、时大均《龙湫嗣音集》一部、周桂森石刻两张、吕宗沂《左国闲吟》一卷。

**初四(4 月 15 日)**　雨,辰、巳、午刻,附干皒到城。至西鼎字店,始与王恕庵相晤,出视诗稿三册。未刻,过顾榕屏处,彼在郡城未归。戌刻,费恺中招小酌。是日,知大行皇帝庙号“宣宗”,谥“成皇帝”。

**初五(4 月 16 日)**　夜半,大雨。辰、巳刻,趁装皒到乍浦,即至城隍庙访殷梦蔬道人,赠以《山满楼全集》一部,梦蔬留余作数日之盘桓。未刻,候沈浪仙,晤王克三、年少能诗。朱珏持,云间人,工画。浪仙赠余《武原毓德堂诗》两本。申刻,候林雪岩。

**初六(4 月 17 日)**　上午雨。辰刻,过朱秋田寓,即候杨西麓、杨友莲,兼过张粲言馆。友莲助余四集文刻费四洋。友莲去岁曾许十洋,是日先付四数。午刻,过鄞江会馆,适有酒筵,邀余入席,同饮赖紫珊等数十人。申刻,过观海书院,访徐云楣,见其二日中所出书院课题,与余芦川书院适同,奇哉!酉刻,回寓,晤李梦连。平湖人,善琴,亦能画。戌刻,偕梦连、梦蔬剧饮。

**初七(4 月 18 日)**　辰刻,至沈浪仙处,见其近诗数十首。午刻,浪仙留饮。未刻,偕胡柳堂等踏青,信步至陈山寺。酉刻回寓,知徐云楣、朱秋田、王克三日中俱见过。是日,寄赠朱珏持《左国闲吟》一卷,求其作画。

**初八(4月19日)**　辰刻,为李梦连题《琴舫图》。小七古。巳刻,偕梦蔬过朱秋田寓,又答王克三,即同游汤山瑞祥寺,时庙工前后俱竣,新塑八难诸像,惟妙惟肖,皆胜善和尚一人之力,斯真方外之英雄也。午刻,克三邀饮双全馆。申刻,晤陕西韩荷亭,见其所著《兵机握要》一书,议论透辟,盖为夷事而发也。荷亭名世勳,沔县拔贡,才貌出众,今将游幕闽中。酉刻回寓,沈浪仙答访。是日,潘啸月道士为余绘《扁舟访友图》。

**初九(4月20日)**　卯、辰刻,附航船到平湖,赠王恕庵诗集一部。巳刻,过顾榕屏处,彼尚在禾中未回,与申庵略叙而别。未刻,候程伊斋司马,长谈半时。戌刻,偕恕庵、丽春小饮。

**初十(4月21日)**　辰、巳、午刻,趁盐溪航船回家,知高明府前日过访。

**十一(4月22日)**　辰刻,张以调为余言,府试正场二鼓后,平湖童生犹有摇铃念《焰口经》者,本府亲自止之,不听。此种恶童,不知其意欲何为。

**十二(4月23日)**　巳刻,作七古一首,赠堪舆李鹤庄。陆紫卿所托。是夜,徐华坪、郁绥庭俱下世。

**十三(4月24日)**　巳刻,赔郁、马、徐三家冥仪。

**十四(4月25日)**　暴热,夜雨。巳刻,作五古一首,论骈体源流,用《观水倡和诗》韵,寄郁荻桥,因彼欲续刊倡和一集也。

**十五(4月26日)**　大雨,寒。辰刻,得韩荷亭所题《扁舟访友图》七绝四首。巳刻,吊郁绥庭丧。是夜,梦见一书,专纪近世,叙次简净,云是包惠山所作,惠山名咸,未知世间果有其人否。

**十六(4月27日)**　申刻,陈壬桥有小札来。是夜梦在一处校射,余强发一矢,却中红心,生平无此技而梦中反擅长,殊可怪也。

**十七(4月28日)**　是日,大伤风。

**十八(4月29日)**　巳刻,晋翁自郡归,携至计二田所寄陶松石《扁舟访友图》一幅、沈观察书册首一张,俱极精妙,孙次公赠《鸥盟集》四卷,陈味梅书札一函。未刻,徐秀峰过。申刻,龚配京贻熟蹄一只。戌刻,王东昌火发,幸即扑灭。

**十九(4月30日)** 申刻,寄顾榕屏书。

**二十(5月1日)** 辰刻,顾榕屏书来,并示府试前列十名。赵元祐、毕大同、方奎、刘其清、徐金鉴、蒋李源、梅乙莲、李福熙、程鹏、张开元。

**廿一(5月2日)** 午刻,晋翎到馆。以上二日修墙,费钱二千六百。

**廿二(5月3日)** 巳刻,题陆静芗《竹屋煮茶图》。五律。

**廿三(5月4日)** 晚雷雨。午刻,作乐府一首咏闻川杨贞女。杨利叔所托。

**廿四(5月5日)** 热。辰刻,为徐友笙题《花影吹笙图》。七绝二首。巳刻,为殷梦蔬题《秋灯补读图》。五律。

**廿五(5月6日)** 卯刻,顾榕屏书来,言吴学使岁试宁波,置劣等者六十余人,皆违令剃发者。童生中新剃发者,概不阅卷。巳刻,作五古一首挽高藏庵,仍用《观水倡和诗》原韵,并寄吊礼一函。午刻,覆榕屏书,又与丽春札。

**廿六(5月7日)** 夜大雨。辰、巳刻,评点王恕庵《海上萍浮集》,并题七律一首。恕庵诗不免粗直之弊,然奇警处,迥不犹人,如《吊陈忠愍公》《山塘竞渡歌》,皆名作也。

**廿七(5月8日)** 寒。上午雨。午刻,龚配京招中膳。

**廿八(5月9日)** 未刻,徐伯蕃寄《辛庵侍郎行述》来。

**廿九(5月10日)** 巳刻,赠徐氏婚仪一千。

**三十(5月11日)** 卯刻,顾榕屏书来,内有郁荻桥答论骈体诗五古一首,仍用《观水倡和诗》韵。辰刻,寄殷梦蔬道士书,附《秋灯补读图题词》二幅,其一顾榕屏所作。巳刻,贻马氏冥仪。马鲁山自去岁以来,连丧三子。未刻,晋翎自馆中归。戌刻,梅意大发颠狂。

## 四月

**初一(5月12日)** 巳刻,丁稼梅分司赠海鲥鱼一器。

**初二(5月13日)** 是日，闻唐秋涛于正月中去世。魏塘老友，于是尽矣。

**初三(5月14日)** 夜雨。辰刻，陈东堂赠《芦川饯别赠言》一册。即本地人赠别丁分司诗文也。申刻，至棣圩观小班戏。

**初四(5月15日)** 上午雨。未刻，达锡珊司马名晋，满洲人自杭州寄来《扁舟访友图》七律二首，并为书额。申刻，晋翻到馆。

**初五(5月16日)** 辰刻，属金婿写诗二张，畀以《积石山房诗稿》。午刻，徐氏招饮望亲酒，同席张柳坡、施书舟等十四人。

**初六(5月17日)** 酉刻，顾榕屏寄来近诗三十首，乞予评骘，又言顾春樵于初四夜下世。

**初七(5月18日)** 晓雾。辰刻，评点榕屏诗稿，加以跋语。是日，闻朝廷捐例尽闭。

**初八(5月19日)** 午刻，赴赈局中公宴，设席于东林寺，同宴丁稼梅、何翼之两分司，暨朱草亭、张柳坡、陈东堂、朱松轩、陈少筠、马访云、徐继陶等十五人。戌刻始散，是席酒馔极精。

**初九(5月20日)** 下午雨。辰刻，寄丁步洲书，附《芦川饯别赠言》。午刻，何翼之乞取文稿全部。是日，闻姚达泉死。

**初十(5月21日)** 卯刻，晋翻率诸徒赴郡应试，余亦同往。申刻，泊舟新坊。

**十一(5月22日)** 巳刻，到郡，寓集街张宅，同寓王又亭等八人。午刻，顾榕屏、杨小铁同过。未刻，赠嘉兴朱述之明府诗文全集，李壬叔、沈子常同过。申刻，石研虹来访，不值。

**十二(5月23日)** 卯刻，答石研虹。辰刻，姜白榆、陈春波同过，言许秋沙、黄飞青俱已下世，又言唐秋涛作山东城隍，柯隸北作震泽城隍，俱凿凿有据。巳刻，访计二田，赠以《鞠泉山馆诗集》《古香阁吟稿》《芦川饯别赠言》三种。二田尚未到郡，不值。未刻，访沈远香，适周石香来，远香即邀饮于一元楼。酉刻，访马蘅垞，名兰芬，桐乡诸生，年二十九，工诗词，居乌镇南栅。赠以三集文一部。是日，吴文宗到郡。

**十三(5月24日)** 大热。卯刻,顾榕屏招食鳝丝汤。辰刻,王芑亭过。巳刻,寄赠海盐李乾斋诗集一部。午刻,购得沈晓沧《研砚山房诗钞》八卷、《祥止室诗钞》十一卷,价百六十。张寄场《读史别情吟》一卷。三十五文。未刻,候林雪岩,乞其《鞠泉山馆诗抄》三部。雪岩言盛云泠殁后,在许德水冥府幕中,因少年有过,忏悔未满,三年之后,可以升天入道,此系乩坛之说,容或有之。戌刻,石研虹来,携至陆芝山所书《扁舟访友图》册首。名凤墀,海盐诸生。是日,闻钱辰田侍读于昨日去世,年五十二。

**十四(5月25日)** 更热。巳刻,候刘心葭。午刻,买《随园随笔》一部,共十二卷。二百九十。未刻,过程莲寿寓,不值。申刻,候计二田。是日,出生经古案。经解三人,平湖取顾广誉;古学十六人,平湖取高赐孝、程玉麟、顾棨、屈传衔。

**十五(5月26日)** 恶热。卯刻,答王芑亭。辰刻,计二田、吴彦宣过,年再侄张理伯晋燮拜候,赠其祖叔未先生《桂馨堂诗集》十卷,即乞余文稿初集。二、三集前已送过。巳刻,徐翰香过。未刻,马蘅坨、张雨杉梦庐之子,桐乡诸生同过,蘅坨为余题《扁舟访友图》。七绝二首。申刻,答姜白榆、陈春波。酉刻,陈觉生、味梅父子暨何鸿舫同过,不值。是日,闻赵朵山教谕于去冬下世,年七十一。

**十六(5月27日)** 仍热。卯刻,答陈觉生父子暨何鸿舫,赠鸿舫三集文一部。名同治,青浦人,名医元长之孙,书田之子,能世其业,兼工文词。辰刻,孙次公、李壬叔同过,不值。午刻,答孙次公。未刻,过计二田寓。是日,平湖岁试题"诸侯伐而不讨"三句。

**十七(5月28日)** 下午大雨。辰刻,计二田过。巳刻,购得梁茝林《浪迹丛谈》十一卷。一百四十。午刻,偕林雪岩饮于刘心葭寓。是日,程莲寿、徐友笙过,不值。

**十八(5月29日)** 上午暴雨如注,水长三尺。午刻,在顾榕屏寓小酌。是日,平湖童生院试题"夫子矢之"。

**十九(5月30日)** 热。辰刻,偕寓中诸人登舟。酉刻到家,见族匪泰三坐屋檐下，意欲久居于此，余怒而叱去之。得丁步洲初五日书，招余往游，内有娄县殷岘云名慈祐《扁舟访友图》题词。下水船一阕。戌刻，寄丽春书。

**二十(5月31日)**　酉刻，丽春覆信来，内有岁试一等案。顾广誉、高赐孝、屈传衔、周敦源、程玉麟、方钧、蒋照、徐方增、顾棨、王廷柱、张煦、周恭先、周家榛、徐桂森、沈金藻、沈瑛、邵世琛、徐汝嘉、沈锡棋、邹壬吉、陈其昌、袁丙昇、高赐忠、刘以焜。

**廿一(6月1日)**　卯刻，见新进案。县学三十二名：刘其清、陆丙均、徐金鉴、毕大同、魏瑞龙、徐思润、方铭、赵元祐、俞金萼、王钟莹、朱逢源、黄福增、屈召棠、孙瑞清、张桂清、汤世英、朱升吉、朱鼎镐、方奎、张金墀、张开元、顾恩培、吕宗沂、李铭勋、徐开源、王鼎奎、孙福魁、俞钺、朱士林、刘广馥、张汝梅、施汝成。拨府十名：张凤仪、沈福泰、汪希伦、叶存秀、屈升吉、蒋李源、奚耀宗、周鉴经、王嘉辅、徐大椿。

**廿二(6月2日)**　日中大雨。辰、巳、午刻，趁航船至平湖，访郁荻桥，以云间友人所和《观水诗》及题《雪屋填词图》诗共七首付之。未刻，王恕庵赠余五律一首。戌刻，在西鼎字店偕王恕庵、费恺中、家丽春小酌。是日，闻高邑侯丁外艰。

**廿三(6月3日)**　热。巳刻，至霍庙观赐粥。午刻，观杨侯赛会。未刻，费恺中招小酌。申刻，寄杨友莲书，附《芦川饯别赠言》。

**廿四(6月4日)**　热。未、申、酉刻，趁航船回家。

**廿五(6月5日)**　大热。夜雨。阅《浪迹丛谈》。内多纪巨公近事。是日，闻朝廷欲开鸿博之科。

**廿六(6月6日)**　午后，在仓前观蕊珠戏。

**廿七(6月7日)**　辰刻，过钱小园处。午后，在徐继陶厂中观蕊珠戏。以上二日，评阅芦川书院四月课卷。生："宫之奇谏"二句，"蜘蛛虽巧不如蚕"得"蚕"字。童："楚人胜"，"鹧鸪先让美人歌"得"先"字。生卷十五名，赵为枆第一；童卷三十二名，张桂清第一。

**廿八(6月8日)**　卯刻，陈东堂过。言童生古学合属五名，平湖取朱鼎镐。辰刻，张生蒲卿来观课卷。

**廿九(6月9日)**　午刻,奇六寄恶书来,欲诈钱一千。

## 五　月

**初一(6月10日)**　巳、午、未刻,偕钱继园、钱省川到城,吊高邑侯父鲲池封翁丧。申刻,与高邑侯书,附书院课卷。是夜,留宿西鼎字店。

**初二(6月11日)**　卯刻,候顾榕屏,赠以《皆大欢喜》一部,赠新进顾厚田三集文一部。辰刻,访顾昔棠。巳刻,过顾春岩处。午刻,顾榕屏招中膳。申刻,至库中寻秦尧初,托以书院束脩一事。酉刻,石研虹寄来李乾斋所绘《扁舟访友图》。郁荻桥来访,见赠七律一章。戌刻,偕王恕庵及丽春、补田小饮。

**初三(6月12日)**　辰、巳刻,偕丽春回家,得卢揖桥书。未、申、酉刻,在钱省川厂中观宝和戏。

**初四(6月13日)**　览张叔未诗集。内多金石之题,而其诗笔绝似钱箨石。辰刻,奇六复来索诈,不得已畀钱二百。是夜三更,贼拨后门,将入,赖梅意惊觉,急奔窗外呼余,贼乃远去,或即奇六党与?未可知也。

**初五(6月14日)**　巳刻,何翼之分司赠礼物四种,受其鲜肉粽子。

**初六(6月15日)**　夜雨。巳刻,高邑侯发回课卷四十七本,而束脩尚未寄来。丽春书到,言鲁介庵于初四日病故,已代送冥仪。余于初二日县西犹途遇介庵,不料其未及三日,遽赴冥途也。午刻,发四月课案,赠生卷赵为杶《木鸡书屋文二集》一部,高近光《生斋诗集》一部,袁丙昇《耐冷续谈》一部,张培之《乍浦纪事诗》《壬寅殉难录》二种,徐兆松《丙午魁墨》一部。童卷张桂清《木鸡书屋诗集》一部,高廷栻《攀辕图》一本,张家麟《小云庐吟稿》一部,屈传镛《戴氏三俊集》一部,徐作霖《茸城官署集》一本。未刻,丁稼梅来话别。

**初七(6月16日)**　细雨。辰刻,寄顾榕屏、刘翼之两书。巳刻,寄刘心葭书，附《芦川饯别赠言》，又答丽春书。申刻，高邑侯寄到端节书院脩金，仅得元银九两六钱。

**初八(6月17日)**　览沈晓沧诗集。

**初九(6月18日)**　夜雨。为上海曾辛叔作《竹林听月图序》。骈体。巳刻，属金婿写序，畀以龙司马《攀辕图》一册。戌刻，陈东堂赠《俞古水诗钞》二本，即借《浪迹丛谈》一部。

**初十(6月19日)**　小雨。未刻，复卢揖桥书。申刻，马倜卿赠《古水诗钞》二十本，即借《归田琐记》一部。

**十一(6月20日)**　小雨。辰刻，晋馚趁干儎至城，寄赠邢邑侯名吉甫诗文全集，赠顾榕屏《古水诗》三本。巳、午刻，抄杂诗二十余首，摘录《桂馨堂》《祥止室》五七律五十余联。

**十二(6月21日)**　摘录《十咏楼赋钞》一百八十余联。午刻，陈东堂还《浪迹丛谈》。

**十三(6月22日)**　大热，夜半有雷。午刻，陈东堂招饮夏至酒，同席四人。申刻，马倜卿过。酉刻，晋馚自城中归。

**十四(6月23日)**　下午小雨。阅汪訒庵水曹《清暇录》十六卷。多纪帝京景物，略及诗词。

**十五(6月24日)**　小雨。阅《皇明解语》二册。梅山遯叟著，多纪胜朝谐语。

**十六(6月25日)**　夜大雨。阅卢生甫《东湖乘》二卷。是日，余足疮复发，饮食不进。未刻，晋馚到馆。

**十七(6月26日)**　昼夜雨。是日，足疾颇剧。

**十八(6月27日)**　昼夜大雨。辰刻，郁荻桥书来。又曾辛叔寄赠笔资一洋，卢揖桥以夹铜易之，幸补田侄知其奸诈，先已拆看，现从航船寄换矣。午、未刻，阅李节之《云间杂识》二卷。是夜，梦与晋馚同在一处，其地略有山水之胜，有楼三楹，可以栖息，似作山城教官，又似书院山长，以故媳妇、孙女亦皆同往。

**十九(6月28日)**　辰刻，插高氏香。申刻，陈东堂借《埋忧集》。

是日,河水顿增三尺。去年以水大为忧,今年以水大为乐。

**二十(6 月 29 日)**　卯刻,马倜卿还《归田琐记》。

**廿一(6 月 30 日)**　昼夜雨。辰刻,顾榕屏书来,立即裁覆。申刻,陈东堂还《埋忧集》。

**廿二(7 月 1 日)**　雨。以上数日,足疮脓溃,甚觉痛楚。

**廿三(7 月 2 日)**　大雨。巳刻,寄丁步洲书,附诗五张,又赠以《古水诗钞》一册。午刻,与补田侄书。未刻,与晋磻书。申刻,龚配京馈大李十枚。

**廿四(7 月 3 日)**　午后始晴。酉刻,陈壬桥有小札来。

**廿五(7 月 4 日)**

**廿六(7 月 5 日)**　卯刻,刘心葭、王梦阁俱有书来。

**廿七(7 月 6 日)**　黎明大雨。酉刻,张云槎道人书来,内有黄椒升参军九十寿言公启,余亦列名其中。钱渊亭书来,言其子景昌已入华庠第五名,并招予秋间往游。

**廿八(7 月 7 日)**　晚有雷。未刻,钱小园借《贰臣传》《逆臣传》二种。

**廿九(7 月 8 日)**　稍热。午刻,马倜卿招饮。申刻,倜卿借《浪迹丛谈》《孙愈愚诗文全集》。

## 六　月

**初一(7 月 9 日)**　晚雨。辰刻,顾榕屏书来,并代余题殷岘云《莲洗馆填词图》五古一首。午刻,晋磻书来,立即覆谕之。戌刻,王芑亭书来,并赠槜李十二枚,价值一洋,此余平生所未尝也,得之甚喜。

**初二(7 月 10 日)**　雨。辰刻,寄黄椒升书,赠以《木鸡书屋诗集》及顾榕屏《俞古水诗稿》《徐云岘词抄》。又覆张云槎书,赠以近刻二种。

**初三(7 月 11 日)**　大雨。辰、巳刻,答王芑亭书,并作小启一首，谢其饷槜李。

**初四(7月12日)** 上午雨。巳刻，顾榕屏又有书来。午刻，吉桐生分司自都中归，遣人问候。

**初五(7月13日)** 夜半雨。巳刻，丽春书来，言劣生何晴园强奸族嫂，报房何慎修之妻，不从，殴伤，兼伤多人，有抢掠之势，其嫂喊禀邢邑侯，即行验伤，坐堂鞫讯，晴园供实，即交典史管押，其势必详革无疑矣。酉刻，钱小园还《贰逆列传》。以上三日，重阅《万历野获编》。

**初六(7月14日)** 始晴。卯刻，借陈东堂《汉名臣传》三十二本、《满名臣传》四十八本。

**初七(7月15日)** 热。卯刻，过柯春塘处，乞《九山草堂诗》二部。辰刻，过钱小园处，以《野获编》借之。巳刻，丽春言陆瀛洲女前日病死复生，自言至冥府，遇其兄小洲，送之还阳，见冥府前囚车内一老媪，女问何人，小洲曰："此即我家祖母也，生前不端，故至此"。

**初八(7月16日)** 大热。辰刻，候吉桐生。

**初九(7月17日)** 大热。是日，新进入学。鲍悦泉明经，年八十，以乾隆庚戌入泮，重赴黉宫，此百年来所未有者，惜不得往观之。

**初十(7月18日)** 热。卯刻，陈东堂言五月中何晴园家柴间内有巨蛇，为群婢击死，俄而其蛇复活，不知去向，阅十余日，其蛇复来，则仍死蛇也。妖由人兴，良不诬也。

**十一(7月19日)** 酉刻。晋翁有书来。是日，足疮始痊。

**十二(7月20日)** 卯刻，覆晋翁谕。

**十三(7月21日)** 申刻，柯春塘答候。是夜伤风。

**十四(7月22日)** 大热。辰刻，陈东堂来言，平湖东门外有彭三者，结凶徒百余人，号"青龙党"，横行无忌。近日，至钟溪与人争斗，致伤人命，现为邢邑侯所擒治。

**十五(7月23日)** 大热。卯刻，顾榕屏书来。以上三日，评阅芦川书院六月课卷。生："君子怀刑"；童："天何言哉"，"名士真须读楚词"得

"骚"字,"燕姞梦天与兰赋"以"幸而有子敢征兰乎"为韵,"驱蚊"不拘体。生三十三卷,毕大同第一;童二十六卷,周桂馨第一。童卷中有二赋甚佳。

**十六(7月24日)** 热。巳刻,署分司端木公奎照拜会,辞之。申刻,钱小园还《万历野获编》,又借《归田琐记》。

**十七(7月25日)** 热。辰刻,答端木公,彼尚未起身,不得见。巳刻,寄丁步洲书。

**十八(7月26日)** 热。以上十日,重阅《满汉名臣传》。

**十九(7月27日)** 辰刻,寄邢邑侯书,附书院六月课卷五十九本。巳刻,答顾榕屏书,赠以《九山草堂诗》一卷。

**二十(7月28日)** 巳刻,分司端木云轩拜会,乞取诗文全集二部,又嘉兴县朱述之明府托伊索取二部,余皆从之。午刻,晋翁有书来,立即覆谕。酉刻,补田侄书来,言何晴园已收入监牢。

**廿一(7月29日)** 晓雨。

**廿二(7月30日)** 卯刻,还陈东堂《满汉名臣传》,再借《南北略》二十本。巳刻,寄郁荻桥书。酉刻,马倜卿还《愈愚全集》《浪迹丛谈》。

**廿三(7月31日)** 大东南风。巳刻,钱小园还《归田琐记》。酉刻,邢邑侯寄回课卷。

**廿四(8月1日)** 卯刻,寄晋翁书。

**廿五(8月2日)** 大热。申刻,陈东堂赠《片石居救急医方》一本。

**廿六(8月3日)** 上午大热,午后小雨。巳刻,发六月课案,赠生卷毕大同《木鸡书屋诗集》一部,卜葆钧《褒忠录》一部,吕宗沂《一粟庐诗稿》一部,钟步崧《钱国英诗赋抄》一本,黄伊濯《木鸡书屋文二集》一部,赵为杶《左国闲吟》一卷;童卷周桂馨《鸳水联吟》十卷,张庆锡《浣花赋抄》一部,吴繁吉《阐幽录》一部,徐安澜《古文经训》一部,周士模《茸城嬉春集》一本,屈传镛《向帚山房诗》一部。

**廿七(8月4日)** 未刻,邢邑侯飞名片来。

**廿八(8月5日)**　热。辰刻，寄顾榕屏、王梦阁、刘心葭三书。午刻，高仁煊赠团鱼一盆，晋翰有书来，立即覆谕。

**廿九(8月6日)**　热。以上六日，阅《南北略》一过。《南略》中纪豫王责问宏光及郑成功临镇江，较他书独详。是日，伤风稍愈，又起鼻疮。

**三十(8月7日)**　大热。卯刻，丁步洲书来，赠改七芗《玉壶山房词选》二卷，及黄桃二十枚，又得张诗舲抚军覆函，并惠佛银十枚，其银尚存步洲处。

## 七　月

**初一(8月8日)**　大热。夜半雷雨。辰刻，寄晋翰书。是日，左足又起一疮。

**初二(8月9日)**　夜热。卯刻，与马倜卿书，附所录《平湖逸事》十七条。

**初三(8月10日)**　毒热。巳刻，问龚配京疾。

**初四(8月11日)**　热。日晚小雨。

**初五(8月12日)**　热。夜半小雨。

**初六(8月13日)**　日中大雨。未刻，乞绍炳处西瓜三枚。酉刻，端木云轩寄至《扁舟访友图》画幅，加以小跋，笔颇奇诡，此亦衙官中之屈宋也。

**初七(8月14日)**　热。巳刻，寄杨友莲书。午刻，端木分司辞行，盖吉桐生已回任接印矣，是日，闻俞荔卿于三更时在三登桥独自行走，手无灯笼，适遇邢邑侯巡夜，几被掌责，力求得免。

**初八(8月15日)**　毒热。辰、巳、午刻，趁航船到城，赠王恕庵《古水诗抄》一本。闻丽春在阴阳巷陆宅，即往寻之，适鲁光甫夫妇是日回门，陆氏设席相待，即邀余同席。申刻，候顾榕屏，知钱朋园去世。夜宿西鼎字店。是日，闻海宁石塘坍毁数百丈，向知海宁塘与吴江塔顶相平，若不急为修葺，恐遭风水之患。

**初九(8月16日)**　毒热。卯刻，顾榕屏答候，即同往城隍庙观祷雨。城中断屠已十日矣。辰刻,访王晓莲,知罗萝村侍郎去岁已薨,潘芝轩相国予告仍留京师。巳刻,候朱丽川,赠以《古水诗》一册,即乞其足疮药。未、申、酉刻,附航船回家。

**初十(8月17日)** 毒热。卯刻,还陈东堂《南北略》,复借《圣武记》一部。申刻,徐继陶过。

**十一(8月18日)** 日中雷雨。卯刻,贻魏氏冥仪。午刻,晋齡自馆中归。

**十二(8月19日)** 巳刻,命晋齡候吉桐生。

**十三(8月20日)** 以上三日,览魏源《圣武记》十四卷。第十三卷傅鼐、杨遇春、杨芳、罗思举、桂涵功绩最详。

**十四(8月21日)** 巳刻,张虚舟过,言六月中乍浦瓦山有一怪,小儿辈都见之,今已灭迹矣。

**十五(8月22日)** 巳刻,张生蒲卿过。

**十六(8月23日)** 热。抄古文四篇。

**十七(8月24日)** 辰刻,刘心葭覆书来。

**十八(8月25日)** 大热。辰刻,为张虚舟寄钟穆园书。是日,邢邑侯观风。

**十九(8月26日)** 毒热。巳刻,柯春塘过。午刻,寄顾榕屏书。

**二十(8月27日)** 卯刻,答柯春塘。辰刻,张稚春寄赠《顺安诗草》一部。

**廿一(8月28日)** 午刻,晋齡到馆。申刻,陈东堂取还《圣武记》八册。

**廿二(8月29日)**

**廿三(8月30日)**

**廿四(8月31日)** 夜半雨。是日,下体无端红肿,痛楚之至。

**廿五(9月1日)** 下午雨。申刻,倩杜芝山捏像。是夜,梦人言陶云汀制军政绩之美,历举数十条,不愧古名臣风范。

**廿六(9月2日)** 雨。酉刻,晋齡有禀来。

**廿七(9月3日)**　夜雨。午刻,龚配京贻甲鱼一盆。

**廿八(9月4日)**　雨。酉刻,石门许春渠寄赠《九秋新咏》一册。体皆五律。

**廿九(9月5日)**　上午大雨。酉刻,晋齡有禀来。

## 八　月

**初一(9月6日)**　酉刻,顾榕屏覆书来,言拔贡朝考,谢琴石竟得一等,以七品小京官用。县中观风案已发,生高崑源第一,童李福熙第一。

**初二(9月7日)**　是日,下体稍痊。

**初三(9月8日)**　昼寒,夜大雨。以上二日,评阅芦川书院七月课卷。生:"见乎蓍龟";童:"失诸正鹄","一一鹤声飞上天"得"飞"字,"朝珠赋"以"天星缀彩地宝呈祥"为韵,"月华篇"七古。生卷十一名,陆廷夔第一,童卷三十名,柯敬衡第一。此番生卷多佳作,童卷中惟纪金台一赋甚工。

**初四(9月9日)**　竟日大雨。酉刻,顾榕屏书来,内有张同绪桂清试草,其《楚人胜》一篇,即余四月中所取芦川书院第一也。

**初五(9月10日)**　辰刻,寄邢邑侯书,附书院课卷。巳刻,答顾榕屏书。

**初六(9月11日)**　卯刻,与丽春书。午刻,徐夔斋还《丙午同门录》一部。

**初七(9月12日)**　酉刻,得计二田书,内有杨龙石、李耘庵所题《扁舟访友图》,诗俱极苍秀古雅。龙石三体诗,耘庵五古二首。又见赠西河题赠《集通艺阁和陶诗》二种。

**初八(9月13日)**　巳刻,四官以疾挈其二女而来,顿增一番扰累。

**初九(9月14日)**　日晡大雨。

**初十(9月15日)**

**十一(9月16日)**　辰刻,邢邑侯寄回课卷。午刻,与晋齡书。

申刻,徐继陶过。

**十二(9月17日)** 雨,夜更大。是日,四官病渐危迫。

**十三(9月18日)** 昼夜大雨,兼大东北风。

**十四(9月19日)** 竟日大风雨。入夜,风息而雨不止。未刻,晋翂以雨阻,尚未回家,余因四官病危,遣人至馆中呼之,其人为大水所阻,中道而返。申刻,四官去世。今年春熟倍收,民因渐苏,入夏以来雨旸时若,花稻丰彧,人皆以为大有年矣。余独谓白露未过,未可恃也,果然三昼夜狂风猛雨,河水骤增数丈,田皆淹没。八月初,斗米减价,止四百二十,是日横增至五百三十。

**十五(9月20日)** 下午大雨。辰刻,放舟去载晋翂,彼适乘轿而归。申刻,龚配京馈熟鸭一只。

**十六(9月21日)** 夜半又雨。寅刻,寄丽春书。是日,急办丧具。

**十七(9月22日)** 辰刻,为四官入殓。午刻,厝于胡氏丛冢间。此事共费二十五千,助余料理者,高仁煊、金杏园二人。以上数日,余皆半夜起身,费财劳力,心绪如麻,不特此也。四官一生沉湎于酒,绝无后虑,所遗二女,其长者年十六,为四里桥傅氏养媳,少者年十四,一无知识,今将留食余家,此尤可为痛恨者也。

**十八(9月23日)** 辰刻,始发八月课案,赠生卷陆廷燮《乌衣香牒》四卷,徐逢渊《槐花吟馆试帖》一部,吕宗沂《千金寿传奇》一部,陈安涛《龚定庵己亥杂诗》一本;童卷柯敬衡《会典简明录》一本,陶熊《木鸡书屋初集文》一部,高廷栻《从善先资》一部,周成榆《鸿泥集》一部,褚光旭《古水诗》一卷,纪金台《木鸡书屋诗集》一部。

**十九(9月24日)** 巳刻,寄刘心葭、顾榕屏及丽春书。

**二十(9月25日)** 巳刻,过徐继陶处,知湖南李沅发聚众作乱,扰及粤、黔,今已为官军所平。

**廿一(9月26日)** 辰刻,赠陆氏嫁仪。午刻,考妹来。

**廿二(9月27日)** 辰刻,赴云间友人之招,偕丽春登舟。酉刻,到松,访丁步洲,即寓其家,赠以茶食两种,《鞠泉山馆诗集》一部。步洲言熊露蕤、杨闲庵俱归道山，唐好好、朱珮卿两校书亦俱物化。又言陈研香去冬因道士案为府县所诈，竟费万金，始得免祸，而陷之者有杨秀才，今岁亦以不法事被斥。又言雷蕴峰现署龙山县，政声甚美，足慰故人。

**廿三(9月28日)** 巳刻，偕丽春候钱渊亭，赠其郎君春桥芹仪元银四钱、《簪花集赋》一部。午刻，至叶园看桂花，兼游甲秀园，登清音阁远眺，前塔后山，颇极旷邈。园今为许式如所得。未刻，访张宾槎，即偕夏星五、钱渊亭游超果寺，时鸳鸯殿、一览楼俱已修理将竣，此普信上人之力也。申刻，便访陆筠轩，筠轩年七十，向为江西典史。即游醉白池。戌刻，步洲赠余蒋剑人《啸古堂诗集》四卷、熊露蕤《海棠巢剩稿》一卷，内有题余《访友图》五律二首。

**廿四(9月29日)** 未刻，偕渊亭、星五过明目侯庙看桂，即访姚衡堂农部。申刻，游沈氏啸园。酉刻，访徐式如，晤钱少鹤。名振声，甲辰举人，能古文。

**廿五(9月30日)** 巳刻，姚衡堂答访。未刻，候黄砚北司马，赠以《左国闲吟》及《古水》《秋田》二诗稿，司马答赠《海峤一尘》一部、郁竹香《井墟集》两册。回过薛少微处。申刻，访王海客。是日，闻戴笠人得痴疾，盖以处境益窘也。

**廿六(10月1日)** 辰刻，访钱鲈乡。巳刻，薛少微答候。午刻，钱晋亭来访，名宝书，能文，尤精绘事。长谈两时。申刻，候姜小枚，兼访胡穆山。酉刻，徐式如偕年侄蔡懿斋同过。戌刻，题庄凤楼《松下读书图》。七绝。

**廿七(10月2日)** 辰刻，钱鲈乡答访，赠以《木鸡书屋三集文》及诗集二部。巳刻，姚芷塘、张筱峰来访，筱峰出视其夫人《参香室遗诗》，求余作序。钱春桥拜谢。唐梧生寄赠《棠荫录》一册，内刻余七律一首，又《笔花阁赋稿》三集诗草一本。梧生名模，娄县人，己酉优贡。午刻，张宾槎、王海客答访。酉刻，顾韦人来访。

**廿八(10月3日)** 辰刻，答蔡懿斋。午刻，丁步洲招同黄砚北、夏星五、顾韦人、钱渊亭、张筱峰、钱晋亭、薛少微饮于永安堂。申刻散席。题唐梧生《笔花阁读史图》,七古。又以三集文及诗集答赠之。酉刻,始收到钱春桥去年所赠《云间小课》一部。

**廿九(10月4日)**　卯刻,题顾韦人《撚髭览景图》。五绝二首。辰刻,过沈秋卿处。名文达,向为安徽典史。巳刻,偕渊亭至古倪园访沈鞠泉,赠以小诗二种。午刻,鞠泉留饮,预订明年七月同作金陵之游。申刻,至华亭学访夏紫澜教谕,名文瀚,丹徒举人,诗文、书法俱工。赠以诗集一部,及《左国闲吟》,紫澜出视张文敏公真迹二种。酉刻,访宋小月。

## 九　月

**初一(10月5日)**　辰刻,沈秋卿答访,赠以初集文一部。未刻,偕渊亭、步洲至怡园访吴子眉,长谈两时。酉刻,过松郡试院,时内外俱新修,其大堂适对方塔,此景最妙。

**初二(10月6日)**　热。巳刻,蔡懿斋招宴,同席金少英、名文桐,己酉拔贡。徐式如、许式如、钱少鹤等九人。申刻散席。赠懿斋诗集一部及《左国闲吟》。酉刻,唐梧生寄赠纹银五钱。是日,有小疾。

**初三(10月7日)**　热,下午有急雨二阵。巳刻,丁步洲、张筱峰定计作虞山之游,邀余同往。午刻登舟。申刻,过佘山下,夕阳将坠,山色剧佳。戌刻,舟次青浦西门外,访熊苏林,剧谭至半夜归舟。

**初四(10月8日)**　热。辰刻,至苏林处,邀其同往常熟,苏林为买舟所阻,不果。借得黄潜夫《袖海楼文录》六卷。巳刻登舟。戌刻,次昆山,泊舟东门外。

**初五(10月9日)**　卯刻,进朝阳门闲步,即登舟,过北门马鞍山下,旭日初上,晓烟不飞,塔影山光,近在眉睫,惜风利不得泊耳。申刻,抵常熟,泊南门外。入城,至学署,访陈乐园广文,彼已卸篆,不值。即访蒋楚亭于致和道观,晤毛偶筠,畅谈虞山诸胜,中心跃然。傍晚回舟,移泊西门外。

**初六(10月10日)** 热。辰刻,至蒋楚亭寓,楚亭招范引泉来导游虞山,遂先作西山之游。进致道观,内有星坛七桧,系梁代物,今存三株。经蒋忠烈钦祠,由逍遥游过严文靖讷祠。祠墙外多橡树,上东岳行宫,于睢阳庙前看睢阳井,近□梓树二株,极古。向西过证度庵,额为吴梅村所书,后有大石山房,沿城墙一径上山,至巅,巅有城门,名虞山门,其旁高墩,系张士诚置兵处。至乾元宫,叩关无应者,即出。对面辛峰亭,下镇蛟穴,北眺大海,狼山飘渺,南瞻两河,城郭绕其下,转至仲雍、周章两墓。再东,谒言子墓,遂下山,重向西,地名石梅。经小三台石,初平石,道南泉,进游文书院,访昭明太子读书台。复至楚亭寓,楚亭设宴相待,同席沈石芗、名荣,苏州人,工绘山水人物。袁雪庄、范引泉等七人,有山雀一味,最美。午刻,作北山之游,出北门,雇竹舆,五里至兴福寺,旧名"破山寺",即唐常建题"清晨入古寺"诗处也。寺前四山环抱,万木萧森,有涧名"破龙涧",相传龙起其下,遂裂成涧,有双石幢,刻唐人书咒,大殿有唐赐钟,竹径极佳,遍寻白莲池、君子泉诸胜。又西三里,至三峰寺,即清凉寺,明汉月禅师道场,殿宇雄丽,宝相庄严,有大钟,刻全部《法华经》。又六里,由萧家栈跻巅,谒瞿忠宣祠,其下即剑门,石壁峭立,峥嵘万状,右即拂水,石渠跨涧,俯视百仞。附近有藏海寺,一名"报国院",门掩未入,牧斋尚书及柳如是墓皆在山脚,故亦未到。再折而东,又五里,至维摩寺,登望海楼,右有妙风阁,其后隙地广种梅,名"小香雪海"。老僧元培,年八十矣,告余曰虞山三十二胜景,"维摩旭日"乃其一也。又三里,过桃源涧,有李公亭,为常熟令李公季方琮建,公山东人,有德政,去年卒于任,故筑亭以比甘棠之爱云。时天色已暮,不及游普存寺。虞山周围三十六里,是日所历,约二十余里,乘舆者十之七,步行者十之三。酉刻归舟。

**初七(10月11日)** 热。辰刻,放舟至陈家桥,游吾谷,谒明孙西川艾墓,谷以枫叶名,惜时方秋暖,丹未霜酣,而老干离奇,多数百年物。又舟行十里,至松泉寺,一名"小云栖",有楼名"天风海山楼",

寻小石洞,四周石壁嵌空玲珑,泉水清寒如玉,圆湛若珠,故名“露珠泉”。仰视其巅,藤萝掩映,绝妙画景也。申刻,至楚亭寓,赠沈石芗《左国闲吟》,乞其作画,即偕楚亭、石芗及毛偶筠游昭文城隍庙,有东西两园,而东园工尚未竣,其地本钱牧斋故宅。酉刻,游常熟城隍庙,有山有池,树木苍秀,船屋三间尤妙,随即告辞诸友,回舟。

**初八(10月12日)** 辰刻,放舟,顺风扬帆,行百二十里。申初,即抵苏州,寓胥门内周有恒店。酉刻,王养初来访,出视诗稿二卷。名寿廷,吴县人,年三十五,诗已成家。戌刻,过两勾栏,见女校书六人,惟一稍佳。

**初九(10月13日)** 辰刻,至庙堂巷,答王养初,赠以三集文及诗集二种,兼晤其父素安。巳刻,偕养初、筱峰、步洲出胥门买舟,作虎阜登高之计。过半塘桥,访戈顺卿典簿,名载,吴县人,年六十五,工填词,已刻三十余卷。赠以文稿二集,顺卿答赠《词林正韵》《翠薇雅词》二种。未刻,过留仙阁聚饮,养初做东。申刻,舟抵虎丘,入山寺,憩静观斋久之。下山,谒韦刺史祠,祠新落成,小坐拥云山房,归途便访顾卿裳寓。酉刻,过冶坊浜,一路见灯船排列,灿如锦绣,二八蛾眉,照耀于金花银烛之间,真不愧繁华世界。戌刻,偕丁、张二君至三槐堂,访严畹卿校书,小名如意。其家有四姬,惟七官最佳,年十八,扬州人,吐词娴雅,姿态横生,乞余取名,余为取“芍仙”二字,盖以其四月生也。夜半,丁、张二君回寓,余与芍仙情话竟至天明。

**初十(10月14日)** 巳刻,偕步洲至宋仙洲巷,访旧主人卢、蔡二君,知蔡质轩今春以酒病下世,卢观成又适外出,不值。午刻,访翁噩生。未刻,至阊门外宝源馆,观麟秀班武戏。酉刻回寓。戌刻,又至三槐堂话别,芍仙再三留余,婉辞而出。王养初过谈,知元和年侄朱福保日以诈财为事,被大吏访拿,现在三县会审,定拟斥革矣。

**十一(10月15日)** 晚小雨。巳刻,过经义斋书肆,步洲为余代购《劝戒录》二集六卷、三集六卷,《印雪斋随笔》四卷。午刻,卢省轩、蔡少白同过,少白即余旧弟子。赠余茶食四种。未刻,偕步洲游元妙馆

[观],将访蒋眉生,恐天雨,不果。归途,访黄饮鱼,知其去年已故。

**十二(10月16日)** 巳刻,至王养初处告别,取张月巢《红豆山房词稿》二部。午刻登舟。酉刻,次铜里泊。

**十三(10月17日)** 夜雨。辰刻登舟,又得顺风,瞬息过星湖、三白荡。巳刻,过金泽。午刻,过泖湖。未刻,即抵松江。申刻,得金少英《扁舟访友图》五律二首,又见赠七律一首。酉刻,为朱友三源题《岁寒三友图》。五古。戌刻,步洲赠翠花一对。

**十四(10月18日)** 雨。辰刻,评范呐如诗稿。巳刻,迁寓钱渊亭处。未刻,见叶湘秋《娄胥乐府》十二首。刺县胥赵静甫酿成七宝镇大狱也。

**十五(10月19日)** 夜雨。巳刻,访唐梧生,不值,即过姜子安处,赠以《左国闲吟》。

**十六(10月20日)** 小雨。在钱宅观《阅微草堂笔记》五种。

**十七(10月21日)** 午刻,沈秋卿招婚宴,不赴。申刻,访姚春木,不得见,与其弟建木略谈而出。酉刻,丁步洲招宴,同席王子山、雷获人、钱晋亭等八人。亥刻始散。

**十八(10月22日)** 辰刻,访席灌甫。始知常熟令黄印山名金韶,广西人系丙午、丁未联捷,为余年侄,惜前在虞山尚未知之,不一访也。午刻,钱渊亭设盛筵相待,同席徐晋珊、黄砚北、夏星五、雷获人、丁步洲,有凤凰蛋一品,绝妙。申刻,过陈研香处。酉刻,熊苏林自青浦来,亦寓渊亭家。戌刻,题马佩卿《笏溪枝寄图》。七绝。

**十九(10月23日)** 辰刻,问沈秋塘疾。巳刻,访金少英,赠以文稿初集,回过张馨斋处。午刻,蒋楚亭自常熟来,携至沈石芗所作《扁舟访友图》,即画虞山一角,景色逼真。未刻,偕楚亭、苏林、灌甫、渊亭在步洲处食琴川巨蟹。申刻,偕诸同人至莲花庵食巨菱。闻顾卿裳以暴疾亡,大为骇诧。回至钱宅,门人陈星联来见。是日,闻范默农作冥府判官,凡云间已死之人,如杨闲庵、吴仁圃,其因果报应俱历历为人言之。默农亦余旧交,其人尚健,惜未暇一候之也。

**二十(10月24日)** 辰刻,至大成堂书肆,苏林为余代购雷松舟《盍簪集》十四卷、蔡云卿《意有余斋诗二集》三卷。席灌甫答访,不值。巳刻,蒋楚亭过。未刻,访叶湘秋,赠以《香鹿集》一本,彼答赠姚晦叔《试帖诗存》二卷。申刻,在钱宅观钱太夫人名书,香树尚书之母所绘花鸟册页。酉刻,唐梧生寄题《扁舟访友图》。七绝二首。戌刻,薛少微以其尊人秋霞遗照索题,成四言一首以应之。

**廿一(10月25日)** 辰刻,砚北司马招同苏林、渊亭及黄柳溪至源盛馆食羊面,苏林即回青浦。午刻,偕少微访弹词女郎方秀云。年十八,姑苏人。未刻,至集云轩听全聘兰姊妹上海人唱《双金锭》。酉刻,陈研香招宴,同席夏星五、雷获人、朱雪门、钱渊亭、陈春山。亥刻,散席,赠研香《香鹿集》一册,彼答赠钱锡之《守山阁剩稿》一本。

**廿二(10月26日)** 将作上洋之游。巳刻,偕渊亭、少微登舟。申刻,过泗泾。戌刻,过七宝。

**廿三(10月27日)** 热。辰刻,到上海,寓陆家濮张宅,先作豫园之游。巳刻,过天主堂,听英夷讲书,妇孺环侍,或起或跪,同声相和,真可哂也。访姚次山、艾静洲,俱不遇。午刻,游蕊珠书院,也是园有方壶一角、吴淞一剪诸胜,虽亭台半圮,而花木尚存。未刻,过全继堂帽店,即同至荷花池宁波会馆,观三台班徽戏,酉刻回寓。

**廿四(10月28日)** 热。辰刻,过朱六芗寓,即至源源客寓访杨也鲁,知黄椒升于九十寿诞后即归道山。巳刻,出小东门,过江海□□关观夷人房屋,其结构之多,较前所见又增十倍,靡丽亦更甚于前。未刻,过漳泉会馆,观小宝和武戏。戌刻,至阁端厅听李翠云女郎常熟人唱。倭枹厅为陆耳山故宅。

**廿五(10月29日)** 夜雨。巳刻,偕少微至宁波会馆、南会馆,两处皆无戏,即唤渡船泛黄浦,摇曳于千舻万舳之间,登大洋船,观龙骨一具。未刻,至北会馆,观鸿福班文戏。戌刻,至东门,观凤祥银楼灯彩。是夜齿痛。

**廿六(10月30日)** 雨。申刻,金纪堂招宴,同席张蔼堂等六人,余以齿痛,略啖而已。酉刻,登上海舟。

**廿七(10月31日)** 夜大雨。亥刻,回至松江。是夜,梦先君子问余:"大德堂会课卷汝曾评阅乎?"答以"评阅一次",其实不知大德堂为谁氏也。

**廿八(11月1日)** 晚大雨。辰刻,至丁步洲处话别,始取出张诗舲中丞所赠十洋,得夏紫澜广文所题《扁舟访友图》。百字令一阕。巳刻,钱渊亭赠《圣庙祭器乐器图》一本、《试帖新颖》二卷、石刻《陈忠愍公墓志铭》、苏廷玉撰。信笺四匣。未刻,偕春桥昆仲至云青轩观提戏。是日将作归计,预唤一舟。

**廿九(11月2日)** 晚雨。辰刻登舟。未刻,过吕巷,行九曲中,芦白枫红,甚有幽趣。酉刻到家,得沈浪仙、郁荻桥、顾榕屏、王恕庵四函。沈浪仙信中有吴江金子年《扁舟访友图》五古一首,蒋楚亭《潇湘馆词》五部,内有赠余二阕。荻桥信中亦有《潇湘馆词》一部。邢小尹公子在镇,欲来拜候,辞之。戌刻,晋酚自馆中归,又得邢邑尊红柬,招十月初二日宴席,未审何故。是日,知龚椿园、听泉昆季于八月廿三日同时谢世也。自余出门后,所行庆、吊礼者六七家。

**三十(11月3日)** 夜雨。巳刻,答顾榕屏书,赠其郎君婚仪元银二钱四分,又姚晦叔《试帖诗存》二卷,《海棠巢》《笔花阁》诗各一卷,《随笔漫记》一本。覆计二田书,赠以《潇湘馆词》一本。午刻,覆沈浪仙书,赠《棠荫录》一本。与殷梦蔬书,赠《痧喉论》一册。申刻,吊叶、钱二宅丧。是日,命晋酚代阅芦川书院九月课卷。生:"若季氏"至"不能用也";童:"不能"太山章,"秋深一蝶下寻花"得"寻"字,"一蟹不如一蟹赋"以"种实纷繁形多琐细"为韵,"抄书""校书"各五律。生卷十名,杨宗濂第一。童卷廿二名,张庆锡第一,童古纪金台第一。

## 十　月

**初一(11月4日)** 辰刻,命晋酚到城,赴初二日邢公宴席。是日,考妹始回去。

**初二(11月5日)** 阅《印雪轩随笔》。湖州俞涧花著。是夜,贼拨后门,势将入矣,赖两婢惊觉,得免。

**初三(11月6日)** 夜雨。辰刻,计二田书来。巳、午、未刻,阅雷松舟《盍簪集》。所录者皆乾隆朝诸名人诗。申刻,马倜卿、陈东堂同过。

**初四(11月7日)** 辰、巳、午刻,阅蒋剑人《啸古堂诗集》、剑人诗笔奇横,出入于严海珊、黄仲则之间,隽才也。郁竹香《井墟集》、熊露蕤《海棠巢剩稿》。未、申刻,在西市观提戏。戌刻,晋翁自城归,言初二日赴邢子尹邑侯宴席,肴品多而精,并取中秋书院脩金二十洋,邢公又重写关书。

**初五(11月8日)** 辰、巳刻,阅蒋楚亭、戈顺卿、张月巢三君词。午后,仍观提戏。

**初六(11月9日)** 辰、巳、午刻,阅张翰风、黄潜夫二君古文。朱雀桥过。

**初七(11月10日)** 巳刻,览《圣庙祭器乐器图》。

**初八(11月11日)** 午刻,陆紫卿招饮,同席徐鉴泉。酉刻,问龚配京疾。是日,闻初七夜盗入明珠庵胡莲江家,劫掠一空,有一少年,临去谓主人曰:"我在汝家啖饭不少矣,汝家待我刻薄,今日之事,我为戎首,汝等其识我乎?"所劫几至二万金。

**初九(11月12日)** 巳刻,阅《虞山三峰清凉寺志》。

**初十(11月13日)** 巳刻,始收到刘心葭九月十八日所寄书院课卷,浮沉龚店者二十余日,可恨极矣。申刻,邢邑侯发回课卷,顾榕屏招廿二日婚宴。近日米价每斗只二百六七十文,较之去岁,殆减一半。

**十一(11月14日)** 夜雨。辰刻,发九月课案。赠生卷徐仑源《通艺阁和陶诗》一本,其余前列,皆晋翁所作,一概不送。童卷张庆锡《槐花吟馆试帖》一部,周士模《怀经堂文稿》一部,周桂馨《晦叔试帖》一部,徐福升《茸城逭署集》一本;古学纪金台《灯窗琐话》八卷。

巳刻，覆刘心葭、顾榕屏、郁荻桥三书，赠荻桥《红豆山房词》一部，又与补田侄书。

**十二(11月15日)** 午刻，览《海峤一尘》。皆金山卫城人诗，熊露蕤所选。

**十三(11月16日)** 巳刻，吉桐生遣许六来，言月桥挽大开博场，现将禁遏，盖以晋翁有言也。

**十四(11月17日)** 夜大雨。巳刻，陈东堂来，言本镇绅衿等将联名作书寄邢邑侯，求其禁赌，欲余列名其间。午刻，赠张氏婚仪。申刻，杜芝山为余捏像，已成眉目，口鼻无一似者。

**十五(11月18日)** 辰刻，赠李氏婚仪。

**十六(11月19日)**

**十七(11月20日)** 雨。

**十八(11月21日)** 雨。

**十九(11月22日)** 夜大雨。作《虞山游记》。骈体。

**二十(11月23日)** 作《虎阜登高记》。骈体。午刻，赠洪氏婚礼。

**廿一(11月24日)** 夜大西北风。辰、巳、午刻，趁干儀到城，即访王晓莲，赠以张理堂、俞古水诗二种。申、酉刻，与费恺中长谈。是夜，宿西鼎字店楼。

**廿二(11月25日)** 大寒，结冰甚厚。巳刻，赴顾氏吉筵，同宴五十余人。申刻，陪亲至北门外陈白芬宅。是日，石研虹言八月初七日四川西昌县地震一昼夜，压死人民无算，两教官亦遭其难。广西邪教作乱，已陷六府一州，现差林公少穆往剿。费莩庄言新溪西乡罗泾，地属嘉善，有珠姑者年三十四岁，丑而淫，五六年前与奸夫吴五毒死亲夫徐某，反诬其母杀婿，官不明察，竟定其母绞罪，珠姑遂与吴五为夫妇。近年又有奸夫吴大。别是一吴，非吴五一家也。今年九月七日，珠姑竟将吴五杀死，现已收禁，吴大则在逃，未获。

**廿三(11月26日)** 大寒。巳刻，顾榕屏招饮望亲酒，同宴郑小宋、屈纯甫、施笙六、王晓莲、石研虹、沈敬堂、张同绪等三十余人。酉刻散席,鲁光甫招余往宿,辞之。

**廿四(11月27日)** 寒。辰、巳刻,趁航船至乍浦,访蒋楚亭于怀橘庵,赠以诗文稿全集,适王客山亦在庵中,赠以诗集一部,楚亭即留小酌。未刻,访殷梦蔬道人,仍寓庙中。

**廿五(11月28日)** 辰刻,访沈浪仙,赠以《海棠巢剩稿》一本。浪仙言署海防李公芗园,名枝青,福安人,壬午孝廉。学问渊雅,著有《说文质疑》《读骚山房札记》等书,诗笔英思壮采,尤所擅长,书法亦秀润圆美。其幕友杨见山名岘,归安廪生亦长于诗,真贤主嘉宾也。午刻,沈浪仙留饮,出示近诗数百首。申刻,候林雪岩,见其近诗一卷。

**廿六(11月29日)** 辰刻,赠李芗园司马诗集及《左国闲吟》。沈浪仙答访。巳刻,过朱秋田、张粲言两处,寻杨友莲,不值。午刻,访刘心葭于褚兴聚木行,其徒褚文斋留饮,同席褚春塘等七人。申刻,回至庙中,知卢、钟二生日中同过。

**廿七(11月30日)** 辰刻,题杨见山《受经图》。七律。朱文江来访。巳刻,过钟穆园处。未刻,李芗园司马寄赠《海防略》一编,《守望楼记》石刻,为余题《扁舟访友图》七绝三首。杨见山亦题拗体七律一首,俱妙。是日,朱秋田答访,不值。

**廿八(12月1日)** 辰刻,题殷梦蔬《秋树读书图》。四言一首。复过蒋楚亭寓,楚亭为补田侄画梅花四幅。巳刻,答朱文江,还过卢揖桥处。未刻,便服候李司马及杨岘山,长谈久之。司马果然风雅超群,绝无官气。申刻,偕岘山访观苇杭明府,不值,回至庙中。鲁文甫来访,言林公少穆素有疝疾,未至广西,竟薨于路。出师未捷身先死,安得不诵少陵诗而悼叹哉。

**廿九(12月2日)** 未刻,至沈浪仙处话别,观苇杭、李芗园二公到庙答访,俱不值。

**三十(12月3日)** 辰刻,告谢梦蔬,趁航船至平湖。未刻,顾榕屏邀同王晓莲饮合顺馆。酉刻,补田及王恕庵为余设小酌。

## 十一月

**初一(12月4日)**　巳刻,拜候邢子尹明府。午刻,复至榕屏处,长谈至晚。酉刻,费恺中招饮永和馆。

**初二(12月5日)**　辰刻,鲁光甫赠扬州香珠二串,及茶食两匣。巳、午、未刻,趁盐溪航船回家,知镇上赌博复聚金杏园家。月桥左右,舟楫如林,风气之恶,竟至于此,盗贼之日炽也宜矣。

**初三(12月6日)**　辰刻,与晋翻书。巳刻,于辛伯书来,附《袁江诗稿》一卷。又有陈觉生书,求作《课子弄孙图序》。未刻,陈乐泉过。是夜,盗劫梅家桥沈氏,约有二百人东西鸣锣,竟不能获一盗,任其饱掠而已。余于半夜披衣而起,直至天明不眠。

**初四(12月7日)**　辰刻,至梅家桥沈氏,见其门窗户牖,尽为群盗斫破,楼上楼下,箱箧粉碎,所劫约有万金,四房中惟一房得免。巳刻,闻初二夜,盗劫平湖秦竹坡宅,掠去数万金,邑尊率壮丁亲往,群盗俱从城垣跳去,束手无策。午刻,马倜卿、陈东堂同过,晋翻自馆中归,言数日内三寄金杏园书,备言开赌一事即为盗贼之媒,反复劝谕,彼竟不从,以致沈氏罹此惨祸。未、申刻,遣人两招金杏园,彼不自到,但遣陆紫卿来诡辞强辩,余随辩随折,力言其开门揖盗之罪,紫卿亦俯首无辞。

**初五(12月8日)**　巳刻,徐继陶过。午刻,至梅家桥沈氏。申刻,邢邑尊至沈氏踏看,晋翻及张生蒲卿等已具呈子,备言差役林文等开赌引盗之事,而李骧云等力持之,不得上。

**初六(12月9日)**　巳刻,寄丁步洲书,附文二篇。午刻,寄杨友莲书,赠以《古水诗》一本。

**初七(12月10日)**　午刻,与吉桐生分司书,约六七百言,痛责其故纵差役林文、戚瑞开赌引盗,私得陋规之咎,并言三集中赠文一篇,今将抽出,语语峻厉。酉刻,吉分司始坐堂,朴责林文兼许、盛二人,而戚瑞仍无所问。戚瑞,巨蠹也,能使合镇绅衿如张屋山、马访云等,俱向吉公叩头说情,不知其操何术以致此。

**初八(12 月 11 日)** 巳刻,王生小轩过,亦为戚瑞求情,余谓此事无足计较,然诸人之爱戚瑞,正所以害之也。申刻,张生蒲卿借《十六国春秋》一部。

**初九(12 月 12 日)** 辰刻,刘心葭书来。巳、午刻,与芍仙校书书。骈体。未刻,丽春书来,立即覆之。申刻,与马倜卿书,赠以《潇湘馆词》《享帚山房诗》二种。

**初十(12 月 13 日)** 夜雨。辰、巳刻,为钱渊亭作《弄珠楼雅集图记》。骈体。

**十一(12 月 14 日)** 雨。午刻,赠沈、徐、黄三家婚仪。

**十二(12 月 15 日)** 辰、巳、午刻,作孙湘笙女史《参香室遗诗序》。骈体。是日,闻初八夜,盗劫乍浦东门外染坊,约有万四。

**十三(12 月 16 日)** 辰刻,赠陈东堂《求纯集》一部。

**十四(12 月 17 日)** 未刻,晋昐到馆。

**十五(12 月 18 日)** 巳刻,阅于辛伯《袁江游草》。未刻,寄钱渊亭书,附文一篇。

**十六(12 月 19 日)** 抄古文四篇。申刻,寄张筱峰书,附文一篇,并缴张宛邻文集一本。

**十七(12 月 20 日)** 辰刻,得顾榕屏书。申刻,丁步洲书来,言有吴门题图诗二幅,及拆封,竟无之,立即覆札一通。戌刻,寄唐梧生书,附顾榕屏、沈浪仙所题《笔花阁读史图诗》。是日,闻戴笠人下世。笠人品诣端方,才华充滥,乃竟以穷困抑郁,夭其天年,惜哉。

**十八(12 月 21 日)** 辰刻,寄李壬叔书。

**十九(12 月 22 日)** 寒。抄杂诗三十三首。是日,闻徐伯蕃得痴疾。

**二十(12 月 23 日)** 申刻,得戈顺卿、王养初《扁舟访友图题词》,顺卿《洞仙歌》一阕,养初《垂杨》一阕。二作清峭有致。王生小轩过。是夜,梦见褒衣博带者,自言姓张,名梦迪,询其官职,则广文也。

**廿一(12 月 24 日)** 巳刻,马倜卿过。

**廿二(12 月 25 日)** 摘录杂诗一百二十余联。是日,闻旧馆人徐吟塘以穷困死,无人为之棺殓,哀哉。

**廿三(12 月 26 日)** 寒。午刻,陈东堂为余题《扁舟访友图》七律一首。未刻,马倜卿寄至《访友图序》,文甚深刻。是夜,大盗数十人到镇,将肆劫掠,人家皆和衣而眠,幸得无事。

**廿四(12 月 27 日)** 寒。巳刻,倜卿、东堂来观《扁舟访友图》六巨册。

**廿五(12 月 28 日)** 午刻,陈东堂招宴,同席顾申庵、马倜卿、李耘谷、马鲁山。得顾榕屏书,见赠俞原水《春水船遗诗》一册。申刻,贻徐氏冥资。是日,见邸抄,知广西盗氛尚炽,全省骚动,盗首著名者张家祥、杨捞家、陈亚贵等十余人。

**廿六(12 月 29 日)** 巳刻,高朱门大令过访。沈氏招饮望亲酒,不赴。午刻,见上谕一道,罪状大学士穆彰阿、耆英二人,言英夷之祸,二人酿成之,包藏祸心,欺罔实甚,穆彰阿着即革职,耆英降六品顶戴。是日,暖初身上大热。

**廿七(12 月 30 日)**

**廿八(12 月 31 日)** 暖。未刻,屈莎城来访,为其弟妇写一文会,余勉从其请,助钱二百四十文。以上二日,评阅芦川书院十一月课卷。生:“吾他日未尝学问”二句;童:“鼓琴二女果”,“青鞋布袜从此始”得“鞋”字,“一团和气赋”以“大程夫子,一团和气”为韵,“岁除竹枝词”不拘首数。生卷十五名,朱青芝第一。童卷廿三名,马麟瑞第一。童古学六名,亦马麟瑞第一。此课生卷,余颇加改削。

**廿九(1851 年 1 月 1 日)** 巳刻,寄邢子尹大令书,附课卷四十四本,并赠以《龙湫嗣音集》一部。巳刻,与丽春书。

## 十二月

**初一(1 月 2 日)** 暖。辰刻,唐梧生覆函来,复赠《笔花阁诗》二部。又得李壬叔报书,内有朱述之司马所赠《棠阴比事》一部,刻板极精。午刻,陆筱坡来访,遍观《访友图》六册。

**初二(1月3日)** 巳刻,李耘谷来访,亦请观《访友图》册。未刻,魏楚白来,请余廿三日为其母夫人点主。

**初三(1月4日)** 寒。午刻,寄沈浪仙书,赠以《笔花阁诗文草》。

**初四(1月5日)** 巳、午刻,览《棠阴比事》。是日,暖初疾愈。

**初五(1月6日)** 上午雨,下午微雪。巳刻,览《春水船遗诗》。

**初六(1月7日)**

**初七(1月8日)** 寒。辰、巳、午刻,趁航船到城,赠费恺中《随笔漫记》,徐左田、俞古水诗钞三种,赠王恕庵《绿语楼词稿》一部,赠顾榕屏《笔花阁诗文》二种。申刻,得沈浪仙书,内有朱珏持《扁舟访友图》画幅,颇得大痴笔法,书中言李芗园司马以海塘事罢官,廉吏真不可为也。酉刻,鲁光甫招饮茂林馆,夜宿西鼎字店。

**初八(1月9日)** 寒。辰刻,至戴竹坡宅访石研虹,赠以《木鸡书屋诗集》一部。巳刻,访王晓莲,复至榕屏处,适谢琴石亦来,畅谈都中近事。午刻,榕屏留饮,见陈味楳新刊诗集六卷,余所撰序列于卷首,却至今未尝见赠,不解其故。酉刻,鲁光甫又邀同苏兰汀、王梦阁小集茂林馆。

**初九(1月10日)** 寒。辰刻,石研虹答访。巳、午、未刻,趁盐溪航船回家,知柯春塘昨日来访。

**初十(1月11日)** 辰刻,寄晋酚书。巳刻,答柯春塘,赠以《潇湘馆词》一册。

**十一(1月12日)** 寒。辰刻,沈浪仙书来,内有铁厓和尚新刻诗卷。此盛云泉所辑十二种之一也,今王客三先刻此种。午刻,吊项氏丧。是夜,梦有三处友人请余作骈俪之文,俱极惬意。

**十二(1月13日)** 寒。辰刻,钱渊亭覆书来,言韩瘦山于前月廿八去世,入殓上一夜,忽被大盗二三百抢劫一空,并送终之物亦俱夺去，最为骇异。陈研香于是月初二夜无疾而终。巳刻，邢邑侯招饮开仓酒，余既辞谢，而来人欲索辞包。余大怒，叱之。午刻，李耘谷为予绘《扁舟访友图》，并写册首一张，题七绝二首。近日洋价大减，向来每洋抵钱一千五百余，今则一千三百耳。

**十三(1月14日)** 辰刻，发十一月课案，赠生卷朱青芝《西河题赠集》二本，屈召棠《闻鸮楼赘言》，熊云客《初刻诗》二种，徐开源《乍浦纪事诗》、高笑山诗二种；童卷马麟瑞《茸城嬉春》《逭署》二集，陶熊《棠荫录》《古水诗》二种，周士模《乍浦竹枝词》一本，沈泰来《毓德堂诗》一本，周桂馨《芳溆律赋》一本。

**十四(1月15日)** 未刻，发刘心葭、顾榕屏及补田侄书。是夜，梦一官登堂理事，凡乡民赴诉者，官与之同案饮食，谆谆如一家人。

**十五(1月16日)** 夜半雨。

**十六(1月17日)** 夜半雨。午刻，晋粉自馆中归。

**十七(1月18日)** 巳刻，张生蒲卿过。午刻，柯春塘以《禹航竹枝词》百首及近诗一册属余评定。未刻，家古溪过。申刻，沈少云来，请余二十日为其父母点主。

**十八(1月19日)** 夜雨。巳刻，顾榕屏覆书来，内有谢琴石拗体七律一首，题余《扁舟访友图》，书中言李公星沅现为广西钦差大臣。是夜，梦见狗虾一只，从楼窗跳下，窜入柴室，泯然无迹。

**十九(1月20日)** 辰刻，寄吊城中徐太夫人丧。巳刻，题史怀音《赏菊图遗照》。七古。申刻，马倜卿过。

**二十(1月21日)** 夜半雨。巳刻，吊沈氏丧。午刻，沈氏设席相待。未刻，题沈云帆暨其妻奚孺人神主，金杏园、张蒲卿作左右相事。

**廿一(1月22日)** 酉刻，魏宅招宴，同席张樵坪、魏接山等十一人。亥刻散席。

**廿二(1月23日)** 辰刻，吊马氏丧。申刻，吊魏氏丧。

**廿三(1月24日)** 巳刻，题魏母金太孺人及其子文学生芳圃夫妇神主,金杏园、王小轩作左右相事,补田侄作礼主。

**廿四(1月25日)** 申刻,沈月卿、荻庵兄弟来,月卿请余廿七日为其父母点主,荻庵请廿六日为其继父点主。是日,闻东乡盗贼日炽,近抢女子数人,正欲成婚,金山武员率壮丁密围之,获大盗十三人。

**廿五(1月26日)** 巳刻,郁荻桥书来,并赠《观水倡和诗》续刊本,余亦有二首在内。申刻,陈东堂言昨日平湖捕役至东乡获大盗二人,而昨夜奚湘云家仍被盗劫,主人身受重伤。

**廿六(1月27日)** 夜大雨。巳刻,吊沈氏丧。午刻,沈氏设席相待,同饮徐少山等五人。未刻,题沈怡亭神主。是夜,五婶母去世也。

**廿七(1月28日)** 上午雨。午刻,吊沈氏丧,沈氏即设筵相待,同席毛少江等数人。未刻,题沈椒园暨其妻毛孺人神主。申刻,助丽春家丧,费六钱。是日,闻平湖南廊下擒大盗一人,并获其船,收得军器无算。

**廿八(1月29日)** 巳刻,魏楚白拜谢,赠佛银四枚。午刻,顾榕屏书来,言礼房岁贡注册、书院写案诸费,已将罗租所收一洋与之。申刻,沈月卿、荻庵、少云同来拜谢,合赠佛银十二圆。

**廿九(1月30日)** 夜小雨。

**三十(1月31日)** 夜小雨。

是年入钱二百十五千,出钱一百六十千。

# 咸丰元年辛亥(1851),六十三岁

## 半袁老人日志

### 正　月

**元旦(2月1日)**　小雨。辰刻,评选柯春塘诗稿。余杭《竹枝词》一百首,风土人情历历如绘。

**初二(2月2日)**　辰、巳、午刻,诸亲友拜贺。

**初三(2月3日)**　下午雪。巳刻,寄王养初书,附文一篇,并赠以俞、卢二诗集。申刻婢子阿秀逃去。越二日始回。

**初四(2月4日)**　寒。辰刻,送吴氏冥资。是日,有人言,去岁除夕,近处河港有物,非鳞非介,形似蜈蚣,而其足甚多,其色青红。博物者不知其名,未审何兆。

**初五(2月5日)**　寒。辰刻,寄卢观成书,赠以《左国闲吟》《咏戏诗》二种。巳刻,柯春塘过。申刻,家古溪招饮,同席史敬堂等七人。

**初六(2月6日)**　辰刻,寄唐梧生书,附郁荻桥《笔花阁读史图》题词,并赠以《观水唱和集》《芦川饯别赠言》《乍浦人物备采》《片石居救急成方》四种。陈味梅书来,始赠新刊诗集六卷,又方莲卿寄赠元银二钱,乞题朱竹垞砚台。巳刻,朱雀桥过。午刻,柯春塘招宴,同席陈东堂、钱小园、马倜卿等十一人。酉刻散席。

**初七(2月7日)**　辰刻,寄丁步洲书,赠以《达生保赤编》《铁庄和尚诗选》。巳刻,马倜卿过。午刻,陈壬桥过。

**初八(2月8日)** 辰刻,作四言一首,题竹垞太史遗砚。午刻,复陈味梅书。申刻,问龚配京疾。是日,闻高硐石死。

**初九(2月9日)** 辰刻,复于辛伯去冬书。午刻,张蒲卿招宴,同席叶爱莲、柯春塘、马倜卿、张印古、徐继陶等十八人。戌刻始散。

**初十(2月10日)** 夜雨。申刻,顾申庵过。酉刻,陈东堂招饮。

**十一(2月11日)** 夜雨。辰刻,招顾申庵早饭。巳刻,傅士芳来,言大侄女病势危迫。

**十二(2月12日)** 昼夜雨。巳、午刻,阅《陈味梅诗集》,内赠余之作约有八九首。是夜,梦盛云浍转生余家。

**十三(2月13日)** 夜雨。辰刻,丁步洲书来,并赠王四篁《赏局斋词集》两部,内有题余《访友图》一阕。书中言韩氏盗案已获,首犯有□人焉,共获十九名。惟赃物仅有十分之一,最可惜者,朱碧山银槎酒器不知入于谁手。又言江南大赈,为御史参奏吞赈知县七人,青浦县毓庆吞三万余银,熊苏林亦有瓜葛。现在上谕着总督陆建瀛办理,此事未知作何究竟。

**十四(2月14日)** 上午雨。未刻,寄刘心蒹书。是日,闻林公少穆赐谥"文忠"。

**十五(2月15日)** 晴。夜又大雨。辰、巳、午刻,趁航船到城,顾榕屏已在东门坐待,即同过王晓莲新居。未刻,偕晓莲、卜祥伯、顾厚田饮榕屏处,酒兴甚豪。至酉刻始散。是夜,留宿横山草堂。赠榕屏《九老诗存》一册。

**十六(2月16日)** 上午大风雨。寒。巳刻,偕顾榕屏、郁荻桥冒大雨至儒学内李蓉生刻字店,以骈体文四集六卷付其雕板。午刻,荻桥邀食面饺。申刻,从榕屏处借得王亮生《国朝文述》六本、李蔼如《见山楼诗钞》二卷。是日,始知鲍介堂明府卒于福建。

**十七(2月17日)** 寒。巳刻,谒邢邑侯,不见。午刻,晤潘竹庐,名翃,乌程诸生,年七十五,工诗。赠以《左国闲吟》。戌刻,偕费恺中等饮于西鼎字店，二鼓□□□。夜留宿。

**十八(2月18日)**　大寒。辰刻，至鲁光甫处，以试帖一本借之，不遇。巳、午、未刻，趁牙前儎回家。

**十九(2月19日)**　大寒。夜雨。午刻，寄顾榕屏书，以《浪迹丛谈》《云间小课》二种借之。

**二十(2月20日)**　雨。阅《国朝文述》。家数寥寥，局于所见，且选择亦未精当，无可取也。

**廿一(2月21日)**　寒。辰刻，过柯春塘处。巳刻，傅宅遣人来报，大侄女今晨病故，年仅十七。未刻，贻傅氏冥资。

**廿二(2月22日)**　巳刻，陈乐泉过，又乞取诗集一部。

**廿三(2月23日)**　巳刻，陆紫卿招食面饺。

**廿四(2月24日)**　巳刻，晋骱至四里桥吊傅氏丧。

**廿五(2月25日)**　辰刻，陈味梅买舟来访，赠周师趛鼎图拓本、朱竹垞砚拓本、张叔未所书《耽书图记》石刻、方受诗所书《心经》石刻，乞撰《小沧浪饯春图记》。又沈子宣名绍洙，癸卯举人寄赠两洋，求撰其父韵楼茂才墓志铭。方莲卿寄赠一洋，乞撰《易砚图记》。沈咏楼寄赠一洋，乞作《天玺古砖记》。巳刻，留味梅早膳。又以文稿全部寄赠方莲卿。晋骱至周宅开馆。

**廿六(2月26日)**　夜雨。抄古文六篇。是夜，梦暖初溺于水，阅两时，始有人援之，吐水数升，幸而得活。

**廿七(2月27日)**　抄古文五篇。

**廿八(2月28日)**　辰刻，顾榕屏书来，立即札复，附缴诗文两种。巳刻，寄王芑亭、沈浪仙、殷梦蔬三书。

**廿九(3月1日)**　寒。夜雨。

**三十(3月2日)**

## 二　月

**初一(3月3日)**　夜雨。戌刻，得丽春书。

**初二(3月4日)**　巳刻,陈东堂求文一篇,附入四集。是夜,梦登江天一览楼,水鸟风帆,千里一碧。

**初三(3月5日)**　作方莲卿《易砚图记》。骈体,此即竹垞砚也,向为孟氏所藏,莲卿盖以物易之云。申刻,钱小园过。

**初四(3月6日)**　大西北风,极寒。巳刻,钱小园招饮文昌社酒,同席柯春塘、张德超等二十余人。亥刻始散。是日,闻初二夜胡莲江家又被大盗二百余人劫掠,所失较去冬略少。既而里人追逐盗船,六只竟覆其一,生擒三人,送县。然胡氏两次被劫,家资罄矣。

**初五(3月7日)**　极寒。巳刻,许敬斋广文遣人来,为其子整身,索赠芹仪,殊堪惊骇。戌刻,沈浪仙复椷来。

**初六(3月8日)**　作《沈韵楼茂才墓志铭》。骈体。是日,闻韩家庙获一大盗。搜其赃,得番银六千余枚,金银器不计其数,盖盗魁也。

**初七(3月9日)**

**初八(3月10日)**　辰、巳刻,作骈体书一篇。与陈东堂论医学,东堂助刻资一洋。午刻,代人赴徐氏会酌,同席应珊洲、张宣甫等十人。申刻散席。

**初九(3月11日)**　辰刻,顾榕屏书来。巳刻,赠李耘谷诗稿一部,属其写文二篇。

**初十(3月12日)**　下午雨。辰刻,发贴邢邑侯书院开课告示。巳刻,张德超过。午刻,徐继陶乞《观水唱和诗》一本。

**十一(3月13日)**　雨,夜更大。为沈咏楼作《天玺砖记》。散体。是日,腰痛。

**十二(3月14日)**　辰刻,又得顾榕屏书,并缴还《浪迹丛谈》《云间小课》。巳刻,张蒲卿来,乞作其父文石传。申刻,柯春塘过。

**十三(3月15日)**　为陈味梅作《小沧浪饯春图跋》。骈体。辰刻,殷梦蔬复函来。

**十四(3月16日)**　大雨。辰刻,题沈子宣《登岱图》。七古。是日黎明,媳妇腹痛,至黄昏始产,依然少女,风也。

**十五(3月17日)**　辰刻,与晋翂书。未刻,陆筱坡过,为余绘《扁舟访友图》。

**十六(3月18日)**　巳刻,为第四孙女取名讲初。以芦川讲席初开也。

**十七(3月19日)**　以上三日,评阅芦川书院二月课卷。生十五本,古学二本,童三十九本,古学六本。生:"子游曰,吾友张也"二章;童:"其□"□□,"天官赐福"得"官"字。"成连迎方子春于东海中赋"以"刺船而去旬时不返"为韵,"美人风筝"七律。今年,募捐书院膏火二十八千,拟定每课生童第一名四钱,第二名至第五名各三钱,第六名至第十名各二钱。

**十八(3月20日)**　辰刻,以课卷五十九本寄呈邢邑侯。又与顾榕屏书。巳刻,寄陈味梅书,附图册五件。

**十九(3月21日)**　大东北风,夜雨。是日,唤三工人挑泥,培护坟树。

**二十(3月22日)**　夜雨。

**廿一(3月23日)**　夜雨。巳刻,寄朱小云观察书。

**廿二(3月24日)**　上午雨。是日,闻六儿鞋店已闭,而丑声大著,无处作夥。六儿近年无恶不犯。去年所集百洋,已尽费于妓馆、博场、酒楼、烟铺,而欠债又复累累。不出余之所料。俟其回家,当殛杀之以泄愤。

**廿三(3月25日)**　巳刻,晋翂自馆中归。

**廿四(3月26日)**　大雨竟日。戌刻,顾榕屏书来。

**廿五(3月27日)**　巳刻,发书院二月课案。生前列十名:陈安溥、徐元勋、屈传衔、顾福增、朱用霖、鲁邦焕、吕宗沂、陆廷燮、徐仑源、陈古槐。童前列十名:沈泰来、周桂馨、柯敬衡、胡炯祖、周成榆、吴丙照、屈钦烈、纪金台、徐汝绂、程福熙。生古学第一名:屈传衔。童古学第一名:胡炯祖。共发膏火钱三千六百四十文。

**廿六(3月28日)**　午刻,南乡扫墓,便访陈乐泉。是夜,梦至书肆,购得奇书二种,业已付钱,而书未携归。越三日,往取,彼竟不认。

余怒,欲捶之,始得收回。

**廿七(3月29日)** 辰刻,过柯春塘、徐继陶两处。巳刻,马倜卿过。

**廿八(3月30日)** 大东南风。上午雨。

**廿九(3月31日)** 下午雨,夜更大。

**三十(4月1日)** 昼夜大雨。

## 三 月

**初一(4月2日)** 夜雨。辰刻,顾榕屏、刘心葭俱有书来,立即札复。

**初二(4月3日)** 夜大雨。辰刻,吊陆氏丧。申刻,陈壬桥过。

**初三(4月4日)** 夜大雨。午刻,晋翂到馆。

**初四(4月5日)** 申刻,北乡扫墓。酉刻,陈乐泉过。

**初五(4月6日)** 大东南风。夜雨。辰、巳刻,趁航船到城,过顾榕屏处,不值。申刻,鲁光甫招同王晓莲游东湖,过弄珠楼、小瀛洲、第一观三处,绝无兴趣。回,饮于茂林馆。夜宿西鼎字店。

**初六(4月7日)** 卯、辰刻,趁航船到乍浦,过殷梦蔬处,不值,即访沈浪仙。未刻,过钟生穆园处,拒不许入。余甚骇然,既知穆园在家大开博局也。是夜,不得已,借宿于卢生揖桥处。

**初七(4月8日)** 夜雨。辰刻,访朱秋田。即过杨友莲处,友莲避不肯出。盖以去岁所许刻资,今已食言也。巳刻,过刘心葭馆,其徒褚文斋留饮。申刻,游褚氏西畴别墅。酉刻,至城隍庙,赠殷梦蔬《赏眉斋自喜集》一部。沈浪仙答访,携至王克三所题《扁舟访友图》。五律。是夜,宿庙中。是日,寄吊朱观察、屈淑人丧。

**初八(4月9日)** 巳刻,赠褚文斋《木鸡书屋诗集》一部。午刻,文斋设盛筵相待,同席刘心葭、林雪岩、郑笠山、陶古渔等七人。酉刻始散。夜,即留宿褚宅。是日,心葭为余言,去岁平湖有石匠一日暴死,城隍神命其扛磨子一座,将罪囚数人置其中,研成齑粉,其一则鲁介庵也。石工醒而自言如此。

**初九(4月10日)**　夜雨。未刻，过林雪岩处，见其女弟子汪绿君诗。名毓英，年三十八，去岁始学为诗。是夜，仍宿卢宅。

**初十(4月11日)**　巳刻，至殷梦蔬处话别，梦蔬助刻稿费一洋。申刻，复至雪岩处，见其郎君雪子诗，笔致秀润，克承家学。酉刻，偕陈荻舟、胡柳堂等六人饮于南门外绍酒店。

**十一(4月12日)**　湿热。辰、巳刻，趁航船至平湖，过顾榕屏处，得石砚虹寄来六舟和尚所书《扁舟访友图》册首。六舟名达受，今主持南屏方丈。六舟索余全集，先以三集文赠之。顾访溪亦至榕屏处，即同中膳，清谈娓娓，意味深长。申刻，得唐梧生、丁步洲书。步洲助刻稿费二洋，言将来尚可助印费。是夜，偕柯春堂联榻于西鼎字店。

**十二(4月13日)**　湿热。入夜大雨，竟夕雷电不绝。卯刻，以唐梧生、顾韦人所题《横山草堂图》付榕屏。辰刻，偕春塘访程伊斋，老友相逢，长谈不倦。午刻，伊斋设酌相待。申刻，复至榕屏处，适顾春岩、卜少岩亦来，春岩邀至裕来馆茗话。戌刻，费恺中招小酌。

**十三(4月14日)**　上午大雷雨。辰刻，过刘心葭寓。午刻，过晋翎寓。知龙湾庙郑介薇请余二十日为其母徐氏、妻孙氏点主。酉刻，鲁光甫招饮茂林馆，光甫出言无状，不欢而罢。是日，吊龚氏丧。

**十四(4月15日)**　夜大雨。辰刻，丽春言六儿已逃走他方。去岁所集百洋之会，晋翎将以每年束脩所入赔偿之。若是，则家中用度更窘矣，愈觉可恨。巳、午刻，趁牙前航船回家。

**十五(4月16日)**　大雨。是日，平湖县试。题："一人定国"至"以仁"。

**十六(4月17日)**　巳刻，马倜卿过。午刻，至钱小园处。

**十七(4月18日)**　夜雨。未刻，高朱门大令寄赠楹联一副。

**十八(4月19日)**

**十九(4月20日)**　夜大雨如注。

**二十(4月21日)** 巳刻,赴龙湾庙吊郑氏丧。未刻,为介薇题其母徐氏、妻孙氏神主。张蒲卿、徐继陶作左右襄事。

**廿一(4月22日)** 夜雨。辰刻,寄丁步洲、钱渊亭两书。巳刻,与晋韶书,痛言六儿荒淫之罪。

**廿二(4月23日)** 夜雨。辰、巳刻,览李聿求《后汉书·儒林传补》二卷。

**廿三(4月24日)** 大雨如注。是夜,梦遇张柳川者,江西人,长鬓彪彪,赅通文义。

**廿四(4月25日)** 雨。巳刻,晋韶书来。戌刻,王氏油车大火,烧死牛五只。

**廿五(4月26日)** 辰刻,吊马氏丧。申刻,柯春塘过。

**廿六(4月27日)** 午刻,朱小云助刻稿费二洋。

**廿七(4月28日)** 夜大雨。午刻,高朱门大令书来,索余作送行诗。未刻,晋韶自城归。

**廿八(4月29日)** 辰刻,作七律四章《送高朱门归顺德》。巳刻,过李耘谷处,赠以《笔花阁诗草》,属其代写四律。以上四日评阅芦川书院三月课卷。生二十一本,古学三本,童三十五本,古学六本。生:"保佑命之"二句;童:"虽赏之"。"相公新破蔡州回"得"新"字,"抱鸡赋"以"抱卵三朝生雏五色"为韵,"采茶曲"不拘体。

**廿九(4月30日)** 夜雨。巳刻,晋韶到馆。是日,始知县试前列十名。陆超陛、陈陛邻、陈其敬、吴天锡、胡垣枢、谢庚吉、陈宝勋、屈泰清、汤宪祖、郭熙清。

## 四　月

**初一(5月1日)** 卯刻,以课卷六十本寄邢邑侯。又与顾榕屏书。未刻,至城隍桥南观剧。

**初二(5月2日)** 夜雨。午刻,马倜卿过。

**初三(5月3日)** 上午大雨。午、未刻,重览近年试卷中诗赋。

是夜，梦遇沈倬庵，白首相对，重话四十年前西湖泛月之事，各有沧桑之感。

**初四(5月4日)**　酉刻，顾榕屏书来，言沈舜琴已拣发广西知县。昨有书与榕屏，甚眷眷于余也。

**初五(5月5日)**　辰刻，与晋畇书。巳刻，过钱小园处。是日，闻三月廿七夜，盗劫东乡冯氏。

**初六(5月6日)**　下午雨。巳刻，发贴三月课案。生前十名：顾广誉、屈传衔、顾福增、沈厚载、顾鸿声、徐步瀛、徐鉴清、沈本忠、周鸿藻、徐逢渊。童前十名：谢庚吉、沈泰来、屈传镛、纪金魁、陶熊、柯敬衡、徐逢清、胡炯祖、吴福清、周桂馨。生古学第一顾福增，童古学第一陶熊。是日，闻姚小苏庇护金山大盗王小八，金山县移文平湖，已经详革，怙恶不悛，卒罹文网，宜哉。

**初七(5月7日)**　巳刻，晋畇率诸徒赴郡府试。府试本初十取齐，今新郡尊钟公到任，改期十三。晋畇未得信息，故今日即往云。付以顾榕屏、计二田、陈曼寿三书。午刻，朱槐卿过。申刻，过柯春塘处。

**初八(5月8日)**　辰刻，赠吉桐生寿仪。午刻，郑介薇拜谢，赠佛银六枚。是夜，梦在一处见县试，有四千人，历一昼夜，尚未放牌。

**初九(5月9日)**　巳刻，丽春为其子联姻于张氏。执柯者即晋畇，因其外出，余代往焉。是日，闻周六昨夜暴死。初，周六自平湖至新仓开衣庄，其店夥张某曾以三百洋存其店中，既而张某死，周六窃取其账目。张氏以无据，不能索取，无□可诉。昨夜，周六忽见张某来，口中喃喃，莫非索债之词，须臾气绝矣。周六混号鬼六。

**初十(5月10日)**　午刻，为丽春题《松鹤图》。七古。为高仁煊题《松风梧月图》。七绝。

**十一(5月11日)**　巳刻，郑晴溪请余明日为其母郭氏题主。午刻，作七古一首。未刻，柯春堂过。申刻，鲁光甫买舟到镇，先遣舟人至余处，有所欲言，余盛气待之，彼不果来。

**十二(5月12日)**　巳刻，乘轿赴龙湾庙吊郑氏丧，顺便至西张廊下访家三姊。姊今年六十七矣,清健如故。未刻,题郑母郭太孺人神主,郑氏赠仪五洋。

**十三(5月13日)**　雨。辰刻,冒雨趁航船,乘风杨帆。巳刻,即至平湖,过顾申庵处,申庵留食江西面。戌刻,偕王恕庵、补田侄小饮。

**十四(5月14日)**　上午雨。辰刻,冒雨趁禾航。同趁者有四十人,舟子又故意迟延。酉刻,始至郡中,仍寓集街张宅,收到沈子常所题《扁舟访友图》五律一首。是日,进东门时,被剪绺者翦去扇囊一只、洋器一件、戴笠人画扇一柄。

**十五(5月15日)**　寅刻,寓中诸童人入场府试。卯刻,过顾榕屏寓。辰刻,陈觉生来访。巳刻,访沈远香、李壬叔。午刻,陈曼寿来访。未刻,过刘心葭寓。申刻,至金春山书肆,购得《养新录》《圣武记》两部,其价一洋。酉刻,严伯年过。是日,府试题:"子曰小子"至"召南矣乎"。

**十六(5月16日)**　卯刻,顾榕屏招余父子至莲花桥食鸡面。辰刻,以三集文寄赠徐沅舲太守。巳刻,访王芑亭、孙次公,即出北门答陈觉生父子。午刻,李壬叔答访刘心葭,陶古鱼同过。未刻,访钟子勤、查玉彭两年侄,赠子勤二集文一部,玉彭不遇。酉刻,王芑亭助刻费一洋。是日,晋紒遍寻其弟阿六,得之于南门俞氏。知其于一身之外,荡然无余。

**十七(5月17日)**　卯刻,刘心葭招食蟹汤。巳刻,访朱述之司马,名绪曾,上元人,壬午孝廉,现授台州同知,年五十。见赠《朱氏家集》一部。遇□菱洲、陈北堂两武孝廉。未刻,访石门徐亚陶,赠以二集文及诗集二种。亚陶别已十一年,昔者美少今亦鬑鬑矣。申刻,访计二田。回寓,知钟子勤答拜。酉刻,吴晓湖以所刻《怡红集》十部见赠。即蒋眉生《咏红楼梦诗》也,其稿得之余处。沈叔彦过。是日,闻老友姚珊滨去世。

**十八(5月18日)**　热。夜小雨。辰刻,计二田、孔雅六同过。

巳刻，陈曼寿来，携至方莲卿所助刻稿费二洋、蒯奏常《扁舟访友图诗》七绝二首。名□□，吴江人。午刻，孙次公、王芑亭、李壬叔偕桐乡周朗亭名官勋，乌镇童生，能诗来访，次公携至朱述之所题《扁舟访友图诗》七律一首，朗亭□□岁，曾寄余书求作骈文，托于辛伯转寄。辛伯竟束之高阁，盖恐分其利也。戌刻，唐西庑过。是日，闻汪少伦下世。

**十九(5月19日)**　热。夜雨。巳刻，徐亚陶答访，为余绘《扁舟访友图》，题五律一首，诗画俱高古入妙。未刻，偕曼寿、榕屏至西马桥访方莲卿司马，莲卿以病不见，其子仁甫邀余坐宝彝斋，观三足彝、鲁侯角等古玩。回寓，知朱述之司马答访。

**二十(5月20日)**　热。辰刻，阅徐亚陶《琴言室诗》，加以跋语。钟子勤寄来《扁舟访友图》七律二首。巳刻，答周朗亭，赠以诗集一部。朗亭亦为余题《访友图》七绝四首。未刻，过计二田寓，知老友翁噩生去冬病故。酉刻，陆筱坡过。

**廿一(5月21日)**　大热。寅刻，送寓中诸童初覆。卯刻，评周朗亭《深柳读书堂诗草》。巳刻，沈远香招同王芑亭、顾榕屏、孙次公、徐亚陶乘舟至北门外，游沈氏园。有西湖柳一枝，如美人娉婷之态，池中大金鱼烂然可观。游毕登舟，风雨大作。过北里桥，则又赤日炎矣。未刻，远香邀诸人集饮一元楼。申刻回寓，知王晓莲过。访陈曼寿，赠书画扇一柄。酉刻，访丁稼梅分司，不值。

**廿二(5月22日)**　卯刻，计二田助刻稿费四洋。辰刻，偕陈曼寿访吴江蔡听香、秀水徐仲鱼，赠听香二集文一部，赠仲鱼诗集一部。听香名召棠，吴江廪生，工诗。仲鱼年仅弱冠，善书画。巳刻，过陈画栏家，其家有园，名新玉圃，花木甚繁。午刻，访陈然青。名官焌，工隶书。未刻，访石门费亦洲。名锡奎，诸生。亦洲已先为余作《访友图》七古一章。回寓，知丁稼梅答访。申刻，曼寿携至唐竹斋《访友图》诗七律一首。名谟，秀水诸生。

**廿三(5月23日)**　辰刻，费亦洲答访，赠以《初集文》一部。沈敬堂邀游南湖，不赴。巳刻，访毕子筠明府，名华珍，镇洋孝廉，年六十九,诗文甚富。赠以三集文一部。子筠答赠《衡论》一册,皆经世之文,又《少弇山人诗》二卷。未刻,徐亚陶贻《慧庵杂记》一本,又出示《游沈园诗》五古一首,情景逼真。是夜黄昏时,嘉秀童生以明日初覆,案尚未出,打破头门,又打二门,钟问斋太守亦无可如何。

**廿四(5月24日)** 申刻,在周朗亭寓见《褚二梅诗稿》,名荣槐,嘉兴诸生,即戊戌年姚伯昂学使所进,十三岁之幼童也。悲壮淋漓,大有王处仲击碎唾壶之概。是夜,梦作清江之游,历十四日而始到。

**廿五(5月25日)** 黎明,大雷电,雨。辰刻,王芑亭招食虾面。巳刻,以诗文全集与孙次公易《梅里诗辑正续集》四十卷,值矣。述之司马所刊,前列参校姓氏四十人,余亦与焉。午刻,陈觉生赠信笺一匣,计二田赠《葛壮节公年谱》一册。陈然青答访,乞撰诗序。

**廿六(5月26日)** 黄昏雨。寅刻,送寓中三童生二覆。辰刻,在沈远香寓见《武林万似庵诗草》。巳刻,为徐亚陶题《琴言室图》。七绝二首,和原韵。

**廿七(5月27日)** 辰刻,为人题扇面七绝一首,陈曼寿所托。午刻,张春水过。未刻,蔡听香答访,为余题《扁舟访友图》集杜五律三首。申刻,孙稼亭来访。是日,闻革生姚小苏死,入木时虫蛆满面。

**廿八(5月28日)** 卯刻,过王晓莲寓,大为其主妪所辱。辰刻,过严伯年家,不遇。即至钱刚中宅答孙稼亭。刚中家有白八哥一只,甚可抚玩。刚中名聚彭,秀水诸生。申刻,杨小铁、严啸谷同过,即邀至西埏桥小饮。

**廿九(5月29日)** 辰刻,孙次公招食鳝丝汤。巳刻,题陈星斋《家训墨迹》,七古。曼寿所托。午刻,赠周朗亭《潇湘馆词》一部。酉刻,杨小铁来畅谈一时,赠以《左国闲吟》一卷。

**三十(5月30日)** 卯刻,送寓中两童末覆。辰刻,评杨小铁近诗一卷。巳刻,访张玉珊,名鸣珂,嘉兴人,年二十三,能诗,尤精书法。赠以诗集一部,玉珊答赠《灯窗琐话》十卷。未刻,评玉珊《秋风红豆楼诗草》。

## 五　月

**初一(5月31日)**　夜雨。巳刻,过于辛伯处,辛伯留朝膳。酉刻,朱少泉招饮承德酒店。

**初二(6月1日)**　辰刻,访许敬斋,赠以《左国闲吟》。敬斋言广西盗势日炽,全省破陷。三月间,官兵与之交战,全军覆没,文武官死者五十余人。又海盗入福建、厦门,大掠而去。

**初三(6月2日)**　酉刻,丁稼梅招饮,同席许敬斋。肴品极佳,亥刻始散。是夜,出府试案,只二百七十名。前十名:陆超升、陈其敬、徐志澄、李观澜、沈葆熙、卜清瑞、陈陛邻、刘承熊、张庚照、李福熙。不取者共十五名。

**初四(6月3日)**　巳刻,张玉珊答访,为余题《扁舟访友图》七绝四首,又赠楹联一副。余答以《初集文》一部。午刻,赠丁稼梅《左国闲吟》。酉刻,得毕子筠明府所题《访友图》七古一章。是日,吴文宗齐科试。

**初五(6月4日)**　午后雨。卯刻,过顾访溪寓。辰刻,过刘心葭寓。午刻,褚二梅来访。未刻,过胡柳堂、徐秋宇寓。顾访溪答访,不值。申刻,顾厚田、申庵同过。是日,始闻南宋李忠定公从祀孔庑。

**初六(6月5日)**　辰刻,石研虹过。巳刻,陈壬桥、顾书台同过。午刻,周石香、于辛伯、李壬叔同过。未刻,为孔雅六题《秦中访古图》。七古。申刻,周朗亭赠《烟霞万古楼诗文集》二册。酉刻,杨小铁绘《扁舟访友图》见赠。是日,仲子湘来访,不值。

**初七(6月6日)**　卯刻,顾榕屏招饮鳝汤。巳刻,购蟒袍一件,补子一副,共价八洋。每洋抵一千四百七十。午刻,褚文斋招饮。未刻,蔡听香、徐仲鱼同过。胡柳堂、徐秋宇、许萍江同过。申刻,过计二田寓,遇钱晓亭。名聚潮,嘉兴孝廉,工画。酉刻,答仲子湘,言将作竹西之游。

**初八(6月7日)**　上午大雨。卯刻,答石研虹,不值。巳刻,访杨利叔。申刻,评利叔《白鹤峰诗屋存稿》二册。是日,吴文宗到院。

**初九(6月8日)** 卯刻,与仲子湘茗话。辰刻,年侄张子寿过。未刻,陈筠石、蔡子春同过。马倜卿、徐逸帆同过。酉刻,丁稼梅招宴。

**初十(6月9日)** 巳刻,为嘉兴邑侯杨子萱跋其德配丁夫人《双清室偶存草》。小骈体。未刻,周逸斋招同孙稼亭饮复兴酒店。逸斋言秀水县刘公二妾相争,至于一死一出,可发一笑。申刻,学宪示牌,初九日考古生员"识字耕田夫赋",通场均不得题解,难凭录取,着十一日再考一场。

**十一(6月10日)** 辰刻,徐亚陶过。巳刻,年侄孙宝六过,徐香雨过。午刻,陈蕙圃过。未刻,震泽王砚农征君来访,托撰《徐俟斋遗砚记》。征君年六十二。申刻,晤老友于舍薇。年六十八。酉刻,杨利叔答候。

**十二(6月11日)** 卯刻,马倜卿招食鳝丝汤。辰刻,访桐乡钟春台,名承藻,廪生。赠以诗集一部。徐洛卿过。巳刻,过徐亚陶寓,以晋翁所题《颐志堂论画图诗》付之。午刻,叶勤诹、沈敬堂同过。未刻,寻孔雅六,不值。申刻,题杨翰云采芝图遗照。七绝。小铁所托。酉刻,观经古案。经解二名,平湖顾广誉第一,古学二十名,平湖程玉麟、蒋照、高赐孝、张煦,又府学沈春林。戌刻,石研虹来,夜谈。是日,平湖科试题:"苟无恒心"至"是罔民也"。

**十三(6月12日)** 下午雨。卯刻,陈东堂招食鳝面。辰刻,钟芝台答候。巳刻,屈冰卿过。未刻,孔雅六过。陈乐泉以其弟子顾书台所绘《扁舟访友图》来,殊无足取。申刻,得蔡听香书,内有徐仲鱼所绘《访友图》,又集唐七绝二首。以上三日,为杨小铁□售山水扇面十九个。每个洋二角。

**十四(6月13日)** 雨。寅刻,送诸童院试。巳刻,冒雨至张玉珊处,代马倜卿求书单条。午刻,徐翰香过。未刻,钟芝台为余题《扁舟访友图》七绝三首。申刻,杨小铁赠书画扇面一个。陈曼寿来,长谈。孙次公招饮，不赴。酉刻，观平湖一等案二十四名。程玉麟、顾广誉、蒋照、屈传衔、周敦源、俞长垣、刘庆墀、邵世琛、张煦、高赐孝、张培之、徐方增、戈宗林、周恭先、徐桂森、魏焘、方钧、王钟莹、陈其昌、马增、周家榛、张宪和、顾邦杰、顾广心。是日，院试题："非行仁义也"，"孟子曰禹"。

**十五(6月14日)**　卯刻，查玉彭寄来《扁舟访友图》五古一章。辰刻，偕同寓六人登舟。未刻，过平湖，得钱渊亭、钱鲈乡书。鲈乡书中有题《访友图诗》七律一章，又赠《朱子家训说略》、徐灵胎《洄溪道情》各十部。酉刻，回家。

**十六(6月15日)**　巳刻，马蔼卿、倜卿同过。午刻，龚配京赠团鱼夹肉一盆。申刻，周西园过。

**十七(6月16日)**　卯刻，见新进案。县学徐志澄、冯一飞、钱福均、张清源、徐庆熙、奚坤腴、张清济、卜清瑞、程庆增、郑炳日、屈夔元、潘广熙、钟金声、梅乙莲、陈宝勋、沈宗海、黄福基、时福康、张金城、殷天爵、李观澜、陈陛邻、吴云锦、黄元勋、周清泰。府学陆超升、屈太清、张金培、韩柔济、徐泰封、纪金铭、曹炳照。巳刻，赠龚配京《洄溪道情》。

**十八(6月17日)**　午后，在大王庙观鸿秀班。脚色匀净，不在苏州四名班之下。

**十九(6月18日)**　热。夜雨。午后仍观鸿秀戏。

**二十(6月19日)**　雨。午后，在道院观鸿秀戏。

**廿一(6月20日)**　上午大雨。辰刻，寄沈浪仙、朱秋田两书。午后，仍观鸿秀戏于道院。

**廿二(6月21日)**　辰刻，寄钱渊亭、丁步洲两书。午后，观鸿秀戏于大王庙前。

**廿三(6月22日)**　卯刻，与顾榕屏书，赠以《洄溪道情》《家礼说略》。午刻，张生蒲卿自郡归，携至榕屏书，言计二田郎、孔雅六弟及周朗亭俱入泮。又寄至许敬斋所书《扁舟访友图》册首，石门马浣秋题图诗五律二首。平湖古学，童生取三人，钱福均、卜清瑞、时福康，竟得前三名。是夜，梦遇学使李公，忘其名，招余信宿，脱略威仪，又见赠诗文数种。

**廿四(6月23日)**　抄古文五篇。

**廿五(6月24日)**　阅许衡紫《梅里诗辑》廿八卷。

**廿六(6月25日)**　阅沈远香《续梅里诗辑》十二卷。申刻,徐宿生来长谈。酉刻,唐西庑过。戌刻,得王研农征君书,赠余石刻数种,及徐俟斋遗砚遗印拓本,又《冬青馆甲乙集》全部。

**廿七(6月26日)**　大雨。辰、巳刻,览毕子筠《衡论》。午刻,高仁煊赠猪头卤一盆。

**廿八(6月27日)**　热。摘录《律赋鸳针》四百余联。

**廿九(6月28日)**　小雨。抄骈文五篇。

## 六　月

**初一(6月29日)**　大雨。阅《王仲瞿诗文集》,摘录五七言四十余联。

**初二(6月30日)**　雨。摘录《梅里诗辑》八十余联,又抄全诗十五首。

**初三(7月1日)**　热。黄昏雷雨。未刻,晋翁始到馆。酉刻,陈乐泉来借《芙蓉山馆骈体文》三册。

**初四(7月2日)**　卯刻,顾榕屏书来,言郁荻桥现刊近人律赋,欲取余父子数篇入选。辰刻,与晋翁书。巳刻,至柯春塘处,借陈扶雅《福建通志稿》列传四卷。未刻,复榕屏书。

**初五(7月3日)**　辰、巳刻,为徐秋菘作《试草诗》二首。“种黍三十亩”得“储”字,“秋阴”得“阴”字。午后,观《福建通志列传》。笔法古洁。

**初六(7月4日)**　大热。辰、巳刻,抄古文四篇。午刻,龚配京贻甲鱼一盆。

**初七(7月5日)**　夜雨。巳刻,丁稼梅寄赠杨子萱大令《惜味轩诗集》十四卷。杨公名炳,江西新城人,其诗思清笔锐,七律尤胜。是夜,为毒蚊所苦。

**初八(7月6日)**　夜大雨。阅钱辛楣《养新录》。

**初九(7月7日)** 上午大雨。甚寒。阅《杨子萱诗集》。

**初十(7月8日)** 夜雨。申刻,得张玉珊、褚二梅书,皆乞余作诗序。二梅书中有题《扁舟访友图》七绝二首,又赠长七古一章,腾拿贴妥,宾主分明,眉山以后罕见斯才。余老矣,何幸而见重于英俊少年也。

**十一(7月9日)** 夜小雨。以上二日评定芦川书院五月课卷。生十本,古学二本。童廿二本,古学四本。生:"仲尼日月也"至"何伤于日月乎"。童:"识其小者"。"吴下新来茉莉船"得"来"字,"风檐寸晷赋"以"时不可失当惜分阴"为韵,"重修曝书亭"不拘体。辰刻,顾榕屏书来,以《时竹亭圣人孩之赋》乞余酌改。巳刻,与晋翁书。未刻,复榕屏书,以余父子律赋八篇属其转交郁荻桥选刊。申刻,寄邢邑侯书,附书院课本。

**十二(7月10日)** 作《葛壮节公年谱跋》。骈体。此篇经营半月而成。

**十三(7月11日)** 巳刻,赠徐秋菘《十笏山房诗集》《洄溪道情》《家礼说略》三种。申刻,与顾榕屏书,附晋翁所改《时竹亭圣人孩之赋》。改本颇有警句。是日,见广西钦差大臣李公星沅遗表,知公于四月十二日薨于军。

**十四(7月12日)** 为王研农征士书徐俟斋一砚二印拓本后。骈体。

**十五(7月13日)** 辰刻,为张玉珊作《红豆花画册跋》。小骈体。

**十六(7月14日)** 辰刻,陈东堂来,言高梦花诸童之意,欲芦川书院月课尽去平湖、乍浦及各乡诸卷,只许本镇诸童做文,盖恐分其膏火也。果若此,则生卷竟无一本,童卷不过四五本,古学更不必论。何以发案?何以送县?梦花诸人之心亦太险恶矣。立即作书与梦花,痛斥之。巳刻,复王研农、张玉珊两书,各附骈文一篇。赠玉珊《古水》《揖桥》两集。午刻,与计二田书,赠以《词林正韵》一部。

**十七(7月15日)** 巳刻,与刘心葭书。午、未刻,作陈然青《冬心草堂诗序》。骈体。

**十八(7月16日)** 热。辰刻,与陈曼寿书,附骈序一篇,又与顾榕屏及丽春两札。午刻,陈东堂来,言平湖狱中大盗三十六人于昨夜破械而逃,不知去向。邢公其将旰食乎?

**十九(7月17日)** 热。卯刻,与晋翁书。午刻,丽春自城归,带至顾榕屏、沈浪仙两书。浪仙书中有王克三所赠刻稿费一洋。丽春言十七夜狱中逃犯,次日追至泖口,尽获之。此亦天网不漏,可谓幸事。申刻,答榕屏书,寄赠卜祥伯《笔花阁》《葆泽堂》两诗集。酉刻,与王恕庵书,赠以《洄溪道情》。

**二十(7月18日)** 大热。卯刻,再与晋翁札。酉刻,王恕庵复函到。

**廿一(7月19日)** 大热。卯刻,见前两日所寄晋翁两书尚在龚氏店中。龚店伙计之恶,日甚一日。不得已遣婢送至□前。辰刻,丽春乞《怡红集》一卷。未刻,发贴书院五月课案。生前五名:屈传衔、徐锦华、顾福增、徐仑源、纪金铭。童前十名:周桂森、胡炯祖、周士模、柯敬衡、孙兰成、屈传镛、高廷栻、胡焕祖、徐吾琯、马麟瑞。生古第一名,屈传衔;童古第一名,柯敬衡。

**廿二(7月20日)** 大热。

**廿三(7月21日)** 大热。

**廿四(7月22日)** 大热。卯刻,寄徐秋宇书。至徐继陶处,缴还课卷,并予以膏火。继陶在鸦片铺未归。其□友口出无状,余愤怒而归。未刻,徐宿生赠鲞鱼两个。

**廿五(7月23日)** 酷热。卯刻,寄林雪岩、顾榕屏两书。又复沈浪仙书。

**廿六(7月24日)** 酷热,夜更甚。

**廿七(7月25日)** 热。

**廿八(7月26日)** 热。巳刻,徐宿生来,言廿五夜平湖东门外盗劫钱庄三处。邢大令登城望之,有一盗自称马三,大骂知县无良,并言将劫狱囚。

**廿九(7月27日)**　作褚二梅《拜月盟花阁诗序》。骈体。

## 七　月

**初一(7月28日)**　大东南风。午刻,复褚二梅书,赠以三集文及诗集二种。是夜,梦至一园,名复园,主人王姓。园有十二楼,好景多在楼上,且游者必须以夜。余往时已三鼓矣,满园灯采,至天明始毕游事,主人请余纪之以文。

**初二(7月29日)**　酉刻,得顾榕屏复函,为余代作《钱鲈香雪龛诗》。

**初三(7月30日)**　辰刻,与晋翂书。申刻,钱小园借《说铃》《虞初新志》《武功纪盛》三部。酉刻,得晋翂书,言周竹君子云斋以瘵疾死,可为惋惜。

**初四(7月31日)**　热。午刻,高仁煊馈鳝鱼夹肉一大碗。

**初五(8月1日)**　热。辰刻,顾榕屏书来,知浙江正考官旌德吕公贤基、副考官宛平沈公桂芬。巳刻,摘录《惜味斋诗》六十余联,又全抄九首。午刻,寄张玉珊、丁步洲两书。

**初六(8月2日)**　大热。巳刻,柯春塘过。未刻,龚氏赠臭鳖一盆。

**初七(8月3日)**　热。卯刻,答柯春塘,还以《福建通志》二本。

**初八(8月4日)**　午后大雨。是日,将四十年来所作赋稿二百余篇删存六十余首。父子二人对分之,以待将来剞劂。

**初九(8月5日)**　大凉。酉刻,钱渊亭、刘心葭、张玉珊、顾榕屏四书并到。渊亭书中有《新刻江南十五科进呈经策》四十部,言每部可消七十五文,合计两元,即以为助刻稿之费。心葭书中有褚文斋所助刻费一洋。玉珊、榕屏书中各有试草数卷。

**初十(8月6日)**　日中雨。午刻,报刘心葭、顾榕屏两书。赠榕屏《经文》一部。

**十一(8月7日)**　热,夜小雨。辰刻,张玉珊又有书来,内有题顾榕屏《双峰旧隐图》。巳刻,马倜卿、陈东堂、张蒲卿同过。

**十二(8月8日)** 大热。午刻,晋翁自馆中归。

**十三(8月9日)** 大热。辰刻,顾榕屏、计二田、陈曼寿三书并到。曼寿赠《方氏石刻》二种,又其叔然青赠笔资两洋。未刻,秦竹坡书来,言书院端节束脩,邢公尚不肯送。

**十四(8月10日)** 大热。卯刻,褚二梅复书来,书用骈散体,古朴浑雅,有杨德祖、吴季重之遗风。读竟,喜心翻倒。今年到来一月,所新交者得十余人,而二梅才最大,情最深,所谓鸷鸟累百,不如一鹗也。刘心葭又有书来。巳刻,徐宿生过。

**十五(8月11日)** 大东南风。辰刻,作《陶母林孺人挽章》七律二首。心葭所托。巳刻,寄褚二梅书,亦以骈散体行之。午刻,答刘心葭书。未刻,索还张蒲卿《十六国春秋》一部。

**十六(8月12日)** 大东南风。辰、巳刻,趁航到城,赠新进徐菊士经文一部,即访郁荻桥。午刻,顾榕屏招同荻桥聚合顺馆,赠榕屏《吟红集》一卷。申刻,访时祉卿,取《观水唱和诗》四本。酉刻,费恺中招小酌。是日,见夏季《缙绅录》,知晋翁座师周芝台侍郎升刑部尚书。近日新仓人嘲雷蕴峰因军事伏法,而城中人则言其殉难,其实皆齐东野人之语也。

**十七(8月13日)** 大东南风。巳刻,访蒋竹音,不值。午刻,郁荻桥招至山门楼,食蒸馄饨。申刻,时祉卿邀同榕屏、荻桥、王恕庵集松筠馆。祉卿乞作《空山鼓琴图记》。是日,闻芦川诸劣童欲妄更书院章程,实出陈东堂指使。

**十八(8月14日)** 大东南风,热。辰刻,过胡莲江处。巳刻,借顾榕屏《东里生烬余集》三卷。午刻,沈镜堂招同榕屏饮合顺馆。

**十九(8月15日)** 大热。辰、巳、午刻,趁牙前儎回家,收到刘心葭、林雪岩书。以上三日喉痛。

**二十(8月16日)** 热。未刻,又落一齿。

**廿一(8月17日)** 午刻,寄秦秋夔书,赠以《洄溪道情》《观水唱和诗》。申刻,闻魏接三暴死。

**廿二(8月18日)**　午前大热,午后小雨,有雷。阅汪汉郊文集。

**廿三(8月19日)**　黄昏大风雨。是日,身子疲软。

**廿四(8月20日)**　下午大热。巳刻,晋翻到馆。

**廿五(8月21日)**　大热。作时祉卿《空山鼓琴图记》。骈体。是夜,梦程听溪屡次过访,未审其意云何。

**廿六(8月22日)**　大热。卯刻,沈浪仙寄来陆春林诗选五部。巳刻,与顾榕屏书,赠以春林诗一卷。

**廿七(8月23日)**

**廿八(8月24日)**　大热。

**廿九(8月25日)**　大热。以上数日,身大不适。余以无人服侍,绝口不言,仍以书卷为药饵,至是日竟瘳。是夜,梦至一处,所见大树数百株,皆千年物,其皮色如铜铁。

**三十(8月26日)**　稍凉。卯刻,顾榕屏复函来,言时祉卿赠笔资四洋,留在彼处,即作刻费。

## 八　月

**初一(8月27日)**　夜,大东北风,暴雨竟夜。

**初二(8月28日)**　上午大风雨,忽寒。是日,大风拔木,乡间车棚半飞堕空中,河水顿高五尺。

**初三(8月29日)**　甚寒。夜大雨。以上三日,评定芦川书院七月课卷。生十八本,古学二本。童廿四本,古学三本。生:“君子有三畏”全章;童:“雉兔者”至“麋鹿者”,“团扇风前众绿香”得“风”字,“郑昭宋聋赋”以“楚子使申舟聘于齐”为韵,“孙吴宫词”。

**初四(8月30日)**　下午晴。辰刻,寄邢邑侯书。巳刻,与顾榕屏书。

**初五(8月31日)**　寒。以上二日,重阅《四六法海》。

**初六(9月1日)**

**初七(9月2日)** 夜雨。

**初八(9月3日)** 夜小雨。卯刻,丁步洲复书始到。

**初九(9月4日)** 是日,县中发一盗首悬示,新仓西市、广陈、牙前、全公亭诸处,亦各悬一枚。

**初十(9月5日)** 午刻,寄丁步洲书。

**十一(9月6日)** 卯刻,顾榕屏复书来。午刻,寄唐梧生书。

**十二(9月7日)**

**十三(9月8日)** 热。午刻,晋酚自馆中归,携至秦秋夔所助刻资二洋。

**十四(9月9日)** 大热。午刻,发贴七月课案。生前十名:徐锦华、吕宗沂、杨象济、徐仑源、屈传衔、计贻孙、邵世琛、王钟莹、顾福增、屈燮元。童前十名:张文华、周桂馨、胡炯祖、陶熊、吴德邻、纪金魁、马麟瑞、张庚照、陈曰罴、徐时梁。生古学二名,屈传衔第一。童古学三名,胡炯祖第一。

**十五(9月10日)** 午刻,龚氏馈熟凫一只。

**十六(9月11日)** 夜雨。巳刻,丽春书来,言书院中秋束脩,邢公仍不肯送。始知乡试题:“必也射乎”三句,次:“思事亲”二句,三:“子、男五十里”合下一节。

**十七(9月12日)** 夜小雨。卯刻,丽春又有书来,言邢公昨晚勉送中秋脩金二十洋。午刻,寄顾榕屏及丽春书。

**十八(9月13日)** 黄昏雷雨。卯刻,寄刘心葭、徐秋宇书。

**十九(9月14日)**

**二十(9月15日)** 竟夜大雨。

**廿一(9月16日)** 夜大雨。申刻,马铁卿来诉事。

**廿二(9月17日)** 上午雨。卯刻,过柯春塘处,知巡抚常公今科待士子甚厚,而士子不法尤甚。

**廿三(9月18日)**

**廿四(9月19日)** 夜甚寒。

**廿五(9月20日)** 巳刻,张蒲卿过。申刻,陈乐泉过,还《芙蓉山馆文钞》，又借胡杏轩诗文集。

**廿六(9月21日)**　辰刻，得丁步洲复函，约余闰八月同作吴闻之游。巳刻，晋翂到馆。

**廿七(9月22日)**　晓大雾。巳刻，与丁步洲书。申刻，问钱小园疾。

**廿八(9月23日)**

**廿九(9月24日)**

## 闰八月

**初一(9月25日)**　巳刻，预唤一舟，定于初三日往云间。

**初二(9月26日)**　辰刻，寄顾榕屏及丽春、晋翂三书。

**初三(9月27日)**　卯刻，登舟。未刻，泊舟西汉待潮，忽潮头如万马冲突而来，奇险万状，我舟竹篙竟断。申刻，到松江丁步洲宅，赠以茶食二种、《怡红集》一部。闻许式如于八月初六没[殁]于金陵。式如于辛卯科试之前，梦入场中，见两辛字，醒而狂喜。榜发，果售，盖其兄系辛巳孝廉，而彼则辛卯中式，自以为合两辛之梦矣。岂知今年辛亥竟归道山，两辛字俱应式如一人，于乃兄无涉也。又闻芍仙校书今在松江。

**初四(9月28日)**　卯、辰刻，阅汤用中《翼驷稗编》。巳刻，访李小瀛，名曾裕，嘉定人，上海籍，工诗，现官盐大使。赠以《左国闲吟》，又赠陈子勤一部。亦嘉定人，善画。午刻，过陆筠轩，言前在江西作典吏时，曾与狐仙徘徊数月，既而狐仙适秦，遂不复见。未刻，陈容甫来访。申刻，丁步洲赠《宫闱百咏》四卷，俱系帖体，作者黄小田、汪衡甫等六人。

**初五(9月29日)**　辰刻，为殷岘云题月仙校书画竹便面。七绝二首，次韵。巳刻，候钱渊亭，畅谈三时。申刻，访钱鼎卿、张啸山，不值。酉刻，啸山偕黄子胜同过。子胜当涂人，左田尚书之孙。戌刻，步洲设宴于诵芬堂，同席王子山、夏星五、沈秋卿、俞拜庚、钱渊亭。亥刻散席。顾韦人乘醉来访。是日，闻熊苏林因赈济大案，在南京待陆制军审理。

**初六(9月30日)** 大热。辰刻,偕顾韦人游超果寺。巳刻,访唐梧生。午刻,钱鼎卿答访,四十年前曾与识面,今则俱非本来面目矣。未刻,偕鼎卿啸山游叶氏园看桂,与主人桐君长谈。酉刻,门人陈星联来见。

**初七(10月1日)** 毒热。巳刻,过殷岘云处。午刻,偕夏星五、钱鼎卿、张啸山、丁步洲、张星溪至明目侯庙看桂。未刻,访吴子眉。申刻,鼎卿邀诸同人集洪兴馆。是席,食品荤素俱佳。酉刻,至沈氏啸园看桂,黄雪满地,甲于他处。

**初八(10月2日)** 卯刻,至扫叶山房书肆访沈秋塘,见王叔彝所刻《可作集》诗八卷,约四十余人,皆其亡友所作。余取得一部,即寄叔彝札。未刻,赠钱鼎卿诗集一部及《左国闲吟》一卷,鼎卿亦赠余《阴骘文制艺》一部。酉刻,回至丁宅,知徐式如来访。

**初九(10月3日)** 小雨。辰刻,殷岘云以《春水船诗词稿》乞余评语。巳刻,过陈蓉甫寓,即至文粹堂购得《笑竹轩》《经畬堂律赋》二种。未刻,访蔡懿斋。戌刻,访冯素卿校书,别已六年,红颜渐老,今将嫁与杨某为妻。

**初十(10月4日)** 巳刻,何鸿舫过访。午刻,钱鼎卿招宴,同饮黄砚北、陆筠轩、倪日园、沈杏江、姚子枢、朱宾陬、顾韦人、钱渊亭、雷荻人、何鸿舫、张啸山、黄子胜、丁步洲、殷岘云等二十人,肴品极丰。戌刻散席。从鼎卿处借得姚春木《通艺阁文集》二册。亥刻,偕韦人、鸿舫、荻人、步洲、岘云至府桥南访两校书,一名瑞珍,一名如意,俱无足取。又至酱园巷访三校书,一名素兰,一名金兰,一名银凤,皆绰约有姿。既而诸人皆去,余为金兰所留。金兰姓王氏,扬州人,年十九,盛鬋丰容,语言俊爽,独能不吸鸦片,尤近时勾栏中所难得者也。

**十一(10月5日)** 辰刻,唐梧生过,赠《马仲田遗诗》《许四娟女史遗诗》二种。郭友松来访。巳刻,蔡懿斋寄来《访友图》七绝一首,钱少鹤亦题五律一首。懿斋又赠腌腿一只、番烧二包,余即转赠步洲。午刻,唐梧生招饮,同席惟顾韦人。观麟见亭河帅《鸿雪因缘图记》六巨册，图绘极工。申刻，韦人赠小端砚一方，乞撰其母夫人八十寿序。酉刻，至鼎卿处话别，复与韦人、啸山、友松等叙饮至夜半，始回丁宅。

**十二(10月6日)**　夜雨。辰刻，将作吴门之游，偕步洲登舟。夜泊白荡湾。

**十三(10月7日)**　夜雨。卯刻发舟，夜泊黄家浜。

**十四(10月8日)**　夜雨。巳刻，舟至阊门，访旧馆人卢观成，彼适出城，余坐守至申末，彼犹未返，乃回至舟中。

**十五(10月9日)**　上午雨。辰刻，再寻观成，始得把晤，别已十二年矣，赠以《灯窗琐话》八卷。巳刻，冒雨偕丁步洲、陆位中游息园。晤主人钱韵珊，系三元公湘舲侍郎之后人。酉刻，观成设席相待，膳品甚佳。

**十六(10月10日)**　午后雨，入夜风雨更横。辰刻，发舟。巳刻，过横塘。未刻，过木渎。申刻，过善人镇。酉刻，至光福，暂憩顾艺堂席行。

**十七(10月11日)**　辰刻，游虎山，谒宣灵王庙。此山只培塿耳，而可以望见太湖。下山访李小石巡检，不值。巳刻，游光福寺铜观音堂。午刻回舟。申刻，进木渎支河，泊舟南浜，与步洲闲步，见山家妇女，俱以刺绣为业。是夜，为毒蚊所困，终夜不眠。

**十八(10月12日)**　下午大雨。辰刻，偕步洲乘山轿，行五里至天平山。入门，见莲花池，约三十亩。过九曲石桥，登小白云，见白云泉涓涓不绝，迤逦从一线天至中白云。小憩僧庐，遂登上白云观、大石洞。一路松杉桧栎，错列于横峰直岭之间。山禽巧啭，松鼠窥人，真绝妙胜境也。下山乘轿又五里，至支硎山，见泉水从半山冲突而下，恍如瀑布。又三里，至吾与庵，庚子年余曾到此，风景无恙，而丈室精洁，更胜于前。月堂和尚出视澄谷上人《倚杖图》、无逸上人《钟楼图》两册页，索余题跋。未刻回舟，过新桥镇，欲访通济庵觉阿僧，因雨大不果。遂至枫桥泊舟，访吴又滨，彼已之官福建。申刻，冒雨游寒山寺,瞻寒山、拾得两僧全像。又登钟楼,唐人诗所谓"夜半钟声到客船",即此地也。酉刻回舟。是日,始见《浙江题名录》,解元富阳朱□琦,平湖四正一副,府学徐锦华,县学方钊、方钧、孙锦,副沈钦文。又嘉善孙福清、夏大钟,石门徐荐谦,嘉兴秦光第,俱中式。平湖五人,其名俱金字边,甚奇。

**十九(10月13日)**　始晴。辰刻,舟至胥门。入城行七里,至白显桥,寻张筱峰公馆,筱峰现署元和教谕公馆,即顾耕石学使旧宅。赠以《怡红集》《春林诗》二种。筱峰言,闰中秋日与名士二十一人大会于元妙馆。惜余是日在苏,不得早知。午刻,偕张书巢、筱峰、步洲游寿宁寺,观双塔,即往定慧寺。正洪上人导至大殿随喜,时正修整,金碧灿然,殿上置佛塔二座,中有金佛数百尊,面目各异,栩栩生动。未刻,游顾氏辟疆园,有古泉精舍、思无邪斋诸胜。惜主人湘舟已没[殁],林泉为之减色。申刻,至元妙馆,憩蓬柏山房,老道人阆珊款茶极恭。适王砚农、丁久庵知余在此,特来寻访,振襟大谈。久庵,归安人,开书肆于胥门,腹笥甚富,风雅可亲。酉刻,同访杨稚云。回至筱峰处,留宿筱峰,赠《参香室稿》一部,余所撰序已冠卷端。是日,闻广西连获胜仗,盗魁以次擒斩。

**二十(10月14日)**　辰刻,访王四篁贰尹,不遇。即至学士街小芸居书肆访丁久庵,赠以诗集一部,亦不值。巳刻,访陆桂山,金泽镇人,能画。留中膳。未刻,至东善长巷,访毛叔美,赠以三集文一部。叔美年六十九。申刻,从金狮河沿至吉庆巷,访张次柳公子,年二十八,丰姿如玉。赠以初、二集文稿,次柳答赠《毛诗天文考》《新柳联吟》二种。即留夜膳,至二鼓始回寓。是日,始知八月十九日子时,黄河水决丰、邳、砀山三县,百万生灵尽为鱼鳖。

**廿一(10月15日)**　巳刻,将访韩履卿,名崇桂,舲雨尚书之季弟。适道逢戈顺卿,因偕至筱峰公馆一谈,沈秋帆亦至,名钰,长洲人,工书画。赠以诗集一部。酉刻,王养初来访,赠余五律一首,言元和有盛艮山,名树基,年少而才富。见余骈体文,爱不释手,养初即以余所赠者转畀之。戌刻，题姚梅伯《忏绮图》七绝二首。名燮，镇海人，甲午孝廉，年四十七，著述等身。

**廿二(10月16日)**　巳刻，移寓于卢万春烟栈，偕步洲访姚梅伯，适遇诸仓桥下，因昨日见其《忏绮图》小影，即知为梅伯也，讯之果然。梅伯邀至孙春阳店中叙谈，赠以三集文一部。梅伯耳聋，与之语言殊费力。午刻，丁久庵招同杨稚云、张次柳等至正源馆，观全福班戏，有《赏石》《折桂》二出最妙。亥刻，戏毕，叙饮。

**廿三(10月17日)**　巳刻，至山塘，赴戈顺卿招，赠以《左国闲吟》。顺卿出视其父小莲先生墨迹长卷，属题看语。未刻，顺卿设宴于翠薇花馆，同席姚梅伯、张筱峰、王养初、张次柳、丁步洲、雷约轩，肴品精细，不减郇厨，大半皆余所未尝者。酉刻散席，顺卿赠张泰初《花影吹笙谱》一部。归途，偕筱峰、步洲过丁家巷访三校书，一名心兰，姓沈氏，一名畹香，一年尚幼，未审其名，稍坐而出。戌刻，复偕洪慧堂、筱峰、步洲、约轩再至丁家巷一家，亦有三校书焉，一朱织仙，一高桂芳，一杨素琴，三女即设席相待。酒半，织仙、素琴各弹琵琶侑酒，歌声入云。亥刻，诸人回去，余入织仙房中，见其床帏华丽，如置身琼楼璇室之中。织仙，无锡人，年十六，为院中主人，明眸善睐，濯濯如春月柳。为余言酬应之繁，费用之巨，自朝至夜，心如乱麻。又为余言无锡风土人物，又细询余家中琐事。不意二八之年竟能出语老成，备悉人情世故，殊为可嘉。所惜烟念过重，此其病也。是日姚梅伯、毛叔美到寓答访，叔美赠《黄仲则年谱》一卷。

**廿四(10月18日)**　巳刻，至小芸居书肆，购说部三种，一《桂山录异》，一《蛸蛣杂记》，一《妄妄录》。共七百文。午刻，答王养初。

**廿五(10月19日)**　午刻，卢观成邀至胜源馆观大雅班戏。大雅为姑苏第一名班，而点戏者仅点陈腐之剧，反觉索然无味。戌刻，偕洪慧堂、丁步洲复过织仙校书处。余与织仙密谈终夜，而织仙愁眉憔悴，不胜红颜薄命之嗟，余极力抚慰之，然忧能伤人，恐其昙花早萎耳。是日，王四篁、徐玉溪来访，不值。玉溪名学裘，婺源人，诗集甚富，梅麓太守之子。

**廿六(10月20日)** 巳刻,杨稚云赠《画梅》一幅,附二绝句。申刻,沈秋帆为余绘《扁舟访友图》。酉刻,步洲回去。

**廿七(10月21日)** 辰刻,姚梅伯为余题《扁舟访友图》。迈陂塘一阙。巳刻,至扫叶山房书肆访席灌夫,适冯树卿亦在,灌夫即邀至长林馆小酌、

**廿八(10月22日)** 巳刻,卢观成赠不律二十管。未刻,席灌夫、丁久庵同过,久庵约余明春到吴,寓其店中。张筱峰有札来,言明日欲至余寓,余以将回去,辞之。申刻,访卢远春。

**廿九(10月23日)** 晚有急雨一阵。未刻,偕陆位中至元妙观,谒蓑衣仙何真人像。申刻,至珍珠巷,访盛艮山,年二十一。略谈而别。艮山旋有书来,言昨日有画幅赠余,寄在筱峰处,却未收到。酉刻,将趁平湖德隆航船,蔡鉴泉送至北濠燕支马头,而舟子屡次阻隔,一鼓后始得下船。

## 九　月

**初一(10月24日)** 卯刻,顺风扬帆。辰刻,过吴江。巳刻,过八册。午刻,过平望。未刻,过王江泾。酉刻,泊嘉兴北门外,与同舟许鸿飞、夏桐芝登岸小饮。

**初二(10月25日)** 未刻至平湖,始见褚二梅书,托余荐馆。又晋酚奉余两书,备言马倜卿、访云凶险之状、诬陷之情,又言近得三疟疾。阅之顿觉胸中作恶。酉刻,过顾榕屏处,赠以《参香室诗词》一卷,得石门谭癖云逢仕所题《扁舟访友图》七古一章。戌刻,偕费恺中等叙饮。

**初三(10月26日)** 大西北风,始寒。巳刻,趁牙前航船,风色甚利,未初到家。

**初四(10月27日)** 巳刻,赠张氏婚仪。

**初五(10月28日)** 巳刻,柯春堂过。午后,阅姚春木《通艺阁

文集》六卷。文甚修洁有度，然盛名之下，其实难副，未免名过其实矣。

**初六(10月29日)** 午后，览《可作集》八卷。诗颇有佳者，而青浦吴淮为最。戌刻，阅张松溪《花影吹笙谱》。张蒲卿来，哭诉马倜卿在其家攘臂喧詈，乞余为之解围，余谢不能。

**初七(10月30日)** 巳刻，观《黄仲则年谱》。午、未刻，观吴澄之《珠尘集》二卷。其诗俱集汉魏六朝人句。丁晙山《左右修竹轩诗》二卷。

**初八(10月31日)** 巳刻，览许四娟女史《诵诗楼集》、孙湘笙女史《参香室集》。午刻，张樵坪招饮望亲酒，同宴朱笠山、陈少筠、钱继园、徐少山等三十余人。申刻，散席。

**初九(11月1日)** 辰、巳刻，作《顾母徐太安人八十寿序》。骈体。午刻，寄丁步洲、张筱峰书。未刻，答褚二梅书。

**初十(11月2日)** 巳刻，阅洪稚存《毛诗天文考》。未刻，过龚配京处。

**十一(11月3日)** 辰、巳刻，作《丁母庄太孺人七十寿序》。骈体，孺人即丁稼梅母。是夜，梦出游，遇沈培万者，殷勤好客，款留甚至。

**十二(11月4日)** 午刻，得丁稼梅笔资二洋。未刻，与顾榕屏书，赠以张白也《新柳联吟》、唐梧生《馈贫集》二种。《馈贫集》中有赠余二绝句。

**十三(11月5日)** 辰刻，卢生揖桥有书来，乞作上海曾古卿七十寿文。申刻，新孝廉徐秋宇拜会，观其朱卷，刻问业师三人名，余亦与焉，盖以今年曾作芦川书院两课卷，名不出一二也。此固余之巨眼能识英才，然秋宇之不负恩情，亦属难得。

**十四(11月6日)** 巳刻，阅《马仲田文集》。近日晋酚又有痢疾。

**十五(11月7日)** 辰、巳刻，作《曾古卿七十寿序》。骈体。午刻，复卢揖桥书。近日，胃口大閟，小便不绝如缕，甚觉苦楚。

**十六(11月8日)** 阅朱蕉圃《妄妄录》十二卷。

**十七(11月9日)** 阅《蛸蛣杂记》十二卷。

**十八(11月10日)** 夜雨。以上三日,饮食不进,小便见血。

**十九(11月11日)** 昼夜大雨。辰刻,陈东堂为余开方。午刻,服药一剂。

**二十(11月12日)** 大雨。辰刻,丁步洲复函来,赠暖初绣花帽一顶。巳刻,再与步洲书,并缴钱鼎卿处《通艺阁文集》一部。

**廿一(11月13日)** 大西北风,寒。辰刻,陈东堂来改方,赠以《马仲田文集》及《痧喉论》二种。

**廿二(11月14日)** 甚寒。夜雨。以上四日,服药无验。

**廿三(11月15日)** 昼夜大雨。辰刻,顾榕屏、贾芝房皆有书来。芝房寄诗、古文五册,乞作弁言,又见赠吴修龄《围炉诗话》六卷。陈东堂来改方。巳刻,贻龚氏香烛。

**廿四(11月16日)** 夜雨。抄古文六篇。

**廿五(11月17日)** 夜雨。摘录《可作集》五七言八十余联。

**廿六(11月18日)** 昼夜大雨。巳刻,寄祝邢邑侯寿。

**廿七(11月19日)** 午后始晴。以上二日,评定芦川书院九月课卷,生十四本,古学四本,童二十本,古学八本。生:“是以论其世也”二句,“作书与鲂鲔”得“书”字,“戒石赋”以“下民易虐上天难欺”为韵,“书估”“笔估”五律。童:“宝珠果共野猿分”得“分”字,“夜航船赋”以“舟人夜语觉潮生”为韵,“画鹰”“画蟹”五律。申刻,过钱小园处。

**廿八(11月20日)** 巳刻,徐氏招婚宴,不赴。未刻,丽春自城中归,携至余新裱《扁舟访友图》第七册。

**廿九(11月21日)** 摘录《竹笑轩》律赋二百余联。午刻,贻马氏冥仪。

**三十(11月22日)** 摘录《经畬集》律赋二百余联。

## 十　月

**初一(11月23日)** 午刻,赠沈张两宅婚仪,又寄柯氏香烛。

**初二(11月24日)** 清晨大雾,至巳刻始散。辰、巳、午刻,趁航船到城，顾榕屏已至东门候余三次，即偕榕屏至铁林桥观城隍赛会。会中冠裳旗伞，俱极整齐绚烂。未刻，榕屏招同王晓莲、顾春岩、贾芝房、顾厚田集合顺馆。酉刻，始散。夜宿横山草堂。是日，始见《鸳水联吟十九集》刊本，内选余《通草蝴蝶歌》骈体序一篇、《野塘》《野园》五律二首。

**初三(11月25日)**　晓大雾。夜雨。辰刻，偕榕屏过沈镜堂馆，即同往施家坟观城隍祭坛。巳刻，至李蓉生刻字店，观所刊骈体文。申刻，嘉兴陈铎庵乞诗集一部。酉刻，偕费恺中及补田侄叙饮。夜宿西鼎字店。是日，又落一齿。

**初四(11月26日)**　晓大雾。夜雨。巳、午刻，趁装儎至乍浦，访沈浪仙，不值。即候林雪岩，彼抱病不能出见，与其郎雪子一谈，得汪绿君女史所题《扁舟访友图》七绝二首。夜宿卢揖桥处。

**初五(11月27日)**　夜大雨。辰刻，候刘心葭。巳刻，至徐生秋宇处贺喜，赠以元银五钱。午刻，与刘心葭、褚春塘饮于褚文斋家。

**初六(11月28日)**　夜大雨。巳刻，过朱秋田、张粲言两处，俱不遇，即往城隍庙访殷梦蔬。未刻，梦蔬留饮。申刻，赠白退庵司马初二文集。司马名让卿，直隶通州人，壬午进士。酉刻，见提督善公紧急文书四封，言海中有广东夹板船十余号，劫掠商旅，横行无忌。盗首巴搭，浙江石浦厅人，盗党鲍亚北、陈华胜、吴惟馨等皆广东人。现在江浙及福建、山东四省水师会剿，山东守备黄富兴任其事，期于一鼓歼灭之。

**初七(11月29日)**　辰刻，至沈浪仙处，谈至午后，赠以《怡红集》一卷。未刻，为陈小岩题其尊人鲁岩《罗浮梦蝶图》遗像。五古。申刻，赠禄缦庭初、二集文稿。名庆，杭州旗生，能诗。酉刻，得上海曾氏笔资二洋。

**初八(11月30日)**　始晴。辰刻，访王客山。巳刻，白司马特来拜访，余适在钟生穆园处，不值。未刻，答拜白司马。司马年五十余，性爱风雅，人亦谦和。回访观苇杭明府，赠以诗集一部，其家有听涛亭、双樨书屋诸胜,而仰山楼三间左右图书,明府啸傲其间,不啻神仙中人。戌刻,至洋货场,观瑞祥寺新铸大钟。

**初九(12月1日)** 辰刻,与张粲言书。巳刻,复至浪仙处长谈。午刻,王客山答访。未刻,观苇杭答访,畅谈两时。揖桥出视徐俟斋姜西溟行书立幅。酉刻,洪楷仰招饮。亥刻始回寓。

**初十(12月2日)** 辰、巳刻,趁航船到平湖,过顾榕屏处,得贾芝房所赠五古二十韵,叙初二日酒楼同饮事。既而顾访溪偕其徒新孝廉郑静轩亦至,访溪邀余至其家,聚谈一夕。余以明日回家,力辞之。未刻,访郁荻桥、时祉卿,祉卿即留小酌。访溪现举孝廉方正,平湖具公呈者十人,余亦列名焉。

**十一(12月3日)** 巳、午、未刻,趁衙前航船到家,知晋紒于昨日始到馆。

**十二(12月4日)** 辰刻,与晋紒书。午刻,发贴九月课案。生超等八名:顾邦杰、屈传衔、徐仑源、柯敬衡、顾广誉、龚秉镜、顾鸿昇、吕宗沂。童上卷十名:程福熙、胡炯祖、张大成、陶熊、孙兰成、陈曰羆、朱光荣、马麟瑞、高廷栻、龚安清。生古第一,柯敬衡。童古第一,胡炯祖。

**十三(12月5日)** 巳、午刻,阅陆次山《蜀游集》二卷。

**十四(12月6日)** 摘录王䌹斋《笔耕书屋赋》二百余联。申刻,寄卢揖桥书,为晋紒辞葛香圃子带课一事。

**十五(12月7日)** 雨。巳刻,张粲言寄赠新刻《晚香居诗集》四卷,内有赠余诗二首。未刻,徐宿生赠红格纸一束。

**十六(12月8日)** 辰刻,卢揖桥书来,言上海曾古卿病故,所撰寿言竟不及用,今又乞余作祭文一篇。巳刻,钱小园还书三种。

**十七(12月9日)** 大西北风,寒。辰刻,卢揖桥又有书来,内有白季生司马即退庵所书《扁舟访友图》册首及邱琢轩斋绘图一幅。巳刻,与晋紒书。午刻,寄王芑亭书。

**十八(12月10日)** 大寒。作曾古卿祭文。骈体。未刻,复卢揖桥书。

**十九(12月11日)**　大寒。申刻,陈乐泉书来,并缴胡杏轩诗文集八卷。是夜,梦迁居一处,而所迁之宅依然湫隘,不能容众。

**二十(12月12日)**　大西北风,寒。巳刻,卢揖桥又有书来,盖未收到余文,复来催迫也。

**廿一(12月13日)**　寒。作贾芝房《青霞仙馆诗集序》,骈体。作文时恶妻虓声满耳,苦不胜言。

**廿二(12月14日)**　寒。是夜腹痛。

**廿三(12月15日)**　辰刻,顾榕屏书来,内有《沈园同游》五古二首,言卜祥伯助刻费一洋。

**廿四(12月16日)**　辰、巳、午刻,评阅贾芝房初集诗三卷。芝房诗坚卓老成,虽才力尚未扩充,迥异浮嚣一派。未刻,寄顾访溪书,附赠郑静轩初集文及诗集二种。

**廿五(12月17日)**　巳刻,复贾芝房书,附诗序一篇。

**廿六(12月18日)**　大西北风。未刻,题徐仲鱼《临池第二图》,顾书台《秋夜读书图》。皆五律。

**廿七(12月19日)**　大寒。午刻,答顾榕屏书。

**廿八(12月20日)**　寒。辰刻,吊沈氏丧。午刻,与丽春书。

**廿九(12月21日)**　寒。午刻,上海曾氏赠笔资二洋。

## 十一月

**初一(12月22日)**　小雨。午刻,赠徐氏香烛。

**初二(12月23日)**　辰刻,张椠言书来。巳刻,丽春复函始到。午刻,姚谱苹过,赠以《观水唱和集》。申刻,龚氏馈腌肉一大碗。

**初三(12月24日)**　晚雨。辰刻,得顾榕屏书,言张渊甫学博已归道山。渊甫古文直接震川,予与之神交十余年,竟不一晤,深为可痛。又言京中有人奏,向来岁贡以廪生科分挨之,俱年老,不堪录用。现议廪生岁科五试优等准其充贡,其年迈不能作文者,许其给顶,庶岁贡一途可选教职录用。部议已准,将次颁行。使此奏在二十年前,余已久饱苜蓿盘矣。巳刻,与晋翁书。

**初四(12月25日)** 巳刻,榕屏又有书来。

**初五(12月26日)** 辰刻,姚谱苹书来,以其伯父珊滨《井眉居杂著》一卷见赠,中多骈俪之文,词采绚烂,古色古香,散体文亦具有识力。余与珊滨少时同社友也,自甲戌春茸城一别,四十年来,踪迹差池,不复再见。今读其文,益深人琴之感矣。午刻,又落一齿。

**初六(12月27日)** 是日,始抄毕赋稿七十余篇,分属父子,每篇加评语,三人皆平生师友也。近日,有干嗽之疾,日间犹可,入夜必嗽至三鼓始得安眠。

**初七(12月28日)** 抄骈体文五篇。是夜,梦寒鸦百万自东北飞来。顷刻间,白昼为晦,不见天光。

**初八(12月29日)** 摘录井眉居骈体八十余联。申刻,马铁卿过。是夜黄昏时,马雨山在高仁煊处助丧事,忽然痰涌而死。

**初九(12月30日)** 辰刻,送茶吊礼于高氏,又香烛一副。

**初十(12月31日)** 寒。午刻,高氏招中膳。

**十一(1852年1月1日)** 寒。重摘《白鹄山房》骈体文一百六十余联。

**十二(1月2日)** 大寒。

**十三(1月3日)**

**十四(1月4日)** 巳刻,题小门人纪礼宾《散发抱琴图》。七古。申刻,陈乐泉过。

**十五(1月5日)** 寒。午刻,至柯春塘处,取其新刻《关帝年谱》一册。搜辑甚富,而论断未甚的当。未刻,李琴舫来访,携至殷梦蔬书。

**十六(1月6日)** 午后小雪。辰刻,顾榕屏寄来《木鸡书屋四集》文样本,共六卷,计八十一篇,字数约五万九千有余。巳、午、未刻,细校样本一过。

**十七(1月7日)** 大西北风,酷寒。巳刻,寄丁步洲书。

**十八(1月8日)** 寒。

**十九(1月9日)**　巳刻，趁丽春收账船。申刻到城，即至顾榕屏处。榕屏料余今日必不到城，因往东门。余俟至黄昏，榕屏始归，夜即留宿，并助印费一洋。榕屏言，日前方莲卿、陈曼寿乘蒲鞋船至平湖，载妓三人，留连二日，意欲访余芦川，同作沪渎之游，既因大船不能进广陈，以故不果。

**二十(1月10日)**　大寒。巳刻，程伊斋访余于西鼎字店。午刻，偕顾榕屏、郁荻桥至李氏刻店，付讫刻资三十三洋，约四十八千有余，即属其刷印二百部，每部八十七文。未刻，榕屏邀同荻桥饮合顺馆。是夜，宿西鼎字店。

**廿一(1月11日)**　寒。辰刻，赠费氏嫁仪。巳、午、未刻，趁衙前航船，内有杨二酉，以裱画为业，人颇风雅，赠以《左国闲吟》一卷。到家知王半磉出殡，贻以香烛一副。

**廿二(1月12日)**　寒。辰刻，至王小轩处，取《关帝年谱》二本。巳刻，寻李琴舫，不遇。

**廿三(1月13日)**　寒。未刻，柯春塘过。

**廿四(1月14日)**　大西北风。以上二日，评阅芦川书院十一月课卷，生十七本，古学五本，童十五本，古学六本。生:“孩提之童”一节，“用尽陈王八斗才”得“才”字，“浙江三异人赋”以“一刘二于三王是也”为韵，“论国朝人骈体文”仿遗山论诗体；童:“劝齐伐燕有诸”，“诗家三昧忽见前”得“三”字，“农家迎妇图赋”以“岁熟人家嫁娶多”为韵，“斗鹑行”七古。

**廿五(1月15日)**　寒。辰刻，刘心葭书来。巳刻，寄邢邑侯书，又与顾榕屏、郁荻桥书，赠荻桥《关神武年谱》一本。朱松轩来，请余十二月初四日为其堂兄琴泉及嫂张氏题主。松轩言，徐约园胞弟为盗已久，现在破案，势将伏法。以孝廉之弟而至此，且系绸斋先生之孙，可叹也。

**廿六(1月16日)**　寒。辰刻，评点顾榕屏近诗三十二首。午刻，毛叔美寄来《扁舟访友图题词》七绝三首。

**廿七(1月17日)**　寒。申刻，得杨利叔书，并寄其祖母节孝郑太孺人行状,乞予作文。

**廿八(1月18日)** 寒。是日,作五古四首:《秋日游天平山》,再叠《观水倡和诗》韵;《题关神武年谱》,三叠前韵;《题葛壮节年谱》,四叠前韵;《赠时祉卿》,五叠前韵。

**廿九(1月19日)** 寒。辰、巳刻,自题《木鸡书屋四集文》,六叠前韵。《赠王金兰校书》,七叠前韵。《为张采言书其继母郑太孺人行略后》,八叠前韵。申刻,沈月卿来,为沈素园家初四日请余题主。

**三十(1月20日)** 寒。辰刻,丁步洲复书来,助余刷稿费二洋,又赠《五弗斋文稿》《井麋居杂著》。巳刻,与顾榕屏书,附诗七首,赠以《姚珊滨文稿》,又赠其侄厚田婚仪。

## 十二月

**初一(1月21日)** 寒。辰、巳刻,观杨秋渔《五弗斋文》。秋渔,金山诸生,其文笔力劲达,颇似半山,向竟未知其名。是日,嗽疾始愈。

**初二(1月22日)** 寒。午刻,新孝廉秀水陈蕖仙寄朱卷来。

**初三(1月23日)** 未刻,吊梅家桥沈氏丧。

**初四(1月24日)** 辰刻,乘轿至大中堂沈氏,为沈素园题其妻朱氏、顾氏神主。郭修亭、张印古作左右襄事。巳刻,至全公亭朱氏。未刻,题朱琴泉及其妻张氏神主。龚玉和、朱松轩作左右襄事。申刻回家,接到顾榕屏书,有五古一首见赠,十四叠《观水诗》韵。又得时春谷所书《扁舟访友图》册首。丽春书来,言三十夜盗劫叶琴舟家,初二夜劫益达布庄,虽所抢无多,而此辈经枭示之后,依然怙恶不悛,时势真不可为矣。

**初五(1月25日)** 夜雨。辰刻,发贴十一月书院课案。生超等十名:魏焘、张桂清、沈厚载、吕宗沂、柯敬衡、顾福增、徐逢渊、王再羲、贾敦艮、顾恩培。童上卷十名:周士模、胡炯祖、周桂馨、胡焕祖、屈传镛、汪树城、孙兰成、朱光荣、倪宝润、吴丙照。生古,魏焘第一名;童古,胡焕祖第一。巳刻,与晋酚书,过柯春塘处。未刻,寄怀雷蕴峰楚南,九叠《观水诗》韵。

**初六(1月26日)** 辰刻,张以调赠水烟一斤。巳刻,吕横溪来,请余初八日为杨家桥沈氏题主。

**初七(1月27日)** 暖。辰刻,吊龚友三丧。巳刻,朱兰亭拜谢,赠佛银六枚。午刻,作芦川书院诗,十叠前韵。未刻,赠徐宿生迁居仪。

**初八(1月28日)** 暖。辰刻,顾榕屏书来。厚田招二十一日婚宴。巳刻,乘轿至杨家桥北沈氏。未刻,为沈雪村题其祖履安、祖母程氏、父建寅、母张氏神主。张蒲卿、沈东桥作左右襄事,主人馈洋六枚,又代席一洋。申刻,回家报顾榕屏书。是日,闻乍浦菜荠港来一大鱼,身长十七丈,潮落不能退,已为人杀而烹之矣。

**初九(1月29日)** 大暖。辰刻,寄沈浪仙书,赠以《关神武年谱》一册,又与刘心葭书。巳刻,过钱小园处。是夜,梦过一处,见卖鸭者甚多,成群合队,约有数千,哑哑之声盈耳。

**初十(1月30日)** 午刻,吉桐生招饮汾酒,同宴陈东堂、马蔼卿、戴湘帆。申刻散席。酉刻,贻李氏冥资。

**十一(1月31日)** 夜雪。巳刻,杨二酉来,携至董梦兰《扁舟访友图》骈体序,其文如野云孤飞,去来无迹,刻炼处能使山颦水笑。梦兰,吴江人,诗文俱高手,余今年始闻其名,前托二酉求其诗,而竟得其文,为之狂喜者久之。二酉亦题五律一章。余即以文稿二集及诗集赠梦兰。午刻,过张生蒲卿处。是日,又落一齿。

**十二(2月1日)** 寒。辰刻,览方子春骈体文。子春诗余所不及,骈文则笔力平弱,绝无制胜之处,持较余文,殆不止老韩之相悬矣。午后,抄骈文五篇。

**十三(2月2日)** 寒。辰刻,王芑亭复函始到。顾榕屏亦有书来,言文稿二百部都已印完。榕屏自取三部,又分赠朱小云、郁荻桥、时祉卿、卜祥伯各一部。巳刻,复榕屏书,又与丽春札。

**十四(2月3日)** 大寒。未刻,新孝廉孙少山拜会。

**十五(2月4日)** 大寒。午刻,晋畇自馆中,归时三疟已愈。

**十六(2月5日)** 夜微雪。辰刻,沈素园赠佛银五枚。未刻,丽春自城来,先带回文稿一百七十四部,补田取出一部。沈浪仙复函来。申刻,徐达斋乞诗稿一部。

**十七(2月6日)** 寒。辰刻,寄钱渊亭、顾韦人、丁步洲三书。赠步洲《四集文》二部,渊亭、韦人各一部。

**十八(2月7日)** 夜雨。辰刻,赠陈东堂《四集文》一部。申刻,柯春塘过。是夜,梦访友于万山之中,半途稍憩一家,有女子年二十余,款洽甚至,问其名,曰德义。余改为德艺,女子欣然有喜色。

**十九(2月8日)** 夜大雨。是日,大伤风。

**二十(2月9日)** 雨。夜雪。

**廿一(2月10日)** 是日伤风更甚,喉管为之嗽痛矣。

**廿二(2月11日)** 夜雨。辰刻,陈东堂赠新刊《兰芳堂诗稿》一卷,以余所作《答论医学书》当作序文,弁诸简端。

**廿三(2月12日)** 午刻,钱渊亭、丁步洲答书来,渊亭赠《道德经》一部。二君书中言,黄砚北重游泮宫,仪从甚盛,子侄辈马上执彩旗者甚多。明年重赴鹿鸣,其荣华更当十倍也。

**廿四(2月13日)** 夜雨夹雪。午刻,晋畚作书,寄与清江浦家荫亭司马,赠以《四集文》一部。

**廿五(2月14日)** 上午雨,下午雪。辰刻,得顾榕屏书,并《四集文》钉本十八部。前陈东堂妄传计二田去世之说,余心惶惑,无从探信。今榕屏书来,始知风闻之讹,为之一喜。

**廿六(2月15日)**

**廿七(2月16日)** 寒。

**廿八(2月17日)** 寒。

**廿九(2月18日)** 寒。夜雪。

**三十(2月19日)** 大雨。

是岁入钱二百七十五千,出钱二百四十六千。

# 咸丰二年壬子(1852),六十四岁

## 半袁老人日志

### 正　月

**元旦(2月20日)**　始晴。辰刻,寄计二田书,赠以《四集文》一部。

**初二(2月21日)**　寒。未刻,与陈曼寿书,赠《四集文》一部,又寄赠方莲卿一部。是夜,梦火焚韦家庙,庙中大树数十株俱成灰烬,而火光烛天,其势尚炽,特不知韦家庙在于何处。

**初三(2月22日)**　大寒。辰刻,寄王芑亭书,附《四集文》一部。

**初四(2月23日)**　稍暖。辰刻,与沈浪仙书,附《四集文》一部,又寄赠王克三一部。巳刻,与殷梦蔬书,赠《四集文》一部。午刻,丽春书来,言邢邑侯于大除夕亥刻勉送书院束脩二十洋。去岁仅得四十洋,合时价五十六千,而端节二十洋竟成画饼矣。

**初五(2月24日)**　巳刻,陈乐泉过,赠以《四集文》一部。未刻,答丽春书。

**初六(2月25日)**　夜雨。午刻,王小轩招宴,同席柯春堂等十三人。酉刻始散。是夜,梦作计二田婿,琴瑟甚谐,谅必来生事也。

**初七(2月26日)**

**初八(2月27日)**　大雨,晚雪。

**初九(2月28日)**　寒。

**初十(2月29日)** 午刻,顾申庵来,携至贾芝房复书,又得新刻本三种,一陈觉生《课子弄孙图题辞》,一方莲卿《(暴)[曝]书亭著书砚题咏》,一沈咏楼《吴天玺砖题辞》,余所作记弁诸卷首。陈东堂招饮。

**十一(3月1日)** 夜雨。辰刻,沈浪仙复函来,招顾申庵、陈东堂便饭。巳刻,晋骀趁申庵舟到城。

**十二(3月2日)** 夜雨。

**十三(3月3日)** 大雨。辰刻,冒雨趁航船,顺风扬帆。巳刻,即至平湖。午刻,沈镜堂招宴,同席顾榕屏、刘杏芬、屈冰卿、顾厚田、程蟾仙及晋骀,共八人。酉刻始散。是夜,宿榕屏处。榕屏言朱小云得余《四集文》,愈加倾倒,而《葛壮节年谱书后》一篇尤为击节。

**十四(3月4日)** 辰刻,谒邢大令,不见。午刻,顾榕屏设宴,同席施筀六、顾春岩、沈镜堂、胡砚耕等八人。酉刻散席。陈曼寿复函来,内有近刻三种。

**十五(3月5日)** 寒。辰刻,将作武原之游,偕榕屏、镜堂登舟。是日,孙巢谷缔姻于石砚虹女,顾、沈二人为媒,故有是行也。未刻,至石砚虹宅,赠以《四集文》一部。申刻,访张云槎道人,别已十七年矣。而道人年六十九,清健如昔。酉刻,访吴彦宣、李乾斋。回至砚虹处,云槎已来答访。

**十六(3月6日)** 夜又雨。辰刻,出东门,登障海楼观海。巳刻,砚虹设宴待客,同席唐书桥、陆学渊等七人。李乾斋答访。午刻,顾、沈二人回去。余赴云槎之招,赠以《四集文》《香鹿集》二部。申刻,访赵凌洲。是夜,宿邑庙之石公居。

**十七(3月7日)** 大雨,寒。辰刻,云槎赠范声山《苕溪渔隐词》二卷、朱尚斋《治经堂续编》三卷。未刻,再过李乾斋处,乾斋出视其父玉峰名聿求,诸生所撰《鲁之春秋》一书,约有四十卷,现已刊十之四,乞余作序。《鲁之春秋》纪鲁王以海事也。

**十八(3月8日)** 大寒。辰刻,云槎邀至虹桥朱店食馄饨。武原馄饨之美，甲于天下，余前游时，曾尝数次，至今思之不置。即访张柳坡，不遇，其子惺庵出见。名燮勋，诸生。巳刻，赵凌洲、张惺庵答候。午、未刻，石砚虹来长谈。砚虹言，嘉庆戊辰科陈、祝二茂才秋试同寓，祝梦自中第九名，陈中十二名。及榜发，陈中九十二名，祝竟下第。盖第九名、十二名合而为一也，斯亦梦兆之奇哉。酉刻，见《马少白诗集》，内有余所撰序，已十二年矣。是日，始得睹之。

**十九(3月9日)** 大寒。巳刻，晤陈秋帆。年七十一，诸生，善人也。其子绎山，名高俊，诗画俱佳。申刻，偕云槎游张氏之涉园。余于乙未夏曾到此园，今十八年矣，园景不无少毁，而朴巢、濠濮居二间，去岁新修，重复焕然。时则各色梅花幽香扑鼻，山茶、玉兰含苞未放，别有乔松老桂、修竹怪藤，掩映于水石之间。园外则大海汪洋，秦驻山即在对面，真奇观也。拜螺浮公小像，缅想其直言敢谏之风，为低徊留之，不能去云。戌刻，阅汪少海《心知堂诗集》。

**二十(3月10日)** 大寒。午后雨雪交作。辰刻，云槎邀至北门陈店食馄饨。午刻，赵凌洲招宴，同席赵拳山、朱茂音、张云槎等七人。申刻散席。马传岩来，复同夜宴。名起凤，善谈金石。是夜，与云槎宿栖真观，披阅凌洲道人近年诗稿，内有赠余五律一首。

**廿一(3月11日)** 大雨，极寒。辰刻，赵拳山来，招至杜店食馄饨，此为三家中第一。是日，因甚雨，仍留栖真观，与云槎、凌洲清谈竟日。栖真观有一狗，不食鱼肉骨，所食者花生、蒲桃诸物，真仙犬也。

**廿二(3月12日)** 寒。夜又雨。辰刻，访朱尚斋太守，名锦琮，年七十三。赠以《初集文》一部。太守虽系捐职，而诗文刻集已盈一尺。归田以来，新构华屋，图书、花木充牣其中。巳刻，候吾笏山明府，名德涵，年七十三，丁丑进士。赠以《左国闲吟》。笏山暮年矍铄，日以种花自娱，有侍女名琴梅，终日在旁服役，笏山自夸为康成文婢也。午刻，笏山留饮。申刻，马小异过，名华鼎，年七十五岁，贡生。赠以《三集文》一部。小异诗有四卷，清超雅健，古体尤胜，古文十卷，真气淋漓,无不达之意,迥非凡手所及。自言长子已亡,去年七十四岁,妾生一子,狂喜不止,索余作文以贺。戌刻,晤孙雪房道人。年三十,能诗画,亦邑庙道士。

**廿三(3月13日)**　辰刻,朱念珊贰尹来访,念珊与余别二十三年,今年亦六十一矣。以诗集六卷乞予题句,予即作一四六小跋。巳刻,访赵拳山,赠以《左国闲吟》,拳山亦赠予《八铭堂》《抱朴居》两诗集。午刻,拳山留中膳。未刻,偕拳山、云槎、朱秀珊名承鉽,诸生游天凝寺,归途过李氏朴园,与园主人仲园茂才长谈。酉刻,拳山复送余回寓。拳山笃实君子也,二十年来不过泛交,今则成知己矣。酉刻,吾笏山来,为余书《扁舟访友图》。是夜,梦得张氏婢为妾,年十九,丰致嫣然。

**廿四(3月14日)**　辰刻,汤笙甫来访,名陈镛,岁贡生。赠《乡会诗钞》二部。余适外出,不值。巳刻,朱左卿答拜。尚斋太守之子。未刻,候杨也鲁,不遇,即访查竹洲。申刻,张惺庵邀予移寓其家,赠以《四集文》一部。

**廿五(3月15日)**　寒。午刻,惺庵设席相待,同宴郁香可、吾乐山、徐莲峰、张云舟、褚杏泉等十七人。酉刻始散。戌刻,至儒学观龙灯,龙口喷花,殊足观也。

**廿六(3月16日)**　寒。巳刻,访徐莲峰,不值。复游天凝寺。申刻,偕云槎、惺庵游观音堂,回过拙宜园,主人黄莲舫外出,遇其西席黄梅汝,登倚晴楼,此楼为余前游所未有。酉刻,游魁星阁,望海。戌刻,至西门观灯。

**廿七(3月17日)**　大西北风。辰刻,趁张氏便舟。申刻,到平湖,过顾榕屏处,赠以《乡会诗钞》一部。榕屏言,昨夜梦余回来,今日果到。酉刻,得时祉卿答赠五古一首,仍叠《观水诗》韵。寄刘心葭书。是夜,宿横山草堂。

**廿八(3月18日)**　夜半有怪风。未刻,偕顾榕屏、郁荻桥小饮时祉卿处。夜宿西鼎字店楼。

**廿九(3月19日)**　巳、午、未刻,趁衙前航船回家。知晋翫于廿六日至周氏开馆。得刘心葭廿三日书。

**三十(3月20日)**　夜雨。巳刻,过钱小园处。午、未刻,阅《治经堂诗文集》。古文有作法,纪英夷事尤佳。戌刻,阅《吾渔璜诗集》。

## 二　月

**初一(3月21日)**　小雨。辰、巳刻,阅范白舫《苕溪渔隐词》、张仲雅《金牛湖渔唱》。未刻,寄卢揖桥书,赠以《四集文》一部。申刻,鲁惇甫拜会。

**初二(3月22日)**　巳刻,候张柳坡,适其家有财神社酒,留余共酌,同席郁松乔、张以调、郭萝杉、张秋江等十五人。酉刻始散。

**初三(3月23日)**　巳刻,至文昌阁听李琴舫弹《梅花三弄》诸曲。午刻,王小轩招饮文昌社酒,同席张柳坡、钱继园、徐同叔、戴象山等十四人。酉刻散席。

**初四(3月24日)**　巳刻,张柳坡答访。

**初五(3月25日)**　申刻,沈浪仙书来,内有杭州旗生禄缦庭书,并填《金缕曲》一阕,题余《扁舟访友图》,有振笔疾书之妙。戌刻,观灯。是日,闻徐吟槐以三疟病殁。

**初六(3月26日)**　巳刻,徐春洲过。

**初七(3月27日)**　辰刻,偕丽春趁高仁煊舟至盐溪访秦秋夔,赠以《四集文》一部,不遇。予与秋夔别已十年,今日特往访之,彼在吴江未回,甚觉失意。巳刻,至周西园处,即留中膳。申刻,偕丽春步行而归。戌刻,观十锦灯。

**初八(3月28日)**　夜雨。巳刻,阅《茂陵弦传奇》。

**初九(3月29日)**　大雨。作《天平山游记》。骈体。是夜,梦某处一庵女尼六七人,有怀师者,年二十余,主持其事。然庵中事无大小,皆来取决于予,以故予每至庵,怀师必深加礼敬。

**初十(3月30日)**　下午大雨。巳刻,阅《祝熙斋诗钞》。

**十一(3月31日)**　作张次柳《三影楼词序》。骈体。

**十二(4月1日)** 细雨。

**十三(4月2日)** 午后,腹疾大作。申刻,晋畚回家。

**十四(4月3日)** 夜大雨。申刻,吊傅氏丧。

**十五(4月4日)** 大寒。作《双红豆楼记》。骈体。是日,为祖父母坟上加泥。

**十六(4月5日)** 夜雨。巳刻,寄张次柳书,附序一篇,赠以《四集文》及《观水唱和集》。午刻,寄丁步洲书,附记二篇。未刻,考妹来,历诉其婿鲁光甫不法之事。光甫娶余甥女以来,于今三年,无日不施箠楚,盖几死者屡矣。

**十七(4月6日)** 大寒。巳、午、未刻,偕考妹到城,即作札招鲁文甫、惇甫昆季。既而文甫来,具言光甫暴戾鸱张,绝无人理,特无法以治之。是日,知何晴园定罪流陕西。

**十八(4月7日)** 大寒。巳刻,鲁惇甫来,所言与文甫略同。午刻,至顾榕屏处,适顾访溪,贾芝房亦至,清谈半日。

**十九(4月8日)** 大寒。始晴。午刻,费恺中邀余小饮,陆甥忽至,言鲁光甫在彼缠扰。余立起至陆宅,渠已脱走。未刻,正与恺中对酌,陆甥又来,言光甫在张万丰店,与其从兄陆祐安相扰。余即至张店,而渠又脱走,在县西茶肆中,余至茶肆痛责之,声色甚厉,彼竟不发一言,既不认罪,亦不强辨,旁人皆揶揄之。

**二十(4月9日)** 寒。午刻,至顾榕屏处,长谈三时许。酉刻,过东鼎字店,顾竹村适有会酌,招余同饮。是日,鲁光甫寻余三次,不知其意欲何为。

**廿一(4月10日)** 辰、巳、午刻,趁衙前儎回家。余逆知鲁光甫日上必来滋扰,不料其即日趁新仓儎而来。余父子俱已就寝,不能起而应酬,又不能起而争斗,不得已遣人密告高氏父子,留宿一夕。

**廿二(4月11日)** 巳刻,光甫入见,余又大加斥辱,彼仍无言,然坐而不去。赖高氏父子力为调停,彼始趁衙前儎而去。午刻,寄丽春书,又命晋畚作书与鲁文甫、惇甫。

**廿三(4月12日)**　巳刻，为张柳坡作斋扁，加以跋语，并寄其子惺庵书，赠以《江南十五科经文》一部。戌刻，丽春复函来。

**廿四(4月13日)**　卯刻，又得丽春书，具言鲁光甫之冥顽不灵，无法可治。酉刻，丽春又有书来，命晋駖答之。

**廿五(4月14日)**　卯刻，鲁光甫又来，余预料其必至，平明起早已布置，以故彼闯门而入，立被余叱逐之。辰刻，覆沈浪仙书。戌刻，又得丽春书及陆甥两书。其言悖谬，竟欲嫁祸于余。览之愤怒，立即札复。鲁氏之恶已极，而陆氏之罪不减于鲁。

**廿六(4月15日)**　戌刻，得丁步洲复书，招余往游，而丽春及陆甥又有信来。阅之，倍加愁闷，余竟不答。

**廿七(4月16日)**

**廿八(4月17日)**　以上二日，评点芦川书院二月课卷。生十二本，古学二本。童廿二本，古学十本。生："不使大臣"二段，"诸生个个王恭柳"得"生"字，"三红秀才赋"以"诗人以佳句得名"为韵，"读《香山集》""读《樊川集》"，皆七律；童："为赵魏老"，"黄四娘家花满蹊"得"花"字，"郑鹧鸪赋"以"当为一代风骚主"为韵，"新莺""新蝶"，皆七律。

**廿九(4月18日)**　辰刻，寄赠邢邑侯《四集文》一部，又与顾榕屏书。申刻，头风渐作，加以腰痛，倦极而卧。其实别有心事也。

## 三　月

**初一(4月19日)**　竟日卧床。

**初二(4月20日)**　晚大雷雨。竟日卧床。

**初三(4月21日)**　毒热。巳刻，过钱小园处，陈东堂以《张渊甫行述》见视。

**初四(4月22日)**　毒热，晚起大风，始凉。抄古文四篇。是日，闻宁波府以征银激变，大小牙门俱被顽民拆毁。

**初五(4月23日)**　寒。辰刻，寄张云槎书，赠以《关神武年谱》及《阐幽录》二种。

**初六(4月24日)** 寒。巳刻,与丽春书。

**初七(4月25日)** 寒。戌刻,始得卢揖桥复书,内有观苇杭篆书《扁舟访友图》,苍古绝伦。

**初八(4月26日)** 寒。酉刻,得顾榕屏复书。是日,晋谿始到馆。

**初九(4月27日)** 大寒。辰刻,发芦川书院二月课案。生前列十名:朱逢源、卜清瑞、吴云锦、陈其忠、魏焘、吕宗沂、顾福增、朱鼎钟、徐仑源、贾敦良。童前列十名:赵元祚、张庚照、胡焕祖、陶熊、朱溥恩、张寅清、胡炯祖、高廷栻、吴逢吉、马麟瑞。生古第一,卜清瑞;童古第一,张庚照。

**初十(4月28日)** 稍暖。卯刻,寄顾榕屏书。辰刻,闻魏楚白以猝病亡,即贻冥资。是晚,有失意事。

**十一(4月29日)** 巳刻,得张惺庵复函,并赠其远祖螺浮公《入告编》共四集。

**十二(4月30日)** 巳刻,杨利叔来访。戌刻,陈东堂将至洙溪,招余同往。是夜,宿于舟中。

**十三(5月1日)** 巳刻,泊舟洙溪,访何古心于西林寺,名其超,青浦廪生,学术渊富,医术甚行,有不可一世之概。赠以《四集文》一部。未刻,过王蓝耕处,不值。即访杨二酉于张氏之然香馆。主人号晴川,少年风雅,留谈久之。酉刻,访洪补笙学博,名长庚,苏州廪贡。赠余沈诗华《诗录》六卷。名谨学,元和人,为人傭耕,而诗笔幽闲淡远,有王孟韦柳之遗风。戌刻,何古心招夜膳。

**十四(5月2日)** 午刻,返棹,才出港口,适遇暴风,危险数次。酉刻回家。

**十五(5月3日)** 辰刻,为张晴川题丁寄生女史花卉卷。七绝。

**十六(5月4日)** 热。卯刻,趁干儎,风水俱逆。午刻,始到城。过顾榕屏处,得计二田、陈曼寿书。二田寄佛银三枚,购余诗文全集三部,见赠赵艮甫诗词集十二卷,又杨芸士父子题余《扁舟访友图》,皆七绝二首。曼寿书中招余四月下浣同作苕溪之游。

**十七(5月5日)**　寒。卯、辰、巳刻，趁装儎到乍浦，至卢揖桥处，适孙次公亦在，赠以《四集文》一部。未刻，候沈浪仙，回过林雪岩处，不值。遇汪兰谷。酉刻，沈浪仙、朱文江同过。是夜，宿于卢氏之一片冰壶室。

**十八(5月6日)**　卯刻，候刘心葭，赠以《四集文》一部。辰刻，至海防署访张颉之，赠以《四集文》一部。名炳，钱唐名诸生，年三十四，自言骈体文已作八百余篇。巳刻，访马小异，借其古文四册，共二百篇。回过王客山处，不值。午刻，林雪岩答访。酉刻，以纳妾事托卢揖桥、陈小岩留意。

**十九(5月7日)**　下午雨。卯刻，访张粲言，以陈东堂及晋翁所题《秋灯课子图诗》付之。回过朱秋田寓，不值。巳刻，过褚文斋处，即留午酌。午后，观马小异古文，名作如林，急倩人抄出七篇。

**二十(5月8日)**　未刻，缴小异文四册，小异为余题《扁舟访友图》七绝二首。申刻，借刘心葭《亦有生斋文集》二十卷。是日，白司马观风，约三百人。

**廿一(5月9日)**　卯刻，林雪子来长谈。辰刻，王克三答访。巳刻，题徐古春《羊城橐笔图》。七绝二首。午刻，陈小岩为余重绘《访友图》。申刻，颜西山为余言，王金兰校书去秋自云间至乍浦，急往访之，有故不见。遂至张家巷勾栏家，一名杏珍，颇娟丽，尚未破瓜；一名瑞珍，貌仅中下，欲留余一宵，不从。

**廿二(5月10日)**　夜大雨。卯刻，至沈浪仙处话别。辰刻，至马小异馆话别。午刻，褚文斋招观鸿秀戏于大王庙。申刻戏毕。酉刻，卢揖桥乞取《三集文》一部。是日，孙次公赠余五古一首，用《观水诗》韵，语语熨贴。

**廿三(5月11日)**　寒。卯刻，冒大风雨趁曹儎。巳刻至平湖，偕顾榕屏至沈镜堂处，镜堂邀饮于合顺馆，余又以纳姬事托镜堂力办。戌刻，丽春留饮于鼎字店中。

**廿四(5月12日)**　下午雨。辰刻，趁衙前儎。午刻回家，知海上凌草堂请余廿七日为其母张孺人题主。见华亭吴蓉裳试草。名望屺,亦晋翖门下士,去冬入泮。又盐溪朱氏赠绍酒一坛、鲜肉六斤。酉刻,以绍酒转赠朱少云。

**廿五(5月13日)**　晓雨。卯刻,寄晋翖书。辰刻,至柯春塘处,见其所刻《六十自寿诗》七律十六首。巳刻,以喜烛赠朱又江。

**廿六(5月14日)**　午刻,孙次公、颜西山同过。次公言海防观风案已发,余门人马骏声得第一。

**廿七(5月15日)**　晓雨。卯刻,将乘轿至白沙湾凌宅而天忽阴雨,不得已呼舟而往,水浅路遥。午刻,才到凌宅。晤马梦卿。未刻,题凌母张孺人神主,纪录庵、冯承斋作左右襄事,赞堂者仍新仓衙役也。戌刻回家。是日,钱渊亭、丁步洲俱有书来。步洲书中言,去冬余所寄《四集文》两部,一转赠张诗舲抚军,一转赠雷蕴峰明府。渊亭书中有黄砚北事实一通,乞余撰其《重赴鹿鸣宴序》。

**廿八(5月16日)**　辰刻,为洪忍甫题《乞琴图》,十一叠《观水诗》韵。忍甫蓄一古琴,名紫琼,为觉阿上人取去,忍甫爰绘《乞琴图》征诗。忍甫即补笙学博之父。巳刻,寄计二田书,复《诗文全集》三部。未刻,附陈曼寿书。申刻,问龚配京疾。

**廿九(5月17日)**　辰刻,答钱渊亭、丁步洲两书,补赠步洲《四集文》一部。未刻,龚配京馈团鱼夹肉一盆。

**三十(5月18日)**　辰刻,与丽春书。巳刻,孙次公又来,即留中膳。未刻,过东林寺。

## 四　月

**初一(5月19日)**　下午雨。辰、巳、午刻,阅赵艮甫《乐潜堂诗集》。是夜,梦张扔庵死而复生,神情意态宛如生时,惟面色黝黑,则仍是死时人耳。

**初二(5月20日)**　夜雨。申刻,赠龚配京《四集文》一部。以上二日,仓前有戏,余独不观。

**初三(5月21日)**　抄古文六篇。巳刻,凌草堂拜谢,馈佛银五枚。申刻,晋酚有禀来。

**初四(5月22日)**　卯刻,丽春书来。辰、巳、午刻,抄骈文四篇。

**初五(5月23日)**　辰、巳刻,摘录赵味辛骈体六十余联。

**初六(5月24日)**　巳刻,赠吉桐生寿仪。

**初七(5月25日)**　午后,陆紫卿招观瑞芝小武班戏于城隍桥南。

**初八(5月26日)**　戌刻,刘心葭书来。

**初九(5月27日)**　辰、巳刻,为刘心葭作七秩寿诗。七律四首。午刻,钱鲈乡过访。未刻,龚氏赠团鱼一盆。

**初十(5月28日)**　热。午刻,补田侄招饮会酒。酉刻始散。

**十一(5月29日)**　卯刻,寄顾榕屏书。巳刻,畀金婿《四集文》一部。酉刻,顾榕屏、陈曼寿、费恺中三书一时并到。曼寿书中言,今春余所赠《四集文》已被吴门王养初乞去。恺中书中言,巡抚常公率兵讨宁郡乱民周祥千等,三月廿六日至鄞县东乡,彼处拒敌,我兵被杀者数百人,文武官三十二员俱死。此事甚大,不知将来如何措办。

**十二(5月30日)**　以上三日,评定芦川书院三月课卷,生十九本,古学一本,童廿七本,古学五本。生:"或曰以德报怨"至"以直抱怨","正是河豚欲上时"得"豚"字,"李忠定公陈十事赋"以"昌言十事愿比姚崇"为韵,"保甲行"不拘五七古;童:"一妾","蜂带余香过酒船"得"蜂"字,"神签赋"以"神前设签可卜休咎"为韵,"痘花词"不拘体。巳刻,复榕屏书。午刻,费恺中过访。申刻,复刘心葭书。

**十三(5月31日)**　日中小雨。辰刻,张云槎复函来,见赠七律一章,风神骀宕,又吾笏山、朱尚斋各有题《扁舟访友图诗》。笏山五律一,尚斋七绝二。

**十四(6月1日)**　巳刻,朱雀桥来访,赠以《四集文》一部。

**十五(6月2日)**　卯刻,沈浪仙书来,内有锻工张星垣所书《扁舟访友图》册首,笔法苍劲,亦畸人也。书中言四明一案,身殉者文员四人、武弁十三人,前所闻三十二员乃传闻之讹耳。戌刻,丁步洲复信来,知前所寄《四集文》一部被吴门江弢叔湜取去,彼即答赠《沈四山人诗》一册。又钱鼎卿寄题《访友图》五律一章,笔意直逼太白。

**十六(6月3日)**　热。巳刻,答沈浪仙书。午刻,复丁步洲书,又补赠《四集文》一部。

**十七(6月4日)**　卯刻,顾榕屏书来,内有《观水倡和集》新刻本,现已分作四卷。余诗刻至七叠韵。午刻,发贴芦川书院三月课案。生超等十名:钱福均、吴望屺、张桂清、朱逢源、陈安涛、屈传衔、纪金鉴、沈钦禄、朱鼎镐、徐仑源。童上卷十名:陶熊、陈曰羆、屈传镛、吴福畴、周桂馨、马麟瑞、周桂森、纪金魁、高廷栻、施汝辛。生古第一,钱福均;童古第一,屈传镛。未刻,张粲言书来,以黄节母事托余征诗。酉刻,孙次公书来,赠茶叶、薄荷糕二物,乞余为其妾黄定娘作《绣窗问字图记》。戌刻,寄刘心葭、顾榕屏及丽春三书。

**十八(6月5日)**　小雨。作《涉园探梅记》,骈体。又五古一首,十二叠《观水诗》韵。

**十九(6月6日)**

**二十(6月7日)**　寄马小异书。骈体。午刻,代龚氏赴戴湘帆处会酌。酉刻,计二田、陆秋山两书并到。二田赠王仲瞿、林远峰、乔鹭洲、翁小海诸诗集,又《制义翼经集》一部。秋山赠《陆清献年谱》《松阳钞存》,又《鹉湖棹歌》二部。

**廿一(6月8日)**　夜小雨。卯刻,寄沈浪仙书,附计二田佛详四个,助其《沧海珠编》刊费,即余前书吹嘘之力也。辰刻,寄张云槎书,附文二篇。

**廿二(6月9日)**　上午雨。巳午刻,观《乔鹭洲集》。多边风塞云之作。未刻,观《翁小海诗钞》。集唐七律数十首,几如鬼工。

**廿三(6月10日)**　作《杨节母传》。骈体。杨利叔祖母也。申刻,沈浪仙复书来,言三月初七日广西省城几危,巡抚邹公有六昼夜死守之疏,又山东滕县亦因粮价戕害官吏,警报纷纷,时事日非矣。

**廿四(6月11日)** 雨。为黄砚北司马作《重赴鹿鸣序》,此文结构数月而后成。骈体。未刻,寄杨利叔书,附传一篇。复计二田书,赠以《关帝年谱》。

**廿五(6月12日)** 昼夜雨。辰刻,又作五古一首,贺砚北翁八十寿,十三叠《观水诗》韵。午后,看小鸿秀戏于元真观。

**廿六(6月13日)** 上午雨。辰刻,过柯春塘处。巳刻,寄顾榕屏及丽春书。

**廿七(6月14日)** 卯刻,将赴陈曼寿之招,本欲趁陆紫卿舟,彼竟失约。不得已,买舟而去,一路逆风,至戌刻,始至嘉兴北门,即访曼寿。是夜,留宿于葆泽堂。

**廿八(6月15日)** 卯刻,曼寿又取《四集文》一部。巳刻,偕曼寿过孙次公处,即出东门,过天真阁,遇陈子眉、朱云生。皆徽人,能画。至天带桥,访张玉珊,赠以《观水诗》一册,适褚二梅亦来。午刻,访方莲卿,坐壶云阁,长谈久之。莲卿托撰《著书砚斋记》。申刻,至报忠坊访蔡听香。回过府城隍庙,访钱星槎道人。星槎年三十一,善书画。

**廿九(6月16日)** 卯刻,题陈筠石二十三岁小像。七绝。巳刻,蔡听香答访,同饮于陈氏之传经堂。计二田复书来。申刻,过凌桐庄寓,观写真。

**三十(6月17日)** 晚有急雨一阵。巳刻,将作吴兴之游,偕曼寿登舟。午刻,过新塍。戌刻,至南浔泊。

## 五 月

**初一(6月18日)** 申刻,至湖州南门外驿西桥,访奚虚白,名疑,一号榆楼,一号酒奚,年八十一,工诗词,善绘竹,与余神交十八年矣。赠以《诗文全集》。酉刻,至苏泉街,访同鹤汀,名贵,满洲人,作屯田司马。稍顷即返。夜宿奚氏之月上楼,楼前有小溪一带,榆树五株,厉樊榭纳姬朱月上,即此楼也。余三集中曾有一记。

**初二(6月19日)** 日晡大雨。巳刻,虚白翁招同陈秋縠名长孺,丁酉拔贡,诗集甚富、孙竞亭名鉴,工铁笔,兼长绘事、汤亦农、周雨人、陈曼寿集月上楼,为厉征君生辰设祭。午刻,饮散福酒。赠秋縠《四集文》一部,赠竞亭《左国闲吟》《观水倡和诗》二种。未刻,访陈嗜梅,又过年侄姚莲槎名烺。不值。申刻,访府教授许齑生名正绶,己丑进士,工诗,善饮,书法尤佳。赠以《四集文》一部。又过相士朱芦洲处,冒雨入天宁寺,憩祝丰堂,松年和尚出茶点饷客,畅谈久之。是日,见隔溪一女,二八芳龄,幽闲贞静,不愧朱月上。恨余无樊榭之福,不能续其美事耳。曼寿因戏作五律一章见赠,收句云:"佳话如能续,千秋两寓公。"

**初三(6月20日)** 上午大雨。辰刻,为汤亦农题《松下寻师图》七古一首。虚白以"溪楼延月图"五字,分咏月上楼宴集事,余分得"楼"字,立成五律一首。申刻,游王氏之小竹里馆,主人二樵明经在吴门,不值。戌刻,虚白题余《扁舟访友图》七绝二章,又绘竹一幅,寓竹林访友之意。

**初四(6月21日)** 热。辰刻,偕汤亦农、陈曼寿至许商彝宅。访孙竞亭,即同三人泛舟碧浪湖,游岘山,观颜鲁公窪尊,寻明霞墓明司李冯公可宾侍姬及吴菌次所立鸳鸯冢碑。下山,入显化寺,观管仲姬画竹石刻。巳刻,放舟苏湾,入方屏山,泉水自山顶奔下,分作数条,势若游龙,声如鸣鼓。至半山,路甚险峻。余贾勇而登,不辞扪葛攀藤之苦,遂至绝顶苏台。下山,过天境庵,憩仰苏堂。午刻,回至月上楼。未刻,至北门访年侄臧循兰名葆铨,坐待久之,终不得见。遂游归安城隍庙之花园,遇郑畹香。名兰,台州人,善画梅竹。申刻,游府城隍庙花园。酉刻,返棹。

**初五(6月22日)** 热。辰刻,虚白邀游西山,舟中观严修能古文、觉阿上人诗。二十里,过杨家庄。又十里,至严家坟泊舟,即前明严尚书震直葬处。虚翁以腰痛不能登岸,余与曼寿闲步约二里许,至西塞山麓。一路松杉桧柏,错立道旁,而山坡高下都是竹田,尤极萧疏之趣。惜山无寺院，天气炎热，难以登顶，随即回舟，饮天中酒。申刻，至西门，过育婴堂，招年侄周莲伯来一谈。名学濂，榜眼名学濬，新进士名学源，皆其胞弟也。酉刻，回寓，为汤亦农题《听泉图》七绝二首。即偕亦农入南门，游葛仙庙。戌刻，与虚白、曼寿同作《游西塞诗》，用张志和原韵。是日，同鹤汀司马来答，不遇。鹤汀年三十余，极爱风雅。

**初六（6月23日）**　晚小雨。辰刻，郑畹香来，赠以《左国闲吟》。巳刻，许蘁生、陈嗜梅、姚莲槎同来，蘁生为余题《扁舟访友图》五律一首，即出其《求酒借书图》两册页属余为记。俄而，陈秋穀来，亦有题《访友图》五律一首。午刻，许雪斋招同虚白、亦农、秋穀、竟亭、曼寿作南山之游。两舟并发，余舟先到道场山下，偕秋穀、曼寿访孙太初墓。入归云庵之挂瓢堂，观手卷四个，前明至国朝名流俱在其内。至半山，从仄径过雪庵，万绿萧椮，如入蔚蓝世界。是庵为莲池大师弟子雪艎驻锡之地，庵僧雪六能诗，而深自韬晦，故未著名。顷之，由百步栈过头天门至绝顶，多宝塔旁有大银杏树，即所谓红亭白塔是也。去地已四五里许，望见北山云气弥漫，大雨如注，风声怒吼，道场则两点略洒而已。入观音庵，茗话久之，始下山，又从仄径竹林中寻伏虎洞，即唐伏虎禅师道场。申刻回舟，雨势渐密。酉刻，雪斋设宴于奚氏之知稼堂。

**初七（6月24日）**　热。辰刻，蒋莲洲来访，名世镛，乌程诸生，能诗画。赠以《四集文》一部。巳刻，偕虚白、曼寿登舟至西门，赴周莲伯之招，赠以《四集文》及《左国闲吟》《观水倡和集》。午刻，莲伯为余特设盛筵，席间与秋穀、莲伯议论经史词章，二君俱学问淹博，可称劲敌。申刻回寓，为虚白题《感旧图》《策杖行吟图》两手卷，一七绝一五绝。是日，虚白出视副将张香谷名蕙，扬州人诗，清新渊雅，书法遒劲。今春鄞县之变，公提兵而往，为奸民所围，手挥双刀，杀数十人，而寡不敌众，斫断一臂，遂殛于军。

**初八（6月25日）**　大热。辰刻，偕虚白、曼寿登舟。至东门内［吉］庆巷，赴陈秋穀之招，遇其弟湛斋巡检及张西章茂才。秋穀出视所著《清雪草堂诗》四册,又《万柳堂怀古图》手卷,乞余作记。图中先有姚莓伯、高巳生两骈体文,黄树斋、陈云伯、汤海秋、何子贞诸公诗,莫非杰构。秋縠有女,名莲孙,年十九,能诗兼善花鸟,时在屏后窥客。巳刻,秋縠设席相待。午刻饮毕,将作北山之游。同游六人,两舟并发,二十里至法华山,行一里许,长松夹道,约有千株,所谓松径也。又二里许,入白雀寺,观苏长公米海岳石刻。荣宗上人邀坐清快堂,茗话良久。再上数百级,登真身殿,系萧梁时比丘尼道绩骨塔。殿旁修竹千竿,仿佛弢光妙境,其间矮栏低绕,曲径旁通。至望湖亭,亭已倾圮,却见太湖洞庭七十二峰,俱在目前。酉刻回舟。戌刻,自月湖泛舟而归。是日,得蒋莲洲所题《扁舟访友图诗》。五律。

**初九(6月26日)** 毒热。卯刻,作《游白雀寺诗》七古一首,分得"堂"字,为许雪斋题《泾上草堂图》五律一首、《玉湖柳隐图》七绝二首。巳刻,偕虚白、曼寿、秋縠登舟,约五六里,至夹山漾,风水激荡,澎湃有声,四面峰峦环绕,苍翠欲滴。泊舟中央,酌酒顾盼,何减少陵之游渼陂也。未刻入城,进凤皇桥,寻赵文敏莲花庄故址,惟三品石尚存于荒烟蔓草之间。又访朱君采侍御选阁,有莲花峰、荔子峰诸胜,董香光扁曰"书带草堂"。酉刻,孙竟亭题余《访友图》。五律。虚白贻近人诗文集十余种。

**初十(6月27日)** 毒热。卯刻,题孙竟亭所摹《文待诏香山九老图》,作一骈体短文,又题其《红稻村居图》五律一首,为郑畹香题《桐阴山馆图》七绝一首。辰刻,作《游夹山漾诗》,分得"山"字,七律一首。巳刻,蒋藕船来访,石门人,年六十五,工山水。赠以《文稿初集》。未刻,购得许虀生所刊《两浙校官诗》全部,共十六本,约有千二百人,一洋。周雨人来,以其父草庭学博《一枝巢诗集》十五本求余撰序。名联奎,庚午孝廉,癸酉佐幕山东,有治河从戎之役,后为奉化校官十余年。经夷祸民变,忧劳成疾,年七十五而终。申刻,作《书带草堂诗》五古一首分得"带"字,题《杜采芳校书小影》七绝一首。酉刻,李西岑过。名煊,乌程诸生,诗才甚壮。孙竟亭、许雪斋来送行,雪斋赠食物二种。

**十一(6月28日)** 下午逢雨三阵。卯刻,陈秋縠来送行,即告辞。虚白翁偕曼寿登舟。酉刻,至南浔泊舟黄泥河,访汪谢城,名曰桢,精天文之学。并见其母赵仪姞夫人。年六十五,名棻。夫人非特诗词绝工,其骈散文足与古作者相上下。一见余名片,即呼为黄鹤翁,盖孙愈愚、王研农早曾说项也。谈笑风生,具有林下风致。惜时已点灯,匆匆告别。余赠以《四集文》及《诗集》二种,夫人答赠《滤月轩诗文集》。

**十二(6月29日)** 毒热。申刻,回至禾中,得张玉珊所赠五古二首,俱用《观水诗》韵。酉刻,曼寿取《香鹿集》一本。

**十三(6月30日)** 怪热。辰刻,至孙次公处长谈,次公赠《棠阴比事》一册。午刻,与沈远香、董云樵饮于次公处,远香以其亡友胡吉甫名咸临《炙砚词》乞余作序。酉刻,跋陈觉生所集诸名流印章,寄赠钱星槎道人《二集文》一部。戌刻,觉生父子设酌饯行。是日,曼寿为余书《扁舟访友图》册首,用飞白体,篘石绘图两页。

**十四(7月1日)** 热。夜月食。辰刻,买一渔妇舟。申刻,至平湖,过顾榕屏处,赠以《棠阴比事》一册。酉刻,得张云槎、丁步洲书,云槎书中有赵拳山《题图诗》五古一首。步洲书中有长洲江弢叔、吴江金朴夫《题图诗》,弢叔七绝二首,朴夫五古一首。是夜,宿西鼎字店。

**十五(7月2日)** 稍凉。卯刻,偕榕屏过沈镜堂处。辰刻,寄黄砚北司马书,附《重赴鹿鸣序》,又答丁步洲书。午刻,屠妪邀余至松梵庵,看顾氏女,年十九,貌仅中人,而体态娴雅,却不粗俗。未刻,过时祉卿处,大啖洞庭枇杷,祉卿赠新刊《观水倡和诗》十部。申刻,屠妪来议顾姬聘钱,其价一时未谐,暂且中止。酉刻,费恺中招饮。

**十六(7月3日)** 大热。辰刻,趁牙前航船。未刻回家。是夜,二侄女以弱症死。

**十七(7月4日)** 热。有雷无雨。酉刻,顾榕屏书来,言前所看顾氏女子,彼家讨价甚昂,事必不成。阅之,不胜愤叹。

**十八(7月5日)** 热。辰刻,厝二侄女于胡氏田中。巳刻,寄沈浪仙、卢揖桥两书。林复堂来访。

**十九(7月6日)** 大东北风。辰刻,陆笑非、沈月卿同过。以上三日,阅《两浙校官诗录》。所录多有关名教之作。

**二十(7月7日)** 大东南风。上午,阅《徐鹤舟遗诗》、张野楼《饿余集》、周七桥《铁笛楼诗钞》。下午,阅吴铁梅《秋芸馆诗文集》。

**廿一(7月8日)** 大东南风。辰、巳、午刻,阅沈六芳《话雨草堂集》、胡子莹《裘杼居集》、《京口三上人诗选》。未刻,沈浪仙答函来。

**廿二(7月9日)** 大东南风。辰、巳刻,阅赵秋谷《海鸥小谱》、所记皆晚年狎妓之事。《孙渊如年谱》。午、未刻,阅陈云伯《画林杂咏》、吴思亭《青霞馆论画绝句百首》。旱干已久,而东南风又数昼夜不息,河水已涸,田禾难活,深可忧虑。

**廿三(7月10日)** 大热。晚有雷。巳、午刻,阅奚铁生《冬花庵集》、蔡铁耕《借秋亭集》。

**廿四(7月11日)** 大热。巳刻,马小异复书来,自言生平古文得力之处,洋洋千言,议论甚健。

**廿五(7月12日)** 毒热。以上二日,摘录《两浙校官诗录》二百三十余联,又抄全诗二十余首。

**廿六(7月13日)** 毒热。辰刻,顾榕屏书来。又得丁步洲复函,赠《姚珊滨诗文集》二册。巳、午刻,摘录杂诗七十余联。

**廿七(7月14日)** 毒热。是日,有痢疾。

**廿八(7月15日)** 热。以上二日,评定芦川书院五月课卷,生十六本,古学二本,童三十九本,古学五本。生:"贤圣之君六七作"三句,"每看儿戏忆青青"得"看"字,"吕锜梦射月赋"以"必楚王也射而中之"为韵,"霍将军祠"不拘体;童:"又日新"合下一节,"耳边闻唤状元声"得"闻"字,"钟建负季芈赋"以"季芈曰钟建负我矣"为韵,"齐景公庙"不拘体。

**廿九(7月16日)** 热。卯刻,复顾榕屏书。是日,泄泻四次。

## 六　月

**初一(7月17日)**　大热。巳、午刻，阅章湖庄《吴兴旧闻补》。

**初二(7月18日)**　毒热。酉刻，杨二酉过。

**初三(7月19日)**　恶热，夜更甚。酉刻，作《金母黄孺人挽诗》五古一首。自廿八日求雨断屠，至今无验，不胜焦灼。

**初四(7月20日)**　恶热，夜更甚。

**初五(7月21日)**　恶热，夜更甚。

**初六(7月22日)**　恶热，夜更甚。卯刻，顾榕屏书来。辰刻，发贴芦川书院五月课案。生前列十名：屈传衔、王鼎奎、赵元祐、刘其清、朱逢源、徐仑源、顾福增、纪金铭、褚光藻、吴福熙。童前列十名：陶熊、周桂森、蒋熙、陈曰罴、程福照、谢鹗元、朱光荣、汪树城、徐梦麟、朱佩铭。生古学第一，屈传衔；童古文第一，陶熊。

**初七(7月23日)**　恶热。巳刻，阅《姚珊滨诗集》四卷。诗笔平钝，远不如文。

**初八(7月24日)**　恶热。晚雨，有暴雷，夜半复雷雨。申刻，朱蕉轩鼎镐过访，言全公亭每水一担须钱八十文。

**初九(7月25日)**　热。午刻，答顾榕屏书，赠以《沈四山人诗》一本。与刘心葭书，并以《四集文》二部分赠陶古鱼、褚文斋。

**初十(7月26日)**　午后略雨。未刻，题张访槎《渔乐图》七绝二首。

**十一(7月27日)**　黄昏雷雨。卯刻，陈曼寿书来，内有钱星槎道士所题《扁舟访友图》七绝二首，又言吴门毛叔美去世。辰、巳、午刻，为方莲卿司马作《著书砚斋记》。著书砚，竹垞太史物也。几经迁徙，今归莲卿，即以颜其斋云。

**十二(7月28日)**　午后有雷。午刻，题蔡听香《岱顶看云图》七律一首。是夜，梦沈浪仙以讼事到公堂，大受斥辱。

**十三(7月29日)**　晡时小雨。辰、巳、午刻，作徐石琴《青翠平安馆遗集序》。骈体。未刻,为张玉珊题《行药集》七律一首。

**十四(7月30日)**　午后有雷。辰刻,复陈曼寿书,附文二篇,赠以《关帝年谱》《鹦鹉湖棹歌》二种。与张玉珊书,赠以《四集文》一部。巳刻,与郁荻桥书,赠以《井眉居杂著》一部。

**十五(7月31日)**　大东南风。卯刻,刘心葭复书来。

**十六(8月1日)**　热。作《吴兴游道场白雀诸山记》。骈体。

**十七(8月2日)**　大热。辰刻,补作《道场山诗》分得"山"字,柏梁体二十三韵。

**十八(8月3日)**　大热。辰刻,再作《游白雀寺诗》,十四叠《观水诗》韵。巳刻,季琴舫过。未刻,再作《游夹山漾诗》,十五叠前韵。

**十九(8月4日)**　热,下午有空阵。以上三日,重览吴青坛《说铃》。

**二十(8月5日)**　热。作《许薹生教授求酒借书图记》。骈体。此篇大费心力。

**廿一(8月6日)**　大热,晚雷。辰刻,张玉珊复书来,附近诗八首。至李[耘]谷处,赠以《观水一诗》一册,属其写骈文二篇。

**廿二(8月7日)**　大热,晚又有空阵。作黄定娘《绣窗问字图记》。骈体。

**廿三(8月8日)**　大热。巳刻,寄奚虚白、许薹生两书。

**廿四(8月9日)**　大热。卯、辰刻,作胡吉甫《炙砚词序》。骈体。巳刻,寄孙次公、沈远香两书。

**廿五(8月10日)**　大东北风。午刻,寄顾榕屏、陈曼寿两书。戌刻,丁步洲书来,赠黄桃二十四只,并招中秋后作峰泖之游。黄砚北司马书来,谢余为其作《重赴鹿鸣序》,亦以骈体行之。

**廿六(8月11日)**　大东北风。卯刻,寄丽春书。巳刻,李耘谷赠名号图章两方。午刻,高梦花赠西瓜二枚。

**廿七(8月12日)**　四面大风。以上三日,狂飙不息,几于拔屋,并儎船亦不能开。

**廿八(8月13日)** 上午小雨。寄赵仪姑夫人书。骈体。午刻，龚氏贻甲鱼一碗。是日，闻松江、嘉兴、平湖近日俱得甘霖，而此地独旱涸如故。

**廿九(8月14日)** 忽凉。抄骈文四篇。

## 七 月

**初一(8月15日)** 巳刻，复丁步洲书。

**初二(8月16日)** 抄骈文四篇。

**初三(8月17日)** 卯刻，陈曼寿复书来，内有方莲卿赠润笔二洋，又求撰徐仲鱼《小米舫诗序》。

**初四(8月18日)** 是日，选录近时诸友人投赠唱和之诗数十首。申刻，顾申庵过，递至榕屏复函，又沈远香、孙次公答书俱到。闻今年不特广西不能开，料湖南亦不放试差。楚氛甚恶，势将延至江北矣。

**初五(8月19日)** 热。辰刻，与顾榕屏书，内有责让沈镜堂之言。

**初六(8月20日)** 大热。以上数日，温《文选》一过。

**初七(8月21日)** 大热，夜更甚。申刻，姚谱苹过。

**初八(8月22日)** 大热。午后雨。巳刻，侄媳欲余代赴徐氏会酌，辞之。

**初九(8月23日)** 卯刻，高仁煊招食鸡面，辞之。辰、巳刻，作徐仲鱼《小米舫诗序》，又跋其洪稚存所书“是有真迹”扁额。是夜，梦马倜卿见余，有桀骜不驯之语。

**初十(8月24日)** 作骈体书，寄陈曼寿。曼寿有《喜雨诗》七古一首，广征和作，欲仿《观水集》体例，名《喜雨集》，余故作书以美之云。

**十一(8月25日)** 是日，齿痛。

**十二(8月26日)** 辰刻，顾榕屏答信来，言浙江正主考锡龄，副主考刘书年。榕屏赠笔八枝。酉刻，晋豁自馆中归，视余黄阴亭司马复书,极称余四集文章之美,即求作《四十二客轩记》。

**十三(8月27日)** 热。卯刻,刘心葭书来。

**十四(8月28日)** 热。以上四日,温《三国史》一过。

**十五(8月29日)** 毒热。作《吕侯祠志异》。骈体。马小异言,海盐鸳鸯桥西二里,有孱陵侯吕蒙祠,元时所建。近有塑关帝像于祠中,守祠道士每夜闻戈矛交戛之声,如是者数年,因告诸里人,移关帝像于[大]慈庵中,其声遂绝。异哉,因纪之以文。

**十六(8月30日)** 热。

**十七(8月31日)** 热。

**十八(9月1日)** 大热。辰刻,得顾榕屏书,言纳姬一事已有头绪。

**十九(9月2日)** 热。黄昏有空阵。以上三日,温《东都事略》一过。

**二十(9月3日)** 午后又有空阵。辰刻,贻沈氏冥资。

**廿一(9月4日)** 未刻,纪礼宾过。

**廿二(9月5日)** 作《王陶劾韩魏公跋扈论》。骈体。午刻,陈曼寿答书来。未刻,龚配京馈熟凫一只。

**廿三(9月6日)** 巳刻,晋翁到馆。

**廿四(9月7日)** 以上二日,评定芦川书院七月课卷,生十四本,古学二本,童廿九本,古学八本。生:“朋友信之”二句,“汉王真龙项王虎”得“雄”字,“猩猩好酒屐赋”,以“人欲取之诱以二物”为韵,“耕牛叹”七古;童:“旱干”,“溪女叩扉朝卖鱼”得“扉”字,“西瓜灯赋”以“明堪代月破或遭风”为韵,“放萤词”七绝。

**廿五(9月8日)** 戌刻,丽春有书来。

**廿六(9月9日)** 辰、巳、午刻,趁航船入城,候顾榕屏,赠以《八铭堂诗集》一本。未刻,访何蔼卿主政,别已十四年。赠以《四集文》一部。回过郁荻桥处。申刻,赠王恕庵《鹦湖棹歌》《味梅二集诗》二种。恕庵乞作《龙角山庄图记》。

**廿七(9月10日)** 大热。辰刻,顾榕屏、郁荻桥同过。午刻,榕屏招同荻桥、厚田等饮合顺馆。申刻,闻新仓关帝桥南昨夜二更大火,延烧五六家。

**廿八(9月11日)** 大热。巳、午、未刻,趁衙前航船回家。

**廿九(9月12日)** 卯刻,观火场。午刻,贻陈氏冥资。

**三十(9月13日)** 夜雨。午刻,顾榕屏书来。未刻,与晋翖书。

## 八 月

**初一(9月14日)** 夜雨。午刻,晋翖有禀来,言昨夜衙前亦遭回禄。未刻,考妹自平湖来。申刻,寄丁步洲书。费恺中借《圣武记》一部。

**初二(9月15日)** 夜半雨。卯刻,张粲言书来。辰刻,发贴书院七月课案。生超等六名:时福康、屈传衔、王文海、顾福增、张寅清、朱逢源。童上卷十四名:屈传镛、吴廷亮、陶熊、林祥勋、胡焕祖、程福照、周桂馨、孙庆清、胡炯祖、顾福恬、高廷栻、朱鸿吉、徐汝绂、徐梦麟。生古学,时福康第一;童古学,吴廷亮第一。

**初三(9月16日)** 夜半雨。巳刻,寄陶古鱼书。是夜,梦一猫直扑余胸,毒口狂噬,余急以铁叉刺杀之。

**初四(9月17日)** 巳刻,复顾榕屏书。

**初五(9月18日)**

**初六(9月19日)**

**初七(9月20日)** 巳刻,来荷甥女以鲁光甫捶楚日甚,避难余家,其姑亲自送来,余为之毛发悚然。

**初八(9月21日)** 卯刻,顾榕屏书来,内有石研虹《题扁舟访友图诗》,和赵拳山五古韵。

**初九(9月22日)** 午刻,作《黄节母诗一首》。七律。

**初十(9月23日)** 是日,欲访秦秋夔,不果。

**十一(9月24日)** 辰刻,王恕庵寄赠新刻诗稿二部。巳刻,赠龚配京《观水唱和集》一本。

**十二(9月25日)**　夜雨。午刻,晋豰自馆中归。

**十三(9月26日)**　辰刻,鲁光甫突来,坐而不去。申刻,晋豰作书与鲁惇甫,仍欲招其母来,载来荷同去。余谓此系必不可得之数。是夜,光甫啼笑百变,扰至天明。

**十四(9月27日)**　雨。巳刻,趁高氏船,至旧衙候秦秋夔,秋夔已七十五岁矣。十年分袂,一旦倾衿,互相欣慰,且饮且谈,至点灯始别,赠以《杂诗》四种。是日,鲁光甫逼来荷同去,来荷痛哭登舟。余家仆婢亦洒涕送之,几于死别。

**十五(9月28日)**　辰刻,鲁惇甫答书来,语语推诿,不出余之所料。午刻,龚氏馈熟凫一只。是日,闻乡试题"知者不失人"二句。

**十六(9月29日)**　辰刻,至张柳坡处,寄其子惺庵书,赠以《观水倡和诗》《乍浦纪事诗》二种。巳刻,徐宿生过。

**十七(9月30日)**　辰刻,陶古鱼复书来,并贻月饼四匣,立即作札答之。丽春亦有信来,言中秋书院脩金邢邑侯又不肯送。

**十八(10月1日)**　巳刻,张柳坡答访,约九十月之交,至澉浦观红叶。是日,大伤风。夜梦出游迷道,至一山家问路,止宿一宵,其家有姊弟二人,颇能酬应。

**十九(10月2日)**　是日,仍伤风,两目为肿。

**二十(10月3日)**

**廿一(10月4日)**

**廿二(10月5日)**　辰刻,复张粲言书。

**廿三(10月6日)**　是日,泄泻三次。

**廿四(10月7日)**　以上数日,重览李雨村、崔念堂、宋小茗、潘四梅诸诗话。

**廿五(10月8日)**　申刻,与顾榕屏书。

**廿六(10月9日)**　热。午刻,高仁煊送百果鸭一只。

**廿七(10月10日)**　热。辰刻,张生蒲卿来,以秋试文就正。午刻，闻陈生晓礓死，年只三十三。即贻冥仪。申刻，柯春塘过。戌刻，鲁惇甫过，言湖南桂阳州已失陷。是日，晋翫到馆。

**廿八(10 月 11 日)**　热。辰刻，沈镜堂书来，言纳姬一事，重阳时可望成就。未、申刻，吉分司两次遣人招宴，辞之。

**廿九(10 月 12 日)**　大热。辰刻，沈镜堂又有书来，言昨阅施氏一女，年约十七八，玉貌婷婷，金莲细细，其价尚不过昂。招余速即到城定计。

## 九　月

**初一(10 月 13 日)**　上午大风雨，忽寒。辰、巳、午刻，趁千儀入城，进洁芳桥，猝遇暴风吹舟，入菱汊中，危险万状，篙师用力久之，乃出。入城，即访顾榕屏。未刻，沈镜堂邀余至南城看王氏女，前所云施氏乃外家姓也。年只十六，拟定聘金七十洋。是夜，宿西鼎字店。

**初二(10 月 14 日)**　寒。午刻，办衣服、首饰等物，共费十洋。未刻，至榕屏处长谈，夜即留宿。

**初三(10 月 15 日)**　更寒。巳、午刻，与费恺中长谈，夜仍留宿西鼎字店。是日，闻各路征召官兵，把守要地，兵多沿途逃去。

**初四(10 月 16 日)**　雨。午刻，顾榕屏招同沈镜堂饮合顺馆。

**初五(10 月 17 日)**　辰、巳刻，买舟载王姬而归，观者如堵，几于踏破门限。是日，杂费又五千。

**初六(10 月 18 日)**　辰刻，为王姬买布衣裙，又费三千六百，而王姬偏垂涕不止。

**初七(10 月 19 日)**　辰刻，陈东堂来，携至王恕庵赠诗三绝句。巳刻，赠吉公子婚仪。是日，王姬仍涕泣不已。侍寝三夕，非特未曾定情，与之语言，亦无一字酬答。年幼无知，一至于此。

**初八(10 月 20 日)**　辰刻，陈曼寿书来，附奚虚白七月二十日合函，内有七绝二首，绝妙，并招余明春再续旧游。巳刻，与沈镜堂书，属其速即平章此事。午刻，复陈曼寿书，附晋翫所题蔡听香《岱顶看云图》七古一首。

**初九(10月21日)** 申刻,与补田侄书。是夜,命王女随方婆同寝。方婆者,初五日伴女来者也。

**初十(10月22日)** 申刻,与张棨言书,附晋翂所作《黄节母诗》五古一首。

**十一(10月23日)** 辰刻,补田侄复书来。巳刻,再与陈曼寿书,附晋翂所和《喜雨诗》七古二首。午刻,赴吉分司处喜筵,同席张柳坡、朱申山等十一人。酉刻始散。是日,闻青浦民变,初八日与官兵交战,官兵偾事。

**十二(10月24日)** 卯刻,再与沈镜堂书。辰刻,顾榕屏书来,言顾访溪得优贡第二。顷之,得补田书,言平湖独中朱鼎镐、府学倪承杰,皆止副榜。巳刻,至吉分司处贺喜。是日,方婆回去。

**十三(10月25日)** 巳刻,见乡试题名录。解元:洪秋田,山阴人。嘉府仅中五正三副,而海盐独得三正一副。午刻,方婆偕王女之母施氏买舟而来,饬训其女。申刻,其母回去。是夜,王姬仍侍寝,与之语言,渐有酬答。

**十四(10月26日)** 辰刻,丽春有书来。未刻,过柯春塘处。是夜,始定情。

**十五(10月27日)** 午后,媳妇、侄媳等偕王姬游陈氏、张氏、曾氏诸家,至一鼓后始归。

**十六(10月28日)** 辰刻,沈镜堂复书来。

**十七(10月29日)** 辰刻,镜堂又有书来。

**十八(10月30日)** 巳刻,马倜卿过,招明日赏菊花。

**十九(10月31日)** 巳刻,赴马倜卿处菊宴,同席陈东堂、徐逸帆、李耘谷、徐莱堂等八人。酉刻始散。赠倜卿《戴氏三俊集》。

**二十(11月1日)** 辰刻,吊龚氏丧。沈镜堂又有书来,言王姬之母有加价之说。未刻,王姬之母及其外祖母俱以礼物来,即置酒筵相待。其母竟逼余加价八洋,盖以正室尚在也。是日,杂费又五[千]。

**廿一(11月2日)**　夜细雨。卯刻,复沈镜堂书。巳刻,秦秋夔答访。午刻,偕秋夔饮于龚配京处。

**廿二(11月3日)**　夜细雨。戌刻,来荷甥女又避难逃来,从后门入,匿于丽春楼房。

**廿三(11月4日)**　夜细雨。辰刻,许虀生复书来,言余所作《求酒借书图记》,同辈传观,一齐俯首,并招余明春重游菰城。补田侄亦有信来,立即复之。巳刻,过钱小园处。是夜,梦偕许敬斋宴于弄珠楼,有一妓相随,名东隐,貌甚丰腴,语言捷给。

**廿四(11月5日)**　是日,恶妻又发颠狂。

**廿五(11月6日)**　以上二日,评定芦川书院九月课卷,生十四本,古学三本,童十八本,古学五本。生:"月攘一鸡"三句,"花拥湖中泛月身"得"湖"字,"不知谁是谪仙才赋"以"三条烛尽九转丹成"为韵,"韩魏公从祀文庙诗"不拘体;童:"谄笑","风吹草低见牛羊"得"低"字,"不能着棋担粪赋"以"林和靖曾有是言"为韵,"读《昭明文选》"不拘体。

**廿六(11月7日)**　辰刻,寄顾榕屏书。是日,为姬人取名曰端琦,字曰红寻。名字皆鸟名也。

**廿七(11月8日)**　辰刻,丁步洲书来,内有贺余纳姬五古一首,用《观水诗》韵,并赠安息香、红头绳二种。

**廿八(11月9日)**　申刻,顾榕屏书来,言平湖荐卷县学张煦等二十一人,府学于廷杰等九人。又得陈曼寿书,内有徐仲鱼所赠笔资四洋。是日,晋翁自馆中归。

**廿九(11月10日)**　辰刻,赠魏、龚、马三家婚仪。

**三十(11月11日)**　热。辰刻,陆费春帆中丞寄赠所刻《真息斋诗钞》四卷,内有题余《访友图》七律一首。中丞诗清和秀□,五古尤超隽。

## 十　月

**初一(11月12日)**　巳刻,寄刘心葭书。酉刻,朱家□时宅火。

**初二(11月13日)** 巳刻,魏氏招婚宴,不赴。

**初三(11月14日)** 辰刻,顾榕屏书来,言江西吉安府失陷。

**初四(11月15日)** 辰刻,发书院九月分课案。生超等八名:赵元祐、钱文垣、王家梓、吴云锦、丁汝潢、徐观治、吕宗沂、顾恩培。童上卷九名:胡炯祖、孙兰成、张以诚、周桂森、高廷栻、周桂馨、马祖升、马麟瑞、杨曰柱。生古第一,钱文垣。童古第一,胡炯祖。

**初五(11月16日)** 晓大雾,俄大西北风。巳刻,得陆小秋书。午刻,魏氏招饮回门酒,同宴二十六人。

**初六(11月17日)** 午刻,寄计二田书。未刻,得王芑亭书,言正月中曾寄一札来,竟不收到。

**初七(11月18日)** 寒。辰、巳、午刻,趁干儆至平湖,与朱坐春同舟。未刻,赠顾榕屏《烟霞万古楼诗》一册,赠沈镜堂《小仓山房外集》一部。酉刻,过时祉卿处。戌刻,见抄报,知钦差大臣赛尚阿以老师糜饷,三载无功,拿问治罪。两湖总督程矞采革职,仍留军营,一切军务俱授两广总督徐广缙节制。是日,为姬人红寻办衣帽等物,共二千余文。夜宿西鼎字店。

**初八(11月19日)** 寒。辰刻,与张云门等茗话。巳刻,得元和盛艮山所赠七古一章,笔势壮健,不减眉山。此诗系新春所撰,为张筱峰束之高阁,直至今日寄到。午刻,招顾榕屏、沈镜堂、王恕庵、家丽春宴于松筠馆。

**初九(11月20日)** 辰刻,顾榕屏赠姑嫂饼十四包。巳、午、未刻,趁衙前航船回家,同舟周某,言黄荫亭司马于八月十八日丁内艰。

**初十(11月21日)** 下午雨。辰刻,题许杏溪《幽谷采芳图》。五古。午刻,马氏招饮望亲酒,同宴王小轩、徐渔汀、吉访亭等约三十人。戌刻始散。

**十一(11月22日)** 大西北风。巳刻,复陆小秋、丁步洲两书,又与丽春书。

**十二(11月23日)** 大西北风。辰刻,孙匡叔书来。

**十三(11月24日)**　大寒。巳刻，张吟桥过，言青浦乱民一案，苏、松两太守草草调妥，为首者亦已诈死，不戮一人。未刻，考妹始率其女来荷回平湖。

**十四(11月25日)**　寒。未刻，晋翖始到馆。是夜，乍浦航船至六里桥，为盗所劫。

**十五(11月26日)**　午刻，张柳坡来，约余明日作武原之游。未刻，贻王氏香烛。

**十六(11月27日)**　夜小雨。辰刻，偕孙春屿登舟。酉刻，至海盐张宅，赠张惺庵《诗稿》一部及《左国闲吟》。始知八月十六余所寄书仍在新仓酱园，惺庵尚未见也。

**十七(11月28日)**　夜小雨。未刻，访张云槎道人，不料其九月晦日于城隍殿下跌伤，势甚危险。与郑素庵、贺镜湖两道人略谈而出。申刻，访赵凌洲道人。是日，思往澉浦观红叶，张惺庵以雨为辞。

**十八(11月29日)**　大西北风。是日，欲往澉浦，张惺庵以两岁小儿有病为辞。

**十九(11月30日)**　辰刻，赵凌洲答访。巳刻，遇赵点峰，名福涵，诸生。赠以《四集文》一部。是日，欲往澉川，惺庵又以事推托，不果行。二十年来，每至一处，极山水友朋之乐，独此番澉川之游，惺庵父子屡次相邀而竟负约，可谓咄咄怪事。

**二十(12月1日)**　大西北风，极寒。巳刻，至赵凌洲处，赠以《四集文》一部，长谈竟日，夜即留宿。

**廿一(12月2日)**　大西北风，更寒。巳刻，访吾笏山，不遇，其表妹出而酬应，亦奇事也。访赵拳山，亦不值。午刻，晤冯竹山，出示其远祖《皋谟公平寇画册》二十番。是夜，仍宿张宅。

**廿二(12月3日)**　大寒。巳刻，赵拳山答访，赠以《四集文》一部。未刻，再问云槎道人疾，神气略清，身体尚不能展动。

**廿三(12月4日)**　大西北风，极寒。巳刻，赵拳山偕朱秀珊同过。马小异知余在海盐，自鸳鸯桥冒大风乘舟来访，其从弟镕斋亦同来,谈至点灯时候。

**廿四(12月5日)** 寒。辰刻,答朱秀珊,即赴赵拳山招,见朱念珊所刊《朱氏文会堂诗钞》八卷。午刻,拳山设盛筵相待,同席马小异、朱孚山、马镕斋、赵凌洲、朱秀珊,谈宴极欢。此行也,是日差强人意。

**廿五(12月6日)** 巳、午、未、申刻,趁航船至平湖。戌刻,偕费恺中、沈聿修饮于东鼎字店,夜即借宿。一鼓后,南台巷火,焚烧三四家。

**廿六(12月7日)** 辰刻,至顾榕屏处,榕屏赠新刻《诗稿》一部。巳刻,过李蓉生刻字店,得沈竹岑《后汉书注又补》一卷。午刻,沈镜堂招饮九江楼。未刻,为王姬又办衣服二件,价二千三百。申刻,访沈怀辰,名□良,年二十,工诗。赠以《诗集》一部,怀辰适撰成七古一章,贺余纳姬,用《喜雨唱和诗》韵。是夜,宿榕屏宅。

**廿七(12月8日)** 巳、午、未刻,趁衙前儎回家,知王姬之母日前又来,复生枝节。

**廿八(12月9日)** 未刻,与丽春书。

**廿九(12月10日)** 辰刻,贻徐氏冥仪。是日,腰痛。

## 十一月

**初一(12月11日)** 巳刻日食。巳刻,览《后汉书注又补》。

**初二(12月12日)** 辰刻,丽春书来,问补田久不到店之故。知补田日偕匪类沉溺于花赌场中,连宵不归,已病入膏肓,无可救药矣。

**初三(12月13日)** 巳刻,与丽春书,具言补田荒淫不法之事,属其回家责处。未刻,张柳坡过。

**初四(12月14日)** 为王恕庵作《龙角山庄图记》。骈体。辰刻,王姬之母寄书来,复有借洋五六枚之说。阅之,不胜忧虑。

**初五(12月15日)** 辰刻,题施礼门《琵琶图》。七律。午刻,陈东堂招宴,同席钱小园、马倜卿、李耘谷等七人。

**初六(12 月 16 日)**　黄昏地震。以上数日,补田荒淫益甚,仍不到店。补田与六儿秦梦少时尚觉守分,自晋紒中乡榜以来,彼二人以此为护身之符,嫖赌鸦片,无恶不作。以致生计抛荒,丑声四播。彼马氏昆仲恃倜卿之中,倚势横行,而我家两不肖反以此破家亡躯,可谓殊途同归。

**初七(12 月 17 日)**　申刻,顾访溪拜会。酉刻,为四官撒灵。是日,闻海盐南乡民哄入县署,将堂屋尽行拆毁。

**初八(12 月 18 日)**　辰刻,答顾访溪,赠以元银二钱二分。巳刻,朱椒轩拜会。陈曼寿书来,有贺余纳姬诗,十五叠《喜雨诗》韵,又赠《味梅华馆二集诗》四卷、方莲卿《竹垞著书砚诗文续刻》,余所撰骈体记文已梓在内。午刻,钱小园设酌宴访溪、椒轩,招余陪饮。酉刻,晋紒自馆中归,携至张云阁所赠《听莺居诗钞》四卷。是夜,余弹烛煤,几致失火。

**初九(12 月 19 日)**　巳刻,复陈曼寿书,附赠近刻二小种。又与王恕庵书,附□一篇。

**初十(12 月 20 日)**　辰刻,顾榕屏书来,内有□□□所题《扁舟访友图》七古一首,又赠余七律一章。巳刻,赠朱椒轩《四集文》一部。

**十一(12 月 21 日)**　辰刻,晋紒至平湖辞行,将作入都□举。寄赠沈吉田《四集文》一部。名福泰,庚戌附生,现已作归安训导。巳刻,始得沈浪仙十月十九日书,附赠《海盐徐氏诗》五本。

**十二(12 月 22 日)**　阅查俭堂《铜鼓书堂诗文集》三□二卷,即抄其古文三篇。

**十三(12 月 23 日)**　申刻,有一金雀鸟飞入室中,余攫得□,旋赠与小门人王二。

**十四(12 月 24 日)**　寒。辰刻,复王姬母书,勉赠二洋,语甚激烈。

**十五(12 月 25 日)**　夜,月食。辰刻,王恕庵复书致谢。沈镜堂亦有书来。

**十六(12 月 26 日)**　辰刻,有陆士墉者寄书来,言补田到城诈传余父子之意,逼渠卖屋,不胜骇异。余父子素守本分,并不知陆士墉为何人。因大骂补田一顿。巳刻,与丽春书。

**十七(12月27日)** 申刻,朱秋田过访,赠以《四集文》一部。

**十八(12月28日)** 寒。辰刻,赵拳山书来,赠诗二首,一五律一五古,俱有情致。以上二日,评定芦川书院十一月课卷,生九本,古学三本,童十九本,古学四本。生:“有民人焉”三句,“阮瑀军书王粲诗”得“军”字,“闲坐说元宗赋”以“白头宫女在”为韵,“曼殊月上”皆七律;童:“且知方也”至“如其礼乐”,“天晴红帜当山满”得“山”字,“爱及屋乌赋”以“爱人者及其屋乌”为韵,“姑嫂饼”不拘体。

**十九(12月29日)** 大西北风,寒。巳刻,寄邢邑侯及顾榕屏书。是夜,王姬身热。

**二十(12月30日)** 大西北风,更寒。辰刻,晋翁自平湖奉书来,言顷在乍浦辞行,今将至旧埭。午刻,朱雀桥过。是日,徐辛庵侍郎入乡贤祠。

**廿一(12月31日)** 寒。未刻,陈东堂借黄仲则、葛壮节两年谱,俄顷即还。

**廿二(1853年1月1日)** 寒。巳刻,作七古一首,答赵拳山,用陈曼寿《喜雨诗》韵。是日,腰痛。

**廿三(1月2日)** 巳刻,复赵拳山书,赠以《潇湘馆词》《味梅华馆诗六集》《观水唱和诗》《著书砚题词》。以上三日,又为王姬制新衣三件。

**廿四(1月3日)** 辰刻,张玉珊书来,内有褚二梅骈体书,戏余纳姬一事,心花焰发,舌本澜翻,洒洒千言,沉博绝丽,自是才子之文。特传闻有稍误耳。申刻,晋翁自旧埭归。

**廿五(1月4日)** 辰刻,顾榕屏书来。

**廿六(1月5日)** 巳刻,发书院十一月分课案。生超等六名:屈传衔、陆廷燮、顾福增、汪原沛、高魁三、顾鸿升。童上卷十名:朱承祐、徐梦麟、程福熙、杨□□、周桂馨、屈传镛、陈晋□、赵元祚、马祖升、孙兰成。生古学第一,屈传衔;童古学第一,朱承祐。

**廿七(1月6日)**　辰刻,答顾榕屏书。

**廿八(1月7日)**

**廿九(1月8日)**

## 十二月

**初一(1月9日)**　夜微雨。未刻,晋翖始到馆。

**初二(1月10日)**

**初三(1月11日)**　夜雨。辰刻,顾榕屏书来,言近日城中每夜有阴兵,人皆惊惶,此亦刀兵之兆。又张东海寄赠《清河五先生诗选》,欲易余刻集。

**初四(1月12日)**　暖。辰刻,答顾榕屏书,赠张东海《四集文》一部,又与丽春书。

**初五(1月13日)**　上午雨。午后,览《清河五先生集》。

**初六(1月14日)**　大西北风,极寒。作《黄母吴太恭人祭文》。荫亭司马之母,年八十六矣。

**初七(1月15日)**　极寒,夜大雪。辰刻,吊龚氏丧。

**初八(1月16日)**　大雪,寒。申刻,邢邑侯寄柬,请开仓酒。是日,雪厚一尺。

**初九(1月17日)**　极寒。作骈体书答褚二梅。

**初十(1月18日)**　更寒。是日,闻难民数千在□□□扰,又闻平湖□鸟厅盗劫一典洋银七千、首饰三万,余物亦称是。

**十一(1月19日)**　寒,复雪。未刻,见邻人所塑雪弥勒□土地两个,鸣钲游街,亦好事者所为也。

**十二(1月20日)**　寒。辰刻,陈曼寿书来,内有计二田□寄生母王安人讣。

**十三(1月21日)**　寒。巳刻,答张玉珊书,赠以《观水唱和集》一册,又赠褚二梅《观水集》《横山诗》二种。

**十四(1月22日)** 是日,闻湖南盗势日炽,所向无前。金陵大震,松江、上海捉船严紧,明春不知作何景象。

**十五(1月23日)** 辰刻,丁步洲书来,招余明春往游。是夜,梦访觉阿大师,其所居丈室颜曰"掌罗",不知何解。

**十六(1月24日)** 夜雨。午刻,晋齡自馆中归。

**十七(1月25日)** 大雨。巳刻,梅意始复来。未刻,丽春自城归,言补田自十一月廿九到店,后依然不法。

**十八(1月26日)** 下午雪,寒。辰刻,答丁步洲书,赠以《杂诗》二种。

**十九(1月27日)** 大寒。重阅旧时律赋摘句。

**二十(1月28日)** 大寒。巳刻,晋齡至平湖。

**廿一(1月29日)** 大寒。

**廿二(1月30日)** 寒。

**廿三(1月31日)**

**廿四(2月1日)** 夜大雪。

**廿五(2月2日)** 夜雨夹雪。巳刻,费恺中缴《圣武记》一部。

**廿六(2月3日)** 寒。午刻,晋齡回家,携至丁步洲答函。

**廿七(2月4日)** 寒。巳刻,赵凌洲寄赠七古一章,用《喜雨诗》韵。

**廿八(2月5日)**

**廿九(2月6日)**

**三十(2月7日)** 夜微雨。

是岁入钱二百零五千,出钱[至]三百六十一千。

# 咸丰三年癸丑(1853),六十五岁

## [听鹂]居日志

### 正　月

**元旦(2月8日)**　雨。重阅《圣武记》。

**初二(2月9日)**　阅《圣武记》。是夜,梦遇柯芸泉,言及隒北壮年不禄,相对凄然。

**初三(2月10日)**　巳刻,侄婿傅氏子来,留中膳。

**初四(2月11日)**　寒。辰刻,丽春书来,言大除夕邢邑侯送书院脩金,只二十洋。是日,闻武昌失陷,徐广①。

**初五(2月12日)**　寒。是日,晋翁至平湖。闻湖北巡抚常大淳、学政冯培元等俱殉难。

**初六(2月13日)**　寒。巳刻,朱蕉轩过。申刻,周西园过。

**初七(2月14日)**　寒。辰刻,吊家绍炳母丧。巳刻,纪录庵过。午刻,李琴舫过。未刻,晋翁自城归。是夜,梦至陆宅,访张月巢。陆氏主人号柳丝,知余文名,招名士十辈同饮,惜皆忘其姓名。

**初八(2月15日)**　夜小雨。卯刻,沈怀辰过。出视《快雪诗》五古一首,亦欲唱和成集,继《观水》《喜雨》之后。申刻,龚配京借《圣武记》一部。是日,闻劣生邵春泉又以不法事自投罗网,邢大令将治其罪。

---

① 此句未完。

**初九(2月16日)**　巳刻,陈乐泉过。徐鹿卿过。是日,闻河南汝州失陷。

**初十(2月17日)**　雨。申刻,顾榕屏父子同过,携至王芑亭所赠《鸳水联吟》全部。二十集,今始刻竣,距开社时,已十六年矣。第二十集中,丁步洲、张枕石□皆余所作。是日,闻朝廷命陆建瀛、琦善二大臣至湖北办理军务。

**十一(2月18日)**　辰刻,招榕屏父子及陈东堂朝膳。巳刻,刘翼之过。午刻,王小轩招宴,同席朱梅生、魏雨村等十七人。是日,闻当湖书院今年何蔼卿主讲,陆一帆竟退去矣。

**十二(2月19日)**　夜雨。辰刻,寄刘心葭书。巳刻,阅《鸳水联吟》全集,内选刻余骈文序四篇,乐府八首,五古七首,七古六首,五律三首,七律九首,五排一首,五绝一首,七绝八首;晋翰刻骈体序一篇,乐府五首,五古一首,七律五首,七绝六首。其借刻他人名者,不在此数。

**十三(2月20日)**　夜大雨。辰刻,趁航船到城,风利帆轻。巳刻即到。午刻,费恺中留饮,畅谈三时许。酉刻,得张玉珊书。夜,宿西鼎字店。是日,闻九江府失陷。

**十四(2月21日)**　寒,夜雪。辰刻,候顾榕屏,得马小异所赠其父次山翁《尚友堂诗集》六卷。巳刻,候邢邑候,不见。午刻,榕屏招同沈怀辰、顾朗斋等七人饮于横山草堂。申刻散席。余竟沉醉,呕吐两次。是日,知陆一帆仍主当湖讲习。

**十五(2月22日)**　下午大雪,极寒。巳、午、未刻,偕丽春趁牙前航船回家。邵春泉亦脱罪而归,盖学师许敬斋亦作刀笔讼师,与之声气相符,故纵之也。

**十六(2月23日)**　极寒。巳、午刻,览马次山诗。少作尚可,晚年颓唐甚矣。是日,又为王姬办衣饰两种,共三千余文。

**十七(2月24日)**　寒。午刻,王姬外祖母及其假父来,载姬人回家一次,杂费又千余。

**十八(2月25日)** 苦寒。申刻,张柳坡过。

**十九(2月26日)** 苦寒。辰刻,赠外孙金桐生婚仪一洋,又赠戴氏嫁仪。未刻,龚配京馈熟脏一个、生鸭一只。

**二十(2月27日)** 寒。辰刻,复张玉珊书,并以《烟霞万古楼诗集》借之。巳刻,赠家德佩婚仪。是夜,梦顾榕屏以所著联珠数十条见视,甚有意义。

**廿一(2月28日)** 巳刻,小门人周香粟来,留中膳。

**廿二(3月1日)** 卯刻,晋鹷至平湖,偕顾春岩北上,此番赆仪竟得三百千。巳刻,高仁煊招食面饺。午刻,问徐映泉疾。

**廿三(3月2日)** 卯刻,至金氏贺喜,赠外孙妇系臂半洋。辰刻,得顾榕屏书,内有戈小石所赠胡云佇《石濑山房文集》一卷、《诗集》九卷,又马小异寄赠五律二首。有句云:“宏文铺锦绣,奇论走云雷。”午刻,龚西亭招宴,同席钱小园、王竹村等二十四人。戌刻,余避席先归。

**廿四(3月3日)** 夜雨。午刻,徐春洲过,留中膳。

**廿五(3月4日)** 黄昏大雨。辰刻,陈曼寿书来,寄示胡氏《怀忠集》,并代乞诗。

**廿六(3月5日)** 夜雨。辰、巳刻,览《胡云佇集》。文虽不多,要能达其所见,扫尽陈言,诗则浅易。

**廿七(3月6日)** 夜雨。卯刻,丽春书来,言王姬定于二月十二日回家。

**廿八(3月7日)** 夜大雨。巳刻,丽春率六儿自平湖来,匿于金杏园处。余未睹其面,闻之大惊。阿六自庚戌年浪费已尽,流荡在外,余置之不问,今无处糊口,只身归来,其罪不可胜诛,余将有以处置之。

**廿九(3月8日)** 午后晴。辰刻,书阿六大罪五件,又立章程五条,将禁锢之。申刻,亲家徐映泉卒。

**三十(3月9日)** 卯刻,寄顾榕屏、卢揖桥两书。辰刻,至徐宅慁啱。申刻,晋翂自吴门归,言正月中日[①]九江失陷后,苏州人家仓皇避难,船只一空,凡北行者皆不能去。此番会试,余早决其天荆地棘,道路难行,而众人犹泄泄不知也。

## 二 月

**初一(3月10日)** 夜雨。是日,金山兵溃归,知正月十七日安庆失守,巡抚蒋文庆被害。

**初二(3月11日)** 日夜雨。是日,心绪不安。是夜,梦游一山,遇一弱冠少年,才华富丽,贻余诗文数种,皆杰作也。

**初三(3月12日)** 夜大雷雨。辰刻,至关庙焚香,问时事吉凶,得五十三签。句云:"艰难险阻路蹊跷,南鸟孤飞依北巢。今日贵人曾识面,相逢却在夏秋交。"朱笠山过。

**初四(3月13日)** 夜大雨。辰刻,复陈曼寿书。是日,松江溃兵过新仓者数十人。

**初五(3月14日)** 夜大雨。卯刻,与丽春书。是日,晋翂又病卧。

**初六(3月15日)** 辰刻,沈浪仙书来,招余清明节往游乍浦。近时,布价甚贱,每匹只二百余文。盖因外间兵乱,不通货也,而妇女之生计益困矣。

**初七(3月16日)** 戌刻,张玉珊书来,缴还《王仲瞿诗集》。是夜,梦见西南黑云涨天,忽然开朗,有四天将率领神兵疾趋而东,龙鱼腾跃,旗帜缤纷,观者为之目炫。

**初八(3月17日)** 夜雨。巳刻,复沈浪仙书。

**初九(3月18日)** 夜雨。是日,晋翂病瘳。

**初十(3月19日)** 寒。辰、巳刻,趁干儠到城,过顾榕屏馆。未刻,至王姬家,畀以茶食二种。岂知王姬于初二日随其母至长兴,至

---

① "日"字疑衍。

今未回。王姬之母前夫吴姓，家在长兴东门，王姬即其所生，而有一兄，本同胞也，年二十余，习烟业。酉刻，过时祉卿处。戌刻，王姬后父王桂林来言，姬人于酉刻自长兴回家。是夜，宿西鼎字店。

**十一(3月20日)** 寒。辰刻，至王姬家，尚在睡乡，不得见。王桂林邀至南廊下茗话，言前过吴兴，人家大半迁居，长兴县竟至罢市。巳刻，复至王宅，始见姬人。午刻，过沈镜堂处。申刻，顾榕屏、陆一帆来，长谈久之。

**十二(3月21日)** 巳刻，偕王姬登舟。姬忽涕泣不止，捶胸顿足，过半路桥不止，余再三慰谕，始解。未刻，到家，见阿六已在家中，余不礼之。是日，闻初十夜，金山卫盗劫两家，一染坊，一花行。盗为众所逐，溺死二人。

**十三(3月22日)** 戌刻，王姬又逼余买舟回家，因痛斥之。

**十四(3月23日)** 大西南风。巳刻，寄王姬母书，以其女今日情节告之，约六七百言。午刻，与丽春书。未刻，赠龚配京茶食两种。

**十五(3月24日)** 暖。是日闻[此处文字被涂]。

**十六(3月25日)** 大雨，夜大西北风，有雪珠。戌刻，丽春复书来。阅之，可为涕泣。

**十七(3月26日)** 大西北风，寒。

**十八(3月27日)**

**十九(3月28日)** 辰刻，王姬母答书来，言其女日前情形，实属年幼无知，乞余宽恕。

**二十(3月29日)** 酉刻，见邸报，知陆建瀛革职，江南军务悉交将军祥厚节制。

**廿一(3月30日)** 是日，闻十一日金陵失守。

**廿二(3月31日)** 是日，闻平湖捉船甚严。

**廿三(4月1日)** 是日，王姬又取予香珠、挂刀、粉镜、绣剪、账包等物。

**廿四(4月2日)** 是日[此处文字被涂]。

**廿五(4月3日)** 未刻,王姬母以其女性情崛强,特来告罪,又强借余三洋。

**廿六(4月4日)** 巳刻,有一喜珠自楼缒丝而下,直至书几。俄顷,复引而上,殊可观也。戌刻,畀王姬小元宝一只、小洋一个,重重赏赉,无非欲固结其心。

**廿七(4月5日)** 辰刻,顾榕屏书来,言城中方团练乡勇。是日,闻南京失时将军祥厚等殉节。

**廿八(4月6日)** 暖。

**廿九(4月7日)** 恶热。夜半大雷雨。是日,闻廿三日镇江失守,各处土匪亦俱蠢动。

## 三月

**初一(4月8日)** 热。午刻,闻冯少英以痴疾死,盖出贡仅两月耳。

**初二(4月9日)** 巳刻,张辛庵过。午刻,送龚四房香烛。

**初三(4月10日)** 夜半大雷雨。申刻,陈乐泉过。近日,外路人迁至新仓者不计其数,竟以此地为乐土,奇哉。

**初四(4月11日)** 戌刻,得丽春信,言近日人心稍安,盖提督向荣已至南京也。

**初五(4月12日)** 申刻,顾榕屏书来,言近日城中他徙者竟有大半。

**初六(4月13日)** 平旦大雨。巳刻,徐春洲来,为女孙健初、讲初种痘。是夜,梦购一房屋,书室数间,颇为洁净,而墙垣俱已圮坏,正欲修葺而梦遽醒矣。

**初七(4月14日)** 二更地震,旋大雨。巳刻,见向提督告示一通。申刻,闻金山、奉贤二县合拿土寇四人,磔之,贼始解散。是夜人定后,地忽大震,屋宇动摇。余披衣而起,静以俟之,恐其再震,不敢稳卧,仅和衣略睡而已。

**初八(4月15日)** 午前,地又一震,夜雨。是日,以忧患故,食不下咽。

**初九(4月16日)** 寒。是日,闻嘉兴严松圃去世。

**初十(4月17日)** 戌刻,得顾榕屏书,有补贺余纳姬五古一首,用《快雪诗》韵。

**十一(4月18日)** 辰刻,见仪征县都棨森一禀,知仪征于二月二十日被陷,都公素有官声,慷慨不屈,竟得免害。

**十二(4月19日)** 戌刻,丽春书来,并寄地上所生白毛三根,见之亦深悚惧。

**十三(4月20日)** 巳刻,复榕屏、丽春两书。

**十四(4月21日)** 辰刻,答张辛庵。始收到去冬赵点峰书,叙武原把晤之事。文用骈体,颇有意致,而词句欠工。巳刻,徐宿生过。戌刻,得丽春书,知初七夜四更,南京大风,向提军立传号令,将火箭射入城中。须臾,烟焰涨天,乘势攻城,得一胜仗。

**十五(4月22日)** 清晨大风,夜复雷雨。

**十六(4月23日)**

**十七(4月24日)** 夜微雨。巳刻,陈曼寿书来,赠《喜雨集诗》一卷。余所作骈体书一篇,已冠简首。戌刻,家人言地又震动,余却不觉。

**十八(4月25日)** 夜,微雨。戌刻,顾榕屏书来。

**十九(4月26日)** 午刻,龚配京赠熟蹄一只。

**二十(4月27日)** 巳刻,张氏姊来,赠余食物三种,即留其徘徊数日。

**廿一(4月28日)** 戌刻,得丽春信,知十一日向提督于金陵城外攻破敌营七座,招降伪将张家祥,予三品衔。是夜,地又小震。余仍不觉。

**廿二(4月29日)** 竟夜大雨。申刻,姚谱苹过。

**廿三(4月30日)** 夜雨。辰刻,丽春书来,言敌兵在镇江严守甚密,江中又到匪船二千余号。未刻,张氏姊回去。

**廿四(5月1日)** 夜雨。未刻,何古心寄来丁溉余所刻《耆友诗存》一本,卷首有余骈体序文。此册刻已十年,今始得见。古心题余《扁舟访友图》五古一首,字字熨贴,锋发韵流。

**廿五(5月2日)** 夜雨。辰刻,过钱小园处,见抄报数封,知贼首今惟洪秀全、杨秀清、罗亚旺诸人,其张潮贵等,悉已扑灭。

**廿六(5月3日)** 下午雨。巳、午刻,阅《耆友诗存》。

**廿七(5月4日)** 申刻,与丽春札。

**廿八(5月5日)** 夜雨。巳刻,王生小轩、张生吟桥同过。

**廿九(5月6日)**

**三十(5月7日)** 夜雨。

## 四　月

**初一(5月8日)** 夜雨。以上数日,览说部数种。

**初二(5月9日)** 雨。未刻,至道院观剧,以人众拥挤,即返。

**初三(5月10日)** 上午雨。以上二日,评定芦川书院三月课卷。生七本,古学二本。童二十五本,古学五本。生:"其或继周者","耆旧风流有几人"得"人"字,"出门西笑赋"以"长安乐西向笑"为韵,"海运行"七古;童:"临大节","隔墙惟见桃花明"得"明"字,"行不得哥哥赋"以"行路难鸟□知"为韵,"苏台柳""明湖柳"皆七绝。午、未、申刻,观戏于道院。班名顺福。

**初四(5月11日)** 稍晴。辰刻,丽春书来,言我军及英夷船在北固山下攻毁敌船数只。午、未、申刻,仍在道院观戏。

**初五(5月12日)** 卯刻,寄顾榕屏书。午、未、申刻,仍观戏于道院。

**初六(5月13日)** 酉刻,丽春书来,言三月十五日,贼船五只将犯江阴,在靖江地方被义勇任志高等率众抵御,杀贼目吕大德等数十人,获金银枪炮无数。又近日镇江亦得胜仗,获其豆米船七八号。

**初七(5月14日)**　雨。

**初八(5月15日)**　大雨,夜大西北风。酉刻,闻[此处文字被涂]。

**初九(5月16日)**　辰刻,见黄抚军告示一通。

**初十(5月17日)**　巳刻,张辛庵招余移舟至安桥观小班戏。酉刻始还。

**十一(5月18日)**　大东南风。未刻,王姬母家放舟来,载姬回去观霍庙灯。酉刻,顾榕屏答书来。

**十二(5月19日)**　平旦雷雨。卯刻,赠陈东堂《滤月轩诗文集》。

**十三(5月20日)**　卯刻,发贴芦川书院三月课案。生超等三名:屈传衔、朱逢源、赵元祐。童上卷十名:吴丙照、周桂馨、郑岳生、陈其敬、孙兰成、徐绍濂、朱溥恩、卜清年、屈传镛、马祖升。生古学,屈传衔第一。童古学,吴丙照第一。是日,晋畬率周氏昆弟至平湖赴县试。

**十四(5月21日)**　晚大雷雨。

**十五(5月22日)**

**十六(5月23日)**　酉刻,闻县试题。"视之而弗见"至"体物"。是日,婢子梅意逃回母家。余以其奉侍四年,备尝苦楚,不忍追还,竟如开笼放白鹇矣。

**十七(5月24日)**　是日,为王姬制新布衫两件,约千二百文。

**十八(5月25日)**　酉刻,晋畬书来,言县试初覆案,小门人周桂馨第一。

**十九(5月26日)**　热。是日,闻山东、河南捻匪滋事。

**二十(5月27日)**　热。酉刻,陈东堂借《情史》一部。

**廿一(5月28日)**

**廿二(5月29日)**

**廿三(5月30日)**　热。申刻,陈东堂还《情史》。

**廿四(5月31日)**　热。是日,闻廿二夜平湖监犯数十人逾垣而逃,即时擒获,杖毙为首数人。

**廿五(6月1日)** 热。重阅汤虞樽《南唐书注》。

**廿六(6月2日)** 更热。午刻,龚氏馈肉食一器。

**廿七(6月3日)** 热。辰刻,至柯春塘处,为恶奴所阻,不得入。申刻,丁步洲书来,赠《合刻词》一本。一步洲《倚竹斋词》,一李小瀛《枝安山房词》,一王叔彝《沿波舫词》,一杨肖英《蕉露词》,一胡吉甫《炙砚词》。惟吉甫词有序,即余所撰也。又言姚春木于二月杪去世,年七十七。

**廿八(6月4日)** 热。辰刻,与顾榕屏书。申刻,晋翁自城回来,知县试正案已出。十名前:蒋珪,吴天锡,周桂馨,陈其敬,谢庚吉,胡垣枢,施汝辛,吴逢吉,陈登福,郭熙清。是夜,为毒蚊所困。

**廿九(6月5日)** 以上二日,重阅《西夏书事》。

**三十(6月6日)** 热。重阅《明史纪事续编》。近日,镇上演戏甚盛,余绝不一观,盖以心境甚恶也。

## 五　月

**初一(6月7日)** 热。大雨竟夜。是日,有微疾。

**初二(6月8日)** 热。巳刻,寄王姬母书。午刻,与费恺中书,赠以《古琴楼诗》一册。

**初三(6月9日)** 夜雨。巳刻,闻四月十八日,向提台设伏于金陵城外十里,诱敌出战,大败之。酉刻,王姬来,舟金及杂费共一千二百。

**初四(6月10日)** 大雨。寒。是日,为王姬置绸单衣两件,夏衣七件,共费四洋又加七百。

**初五(6月11日)** 寒。卯刻,费恺中答书来。

**初六(6月12日)** 寒。是日,闻闽中大乱,已陷数郡。

**初七(6月13日)**

**初八(6月14日)**

**初九(6月15日)** 下午雨。辰、巳、午刻,趁航船至平湖,即候顾榕屏，见《金陵述记》一篇，知金陵初陷之时，屠戮甚惨。现在守御甚密，城门改小，街道亦俱改作，镇江亦然，浮尸蔽江而下。榕屏又言，自警报日至，顾柳溪、刘抑斋俱已吓痴，近始稍愈。是夜，宿西鼎字店。丽春言，鼎字店江西碗船在镇江尽被掠去，约失万金。

**初十(6月16日)** 卯刻，寄刘心葭书，赠以《观水唱和集》。为王姬买花篮圈一对，其价七百。辰、巳、午刻，趁衙前俄回家。

**十一(6月17日)** 辰刻，寄计二田、陈曼寿两书。巳刻，偶检书籍，多为鼠所啮坏。

**十二(6月18日)** 热。辰刻，晋翁至郡送考。余向与小门人周香粟言府试时欲附舟到郡，寻访旧友，不料香粟竟负约。

**十三(6月19日)** 热。辰刻，题陈香溪《洗砚图遗照》。巳刻，闻初五日官军与敌交战，大败我军，死者数万人。

**十四(6月20日)** 大热。重阅《纪载汇编》。

**十五(6月21日)** 大热，黄昏雨。午刻，柯春塘过，言孙匡叔去世。

**十六(6月22日)** 下午大热，夜半雨。戌刻，有恨事。

**十七(6月23日)** 夜半大雨。申刻，闻十五日府试题。"虽袒裼裸裎于我侧"。

**十八(6月24日)** 雨。申刻，王姬又逼买湖绉马挂一件，其价一千。又纱裙一条，价七百。

**十九(6月25日)** 夜小雨。辰刻，张蒲卿过。巳刻，见御史方俊追论制军陆建瀛开门揖盗之罪，并及巡抚杨文定，字字严于斧钺。

**二十(6月26日)** 夜雨。

**廿一(6月27日)** 夜小雨。

**廿二(6月28日)** 午前雷雨。以上三日，阅《前汉书》一过。

**廿三(6月29日)** 巳刻，丽春有书来。午刻，龚氏贻黄鳝一盆。

**廿四(6月30日)** 热。

**廿五(7月1日)** 热。

**廿六(7月2日)**　热。午刻,闻老友林雪岩下世。余于癸亥年县试初覆日始识雪岩,遂成至契,时余年十五,雪岩年十七,迄今五十一年。久要不忘,始终无间,管鲍之交,不是过也。忽闻溘逝,痛何如之,非黄土之埋君,实苍天之孤我矣。

**廿七(7月3日)**　热。

**廿八(7月4日)**　热。

**廿九(7月5日)**　热。恶侄补田近年来凶横益甚,其妻又助桀为虐,实逼处此,其何以堪!

## 六　月

**初一(7月6日)**　热。以上四日,阅《后汉书》一过。近日,王姬逞其傲佷,无礼于余,忘恩负德,想其母教使然。

**初二(7月7日)**　大热。申刻,寄丽春书。

**初三(7月8日)**　大热。酉刻,晋畲自禾中归,携至陈曼寿复函。是日,闻湖北又有乱民,武昌、九江复失。

**初四(7月9日)**　大热。是日,徐秋崧以家产荡尽,食鸦片死。徐荻舟妻因姑妇勃磎,亦食生烟,幸得救活。

**初五(7月10日)**　热。辰刻,丽春复信来。是日,伤风。

**初六(7月11日)**　热。辰刻,见府试正案。前十名:蒋珪、王廷森、卜清元、萧日华、盛清瑞、徐金锡、胡炯祖、吴天锡、王庆恩、汤大淳。

**初七(7月12日)**　热。辰刻,见按察使余公告示一通。

**初八(7月13日)**　大热。午刻,龚氏赠炰鳖一碗。戌刻,丽春书来,言书院束脩库票期在五月廿八。现已催取数次,屡次改期,仍不肯发。

**初九(7月14日)**　大热。辰刻,王姬又乞取元银四钱。

**初十(7月15日)**　大热,晚有雷无雨。卯刻,寄秦竹陂书。

**十一(7月16日)**　大热。是日,大伤风。

**十二(7月17日)**　辰刻,林笛仙书来。

**十三(7月18日)**　大热。辰刻,挽林雪岩五古一首,用《快雪》诗韵。午刻,复林笛仙书,并寄吊礼。元银二钱。未刻,王姬母又来,强借二洋,求取无厌,深可痛恨。酉刻,始收到书院束脩二十洋,非花即木,不堪入目。

**十四(7月19日)**　热。是日,闻秦秋夔于初六日病故。年七十六。

**十五(7月20日)**　热。

**十六(7月21日)**　热。

**十七(7月22日)**　大东北风。午后有急雨。以上数日,览《三国史》一过。

**十八(7月23日)**　大东北风。平旦有急雨。辰刻,顾榕屏书来,言屈纯甫于十五日去世。又得丽春书,言江西南昌城为敌所围。又言邓提台军营被敌兵放火劫营,官兵一时溃散。丹徒富户,掠取一空。

**十九(7月24日)**　大东北风。是日,风势更猛,行舟有覆溺者。

**二十(7月25日)**　大东北风,饭后大雨。以上二日,览《晋书纂》一过。

**廿一(7月26日)**　大东南风。是日,见御史陈庆镛《论战守事宜》一疏,洋洋数千言,如读计甫草《筹南论》。

**廿二(7月27日)**　大东南风。酉刻,费恺中寄赠沈倬庵《钟溪棹歌》一册,极清雅绵丽之致。

**廿三(7月28日)**　大东南风。酉刻,刘心葭书来。

**廿四(7月29日)**　大东南风,竟日雨。

**廿五(7月30日)**　大东北风,晚雨。

**廿六(7月31日)**　大东南风。酉刻,沈怀辰书来,赠余五律一首,殊不合意。是日,闻有关东船从上海开出,被风飘入白沙湾,舟中之货数万斤,被里人劫去,并焚其舟。

**廿七(8月1日)**　是日风略小。是日,闻绍兴城中水高三丈。

**廿八(8月2日)** 是日,王姬又将首饰二件团换,工费八百文。

**廿九(8月3日)** 未刻,寒热大作,盖疟疾也。

**三十(8月4日)** 以上数日,览《南北史纂》一过。

## 七 月

**初一(8月5日)** 大雨。午刻,寒热又作,更重十倍。

**初二(8月6日)** 是日,唇干舌碎,饮食不进。

**初三(8月7日)** 巳刻,寒热便发,通体沉闷,如巨鳌戴石,直至黄昏稍醒。

**初四(8月8日)** 热。是日,身上不凉,饮食仍不能进。

**初五(8月9日)** 日晡大雷雨,水入户内。是日,虽以术制疟,而身上仍热一时许。以上半月大暑节气,而凉风竟似深秋。

**初六(8月10日)** 日晚雨。午刻,始能噉粥。是日,闻南京向提督军营于六月十八夜被敌兵纵火惊扰一夜,或死或逃,军资器械尽丧,由是大势益去矣。

**初七(8月11日)** 巳刻,龚配京来问疾。午刻,复顾榕屏、沈怀辰二书。未刻,复丁步洲书。

**初八(8月12日)** 巳刻,抄乐府四首。是日,闻台州六月中水发,溺死者数万人。

**初九(8月13日)** 卯刻,顾榕屏书来,内有《陈稽亭文集》二十余篇。午刻,答榕屏书,并寄赠姚子箴明府《四集文》一部。

**初十(8月14日)** 大热。未刻,龚氏赠团鱼一碗。

**十一(8月15日)** 大热。卯刻,丽春书来,言六月初四至十三日,贼攻南昌得胜门,穴地道,用炮轰城,赖兵勇奋击,颇有斩获。又贼攻福建延平府,城中开门诱贼,杀贼二千,而城外贼匪复纠余党,声言报仇,其势益炽,斯真千疮百孔,未审何术以制之。辰刻,沈怀辰过。酉刻,闻钱省川于今午暴卒。省川娶弹词女陈氏为继室,甫及三月,以身殉之,尤物之害人如是。

**十二(8月16日)** 抄古文三篇。

**十三(8月17日)** 大热。申刻,陈乐泉来,长谈一时许,始知朱雀桥于三月中去世,不胜悲悼。

**十四(8月18日)** 下午大雨。未刻,龚配京还《圣武记》一部。

**十五(8月19日)** 是日,学宪万藕舲先生取齐禾郡岁试。

**十六(8月20日)** 有急雨五阵。卯刻,小门人周蟾秋等六人来,招余同往禾中,顺风扬帆,申刻即到,寓王圣公香店。

**十七(8月21日)** 大东北风兼雨,入夜风更暴。辰刻,顾榕屏过。巳刻,赵拳山、吴彦宣同过。申刻,张子寿过,赠以《四集文》一部。酉刻,买《铁槎山房见闻录》十二卷。价百七十。是日,闻南昌大捷,焚贼船数十号。

**十八(8月22日)** 热。辰刻,答张子寿。巳刻,郁荻桥、沈怀辰过。钟穆园过。午刻,陈觉生过。未刻,于辛伯过,言金陵汤雨生都督合门殉难,率其妻妾子女二十三人,同沉于池,有《绝命诗》五律一首。酉刻,过王芑亭寓。

**十九(8月23日)** 热。卯刻,买《翼驷编》八卷。二百四十。辰刻,答于辛伯。辛伯以齐子冶《蕉窗诗抄》二十卷、彭咏莪《松风阁诗抄》十二卷、刘德甫《钓鱼蓬山馆诗文集》六卷、《一粟庐诗刻汇函》四十二卷易余诗文集全稿二部。王芑亭答访。孙次公、陈曼寿俱过,不值。巳刻,得计二田复书,见赠姚春木《晚学斋文集》十二卷、蒋子延《琴东野屋诗集》十二卷。褚二梅过。申刻,答孙次公,得其新刻《澼月楼词稿》一卷。是日,文宗始到。

**二十(8月24日)** 热。辰刻,答陈乐泉。巳刻,杨小铁父子同过。申刻,秦次游、李壬叔同过。晋翁到寓。

**廿一(8月25日)** 大热。卯刻,石研虹过。辰刻,答秦次游、李壬叔,赠以《四集文》一部。未刻,王小溪过。

**廿二(8月26日)** 大热。卯刻,林笛仙过。辰刻,李壬叔赠夷书二种。答陈曼寿,兼访蔡听香,晤唐竹斋。巳刻,贾芝房过。未刻,访谢诵葭,赠以诗文稿全集。申刻,杨见山、徐近泉同过。贾仁山过。

**廿三(8月27日)** 大热。卯刻,为杨小铁作《水村消夏图跋》。巳刻,陈曼寿招食肉饺。午刻,为唐竹斋题《竹斋读书图》。五律。未刻,秦次游赠新刻《半枯树斋词稿》一卷。申刻,辅星庵过。酉刻,蔡听香答候。是日,发生经古案,经解二人,古学三十二人。分正取、次取、备取。平湖次取陈其昌、何保瑞,备取王成瑞。又府学正取叶宗汉、沈春林,次取谢元熙。

**廿四(8月28日)** 大热,夜大风雨。辰刻,为谢广甫学博跋《南北曲》两阕。广甫现任上虞。上阕自嘲,下阕自慰也。未刻,丁久庵来访,言七月十二日嘉定民变,为首者五人。申刻,杨小铁、陈曼寿、沈怀辰陆续相过,长谈两时。小铁子佩夫,为余绘《扁舟访友图》。图中写东湖景致,布置极工。小铁题绝句一首,有"访遍江湖旧吟侣,扁舟载得小红归"之句。是日,谢诵葭、顾孝若同过,不值。孝若名焕,嘉善廪生。

**廿五(8月29日)** 大热,下午有急雨一阵。辰刻,过顾孝若寓,赠以《左国闲吟》《古琴楼诗抄》,不遇。遇陈楞香。名鸿逵,嘉善廪生。未刻,陈乐泉过。申刻,徐翰香过。是日,闻贼匪现扰河南、山西。

**廿六(8月30日)** 大热。寅刻,送同寓诸童院试。卯刻,陈东堂招至南门食蟹汤。巳刻,高继庵过。午刻,顾榕屏招同陈东堂、石研虹、屈冰卿、沈镜堂等十人饮于复兴馆。申刻,题顾孝若《借篱种菊图》。七绝二首。是日,发后四学案。平湖一等二十四人。郑之侨、蒋照、顾广心、王成瑞、陆湎、朱鼎钟、徐志澄、郭人本、高赐孝、徐元陛、张德懋、何保瑞、张桂清、钱祖荫、郭冈寿、孟坚、沈春煦、陈其昌、奚坤腴、赵荣春、方濬、赵为杶、顾棨、戈宗林。

**廿七(8月31日)** 大热。辰刻,寓中六童皆回去。巳刻,姜白榆过。午刻,赠赵拳山《乍浦集咏》一部。未刻,李壬叔、陈循夫工竹刻同过。壬叔赠《井眉居诗文集》一部。是日,闻粤匪分攻汴梁,已为官兵击退。

**廿八(9月1日)**　大热。卯刻,赵拳山招余父子食鸡汤。辰刻,过程莲寿、谢次圭两寓,赠次圭《左国闲吟》。次圭名公桓,工画。巳刻,赠寓主人王申甫《四集文》一部。午刻,谢诵葭见赠《明贤遗翰》两巨册。未刻,顾榕屏招同赵梅圃、王石卿设席于沈镜堂寓。余以热病不能饮食。酉刻,观新进案。县学三十二名:吴瑞增、李夔飏、魏宝丰、徐永清、高仑源、朱斯煌、吴庆申、屈福熙、徐金锡、周庭桂、周清源、张骧孙、周敦荣、沈赓良、朱绍文、盛清瑞、毛庆成、王庆恩、张之升、汤大淳、高廷栻、高来源、林思道、孙金锄、张文梧、蒋珪、郭熙清、姚烈、陆国清、陈穆清、吴天锡、刘师向。拨府九名:柯崇孝、陈其敬、徐汝霖、胡炯祖、沈廷璋、葛金烺、朱三麟、周桂馨、陆龙章。

**廿九(9月2日)**　大热。辰刻,蒋明远过。巳刻,题陈觉生《课子弄孙图》。七古。午刻,杨小铁招同蔡听香、谢诵葭、陈曼寿昆仲宴于南湖水榭。酉刻始散。戌刻,同寓新进周桂馨、徐永清、毛庆成俱到,纪录庵、黄少村亦来。

## 八　月

**初一(9月3日)**　大热。辰刻,马小异过。未刻,王芑亭、程莲寿、谢诵葭同过,谑谈久之。申刻,访钱春卿,名维干,嘉善诸生,古学、岁试俱第一。赠以《四集文》一部。候徐亚陶,不遇,遇其父莼湖。是日,闻江西饶州府失陷。

**初二(9月4日)**　大热。夜雨。巳刻,访谭癖云,赠以《四集文》一部,不值。未刻,谭癖云答访,谈金陵、维扬贼兵之惨毒,为之发指。申刻,孙次公招饮闻人和酒店。是日,为王姬买半臂一件、披肩一个,共价三洋。近日洋价至一千七百。

**初三(9月5日)**　稍凉。巳刻,为周蟾秋讲定册费。蟾秋册费,府学中讨价一百六十洋,赖余托谢诵葭往说,始得讲定七十枚。午刻,赵拳山招食肉饺。申刻,再访徐亚陶,仍不值。亥刻,观童古学案,共取二十四人,平湖得其六。诗赋:蒋珪、周敦荣、胡炯祖、周桂馨;性理论:葛金烺、程穆清。蒋珪，县府试及古学俱第一人，而正场名次竟置广额之首，非文之罪，乃学使嫌其跛足也。

**初四(9月6日)**　辰刻，张同绪招食蟹汤。巳刻，陈曼寿招同蔡听香、顾孝若泛舟二十七里。未刻，至本觉寺，循松径而入，登三过堂，拜东坡先生及文长老像，并观唐代二石幢。憩空翠亭，有苏公井，左右修竹，绿云环绕，与应钟山人长谈久之。申刻回舟。知徐亚陶答访。戌刻，至顾孝若寓，召许生来奏口技。

**初五(9月7日)**　热。辰刻，赠海盐孙训导仁开《四集文》一部。巳刻，钱春卿答访。午刻，买《两般秋雨庵随笔》一部。四百二十。未刻，属顾榕屏代题张海帆《汉鋗拓本》。七绝。申刻，马浣秋来访。名宣诏，石门廪生，曾四列一等第一。戌刻，仍至嘉善寓，听许生口技。

**初六(9月8日)**　热。卯刻。李壬叔招食羊羹。壬叔言朱述之司马家在金陵藏书四万金，尽为贼匪焚毁。巳刻，访陈又峨。名二璋，嘉善孝廉。午刻，观新进正案。周桂馨以覆卷大佳，拔居第七。申刻，知初五日上海失陷，知县被害。盗魁刘姓。

**初七(9月9日)**　热。夜半雨。辰刻，陈又峨答访。巳刻，偕寓中七人登舟。戌刻，泊舟平湖东门。丽春交到丁步洲书。

**初八(9月10日)**　热。巳刻回家，知王姬于七月廿六日又回家，深为愤恨。申刻，马倜卿、夏子长同过。王姬回家，又携去钱八百。

**初九(9月11日)**　是日，知上海殉难知县袁公名祖德，号小村，即随园先生孙也，可谓无忝乃祖。

**初十(9月12日)**　昼夜大雨如注。以上二日，评定书院七月课卷。生十本，古学三本，童十五本，古学五本。生："量敌而后进"二句，"虎穴得子人皆惊"得"棋"字，"匆匆不暇草书赋"以"摹形揣势草难于真"为韵；童："如水益深"二句，"荔子绿荫鹦鹉过"得"荫"字，"育婴堂赋"以"恤孤慈幼王政所先"为韵。

**十一(9月13日)**　大东北风。巳刻，寄顾榕屏、费恺中两书。

**十二(9月14日)**　巳刻，赠龚配京近人诗三种。是日，阿六始往郡城，言有生意。

**十三(9月15日)**　辰刻，藩署有急书来。申刻，与王姬母书。酉刻，发陈曼寿书，寄赠胡砚耕《乍浦集咏》一部。

**十四(9月16日)**　辰刻，晋翂唤舟至海盐，丽春同往。巳刻，张蒲卿来，畀以蒋楚亭词、陆春林诗二种。

**十五(9月17日)**　小雨。辰刻，费恺中复书来，言嘉定、宝山俱失。盗魁周姓。未刻，龚氏赠熟凫一只。

**十六(9月18日)**　阅徐宝溪《蕉窗诗抄》。是日，泄泻三次。

**十七(9月19日)**　夜雨。阅刘德甫《钓鱼蓬山馆诗文集》。诗极工炼，文则写意而已。是日，闻青浦、南汇俱失。

**十八(9月20日)**　夜雨。阅蒋子延《琴东野屋诗集》。

**十九(9月21日)**　雨。阅彭咏莪《松风阁诗集》。诗甚平庸，名过其实。申刻，丽春归，言晋翂于六十日自武原至禾中。又言十四日送书至王姬家，其母大发恶言。

**二十(9月22日)**　湿热。辰刻，寄沈镜堂书，痛斥王氏母女，约千余言。午后，阅于莲亭《见闻录》。

**廿一(9月23日)**　夜雨。卯刻，顾榕屏答书来，内有姚子箴明府所题《扁舟访友图》词一阕。调《满江云》。书中言乍浦人家迁徙一空，平湖亦多迁去者。

**廿二(9月24日)**　上午大雨如注。酉刻，高仁煊招宴，同席刘翼之等十三人。

**廿三(9月25日)**　湿热。晚雷雨。戌刻，晋翂书来，言近日又至濮院。

**廿四(9月26日)**

**廿五(9月27日)**　辰、巳刻，趁干儎到城，见东门有守兵数人。五城门皆然。午刻，费恺中留饮。未刻，至南门卡房寻沈镜堂。镜堂言昨至王宅，王姬母大肆咆哮，且言须得十洋，然后放女回来。余愤气填膺，归途过文昌桥北，跌倒于地，右手被伤。夜宿西鼎字店，辗转不寐,但闻枪炮之声,不绝于耳。

**廿六(9月28日)** 大热。午刻,顾榕屏招同胡砚畊、沈怀辰聚饮,为余解闷。适顾访溪亦来,言初十日自盛泽回家,舟过十八里桥,同舟四人俱溺于水,赖里人力救得免。申刻,沈镜堂言昨晚今晨又到王宅二次,责以大义,依然强梗不化,立唤南门地保沈三往说,亦不能制,惟所索银洋减至六枚。余无计可施,只得暂时忍气,俟寇氛稍熄,诉诸邑候。是夜,震雷不息,其声甚奇,迥异往时之雷。

**廿七(9月29日)** 大热。巳刻,知嘉定、青浦俱已恢复,盗魁周连春伏诛。惟青浦克复之后,官军放火杀人,反甚于盗。熊苏林家拆毁一室,绝无人影。午刻,费恺中复招饮。

**廿八(9月30日)** 大热。日中大雨。巳刻,鲁淳甫过。未、申、酉刻,趁航船回家,知晋畇于廿六日自禾中抱病回来,次女孙晴初于廿五日起红痢,一昼夜数十百次,益增烦恼。

**廿九(10月1日)** 大热。是日,心如刀割。

**三十(10月2日)** 毒热。巳刻,招汪新圃来,将王氏母女负心之事一一诉之,新圃亦代为扼腕。新波[圃],王氏戚也。许明日到城调处。

## 九　月

**初一(10月3日)** 稍凉。是日,有怔忡之恙。

**初二(10月4日)** 是日,晴初痢疾顿愈。

**初三(10月5日)** 辰刻,汪新圃来①,言初一日到城,与王姬母细讲情理,调停已妥,劝余明日到城,载姬回家。费恺中有书来,言昨偕丽春至王宅,亦与王姬母说通。又言粤匪于八月初七日至景德镇,焚杀一空。

**初四(10月6日)** 寒。辰、巳刻,趁航船到城,赠费恺中子乃文

---

① “汪新圃”后文皆作“汪辛圃”。

《抱碧堂试帖》、《笔花阁赋稿》、《江南十科经艺》、碑帖二纸，即偕丽春至王氏，畀以番银五饼，而王姬母仍肆毒语。门外伏女戎十余人，余只得忍受而已，久之，始定明日回去。未刻，费恺中招饮。

**初五(10月7日)**　大寒。辰刻，买舟将载王姬，迟至午刻始登舟。姬出当票二十五纸交余，始知所带衣服首饰，大小无一不典。未刻，舟次广陈，姬言十一月中又欲回去，又逼余迁往平湖，从其言今日可以登岸，否则不去，盖其母教之也。余急命舟子返棹，送姬仍还其家。酉刻，借鼎字店七洋，急赎当物廿七件。

**初六(10月8日)**　大寒。辰刻，与沈镜堂商量此事。余决意去姬，遣保正沈连山至其家，立写领纸，彼母女闻言始窘，反托保正招余复到其家，说明昨日之故，再议定明日回去。是日，一昼夜泄泻十三次，盖因此事出入数次，屡受风寒故也。

**初七(10月9日)**　寒。巳刻，载姬登舟。姬于舟中依然猖獗，赖其外婆同舟，才得登岸。是日，一昼夜泻廿一次，筋疲力尽矣。

**初八(10月10日)**　寒。是日，王姬始觉平静，盖愚闇之质，若得美母教诲，亦是中人。惜其母女枭獍，变诈万端，斯亦其女之不幸，无怪得福不知也。是日，泄泻十一次，饮陈东堂方一剂。

**初九(10月11日)**　未刻，寄丽春书，还鼎字店七洋，又保正谢意一洋。是日，泻五次，仍服药一剂，始发芦川书院七月课案。生超等五名：叶存秀、张甲勋、谢元熙、屈传衔、高启元。童上卷十名：胡炯祖、程福熙、周桂馨、汤大淳、吴丙照、陆应奎、高廷栻、徐永清、吴逢吉、高廷机。生古学，叶存秀第一。童古学，胡炯祖第一。

**初十(10月12日)**　辰刻，晋畬又以事至郡城。巳刻，寄费恺中书。午刻，小门人周蟾秋盛服拜谢。是日，陈东堂来改方，又服一剂，痢疾顿止。

**十一(10月13日)**　巳刻，王姬又索取玉佛一个、玉蝴蝶一只。价二百五十。是日，又泄泻三次。

**十二(10月14日)**　辰刻，费恺中复书到。巳刻，闻吴松山于昨夜暴死。松山向与其妻于氏琴瑟甚谐,自纳妓为妾,屡相反目。今年四月,其妻回母家,抱病日久,松山绝不往视,其妻饮恨而殁。自言必诉神明,未及三日而松山以呕血亡,天道昭彰如是。未刻,吉分司寄示抄报四十余条,知盗魁洪秀全实已战死,现刻木偶,饰以衣冠,称伪天王府。

**十三(10月15日)** 辰刻,顾孝若书来,内有题《扁舟访友图》七绝四首,奉怀七律一首,同游三过堂七古一首,用《喜雨》韵。申刻,晋翁自郡归。是日,闻吴钟骏殁于福建学使任。大吏竟以殉难奏闻,得蒙恤典。

**十四(10月16日)** 戌刻,余已就寝,王姬有狂悖之语,余大怒,披衣而起,竟夕不眠。

**十五(10月17日)** 是日,闻于辛伯私窝劫贼,屡经发觉,赖嘉、秀两县与彼有交,力为昭雪。

**十六(10月18日)**

**十七(10月19日)** 辰刻,为妻买棉袄一件、布襕一条。价一千。为妾买布挂一件。五百。巳刻,小门人徐梅市拜谢。

**十八(10月20日)** 夜,微雨。巳刻,为妻买被单一条。四百二十。

**十九(10月21日)** 未刻,属吴江蔡筠坡算命,其言大致不谬,而中年食饩,亦能算出寿可至七十二。申刻,赠陈东堂《广云涛塞外吟》、毛叔美《西河悼逝集》、许四娟女史《诗抄》三种。

**二十(10月22日)** 午刻,寄丽春书。未刻,以《宋诗纪事》一部售龚配京,得钱二千。

**廿一(10月23日)** 辰刻,为王姬买濮院绸袄一件。三百八十五文。巳刻,陈东堂招饮,同席柯春塘、马倜卿、方鹿门、钱继园、张樵坪。

**廿二(10月24日)** 酉刻,丽春答书来。戌刻,王姬又肆妄言,想亦其恶母教也。

**廿三(10月25日)** 申刻,为妻买布衫一件。二百。

**廿四(10月26日)**　辰刻,张玉珊书来,附新刻《试草》。午刻,张蒲卿借郭华野、孙渊如二公年谱。未刻,何古心寄来七律一章。申刻,张辛庵过。戌刻,余已就寝,王姬又勒索美服,以为其母典质之资。余大怒,立即披衣而起,痛詈半夜,彼竟不能措一词。

**廿五(10月27日)**　辰刻,陈曼寿书来,有同游三过堂五古二首。又言沈远香于月之十九日去世。南门戈媪有书来,言王姬八月中曾借渠银洋,欲余偿还。阅之,更增愤懑。

**廿六(10月28日)**　下午小雨。巳刻,龚配京借《质直谈耳》八本。午刻,代龚配京赴马氏会酌,同席十二人,肴品极丰。

**廿七(10月29日)**　辰刻,寻汪辛圃,不值。巳刻,柯春塘、钱继园同过。申刻,丁步洲书来,言八月廿二日带领乡勇至青浦;廿五日,随刘主政剿白鹤江贼巢;九月十三日,复偕熊苏林、何鸿舫两路进攻,贼首杨妖、胡逆等全行捉获。

**廿八(10月30日)**　巳刻,为王姬买杨佛布裙一条。四百二十。申刻,陈乐泉过,借《赵仪姑诗文集》。

**廿九(10月31日)**　黄昏大雷。辰刻,顾榕屏书来,内有俞芷衫所刻《读郭摘瑕》一卷。专攻郭频伽诗句,欲加之罪,何患无辞,不过蚍蜉撼树而已。巳刻,答张玉珊书,赠以近人诗四种。午刻,复陈曼寿书。

## 十　月

**初一(11月1日)**　辰刻,寄赵凌洲道士书,附代征陈乐泉、钟穆园等七人所题《养花图诗》。巳刻,复顾榕屏书,备言王施氏之奸恶。

**初二(11月2日)**　黄昏雨。巳刻,属蔡筠坡算王姬命,言十五岁前出身微贱,未享父母之福,十六岁喜星发动,然不可作人正配,只宜嫁作偏房。此数语,竟如神仙矣。又言二十岁当生贵子,三十后有刑伤,四十七八即当去世。

**初三(11月3日)**　巳刻,为妻妾各买布衫一件。一二百八十,一二百三十。午刻,戈媪又有书来,索还银洋。余即往问汪辛圃。辛圃即戈媪婿。辛圃力辩其诬,始知王施氏伪托也。是日,闻恶徒李朗山死。

**初四(11 月 4 日)**　巳刻,方鹿门过。午刻,张蒲卿招饮望亲酒,同宴纪芝坪等十六人。

**初五(11 月 5 日)**　申刻,陈乐泉书来。

**初六(11 月 6 日)**　黄昏雨。午刻,闻吴兴星士黄鹤楼在西林寺算命,甚有名望。余往算之,见其言语支离,无非江湖习气,付之一笑。未刻,过张辛庵寓。是夜,又大怒王姬。

**初七(11 月 7 日)**　下午雨。

**初八(11 月 8 日)**　巳刻,王姬又乞取碎银四钱。

**初九(11 月 9 日)**

**初十(11 月 10 日)**

**十一(11 月 11 日)**　夜雨。

**十二(11 月 12 日)**　日夜大雨。辰刻,张玉珊寄赠《嘉秀试草》九卷。

**十三(11 月 13 日)**　是日,为王姬改皮袄一件,约费一洋。

**十四(11 月 14 日)**　酉刻,石研虹书来,内有孙筱兰广文所题《扁舟访友图》五律二首,加以跋语。广文甚佩余文,以仅得《四集》未窥余豹为憾。

**十五(11 月 15 日)**　辰刻,顾榕屏书来,内有谢次主所绘《扁舟访友图》,笔颇古洁。

**十六(11 月 16 日)**

**十七(11 月 17 日)**　申刻,见难民数百过镇,皆台州被水患者。

**十八(11 月 18 日)**　雨。是夜,王姬有腹疾。

**十九(11 月 19 日)**　雨,夜更大。午刻,见胡砚畊试草,内刻《育婴堂赋》一篇,即余今秋芦川书院所取第一名也。

**二十(11 月 20 日)**　雨。

**廿一(11 月 21 日)**

**廿二(11 月 22 日)**　寒。

**廿三(11 月 23 日)**　寒。辰刻,陈曼寿书来,内有钱春卿题《扁舟访友图》七绝四首。李西岑填《潇湘逢故人》一阕。

**廿四(11 月 24 日)**　下午雨。

**廿五(11 月 25 日)**　夜小雨。

**廿六(11 月 26 日)**　辰刻,为王姬买布半臂一件。三百二十。

**廿七(11 月 27 日)**　是日,闻保定、河间俱已失守。

**廿八(11 月 28 日)**　夜小雨。巳刻,为龚配京作《弥勒佛楹联》。

**廿九(11 月 29 日)**　雨,夜更大。

**三十(11 月 30 日)**

## 十一月

**初一(12 月 1 日)**　申刻,为沈怀辰题《竹屋吟秋图》。五律。

**初二(12 月 2 日)**　以上二日,评定芦川书院十月课卷。生九本,古学四本;童廿六本,古学七本。生:“小人不可大受”一句,“安得壮士挽天河”得“河”字,“小怜从猎赋”以“周师告急齐主无愁”为韵,“拟杜牧之《齐山登高》”;童:“奡荡舟”,“独倚营门望秋月”得“门”字,“乐昌圆镜赋”以“破镜重圆夫妇偕老”为韵,“拟金地藏《送童子下山》”。戌刻,王桂林趁航船突来,余甚惊惶。彼竟不发一言,不得已留宿一宵。

**初三(12 月 3 日)**　午刻,寄顾榕屏、费恺中两书。是日,柯春塘至乡间讨租,被佃户杨姓打落水中,几丧性命,所乘船亦被拆毁,顽民之大胆,竟至于是。

**初四(12 月 4 日)**　寒。辰刻,为王姬买绵绸紧身一件。五百六十。

**初五(12 月 5 日)**　寒。

**初六(12 月 6 日)**　大寒。

**初七(12 月 7 日)**　夜雨。辰刻,费恺中复书来,言近有咯血疾。

**初八(12 月 8 日)**　巳刻,顾榕屏书来。

**初九(12 月 9 日)**　寒。摘录杂诗一百余联。是日,王姬又逼办首饰一件。七百九十。

**初十(12月10日)**　寒。抄乐府五首。

**十一(12月11日)**　夜小雨。巳刻,为陈今蕃题《蒹葭秋水图》。七律。

**十二(12月12日)**　戌刻,顾榕屏书来。

**十三(12月13日)**　作《三过堂游记》。骈体。

**十四(12月14日)**　巳刻,发书院十月课案。生超等五名:顾福增、陈登鳌、俞寿萼、屈传衔、陈鸿诰。童上卷十名:屈传镛、马祖升、陈朝恩、吴丙照、王鹿宾、张以諴、徐福升、谢庚吉、程福照、龚桂芬。生古学,顾福增第一。童古学,屈传镛第一。戌刻,得一男孙,取名时朗。余三十年前,每神庙祈签,屡有日月二字,迄无一验。今以时朗名孙,藏日月在内,欲其应神语也。

**十五(12月15日)**　辰刻,刘心葭书来。巳刻,复陈曼寿书。

**十六(12月16日)**　辰刻,复顾榕屏、刘心葭两书。巳刻,与费恺中书,赠以《松阳钞存》一部。

**十七(12月17日)**　辰刻,顾榕屏书来,内有《弄珠楼雅集分韵诗》刻本。即榕屏、荻桥等五人。

**十八(12月18日)**

**十九(12月19日)**　竟日大雾,夜微雨。

**二十(12月20日)**　辰刻,费恺中答书来。近时,水菸大贵,每斤至五百文,较向时增四五倍,因甘肃水菸船过大江,被剧盗尽沉诸水也。余非此无以度日,今则不能自奉矣。

**廿一(12月21日)**　是日,闻温州有警。

**廿二(12月22日)**　是日,闻嘉善有民变。

**廿三(12月23日)**　巳刻,答张玉珊书,附试草五卷。

**廿四(12月24日)**　夜雨。巳刻,周生蟾秋、徐生梅士同来,留中膳。未刻,为高梦花作范大夫庙楹联。

**廿五(12月25日)**　夜雨。是日,晋豰至乍浦,应守戎林公之聘。

**廿六(12月26日)**　大西北风。是日,为王姬买布裤两条,一红一蓝。六百三十。

**廿七(12月27日)**　寒。

**廿八(12月28日)**　午后,观剧于大王庙前,王姬亦往徐氏楼寓目焉。

**廿九(12月29日)**　辰刻,王姬又乞取洋花汗巾一条。此向时卢生所赠者,价值千余。是日,闻秀水新塍镇亦有民变。

## 十二月

**初一(12月30日)**　未刻,王施氏遣舟来,诈称有疾,招女回去。余明知此去不返,力阻其行,彼竟翻江倒海,杀气满面,无可挽回,彼又将尽取衣饰,余奋力夺转美服九件,其余布衣半箱、首饰数种,依然携去,事至于此,夫复何言,然余心大痛矣。是夜,里圩张氏被盗劫掠,失主受伤。

**初二(12月31日)**　大东南风。辰刻,作书寄顾榕屏、费恺中,具言王施氏之险恶。申刻,沈浪仙书来,言长至日徐吉春家婢湖干淅米拾一铜印,刻“鹤楼”二字。吉春携示浪仙。浪仙知余馆祝兰坡家时,曾有一铜印,系在汗巾为鼠衔去者,因以寄余当作合浦还珠。然此物失于城外,得于城中,且又事隔九年,真奇极矣。酉刻,复丁步洲书。是日,饮食便不能进。

**初三(1854年1月1日)**　辰刻,晋翁书来,言林守戎只一子,年十岁,读经书。又言上海贼匪业经招安,各给免死牌。岂知贼情中变,不肯受抚,四散各处,故沿海地方防堵尤严。巳刻,作书与晋翁,亦言王姬母女之事。午刻,晤汪新圃,知前日王姬假父王桂林实来。彼不敢入余门,故余不知。

**初四(1月2日)**　辰刻,蔡听香、陈曼寿俱有书来。听香有同游三过堂诗七古一章,倒押《喜雨诗》韵。

**初五(1月3日)**　辰刻,晋翁又有书来,附林守戎所赠蜜梧一篓,共八十余枚。此系黄岩土产,因守戎弟子野茂才欲乞余诗文全稿故也,余即如数寄去。再,永嘉黄虹舫茂才在协镇幕中,极有才学,亦欲乞取余稿,赠以《四集文》及《诗集》二种。费恺中复书来,言王施氏奸恶现在不必声张,羁縻日久,看渠如何。且俟新年,再行定夺。

**初六(1月4日)** 是日伤风。

**初七(1月5日)**

**初八(1月6日)**

**初九(1月7日)** 巳刻,丁步洲书来。今冬天气甚暖,田中菜花、荳花俱开,殆非佳兆。

**初十(1月8日)** 辰刻,闻昨日新溪南乡有民变。

**十一(1月9日)** 午刻,闻泖上土寇大发,三日之内已劫黄、阮、吴三家。

**十二(1月10日)** 雨。辰刻,顾榕屏、陈曼寿俱有书来。曼寿书中有《沈韵楼墓志铭》石刻二分,即余前年所作吴江殷寿彭□。

**十三(1月11日)**

**十四(1月12日)**

**十五(1月13日)** 辰刻,晋翁有禀来,言粤匪现扰安徽,钦差大臣吕贤基殉难,并探听金山土寇消息,立即作书复之。又答沈浪仙书。

**十六(1月14日)** 巳刻,邢邑候招宴,辞之。是夜人定后,闻大炮一声,其声甚厉,盖金山兵至三塘桥擒土寇也。

**十七(1月15日)** 大暖,夜小雨。是日,伤风稍愈,而腰痛殊甚。

**十八(1月16日)** 晓雾。是日,腰痛更甚。

**十九(1月17日)** 大暖。是日,作书与王姬。骈体。约一千七百余字,痛发其母女之罪。文之工丽,直掩徐、庾,然而抚心益痛矣。此作构思半月。

**二十(1月18日)** 是日,闻金山县戮土寇二人,贼众渐散。

**廿一(1月19日)** 大西北风。戌刻,晋翁自乍浦归,携黄虹舫玉所题《扁舟访友图》七律二首。

**廿二(1月20日)** 寒,夜雪。是日,闻王晓莲任桐城县,甫及十日,即遭寇难。

**廿三(1月21日)** 辰刻,顾榕屏书来。是日,腰痛稍减。

**廿四(1月22日)** 夜大雨。

**廿五(1月23日)**

**廿六(1月24日)**

**廿七(1月25日)**

**廿八(1月26日)**

**廿九(1月27日)**

**三十(1月28日)** 以上数日,重阅所抄《国朝骈体文》一过。今年自夏季以来,一切日用之事,晋翁始任之。

是年入钱一百零七千,出钱一百六十三千。

# 咸丰四年甲寅(1854),六十六岁

## 美迟书室日志

### 正　月

**初一(1月29日)**　夜雨。辰刻,为黄虹舫题《观海图》。七古。

**初二(1月30日)**　夜雨。巳刻,复陈曼寿书。

**初三(1月31日)**　雨,夜更大。辰刻,寄赵凌洲书,附曼寿所题《养花图》七古一章。

**初四(2月1日)**　昼夜大雨,兼雪。巳刻,题黄虹舫《锄经图》。五律。

**初五(2月2日)**

**初六(2月3日)**　稍晴,夜又雪。

**初七(2月4日)**　大雪,寒。

**初八(2月5日)**　以上数日,重阅向时所抄律赋摘句。

**初九(2月6日)**　辰刻,丽春书来,言邢邑侯于岁暮勉送束脩二十洋。是夜,梦熊苏林来。

**初十(2月7日)**　未刻,顾榕屏来,携至陈又峨所题《扁舟访友图》。七绝三首。是日,以绣花披肩畀女孙暖初,即王姬物也。

**十一(2月8日)**　大寒。辰刻,招顾榕屏父子早膳。巳、午、未刻,偕榕屏到城。申刻,访郁荻桥。戌刻,偕荻桥饮榕屏处。是日,闻庐州失守,安抚江衷源死之。

**十二(2月9日)**　大寒。辰刻,晤沈镜堂。余尚欲挽回王姬,属镜堂唤地保沈三往问之。巳刻,郁荻桥招食面饺。申刻,顾访溪、贾芝房同过,长谈时事,唏嘘久之。是日,知屈畹芬自都回来,途中溺死,年六十。

**十三(2月10日)**　雨雪交作,大寒。辰刻,镜堂来,言王姬来与不来,其母尚欲商量。午刻,沈怀辰招饮,同席顾榕屏、郁荻桥及其兄惜辰。戌刻始散。

**十四(2月11日)**　雨,大寒。辰刻,镜堂来,言王姬已定计不来,领纸亦不肯写。总之,余孤立无助,彼反羽翼甚多,故至于此。从此萧郎是路人,亦无可奈何矣。午刻,顾访溪招饮,且饮且谈,并得见朱椒堂、苏厚子新刻文集。戌刻,与榕屏长谈,知吾笏山已去世。

**十五(2月12日)**　始晴,寒。辰刻,以所作《与王姬书》一篇,付李店速刊,将传诵四方,使共知王氏母女之恶。巳、午刻,与费恺中长谈。未刻,趁航船,于船中得邢邑候书,知芦川讲席已另请张鹿仙,托言黄中丞所荐,实则鹿仙有意夺之也。区区鸡肋,本不足恋,然寒士生涯,不无小补,今并此而失之,何老运之厄也。

**十六(2月13日)**　辰、巳刻,作书四通寄顾榕屏、陈曼寿、费恺中、家丽春,言失去讲席之事。又以《沈韵楼墓铭石刻》赠恺中,以《左国闲吟》二部寄赠方小洲、沈兰卿。是日,核算纳姬以来,共费一百二十余洋,聚首只一年耳。不知前生有何宿冤,得兹孽报也。

**十七(2月14日)**　夜雨。巳刻,复邢邑候书。是日,雪稍消尽。

**十八(2月15日)**　夜雨。是日,晋魵至乍浦开馆。是夜,梦与何蔼卿同床共被。

**十九(2月16日)**　雨,夜更大。巳刻,刘翼之过。午刻,高仁煊招饮,同席刘翼之、朱幼江等七人。酉刻始散。

**二十(2月17日)**

**廿一(2月18日)**　始晴。

**廿二(2月19日)**　午刻,陈乐泉、壬桥同过。乐泉还《滤月轩集》,复乞取《方壶合编》一部。申刻,始收到赵凌洲十二月初十复函,不知寄在何处,浮沉至今。

**廿三(2 月 20 日)** 夜雨。未、申刻,阅高江村《春秋姓名考》。

**廿四(2 月 21 日)** 寒,夜大雪。辰刻,陈曼寿复书来。

**廿五(2 月 22 日)** 极寒。巳刻,再寄费恺中书。

**廿六(2 月 23 日)** 极寒。是日,闻近时劫案,皆土棍沈章德为首,其人力敌百夫,金山县陆公屡欲擒之,不得。

**廿七(2 月 24 日)** 夜又雪。辰刻,赵凌洲书来,内有题蔡听香陈今蕃顾书台诸行乐图诗,皆余代求者。

**廿八(2 月 25 日)** 午后雨,夜更大。自去冬十二月初至今,咳嗽不止,向来无痰,近则每日吐痰数十口。是日,腰背俱痛。

**廿九(2 月 26 日)** 雨,夜更大。巳刻,偕高梦花至盐溪周西园宅贺喜。未刻,饮周氏望亲酒,同席钱荻庄、纪礼宾等三十余人。酉刻回家。

## 二　月

**初一(2 月 27 日)** 夜大雨,有雷。是日,腰膂大痛,不能起立。女孙辈俱在外家,无一人服事者。

**初二(2 月 28 日)** 雨。

**初三(3 月 1 日)** 巳刻,费恺中复札始来,览之失意。平湖有冯、周二姓女子,其母家欲售人为妾,余托恺中谋之。今回书言,冯女已为徽商娶去,周女则别有他故,未可图也。

**初四(3 月 2 日)** 辰刻,寄林笛仙书,亦以纳姬事托之。

**初五(3 月 3 日)** 雨。以上数日,腰痛如故。

**初六(3 月 4 日)**

**初七(3 月 5 日)**

**初八(3 月 6 日)** 辰刻,赠吉桐生寿仪。是夜,梦蒋楚亭代周鸿锡乞余《裘氏家集》一部,不知鸿锡何人,《裘氏家集》何物。

**初九(3 月 7 日)** 晓大雾,夜大雨。

**初十(3 月 8 日)** 是夜大雨。

**十一(3 月 9 日)** 日夜雨。

**十二(3 月 10 日)** 日夜雨。以上数日重览《情史》。

**十三(3 月 11 日)** 夜大雨。辰刻,费恺中书来,言徽州祁门于正月廿三日失陷。恶侄补田今年气势更甚,横行乡里,其凶焰翻出邵春泉、马瑞卿之上,我家诸人亦莫不谄事之,真怪事也。

**十四(3 月 12 日)**

**十五(3 月 13 日)** 日夜雨。

**十六(3 月 14 日)** 日夜雨。

**十七(3 月 15 日)** 夜大雨,寒。

**十八(3 月 16 日)** 大寒。巳刻,寄丁步洲、陈曼寿两书。又以赵凌洲所题《岱顶看云图》七古一首寄蔡听香。

**十九(3 月 17 日)** 始晴。辰刻,寄陆淳甫书,托以纳姬事。又与顾榕屏书。

**二十(3 月 18 日)** 辰刻,见汉军都统胜保告示,言直隶自去岁九月以来,屡次杀贼,今年正月十五日大破贼兵,擒伪帅林凤祥,杀李开方。

**廿一(3 月 19 日)** 近日,起一脑疽,又发中有数小疮,颇觉困顿。

**廿二(3 月 20 日)** 辰刻,至朱幼江处乞药治疽。

**廿三(3 月 21 日)** 申刻,徐春洲过。是日,肩项间又生数小疮,盖湿气所致也。

**廿四(3 月 22 日)** 辰刻,张某自吴淞归,言十二日官军杀上海贼百余人。是日,一昼夜脑疽大痛。

**廿五(3 月 23 日)** 晓雨。辰刻,始得顾榕屏复函,内有陈曼寿所赠《五湖烟艇集》一本。是夜,盗劫姚家桥张氏。

**廿六(3 月 24 日)** 辰刻,再至朱幼江处,属其治疮。

**廿七(3 月 25 日)** 夜雨。是日,疮痛而兼寒热,卧床不能起身。

**廿八(3 月 26 日)** 寒热仍发,胃机尽闭。

**廿九(3 月 27 日)** 胃口益闭,不能呷一口粥汤。

**三十(3 月 28 日)** 寒热不止,而项间复起硬块。张鹿仙欲来拜会,辞之。是夜,盗劫丁家浜沈书帘家。

## 三 月

**初一(3 月 29 日)** 是日,满面赤肿。钱小园自乌城教谕归访,不能见。

**初二(3 月 30 日)** 平旦,脑疽始溃,浓毒气半散于两额。是日,病势陡减三分。人定后,周西园在镇,龚配京强使人邀彼三次,来看余症。

**初三(3 月 31 日)** 是日,胃机大转,痛楚亦舒。病如潮水骤落,而仍不能下床。申刻,饮西园方一帖。是夜,梦遍游天下瑶山琼海、蕊宫珠阙,凡所涉历,灿然一新,盖劫灰后所重置也。

**初四(4 月 1 日)** 巳刻,力疾作书与丽春。午刻,从陈东堂处买得《朱雀桥遗诗》八部。二百。申刻,龚配京来问疾,言金山土匪沈章德为知县陆公所擒伏法,人人称快,而陆公之政声大著。平邑则半月以来无夜无劫抢之案,而邢公方且日事苞苴,不问民之疾苦也。以《雀桥诗》一本畀配京。

**初五(4 月 2 日)** 巳刻,徐亲家母赠麻酥、雪片、蛋糕三种。申刻,晋畚自馆中归,言王砚农征君前日到乍过访,欲乞余作《汤雨生都督传》。以上二日,仍服西园方。

**初六(4 月 3 日)** 是日,精力大疲,病势复进。酉刻,陈乐泉寄来《三十六鸥吟课》一卷。

**初七(4 月 4 日)** 夜雨。申刻,李公清梁飞片来。平湖县丞。

**初八(4 月 5 日)** 夜大雨。是日,右足旧疮复溃烂。

**初九(4 月 6 日)** 是日,腰间复起一疽。

**初十(4月7日)**　未刻,龚配京赠鲜鳖两个。

**十一(4月8日)**　午刻,闻李耘谷子临昏忽痴,昨夜花烛后即从后门逸去,竟夜卧麦田中。其家人挟之以归,问其故,则曰:我畏新娘身有刀戟也。

**十二(4月9日)**　晓雨。是日,始下床。卧床已半月矣。巳刻,纪录庵来,请余十六日至盐溪朱氏题主。

**十三(4月10日)**　上午雨。

**十四(4月11日)**

**十五(4月12日)**　辰、巳刻,连得丁步洲两书,招余四月中往游。又范呐如寄赠新刻《鸦片见闻录》《爱青山房诗抄》两种,内有答余五律一首,并求作序。午刻,姚谱苹过。酉刻,龚配京又赠甲鱼一个。是日,身大不适,加以心痛。

**十六(4月13日)**　晓雨。辰、巳刻,乘轿至盐溪朱博山宅吊丧。午刻,题奉直大夫梦兰朱公神主,纪芝坪、张蒲卿作左右襄事。礼毕,主人设席相待,同宴金又桥等四人。未刻回家。是日,足疮甚痛。

**十七(4月14日)**　夜雨。辰刻,赠龚配京《鸦片见闻录》一册,配京复馈鸽子一对。巳刻,答钱小园,知直隶、湖北寇势日盛。张柳坡来问疾,不值。是日,左肩又生一疽。

**十八(4月15日)**　夜雨。辰刻,得沈浪仙所赠《余晖楼遗诗》一册,清溪朱同釜著。诗甚浅薄。是日,晋酚到馆。

**十九(4月16日)**

**二十(4月17日)**　夜雨。

**廿一(4月18日)**　夜雨。

**廿二(4月19日)**　申刻,朱博山拜谢,赠佛银八枚。陈乐泉过。赠顾书台新刻《独山登高唱和诗》一卷,并求和作。

**廿三(4月20日)**　辰刻,顾榕屏书来,始寄到所刻《与王姬书》样本。又得沈兰卿书,为余题《扁舟访友图》七古一首,叙两世交谊,极有作意。兰卿系故友赤石之子。方小洲题五律二首亦可。小洲改字友鹤。巳刻,张惺庵过。是日,闻上海官兵四散劫掠,各村庄大被荼毒。

**廿四(4月21日)** 辰、巳、午刻,趁航船入城,即至朱宅,候顾榕屏。未刻,朱纯庵留中膳,乞作《秋窗读画图记》。申刻,过胡少琴寓,少琴系余同岁生,小霞之孙。畀以《四集文》一部。少琴见余,绝无规矩。即访时祉卿。酉刻,郁荻桥招饮源和馆。夜宿西鼎字店。是日,榕屏言常州蒋筱阳茂才名清植在邢邑候幕中,甚爱余骈体文,托许敬斋代求,敬斋转属沈镜堂,时方甄别阅文者即蒋君也。镜堂共作生童文八卷,意谓得余全稿赠蒋君,可以均取前列。奈镜堂因王姬事,获戾于余,不敢代求,以致八卷俱置后劲。

**廿五(4月22日)** 午后雷。辰刻,请朱丽川治足疮,赠以《朱布衣诗》一册。至李蓉村店,付以一洋,属其刷印《与王姬书》二百篇。时洋价至一千七百八十外。巳、午刻,与费恺中长谈,赠以《朱布衣诗抄》,恺中即留小酌。未刻,复至榕屏馆,长谈两时。申刻,沈怀辰招饮。余以步履艰难,辞之。是日,寄赠德清戚鹤年《左国闲吟》一卷。闻淮、徐诸郡俱被寇难,江北大乱。

**廿六(4月23日)** 巳、午、未刻,趁盐溪航船回家。见徐勉如太史。与晋畲书,言沈廉叔主政,甚慕余名,渠有《桐阴清暑图》,乞余题句。但不知廉叔何名,并不知其科分籍贯,难以落笔。是日,脑疽始愈。肩上亦痤,而足疮如故。

**廿七(4月24日)**

**廿八(4月25日)**

**廿九(4月26日)** 卯刻,顾榕屏书来,并新印骈体文一百七十篇,榕屏取出三十篇。辰刻,为朱纯庵作《秋窗读画图记》。骈体。

## 四　月

**初一(4月27日)** 卯刻,寄丽春书。辰刻,评点《陆书村古今体诗》三十余首,略加删润。费恺中所托。

**初二(4月28日)** 辰刻,寄费恺中书。未刻,复顾榕屏书。

**初三(4 月 29 日)**　巳刻，见给事中凤宝奏疏，极言京师户口之寡，丁壮之弱，军饷之乏，征敛之苦，字字泣血，读之可为寒心。是日，闻山东郡县相继失陷，湖北重被寇难，总督吴文镕殉节。

**初四(4 月 30 日)**　雨，夜更大。是日，买舟至松江，赴丁步洲之招，赠以《朱布衣诗》及茶食二种。知张诗舲中丞与制军舒兴阿互相劾奏，二人皆内召。诗舲补授内阁学士，兼礼部侍郎。舒兴阿竟革职。又闻姜小枚、李龈香皆于去年物故。

**初五(5 月 1 日)**　雨。辰刻，阅珠泉居士《续板桥杂记》《雪鸿小记》。巳刻，寄赠雷研农《四集文》一部、安息香二匣，以其今日嫁女于封氏也。午刻，赴雷氏吉筵，同席三十余人，无一相识者，约轩赠《奇芬集》一册，即三年前王松坪明府所征李栴堂学使侧室王氏殉节诗文也。然佳者殊尠，终以余骈体一篇为集中之翘楚云。未刻，访钱鼎卿，长谈两时，见张问秋《养拙居诗集》四册。酉刻，偕步洲过娄县丞俞平叔余杭人署，适金山县幕友赵元牧无锡人亦在，即留夜膳。戌刻，偕步洲、平叔、元枚至寺基巷，访赵氏姊妹三人。赵五最佳，靡颜腻理，秀外惠中，次则赵六，又次赵四。三人皆高自位置，故流俗人不得近之也。然亦酬应颇周，谈至三鼓始还。

**初六(5 月 2 日)**　巳刻，赠钱鼎卿《四集文》一部。鼎卿招赏牡丹，设宴于少有山房，同席黄砚北、倪日园、夏星五、张恒卿、叶桐君、沈秋卿、韩敬亭等十四人，肴品精妙。席间，余劝鼎卿为砚北翁刊《重赴鹿鸣贺诗》，盖以此事难能可贵，实闾里之光，不可湮没也。鼎卿许诺。申刻散席，适黄小田名富民，曾官郎中，左田尚书之子、张啸山亦来。戌刻，丁步洲、黄湘筠合置酒筵于赵氏，招余及俞平叔、赵元牧、俞竹筠杭州人往赴，三姬侍饮，谈谑淋漓，仍至三鼓回寓。是日，闻张宾槎下世。

**初七(5 月 3 日)**　辰刻，候倪日园，赠以《四集文》一部。日园亦答赠其祖二初翁《经籍摘要》十二卷。巳刻，候钱渊亭，不值。未刻，渊亭答候，继而杨肖英亦至，别已十年，处境益困，余赠以诗集一部及

《左国闲吟》《观水倡和诗》共三种。肖英言王叔彝将刻《续可作集》,托余代觅佳诗。又言去冬至上海,被土人误认奸细,刀已加颈,诡词得免,危乎哉。谈至一鼓始去。

**初八(5月4日)**　辰刻,访唐梧生,赠《四集文》一部。梧生始托有疾,继托外出,拒而不见。余甚悔此行也。即访蔡懿斋,赠以《医学新纂》《横山草堂诗集》等书五种。懿斋出其曾叔祖雪调公父吟馥公遗照索题,余立成七绝二首。午刻,懿斋留饭。回至丁宅,知钱鼎卿、张啸山、杨肖英于午前同过。鼎卿见赠沈沃田《学福斋诗文集》五十八卷。肖英见赠五律二首,音节苍凉,殊有王朗斫地之概。戌刻,在丁宅观戏法。

**初九(5月5日)**　巳刻,张筱峰来访,赠以朱雀桥、朱同釜两诗集及《读郭摘瑕》,始知吴门老友蒋眉生去年下世。午刻,钱渊亭招饮,同席夏星五、张伴芸、丁步洲、张若愚等八人。未刻,偕渊亭、步洲过叶栀亭处,即同栀亭访张涤船。文敏公照曾孙。其家花木甚繁,芍药、虞美人争妍斗艳,正是四月清和好景。申刻回寓。钱晋亭来访,赠以《左国闲吟》一卷。得唐梧生书,言《棠荫录》尚未刷印,仅赠《笔花阁诗》三部。此往年所已得者,殊觉数见不鲜。

**初十(5月6日)**　辰刻,沈秋塘来访。巳刻,钱晋亭为余绘《扁舟访友图》,描写三泖风光,烟波欲活。张筱峰赠《绿雪馆词稿》十卷。午刻,步洲置立夏酒于诵芬室,同席钱渊亭、蔡懿斋、张筱峰、杨肖英、钱晋亭、王子山。申刻,晤何石耕、松友芝,皆翩翩美少年也。

**十一(5月7日)**　暴热。辰刻,见耿诗筌《感事》七律十四首,极工。午刻,至娄县署中访杨镜泉,名清泽,武进诸生,能诗。赠以《诗集》一部。未刻,偕步洲过冯姬家,遣人招高友兰校书来弹琵琶。高姬行四,常州人。酉刻,访奉贤广文黄熙哉,名文显,崇明贡生。赠以《左国闲吟》。戌刻,高姬招余至其家。姬年二十七矣,尚有徐娘丰致,性情醲粹,殊足取也。

**十二(5月8日)**　热,夜雷雨。辰刻,见松友芝与步洲书。友芝,名荣，满洲人，随其父宦游在松。书中言十一二岁时，即读余骈体文四册。前日相遇步洲处，竟不问余姓名，及出门问何石根，始知为余，自恨交臂而失，愧悔无地，竟欲负荆请罪。嗟乎，余亦何能，而友芝如此推崇，可谓浊世之佳公子矣。巳刻，砚北翁来访。王子山以奉贤刁玉屏山水画册索题，余立成小骈体一篇。午刻，杨肖英来，长谈三时，以所作《孟子乐府》百首就正，其才气与老铁相类，然每首以后世事作证，非法也。余亦为作跋语，临行赠以《香鹿集》一册。酉刻，答张啸山，不值。戌刻，至长桥南观提戏。是日，从步洲处借得彭咏莪、吴清如、张猗谷三文集。

**十三(5月9日)** 热。黄昏大雷雨。辰、巳刻，阅赵琴士《泾川丛书》数种。午刻，过门人陈星联处。未刻，答沈秋塘。申刻，董梦兰知余在松，特从洙泾来访。酉刻，杨肖英来，为余重题《扁舟访友图》，填《南曲》一套，以补图中所未备。戌刻，与梦兰长谈。梦兰言将作《诗话》四卷，但取相识者，每人冠以小传。余即赠以《四集文》及《诗集》二种。又言杨芸士今已物故，其生时恒称道余文。是日，闻奉化奸民洪明璋聚众三千，将谋起事，已伪张黄榜矣。知县丁晋人冒谷乘其不备，擒拿伏法。余识晋人于总角之时，恂恂如女子，不料其今为健吏也。

**十四(5月10日)** 毒热。夜半大雨。辰刻，访黄小田，赠以《左国闲吟》。午刻，饭钱鼎卿处。鼎卿欲邀余迁寓，辞之。未刻，答松友芝，赠以《四集文》一部。复至沈园访何石根。酉刻，顾韦人来访，约余廿四日至亭林同访金瘦仙、张梅生。是日，闻鄂州重失陷。

**十五(5月11日)** 热。夜雨。巳刻，步洲赠七律一首。午刻，松友芝来，长谈三时。友芝年仅二十三，而于诗文确有所见，真隽才也。意欲受业于余，余以道远婉辞之。未刻，陈星联拜见。申刻，黄熙哉有书来，并题《扁舟访友图》七绝四首。

**十六(5月12日)** 夜雨，月食。辰刻，叶桐君来访。巳刻，答桐君。其园中千红万紫，殊堪悦目。午刻，赴砚北翁招，出示《水龙吟》一阕，盖以余自平湖，小田自芜湖，先后到松而作也。砚北设盛席于聪雪书堂,同宴黄小田、方秋涯、叶桐君、姚子枢、雷获人、沈菊庐、朱瑞山、钱鼎卿、丁步洲、夏灌夫、沈敦庵等十七人。申刻散席。

**十七(5月13日)** 稍凉,雨。辰刻,览《泾川丛书》数种。巳刻,游醉白池,即至育婴堂,赴叶桐君之招,赠以近人诗四种。午刻,桐君特设盛筵,同宴董梦兰、雷获人、丁步洲、宋筱峰。嘉肴旨酒,兼赏庭中五色杜鹃,倍添兴趣。申刻散席。过张啸山处,始出示五古三首,系丙午孟夏所作,其一则赠余,其二则熊苏林,其三则顾颐堂也。酉刻,得雷秋伯约轩子所绘《扁舟访友图》。戌刻,题钮荫堂《梧竹双清堂遗照》。四言八句。丁步洲赠张天如《汉魏六朝百三家题辞》二册。是日,闻芍仙校书近已嫁人为妾。

**十八(5月14日)** 巳刻,松友芝题《扁舟访友图》七古一首,才思激昂,颇有《两当轩集》气魄。午刻,过东岳庙听奏。未刻,杨镜泉寄到《扁舟访友图》七绝二首。申刻,赴高姬之招。姬自伤门前冷落,决计从良,前晤余时,已有愿从之意。是日,复再三言之。余以其烟瘾太重,未肯允诺。

**十九(5月15日)** 夜半雨。辰刻,董梦兰过,长谈三时,为余言何古心独不喜余骈文,洙泾人翕然信之。梦兰则推重余文,以为当今无偶,洙泾人又以梦兰之言为然。余闻之不禁大噱。午刻,王小岩求题《画鸳鸯》,立成七绝应之。申刻,借松友芝《养一斋古文》八册。武进李兆洛著。戌刻,得黄小田《扁舟访友图》七律一首,清和圆润,神似晚唐。是日,嘱王子山抄文六篇。

**二十(5月16日)** 巳刻,蔡懿斋馈火腿一只、茶食两匣。午刻,步洲设宴于诵芬室,同席黄砚北、姚子枢、钱鼎卿、黄小田、雷获人、叶桐君、黄熙哉、董梦兰、张啸山、沈秋卿、钱渊亭、赵胜山、俞半根、宋筱峰、何石根等十九人。申刻散席。题吴亦愚《西窗话雨图》。七绝。酉刻,还松友芝李申耆文集。戌刻,沈秋卿招余廿二日至天马山观花鼓戏,辞之。

**廿一(5月17日)** 辰刻,至高姬处话别。回至寓中,寄沈南一书，盖以杨肖英将至洙泾，南一现主柘湖书院讲席，托其吹嘘笔墨事也。巳刻，丁步洲赠布二匹，水烟一斤。迁寓于钱渊亭家。未刻，途遇张月巢，即邀至渊亭处长谈，言前年在宜兴县中作幕宾，遭乱民之难，所携行李尽被劫去，并诗集亦失之。酉刻，渊亭招同凌澹人、胡莘洲、邱元卿叙饮。亥刻，观《阮文达公年谱》。是夜，梦王施氏暴死。

**廿二(5月18日)**　下午雨。辰刻，赠渊亭茶食二匣。巳刻，过张晓卿、赵胜山二处。午后，与渊亭、清波谈至二鼓。

**廿三(5月19日)**　上午雨。巳刻，渊亭赠《贡举考略》一部。午刻，雷获人来，谈至向晦始去。

**廿四(5月20日)**　巳刻，唤梓人刘寄庭来，修改《茸城近课》误字三十余，盖以渊亭将重印故也。而七、八两卷板块，遍觅不得，久之乃得于韩氏书肆。若非余到云间，此事必不成矣。申刻，访张月巢，见其《古文类篇》。酉刻，过砚北司马处。

**廿五(5月21日)**　平旦大雨。辰刻，为砚北司马跋《焦南浦征君遗像》。骈体。巳刻，张眉雪寄赠俞塘、竹冈两诗集，并以近作四十余首，乞余加墨。申刻，评点眉雪诗，作一小跋。内有《沪城春感八律》最佳。

**廿六(5月22日)**　午后大雨。辰刻，姜子安来访。午刻，家丽春过。

**廿七(5月23日)**　巳刻，赠渊亭《吟红集》一部。申刻，顾韦人书来，招余往游。酉刻，俞竹筠招同步洲、渊亭至仓城访周秀宝校书，竹筠为设小酌。秀宝年已四十，视之如三十许人，而琵琶为云间第一。其养女凤珠，年十三，秀色可餐。亥刻，访桂舲小姬，年只十五，明眸皓齿，尚未破瓜。

**廿八(5月24日)**　巳刻，黄砚北、雷获人同过。砚北先去，获人长谈三时。申刻，渊亭赠《明宫杂咏》《孔宅诗录》及手巾二方。酉刻，薛少微来访。

**廿九(5月25日)**　昼夜大雨。卯刻，登松江舟。申刻，始至亭林,访顾韦人,并晤其兄松寮。名作钧,诸生,工书法。酉刻,韦人招仇祝平来,名治泰,娄县拔贡生。叙饮于大识堂。戌刻,赠韦人《龙角山庄》《享帚山房》两诗集。韦人亦赠余杨栩庵、汪味经两诗集。夜宿弦诗读画楼。

**三十(5月26日)** 下午大雨。卯刻,韦人出视《绍兴十七年题名录》,内有朱文公名,的系宋本。熊芝冈小砚一方,背有铭十八字。自渡辽,以为伴。草军书,恒夜半。余之心,惟汝见。又以姚云东《风雨归帆图》索题。余即作一小跋。散体。辰刻,过仇祝平馆,已为余题《扁舟访友图》《扫花游》一阕。两访吴叔痴,不值。巳刻,访顾辑珊。名椿炜,华亭举人。午刻,作华母邱孺人寿诗一首。五律。申刻,顾辑珊答候,出视《访友图》题句,七律。谈至一鼓始去。

## 五　月

**初一(5月27日)** 卯刻,题顾实君《秋夜读书图》。七绝二首。辰、巳刻,览顾涧蘋《思适斋文集》。多考据之作。午刻,阅《云间忠义录》。未刻,吴叔痴答访。申刻,顾松寮为余题《访友图》七绝二首。

**初二(5月28日)** 卯刻,为韦人题其父荻洲镜容遗像。四言十六句。题顾子木《寒江钓雪图》。七古。辰刻,韦人赠《石刻》四种。巳刻,为韦人作《笔筒铭》。午刻,得吴叔痴《扁舟访友图》画幅,烟云淡远,妙法南宫。叔痴画未肯轻作,余求之即获,亦盛名所致也。未刻,为顾辑珊题《寻梅图》,七绝。并赠以《左国闲吟》。戌刻,顾芝晦为余题《访友图》五律二首。

**初三(5月29日)** 卯刻,韦人赠账插一只、图章一个、五七律各一首。辰刻,为韦人作《寿砚铭》。巳刻,赴顾辑珊招,辑珊置酒于暂息居,同席韦人及沈春山、顾彦俦。未刻,过春山处,其家有易园。春山出《独坐吟诗图》索题,立成四言十二句。申刻,偕韦人游宝云寺,寻赵子昂碑,访顾野王读书堆。酉刻闲步,见叶氏女郎,年约十八九,流连顾盼,甚属有情。戌刻,观梁青远《雕邱杂录》。

**初四(5月30日)**　始晴。巳刻,偕韦人登亭林舟。午刻,过后港,访华愚谷,留中膳。申刻,至角巷访金瘦仙。名黻庭,金山诸生。瘦仙甚欲见余,此番却不料余来,昨日往云间矣。余与韦人进退无据,幸金履堂名蓉,亦诸生欣然延纳,款留夕膳,谈至三鼓,因作七绝一章,以志雅谊。

**初五(5月31日)**　辰刻,偕韦人登舟。巳刻,舟过千巷,刘青阁金山庠生见余二人,欲招登岸,辞之。午刻,至张堰,访张梅生。名家肃。梅生之欲见余更甚瘦仙,惜昨日往廊镇去矣。即访钱鲈香、钱梦花,俱不值,几有穷途之叹。韦人不得已偕余至秦山钱氏,而宝堂、信斋诸人误认余为秋风客,无一人酬应者,幸黄小田代作主人置酒款待。是夜,留宿漱石轩。

**初六(6月1日)**　卯刻,至大中堂,访张二如。名清江,松府庠生。辰刻,访顾尚之。甲戌春,偕单静山曾访尚之,时尚之年十六,神童之名播于江浙。今年重访,则尚之年已五十六,须鬓半白矣。巳刻,复往张堰,访钱鲈香,赠以《四集文》一部,兼晤西席沈松琅。名隽曦,金山庠生,工书法。未刻,访汪植庵。名培,金山庠生。其家有亦园,名溪南书塾。是日,夜宿钱氏之碧梧翠竹轩。

**初七(6月2日)**　熟。辰刻,鲈香赠《双松图石刻》三张、《胥溪朱氏文会堂诗抄》一部。巳刻,张梅生来,鲈香即邀同韦人、松琅、梅生登舟,作查山之游。午刻,泊舟大石头镇,入仁寿寺,观小佛像百余躯,遂登山顶。未刻,聚饮舟中,饮毕,访奚南浦。诸生。申刻归舟。酉刻,赴梅生招,赠以《四集文》一部。梅生置酒相待,同饮韦人、松琅、鲈香及雷倜卿。亥刻始散。

**初八(6月3日)**　上午大雨。巳刻,鲈香出视《武林游记》。午刻,松琅作七律一首,题余《扁舟访友图》,极机旺神流之致。是日,闻嘉善民变,已擒得十余人。

**初九(6月4日)**　夜雨。辰刻,韦人为余作《扁舟访友图赞并序》,即乞取《鞠泉山馆诗》一部。午、未刻,阅翟晴江《通俗编》。申刻,偕鲈香、梅生访王昼三。其家有小园,名钓鱼闲处。虽已倾毁,而亭池竹木尚有逸趣,可想见研农、寒香两老人之流风余韵也。酉刻,访姚瑟儒,不值。

**初十(6月5日)**　辰刻,鲈香赠七律一首,又馈佛银二枚,乞撰《十三间楼校书图记》。巳刻,访汪兰舟。名芝瑞,金山岁贡。午刻,晤汪松扉,名鸣良,金山廪生。别已四十年。其人简率无礼,并知其曾犯命案。汪兰舟答访。未刻,告谢钱氏,偕韦人各自登舟。戌刻回家,见晋畲近又抱病。得王砚农、陈曼寿二书。砚农赠《万叶堂诗抄》《金海楼合稿》及石刻四种。曼寿赠《喜雨集》二卷。又得沈浪仙所寄朱钰持《扁舟访友图画》。

**十一(6月6日)**　辰、巳、午刻,趁航船到城,即候顾榕屏,赠以《孔宅诗录》《汪味经诗》及《双松图石刻》。又以砚北、梦兰、获人、肖英、韦人所题《秋窗读画图》诗付朱纯庵。未刻,纯庵赠笔资二洋,即招余至仓场观富华戏。酉刻,答陈曼寿书,补赠《四集文》一部,以前所赠者,为王砚农取去也。戌刻,得归安戚鹤年《扁舟访友图题词》。《探春》一阕。是夜,宿横山草堂。榕屏言《与王姬书》三十篇,分赠各处友人,而枫泾、新篁两处传抄殆遍,朱小云观察尤爱赏之。

**十二(6月7日)**　下午雨。卯刻,至明月楼茶肆,遇王二,为余言前月有石门秀才来湖娶妾,已聘定王姬矣。因被力阻,不果。盖王二系余原媒,故代为不平也。巳刻,属榕屏代题沈廉叔主政《桐阴清暑图》七古一首。徐勉如太史所托。午刻,寻胡少琴、时祉卿,皆不值。是日,始见四月中县试全案。前十名:卜清元、韩亮采、丁彝、张炳麟、陈耀宗、沈太来、费乃文、林芳春、何绍琛、张金圻。题:"'而不谅'至'其事'"。

**十三(6月8日)**　与费恺中长谈竟日,知鲁惇甫家有一湖广婢,愿为余妾。其识见远出王姬上,奈惇甫视为奇货,因而中止。是夜,宿东鼎字店。足疮复痛,竟夕不安。

**十四(6月9日)**　夜雨。巳、午刻,趁牙前航船回家。酉、戌刻,览杨栩庵、顾蘅沚诗集。是日,始知署白沙巡检为周公其泉。嘉定人。

**十五(6月10日)**　寒。夜雨。辰刻,寄顾榕屏书,附《与王姬书》十篇。巳刻,寄费恺中书,赠以近刻二种。午、未刻,阅戴月村女史《父书楼吟稿》、王慧珠女史《塔影楼诗抄》。申刻,属陈东堂代题《黄姑竹枝词》。七绝。寄赠王砚农《文稿》初、二集。

**十六(6月11日)**　辰刻,作伊啸山《秋江独钓图序》,骈体。卢揖桥所托。巳、午刻,阅俞症孝子《旌孝录》、徐母吴孺人《清芬集》,内有余七律诗□□。与沈浪仙书,附赠石刻二件、诗文数种。张蒲卿、高梦花同过,各畀以《随笔》《漫记》《诵芬楼诗抄》《仿行保甲便民自保□□□》[①]。

**十七(6月12日)**　□□□诗笔□□□。晋谿往乍浦馆中。巳刻,赠龚配京近刻二种。申刻,陈阆峰即乐泉来,携至云石、和石名海淳《扁舟访友图》七绝三首,方外身分。又赠其门下士顾书台等《黄姑竹枝词》一卷。阆峰骈体序一篇,极佳。酉刻,阅朱椒堂《蕉声馆文集》八卷。

**十八(6月13日)**　雨,夜更大。辰、巳、午刻,阅张天如《汉魏一百三家题辞》。申刻,阅汪子超《天马山房诗别录》。七绝百首,皆咏云间故迹,每首各出新意,真妙才也。

**十九(6月14日)**　上午雨。辰刻,署巡检曾公传保来拜。午后,阅倪二初《经籍录要》十二卷。

**二十(6月15日)**　湿热。辰、巳刻,阅张猗谷《悔庐文抄》五卷。散体疏落入古,骈体寥寥数篇,却有别趣。酉刻,阅《顺治丁酉北闱大狱记略》。

**廿一(6月16日)**　作丁步洲《倚竹斋词序》。骈体。巳刻,朱秋澄过,以其父雀桥《独坐幽吟图遗照》索题。申刻,阅姚秋崖《梅花溪棹歌》。

**廿二(6月17日)**　夜雨。辰、巳、午刻,阅彭咏莪《归朴龛初删

---

① 十六、十七日日记残缺。

文稿》十二卷。是日,嘱高梦花抄《吴红玉夫人自撰年谱》夫人为桂林陈文恭公妻,十六岁被叔母逐出,备尝苦毒,既而归公。公以贫困出游,夫人又遭无妄之灾,遍受大小牙门夹打,二十七岁后,始享荣华,亦千古未有之事也及《随园老人遗嘱》。

**廿三(6月18日)** 上午大雨。巳刻,阅《红楼觥史》。午后,阅《渔矶漫钞》十卷。

**廿四(6月19日)** 阅沈沃田《学福斋文集》二十卷。

**廿五(6月20日)** 巳刻,与丁步洲书,还张猗谷、吴清如两文集。又寄钱渊亭书。午刻,过钱小园宅。

**廿六(6月21日)** 横热。卯刻,得顾榕屏书,并新刊《快雪唱和诗》一卷,内有余诗一首。巳刻,览汪味经诗。姚水北骈序一篇,工练绝伦。

**廿七(6月22日)** 热。巳刻,阅李紫纶、王心庄诗稿。酉刻,题《朱雀桥遗像》。五律。

**廿八(6月23日)** 夜雨。辰刻,沈浪仙复书来。巳、午刻,阅《尚胥里朱氏文会堂诗抄》八卷。朱念珊所收辑也。摘录其佳句五十余联。

**廿九(6月24日)** 雨。阅朱椒堂《蕉声馆文集》八卷,摘录其骈体八十余联。

## 六　月

**初一(6月25日)** 寒。夜大雷雨。卯刻,得王锦堂书。辰、巳、午刻,阅陈春舫《枕善居集》,摘录其骈体六十余联。

**初二(6月26日)** 辰、巳、午刻,趁航船入城。过顾榕屏处,赠以毛山子《明宫杂咏》四卷。未刻,王景堂言,有陈氏女子,年二十四岁,系乡间女,勤于操作,邀余往观之。余误堕其计,匆匆讲定礼金及杂费三十二洋。洋价每个值钱一千八百三十八。申刻,榕屏招同郁荻桥小饮源和馆。夜宿东鼎字店,与费恺中长谈。

**初三(6月27日)**　热。卯刻，榕屏复赠《快雪唱和诗》四本。巳、午、未刻，附盐溪僦回家。老妻乞取布两匹，夏布襴、布裤各一条。

**初四(6月28日)**　巳刻，王景堂等送姬人来。景堂等立即回去。姬人入门，便有怨言。细问之，始知姓沈，年已二十八岁，本绍兴人，流落乍浦。并非乡间女子，盖其弟兄辈俱无赖，与平湖奸徒协谋诈卖者也。余闻之，深自悔恨。是日，舟金及杂费，共二千五百。

**初四(6月28日)**　抄骈体五篇。①

**初五(6月29日)**　抄骈体五篇。申刻，寄费恺中、顾榕屏两书。赠恺中石刻一种。又与王景堂小札，深责之。

**初六(6月30日)**　热。抄骈体五篇。

**初七(7月1日)**　热。抄古文六篇。

**初八(7月2日)**　夜雨。抄古文七篇。

**初九(7月3日)**　大雨。抄古文七篇。

**初十(7月4日)**　大雨。杂摘骈体一百余联。

**十一(7月5日)**　夜雷雨。午刻，寄丁步洲书，赠《快雪唱和诗》一本，还《彭咏莪文集》一部。与蔡懿斋书，附沈浪仙所和青浦陈竹陂《重赴泮宫诗元韵二律》。是日，足疮始愈。

**十二(7月6日)**　夜雨。辰刻，顾榕屏复书来，内有陈觉生《课子弄孙图诗》，刻余七古一章。又得蔡听香书，赠余震泽邱孙锦《有余地遗诗》六卷。巳刻，寄顾韦人书，还秘册二本，并以榕屏所题其尊人《封肱刀图》七古一首付之。

**十三(7月7日)**　稍晴。辰刻，答曾小山巡检，江夏人。赠以《四集文》一部。巳刻，与龚配京《快雪唱和》一册。未刻，马倜卿过，乞撰《白榆村舍记》。是日，族匪奇六死，行路之人，莫不称庆。

**十四(7月8日)**　辰刻，丁步洲复书来。巳刻，与顾榕屏书，商驱遣姬人之法。午刻，得贾芝房书，内有其两兄诗，乞余寄至王叔彝

---

①　原文如此，有两个初四。

处选刻。是日,知张诗舲实授史部右侍郎。

**十五(7月9日)**　为钱鲈香作《十三间楼校书图记》。骈体。

**十六(7月10日)**　摘录杂诗一百余联。

**十七(7月11日)**　热。为张梅生作《梦随秋远图记》。骈体。《梦随秋远》,梅生悼其元配朱云仙,因绘是图。辰刻,得钱渊亭复书,赠新印《茸城近课》《褒忠录》各一部。又汪子超为余题《扁舟访友图》五律二首,健笔凌云,并见贻《天马山房诗录》。

**十八(7月12日)**　热。酉刻,顾榕屏复札来。

**十九(7月13日)**　大热。为张翠芬作《纸阁纺声图记》。骈体。翠芬即陈曼寿内子也。是日,闻安徽学政孙公殉难。

**二十(7月14日)**　大热。日中雷雨。以上数日,重阅《律赋摘句》。

**廿一(7月15日)**　大热。为顾韦人作《浮诗舫诗录序》。骈体。申刻,陈东堂借《生斋诗集》。

**廿二(7月16日)**　毒热。作《芦川竹枝词》二十五首,合旧时所作,共得三十首。陈东堂邀余及柯春塘、陈乐泉分咏芦川人物风土,余诗先成。

**廿三(7月17日)**　毒热。辰刻,赠张生蒲卿《笔花阁诗抄》,属其写文三篇。

**廿四(7月18日)**　毒热。辰刻,为钱鲈香作《海忠介手植双松歌》,叠《喜雨诗》韵。忠介松,今在钱氏庭中。巳刻,寄陈曼寿书,附诗文两件。又复蔡听香书。午后,阅顾韦人诗稿二百余首,删其庸弱者数十首,余皆存之。其诗时有杰句,而全璧者少。

**廿五(7月19日)**　毒热,更甚。辰刻,寄顾榕屏、费恺中两书。今夏酷热异常。余素不出汗,未尝挥箑,今亦不免矣。

**廿六(7月20日)**　毒热如故。是日,镇上热死二人。

**廿七(7月21日)**　黄昏大雷雨。是日,恶妾欲回去,逼余买舟。恶妾自入门以来,怒目相视,非哭即詈,开口自称老子。每日必饮绍酒,每顿必须佳馔。昼则高眠数次,夜则恒不进房。如此丑貌,如此年纪,而无恶不备,真天下之妖人也。

**廿八(7月22日)**　晚又大雨。以上二日，选录许德水、汪雨人、宋小茗、孙愈愚、萧雨香、宋樗里、方子春、徐芸岘、汪一江、蒋眉生、林雪岩、陆春林、姚半帆、翁鄂生、高藏庵、费春林、柯小坡父子、贾兰皋昆仲，共二十人，得诗七十三首，皆择其最佳者，将寄与杨肖英选入王氏《续可作集》。

**廿九(7月23日)**　辰、巳刻，作骈体一书，寄杨肖英。午刻，与晋翁书，属其于乍浦密访姬人出身本末。

**三十(7月24日)**　午刻，寄顾韦人书，附诗序一篇。是日，媳妇有急疾，幸入夜即愈。

## 七　月

**初一(7月25日)**　日中大雨。辰刻，寄丁步洲书，赠以《清流种石刻》三张。又与丽春札。戌刻，丁步洲、费恺中及丽春俱有书来。步洲赠《褒忠录》《茸城近课》各一部、黄桃三十枚。

**初二(7月26日)**　辰刻，陈东堂还《生斋诗集》。巳刻，恶妾又逼余买舟回家。申刻，寄书招王景堂来。

**初三(7月27日)**　大东南风，夜雨。午后，身上发热，盖积怒恶妾所致也。

**初四(7月28日)**　大东南风，夜大雨。辰刻，嘉兴查氏有讣来，知玉彭孝廉于六月去世。

**初五(7月29日)**　大雨如注。辰刻，晋翁书来，言此事尚未查明。王二亦答书狡辩，自知罪大，竟不敢来。

**初六(7月30日)**　大西北风兼雨。巳刻，再寄晋翁书。未刻，与张梅生书，附记一篇。

**初七(7月31日)**　始晴。辰刻，寄钱鲈香书，附诗文二首。又顾榕屏、沈浪仙所题《十三间楼校书图》，及《海忠介双松诗》，一并寄之。

**初八(8月1日)** 巳刻,恶妾挟其衣饰逃去。午刻,再寄晋翂书。又作札痛责王二。

**初九(8月2日)** 大热。拟诸葛公贻司马仲达巾帼书,仿魏晋文体。辰刻,郁荻桥寄赠《贯珠赋抄》二部,又十五部托余销售,内选余《关神武风雨两竹诗画赋》《见橐驼言马肿背赋》二篇,选晋翂《光武临淄劳耿弇赋》《花蕊夫人咏宫词赋》《铜似士行赋》三篇。又四年中所处芦川书院赋题选刻大半。黄松轩寄来《扁舟访友图》第八册,已经装池。申刻,晋翂自乍浦带兵子邱五来,盖将押回恶妾也,不料其先逃去。酉刻,风闻恶妾之逃,私唤蒋六官船。立呼蒋六问之,始犹隐饰,继乃尽吐其实,知即恶侄友金所代唤者。

**初十(8月3日)** 大热。巳、午刻,偕晋翂率邱五到城,时王二诈病卧床。邱五诱至东门,余大声责问,彼终不发一言。立唤保正徐某交之。未刻,寄丁步洲书,赠《贯珠赋》一部,又赠王子山一部。酉刻,以赋一部畀徐馥卿子。是夜,余父子俱宿西鼎字店。

**十一(8月4日)** 大热。是日,留晋翂在城,余趁衙前航船回家,知恶侄友金亦已逃去。

**十二(8月5日)** 大热。辰刻,龚配京赠巨鳖一个。申刻,以《贯珠赋》一部畀高梦花。

**十三(8月6日)** 大热。申刻,朱坐春来,有事相诉。酉刻,晋翂自城回来,言王二等至乍浦根究逃妾,不获,闻又逃往海盐矣。此说亦不可信。

**十四(8月7日)** 大热,夜更甚。

**十五(8月8日)** 大热。

**十六(8月9日)** 热。卯刻,偕晋翂至月桥,左右寻友金,不获。因痛骂金杏园一顿。杏园前留友金数夜。

**十七(8月10日)** 热。辰刻,丽春书来,言友金已逃往乍浦,大都赴恶妾之约矣。

**十八(8月11日)** 大东南风。午刻,陈阆峰来,携至沈大来、顾书台所绘《扁舟访友图》,即留中膳。

**十九(8月12日)** 酉刻,沈月山书来,言逃妾事昨日已进纸县中,其呈词即月山所作。

**二十(8月13日)** 毒热。是日,闻学政万公丁内艰。

**廿一(8月14日)** 毒热。戌刻,得顾榕屏、陈曼寿两书。曼寿赠账包、眼镜带各一个,即以为润笔也。

**廿二(8月15日)** 昼夜得雨三阵。以上数日,重览所选骈体文一过。

**廿三(8月16日)** 热。辰刻,友金自乍浦有书与晋翁,言日前路遇逃妾,知其曾为南司营兵阿毛妻,今仍在阿毛处。

**廿四(8月17日)** 热。是日,老妻取衣五件,皆王姬物也。

**廿五(8月18日)** 夜半雨,有怪雷。酉刻,见府试全案。前十名:费乃文、高抡元、张金圻、卜清元、张庚照、柯绍琛、屈传镛、顾鸿熙、王运澜、高人俊。

**廿六(8月19日)** 热。是日,晋翁到馆。

**廿七(8月20日)** 热。以上数日,重览所选古文一过。

**廿八(8月21日)** 热。作骈体书,寄鲁惇甫,约一千一百字。盖以其婢吉庆愿为余妾,惇甫百计阻挠,转嫁他人,累余重纳恶姬,空费三十余洋,其罪殆不减王二,故于书中尽发之。

**廿九(8月22日)** 毒热。夜雷雨。辰刻,张蒲卿过。

**三十(8月23日)** 晚雷雨。是日,始闻致仕大学士潘芝轩夫子薨,赐谥文恭。

## 闰七月

**初一(8月24日)** 晚雨

**初二(8月25日)** 晴雨相间。

**初三(8月26日)** 大雨四阵。阅《五代史》。是夜,梦后身为女子,姓冯名可中,姿貌明艳,年十八九,有贵公子见而悦之,择日聘娶,琴瑟甚谐。

**初四(8月27日)** 大东北风,夜雨。作《郭崇韬论》。骈体。

**初五(8月28日)** 大东北风,昼夜雨。

**初六(8月29日)** 上午雨。

**初七(8月30日)** 昼夜大雨。作《桑维翰论》。骈体。

**初八(8月31日)** 昼夜大雨。

**初九(9月1日)** 雨。

**初十(9月2日)** 稍晴。申刻,与顾榕屏书。是日,知乍浦闽广客商械斗,各伤数十人。

**十一(9月3日)** 晴雨相间。辰刻,与费恺中书,赠其子乃文《贯珠赋》一部。

**十二(9月4日)** 大东北风,猛雨数阵。以上数日,阅《十六国春秋》。

**十三(9月5日)** 大东北风。巳刻,得丽春两书,言逃妾一事,因前途阻隔。至是月初三始进纸,其词着重丁枭一人。丁枭者,即前冒称逃妾胞兄陈三□也。

**十四(9月6日)** 大东南风,忽晴忽雨。卯刻,费恺中复书来,招余到城观城隍赛会。辰刻,题邓星岩《山林耕读图》。五律。

**十五(9月7日)** 雨。卯刻,晋翖书来,言林守戎家眷将回黄岩,馆事已经分手。又言敌兵已至东壩、广德等处,直逼浙江。

**十六(9月8日)** 始大晴。辰、巳、午刻,趁干儀到城,即过费恺中处长谈。未刻,在东门观城隍及施侯出巡,羽葆旌旗,缤乎模绣,二十四司台阁,及杂剧数齣,皆取童子容貌端好者为之,甚可观也。酉刻,知七月廿五日,敌兵至东壩,赖乡民奋力相斗,敌兵退回高淳,又云回至太平。是夜,宿西鼎字店。

**十七(9月9日)** 卯刻,寻顾榕屏,不值。辰刻,为禾中钟谱嵩题《抚松图》。七绝二。巳刻,赴程伊斋司马招,长谈三时,并留中膳。伊斋今年七十八矣,依然耳聪目明,高谈不辍,实属难得。未刻,在南河头观城隍会，又增长寿亭鳌山一座。申刻，顾榕屏、郁荻桥同过。赠榕屏汪子超《天马山房诗别录》。是日，见邸抄，知六月廿二日武昌失陷，湖北巡抚青麐逃至长沙，托言沿路收军，抵罪伏法。又知广东省城亦被攻破。

**十八(9月10日)**　卯刻，赠洪云洲太守《左国闲吟》。名玉珩，贵州平定州人，前任松江知府，现寓钱中丞宅。辰刻，过沈怀辰处。巳刻，候朱小云观察。小云言，向提台于闰月初在金陵城外与敌兵连战三日，竟得胜仗。张嘉祥斩其骁将铁公鸡，现在敌攻长沙，甚急。午刻，郁荻桥招同顾榕屏饮松筠馆。未刻，在乾河观赛会。是日，四乡男女看会者约三万人，趾错肩摩，处处拥挤。

**十九(9月11日)**　巳、午、未刻，偕丽春趁牙前航船回家。得晋翂书，言十七日移馆于陈角仁处，课其二子。

**二十(9月12日)**　巳刻，寄赵凌洲道士书，附黄砚北、杨萧英、丁步洲、蔡听香所题《养花图》诗词。又赠以《喜雨集》一本。酉刻，晋翂自平湖归。言开馆定期于廿六日。是日，闻安徽全省俱陷，而宁国府独无恙，因邓介槎太守甚得民心，每敌人来攻，百姓必涕泣固请，愿勿害我慈父母。敌人亦以为好官，释而不攻。余与介槎素交，见其恂恂儒雅，以为又弱书生耳，不意其临危镇定如是。

**廿一(9月13日)**　辰刻，寄赵拳山书，赠以《洄溪道情》及《朱布衣诗抄》。

**廿二(9月14日)**　巳刻，柯春塘过。是日，闻湖州水发，田皆淹没。福建省城大火，延烧三十里。

**廿三(9月15日)**　热。是日，闻琦善死。

**廿四(9月16日)**　作《佛图澄论》。骈体。酉刻，旧门斗夏老昌来，乞钱一百。

**廿五(9月17日)**　黎明大雷雨。重阅《翼驷稗编》。

**廿六(9月18日)**

**廿七(9月19日)**　申刻，方莲卿遣人来，请余撰其妻陆宜人墓志,先馈佛洋八枚,又碑帖一本。洋价近日至一千九百七十外。

**廿八(9月20日)**　雨,甚寒。以上三日,阅《晋书》。

**廿九(9月21日)**　昼夜雨,寒。是日,闻徐宿生去世。

## 八　月

**初一(9月22日)**　辰刻,顾榕屏书来,内有洪云洲太守《扁舟访友图》题词。《解连环》一阕。又见赠《蹄涔集古文》一本。书中言吴次平太仆卒于江西学政任,张巳卿孝廉亦已下世。是日,腰痛。

**初二(9月23日)**　夜雨。辰刻,晋畬书来,言逃妾一事,经唐西庑、沈月山力办,凶党震惧,王二、丁枭合陪八洋。其差人、保正开销,亦彼二人所出,并写领状画押,现将再进一纸,粘入领状,一面销案,一面存案。

**初三(9月24日)**　作《陆宜人墓志铭》。

**初四(9月25日)**　巳刻,复顾榕屏书。

**初五(9月26日)**　辰刻,属张蒲卿写文一篇,畀以《耽书图记》石刻一分。是日,腰痛始痊。

**初六(9月27日)**

**初七(9月28日)**

**初八(9月29日)**　夜雨。辰刻,寄方莲卿书,附赠《笔花阁诗抄》一部。是夜,梦见一园,略具池台,有古树五株,皆抱十围。

**初九(9月30日)**　阅《剑侠传》。

**初十(10月1日)**　作《张华论》。骈体。

**十一(10月2日)**　夜小雨。

**十二(10月3日)**

**十三(10月4日)**　巳刻,费恺中过。申刻,晋畬自乍浦归。

**十四(10月5日)**　辰刻,赵拳山、赵凌洲复书俱到,皆招余重阳后作澉浦之游。拳山中言,马小异于四月中已归道山,年七十七,惜其古文四册尚未付刊,子仅四龄,恐无人料理矣。

**十五(10月6日)**　作《独孤后论》。骈体。未刻，龚配京赠熟凫一只，还《质直谈耳》一部。

**十六(10月7日)**

**十七(10月8日)**　夜大雨。

**十八(10月9日)**

**十九(10月10日)**

**二十(10月11日)**　以上数日，温《文选》一过。

**廿一(10月12日)**　巳刻，借龚氏《明史稿》八十册。是夜，梦遇陈玉丽者，年约三十，时有悒悒之色，询之，则以志切功名，荐而未售故也。余留其家数日。

**廿二(10月13日)**

**廿三(10月14日)**

**廿四(10月15日)**　热。

**廿五(10月16日)**　热。

**廿六(10月17日)**　大热。

**廿七(10月18日)**　热。

**廿八(10月19日)**

**廿九(10月20日)**　大西北风。辰刻，顾榕屏书来，预辞明岁云间之游。钱渊亭欲招榕屏往游，属余再三言之，榕屏亦已允诺，今又变计，有负渊亭矣。

**三十(10月21日)**　寒。辰刻，寄丽春书。

## 九　月

**初一(10月22日)**　寒。以上十余日，阅《明史稿》一过。是夜，梦遇顺天人马治泽者，字厚堂，副贡生，年五十二，目已失明，面枯如鬼，语言多不可晓。

**初二(10月23日)**

**初三(10月24日)**

**初四(10月25日)**

**初五(10月26日)** 巳刻,与张虚舟书。

**初六(10月27日)** 辰刻,始得张梅生复书,仅赠笔资一洋,内有《扁舟访友图记》骈体文及《水调歌头》词一阕。

**初七(10月28日)** 辰刻,过张柳坡处。

**初八(10月29日)**

**初九(10月30日)**

**初十(10月31日)**

**十一(11月1日)** 申刻,陈曼寿、顾榕屏两书俱来。榕屏赠陈半圭《雨室文抄》二卷、沈云泉《爱吾庐诗抄》一卷。其《爱吾庐诗序》则余甲辰岁所作也。

**十二(11月2日)** 巳刻,阅陈半圭古文。语多陈腐。

**十三(11月3日)** 午刻,高仁裕招饮望亲酒,同席多凶徒,甚不合意。

**十四(11月4日)** 未刻,答陈曼寿书。

**十五(11月5日)** 辰、巳、午刻,趁航船到城,过费恺中处,得许辛木所赠徐烈妇《绛雪诗抄》。未刻,访朱文江于斗母阁,不遇。酉刻,恺中邀食蟹,夜即留宿。

**十六(11月6日)** 热。辰、巳、午、未刻,趁航船至海盐。访赵凌洲道人。是夜,留宿于栖真观之久香室。

**十七(11月7日)** 热。辰刻,访赵拳山,赠以《贯珠赋》一部。拳山有足疾,昨夜忽愈,约定明日作澉湖之游。巳刻,访朱秀珊。午刻,访徐慎斋、名维钊。吴云峤。名武曾。二君皆诸生,工诗。未刻,访徐小云,不值,名用仪,丙午副贡。即候张云槎道人。

**十八(11月8日)** 午后雨,入夜更大,夜半西北风大起。辰刻,拳山招同云峤、秀珊登舟,行二十里,至管山草庐,此吾笏山大令山别业也,有稻香水榭、九十九峰楼诸胜。又七里,至茶园镇,游金粟寺,观吴大帝战鼓、崇祯七年大铁镬。酉刻,至角里堰,访祝春渠,不值,医生，能诗。遇其从弟羹梅，名培元，诸生。夜即留宿。

**十九(11月9日)**　大西北风，极寒。是日，黎明即起，见天色大佳，为之狂喜。日出后，偕拳山诸君由甪里堰而南越黄泥岭，约四里许，出北湖口。又三里，至钱太傅祠堂，登湖天海月楼，适对永安湖。此湖一名高士湖，一名小西湖。周围十二里，左右皆山，共九十九峰。山外即海，轩豁爽朗，留憩久之。又二里，至蒋氏祠堂。又一里，至祝氏祠堂，适春渠亦至，同饭祠中。又三里，过南湖口，红叶满堤，其色或深或浅，鲜妍夺目，随园所谓"花中无此可怜红"也。又三里，至鹰窠山下，盘旋九曲，约五六百仞，入云岫庵稍憩。俄而贾勇复上，直造峰巅，飞鸟所不能到。俯视诸山，宛如儿孙罗列。时夕阳将坠，云海迷漫，左盼右瞩，气象万千。惜西风极厉峭乎，不可久留，仍还庵中。夜宿于潮音阁之东偏，庵僧止一人，号永盛。

**二十(11月10日)**　辰刻，从别路下山，经谭仙岭，约三里许。松竹夹径，苍翠之色，扑人眉宇。越南吴山，又五里，至金牛庵小憩，与老僧九如略谈。又二里，至茶磨山，访许黄门故宅。山上有"天南第一山"勒石五大字，为夏文愍公所书。未刻，回至甪里堰，祝羹梅招食午饭。是游也，二日中约行四十里，仅得佳景十之二三，然以僻在海隅，路途险阻，游人罕有至者，而余辈独能搜奇剔秀，虽不得仙，亦足豪矣。戌刻，回至海盐，宿奉山处。

**廿一(11月11日)**　巳刻，访黄韵珊，别已十六年，赠余《佩兰馆诗抄》《桃溪雪传奇》二种。午刻，拳山招同吴彦宣、黄韵珊、朱秀珊持螯赏菊。申刻，访陈湘渔名作敬，工诗。遇山阴周季贶名星诒、钱唐蒋蔼卿名坦二君，皆少年美才，将结诗课，遍访名流，特所立规条甚不合法，故无人肯应者。酉刻，湘渔留饮，至二鼓始散。

**廿二(11月12日)**　辰刻，陈湘渔答候。巳刻，徐慎斋答候，招明日午饭。午刻，黄韵珊招宴于拙宜园之倚晴楼，同席周季贶、蒋蔼卿、陈湘渔、冯少山等八人。酉刻始散。是日，闻张嘉祥克复芜湖，既而官军大败，死者数千，芜湖复失。

**廿三(11月13日)**　巳刻,至徐慎斋处,赠以《四集文》一部。慎斋出视山水手卷,约长五丈,非名手不办,惜无款识,不知何人所作。午刻,慎斋设盛筵见待,同席高宜圃、赵拳山、朱辅斋名庆松,壬子举人、徐小云、朱秀珊、赵凌洲,有蟹腐一味最美。是夜,仍宿栖真观。

**廿四(11月14日)**　辰刻,访顾穀芗,赠以《左国闲吟》。巳刻,再至云槎道人处,畅谈三时。回至栖真观,适黄柳江、朱簪香等七八人轰饮于画梅庐,招余入席。酉刻始散。是日,徐小云答候,不值。

**廿五(11月15日)**　巳刻,顾穀芗招食杜氏馄饨。午刻,赴徐小云招,赠以《四集文》一部。未刻,小云将设盛席,同宴黄韵珊、富斗槎、名思郑,壬子举人。徐慎斋、陈蒙生甫、赵凌洲,酉刻散席。小云亦赠余《吴绛雪诗》一册。小云年仅二十九岁,温文秀雅,词采斐然,余年侄中所仅见者。戌、亥刻,阅朱国祯《开国名臣传》。所记明初诸臣,颇有异说。

**廿六(11月16日)**　未刻,至赵拳山处话别。拳山赠太史饼一匣,即偕至朱乙莲家看菊。申刻,徐慎斋来,乞撰《萱堂授经图记》。是日,寄赠陈湘渔、祝春渠《左国闲吟》各一分。

**廿七(11月17日)**　巳刻,告辞凌洲,趁海盐日儎。申刻,至平湖,再访朱文江,登相见楼,东湖景色俱在目前。是夜,宿西鼎字店。

**廿八(11月18日)**　辰刻,访顾榕屏,赠以《绛雪诗抄》。巳刻,见吴小兰学政灵柩遵例入城。未刻,沈怀辰招宴,同席仲子湘、郁荻桥、顾榕屏等七人,兼作古欢第五集诗课。余分得张忠献祠七古题。夜宿横山草堂。

**廿九(11月19日)**　巳刻,赠费氏婚仪。未刻,访沈兰卿,不值。戌、亥刻,与榕屏纵谈近事。

## 十　月

**初一(11月20日)**　巳刻,趁朱氏布船,申刻回家。

**初二(11月21日)**　寒。辰刻,得丁步洲九月十七日书,见赠

《倚竹斋词抄》四部，骈体序二篇则余与董梦兰也。书中言其室人雷氏于重阳日去世。

**初三（11月22日）**　寒。巳刻，阅《吴绛雪诗抄》。午、未刻，阅《桃溪雪传奇》。此韵珊所作，亦纪绛雪事也。酉刻，顾升庵来，为新溪人购余诗集二部。

**初四（11月23日）**　寒。巳刻，阅戴兰庄女史《佩兰诗抄》。午刻，陈东堂招食蟹，谈至日晚，赠以《倚竹词》一本。

**初五（11月24日）**　午刻，阅戴醇士《访粤集》。

**初六（11月25日）**　巳、午刻，阅王子和《过学斋诗抄》。

**初七（11月26日）**

**初八（11月27日）**

**初九（11月28日）**　夜始雨。未刻，阅任昌运《香杜草第三集》。是夜四更，西市大火，延烧十余家。

**初十（11月29日）**　上午雨。作《永安湖观红叶记》。骈体。此文经营八日而始成，琢句工丽，字字惬心。是日，马雨山子窃余家脚炉一个。

**十一（11月30日）**　大西北风。辰刻，晋鈖书来，言初七日蚱蜢艇匪自宁波追糖船至乍浦，初八日在天后宫前与糖船互开巨炮，艇船炮弹击破塘上店门数处，旋即扬帆而东，适洋船自日本回来，遇于菜荠港口，以火箭焚烧洋船，死者三人。船货约六十万金，多被劫去。掳船主二人，其一即杨友樵也。是日，又有木船十一只，亦被艇匪牵去，现在木行家以二千九百洋赎之。又洋局中以洋七百五十元赎船主二人，而艇匪又索猪羊等物，故仍未释放。巳刻，过钱小园处。未刻，为丁步洲作《雷孺人挽诗》。七律。申刻，复鈖儿书。

**十二（12月1日）**　寒。辰刻，题张访槎《江店杏花图》、张少坡《夕阳归钓图》各七律一首，皆费恺中所代求。

**十三（12月2日）**　寒。为徐春斋作《萱阁授经图记》。骈体。

**十四（12月3日）**　辰刻，畀张蒲卿《倚竹斋词稿》《参香室遗集》,属其写文二篇。午刻,为曹鹤亭题《风雨故人来图》。五律。

**十五(12月4日)** 辰刻,作《张忠献公祠》七古一首。是夜,梦遇孙稼亭,言有七律二首赠余,竟不录示。

**十六(12月5日)** 午刻,以《四集文》一部,寄赠许珊林太守、辛木农部。

**十七(12月6日)** 巳刻,答丁步洲书,附奠分银二钱,挽诗一首。是夜,梦游吴门,与仲子湘徘徊数日,余将东归,子湘饯余于山光水色之间。

**十八(12月7日)** 辰刻,寄赵拳山、徐春斋书,各附文一篇。又赠拳山《褒忠录》一部。

**十九(12月8日)** 大西北风。辰刻,过张柳坡处。巳刻,与顾榕屏书,附诗二首。

**二十(12月9日)** 寒。辰刻,与费恺中书,附诗二首。

**廿一(12月10日)**

**廿二(12月11日)** 作赵凌洲道人《养花图记》。骈体。

**廿三(12月12日)** 巳刻,阅沈远亭《香草溪词》。

**廿四(12月13日)** 夜寒。为钱鼎卿作《少有山房赏牡丹花记》。骈体。

**廿五(12月14日)** 辰刻,再与费恺中书。

**廿六(12月15日)** 辰刻,费楷中答书来。

**廿七(12月16日)** 为马倜卿作《白榆村舍记》。骈体。

**廿八(12月17日)** 巳刻,偕陈东堂过马倜卿处。

**廿九(12月18日)** 申刻,晋翫自乍浦归。

**三十(12月19日)** 辰刻,寄赵凌洲书,附记一篇,并张蒲卿题《养花图》词一阕。

## 十一月

**初一(12月20日)** 夜大西北风兼雨。辰刻,寄钱鼎卿书,附记一首。又与丁步洲书。午后，闻炮声如雷，料乍浦必有奇变。

**初二(12月21日)**　寒。酉刻，龚配京赠腌肉一大碗。

**初三(12月22日)**　寒。巳刻，闻乍浦又来蚱蜢艇十三只，与糖船死斗，胜负未分，而乍人已纷纷逃窜。是夜，大伤风。

**初四(12月23日)**　寒。巳刻，闻[昨]夜盗劫朱博山质库。

**初五(12月24日)**　以上十余日，重览《明史稿》一过。是日，河水腾沸，数百里皆然。

**初六(12月25日)**　酉刻，马倜卿馈酱鸡一只。

**初七(12月26日)**　夜小雨。申刻，钟穆园书来，言初三日糖船水手以三板船十余只击艇船十八只，炮声震天，海波腾跃，约斗半日。艇匪大败，死者二十余人，而糖船无一受伤者。汤山顶观者千百人，靡不欣喜过望。初四日，城中半爿街失火，闽广人大肆劫掠，阖城恼惧，水手方九华大声疾呼，数千人即敛手而退，盖九华平日素能驾驭此辈，即上日杀贼之□，亦皆出其调度。九华亦人杰也哉。

**初八(12月27日)**　夜雪。辰刻，赵拳山复书来，内有朱朵山殿撰所书《扁舟访友图》册首、陈湘渔题图诗七律一首、祝春渠七绝二首。又有吴云峤、朱秀珊所作《澉湖纪游诗》各十余首。

**初九(12月28日)**　寒。未刻，陈角仁书来，言乍浦自初四以后，逃窜益多，盖恐艇匪复至也。

**初十(12月29日)**　寒。作《秦良玉男妾辨》。骈体。申刻，陈阆峰过。

**十一(12月30日)**　寒。抄骈体文四篇。

**十二(12月31日)**　寒。巳刻，徐洛卿过。午后齿痛。

**十三(1855年1月1日)**　寒。辰刻，顾榕屏书来，属撰丁超亭七十寿序。

**十四(1月2日)**　寒。辰刻，丁步洲复书来，言姚子枢去世。步洲复赠《倚竹词》五本，又以其妻雷簪芳行略请余作文。

**十五(1月3日)**　作丁超亭七十寿文。骈体。又命晋紛、蒲卿各作七律寿诗。巳刻,张惺庵过。

**十六(1月4日)**　大西北风。辰刻,寄黄韵珊书,附《倚竹词》一本。

**十七(1月5日)**　大寒。

**十八(1月6日)**　大寒。巳、午刻,趁航船到城,候顾榕屏。申刻,过丁鹤俦处。名彭年,嘉兴庠生。酉刻,胡少琴招同顾榕屏、[朱纯]庵夜饮。余雅不欲往,勉强赴之。少琴仍出言无状,草草终席。至榕屏处借宿。是日,知张北垞、戈翰轩俱死。余[乙]丑岁同入泮者二十八人,甲戌岁同补廪者八人,早已去世。惟余、戈、张二子,今二子亦死,独余灵光尚存,此则少年时所意想不到者也。

**十九(1月7日)**　寒。巳刻,趁装儎至乍浦,瞬息即到。候沈浪仙,长谈数刻,见其所辑《东国诗录》,皆日本人,大半系浪仙神交。夜宿卢揖桥一片冰壶室,畀以《倚竹词》一册。是日,闻前两夜盗劫林埭朱氏、瓦山马氏,俱数万金。

**二十(1月8日)**　寒。辰刻,访殷梦蔬道人,赠以《倚竹斋词》。候刘心葭,不值。巳刻,访徐生秋宇,赠以《四集文》一部。午刻,访朱秋田。秋田即邀余食面,并见赠瞿子冶《题画诗》一册。申刻,偕钟穆园、徐秋宇至海塘观前日战处,即访贺镜湖道人。是日,闻吴公式芬作浙江学政。山东海丰人,乙未进士。

**廿一(1月9日)**　夜雨。辰刻,过林蝶仙处,责其二月中不答书之故。蝶仙婉言曲辩,情尚可原。贺镜湖答访,不值。巳刻,再过浪仙处食中膳。午刻,为陈小岩题《舜湖桑隐图》。七古。酉刻,蝶仙招夜膳。是日,得永定赖乐园鹤鸣所书《扁舟访友图》册首,扬州李秋河所题五律一首。闻林埭朱氏昨夜复被盗劫,并伤男、妇二人。

**廿二(1月10日)**　雨。辰刻,林蝶仙乞《香鹿集》一本。巳刻,小门人陈符楼来见。午刻,殷梦蔬招同方少时饮金兰馆。少时,杭州人,善星术。酉刻,陈角仁移樽于卢氏之自怡庐,邀同小岩、穆园小酌。是日,始知沈莲卿殁已三年。

**廿三(1月11日)**　是日，沈浪仙为余点正史论六篇，评点亦以骈俪行之，赠以《吟红集》一卷。

**廿四(1月12日)**　大西北风，夜更甚，极寒。是日，梦蔬道人买舟送余，并载诗文板笼将回平湖，因风大不果行。巳刻，偕刘心葭访徐吉春，不值。午后，与梦蔬且饮且谈，至夜深而始罢，即宿庙楼。

**廿五(1月13日)**　大西北风，极寒。巳刻，至浪仙处话别。申刻，从梦蔬处得《黄节母题赠诗》四卷，内有余七律一首。

**廿六(1月14日)**　大寒。巳刻，烈风稍静，始得登舟。梦蔬赠食物二种。申刻，至平湖，以板笼五个寄费恺中家。得黄韵珊复书，为余绘《扁舟访友图》，即写永安湖观红叶之景，又附七绝一首。至顾榕屏处，得丁氏所赠笔资四洋。酉刻，寄赠沈晓沧司马《四集文》一部。曹海林来会，名树珊，上海人，曾作荆溪学博。赠以《左国闲吟》。戌刻，徐似峰招同海林、榕屏饮松筠馆，夜宿横山草堂。是日，闻江西饶州、广东肇庆俱失。

**廿七(1月15日)**　大寒。巳刻，过郁荻桥处。午刻，朱纯庵招同顾榕屏、孟春田、顾厚田集松筠馆，适张鹿仙亦在酒楼，见余似有惭色。申刻，沈兰卿来访。是夜，宿东鼎字店。

**廿八(1月16日)**　大寒。辰刻，得钱鼎卿复书。巳刻，徐似峰乞作《千里印心图记》。午后，与费恺中且谈且饮，直至更余。是日，闻盗劫嘉善查氏，放火烧屋，斫伤三人，掳去两女。

**廿九(1月17日)**　大寒。巳刻，趁牙前僟过半路庙，即闻昨夜新仓有变，心中惊恍。未刻到镇，始知昨夜大盗百余，将劫朱祥和质库，缘门墙坚固，刀斧不能劈入，乃从间壁洪祥太烛店打进，连掷火球数十枚，火势即炽。顷刻，延烧上下岸十余家。而赵春樵雕墙峻宇，去岁始成，尽付一炬。洪店并烧死一伙，系宁波范姓。现在合镇罢市，鬼哭神嗥，人人面如土色，真非常之祸也。是日，知晋翫于廿七日到馆。

## 十二月

**初一(1月18日)**　寒。巳刻,寄晋谿书。午刻,与费恺中书。

**初二(1月19日)**　寒。是日,知邢邑侯将到合镇,绅士具一公呈,备言大盗劫掠放火之惨,请其严办。列名四十余人,余亦与焉。午刻,邢侯□到,先至元真观,洋洋千言,力辨非盗,及至尸场检视,则又归咎于烛店失火,必非大盗所放,且言此人命当烧死。于是人情益愤,而宁波百余人大声疾呼,邢侯抱头鼠窜,差役乡勇护之而西。数千人蜂拥急追,拦住水路,官轿官船几成齑粉。邢侯进退无计,赖诸绅士力为调停,始得开船。此事也,实邢侯出言无状,大怫众心,以至于此,不得谓人之无良也。

**初三(1月20日)**　寒。是日镇上各店始开,罢市已三日矣。巳刻,再作书寄晋谿。

**初四(1月21日)**　大西北风,苦寒。辰刻,为祝春梁题《湖山结静缘图》。七古。顾榕屏亦同作七古一首。巳刻,费恺中答书来,言初一夜盗又劫瓦山□马氏,邻人力救,擒得盗匪一人,毙盗十余人。是夜,梦至一处,其家有园,在地窟中,上加石板,启板而下,则万草千花,别有一天,居然名胜。

**初五(1月22日)**　大西北风,极寒。巳刻,张蒲卿过。午刻,寄赵拳山书,附诗二首。

**初六(1月23日)**　极寒。巳、午刻,阅瞿子治《月壶题画诗》。七绝数百首,笔极隽永。是日,闻前夜盗将劫金山打铁桥某氏,捕快及里人协力奋御,擒得四五人,获盗船二只,一船有银数千。

**初七(1月24日)**　寒。午、未刻,阅钱辛楣《疑年录》四卷、吴子修《续疑年录》四卷。

**初八(1月25日)**　寒。巳刻,为黄韵珊作《倚晴楼诗》七古一首,再叠《禾中喜雨诗》韵。是夜,梦见一老人,姓郑氏,已一百三十余岁。

**初九(1月26日)** 大寒。辰刻,金氏遣人来,报杏园病危。

**初十(1月27日)** 大寒。辰刻,顾榕屏书来,内有曹海林题《扁舟访友图诗》。七古二首,各七句。闻金杏园于昨夜戌刻去世。即□□彼处慰唁。巳刻,寄黄韵珊书,附诗一首。答顾榕屏书,并寄《四集文》一部,应秀水钱伯声之求也。近时求余稿者,如云而起。午刻,与丽春、晋鹆两书。申刻,戴湘帆过。是夜,有腹疾。

**十一(1月28日)** 大寒。巳刻,至金宅,见恶侄补田与王氏昆仲共八九人,俱欲主其丧事,以夸多斗靡为工,绝不顾金氏来日大难也。余愤怒而归。是夜,泄泻三次,大觉狼狈。如此高年,竟无服役之人,亦云苦矣。

**十二(1月29日)** 大寒。辰刻,丽春复函到。是日,一昼夜泄泻四次,加以齿痛,精力顿衰。

**十三(1月30日)** 寒。辰刻,闻全公亭两次擒得巨盗数人。申刻,始得晋鹆回禀。

**十四(1月31日)** 辰刻,朱纯庵寄赠信笺两匣,乞作《饯春诗序》。

**十五(2月1日)** 大西北风,夜微雪,极寒。是日,大伤风,而痢疾齿痛如故。

**十六(2月2日)** 极寒。是日,一昼夜又泻四次,加以腰痛。

**十七(2月3日)** 极寒。是日,一昼夜泻五次。

**十八(2月4日)** 寒。巳刻,小门人吴朴园过。是日,泻五次,夜间幸免。

**十九(2月5日)** 是日,以正月中所答邢明府书改作骈体。一昼夜泻四次。

**二十(2月6日)** 大西北风。戌刻,晋鹆自乍浦归。是日,日间痢疾稍止,夜仍泻二次。

**廿一(2月7日)** 辰刻,得刘心葭所寄新刊诗稿,徐秋宇所题《扁舟访友图》七古一首,词意剀切。是夜,齿痛大甚。

**廿二(2月8日)** 是日,一昼夜仍泻四次。

**廿三(2月9日)** 大西北风。辰刻,钱伯声答赠《沈莲溪制艺》一部。仲子湘寄赠《渔洋先生生日修祀诗》一卷。戌刻,丽川寄赠酱鸭一只、蛋毬八枚,乞撰其亡叔壬桥传。是日,一昼夜仍泄四次。

**廿四(2月10日)** 大寒。辰刻,与顾榕屏书。又以文稿初二、三集寄钱伯声。

**廿五(2月11日)** 大寒。辰、巳刻,为徐似峰作《千里印心图记》。骈体。

**廿六(2月12日)** 寒。戌刻,顾榕屏答函来。

**廿七(2月13日)** 辰、巳、午刻,作《东湖饯春集序》。骈体。

**廿八(2月14日)** 是日,痢疾稍止。

**廿九(2月15日)** 辰刻,为王荫山题《雪夜乘舟图》。五六七言体。

**三十(2月16日)**

是岁入钱一百廿四千,出钱一百廿三千。

# 咸丰五年乙卯(1855),六十七岁

## 便佳室日志

### 正　月

**元旦(2 月 17 日)**　寒。巳刻,寄计二田书。

**初二(2 月 18 日)**　辰刻,寄仲子湘书。

**初三(2 月 19 日)**　午前细雨。卯刻,与丽春书。是夜,梦遇杭州徐西溪,年四十余,能诗,自言有子名友鹅,工技击,曾毙盗数十人。

**初四(2 月 20 日)**　大西北风。辰刻,寄丁步洲书,附晋翰及钟穆园所作雷安人挽诗。

**初五(2 月 21 日)**　大寒。辰刻,得赵凌洲道人覆书,内有《扁舟访友图》诗画十幅,俞功懋、刘光照皆山水画,顾穀乡《百字令》一阕、徐小云七律一首、吴云峤七绝四首,俱风神谐畅,金丝引和。陈秋帆、张巽斋各五古一首,董云轩七绝四首,尚可。外尚有两作,则不可存矣。

**初六(2 月 22 日)**　夜细雨。辰刻,寄赵凌洲书,附晋翰及卢揖桥所题《养花图》,又与丽春书,语多愤恨。

**初七(2 月 23 日)**　夜细雨。辰刻,寄陈曼寿书,附诗一首。是日闻元旦夜半,官军始克复上海,盗首刘丽川、潘金珠、即小镜子。谢安邦及周立春之女,俱生擒正法。自前年八月至今,事历三年矣。

**初八(2 月 24 日)**　辰刻,顾榕屏书来,再辞云间同游之约。是日闻温州有变。

**初九(2月25日)**

**初十(2月26日)** 黄昏雨。辰、巳刻,趁航船到城,一路河港尽涸,水仅及膝,盖因去岁中秋后恒旸不雨故也。是夜宿西鼎字店。

**十一(2月27日)** 夜大西北风。卯刻,候顾榕屏。午刻,榕屏始同郁荻桥、沈怀辰等七人饮于横山草堂,作觞咏第一集,以"喜闻官军元旦收复沪城"为题,分韵赋诗,余分得"兵"字。是夜,与榕屏长谈,始知黄荫亭司马、陈敬斋孝廉皆于去冬下世。

**十二(2月28日)** 大西北风,极寒。辰刻,访顾访溪,赠以倪二初《经籍摘要》十二卷。访溪有疾,不得见。巳刻,沈兰卿来会。午刻,郁荻桥招同榕屏、兰卿等先至明月楼食面饺,复聚酌于源和馆,作觞咏第二集,以"东湖授经"为题,限韵各赋五律,余分得"灰"韵。是日闻姚琴斋物故。

**十三(3月1日)** 大寒。巳刻,贾芝房过。午刻,顾厚田招同芝房、荻桥等八人饮于横山草堂,作觞咏第三集,以"元宵故事"为题,作小乐府,余分得"乐昌镜"。是日,闻李壬叔获罪而逃,其秀才已革去。

**十四(3月2日)** 寒。辰刻,丁步洲覆书来,见赠张云舲《诗录》四卷,又张筱峰从嘉定学署寄来宝山陈鹗青、□。陈同叔升所题《扁舟访友图》词。鹗青《壶中天》调,同叔《八声甘州》调,筱峰填《舞春风》一阕寄怀,内有句云"骈句有源传庾信,闲情无碍赋陶潜",斯真为余写照矣。步洲书中言上海于元旦戌刻收复,贼匪正在宴会,南营中有兵勇一人潜至城上,将大炮倒排,即自开炮,不料炮火飞入贼匪火药局中,一时大炽,贼匪惊骇四窜,有千余贼奔至海滩,求夷船渡海,夷人伪许,俟其登船,全行斩首,其余逃入他乡者亦多擒获正法。巳刻,访朱丽川。

**十五(3月3日)** 辰刻,寻徐似峰,不值。巳刻,趁牙前仪至广陈,因水涸待潮,泊两时许,酉刻始到家。

**十六(3月4日)** 巳刻,阅《云舲诗录》。

**十七(3月5日)**　夜细雨。巳刻，徐春洲过。申刻，陈曼寿答函来，并赠汤雨生《琴隐园词》残稿一卷。

**十八(3月6日)**　未刻，刘翼之过，言平湖乩坛之盛，举国若狂，邢明府、许广文尤信之。

**十九(3月7日)**　夜半雷雨。辰刻，谢诵葭自奉贤泰日桥遣人持书来，乞余代请周西园到彼治其岳父危症。又言去冬得余《与王姬书》一篇，儿女情长，英雄气短，读竟，为之怃然。以上三夜，每睡觉后，牙齿大痛。

**二十(3月8日)**　辰刻，寄戴黼笙年侄书，赠以四集文及《左国闲吟》。

**廿一(3月9日)**　作《朱吟桥传》。骈体。

**廿二(3月10日)**　大西北风。夜雨。辰刻，得沈浪仙书，赠新刻诗第一卷，共四分，即以一分畀张蒲卿。巳刻，答浪仙书。

**廿三(3月11日)**　雨，寒。辰刻，与卢揖桥书。是日晋谿到乍浦陈氏馆中。

**廿四(3月12日)**　雨，极寒。辰刻，与费恺中书，赠以心葭诗钞一卷。是夜梦与江南某中丞、某廉访商酌试题。

**廿五(3月13日)**　寒。酉刻，至高宅慰唁。高成煊母无疾而终，年已八十二矣。

**廿六(3月14日)**　寒。辰刻，费恺中覆函来。

**廿七(3月15日)**　午刻，寄钱渊亭书。

**廿八(3月16日)**　午前雷雨，午后大风。巳刻，与丁步洲书，赠以心葭、浪仙诗各一卷，嘱其代购一婢。

**廿九(3月17日)**　大寒。巳刻，与朱丽川书，附文一篇。未刻，地忽一震，其声甚厉。

## 二　月

**初一(3月18日)**　大寒。夜大雨。辰、巳刻，始作《收复沪城》

七律一首、《东湖探梅》五律一首、《乐昌镜》小乐府一首。是夜,梦许敬斋见余傲气顿减,谈笑极欢,盖有所求于余也。

**初二(3月19日)** 寒。上午大雨。辰刻,与顾榕屏书。

**初三(3月20日)** 寒。申刻,钱继园过。

**初四(3月21日)** 寒。午刻,钱继园招饮文昌社酒,同席张柳坡等十余人,至亥刻始散。余虽终席无酒态,至半夜,竟俯床大吐,口苦舌干,旁无一人进茶水。似此老境,奚以生为!

**初五(3月22日)** 选录友人赠答诗数十首。

**初六(3月23日)** 晓大雾。仍寒。巳刻,钱小园招饮定婚酒,同宴俞春生等十余人。申刻散席。

**初七(3月24日)** 申刻,闻初五夜盗劫平湖陈氏,并伤一人。

**初八(3月25日)** 夜雨。辰刻,过张柳坡处,不值。

**初九(3月26日)** 夜雨。

**初十(3月27日)** 寒。为丁步洲作《雷安人诔》,有骈体序。此文经六七日而始成。未刻,徐春洲来,将为时朗种痘。时朗适有痢疾,而其母本不肯今年即种,以此中止。

**十一(3月28日)**

**十二(3月29日)**

**十三(3月30日)**

**十四(3月31日)**

**十五(4月1日)** 夜大雨。辰刻,丽春书来,言大帅曾国藩与贼战败,黄梅、九江复为贼据,石埭、黟县俱失守。又言王姬已有人将娶为妾,招余到城追取身价,盖沈镜堂所传消息也。

**十六(4月2日)** 寒。作《虞山谒蒋忠烈公祠堂文》。骈体。公名钦,正德时,以三疏请诛刘瑾,廷杖死。辰刻,顾榕屏覆书始来,为余从孟春田处代借潘少白文集。

**十七(4月3日)** 阅潘少白文集。笔甚艰涩,而碑、志、传特豪宕可观。申刻,徐似峰过。

**十八(4月4日)** 巳刻，晋翖自城中归，知王姬为澉浦人看中，尚未娶去。午刻，得朱丽川覆书，并润笔一洋、绍酒一坛。

**十九(4月5日)** 申刻，闻徽州全府俱陷。又闻张鹿仙芦川书院一席今亦失去，盖本黄中丞所荐，今中丞已去，邢明府即变计矣。

**二十(4月6日)** 午刻，南乡扫墓，即至陈乐泉处，畅谈良久。

**廿一(4月7日)** 辰、巳、午刻，抄古文四篇。未刻，北乡扫墓。申刻，以诗文全集寄沈镜堂，盖蒋□□所求也。余极恶镜堂，而晋翖必欲从其所求。

**廿二(4月8日)** 辰刻，寄丁步洲书，附诔文一篇。是夜，梦纳姜氏妇为副室，情好甚密。

**廿三(4月9日)** 戌刻，顾榕屏书来，内有钱伯声所赠钱新梧《记事续稿》十卷，盖答余初、二、三集文也。是夜，梦题南律一首，但记一句云“梦到三更蝶也怜”。

**廿四(4月10日)** 辰刻，得曹海林所赠其父雉山通判《宜雅堂诗集》四卷。未刻，舅妇曹氏来，不见已十三年矣。

**廿五(4月11日)** 申刻，见唐西庑与晋翖书，言书院一席张鹿仙仍欲蝉连，盖黄中丞虽去而何中丞亦与张氏交好，故难取回也。

**廿六(4月12日)** 夜雨。阅钱星梧《记事续稿》，较前集似更老洁。

**廿七(4月13日)** 夜雨。作骈体书寄汪绿君夫人，并赠以《四集文》及《左国闲吟》。

**廿八(4月14日)** 晓大雨。辰、巳刻，阅曹雉山诗集。题多玩游山水之作，而笔不足以达之。

**廿九(4月15日)** 黄昏大雨。卯刻，寄丽春札。申刻，见沈镜堂与晋翖书，言王姬身价尚未追出。余知镜堂从中作弊，或自取利，否则诡言王施氏转卖其女，妄通消息，不过欲赚余诗文全集，私赠县幕蒋君，以为甄别取前之计耳。

## 三 月

**初一(4 月 16 日)** 夜大雷雨。抄古文五篇。辰刻,晋翁始到馆。

**初二(4 月 17 日)** 夜大雨。抄古文五篇。

**初三(4 月 18 日)** 夜小雨。抄骈文四篇。巳刻,丁步洲覆书来,招余往游,又言张诗舲现授顺天学政。申刻,买于大兴女为婢,年十六岁,曾作人家养媳,取名惠风。一作谓丰。

**初四(4 月 19 日)** 上午大雷雨。重阅旧时所抄杂诗。

**初五(4 月 20 日)** 上午大雷雨。卯刻,与丽春札。是夜,梦与故人盛云泉拟同游一山洞,已而云泉别偕一人往,余竟不与,及出洞,则盛夸其中佳致,佛像甚古,余恨不同游也。

**初六(4 月 21 日)** 寒。申刻,闻昨夜盗劫紫柏庵姚氏。是日腰膂大痛,不能行立。

**初七(4 月 22 日)** 寒。大雨竟日夜。

**初八(4 月 23 日)** 寒。辰刻,丽春答书来,言初十至松江,招余同往。奈初六以来腰背大痛,非特不能行步,并且不能坐卧,此番决难出门矣。未刻,再寄丽春札。

**初九(4 月 24 日)** 竟日卧床。

**初十(4 月 25 日)** 上午大雨。竟日卧床,齿痛大甚。

**十一(4 月 26 日)** 雨。是日勉强下床。恶侄补田今年凶狠更甚,近且公然开赌,惟日不足,继之以夜,竟无一人敢言其非者。

**十二(4 月 27 日)** 辰刻,与晋翁书。巳刻,寄费恺中书,皆言恶侄补田不法之事。

**十三(4 月 28 日)** 晚雨。辰刻,得汪绿君女史覆书,为余作《扁舟访友图》骈体序,笔情华妙,闺阁中所仅见者,并以《四十自寿诗》七律四章索和。

**十四(4 月 29 日)** 始晴。辰刻,顾榕屏书来,附诗二首。是夜,梦房屋倾坠，几至压死。

**十五(4月30日)** 晓雾。巳刻，问龚配京疾。酉刻，费恺中覆札到。

**十六(5月1日)** 大东南风，夜又雨。

**十七(5月2日)** 湿热。巳刻，晋酚覆禀来。

**十八(5月3日)** 寒。下午大雨。辰刻，见何中丞告示，言徽郡已恢复。

**十九(5月4日)** 寒。辰刻，寄顾榕屏及丽春、晋酚三书。

**二十(5月5日)** 寒。

**廿一(5月6日)** 卯刻登舟，午刻便至松江。访丁步洲，赠以茶食两种、《贯珠赋》一部，即寓其家。未刻，钱渊亭来，同入城，访张闰儿校书，留坐久之。闰儿眉目娟秀，善于诙谐，所嫌轻狂太甚耳。酉刻，过吴子眉怡园。是日闻张月巢于初三日下世。

**廿二(5月7日)** 骤热。夜大东南风。辰刻，寄顾韦人书。巳刻，访钱鼎卿、张啸山，长谈三时。申刻，渊亭置酒于闰儿家，招同丁步洲小饮。戌刻，至高友兰校书处。

**廿三(5月8日)** 大东南风，夜半大雨。辰刻，访松友芝。巳刻，夏星五过。午刻，钱鼎卿、张啸山答访。是日闻贼匪在徽郡时，富人汪友梅掠去元宝七千铤，每铤五十两，闻之骇人。

**廿四(5月9日)** 辰刻，访沈秋塘，即至钱渊亭处，赠以《贯珠赋》及《塔塔喇恭人殉节诗》一册。未刻，候黄丈砚北。酉刻，丁步洲设宴于诵芬室，同席黄砚北、夏星五、钱鼎卿、雷获人、钱渊亭、钱晋亭。夜半始散。

**廿五(5月10日)** 大雨竟日。午刻，访王子山。未刻，访蔡懿斋，赠以《贯珠赋》一部。是日，闻黄霁青太守家于月前劫掠一空。

**廿六(5月11日)** 寒，夜雨。辰刻，为步洲甄选雷安人挽诗。沈秋塘答访。巳刻，访耿思泉，张诗舲婿，能诗古文。赠以《四集文》一部。午刻，蔡懿斋答候。松友芝赠豚蹄一只、馒头一盘，余即转赠步洲。申刻入城,观五神赛会。吴亦愚来访。酉刻,顾韦人覆书来,言去秋九月五日曾寄赠碗帽、套裤二种,托泰山单氏带至新仓。余竟不收到。

**廿七(5月12日)**　热。巳刻,耿思泉答访,赠《红楼百咏》一册。此思泉十八岁所作也,诗甚鄙俗。午刻,步洲复设宴于诵芬室,同席王子山、耿思泉、蔡懿斋、杜子仙、松友芝。申末散席。酉、戌刻,阅姚梅伯《复庄诗问》。

**廿八(5月13日)**　雨,夜更大。巳刻,雷获人招饮,同席钱晋亭、陈砚田等十余人。适胡理生太史在座,傲气冲天,余亦不与交语。酉刻,观六神赛会,因天淫雨,仪从不全。是日,钱鼎卿亦招宴,辞之。

**廿九(5月14日)**　雨,寒。午刻,砚北司马招宴,同席夏星五、陈砚田、钱渊亭、丁步洲,肴品十余,无不精妙,而鲟骨一味尤生平所未尝者。申末散席。访严竹堂,不值。酉、戌刻,阅张问秋《养拙居诗集》。

**三十(5月15日)**　巳刻,晤青浦黄雪轩,赠以《左国闲吟》。午刻,钱宝堂招宴于少有山房,同席席盥夫、张啸山等八人。申刻散席。啸山赠《西游记补》一部,共十六回。酉刻,至育婴堂访叶桐君,不值。

## 四　月

**初一(5月16日)**　下午大雨。巳刻,赴耿思泉招。思泉为余题《扁舟访友图》七言二首,以"屋北鹿独宿,溪西鸡齐啼"为韵。午刻,思泉设宴于秉彝堂,同席夏星五、雷获人、廖菊屏、徐啸隐、丁步洲,赠菊屏《左国闲吟》一卷。菊屏名寿彭,曾官都司,善诗词,而绘事尤工。啸隐则徐芳圃方伯曾孙也。酉刻回寓,顾韦人已坐待,见赠大布一匹、楹联一副,言去岁余留宿之处,今作一扁,名曰眠鹤楼,亦韵事也。是夜,与韦人联榻。

**初二(5月17日)**　雨,夜更大。巳刻,钱渊亭来。申刻,席盥甫、张啸山同过。盥甫言吴门褚仙根生前曾作冥司。酉刻,观萧鄚侯赛会。戌刻，为薛觐唐太守题《单骑犒师图》七律一首，尹小莘所托。太守名焕，四川大足人。

**初三(5月18日)**　昼夜大雨。巳刻，偕韦人过朱朗山处，即访史石农，赠以《左国闲吟》。石农名景修，华亭诸生，蒙山教谕之孙，书画极佳。午刻，偕韦人、石农饮啸亭处。未刻，游葛仙翁祠。申刻，复至渊亭处，食面饺。石农乞撰其祖蒙山先生《呼童莳菊图遗像记》。

**初四(5月19日)**　夜大雨。巳刻，史石农答访。午刻，偕韦人、石农、渊亭饮于步洲处。申刻，乞石农书楹联八副，其句则韦人所撰，戏赠高友兰校书。联云："万籁无声兰含馥郁，一灯有影鹤舞蹁跹。"以兰、鹤二字为点缀也。酉刻，同韦人、石农过友兰处。友兰得楹联，大喜，即置酒肴留饮。是夜，友兰治余隐疾，倍极殷勤，他校书所断不肯为也。

**初五(5月20日)**　湿热，雨。戌刻，至阔街观提戏。是日闻张诗舲少宰子考取荫生一等第一，以主事用。

**初六(5月21日)**　大热。辰刻，闻张恒卿自都中归，即偕韦人、步洲同访。坐半时许，恒卿与余不交一言，傲慢自若，怅怅而出。巳刻，访沈菊庐，赠以《左国闲吟》。菊庐名辰吉，娄县诸生，能诗。午刻，访仇祝平，不值，见其父少泉，留午饭，即题其六十小像四言一首。未刻，观提戏。戌刻，至仓城访孔蔼林校书，年十八，苏州人。夜半始回。

**初七(5月22日)**　毒热。辰刻，访邵琴泉，休宁人，善画山水。赠以《左国闲吟》。巳刻，张啸山、钱葆堂、张梅生、钱晋亭同过。午刻，同饮于步洲处。申刻，葆堂复邀至惇裕典中置酒重饮。啸山出视文稿一册，多考据家言。戌刻始回。是日见给事中蔡燮一疏，言方今将才甚难，胜保虽以罪废，然功大过小，似宜复用。上不从。

**初八(5月23日)**　平旦大雨，仍热。辰刻，赠步洲《吟红集》一卷，步洲赠余绉纱套裤一双。巳刻，偕步洲至妙岩寺，适广修和尚设斋宴客，即招余入席。同宴沈晓梅、王珊洲、文聘山等十余人，素肴极精，一洗荤秽之气。未刻，至三乘庵，观妇女念佛。申刻，迁寓于渊亭处，赠以《关帝年谱》、《范忠贞年谱》、张喈六钱梦庐两诗集。访李少白,不值。

**初九(5月24日)**　小雨。未刻,过门人陈星联处,取《茸城近课》二部。是日闻上海徐紫珊于三月廿二日监毙苏州。名士竟如此结局!

**初十(5月25日)**　天热。巳刻,史石农为余画《扁舟访友图》,又五古一首。未刻,王珊洲名廷元,娄县诸生寄来《访友图》七律一首,劣不足存。申刻,冒热行六里,至察院南首访陈上之,晤俞稷卿、杨古酝。上之、稷卿别已十年。古酝名葆光,华亭诸生,年未三十,善骈体,工书画,东南之竹箭也。赠上之《四集文》一部。酉刻,在检察院前晤黄少卿孝廉。名家麟,青浦人。戌刻回寓。往返十余里,汗出如浆。是日,松郡府试第一场。

**十一(5月26日)**　大热。下午大雷雨,直至天明。辰刻,赠华亭县姚鸥亭明府《四集文》一部。名曾翼,杭州人。巳刻,贺耿思泉三十初度,赠以《三集文》一部。思泉设宴于秉彝堂,同宴俞实堂等数十人。申刻,至高友兰处。友兰复为余治疾,余为易其名曰友翮。

**十二(5月27日)**　天气稍正。巳刻,张筱峰书来,内有《畴庠八景诗》石刻一分。午刻,赴蔡懿斋招。未刻,懿斋设席于贻素堂,同宴张恒卿、朱心葵名应阳,庚子举人、顾小野名乃德,华亭廪生,故友杏南之子、钱渊亭。是席恒卿在座,自始至终,口不离官,以故绝无酒趣。申刻,过张闰儿处。酉刻,至察院前,得黄雪轩所绘《扁舟访友图》,远神远景,直逼云林。是日,顾小野言其邻倪维德、葵蓁父子屡遭大狱,家破人亡。余甲戌岁摄馆之时,被其凌践,早知有今日也。

**十三(5月28日)**　始大晴。卯刻,题王珊洲《欹钓图》。四言一首。辰刻,郁岭梅来访,赠以《左国闲吟》。巳刻,陈上之答访。午刻,张醉经招宴于春[和]堂,同席陈上之、钱渊亭、张椒岩、张品珊。申刻,杨古酝来访,赠以《四集文》一部。戌刻,陈研田招宴于一峰草堂,同席高兰翘、雷荻人、潘花南、黄湘筠等十六人,殽品极丰而且佳。夜半始回寓。

**十四(5月29日)**　辰刻,为吴亦愚作《四十砚斋跋》。小四六。钱晋亭所托。申刻,丁步洲招食面饺,同席周竹溪、徐雪舫、封亦愚、盛啸园,俄而郭友松亦至,畅谈良久,赠以《左国闲吟》。酉刻,步洲子漱绿为余绘访友图,画虽未工,然得之十三龄童子,殊为可喜。戌刻回寓,知顾小野来访。是日齿痛。

**十五(5月30日)**　巳刻,访钱鲈香,留中膳。午刻,偕鲈香、渊亭、友松答顾小野,赠以《三集文》一部,即过封亦愚寓。友松题余《扁舟访友图》,调寄《少年游》,复绘一图,图中画美人同载,寓访艳之意,别开生面,为向来所未有。友松诗词画工而且敏,乃半生落魄,未获知音,良可叹也。未刻,游文昌宫,听顾小野谈沪城反贼情状,娓娓可听。申刻,访汤春韶,不遇。戌刻,钱春桥自青浦归,赠梅皮、柿霜各一瓶。

**十六(5月31日)**　夜大雨。辰刻,张嵋雪来访,别已十二年,赠以诗集一部。嵋雪言上海盗首潘小镜子实逃至镇江,其妻穆氏妖冶绝人,问官许铁山等一见消魂,皆不忍加以刑具,现吉抚军带回苏州。巳刻,钱鲈香答访,赠以戏诗一本。未刻,得邵琴泉所绘《扁舟访友图》,布置工雅。申刻,丁步洲招同鼎卿、宝堂、鲈香、啸山、友松、渊亭食水晶面饺。友松乞戏诗一本。是日,在渊亭处见唐六如宏治三年所绘《许由洗耳图》巨幅。

**十七(6月1日)**　辰刻,为张眉雪跋祁虚白山水手卷。散体。巳刻,题徐云舫水部名士泰遗像,为其孙某作。五古。申刻,至严缦云宅。寻砚北翁一谈。酉刻,过薛少微处。是日闻寇陷常玉山,已而去之。

**十八(6月2日)**　忽雨忽晴。午后大西北风,甚寒。辰刻,过邱元卿、沈桐秋两处。巳刻,访陈会心。会心名焯,生不能言,今年五十五矣。处境安富,有妻有妾,有子有孙,心机灵慧,尤工书法,待客亦极至诚,真天下之畸人也。得夏童子所赠《扁舟访友图》。名逵,年十六,身躯琐小如十余岁人。午刻,沈菊庐答访,出示《访友图》题词一阕,调《买陂塘》。

未刻,至步洲处,见蒋剑人所记《上海寇祸》一本。入城,谒张侯祠,时室宇新成,有石像一躯,甚雄伟。侯名云翼,康熙间官江南提督。申刻,过顾小野、张庚槎寓长谈。小野为作《金缕曲》词题《扁舟访友图》,叙余四十年前在松溪情事,历历如绘。访庄侠君,不遇。

**十九(6月3日)**　辰刻,郁岭梅来为余绘访友图,并以诗稿就正,余即加以评语。午刻,钱鼎卿招宴于少有山房,同席贾葵卿、李壬叔、朱心葵、郭友松、钱渊亭、张庚槎、丁步洲,嘉殽罗列,粉蒸鸡一味尤佳。席中庚槎言庚戌年大病已死,身历天堂地狱,与说部所传无异,冥王首戴蓝顶,殿上楹联甚多,历一昼夜,竟放还阳。酉刻,至高友兰处。

**二十(6月4日)**　巳刻,再访庄侠君,适侠君亦过西见访,彼此相左。即访尹子铭,赠以《左国闲吟》。午刻,庄侠君邀余至其门人黄丹门寓小饮,畅谈三时,各叙十年琐事,倾筐倒箧而出之。酉刻,得陈会心所书《扁舟访友图》册首,笔笔坚凝,得之哑仙,尤为异事。是日见俞稷卿《戒吸鸦片诗》七绝廿六首,语虽鄙俚,情事却真。

**廿一(6月5日)**　午刻,偕顾韦人过张二如处,不值。未刻入城,赠庄侠君《四集文》一部,即至扫叶山房书肆,与张啸山、李壬叔长谈久之。

**廿二(6月6日)**　午刻,偕渊亭、元卿等入城,留连三时。酉刻,钱翰仙邀余至吴子眉宅食夜膳,赠子眉《左国闲吟》《横山草堂诗集》。戌刻,偕钱翰仙、吴豫庭秉烛出游,见集街上妇女如云,与四十年前所见风景不殊。是夜宿吴氏之怡园,与子眉谈至三更。见谢味农所刻《上虞诗钞》十二卷、刘次白《绿野斋文集》四卷。

**廿三(6月7日)**　辰刻,在怡园见异鸟一只。巳刻,至松友芝处。午刻,过卜少岩寓,少岩绝无礼貌。申刻回寓,知尹子铭于清晨答访,为余作《扁舟访友图记》,古香古艳,不落恒蹊。又七古一首,则未合法耳。是日闻松江兵与镇江贼交战,大获胜仗。

**廿四(6月8日)**　辰刻,张眉雪书来,乞撰上海县袁公传。巳刻入城，至尹子铭处，赠以《贯珠赋》一部，子铭亦赠余《万善花室骈体文》六卷，此大兴方彦闻所著，余购求二十年所未得者，一旦获之，喜心翻倒。午刻出城，饭步洲处。未刻再入城，访张十峰，即同冶游，过烟花三处，有王小妹者，丰姿可掬。是夜宿丁德华店楼。

**廿五(6月9日)**　午刻，尹子铭招宴于五知书屋，同席张啸山、徐介岩、符蕡山。宝山人。申刻，过钱听夫寓，不值。子铭复邀至玩鹤楼茶话，旁有数人切切语黄鹤楼者，未知所言何事。

**廿六(6月10日)**　辰刻，得松友芝所画《扁舟访友图》。巳刻，得廖菊屏所画《扁舟访友图》，笔意大似文征仲。酉刻，至友兰处，彼自夸其治疾之功，几以为生死人而肉白骨，啧啧不休，余心转不悦矣。

**廿七(6月11日)**　热。辰刻，至张啸山处，畅谈三时，见省报六封，知贼势依然暴横。申刻，题范呐如《独立图》。七律。

**廿八(6月12日)**　热。午刻，偕顾韦人过何伯颖医寓，又至叶氏园小憩。是日松郡府试出正案。

**廿九(6月13日)**　热。辰刻，题丁木夫《护萱图》。七律。巳刻，至丁德大店，探问丽春到松收账之期，杳无消息。不得已，唤定一舟，拟于明日回家。午刻，丁步洲赠佛银一枚、糟烧一瓶、蒲扇一柄、引线八包、茶食四种。申刻，钱渊亭赠枇杷两篮、《姜氏恩庆编》《茸城近课》各一部。

## 五　月

**初一(6月14日)**　辰刻登舟，酉刻到家，始见顾榕屏、陈曼寿两书。榕屏书中有吴彦宣词稿三卷。晋翁亦于是日回家。

**初二(6月15日)**　辰刻，得王砚农所赠汤雨生都督石刻小像一幅。又得《红柳山庄遗稿》二卷，此朱秋澄为其父雀桥重刻也，前有余散体序一篇。午、未刻，阅朱子鹤《万竹楼词稿》、冯玉芬女史《静寄楼诗抄》。

**初三(6月16日)**　卯刻，寄顾榕屏、费恺中二书。辰、巳刻，阅符南樵《寄鸥馆行卷》、顾葵庭、胡溎洲夫妇合刻诗草。未刻,赠龚配京《快雪唱和诗》《倚竹斋词稿》,又夷书四种。

**初四(6月17日)**　辰、巳刻,阅吴氿甫《十国宫词》。

**初五(6月18日)**　午刻,龚氏赠肉一盆,无可下箸。

**初六(6月19日)**　夜小雨。阅《怀忠录》五卷,此咏汤雨生都督死节诗文也,其犹子果卿名成烈明府所刊,现征余作骈体文。

**初七(6月20日)**　下午大雨。卯刻,费恺中答书来。是日齿痛大甚,不能食物。

**初八(6月21日)**　夜小雨。作《武功将军汤公雨生死事赞》,加以骈序。巳刻,顾榕屏覆函到。

**初九(6月22日)**　夜雨。午刻,寄俞实堂书,附文一篇。

**初十(6月23日)**　辰刻,与丁步洲书。

**十一(6月24日)**　黄昏,大雷雨。辰刻,寄沈浪仙书,赠以《茸城近课》一部,又以《左国闲吟》六卷托寄日本诗人,求题《扁舟访友图》。巳刻,过敦本堂钱氏。

**十二(6月25日)**　夜半大雷雨。

**十三(6月26日)**　热。

**十四(6月27日)**　热。午刻,龚氏赠炰鳖一盆。是夜齿痛甚苦。

**十五(6月28日)**　大热。辰刻,寄赵凌洲书,附顾韦人、郭友松所题《养花图》诗。巳刻,与费恺中书,并赠其子乃文姚晦叔试贴一部。未刻,金陵李秋河云过访。

**十六(6月29日)**　大热。辰刻,得丁步洲、沈浪仙两书。步洲书中有丹徒夏郰林桢题《扁舟访友图》七古一章。巳刻,晋畬始乘舟到馆。是夜,齿疾又大作。

**十七(6月30日)**　夜大雷雨。为褚文山撰其母刘太孺人五十寿序。骈体。

**十八(7月1日)**　忽晴忽雨。辰刻,费恺中覆书到。

**十九(7月2日)**　凉。辰刻,寄晋翻书,附文一篇。申刻,柯春塘过,昨自武义司训回来,言严、衢二府寇警甚急。是日齿疾猛发,痛入骨髓。

**二十(7月3日)**　阅《万善花室骈体文》。亦是胡稚威一派,名过其实,大失所望。

**廿一(7月4日)**　热。酉刻,得沈浪仙书,附七古一首。

**廿二(7月5日)**　大热。卯刻,答柯春塘。

**廿三(7月6日)**　毒热。辰刻,柯春塘又过。午刻,龚氏赠黄鳝夹肉一盆,淡不可食。是夜,梦踏水上如履平地,虽波涛汹涌,仍得游行自在也。

**廿四(7月7日)**　毒热,晚大雷雨。

**廿五(7月8日)**　晚大雷雨。

**廿六(7月9日)**　晚大雷雨。

**廿七(7月10日)**

**廿八(7月11日)**　辰刻,赠龚配京《姜氏恩庆编》一部。是日满嘴俱痛。

**廿九(7月12日)**　辰、巳、午刻,阅《西游记补》。此吴兴董若雨所撰,文甚谲诡。

**三十(7月13日)**　卯刻,丁步洲复札到。

## 六　月

**初一(7月14日)**　书上海县袁又村大令殉难事,骈体。此作与《汤雨生将军赞》皆经营十日而成,果然光芒万丈,足以不朽其人。

**初二(7月15日)**　下午大热。卯刻,问张以调疾。是日齿痛更甚。

**初三(7月16日)**　申刻,闻张以调病殁。以调父巨源,余仇也。以调待余甚厚,余亦与之交好,年未六旬而遽下世,甚痛余怀。

**初四(7月17日)**　作史蒙山教谕《呼童莳菊图遗像记》。骈体。

**初五(7月18日)** 夜热。申刻,题沈印山《饮酒读骚图》。七绝。是日闻初三日平湖童生院试题:“然则吾子”四字。

**初六(7月19日)** 大热。辰刻,柯春塘以诗稿一本乞余评定。

**初七(7月20日)** 大热。夜雷雨。辰刻,寄汪绿君女史书。巳、午刻,为钱宝堂作《华严墨海图歌》。七古。

**初八(7月21日)** 大热。晚小雨。戌刻,丽春有书来。

**初九(7月22日)** 热。酉刻,汪绿君答书来。

**初十(7月23日)** 大东北风。作《尹节母纺绩图记》。骈体。此尹子铭祖母也。近日齿痛益甚。

**十一(7月24日)** 卯刻,沈浪仙书来,附《金霞梯诗选》,其序言即余所撰。午刻,寄张眉雪书,附文一篇。近日余家诸人多染疟疾,呼謈之声不绝,所不发者惟余及媳妇耳。

**十二(7月25日)** 大东北风。辰刻,寄张啸山书,附诗一首。巳刻,寄钱渊亭书,附文一首。

**十三(7月26日)** 大东南风。卯刻,畀张蒲卿《霞梯诗选》一卷。辰刻,寄尹子铭书,附文一首。巳刻,始见平湖新进案。县学:陈耀宗、冯福谦、卜清元、沈锦文、屈保铭、吴光仑、张金铎、钟泰基、何绍琛、杨世淳、范祝嵩、苏士洪、周廷模、杨配照、张金圻、张炳麟、陆鸿奎、顾鸿熙、陆灿彪、张庚照、邵召棠、韩亮采、高景照、钱星海、戴寅清。府学:费乃文、王运澜、陆广熙、高抡元、朱常淳、高开元、高人俊。内周廷模、陆鸿奎、张庚照三人,余小门生也。又古学取五人:钟泰基、高人俊、何绍琛、杨配照、范祝嵩。是日从陈东堂言,以冰堋散涂齿,初涂时痛入肺腑,阅一时许,渐觉清凉,夜得安枕。

**十四(7月27日)** 大东南风。辰、巳、午刻,评阅柯春塘诗二百四十七首,删存一百七十五首,加以小跋。内有《咏史》七绝五十首,虽有巧思,未尽其妙,而《武阳风土词》二十余首,情景如绘,为集中之翘楚。未刻,至春塘处,赠以《倚竹斋词钞》。老妻染疟疾半月矣,饮食不进,渐觉沉重。

**十五(7月28日)** 大东北风。午刻,答沈浪仙书。酉刻,丁步洲书来，赠黄桃三十二枚。是日午后，又齿痛一阵。

**十六(7月29日)**　大东北风。巳刻，与顾榕屏书。午刻，婢子惠风逃去。未刻，陆笑非过。戌刻，晋蚡自馆中归。

**十七(7月30日)**　日中雨。卯刻，顾榕屏书来，并赠朱小云所刊《当湖朋旧遗诗汇钞》及《古欢集》六卷，余所作《张忠献公祠》七古一章亦在其内。惠风母来，言其女昨晚到家，余大骂之。辰刻，始见平湖一等案。陈其昌、张宪和、顾鸿昇、周敦源、屈传衔、徐金鉴、赵为杶、徐方增、高赐孝、蒋照、沈文照、顾桀、沈金藻、王廷柱、徐志澄、高昆源、邵世琛、周恭先、钱福均、周炳、吕宗沂、郭冈寿、魏焘、徐元陛、陆洪吉。午刻，惠风复来。未刻，答丁步洲、顾榕屏两书，赠步洲《霞梯诗选》一卷。

**十八(7月31日)**　凉。卯刻，寄丽春书。周西园来，为六人治病。是夜齿痛甚苦，精力为之顿衰。

**十九(8月1日)**　极凉。抄骈体文五篇。

**二十(8月2日)**　凉。卯刻，过柯春塘处，借《王荔村诗稿》四卷。春塘为余评阅汤、袁二公殉难文。

**廿一(8月3日)**　晚雨。卯刻，顾榕屏书来。是日，始闻刘霞城于去年物故。

**廿二(8月4日)**　凉。抄骈体文四篇。午后，阅《荔村诗稿》。善于用短，五古最长。

**廿三(8月5日)**　大东北风。摘录《养拙居集》《大梅山馆集》五七言七十余联。戌刻，卢揖桥寄赠福建马杌一张，宛然小床也。

**廿四(8月6日)**　大东北风。抄新乐府十三首。

**廿五(8月7日)**　阅《朋旧遗诗汇钞》。黄昏时，齿痛又发。夜，梦作子产庙碑文，甚宏丽。

**廿六(8月8日)**　辰、巳刻，代顾榕屏作《千里印心图记》。骈体。午刻，寄榕屏书。是日，老妻病痊。

**廿七(8月9日)**　卯刻，费恺中书来，以其子乃文试草乞加评语。辰刻，覆恺中书，并赠其子《抱朴居诗》《绿雪馆词》各一部。是日闻嘉兴周石香以窝盗事发觉,逃至杭州,自沉西湖。

**廿八(8 月 10 日)** 酉刻,小门人张竹士以试草乞加评语。

**廿九(8 月 11 日)** 热。辰刻,徐古春来访。

**三十(8 月 12 日)** 热,夜半雷雨。午刻,顾榕屏、费恺中皆有书来。

## 七 月

**初一(8 月 13 日)** 热。午刻,和汪绿君四十自寿诗。原本七律四首,今和其二。是日晋龄到馆。

**初二(8 月 14 日)** 热。

**初三(8 月 15 日)** 热。

**初四(8 月 16 日)** 夜雨。作《明宪宗惑万贵妃论》。骈体。

**初五(8 月 17 日)** 夜大雨。酉刻,尹子铭覆书来,约千余言,备叙生平学术得失之由。

**初六(8 月 18 日)** 下午大雨。辰刻,张啸山寄赠刘次白中丞《绿野斋古文》四册。又得李壬叔书,见赠洋纱衫料一丈。

**初七(8 月 19 日)** 昼夜雨。阅《绿野斋文集》。史论挥霍生风,各有所见,他文亦匀净。

**初八(8 月 20 日)** 大东南风。抄古文五篇。

**初九(8 月 21 日)** 雨,大东北风。辰刻,答徐古春,知伊铁耕去世。铁耕负绝人之才,而秉性傲慢,不可向迩,中年溺于洋烟,未及五旬而遽死,尽自作孽也。申刻,小门人陆柳桥来拜,言浙江正考官周公玉骐、副考官景公其濬。

**初十(8 月 22 日)** 大东北风。辰、卯刻,得钱渊亭、丁步洲覆函,知张梅生于六月中以呕血亡。

**十一(8 月 23 日)** 抄古文五篇。

**十二(8 月 24 日)** 忽晴忽雨。辰、巳、午刻,趁航船到城,费恺中招小酌。未刻,至顾榕屏馆中长谈,得杨利叔所刊《杨节母纪述诗文汇编》,内有余骈体传文。殷新篁所刊《咏烈汇钞》亦有余五古一首,则榕屏所代撰也。还孟春田《潘少白文集》一部,赠高茂斋《潇湘馆词》及《江南十五科经墨》各一部。茂斋名人俊,故友藏庵子。闻陈党生下世。是夜宿西鼎字店。

**十三(8月25日)** 卯刻,顾榕屏来,同至德藏寺茗话,遇陈梅生。名其昌,新考一等第一。余曾为其祖春溆宪副作传,梓在《二集》,时梅生尚孩提也。稍长,曾读余集,心甚感激,今日始得识面,称谢再三。又言有《陟屺永怀图》,已寄至卢川,乞余题咏,却未收到。辰刻,访汪绿君女史,赠以《咏戏诗》一本。绿君有疾,不能出见,怅然而返。午刻,饭榕屏处,适晋翖自乍浦率门人葛荫根来领执照、腰牌,将赴乡试,俄即回去。申刻,得赵凌洲覆书,内有朱镜香明府《扁舟访友图》骈体序,字字凝炼,语语隽永,切定宾主,绝无一语泛设,真万选青钱也。又朱紫岑、马笏斋、巴芷塘皆七古一首,而紫岑所作有横扫千人之概。朱梦花五古一首,黄鞍村七律一首,贺眉春七绝二首。凌洲之为余亦甚勤矣!

**十四(8月26日)** 卯刻,汪绿君遣其子答访。辰刻,过朱丽川处。午刻,顾榕屏招饮源和馆。夜宿横山草堂。是日,始闻何卓唐去世。

**十五(8月27日)** 热。黄昏雨。辰刻,过郁荻桥处。巳刻,观城隍赛会。午刻,顾榕屏招食蒸馄饨。申刻,郁荻桥邀同榕屏、厚田集源和馆。戌刻,蒋竹音书来,内有戚砥斋名士廉,德清人《扁舟访友图》题词。调《台城路》。砥斋亦乞余为其封翁复村作传。

**十六(8月28日)** 热。日中雨。是日,与费恺中长谈。夜宿东鼎字店。

**十七(8月29日)** 天热。卯刻,朱丽川答访。巳、午、未刻,趁牙前儎回家。

**十八(8月30日)** 热。巳刻,寄方莲卿书,赠以《范忠贞年谱》《倚竹斋词钞》。午刻,覆赵凌洲书,赠以霞梯、心葭两诗稿。

**十九(8月31日)** 热。晚大雨。卯刻,与丽春书。

**二十(9月1日)** 辰刻,晋翁有禀来,言褚文山昨赠笔资三洋。

**廿一(9月2日)** 抄古文五篇。

**廿二(9月3日)** 辰刻,方莲卿覆书来,并赠其妻陆宜人墓志铭石刻六本,文即余所撰,字则周未庵教授所书。

**廿三(9月4日)** 热。辰刻,为朱纯庵改陈然青《秋窗读画图记》,原本荒诞不经,一加删润,便觉文从字顺。巳刻,寄顾榕屏书。戌刻,沈印山大骂恶侄补田,可谓助我张目。是夜梦晤名士数人,皆欲求余一文,以冀传世。内有姓乙者,面有白麻,才学丰赡,其慕余尤切。

**廿四(9月5日)** 卯刻,寄丽春札。是日失一洋鸡。

**廿五(9月6日)** 晚大雨。

**廿六(9月7日)** 大雨两阵。

**廿七(9月8日)** 晓大雨。

**廿八(9月9日)**

**廿九(9月10日)** 巳刻,小门人周范溪拜谢。

## 八　月

**初一(9月11日)** 雨。辰刻,丽春答书来。暖初自七月廿一病卧,至是日始下床。

**初二(9月12日)** 夜大雨。重览古文选本。

**初三(9月13日)** 雨。

**初四(9月14日)** 始晴。

**初五(9月15日)** 重览《唐骈体文钞》。

**初六(9月16日)** 夜小雨。

**初七(9月17日)**

**初八(9月18日)**

**初九(9月18日)** 辰刻,顾榕屏答书来,内有朱纯庵所赠笔十枝、墨四笏。

**初十(9月20日)**　巳刻，购得《荡寇志》一部，此山阴俞仲华名万春，号忽来继施耐庵《水浒传》而作者也，故一名《结水浒》。价一洋。

**十一(9月21日)**　热。

**十二(9月22日)**　热。

**十三(9月23日)**　大热。以上四日览《荡寇志》全部。共十七回，叙梁山一百八人次第擒斩伏法。粲花之舌，涌水之思，大戟长枪中仍复细针密缕，出人意外，入人意中。较之耐庵前传，青出于蓝矣。千古才人，定当俯首。午刻，费恺中过访。

**十四(9月24日)**　夜小雨。辰刻，丽春书来，始知乡试题。子曰"道不同"二章。午刻，张蒲卿借《觚剩》一部。闻张海门作山西正考官。

**十五(9月25日)**　夜雨。辰刻，费恺中书来，并以《楹联续话》见借。午刻，龚氏赠熟凫一只。马倜卿、陈东堂同过，知吉桐生于昨日去世。桐生罢官后，仍住新仓。又知顾春岩有一女，年二十八矣，忽与长随张某私逃。孝廉之女，如此无耻，而春岩佯若不知也。

**十六(9月26日)**　忽寒，夜雨。

**十七(9月27日)**

**十八(9月28日)**

**十九(9月29日)**　以上四日复阅《荡寇志》一过。

**二十(9月30日)**　申刻，与丽春约定明日同往张堰。

**廿一(10月1日)**　巳刻，偕丽春登舟。丽春为余言七月杪又有杭州人欲娶王姬，议已成矣，因其舅施某不得分财，从中阻挠，事又不成。此中有天道焉！申刻，至张堰，访钱鲈香，赠以《生斋诗稿》《左国闲吟》。是日知康慈皇太后上仙，此即先帝时靖妃也，于今上有抚育之恩，七月初一日尊为太后，初九日即仙逝。夜宿钱氏碧梧翠竹之间。

**廿二(10月2日)**　巳刻，至济婴局访方东园，名焌，亦平湖人，善画花鸟。赠以《左国闲吟》。未刻,访姚讃羔广文,不值,即访方松舟。名桓,金山廪生,故友耐庵之子。申刻,访汪植庵,谈两时许。是日方东园为余言,蒋剑人有妹作某氏养媳,其夫挑之,妹勃然大怒,立即剃发为尼,此亦异事。又闻中秋前艇匪数十人突入金山嘴,将富室李氏抢劫一空,掳张氏一老人而去,勒五千洋赎取,人情大骇。

**廿三(10月3日)** 辰、巳、午刻,阅邸报四十余封,见各直省所奏捷音如出一口,又知嘉善钱宝青世侄已作左副都御史,光山李孟群年侄已作湖北按察使。功名之捷,殊堪艳羡。未刻,方松舟答访。申刻,姚讃羔答访。戌、未刻,与鲈香长谈,知王叔彝因上海军功分发浙江,以知府用。程兰川在金陵,未知生死,竟入昭忠祠,恤典备至。

**廿四(10月4日)** 巳刻,汪植庵答访,长谈三时。申刻,游湿香庵。戌刻,阅曹慈山《魏塘纪胜》。是日始知鲈香将署靖江训导。

**廿五(10月5日)** 晓雨。辰刻,观鲈香诗文稿,加以评语。散体文,甚佳。巳刻,汪兰舟来访。午刻,阅邸报二封,知关帝三代皆封王爵,因数年来屡次显灵故也。又曾国藩劾江西巡抚陈启迈诈败为功,种种欺妄,并按察使恽光宸一意逢迎之罪,现着新抚文俊查办。又今年乡试停止者七省,江南、江西、湖南、湖北、广东俱于戊午科补行,广西于明年特开一科,河南即于今年十月补试。

**廿六(10月6日)** 日中雨。辰刻,赠沈松琅《三集文》一部,松琅又代奉贤陈文亭名兆煃购余诗文全集。价一洋。巳刻,张理堂来访,华亭老诸生,能诗,善诙谐。谈至日晚,妙语络绎不绝。申刻,董梦兰自陆巷来。梦兰今岁在鲈香处修《金山县志》。

**廿七(10月7日)** 热。辰刻,梦兰出视《味无味斋骈体文》四十七篇,才华富丽,琢句新奇,虽较余略逊,然已卓然成一家言。巳、午、未、申刻,阅元和袁文绮景澜《吴郡岁华纪丽》六册,中有吴门乐府数十首极妙。未刻。戌刻,鲈香设席相待,同宴董梦兰、沈松琅、方东园、姚石卿。是日鲈香赠《洄溪道情》《咏史诠解》各三册。

**廿八(10月8日)** 夜雨。巳刻,方东园为余绘《扁舟访友图》,

即以钱氏庭中海忠介公手植双松布景。未刻，董梦兰赠余郑荔香方坤《本朝名家诗钞小传》四卷，自国初至高宗初元，约百余人，论断平允，笔亦超隽。酉、戌刻，阅吴江金臞甫黄钟《务滋集》，乐府特胜。未刻。

**廿九(10月9日)**　未刻，游东城隍庙。申刻，访王子庭。一姓杨名凤仪，岁贡生，四十年前余曾识之。以上二日抄《味无味斋骈文》八篇。梦兰言本朝骈文以胡稚威为最，次则陈迦陵、彭甘亭，若袁子才、吴縠人诸君，俱不足取，同辈中惟推余及杨芸士二人，若姜小枚、蒋眉生诸子，则等诸自桧无讥。其言过诞，余竟面斥其非。

**三十(10月10日)**　巳刻，梦兰评点余近文五篇。未刻，过姚瑟儒处。酉刻，鲈香赠余石刻二种。是日闻金山嘴张翁在艇船中，有一宁波人何姓者乘间负之而逃，历七八百里始得到家。盖张翁一生忠厚，故遭难得免，而何某之义侠，亦令人赞叹不已。

## 九　月

**初一(10月11日)**　热。巳刻登舟，酉刻到家，知钱小园于前日去世，女孙暖初、健初病尚未痊。戌刻，闻廿九夜盗劫平湖时春谷、潘生甫两家，而潘家更杀死一人。

**初二(10月12日)**　热，夜雨。辰刻，至柯春塘处，还荔村诗集二本。是日闻张海门作湖南学政。海门童稚之年，余早识其隽才，曾为作骈体诗序，今年始得典试督学之任，已五十一岁矣。

**初三(10月13日)**　雨。辰、巳、午刻，阅方云若《蜀游诗草》、孙少愚《敬胜堂诗钞》、吴云诏《仿佛山房诗钞》。

**初四(10月14日)**　寒。巳刻，晋翂始到馆。阅张萼庭《蕉雪山房诗钞》、闻雪香《梅影山房诗草》。

**初五(10月15日)**　巳刻，沈镜堂有急书与晋翂，言王姬又为芦墟人看中，刻欲娶去。余立将此书飞递晋翂馆中。未刻，阅侯和霙女史《香叶阁吟草》。

**初六(10月16日)**　夜雨。辰刻,丁步洲书来,言七月中续娶张氏,情好甚密。又言上海老友张眉雪于八月十一日去世,年六十八,所著诗俱未付梓。午刻,阅姚二铁《咏史百绝》,每首有庆似村诠解,盖好事者为之,诡托诸乩笔也。

**初七(10月17日)**　雨。辰刻,为钱鼎卿作六十寿诗二首。七律。晋齡有禀来,言疟疾复发,不能到城,劝余亲往一次。

**初八(10月18日)**　上午小雨。卯刻,费恺中书来。辰、巳、午刻,趁航船到城寻沈镜堂,欲探听王姬事,不得见。申刻,过费雅山处,属其写寿诗一幅。雅山温文尔雅,静气迎人,余甚爱之。戌刻,丽春邀同费恺中食蟹。赠恺中《烟鉴》一册。夜宿西鼎字店。是日致香烛于徐福卿宅。答步洲书。

**初九(10月19日)**　辰刻,访汪绿君夫人,赠以《咏史诠解》一册。绿君盛饰出见,并视骈体、诗、词,无不入妙,而骈体尤长。其《祭林雪岩文》及《姑嫂饼赋》,实余倾倒之。至午刻,绿君设酒食相待,同席陆生蓉卿。绿君谈辨泉流,自是道韫一流人物,非余亦无以敌之。未刻,再寻沈镜堂,仍不得见,益知镜堂与王施氏通同作弊无疑矣。申刻,登报本塔。访沈兰卿,适兰卿抱病,不能见客。是日闻顾访溪八月中回家,知侄女与张某私逃,追至风泾夺回,女犹倔强,急嫁西人乃已。

**初十(10月20日)**　辰刻,闻顾榕屏于初八日平旦倾跌伤骱,几于死去复生。巳、午刻,趁装儎到乍浦。未刻,过晋齡馆中。申刻,访沈浪仙,见其近诗数百首。夜宿卢生家。是日闻刘心葭寡媳龚氏与薛某私通,心葭觉而谪之,薛某将谋害心葭,赖刘抑斋昆仲突入其室,将奸夫淫妇一并綑出,即将此妇归于薛某,其祸始止。

**十一(10月21日)**　辰刻,候刘心葭。巳刻,访徐秋宇,赠以《左国闲吟》,秋宇以《黄叶归思图》索文。此壬子年留京所作也。午刻,偕心葭过褚文斋处,适文斋三十初度,宴宾客于慎修堂,同席陈吉斋、王端斋、马云岩、周蔼汀等三十余人,肴品极美。是日,钟生穆园评余骈体文八篇,又题七律一首。

**十二(10月22日)** 辰刻,至林迪宣处。巳刻,迪宣邀余至东门相女子俞凤凤,年十九,娟娟丰格,楚楚神情,双钩纤细,状如新月,若得此女为妾,我其仙乎?午刻,访殷梦蔬道人,即留食蟹。申刻,朱秋田来访。戌刻,与卢、钟二生长谈。

**十三(10月23日)** 辰刻,至沈浪仙处,见日本人所寄诗札数种,遇邱信夫。工铁笔。巳刻,章铭庵来访,以其二女韵玉、柔卿所镌《鸿雪楼印稿》乞余题跋。午刻,浪仙留饮,赠余张颉之《磨盾余谈》、谢瘦仙《庚寅草》、陈愚泉《镜池楼稿》。申刻,游王氏园,此即丁蔼庭仿庾园也,今为王甫山所得。酉刻,葛友樵来访。是日大伤风。

**十四(10月24日)** 辰刻,赠季海帆同知《四集文》一部。名鹏扬,辽阳人。林迪宣为余言,俞氏女倘得五十洋,便可娶之。其价甚廉,奈何余蓄积已罄,须俟缓商。巳刻,过钟穆园处,殷梦蔬答访。未刻,访元和严起云名承健,工书法、吴江王秋言名礼,善山水、花草。皆不值。酉刻,陈角仁来候,严起云答访。戌刻,葛香圃招宴,同席五人。是日卢生揖桥评余骈文五篇。

**十五(10月25日)** 午刻,殷梦蔬招同沈浪仙、朱秋田、陆芝山、钟穆园、晋翁集汤山瑞祥寺之听松室,作展重阳会,以"人世难逢开口笑"分韵,余拈得"逢"字,并拟绘图以纪其胜。酉刻下山,知徐秋宇午后答候。是日申刻月食。月尚未出,食在地中。

**十六(10月26日)** 巳刻,过胡柳堂处。午刻,殷梦蔬招食江西面。申刻,过天后宫,与孙雪房道士略谈。酉刻,得汪文漪女史所绘《扁舟访友图》。此徐秋宇继室也,所绘者菊花,寓"待到重阳、还来就菊"之意。戌刻,陈角仁、陈笛舟合置酒肴相待,同席沈莲甫登七人。是日知秋榜揭晓,嘉郡仅中六正四副,府学、嘉兴、平湖、石门四学俱脱,解元余杭姚乾高,余所识者惟归安杨岘而已。

**十七(10月27日)** 辰刻,至林迪宣处,见江都焦子善桐四诗,此李海防门役也,系里堂孝廉侄孙,诗、字俱工。迪宣言俞氏女窈窕柔顺,合与老名士相配,此事终当成之,余亦属其妥为办理。又乞取雪岩《鞠泉山馆诗》一部。午刻,王秋言、严起云皆为余书《访友图》册首,各极其妙。申刻,揖桥出视翁小海所画虫鱼十叶,神妙之笔,令人不可思议。是日齿疾大发,颐颊俱肿,饮食不便。

**十八(10月28日)** 辰、巳刻,趁航船至平湖,得陈曼寿书。问顾榕屏疾,赠以《耆友诗存》一册。榕屏身不能动,溲溺在床,幸酒饭甚健,或可挽回。未刻,知王姬已为芦墟人娶去,或云张堰人,价九十洋,沈镜堂及保正沈三俱分余润,独余不得稍偿身价,斯则孤立无助,适成王施氏之狡谋耳。此仇谅今生不能报矣!是日唇齶红肿,更加腰痛。夜宿东鼎字店。

**十九(10月29日)** 辰刻,费恺中招食韡糕。巳、午、未刻,趁衙前僟回家。

**二十(10月30日)** 午、未刻,阅《寿世传真》八卷。张蒲卿还《觚剩》一部。

**廿一(10月31日)** 午刻,招丽春持螯把酒,赏庭中五色鸡冠。申刻,阅张颉之《磨盾余谈》。内有《白小山尚书神道碑》骈体一篇,极渊博宏丽之观,隽才也。

**廿二(11月1日)** 抄骈文五篇。酉刻,马访云以诗稿寄政,即为加墨。

**廿三(11月2日)** 抄古文七篇。

**廿四(11月3日)** 夜大雨。抄古文五篇。费恺中书来。是日腰痛大甚,总由伤风所致也。

**廿五(11月4日)** 雨。抄古文五篇。申刻,沈兰卿书来,乞撰诗序。

**廿六(11月5日)** 上午小雨。摘录《味无味斋骈文》一百余联。

**廿七(11月6日)** 抄新乐府十八首。午刻,寄赵凌洲书,附董梦兰、沈松琅、钱鲈香所题《养花图》诗。未刻,答陈曼寿书,赠以《烟鉴》及《咏史诠解》二种。是日腰疼稍痊。

**廿八(11月7日)** 辰刻,覆费恺中书,附《镜池楼诗集》一部。

巳、午刻，摘录杂诗七十余联。申刻，晋翁又自馆中抱病归。

**廿九(11月8日)** 夜大雨。卯刻，寄石门费亦洲书，赠以卢揖桥、沈云泉、丁步洲诗词稿。

**三十(11月9日)** 以上二日摘录梁茝林《楹联丛话》二百余联。巳刻，知道院巷有无名揭一纸，共嘲六人：首张屋山，老而不死是为贼。次陈东堂，中冓之言，不可道也。次柯春塘，我觏之子，维其有章矣。次即余也，窈窕淑女，寤寐求之。至马铁卿、马访云二人，则语皆落空。

## 十 月

**初一(11月10日)** 夜雨。作《陈梅生陟屺永怀图记》。骈体。

**初二(11月11日)** 申刻，闻三十夜盗劫新溪俞德茂家，约有万金。

**初三(11月12日)** 夜雨。辰刻，丁步洲书来，言范呐如欲乞余作《张眉雪传》，又言熊苏林已归道山。苏林才气盖世，乃不为传世之人，而偏为荣世之人。自丙午、丁未联捷后，乞假回家，于今十年，非特置著述于度外，即功名亦束之高阁。年才四十，遽赴玉楼，经济文章，两无所就，可不哀哉！巳刻，以张月巢《红豆山房词》畀蒲卿。

**初四(11月13日)** 雨。辰刻，得顾榕屏书，言足疾稍痊，尚未下床。又陈曼寿书来，知余月杪所覆书彼未收到。是夜梦设馆徐氏，适有寇盗，幸余先觉，所失无多。

**初五(11月14日)** 夜小雨。辰刻，李海帆司马寄来《扁舟访友图》五古一首。午刻，闻无赖咬大以痢死。

**初六(11月15日)** 夜小雨。巳刻，阅谢瘦仙《庚寅草》。

**初七(11月16日)** 热。晚雷。辰刻，闻前夜盗劫洙泾张氏，又林家埭尼庵亦被劫一空。

**初八(11月17日)** 黎明大雷雨，黄昏又大雷电雨，河水骤长二尺。

**初九(11月18日)** 夜雨。巳刻，张啸山遣使递书，乞作钱鼎卿六十寿序。

**初十(11月19日)** 杂摘骈体七十余联。

**十一(11月20日)** 夜雨。

**十二(11月21日)** 夜大雨。作钱鼎卿六十寿序。骈体。

**十三(11月22日)** 午刻,答张啸山书。申刻,闻新任达邑侯晋擒获劫盗三十余人。是夜梦见一女子名今定,年[二十]许,愿为余侍姬。

**十四(11月23日)** 始晴。辰刻,顾榕屏书来。未刻,答榕屏书,赠以《陆宜人墓志》石刻一本。

**十五(11月24日)** 辰刻,赵凌洲覆书来,并赠《海盐试草》九卷,又附七绝一首。

**十六(11月25日)** 戌刻,得青浦庄侠君书,内有熊苏林讣,知殁于九月廿四日。

**十七(11月26日)** 午刻,金山钱氏赠笔资四洋。又得钱保堂所书《扁舟访友图》册首。

**十八(11月27日)** 辰刻,顾榕屏书来,并以《浪迹续谈》见借。申刻,挽顾母吴孺人七律一首,此亡友芝坪之室也。

**十九(11月28日)** 始有霜。巳刻,寄丁步洲书,赠以《磨盾余谈》一册。寄钱渊亭书,赠以《试草》八卷。

**二十(11月29日)** 寒。辰刻,答顾榕屏札。

**廿一(11月30日)** 寒。阅《浪迹续谈》八卷。

**廿二(12月1日)** 作徐秋宇《黄叶归思图记》。骈体。

**廿三(12月2日)** 巳刻,寄陈梅生书。酉刻,费亦洲覆书来,附寄怀诗一首,并以所作《圣雨楼诗》四卷求序。

**廿四(12月3日)** 为章韵玉、柔卿两女史作《鸿雪楼印稿题词》。骈体。

**廿五(12月4日)** 辰刻,沈浪仙书来,附五古一首。巳刻,答浪仙书,附《印稿题词》。申刻,沈怀辰过。

**廿六(12月5日)**　晓大雾。巳刻,题魏丙村《竹里煎茶图》。五古。酉刻,丁步洲答书来,言雷蕴峰补实龙山县。

**廿七(12月6日)**　暖。辰刻,陈曼寿书来。巳、午、未刻,买舟到城,即问顾榕屏足疾。申刻,以佛银一枚寄吊熊苏林丧。夜宿西鼎字店。是日闻松江秀野桥夏氏被盗,主人为盗所醢。又闻郑铁桥广文去世,作余姚教谕三十年矣。

**廿八(12月7日)**　大暖。辰刻,寄徐秋宇书,附记一篇。丽春招食靴糕。巳刻,吊家荫亭司马丧。与姚柳阴略谈。午刻,郁荻桥知余在城,留余明日作诗课,因遣舟人先回。未、申、酉刻,与顾榕屏长谈,夜即连榻。

**廿九(12月8日)**　更暖。辰刻,顾申庵招食靴糕。巳刻,寄赠枫泾朱餐花女史《左国闲吟》一卷。未刻,时祉卿招宴,同席郁荻桥、张青士、俞芷衫、贾芝房、顾申庵,作古欢集第十二课,以"论列朝诗"为题,余分得"宋代"。酉刻散席,祉卿以《味琴室诗稿》索序。是日闻河南归德府失守。

## 十一月

**初一(12月9日)**　辰刻,榕屏复赠《古欢甲集》四册。费恺中招食靴糕。巳、午、未刻,趁盐溪傤回家。

**初二(12月10日)**　辰刻,沈浪仙书来,言章氏二女得余骈文,喜而不寐。申刻,闻朱笠山去世。

**初三(12月11日)**　大西北风。作《汤山瑞祥寺秋集序》,骈体。又七律一首,分得"逢"字。酉刻,葛友樵来,留夜膳。

**初四(12月12日)**　稍寒。巳刻,寄殷梦蔬道人书,复赠以文稿全部,因往年所赠者为海盐人窃去也。凡四方友人得余文集者,皆为人巧偷豪夺。可知文章之妙,实足动人,不然覆瓿之物,虽强之偷夺,不能也。

**初五(12月13日)**　阅高芝亭《自娱集》。散体文,极有见地,惜用笔拖沓,无剪裁之法,无锻炼之功,若骈体,则况而愈下矣。

**初六(12 月 14 日)**　重览《孙愈愚文集》。

**初七(12 月 15 日)**　辰刻,贾芝房书来,并赠信笺一束、秘阁一方。是日,齿病又大作。

**初八(12 月 16 日)**　寒。是日,闻李海帆司马得余骈体文,深为倾慕,特至卢揖桥处候问,恨不得见。司马现署海盐令。

**初九(12 月 17 日)**　寒。是日,草厂南黄氏妇一产得五儿,男一女四,真怪事也。观者有数千人。

**初十(12 月 18 日)**　是日,牙肉尽肿,粒米不能下咽,腹中虽饥,无如何也。家中人亦无有顾问者。

**十一(12 月 19 日)**　是日,饮食仍不进。

**十二(12 月 20 日)**　作时祉卿《味琴室诗钞序》。骈体。

**十三(12 月 21 日)**　辰刻,徐秋宇覆书来。

**十四(12 月 22 日)**　寒。辰刻,与时祉卿书,附文一篇。

**十五(12 月 23 日)**　巳刻,闻前夜乍浦西门外吊桥北大火。

**十六(12 月 24 日)**　抄杂诗三十余首。

**十七(12 月 25 日)**

**十八(12 月 26 日)**　寒。

**十九(12 月 27 日)**　辰刻,得仲子湘书,内有骈体文四篇,琢句精巧,殆类鬼工。

**二十(12 月 28 日)**　夜小雨。

**廿一(12 月 29 日)**　寒。

**廿二(12 月 30 日)**　大寒。论宋诗,得十二首。七绝。

**廿三(12 月 31 日)**　寒。巳刻,与顾榕屏书。

**廿四(1856 年 1 月 1 日)**　巳刻,达锡珊大令寄柬招宴,辞之。是日闻大女又发痴疾。

**廿五(1 月 2 日)**　寒。辰刻,与费恺中书。未刻,以《四集文》及诗集寄赠达锡珊大令。是日大伤风。

**廿六(1 月 3 日)**　大寒。辰刻,钱渊亭覆书来,言雷蕴峰于七月初二日病殁湖南。蕴峰于去年五月卸任龙山，进省办积谷，继办兵差，连获贼匪，今年五月竣功，大宪保升同知，补实龙山知县，不料六月廿五在省起病，七月初二遽没。此余生平第一知己也。五千里相思，范式方寻张劭；二十年差长，钟繇反哭荀郎。久生斯世，亦何为也！书中又言翰仙新考县试第一。

**廿七(1月4日)**　寒。抄骈体文四首。

**廿八(1月5日)**　辰刻，顾榕屏书来，内有沈莲溪观察所赠诗集八卷，朱餐花女史名珏所题《扁舟访友图》四绝句，分写春夏秋冬四景，又题《左国闲吟》七律二首。

**廿九(1月6日)**　夜雨。辰刻，与顾榕屏书，又以文稿三四集寄赠沈莲溪观察。巳、午刻，阅《莲溪吟稿》，摘录四十余联。莲溪诗时有杰句而多生涩之弊，由一生尽力于四书文，无暇及此也。

**三十(1月7日)**　夜微雪。巳刻，闻昨夜四里桥盗劫三家，一南货店，一布庄，一肉铺，又劫广陈一家，亦南货店。

## 十二月

**初一(1月8日)**　寒。是日腰又大痛，因连日咳嗽所致。

**初二(1月9日)**　酉刻，许珊林太守寄来《扁舟访友图》题词，七绝四首。

**初三(1月10日)**　辰刻，时祉卿覆书来，并赠佛银四枚。午刻，与顾榕屏书。

**初四(1月11日)**　辰刻，与费恺中书。

**初五(1月12日)**

**初六(1月13日)**　上午雨。

**初七(1月14日)**　寒。

**初八(1月15日)**　寒。辰刻，殷梦蔬答书来，内有《珠山雅集》七古一首，又陆芝山七律一首。

**初九(1月16日)**　寒。以上四日复阅《荡寇志》一过。

**初十(1月17日)**　大寒。巳刻，题陈又峨《停琴待月图》。七古。

**十一(1 月 18 日)**

**十二(1 月 19 日)** 申刻,戚家荡杨氏火,焚死二牛。

**十三(1 月 20 日)** 雨。

**十四(1 月 21 日)**

**十五(1 月 22 日)** 大寒。

**十六(1 月 23 日)** 大寒。

**十七(1 月 24 日)** 以上七日重览骈体选本一过。

**十八(1 月 25 日)** 夜雨。辰刻,费恺中书来。

**十九(1 月 26 日)**

**二十(1 月 27 日)** 夜雨。

**廿一(1 月 28 日)** 夜雨。

**廿二(1 月 29 日)** 戌刻,又落一齿。

**廿三(1 月 30 日)** 辰刻,时祉卿书来,言诗序后半幅尚须更易数联。

**廿四(1 月 31 日)** 戌刻,余已就寝,高仁煊柴间火发,即在余堂户之间,火势已炽,凶徒环伺后门,思乘间而入。幸时尚黄昏,风不猛烈,龚氏烟栈染坊多勇悍之夫,奋力扑救,久之得熄,不然,池鱼之灾,其能免乎!

**廿五(2 月 1 日)** □雪。巳刻,重改时祉卿诗序。

**廿六(2 月 2 日)** 寒。辰刻,汪绿君寄赠酱蹄一筐、太史饼两匣,呈骈体文及诗余各一册,乞余弁言,又寄余骈体尺牍一篇,纷红骇绿,触手生春,别填《西江月》词一阕见怀,读之齿颊生香,如与瑶姬玉女并坐对谈也。

**廿七(2 月 3 日)** 寒。巳刻,与顾榕屏书。午刻,张柳坡过。

**廿八(2 月 4 日)** 寒。

**廿九(2 月 5 日)**

是年入钱只三十八千,出钱五十八千。

# 咸丰六年丙辰(1856),六十八岁

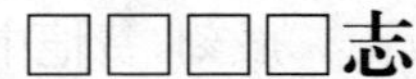

## 正　月

**元旦(2月6日)**　暖。评点汪绿君女史骈体文三十篇,内《陆丞相帽篦记》《春晖阁稿自序》《上白季生司马索序启》典丽矞皇,激昂顿挫,不愧名手,其余亦皆匀净,惟其间有率易处,有复冗处,余每篇为之删酌数联,遂成全璧。似此才华,实为我湖闺秀所未有。惜乎遇人不淑也。

**初二(2月7日)**　暖。巳刻,覆时祉卿书。

**初三(2月8日)**　辰刻,覆汪绿君夫人书。以上二日天气大晴,彦所谓"三朝红"也。

**初四(2月9日)**　午刻,寄计二田书。

**初五(2月10日)**　雨。以上数日重览《湖海文传》。是日始闻去岁十二月十四日半路庙人家娶妇,归途值怪风,花轿吹堕桥下,新妇溺死,轿夫四人泅水得免。

**初六(2月11日)**　大雪,寒。巳刻,钱继园招饮回门酒,同宴三十余人。是日闻沈怀辰于腊底至旧馆人于秋山家,硬借洋银二百元,主人急避,彼即斧碎其门户厨灶,又殴主人老父,现已涉讼。怀辰如此举动,将来必不免祸。

**初七(2月12日)**　雪,寒。午刻,寄丁步洲书。是夜,梦在一处观灯戏,西漆南油,千影万影,真足悦目赏心也。

[初八,缺](2月13日)

**初九(2月14日)**　辰、巳刻,附航船到城,夜宿西鼎字店。是日闻学使吴公引疾,今补授周公玉麒。

**初十(2月15日)**　大雨,夜又雪。辰刻,候顾榕屏,长谈竟日,赠以《皋兰诗草》《碧梧斋文钞》。申刻,遣人至朱观察处借《钱謦[石]文集》,观察不许。夜宿横山草堂。是日闻王姬于去秋实为新篁周四所娶。周四年已七十三,惟家资饶富,□□□□□□□数洋。

**十一(2月16日)**　大寒。辰刻,访汪绿君女史,赠以《洄溪道情》《徐烈妇诗钞》,并缴骈体文一册。绿君见余评改处,欣喜感谢,留饮于大雅堂。是日闻陈云溪已戴红顶。一介奸氓,夤缘得此羊头羊胃,何以异哉!

**十二(2月17日)**　巳刻,金晴舫名镇,休宁人为余书《扁舟访友图》册首,又题七绝一首。午刻,乘舟至顾访溪处,略谈。未刻,费恺中招饮连姻酒。是日恺中子亚杉定姻于访溪女,虽非余执柯而成,此佳偶者实余吹嘘之力也。是夜,仍宿西鼎字店。

**十三(2月18日)**　辰刻,寄赠高茗卿女史名孟瑛《左国闲吟》。午刻,郁荻桥移尊于横山草堂,作古欢集,以"咏雪乐府"为题,余拈得"剡溪棹"。同席蒋竹音、贾芝房、俞芷衫、顾榕屏父子。戌刻始散。仍宿横山草堂。

**十四(2月19日)**　雨。辰刻,复至汪绿君处,适彼有疾,不晤。午刻,陆蓉卿招饮茂林馆。戌刻,偕魏西朋等饮于东鼎字店,夜即留宿。是日,闻初七夜蒹葭园于氏六房俱被盗劫。

**十五(2月20日)**　湿热。辰刻,至榕屏处,长谈三时。贾芝房赠《松陵见闻录》《百药山房诗集》各一部,余即以《百药集》转赠榕屏。蒋竹音赠《瘦藤书屋诗钞》一卷。是日,闻嘉兴老友沈倬庵去冬谢世,年正八十。

**十六(2月21日)**　巳、午、未刻,趁航船回家。是夜重伤风。

**十七(2月22日)**　巳刻,寄王芑亭书。午后,寒热大作。

**十八(2月23日)**　夜雨。辰刻,沈浪仙书来,以刻稿缺赀,又欲余吹嘘于计二田处,立即作札覆之。申刻,寒热又作。

**十九(2月24日)**　夜雨。竟日卧床。

**二十(2月25日)**　雨兼冰片,大寒。巳刻,丁步洲答书来,内有徐式如所赠新刊时文一部,共一百篇,每篇限一百字,或整,或□,或两比,或十小比,无体不工,无格不备,名《万言集》,此又制艺中另辟一门者也。雷约轩亦有书来,其言殊不可解。

**廿一(2月26日)**　雨夹雪珠,夜又雪,大寒。阅王旭楼《松陵见闻录》十卷。

**廿二(2月27日)**　仍雪,大寒,夜大西北风。巳刻,阅《瘦藤书屋诗草》。是日,婢子秀荆出嫁。此婢在余家八年,一无可取,偏不为老妻所虐。

**廿三(2月28日)**　大西北风,极寒。

**廿四(2月29日)**　酷寒,无物不冻。

**廿五(3月1日)**　仍寒。巳刻,陈梅生答书来,推崇甚至,又作七古一首题余《扁舟访友图》。

**廿六(3月2日)**　寒。抄古文四篇。是日闻廿三四间天气奇寒,乡间牛颇有冻死者。

**廿七(3月3日)**　申刻,作《剡溪棹乐府》一首。是日闻人言,昨夜二鼓有大星自西南流入东北,光焰万丈,隆隆有声。

**廿八(3月4日)**　午刻,王小轩招饮暖屋酒,同席四十余人,人声鼎沸,几于两耳塞聋。戌刻散席。是日雪始消尽。

**廿九(3月5日)**　是日,闻正月初六日祁门又失。

**三十(3月6日)**　作汪绿君女史《春晖阁文集》序。骈体。是夜梦遇一广文程姓,兰溪人,长于医理,自言荐卷三次,而丙子科几得复失,其所著考据之学居多。

## 二　月

**初一(3月7日)**　大暖。是日闻廿八夜盗劫马舜山家,其里人悉力追逐,生擒三人,杀死七人。此举真为快事。

**初二(3月8日)**　辰刻,以《一粟庐初稿》畀张蒲卿。

**初三(3月9日)**　上午雨。大寒。巳刻,诣武圣宫、文昌楼拈香,默然有所祈。是日齿疾又发。

**初四(3月10日)**　大西北风,寒。辰刻,寄汪绿君女史书。巳刻,徐春洲过。午刻,与顾榕屏书。是日,闻旧门人王秋桥以隔症死。

**初五(3月11日)**　寒。卯刻,与费恺中书。午刻,马絅斋招饮望亲酒,同宴三十余人。戌刻散席。

**初六(3月12日)**　大寒。巳刻,龚氏赠熟蹄一只。

**初七(3月13日)**　寒。是日,晋翁始至乍浦葛氏开馆,自去秋九月廿八回家,至此一百三十日矣。

**初八(3月14日)**　寒。作董梦兰征君《味无味斋骈集序》。骈体。辰刻,费恺中覆书来,言贼匪大股盘踞江西,豫省亦大遭蹂躏。

**初九(3月15日)**　以上数日重览《陔余丛考》。

**初十(3月16日)**　戌刻,顾榕屏答书来。是夜,梦吴兴大姓延余课读,从此奚虚白、陈秋縠诸君复得聚首。

**十一(3月17日)**

**十二(3月18日)**

**十三(3月19日)**　辰刻,汪绿君报书谢序,仍作骈体。

**十四(3月20日)**

**十五(3月21日)**

**十六(3月22日)**　雨。以上数日重览律赋摘句秘本。

**十七(3月23日)**　寒。酉刻,顾榕屏书来,言顷得王芑亭书,王姬并非新篁周四所娶,究不知卖在何处。

**十八(3月24日)**　寒。巳刻,陈阆峰拜会,借《小蕫觞馆诗文集》。

**十九(3 月 25 日)** 平旦大雨。辰刻,闻张屋山一日中连丧二孙,此老亦知天道之报施否?

**二十(3 月 26 日)** 作龙山县知县雷蕴峰传。骈体。此文结构半月而始成,蕴峰之文采风流,呼之欲活,九原有知,定深感激,而余之不忘好友,情义兼至,亦世间所罕有也。

**廿一(3 月 27 日)** 平旦大雨。巳刻,陈阆峰书来,赠《黄姑竹枝词》《独山纪游诗》,共六册。

**廿二(3 月 28 日)** 鸡鸣大雷雨。摘录《茂林赋钞》二百余联。

**廿三(3 月 29 日)** 雨,寒。巳刻,闻晋翂到馆,依然抱病,平时既不能保养,而又庸医是信,以致连年沉痼,迷而不悟,良堪痛恨。

**廿四(3 月 30 日)** 是日因心境恶劣,竟日卧床。

**廿五(3 月 31 日)** 始晴,寒。巳刻,徐春洲来,为时朗种痘。

**廿六(4 月 1 日)** 寒。摘录《贯珠集赋》一百三十余联。午刻,扫墓。

**廿七(4 月 2 日)** 酉刻,晋翂自馆中归,言粤匪将图常州,有奸细四十余人已伏城中为内应,赖乡勇先觉,伪入其党,用计歼之,常州得以无患。

**廿八(4 月 3 日)** 辰刻,寄丁步洲书,赠以《黄姑竹枝词》《独山纪游诗》各一册,又附《雷蕴峰传》一通。

**廿九(4 月 4 日)**

## 三 月

**初一(4 月 5 日)** 湿热。酉刻,费恺中书来。

**初二(4 月 6 日)** 酉刻,闻昨日县试题。"闵子骞"至"孝哉"。

**初三(4 月 7 日)** 小雨。以上三日重读《四六法海》。

**初四(4 月 8 日)** 夜雨。

**初五(4 月 9 日)** 大雨。辰、巳、午刻,趁航船到城,赠费恺中《黄姑竹枝词》一册,得丁步洲覆书,言张诗舲在顺天学政任已告病开缺,吴中盛艮山去世。艮山年少才美,辟易千人,曾考县试第一,忽丁外艰,服阕后,即得小三元,以彼才华,甫博一衿而早赴玉楼,真令人丧气矣。未刻,观初、覆案,小门人周桂荣第一。申刻,得计二田覆书,言卧病四年,至今未痊。见赠姚春木《通艺阁诗续录》八卷、《闻湖诗续钞》七卷、周乐泉《勺水集》六卷、乐泉与余神交十年,终未识面,而集中有《读〈木鸡书屋诗钞〉题赠》五律。杨利叔《菰芦笔记》一册。酉刻,遇费琢堂。夜宿西鼎字店。

**初六(4月10日)** 辰刻,访汪绿君,适其家拜忏,缁流满堂,因即退出。过顾榕屏处,长谈三时,知周樾亭下世。年八十余。申刻,至斗阁访贺镜湖道人。酉、戌刻,与陆一帆长谈。

**初七(4月11日)** 辰刻,贺镜湖答访,邀至德藏寺茗话。巳刻,与汪绿君书。午刻,赴费恺中宴,同席顾榕屏父子、沈蓉仙、冯少耘等十三人。戌刻始散。

**初八(4月12日)** 夜雨。辰刻,过陈角仁寓,角仁尚未起身,其寓主人陈氏姊妹与余话旧一番。戊戌年,余曾寓此,其时姊妹二人正在青春,迄今十九年,二人皆色衰齿落矣。巳、午、未刻,在榕屏处长谈。是日闻江西抚州失陷,大被劫掠,今已寇退。

**初九(4月13日)** 雨。辰刻,过小门人周香粟寓,见恶侄补田亦在其寓,混扰已经十日矣,不胜愤怒。巳刻,赴汪绿君招,留中膳,谈至申末而回。是日裱成《扁舟访友图》第九册,即属绿君题签。

**初十(4月14日)** 午刻,费恺中招同费琢堂饮于东鼎字店。申刻,偕恺中湖滨闲步。是日始知王姬实为枫泾姚某所娶,姚本章练塘人,年七十左右,田产有二千余,不料,去秋九月娶去未久,姚某病死,王姬母女又是一场春梦。天之报施,可谓速矣!

**十一(4月15日)** 巳、午、未刻,趁衙前航船到家。申刻,陆笑非过。

**十二(4月16日)** 夜雨。阅《通艺阁诗续录》八卷。

**十三(4月17日)** 晓大雨。阅《菰芦笔记》,加墨一过。此杨利叔从军时所记殉难诸公事也,虽未一一具列,但据其所知者记之,已足令人悲歌泣下，而殉难诸人中要以江忠愍忠源为首。《笔记》中载陈侍御庆镛两疏，真能洞见本末，料事如神。

**十四(4月18日)**　卯刻，得陈曼寿书，言廿八日取齐府试，招余往游。辰、巳刻，摘录杂诗六十余联。午、未刻，阅《闻湖诗续钞》七卷，系李耘庵所选。

**十五(4月19日)**　晚小雨。评改汪绿君骈体文四篇，其谢余作序书一经斧削，便成佳构。巳刻，徐春洲来，时朗痘花已经全愈。□刻，见县试正案。前十名：朱其渊、徐彤锡、徐奎藻、周桂荣、顾福昌、陆宗培、冯郁文、丁步瀛、程福熙、徐福诒。是日晋畚始到馆。

**十六(4月20日)**　大东北风。辰刻，为金晴舫作寿字跋语。巳刻，寄钱鲈香、董梦兰书，各赠以《古欢集》一册。午刻，寄绿君女史书。未刻，覆陈曼寿书。

**十七(4月21日)**　卯刻，寄金晴舫及丽春书。辰刻，与周西园书。未刻，马倜卿过，借《杨节母纪事诗文》一册。近日闻奚肖严等始写厘捐，继写米捐，到处为虐，人不聊生，谬托急公奉上而所索之钱多入私囊，恐不久将召变矣。

**十八(4月22日)**　寒。辰刻，为徐春洲题《放鹤图》。七律。是夜贼从灶间掘洞而入，将锅子等物窃取一空，时已五鼓矣。

**十九(4月23日)**　是日大伤风。

**二十(4月24日)**　夜小雨。

**廿一(4月25日)**

**廿二(4月26日)**　是日闻陈云溪死。此人竟得善终，保全首领，亦幸矣哉。近日兵差捉船，势甚凶猛，新仓航船已停三日矣。

**廿三(4月27日)**　暖。辰刻，汪绿君、金晴舫及丽春覆书俱到。顾厚田寄赠宋小茗《桐溪诗述》二十四卷共十册，乞余为其尊人芝坪作传。

**廿四(4月28日)**　阅《桐溪诗述》。其诗多有关掌故。

**廿五(4月29日)**　大热。申刻，浪仙书来，内有章兰言女史所赠图章两个、牙签绣袋一只,盖谢余去岁作《鸿雪楼印稿题词》也。酉刻,覆浪仙书柬,并与晋翁书。

**廿六(4月30日)** 毒热。辰刻,费恺中书来,言寇氛益迫,玉山甚危急。巳刻,将作禾中之游,趁周香粟舟。申刻到城,率香粟至县署拜谢达邑侯。酉刻,徐巳山招同香粟及陆仿田、徐竹汀饮茂林馆。是夜泊舟东门。

**廿七(5月1日)** 巳刻到郡,寓宏文馆东首朱氏,同寓又有姚宝树、徐秋塘二人。

**廿八(5月2日)** 大雨,极寒。辰刻,过顾榕屏寓。申刻,吴晓湖赠赵硕轩诗抄五卷、词钞四卷。是日,闻奚虚白去世,年八十五。

**廿九(5月3日)** 寒。辰刻,吊陈觉生丧。巳刻,陈曼寿招余寓其抱芝阁纸店内,余尚未决。未刻,陈筠石邀同杨小铁、林雪子饮□□北酒店。申刻,观髫女许子琴测字,年仅十三四,随机应变,语妙如珠,人人为之倾倒。赵拳山来访,不值。

## 四　月

**初一(5月4日)** 丑刻,送诸童府试。卯刻,答赵拳山,知吴彦宣于廿八日以血症下世。申刻,购得王秋史文集四卷。价止六十。酉刻,费亦洲来访。是日题:"如磨,瑟兮"。

**初二(5月5日)** 辰刻,访顾孝若,知枫泾娶王姬之姚某号和斋,家资殷富,块然无知,谚所谓"多牛翁"也。去秋以三百洋娶王姬,大除夕忽死,今王姬已席卷房中所有而去矣。未刻,访方莲卿,赠以《小云庐诗》一册。莲卿设席相待,长谈三时。酉刻,顾孝若答访。

**初三(5月6日)** 热。未刻,于辛伯招同杨守愚、孙兰坡、秦次游、钱琛卿宴于一粟庐。酉刻散席。辛伯以黄退庵《遣睡杂言》八卷、《悦目益心》八卷易余文稿全部。

**初四(5月7日)** 雨。巳刻,至楞严寺访柳溪和尚,名今澄,扬州人,书画俱工。赠以《四集文》一部。和尚即留素酌,出视石舲上人兰花画册、任渭长所刻列仙酒牌。未刻，访杨利叔，知李耘庵于二月中辞世。酉刻，陈角仁过。

**初五(5月8日)**　大雨。巳刻，访蔡听香，见其《海岱游草》，为跋数行。午刻，姚云波以番银一枚购余诗文全集。未刻，赠陈曼寿《春雪亭诗话》《雪舫斋读书书后》。是日闻宁国全府失陷，湖州危在旦夕，迁徙纷纷矣。

**初六(5月9日)**　夜小雨。巳刻，访沈匏庐观察，赠以《四集文》及《左国闲吟》。观察与余同庚，白须红舄，著述等身，不愧少年神童、老年名士也。午刻，答费亦洲，不值。申刻，张玉珊过。酉刻，赵硕轩寄赠诗词稿，索余弁言。

**初七(5月10日)**　夜小雨。卯刻，跋蔡听香《镜影》及陈曼寿《三集诗稿》。皆小骈体。辰刻，过时蕴香寓。午刻，题杨佩夫《湖西迟月图》。七绝二首。又跋其《鸥影阁诗稿》。酉刻，褚二梅来访。

**初八(5月11日)**　寒。卯刻，赠张玉珊《三集文》及《乍浦人物志》、心葭《霞梯诗选》。玉珊言嘉兴县薛慰农大令甚慕余名。名时雨，全椒进士。辰刻，偕玉珊访赵桐孙，不值。名铭，秀水廪生，工骈体。赠以《四集文》一部。巳刻，购得戴涧邻《书经集句文赋稿》。价二百文。午刻，过陈梅生寓。酉刻，赠周香粟字扇一柄，蔡听香书。

**初九(5月12日)**　始晴。卯刻，过屈冰卿寓。辰刻，赵桐孙答访，以《琴鹤山房杂著》就改。散体断制谨严，骈体才华富丽。辰刻，沈咏楼来访。巳刻，陈梅生答候。费亦洲赠《沈又希诗集》四卷。午刻，陈曼寿招同陈子仙硖石人，围棋为江浙第一手、张拙园、程寅谷、杨小铁宴于葆泽堂。戌刻始散。回寓，得晋酚书。

**初十(5月13日)**　卯刻，寄汪绿君书。辰刻，过陈角仁寓。巳刻，寻林雪子，有事相托。未刻，至混堂巷观毛儿戏。两女子，一大一小，皆属可观。

**十一(5月14日)**　辰刻，与陈梅生谈诗于吉祥楼。巳刻，跋《琴鹤山房杂著》。午刻，购得《六砚草堂诗文集》二卷、《西塞杂著》二卷、

《静乐轩诗》一卷、《松花庵诗》二卷、《草心亭诗》四卷、《粤东游草》二卷。价一百五十。途遇仲子湘。未刻,仍观毛儿戏。是日戏法最佳。申刻,访潘菉香教谕,名华,硖石人,年六十五,工书法,现为秀水教谕。赠以《四集文》一部。

**十二(5月15日)**　午刻,至童女许子琴处,为纳姬事,拈得"保"字,子琴以为事必能成。申刻,陈曼寿招同小铁、亦洲至菩萨桥访王小萇校书,即同饮于其家,小萇极意绸缪。王,江泾人,年二十四。

**十三(5月16日)**　夜大雨。辰刻,购得《第六弦溪文钞》四卷、《陆东萝遗稿》三卷、《洺州唱和词》一卷。价一百八十。未刻,再观毛儿戏。

**十四(5月17日)**　昼夜雨,大东南风。巳刻,赠费亦洲《咏戏诗》一本。是日知郁彝斋明府去世。

**十五(5月18日)**　是日府试末覆。酉刻,偕周香粟等登舟。夜泊东栅。

**十六(5月19日)**　申刻回家,始得临海汪蓉塘书,乞余采近人诗文作《寰宇访交录》一书,又有《扁舟访友图序》,议论正大,气息渊微,自是名手。此信发于辛亥上元节后,地隔千里,时阅六年,今始从金听秋处得之,喜出望外。

**十七(5月20日)**　辰刻,沈兰卿书来,乞撰其《紫茜山房诗》序。午刻,马倜卿还《杨节母纪事诗文》一册。

**十八(5月21日)**　黄昏雷雨。巳刻,周香粟寄赠大手巾一条。午刻,阅黄琴六《第六弦溪文集》古文雅近六一、《陆东萝骈体文》笔亦雅秀、延荔浦《六砚草堂诗文集》。

**十九(5月22日)**　夜雨。辰、巳、午刻,阅王秋史《蓼村集》、徐寰峰《西塞杂著》、吴信辰《松花庵诗草》。未刻,见府试正案。前十名:徐奎藻、朱其渊、丁步瀛、徐彤锡、顾福昌、张清瀚、冯郁文、程福熙、徐福诒、蒋熊。

**二十(5月23日)**　上午大雨。巳刻,阅卞雅堂《静乐轩诗钞》、丁琴泉《粤东游草》。

**廿一(5月24日)**　巳刻,阅《洺州唱和词》《九愚诗余》。

**廿二(5月25日)**　热。午刻,阅《赵硕轩诗词稿》。

**廿三(5月26日)**　热。夜大雷雨。未刻,寄丁步洲书,赠以《硕轩诗钞》五卷。

**廿四(5月27日)**　上午大雨。卯刻,访李耘谷,赠以《小云庐诗稿》七卷。辰、巳、午刻,抄古文五篇。

**廿五(5月28日)**　抄古文五篇。

**廿六(5月29日)**　日中有雷。抄骈体文六篇。是日,平湖童生院试题。"徙义"。

**廿七(5月30日)**　热。摘录《桐溪诗述》五七言一百余联,又杂摘五十余联。是日,闻何蔼卿等至新溪写捐,各布庄为之罢市,乡人无处卖布,将蔼卿拖曳街中。

**廿八(5月31日)**　毒热。卯刻,汪绿君以余尚在禾中,十日内连寄两书至郡,今始收到,言近有佃人女可以作妾,招余往观。辰、巳刻,抄乐府八首,摘录骈体杂文六十余联。午刻,代龚氏赴戴湘帆处会酌,因天气恶热,食不下咽。

**廿九(6月1日)**　晚雨。

**三十(6月2日)**　辰刻,费恺中书来,言其子乃文初应岁试,即列府学一等十一,并录示生童招覆案。平湖一等廿四名:赵为杶、王钟莹、蒋照、刘丕烈、盛清瑞、沈金藻、屈福熙、俞钺、李福田、邵世琛、徐汝恭、周桐孙、何保瑞、徐元陛、张宪和、吴廷襄、陈其昌、顾邦杰、俞金萼、钱锡康、孙经锄、邹士吉、朱沄、郭冈寿。新进招覆三十名。朱鼎吉、邹加林、徐奎藻、张清瀚、陈观□、朱其渊、屈传镛、冯郁文、黄晋森、冯象贤、[曹锡]龈、吴恩照、谢庚吉、张[金]藻、吴鉴渠、刘际清、汤大谟、周桂荣、杨曰柱、张金钊、冯汝[翼]、徐绍玮、钱炳奎、朱鸣福、黄锷、沈凤锵、徐福诒、邹士谈、陈绍遵、陈金迈。拨府七名。顾福昌、钟承基、陶熊、徐彤锡、马瑞丰、丁步瀛、陆桂擎。今年以捐例,我邑广额五名。

## 五　月

**初一(6月3日)**　巳刻,马倜卿、陶金伯同过。未刻,晋翁自乍浦归。酉、戌刻,阅武进谢厚庵兰生参军所刻《定海令姚公遗迹诗抄》《咏梅轩思忠录》《咏梅轩杂记》三种。皆纪辛丑、壬寅间诸公殉夷祸诗文也。今参军在乍浦军需局,欲求余作序。

**初二(6月4日)**　辰刻,寄武康徐竹间书,赠以《四集文》一部。

**初三(6月5日)**　辰、巳、午刻,趁航船到城,得丁步洲覆书,言张诗舲少宰病痊,改授刑部左侍郎,史石农于二月杪以血症亡。未刻,过汪绿君处,赠以《硕轩诗词抄》。绿君言佃人之女貌既端雅,性复驯良,为目中所仅见,在渠家守株十日,迟余不至,不料初二日其母突来,强率以归。余闻之跌足痛恨而已。酉刻,赠金晴舫《左国闲吟》。是日知平湖古学生童各取四人。生:蒋照、沈金藻、何保瑞;府学:叶宗汉;童:朱鼎吉、徐奎藻、陈绍遵、陈景迈。夜宿西鼎字店。

**初四(6月6日)**　辰刻,赠朱丽川子静夫其渊《四集文》一部,丽川即邀至松茂馆食鸡面。巳刻,王恕庵自上海来,言初一日沪渎有警,人家迁徙纷纷。

**初五(6月7日)**　巳刻,汪绿君招饮端阳酒,长谈三时,其弟瓛斋始出见。汪氏有婢,年十八九,余甚属意,绿君言此系其母得用之人,此时未敢启齿。申刻,候顾榕屏,夜即留宿。是日见苏州信,知丹阳已失。

**初六(6月8日)**　辰刻,榕屏言陆秋山于春间去世,年七十八。巳刻,榕屏招同俞芷衫、蒋竹音、贾芝房、沈兰卿宴于横山草堂,作古欢丙集第三课,分咏"明史""小乐府",余拈得宏、正两朝。酉刻散席。

**初七(6月9日)**　卯刻,费恺中赠油酥饺二十枚。巳、午刻,趁衙前儎到家。得沈莲溪观察《扁舟访友图》五律一首,句法苍古。李耘谷重绘《扁舟访友图》一幅,较前更胜。又朱纯庵赠《饯春集》十部,其序则余与贾芝房所撰也。

**初八(6月10日)** 抄骈体三篇。是日见邸报抄,知湖广罗泽南自练乡勇,击贼江西、湖南北,大小数百战,克复十余城,从训导洊升宁绍台道,今春阵亡,优恤备至。

**初九(6月11日)** 辰刻,偕丽春登舟。未刻,至张堰,过戴丽洲处。申刻,访钱鲈香,适彼在盐溪未回,即偕沈松琅访张啸山,啸山于三月中自廊镇迁张堰。见松江探报,知四月廿九日贼攻高资,官军大败,苏抚吉尔杭阿、提军虎嵩林、观察刘存厚俱阵亡。现张嘉祥援兵已到,尚可无碍。又闻贼自宁国进逼浙界,四月廿七日官军战胜于红林桥,廿八日收复宁国。三鼓后,鲈香始归,略谈即睡。

**初十(6月12日)** 辰刻,张啸山答访。巳刻,登舟。午刻,过廊镇,访姚杏士不值,留赠《四集文》一部。申刻回家。是日,闻姚兰舟无疾而终,年六十七。

**十一(6月13日)** 卯刻,评改汪绿君骈散文四篇。巳刻,始得董梦兰覆书。午刻,招丽春小饮,龚配京赠豚蹄一只。未刻,寄赵凌洲道士书,附费亦洲、汪绿君《养花图》题词。申刻,寄张玉珊书,赠以《海棠巢诗集》,又寄赠薛慰农明府《四集文》一部。

**十二(6月14日)** 辰刻,寄丁步洲书,赠以《饯春集》一本。步洲意欲出仕,乞余一决可否,余以不可答之。午刻,与汪绿君书,附李耘谷所绘《林下种竹图》。

**十三(6月15日)** 夜微雨。巳刻,覆汪蓉塘书,赠以《四集文》一部。申刻,陈阆峰过,还《彭甘亭诗文集》。

**十四(6月16日)** 雨。卯刻,顾榕屏书来,内有高茗卿女史《扁舟访友图》五古一章。巳刻,寄金听秋书,赠以《四集文》一部。

**十五(6月17日)** 夜大雨。辰、巳刻,作沈兰卿《紫茜山房诗》序。骈体。

**十六(6月18日)** 晓雨。卯刻,与沈兰卿书。

**十七(6月19日)** 酉刻,陈阆峰书来。

**十八(6月20日)** 卯刻,赵凌洲覆书到,言春来又患血症,至今未痊。

**十九(6月21日)** 作顾芝坪传。骈体。午刻,寄赠谢厚庵参军《四集文》一部。

**二十(6月22日)** 卯刻,观演水龙。辰刻,晋紒到馆。巳刻,答顾榕屏书,附文一篇。

**廿一(6月23日)** 重阅《甘亭文集》。

**廿二(6月24日)** 卯刻,痛詈逆妻一顿。午刻,陈东堂借《耐冷谭》一部。

**廿三(6月25日)** 作《江忠愍传》骈体,此文可与日月争光。

**廿四(6月26日)** 热。卯刻,新进屈传镛寄试草来,请加评语。

**廿五(6月27日)** 大东南风。巳刻,陈东堂还《耐冷谭》。

**廿六(6月28日)** 平旦小雨。酉刻,汪绿君覆书来,阅之失意。

**廿七(6月29日)** 卯刻,顾榕屏、厚田俱有书来。辰刻,至李耘谷处,以汪绿君所作《芦中小隐图》骈体序付之。恶侄补田逃外三月,近日始归,不法益甚。

**廿八(6月30日)** 大东南风。酉刻,晋紒有书来,言是月十三日贼破溧水,十四日张军门国梁复之,十五日贼破东坝,十六日张军门复之,十七日溧水又失,张军门亦身受重伤,不能交战。又闻贼兵南下,向经略荣兵溃,退驻丹阳,而宁国之贼依然不退。

**廿九(7月1日)** 辰刻,张玉珊答书来,并寄岁试所取《说诗解颐赋》。又得赵桐孙书,内有《扁舟访友图》骈体跋,镂冰琢雪,仙才天飞,尺牍亦清新华妙,览之深为欣慰。巳刻,姚柳阴、施笙六、马倜卿同过,倜卿借《菰芦笔记》一册。柳阴言桐乡金安澜司马最工骈体,余却未闻。

## 六　月

**初一(7月2日)** 巳刻,马访云招宴,同席姚柳阴、施笙六、柯春塘、陈东堂、高梦花。酉刻散席。近日南风烈烈,河水日涸,东乡田犹有未种者。

**初二(7月3日)**　未刻,陈曼寿书来,内有柳溪和尚所绘《扁舟访友图》。申刻,一丐从后门入,窃惠风布衫而去。

**初三(7月4日)**　雨。巳刻,暖初痛挟惠风,惠风冒雨回母家。申刻,其母率之又冒雨而来,余心殆同刀割。

**初四(7月5日)**　作《明史小乐府》十首。

**初五(7月6日)**　辰刻,与顾榕屏书。午刻,覆陈曼寿书。

**初六(7月7日)**　卯刻,与费恺中书。巳刻,马访云赠新刊《井养草堂诗钞》。

**初七(7月8日)**　酉刻,费恺中覆信来。

**初八(7月9日)**　辰刻,丁步洲覆书来,并赠王二如《自鸣稿》二卷,其子叔彝《诒安堂诗集》十六卷。叔彝有赠余七律二首。

**初九(7月10日)**　大东南风。辰、巳刻,阅汪绿君诗稿二册,为作一跋。散体。

**初十(7月11日)**　大东南风。辰、巳刻,摘录杂诗六十余联。

**十一(7月12日)**　大东南风。

**十二(7月13日)**　大东南风。申刻,马倜卿还《菰芦笔记》。

**十三(7月14日)**　大东南风。巳刻,徐竹间覆书始到。

**十四(7月15日)**　大东南风。辰刻,再寄徐竹间书,并寄赠王松斋孝廉《四集文》及《左国闲吟》。

**十五(7月16日)**　大东南风。以上十余日重览《明史稿》。

**十六(7月17日)**　大东南风。龚配京赠魏塘月饼二十枚。

**十七(7月18日)**　大东南风。半月以来,久旱不雨,而大风昼夜不息,河水尽涸,舟楫不通,田皆龟坼,不胜忧虑。

**十八(7月19日)**　大东南风。是日齿疾大作。

**十九(7月20日)**　大东南风。是日镇上始祷雨。是夜梦见两女孩皆死而复生,一死仅一日,一死已三日。

**二十(7月21日)**　始热。

**廿一(7月22日)** 热。

**廿二(7月23日)** 大热。巳刻,谢芝阶以试草乞加评语。未刻,陈东堂借《小仓山房诗集》。

**廿三(7月24日)** 大热。辰刻,晋翁书来,言寇氛稍远,苏州火药局被焚,延烧民房不少。巳刻,新巡检王公道明飞柬来。

**廿四(7月25日)** 大热。辰刻,顾榕屏书来。以上三日重览《万历野获编》。

**廿五(7月26日)** 大东南风。作颜香泉《偕隐课子图记》。骈体。巳刻,陈东堂还《随园诗集》。

**廿六(7月27日)** 大东南风。辰刻,畀张蒲卿《褒忠录》一部,属其写文一篇。

**廿七(7月28日)** 大东南风。巳刻,与晋翁书。

**廿八(7月29日)** 大东南风。酉刻,高氏赠大西瓜二枚。

**廿九(7月30日)** 辰刻,得丁步洲书,并赠黄桃四十个,被航船窃去其二。

**三十(7月31日)** 辰刻,得丽春书,言廿八日乍浦东门外沿海几坊到县告荒,约有七八百人,抬至神佛七八尊,邑侯达公慌出拈香。众农吵至花厅,将什物一切打毁。达公勉力慰劝,许以明日至陈山寺请龙。又以众农归家不及,待以夜膳,如此亦可谓尽善。乃料廿九日又到西南舫,各乡土农人,其数更多,因达公实已公出,彼等又闹至内室,物物打坏。不意民心好乱,竟至如此。

## 七 月

**初一(8月1日)**

**初二(8月2日)** 辰刻,费恺中书来,言三十、初一两日又有乡民数千抬泥佛到县吵闹,邑尊仍赏以茶饭,而秀水邑令马公竟被乡人拖至五龙桥,极其狼狈,惟嘉兴县薛公大得民心,无敢犯者。

**初三(8月3日)**

**初四(8月4日)**

**初五(8月5日)**

**初六(8月6日)**　得雨三阵。以上数日重阅说部七八种。

**初七(8月7日)**　是日竟脱一门牙,益增老态,万念顿灰。

**初八(8月8日)**　是日骨节酸痛。

**初九(8月9日)**　日中有雷。是日闻海盐人以天旱告荒,将县署打毁,更甚平湖。

**初十(8月10日)**　申刻,晋骰自乍浦归,携至颜香泉润笔五洋,又张峄樵题《扁舟访友图》五律一首。

**十一(8月11日)**　巳刻,得海盐吴秋浦书,名起元。以其族弟妇钱烈女坠楼事乞余题句。

**十二(8月12日)**

**十三(8月1日)**　大东北风,夜半雨。

**十四(8月1日)**　大东北风。

**十五(8月1日)**　以上数日又阅说部六七种。

**十六(8月1日)**　日晡大雨。辰刻,改汪绿君骈体一首。是日闻向提督卒于军。

**十七(8月1日)**　巳刻,题曹小石《雪霁观梅图》。七律。申刻,姚杏士寄来《扁舟访友图》七绝三首,语带感慨。

**十八(8月1日)**　辰、巳刻,作《钱烈女坠楼记》骈体,即覆吴秋浦书。

**十九(8月1日)**

**二十(8月20日)**　夜热。

**廿一(8月21日)**　大热。

**廿二(8月22日)**　大热。

**廿三(8月23日)**　毒热。

**廿四(8月24日)**　大东南风。申刻,寄丁步洲书。

**廿五(8月25日)**　大东南风。辰刻,与汪绿君书。是日晋骰到馆。

**廿六(8月26日)**　热。卯刻,与丽春书。连日狂风,河水又涸。

**廿七(8月27日)**　热。卯刻,丽春答书来,大失所望。辰刻,赠王分司寿仪。申刻,王分司招宴,辞之。

**廿八(8月28日)**　热。以上三日重览沈选《八家文》一过。

**廿九(8月29日)**　热。巳刻,闻鲁光甫已在新仓数月,以行医为名,日在烟墩,染成恶疾,昨夜竟死于坑厕。

## 八　月

**初一(8月30日)**　卯刻,鲁文甫、陆份田过。巳刻,畀惠风银簪一枝。

**初二(8月31日)**　以上三日重览《圣武记》。

**初三(9月1日)**　巳刻,寄赵拳山书,赠以近人诗二种。

**初四(9月2日)**　午刻,与丽春书。

**初五(9月3日)**　下午雨。辰刻,作文昌宫楹联。高梦花所托。晋紛有书来,言近日乍浦两次失火,焚死三人。

**初六(9月4日)**　大东北风。

**初七(9月5日)**　大东北风。

**初八(9月6日)**

**初九(9月7日)**

**初十(9月8日)**　以上四日重阅王偁《纪略》一过。

**十一(9月9日)**　酉刻,沈兰卿书来,并赠《抱朴子·内篇》廿卷、刘文和女史《四史疑年录》七卷。是夜,梦访潘景兰,屡呼不应,询其邻人,知去冬已殁矣。但景兰未必有其人。

**十二(9月10日)**　辰刻,阅《四史疑年录》。午后,身上发热。

**十三(9月11日)**　申刻,晋紛归,携至沈浪仙书,并以新著《蜻蛉洲外史》十二卷就改。

**十四(9月12日)**　日晡大雨。午后,寒热大作,扶持抑搔,竟无其人。

**十五(9月13日)** 热。阅《蜻蛉洲外史》。此书据日本音博士源朝松苗所辑《国史略》而删润之,起周惠王十七年,至明神宗十六年,历代事迹纪载详明,真海外之奇书,海内之奇观也。龚氏赠熟凫一尾。

**十六(9月14日)** 大热。黄昏大雷雨。午后,寒热又发。

**十七(9月15日)** 重阅翁季霖《具区志》。申刻,有蝗虫数万蔽天而过。

**十八(9月16日)** 夜大雨。是日疟止。

**十九(9月17日)** 平旦大雨。申刻,有白闯自后门入,又窃取厨中杂物而去。

**二十(9月18日)** 申刻,又有飞蝗数万自东北入西南。

**廿一(9月19日)** 大热。作《蜻蛉洲外史序》。骈体。

**廿二(9月20日)** 大热。

**廿三(9月21日)** 大热。

**廿四(9月22日)** 巳刻,又作文昌宫楹联一副。

**廿五(9月23日)** 辰刻,赵拳山答书来,招余往游,并知赵凌洲已作故人。

**廿六(9月24日)** 以上数日又阅《荡寇志》一过。

**廿七(9月25日)** 夜雨。作《荡寇志跋》。骈体。

**廿八(9月26日)** 饭后大雨。巳刻,晋翁始到馆。是日闻薛觐唐太守调任苏州,捕潮州恶徒百余,立即枭示,人心大快。

**廿九(9月27日)**

**三十(9月28日)** 大热,夜雨。

## 九　月

**初一(9月29日)** 平旦雨,骤寒。以上数日重阅《前汉书》。

**初二(9月30日)** 巳刻,为徐氏作胡松涛长挽联两副。张蒲卿所托。

**初三(10月1日)** 辰刻,沈浪仙谢柬来。

**初四(10月2日)** 辰刻,得徐竹间书,内有王松斋《扁舟访友图》七古一首,标新领异,扫尽陈言。是夜有大恨事。

**初五(10月3日)** 夜雨。以上三日重阅《后汉书》。

**初六(10月4日)** 夜雨。午、未刻,又见蝗虫千万成群。

**初七(10月5日)** 午后,飞蝗蔽天。

**初八(10月6日)** 辰刻,丽春书来,言官军复句容县,逆贼杨秀清已为其党所杀。

**初九(10月7日)** 辰、巳、午刻,趁航船至平湖。未刻,朱纯庵邀同顾榕屏、郁荻桥饮于松筠馆。是夜宿西鼎字店。

**初十(10月8日)** 辰刻,偕榕屏过汪绿君处。绿君言丁氏有一婢可以为妾,已托人说去矣。午刻,沈兰卿招宴,兼作洛如嗣音集诗课,以“沈园秋禊图”为题,余分得五古。同席顾榕屏、崔吟山、徐晓兰、陈梅生、蒋明远、丁鹤俦。酉刻散席。

**十一(10月9日)** 辰刻,趁海盐航船,人家货多,不能坐立。酉刻,至海盐,过张辛庵处。夜即留宿。

**十二(10月10日)** 辰刻,候赵拳山,谈至日中。未刻,访黄韵珊,不值,即候朱尚斋太守。太守年七十七矣,犹谈诗文不倦。申刻,访朱葆青。

**十三(10月11日)** 雨。巳刻,访张云槎道人。云槎言今年连丧沈、郑二徒孙,近又逃去姚姓一徒孙,至今各处寻觅不得,其人年仅十五,绝世聪明,余向亦深赏之,真可惜也。午刻,题徐磊亭《不秋草堂诗集》。七绝二首。申刻,寻石砚虹,不值,与其子寄桥略谈。酉刻,砚虹答访。是日,铜章一个被人窃去。

**十四(10月12日)** 雨。未刻,访李乾斋。申刻,赵拳山邀余移寓其家。

**十五(10月13日)** 辰刻,访朱秀珊,赠以《四集文》一部。秀珊昨自都中回来,言顺天、山东俱遭水患,粒米无收,较南方旱灾更甚。

巳刻，偕拳山、秀珊游涉园。午刻，候何子安教谕。名汝枚，仁和人，癸卯孝廉。申刻，访孙意林，别已十八年矣。是日朱尚斋遣其子秉如答候，赠《治经堂诗文续集》七卷。石砚虹赠《赋山堂词》二卷。

**十六(10月14日)** 辰刻，访陆定庵名元模，岁贡生，赠以《左国闲吟》。巳刻，朱秀珊招宴，同席赵拳山、石砚虹、张铭斋、沈哲卿、朱辅斋、朱怡斋。四人皆近科孝廉。申刻散席，游天宁寺。

**十七(10月15日)** 午刻，拳山为余设盛席，同宴陆定庵、陈湘渔、石砚虹、朱秀珊、王东帆。名潮，诸生，年二十五，博雅士也。酉初始散。

**十八(10月16日)** 日夜大雨。辰刻，访王东帆。午刻，访陈湘渔。未刻，再过黄韵珊处，赠以《四集文》一部，韵珊亦赠余《翠螺阁诗词稿》二册、碑帖二张。是日闻何公绍瑾[基]出家为僧。公去岁在四川学政任，以言事被遣，因遁入空门也。

**十九(10月17日)** 大雨。辰刻，王东帆馈豚蹄两只，余即转赠拳山。巳刻，黄韵珊招宴于洗桐拜石之轩，同席赵拳山、陈湘渔、何恒山、张春江。是日，孙意林答访，不值。

**二十(10月18日)** 辰刻，赠王东帆《左国闲吟》。巳刻，晤吴雪樵。名凤，前戊子举人。未刻，游李氏园。申刻，陆定庵题余《扁舟访友图》七律二首。是夜又落一齿。

**廿一(10月19日)** 辰刻，告辞拳山，拳山属撰《沧洲笑傲图》文。巳、午、未、申刻，趁航船回平湖。夜宿东鼎字店。

**廿二(10月20日)** 辰刻，途遇朱丽川，即邀至源和馆食鸡面。巳刻，潘菉香寄来《扁舟访友图》七绝三首。午、未、申刻，在城隍庙观鸿秀班戏，其戏即余所点。酉刻，费亦洲过，见赠图章一个，刻宋诗“老翁真个似童儿”句。

**廿三(10月21日)** 辰刻，顾厚田招食靴糕。巳刻，至汪绿君处。绿君言丁氏婢女已为桐乡人娶去，价止二十四洋，失之尤为可恨。午刻，绿君留饮于大雅堂。时绿君将梓骈体文三卷，悉遵余所酌定。戌刻,费恺中招同费亦洲、家丽春叙饮。近日洋价不等,或抵一千五百余,或三百余,或一百余,而且选择苛严,吹毛求疵,交易于是益难矣。市侩之恶如此,官吏无如之何。

**廿四(10月22日)**　下午雨,夜更大。辰、巳刻,趁装儎至乍浦。未刻,访沈浪仙。夜宿卢揖桥处,时揖桥病根益深矣。

**廿五(10月23日)**　昼夜大雨。巳刻,冒大雨访殷梦蔬道人,不值。午刻,过葛香圃处。是日钟生穆园以痢疾亡,年四十有九。生诗绝妙,未梓一字,而生平沉迷博揜,竟丧资二千三百八十洋。哀哉!

**廿六(10月24日)**　辰刻,再至浪仙处,留中膳。浪仙评余骈体文十一篇,能抉发余拮构之苦心。申刻,至褚文斋家观灯谜。

**廿七(10月25日)**　辰刻,候刘心葭。心葭乞余撰《砚北吟樵帖体诗》序。巳刻,过徐秋宇处。午刻,褚文斋招宴于慎修堂,同席刘心葭、汪爱庐、徐贯庭、陶古鱼。

**廿八(10月26日)**　辰刻,过梦蔬道人处,道人出视明神文献刊本,乞余作序。又见台州孙我如寄怀金听秋七律二首,甚佳,诗中兼及余与浪仙。午刻,梦蔬留饮。饮毕,即在庙中观庆喜班戏。

**廿九(10月27日)**　巳刻,至杨少棠宅访海昌查稻孙。名余榖,年七十二,梅史明府之弟,白髯满颊,诗亦潇洒出尘。回过朱秋田寓。未刻,查稻孙答访,即同沈浪仙至天后宫,与朱文江、贺镜湖两道士长谈。是日闻应笠湖去世。名时良,海昌人,工骈体文,与余神交二十年,竟不一晤。

**三十(10月28日)**　辰刻,朱文江答访。巳刻,葛香圃招宴,同席褚文斋、陈荔乡、张峄樵、朱眉白及子晋韶。未刻,徐秋宇答候。申刻,至汪爱庐宅观灯谜。

## 十　月

**初一(10月29日)**　辰刻,张峄樵来访。名天翔,诸生,年少工诗,才如泉涌。巳刻,过王客山处,即同至内教场观城隍赛会。午刻,访观苇杭明府，妙谈络绎，听之忘疲，深服余《周瑜论》一篇，极为有识。未刻，张峄樵邀同陈荔乡名穆清，诸生，善书画小饮金兰馆。是日陈云亭拜候，不遇。

**初二(10 月 30 日)**　辰刻，答张峄樵，赠以《咏戏诗》一本。午刻，葛友樵招中膳。未刻，偕葛荫根至天后宫，观庆喜班戏。是日晋酚又回家，闻前两夜盗劫平湖金氏、苏氏、鲍氏三家。

**初三(10 月 31 日)**　巳刻，答陈云亭，时云亭将赴闽中鹾使之任。午、未刻，偕葛荫根、陈扶楼观剧于城隍庙。申刻，梦蔬道人留食蟹。回寓，知朱秋田答访。是日，又脱一门牙。

**初四(11 月 1 日)**　午、未刻，仍在城隍庙饮酒、观戏。申刻，陈荻舟赠海鱼两种。酉刻，张峄樵来送行，见赠七律四首兼题《扁舟访友图》，语语皆即景生情，无一泛设。峄樵亦乞余撰《梦龙草堂图》文。

**初五(11 月 2 日)**　辰、巳刻，趁万安桥儎至平湖，即过顾榕屏馆。朱纯庵留中膳。未刻，过丁鹤俦处。戌刻，费恺中招小酌，言王姬自春间席卷姚氏所有之物而归，又为其母及假父荡尽，依然一簪不得着身，形同丐妇矣。是夜宿西鼎字店，作《沈园秋禊图》五古一首。

**初六(11 月 3 日)**　辰刻，顾榕屏招食靴糕。巳刻，至汪绿君处长谈，绿君留食蟹。遇宝池和尚。工小楷，居乍浦之望湖庵。申刻，晤陆雨窗。海昌诸生。近日唇舌间为牙根所伤，食物颇艰。

**初七(11 月 4 日)**　辰刻，丽春招食靴糕。巳、午、未刻，趁牙前张儎回家，即寄赠陆雨窗《四集文》一部。

**初八(11 月 5 日)**　午刻，代龚配京赴钱氏会酌，申末始散。

**初九(11 月 6 日)**　始寒。辰刻，补录灯谜数十条。巳刻，答赵桐孙书，赠以《古水诗钞》《乍浦杂诗》。午刻，寄张玉珊书。

**初十(11 月 7 日)**　寒。辰刻，与费恺中书，赠以《著书砚题辞》。午刻，阅吴菊裳《萍踪集》六卷。

**十一(11 月 8 日)**　寒。作刘心葭《砚北吟巢帖体诗》序。骈体。近时米价日昂，每斗四百五十文。

**十二(11月9日)**　巳刻,阅金韵仙、汪玉卿《评花仙馆合词》。

**十三(11月10日)**　巳、午刻,阅凌茝沅女史《翠螺阁诗词稿》。

**十四(11月11日)**　未刻,陈阆峰过,言近选本朝骈体文数十家,仿徐斐然《古文二十四家》之例,内选余文极多。临行复借《骈体正宗》一部。

**十五(11月12日)**　午刻,与刘心葭书,并序一篇。

**十六(11月13日)**　午刻,张玉珊覆书来,乞撰薛慰农明府送行诗,立成七律一首。亥刻,心街朱氏典火。是夜梦与李锡瓒徘徊十余日,锡瓒沉默寡言,但见其餔啜风流而已。

**十七(11月14日)**　辰刻,在寄张玉珊书。是日晋翖始到馆。

**十八(11月15日)**　未刻,阅王琴舫《朱子治家格言帖体诗》。

**十九(11月16日)**　巳刻,寄丁步洲书,兼问其疾。

**二十(11月17日)**　作赵拳山《沧洲笑傲图记》。骈体。是夜,梦入山迷路,遇一妇人,雅好文墨,因留其家十日。

**廿一(11月18日)**　大西北风。辰刻,寄赵拳山书,赠以林雪岩诗集一部,附《沧洲笑傲图记》,又沈浪仙七古一章。巳刻,寄陈湘渔书,赠以《左国闲吟》及《古欢集》《饯春集》《三十六鸥馆吟课》。

**廿二(11月19日)**　寒。辰刻,寄王东帆书,赠以《四集文》一部。顾榕屏寄赠《吟红合钞》一本。此梁溪人为歌女陆秀卿作。

**廿三(11月20日)**　作汪绿君《幽篁独坐图记》。骈体。是日腰痛。

**廿四(11月21日)**　辰刻,陆雨苍寄赠其曾叔祖少白山人《于斯阁诗钞》六卷、其尊人泐山茂才《最乐草堂诗钞》七卷。是日腰更痛。

**廿五(11月22日)**　抄骈体文四篇。

**廿六(11月23日)**　抄骈体文四篇。

**廿七(11月24日)**　杂抄骈体文六十余联。

**廿八(11月25日)**　与观苇杭书,论云台诸将,即向时所作论而删酌之。骈体。

**廿九(11月26日)**　寒。辰刻，薛慰农明府寄题《扁舟访友图》七律二首，有句云："十载早知黄叔度，才名藉甚浙西东。"言十年前，其仲兄淮生在浙，即耳"二黄"名，谓海盐黄韵珊及余也。又言其伯兄艺农名暄黍与酚儿为丙午同年。

**三十(11月27日)**　辰刻，顾榕屏书来，言朱丽川去世，闻之大骇。顾访溪以《甘泉乡人稿》见借。

## 十一月

**初一(11月28日)**　作《童女许子琴测字赞并序》。骈体。

**初二(11月29日)**　阅钱警石《甘泉乡人文稿》。多考据家言，其自出心裁者寥寥数篇耳。

**初三(11月30日)**　午后大西北风。抄古文八篇。

**初四(12月1日)**　阅陆少白山人诗集。颇有杰句。

**初五(12月2日)**　大西北风。阅陆泑山诗集。诗极细净，闻其古文尤佳。是夜贼从西柴间掘洞而入，仅窃米数斗，尚有棉花、婢女衣等件俱不取去。此贼尚有良心。

**初六(12月3日)**　大西北风，寒。辰刻，晋酚书来，内有徐雨亭、陈荔香各绘《扁舟访友图》一幅。巳刻，陈东堂来，言施一山今已作贼，曾两次被人所擒，怜其秀才，置不问。余家被窃，安知非即此人也？

**初七(12月4日)**　寒。是日选定三十年来友人投赠之文，将分骈散两体，录清二册。

**初八(12月5日)**　辰刻，得赵拳山、朱秀珊两书。拳山招余明春往游，秀珊托余抄录《国朝校官诗录》中海盐诸公小传。又张铭斋孝廉题《访友图》五古一首，专指游永安湖一事，盖铭斋即澉浦人也。

**初九(12月6日)**　大西北风。辰刻，答顾榕屏书，还《浪迹丛谈续刻》三本，又寄还顾访溪《蕉声馆诗文集》四本。

**初十(12月7日)**　未刻，陈曼寿书来。是日录友人赠文七篇。

**十一(12月8日)**　大西北风。辰刻，顾榕屏书来，以骈体行之，盖欲余采入选本也。

**十二(12月9日)** 未刻,答朱秀珊书,并所录海盐校官四十三人小传。是夜五更后,后门外复有贼来,惠风惊觉,得免。

**十三(12月10日)** 辰刻,复陈曼寿书,附《许子琴测字赞》。是日录友人文六篇。

**十四(12月11日)** 录友人文七篇。

**十五(12月12日)** 录友人文八篇。

**十六(12月13日)** 录友人文七篇。

**十七(12月14日)** 录友人文九篇。

**十八(12月15日)** 录友人文七篇。

**十九(12月16日)** 录友人文八篇。

**二十(12月17日)** 录友人尺牍十二通。

**廿一(12月18日)** 夜小雨。录友人尺牍十通。

**廿二(12月19日)** 录友人尺牍十三通。

**廿三(12月20日)** 录友人尺牍十通。酉刻,龚氏馈腌肉一大碗。

**廿四(12月21日)** 录友人尺牍十二通。李邑侯招宴,辞之。

**廿五(12月22日)** 夜得大雨。录友人尺牍十一通。

**廿六(12月23日)** 录友人尺牍十三通。申刻,丽春归,言丁步洲毒瘾疮已愈。金晴舫寄来《访友图》画一幅,系任甫手笔,未知何许人。

**廿七(12月24日)** 晓大雾。辰刻,偕丽舟[春]登舟,水浅难行。日晚到张堰,访钱鲈香不值,即至济婴局访董梦兰,甫交谈数语,余忽头晕目眩,状类中风。梦兰惊骇欲绝。余则静卧片时,渐觉清爽,起坐复谈,依然口如悬河矣。梦兰出视近作骈体五篇、江弢村七律数章。鲈香亦来局中,谈至二鼓。始知郭友松十月中岁试古学场中作三体书,学使李公大赏,特置第一,覆试日诗赋经解并作,又于卷尾画一鸟,盖以赋题为"鸲鹆来巢"也。学使更喜,正场亦拔第一。夫以友松天才踔绝，早宜圭璋特达，而乃半生落魄，无家可归。今年考试，不过以游戏了事，而反受知于巨公，亦天之所以稍报才人也。

**廿八(12月25日)**　大暖。辰刻，梦兰邀食汤圆，其味甚美。巳刻，至鲈香处，始得张理堂、汪植庵所题《访友图》诗。理堂七律二章，植庵五古一首。赠梦兰《白鹄山房古文》一部，借得《怀忠录》六卷，即汤果卿明府所刻雨生将军挽诗文也。余所作骈文要为集中之冠。将军今得谥贞愍。未刻，过廊镇寻姚杏士，仍不遇。

**廿九(12月26日)**　巳刻，寄顾榕屏书，附董梦兰题《双峰旧隐图》五律一首。是日录友人尺牍十一通。

## 十二月

**初一(12月27日)**　辰刻，王东帆覆书来，用骈俪句，极有情致，又题《访友图》七古一章。陈湘渔答书亦来。午刻，寄丁步洲。申刻，与汪绿君书，附记一篇。

**初二(12月28日)**　录友人尺牍十五通。申刻，晋翂书来，内有查稻孙所作《扁舟访友图》长七古一首，一韵到底，浩瀚淋漓，纯似大苏气概。稻孙亦乞予撰《七十学诗图序》。又得沈浪仙书，内有日本人《扁舟访友图》诗画五幅，题诗者四人，一号虚堂，一号淡斋，一秋石山人，一外浦藤芳，皆作七绝，工于写景，其画则梧门也，点染极佳。披览之余，如获鲛珠十斛。

**初三(12月29日)**　巳刻，覆沈浪仙及晋翂书。午刻，与费恺中书。

**初四(12月30日)**　夜微雨。录友人尺牍十三通。是日编成《玉雨集》《鸽音集》各二册。《玉雨集》录友人骈体文三十五篇，散体文二十七篇；《鸽音集》录尺牍一百二十通。所录者或删节之，或增益之，或酌改之，一经修饰，居然苏黄小品矣。

**初五(12月31日)**　为张峄樵作《梦龙草堂记》。骈体。

**初六(1857年1月1日)** 夜寒。辰刻,顾榕屏书来,立即覆之。

**初七(1月2日)** 大寒。辰刻,又寄费恺中书。

**初八(1月3日)** 寒。辰刻,寄张峄樵书,附记一篇。

**初九(1月4日)**

**初十(1月5日)** 辰刻,得赵拳山、陈湘渔书。湘渔寄借周文之大令《柯亭子骈体文》三卷。文之名沐润,祥符籍山阴人,其骈文奇情别致,不可思议,龙虎变化,运腕如神,此又骈体之一格也。

**十一(1月6日)** 辰刻,顾榕屏寄示《金陵癸甲摭谈》一册。共四十页,不知何人所撰。记癸丑、甲寅群贼在金陵荒淫荼毒之事,而杨秀清尤罪恶滔天。读毕,不禁痛心疾首,嚼齿穿龈矣。

**十二(1月7日)** 抄骈体文七篇。

**十三(1月8日)** 暖。摘抄《柯亭子骈体》一百余联。是夜梦游一湖,湖如方镜,周围十里,中有一桥横亘东西,波涛亦汹涌有声,湖之四角各有花一盆,状如珊瑚。

**十四(1月9日)** 暖。摘抄杂诗五十余联。是日闻王晓莲加知府衔。

**十五(1月10日)** 暖。午刻,张柳坡过。酉刻,晋紛自乍浦归,携至沈浪仙、张峄樵回书,又薛慰农大令寄赠《鸳水饯行集》二册。

**十六(1月11日)** 夜雨。是日闻赵仪姞夫人去世。

**十七(1月12日)**

**十八(1月13日)** 大寒。寅刻,又得一女孙。未刻,陈阆峰来,长谈两时,以友人骈体二十余篇畀之。

**十九(1月14日)** 寒。辰刻,汪绿君覆书始来,并赠湖颖十枝。是夜梦入张啸山书楼,乘其不在,得尽窥其著述,莫非枕经葄史之文。

**二十(1月15日)** 巳刻,王蔼如来,携至董梦兰书并所作《木鸡书屋骈体文序》,穷究源流,笔亦古奥。

**廿一(1月16日)** 夜大西北风。

**廿二(1月17日)** 寒。午刻,丁步洲覆书始来,内有叶桐君新刻《自怡园锦屏诗词集》四卷。书中言黄砚北司马于十一日仙逝，其子湘筠先于初八日去世，父子均亡，尤堪痛悼。砚北今年八十有四。

**廿三(1月18日)**

**廿四(1月19日)**　夜微雨。

**廿五(1月20日)**　大西北风。巳刻，与顾榕屏书，还《癸甲摭谈》一本。

**廿六(1月21日)**　巳刻，顾榕屏寄来《古欢集乙编》新刊本，内有余论宋诗十二首。沈兰卿寄来《紫茜山房诗钞》一卷，其序即余所撰也。

**廿七(1月22日)**　抄骈体文七篇。申刻，徐鹿卿馈酱鸭一只。

**廿八(1月23日)**　抄骈体文六篇。

**廿九(1月24日)**　抄骈体文八篇。是日失一白雄鸡。

**三十(1月25日)**

是岁出钱五十二千，入钱只二十五千，生平未有之奇穷也！

# 咸丰七年丁巳(1857),六十九岁

## 待燕庐日志

### 正　月

**朔日(1月26日)**　抄骈体文六篇。

**二日(1月27日)**　大西北风。辰、巳刻,贺节者约二百余人。

**三日(1月28日)**　是日丽春子盖云成亲,即借余家谐花烛。

**四日(1月29日)**　抄骈体文五篇。是夜梦遇一道士,姓陈,号无山,所作诗文颇雅洁。

**五日(1月30日)**　巳刻,寄仲子湘书。

**六日(1月31日)**　寒。午刻,寄计二田书,赠以《笔花阁诗钞》《鸦片见闻录》二种。

**七日(2月1日)**　大寒。巳刻,寄丁步洲书,赠以《鸳水饯行集》一本。

**八日(2月2日)**　寒。巳刻,施笙六过。是日,闻新坊大火,自除夕至元旦,延烧五六十家。

**九日(2月3日)**　午刻,又脱一齿。余年垂七十,绝不龙钟,惟三年以来,牙齿则脱去大半。并非溺爱,甘为孺子之牛;从未贪财,竟类焚身之象。然此固暮年人所决不免也,夫复何尤!

**十日(2月4日)**　巳、午、未刻,趁钱继园舟到城。至东鼎字店,与费恺中长谈,夜即留宿。

**十一(2月5日)**　辰刻，王秬生招食印糕，即候顾榕屏。午刻，榕屏招同郁荻桥、胡砚耕、顾春岩饮于横山草堂，夜即留宿。

**十二(2月6日)**　昼夜大雨。辰刻，将访顾访溪，甫出门，因青石泥滑，扑倒于地，幸无大伤，仍着屐行二里至访溪宅，长谈三四时。始见戴名世《南山集》古文五卷，后附《孑遗录》一卷，纪桐城被寇始末。其文清遒雅洁，绝无干碍，不知当日何以身罹文网，竟致伏法也。是日陆富村、陆一帆俱下世。富村年七十六，一帆年七十一。

**十三(2月7日)**　上午雨。辰刻，寄赠嘉兴石莲舫《左国闲吟》一卷，又赠金畹云女史一卷，皆欲其题图故也。午刻，顾厚田招饮。

**十四(2月8日)**　大寒。巳刻，乘舟至茭苕浜，赴贾芝房宴，同席蒋竹音、顾榕屏、郁荻桥、徐友山芸岘嗣子、顾厚田、贾仁山，兼作古欢丁集第一课，以"新年竹枝词"为题。酉刻，晋紒书来，言一帆去世，欲余谋当湖书院一席，岂知何蔼卿、张鹿仙、高继庵、奚肖岩等已攘臂相争，余又安从措手！

**十五(2月9日)**　大寒。巳刻，访戴筱坡、缪笙昆仲，赠以《左国闲吟》，借得郑梦白《小谷口诗钞》十四卷、钮西畴诗词骈体集八卷、吴醉樵《集句牡丹诗》一册。筱坡昆仲言归安沈自香欲选骈体文，已收罗二百四十余部，独缺余集，求之甚切。未刻，至北寺观江北女子走索弄甏诸戏。申刻，至东隐房，有星者孙步洲窃负虚名，丽春以余[年庚]属其推算，无一语道着，并言余去岁已赴修文之召，旁人莫不失笑。戌刻，偕费恺中等饮元宵酒。是夜宿西鼎字店。

**十六(2月10日)**　大寒。巳刻，过汪绿君处，长谈三时，见虹屏女史所书《兰亭》《洛神》册页，适张峄樵亦在，同饮于大雅堂。绿君言去冬十一月，王姬为湖州人所娶，出嫁一百二十洋，其人五十，无子，在乍浦裕泰行作伙，暂借平湖同伙友项宅为纳妾之地，岂知王姬入门即啼泣不止，甫三日，席卷所有而去，湖州人且愧且恨，又不知如何结局。

**十七(2月11日)**　大寒。辰刻，顾榕屏招食印糕。午后，程鹿亭偕余至陆厅听梁少卿女郎弹唱《绣香囊》。少卿,秀水人,年十七八,姿色绝佳,正如青春鹦鹉。又观吴门三多堂女子毛儿戏。

**十八(2月12日)**　夜雨。午后,张西英偕余至陆厅观毛儿戏,归途过汉水桥食面饺。

**十九(2月13日)**　大雨。巳刻,趁衙前航船,风水俱逆,酉刻始回家。得张筱峰书,见赠《绿雪馆词二集》两卷,其中偕余游宴之作有四五阕焉。又赠《元遗山新乐府》五卷,系张梅生所刊。

**二十(2月14日)**　夜雨。午、未刻,阅钮西畴《亦有秋斋诗文集》。骈体文,颇有生动之趣。

**廿一(2月15日)**　夜大雨。巳刻,寄赵拳山书,附缴陈湘渔处骈体文二种。午刻,与顾榕屏书,附《与王姬书》十二篇,以此文哀感顽艳,人人欲读也。申刻,阅郑梦白《小谷口诗钞》。七律,似前后七子。

**廿二(2月16日)**　寒。辰刻,与费恺中书,赠以《守经堂诗集》二卷。

**廿三(2月17日)**　夜雨。午刻,杨雨莼过,即同雨莼饮于龚配京处。

**廿四(2月18日)**　抄骈体文六篇。辰刻,费恺中答书来。午刻,寄乌程陆箫士长春书,赠以《四集文》及《左国闲吟》。

**廿五(2月19日)**　午刻,赴钱竹筠宅喜筵,同席三十余人。酒半,何蔼卿来,略叙阔衷。席中诸人陆续散去,余饮至一鼓而回。是日,闻俞云坪孝廉、陈幹斋茂材俱于是月物故。

**廿六(2月20日)**　辰刻,至钱宅送亲,赠徐稼甫奎藻《四集文》一部。巳刻,晋谼至乍浦馆中。寄沈浪仙书。徐稼甫、汪书卿、张静斋同来拜见,书卿乞《四集文》一部。书卿亦小门人也。

**廿七(2月21日)**　湿热。抄骈体文六篇。未刻,马访云乞诗集一部。

**廿八(2月22日)**　毒热。夜大雨。摘录《亦有秋斋骈体文》九十余联、《小谷口诗集》六十余联。午刻，徐洛卿来，乞撰《南村校经图》文。

**廿九(2月23日)**　大西北风，夜有雪珠。午刻，阅吴醉樵《集句牡丹诗》三百首。

## 二　月

**朔日(2月24日)**　昼夜雨。作《查稻孙七十学诗图记》。骈体。申刻，得陈阆峰书。

**二日(2月25日)**　辰刻，沈浪仙覆书来。

**三日(2月26日)**　寒。辰刻，至文昌楼拈香，时神像及梁柱栏槛才经修葺，焕然一新，余所撰楹联三副亦已悬挂。巳刻，拜陈东堂寿。是日，始为第五女孙取名凯初，盖欲王师早定粤匪，奏凯而归也。

**四日(2月27日)**　夜雨。书《朱九妹事》。骈体。事见《癸甲摭谈》。午刻，寄查稻孙书，附文一篇。未刻，与晋畇书。

**五日(2月28日)**　雨。是夜，梦秀龙桥向东而移，似有怪物负之以行者，过半里许，轰然一声，石片四散。

**六日(3月1日)**　大寒。作《新年竹枝词》八首，俱切当湖，不落前人窠臼。

**七日(3月2日)**　寒。是日闻当湖书院一席为叶勤諏所得。

**八日(3月3日)**　寒。辰刻，顾榕屏覆书来，内有戴筱坡、缦笙所题《扁舟访友图》各七绝三首。缦笙诗中言长洲汪侍松久慕余名，每相见必问及之。榕屏又从朱观察处为余代借《沈莲溪续刻诗》三卷，其诗较前集尤胜，题余《访友图》五律一首亦在其中。

**九日(3月4日)**　《记年双峰将军始生事》，骈体。事见汤芷卿《翼駉稗编》。此文使事极新颖。

**十日(3月5日)**　夜小雨。辰刻，作《戴缦笙花光月影词跋》。小骈体。巳刻，与顾榕屏书，寄还《戴氏诗文集》三部。

**十一(3月6日)**　夜大雨。抄骈体文四篇。辰刻，寄费恺中书。

申刻,又失一黄雌鸡。是夜,梦偕沈浪仙过山东界,寓逆旅中数日,适逢考期,应试者亦来同寓,殊不合意。

**十二(3月7日)**　雨。辰刻,晋翂书来,言今年书室暂借褚文斋家中,即前刘心葭坐地。巳刻,陈东堂招同柯春塘、马倜卿、马访云、陈阆峰、陆筱坡、顾书台、钱竹筠、朱云卿宴于兰芳堂,作芦川雅集第一课,咏当湖古迹五题,不拘体韵,陆忠宣祠、鲁简肃墓、赵子固故居、李潜夫蜃园、陆清献三鱼堂。序则或骈或散。酉刻散席。

**十三(3月8日)**　辰刻,计二田、陈曼寿答书俱来。二田赠《怀忠录》一部,曼寿书中言余所撰《许子琴测字赞》千手传抄,远迩叹服。巳刻,摘录《沈莲溪续刻诗》五十余联。今年洋钱交易更难,余今日于龚店兑一洋,只一千三百文,已是吉洋,连易三次,尚不惬市侩之意,生路于是益艰矣。

**十四(3月9日)**　寒。辰刻,过张柳坡处。柳坡言海盐顽民以饥荒为名,白昼劫掠,如马氏、郁氏等被劫者已七八家矣。

**十五(3月10日)**　重阅陈云伯《画林杂咏》。

**十六(3月11日)**　巳刻,得陆箫士覆书。

**十七(3月12日)**

**十八(3月13日)**

**十九(3月14日)**　大西北风。作《咏怀当湖古迹诗序》。骈体。

**二十(3月15日)**　夜雨。戌刻,费恺中覆函来,言十九日乍浦糖船水手数百人分班作队,抢掠南门钱庄及首饰铺共十余家,官兵弹压全然无用,仅获一贼解县。

**廿一(3月16日)**　作《徐洛卿南村校经图记》。骈体。

**廿二(3月17日)**　夜雨。辰刻,为海盐孙杏坪明经作《醉月图小序》,骈体。张柳坡所托。

**廿三(3月18日)**　辰刻,以《古欢乙集》畀张蒲卿,属其写文二篇。

**廿四(3月19日)**

**廿五(3月20日)**　夜大雨如注。

**廿六(3月21日)**

**廿七(3月22日)**

**廿八(3月23日)**　寒。以上数日重阅骈体选本。

**廿九(3月24日)**　雨，大寒。巳刻，张柳坡过。

**三十(3月25日)**　夜雨。午刻，寄顾访溪书，缴《甘泉乡人诗文》五册。

## 三　月

**朔日(3月26日)**　日夜雨。辰刻，沈浪仙书来，并为余作《扁舟访友图》骈体序文，摇笔散珠，落墨横锦，中间以台阁、山林、方外、闺秀、外夷分写五段，尤为周到。

**二日(3月27日)**　日夜雨。辰、巳、午刻，趁干傚到城，费恺中留饮，谈至更余，即宿其家。

**三日(3月28日)**　寒。辰刻，过顾榕屏处，畅谈三时，赠以《路忠贞公集》《钟秋屿遗诗》二种。未刻，过时祉卿处。戌刻，得丁步洲覆函，赠余《樗寮诗话》三卷，姚春木所撰。是日知刘子葵死，年七十五。

**四日(3月29日)**　寒。辰、巳、午刻，在榕屏馆中长谈。朱纯庵留中膳。得陈佛生、金畹云夫妇《扁舟访友图诗》。佛生七律一首，畹云五律二首。畹云，嘉兴人，余友沈叔石刺史外孙女也。回过程伊斋处一谈。申刻，金晴舫乞《戏诗》一本。是夜宿西鼎字店。是日因洋钱不通，不得已，兑银一锭，每一钱只抵一百廿七文，余慨然谓人曰："番钱毕竟是银，其价日低，人皆视如粪土，冥钱不过是纸，其价日昂，缘人间多喜念经，日化数万也。"世事颠倒，一至于此，其将大乱乎？

**五日(3月30日)**　晚雨，寒。巳刻，属施蔬巢写《扁舟访友图》册首。申刻，偕恺中、丽春游东湖镜漪堂。去岁邑人以邹氏罚金千余，重经葺缮，北水榭一间尤极华美，兼植花树数种，夭桃稚柳，绰约娉婷,真湖中胜境也。酉刻,游第一观,冒雨而回。

**六日(3月31日)** 大寒。巳刻,过汪绿君处,兼问其疾。绿君尚未能出房,其骈体文已梓一卷矣。戌刻,徐馥卿招陪陆雨窗小酌,谈至二鼓。雨窗言其父沕山将刻古文稿。

**七日(4月1日)** 辰、巳、午刻,趁衙前张僟回家。得查稻孙覆书,以余撰其《七十学诗图》文,忻喜无量。晋齡已于上一日归,携至《钟穆园遗诗》五册,言徐秋宇欲余酌选。

**八日(4月2日)** 寒。辰刻,陈阆峰还《骈体正宗》四册。未刻,得海盐张笠翁所书《扁舟访友图》册首,又七绝一首。笠翁名青选。

**九日(4月3日)** 寒。阅钟穆园《梦琴山馆诗钞》,自戊子至乙卯约千余首,名作林立,美不胜收,余严加甄选,得二百五十四首,良金美玉,的的可传矣!

**十日(4月4日)** 寒。辰、巳、午刻,摘录《梦琴山馆诗》六十余联。未刻,题崔芾斋《柳阴垂钓图》。七古。申刻,金山姚鸣皋过,言初七日泖泾港口覆一渡船,六十余人俱死。

**十一(4月5日)** 辰、巳、午刻,抄骈体文五篇。申刻,阅《樗寮诗话》。内有季海帆方伯《峨边纪事》数十联,悲壮淋漓,唾壶击碎。戌刻,观鳌山灯五六座。

**十二(4月6日)** 辰、巳、午刻,抄骈体文五篇。戌刻,观鳌山灯,较昨夜稍胜。

**十三(4月7日)** 辰、巳刻,摘录杂诗六十余联,戌刻,观鳌山灯。

**十四(4月8日)** 骤热。巳刻,答张筱峰书,赠以《治经堂集》《饯春集》二种。与丁步洲书,赠以《古欢集》甲乙编。

**十五(4月9日)** 作《张蒲卿载酒问字图记》。骈体。未刻,观施侯赛会,内有洋人长三尺许,能自行走。戌刻,观鳌山灯。

**十六(4月10日)** 热。是日伤风。

**十七(4月11日)** 黄昏雨,大雷电。抄骈体文五篇。

**十八(4 月 12 日)**　热。大雨两阵。抄骈体文五篇。

**十九(4 月 13 日)**　大西北风,寒。午刻,答沈浪仙书。

**二十(4 月 14 日)**　寒。夜雨。辰刻,顾榕屏书来,内有顾访溪所赠《悔过斋文集》七卷。又前所作时祉卿诗序,祉卿欲余再加两联。买菜求添,殊为可哂。

**廿一(4 月 15 日)**　寒。夜雨。辰刻,答顾榕屏书。巳、午刻,览《悔过斋集》,访溪以穷经为事,而文不沾沾于说经,其与友人书十余篇,极尽忠告,无愧直谅,他文亦洁净。其所作余《扁舟访友图序》亦在其中。

**廿二(4 月 16 日)**　大寒。抄骈体文六篇。

**廿三(4 月 17 日)**　寒。抄骈文七篇。是日晋龄始到馆。寄赠查稻孙《木鸡书屋文三集》《四集》两部。

**廿四(4 月 18 日)**　寒。夜大雨。辰刻,顾榕屏又有书来。

**廿五(4 月 19 日)**　寒。抄骈体文七篇。

**廿六(4 月 20 日)**　大寒。申刻,钱竹筠招饮会亲酒,同宴二十余人。亥刻散席。

**廿七(4 月 21 日)**　始晴。抄骈体文六篇。申刻,马倜卿过,约明日作芦川雅集第二课兼赏牡丹。

**廿八(4 月 22 日)**　辰刻,自市中买物归,时龚氏中门虽开,而门槛未起,余袜带为铁圈所绊,仓皇一跌,面触水缸,缸则高氏所置者,訇然一声,唇颊粉碎,右车牙并受大伤,血如雨注,内外交流,实有数斗。高仁煊以药敷之,竟不能遏,非特不得赴铁卿之招,精神气力一时顿尽,不得已,上床而卧,粒米不进。

**廿九(4 月 23 日)**　熟睡一昼夜。

## 四　月

**初一(4 月 24 日)**　身体微热,胃口益闭。是日李邑侯县试童生,仅二百六十人,所以如此少者,盖由许、樊两校官贪婪无厌,凡童生之有家而新出考者,必吹毛求疵,取利足而后许考,多则三四百金,少则一二百金,似此虐政,人其何堪,又安肯以鸡肋功名尽丧其资斧乎? 题:“是以谓之文也”至“子产”。

**初二(4月25日)**　是日,头痛齿痛,身上仍热。巳刻,陈东堂、马倜卿同来问疾。申刻,高仁煊强余延医治疾,逼之再三,不得已,招东堂来开方,服药一剂。半月以来,女孙发痧者二人,先健初,继暖初,皆平安无患。

**初三(4月26日)**　昼夜不能睡,药力亦绝无进退。

**初四(4月27日)**　辰刻,张蒲卿、高梦花来问疾。申刻,龚氏赠茶食两匣。是日龚、高两宅私寄晋酚一书,促之使归,欲其延周西园来治疾。岂知余一生立定主意,誓不饮庸医之药,故能克享大年,不然,早已塚中枯骨矣! 而况西园之纯盗虚声,余肯啖其钓饵哉?

**初五(4月28日)**　胃口稍开,大便亦通,而头痛、齿痛依然如故。申刻,晋酚果归,余一见即责之。晋酚言褚文斋正欲招余往游,不料适逢此变。又言闽中土匪勾结长发,扰乱延平、邵武、建平之间,已失数县。

**初六(4月29日)**　辰刻,陈东堂过谈。是日头痛大甚,如鳌戴山,涔涔然不胜其重。以上数日精神恍惚之时,辄见时贤骈体文章,字字约略可记,而其文多述苕溪、泸渎之事。不知世间果有此种笔墨否? 余酷好此物,甚至身婴大病,犹复魂梦相感,斯亦罕有者也!

**初七(4月30日)**　热。是日头痛稍减,而齿痛益甚,如火烈烈。自起病以来,扶持抑搔,绝无一人,并茶水之役,左呼不应,右唤不诺,拍床愤詈,然后有人勉强一来。倘有杨枝桃叶,必不至此,然似此奇险之症,竟得不死者,由平日善于摄生而又不误于药物也。此事亦有预兆,二月初三求文昌签内有“杜鹃啼血”四字,又有“春暮”二字,当时不解,今果应之,岂非数耶!

**初八(5月1日)**　热。日中大雨。巳刻,闻徐吟蓼于平地跌倒,龚店蔡伙于楼上跌下,俱在十日以内,徐年七十余,蔡亦五十八。一时老人俱遭此厄,益信有数存焉。午刻,始下床。以上数夜不能熟寝，有通宵不寐者，此则血枯之故。

**初九(5月2日)** 湿热。黄昏雨。巳刻，寄汪绿君书。未刻，复陈曼寿书。

**初十(5月3日)** 毒热。辰刻，始饮桂圆莲子汤，以调补血脉。巳刻，与顾榕屏书。卢揖桥有书来，言欲亲来问候，足见白头师弟之情。惟劝余延医服药，则大反余意。未刻，与丽春书。是日之热，竟似小暑节气。

**十一(5月4日)** 热。辰刻，接到顾榕屏初八日问病书。申刻，马倜卿过，言近日寇氛又急，将逼常州。是日，晋翫到城。

**十二(5月5日)** 热。辰刻，寄卢揖桥书，乞其食物。

**十三(5月6日)** 午后雨。辰刻，丽春答书来，言十五、十六两日，城中水会极盛，招余往观。晋翫书来，言昨日县试三覆点名时，突有一人持刀而入，一人流血满身，二人皆旧令尹翟筠堂子，其兄于去冬来平，其弟于是月十一亦来，夜间同睡，兄忽手持刀杀弟，身受数伤，手掌都穿，禀官求救，官亦无可如何。未刻，陈东堂来，见赠七古一章，叙余前月跌伤之事，淋漓痛快。此即三月廿八诗课中之一题也。余即以何书田《簳山草堂诗集》四卷赠之。

**十四(5月7日)** 夜雨。巳刻，寻向时所录灯谜一册，约有七八百条，竟不可得，不知何人窃去。此四十年来几费心血，广收博采而成者，一旦失去，愤恨欲死。是日，欲趁新仓便舟至平湖观水会，遍问数家，无一肯者。

**十五(5月8日)** 上午雨。辰、巳、午刻，趁航船到城。未、申刻，观庆喜班戏于儒学前。酉刻，遇王茹山，知王姬为湖州陈某所娶，三日即归，竟已诀绝。夜宿西鼎字店。

**十六(5月9日)** 始大晴。巳刻，至虹桥观博陵侯水会，木牌三个，皆以童子扮戏剧。又结花园一座，其花树皆以纸为之，无异于真。小舟七十余只，置旂伞刀戟等物，亦有戏文数出，水陆观者约七八万人。申刻，偕费恺中至北门，再看水嬉。回过县前，观正案。十名前：

陶晋贤、陈士杰、马祖升、何兆玮、林成栋、盛国华、卜清年、金榜魁、钟张堃、李廷梁。戌刻,至霍庙观大珠灯一盏,其高数仞,共点红烛四十二枝,亦生平所未睹。是日婢子惠风出嫁。

**十七(5月10日)** 大西北风,夜雨。辰刻,过顾榕屏处。巳刻,至弄珠楼观水嬉,木筏三个,其花园戏剧又改换一新,余舟不过七八只而已。午刻,郁荻桥招同榕屏、厚田至松筠馆食面。未刻,至南河头,又看水会两次。申刻,考妹赠满洲点心三匣。

**十八(5月11日)** 上午大雨。午、未、申刻,在杨万和线店后水阁观小三台戏。

**十九(5月12日)** 午、未、申刻,观三台戏于学宫。戌刻,东门街灯市极盛,男女拥挤,伤数人,死一人,余早虑及此,故不往观。是日,知万蕉园、陆桂湘皆于春间下世,何晴园死于陕西戍所。

**二十(5月13日)** 辰刻,顾榕屏过,携至陈曼寿书,约余郡试时到禾,同作硖石之游。贾芝房寄来张蟾初盛泽人《扁舟访友图》画幅。巳刻,访汪绿君,不值。午、未刻,偕顾榕屏、邵云卿至堰上观三台戏。申刻,赠徐晓耘、竹云昆仲《左国闲吟》各一册。酉刻,晤仲莲舫。钟带人,工书法。戌刻,偕王襄哉、倪丽渊小饮于西鼎字店。

**廿一(5月14日)** 大雨。巳、午、未刻,趁衙前儎到家。得卢揖桥覆札,赠龙眼二斤十二两、莲心一斤三两。申刻,与丽春书。

**廿二(5月15日)** 未刻,作《饯春词》七绝二首。此芦川雅集第二课中之一题也。申刻,外孙金朴人借杂赋一本。名榜魁,新考前列第八。

**廿三(5月16日)** 抄骈文四首。巳刻,为马偶卿借黄退庵说部两种。酉刻,龚氏馈熟脏一蹄、熟鸡一只。

**廿四(5月17日)** 抄骈文四首。巳刻,寻张柳坡,不值。余拟于廿六日趁考船到郡,新仓人又无一肯者,不得已,愿派舟金一股,然后见许。余阅历人世七十年,所见风土人情,未有若新仓之恶者也。

**廿五(5月18日)** 辰、巳刻,偕柯春塘、陈东堂、马偶卿、访云、陆筱坡乘舟至虎啸桥顾书台宅,赴芦川雅集第三课,见马泽山《雁荡山水画册》,即以为题,外尚有五六题。午刻,主人设筵相待,余辈六人之外,又有许荻庵、陈阆峰、顾平山、陆久香等,合席共十六人。酒半,听荻庵弹琵琶。未刻,至阆峰馆中,在桥南胡宅,余十七岁时随大父读书之地也,是年即入泮宫,迄今五十三年,重到斯地,风景依然,而胡氏已阅数代矣。

**廿六(5月19日)** 寒。戌刻,至张樵坪处借宿半夜。

**廿七(5月20日)** 子刻,偕张蒲卿等六人登舟,申刻到郡,泊于府学前。夜宿舟中。

**廿八(5月21日)** 辰刻,访陈曼寿,即移行李于其家,赠以《海忠介双松石刻》《磨盾余谈》《续鸿泥集》《紫茜山房诗抄》。巳刻,过顾榕屏寓,得时祉卿所赠《空山鼓琴图赠言》五册,余一文一诗俱梓在内。午刻,过郡庙观大章班戏,即访柳溪和尚于楞严寺,坐谈良久。是日,闻相阮琴主政去冬殁于京邸,张春水亦死。

**廿九(5月22日)** 巳刻,访赵桐孙,赠以《小云庐诗集》,见张小尹《嘲童生应试》七律十六首,可入《解颐录》。午刻,访赵拳山,即留中膳,知徐慎斋去世。未刻,过祝羹梅寓,羹梅言澉浦一路蝗子满山,羹梅等人募人捕之,每斤出十四文买之,农民踊跃从事,现已搜捕十之五六。访费亦洲,知竺仙上人于去秋九月圆寂,年八十四,余所求题图诗竟已不及。

## 五 月

**初一(5月23日)** 巳刻,途遇黄韵珊,邀至其寓长谈。晤钱伯声,言前年冬季曾寄《甘泉乡人文集》于余,竟不收到。午刻,费亦洲招食中饭。未刻,访顾孝若,其寓有二美人。酉刻,顾孝若、谢修梅同过。是日赵桐孙答访,不值,赠《月泉吟社》一册,以《十六国宫词》就正。马太守府试第一场。平湖题:“一人定国尧”。

**初二(5月24日)** 热。辰刻,费亦洲答访,赠洋布被料一幅,乞撰《壶中诗序》。余亦赠以《四集文》及《守山阁丛书》二种。亦洲言石门人见余《与王姬书》,互相传抄,与前年武原、枫溪诸处相类,文字动人,一至此哉！午刻,赵拳山邀同潘仙侯海昌诸生,能诗画、张啸岩名清济,海盐廪生,长经解、顾榕屏、费亦洲乘舟出西门,游岳王祠,园中结构更胜当年,鹃花艳艳,莲叶田田,良堪悦目。未刻,过潘菉香广文公馆,遇姚子白。名仁瑛,秀水廪生。馆内有蒋氏园林,地甚宽敞,大桂长梧,皆百年物,石榴一株,缭曲如蛇。菉香言现开红花,八月中又开白花。惜主人不在园中,不甚修饰耳。

**初三(5月25日)**　热。辰刻,蒲竹鹦来访,名成,秀水庠生,能书画。赠以《左国闲吟》。巳刻,寻陈梅生,不值。其寓有赵子勤者,身长八尺,昨在考场凌虐石门童生,海盐人不服,俟其出场,群起攻之,仅而获免。此亦平湖童生历年放肆之报也。午刻,访孔雅六、顾访溪。未刻,与赵桐孙、石廉昉茗话良久。廉昉名中立,工诗古文。申刻,途遇张理伯,见余不相闻问,竟自忘其为年再侄矣!

**初四(5月26日)**　辰刻,评姚云坡诗稿。拳山、榕屏、梅生同来答访。巳刻,于旧书肆购得吴山抡《古剑书屋诗文集》十卷、邱昆奇《德芬堂诗抄》十二卷、何兰士《方雪斋诗集》十二卷、屠琴坞《是程堂二集》八卷、吴蔚皋《读书楼诗集》六卷、蒋于野《青茎诗集》四卷、姚笙华《云腴仙馆遗稿》三卷、《钟海六诗钞》八卷、王廖征《静便斋诗文集》十卷、《吕月沧文集》八卷、徐若冰《南楼吟稿》二卷、鳌沧来《彭门诗草》四卷、汤点山《栖饮草堂诗钞》六卷、韩桃平《隐文堂文集》一卷、顾铁卿《颐素堂诗抄》六卷、王香雪《红蝠山房诗集》十一卷、吴宜甫《华宜馆甲乙稿》二卷、《金氏于喁集》二卷、《杨氏同怀集》二卷、《粤东七子诗》六卷、《颐园题咏》四卷、《谢琴诗抄》一卷、《南藤雅韵集》一卷、《娄东书院释菜诗》一卷。以上二十四种,皆不易得之书,余仅以九百十文得之,此一大快事也。未刻,访钱伯声,不值。申刻,费亦洲始录去秋送余游乳溪之诗七古一首。酉刻,回至北门,途遇潘菉香,知其到寓答访。是日,始闻海盐高宜圃、金山钱葆堂俱于去年物故。

**初五(5月27日)**　夜大雨。午刻,赵拳山、朱孚山招饮端阳酒。

申刻回寓，知石廉昉、赵桐孙同过，廉昉以诗文二册就正。

**初六(5月28日)** 大雨。是日甚雨，不能出户，与曼寿昆仲大谈世务。

**初七(5月29日)** 夜大雨。巳刻，偕杨赋芊、陈曼寿游小郑园，亭池花草，楚楚有致，娑椤树一株，轮囷离奇，系唐代物。回过北丽坊关帝庙，有水阁一间，名闲云偶伫之轩，窗外即月湖，水色澄碧，幽趣绝人。

**初八(5月30日)** 夜雨。巳刻，偕曼寿登舟。申刻，至硖石，泊舟北栅。访年侄戴黼笙，适彼在盛泽买货。访蒋生沐、寅舫昆仲，皆以疾辞。夜宿舟中，听雨声终宵不断，不胜懊恼。

**初九(5月31日)** 小雨。辰刻，访蒋黏亭名仁荣，精《说文》之学，诗亦有别趣，赠以《文稿》三、四集及《东湖饯春集》。其家有平仲园，大银杏一株，系数百年物。巳刻，访蒋仲卿名赐薰，癸卯孝廉，赠以《四集文》一部。午刻，黏亭招饮。未刻，偕黏亭、曼寿游审山。《杭郡志》谓审食其葬此，俗所称东山也。历三层，登东岳殿，小憩道观，旋登山半，九十九峰阁已废，智标塔在观海峰绝顶，遥望而已。稍折而下，入碧云寺，有喝石泉，其色黄而带黑，金鲫游泳其中。相传唐俱胝禅师喝石而得泉，故名。泉上藤萝，萦结山脊，叹赏久之。黏亭言春日桃花、秋间枫叶为此山胜景，惜不值其时也。申刻，游紫微山。唐紫微舍人刘梦得以部刺史游其地，故名，或曰白乐天刺史，俗所称西山也。入惠力寺，有放生池，龟鱼并育，传为东晋尚书张延光故址。稍进，游五百罗汉堂，从别径上山，等泗州殿，海上诸峰，历历可辨。顷在东山为云雾所掩，至此始心开目朗焉。远望飞鸟数十，白身紫背，翔集树林，尤堪玩赏。此鸟惟硖石有之。又至山背观奇石，其可名者有四，曰礼斗，曰擣衣，曰盘陀，曰百步，皆嵌空玲珑，足下米颠之拜。旋从后山翻下。黏亭言汪云壑殿撰墓、陈仲鱼征士果园别业俱在山麓，不及往访。戌刻，黏亭复邀夜膳，赠余王觐颜《菽欢堂诗词集》二十卷、顾少眉《半村诗稿》四卷、顾耕浒《迩绿轩诗稿》一卷。

**初十(6月1日)** 始晴。巳刻,蒋仲卿招饮于授砚斋,同席曼寿、鮎亭、秋耕鮎亭兄,工书、晋庵。仲卿子,工画。午刻登舟,出北栅,过温元帅庙,有妓船三十余号。余与曼寿登岸遍观,大都无盐面目,其可取者二三人而已。申刻,舟次王店西栅,亦有妓舟十余号,较硖石稍胜。访王襄哉,赠以《左国闲吟》《乍浦人物备采》,即同游曝书亭。亭为朱述之大令重修,曾不数载,又复蔓草荒烟,仅存珠藤一株,根在墙外,枝在墙内,此小长芦手植也,犹见名士遗风。过三忠祠,其西偏有清芬祠,祀梅里诗人之无后者。回过曹玉俦家小憩,玉俦年七十六,善艺菊花。戌刻,王襄哉招饮,同席曼寿、倪丽渊、王怡圃。

**十一(6月2日)** 辰刻,访沈叔彦,名人俊,嘉兴诸生。即同游自在庵,精舍数间,一尘不染,盆中红白杜鹃,鲜妍可爱。未刻,泊舟南大王庙,访杨小铁。申刻,过东城,至姚新甫家,访沈匏庐观察,彼在吴门未来,不值。酉刻,回至陈宅,得蒲竹鹦《扁舟访友》画幅并七律一首。

**十二(6月3日)** 巳刻,过赵拳山、费亦洲两寓。申刻,访张子祥,赠其子雨苍茂材《四集文》一部。

**十三(6月4日)** 辰刻,程寅谷以番银两饼购余诗文全集六种。巳刻,候沈濂溪观察,赠以诗集一部,彼答赠续刻诗一册。观察年六十六,神气颇健,惟步履艰难耳。午刻,至陈小畬宅。访吴兴费余伯,其父晓楼以画得名,余伯能继其业。赠以《左国闲吟》。又访朱梦泉,不值,留赠《古欢甲乙编》。回访陈然青。

**十四(6月5日)** 热。巳刻,同曼寿至三店,在嘉善县南十里。妓船有百余号,美不胜收。午刻,曼寿置酒于今玉校书舟中。今玉年仅十五,犹有童心,余不甚合意,而曼寿深爱之,赠以诗扇楹联。申刻,陆友春嘉兴庠生复置席于月凤校书舟中,姓许,行五。其同舟赋宝亦陪饮焉。曼寿复于他舟唤小妓严五来,与月凤各弹琵琶一曲。余口占一绝赠月凤。句云:“人间竟有许飞琼,蒲舫行觞大白倾。听到琵琶魂欲断,分明弹出楚江情。”戌刻散席,月凤留宿,余以明日将返平湖,婉辞之。

归途月明如昼，光彩逼人。

**十五(6月6日)**　下午大雨。巳刻，至赵拳山寓话别。未刻，冒雨而回。陈筠石贻银一小锭，乞撰《蕉华砚室诗序》。申刻，曼寿赠信笺二匣、信封六束。

**十六(6月7日)**　巳刻，偕曼寿至东郭，游莲隐庵，有净室数间，观张瓜田所绘观音像。明照和尚以茶菓相待。过天带桥，访张玉珊。午刻，过长寿桥，入幻居庵。坐兰石草堂，观《华严墨海》八十一本，皆明季苏松嘉湖诸名士所书，每本一人，或两人合书之，真巨观也。堂前一池，畜金鱼数百，其景不减玉泉。访方莲卿，又见赠《陆宜人墓志石刻》四本，遇句容冯斗泉。工于镌碑。申刻，答蒲竹鹦，不值。

**十七(6月8日)**　卯刻，曼寿乞为其父觉生作传。辰、巳、午、未刻，买舟回至平湖，两舟子桀骜不驯，一路被其凌虐。申刻，寻费恺中、顾榕屏，皆不见。夜宿东鼎字店。是日，闻余杭民变，其魁何万程已正法。

**十八(6月9日)**　卯刻，至榕屏处，长谈半日。申刻，见府试正案。前十名：徐同壎、周元吉、陆庆槐、卜清年、张培基、陶晋贤、盛国华、钟张堃、冯赐昌、金榜魁。闻钱镜心死。年七十四。

**十九(6月10日)**　巳、午、未刻，趁牙前史僟回家，知晋紛近患心痛，又至周医处治病。收到汪绿君所赠龙眼、莲心各一斤。

**二十(6月11日)**　未刻，马倜卿还黄退庵说部二种。是日晋紛到馆。

**廿一(6月12日)**　阅《吕月沧文集》《王香云诗集》。申刻，以旧作赋稿借与费亚杉。

**廿二(6月13日)**　寒。夜大雨。阅吴蘅皋、汤点山、何兰士、屠琴坞诸诗集。

**廿三(6月14日)**　大雨。阅吴山抡、邱昆奇、王麐征、鳌沧来诸诗集。是夜，梦嘉兴有陈梗舆者，贻余单条一幅，其字绝类郑板桥。

**廿四(6月15日)**　上午雨。阅钟海六、吴仲云、姚笙华诸诗集。

申刻,大放齿血。

**廿五(6月16日)**　大晴。阅《杨氏同怀集》《金氏于喁集》《粤东七子诗选》。巳刻,丽春言王姬又为俞老福子所娶,俞子貌甚丑恶,且年才四十,老态如七八十人。

**廿六(6月17日)**　抄骈体文七篇。申刻,寄丁步洲书,赠以《空山鼓琴图题词》一册。

**廿七(6月18日)**　抄骈体文六篇。

**廿八(6月19日)**　摘录《德芬堂》《方雪斋》《读书楼》《是程堂》《华宜馆》《菽欢堂》《红蝠山房》诸诗集二百余联。

**廿九(6月20日)**　抄古文五篇。

**三十(6月21日)**　抄古文五篇。

## 闰五月

**初一(6月22日)**　热。抄骈体文五篇。是日闻学宪周公于三十日开考嘉郡科试。

**初二(6月23日)**　热。夜大雨。摘录杂诗一百余联。

**初三(6月24日)**　大热。急雨有四五阵。巳、午刻,阅王觐颜诗词集。

**初四(6月25日)**　辰刻,丁步洲答书来,内有《怀忠集》一部,言戈顺卿已作古人,年七十二。

**初五(6月26日)**　午、未刻,阅《颐园题咏》。

**初六(6月27日)**　午刻,外孙金朴人自院试归,携至晋酚书,知平湖科试题、"君子学道"。院试题,"善人也"。一等廿四名。陆嘉椿、魏泰、邵世琛、徐方增、徐汝嘉、何保瑞、蒋珪、沈春煦、徐鸿逵、徐金宣、林思永、刘其清、钱炳奎、钱星海、邵大彰、徐元陛、陈其昌、刘际清、张骥孙、陆鸿奎、俞文祥、高赐孝、陈葆恩、周敦荣。生古学题。"鉴空衡平赋"。平湖取四人,县学:沈春煦、何保瑞;府学:叶宗汉、费乃文。童古学题。"人情为田赋"。费亦洲寄来《同游岳王祠茶禅寺诗》五古三首。又闻施一山以盗案举发,现已革去秀才。

**初七(6 月 28 日)**　热。晚雨。卯刻，见新进案。县学三十名：徐同壎、孙兰池、施士桢、马汝云、冯赐昌、张廷鉴、萧日华、马镇珂、盛国华、周树模、陶晋贤、陈其瑞、俞廷标、马祖升、张金铨、李锦章、吴大钧、徐尔昌、李廷荣、钱文炳、时俊华、吴惟遵、朱寿熊、顾福清、沈甲勋、王铭盘、徐树铣、徐载坤、陈曰羆、汤志廉。拨府七名：钱培庚、徐汝翼、张金錞、朱炳镛、徐安澜、俞廷镕、许焕。县、府试前列除批首外，仅进三人。

**初八(6 月 29 日)**

**初九(6 月 30 日)**　热。

**初十(7 月 1 日)**

**十一(7 月 2 日)**　作陈阆峰《续六家诗钞序》。六家者：吴梅村、陈迦陵、邵子湘、吴汉槎、宋牧仲、沈归愚，此顾书台处诗课题也。酉刻，得朱秀珊书，并寄来虹舫阁学《求闻过斋骈散文未刻稿》一册。是日闻平湖童生取古学者三人。朱寿熊、徐同壎、陈曰羆。

**十二(7 月 3 日)**　卯刻，得顾榕屏信，言赵拳山欲取余诗文全稿两部代为销售。辰刻，即以诗文集两部寄拳山。

**十三(7 月 4 日)**　热。作《硖石东西二山游记》。骈体。

**十四(7 月 5 日)**　热。卯刻，费恺中寄还赋稿一本。

**十五(7 月 6 日)**　热。作费亦洲《壶中吟序》。纯用四字句。

**十六(7 月 7 日)**　阅朱虹舫骈体文。沉博绝丽，对仗尤工，近时显爵中所未有也。

**十七(7 月 8 日)**　作《陈觉生传》。骈体。

**十八(7 月 9 日)**　日中小雨。辰刻，顾榕屏书来，内有徐氏所赠辛庵侍郎《漱芳阁集》十卷。古文七卷，纪事之文极有笔法，他文未称，诗则全不擅长。

**十九(7 月 10 日)**　日中小雨。辰刻，作朱母龚太安人七秩寿诗二首，七律。即答顾榕屏书。赠朱纯庵《四集文》一部。巳刻，寄陈曼寿书，附文二篇。

**二十(7月11日)** 卯刻,与丽春书。

**廿一(7月12日)** 酉刻,丽春特自城归,携至郭友松、丁步洲急信,内有江苏学政李小湖名联琇,江西临川人先生书,言夙诵《木鸡书屋文》,企慕甚切,今年三月曾属友松作书延余襄校试牍,其书从平湖县署转交,竟致浮沉,现科试松江已毕,再致关聘,邀余到澄江相叙。李公爱才至于如此,余又安敢辞之。聘金六洋。步洲始寄至《听秋馆悼俪集》四部。

**廿二(7月13日)** 晓大雨。卯、辰、巳刻,整顿行李。午刻,赠新进张西铭《小云庐诗稿》,又《希斋诗集》《小梅华馆词集》,赠马以柔《律赋》《贯珠集》《槐花吟馆试帖》。未刻,寄晋翎书。酉刻,马倜卿过。

**廿三(7月14日)** 是日,买舟至松江,费钱一千四百。酉末始到,即访丁步洲,知李学宪与郭友松昨午已起程矣。还步洲《怀忠录》一部。得郭梅茵《六半楼诗钞》四卷、张梅生《曼陀罗馆诗词稿》二卷。

**廿四(7月15日)** 热。辰刻,张筱峰来访,长谈三时。午刻,访钱鼎卿、张啸山,适席灌甫亦在,谈论久之。酉刻,至醉白池观白荷花。是日,闻芍仙校书从良三年,今春已殁。

**廿五(7月16日)** 辰刻,钱晋亭过。午刻,张啸山答访。未刻,庄侠君来访。申、酉刻,与王莲汀长谈,知姜子安已死。戌刻,偕步洲过沈校书处。奉贤人。是日,晋亭言李学宪心多疑忌,好搜落卷,故校文者多鞅鞅失意,陆续告退。

**廿六(7月17日)** 午后大风雨,直至天明。辰刻,访钱渊亭,适雷砚农亦至,赠余铜章一枚。砚农言五月二十左右,松江大雨,有赤龙一条盘旋云际,顷刻蝗虫尽不见矣。巳刻,访颜朗如。午刻,丁步洲设宴于聚书堂,同席汤春韶、周竹溪、徐雪舫、雷砚农、钱渊亭等十余人。

**廿七(7月18日)** 大雨。大雨不能出户,与步洲清谈竟日,知倪日渊已去世。是日,披衣三件,犹觉寒气逼人。

**廿八(7月19日)**　辰刻,登松江舟,招邢汉槎同往。汉槎即江阴人,在松江卖竹衫,其人颇深情自好。步洲赠食物四种。戌刻,至沈塔镇宿。

**廿九(7月20日)**　酉刻,至苏州葑门,即泊。是夜梦得一姬人,名宝兰,年仅十四五。

## 六　月

**初一(7月21日)**　午后大雨。巳刻,出浒关。申刻,将至望亭,值狂风暴雨,暂泊野塘。戌刻,至新安镇泊。

**初二(7月22日)**　辰刻,过无锡。巳刻,又遇暴风,暂泊野塘。申刻,过青旸镇。戌刻,至月城桥泊。

**初三(7月23日)**　食时大雨。巳初,至江阴,即进学宪署谒见李小湖先生,呈《木鸡书屋诗文全集》。先生年只三十八岁,已官三品,而学问之勤过于寒士,真不可得也。候幕友阮巨木、名登瀛,福宁廪生。戚砥斋、名士廉,德清贡生。孙宿若、名灿文,富阳廪生。倪介夫。名宝田,松江廪生。午刻,候李石珊。名联瑷,小湖先生堂弟。申刻,赠郭友松《四集文》一部。酉刻,小湖先生赠其祖《韦庐诗集》八卷。是行也,费洋三枚,钱二千。洋价一千七十。

**初四(7月24日)**　热。辰、巳刻,阅姚涤山《粤匪纪略》。名宪之,余杭人。午刻,有一鹊飞入余卧室,久之不去。未刻,偕友松谒二吴侯庙,即明初吴良、吴祯兄弟,守江阴有大功者也。申刻,过城隍庙,观十殿塑像。

**初五(7月25日)**　大热。未刻,李公赠西瓜八枚。申刻,再赠郭友松《三集文》一部。

**初六(7月26日)**　大热。卯刻,独游试院中寄园,小有亭池,久不修理。午刻,李公来,长谈久之,言十八日起马按临泰州。未刻,寄丁步洲及丽春、晋翁书。

**初七(7月27日)**　大热。摘录《求闻过斋骈文》四十余联,又全抄四篇。

**初八(7月28日)** 大热,夜更甚。辰刻,戚砥斋贻七律一章,余即以《左国闲吟》赠之。未刻,为小湖先生作刘猛将庙匾。阅郭友松骈体二篇,稍加酌改。

**初九(7月29日)** 大热。辰刻,过砥斋寓室一谈,即作七律一首答之,次其原韵。巳、午刻,抄骈体文四篇。未刻,为小湖先生斟酌谢赐银缎折子。申刻,郭友松评余骈体三篇。酉刻,鹊复入室,有求食之状。

**初十(7月30日)** 热。辰刻,访沈书森,不值。名保玮,宝溪观察之子,现在江阴军需局中。

**十一(7月31日)** 日晡雷雨。辰、巳刻,作陈筠石《蕉花都砚室诗序》。骈体。午刻,阅薛子布《读左小记》。未刻,阅《说海》四本。

**十二(8月1日)** 阅王西庄《十七史商榷》。

**十三(8月2日)** 辰刻,评阅考贡卷三本。巳刻,沈书森答访。午刻,小湖先生为余题《扁舟访友图》七古一首,虑周藻密。

**十四(8月3日)** 抄古文四篇。午后,阅《古文苑》三册。

**十五(8月4日)** 巳刻,汪子超到,亦李公所聘校试卷者也。午刻,赠子超《四集文》一部。未、申、酉刻,览《唐语林》五册。是日,小湖先生向余言《木鸡文集》今已阅遍,取材之博,裁对之工,运笔之灵,用意之密,为目中所未见。又以前日所酌谢恩折,大加奖许。

**十六(8月5日)** 热。辰刻,戚砥斋复作五古一首见赠。巳刻,评点崇明贡卷三本。

**十七(8月6日)** 热。巳刻,小湖先生邀同汪子超、戚砥斋、孙星若、阮巨木、郭友松 、李石珊乘舆至君山之梅花书院,登一层楼,望大江如在舄下。院中结构甚工,有亭有池,杉梧松桂,众木萧槮,前学使汤公敦甫、王公勿庵、张公小坡俱有匾额。惜天气酷热,不能登君山顶也。午刻,宴于院中,小品二十余味,江瑶柱、西瓜糕二物,今日始得食之。小湖先生属余作记,以志其事。

**十八(8月7日)**　大热,夜更甚。未刻,乘小轿行六里,至江口登舟。江面阔三十里,一叶扁舟,低昂于是层波叠浪之中,横风曳帆,二十里一瞬而过。申、酉刻,坐小官轿行十八里,至靖江城,寓观音寺。于明府作新直隶人送盛筵一席。自江阴至泰州,一水可杭。近年因粤匪之扰乱,水路不通,改从旱路,致此狼狈。

**十九(8月8日)**　毒热。卯刻,乘轿行十八里至沈市镇朱宅暂歇。于公复设佳讌。午、未、申刻,行三十六里至泰兴城,向西而行,烈日炎炎,浑如火炭。酉初始到,寓广福寺。泰兴县送盛筵一席,无品不妙。

**二十(8月9日)**　毒热。卯、辰、巳刻,乘轿行四十里,至柴墟镇岳王祠暂歇。泰兴县又置席相款。午、未、申、酉刻,行四十里至泰州,入贡院。余与汪子超同居一房,行李至天明始全到。以上三日冒暑触热,跋涉长途,红日灼肤,黄沙扑面,生平未尝之苦境偏在垂暮之年,不意寒儒竟成热客,然困顿之中尚有幸者,轿夫亦人耳,汗流被体,怨声载道,或中暑而踣,或委客而逃,诸幕友俱受其累,惟余独否。

**廿一(8月10日)**　毒热。傍晚雨。是日行香放告。

**廿二(8月11日)**　是日考生经古、性理、古学。题:“吕光征龟兹赋”以“大飨将士赋诗言志”为韵,“茧丝保障”得“阳”字,“咏史乐府十二首”,断罟匡、布价对、辟戟诤、乘船戒、彻屏悟、侍宴规、从猎讽、佳鹰表、宫体箴、用笔喻、观灯谏、三司告。“高骈论”。未、申、酉刻,阅生古五十八本,荐四本:扬府东为九号,仪征西往二号,高邮东剑二号,甘泉西制十四号。备荐二本:扬府西珍三号,兴化西往十号。

**廿三(8月12日)**　热。是日考童经古、性理、默经、古学。题:“小海唱赋”以“为子胥作仲御歌之”为韵,“儒以《诗》《礼》发家”得“珠”字,“帝在房州”,“史法论”,“缇萦上书救父歌”。未、申、酉、戌刻,阅童古一百九十五本,内有四、五十本兼性理论者,荐十本:江都西来一号,宝应东李十二号,江都东闰六号,江都东始十三号,高邮东列十八号,高邮东剑九号,江都东成十一号,江都西收十一号,高邮西阳二号,江都东律十七号。备六卷:宝应西堂四十三号,江都东果十一号,东台西堂四十五号,高邮东金八号,江都西来三号,江都东始十七号。

**廿四(8月13日)** 热。是日岁试府学、江都、甘泉、仪征、东台生员。题:“或曰以德报怨”一章,“我送舅氏”二句,“仲连却秦军”得“连”字。午刻,赠孙星若《四集文》一部。

**廿五(8月14日)** 大热。是日专看仪征岁试卷一百廿五本,荐覆卷十九本:东致十五、东芥十四、西藏五、西往十三、东昆十六、东冬十一、西藏三、东昆十一、西来十、西阳七、东始十八、西往十五、东闰九、西雨八、东剑二、东李十三、西号十一、东玉二、西藏二。取卷五十本。又看补考卷八本。题:“被袗衣”三句,“秋郧犁来来朝”,“呼儿烹鲤鱼”得“鱼”字。

**廿六(8月15日)** 热。晚雨。是日岁试高邮、兴化、宝应、泰州生员。题:“士未可以言而言”四句,“其祀中霤”二句,“云中白鹤”得“原”字。亥刻,始见生经古案,余所荐六卷竟取其五。扬府:胡弼;仪征:江征祥;高邮:汪芬;甘泉:陈浩恩;扬府:张麟书。而胡弼得第一名。通场知赋题原委者惟胡弼一人,赋亦沉实高华。

**廿七(8月16日)** 寅、卯、辰、巳、午、未刻,专看高邮岁试卷一百三十五本,荐覆卷十九本:西堂三十三、此即汪芬。西来四、东冬伍、东堂六十五、东暑四、东列二、东堂五十、东堂五十五、东金五、东堂十三、东堂二十、东云十七、东堂十一、东露十、西堂三十四、东秋十四、西宿三、东冬八、西堂四十三。取卷六十本。是日覆生经古题:“赵台卿卖饼北海市中赋”以“视子非卖饼者”为韵,“露筋祠”得“祠”字。

**廿八(8月17日)** 卯、辰、巳刻,独阅经古、性理覆试生员卷四十本,重定名次。前十名:泰州:葛奎璧,府学:胡弼,府学:吴肇修,高邮:董对廷,府学:丁绍宪,甘泉:陈浩恩,宝应:成载文,仪征:刘蕴辉,性理。江都:熊銮,经解。宝应:芮鸿仪。午刻,郭友松言余所阅诗古文章老眼无花,最得李公之意。是日考高邮、兴化童生,首:“管氏有三归”;次:“凿斯池也”;诗:“貂蝉从兜鍪中出”得“龙”字。

**廿九(8月18日)** 寅、卯、辰、巳、午刻,分看高邮童卷一百六十本,荐廿二本:西堂四十七、西姜十四、东玉四、东剑十九、东堂十二、西堂十一、东秋九、西堂六、东堂二十四、西堂五十九、西岁六、西堂四十一、西生十五、东暑十四、东堂五十二、东堂五十六、东玉十三、东堂四十、东堂二十一、东秋六、东致十一、东露十六。是日覆童古学、性理,题:“《静女》之三章”,“取彤管赋”以“彤管以赤心正人”为韵,“三折肱而成良医”得“肱”,“朱瑾论”,“题《陋轩集》”不拘体。

**三十(8月19日)** 寅、卯、辰、巳刻,独阅覆古童生四十本,重定名次。前十名:江都:方永培,江都:王家荫,甘泉:殷如珠,泰州:田树森,江都:王廷桢,甘泉:毛昌善,高邮:谈人格,江都:臧穀,江都:芮曾麟,高邮:宋子彦。余所荐十六卷,取其十四,江都八人:王家荫、芮曾麟、诸淞、王廷桢、马遇皋、臧穀、束纶、张成甲;高邮四人:宋子彦、李佩洵、杨际春、洪引绪;宝应二人:潘淦、朱百遂。十五岁。是日考仪征、泰州童生。仪征题:“君十卿禄”三句。次节。泰州:“惟黍生之”三句;次:“主司城贞子”二句;诗:“虱念阿房宫赋”得“苏”字。

## 七 月

**初一(8月20日)** 寅、卯、辰、巳、午刻,分阅泰州童卷一百七十五本,荐十六本:西堂六十二、西堂五十、东成十六、东冬十、西收十、西堂六十四、东辰十一、西堂二十九、西堂七、西堂五十一、东堂三十二、东堂二十五、东调十一、东昆十九、西堂五十六、西堂三十九。是日考江都、甘泉童生。江都题:“子夏问曰”至“绚兮”,甘泉题:“陶耕稼节”;次:“非其友不友”;诗:“倦仆立寐僵屏风”得“僵”字。

**初二(8月21日)** 热。寅、卯、辰、巳刻,分阅江都童卷一百五十五卷,荐十二本:东堂四十二、西冈十四、东堂三十七、东丽十五、东秋十九、西堂四十九、西堂三十七、东玉十四、西堂三、西堂二十一、东堂五十三、西张四。是日,覆生员题:“人之其所爱”一句,“猩猩小而好啼”得“猩”字。戌刻,始见九学招覆案,余所荐仪征十九本俱在,一等又增四人。高邮十九本前后稍易,又增六人。仪征:程畹、徐铮、江征祥、赵陛焕、刘澍、李允淮、黎能法、刘春寅、张云荃、何鑀、汪兑、李嗣昌、吴官熊、戴堃、程庆泰、江本墀、王家榕、李鸿鼎、张承澍。高邮:汪芬、华长春、顾杰人、居鹏、董对廷、许珏、王乃疆、宋云麒、费鸾、杨福臻、吴庆鸿、夏福升、李宗程、吴廷治、吴云芝、李孝纯、王佩莲、李枬、夏应陛,而程畹、汪芬皆得第一。

**初三(8月22日)** 大热。是日考宝应、东台童生。宝应题:“昔者赵简子”,东台题:“夫何忧”至“忧曰”;次:“有罪无罪”;诗:“养气如养儿”得“婴”字。申刻,汪子超出视未刻诗稿三卷,录其《阊门纪事》七绝十二首。纪薛觐唐太守、潘玉泉郎中剿戮潮州匪徒也。

**初四(8月23日)** 毒热。卯、辰、巳、午刻,分阅宝应童卷一百廿五本,荐十二本:西冈十二、西堂十七、东芥十四、东露十三、东律六、西雨十一、东莱十七、西余十五、东芥七、东始十四、西制八、西堂五十一。

**初五(8月24日)** 毒热。是日覆高邮、兴化童生。题:“指其掌,祭如在”,“出宿于干”二句,“此时骊龙已吐珠”得“时”字。未刻,孙星若题余《扁舟访友图》五古一首。亥刻,始见高邮、兴化新进案。高邮进三十三人,余所荐廿二本,得其十七:谈人格、周炎兴、时荣陛、黄清彦、汪恒、宋子彦、夏福祥、夏庶熙、洪引绪、李佩洵、沈渫、王步金、吴增、房灿章、周恩湛、贾金铭、王树勋,而谈人格得第一名。此番童生俱有广额,盖补癸丑年岁试也。

**初六(8月25日)** 午后大东北风,夜更大。是日覆仪征、泰州、江都、甘泉童生。题:“有弗辨”,“秋,晋士鞅、宋乐祁犁、卫北宫喜、曹人、邾人、滕人会于扈”,“项羽亦重瞳子”得“重”字。戌刻,重评仪征一等前列十名卷,每篇只用八字套语,将以报部也。

**初七(8月26日)** 骤寒。辰刻,始见仪征、泰州、江都、甘泉新进案,余所荐泰州十六本,进者八人:曹余庆、房宗琯、张敏、钱桂芳、杨克敬、王维翰、陈庆祺、朱翔鹤，而曹余庆得府学第一名。所荐江都卷十二本，进者七人：陶绍箕、禹珮、束纶、王懃、倪恩荣、张成甲、方永培。巳刻，阅拨府新进二十一卷，重定名次，前五名：曹余庆、殷如珠、黄河清、臧榖、章份。是日覆宝应、东台童生。题："其所厚者薄"二句，"王与大夫尽弁以启金縢之书"，"孳货蓝田"得"城"。亥刻，见宝应、东台新进案。宝应进廿七人，余所荐十二本有九人焉：王焕华、刘莆、钱士敏、袁夑坤、王建勋、张子彦、姜登五、孙学海、刁士瀛，而王焕华得第一名。

**初八(8月27日)**　午刻，余与子超各阅教官卷七本。题："闵子侍侧"三段，"相见曰闻名"二句，"瘦羊博士"得"羊"字。以高邮学正叶觐杨为第一，训导吴梓为第二。

**初九(8月28日)**

**初十(8月29日)**

**十一(8月30日)**

**十二(8月31日)**　辰刻，得丽春及晋翁六月十五日书。以上五日考试武童马、步、箭、技、勇。余辈无事，可以游玩，而关防仍严，不能出仪门一步。笼中之雀，振翮难飞；沟中之鱼，游鳞莫纵。王式甚悔此一来也。

**十三(9月1日)**　午后雨。未刻，戚砥斋出视《浣月词》，乞撰弁言。是日总覆文武童。以上数日阅赵瓯北《廿一史劄记》。

**十四(9月2日)**　平旦大雾。巳刻，戚砥斋评余骈体三篇，汪子超亦评二篇。未刻，郭友松以试帖一册见视，为之评点数首。是日，奖赏生童，独不许幕友往观，因明日即欲科试，防有关节也。

**十五(9月3日)**　夜大雨。是日，科试府学、江都、甘泉、仪征、东台生员。题："齐人归女乐"三句；策："谥法"；诗："共工以水纪官"得"二"字。

**十六(9月4日)**　烈风猛雨。是日，分看府学科试卷九十八本，荐覆卷廿二本：西堂四十八、东果四、西光十四、西宿十五、东玉七个、西来一、东冬五、东辰十二、东夜十七、东芥十二、东调三、西重八、东露十九、西来十二、东辰十六、东冬六、东闰六、西堂六、西堂二十八、东金十八、西堂三十一、西岁十二。取卷四十八本。又看补考卷八本,题:"陈相见许行"至"见孟子","刑者硎也"四句;诗:"入感木瓜"得"琼"字。

**十七(9月5日)** 雨。是日,科试高邮、兴化、宝应、泰州生员。题:"知及之"二句,第三节。"盐法","风吹草低见牛羊"得"歌"字。

**十八(9月6日)** 竟日大风雨。是日专看宝应科试卷一百八本,荐覆卷十八本:西米十五、东丽七、东闰十八、西吕十一、东丽十五、西水五、西堂五十八、西来六、东堂十九、西霜十、东堂五十四、东辰四、西堂二十九、西堂三十七、东堂三十八、东剑一、东菜二、西重十。取五十本。是日考高邮、兴化童生。高邮题:"不觚觚哉"。兴化题:"子之所慎"至"三月";次:"绸缪牖户";诗:"蜂房各自开户牖"得"开"字。大雨如注,无处不漏,场中童生无不仰屋咨嗟者。

**十九(9月7日)** 大东南风。分看高邮童卷一百四十七本,荐十七本:东秋九、西堂十五、东芥五、东堂六十一、东暑一、东李六、东辰五、西余十四、西称十五、西藏十二、西称十、西藏一、东堂三十七、东剑十三、东堂十四、西堂二十五、东冬十一。是夜风狂似虎,几乎拔屋。

**二十(9月8日)** 大东北风。是日考仪征、泰州童生。仪征题:"乃积乃仓"六句。泰州题:"《诗》云邦畿"至"黄鸟";次:"以力假仁者霸"二句;诗:"壶卢中《汉书》"得"僧"字。

**廿一(9月9日)** 日晚风始息。分看泰州童卷一百五十七本,考数六百余人。荐十本:西堂二十五、东冬十七、东玉五、东金六、东露十二、西光十、东云六、西冈五、东昆一、西堂三十五。是日考江都、甘泉童生。江都题:"邦有道穀"至"邦有道"。甘泉题:"叔孙武叔语大夫"二句;次:"麀鹿攸伏"二句;诗:"灞陵醉尉"得"呵"字。是日,见飞蝗百万向东南而去。

**廿二(9月10日)**　分看江都童卷八十四本、甘泉童卷四十七本。江都荐八本:西堂三十、东成四、东为七、东丽十七、西制十一、西岁十四、西吕十、东调二。甘泉荐七本:西堂二十三、东堂二十八、西堂六十一、西冈一、西重十二、东列十二、西堂四。是日,覆生员题:“夫徐行者”三句,“布阵横空如项羽”得“蝗”字。戌刻,见九学招覆案。府学二十八名,余所荐廿二本得其十七:孙淮、顾騄、曹锡¿、万坤、黄玉振、张传甲、吴肇修、汪国风、章份、王家荫、曹余庆、黄潞、朱锡恭、赵时澍、张沐霖、许复增、石介如。宝应一等十八名,悉遵余所定甲乙:郑保恒、昌桂枝、葛瑗、舒毓森、乔木、朱绂、朱元吉、盛序东、毛炳南、袁青藻、王殿森 、胡纶裕、芮序铭、芮鸿仪、乔岳、万树春、刘琚、梁登枢。余岁试所取新进及取古者科试一等有八人焉。泰州:曹余庆、房宗琯、王维翰。高邮:周炎兴、李佩洵,江都:方永培、王家荫、诸淞。

**廿三(9月11日)**　卯、辰刻,派阅江都生覆卷十八本、甘泉十九本,重定名次。江都前五名:张骝、顾志和、靳鸿飞、诸淞、徐廷珍。甘泉前五名:江召棠、徐文辉、焦丙熙、邱广生、陈浩恩。是日,考宝应、东台童生。宝应题:“不以人废言”至“行之者乎”。东台题:“切切”子曰下句。次:“曰吾有所受之也”。诗:“陶侃梦生八翼”得“久”字。

**廿四(9月12日)**　分看宝应童卷一百十二本,荐十二本:东致十六、西堂四十、东列四、东云十三、东芥十七、西出八、西号十四、东丽十六、西奈十四、东成五、东列十一、西堂三十一。

**廿五(9月13日)**　雨。辰刻,分阅优生卷四本,题:“雍也可使南面”,“蒉桴土鼓”得“神”字。岁贡卷二本,题:“不多食,播五行于四时”四句,“九转丹成鼎未开”得“堂”字。是日,覆高邮、兴化童生,题:“有恒产者”至“苟无恒心”,“雷出地奋”至“祖考”,“星河秋一雁”得“河”字。

**廿六(9月14日)**　辰刻,始见高邮、兴化新进案。高邮进廿六人,余所荐十七本得其十二:吴庆鹏、雍承益、龚五标、贾蓉生、房伯生、张西铭、陈元桢、赵瓒、孙汝金、沈庆平、王景云、宋莲荣。巳刻,分阅高邮覆卷十一本,惟孙汝金文佳。是日,覆仪征、泰州童生,题:“来朝走马”;经:“来朝走马”;诗:“来朝走马”得“妃”字。

**廿七(9月15日)** 辰刻,始见仪征、泰州新进案。泰州进二十人,余所荐十本得其五:石梁、高兰溪、朱霈、李金台、戴炎。巳刻,覆丽春及酚儿书,托阮巨木带至苏州转寄,即赠巨木《四集文》一部。巨木因病将回福宁,校文者更少矣。是日,覆江都、甘泉、宝应、东台童生,题:“便嬖不足使令于前与”,“史载笔”二句,“马上相逢揖马鞭”得“鞭”字。

**廿八(9月16日)** 卯刻,见江都、甘泉、宝应、东台新进案。江都进廿一人,余所荐八本得其四:王金兰、周凤翔、张湘之、朱文达,甘泉进十七人,余所荐七本,无一遗者:宦希祥、余润、臧荣榜、孙世春、郑心源、丁荣庆、陈大中,宝应进二十人,余所荐十二本得其七:张选青、林桂枝、刘凌云、吴润金、谢沄、芮东荣、朱锡之,而宦希祥、林桂枝皆得第一名。辰刻,派阅江都覆卷十三本、东台十本,重定名次。江都前三名:田镳、周寿昌、滕璋,东台前三名:沈思孝、朱紫田、焦鸣盛。又重评宝应、江都生员,报部卷十三本。总计扬州岁、科两试阅文二千三十三卷,得士一百六十五人。每阅一艺,不敢苟且,其佳文而有瑕疵者必为之酌易数字,或删去数句,遂成全璧,竟得受知,此则子约阴功独鸣已耳者也。未刻,始得出试院。至书肆购汤海秋诗集二十六卷,纸板俱佳,钱只四百。申刻,便访宝应教谕黄晴初。名时溥,松江人,戊子孝廉。

**廿九(9月17日)** 极凉。午刻,坐小轮出南门,与友松同居太平船第二号。船中有美人焉,年十八九,山东人。

## 八 月

**初一(9月18日)** 始大晴。阅《海秋诗集》。奇气磅礴,海立云垂。

**初二(9月19日)** 辰刻,过皂白镇,泊舟久之。夜三鼓,至高邮泊。

**初三(9月20日)** 夜四鼓,至宝应泊。

**初四(9月21日)** 夜三鼓,至淮安。自泰州至此历四百里矣。

**初五(9月22日)** 辰刻,入淮安试院,其房室较泰州稍胜。未刻,小湖先生过谈,谓余阅文最捷,评文最当,推许者久之。申刻,小湖先生借观赋稿两本。

**初六(9月23日)** 是日,考生员经古、性理、古学。题:"韩信决壅囊击龙且赋"以"固知信怯为人易与"为韵,"土偶与桃梗相语"得"人"字,"陆君实丞相当从祀议","拟傅季友为宋公修楚元王墓考","拟韩昌黎《嗟哉董生行》"。申、酉、戌、亥刻,分看生古八十一卷,荐八卷。山阳:西霜十,府学:西冈二,山阳:西宿十六,盐城:西奈十二,山阳:东暑十,府学:东文十三,安东:东露七,清河:西阙五。备五卷:山阳:西月十,桃源:东日一,山阳:西字九,府学:西冈十一,山阳:东日十一。

**初七(9月24日)** 是日,考童生经古、性理、古学。题:"玉带生赋"以"带腰玉而身衣紫"为韵,"见橐驼言马肿背"得"驼"字,"书《淮南小山篇》后","楚州考","龟山足下,神禹使庚辰缚巫支祈处放歌"。未、申、酉、戌刻,分看童古一百七十一卷,荐八卷。盐城:西水三,桃源:西收六,山阳:西阳一,山阳:东云九,盐城:西月十一,山阳:西月十,桃源:西张十三,盐城:西生十五。备四卷,山阳:西阳四,盐城:西月九,山阳:东辰十五,山阳:西月十五。场中赋题,或作花,或作草,或作蜂,或作蚓,或作梦,或作带,或以为王荆公物,或以为李玉溪物,其知文山者八百余人中三四十人而已。知文山而能运用其事实者,数人而已。余独得佳赋三篇。李公还赋稿二本,又有一函,极其倾倒,诗赋题即从余稿中得来。

**初八(9月25日)** 热。是日,岁试府学、山阳、盐城、阜宁生员。题府学、山阳:"夫章子岂不欲有夫妻子母之属哉",盐城、阜宁:"然则子之失伍也亦多矣";经:"秋而载尝"二句;诗:"家在枚皋旧宅边"得"皋"字。戌刻,泰州田少泉到院,名宝臣,年六十六,廪生,新考科试第一。亦李公招来校文者也。亥刻,见生古学招覆案,共四十名,余所荐备十三本,得八人焉。府学:邵澄澜、阮师苌,山阳:潘金芝、王宾、王寿仁、孙承休、方焸基,盐城:孙景福。是日,闻河南学政俞樾以出题不谨被劾。如"国家将亡必有妖""此之谓寇"等类。俞君本吴兴才子,何至狂妄若此、自蹈法网?

**初九(9月26日)**　寅刻至申刻,分看山阳岁试卷一百八十一卷,荐廿四本:西往十、西号八、西堂三十三、西吕四、西奈二、西堂四十六、西堂八十七、东闰四、东宇十二、东文十四、东冬十一、东堂七十九、东宇十一、东果十四、西腾十二、东调六、东剑七、西出十一、东珠一、西腾十三、东珠十六、东堂八十八、西阙十一、西堂七十五。取六十本。酉刻,赠田少泉《四集文》一部。戌刻,阅清河补考卷五本、桃源补考卷八本。题:"知者动","九三:劳谦,君子有终,吉","其民毛而方"得"林"字。

**初十(9月27日)**　是日,岁试清河、安东、桃源生员。题:"枉道而事人"二句;经:"庭燎之百"四句;诗:"山公启事"得"题"字。

**十一(9月28日)**　子刻至巳刻,分看清河岁试卷一百五十二本,荐十三本:东堂八十六、西月十五、东巨十六、东为十六、东闰十六、西堂三十五、西珍十五、西藏十一、西号十五、东始九、西号三、西出十三、西堂十五。取三十八本。是日,覆生古,题:"孙策平江东赋"以"渡江而东所向无敌"为韵,"积兵甲与熊耳山齐"得"降"字,"李光弼论","淮阴咏古"。二疏枚氏父子、范张死友、臧陈二烈士,不拘体。赋题亦从余稿中取来。亥刻,见童古学招覆案,共四十二名,余所荐备十二卷俱得录取。盐城:马国安,桃源:陈尔昌,山阳:刘庆云,山阳:吴承庆,盐城:赵坤釜,桃源:王如嵩,山阳:倪步云,盐城:陶云龙,山阳:程振淮,盐城:宋芳春,山阳:陈钟秀,山阳:余震淮。又经解、性理六名。

**十二(9月29日)**　是日,考阜宁、桃源童生。阜宁题:"旧令尹之政"。桃源题:"衣敝缊袍"至"岁寒";次:"施及蛮貊";诗:"能言鸭"得"丸"字。卯、辰刻,独阅覆古生员四十卷,重定名次,前十名,府学邵澄澜，府学何其杰，山阳潘金芝，府学邱玉符，盐城杨载瀛，府学邱禄来，山阳杨鼎来，山阳王寿仁，府学杨庆之，安东嵇鸾章。未刻，见戚砥斋家信，知石门令丁昌穀为主事徐振墉告其十三款，内有狎玩俊童，逼死人命，优伶充役，出境买妾等款，现已革职收禁。此人素有治声，何其能治民而不能治己也？

**十三(9月30日)** 小雨。丑刻至巳刻，分看桃源童卷一百九十七本，考数有七百人。荐十一本：西姜十五、东巨十二、东丽八、东冬九、东堂七十七、西结十六、东堂八十七、东堂四十三、西堂三十三、西堂七十八、东玉二。落卷中有直抄“不亦乐乎”二句者，有抄“学而不思”一句者。次题有抄“绵蛮黄鸟”者，有抄“吾不忍其觳觫”者。是日覆童古，题：“齐姜醉遣晋公子赋”以题为韵，“连鸡不栖”得“俱”字，“刘晏论”，“淮阴咏古四首”不拘体，甘罗城、公路浦、刘伶台、陈琳墓。赋题仍从余稿中取来。

**十四(10月1日)** 小雨。是日，考清河、安东童生。清河题：“其在宗庙”至“侃侃如也”。安东题：“曾西蹙然”至“予于管仲”；次：“今有场师”；诗：“爱及屋乌”得“荣”字数。戌刻，李公赠节仪四洋。

**十五(10月2日)** 夜雨。寅刻至未刻，分阅清河童卷九十本，安东童卷九十三本，清河荐九本：东堂三、西堂三十二、西堂四十八、西称六、东剑十三、西堂八十五、西张十六、东巨十一、西阳十。安东荐十一本：西收五、西阳四、东堂八十四、西阙七、东堂四十五、东调三、西来十四、西堂六十九、东文五、东堂三十一、东堂十一。戌刻，偕诸幕友宴于试院，不意今岁中秋竟在淮上，当时虽觭梦幻想，必不至此。亥刻，见七学生员招覆案：山阳一等三十二名，余所荐廿四本得其十八，清河一等十六名，余所荐十三本得其九。山阳：严汝敬、杨鼎来、顾云松、杜淦、陈汝言、朱骏图、邱家驹、叶璞、涂怀德、胡以德、何庆芬、沈联潞、顾暄、卢士行、宋密、秦世缙、王寿仁、宋巍；清河：赵士骏、王燕、刘衍、李云从、张远霖、王南星、汪黎献、张骏、王宾予，而赵士骏得第一名。

**十六(10月3日)**　上午大风雨。是日,考盐城童生,题:"草尚之风必偃",然友章。"讳名",诗:"草翁风必舅"得"之"字。辰刻,派看安东生覆卷十六本,重定名次,前五名:高履瀛、潘秀登、嵇露翘、朱汝寅、王沈渠。题:"好刚不好学"二句,"《籥章》:击土鼓,歈《豳诗》,迎寒"得"秋"字。未刻至亥刻,分看盐城童卷一百廿一本,考数六百余人。荐十二卷:西霜十六、其文对针滕国丧事,词华焕发,赋手骚心,又能关合风草,不图于童子军中得此杰作。东寒五、西堂七十七、西张十、西冈十、西结十一、东堂四十四、东果十五、西水一、东堂十三、西堂三十九、西生十一。

**十七(10月4日)**　大晴。是日,考山阳童生,题:"陈司败"至"孔子退";次:"省刑罚"至"事其长上";诗:"唐临晋帖"得"机"字。申刻至夜半,分看山阳童卷一百□十一卷,考数几及七百人。荐十三卷:东堂十二、西重十一、西霜十四、西出十五、西堂十九、西霜十一、西光二、西堂四十三、东云十二、东堂六十一、西阙二、东堂六十七、西堂二十七。

**十八(10月5日)**　是日,覆阜宁、桃源童生,题:"夜以继日幸而得之";经:"三寿作朋";诗:"月有阴晴盈缺"得"天"字。戌刻,始见阜宁、桃源新进案,桃源进二十人,余所荐十一本得其七:胡锦林、刘惟英、陈岱云、葛承基、尹鸿宾、陈尔昌、朱秀升,他幕友所阅者不过进二三人而已,盖因李公好搜取遗卷故也。

**十九(10月6日)**　是日考教官,题:"子以四教"一章,"饰羔雁者以缋","桂树丛生兮山之幽"得"招"字。

**二十(10月7日)**　是日,覆清河、安东童生,题:"下袭水土";经:"有父子然后有君臣";诗:"思乙乙其若抽"得"文"字。辰、巳刻,摘录《韦庐集》《海秋集》五七言八十余联。申刻,戚砥斋乞《咏戏诗》一本。戌刻,见清河、安东新进案,清河进廿二人,余所荐九本得其五,安东进二十人,余所荐十一本得其四。清河:王锡龄、周棨、田起、刘子英、陶以湘,而王锡龄得第一名。安东:鲁维铭、王雨街、朱绮庭、贾鼎新。

**廿一(10月8日)** 是日,覆盐城、山阳童生,题:"愿车马"三句;经:"夏叔孙豹如晋";诗:"八月萑苇"得"筐"字。申刻,磨勘盐城报部卷八本,孙景福、宋惟新文最佳。酉刻,见山阳、盐城新进案。山阳进三十二人,余所荐十三本得其六,盐城进二十五人,余所荐十二本仅得其三。山阳:戴履亨、韦昉、吴承庆、高澄、杨芸生、刘庆云,盐城:刘士璟、吴航、张寿嵩。两县取古学者,不进者甚多。

**廿二(10月9日)** 辰、巳刻,派阅拨府童卷十五本,重定名次,前五名:周龙友、张觐恩、丁赐殿、郝旬炳、颜锡龄。又阅山阳覆卷廿一本,前五名:黄振埏、刘庆云、丁承庆、陆似宗、黄铸成。

**廿三(10月10日)** 午刻,独阅教官卷十二本,前三名:府学教授蒋锡宝、山阳训导孙名伟、桃源教谕孙维祺。

**廿四(10月11日)** 热。辰刻,寄丽春及晋酚书,附戚砥斋家信中带去。

**廿五(10月12日)** 热。

**廿六(10月13日)** 热。黄昏雨。未刻,郭友松以双钩体写《扁舟访友图》册首。以上五日考武。

**廿七(10月14日)** 是日,总覆文武童。

**廿八(10月15日)** 是日,奖赏文武生童。近时银洋价日贱,每银一两只兑千二百文,洋钱只九百文。

**廿九(10月16日)** 寒。是日,科试府学山阳、盐城生员,题:"白圭曰丹之治水"一章;策:"土物";诗:"谷量牛马"得"量"字。申刻至夜半,分看山阳科试卷一百零七本,荐覆卷十七本:西堂四十六、东始十、西堂二十二、西月十、西制十五、西余十六、西水一、西阙十一、东堂八十、西月八、东为三、西阳四、西月十六、东暑五、东玉一、东芥二、东丽十一。取四十八本。

**三十(10月17日)** 是日,科试阜宁、清河、安东、桃源生员。阜宁、清河题:"曾子曰唯"。安东、桃源题:"志士不忘在沟壑";策:"钱谷兵师";诗:"汲冢漆书皆科斗字"得"文"字。

## 九　月

**初一(10月18日)**　卯刻至申刻,分看清河科试卷一百十八本,荐覆卷十六本:东珠一、西月三、东剑六、西雨十四、西霜十三、西生十五、西堂四十一、东成八、西堂六十六、东秋十六、西藏七、西出十五、东调九、西堂五十八、西收四、东剑七。取四十四本。

**初二(10月19日)**　是日考贡监,题:"赐也尔爱其羊"一节;策:"辨难";诗:"橘刺藤梢咫尺迷"得"溪"字。戌刻,独阅贡监卷九本,[取]六本,以山阳拔贡丁一鹏为第一。是日,得张岸斋《淮南诗抄》二卷,从搜检处取来。

**初三(10月20日)**　是日,考清河、桃源童生。清河题:"公孙丑问曰夫子加齐之卿相"全章。桃源题:"有为神农之言者"全章;次:"关市";诗:"少壮几时兮奈老何"得"风"字。申刻至夜半,分看桃源童卷二百零二卷,荐十二本:东菜六、东闰十三、东列十三、西冈六、西宙一、东芥十、西珍十五、西堂十七、西重三、东剑十、西堂二十三、东堂八十四。

**初四(10月21日)**　夜寒。是日大不惬意。夜梦宵行失路,误入孙竹君家,适其家有喜事才毕,闻余至,欣然留宿。竹君年八十四,谈笑风生,余为之留连数日。

**初五(10月22日)**　是日,考盐城、安东童生。盐城题:"子曰人皆曰予知"一节。安东题:"孟子曰人之所以异于禽兽者几希";次:"系马千驷";诗:"北风吹五两"得"阳"字。申刻至三鼓,分看盐城童卷一百九十二本,荐十四本:东律一、东日八、西宙十五、西月五、西水三、东堂三十、东冬十、东律五、西雨八、西重五、西阳五、东堂七十五、西字五、东云二。

**初六(10月23日)**　是日覆一场生员,题:"小人之反中庸也"二句,"虹霓就掌握"得"轻"字。戌刻,见一场生员案。山阳一等廿八名，余所荐十七卷得其十二：王宾、杨鼎来、吴绵曾、陈汝言、潘亮彝、钱丹桂、朱殿芬、赵锦、何其灿、胡士珍、张家驹、周浡，而王宾得第一名。王宾古学，余亦以第一名荐，而仅得十名前。

**初七(10月24日)** 是日，考山阳、阜宁童生。山阳题："墨者夷之"全章。阜宁题："以若所为"至"殆有甚焉"；次："治人不治反其知"；诗："吞若云梦者八九"得"虚"字。申刻至三鼓，分看山阳童卷一百九十本，荐十八卷：东丽五、西堂三十二、西腾十三、西冈八、东列七、东堂五十八、西姜一、西来一、东云十五、西堂二十二、东金十、东堂十一、东芥三、西堂二十、东文九、西阙十五、西堂六十、东堂二十三。

**初八(10月25日)** 是日，覆二场生员，题："静而后能安"，"霜降休百工"得"寒"字。考贡题："有人此有土"二句，"立政"至"三事"，"桐庭多落叶"得"桐"字。亥刻，始见二场招覆案。清河一等二十名，余所荐十六本仅得其七：王燕、袁长青、张廷坤、王南星、吴俊熙、袁兆恒、王宾予，而王燕得第一名。此场□学生员招覆者，大半皆从落卷中搜来，李公之好奇若此。余岁试所取新进科试即居一等前列者二人：清河周棨、桃源陈尔昌。山阳段朝端年仅十三，岁试以古学第一入泮，科试即列一等。孺子可教，异日未可限量。

**初九(10月26日)** 卯、辰刻，派阅清河生覆卷二十本，重定名次。前五名：王燕、周棨、陆鑅、张廷坤、秦效程。阜宁十一本，重定名次，前五名：汪春阳、赵一鹏、邢本仁、马廷芳、余登元。又阅安东考贡卷四本。亥刻，见第一场童生招覆案。桃源二十三名，余所荐十二卷得其七：庄宜临、徐照书、刘业瑃、刘肄诚、此幼童也，文笔锐利，余私去其疵累，遂得售云。陈毓江、张抡魁、史信府。是日，第一场童生覆试，题："国人皆曰不可"二句，"侯谁在矣"二句，"游于六艺之囿"得"林"字。

**初十(10月27日)** 是日，覆二场童生，题："何独至于人而疑之"，"易之兴也"二句，"十年为客负黄花"得"花"字。亥刻，见第二场新进案,盐城二十五名,余所荐十四卷得其八:孙懋森、许彦群、陈端书、孟昭南、马家骐、刘仲昌、蔡晋、赵坤釜。

**十一(10月28日)**　夜小雨。辰刻,派阅盐城童覆卷二十五本,重定名次,前五名:杨光泰、孙懋森、王椿生、陈东典、陶云龙。戌刻,田少泉题《扁舟访友图》七律一首。亥刻,磨勘盐城一等报部卷八本:朱青选、薛宫文最佳。见三场童生招覆案。山阳新奉谕旨增额六名,连拨府共进三十八名,余所荐十八本得其九:童廷杓、汪鸿业、王凤藻、姚一同、陈钟秀、戴正修、韦福祺、马步俊、倪步云,而童廷杓第一名。是日覆盖三场童生,题:"诗书执礼","天工人其代之"。

**十二(10月29日)**　辰刻,总计淮安岁科两试阅文二千四百七十四卷,得士一百五人,余所校阅迥异他人,生或取其经文之古茂,或取其对策之风华。童或取其次艺之停匀,或取其试帖之工整。凡此类者,特于评语中提出,荐必获售,非沾沾于首艺也。诸人若不遇余,恐落孙山外矣。巳刻,得丽春及晋龢八月二十日书,言我地七月十九、二十两日大风雨,棉花大坏,早稻亦伤,米价一石至六千文。阅之胆裂。

**十三(10月30日)**　午刻,乘小轿行三十五里渡河,至王家营。夜歇严氏,清河县令送酒席来。

**十四(10月31日)**　巳刻登舟,夜泊安东之大关。安东县王公锡祜云南人有名片来。

**十五(11月1日)**　是日,舟行一百数十里,夜半至新安镇泊。

**十六(11月2日)**　戌刻,至板浦泊。是日,海州知州两次送盛席。知州即黄君金韶,广西人,余年侄也。

**十七(11月3日)**　巳刻,坐四人轿,行三十里至海州试院。自淮安至此又四百里,离家一千八百里矣。湖人至夹谷者,海州即春秋时夹谷。从古未有也。是日郭友松仆人吉堂以淮安舞弊事发觉,李公已逐去两人并及吉堂,友松亦告退,李公勉留之,然向来搜遗一事专属友松,今改归田少泉矣。试院恰对朐山,惜斥卤之地,山不能生一树。

**十八(11月4日)**　夜,大西北风。是日行香放告。戌刻,吉堂硬诈钱一千。

**十九(11月5日)**　大西北风,寒。是日,考生员经古、性理、古学。题:“朐山立石赋”以“立石海上为秦东门”为韵,“天子圣哲”得“声”字,“房琯论”,“书《公孙龙子》后”,“拟唐”不拘首数。陈正字《感遇》、李翰林《饮酒》、王右丞《饭僧》、崔员外《游侠》、储侍御《杂兴》、王龙标《塞上》、孟襄阳《待友》、韦左司《寄旧》。酉刻,分看生古学十九卷,荐五卷。海州:东列二十二,海州:西宙二十,沭阳:东珠七,海州:东字十七,海州:西宙二。备二卷。赣榆:东安十七,海州:西堂十五。是日始知幕中诸友皆为友松所谗间,余亦不免,今友松以淮安事发,李公始不信之,然而人情之险,过于太行矣!

**二十(11月6日)**　寒。是日,考童生经古、性理、古学。题:“公会齐侯于祝其赋”以“虽有文事必有武备”为韵,“张汤劾鼠”得“汤”字,“秦用三帅论”,“《十国春秋》小乐府”,“王贡合传辨”。酉、戌刻,分看童古学三十八卷,荐七卷。海州:西收二十一,海州:西阙二十一,赣榆:东暑四,海州:西定十七,赣榆:西阳十,海州:东云十六,赣榆:东列二十一。

**廿一(11月7日)**　寒。是日,岁试海州、沭阳、赣榆生员。海州题:“仁之于父子也”至“命也”,沭阳题:“舜明于庶物”,赣榆题:“子贡问曰孔文子何以谓之文也”一章。经:“九月叔苴”三句;诗:“小国为蘗”得“蘗”字。戌刻,见生古学招覆案,共二十六名,余所荐七卷得其四:海州许杭、许桐、许标,三人弟昆也,而杭与桐则同胞,杭第二,桐第三,文字因缘,竟有如是之奇者。沭阳鲍魁麟。又经解一名。亥刻,闻捻匪近在赣榆。

**廿二(11月8日)**　是日,分看沭阳岁试卷九十六本、赣榆五十七本。沭阳荐覆卷十二本:东昆十四、东辰十五、东玉九、东菜十六、东昆二十三、西腾二十一、西余七、西珍十三、东律二十二、东菜六、西宿二十二、西号十八。取卷廿二本。赣榆荐覆卷六本:东珠二十三、东寒二、西岁十八、西称六、西藏十一、西重十六。取卷十一本。戌刻,见童古学招覆案,共十七名,余所荐七卷得其五:海州:潘正渊、吴涛、江桂芳,赣榆:王时升、汪寯程。又经解两名、性理四名、《孝经》一名。

**廿三(11月9日)**　是日,考沭阳、赣榆童生。沭阳题:"子路,人告之以有过,则喜"三节。赣榆题:"王驩朝暮见"三句;次:"《诗》云'谁能执热'二句";诗:"风廊折谈僧"得"谈"字。申刻至夜半,分看沭阳童卷一百五十一本,荐十三本:西堂一、西堂十六、东李十九、东云七、西号十八、东寒二十、西阙一、西张十六、东成七、东寒七、西张二十、东夜三、西堂十七。

**廿四(11月10日)**　是日,覆经古生员古学,题:"海州石室赋"以"芙蓉仙人旧游处"为韵,"江风海雨入牙颊"得"琴"字。戌、亥刻,独阅古学生覆卷廿六本,重定名次,前十名:海州顾鼎、海州许杭、海州吴循礼、沭阳鲍魁麟、海州章士栋、海州江仲卿、赣榆周维熙、海州许桐、沭阳胡盍朋、赣榆黄继勋。

**廿五(11月11日)**　夜雨。是日,考海州童生,题:"子曰贤哉回也"两章;次:"孟子自齐"至"止于嬴",诗:"十二辰虫"得"虫"字。申刻至夜半,分看海州童卷一百三十五本,荐七卷:东秋四、东云三、东堂十四、西奈十七、西光一、西张十六、东冬二十二。备三卷:西堂二、东堂十五、东堂六。海州考数约六百人。

**廿六(11月12日)**　夜,大西北风。是日,覆经古、性理童生古学,题:"秋声赋"以"泬寥兮天高而气清"为韵,"三周华不注"得"周"字。

**廿七(11月13日)**　寒。是日,覆三学生员,题:"待其人而后行","似倩麻姑痒处搔"得"拈"字。午、未刻,独阅经古、性理童生覆卷廿四本,重定名次,前十名:沭阳郝文桃、海州潘正渊、海州程宝相、海州武克顺、海州江桂芳、赣榆王凤文、性理。海州吴世龄、海州王继昌、赣榆仲贻枭、海州程宝森。孝经。郝文桃古学卷戚砥斋所荐,亦只寻常。李公自将朱笔圈其一赋一诗,不遗一字,评云:“场中得此,如获至宝。”斯真赏识于牝牡骊黄之外。功名之际,岂非命哉!亥刻,始见三学生员招覆案。沭阳一等十八名,余所荐十二卷仅得其四:汤颖昌、鲍魁麟、耿征祥、孙引之。赣榆十八名,余所荐六卷亦得其四:朱云锦、陈云升、徐灿英、程肇塝。此番搜遗,较前更毒,幕中人皆失色,李公之好尚愈不可测度矣。且李公所搜者,专搜文而不搜人,平日有名之士置不问,即其所自拔岁试第一名者,科试往往落海,绝不照应,此亦其孤峭之性有以成之也。

**廿八(11 月 14 日)** 大寒。作戚砥斋《浣月词序》。骈体。闻广西大盗王全亮前已归顺,今复作乱,已陷三郡。

**廿九(11 月 15 日)** 是日,覆三县童生,题竟不知。

## 十 月

**初一(11 月 16 日)** 阅《敏求轩述记》十六卷。丹徒陈筱林所辑,皆国朝记事之文,余所未见者十之三,从郭友松处转购得来,价只二百八十。未刻,戚砥斋赠七古一章,谢余所作骈体序。李公心机甚深,近日所为愈令人不可测度,自郭友松淮安获遣,而幕友俱不见信,防察更严,人人重足而立。此番覆卷亦不发出,盖恐诸人各有弊端,故秘而不宣也。似此情形,迥非意想所及。余固浙西老名士也,何苦仆仆长途,劳心劳力,而同被斯累哉!

**初二(11 月 17 日)** 夜小雨。抄古文七篇。未刻,作书与李公,求新进案一观,李公勉许之。申刻,阅教官卷六本,题:“鼓瑟希”三句,“九二:鸣鹤在阴”一节,“谁是神仙张志和”得“仙”字。第一:赣榆训导陆鸿文,第二:海州学正赵邦彦。亥刻,始得见新进案,但有坐号而无姓名。沭阳进二十人,余所荐十三本,得其九:东寒二十、东李十九、西堂十六、西号十八、西张十六、东寒七、西张二十、西堂十七、西堂一。海州进二十一人,余荐备十本得其六:东秋四、西张十六、西奈十七、西光一、东堂十四、东云三,而东秋四得第一名。以上二日考武。

**初三(11月18日)**　抄古文八篇。是日总覆文武童。

**初四(11月19日)**　抄古文七篇。亥刻,李石珊为余寻录新进姓名,始知余所取沭阳九人:梁熙、李文垚、郝文桃、顾谦吉、仲凤仪、应凤巢、魏增璋、魏君节、宋宝森,海州六人:夏春林、东秋四,得第一。王逢春、赵维寅、陈旭之、武克顺、孙昆源武克顺年仅十四,而赣榆汪寯程,余所取古学者,年仅十六,进十四名。江北诸郡考数多而进额少,故入泮者大半年皆三四十外,二十左右者已少,幼童尤非易得也。

**初五(11月20日)**　是日,科试海州、沭阳、赣榆生员。题:"今夫地"两段;策:"朱子辑三礼未成";诗:"蜉蝣出以阴"得"阴"字。申刻至二鼓,分阅海州生卷一百五本,荐十三本:东暑八、东丽十七、东堂十三、东律十七、东珠廿二、东成七、西冈九、东堂廿四、东夜十二、东成五、东堂廿一、西雨十七、东秋四。取卷廿二本。

**初六(11月21日)**　是日,考沭阳、赣榆童生。沭阳题:"诚则形"。赣榆题:"仁者乐山";次:"今人乍见孺子"二句;诗:"检书烧烛短"得"烧"字。酉刻至夜半,分看沭阳童卷一百四十二本,荐十四本:东巨二、东调八、西宿十、东堂二、西珍十三、西定十、东堂十九、西珍二十一、东成十三、东玉四、西光十七、西珍十、东调十八、东堂十四。

**初七(11月22日)**　是日,文生补考仅有二人,特费一日之功,良由搜遗太甚,每出一案,必历四日或至五六日,不得不迁延停顿也。

**初八(11月23日)**　是日,考海州童生,题:"公绰之不欲"二句;次:"齐东野人之语也";诗:"得闲多事外"得"闲"字。亥刻,见三学一等案。海州招覆廿四名,余所荐十三卷得其十一:许杭、相式之、武克顺、张汾源、顾盘、许桐、梁沅、许宝谦、方其春、张宝三、乔杏恩,而许杭得第一名。岁试新进,科试即拔一等者,三学惟武克顺、郝文桃,皆余所取进者也,为之欣喜不置。

**初九(11月24日)**　大东北风。是日,上午分看海州童卷一百二卷,荐八卷:西光二十、西光五、西霜十二、西雨十四、东安十七、西重十八、东辰十二、东堂十九,备三卷:东闰十一、东堂十一、东堂三。

是日考贡监，竟无一人，空停一日。

**初十(11月25日)**　大东北风。晚雨。是日覆三学生员，题："子曰射不主皮"一章，"濯足扶桑"得"鳌"字。

**十一(11月26日)**　大寒。辰、巳刻，阅海州生覆卷廿四本，重定名次。前十名：武克顺、许杭、黄铸、顾鼎、相式之、许宝谦、丁德之、许标、顾盘、乔杏恩。武克顺以十四岁童子取古学入庠，科试即列一等第七，覆试文采彪炳、情深文明，尤令余击节久之。午刻，郭友松为余作《扁舟访友图记》。散体，有议论，有魄力。申刻，赠李石珊《咏戏诗》一本。是日考优生，亦只六人。

**十二(11月27日)**　寒。是日，覆三县新进，题："审法度"；经："祭用数之仂"；诗："青山偃蹇如高人"得"人"字。

**十三(11月28日)**　辰刻，始见新进案。余所荐沭阳十四卷得其五：周席珍、胡盍绩、伍云龙、吴其沛、耿麟田，所荐六名以前皆不进，而周席珍卷仅备人数，竟得第一，李公之衡文真不知其命意所在。周席珍得第一名。所荐海州十一卷得其四：江泮藻、张源灏、殷承福、李赓堂。总计海州岁、科两试共阅九百廿四卷，得士四十八人。未刻，出贡院，买皮箭衣一件。八千五百。又购得李公新考卷，此书坊所刊者，余所取扬州曹锡椴、谈人格，淮安刘衔、王锡龄、刘士璟文俱在内。是日，闻江南富户公出银钱，将于苏州王府基盖造贡院，作明年秋闱之计，诸大臣已经汇奏。

**十四(11月29日)**　申刻，购得严士行《留茆庵尺牍》四卷。钱一百六十。郭友松自去冬受知李公，称为江南第一才人，招之入幕，言听计从，不离左右，今年畀以考试搜遗之权，势焰熏天，旁人侧目，岂知淮安事发，从此不能见李公一面，今日竟麾诸门墙之外，在友松咎由自取，而李公之待人加膝坠渊，得毋已甚，益令人望而生畏矣。

**十五(11月30日)**　申刻，乘四人轿行十二里，登舟，夜泊板浦关。伙食船至三更始到，饥饿不堪，总由主人视同秦越，漠不相关故也。

**十六(12月1日)** 戌刻,泊舟张家店。

**十七(12月2日)** 是夜,泊舟离安东五里。

**十八(12月3日)** 是夜,舟泊荒郊,舟人发卖私盐于其地,骚扰终夜。

**十九(12月4日)** 午刻,至王家营。申刻,乘小轿,行十里至清江浦,偕戚砥斋坐太平船第三号。

**二十(12月5日)** 大雾半日。巳刻,上岸一游,过慈云寺小憩,遣纪持名片候朱山泉观察,赠以《四集文》一部。回,买皮鞋一双。七百。是夜泊淮关。

**廿一(12月6日)** 巳刻过淮安,泊舟三时。申刻放舟,行二里又住。李公如西域贾胡,到处辄止,良由篷规未清故也。

**廿二(12月7日)** 大暖。申刻,舟至宝应,又泊不行。

**廿三(12月8日)** 大东南风,小雨。申刻,过汜水驿。戌刻,至界首驿泊。是日,隔堤望高宝湖,沙鸟风帆,杳无边际。

**廿四(12月9日)** 雨。申刻抵高邮,又泊不行。

**廿五(12月10日)** 巳、午、未刻,过邵伯湖,阔处约有十五里。酉刻,泊舟仙女庙,其地亦商贾辐辏之区。

**廿六(12月11日)** 寒。申刻,舟过泰州,暂泊。自海州至此已及千里,始见一桥。夜半,至唐湾宿。

**廿七(12月12日)** 大寒。申刻,过江盐镇,观者如堵,有妇人扑水告状者。戌刻,抵白米镇宿。

**廿八(12月13日)** 大寒。午刻,过海安镇。戌刻,抵如皋县泊。

**廿九(12月14日)** 巳、午、未刻,过丁堰、林市、北浦三大镇。戌刻,抵三十里镇泊。

**三十(12月15日)** 上午雨。巳刻,至通州。自十五日海州起程,计一千三百里,历十六日而始到。午刻,乘小轿,行四里入通州试院。戌刻,知州金公设盛筵。

## 十一月

**初一(12 月 16 日)**　是日,行香放告。

**初二(12 月 17 日)**　是日,统考生童性理、经古。生古学题:"行马赋"以"掌舍之设若今行马"为韵,"海风吹黑人"得"风"字。童古学题:"女墙赋"以"女墙卑小裨助城高"为韵,"西门豹沉女巫"得"巫"字。余题:"书司马光《贾谊论》后","拟元结《舂陵行》"。生性理题:"《伊洛渊源录》不载胡翼之论"。童性理题:"洛党蜀党论"。是夜,专看生员古学一百五十七本、性理五十五本,至次日始毕。荐古学三十一本,通州:东服二、东裳五、西陶三、西垂七、西凤六、西拱一、西位七、西在二、西平四、西平一、西垂八、西有三、西国一、西国八、西坐四,如皋:西拱四、西让三、东裳一、东服六、东衣六、东文六、西让七、东服一、东制七、西陶一,泰兴:西位二、西平一、东服七、西道七,海门:沙斯七,静海:沙驹十。荐性理三本:泰兴:东始二、西位六、西位一。

**初三(12 月 18 日)**　是日,科试五学生员。通州、泰兴题:"将以反说约也",如皋、静海、海门题:"则其夜气不足以存";策:"春秋谥法";诗:"投臣赤心报以战栗"得"琛"字。是夜分看通州八十五卷,专看静海九十一卷,至次夜始毕。通州荐覆卷十六本:堂西四十九、东夜六、西吕七、西姜十、东文四、东列五、东致十二、堂东五十五、西在七、西凤八、西吕十、东律六、西雨八、西唐二、东冬七、东成六,取四十八卷。静海荐十五卷:西阙四、西推四、东玉七、西陶一、东宇七、东巨十二、西竹四、东盈十二、西在三、东列二、西让四、西水十、堂西六十一、堂西四十五、东闰七。取三十八卷。

**初四(12 月 19 日)**　是日文生补考。

**初五(12 月 20 日)**　夜小雨。是日,考泰兴、海门童生。泰兴题:"子曰笃信好学"一节。海门题:"我故曰告子未尝知义";次:"则君使人导之出疆"二句;诗:"溪声便是广长舌"得"声"字。是夜分看泰兴童卷二百廿八本,至次日午后方毕。荐十四本:东宇八、东芥三、西平二、西国八、西有七、西奈六、东为四 、西在一、东珠三、东裳二、西岁四、堂东五、堂东七、西重一。

**初六(12月21日)** 是日,覆生员经古、性理、古学。题:"芜蒌亭豆粥赋"以"仓卒芜蒌亭为豆粥"为韵,"督邮争界"得"人"字。见生童经古案,生古取二十七名,余所荐三十一卷得二十一。通州十二人:钱鼎黎、陆筠、陈焯、冯肇辰、保汉、陈煊、顾曾烜、徐逢辰、沈锟、袁承豸、顾曾煐、龚莹。泰兴三人:沈魁五、蒋麟、陈纲。如皋六人:罗鹏、吴金树、钱士杓、袁祖安、沈裕澍、刘铮,而钱鼎黎得第一名。又经解、性理五名,童古取二十三名。又经解、性理、默经共四名。是夜爆竹之声不绝于耳,因明日冬至,通州最重此节也。

**初七(12月22日)** 夜小雨。是日,覆童生经古、性理、古学。题:"慈恩寺塔题名赋诗"以题为韵,"水晶灯笼"得"随"字。巳、午、未刻,独看生古覆卷廿七本,重定名次,前十名:顾曾烜、其赋运用本传,旁征诸书,奇风怒云,腾越纸上,而裁对精工,语语若天造地设。陆筠、吴金树、陈煊、刘铮、袁祖安、黄文田、顾曾煐、钱鼎黎、姜渭。戌刻,主人为设冬至酒席。

**初八(12月23日)** 寒。是日,考如皋、静海童生。如皋题:"五百有余岁"第一节,静海题:"五百有余岁"第二节;次:"是舍箪食豆羹之义也";诗:"隰有六驳"得"榆"字。巳、午刻,独看童古覆卷廿三本,重定名次,前十名:通州顾其行、如皋马锦繁、通州沈龙文、通州李燮、通州马郊、通州凌翔云、如皋沈达练、通州周福保、如皋徐鈖、通州王凤飞。是夜分看如皋童卷一百九十三本,荐十三本:西出三、堂东二十一、堂东二十三、西道六、西珍一、西往七、西姜十、东李十、堂西三、东辰一、西藏二、西姜八、东调五。

**初九(12月24日)** 寒。是日考通州童生。泰兴、如皋考数皆六百余人,而通州至九百人。"褎裘长";次:"然则舜如之何";诗:"郑昭宋聋"得"昭"字。是夜分看通州童卷一百九十四本,次日午刻始毕,荐十四本：东李一、堂东三十、西张十二、东列九、东致七、西吕九、东衣七、堂西二十三、东秋九、西吕十一、东宇十、堂东五、西重九、堂东八。

**初十（12月25日）**　寒。是日，覆五学生员。题："人之生也直"；诗："华盖承辰"得"承"字。亥刻，始见五学生员招覆案，通州一等三十九名，余所荐十六卷仅得其七，静海一等十四名，余所荐十五卷亦得其七。通州：郭绍康、第一名。孙蠃、袁屼、袁仑、保国桢、张盖、施猷，静海：姚恩会、李芸晖、姜炳垣、盛廷宷、李文华、郁文彬、高汝霖。自田少泉搜遗以来，较郭友松更恶，而极为李公所信，诸幕友所唾弃者，经少泉搜出，李公便以为佳，拔置前列，直以他人之功名为儿戏耳。余此番所荐通州、静海一二名者均不招覆，而郭绍康卷置在十四，偏得第一，究不知李公是何意见也。

**十一（12月26日）**　寒。作骈体书，叙半年来校阅之劳、跋涉之苦，寄丽春弟及酚儿。辰刻，将发如皋、静海新进案，已打二鼓矣，忽复中止，再搜遗卷，至申刻始发。前在海州亦曾有此，可知一衿甚不易也。是日考优生，题："与之釜"；诗："一喷一醒然"得"鸡"字。

**十二（12月27日）**　夜始浓霜。辰、巳刻，阅优生卷二十八本，前十名：通州王太和、泰兴沈魁五、通州黄文田、泰兴蒋麟、通州袁筠、通州陆惟馨、通州孙邦荣、通州陈焯、通州钱鼎黎、如皋胡联庚。是日贡监录科，题："父母使舜完廪"；诗："袒裼暴虎"得"公"字。清晨，将发通州新进案，已打头鼓，忽因第一名有讹字，重翻九百落卷以补之，至傍晚始发出。李公于生童正场再三审度，过于认真，必经五六日出案，至覆卷则漠不关心，虽有杰构，不能超拔，即文理不通、字迹不符、与正场大相剌谬者亦任其自然，不一问也。

**十三（12月28日）**　大寒。辰刻，李公赠《韩昌黎诗集注》一部，纸板极佳。是日覆一二场童生，题："执射乎"；经："简兮简兮方将万舞"四句；诗："郁林石"得"舟"字。闻李公于廿四日取齐常州科试，而常州太守禀漕务匆忙，无暇办考，须俟明春。果尔，则我辈得以束装旋里矣。

**十四(12月29日)** 寒。辰刻,始见一二场新进案,泰兴二十五名,余所荐十四卷得其八,如皋二十二名,余所荐十三卷得其七。泰兴:李璩、黄家琚、张绳武、栾文郁、季士麟、季士伟、卞连城、王耆,而李璩得第一名。余原荐在第十。如皋:刘轶群、沈达练、吴文荣、沈裕淮、张镳、姜玉鲸、田桂林,而刘轶群得第一名。余原荐在第九。巳刻,阅静海覆卷十一本,以崔福熙为第一,海门覆卷四本,以袁灏为第一。海门考数二百数十人,而进额只四名,可谓难而又难矣。是日覆三场童生,题:"惟耳亦然";经:"损德之修也";诗:"不废江河万古流"得"流"字。亥刻,见通州新进案,共四十名,通州向只廿六名,今以捐饷广额十四名。余所荐十四卷得其九:徐建中、冯棣昌、韩景星、蔡美中、保其寿、许汉、张景李、保金树、居鸿仪,而徐建中得第一名。有老童七十九岁得进者,不知其名。

**十五(12月30日)** 辰刻,总计通州科试阅卷一千九十七本,得士五十九人,合计扬、淮、海、通四处共阅六千五百五十二卷,得士三百七十六人,生童得第一名者二十一人。

**十六(12月31日)** 晓大雾。午刻,乘中轿行五里,偕戚砥斋坐无锡快船第二号。夜半,抵北浦泊。

**十七(1858年1月1日)** 申刻,过如皋县。是日,泊舟处不知其地何名。

**十八(1月2日)** 是日舟行水涸,役夫开坝,然后得行。夜泊石庄。

**十九(1月3日)** 巳刻,舟过西来庵,河水益涸,停泊半日,里人相助拔舟,良久乃出。

**二十(1月4日)** 大暖。是日,过靖江县境,于明府送酒席两次。夜泊江口,梦纳一姬,取名妙来。

**廿一(1月5日)** 晓大雾。平旦渡江,大雾连天,如在虚无缥缈之间。巳刻,乘轿行三里,回至江阴试院,离此已一百五十三日矣。午刻,沈书森名片来。未刻,闻十二日寅刻张殿臣大帅克复镇江。戌刻，江阴县何公送酒席。

**廿二(1月6日)**　夜雨。辰刻，复寄丽春及晋矜书。戌刻，得晋矜初六日书，知九月中杨公子萱摄篆平湖，风雅爱才，矜儿进见两次，赠以《木鸡文四集》一部，杨公素慕容余名，读文益加倾倒，答赠诗稿一部、制艺一部，并题《扁舟访友图》一律。十月中，观海书院山长徐云楣去世，卢揖桥、徐秋宇等十二人连名公举余于白季生司马处，并呈《木鸡诗文全集》，而朱观察、杨明府各致书于司马。事将成矣，岂知陈云溪之子少溪硬荐给顶附生陈鹤轩，司马业已许之，特以众论不平，托为拈阄之说，竟被陈姓串通书役，为鹤轩所得矣。再者，唐西庑将入都，其新溪书院让矜儿，事必成矣。岂知许敬斋硬荐顾春岩，杨明府许之，盖以余必得观海，父子不可拈两席也。不料两席俱成画饼，何命之蹇厄若此耶！又闻高继庵、钱西溪皆物故，海盐朱朵山殿撰于初二夜遭回禄，彼新宅一区大而且美，与旧宅相连，共有三百余间，俱成焦土，而临近一无所伤，其亦有天道在耶？

**廿三(1月7日)**　辰刻，与李公书，求书楹联五副，并乞福建考卷一部。午刻，游广福寺，憩吕仙殿。未刻，谒许睢阳祠，归途买得《皇朝舆地略》二册。一百八十。申刻，吊李石珊母氏丧。

**廿四(1月8日)**　巳刻，偕戚砥斋出北门，至江口访沈书森司马，畅谈三时，兼晤陈友云、钱元之，即题书森《蓉城踏月图》。七绝。戌刻，李石珊设席谢吊客。

**廿五(1月9日)**　大暖。辰刻，上李公书，定于初一日束装旋里，余本欲辞此席。无何，李公答书留余明年仍旧，言开印后科试常州，自此而镇江、徐州各两岁两科，扬州一岁一科，七月杪始可竣事。巳刻，沈书森答候。午刻，至西城之南，过缪文贞公石坊，访江阴教谕汪梦梧，名树彦，甲午仪征举人，工诗。赠以《四集文》一部。申刻，至东城之南，谒三忠祠。三忠者，典史阎公应元、县尉陈公明遇、训导冯公厚敦，左右从祀者许用德等数十人。

**廿六(1月10日)**　晓雨。作《君山梅花书院宴集记呈小湖先生》。骈体。

**廿七(1月11日)** 大西北风。巳刻,小湖先生作七绝四首题余《君山宴集记后》,即以赠行。未刻,又得丽春及晋翁廿一日书,始知余八月廿四日淮安所发一函是月二十始到平湖。晋翁书中言朱小云观察今年重赴泮宫,其子寿熊以幼童入庠,同人贺以诗文,现已裒刻成集,而小云必欲得余骈文以为快。

**廿八(1月12日)** 寒。巳刻,汪梦梧寄《扁舟访友图》五律二首。未刻,访陈寄舫司马,寄舫家资百万,而风雅爱客,兼工绘事。赠以《四集文》一部。寄舫出视李伯时所绘《孝经图》手卷,明人联句诗手卷,禹之鼎所绘《王石谷还山图》手卷,姚文毅、文文肃、高忠宪、杨忠烈尺牍真迹,缪文贞被逮后家书草稿真迹,其中涂改字句甚多,益见其真。主人又导游其家,适园有响秋轩、易画居、得蝶饶云仙馆、水流云在之轩,曲折回环,引人入胜,登高远眺,则君山、花山、绮山俱在目前。主人清福,真不减栾大天士、张筠地仙也。申刻,沈书森招明午宴饮,辞之。

**廿九(1月13日)** 大西北风,极寒。巳刻,寄钱渊亭书。酉刻,小湖先生招同诸幕友宴于寄园之池亭。是席用热碗二十余品,极其丰盛,惜天气严冷,热菜热酒不敌寒威也。

**三十(1月14日)** 寒。巳刻,陈寄舫赠石刻四种,又为余绘《扁舟访友图》,水秀山明,天真刻露,不愧名笔。午刻,小湖先生赠岁季节仪。是役也,共得束脩纹银七十两,月费十四千,节敬八洋,又四篷折席约十洋。开销亦费三十余千。

## 十二月

**初一(1月15日)** 寒。巳刻,告辞李公,乘轿行三里,出南门,坐无锡极破之船。舟子阻滞不行,至酉刻始放棹,行[九]里即泊。

**初二(1月16日)** 申刻过无锡,夜半至关口泊。

**初三(1月17日)** 辰刻,入浒墅关。午刻,过苏州。夜泊吴江。

**初四(1月18日)**　午刻,过平望。夜泊王江泾。

**初五(1月19日)**　巳刻,过嘉兴,至戚砥斋宅小憩。午刻,再登舟,忽得顺风,未及两时,已至平湖,移行李于东鼎字店。申刻,以丽春及金晴舫、徐荆岩所托代求李公楹联付之。酉刻,费恺中留饮。

**初六(1月20日)**　寒。辰刻,与晋畬书。访顾榕屏,赠以李公所书楹联一副,始知陆虹村、王又程俱已下世,年皆八十外。沈怀辰及其妻子相继而死,盖亦作孽之报也。未刻,过女弟子汪绿君处,知王姬嫁俞老福子,嫌其夫貌之丑,不同枕席,今又归母家矣。是日,闻广西贼势大炽,海盐沈子卿炳垣学使、钱唐孙茶云太守俱殉节,皆旧好也。

**初七(1月21日)**　辰刻,寄赵拳山书,并缴还朱秀珊《求闻过斋文钞》一册。未刻,至西隐房,倩鸳湖王亚山绘七十小像,价只二百十文。或云略似,或云全似,或云不似,毕究似不似,余莫辨也。

**初八(1月22日)**　巳、午、未、申刻,偕丽春回家,始得半年来汪蓉塘、沈浪仙、陈曼寿、徐友山所寄书札。曼寿又别有骈体书一篇,记重游三店斗酒赏花,以夸耀于余也。酉刻,以坐簟两个、灯台一只与丽春。

**初九(1月23日)**　未刻,寄陈曼寿书,附文一篇。申刻,以常州花两对赐女孙暖初。

**初十(1月24日)**　大西北风。巳刻,寄丁步洲书,附李公所题《倚竹斋词草》一阕。钱季园、张樵坪、张蒲卿同过,问余半年行役之劳。

**十一(1月25日)**　大寒。抄骈体文四篇。是日清晨,见鲁惇甫在余室中,问渠何事,对甚支梧,余厉色视之,彼即退出。

**十二(1月26日)**　大寒。辰刻,晋畬书来,言陈鹤轩得观海书院之后,外间俚鄙文甚多,颇有佳者,可见公论自在人心。

**十三(1月27日)**　巳刻,马倜卿过,以汪子超、戚砥斋、郭友松所题《白榆村舍图》诗付之。是日,孙男时朗受业沈诵斋识字。

**十四(1月28日)**　辰、巳、午刻,补录友人尺牍五通及题赠诗词二十余首。是夜梦遇一大令,面如石灰色,问余何时到,答以今天。大令不解,又答以今儿。大令仍不解,旁无译人,余亦不再言矣。

**十五(1月29日)**　夜雨。辰刻,顾榕屏书来,言时祉卿欲余撰写《西泠访古图记》。

**十六(1月30日)**　小雨。辰、巳刻,摘录《留茆庵丛稿》七十余联。午刻,补选新乐府六首。

**十七(1月31日)**　阅《昌黎诗注》,有朱竹坨、何义门二公评语,极其精细。

**十八(2月1日)**　申刻,晋翁自乍浦归,携至朱小云新刻《晚学文稿》八卷、文颇恬静。沈浪仙、张峄樵二书。浪仙书用六朝小品,又赠七律一首,峄樵亦赠五律三首,皆喜余淮海远归,精神矍铄也。

**十九(2月2日)**　巳刻,陈曼寿覆书来,内有《硖石游山诗》三首,又附其先子觉生家传新刻本六册,即余所撰。申刻,龚配京赠腊脏一只。

**二十(2月3日)**　巳刻,钱渊亭、丁步洲覆信俱来。步洲书中言九月中其爱女织仙因喉痛而亡,今绘图征诗,乞余同作。申刻,贾芝房过访。

**廿一(2月4日)**　夜雪。辰刻,命晋翁代题《织仙图》七绝四章。

**廿二(2月5日)**　寒。

**廿三(2月6日)**　寒。夜雨。

**廿四(2月7日)**　寒。戌刻,赵拳山覆书来,言前所取《木鸡文集》两部赠与杭州相好,得其四洋,又为余代觅吴彦宣《小梅花馆诗集》六卷。拳山之为我勤也至矣。

**廿五(2月8日)**　夜大雨。巳、午刻,阅《小梅花馆诗集》。彦宣诗虽有气骨,并无制胜出奇之处,不知何以颇得盛名。

**廿六(2月9日)**　上午雨。阅历科试草律赋。

**廿七(2月10日)**　夜雨。戌刻,费恺中书来,以其子亚杉所作骈文一首乞余改正。

**廿八(2月11日)**　雨。未刻,改费亚杉所作《杨子萱明府行乞图文》。今年秋冬以来,为虮虱所困,爬搔不休,皮肤俱裂,盖由积苦文场,而回家又无人服事故也。

**廿九(2月12日)**　雨。

**三十(2月13日)**　雨。

是岁入钱一百六十千,出钱六十五千。

# 咸丰八年戊午(1858),七十岁

## 算亥居日志

### 正　月

**元旦(2月14日)**　昼夜大雨。作《赵桐孙十六国宫词序》。骈体。申刻,寄赵拳山书。是夜,梦入何文安公家,得其遗履一双,其子留宴,肴品极佳。

**二日(2月15日)**　稍晴。辰刻,寄费亦洲书,附文一篇。寄丁步洲书,附诗四首。午刻,与戚砥斋书。

**三日(2月16日)**　辰刻,与费恺中及丽春书。巳刻,答沈浪仙书。未刻,乍浦小门人葛荫根来。是日,闻去冬以来新仓人竞事符乩,举国若狂,马倜卿尤深信之,腊底误听乩坛之言,毁去五圣庙一座,而庙邻一妇忽无疾而死,由是乡氓愤怒,归狱倜卿,群起而攻之,倜卿深闭重门,不敢出户。噫!此种事,惟下愚所为,倜卿善作古文,宜其洞达伦物,乃甘愿为妖妄所蔽,不可解也!

**四日(2月17日)**　未刻,陈阆峰遣人持帖来招初十日消九之会。

**五日(2月18日)**　午刻,与陈阆峰书,辞初十之诗会,盖余将远行也。

**六日(2月19日)**　巳刻,寄陆箫士书。午刻,题陈寄舫易画居七古一首。

**七日(2月20日)** 巳刻,柯春塘过谈。申刻,寄计二田书。

**八日(2月21日)** 寒。巳刻,戚砥斋书来,言其妻蔡孺人于小除夕病殁,须于二十日起程同至江阴。立即作札答之。寄陈曼寿书。午刻,龚氏赠脚鱼一大盆。

**九日(2月22日)** 整顿行李十二件。

**十日(2月23日)** 辰、巳、午刻,买舟进城,移行李于东鼎字店。

**十一(2月24日)** 辰刻,过顾榕屏处,赠以《最乐山庄诗集》一部。始得去夏石砚虹之信。午刻,榕屏设宴于横山草堂,同席王晓莲、郁荻桥、胡砚耕、王逢卿、顾厚田。酉刻散席。十日闻陆费春帆中丞去世。

**十二(2月25日)** 巳刻,胡砚耕招食烧卖。午刻,得《洛如嗣音集》一册,内梓余五古一首。

**十三(2月26日)** 暖。午刻,郁荻桥招宴于清籁阁,同席顾访溪、崔吟山、贾芝房、顾榕屏、沈兰卿、丁鹤俦、吴桂轩等十四人,作古欢戊集第一课,即以"清籁阁图"为题。戌刻始散。是日,俞芷衫亦在座,高睨狂谈,旁人诺诺,独余不交一语。

**十四(2月27日)** 大暖。巳刻,过汪绿君处,不值。午刻,崔吟山招宴于怡云书屋,同席蒋竹音、顾榕屏、张琴溪、郁荻桥、沈兰卿、蒋明远、陆子皋、丁鹤俦、徐兰堂等十六人,作洛如嗣音集第十五课,以"元宵故事"分题,各作短乐府。余拈得"赤帝女入山化鹊"。酉刻始散。是夜寅刻月食,始知元旦日食,因大雨故不见。

**十五(2月28日)** 晓雨,俄晴,大暖。辰刻登舟,未刻至嘉兴,吊戚砥斋妻丧,即移行李于其家,定于十八夜起程。余复乘舟至北门访陈曼寿,适彼远出,余无退步,入其书室,独坐无聊。戌刻,将寄宿外间店楼,被染坊恶伙何某力阻,加以恶言,余生平未受此辱,不得已退卧后楼。人众嚣杂,终夜不安。是日,闻沈莲溪观察下世。

**十六(3月1日)** 更暖。下午雨。辰刻,与赵桐孙书,附文一篇。巳刻,曼寿始归,长谈至夜。

**十七(3月2日)** 雨。忽寒。辰、巳刻,阅《砚缘集录》四册。王佛云明府所刊,以得叶小鸾眉子砚故也。未刻,曼寿招同陆友春、方子贻宴于葆泽堂,略饮即散。

**十八(3月3日)** 大寒。夜雨。巳刻,寄测字女郎许子琴骈文一篇,此文前年所撰,今始装池赠之。申刻,乘舟至砥斋处。亥刻,登无锡船。

**十九(3月4日)** 大寒。雨。卯刻发棹,夜泊八册,有警。

**二十(3月5日)** 大寒。申刻出苏关,夜泊孟亭。是夜身大不适。

**廿一(3月6日)** 巳刻过无锡,夜泊青旸。是日精神疲倦。

**廿二(3月7日)** 大暖。巳刻至江阴,入试院谒小湖先生,兼拜会新幕友张香泉、名载庚,富阳廪生。焦庾山。名作梅,宁国诸生。未刻,赠戚砥斋《茸城近课》四册,赠倪稼甫《四集文》一部。是日,取齐常州科试。

**廿三(3月8日)** 大西北风,寒。辰刻,赠小湖先生诗集四种暨《贯珠赋》一部,为顾榕屏、汪绿君求题图诗并翁儿扇面。巳刻,砥斋以其大父芸生《宝砚斋诗集》八卷易余《木鸡诗集》。午刻,赠汪子超近人诗二种。子超言东洞庭山吴少圃欲余撰其远祖鸣翰怀《东峰图记》。未刻,小湖先生答赠钱楞山司成振伦《示朴斋时文》二本,并索撰《好云楼诗序》,即先生历年所作之稿也。申刻,赠张香泉近人诗二部。

**廿四(3月9日)** 天气始正。辰、巳刻,阅《宝砚斋诗集》。遒警超脱,范、陆遗风。汪子超言试院中向有狐仙,昨夜亲闻弓鞋细步之声往来窗外者数次,余却不觉。未刻,张香泉题《扁舟访友图》。七绝二首。申刻,登园中之伫月楼,遥望君山,二吴侯墓即在楼下,绝无碑志,将作骈文一篇以纪之。

**廿五(3月10日)** 是日,考常州阖属经古。生员:"鲢鲐赋"以"状如科斗音转河豚"为韵,"踞灶觚听读《春秋》"得"庄"字,"周孝侯论","国山碑跋","顾塘桥怀苏子瞻"不拘体。申刻至亥刻,分看二十八卷，荐十一卷。府学：东爱二十，江阴：东德十五，江阴：西建五，江阴：东克一，荆溪：东盖三，江阴：东克二十，府学：东垂十二，荆溪：东取十，靖江：西唐二，江阴：东黎十七，无锡：西服十五。

**廿六(3月11日)**　是日，考阖属古学。童生："击瓯赋"以"碎珮零铃杂烟雨"为韵，"茶僧"，七排。"迁史不载《李陵与苏武书》论"，"兖州八伯赞"，"云溪曲"。七古。未刻至半夜，分看一百三十五卷，荐十卷。荆溪：西松十四，赋古艳，字则隶体，极工。无锡：东暑五，江阴：东德二，宜兴：西结十三，江阴：西服六，金匮：西定七，宜兴：西张二，阳湖：东在五，宜兴：东身十，金匮：东爱三。备四卷：武进：东珠三，宜兴：西朝一，荆溪：西往十三，宜兴：东平一。

**廿七(3月12日)**　夜雨。是日，科试常州九学生员。府学、武进、阳湖、无锡、金匮题："夫达也者"二节。宜兴、荆溪、江阴、靖江题："请野九一而助"二节；策："东坡论水利"；诗："奇鸧九头"得"鱼"字。戌刻，分得江阴生卷一百五十八本，至次夜一鼓始看毕。荐廿二卷：东如六、东问六、西被十四、东平十四、西堂一百十四、西此六、东维十九、西此一、东爱十九、西堂一百七、东斯十一、西堂八十七、西堂八十、西首十五、西羊四、东乃十二、东平十、西岁四、西霜九、西堂三十四、东维十一、东夜十四。备六卷：东堂七十五、西此十五、西正六、西正四、西竹十二、东维八。二等六十卷。常州人文甲于江左，江阴尤为一郡之冠，余适分看江阴，殊有河伯望洋之叹。

**廿八(3月13日)**　是日文生补考，不知其题。

**廿九(3月14日)**　是日，覆生员古学："箫椒赋"。以"《文选》善注方言作筒"为韵，"是獭是禡"得"师"字。酉刻，见生古案，取三十五人，余所荐十一卷得其七：府学：崔征彦，江阴：吴人镜、谢申保、吴炜、张树培、章埏，荆溪：崔望瑛。又经解一名。

## 二　月

**一日(3月15日)**　辰、巳、午刻，独阅生古覆卷三十六本，重定名次。前十名:江阴包栋成、包栋成正场《鯸鲐赋》有序一篇,极其赅洽,今《箫欌赋诗》仍作序文,旁征曲引,殚见洽闻。赋则沉博绝丽中尤见体裁明密,非特卷中轶事困张华也。风檐中得此杰构,岂非天下奇才。江阴张树培、武进陶赞唐、府学吴协心、宜兴王斯恭、江阴谢申良、武进赵曾寅、江阴陈毓秀、江阴承颉云、无锡薛福桂。是日覆童生古学:"吏部文章日月光赋"以"隐寓上清储祥宫碑"为韵,"伛者使之涂"得"涂"字。亥刻,见童古案,取三十七名,余荐备十四卷得其十:金匮钱鸿隽,江阴吴钟,荆溪许席珍,即善写隶书者。无锡侯映奎,阳湖刘沛,金匮蒋在镕,宜兴沈君弼,荆溪尹际汤,江阴蒋醇,宜兴史犹龙。又经解、性理、孝经、默经共八名。

**二日(3月16日)** 卯、辰、巳刻,独阅童古覆卷四十五本,重定名次。前十名:武进张淳、阳湖徐桀荣、荆溪张卓汉、武进庄承恕、宜兴储光烈、宜兴沈君弼、江阴叶丰瑞、宜兴尹冠芳、荆溪钱景渠、荆溪许席珍。是日考宜兴、荆溪童生。宜兴题:"前日之不受是"至"皆是也"。荆溪题:"卒于毕郢"二句;次:"如穷人无所归";诗:"陶侃军宜次石头"得"头"字。申刻至夜半,分看宜兴卷三百十四本,荐十三本:西贤九、西出五、东堂四十三、东取十、东堂八十九、东律八、东列七、东寒十二、西堂七十、东表三、西虞五、东似七、东堂四十二。备三本:西堂四十二、东堂六十五、东堂六十六。宜兴、荆溪考数有一千七百人。

**三日(3月17日)** 寒。是日考优生,题:"故至诚如神";诗:"竹暗辟疆园"。

**四日(3月18日)** 寒。是日,考武进、阳湖童生。武进题:"孟之反不伐"至"策其马"。阳湖题:"事之以皮币";次:"天下有道,以道殉身";诗:"访君[京]房之卜林"得"林"字。申刻至夜半,分看武进童卷二百三十四本,荐十本:东陶十八、西庆一、东渊十九、西朝四、东爰二十、东堂四十二、西堂三 、西生四、西珍八、西堂三十五。备三本:东堂六十六、东堂十七、东堂五十五。武进、阳湖考数有一千三百人。

**五日(3月19日)** 寒。是日,覆九学生员。"或曰有性善"二句，“善善乐其终”得“桓”字。戌刻，始见九学生员案，江阴招覆廿六名，余荐备廿八卷得其十九：包栋成、何钦、六汝舟、王汝仪、吴人镜、张树培、李荣恩、王汝栻、章型、陈毓秀、徐文涧、朱宝廉、曹宗玮、沙骏声、承颉云、章埏、杨敦诗、夏子重、谢申良，而包栋成得第一名。

**初六（3月20日）**　是日，考无锡、金匮童生。无锡题：“柔远人也”至“诸父昆弟不怨”。金匮题：“来百工则财用足”至“贱货”；次：“虽然今日之事君事也”；诗：“万斛之舟行若风”得“益”字。辰、巳、午刻，抄骈体四篇及《宝砚斋诗》四十余联。申、酉、戌刻，分看无锡一百三十三卷，荐七卷：西堂二十三、此侯暎奎，余所取古学“东暑五号”也，上年备卷，今年批首。西松五、西堂二十五、西端五、东堂十一、西冈十一、东露一。备三卷：东安十七、西珍五、东堂九十。是日，闻徐州府试时，捻匪突然杀到，人皆逃散，此正月杪事也。

**初七（3月21日）**　是日，覆一场童生。题：“而吾心之全体大用无不明矣”；经：“庚辰吴人郢”；诗：“旧雨来今雨不来”得“来”字。亥刻，见宜兴、荆溪新进案，宜兴十九名，余所荐十三卷得其七：陈楣贺、华寅清、黄卓尔、潘家瑞、徐祝封、徐焕章、徐熙仁，而徐熙仁得拨府第一名。

**初八（3月22日）**　是日，考江阴、靖江童生。江阴题：“乐民之乐者”四句。靖江题：“由是观之，则君子之所养可知已矣”；次：“子思以为鼎肉”二句；诗：“大隐隐朝市”得“琚”字。辰刻，看荆溪覆卷十三本，重定名次。前五名：程钟琳、潘元达、尹际汤、蒋希光、周辰诰。申刻至夜半，分看靖江一百九十六卷，荐十四卷：西朝七、东坐十七、东堂八十二、东鸣十八、西堂六十五、东芥十、东堂八、西伏六、东堂七十五、东寒四、西岁十三、东克二十、西念十、东乃三。

**初九（3月23日）**　热。是日，贡监录科。题：“先事后得”二段，“勾践揖蛙”得“蛙”字。文生补考题：“近者说”二句，“虚其心实其腹”得“经”字。

**初十（3月24日）**　热。是日，本欲覆二场童生，缘教官苛索贽仪,童生亦桀骜不驯,俱不填册,似此目无法纪,不知李公何以处之。申刻,李石珊为余绘《扁舟访友图》。

**十一(3月25日)** 是日,覆二三场童生。题:“有孺子歌曰”;经:“天子以德为车”二句;诗:“太史公牛马走”得“迁”字。

**十二(3月26日)** 雨。巳刻,始见武进、阳湖、无锡、金匮新进案。武进十六名,余荐备十三卷得其五:杨宝晋、蒋晋蕃、巢锡钧、张乃斌、周廷棫。无锡十四名,余荐备十卷得其三:侯暎奎、王福咸、秦莹。分看拨府十二卷,以金匮裘际尧为第一。午后,为小湖先生作《好云楼诗钞序》。是日,覆四场童生,题:“有世臣之谓也”;经:“周公居东二年”;诗:“沙上凫雏傍母眠”。是夜梦至一处,系渔洋山人旧游之地,题咏流传,斑斑可考。

**十三(3月27日)** 大暖。卯刻,上小湖先生书,附文一篇,兼赠石刻二种。辰刻,寄丽春及晋龢书。巳刻,见江阴、靖江新进案。靖江二十名,余所荐举十四卷得其九:侯定远、朱寅清、韩世熙、杨懋曾、郑仁育、黄世昌、朱棨、孙康礽、郑澂,此番童古所取四十五人,仅进十九名。总计常州科试共阅一千三百零一卷,得士六十三人。未刻,至扫叶山房购得《明季稗史》及赵小楼《一角楼赋稿》。共钱九百七十六。回至试院,观奖赏。申刻,小湖先生覆书来,言所作序文无意不到,无笔不灵,词采裔皇,又其余事,不禁俯首至地,并赠潘彦辅《养一斋诗话》十三卷。

**十四(3月28日)** 大暖。卯刻,又上小湖先生书。未刻,访武进教谕谢晓峰、靖江教谕许松雨,皆已回去。回至书肆,购得王亮生《壑舟园文集》、席梅生《历代赋存》。一百五十。

**十五(3月29日)** 午刻,候陈寄舫,赠以近人诗三种、石刻一件。回过书肆,购得姚涤山《粤匪纪略》及《玉荷隐语》。二百三十。未刻,小湖先生答书来,言十九日起程考扬州,又欲余撰《采风札记序》。

**十六(3月30日)** 夜大雨。巳、午刻,阅《壑舟园文集》。议论透彻。

**十七(3月31日)**　夜大雨。作《朱小云观察重赴泮宫暨哲嗣兰阶入庠赞并序》。

**十八(4月1日)**　寒。辰、巳、午刻,阅赵小楼、席梅生赋稿。小楼赋多奇想天开,胜于梅生。是日足疮甚痛。

**十九(4月2日)**　寒。午刻,乘轿出南门,偕砥斋坐太平船第四号。申刻发棹,夜泊青旸。

**二十(4月3日)**　午、未刻,阅邵梦余《镜西阁诗选》。是夜泊舟黄林。

**廿一(4月4日)**　辰刻过常州,泊舟三时。武进县大令倪君宝璜、我邑人,苍溪明府之孙。教谕谢君曦各遣纪飞片来。是夜宿奔牛镇。

**廿二(4月5日)**　雨,极寒。辰刻过吕城,酉刻至丹阳城外,即泊。一路所过,岸高如城,武秋樵过丹阳诗有句云"人种屋头田",此之谓也。

**廿三(4月6日)**　寒。巳刻过新丰。申刻至丹徒,即泊。

**廿四(4月7日)**　辰刻,小湖先生招余同坐红船,作焦山之游。渡大江十五里,巳刻到山,入定慧寺。诗僧月辉出迎,遍游净室。寺中石刻林立,月辉出视古周鼎、汉定陶、共王鼎、杨忠愍公墨迹手卷两个、王文成公画像、杨文襄公玉带并《玉带还山图》手卷,又镜秋和尚《闲云护鼎图》手卷。盖以癸丑年粤匪肆扰,寺僧独能保守山林,护藏法物,不至如金山之焚毁也。午刻,饭于舟中,旋复登岸。余从西路上山,行至半岭,回顾同游者俱不见,余乃坐盘陀石,俯临大江,遥望北固、栖霞诸山,天开图画,万象毕臻,斯真宇宙奇观,足慰平生之愿。申、酉刻,仍坐红船过江,约二十里至瓜洲口,本船已到。是日,同游者田少泉、孙星若、焦庾山、李石珊,小湖先生乞余作记。

**廿五(4月8日)**　巳刻,至扬州,河水甚浅。盘城一日,所见人家房室尽遭粤匪一炬,竟成瓦砾之场,真鲍明远所谓芜城矣。戌刻,李公寄来游焦山七古诗并序一篇。

**廿六(4月9日)** 未刻,过仙女庙。申刻,过奚林镇。

**廿七(4月10日)** 暖。午刻,始至泰州试院。此番重考扬州,乃丙辰、丁巳岁科也,两考并为一考。田少泉以回避不入院中,搜遗之任归孙星若。

**廿八(4月11日)** 大东南风。是日行香放告。

**廿九(4月12日)** 大东南风。是日,考扬州阖属经古。生员古学题:"陈沈炯为表奏汉武帝通天台赋"以"严助东归长卿西返"为韵,"好人讥弹其文"得"修"字,"汉定元功十八人功次论","铙歌十八曲"。不拘作几首。巳刻,李公见示历年奏稿一册。未、申、酉、戌刻,分看生古九十七卷,荐八卷:江都:西冈三,泰州:西宿四,泰州:西称三,府学:东金六,东台:东珠六,高邮:西藏十三,府学:东辰二,仪征:西结十一。备二卷:仪征:西阳十三,高邮:西张七。场中赋题多作沈炯以通天台谏陈后主,或又以沈炯即汉武时谏臣,其不谬者二十之一耳。

**三十(4月13日)** 大东南风。是日,考阖属经古学。童生:"星集颍川赋"以"五百里内有贤人聚"为韵,"三红秀才"得"和"字,"张安世杜延年论","周人尚文八士而命名四韵说","独漉篇"。申、酉、戌、亥刻,分看童古一百四十七卷,荐十三卷,仪征:东剑十七,甘泉:西出五,江都:东云一,宝应:西姜二,高邮:东云十五,江都:西出三,泰州:东律十八,高邮:西藏四,泰州:东润四,高邮:西收六,泰州:西宿七,江都:东夜九,宝应:西宿三。是夜身大不适,因连日大风,所居房室不能蔽风也。

## 三 月

**一日(4月14日)** 雨,大东北风。是日,考经解、性理。童生经解题不录,性理题:"驳象山'六经皆我注脚'论","椽烛修唐书"得"帘"字。余题:"汉高赦季布诛丁公及封雍齿论","拟杜工部《白丝行》"。未、申刻,分阅性理一百七卷,荐五卷:东台:西藏二,驳象山论,力为平反,语语的确。汉高论,能根据《史》《汉》,绝不空泛。泰州:东成三,泰州：东闰八，江都：东冬十三，江都：西生三。场中多误以‘驳’字为‘兽’名，又以‘驳’字为象山之姓，又有以‘驳象山’为山名，又有以象山为汉人，间有知象山本事者，仍与题旨不合。

**二日(4月15日)**　大东风，寒。是日，考府学、江都、甘泉、仪征、东台生员。题：“然而无有乎尔”二句；次：“六五帝乙归妹以祉元吉”；诗：“国税再熟之稻”得“农”字。是夜分看府学一百五十五卷，荐覆卷廿八本：西堂三十、此去秋新进殷如珠也，其文新警，迥不犹人。东菜五、东堂三十二、西堂三十七、东成八、西堂三十三、此余去岁所得古学第一胡弼也。西冈九、东李十二、东芥二、东成六 、西生十二、东辰十三、东闰五、西岁四、西姜八、东堂四十三、西堂六十一、东果十二、西堂三、东堂四十二、西称十三、西堂五十一、东堂三十九、东堂六十五、东堂三十四、西阙十二、东堂二、西阳十五。取卷五十五本，至次日午后看毕。

**三日(4月16日)**　寒。是日，文生补考。题：“往役义也”四句；次：“君子不以一日使其躬”二句；诗：“文采珊瑚钩”得“钩”字。戌、亥刻，分看补考卷四十九本。是日，闻江浦克复。

**四日(4月17日)**　大东风。是日，考高邮、兴化、宝应、泰州生员。题：“禹稷躬稼”；经：“野有蔓草，零露瀼瀼”六句；诗：“倾盖如故”得“郯”字。是夜专看泰州一百九十卷，至次日午后方毕，荐覆卷廿七本：西堂五十八、西阳十五、两艺皆沉博绝丽，次更胜。西往十四、西制九、东剑十七、西冈六、西奈十五、西水一、东始十、东堂十七、西称五、东秋十、西奈八、西岁十二、西堂三十六、西堂四十三、东堂四十七、西藏九、西重九、东堂二十二、东寒三、西珍八、东始十一、东堂二十一、东昆十八、东寒十四、西堂六十三。取卷七十本。

**五日(4月18日)**　风稍止。是日，覆经古、性理。生员古学题：“羽觞随流波赋”以“伊思镐饮每惟洛宴”为韵，“辽东豕”得“浮”字。性理题：“仙佛论”。申刻，见生经古案，取三十二人，余所荐备十卷得其七：江都袁昌基、泰州田以时、高邮许增、东台陆蘅香、府学吴学诗、仪征汪鋆、泰州程振裘。酉、戌、亥刻,独阅生经古三十二卷,更定甲乙,前十名:甘泉汪璧、泰州田以时、府学吴宗冕、泰州夏嘉谟、府学胡弼、宝应芮鸿仪、兴化刘承宠、府学刘瞻云、高邮董对廷、泰州黄荔。

**六日(4月19日)**　夜寒。是日,考高邮、兴化童生。高邮题:"舜为法于天下"三句。兴化题:"为其杀是童子而征之"三句;次:"继而有师命"三句;诗:"百家衣"得"诗"字。分看高邮一百六十三卷,荐二十六卷:东列十四、西堂七、东堂五十一、东菜十二、东成八、西腾十三、东剑十二、西往十、东寒十、西冈六、西吕三、东李十九、东堂六十一、东堂十三、东堂十五、东堂十九、东列十五、东丽十六、西结十五、东巨九、西堂十七、西出十二、东露十七、东堂十六、西堂五十二、东堂三十一。

**七日(4月20日)**　是日,覆经古、性理。童生古学题:"麋畯赋"以"汉吴王濞太仓在此"为韵,"爱眠新著毁茶文"得"眠"字。性理题:"'《中庸章句》于十六章之义则曰兼费隐、包小大,于二十章之义则曰包费隐、兼小大'论"。戌刻,见童经古案,取五十三人,余所荐诗赋、性理十八卷得其九:江都汤锡祉、高邮陈福庆、仪征童卞涛、高邮王兰阳、甘泉潘临鳌、泰州李金镕、宝应朱百禄、泰州张文梓、东台周承恩。是夜,分看古学三十九卷,重定甲乙,前十名:江都王家祥、江都王森、高邮吴庆枚、江都赵桢、甘泉钱唐、高邮王兰阳、泰州姜选楼、泰州王海、高邮宋泰成、泰州张联庆。

**八日(4月21日)**　热。是日,考仪征、泰州童生。仪征题:"大夫有赐于士"三句。泰州题:"子入太庙"两章;次:"夔夔斋栗"二句;诗:"虫声新透绿窗纱"得"春"字。是夜分看泰州二百十四卷,荐二十卷,备五卷:西制十一、东露一、东云三、西堂二十五、西霜九、西堂十九、此十五岁幼童周袭恩,去年修生,现取性理兼背诵十三经者,真妙才也。西称十一、东芥六、西堂四十七、东堂七、西光九、东调十一、西宿十五、西出五、西阳一、东金一、西堂二十六、西岁五、东堂四十七、西堂三十六,东堂六十二、东堂六十六、东堂二十一、西堂十一、东堂三十二。

**九日(4月22日)**　热，夜小雨。是日，覆一场生员："君子周而不比"，"江声如鼓复如风"得"风"字。戌刻，见一场生员招覆案，府学一等三十八人，此番两考并一考，故一二等取数从宽。余所荐二十八卷得二十五：殷如珠、姚春阳、孙淮、黄载、吴宗冕、朱锡恭、张翼轸、胡弼、谢兆奎、鲁松龄、任广生、郑学川、陶绍箕、刘瞻云、邱文田、聂方岱、杨际春、袁锦、万坤、祝德淳、房宗瑄、陈信淮、许复曾、黄潞、王凤楼，而殷如珠得第一名。孙淮去秋科试得第三名，亦余所荐，今岁又列第三，真美谈也。夜阅江都覆卷三十卷，重定名次，前十名：伍荣春、南陔、王治文、刘超、史济銮、丁绍恩、李华清、芮曾麟、靳鸿飞、王廷桢。

**十日(4月23日)**　大西北风。是日，考江都、甘泉童生。江都题："所求乎臣以事君"。甘泉题："子路使子羔"至"有社稷焉"；次："墨子兼爱摩顶放踵"；诗："留得耕衣诫子孙"得"奴"字。是夜，分看江都一百四十五卷，荐二十卷：西堂六十二、东闰十九、西堂四十八、西姜三、东丽十一、西吕八、东剑十八、西阙十四、东剑十二、西腾一、西称五、西奈十五、东堂五十七、西珍四、东堂二十六、东堂十四、东寒十五、东堂三十四、西堂九、东成十三。

**十一(4月24日)**　寒。是日，覆二场生员："难言也其为气也"；诗："丰隆乃出以将其雨"得"将"字。亥刻，见二场招覆案，泰州一等三十人，余所荐二十七卷得二十四：李镛、原荐在廿二。程振裘、王义渊、李庐时、黄荔、鲁松庆、王实蕃、钱汝骏、费文彪、石梁、顾沄、朱翔鹤、王贻清、田以时、陈士毅、江有声、朱霈、张楚江、邹汝阳、夏嘉谟、宋佑生、施槐林、周庆禧、田树森，而李镛竟得第一名。其文以力字作主。宝应潘淦，余去岁所荐古学第五也，现考一等一名。高邮谈人格，所荐入学第一也，现考一等三名，何英锐乃尔，其他去岁所得新进如杨际春、房宗瑄、朱翔鹤、石梁、朱霈、陶绍箕、芮曾麟、王廷桢、刘莆、刘凌云等俱列一等，自喜赏识之不谬。

**十二(4月25日)**　大东南风，寒。是日，考宝应、东台童生。宝应题："而今而后吾知免夫小子"。东台题："其所令"；次："奚翅色重往应之曰";诗:"枕江臂淮"得"扬"字。辰刻,阅高邮生覆卷三十一本,重定名次,前十名:董对廷、此余去岁所得一等第五也,其文全用《檀弓》调,而于题理仍一丝不走,乃招覆名次在二十九,未审何由。张联桂、谈人格、宋宣熙、王藜、费鸾、许珏、王佩莲、吴荣芝、周槐卿。是夜分看宝应一百三十九卷,荐十七名:西堂十三、西堂十五、西阳十四、东为十三、东列十、东辰二、西堂二、东堂六十六、西重十四、西生七、东堂八、东成三、西冈二、东剑十九、西来十二、西堂五十七、西堂一。是夜,梦访一诗人,其人姓沈,自言二十三岁,有诗稿九卷,吐属风雅,貌亦娟秀,余乃与之订交而别。

**十三(4月26日)**　是日考教官。题:"大人者,不失其赤子之心者也";次:"可以餴饎";诗:"火出而毕赋"得"辰"字。

**十四(4月27日)**　大东南风。是日,考贡监及优生。贡监题:"明足以察秋毫之末","落花如雪春风颠"得"颠"字。优生题:"屏气似不息者","郭文居王导西园"得"园"字。闻泰州葛奎璧已经物故,其人才学兼优,去岁古学第二,覆卷余拔置第一,考后馆于运使署中,未久即死,殊为可惜。

**十五(4月28日)**　大东南风。是日覆一场童生。题:"君子于其所不知"二句;次:"凡视上于面则敖"三句;诗:"花妥莺捎蝶"得"言"字。亥刻,见高邮新进案,共五十四人。两考并一考,故进数加倍。余所荐二十六卷得二十二名:沈性恒、原荐在十一。吴庆枚、宋子甄、王寿寓、丁逢原、嵇福绥、高□、陆海、周渭占、徐如梅、居仁、吴宝谦、卞汝霖、徐成来、晏士衡、翟可宗、雍嘉会、贾同书、周鸿烈、居淮、高梦龙、徐恩[培],而沈性恒得第一名。

**十六(4月29日)**　大东南风。是日覆二场童生。题:"子贡曰诺";次:"秋八月诸侯盟于首止僖公五年";诗:"千门桃与李"得"阳"字。辰、巳刻,阅兴化童覆卷五十二本,重定名次,前十名:吴毓麟、赵希普、钱阳春、王继曾、顾駉、张恩霖、唐益之、任杏林、束昇平、宗伯典。亥刻,见泰州新进案,共四十二人,余所荐二十卷得其十六:黄玉衡、杨克恭、赵云露、王猷、夏宝铸、陆光三、李汝霖、宫裕祖、刘文贵、邹沁源、周袭恩、十五岁。丁保庸、萧柼、花三益、黄馨桂、邵汝霖。泰州取得古二十一人,仅进十一人。是日,仪征一新生在第三名者,出题后数刻尚不能完一讲,立即扣去,另补一人。

**十七(4月30日)** 风息即热。是日,覆三场童生。题:“商贾皆欲藏于王之市”二句;次:“名言兹在兹”二句;诗:“春山百鸟啼”得“山”字。午后,作《焦山游记》,其文皆即景生情,余游山记中第一佳构也。酉刻,上小湖学使书并记一篇。亥刻,见江都新进案,共四十二名,余所荐二十卷得其十三:李宣树、赵德墅、孙维堃、郭良得、王家祥、戎淦泉、陈瑞云、孙濂、姚兆元、谭蔚文、史久常、周祖同、凌春荣,而姚兆元仅十三岁,其文轻倩宜人,竟为余所识拔,快事也。

**十八(5月1日)** 恶热。是日,覆四场童生。题:“于斯二者何先”;次:“君子以朋友讲习”;诗:“几多江燕荇花开”得“开”字。亥刻,见宝应新进案,共四十二名,余所荐十七卷得其十三:成书万、郭乃赓、张炎林、祁金声、乔桂、程森、朱百遴、张金庭、刘晋琯、任七来、闵毓琨、刘瑨、张仰铭,而张炎林仅十四岁,府试第六,其文有书有笔,悱恻芬芳,余原荐在第一,今得第九。三日中连得神童,喜心翻倒。取古五十三人,进三十五名。总计扬州试卷共阅一千五百九十一本,得士一百二十九人,内有十二人去岁已经荐拔,今重得之。

**十九(5月2日)** 是日,总覆文童。午刻,至书肆,购得黄爵滋《仙屏书屋诗》十二卷、李周南《洗桐轩文集》八卷、《淮山棣华园主人闺秀诗评》四卷。共二百五十文。未刻,观奖赏,所见姚兆元、张炎林身材琐小,直三尺童子耳,而宝应进老童二人,一□承灏,年七十五,一茅汉雯,年六十二,老少相悬若此。申刻,偕子超、砥斋访黄晴初教谕,遇王蔗原,名嘉生,宝应廪生。能诗善谈,自言《木鸡书屋文集》亦有之,其侄敦敏,庚戌翰林,与acts儿为丙午同年。其子殿森去岁科试一等十一名,即余所取者也。酉刻,晴初及其子星侯为余三人设宴,食品有鲴鱼、桃花鷄二味极佳。星侯言泰州新进姜选楼年六十左右,姚文僖公督学江南时已取古学,嗣后三十年中又取古学六次,得第一者三次,特是学问淹博而制艺则文理茫然,故终不售,直至今年又从搜遗中取古第一,始进二十九名,盖一衿难若登天矣!

**二十(5月3日)**　大东南风,极寒。巳刻,阅《洗桐轩文集》。未刻,阅《闺秀集评》。是日,知四月初八日取齐徐州。

**廿一(5月4日)**　大东南风。巳刻,阅《仙屏书屋诗集》。午刻,赠黄晴初《四集文》一部。又寄赠王蔗原一部。

**廿二(5月5日)**　大东南风。是日,戚砥斋因病欲去,余力挽之。

**廿三(5月6日)**　热,夜雨。巳刻,黄晴初答候,言余所赠《四集文》为高邮训导吴公所见,立即夺去。吴,苏州人,名梓。戌刻,晴初赠桃花鶵、新蚕豆二品。

**廿四(5月7日)**　以上六日考武。

**廿五(5月8日)**　巳刻,寄丽春及晋翁书。未刻,晤高邮学正叶敏脩。名觐扬,上元人,己亥举人。

**廿六(5月9日)**　午后恶热,忽发大风,小雨。午刻,乘轿出南门,偕砥斋仍坐太平船第四号。天久不雨,河水益涸,仅行十余里,夜泊荒原。

**廿七(5月10日)**　午后雷雨。辰刻,闻昨夜徐州府有急信来,言捻匪大乱,不能办考,李公不得已,拟暂回江阴。余本以徐州有旱路五日,视为畏途,得此消息,甚觉宽心。酉刻,过仙女庙泊。

**廿八(5月11日)**　又寒。午后过扬州,停泊数次,夜宿南门马头。

**廿九(5月12日)**　大东南风,小雨,极寒。午刻始发棹,酉刻泊江口。

## 四　月

**一日(5月13日)**　大东南风。是日风大,不能渡江,仍泊江干。

**二日(5月14日)** 夜雨。平旦,渡大江十里,时天适微雨,若明若暗,浪静无声,所过金山、北固山,寺院都化飞灰,惟螺鬟无恙而已。旋入镇江口,见两旁瓦砾堆积成邱,皆旧时民居也。巳刻,过都天庙,庙祀张睢阳,向来赛会之盛甲于天下,俞硐花有诗纪之,今亦被焚,只存一塔。兵火之惨,至斯极矣。未刻,过丹徒镇,夜泊丹阳。

**三日(5月15日)** 夜小雨。未刻,遇六合兵船数百,我舟子与之口角,彼拔刃而前,几为所窘。戌刻,泊常州西门。闻浙东金、衢二郡俱遭寇祸。

**四日(5月16日)** 午刻始发棹,夜泊无锡之高桥。

**五日(5月17日)** 未刻,过月城桥,两岸观者有数千人。酉刻,回至江阴。

**六日(5月18日)** 大东北风,寒。辰刻,上李公书。巳刻,田少泉为余言,余所取泰州宫裕祖亦是幼童,刘文贵其家近科出武状元两人,闻之一喜。午刻,再寄丽春及晋翁书,因前两书尚无回音,故责问之。未刻,作《赤帝女入山化鹊》乐府一首。此洛如吟社课题也。

**七日(5月19日)** 寒。作《时澮川西冷访古图记》。未刻,至二西堂书坊,购得王侪峤《试畯堂文集》一本、《夏蛛庐诗集》八卷。二百文。是夜梦余家雇一中年妪,姓朱氏,能知医理。

**八日(5月20日)** 抄骈体文四篇,又摘录《试畯堂》骈语八十余联。是日以扇面一个乞小湖先生书,先生竟作七律一首书之,其诗句酌字斟,应弦合节,尤妙在宾主夹写,非特切人切地,兼切时事,得之深为欣喜。

**九日(5月21日)** 摘录《蛛庐诗》四十余联、《仙屏书屋诗》三十余联。是日闻池州、和州、滁州俱为寇陷。

**十日(5月22日)** 大雨。作《郁荻桥清籁阁图记》。

**十一(5月23日)** 雨。是日,闻十八日取齐镇江,四考并作两考。

**十二(5月24日)**

**十三(5月25日)** 热,夜大雨。

**十四(5月26日)** 上午雨。巳刻,赠倪介夫《左国闲吟》一卷。

**十五(5月27日)** 辰刻,乘轿出南门,仍坐太平船四号,适遇顺风。酉刻,已至无锡之高桥,去江阴百里矣。是夜,纤夫挽舟达旦,又行五十里。

**十六(5月28日)** 夜雨。巳刻,过常州,见海州烈妇祠岿然尚存。酉刻,泊舟丹杨之七里桥。是日又遇顺风。

**十七(5月29日)** 大雨。申刻,已至金坛,泊舟处去城一里。

**十八(5月30日)** 夜小雨。午刻,始入金坛试院。闻李公言,始知处州已失,知府唐公宝昌殉难。

**十九(5月31日)** 晚大雨。是日行香放告。

**二十(6月1日)** 晴。是日,考镇江阖属经古生员,经解无一人考者。古学题:"桑扈嬴行赋"以"桑扈姓名类翠鸳鸯"为韵,"自拂烟霞安笔格"得"堂"字,"肉刑论","驳班史议王章之言王凤为不量轻重说","陶贞白青䬠饭歌"。申、酉刻,分看生古三十三卷,荐七卷:丹阳:西重七,取材宏富,用意玲珑,语语浑成,天造地设,绝似宋人四六。府学:西往五,丹徒:西章十六,丹徒:西余十三,府学:西雨六,府学:西往十,溧阳:西生三。备二卷:丹徒:西驹十六,丹徒:西被十一。赋题出《离骚》《九章》,桑扈即鲁人子桑扈也,场中多误以为鸟名,其不谬者寥寥无几。

**廿一(6月2日)** 是日,考阖属经古。童生古学题:"赛祭猪头例归本庙赋"以"金山故事语本龟堂"为韵,"卢橘夏熟"得"卢"字,"富郑公赵清献苏文忠好佛典与笮融好佛张子房李长源好仙与高骈好仙合论","《张又新煎茶水记》书后","拟储光羲《述华清宫》诗"。申、酉、戌、亥刻,分看童古一百五十三卷,荐十四卷:丹徒:西光十一,丹徒:西制十八,丹徒:西念七,丹徒:西洁十四,丹阳:西良五,丹徒:东芥十一,丹徒:西藏十三,溧阳:东昆十六,丹徒:西凤十,金坛:西奈四,丹徒:东冬四,丹徒:东律十五,溧阳:西木十六,金坛:西被十七。

**廿二(6月3日)**　夜大雨。是日，岁试镇江五学生员。此合癸丑、丙辰两岁考而为一考也。“庸敬在兄”二句；经：“之子于征”二句；诗：“月照平沙夏夜霜”得“沙”字。申刻，专看府学二百十四卷，又分看金坛二十卷，至次夜亥刻方毕。府学荐一等三十八卷：东景九、堂西二十六、东赖七、东平四、堂西二十九、堂西十四、堂西三十一、堂东七、西珍十五、东才十六、西张五、东芥十八、堂东三十、西奈十一、西阙十七、西慕四、堂东四、堂东三十六、西章二、堂西二十四、堂东四十二、西阙十六、西方九、东化十七、西字十八、西凤五、西驹十六、东贞三、东有七、堂东十六、东景十七、西场七、西拱十、堂西四十四、堂东四十、堂东九、堂东二十五、堂东二十一。二等八十卷。金坛荐一等四卷：东夜十七、东乃八、西场十一、堂东十二，二等六卷。是日，闻暎夷夺取天津，而浙东扰乱日甚，官军屡败，为之惶骇不置。

**廿三(6月4日)**　是日，文生补考。

**廿四(6月5日)**　是日，考溧阳童生。题：“以思无益不如学也”；次：“有庳之人奚罪焉”；诗：“虎夫戴鹖”得“冠”字。申刻，分阅三百四十三本，至次日午刻方毕。溧阳童生多至一千八百人。荐十七本：堂东四十四、东贞四、西冈十六、西被九、西阙十、东致二、东贞十六、西余五、东万二、西姜十三、东鸣七、堂东三十三、西慕十二、堂东三十一、堂西七、西阳六、堂东二十三。

**廿五(6月6日)**　夜大雨。是日，覆古学。生员：“邛郲九折赋”以“阳为孝子尊为忠臣”为韵，“谥为洞箫”得“兮”字。戌刻，见生古招覆案，共三十名，余所荐备九卷俱在其中。丹阳：眭元瑞，丹徒：崔燮，府学：何金生，府学：罗志让，丹徒：张澄，丹徒：余寅泰，府学：王煦，溧阳：沈楚望，丹徒：吴埴。是夜，大雨屋漏，被褥尽湿。

**廿六(6月7日)**　夜小雨。是日考丹徒童生。题：“如之何子夏闻之曰噫”；次：“推恶恶之心”至“其冠不正”；诗：“万马不嘶听号令”得“阳”字。寅、卯刻，独看生古覆卷三十本，重定甲乙，前十名：丹徒杨鸣相、大气旋转，音节沉雄，直可夺班、张之席。府学李庆永、此作熟于王尊本传,气苍笔健,承接自然。府学陈克劭、此作亦得《选》赋神理,以上三篇俱非凡手所能。丹阳钱万选、丹徒崔燮、府学罗志让、府学沈步蟾、丹徒余寅泰、丹徒何志庆、府学殷炘山。申刻至次日午刻,分看二百二十卷,丹徒考数一千一百余人。荐二十卷:西光九、东万二、西慕十六、堂东十一、西效十、西来七、堂东十七、东夜十三、东云十二、东白一、东文四、东田七、堂东二十七、东调十一、东秋十六、东珠三、堂西二十九、西称十三、东草十二、堂西四十四,备六卷:堂东十三、堂西十四、堂西四十一、堂西二十八、堂东三、堂西二十六。

**廿七(6月8日)** 是日,覆古学。童生题:"行李赋"以"《左传》行李杜注使人也"为韵,"雷从起处起"得"从"字。戌刻,见童古招覆案,共五十六名,余所荐十四卷得其十:丹阳:高占鳌、邹金殿、张柱枝、茅本金、殷公黻、杨鸣鹤、李修永、王国宾,丹阳:荆福备,溧阳:尤文淦,又经解二名、性理二名。丹徒一县取四十八名。

**廿八(6月9日)** 始大晴。是日,考丹阳童生。题:"曰夫子何哂由也"至"其言不让";次:"牲杀器皿";诗:"饮酎用礼乐"得"朝"字。未刻至次日辰刻,分看二百八十四卷,丹阳考数一千四百余人,通者寥寥无几。荐十六卷:西木四、堂西十八、堂西三十二、西章十八、西被五、东闰七、东食十七、东乃十八、东辰九、西岁十、东垂十一、西宿六、东平四、西良一、西行六、西结十六,备三卷:西来九、东巨二、东安十八。

**廿九(6月10日)** 是日,覆五学生员。题:"及其使人也求备焉";诗:"黄雀风"得"南"字。戌刻,见五学一等案,府学三十八名,余所荐三十八卷得三十五,金坛亦三十八名,余所荐四卷俱在前列。府学:李慎传、赵彦传、唐保寅、吴春龄、柳燚煃、陈克劭、钱济、刘钰、罗志让、沈步蟾、王煦、李庆永、周渊鉴、蒋汝霖、张文甲、何金生、赵文琳、李邦永、杨如金、胡光宇、李蕙、李枝、吴丽生、李廷章、陈善述、严允升、王汝谐、杨元慈、钱宝青、周之桢、陈炽昌、郭豫、林福康、曹世恭、殷炘山,而李慎传得第一名。原荐在第三。金坛:王守谦、庄振冈、王青万、潘懋本。

## 五　月

**一日(6月11日)**　热。是日,考金坛童生。题:“肤受之愬”第二句;次:“鼋鼍蛟龙”一句;诗:“以德绥戎”得“安”字。卯刻,专阅府学覆卷三十八本,重定名次,前十名:唐保寅、李慎传、刘钰、王煦、赵彦传、沈步蟾、赵文琳、李庆永、张文甲、柳焱烇。未、申、酉、戌刻,分看一百八十七卷,金坛考数九百余人。荐十四卷:西称四、两艺及诗俱合作,法无懈可击,词采亦富。东有十三、次艺陆离光怪中处处跟定章旨,实有潘江陆海之才。堂东二十九、对针子张,又恰是第二句,神理故佳。东律二、西藏二、东丽十八、东冬七、西阳十一、西制八、堂西三十一、西阙三、东景六、西凤十五、西往十五,备三卷:西拱十八、西被十、东食十八。

**二日(6月12日)**　是日,覆溧阳童生。题:“未见羊也”;经:“称情而立文”二句;诗:“流观山海图”得“观”字。夜半始见溧阳新进案,共七十二名。两考并一考,又有拨府广额,故进数若此之多。余所荐十七卷得其十四:黄懋中、周舒泰、彭泳、任有斐、王汝梅、宋人瑞、强永敬、老童,八十三岁。王靖国、□根、陈樾、狄熙载、尤文淦、史文渊、吴赓续。

**三日(6月13日)**　大东南风。是日,覆丹徒童生。题:“不怒而民威于铁钺”;经学:“申画郊圻”二句;诗:“饼如盘大喜秋成”得“成”字。辰、巳刻,分阅溧阳童覆卷三十六本,重定名次,前十名:葛莹、此八十岁老童,戚砥斋荐在第九,李公大加奖赏,以朱笔旁批百余字。彭维銮、姜国信、杨燿、姜兴、狄济良、史燮章、狄毓庆、周舒泰、童颖。戌刻,见丹徒新进案,共八十五名,余所荐备廿六卷得其二十:蒋慕泉、虞坦、何恩注、孙大森、欧阳晋、唐奎发、许汝金、刘用霖、刘登瀛、王福海、殷公黻、颜振复、殷元烺、陶玉波、韩逵吉、赵锺铨、郭元、陈桂琛、李廷桢、李慎儒,而蒋慕泉得第一名,原荐在第十,文仅圆稳,而李公大以为佳,评赞数百言,谓与溧阳葛莹之文皆高出五学秀才之上,不只冠童子军也。李慎儒在六十一名广额之末。此县试第一,庚子状元李公承霖之子,文理不通,余勉强置备卷中,李公亦评“费解”二字,不得已录之。又有幼童韩景修,年只十二,从搜遗中取进。

**四日(6月14日)** 是日考教官。申刻,李公赠节仪四洋。是夜,梦游海昌陈相国园,颓垣败瓦,一片荒芜。

**五日(6月15日)** 午后大雷。是日,覆丹阳童生。题:“谓之吴孟子”;经:“夏五”;诗:“孟尝君生日”得“文”字。午刻,偕诸幕友饮天中酒,肴品恶劣,无一可下箸者。戌刻,见丹阳新进案,共七十名,余所荐十六本得其十四,备三本俱不录:郭金鳌、贺恩焕、裴尔衡、徐兆芹、姜赓扬、邱汝霖、林鉴、王植槐、眭嵤、蒋德贵、姜国栋、丁国柱、吴正元、吴礼耕,而贺恩焕得拨府第一名。又东乃十八号,亦余所荐也,案已取进,出案之后忽然逃去,无可跟追,大约舞弊甚重,恐人发觉耳,因即扣去,另补一人。

**六日(6月16日)** 热。是日,覆金坛童生。题:“宋人有悯其苗之不长而揠之者芒芒然归”;经:“侯谁在矣”二句;诗:“帘额低垂紫燕忙”得“垂”字。亥刻,见金坛新进案,共六十二名,余所荐备十七本得其十三:史国材、周南、蒋芬、钱位中、曹景福、吴三省、王渤、于□、□怀清、王廷理、包梦吉、冯有翼、汤翼然,又有幼童段维桂,年十四,老童姜启宇,年七十八,俱得取进。二鼓后,始收到馚儿明初十日、十一日两书,始知三月初曾寄一书,竟致遗失。自余出门,至今已一百二十日,行役之苦,羁旅之愁,莫可名状,今得家书,顿释烦闷,真少陵所谓“烽火连三月,家书抵万金”矣。书中言时朗孙读书,颇能成句,《诗品》现已读毕,为之欣慰。惟是浙东贼势日炽,我乡米价大长,每石至五千二三百文,三月十九夜,余家又被小窃,种种拂意,又觉恼人。并言程伊斋去世,年八十二,恶侄友金亦于四月初八日病死。

**七日(6月17日)** 大热。巳刻,见探报,知浙东寇势益盛,离杭城仅百余里。又见一报,云自四月廿三至五月初一,福将军亲督队伍分头痛剿,连获大胜,贼不敢出巢,军威大震。午刻,寄丽春及晋馚书。

**八日(6月18日)**

**九日(6月19日)** 毒热。

**十日(6月20日)** 大热。

**十一(6月21日)** 毒热。午刻,独阅教官卷十本。题:"祭于公"一节;经:"龙盾之合"二句;诗:"尧韭"得"羊"字。前三名:府学训导陆嵩、丹阳教谕张家荣、金坛教谕曹树杏。以上五日考武。

**十二(6月22日)** 上午大雨。是日,总覆文武童。

**十三(6月23日)** 热。是日奖赏。闻浙东大盗俱窜入福建。

**十四(6月24日)** 大热。是日,科试镇江五学生员。此合甲寅、丁巳两科考而为一考也。"举而不能先命也";策:"丹阳源委";诗:"击蛇笏"得"蛇"字。未刻,分得丹徒一百三十二卷,丹阳一百卷,至次日申刻看毕。丹徒荐一等廿五卷:西腾九、堂东一、西结十三、西宿十、西腾一、东辰二、西往二、东鸣四、西虞三、堂东五、西效十一、东为十三、东玉十一、西贤十七、西虞十三、东李八、东致十八、西驹十、东玉十八、西良二、东陶十一、东闰十六、东秋十四、东成四、东在九。二等四十一卷。丹阳荐一等十五卷:堂西三十六、西阙一 、东寒十三、东鸣五、西场十一、西冈十八、西念十一、西及十一 、西被十三、西洁八、西号十二、西珍一、西吕八、西及一、东平十二。二等三十五卷。

**十五(6月25日)** 热。是日文生补考。"君子不亮"一节;经:"若农服田"二句;诗:"明月直入"得"猜"字。是日伤风。

**十六(6月26日)** 热。是日,考溧阳童生。题:"直哉史鱼"一章;次:"前日虞闻诸夫子曰";诗:"污邪满车"得"邪"字。未刻至次日巳刻,分看三日二十六卷,溧阳仍有一千七百余人,文理不通,更甚前场。荐十五卷:堂西十七、西慕十二 、西称十六、东云三、西场八、东金九、西效十七、东文八、西收十八、东□八、西重十八、东丽十、堂东三十三、东金十四、东化十一。备三卷:东暑二、堂东四十三、堂西十六。

**十七(6月27日)** 热。是日贡监录科。午后,头晕欲倒,冷汗直流,盖亦积劳所致也。入夜稍愈。

**十八(6月28日)** 热。是日考丹徒童生。"古之人修其天爵"

至“既得人爵”;次:“故曰责难于君”至“谓之贼”;诗:“十荡十决无当前”得“安”字。申刻至次日辰刻,分看二百零六卷,荐十六卷:西场十三、西收十、堂西二十五、东白十五、东赖一、东在六、西被十八、西吕七、西奈七、西行十五、东始十四、东露二、西方十二、西余四、东暑五、西阳六。备三卷:堂西四十二、堂西四、堂东三。

**十九(6月29日)**　毒热。是日考优生。“仁也者人也”;诗:“蜀桐鸣吴石”得“鱼”字。申刻,阅府学优生卷二本。今日考者只此二人。

**二十(6月30日)**　恶热。是日考丹阳童生。“饮食之人无有失也”一节;次:“导其妻子”至“非帛不暖”;诗:“虾蟇衣”得“前”字。申刻至次日巳刻,分看二百六十一卷,荐十三卷:东露七、堂西二十三、东为九、东赖九、东列十六、西号八、东草十一、西张九、东律十一、堂东四十一、西往十八、东贞三、东寒四。备四卷:西念十五、堂东十八、东景十五、堂西三十八。又有东暑十六号王一举者,于首艺后、次艺前作一哀词,自言若不取进,便当自刎,而其文甚不通,一并送上。又东化五号以朱笔大书“鬼报恩”三字于题前,尤为骇绝。

**廿一(7月1日)**　稍凉。是日覆五学生员。“求也艺”二句;诗:“一间茅屋祭昭王”得“怀”字。戌刻,见五学一等案,丹徒四十名,余所荐二十五卷得二十二,丹阳三十七名,所荐十五卷得其十二。丹徒:李慎儒、进学在广额末,即考一等第二,大奇。茅国杰、赵晓廉、应钟、高鹏飞、吴世镜、王涟、陈桂琛、赵凤梧、唐奎发、胡保衡、张廉、王大椿、欧阳周、李慎徽、殷公黻、周沛霖、赵寅、王权、李士鏻、许汝金、向金生。丹阳:荆允济、束允泰、宦秉渊、景澍楠、孙锡庚、张霖、林炳、王泽溥、姜鹏翀。尚有三人不到,莫知其名。余岁试所取,进科试即列一等,共得九人。府学:陶玉波,丹徒:李慎儒、蒋慕泉、虞坦、唐奎发、殷公黻、许汝金、陈桂琛,金坛:曹景福,溧阳:宋人瑞。

**廿二(7月2日)**　是日考金坛童生。“孟公绰为赵魏老”至“公绰之不欲”;次:“然则舜伪喜”至“生鱼于郑子产”;诗:“冷环再三握”得“凉”字。辰刻,独阅丹徒生覆卷三十九本,重定名次,前十名:闵森林、赵文培、邹幹、高凤池、蒋慕泉、杨鸣相、王权、杨文庆、向金生、王大椿。申、酉、戌刻，分看金坛一百五十六卷，荐十卷：东冬三、东白七、西被五、东垂十二、堂西二十四、西霜十七、东暑八、堂东十七、东律十四、东为十八。备二卷：东列十、堂东二十九。

**廿三(7月3日)**　下午小雨。是日覆溧阳童生。"鬼神之为德"一节；经："小暑至螳螂生"；诗："晋文回车于勇虫"得"虫"字。溧阳进六十三名，余所荐备十八卷得其十二：蒋元贞、罗默、八十三岁。赵和、王涣如、狄济、史履祥、冯驤、史逢源、狄培元、吕声和、陈舆坤，而狄培元只十三岁，余以其文理清通，置备卷末，竟得进四十九名。又七十七岁狄淇竹、七十九岁[虞以简、七十一岁戴学周俱进，共四老人。

**廿四(7月4日)**　是日覆丹徒童生。"与其进也"二句；经："卫侯使孙良夫来聘"；诗："团蕉"得"蕉"字。辰刻，分看溧阳童覆卷二十一本，文皆草率之甚，惟徐晋康、罗默二篇稍佳。亥刻，见丹徒新进案，共七十五名，余所荐十六卷得其十三：王诏、柳森材、吴玉成、姚增钰、袁治、茅金华、陈桂山、顾中孚、丁立中、朱一桂、陈世钊、杨正钧、曹荣生。丹徒所取古学四十八人，两次进三十五人。

**廿五(7月5日)**　晚，大雷雨。是日覆丹阳童生。"敢问其次"至"孝焉"；经："实方实苞"五句；诗："针水闻好语"得"秧字"。丹阳进五十九名，余所荐十三卷得其十一：黄允中、贺宗海、宦振声、吴国泰、朱献琛、邵燮、七十七岁。周学炜、陈清淑、姜廷璋、周应棠、陈树森，而黄允中得第一名。原荐在十一。亥刻，分阅丹阳覆卷二十本，惟姚作辛文仅可，第二名林崧福无一语通者，总由李公但防幕友，而场规甚宽，代倩传递之弊不一而足，故有此种侥倖之人也。

**廿六(7月6日)**　热，夜大雨。是日覆金坛童生。"子击磬于卫"；经："若蹈虎尾"二句；诗："眉间黄色是归期"得"期"字。金坛进五十三名，余荐备十二卷，竟得十一：盛朝栋、于文烈、吴安、刘启瑞、史奉扬、庄煌、戴景、冯履和、陈德藩、王振烈、陈士良。亥刻，分阅金坛覆卷十八本,无一可采。总计镇江试卷阅二千八百廿五卷,得士一百九十一人。

**廿七(7月7日)** 毒热。是日总覆文童。辰刻,合计去夏扬州以来,共阅一万三千八百十九卷,得士七百五十九人,生童得第一名者三十人。是日,满嘴发热,牙根大痛,不能饮食,因熟睡一昼夜。

**廿八(7月8日)** 毒热。巳刻,观奖赏。余所进溧阳老童罗默白须长尺余,狄培元则身材纤小,与江都姚兆元相伯仲,余生平最爱神童,又获一个,深慰衷怀。

**廿九(7月9日)** 热更恶毒。巳刻,坐破轿出南门,仍居太平船第四号。

**三十(7月10日)** 苦热,夜更甚。是夜,泊舟奔牛镇。

## 六 月

**一日(7月11日)** 苦热,夜更甚。巳刻,过常州,泊三时许。是夜,纤夫挽舟达旦,直至无锡高桥。

**二日(7月12日)** 苦热,夜更甚。是日得顺风。申刻,回至江阴试院。闻处州收复。酉刻,收到长至日家书两械,知嘉善张子寿年侄司教松阳,全家被难。

**三日(7月13日)** 非常毒热。午刻有酒席,余以患热之故,不能饮啖,忽又头晕,汗出如浆,良久乃醒。

**四日(7月14日)** 毒热。是日,毒热如故,头晕亦如故。

**五日(7月15日)** 毒热。巳刻,上李公书,求买舟回籍。申刻,董梦兰、项啸鹿来访。

**六日(7月16日)** 毒热。卯刻,至涌塔庵答董梦兰、项啸麓,并晤啸麓之兄稻香,赠以《四集文》一部。梦兰以新得姚莓伯骈文八卷见借,谈至酉刻而返。

**七日(7月17日)** 毒热更甚。阅姚莓伯《大梅山馆文集》。小题尚有可采,大题则全是欺人手段,真浪得虚名。

**八日(7月18日)**　黄昏始得甘雨，顿凉。巳刻，一蹶扑地，虽无大伤，左足微肿。

**九日(7月19日)**　得大雨两阵。辰刻，托门上唤舟，将于十一日独自回去。余以戚砥斋同乡之故，视为腹心，而彼则虚憍诈伪，言不由衷。今年春夏以来，被其欺诈不一而足，前在扬镇以彼患病，代其校阅试艺，代其酬应医生，且为之代寄家书□数次，彼全不知感，反白眼相对，现已考毕无事，约其同舟回籍，彼竟悍然不许，且出恶言，盖彼尚欲迟至七八月间再诱李公束脩也。其龌龊诞妄若此！彼自以为得计，而不知余所作《浣月词序》，文极工致，今已删去，彼之得计，正失计也。小人何苦为小人哉！

**十日(7月20日)**　未刻，小湖先生书来，为余作《骈文五集序》，穷源溯流，词意精卓，褒奖处亦极切合，并助力刻稿费二十洋，即以为七十寿仪，又路资六洋。戌刻，先生设盛筵饯行于寄园之天光云影亭。

**十一(7月21日)**　夜雷雨。辰刻，李公来送行。巳刻，乘轿出北门，坐无锡小快船。戌刻泊舟，去无锡十里。是日，合计春夏以来得纹银六十两，洋饼四十枚，月费十二千。用去约三十千。

**十二(7月22日)**　上午雨。申刻，入浒关。戌刻，泊枫桥。是夜，梦与绿君女史密谈良久。

**十三(7月23日)**　申刻至平望，舟子即泊不行。

**十四(7月24日)**　午刻过嘉兴，仆人王升上岸。戌刻至平湖，寄行李于东鼎字店。是行也，费钱五千。

**十五(7月25日)**　热。辰刻，过崔吟山处寻顾榕屏，不值。访汪绿君，又以病不见，付以李小湖所题《幽篁独坐图》七律一首。巳刻，与朱小云书。午刻，寄晋翂书并李公所书扇面一个。闻张屋山、王梦阁俱死。屋山亦有恶贯满盈之日。未刻，顾榕屏来会，以李小湖、汪子超所题《双峰旧隐图》诗付之。酉刻，访蒋蔼卿，不值。是日，费恺中言王姬自归母家之后，又复冻饿欲死，今为新篁人娶去，盖自壬子以来,七年之中,所适者凡九处,余所知者得其半耳。

**十六(7月26日)** 大热。卯刻,榕屏始录去岁送余至江左七律一章。辰刻,至李蓉生刻字店,见《五集》第一卷刊竣,即以第二卷付之。巳刻,至朱美堂处,留中膳。见邸报,知大学士耆英以夷事办理不善,赐其自尽,致仕尚书杜堮至是始薨。年几百岁。申刻,访朱文江道士,又不遇。酉刻,遇万逸云。西鼎字店新伙也,钟溪人,工书法,能诗。戌刻,丽春言新仓乩坛至今不废,而马以柔作鸾手,新仓人无不被其吐骂,即柯春塘亦不免人面兽心之诮,其不被恶语者惟余而已。

**十七(7月27日)** 大热,夜半雨。卯刻,过考妹家。巳刻,题金竹亭《夕阳叱牛图》。七绝。酉刻,费亚杉来会,长谈一时许。

**十八(7月28日)** 上午雨,夜又大风雨。卯刻登舟,辰刻过钱家漾,遇暴风雨,殊觉惶恐。巳刻到家,得陆箫士所题《扁舟访友图》"买陂塘"一阕。午刻,以常州花五对、编机六只、红头绳一两赏诸女孙,以杂物三种送丽春家。申刻,张生蒲卿来见,言昨夜三更时候元真观道士拜斗回来,过三里桥,霹雳三击其船,满船皆火,道士或伤背,或伤足,叩头乞哀,仅得免死。

**十九(7月29日)** 辰刻,钱竹筠来会。巳刻,龚配京、高梦花来会。午刻,陈东堂来会。梦花言新溪土豪方八与全公亭土豪朱某各率数百人械斗于我里,施放鸟枪,朱某不胜而退。以上二日收拾行李,极其劳苦。

**二十(7月30日)** 热。辰刻,张樵坪来会。答钱竹筠。巳刻,答龚配京。酉刻,晋翁书来。

**廿一(7月31日)** 大热。辰、巳刻,作书三通,一寄赵拳山,一寄丁步洲,一寄陈曼寿。

**廿二(8月1日)** 大热。卯刻,寄丽春书并赠万逸云《四集文》一部。

**廿三(8月2日)** 日晡雨。阅查葑湖名奕庆,海昌人杂著两种,一《白云俦侣传》,一《东南诸山记》,笔极灵隽,此书未知何人所赠。

**廿四(8 月 3 日)**　日中大热,晚又雨。抄骈体文五篇。午刻,龚配京赠熟凫一只。

**廿五(8 月 4 日)**　热。抄骈体文五篇。午刻,高仁煊赠黄鳝夹肉一盆。

**廿六(8 月 5 日)**　夜雨。摘《大梅山馆骈文》一百六十余联。

**廿七(8 月 6 日)**　阅《明季稗史汇编》。

**廿八(8 月 7 日)**　卯刻,丁步洲覆书来,赠黄桃三十六枚。辰、巳刻,以两年中所取江左士子择最佳者录其姓名,将附刊于去冬通州所□□家书之后。扬州胡弼等六十八人,淮安王宾等三十二人,海州许杭等十八人,通州顾曾烜等二十四人,常州包栋成等二十人,镇江李慎传等四十六人,共二百八人。

**廿九(8 月 8 日)**

## 七　月

**一日(8 月 9 日)**　重阅郑荔乡《本朝名家诗钞小传》。

**二日(8 月 10 日)**　大热。辰刻,赠龚配京《杨园年谱》一册。

**三日(8 月 11 日)**　大热。卯刻,过柯春塘、张蒲卿两处。

**四日(8 月 12 日)**　作周藕塘传。骈体。是夜梦青浦友人有书来,言贵家有一婢,邑宰有一婢,皆欲赠余,请余自往择之。

**五日(8 月 13 日)**　雨,忽凉。未、申刻,阅钱楞仙《示朴斋制艺》,每篇能自抒所见。

**六日(8 月 14 日)**　晓雨。作《江阴寄园祭二吴侯墓文》。骈体。巳刻,柯春塘答访。

**七日(8 月 15 日)**　卯刻,寄顾榕屏书,赠以月泉吟社一册、黄树斋诗十二卷、王水村诗十六卷,盖以谢其校勘《五集》之劳也。

**八日(8 月 16 日)**

**九日(8 月 17 日)**

**十日(8 月 18 日)**　申刻,晋翁自馆中归,言林笛仙于前日死。

**十一(8月19日)** 为吴少圃作《洞庭东峰图记》。骈体。此图为少圃十二世祖、前明诸生鸣翰所藏,距今三百八十余年矣。

**十二(8月20日)** 雨,大东北风。未刻,寄李小湖学使书,附文一篇,并求其荐晋翂于新学使处。

**十三(8月21日)** 小雨,大东北风。戌刻,戚砥斋书来。

**十四(8月22日)** □刻,寄丽春书。

**十五(8月23日)** 热。卯刻,丽春覆函来,言二十日起杨爷赛会,招余往观。是日,闻学使周公已引疾,张公锡庚来接任。

**十六(8月24日)** 热。卯刻,以许玉叔《养云书屋试帖诗》二卷寄赠费亚杉。

**十七(8月25日)** 热。卯、辰、巳刻,阅徐尹辅球《还印庐诗文稿》。徐君,德清廪生,与余同庚,年三十九而殁,诗文格局甚小,而极有矩矱。

**十八(8月26日)**

**十九(8月27日)**

**二十(8月28日)**

**廿一(8月29日)** 辰、巳刻,趁航船到城,即观杨侯赛会。仪从缤纷,粲然动目。午刻,至西鼎字店,得徐晓耘、竹筠昆仲《扁舟访友图》一册首、一画幅。未刻,至顾榕屏馆,见顾访溪所作余七十寿序,将余生平事实及三十年交情曲曲写出,真所谓阿堵传神,栩栩欲活也。得蒋蔼卿所赠七古一首,妥帖排奡,有青田、青邱才力,又赠《息影庵初存诗》八卷、《集外诗》五卷,其妻关秋芙《三十六芙蓉馆诗词遗稿》二卷,盖蔼卿欲乞余撰其妻诔词也。并收到周坎云润笔八洋,时澹川六洋,朱小云二洋。闻沈南一孝廉去世。南一长于古文,惜未付梓。申刻,朱纯庵邀同榕屏小饮松筠馆。近日城中疫疾大盛,死者在俄顷之间,每日数十人。

**廿二(8月30日)** 大西北风。午后雨,黄昏更大。是日,在榕屏馆中与朱美堂父子长谈竟日。巳刻,与汪绿君书,即有答书并寿仪一洋。四月中浙东寇氛大炽,中丞晏公奏停乡试,寇退之后,传闻中丞仍请十月中开科，今始知并无此奏。

**廿三(8月31日)** 忽晴忽雨，共数十变。辰刻，顾榕屏来，即同至李蓉生店，以卷三、卷四文付其开雕。巳刻，因朱小云屡次见招，并欲设酌相待，因偕榕屏往候，岂知仍不得见，其子兰阶亦绝无一语应酬，坐至两时，并小点心不可得，其傲慢若此。未刻，榕屏招同蒋明远饮源和馆，复至美堂处，长谈至日晚。已上两日皆因天雨，赛会不能举。

**廿四(9月1日)** 卯刻，访朱文江。辰刻，过费恺中处，见余所寄板笼五个微有蠹蚀，因属其急为揩拭。巳刻，至南河滩观杨公赛会。申刻，访金晴舫。

**廿五(9月2日)** 晚雨。辰刻，趁盐溪儎，直至日中开船，幸风水俱顺，日晚到家。

**廿六(9月3日)** 晚雨。是日晋齡到馆。辰刻，寄吴少圃书，附记一篇。巳刻，与费恺中书，并以李小湖福建考卷借与亚杉。

**廿七(9月4日)** 阅《息影庵诗集》。蔼卿诗极得义山、长吉之格，惜语多不祥，恐非寿者之相。申刻，徐秋宇拜会。

**廿八(9月5日)** 抄骈体四篇。

**廿九(9月6日)** 热。摘录《息影庵》诗句五十余联。

## 八 月

**一日(9月7日)** 卯刻，始得陈曼寿覆书，助刻稿费二洋，并附去岁吴镜玉校书舟中饯余归芦川七律一首。

**二日(9月8日)** 巳、午刻，阅《三十六芙蓉馆诗词稿》。

**三日(9月9日)** 大热。申刻，与晋齡书。

**四日(9月10日)** 大热。作《女士关秋芙传》。骈体。

**五日(9月11日)**

**六日(9月12日)** 大东北风。

**七日(9月13日)** 大东北风，下午雨。巳刻，寄蒋蔼卿书，中间多用骈句。午刻,徐逸帆赠新刻《春晖堂文集》五卷。

**八日(9月14日)** 晓大雨,热。巳刻,丽春书来。以上半月又看《明史稿》一过。

**九日(9月15日)** 毒热。辰刻,作《崔云程七十寿言》。五古。午、未刻,览《春晖堂文钞》。其文颇有心得,而论时事尤长。

**十日(9月16日)** 热,晚雨。辰刻,张蒲卿携来徐洛卿所作七十寿文,亦是骈体,虽未遒炼,然亦有道人所未道者,因略加删节之。巳刻,与顾榕屏书,并以文稿初、二集及诗集赠朱纯庵。

**十一(9月17日)** 午后大雨。辰刻,顾榕屏书来,内有新刻《方子春文集》八卷。又得陈曼寿书,招余往游。巳刻,马倜卿过。

**十二(9月18日)** 热。辰刻,与丽春书。申刻,有无赖马阿桂者,被全公亭无赖施大以尖刀搠死于西邻王小轩门前。

**十三(9月19日)** □。辰、巳、午刻,览《生斋文集》。序记不过数篇,其余皆尺牍,剿袭理学陈言,阅之白昼欲睡。

**十四(9月20日)** 毒热,夜雨。辰刻,杨子萱明府到镇检尸,余偕陈东堂等九人至明府舟中拜会,并递送公呈。明府素知余名,极相推重。巳刻,旧弟子张[壬]桥过。

**十五(9月21日)** 夜小雨。午刻,姚谱苹过。未刻,龚氏馈熟鸭一只、鲜肉一块。

**十六(9月22日)** 通宵大雨。未刻,陆生访田来。申刻,杨子萱明府特遣纪持书来,以无锡秦韦轩昌煜《寄畅园志补》三卷求余作序。

**十七(9月23日)** 昼夜雨。辰刻,答陈曼寿书。以上数日重览《万历野获编》,此书愈看愈佳,如啖绥山之桃。

**十八(9月24日)** 雨。辰、巳刻,阅《寄畅园志补》。寄畅园在慧山之麓,明正德时秦端敏公金所构,迄今四百年,仍为秦氏所有,盖代有簪缨,兼工文墨,故能绵延弗替。其园之华丽甲于江左,小岘侍郎曾作《园志》二卷,今韦轩学博又为之补云。

**十九(9月25日)**　稍晴。辰刻,吴少圃答书来,赠笔资二洋。万逸云赠红呢鞋一双。

**二十(9月26日)**　重览《印雪轩随笔》。

**廿一(9月27日)**　重览《两般秋雨庵随笔》。

**廿二(9月28日)**　作《寄畅园志补序》。骈体。

**廿三(9月29日)**　热。巳刻,覆杨子萱大令书,附文一篇。今日有一彗星黄昏即见,渐次南移。

**廿四(9月30日)**　热。辰刻,以吴鸣翰《东峰集》、王竹坨《咏史试帖》畀张蒲卿。

**廿五(10月1日)**　骤寒。辰刻,接到李小湖学使覆书,洋洋长篇。

**廿六(10月2日)**　辰刻,与费恺中书。午刻,龚宅赠肉一盆。

**廿七(10月3日)**　[抄古文一篇。]辰刻,闻新仓夜航船昨夜过三里庵,被盗劫掠殆尽。

**廿八(10月4日)**　夜小雨。巳刻,徐逸帆来访,为余撰七十寿序,笔极清健。

**廿九(10月5日)**　□刻,马倜卿赠新刊《当湖外志》八卷。内所纪事,余助其十之二。

**三十(10月6日)**　辰刻,顾榕屏书来,内有王晓莲所撰寿联与顾访溪寿序,俱已装池。未刻,张氏姊来,赠糕饼数种,不见已六年矣,因留其暂住数日。

## 九　月

**一日(10月7日)**　申刻,老妻乞衣三件。

**二日(10月8日)**　饭后雨。午刻,得计二田报书,助刻稿费三洋,兼作寿仪。丽春自城中归,考妹亦来。未刻,寄董梦兰、钱鲈香书,并缴梦兰《怀忠录》及《大梅山馆文集》。申刻,晋翁自乍浦归,装潢寿诗八幅:仲子湘、沈浪仙、刘心葭、蒋竹阴、查稻孙、柯春塘、张峄樵、陈秋水,皆七古一首,子湘、浪仙、春塘最佳。武经文、郁荻桥、查客槎、范云鹤各五古一首,荻桥最佳。七律则高友棵、观苇杭、葛毓山、崔吟珊、四首。郑熙台、二首。顾篆香、二首。朱美堂、二首。刘蕴山、二首,集《随园八十寿言》,极工。朱纯庵、二首。陈板桥、二首。丁鹤俦,二首。五律则罗友兰、许萍江、二首。戴缦笙,二首。五排则徐秋宇三十韵、陈阆峰廿四韵、顾榕屏二十韵,三诗俱稳切。七绝则卢揖桥、四首。费亚杉,四首。词则贾芝房。《渡江云》调。又闺秀五人:高茗卿、《金缕曲》一阕。章湘畹,《水调歌头》一阕。金畹云、章兰言皆七律二首,许访仙七绝四首。又方外五人:道士张补梅七古,朱文江七律二首,贺镜湖五古,赵罗浮七律一首,云槎和尚五律一首。又查稻孙寿联,即用予骈文中句。

**三日(10月9日)** 夜半雨。巳刻,女孙暖初乞余衣裙二件,皆王姬物也。

**四日(10月10日)** 巳刻,分寿单于本镇,约百余家。生辰本在七月廿九,今年因出外,改期于九月初十。

**五日(10月11日)** 未刻,张氏姊回去。李耘谷赠仙鹤蟠桃画一幅。

**六日(10月12日)** 巳刻,钱鲈香覆书来,知董梦兰尚未到馆。朱小云及其侄美堂俱赠寿仪二洋。

**七日(10月13日)** □刻,赵拳山覆函来,赠寿仪一洋,王东帆亦赠一洋,朱秀珊寿诗五律二首,杨子鹤题《扁舟访友图》"金缕曲"一阕。

**八日(10月14日)** 巳刻,沈兰卿书来,附寿诗七律四章。

**九日(10月15日)** 辰刻,丁步洲书来,内有寿言四幅:顾韦人《鹤龄颂》、集鲍明远《舞鹤赋》字。钱渊亭七律一首、步洲及张筱峰各填《金缕曲》词。申刻,殷梦苏寄赠金字寿联一副。

**十日(10月16日)** 是日作七十寿期,乐奏八璈,灯晃五彩,诗悬四壁,酒献百觞,贺者几及二百号,周子所谓"孤始愿不及此也"。

白季生、葛香圃、卢揖桥、陈角仁、褚文斋、周西园各二洋，张柳坡、徐子雨、陈云亭、陈荻洲、龚配京、高仁煊、徐荻舟、曾云波、郭修亭、王小轩各一洋，总计入洋五十六枚，钱三十六千，银五两五钱，开销约四十千。近日洋价一千一百五十左右。

**十一(10月17日)**

**十二(10月18日)**

**十三(10月19日)** 辰刻，徐古春寄赠《芦川一鹤图》，方东园所画，古春题七绝二首。

**十四(10月20日)** 辰刻，陆柳桥、黄少村过。

**十五(10月21日)** 热。酉刻，张筱峰来访，赠蟹约四五斤，谈饮至二鼓。

**十六(10月22日)** 辰刻，顾韦人、徐古春同访，韦人赠水菸一斤。钱鲈香寄赠寿联一副，集《易林》四句，沈松琅所书。方东园寄来《扁舟访友图》三幅画，一吴耆卿，一秦子复，一周继元，惜纸皆阔大，与予原册不符。巳刻，徐洛卿来。午刻，设酌宴诸客。申刻，客皆回去。

**十七(10月23日)** 辰刻，丁步洲来访，赠佛银二饼，并携至刘鸿甫所书《访友图》册首、夏冠甫画一幅。午刻，设酌宴步洲。申刻，李逸庵道士来，乞□《四集文》一部。步洲欲作□□之游，强予同往，予勉从之。是夜，泊舟广陈。步洲言雷蕴峰家眷已回，而其柩尚浮厝湖南。

**十八(10月24日)** □刻，至乍浦，泊舟陆家桥。访沈浪仙，赠以沈莲溪、郁竹香、王二如、蒋剑人诸诗集，以《左国闲吟》二卷分赠章韵玉、韵清两女史。未刻，游苦竹山，遇贺镜湖。申刻，张峄樵招饮于平万和酒店，回过卢揖桥处。戌刻，峄樵复招夜膳，顾韦人大声喧扰，余甚恶之，先避入舟中睡矣。是日，闻六合、天长寇警甚急，鄞县、宁海俱有民变。

**十九(10月25日)** 辰刻，沈浪仙邀早膳，见其新撰《溪堂清呓》

一册,亦奇文也。巳刻,赠武经文守戎《四集文》一部。武公名庆伟,定海人,能诗,年仅二十三。未刻,张峄樵复设盛筵,招同顾韦人、丁步洲、徐古春、沈浪仙、葛荫根赏菊于王氏之篁园。即仿庾园也。酉刻,葛香圃招夜宴,诸人强予同至海盐,予力辞之,即宿葛宅。是日,闻浙江正主试宝公钧、副主试马公佩瑶,但道途梗塞,不知何时可来。

**二十(10月26日)** 辰刻,候刘心葭,年七十六矣,尚觉清健。未刻,孙妪来,言税关前有蔡氏女年十九,邀余往观,貌颇清雅,讨价百洋,余此时不过欲买一婢,聊伴晨昏,安肯出此重价耶。因却之。

**廿一(10月27日)** 辰刻,访殷梦蔬道士,长谈三四时,留中膳,并赠明神文献十本。申刻,徐秋宇来见,绝无一言,不解其意。

**廿二(10月28日)** 辰刻,殷梦蔬答访。未刻,访武经文守戎,已为予题《扁舟访友图》,七律。适高友槑分司亦在,赠以《四集文》一部。友槑名维琳,贵池人,年仅二十七,亦能诗。申刻,沈浪仙赠日本东清江山水立幅,姿趣横生。以上四夜与葛荫根、何应云畅谈史事及《列朝诗文集》暨说部,两人皆原原本本,博贯古今,殊难得也。应云,汀州人,即葛氏靛行之伙友。

**廿三(10月29日)** 热。辰刻,偕步洲、荫根至城隍庙,适朱文江来,长谈半日。梦蔬留食巨蟹。潘笑云道士为余绘秋色于便面。未刻,游伊氏园,了无古趣。申刻,游褚氏西畴别墅。戌刻,梦蔬赠松花蕈子一瓶。亥刻,偕步洲登舟。

**廿四(10月30日)** 热。巳刻,至平湖,即过顾榕屏馆,长谈久之。酉刻,徐馥卿招同步洲宴于西鼎字店。是日,步洲赠予王叔彝观察新刻《应求集》四卷、张筱峰词选一卷,内有与予游虞山小云栖访露珠泉一阕。调《霓裳中序第一》。

**廿五(10月31日)** 巳刻,过汪绿君处,仍以病辞,仅取其新刻骈文三卷及其弟兰谷《梦白山房诗》二卷。午刻,顾榕屏招同步洲饮酒松筠馆。未、申刻,同游弄珠楼、镜漪堂、十杉亭三处。晤程笑春。

**廿六(11月1日)** 辰刻,寄徐古春书。巳刻,又至榕屏馆长谈至暮，言朱久香侍郎欲乞余文集，并言李小湖延予校文由渠推毂，故欲索此为谢，□□怪之。是日，以第五卷文付李店。

**廿七(11月2日)**　辰刻，榕屏偕仲子湘来访，赠余新刊《宜雅堂诗集》七卷，陈偶渔、翁谔生两布衣合刻诗录各二卷。谔生诗中有寄余五律一首，余向未见。万逸云邀同二君至德藏寺茶楼茗话，兼食靴糕。子湘言近又搜集吴江、震泽两邑人佳诗合刊之，已得五六十人，名《留爪集》，明年可告竣。午后，阅《宜雅堂集》，字字沉着，笔笔灵动，古今体无一不工。其赠予父子者约有十首。

**廿八(11月3日)**　辰刻，忽有腹疾，连泻三次。巳、午、未刻，趁衙前倣回家。

**廿九(11月4日)**　巳刻，阅《绿雪馆词选》。

**三十(11月5日)**　阅《应求集》，约百余人，予甲寅年所寄故友二十人诗无一选者，不知王叔彝、杨肖英是何意见，然亦颇有佳者，因摘录七十余联。是日又泄泻三次。

## 十　月

**一日(11月6日)**　辰刻，寄赵拳山书。

**二日(11月7日)**　摘录《宜雅堂集》五十余联，又抄乐府四首。

**三日(11月8日)**　辰刻，丁步洲书来，以侯官林芗溪孝廉《射鹰楼诗话》见借，共二十四卷，并视同游十杉亭词。调《临江仙》。书中言松郡北闱中式二人，叶湘秋竟得第五。巳刻，徐子雨来，请予十二日为其父母题主。酉刻，寄赠万逸云杂诗四种。

**四日(11月9日)**　阅《射鹰楼诗话》，多余所未见者。中有何乾生《洋烟》七律八首，摹写极工。

**五日(11月10日)**　摘录《射鹰楼诗话》中佳句二百六十余联。

**六日(11月11日)**　抄杂诗六十二首。

**七日(11月12日)**　抄新乐府八首。

**八日(11月13日)**

**九日(11月14日)** 热。

**十日(11月15日)** 是日牙根作痛。

**十一(11月16日)** 忽寒。辰刻,始得徐古春三十日覆函。是夜有腹疾。

**十二(11月17日)** 巳刻,乘轿至马家漕吊徐氏丧,适南风峭厉,浑身寒噤。未刻,题徐山斋及其两妻胡氏、高氏神主,张蒲卿、高梦华作左右襄事。申刻归。

**十三(11月18日)**

**十四(11月19日)**

**十五(11月20日)** 热。寄书与葛荫根,辨李陵《答苏武书》之伪。骈体。

**十六(11月21日)** 辰刻,张蒲卿借《东都事略》一部。闻乡试题:"苟志于仁"一节。

**十七(11月22日)**

**十八(11月23日)**

**十九(11月24日)** 以上三日选录七十寿言一卷。

**二十(11月25日)** 巳刻,徐子雨昆季叩谢,赠洋饼十枚。连折席。是夜,梦于稠人广众中见一人姓汝名可良,嘉善人,冠裳楚楚,亦后起之隽才也,余即属其题图。

**廿一(11月26日)** 重校已刻诗文集五部,又得讹字数十,拟于明年刷印时改之。

**廿二(11月27日)** 巳刻,晋翖自杭州送考归,言作理安之游,山迴水抱,洞壑幽奇,真是仙境。

**廿三(11月28日)** 大西北风,寒。摘录赵小楼、席梅生赋稿一百四十余联。

**廿四(11月29日)** 大□。摘录杂赋五十余联。

**廿五(11月30日)** □□。巳刻,与顾榕屏书,并寄赠朱兰阶公□婚仪。喜烛五百文。

**廿六(12 月 1 日)**　□□。辰刻，丽春自云间归，言钱鲈香下世。又少一东道主人矣！费亚杉寄还《试牍求是》一部。是日齿痛□□□伤风。

**廿七(12 月 2 日)**　□刻，□氏□□。

**廿八(12 月 3 日)**　以上二昼夜干咳不止。是夜，梦作汤山五律诗，醒时尚记其语。

**廿九(12 月 4 日)**

## 十一月

**一日(12 月 5 日)**　是日齿痛稍痊。

**二日(12 月 6 日)**　辰刻，丽春书来，言廿九夜平湖两处火发，陆一帆家烧去两带，盖七十余日不雨，干燥已极矣。一帆子被火烧灼，越日竟死。

**三日(12 月 7 日)**　巳刻，摘录李公福建试牍赋四十余联。

**四日(12 月 8 日)**　辰刻，得赵桐孙书，附寿仪及七律四首。